国家社科基金
GUOJIA SHEKE JIJIN HOUQI ZIZHU XIANGMU
后期资助项目

中国现代传记文学编年史（上）

Chronicle of Modern Chinese Biographical Literature

俞樟华　陈含英　编撰

ZHEJIANG UNIVERSITY PRESS
浙江大学出版社

国家社科基金后期资助项目
出版说明

后期资助项目是国家社科基金设立的一类重要项目,旨在鼓励广大社科研究者潜心治学,支持基础研究多出优秀成果。它是经过严格评审,从接近完成的科研成果中遴选立项的。为扩大后期资助项目的影响,更好地推动学术发展,促进成果转化,全国哲学社会科学工作办公室按照"统一设计、统一标识、统一版式、形成系列"的总体要求,组织出版国家社科基金后期资助项目成果。

全国哲学社会科学工作办公室

前　言

　　本书详细记载1911—1949年传记文学发展的历史和成就，是谓《中国现代传记文学编年史》，具有文献性、工具性和学术性。

　　本书按照每年传记评论、单篇传记、传记著作、卒于是年的传记作者的顺序进行著录，另有编者按语插入每块内容之中。传记评论主要著录传记理论、传记理论翻译、传记作品评价和提出传记理论的序跋等；单篇传记主要著录发表于报纸杂志的各种传记作品和传记资料等；传记著作主要著录各种出版机构出版的长篇传记和汇编的短篇传记，以及与传记有关的著作等；传记作者的卒年介绍，主要介绍卒于1911—1949年的有传记作品的文人学者。

　　因为编年体之缺点，不如纪传体能反映现代传记文学的整体成果，也不如纪事本末体能反映传记文学发展的整个过程，是以分板块、加按语、"互见法"来补充，本书在以上四大栏目下都加有按语。按语主要摘录传记理论观点、当时和后代对传记作品和传记作家的评论，补充介绍传记作品或理论文章产生的原委等，以存录史料为主，评论为辅。这一部分既是对所著录的史料的重要补充与诠释，又展示了编者对史料研究方面的一些见解，在编年史中起到了穿针引线的作用。

　　现代传记文学在继承和发扬古代传记优良传统的基础上，又受到西方传记的巨大影响，因此有了崭新的发展变化，为了区别这种变化，胡适先生最早引进西洋"传记文学"概念，将此时的传记统称为传记文学，并予以大力提倡。朱东润先生则认为用"传叙文学"这个名称比较符合实际，所以他所写的论著都用"传叙文学"这个名称。另有学者如孙毓棠则称现代的传记为"新传记"。从名称上的变化就已经反映出一个客观事实，就是现代传记文学与古代传记相比，无论是形式还是内容，都已经发生了根本性的变化，出现了梁启超、蔡元培、章炳麟、鲁迅、郭沫若、胡适、郁达夫、林语堂、朱东润、谢冰莹、孙毓棠、沈从文、张默生、吴晗等一大批优秀的传记文学大家，涌现了梁启超的《李鸿章传》、朱东润的《张居正大传》、吴晗的《朱元璋传》、胡适的《章实斋先生年谱》和《四十自述》、郭沫若的《沫若自传》、郁达夫的《达夫自传》、沈从文的《从文自传》、谢冰莹的《一个女兵的自传》等大量的传记文学名著,取得的成就非常巨大。概而言之,其成就主要表现在以下诸方面。

一、传记形式多样化

现代传记文学按照作者来分,可以分为他传和自传。他人做的传记,包括小传、墓志铭、碑记、史传、行状、年谱、言行录、专传等,这些传记形式,在现代大多仍然存在,不过写法上有的已经发生一些变化;自己写的传记,包括自传(自序、自述和自白)、自传的诗歌、游记、日记、书信、回忆录、自撰年谱,以及口述历史等形式。现代传记在继承古代传记的各种形式的基础上,也出现了一些新的传记形式,如现代派传记、后现代传记与图像传记,传记剧、影视传记等也在崛起之中。还有以白话文短篇小说体形式叙述明朝忠臣义士的《扬州义民别传》,有以报告文学的方式介绍朱德、毛泽东、彭德怀、贺龙、叶挺、项英、叶剑英、徐海东等 57 位将领的身世、个性、思想及功绩的《今日的将领》等。这个时期,还出现了口述传记,如北京大学新潮社编的《蔡孑民先生言行录》,其实就是由蔡元培口述,其夫人之弟黄世晖记录的《蔡元培口述传略》。《李鸿章传》《张居正大传》《朱元璋传》等章回体长篇传记文学的产生,显示了现代传记文学受西方传记影响的明显特征。从此,西式的长篇传记文学形式成为现代传记文学创作的主要形式,几乎所有的长篇传记都是分若干个小标题来叙述历史人物的事迹的。

年谱是一种传统的传记编纂体例,经过上千年的积淀,已经形成了固定的形式,但是胡适在编撰《章实斋先生年谱》时,在体例上却有新的创造,他自己总结说:"我这部《年谱》,虽然沿用向来年谱的体裁,但有几点,颇可以算是新的体例。第一,我把章实斋的著作,凡可以表示他的思想主张的变迁沿革的,都择要摘录,分年编入。摘录的工夫,很不容易。有时于长篇之中,仅取一两段;有时一段之中,仅取重要的或精采的几句。凡删节之处,皆用'……'表出。删存的句子,又须上下贯串,自成片段。这一番工夫,很费了一点苦心。第二,实斋批评同时的几个大师,如戴震、汪中、袁枚等,有很公平的话,也有很错误的话。我把这些批评,都摘要抄出,记在这几个人死的一年。这种批评,不但可以考见实斋个人的见地,又可以作当时思想史的材料。第三,向来的传记,往往只说本人的好处,不说他的坏处;我这部《年谱》,不但说他的长处,还常常指出他的短处。例如他批评汪中的话,有许多话是不对的,我也老实指出他的错误。我不敢说我的评判都不错,但这种批评的方法,也许能替《年谱》开一个创例。"①胡适在传记形式上的创新,是值得肯定的。姚名达在胡适的影响下编撰了《程伊川年谱》《朱筠年谱》《刘宗周年谱》《余姚邵念鲁先生年谱》,并且申明编撰这几部年谱的指导思想,是用"新史学的眼光,作科学的探究与记载"②,不仅要深刻揭示谱主的主要思想,而且要通过记载谱主的主要活动,搜集和挖掘出谱主的社会交往,从而反映出时代的变化和思潮的转变,与古代的年谱相比,具有鲜明的近代色彩。姚名达的《余姚邵念鲁先生年谱》采用谱前、正谱和谱后的编纂体例,作者也自认为是一个"创例"。

古代传记都是文字传记,尽管对人物的外貌有所描写,但根据这种描写得到的人物形象却千差万别。譬如司马迁在《史记·孔子世家》中写孔子的相貌"生而首上圩顶,故因名曰丘云……孔子长九尺有六寸,人皆谓之'长人'而异之"③。根据这样简易的描写而画出的孔子相貌,各种各样,以至于外国朋友因此提出了中国的孔子是一个人还是几个人这样不是问题的问题,为了避免外国朋友的误会,国家汉办专门弄了一个孔子"出国"的标准像。现代传记则不同,随着时代的发展,技术的进步和书写条件的改善,传记写作和发表的形式也发生了很大变化,如《现代》《七月》《热风》《小说家》《宇宙风乙刊》《中国文艺》《文季月刊》《文学》《文艺》等许多刊物在发表传记作品时,都配有传主的画像、木刻或照片,如鲁迅逝世后,《文季月刊》在"哀悼鲁迅先生特辑"发表鲁迅的传记的同时,还发表了《鲁迅先生画像》(遗像)、《鲁迅先生遗体》(照片)、《鲁迅先生书桌》(照片)、《灵柩移上灵车行进中》(照片)、《殡仪行列中之鲁迅先生画像》(照片)、《鲁迅先生长眠之墓穴》(照片)、《许广平女士及公子海婴》(照片)、《鲁迅先生书札遗迹》(照片)、《鲁迅先生遗墨》(照片)等,现在只要说起鲁迅,人们的脑海里立刻就会出现鲁迅那独特的样子,就是因为有鲁迅当时的画像和照片传世的缘故。《现代》杂志在纪念歌德逝世 100 周年时,甚至发表了一组《歌德的代表画像》,其中包括:(1)歌德一生的肖像:16 岁时的画像、25 岁时的画像、32 岁时的画像、41 岁时的画像、50 岁时的画像、58 岁时的浮雕面形像、60 岁时的画像、66 岁时的石膏面形像、68 岁时的速写像、70 岁时的画像、77 岁时的画像、79 岁时的雕像、80 岁时的塑像、83 岁时的画像、临终时的画像;(2)环境·人物:歌德父母肖像、歌德之妹肖像、歌德夫人雕像、歌德的佛朗克府故居、歌德时

---

① 胡适.胡适文存第 2 集[M].北京:首都经济贸易大学出版社,2013:115.
② 姚名达.刘宗周年谱·自序[M].上海:商务印书馆,1934:1.
③ 司马迁.史记·孔子世家[M].北京:中华书局,1982:1905-1909.

代的魏马风景、歌德在魏马的著作室、歌德在魏马的会客室、魏马公爵赠给歌德的别墅、魏马公爵肖像、魏马好友席勒肖像;(3)诗与散文:原本《少年维特之烦恼》封面、《少年维特之烦恼》插画一页、绿蒂的真面目、歌德的恋人——丽丽夫人、歌德的恋人——玛丽安娜、歌德和魏马公爵、歌德旅行意大利画像、歌德的背影、歌德剪影四帧、歌德创作原稿之一页、老年歌德的手;(4)纪念·展览:歌德的死颜、歌德的绝笔、歌德逝世后的讣告、魏马的歌德墓堂、歌德与席勒之墓、歌德临终的卧室、歌德的遗物——书案、歌德的遗物——旅行箱、歌德百年祭瞻礼、魏马的歌德铜像、歌德代表作的中译本《浮士德》、歌德代表作的中译本《少年维特之烦恼》、歌德纪念马克、歌德纪念明信片、歌德纪念邮票、歌德的后裔。通过这些照片和实物,读者不仅对歌德一生形貌的变化有了清晰的印象,而且对他生活和工作的环境,他的亲人和交游,他死后得到怎样的纪念等也都有了一些了解,这对文字传记是一个很好的补充,这是现代传记文学不同于古代传记的一个显著特点。

古代史传都以叙述为主,间有夹叙夹议的,如《史记·伯夷列传》《屈原贾生列传》等,也是少数,作者的评论一般都放在传末,《史记》有"太史公曰",《汉书》有"赞曰",一部二十四史,除了《元史》外,皆有史传作者的评论,但是这些评论,只是传记正文的一个补充,并不是以评论为主的传记。以评论为主的传记形式,称之为评传,是现代才有的传记体裁。受现代西方传记的影响,经过一番提倡,评传作为一种崭新的传记形式,在现代传记文学创作中得到蓬勃发展,出现了大量称之为评传的作品,如翻译过来的有《马克思评传》《高尔基评传》《安徒生评传》《拜伦评传》《罗素评传》等,描写古代历史人物的有《子产评传》《司马相如评传》《陶渊明评传》《萧统评传》《刘彦和评传》《岳飞评传》《李卓吾评传》《成吉思汗评传》《袁枚评传》《曾国藩评传》等,描写当时作家的有《郭沫若评传》《茅盾评传》《郁达夫评传》《张资平评传》等,描写外国作家的有《王尔德评传》《西万提斯评传》《毛里哀评传》《微尼评传》等。评传的传主已经涉及国内外的各个方面,但以文学家为主,评传已经成为现代传记文学广泛使用的一种传记形式,取得的成就也很显著。

二、传主选择广泛化

古代史传的对象,主要是帝王将相、文臣武将和社会名流,一般的人物很难被树碑立传。到了现代,传记文学的写作对象扩大到了各个方面,许许多多小人物都被写入传记之中。根据《民国时期总书目·传记》类统计,1912—1949年,出版的传记作品大约1641种,涉及政治、法律、军事、财政、经济、文化、教育、体育、文学、艺术、历史、地理、科学技术、医学卫生、农业水利、华侨等各个领域的代表人物，这些方面的传记作品，在本书都有详细记录。就妇女而言，像政治界、军警界、教育界、实业界、工商界、美术界、生活界、交际界、运动界、武侠界、慈善界、释道界、巫医界、优伶界、江湖界、杂流界等各行各业之妇女都有被立传，其涉及面之广，是前所未有的。甚至出现了妓女传记，最典型如有关赛金花的传记资料数目众多，1934—1939 年即有《赛金花》《赛金花本事》《赛金花传》《赛金花遗事》《赛金花自述》《赛金花的一生》《赛金花外传》《赛金花系年小录》等传记资料涌现。

　　这里我们还可以举出一个明显的例子：《现代妇女》杂志 1943 年元旦创刊于重庆，1946 年 5 月迁址上海，1949 年 3 月被国民党当局查封而被迫停刊。该杂志设有人物传记专栏，共发表了 109 篇中国近代人物传记。在《现代妇女》所关注的人物中，涉及的传主范围是很广泛的。从最著名的政治人物孙中山、慈禧太后，到致力于妇女运动和革命的社会活动家李德全、何香凝、胡子婴、倪斐君、秋瑾、徐宗汉、雷洁琼、周颖和谭惕吾等；从抗战英雄朱文央、李林、秦嘉征、蒋鉴、杨福兰、马淑、蔡一飞，到国民党将领胡素；从作家白薇、许啸天、黄氏风姿、冯伊湄、王鲁彦、刘海尼等，到记者彭子冈、张志渊；从演员白杨、吴苗、袁雪芬、张瑞芳、叶露茜、戴爱莲等，到演员母亲周董燕梁；从关心妇女儿童福利的王家珍、姚淑文、刘德伟等，到创办儿童服装公司的实业家丁慧涵；从医生丁懋英、周穆英、苏元悟、蒋鉴琴等，到护士王文理；从公务员之真、白明、易若芸等，到职员何时清、南迎、高山、岚英、曾毅等；从教师成大哥、青果、陶端予、程仲苍、陈品芝等，到学生宋怀玉、辛夷、纪以、赵之巽、赵海伦、村农等；从女工小杨、林宝珍、徐亚兰等，到家庭妇女陈红藻、云露、明沙等；另外还有抗战英雄的家属、图书管理员、书店店员、售票员等等。[①] 特别是平民传主的大量涌现，使传记文学从鸿篇巨制走向大众化，更接近地气，更利于普及，因而鼓励青年多读传记成为热门的话题。

三、自传创作普遍化

　　胡适是现代自传文学的倡导者和实践者，他很早就开始逐个劝说当时的名人写自传，在《施植之先生早年回忆录序》说："一九二七年我在华盛顿第一次劝施植之先生写自传，那时他快满五十岁了，他对我说，写自传还太

---

① 于翠艳.现代妇女杂志有关中国近代人物传记的研究[C]//20 世纪中国人物传记与数据库建设研究第 2 辑.上海：上海书店出版社，2015:371.

早。以后二十多年之中,我曾屡次向他作同样的劝告。到了晚年,他居然与傅安明先生合作,写出他的《自定年谱》作自传的纲领。又口述他的早年生活经验,由安明记录下来。安明整理出来的记录,从施先生的儿童时期起,到一九一四年他第一次出任驻英国全权公使时为止——就是这一本很有趣味而可惜不完全的自传。"①在所著《四十自述》的自序中,他说:"我在这十几年中,因为深深的感觉中国最缺乏传记的文学,所以到处劝我的老辈朋友写他们的自传。不幸的很,这班老辈朋友虽然都答应了,终不肯下笔。最可悲的一个例子是林长民先生,他答应了写他的五十自述作他50岁生日的纪念;到了生日那一天,他对我说:'适之,今年实在太忙了,自述写不成了;明年生日我一定补写出来。'不幸他庆祝了50岁的生日之后,不上半年,他就死在郭松龄的战役里,他那富于浪漫意味的一生就成了一部人间永不能读的逸书了!"②与此同时,胡适还先后劝说梁启超、蔡元培、陈独秀、梁士诒、张元济、熊希龄、高梦旦、叶景葵等当时的名人撰写自传。因为这些人是现代某个事件的参与者,甚至是主导者,他们把自己的自传写出来,不仅可以让读者知道他们本身的非凡经历和传奇事迹,而且可以通过他们的事迹折射出当时社会的发展历程和某些重大事件的真相,具有非同一般的历史意义。胡适几十年如一日地四处劝导名人写自传,有的答应了,也写出来了,有的答应了,却没有写成;对于没有写成而又不幸谢世的名人,胡适感到无比遗憾。

自从胡适鼓励名人写作自传以来,写自传逐渐形成一种风气。胡适自己身体力行,带头撰写了《四十自述》,好像人生逢十是一个关节点,先后写了四十自述的还有林语堂、汪亚尘、郭思绂、庄严居士等,写五十自述的有严竹书、穆湘玥、王晓籁、王静斋等,写六十自述的有石醉六、守培、周越然等,写七十自述的有胡镇、叶为铭、朱少滨等。当时撰写自传的作家有郁达夫的《达夫自传》、沈从文的《从文自传》、巴金的《巴金自传》、许钦文的《钦文自传》、张资平的《资平自传》、谢冰莹的《一个女兵的自传》等,其中郭沫若撰写自传时间跨度最长,从1928年开始发表第一篇自传作品,一直写到1945年为止,后来汇集成《沫若自传》,共计110万字,这是现代部头最大的自传,其规模在世界传记文学史上也属罕见。还有艺术家徐悲鸿的《悲鸿自述》、著述家邝富灼的《六十年之回顾》、医学家伍连德的《得之于人用之于世》、佛学

① 胡适.胡适传记菁华下[M].上海:东方出版社,2014:437.
② 胡适.四十自述[M].北京:中国画报出版社,2016:1.

家丁福保的《医道与佛法》、足球名将李惠堂的《从母胎到现在》、妇女运动者王立明的《由家庭到社会》、交际家黄警顽的《廿年交际经验淡》等自述文章，都曾在《良友》杂志连续发表过。除了名人写自传外，普通人也开始写自传，像宋维翰《一个士兵的自述》、李会申《一个乞者的自述》、沈翼飞《小皮匠的自述》、汪令仪《一个舞女的自述》等，作者都是平民百姓；张雪岩、刘龄九编的《田家读者自传》曾收录了农民、工人、商人及普通劳动者自传、生活述略100余篇，这些自传为《田家半月报》征稿所得，可了解各地民众生活实况，发现社会问题，供社会学、历史学等专家研究参考之用。

现代自传的兴盛，与报纸杂志的推波助澜密切相关。报纸杂志不仅为自传的发表提供了平台，而且许多文学期刊还精心策划一些自传写作题目，鼓励大家撰写。譬如1931年《读书月刊》有"我的读书经验专号"，发表了赵景深、章衣萍、匡亚明、谢冰莹、顾均正等14位作家的读书体会。1932年《文学月报》策划了"现代中国作家自传"和"一·二八事变""九一八周年"专号，发表了白薇、洪深等人的自传和沈端先、洪深、叶圣陶、茅盾、柳亚子、田汉、穆木天、楼适夷等人在战乱中的经历。1935年《文艺》杂志策划了"作者自述特辑"，发表了胡怀琛、李金发、顾仲彝、王任叔等12位作家的自述；1936年该刊又策划了"我创作的动机特辑"。这方面成绩显著的是《青年界》杂志，该刊物于1935年策划了"学校生活之一叶特辑"，发表了陈友琴、钱歌川、郑师许、刘大杰等45人回忆学校生活的文章；1936年又策划了"我的职业生活特辑"和"中学生毕业后就职实况特辑"，前者发表了李长之、臧克家等92人回忆自己职业生活的文章，后者发表了梁燕、徐天武等11人回忆中学毕业后的工作经历；该刊这一年的"暑假生活特辑"，发表了杨东莼、胡行之等93人回忆自己暑假丰富多彩生活的文章；1937年，该刊又有"青年作家指导特辑"和"日记特辑"，前者发表隋树森、朱雯等57人的创作经验，后者发表吴景崧、周作人、老舍、艾芜等121人的日记。此外，《抗战文艺》有"轰炸特辑"，《文艺春秋丛刊》有"生活回顾特辑"，《论语半月刊》有"癖好专号"和"逃难专号"，这些特辑和专号，发表的都是一个人的生活片断，但都是令人印象深刻的经历，不仅从中可以看见作者的情感，而且也折射出时代的变化。

四、传记思想个性化

无论是自传还是他传，都是体现了作者的思想和感情的。胡适是"自由主义者"，他力图打破旧的束缚，肯定个人自由与自我追求。在传记领域，这种大胆的个性追求、自我表现与暴露、自我批判和忏悔意识是中国现代传记的特色。像郁达夫发表于 1927 年的《日记九种》，是现代知识分子创作的第一部作者在生前就公开发表的私人日记，而且是个人婚变的日记，特别是日记详细记录了他与王映霞之间复杂的感情纠葛，甚至情欲，将自己的"私生活"毫无顾忌地暴露于众，庶几可以与卢梭的《忏悔录》媲美；沈从文的《从文自传》，作者"当时主观设想，觉得既然是自传，正不妨解除习惯上的一切束缚，试改换一种方法，干脆明朗，就个人记忆到的写下去，既可温习一下个人生命发展过程，也可以让读者明白我是在怎样环境下活过来的一个人"①；瞿秋白的《多余的话》，是他在监狱里对自己一生的回顾和分析，说了许多"不该说的话"，引起了不小的争议，但他作为中国共产党曾经的一个领导人，敢于把自己的思想变化赤裸裸地加以交代，是要勇气和胆量的；其他如张默生写《异行传》，是为了"抒泄抑郁的情怀"，朱东润写《张居正大传》，是希望用张居正的"把整个的生命贡献给国家"的精神，来激励抗战时期的政府和人民，如此等等。每位作家创作的传记作品，都是表达了作者的一定时期的思想的，个性化色彩非常浓厚。郭久麟在《中国二十世纪传记文学史》第五章"五四以后的自传文学"中说："从整体上看，中国现代自传可以分四类：以郁达夫为代表的自我暴露型，以郭沫若为代表的自我张扬型，以瞿秋白为代表的自我剖析型和以谢冰莹为代表的自我倾诉型。"②从自传写作的个性化，可以窥见现代传记文学的个性化色彩是多么明显，反映了现代传记文学百花园的多姿多彩。

五、传记语言通俗化

五四运动以后，为适应社会变革的需要，现代传记文学冲破了传统的模式和文言文的桎梏，形成了新的现代体式和白话文，传记文学的创作通俗易懂，促进了传记文学的发展和传播，得到了普通读者的欢迎和喜爱。胡适是现代白话文运动的倡导者和领导者，他提出了"用白话做一切文学的工具"的主张，在《逼上梁山》一文中说："我也知道光有白话算不得新文学，我也知道新文学必须有新思想和新精神。但是我认定了：无论如何，死文字决不能产生活文学。若要造一种活的文学，必须有活的工具。那已产生的白话小说词曲，都可证明白话是最配做中国活文学的工具的。我们必须先把这个

---

① 沈从文.从文自传[M].北京：北京十月文艺出版社，2013：285.
② 郭久麟.中国二十世纪传记文学史[M].太原：山西人民出版社，2009：54.

工具抬高起来，使他成为公认的中国文学工具，使他完全替代那半死的或全死的老工具。有了新工具，我们方才谈得到新思想和新精神等等其他方面。这是我的方案。"①胡适还把这种主张也运用到传记文学的写作上来，因为他觉得"死文字"无法承担新传记描写人物的任务。他论述道：

> 传记写所传的人最要能写出他的实在身份，实在神情，实在口吻，要使读者如见其人，要使读者感觉真可以尚友其人。但中国的死文字却不能担负这种传神写生的工作。我近年研究佛教史料，读了六朝唐人的无数和尚碑传，其中百分之九十八九都是满纸骈俪对偶，读了不知道说的是什么东西。直到李华、独孤及以下，始稍稍有可读的碑传。但后来的"古文"家又中了"义法"之说的遗毒，讲求字句之古，而不注重事实之真，往往宁可牺牲事实以求某句某字之似韩似欧，硬把活跳的人装进死板板的古文义法的烂套里去，于是只有烂古文，而决没有活传记了。因为这几种原因，二千年来，几乎没有一篇可读的传记。因为没有一篇真能写生传神的传记，所以二千年中竟没有一个可以叫人爱敬崇拜感发兴起的大人物！并不是真没有可歌可泣的事业，只都被那些谀墓的死古文骈文埋没了。②

胡适认为，古代之所以缺乏生动传神的人物传记，就是被死文字、烂古文给害的，他深深觉得，古代的"死文字"已经无法胜任新传记要传神写生的任务，不可能写出"实在身份，实在神情，实在口吻"而让人有如见其人、如闻其声的感觉。尤其是时代发展到了现代，各个方面都发生了巨变，如果语言文字不变的话，就不能适应时代的需要。变革已经势在必行，变革已经时不我待。当张謇的儿子用白话文为其父亲作传时，得到了胡适的大力赞赏，并欣然为作《南通张季直先生传记序》，说："他这回决定用白话做先传，决定打破一切古文家的碑传义法，决定采用王懋竑《朱子年谱》和我的《章实斋年谱》的方法，充分引用季直先生的著作文牍来做传记的材料，总期于充分表现出他的伟大的父亲的人格和志愿。"③胡适自己也率先垂范，撰写了《白话文学史》，出版了白话诗集《尝试集》，更主要的是用白话文完成了《四十自述》《李超传》《追悼志摩》等语言自然流畅而感人肺腑的传记作品。胡适关于中国文字的障碍，是传记文学不发达的原因的论述，得到了朱东润、郑天

①　胡明.胡适精品集第 11 册[M].北京：光明日报出版社，1998：48.
②　胡适.胡适传记菁华下[M].上海：东方出版社，2014：462.
③　胡适.胡适传记菁华下[M].上海：东方出版社，2014：463.

挺等学者的赞同,郑天挺在《中国的传记文》中说:"后来传记所以不好的原因,大概有下列几点:第一,由于文字本身。古人言文一致,所以写下来的文字就同语言一样。后来文字与语言越离越远,拿古代的文字文法写后世的语言,所以语气神情不能充分表现。传记作者既不肯用当时的语法和习惯的词句来写当时的事情,记当时的对话,还要去学那更古的文法,用那早不通行的字句,以自衒古奥,于是越学越坏,越不近真实情况。"① 王治心、李次九等人在编撰《中国历代名人传略》时,已经非常明确地把"文字通俗"作为编撰要求之一。随着白话文运动的深入和语言大众化、语言民族化运动的展开,白话文得到了广泛普及,得到了社会民众的认可和接受,传记文学的白话文写作也迅速普及,无论是自传还是他传,都是用白话文写作的,文言文传记终于逐渐告别了现代传记文坛。

六、传记译介全面化

现代传记文学之所以能迅猛发展,与西方传记文学的传入和影响密切相关。在现代传记文学史上,随着卢梭的《忏悔录》、普鲁塔克的《传记集》、鲍斯威尔的《约翰生传》以及莫洛亚的传记作品和传记理论传入中国,中国传记作家获得了新型传记文学创作的样板和理论武装,胡适、郁达夫、朱东润等传记文学大家都力图在以《史记》为代表的中国传记文学优良传统的基础上,引进西方先进的传记文学理论,建立起中国自己的现代传记文学创作体系和理论体系。

为了更好更多地借鉴外国传记文学的创作,一时间译介外国传记作品和传记理论成了一种风气,全面展开,具体表现在:一是各种文学期刊和非文学期刊,都发表外国传记文学翻译作品,甚至一些重要的大型报纸,也发表外国传记作品。二是各类出版机构大量出版外国传记文学著作,如《马克思评传》《康德生活》《达尔文生活》《屠格涅夫生平及其创作》《托尔斯泰生平及其学说》《爱迪生的奋斗史》《歌德自传》《林肯传》《罗斯福传》等单个传记和《近代欧美哲学家》《世界革命妇女列传》《世界名人传》《世界电影明星小史》《世界昆虫学家传略》等综合性传记,形式多样,内容丰富。三是涉及的国家众多,日本、美国、英国、法国、德国、苏联等几十个国家的传记文学名著都先后被译介到国内,尤其是一些弱小国家传记的翻译介绍,体现了中国传记文学翻译者对世界弱小各国的重视和尊重。四是编译外国传记,如刘麟

---

① 胡道静.国学大师论国学(下)[M].上海:东方出版中心,1998:39.

生编译的《世界十大成功人传》，介绍了乔治·皮博迪、瓦特、乔赛亚·梅森、贝尔纳·帕利西、法拉第、埃兹拉·康奈尔、爱迪生等 10 人的生平事迹；陈家骥、陈克文编译的《世界著名探险家》，介绍了马可·波罗、哥伦布、达伽马、麦哲伦、德雷克、安森、库克、利文斯敦、斯坦利、约翰·卡伯特、雅克·卡蒂埃、约翰·戴维斯、马丁·弗罗比舍、斯特尔特、亨利·赫德森、约翰·富兰克林、乔治·内尔斯、南森等人的探险事迹。编译的长篇外国人物传记有邹宏道的《高尔基评传》、石苇的《萧伯纳》、伍况甫的《爱迪生传》等。五是除了翻译、编译之外，中国传记家还以外国传主为主创作了许多外国历史和现实人物的传记。如沈雁冰、郑振铎撰写的《现代世界文学者略传》，就包括现代犹太文学者宾斯奇、海雪屏、考白林、阿胥传略和现代匈牙利文学者莫尔奈、海尔齐格传略，还有现代南斯拉夫文学者柯苏尔、科洛维支传略和现代波兰文学者布什比绥夫斯基、莱蒙脱、推武玛耶尔传略，以及现代捷克文学者白士洛支、白息那、斯拉梅克、马哈、齐拉散克、沙伐、捷贝克传略等；高觉敷的《心理学名人传》，乃西方近代心理学名人传略，其中有陆克、柏克烈、休谟、哈德烈、培固、费希钠尔、布连搭等 18 人的传略；长篇外国人物传记有郑振铎的《泰戈尔传》、张资平的《地质学者达尔文》、顾均正的《安徒生传》、沈端先的《高尔基评传》等。六是翻译介绍西方传记文学理论。如戴镏龄的《近代英国传记的简洁》和《谈西洋传记》，范存忠的《一年来英美的传记文学》、任美锷的《莫洛亚著传记文学两种》等文章，都是评介西方传记作家或作品的重要文章；像周骏章译的《论传记文学》《论传记与自传》《传记的作法》《论英国传记家斯揣齐》，白桦译的《传记文学论》，许克之译的《传记的艺术》，王卢译的《论传记艺术》，黎生译的《现代的传记文学》，常风译的《小说与传记》，今纯译的《写传记的经验》，坎侯译的《传记学的科学的研究》等论文，都把西方传记家的重要传记理论介绍到了国内，使国内传记文学作家及时掌握了西方传记文学理论，并用其武装头脑，指导创作实践。

七、传记理论研究系统化

在现代传记文学史上，胡适是第一个提倡"传记文学"概念的，他不仅身体力行从事传记创作，而且积极从事传记文学理论研究。在他的倡导下，传记文学理论研究有了长足发展。郁达夫有《传记文学》与《什么是传记文学》，简略介绍了西方传记文学作品和理论；朱东润有《中国传记文学之进展》《传记文学与人格》《传记文学之前途》等文，介绍西方的传记理论，并提出了自己的见解；孙毓棠有《传记与文学》一书，其中的《论新传记》和《传记的真实性和方法》,比较完整地归纳了西方传记理论家的理论主张;此外,刘锡基的《传记文学之建立》、许寿裳的《谈传记文学》、汤钟琰的《论传记文学》、易如的《谈传记文学》、林国光的《论传记》、杨振声的《传记文学的歧途》、寒曦的《现代传记的特征》和《如何选择传记人物》、湘渔的《新史学与传记文学》、朱晨的《我生平所最爱读的书——传记》、陈友三的《青年与传记》、陈训慈的《民族名人传记与历史教学》、胡哲敷的《传记与社群在中小学历史教材上的地位》、杨华同的《论教育传记》、伯奋的《关于文学家传记电影》等论文,都是当时重要的传记文学理论文章。这些传记文学理论文章,涉及的内容比较广泛,这里无法展开论述,概而言之,主要有:一是传记名称问题,胡适称"传记文学",朱东润称"传叙文学",孙毓棠称"新传记",目的都是为了区别于古代传记。二是传记分类问题,根据不同的分类标准,有不同的分法。三是中国的传记为什么不发达的原因问题,胡适认为有三个原因:"第一是没有崇拜伟大人物的风气;第二是多忌讳;第三是文字的障碍。"[1]四是传记真实性问题,这个问题的意见比较统一,都一致认为真实是传记的生命,只有真实的传记才是有价值的传记。五是现代新传记的写法问题,主张学习西方传记文学的优点,采取心理分析的方法,把人物性格写活。六是自传写作问题。面对自传创作的繁荣和作者的平民化,有的学者开始反思,杜若认为:"自传不是人人可写,不是人人应该写。你没有丰富的生活,你能教给读者什么? 你没有独特的心得,你能够帮助读者什么?"[2]周越然也认为:"倘然写自传的目的,必在教导后人,那末,年轻无经验可言者,不必写自传;年老而言不正,行不端者,亦不必自传。"[3]七是传记名作的评价问题。如胡适的《南通张季直先生传记序》和朱东润的《论传叙文学底作法兼评南通张季直先生传记》,就是对张孝若《南通张季直先生传记》优劣的评价。八是鼓励青年阅读传记问题。青云梯《伟人传记与青年》和钟子岩《传记与青年》,就是专门论述这个问题的代表性论文。九是传记的教学问题。胡哲敷的《传记与社群在中小学历史教材上的地位》、杨华同的《论教育传记》和陈训慈的《民族名人传记与历史教学》,都专题讨论了这个问题。十是现代传记文学目前存在的问题和前途问题。杨振声的《传记文学的歧途》和朱东润的《传叙文学底前途》是其代表。十一是西方传记文学对中国现代传记的影响问题。苏雪林说:"最近十年,德国卢德伟格、法国莫尔亚斯、英国施特拉

---

① 胡适.南通张季直先生传记序[J].吴淞月刊,1930(4):24.

② 杜若.自传年[J].一周间,1934(3):107.

③ 周越然.何必自传[J].文友,1943(7):2.

齐,不约而同地努力创造了一种新传记文学,那便是用写小说的笔法来做传记。据说卢德伟格的《歌德传》,又名《一个人的传记》,莫尔亚斯的 Ariel 和 Bccthouen,施特拉齐的 Eminent Victorians Queen Victoria 都是富于小说戏剧性的传记。中国则二十年前梁启超的《罗兰夫人传》《意大利建国三杰传》也可以说是半小说的体裁。今日闻一多的《杜甫》虽则才写了一个开端,但我们可以看出它感染了不少西洋新传记文学的作风的影响。"①陈定阁也说:"中国始终没有一部新的传记文学产生出来。有,现在有了,《张居正大传》在这方面的意义上说,是具有新姿态新价值的。它具有中国史传的特长:资料严谨,态度慎重;但他也具有近代西方传记文学的优点,描写鞭辟入里,真正能把握住一个人的人格特质。此非中西文学都有修养的是不易做到的。"②可见闻一多的《杜甫传》和朱东润的《张居正大传》,他们在写作过程中,都是受到了西方传记文学的一定影响。这一点,朱东润先生自己也直言不讳,他在《张居正大传序》中说:"二十余年以前,读到鲍斯威尔底《约翰逊博士传》,我开始对于传记文学感觉很大的兴趣,但是对于文学底这个部门作切实的研讨,只是一九三九年以来的事。在那一年,我看到一般人对于传记文学的观念还是非常模糊,更谈不到对于这类文学有什么进展,于是决定替中国文学界做一番斩伐荆棘的工作。"③朱先生为现代传记文学所做的披荆斩棘的工作,是有开创性的。

除了单篇传记文学理论文章之外,这时期王元的《传记学》和沈嵩华的《传记学概论》两书的问世,把传记文学理论研究推向了高潮。特别是"传记学"概念的提出,直接把传记文学作为一门学问加以研究,是前所未有的,意义十分重大。

王元的《传记学》一书于 1938 年出版,全书概述了西方和中国传记文学的沿革发展的历史,介绍了传记的种类,分析研究了写作传记的必备条件和各类人物传记的写作方法,同时还研究了传记与史学、文学、生理学、心理学等学科的关系。在谈到传记文学的真实性时,王元指出:

> 传记中所传的人物,最紧要的地方,是要能够描写出它的实在的姿态,实在的精神,实在的口吻,实在的言行思想,实在的声音笑容,实在的性格趣味,以及实在的周围环境。凡是写作传记的人,对于所传的人

① 苏雪林.自传文学与胡适的《四十自述》[J].世界文学,1934(2):357.
② 陈定阁.评朱东润著《张居正大传》[J].中央周刊,1946(8):488.
③ 朱东润.张居正大传序[J].国文月刊,1944(28):19.

物,应该保存一种敬爱和理解的态度,以及同情的心理,不应该出之以物质的报酬,或金钱的买卖,应该直陈事实,不应该阿谀献媚,一定要做到活生生地把每个人物的弱点和缺点,通通能够刻画出来。否则,至少也必得像《檀弓》一样,赤裸裸地把孔子的不知父墓在哪里,都全盘烘托出来,真切的宣示于人。

中国过去的传记作家,在史书里面的史传,他们对于所传的人物,在求真的方面,自是下了不少的工夫。他们写起传记来,都是异常的审慎,异常的小心。他们尽量的征求异说,尽量的采集史料。但是,他们绝不马虎,绝不苟且。对于一切事件,都要去辨别它的真伪,都要去追寻它的真实性。因为必须做到这样的地步,才能够成为"一家之言",才能够取信一时,"扬名千古"。这是他们写传记文学的最高理想,也是他们所当自负的责任。所以他们在写作传记的时候,注全力于求真。他们坚决地反对不正确的"苟求异端,虚益事实";他们坚决地反对漫无选择的"务多为美,聚博为功";他们尤其坚决地反对"固造奇说,妄构史实"。所以他们对于史料的来源要追求,对于传记的真伪要辨证,对于事实的先后要注意。一本书靠不住,他们绝不引;一件事有可疑,他们绝不引;一种传说有矛盾,他们绝不引;一种传闻是出于远道敌国,他们绝不引;一种奇说为事理所必无,他们绝不引。总括的说一句,他们绝不使"异辞疑事,远诬千载"。

因为过去中国的传记作家,其态度既是那样的认真,那样的丝毫不苟,所以他们在叙述的时候,往往就发生了许多禁忌的事情。第一,他们"忌诡异":凡是神怪不经的传说,纵然在书籍中确有这样的记载,也不必把他写入传记。例如说一位帝王,载一位名臣,生时有什么祥异,死时有什么征兆,这完全是极可笑的神话,或附会。所以布满这样记事的沈约《晋书》,便引起刘知幾的不满,和强有力的攻讦。但是,这种毛病,一直到了清朝人的传记中,仍然是琳琅满目。第二,他们"忌虚美":对于一个人的过分称赞,或者对于一件事的过分夸张,那完全是不妥当的,尤其是要把他写入传记里面,更是不应该的。比如《北齐书·王琳传》说他"既及于难,当时田夫野老,知与不知者,莫不为之嘘唏流涕";又如《东观汉纪》说"赤眉降后,积甲与熊耳山齐"。这样虚构太过,夸张太甚,至今仍被人传为口实。第三,他们"忌曲隐":一个人有长处,也有短处;作事时有对的,也有不对的。在传记里面完全应该把它叙述出来。不应该只述其善的,而曲隐其恶的。但是,历代的传记作家们,或多或少,都不能免掉这种通病,这自然是中国过去传记文学的缺点。①

传记写作应该实事求是地写出"实在的姿态,实在的精神,实在的口吻,实在的言行思想,实在的声音笑容,实在的性格趣味,以及实在的周围环境"②,也就是说,所写人物的一切,无论是这个人物本身的一切,还是与这个人物有关的一切,都应该是真实可信的,这是一个很高的要求,也是传记写作必须遵循的原则。其次,王元认为古代那些优秀的传记作家对传记材料的搜集和处理都是非常审慎的,不可靠的材料不用,有怀疑的材料不用,出自敌方之口的材料不用,而且对材料还要进行考证辨析,力求真实有据。再次,王元论述了古代传记作家在处理传记材料时那种"忌诡异""忌虚美""忌曲隐"的正确态度和方法,批评了传记写作中的不良现象。总之,在现代传记文学发展史上,王元对传记真实性问题的认识和论述是比较全面和深刻的。

沈嵩年的《传记学概论》1947 年由教育图书出版社出版,全书共 4 章。第一章传记之概念,包括传记的意义、传记与历史、传记的功能、传记的对象;第二章传记之种类,包括传记的分类、自传、列传、专传、合传、年谱、人表、本纪世家;第三章传记之作法,包括传记的一般作法、专传列传的作法、合传的作法、年谱的作法;第四章中国之传记学,包括中国传记学的源流、中国的传记文学、中国传记文学的贫困和新传记的创作。作者在自序中说:"所以研究传记,对于传记的理论,必须要有相当的了解,因为不如此,那就犹如'隔靴抓痒',抓不到痒处,不能以竟全功,甚至于徒劳无益。我国的传记,因为发生得很早,在量的方面,真是'汗牛充栋',占了乙部的广大篇幅。可是,这许多传记,如果用新的眼光观之,在文字上,形式上,俱有问题,就有重新估价,重新改作的必要,原因是对理论方面太不注意,太不讲求了。在过去,关于传记的理论,虽有散篇的论述,但是有系统的著作,一直到现在,还未曾见,这不能不说是史学界和文学界的一大缺陷。十年以前,有感于此,便有从事关于传记理论方面写作之志。嗣以抗战军兴,烽火遍地,播迁流离于苏浙闽三省之间,终日扰扰,无暇执笔,初志不得遂,时耿耿于心。去年暑后,生活稍安,乃着手篇著,藉偿夙愿,并思于短时间内完成,至于冬初,草草脱稿。全篇共分四章,首就传记的概念,加以说明;次对专辑的种类,分别叙述;再于传记的作法,略为述说;末予中国之传记,稍加论评。对于传记

---

① 王元.传记学[M].台北:牧童出版社,1977:51-54.
② 王元.传记学[M].台北:牧童出版社,1977:51.

学的理论,当然不能说已阐发无遗,但其崖略,则藉此已可窥见了。"①沈嵩年对传记文学理论的研究,是自发的,是自觉,也是有效的,像《传记学》和《传记学概论》这样较为全面系统地研究现代传记文学理论的专著的出现,显然可见现代学者已经把传记文学理论作为一个独立的专门的问题来进行研究,传记理论研究已经进入了一个新的更高的层次,达到了一个很高的水平。

现代传记文学理论的研究,还有一个重要的方面,就是对古代史传创作经验的总结和批评,这方面取得显著成绩的首推梁启超。他在《中国历史研究法》《中国历史研究法补编》《中学以上作文教学法》《要籍解题及其读法》等书中,对以《史记》为代表的古代史传创作的成功经验和得失优劣作了全面总结,并提出了新的传记写作的具体要求。梁启超无论是在传记作品创作还是传记理论建设上,既是古代传记文学的殿军,也是现代传记文学的先驱,他站在中西传记发展的交汇点上,在总结和吸收我国古代传记创作的经验和现代西方传记文学理论观点的基础上,既以极大的热情创作了许多新的传记,开一代风气,又对传记理论作了深入细致的探讨。他第一次明确地认识到,传记文学尽管是历史的一种,但是它是一种独立的文体,不能等同于历史。他说:"在现代欧美史学界,历史与传记分科。所有好的历史,都是把人的动作藏在事里头,书中为一人作专传的很少。但是传记体仍不失为历史中很重要的部分。一人的专传,如《林肯传》《格兰斯顿传》,文章都很美丽,读起来异常动人。多人列传,如布达鲁奇写的《英雄传》,专门记载希腊的伟人豪杰,在欧洲史上有不朽的价值。所以传记体以人为主,不特中国很重视,各国亦不看轻。"②这话是他在《中国历史研究法补编》中说的,历史以写事为主,而传记以写人为主,梁启超首次比较清楚地区分了史学与传记的文体区别。因为梁启超已充分认识到传记以写人为主的特点,所以对于如何才能写好传记人物的问题,他在《中国历史研究法补编》一书中又作了十分具体的总结和指导。他有鉴于"做列传就得把与旁人有关系的事实分割在旁人的传中讲",因而一个人的事迹会有缺乏集中完整的弊病,提出了具有现代文体意识的"专传"的概念,并提出理想的专传应该"是以一个伟大人物对于时代有特殊关系者为中心,将周围关系事实归纳其中,横的竖的,网罗无遗"③。"而且不但要留心他的大事,即小事亦当注意。大事看环境、社

---

① 沈嵩年.传记学概论[M].福州:教育图书出版社,1947:1-2.
② 梁启超.中国历史研究法补编[M].上海:上海古籍出版社,1987:173.
③ 梁启超.中国历史研究法补编[M].上海:上海古籍出版社,1987:181-182.

会、风俗、时代,小事看性格、家世、地方、嗜好,平常的言语行动乃至小端末节,概不放松。最要紧的是看历史人物为什么有那种力量。"①对于具体的历史人物写法,他也作了阐述。比如为那些文学家作传,他认为一是要转录他本人的代表作品;二是如果不登录他的作品,那么可以载录一些旁人对他的评论。他指出:"为甚么要给司马相如、杜甫作传,就是因为他们的文章好。不载文章,真没有作传的必要。"对于那些优秀的文学作品,"如果当初正史上没有记载,也许失去了,我们何从知道他的价值呢?"所以"为文学家作传的正当法子,应当像太史公一样,把作品放在本传中"。至于要登载一些有关这个文学家的批评文章,那是因为即使作品遗失了,还有评论保留,所以"我们还可以想见他的作风同他的地位"②。而为政治家作传,则应该登载一些他的奏议,以便能够看出他的"主义"和观点。班固在《汉书·贾谊传》中登载了贾谊的《陈政事书》,而司马迁在贾谊的传中却没有把这一篇能代表贾谊政治观点的文章登在里面,梁启超曾很不满意地批评道:"太史公没有替他登出,不是只顾发牢骚,就是见识不到,完全不是作史的体裁。"③对于合传的作法,梁启超也有许多很精辟的见解。他认为凡是相互关系特别密切难分的人物,可以合在一起的最好都合在一起,不要强行把他们分成数传,比如韩信与蒯通,"《汉书》勉强把他二人分开,配角固然无所附丽,主角亦显得单调孤独了"④,所以它不如《史记·淮阴侯列传》把他俩放在一起描写更加精彩。这和清人赵翼等人的意见是一致的。对于传主的选择,梁启超认为应该为那些超群绝伦的伟大人物,尤其是能作为一个"时代的代表人物或一种学问一种艺术的代表人物"作传,因为通过他们的传记,可以反映出一个时代的历史变化,或反映出一种学问一种艺术的发展变化。对于如何写好历史人物形象,梁启超也有自己独到的见识,他认为传记"最要紧的是写出这个人与别人不同之处。……人类之所以异于他物者,因为人类性格只有相类似不会相雷同。所以一个模子可以铸几千万绝对同样式的钱,一个马群可以养出千百个绝对同性质的马,一个社会中想找两个绝对同样的人,断断找不出。相类似是人类的群性,不雷同是人类的个性。个性惟人类才有,别的物都不能有。凡记人的文字,唯一职务在描写出那人的个

① 梁启超.中国历史研究法补编[M].上海:上海古籍出版社,1987:173.
② 梁启超.中国历史研究法补编[M].上海:上海古籍出版社,1987:196.
③ 梁启超.中国历史研究法补编[M].上海:上海古籍出版社,1987:197.
④ 梁启超.中国历史研究法补编[M].上海:上海古籍出版社,1987:200.

性"①。他还以《水浒传》为例来加以说明:"《水浒传》写一百零八个强盗,要想写得个个面目不同,虽然不算十分成功,但总有十来个各各表出他的个性。这部书所以成为不朽之作就在此。懂得这种道理,对于传记文作法便有入手处了。"②写历史人物就要写出他们各自独立的、与众不同的个性,这是经验之谈,古往今来、古今中外那些脍炙人口、百读不厌的传记作品,毫无例外地证明了这个理论的无比准确。梁启超的传记理论不仅涉及的方面非常广泛,而且具有总结性和创造性,它对现代传记文学理论的建立和发展,都有着积极的推动意义。继梁启超以后,我国传记文学理论就翻开了崭新的一页,传记文学的新时代终于来到了。

除了梁启超之外,对古代传记理论进行研究并取得很大成就的,还有朱东润和李景星。朱东润的贡献,主要是撰写了《八代传叙文学述论》。此书完成于1942年,到2006年才由复旦大学出版社正式出版。全书除绪言外,分别论述了"传叙文学底名称和流别""传叙文学底蒙昧时期""传叙文学底产生""传叙文学底自觉""几个传叙家底风格""传叙文学勃兴底幻象""划时代底自叙""思想混乱底反映""南朝文士底动向""《高僧传》底完成和北方底摹本"等问题。作者在《自序》中谈到他撰写此书的缘由说:"民国三十一年写定《八代传叙文学述论》,是为师友琅邪馆撰述第四种。……在写成《史记考索》的时候,我开始对于传叙文学感觉到很深的兴趣。接着便拟叙述中国传叙文学之趋势,但是因为参考书籍缺乏,罅隙百出,眼见是一部无法完成的著作,所以只能写成一些纲领,从此束之高阁。在这个时期中,看到汉魏六朝传叙文学,尤其不易捉摸。除了几部有名的著作以外,其余都是断片,一切散漫在那里。但是即使要看这些断片,还得首先花费许多披沙拣金的功夫。……不过中国传叙文学惟有汉魏六朝写得最好,忽略了这个阶段,对于全部传叙文学,更加不易理解。所以我决定对于这个时期的传叙文学,尽我底力量。"③陈尚君在《传叙文学:人性真相的叙述——述朱东润师八代传叙文学述论》一文中评价说:"《述论》是先生四十六岁时的著作,正是一生学术精力最鼎盛的时期。全书举证丰富,考辨周详,议论骏爽,笔力雄劲,处处可以显见当时开疆拓土的执着奋发。虽然六十四年后才首次出版,其学术意义并没有随着时间推移而减损。先生当时疾呼因应世界文学的趋势,建立可以无愧于世界文学之林的中国传叙文学,至今仍不失其意义。先生对

---

①　夏晓虹.梁启超文选下集[M].北京:中国广播电视出版社,1992:126-127.
②　夏晓虹.梁启超文选下集[M].北京:中国广播电视出版社,1992:127.
③　朱东润.八代传叙文学述论[M].上海:复旦大学出版社,2006:1-2.

于汉魏南北朝传叙文学作品的全面发掘，并在此基础上对其成就的评骘，至今尚无学者超越先生当时已经达到的广度和深度。当然更重要的，是留下了在学术转型过程中的系统思考，对于了解先生一生的治学道路和成就，意义十分重大。"①这个评价，是切中肯綮的。

李景星的贡献，是著有《四史评议》，包括《史记评议》《汉书评议》《后汉书评议》《三国志评议》，于 1932 年由济南精艺公司出版。众所周知，古代传记文学的代表，就是前四史，或者说，前四史代表了古代史传文学的最高成就。李景星对前四史的每一篇，都做了详细的评论，内容涉及篇章的命题、作品的中心、作者的用意、历史人物的品评、传记材料的运用、人物描写的笔法、传记结构的布局，以及事实的考订、语言的优劣等等。作者读书非常仔细，对各篇的剖析非常深透，不仅全面深入地总结了前四史的写作经验，而且为读者阅读和理解前四史提供了许多启迪。现代传记文学是在继承和发扬古代传记文学，尤其是《史记》描写人物的经验基础上发展起来的，所以对《史记》等史传文学名著的创作经验进行研究总结，是建立现代传记文学理论体系之需要，更是现代传记文学创作实践之需要。

① 　陈尚君.转益多师[M].上海：上海辞书出版社，2015：40.

目　录

宣统三年　辛亥　1911 年

一、单篇传记

高劳《马可·波罗事略》发表于《东方杂志》第 8 卷第 5 号。

按：阿英《传记文学的发展——辛亥革命文谈之五》说："传记文学的发展，在当时几乎成为绝大多数革命刊物不可缺少的部门。采用这种文学形式来宣传，也正适应了民族革命和爱国主义宣传工作的需要。即使在某些篇章里，思想认识上还存在着问题，如强调费贞娥、霍夫人，骂李自成为'贼'等等，但总体的说来，这种文学形式能得到发展的机会，对辛亥革命发挥作用，不能不说辛亥革命文艺阵线方面的一种突出贡献。"(1961 年 11 月 20 日《人民日报》)

雪痕《爱国伟人熊飞传》发表于《孔圣会星期报》第 154 期。

〔美〕莫尔根作《林肯传》(第十六章"国党之推戴")发表于上海《大同报》第 14 卷第 21 期。

〔美〕莫尔根作《林肯传》(第二十二章"南北失和")发表于上海《大同报》第 15 卷第 7 期。

〔美〕莫尔根作《林肯传》(第二十三章"战败之黯淡")发表于上海《大同报》第 15 卷第 8 期。

〔美〕莫尔根作《林肯传》(第二十五章"过渡之险象")发表于上海《大同报》第 15 卷第 13 期。

〔美〕莫尔根作《林肯传》(第二十六章"白宫之筹划")发表于上海《大同报》第 15 卷第 15 期。

〔美〕莫尔根作《林肯传》(第二章"居印第亚拿之野")发表于上海《大同报》第 15 卷第 19 期。

〔美〕莫尔根作《林肯传》(第三十一章"林肯与陆军人员")发表于上海《大同报》第 15 卷第 21 期。

〔美〕莫尔根作《林肯传》(第三十一章"林肯与陆军人员")发表于上海《大同报》第 15 卷第 22 期(续)。

〔美〕莫尔根作《林肯传》(第三十二章"林肯逝世")发表于上海《大同报》

第 15 卷第 25 期。

鱼洲《医学士吉益东洞君小传》发表于《中西医学报》第 15 期。

二、传记著作

(清)姚大荣著《王子安年谱》作为《惜道味斋集》附录出版。

梁启超等著《中国六大政治家》由上海广智书局出版。

按:书中被称为六大政治家的是管仲、商鞅、诸葛亮、李德裕、王安石、张居正。作者是梁启超、麦孟华、李岳瑞、佘守德。

梁启超《王荆公传·自序》曰:"自余初知学,即服膺王荆公,欲为作传也有年,牵于他业未克就,顷修国史至宋代,欲考熙丰新法之真相,穷极其原因结果,鉴其利害得失,以为知来视往之资,而调诸先史,则漏略芜杂,莫知其纪,重入出奴,谩辞溢恶,虚构事实,所在矛盾,于是发愤取《临川全集》,再四究索,佐以宋人文集、笔记数十种,以与《宋史》诸志传相参证,其数百年来哲人硕学之言论,足资征信者籀而读之,亦得十数家,钩稽甲乙,衡量是非,然后叹吾畴昔自谓能知荆公,能尊荆公者,无以异于酌潢潦之水而以为知海,睹甍牖之明而以为知天也。而流俗之诋蔑荆公,污蔑荆公者,益无以异于斥鹦之笑鹏,蚍蜉之撼树也。不揣寡陋,奋笔以成此编,非欲为过去历史翻一场公案,凡以示伟人之模范,庶几百世之下,有闻而兴起者乎,则区区搜讨之勤,为不虚也。新会梁启超。"

钱茂著《历代都江堰功小传》由成都作者出版。

马其昶著《桐城耆旧传》12 卷出版。

丁宝铨著《傅青主先生年谱》由山阳丁氏出版。

杨永澍辑《杨忠武公记事录》由杨氏宝环堂出版。

苔水外史著《沈敦和》由上海集成图书公司出版。

时事新报馆编《革命党小传》(第 2 册)由上海时事新报馆出版。

慕优生编《海上梨园杂志》(上下册)由上海振聩社出版。

顾鸣凤著《泰西人物志》由讷庵丛稿本出版。

林万里编《加里波的》(少年丛书)由上海商务印书馆出版。

三、卒于是年的传记作者

孙葆田(1840—1911)。葆田字佩南,山东荣成人。张裕钊弟子。少嗜学,笃好《左传》《国语》,韩愈、欧阳修、苏轼之文。1874 年进士,授刑部主事。1882 年改任安徽宿松知县。1885 年分校江南乡试,调署合肥知县。后有御史劾其误致人死罪,遂免归。数年后,安徽巡抚福润调其主事,辞不赴。后历主山东尚志书院、河南大梁书院。曾两度总纂《山东通志》。著有《宋人经义约钞》3 卷,《删定马氏所辑汉儒经解》,《孟志编略》6 卷,《汉儒传经记》1 卷,《国朝经师汉学师承记》,《南阳县志》12 卷卷首 1 卷等。

李问渔(1840—1911)。问渔名杕,原名浩然,以字行,江苏南汇人。清同治元年(1862)入耶稣会。1872 年升神父。曾任震旦学院院长、南洋公学教师。光绪五年(1879)创办并主编《益闻录》半月刊。光绪十三年(1887)始创《圣心报》月刊,曾翻译《福音书》。主要译著有《新经译义》《宗徒大事录》《续理窟》《圣母传》《福女玛利亚纳传》《圣安多尼传》等传记作品。

贺涛(1847—1911)。涛字松坡,直隶武强人。吴汝纶弟子。1886 年进士,官刑部主事。著有《易说》《书说》《仪礼钞》《文章大观》《舆地图说》《国语记》《贺先生文集》《韩昌黎年谱》(1 卷)等。

薛绍徽(1866—1911)。绍徽,福建闽县人。陈寿彭妻。与丈夫等创立中国最早的女学会、女学报和有别于西方教会所办的教会学校的女学堂。著有《黛韵楼诗集文集词集》8 卷、《外国列女传》7 卷,编有《国朝闺秀词踪》10 卷等。

民国元年　壬子　1912 年

一、传记评论

邹稷光《辛亥人物论·隆裕太后论》发表于《顺天时报》第 3107 号。

邹稷光《辛亥人物论·黎副总统论》发表于《顺天时报》第 3110 号。

邹稷光《辛亥人物论·康有为论》发表于《顺天时报》第 3112 号。

邹稷光《辛亥人物论·清监国摄政醇亲王载沣论》发表于《顺天时报》第 3113 号。

邹稷光《辛亥人物论·唐绍仪论》发表于《顺天时报》第 3114 号。

邹稷光《辛亥人物论·李煜瀛赵秉钧朱芾煌论》发表于《顺天时报》3116 号。

邹稷光《辛亥人物论·章太炎论》发表于《顺天时报》第 3118 号。

邹稷光《辛亥人物论·瑞澂论》发表于《顺天时报》第 3119 号。

邹稷光《辛亥人物论·汪兆铭论》发表于《顺天时报》第 3121 号。

邹稷光《辛亥人物论·梁启超论》发表于《顺天时报》第 3131 号。

邹稷光《辛亥人物论·黄兴论》发表于《顺天时报》第 3134 号。

邹稷光《辛亥人物论·盛宣怀论》发表于《顺天时报》第 3135 号。

邹稷光《辛亥人物论·张彪论》发表于《顺天时报》第 3150 号。

邹稷光《辛亥人物论·吴禄贞良弼论》发表于《顺天时报》第 3229 号。

佚名《记桐城方戴两家书案》发表于《古学汇刊》第 1 编。

二、单篇传记

秦同培《喀费特传》发表于《教育杂志》第 4 卷第 1 期。

杨恩湛《美国大教育家伊略脱小传》发表于《教育杂志》第 4 卷第 3 期。

陈邦礼《雄哉韦特氏之事略》发表于《工业世界》第 1 期。

张任新《名医黄春甫先生事略》发表于《中西医学报》第 3 年第 5 期。

陈方恪《续居士传》发表于《佛学丛报》第 2 期。

三、传记著作

蒯楚生编著《张振武》由上海新民书社出版。

孙静庵著《明遗民录》48 卷由上海新中华图书馆出版。

缪荃孙著《国史儒林传》2 卷由上海国粹学报社出版。

黄觉时编《辛亥首义缘起实录》由善昌号出版。

按：是书收有武昌起义情况及纪战、武昌起义后各省情况、列强中立、各种露布（文告），武昌军政府伟人黎元洪、黄兴、胡侠魂、汤化龙、胡经武等的列传。

上海自由社编辑《革命党小传》（第 1—6 册）由上海自由社出版。

天啸生著《黄花岗福建十杰纪实》出版。

商务印书馆编《共和人物》（甲集）由上海商务印书馆出版。

黄魂编《诸烈士血书》由上海神州广文社出版。

朱德裳著《造时势之英雄刘揆一》由上海商务印书馆出版。

谢洪赉编、胡贻穀增订《后进楷模》由上海青年协会书报部出版。

按：是书收录《美国黑种第一伟人》《通数十国语之铣工裴德之事略》《当代富豪之成功》《二十世纪大发明家爱迪生事略》《华盛顿之轶事》《林肯之律师时代》《罗斯福之轶事》《日本众议院片冈长吉事略》《大教育家哈伯博士之日程》等 23 篇文章。

［英格兰］Thomas Carlyle（托马斯·卡莱尔）著、Doraces Clint（多丽丝·克林特）译《世界英雄论略》由上海广学会出版。

按：是书简要评述奥丁、穆罕默德、但丁、莎士比亚、路德、约翰逊、卢梭、克伦威尔、拿破仑等 11 人。

［意］艾儒略著、明守璞译《耶稣行实》由河涧府胜世堂出版。

［美］脱埃海伦著、丁罗米译《赖麦培》由上海广学会出版。

［俄］布拉哥叶瓦著、许之桢译《季米特洛夫传》由山西辽县华北书店出版。

［英］梅益盛译、许默斋笔述《巴赖德》由上海广学会出版。

［英］勒舍尔著、张味久译《格兰斯顿》由上海广学会出版。

［美］卜舫济口述、陈宝琪译《哈密登》由上海广学会出版。

［英］节丽春译《女大善士伊利赛伯传》由上海广学会出版。

陈一山笔述、曹卓人删润《美国宗教家劳遮威廉传》由上海广学会出版。

［美］励德厚译、魏延弼笔述《林肯》由上海广学会出版。

林万里编《华盛顿》由上海商务印书馆出版。

［美］沐尔赐著、曹卓人笔述《美国第二总统亚但氏约翰传》由上海广学会出版。

林万里编《哥仑布》由上海商务印书馆出版。

林万里编《毕斯麦》由上海商务印书馆出版。

四、卒于是年的传记作者

容闳(1828—1912)。闳字达萌,号纯甫,广东香山人。1841 年就读于澳门和香港马礼逊学校。1847 年随校长布朗赴美国学习,1854 年获耶鲁大学文学学士学位。回国后,先后在广州美国公使馆、香港高等审判庭、上海海关、英商宝顺公司任职。1863 年受曾国藩之命,筹建江南制造局,并赴美国购买机器。1870 年倡议派幼童前往泰西肄业之计划,获其好友丁日昌之赞成,并且得到曾国藩、李鸿章的支持,成立"驻洋肄业局"。遂与陈兰彬同任留学事务所监督。1873 年在家乡建容氏甄贤学校。1896 年建议设立铁路学堂。1912 年病逝于美国。著有回忆录《西学东渐记》(原名《我在中国和美国的生活》)等。

按:《西学东渐记》包括总序、自序、附录、后记和二十余章内容。即第一章"幼稚时代"、第二章"小学时代"、第三章"初游美国"、第四章"中学时代"、第五章"大学时代"、第六章"学成归国"、第七章"人世谋生"、第八章"经商之阅历"、第九章"产茶区域之初次调查"、第十章"太平军中之访察"、第十一章"对太平军战争之观感"、第十二章"太平县产茶地之旅行"、第十三章"与曾文正之谈话"、第十四章"购办机器"、第十五章"第二次归国"、第十六章"予之教育计划"、第十七章"经理留学事务所"、第十八章"秘鲁华工之调查"、第十九章"留学事务所之终局"、第二十章"北京之行与悼亡"、第廿一章"末次之归国"、第廿二章"戊戌政变"。作者详细回顾了自己一生的经历,反映了中国第一代留学西洋的知识分子为了把西方现代文明传播到中国而做出的艰苦努力,字里行间洋溢着浓厚的爱国情怀。

柯逢时(1845—1912)。逢时字懋修,号钦臣,一号逊庵,湖北武昌人。1883 年进士,选庶吉士,授翰林院编修。升任江西布政使、贵州巡抚、广西巡抚,迁户部侍郎,湖北商办铁路公司名誉总理。辛亥革命前,授浙江巡抚,未赴任。辛亥革命后,组织武昌保安社,自任社长。生平喜著书、刻书,尤嗜藏书。官余搜罗古籍善本极多。曾在江西主纂有《湖北通志》《武昌县志》《应山县志》。与殷应庚、殷方钺合编有《鄂城柯尚书年谱》2 卷。

丘逢甲(1864—1912)。逢甲字仙根,又字吉甫,号蛰庵、仲阏、华严子、别署海东遗民、南武山人、仓海君,祖籍广东镇平,生于台湾苗栗。1887 年中举人,1889 年进士出身,授任工部主事。回台湾台中衡文书院任主讲,后又于台南和嘉义教育新学。1895 年 5 月 23 日任义勇军统领。1895 年秋内渡广东,先在嘉应和潮州、汕头等地兴办教育,倡导新学,支持康梁维新变法。1903 年被兴民学堂聘为首任校长;后任广东教育总会会长、广东咨议局副议长。中华民国成立后,被选为广东省代表参加孙中山组织的临时政府。著有《丘逢甲文集》,其中有传记作品《温柳介先生诔》《温柳介先生墓志铭》《温慕柳先生像赞》《萧母姚太夫人七十秩开一寿序》《寿堂叶封翁六十有五寿序》《上杭丘朗山先生墓志铭》《宋征士参少保丞相信国公参军丘创兆先生家传》《丙午日记片断》等。

民国二年　癸丑　1913 年

一、单篇传记

爱楼《方弼方相合传》发表于《自由杂志》第 2 期。

无名氏《德国大诗家世来尔事略》发表于《协和报》第 4 卷第 7 期。

无名氏《德国大诗家世来尔事略》发表于《协和报》第 4 卷第 8 期。

无名氏《德国大诗家世来尔事略》发表于《协和报》第 4 卷第 12 期。

无名氏《德国大诗家世来尔事略》发表于《协和报》第 4 卷第 13 期。

二世孙式海谨录《专西大师略传》发表于《佛学丛报》第 5 期。

二、传记著作

孙毓修编《张良》由上海商务印书馆出版。

孙毓修编著《岳飞》由上海商务印书馆出版。

徐天啸编《神州女子新史正续编》由上海神州图书局出版。

按：是书分上古、中古、近古等章，分别介绍了各个时代典型女子的事迹。

(清)沈祖宪、吴闿生著《容庵弟子记》出版。

按：容庵为袁世凯的别号。沈、吴二人皆袁氏门生，故以《容庵弟子记》为名。该书是一部详述袁世凯生平事迹的著作，所记至辛亥革命前夕为止。

唐炯著《丁文诚公年谱》由文通书局出版。

国民图书局编著《宋教仁被刺始末记》(第 2 集)由上海国民图书局出版。

杞人氏著《宋教仁被害记》出版。

徐血儿等编《宋渔父》(第 1 集)由上海民立报馆出版。

宝宝编《共和花影》由编者出版。

柳亚子编《春航集》(冯春航纪念集)由上海广益书局出版。

王毅存编《公续先生哀挽录》由上海商务印书馆出版。

汪锡增编《瞿仲戌先生哀挽录》由上海商务印书馆出版。

[美]布理登著、任保罗译《贫子成名鉴》由上海广学会出版。

［美］李斐绮著、潘慎文等译《美国军事家李统帅传》由上海广学会出版。
林万里编《纳尔逊》由上海商务印书馆出版。

三、卒于是年的传记作者

宋教仁（1882—1913）。教仁字钝初，号渔父，湖南桃源人。1904 年 2 月在长沙任华兴会副会长。同年 12 月 13 日抵达日本，在日本东京成立同盟会，成为同盟会的主要领导人。1910 年年底从日本返抵上海，任《民立报》主笔，以"渔父"笔名撰写大量宣传革命的文章。1911 年 7 月与谭人凤、陈其美等在上海组建同盟会中部总会。武昌起义后，参与起草《鄂州临时约法草案》。1912 年 1 月 1 日中华民国在南京成立，被任命为法制院院长，起草宪法草案《中华民国临时政府组织法》。7 月 21 日当选为同盟会总务部主任干事，主持同盟会工作。8 月 25 日成立国民党，当选为理事，并任代理理事长。1913 年 3 月 20 日在上海火车站（老北站）遭枪击，22 日不治身亡。著有《宋教仁集》《宋教仁自述》《宋教仁日记》等。其中传记作品有《我之历史》《烈士陈星台小传》《迎袁专使遇险记》等。

宁调元（1885—1913）。调元字仙霞，号太一，笔名有辟支、屈魂，化名林士逸，湖南醴陵人。1904 年加入华兴会，次年留学日本，并加入同盟会。曾主编《帝国日报》，又创办《民声日报》。二次革命失败后不幸被捕，1913 年 9 月 25 日在武昌英勇就义。著有《宁调元集》，其中有传记作品《自祭文》《祭六叔父文》《刘母潘太孺人墓志铭》《文学林维岳墓志铭》《鸽儿墓碑铭》《孔子之接物》《孔子之教忠》《朱舜水之绝笔》等。

民国三年　甲寅　1914 年

一、传记评论

胡适 9 月 23 日日记，专门谈了《传记文学》问题。从此开始倡导传记文学。

按：胡适说：昨与人谈东西文体之异。至传记一门，而其差异益不可掩。余以为吾国之传记，惟以传其人之人格（Character）。而西方之传记，则不独传此人格已也，又传此人格进化之历史（The development of a character）。东方传记之体例（大概）：（一）其人生平事略。（二）一二小节（Incidents），以写其人品。（如《项羽传》"垓下之围"项王悲歌起舞一节。）西方传记之体例：（一）家世。（二）时势。（三）教育（少时阅历）。（四）朋友。（五）一生之变迁。（六）著述（文人），事业（政治家，大将，……）。（七）琐事（无数，以详为贵）。（八）其人之影响。布鲁达克（Plutarch）之《英雄传》，稍类东方传记。若近世如巴司威尔之《约翰生传》，洛楷之《司各得传》，穆勒之《自传》，斯宾塞之《自传》，皆东方所未有也。东方无长篇自传。余所知之自传惟司马迁之《自叙》，王充之《自纪篇》，江淹之《自叙》。中惟王充《自纪篇》最长，凡四千五百字，而议论居十之八，以视弗兰克林之《自传》尚不可得，无论三巨册之斯宾塞矣。东方短传之佳处：（一）只此已足见其人人格之一斑。（二）节省读者日力。西方长传之佳处：（一）可见其人格进退之次第，及其进退之动力。（二）琐事多而详，读之者如亲见其人，亲聆其谈论。西方长传之短处：（一）太繁；只可供专家之研究，而不可为恒人之观览。人生能读得几部《约翰生传》耶？（二）于生平琐事取裁无节，或失之滥。东方短传之短处：（一）太略。所择之小节数事或不足见其真。（二）作传太易。作者大抵率尔操觚，不深知所传之人。史官一人须作传数百，安得有佳传？（三）所据多本官书，不足征信。（四）传记大抵静而不动。何谓静而不动？（静 Static，动 Dynamic。）但写其人为谁某，而不写其人之何以得成谁某是也。吾国人自作年谱日记者颇多。年谱尤近西人之自传矣。[①]

① 耿云志，李国彤. 胡适传记作品全编：第四卷[M]. 上海：东方出版中心，1999：200 - 201.

　　按:杨正润说:"胡适是梁启超之后中国文坛的领袖人物之一,胡适等人高举起新文化运动的旗帜,开启了中国文化的新时代。胡适是一位兴趣十分广泛的学者,而传记始终处于他学术和文学关注的中心,从 1920 年代到临终前不久,他一再发表演说和文章鼓吹传记的意义、提高传记的地位,还动员梁启超、蔡元培、陈独秀等人写作自传。他自己也写自传,包括早年的《四十自述》和晚年同唐德刚合作的口述自传,还亲自动笔写了几部传记,其中包括为好友丁文江写的传记,胡适的一生同传记始终有不解之缘。同梁启超相比,胡适更深入地考察了中国传统传记的弱点及其产生的原因。胡适是生活在新旧交替时期的人物,他先后经受了中国传统文化和西方文化的系统教育,两者同样对他产生了深刻的影响。他的《四十自述》等作品依然保留着他所反对的正统传记的某些弱点,但也显示出一种清新、明快的风格,体现了新文化运动的精神。他对传记的认识同他的整个文学观点一样,还停留在新文化的启蒙层次,但他所做的是不可缺少的工作,其影响十分巨大。胡适在学术界和教育界具有崇高的地位,他的言论和著作大大提升了传记在人们心目中的地位。"①

　　按:胡适是现代传记文学的提倡者和创作者,他一生创作了许多传记作品,其中有《四十自述》《逼上梁山——文学革命的开始》《我的信仰及其发展》《我的年谱(一九二三)》《一九二四年的年谱》《南行杂记》《一九三四年的回忆》《南游杂忆》《胡适口述自传》《章实斋先生年谱》《王若虚年谱》《科学的古史家崔述》《崔东壁遗书序》《记李觏的学说——一个不曾得君行道的王安石》《戴东原在中国哲学史上的位置》《戴东原在四库馆的经过年表》《戴震对江永的始终敬礼》《再记东原对江慎修的敬礼》《费经虞与费密——清学的两个先驱者》《几个反理学的思想家》《荷泽大师神会传》《坛经考之一——跋曹溪大师别传》《记辜鸿铭》《颜李学派的程廷祚》《述陆贾的思想》《林颐山》《赵一清的生卒年》《李翱的生卒年岁》《范缜萧琛范云的年岁》《考范缜发表〈神灭论〉在梁天监六年》《傅孟真先生的思想》《注〈汉书〉的薛瓒》《邵雍》《邵雍的哲学》《李塨年表》《孔子》《姚烈士传》《康南耳君传》《许怡荪传》《追想胡明复》《高梦旦先生小传》《张伯苓先生传》《美国大学教育的革新者——吉尔曼》《丁文江的传记》《丁在君这个人》《终身做科学实验的爱迪生》《记美国医学教育与大学教育的改造者弗勒斯纳先生》《王莽——一千九百年前的一个社会主义者》《再论王莽》《陈独秀与文学革命》《国府主席林森先生》《兴登

①　杨正润.现代传记学·导论[M].南京:南京大学出版社,2009:10.

堡《海滨半日谈——纪念田中玉将军》《孙逸仙》《李友棠》《追念熊秉三先生》《悼洪兰友》《王荆公的有为主义》《怀念曾慕韩先生》《张佩伦的涧于日记》《康有为》《记金文淳》《读〈托洛斯基自传〉》《吴敬梓传》《吴敬梓年谱》《朱敦儒小传》《白话诗人王梵志》《欧阳修的两次狱事》《追悼志摩》《辨伪举例——蒲松龄的生年考》《追忆曾孟朴先生》《读曲小记》《再谈关汉卿的年代——与冯沅君女士书》《〈镜花缘〉的著者李汝珍》《齐白石年谱》《陆长庚西星的年岁》《追记泰戈尔在中国》《托马斯·胡德》《顾咸卿》《中国第一伟人杨斯盛传》《世界第一女杰贞德传》《中国爱国女杰王昭君传》《李超传》《古希腊的名妓符怜》等；传记文学理论文章有《传记文学》（九月廿三日）、《南通张季直先生传记序》《中国的传记文学——在北京大学史学会的讲演提纲》《叶天寥年谱》《罗壮勇公年谱》《黄谷仙论文审查报告》《清代名人传略序》《留学日记自序》《赫尔回忆录序》《师门五年记序》《传记文学》《司徒雷登回忆录序》《介绍一本最值得读的自传——克难苦学记序》《梁任公先生年谱长编初稿序》《施植之小说早年回忆录序》《致沈亦云的信》《詹天佑先生年谱序》等。耿云志、李国彤将这些文章汇编成《胡适传记作品全编》共4册，由上海东方出版中心1999年出版。

二、单篇传记

秋水《养成伟大人物之要素》发表于《进步杂志》第5卷第6号。
钱智修《蒙台梭利女史小传》发表于《教育杂志》第6卷第3期。
无我《爱伦该女史传》发表于《教育杂志》第6卷第7期。
太玄《伊略脱传》发表于《教育杂志》第6卷第10期。
太玄《伊略脱传》发表于《教育杂志》第6卷第11期。
太玄《伊略脱传》发表于《教育杂志》第6卷第12期。
高斯铎《铁妇安得罗事略》发表于《大同报》第20卷第14期。
蒋茂森《杨敬诚先生殉难纪实》发表于《通问报》第34期。
李详《费君鉴清小传》发表于《雅言杂志》第8期。
慎微《显微镜制作改良三大光学家小传》发表于《医药观》第5期。

三、传记著作

孙毓修编《文天祥》由上海商务印书馆出版。
孙毓修编《王阳明》由上海商务印书馆出版。
李放著《中国艺术家征略》由天津利亚书局出版。

〔日〕内藤顺太郎著、范石渠译《袁世凯》由上海文汇图书局出版。

〔日〕内藤顺太郎著、张振秋译《袁世凯》(正传)由上海广益书局出版。

徐有鹏编《袁大总统书牍汇编》由上海广益书局出版。

常州保安会编《钱烈士死事纪略》由编者出版。

王德照等编《王君莪章哀挽录》由编者出版。

上海时报馆编《新惊鸿影》由编者出版。

徐吁公等编《云红集》由北京会友社出版。

按:杜云红是京剧演员,是书介绍其事迹。

陈痴剑编《林颦卿集》(京剧女演员)由杭州慧星报馆出版。

叶恭绰编《叶仲鸾先生寿言集》由北京日报馆出版。

〔美〕顾德迈著、胡贻榖译《保罗传之研究》由上海中华基督教青年会组合出版。

〔美〕励德厚著《美国开始大总统华盛顿纪事本末》由上海广学会出版。

〔英〕马林译、陶隆撰述《(美国)翟斐生》由上海广学会出版。

卢寿笺编译《美国十大富豪》由上海中华书局出版。

《圣母发现于露德实传》由香港纳匝肋静院出版。

《圣女斐勒默纳传》由上海土山湾印书馆出版。

林万里编《大彼得》由上海商务印书馆出版。

按:是书介绍彼得一世的生平事略。

〔英〕奥斯威尔著、张铁民译《印度政治家事略》由上海广学会出版。

四、卒于是年的传记作者

苏舆(1874—1914)。舆字嘉瑞,号厚庵,湖南平江人。幼从父苏渊泉读书,补县学生员,稍长,入长沙湘水校经堂肄习,从王先谦受学。1897 年选拔贡,1904 年成进士,入翰林。编有《翼教丛编》。著有《校定晏子春秋》《春秋繁露义证》17 卷卷首 1 卷、《公羊董义述》《董子年表》1 卷考订 1 卷等。

民国四年　乙卯　1915 年

一、单篇传记

丁锡华《日本梅谦次郎博士传》发表于《大中华》第 1 卷第 6 期。

钱智修《郁根传》发表于《教育杂志》第 7 卷第 2 期。

陈衡哲《来因女士小传》发表于《科学》第 1 卷第 9 期。

集艳《欧色夫人小传》发表于《眉语》第 1 卷第 4 期。

周实《棠隐女士小传》发表于《女子杂志》第 1 卷第 1 期。

萧蜕《庞景贞女士小传》发表于《妇女杂志》第 1 卷第 2 号。

谢觐宸《亡室魏氏事略》发表于《妇女杂志》第 1 卷第 5 号。

孟宪丞《英公主玛丽小传》发表于《妇女杂志》第 1 卷第 6 号。

天白《玛伊亚公主小传》发表于《礼拜六周刊》第 6 期。

应瘾《今世大布道师圣台君事略》发表于《青年》第 12 期。

朱孔彰《孙征君诒让事略》发表于《甲寅周刊》第 1 卷第 9 期。

心史《董小宛考（未完）》发表于《小说月刊》第 6 卷第 9 号。

心史《董小宛考（续）》发表于《小说月刊》第 6 卷第 10 号。

胡适《康南耳君传》发表于美国《留美学生季报》春季第 1 期。

二、传记著作

谢无量（原题谢蒙）著《孔子》由上海中华书局出版。

吕思勉著《苏秦张仪》由上海中华书局刊行，有自序。

孙毓修编《信陵君》由上海商务印书馆出版。

孙毓修编《郭子仪》由上海商务印书馆出版。

孙毓修编著《模范军人》（8 册）由上海商务印书馆出版。

按：《模范军人》是一套丛书，共 8 册。第 1 册记述关壮缪、岳武穆的事迹；第 2 册记述张飞、赵云、王濬、谢玄的事迹；第 3 册记述韩擒虎、贺若弼、李靖的事迹；第 4 册记述尉迟敬德、苏定方、李光弼、郭子仪的事迹；第 5 册记述曹彬、王彦章、狄青的事迹；第 6 册记述韩世忠、刘锜的事迹；第 7 册记述旭烈兀、郭侃、徐达、常遇春的事迹；第 8 册记述冯胜、蓝玉、戚继光、周遇吉的事迹。作者之所以编著这套丛书，目的是崇扬尚武精神。

嵇晦滋著、逸如编《明季佚闻》由上海小说丛报社出版。

按：是书分上、中、下 3 卷，辑入明朝烈士、烈女 96 人小传。其中包括韩平儿、何可刚、周元哥、祖伟、徐日升、严氏、唐翠姑、崔五姑、戴珙、丘铭、金凤姑、志明等人的小传。

岑梦楼编《王金发》由上海醒世新社出版。

鸿蒙亮志著《吴烈士追忆录》出版。

栖霞、澹如编《海上花影录》由上海新中华图书馆出版。

［美］卡尔著、健公译《清慈禧太后画像记》由上海商务印书馆出版。

［美］卡尔著、陈霆锐译《慈禧写照记》由上海中华书局出版。

容闳著，徐凤石、恽铁樵译《西学东渐记：容纯甫先生自述》由上海商务印书馆出版。

按：容闳于 1909 年在流亡中用英文写成了回忆录《我在中国和美国的生活》。用自传的形式总结了自己 60 余年来的经历，反映了我国第一代留学西方的知识分子为了将西方现代文明传播于中国而毕生努力奋斗的真实故事。1915 年，恽铁樵和徐凤石将这部回忆录翻译成中文，交商务印书馆出版，书名也改为《西学东渐记：容纯甫先生自述》。

三、卒于是年的传记作者

吉亮工（1857—1915）。亮工字柱臣，一字住岑，别署莽书生，自号风先生，江苏扬州人。书法先效二王，得其自然潇洒之风韵；稍后浸渍六朝碑版，得其沉雄朴茂之神态。中年后稍变其体，多为狂草，狂放多姿，有"龙草风篆"之称。又善花鸟画，无论苍松、怪树、走兽、飞禽以及佛像皆妙，画作往往不拘成法，随意气所之，有"扬州八怪"遗风。冶春后社成员。著有《诗律传真》《风先生传》等。

民国五年　丙辰　1916 年

一、传记评论

金薵《读曾子固〈列女传·目录序〉书后》发表于《妇女杂志》第 2 卷第 8 号。

陆振权《读曾子固〈列女传·目录序〉书后》发表于《妇女杂志》第 2 卷第 8 号。

殷同薇《读曾子固〈列女传·目录序〉书后》发表于《妇女杂志》第 2 卷第 8 号。

钱基博《读曾子固〈列女传·目录序〉书后》发表于《妇女杂志》第 2 卷第 8 号。

凌庭镜《介子推论》发表于《妇女杂志》第 2 卷第 8 号。

薛声巽《缇萦上书救父而除肉刑论》发表于《妇女杂志》第 2 卷第 8 号。

李文熠《缇萦上书救父而除肉刑论》发表于《妇女杂志》第 2 卷第 8 号。

二、单篇传记

胡朝梁《蒋少颖先生家传》发表于《小说月刊》第 7 卷第 3 号。

无睡生《秦伶凤宝小传》发表于《小说丛报》第 19 期。

逸梅《陶泓小传》发表于《小说丛报》第 3 卷第 3 期。

肖汝霖《大力士霍元甲传》发表于《青年杂志》第 1 卷第 5 号。

刘叔雅译《佛兰克林自传》发表于《青年杂志》第 1 卷第 5 号。

易白沙《孔子平议》（上）发表于《青年杂志》第 1 卷第 6 号。

易白沙《孔子平议》（下）发表于《青年杂志》第 2 卷第 1 号。

汪荣宝《节孝金母袁太君墓志铭》发表于《妇女杂志》第 2 卷第 4 号。

金祖泽《先妣节孝袁太君行实》发表于《妇女杂志》第 2 卷第 4 号。

钱智修《郁根传》发表于《教育杂志》第 8 卷第 10 期。

葆和《黑种伟人朴固华盛顿之生平》发表于《进步》第 9 卷第 5 期。

公达《病理学大家麦儿尼夸甫之生平》发表于《进步》第 11 卷第 4 期。

钟孟雄《贾君睹林事略》发表于《清华周刊》第 62 期。

陈佐镟《亡友郭君应钟事略》发表于《清华周刊》第 87 期。

法孝《加藤弘之之生平》发表于《大中华》第 2 卷第 2 期。

三、传记著作

谢蒙著《韩非》由上海中华书局出版。

王国维著《太史公系年考略》由上海仓圣明智大学出版。

按：张大可《司马迁生卒年考辨辨》说："学术界系统考证司马迁生卒年的第一个人是王国维。1916 年他在《广仓窖丛书》发表《太史公系年考略》，定司马迁生年为景帝中五年（前 145 年），认为司马迁的卒年'绝不可考,……然视为与武帝相终始,当无大误'。到了 1923 年,王氏又发表《太史公行年考》,刊入《观堂集林》卷十一,其事稍详,其说未变。这说明王氏对太史公的生卒年作了长期的研究,前后七八年而其说不变,下了很大的功夫。研究司马迁的中外学者一般都依从王说。"[1]

谢无量编《中国六大文豪》由上海中华书局出版。

按：是书分别对屈原、司马相如、扬雄、李白、杜甫、韩愈等 6 位文学家的生平及在文学史上的成就等做了介绍和分析。

林纾著《春觉斋论文》1 卷由北京都门印书局刊行,署名林畏庐。

按：《春觉斋论文》是一部详尽论述古文要旨、流别、应知、禁忌、用笔的入门指导性著作,也是对古文写作理论、技法与桐城派义法说的系统概括与总结。其中有论述古代史传创作之经验。如《春觉斋论文·用收笔》曰："为人重晚节,行文看结穴。乃不知古人用心,正能于人不留意处偏自留意。故大家之文,于文之去路,不惟能发异光,而且长留余味,其最擅长者无若《史记》。《史记》于收束之笔不名一格。如本文饱叙妄诞之事,结束还他到底妄诞,却用一冷隽之笔闲闲点醒,如《封禅书》之收笔是也。有叙定霸巨子,幸免弓狗之祸,却把其退隐之逸事尽情一述,寓其微旨,如《越王勾践世家》之收笔是也。有同恶之阴谋,同时败露,是天然陪客。结穴处大书彼人之罪状,句中用一'亦'字,不加议论,其义见焉,如《春申君列传》之收笔是也。有事一而人三,而每传收笔,各用似了非了之笔,雅有余味,则《魏其灌夫武安侯列传》之收笔是也。《荆轲传》终写荆轲之勇,行刺之难,而史公（司马迁）冷眼看出荆轲剑术之疏,于传末用鲁勾践一言,闲闲回顾篇首。此等收笔,直入神化。"

---

① 　张大可.史记研究[M].北京:华文出版社,2002:75.

梁启超著《史传今义》（上下册）由上海商务印书馆出版。

按：是书作者将史籍中政绩显著者的传记补充了新义。上册收《史记货殖列传今义》《管子传》（附录：《商君传》）、《张博望班定远合传》；下册收《王荆公传》。封面有作者自书书名。

梁启超著《中国之武士道》由上海商务印书馆出版。

按：是书辑录了自春秋战国迄汉初有武士道精神的人物，如孔子、曹沫、弘演、先轸、郑叔詹、庆郑、李离、晏婴等 71 名，并加以论述。

董景安编《中国历代名人故事》由上海协和书局出版。

按：是书分天命、教化、仁义、忠信、贫富、志节等 30 条类，收录中国历代名人故事 120 则，依时代次序编排。

徐珂编《清稗类钞》由上海商务印书馆出版，有自序和诸宗元序。

按：诸宗元序曰："有清纪元，逮于逊政，顺、康、光、宣，历垂三百。其政俗之嬗变，朝野之得失，虽钟虡既移，简册犹秘，今已无讳，可得言焉。夫有清之崛起于辽左也，值明之衰，既入中原，初政颇修，惟以部落之民，肆为雄猜，外侈中怯，故用兵无已时，海内无宁宇。雍、乾时号称极盛，而衰弱之机实基于此。盖文字之狱，有以摧抑材智之士；川楚之乱，有以耗竭府库之藏。咸、同构兵，不绝如缕，外祸乘之，根本遂拨。此其兴亡之大略也。殷鉴不远，岂可忽哉！然其典章制度，始能知明之所以亡而祛其弊，提倡学术，礼用儒贤，故玫虽专制，而宦寺女谒之祸，中叶以前未有之闻。于是一国之风尚，习为儒缓，士夫之尊慕名义，代不乏人。驯至今日，虽有以术柔民之感痛，而吾人此二百八十余年之遭际，系诸历史，不可忘也。则今日举其往闻，穷嬗变之由，析得失之故，置鉴树表，未可后时。然官书不足征信，私书或误传闻，即如钱衎石氏之《碑传集》，李次青氏之《先正事略》，李黼堂氏之《耆献类征》，其所甄录，大都传志之文，涂饰赞谀，孰为纠正。是以近人论建州沿革，不能求诸国中，而辄有资于域外之书也。徐君仲可明习国闻，乃发故书短记，理而董之，辑为《清稗类钞》，凡三百万余言，分别部居，为类九十有二，事以类分，类以年次，为力勤矣。夫春秋张三世之义，曰所见，曰所闻，曰所传闻。君为此书，无愧斯指。吾知欲周知有清一代之掌故者，当必加以讽籀，目为鸿宝。昔朱竹垞氏亟称沈景倩《野获编》，谓其事有左证，论无偏党，明代野史蔑有过之。此则君辑著之本怀，吾敢揭橥以为告于当世者也。中华民国六年六月绍兴诸宗元贞壮撰。"[1]

---

[1] 徐珂.清稗类钞[M].北京:中华书局,2005:1.

［日］佐藤三郎编《民国之精华》由北京写真通信社出版。

上海有正书局编《霓裳艳影》由编者出版。

黄狃狃著《坤伶小传》由华新印刷局出版。

按：是书收录金凤奎、金玉兰、刘喜奎、杨玉琴、李桂芬、李凤云、赵紫云、宋凤云等 30 多位民初戏剧演员的小传。

云南政报发行所编《袁世凯伪造民意纪实》由云南政报发行所出版。

梁启超著《袁政府伪造民意密电后》出版。

高明镜著《袁前大总统略传》由顺天时报社出版。

民心社编《最新袁世凯》由编者出版。

上海诛孽社编《阎锡山》由上海编者出版。

吕思勉著《关岳合传》由上海中华书局出版。

贡少芹著《黎黄陂轶事》由上海翼文编译社出版。

天忏生、冬山编《黄克强、蔡松坡轶事》由上海文艺编译社出版。

无名氏编《朱兴武将军哀挽录》出版。

沈石公编《最新百颜图》由上海国华书局出版。

袁午南编译《法国拿破仑》由上海民学图书局出版。

苏里和辑、陈雅各译《圣多玛斯小传》由上海土山湾印书馆出版。

陈邦福著《卢子干年谱》由《中国学报》第 1 至 3 期（1916 年 1 月至 3 月）出版。

朱元善著《裴司泰洛齐传》由上海商务印书馆出版。

四、卒于是年的传记作者

王闿运（1833—1916）。闿运原名开运，字壬秋，一字壬父，人称湘绮先生，湖南湘潭人。18 岁肄业于长沙城南书院。19 岁考中秀才。后考进士不中，先后主讲四川尊经书院、长沙思贤讲舍、衡阳船山书院。授翰林院检讨，加侍读衔。辛亥革命后任清史馆馆长。著有《湘绮楼全集》《湘军志》《湘绮楼日记》等，其中有传记作品《李仁元传》《储玟躬传》《陈景雍传》《邹汉勋传》《丁锐义传》《罗熙赞传》《郭新楷传》《严咸传》《黄淳熙传》《陆建瀛传》《今列女传》《黄司使诔》《罗季子诔》《丁文诚诔》《余世松诔》《吊朱生文》《祭常都尉文》《皇朝追赠总督衔调任山西巡抚湖北巡抚谥文节常公神道碑》《永兴教官贺君墓表》《采芬女子墓志铭》《邓太夫人钟氏墓志铭》《长沙攸县庆都龙君年七十六行状》等数十篇。

魏光焘（1837—1916）。光焘别名石龙山人、湖山老人，湖南隆回人。早年隶左宗棠部,光绪时初任道员,累擢按察使、布政使。历任江西布政使、陕西巡抚、陕甘总督、云贵总督、两江总督等。1891 年任新疆巡抚时,创立博达书院,并任第一任校长,为新疆早期教育提供了先例。署理两江总督期间,继刘坤一、张之洞之后,实施筹建三江师范学堂,聘任湖南进士翰林吴獬为汉文总教习,制订《三江师范学堂章程》。1905 年罢官,回家养老。著有《勘定新疆记》《湖山老人自述》等。

谢洪赉(1873—1916)。洪赉字鬯侯,别号寄尘,晚年自署庐隐,浙江绍兴人。1897 年加入上海商务印书馆工作,主持翻译《华英初阶》《华英进阶》等课本。1900 年在上海青年会附设的夜校教授英文,并常为青年会邀请的外国人演讲担任翻译,从此走上青年会的服务工作。1901 年 10 月被选为青年全国协会委员,1902 年又被选为上海青年会董事。1902 年青年会总委办会成立书报部,专门负责文字宣传工作。1906 年辞去中西书院和商务印书馆的工作,加入书报部,成为《青年会报》的副主编,开始青年会翻译撰写基督教书籍的工作。曾翻译《保罗传之研究》《耶稣传之研究》等,著有《保罗一生执掌》《耶稣一生执掌》《颜永京先生事略》《后进楷模》《宗教界六大伟人之生平》等。

黄兴(1874—1916)。兴原名轸,改名兴,字克强,一字廑午,号庆午、竞武,革命时期化名李有庆、张愚诚、张守正、冈本义一、今村长藏等,湖南善化人。1902 年赴日留学,入东京弘文书院速成师范科学习,并参与创办《湖南游学译编》杂志,组织“湖南编译社”。1903 年 11 月 4 日邀陈天华、宋教仁、张继、刘揆一、章行严等人筹商成立秘密革命团体华兴会,后被选为会长。事泄后被迫流亡日本。在东京,大力支持孙中山筹组全国革命团体同盟会。1905 年 8 月被选为同盟会庶务(相当于协理),成为同盟会中仅次于孙中山的重要领袖。1907—1909 年,参与或指挥钦州、防城起义,镇南关起义,钦州、廉州、上思起义与云南河口之役、广州新军起义。1911 年武昌起义爆发后,被任命为革命军战时总司令。南京光复后,独立各省代表会议先举他为大元帅,后改为副元帅代行大元帅职权,他均未赴任。1916 年 10 月 31 日于上海去世。著有《黄克强先生全集》,其中传记作品有《黄兴自述》等。

民国六年 丁巳 1917 年

一、单篇传记

凌霜《托尔斯泰之平生及其著作》发表于《新青年》第 3 卷第 4 号。

西云《董小宛非董鄂妃考证》发表于《小说月刊》第 8 卷第 1 号。

蒋维乔《锡山杜太夫人家传》发表于《妇女杂志》第 3 卷第 5 号。

徐敬乔《奉天锦县三节妇事略》发表于《妇女杂志》第 3 卷第 9 号。

天风、无我《西藏女子之自述》发表于《妇女杂志》第 3 卷第 9 号。

［美］Mrs. Sarah K. Bolton 原作、高君珊译《泰西列女传（续）》发表于《妇女杂志》第 3 卷第 9 号。

［美］Mrs. Sarah K. Bolton 原作、高君珊译《泰西列女传（续）》发表于《妇女杂志》第 3 卷第 10 号。

陈宗彝《本生先妣张太孺人事略》发表于《妇女杂志》第 3 卷第 10 号。

［美］Mrs. Sarah K. Bolton 原作、高君珊译《泰西列女传（续）》发表于《妇女杂志》第 3 卷第 11 号。

［美］Mrs. Sarah K. Bolton 原作、高君珊译《泰西列女传（续）》发表于《妇女杂志》第 3 卷第 12 号。

林德育《泰西女小说家论略》发表于《妇女杂志》第 3 卷第 12 号。

薛尊龄《辟塔果拉斯小传》发表于《学生杂志》第 4 卷第 9 期。

二、传记著作

朱炳熙编《李白传记》由四川成都经纬书局出版。

孙毓修编著《司马光》由上海商务印书馆出版。

葛虚存编辑《清代名人轶事》由上海会文堂新记书局出版。

按：是书收清代名人轶事 566 则。分学行、气节、治术、将略、文艺、怜才、吏治、先德、异征、度量、情操，以及科名、风趣、境遇、闺阁、杂录，共 16 类。

庾恩旸编著《中国对外三十六大军事家》由云南昆明云南图书馆出版。

按：是书收录历代军事家黄帝、赵武灵王、李牧、蒙恬、卫青、霍去病、张骞、傅介子、马援、班超、窦宪、谢玄、李靖、薛仁贵、郭子仪、寇准、狄青、宗泽、岳飞、韩世忠、元太祖、郑和、戚继光、袁崇焕、郑成功、清太祖、左宗棠、冯子材等 36 人的事略,作后有编著者评论文字。

文艺编译社编《民国叛人张勋传》由上海编者出版。

按:张勋复辟事件发生后,文艺编译社就出版了此书,详细介绍张勋的生平、家室、罪恶及其主要活动,并说明他与清室、袁世凯之间的关系,具有强烈的时代性,传记的写作非常及时。

[英]濮兰德、白克好司著,陈冷汰等译《慈禧外纪》由上海中华书局出版。

冒广生著《永嘉高僧碑传集》8 卷由如皋冒氏丛书本出版。

野史氏著《袁世凯全传》由上海文艺编译社出版。

吴秋帆编辑《伶界大王事略》由上海文艺编译社出版。

胡贻穀著《谢庐随先生传略》由上海青年协会书报部出版。

庾恩旸著《中华护国三杰传》由云南图书馆出版。

按:是书叙述唐继尧、蔡锷、李烈钧三人自辛亥革命前至袁世凯倒台以后的事略。

曹子正等编《陕西莫山县曹氏族谱》出版。

[日]加藤政吉等著《东三省官绅史》由大连东三省官绅发行局出版。

按:是书介绍张作霖、王永江、于冲汉、马廷亮、金梁等 114 人生平事迹。

庾恩旸著《墨江庾烈节妇传》由著者出版。

[法]格老编、圣心报馆译《圣女日多达小传》由上海土山湾印书馆出版。

魏易译《泰西名小说家略传》由通俗教育研究会出版。

按:是书收录大仲马、司各特、班扬、狄更斯等西方作家的传略 40 余篇。前有《泰西小说家略传序》,后附《泰西小说沿革简说》及勘误表。

[美]沙尔孟著、胡贻穀译、谢洪赉校订《耶稣传之研究》由上海中华基督教青年会书报部出版。

陈仲子、黄中译《德皇外姿自述记》由开智社出版。

孙毓修编《富兰克林》由上海商务印书馆出版。

[美]华莱士著,梁纯夫、小鱼编《华莱士的呼声》由上海峨嵋出版社出版。

[英]洛加德著,林纾、魏易译《拿破仑本纪》由上海商务印书馆出版。

孙毓修编《格兰斯顿》由上海商务印书馆出版。

三、卒于是年的传记作者

王先谦(1842—1917)。先谦字益吾,因宅名葵园,学人称为葵园先生,湖南长沙人。1865 年进士,授翰林院庶吉士,散馆授编修,累迁翰林院侍讲。1880 年任国子监祭酒。复在国史馆、实录馆兼职,充云南、江西、浙江三省乡试正副考官。1885 年督江苏学政。在江阴南菁书院开设书局。1889 年卸江苏学政任,定居长沙。次年主讲湖南思贤讲舍,并在讲舍设局刻书。1891 年任城南书院山长。1894 年转任岳麓书院山长,主讲岳麓书院达 10 年之久。1911 年武昌起义后,改名遯,避居平江,闭门著书,凡 3 年,乃还长沙。著有《汉书补注》120 卷及卷首 1 卷、《国朝后妃皇子公主备考》3 卷、《后汉书集解》90 卷续志集解 30 卷、《后汉书律历注补注》《后汉书西域传补注》《景教碑纪事考证》3 卷、《魏文贞公故事拾遗》3 卷、《魏文贞公年谱》1 卷、《魏书校勘记》1 卷、《十朝东华录》430 卷、《元史拾补》10 卷、《唐书魏郑公传注》1 卷、《王祭酒自订年谱》3 卷等。其中传记作品尚有《衡阳陈氏谱序》《书彭烈妇行状后》《书苏东坡论范增后》《刘氏传忠录序》《浏阳娄氏族谱序》《王氏宣统三修谱序》《三田李氏谱序》《平江汪氏谱序》《辛亥殉难记序》《吏部左侍郎杨公传》《河南汝州知州杨公传》《梁刚节公传》《黄忠壮公传》《蒋果敏公家传》《赠知府衔署惠州海防通判高明县知县许公家传》《皮先生家传》《龙孝子传》《张节母李孺人家传》《周宜人传》《章贞女传》《故明督师太傅武英殿大学士兵部尚书史忠正公传》《刘观察传》《欧阳碉东先生传》《毛青垣先生传》《始祖子泉公传》《五世祖若水公传》《先伯兄会廷府君行状》《季弟礼吾行状》《诰封荣禄大夫三品顶戴四品京堂郭公神道碑》《提督衔陕西延绥镇总兵官杨刚介公神道碑》《惠州范公祠碑》等数十篇。

陈黻宸(1859—1917)。黻宸字介石,晚年更名芾,浙江瑞安人。历主乐清梅溪书院、平阳龙湖书院、永嘉罗山书院、杭州养正书院讲席。1893 年中举,1898 年与蔡元培、汪康年等创办保浙会。又与陈虬在瑞安创办利济学堂与医院。1901 年在杭州府中学堂任总教习。1903 年中进上,1909 年任浙江咨议局议长。曾先后任国会众议员、世界宗教会长、上海时务学堂总教习、京师大学堂史学教习、两广高等学堂监督、北京大学教授等职。著有《老子发微》《庄子发微》《陈黻宸集》等。其中传记作品有《老子》《庄子》《列子》《管子》《商君》《韩子》《墨子》《屈原》《荀子》等。

恽毓鼎(1862—1917)。毓鼎字薇孙,一字澄斋,河北大兴人,祖籍江苏常州。1889 年中进士,历任日讲起居注官,翰林院侍讲,国史馆协修、纂修、总纂、提调,文渊阁校理,咸安宫总裁,侍读学士,国史馆总纂,宪政研究所总办等职。著有《恽毓鼎澄斋日记》。

民国七年　戊午　1918 年

一、传记评论

茅盾《履人传·前言》发表于《学生杂志》第 5 卷第 4 号。

按：《履人传》所介绍的履人有威廉·卡莱、乔治·福克思、克罗斯来·萧物尔、约翰·邦特。

茅盾《缝工传·前言》发表于《学生杂志》第 5 卷第 9 号。

按：《缝工传》所介绍的缝工是约翰·百特培、约翰·思披特、乔治·裘安斯、约翰·胡耳门、乔治·汤姆生。

边书怡《燕太子丹遣荆轲入秦论》发表于《妇女杂志》第 4 卷第 1 号。

王菊如《卜式输财助边论》发表于《妇女杂志》第 4 卷第 1 号。

许绍芬《木兰代父从军论》发表于《妇女杂志》第 4 卷第 1 号。

王静琬《秦始皇焚书坑儒论》发表于《妇女杂志》第 4 卷第 1 号。

方婉琴《韩信以千金报漂母论》发表于《妇女杂志》第 4 卷第 9 号。

张万安《汉高帝戮丁公论》发表于《妇女杂志》第 4 卷第 10 号。

胡适《易卜生主义》发表于《新青年》第 4 卷第 6 号。

按：文章说："易卜生早年和晚年的著作虽不能全说是写实主义，但我们看他极盛时期的著作，尽可以说，易卜生的文学，易卜生的人生观，只是一个写实主义。"

罗罗译《陀思妥夫斯基之文学与俄国革命之心理》发表于《东方杂志》第 15 卷第 12 号。

二、单篇传记

袁振英《易卜生传》发表于《新青年》第 4 卷第 6 号。

心译《托洛斯基自述（Leon Trotzky）》发表于《劳动杂志》第 1 卷第 3 号。

丁谦《宋徐霆黑鞑事略补注》发表于《地学杂志》第 9 卷第 6 期。

汤璪真《物理学家事略》发表于《数理杂志》第 2 期。

朱伯然《黄君大林事略》发表于《法政学报》第 5 期。

三、传记著作

孙毓修编《苏秦》由上海商务印书馆出版。

孙毓修著《张良》由上海商务印书馆出版。

孙毓修编《马援》由上海商务印书馆出版。

孙毓修编《陶渊明》由上海商务印书馆出版。

孙毓修编《朱子》由上海商务印书馆出版。

杨公道著《年羹尧轶事》由上海大华书局出版。

杨公道编《曾文正轶事》由上海大华书局出版。

杨公道编《左宗棠轶事》由上海两友轩出版。

杨公道编《李鸿章轶事》由上海大华书局出版。

杨公道著《彭玉麟轶事》由上海大华书局出版。

仲子著《徐世昌》由上海崇文书局出版。

汪太冲编《章太炎外纪》由北京文史出版社出版。

黄敬仲（原题沃丘仲子）著《近代名人小传》由上海崇文书局出版。

饶景星著《白话军人模范》由北京武学书局出版。

刘石麈编《李桂芬别传》由北京宣元阁出版。

梅社编《梅兰芳》由编者出版。

［美］波尔敦夫人著、高君珊译《近世泰西列女传》由上海商务印书馆出版。

按：是书介绍 H.B. 斯托、H.H. 杰克逊、E. 弗莱、L. 莫特、马格丽特·奥索利、L.M. 奥尔科特、玛丽·莱昂、H.C. 霍斯默、R. 博纳尔、E.B. 布朗宁、E.T. 巴特勒、南丁格尔、布拉西等 19 名妇女小传。

钱智修编《苏格拉底》由上海商务印书馆出版。

孙毓修编《德谟士》由上海商务印书馆出版。

钱智修编《克林威尔》由上海商务印书馆出版。

钱智修编《林肯》由上海商务印书馆出版。

钱智修编《达尔文》由上海商务印书馆出版。

四、卒于是年的传记作者

王祖畬(1842—1918)。祖畬字岁三，一字紫翔，号漱山，晚号溪山老农，江苏太仓人。1883 年进士。曾任河南汤阴知县。以后任安道、尊道、瀛洲、娄东、学海书院讲席。著有《春秋经传考释》《溪山老农文集》《太仓州志稿》

《镇洋县志稿》等。自编有《溪山老农年谱》2 卷,续编 1 卷,附录 1 卷。

　　吴之英(1857—1918)。之英字伯竭,号西蒙愚者,四川名山人。受业于成都尊经书院。历任资州艺风书院、简州通材书院讲席、成都尊经书院都讲、锦江书院襄校及四川国学学院院正(院长)。曾任《蜀学报》主笔。著有《吴之英诗文集》,其中有传记作品《毛公墓志》《庐江令张君碑》《候铨知县胡孝廉碑》《拣选知县张孝廉墓道碑》《吴先生述状》《王湘绮先生诔》等。

民国八年 己未 1919年

一、传记评论

茅盾《近代戏剧家传前言》发表于《学生杂志》第6卷第7号。

按:文章说:近代文学是现世人生的反映,而戏剧又是近代文学的中心点;所以欲研究近代文学,竟不可不研究戏剧。这篇《近代戏剧家传》,就为欲使研究戏剧者得个门径所以做的。……讲到此篇的体例,约略可括为三条:甲,此篇所收共三十四人,或已死或未死。最早的生于一千八百三十二年,最迟的生于一千八百七十七年。他们的著作,说到一千九百十四年出世的为止。伊柏生、王尔德、萧伯纳、托尔斯泰四人,因为近来杂志中已经介绍过,所以不再编入。乙,此传用意,并非介绍一人学说到中国,使人奉为圭臬。乃欲使人知近世及现代的戏剧家,有这几个人;他们的著作,有这许多篇;他们的派别,有这样个大概。如此而已。至于比较各家之得失,精研各人之学说,则在读者自己去用功了。丙,自写实主义而来至于现代,各大家派别纷起,未易定其将来之命运,此前已言之。是以本篇所收诸家,不问其派别。如"知慧主义"之萧伯纳等,与相反之爱尔兰派,并列于篇。意在罗陈众说,便学者之深研而自择,并非"脑筋杂乱"也。

胡适(署名天风)《辜鸿铭》发表于《每周评论》第33期。

按:1935年,胡适重写此文,发表于《大公报·文艺副刊》第64期。

沈有乾《太史公老庄申韩合传论》发表于《清华周刊》第158期。

二、单篇传记

胡适《李超传》发表于《新潮》第2卷第2号。

按:胡适在传后说:"我替这一个素不相识的可怜女子作传,竟做了六七千字,要算中国传记里一篇长传。我为什么要用这么多的工夫做她的传呢?因为她的一生遭遇可以用做无量数中国女子的写照,可以用做中国家庭制度的研究资料,可以用做研究中国女子问题的起点,可以算做中国女权史上的一个重要牺牲者。我们研究她的一生,至少可以引起这些问题:(1)家长族长的专制。'尔五叔为族中之最尊长者,二伯娘为族中妇人之最长者。若不禀报而行,恐于理不合。'诸位读这几句话,发生什么感想?(2)女子教育问题。'依等祖先为乡下人,所有远近乡邻女子,并未曾有人开远游求学之先河。今尔若子身先行,事属罕见创举,乡党之人必多指摘非议。''举廷五叔及甫弟等均以为女子读书稍明数字便得。'诸位读这些话,又发生什么感想?(3)女子承袭财产的权利。'此乃先人遗产,兄弟辈既可随意支用,妹读书求学乃理正言顺之事,反谓多余。揆之情理,岂得谓平耶?'诸位读这几句话,又发生什么感想?(4)有女不为有后的问题。《李超传》的根本问题,就是女子不能算为后嗣的大问题。古人为大宗立后,乃是宗法社会的制度。后来不但大宗,凡是男子无子,无论有无女儿,都还要承继别人的儿子为后。即如李超的父母,有了李超这样的一个好女儿,依旧不能算是有后,必须承继一个'全无心肝'的侄儿为后。诸位读了这篇传,对于这种制度,该发生什么感想?民国八年十二月。"

胡适《许怡荪传》发表于《新中国》第1卷第4期。

按:胡适说:"怡荪是一个最忠厚,最诚恳的好人,不幸死的这样早!……这样可惨!我同怡荪做了十几年的朋友,很知道他的为人,很知道他一生学问思想的变迁进步。我觉得他的一生,处处都可以使人恭敬,都可以给我们做一个模范,因此我把他给朋友的许多书信作材料,写成这篇传。"

刘秉麟《马克思传略》发表于《新青年》第6卷第5号。

按:是文介绍了马克思的家庭、求学经过,以及撰述之外从事的实际革命工作,最后借用西方学者的话来评价马克斯,称"《资本论》一书,实予研究社会主义及经济学者一最好之资料",对于中国读者了解马克思很有帮助。

渊泉《马克思奋斗生涯》发表于《新青年》第6卷第5号。

克水《巴枯宁传略》发表于《新青年》第6卷第5号。

按:文章认为无政府主义代表人物巴枯宁"算是一个坚持到底,百折不回的,一位社会运动家"。

袁念茹《爱伦干女史传》发表于《妇女杂志》第5卷第2号。

张轶欧《吾母七十以前事略》发表于《妇女杂志》第5卷第4号。

姜琦《裴斯塔洛齐传》发表于《新教育》第1卷第2期。

美国公使《罗斯福之生平》发表于《新教育》第1卷第4期。

怀琬《化学名家小传》发表于《东吴学报》第1卷第2期。

绍虞《马克思年表》发表于12月1日《晨报副刊》。

三、传记著作

孙毓修编《玄奘》由上海商务印书馆出版。

沈宗元编《东坡逸事》由上海商务印书馆出版。

杨公道编《金圣叹轶事》由两友轩出版。

杨公道编《唐伯虎轶事》由两友轩出版。

杨公道编《张文襄轶事》由上海大华书局出版。

沃丘仲子著《当代名人小传》(上下册)由上海崇文书局出版。

按:是书与《近代名人小传》为上、下编。本编分上、下两册,内收孙中山、袁世凯、唐绍仪、熊希龄等 100 余人小传。分元首、官僚、满蒙王公、武人、文人、政客、实业家、教育家、慈善家等类。所收人物小传均为民国初年人物。

雾里看花客著《真正老林黛玉》由上海民国图书馆出版。

杨公道《随园老人轶事》由两支轩出版。

大中华国民编《章宗祥》由上海爱国社出版。

中华图书集成编辑所编《世界大战英雄史》由上海中华图书集成公司出版。

钱智修编译《拿破仑》由上海商务印书馆出版。

[法]格尼爱尔等著、陆翔译《拿破仑外纪》由上海广文书局出版。

按:是书《例言》说:"海通以来,专记拿破仑之书至寡,间有一二,皆枯简少神气,是书援《通鉴纪事本末》例,取拿翁一生削除群雄,征伐四方诸大事,足以激发后人思古之幽情者,原始要终,详载缕述,又益以遗闻轶事,将以补历来史乘之阙,振学者仰慕之忱,其事实多通史所未详,其编次以岁月相贯,综故名之曰外纪。"

四、卒于是年的传记作者

朱孔彰(1842—1919)。孔彰原名孔阳,字仲我,又字仲武,晚自署圣和老人,江苏吴县人。1882 年举人。以治经受知于曾国藩,旋延为幕客。为刘坤一、冯煦聘修《两淮盐法志》《凤阳志》,兼主淮南书局、江楚编译局,协修《江南通志》。曾掌蒙城书院,掌教安徽存古学堂。辛亥革命后,任清史馆编修。善书,著有《春秋梁传汉注》《三朝闻见录》《中兴将帅别传》等。

缪荃孙(1844—1919)。荃孙字炎之,一字筱珊,晚号艺风,世称艺风先生,江苏江阴人。1867 年,四川乡试中举。1876 年会试中进士,授翰林院编修。1887 年应国史馆总裁潘文勤所请,续辑清史《儒林》《文苑》《循史》《孝友》《隐逸》等 5 传。1888 年应江苏学政王先谦聘请,担任南菁书院院长。1893 年受张之洞之邀,重修《湖北通志》。1894 年被聘掌钟山书院,兼领常州龙城书院。1901 年兼任江楚编译局总纂。翌年,任江南高等学堂监督。1907 年应两江总督端方之聘,创办江南图书馆,出任总办(馆长)。著有《续碑传集》100 卷、《五代方镇表》5 卷、《孔北海年谱》1 卷、《魏文公年谱》1 卷、《韩翰林诗谱略》1 卷、《补辑李忠毅公年谱》1 卷、《江阴县志》等。

何葆麟(1849—1919)。葆麟字寿臣,号悔庵,安徽南陵人。1894 年进士。历任刑部主事、员外郎、邮传部佥事等。参与《清史》编撰。自编有《悔庵自订年谱》。

丁宝铨(1869—1919)。宝铨字衡甫,号佩芬,一号默存,江西南昌人。先在京任职,由吏部主事考取军机章京,为文选司掌印,转补考功司员外,升补稽勋司郎中。1902 年外放广东惠潮嘉兵备道。又授山西冀宁道、山西按察使。升任山西布政使。1909 年又升任山西巡抚。晚年寓居上海,1919 年正月初八日被人暗杀。辑有《傅青主先生年谱》。

刘师培(1884—1919)。师培字申叔,号左盦(庵),江苏仪征人。1902 年中举,次年在上海结识章太炎,并改名光汉,撰写《攘书》等,加入反清宣传。1907 年春应章太炎等邀请,东渡日本,参加同盟会东京本部的工作。1907 年年底被端方收买,背叛革命。1911 年随端方南下四川,镇压保路运动,在资州被革命军拘捕。辛亥革命胜利后,由孙中山保释。后任成都国学院副院长,兼四川国学学校课,与谢无量等发起成立四川国学会。1913 年投靠阎锡山,任高等顾问。又由阎锡山推荐给袁世凯,任参政、上大夫。1915 年 8 月与杨度等发起成立筹安会,为袁世凯称帝鼓吹。1917 年应北京大学校长蔡元培之聘,任北京大学文科教授。著有《左盦集》8 卷、《左盦外集》20 卷。其传记作品有《崔述传》《四川都督丁公墓志铭》《前四川彭山县知县康君墓志铭》《舒兆熊妻夏孺人墓志铭》《清三等轻车都尉杨君墓志铭》《故民吴骏卿义行碑》《清故四川郡补道苏君墓碑》《贞孝唐大姑诔》《清故云南试用巡检方寅亮神祠铭》《故山西知县汪征典神祠铭》《清故四川侍卫杨君阙铭》《清故内阁中书韩君阙铭》《清故四川参将沈君阙铭》《隐士秦郡墓志铭》《清故刑部尚书史公墓碑》等。

按:刘鹏超说:“从 1904 年到 1909 年这五年刘师培发表的传记作品中,我们看到了他思想轨迹的变化,从激烈的宣传革命思想,到宣扬国粹思想,提倡保存国粹,刘师培在近代学术变迁中走出了一个变换的‘多面体’。从古代圣人、游侠志士、学术名人到孝子贤妇,对这些人的撰述反映出刘师培的多面思想,倡学术的同时,彰显了他的现实追求。这其中有对国粹的追求,也有对名利的追求,更有对新事务、新观念,乃至新时代的追求。”①

---

① 刘鹏超. 从革命思想到国粹思想——刘师培传记作品研究[J].唐山师范学院学报,2015(4):106.

民国九年 庚申 1920年

一、传记评论

[英]罗素著、郑振铎译《自叙》发表于《新青年》第 8 卷第 3 号。

愈之《都介涅夫》发表于《东方杂志》第 17 卷第 4 号。

按：是文乃中国第一篇专门评介屠格涅夫的文章，对屠格涅夫的生平与创作道路作了多侧面的观照，对扩大屠格涅夫在中国的影响起到了重要的推动作用。文章说："我国近来研究俄国文学与俄国思想的人渐渐多起来了，这是一件可喜的事情。……从文学方面来说，俄国对于世界的贡献，实在是非常重大，现代世界各国的文艺思想，多少都受着俄国文学的暗示和影响的。"而屠格涅夫和托尔斯泰在近一世纪以来的俄国作家中最为重要，因为"在实际上使俄国文学占世界第一位置的，功劳最大的，却要算都介涅夫和托尔斯泰，因为在他们以前，俄国文学不过是俄国文学，和世界不生干系，有了他们两人以后，俄国文学才真的变成世界文学了。托尔斯泰是最大的人道主义者，都介涅夫是人道主义者而又是最大的艺术天才。托尔斯泰的小说戏曲，是借此来宣传他的主义的；都介涅夫的小说，却是纯粹的艺术作品。托尔斯泰的文学，现在我国人也有些儿懂得了。但现在讲西洋文学的总是偏于思想方面，艺术天才像都介涅夫的就少人注意。我想文学到底是一种艺术，思想不过是文学上所应表现的一种东西。要想吸收西洋的近代文学，确立我国的国民文学，艺术方面实在比思想方面，更应该研究。所以我在俄国作家中，拣了个都介涅夫，来约略介绍一下"。屠格涅夫是一个"热情的天才，多愁的艺术家"；他的作品中"主观情绪是很丰富的"，但这种主观"决不是理想的空洞"；"具有真诗人的能力"，"能活画实生活"；"是写实主义的浪漫派"，又是"浪漫主义的写实派"；"诗的天才的丰富，结构印象的美丽，在俄国作家中，谁也及不上来的"；"都介涅夫最大的特色，是能用小说记载时代思潮的变迁。他的小说出现，先后要占三十多年的时期。在这三十年间，俄国社会从旧生活改到新生活；思想界经过好多次的变化。都介涅夫能用哲学的眼光，艺术的手段，把同时代思潮变化的痕迹，社会演进的历程，活泼泼的写出来，而且是富于暗示和预言性的。要是把他一生大著作汇合起来,便成一部俄国近代思想变迁史。这种反映时代精神的艺术手段,恐怕全世界找不到第二个呢"。

雁冰《安德列夫》发表于《东方杂志》第 17 卷第 10 号。

愈之《罗素的新俄观》发表于《东方杂志》第 17 卷 19 号。

坚瓠《罗素之科学观》发表于《东方杂志》第 17 卷第 22 号。

杨端六《和罗素先生的谈话》发表于《东方杂志》第 17 卷第 22 号。

张崧年《罗素》发表于《新青年》第 8 卷第 2 号。

枕江译《日人德富苏峰访托尔斯泰记》发表于《解放与改造》第 2 卷第 16 号。

天放《近代女社会改造家顾路蛮女士传及其思想》发表于《改造》第 3 卷第 3 号。

曹钺《游东参观日记》发表于《学生杂志》第 7 卷第 4 期。

陈无我《俄罗斯革命祖母小传及手书》发表于《新中国》第 2 卷第 2 期。

赵元任《马柯泥小传》发表于《科学》第 5 卷第 3 期。

太虚《释迦牟尼纪念感言》发表于《新佛教》第 1 卷第 5 号。

竹林《说释迦牟尼纪念日》发表于《新佛教》第 1 卷第 5 号。

吟雪《佛教创造者释迦牟尼》发表于《新佛教》第 1 卷第 5 号。

努力《释迦牟尼之伦理学》发表于《新佛教》第 1 卷第 5 号。

若严《释迦牟尼之直观教授》发表于《新佛教》第 1 卷第 5 号。

竹林译《释迦牟尼之社会主义观》发表于《新佛教》第 1 卷第 5 号。

努力译《释迦牟尼赞》发表于《新佛教》第 1 卷第 5 号。

陈回《慈悲! 唯一的释迦牟尼的慈悲》发表于《新佛教》第 1 卷第 5 号。

若严《无政府主义的释迦牟尼》发表于《新佛教》第 1 卷第 5 号。

N.S《释迦牟尼之妻——男女平权之始祖》发表于《新佛教》第 1 卷第 5 号。

梁家义《释迦牟尼与人生问题》发表于《新佛教》第 1 卷第 6 号。

二、单篇传记

[德]威廉·里布列希著、戴季陶译《马克斯传》发表于 1 月 1 日新年号《星期评论》第 31 号。

按:戴季陶译按:"这篇传记的著者威廉·里布列希,是过去德国社会民主党领袖。在社会主义宣传史上,也是一个极有功绩的人物。一千八百二十六年生于莱蒲起希的贫家,后在柏林、马尔堡等处求学。一千八百四十八年革命,参加巴丁战争,同年九月入狱。后逃于瑞士,又赴英国,住在英国十四年。常从马克斯游,非常热心宣传马克斯的学说。一千八百六十二年回德国,为《北德意志新闻》的主笔。后来这报纸被毕士麦买收,他便辞却主笔职务,和柏伯尔一同从事于马克斯、拉萨尔 Ferdin and lassalle 两派的连合。组织社会民主党,为该党有力的领袖。一千八百六十五年被逐出普鲁士,赴莱蒲起希创办《民主新闻》,翌年被禁出版,后又入狱三月。一千八百六十七年当选为议员,继续尽职于议会者三年。一千八百七十年又入狱,一千八百八十一年又被逐。一千八百九十八年逝去。研究社会主义的人,都能够认识他是尽瘁于社会民主主义的勋绩和在德国论坛的势力。他这一篇《马克斯传》,各国文字都有翻译。本篇是以一千九百零年发行的《日本社会主义研究》第一号所载志津野又郎氏译文为主,参照去年发行的《批评》所载宝(室)伏高信的译本转译出来。文中的注释,是译者加入的。"

花辰《一个女工的自述》发表于《妇女杂志》第 17 卷第 6 号。

绍虞《社会改造家传略》发表于《解放与改造》第 2 卷第 9 号

按:是文编者附志说:"这篇是接续以前编译过的七家传略:那七家就是(一)涡文,(二)圣西蒙,(三)傅立叶,(四)安芬顿,(五)鲍萨尔,(六)傅叶特,(七)柏拉图。从前都曾在北京《晨报》与上海《时事新报》发表过了。作者因这篇的性质与本刊的宗旨相投,体裁相合,所以将以后的几家传略,继续编著,移交本刊发表,愿读者留意。韦尔氏尝说:'人类的心思,常常因在那里创建乌托邦,所以能得到进步。'社会改造家,要想本他们心思才力,实行他们心目中理想的乌托邦,无论其实行的可能性如何,要于社会进步,都是很有贡献的。我们总要有几分社会改造家的精神,才有人生较高的意义,这是我读了社会改造家传略的感想。"是文介绍穆尔、康滂纳的事略。

绍虞《社会改造家传略》(续一)发表于《解放与改造》第 2 卷第 10 号。

按:是文介绍马勃莱、穆莱、鲍蒲、卡培、谷旦的事略。

绍虞《社会改造家传略》(续二)发表于《解放与改造》第 2 卷第 11 号。

按:是文介绍谷独温、孔雪段伦、汤曼斯·斯宾斯的事略。

绍虞《社会改造家传略》(续三)发表于《解放与改造》第 2 卷第 12 号。

按:是文介绍泰谟松、巴秀、鲁意蒲伦的事略。

绍虞《社会改造家传略》(续四)发表于《解放与改造》第 2 卷第 13 号。

按:是文介绍斯基尔纳、史梯因、托莹毗、蒲伦基的事略。

绍虞《社会改造家传略》(续五)发表于《解放与改造》第 2 卷第 14 号。

按:是文介绍柏柏尔、勒萨莱、白轮斯顿、马伦的事略。

绍虞《社会改造家传略》(续六)发表于《解放与改造》第 2 卷第 15 号。

按：是文介绍马克思、恩格尔、路德俾托的事略。

绍虞《社会改造家传略》(续完)发表于《解放与改造》第 2 卷第 16 号。

按：是文介绍蒲鲁东、巴枯宁的事略。作者后记说："《社会改造家传略》至此算告个结束，此文以时间关系，随意搜辑，既无系统，又不完备，很觉得对读者抱歉。罗素、列宁一辈，均因一生事业未终，暂不作传。其余脱略之人，当亦不免，亦希望读者指教。"

徐甘棠译《教育名家士波尔丁》发表于《新教育》第 3 卷第 1 期。

徐甘棠译《化学家那比尔》发表于《新教育》第 3 卷第 2 期。

徐甘棠译《古利夫人》发表于《新教育》第 3 卷第 2 期。

陈公博译《马克思的一生及其事业》发表于《政衡》第 2 期。

西曼《俄国诗豪朴思砐传》发表于《少年中国》第 1 卷第 9 期。

黄玄《太戈尔传》发表于《少年中国》第 1 卷第 9 期。

易家钺《诗人梅德林》发表于《少年中国》第 1 卷第 10 期。

何鲁之《法兰西国际社会学者若赫斯》发表于《少年中国》第 2 卷第 4 期。

逸园译《马克斯年表》发表于《民心周报》第 1 卷第 33 期。

努力《释迦牟尼之出生》发表于《新佛教》第 1 卷第 5 号。

徐大觉、吟雪答《释迦牟尼与耶稣》发表于《新佛教》第 1 卷第 5 号。

僧度《克勤上人传》发表于《海潮音》第 7 期。

《列宁与马克思》发表于 5 月 15 日《顺天时报》。

《列宁与马克思》(续)发表于 5 月 18 日《顺天时报》。

《列宁与马克思》(续完)发表于 5 月 19 日《顺天时报》。

三、传记著作

胡春林著《益皋传箕四哲合传》由北京大学出版社部出版。

林传甲纂评《中国历代名将事略》由北平武学书馆出版。

白寿彝著《从政及讲学中的朱熹》由国立北平研究院出版课出版。

黄花奴编著《英雄肝胆录》由上海国华书局出版。

按：是书介绍史可法、郑成功、陈化龙、徐锡麟、熊巨山等人的生平事迹。

新潮社编《蔡孑民先生言行录》由北京大学出版部出版。

按：书中收录了蔡元培口述，其夫人之弟黄世晖记录的《蔡元培口述传略》，所记内容至 1919 年止。后收入 1943 年高叔平编《蔡孑民先生传略》。

该书出版时,蔡元培已经去世。这是目前所能见到蔡元培传记的最可靠最重要的史料。

伍澄宇著《伍平一先生革命言行录》由香港阳明学会出版。

杨公道编《吴梅村轶事》由两友轩出版。

东鲁逸民编述《吴佩孚历史》由上海新民图书馆出版。

黄敬仲编《段祺瑞》由上海世界书局出版。

中央国史编辑社编《徐树铮正传》由编者出版。

琴鹤仙馆编《为国为民之李纯》由上海民强书局出版。

宋教仁《我之历史》由桃源三育乙种农校出版。

夏庚复等著《夏侍郎年谱》出版。

南北名人言行录丛书社编《叶夏声》由上海正谊社出版。

芳吉著《梁乔山先生传》由上海中国公学出版。

我佛山人编《李甘芳全史》由上海东亚书局出版。

天啸著《李武宁出巡记》出版。

〔英〕萨罗里亚著,张邦铭、郑阳和译《托尔斯泰传》由上海泰东图书局出版。

按:《译者弁言》说:"托尔斯泰之名,与世界改造问题有多大之关系。故今日文化发达之国,莫不以其传记学说分别迻译,以资研研。独在吾国,则多未遑注意,宁非文化上之一大缺憾,某等感想及此,遂先取是书译之,并鉴于'学术为公'之义,愿以此项版权,化私为公,任人翻印,倘承读者正其误谬,尤所欢迎。"全书分引言,第一章"髫龄及少年",第二章"从军高加索时期",第三章"克里来之战",第四章"战后——彼得堡时期",第五章"修养时代与狂放时代之末期",第六章"结婚——《战争与和平》",第七章"托尔斯泰之大彻大悟",第八章"死灰复燃",第九章"社会改良家与政治改良家之托尔斯泰",第十章"传者之亲炙",第十一章"某医士之笔记",第十二章"托尔斯泰之遗著",第十三章"托尔斯泰之考终",附录"人类和平之根本观"。

袁振英编《易卜生传》由广东广州新学生社出版。

〔美〕杜威讲《杜威五大讲演》由北京晨报社出版。

〔英〕泰罗(原题铁聂尔)著、刘国钧(原题刘衡如)译《亚里士多德》由上海中华书局刊行,书前有译者序。

按:是书介绍亚里士多德的生平事迹,论述他的学术成就及其主要观点。全书分传略及著作、科学之分类与科学方法、第一哲学、物理学、实用哲学等5章。

储儿学编《马可尼》由上海大众书局出版。

四、卒于是年的传记作者

易顺鼎（1858—1920）。顺鼎字实甫，又字中实（一作中硕），自号眉伽，晚号哭庵，湖南龙阳人。1888 年以进呈三省河图，加按察使衔。1900 年被委任督办江阴江防。后又被调驻陕西，督办江楚转运。1912 年到北京任印铸局参事兼帮办。1914 年任政事堂印铸局代局长。翌年与湖南官绅及立宪派人士 61 人上书参政院，要求复辟帝制。1916 年被袁世凯正式任命为印铸局局长。著有《国朝文苑传》《国朝孝子小传》《己酉日记》等共 100 余卷。

王瀛宰（1872—1920）。瀛宰字抱一，浙江会稽人。1891 年拟上皇帝书 80 篇，主张革新。著有《皇朝掌故辑要》《越史补亡》等。自编《王太玄年谱》。

民国十年　辛酉　1921 年

一、传记评论

愈之《克鲁泡特金与无治主义》发表于《东方杂志》第 18 卷第 4 号。

愈之《克鲁泡特金的道德观》发表于《东方杂志》第 18 卷第 4 号。

幼雄《克鲁泡特金的艺术观》发表于《东方杂志》第 18 卷第 4 号。

杨端六《罗素先生去华感言》发表于《东方杂志》第 18 卷第 13 号。

愈之《但底——诗人及其诗》发表于《东方杂志》第 18 卷第 15 号。

按:1921 年 9 月是意大利诗圣但丁(《东方杂志》译为"但底")逝世 600 周年纪念月,世界各地举行了多场盛大的典礼(英国已经于 1921 年 5 月但丁生辰日举行了纪念典礼),并有数十国的大学代表,到意大利但丁墓前敬献花圈。《东方杂志》在第 18 卷第 15 号,特设"但底六百年纪念"专栏,刊发了愈之《但底——诗人及其诗》、化鲁《但底的政治理想》、惟志《但底神曲的梗概》这几篇文章。并以"记者"的名义配发了《祝但底去世六百年纪念》的文章,说明了设置这个专栏的目的,并对但丁的贡献做了高度的评价:"但底是意大利国民文学之父,是欧洲文艺复兴的前驱,是语体文平民文学的革新者,是在罗马帝国崩离丧乱的时代而能以'艺术之光'照耀民众的大诗人。"

松山《托尔斯泰与鲍尔希维主义》发表于《东方杂志》第 18 卷第 20 号。

郑振铎《俄国文学史中的翻译家》发表于《改造》第 3 卷第 11 号。

郑振铎《史蒂芬孙评传》发表于《小说月报》第 12 卷第 3 号。

沈泽民《王尔德评传》发表于《小说月报》第 12 卷第 5 号。

孔常译《罗曼·罗兰评传》发表于《小说月报》第 12 卷第 8 号。

瑟庐《艾伦凯女士与其思想》发表于《妇女杂志》第 7 卷第 2 号。

西谛《陀思妥以夫斯基的百年纪念》发表于《文学旬刊》第 19 期。

顾铁生《孔子适周见老子年月考》发表于《史地学报》第 1 卷第 1 期。

李达《马克思还原》发表于《新青年》第 8 卷第 5 号。

周建人《达尔文主义》发表于《新青年》第 8 卷第 5 号。

蔡元培《柏格森玄学导言》发表于《民铎》第 3 卷第 1 号(柏格森号)。

瞿世英《柏格森与现代哲学之趋势》发表于《民铎》第 3 卷第 1 号(柏格

森号）。

李石岑《柏格森之著述与关于柏格森研究之参考书》发表于《民铎》第 3 卷第 1 号（柏格森号）。

梁漱溟《唯识家与柏格森》发表于《民铎》第 3 卷第 1 号（柏格森号）。

吕澂《柏格森哲学与唯识》发表于《民铎》第 3 卷第 1 号（柏格森号）。

严既澄《绵延与自我》发表于《民铎》第 3 卷第 1 号（柏格森号）。

杨正宇《柏格森哲学与现代之要求》发表于《民铎》第 3 卷第 1 号（柏格森号）。

张东荪《柏格森哲学与罗素的批判》发表于《民铎》第 3 卷第 1 号（柏格森号）。

章太炎《与吕黎两君论佛理书》发表于《民铎》第 3 卷第 1 号（柏格森号）。

严既澄《柏格森传》发表于《民铎》第 3 卷第 1 号（柏格森号）。

二、单篇传记

沈雁冰《波兰近代文学泰斗显克微支》发表于《小说月报》第 12 卷第 1 号。

沈雁冰《西班牙写实文学的代表者伊木讷兹》发表于《小说月报》第 12 卷第 3 号。

沈雁冰《脑威现存的大文豪鲍具尔》发表于《小说月报》第 12 卷第 4 号。

沈雁冰《十九世纪末丹麦大文豪约柯伯生》发表于《小说月报》第 12 卷第 6 号。

沈雁冰《略志匈牙利戏曲家莫尔纳的生平及其著作》发表于《小说月报》第 12 卷第 11 号。

［日］村松正俊作、海镜译《意国文学家邓南遮》发表于《小说月报》第 12 卷第 12 号。

耿济之《俄国四大文学家合传》（郭克里、托尔斯泰、屠格涅夫、道司托也司基）发表于《小说月报》第 12 卷号外《俄国文学研究》。

按：文章说："托尔斯泰富有伟大之天才，至高之独创性，不为旧说惯例所拘，运用其高超之哲学思想于文学作品中，以灌输于一般人民。他是俄国的国魂，他是俄国人民的代表，从他起我们才实认俄国文学是人生的文学，是世界的文学。""自《罗亭》《贵族之家》《前夜》《父与子》《烟》《荒地》等书一出版，而俄国当时全时代显明的面目遂尽行暴露在我们眼前。屠氏自己也明白自己的任务,他知道他的文学作品的意义是在于用善意及无偏向的眼光,来描写莎士比亚所现的'时代的形体与压迫'。就是俄国全批评界以至全体读者也都承认屠氏有这种社会上,艺术上的任务。这七篇长篇著作(自《猎人日记》至《荒地》),举凡屠格涅夫的思想,19世纪俄国社会的景况,都包罗在里面了。至于这几部书的艺术手段都很高妙,堪奉为散文的模范作品。"

沈雁冰《近代俄国文学家三十人合传》发表于《小说月报》第12卷号外《俄国文学研究》。

按:是文介绍莱芒托夫、格列鲍依杜夫、阔尔脱曹夫、西芙脱钦科、海尔岑、耐克拉莎夫、龚察洛夫、加尔洵、那特森、薛特林、列斯考夫、乌斯潘斯基、鲍蒲列金、安得烈夫、古卜林、蒲英、塞尔齐夏夫兹那斯基、瞿列科夫、莱弥淑夫、茅夷士赫尔、犹希克维基、格屠夫·哇伦勃格斯基、勒底善孚、罗不全、弥里士考夫斯基、柔娜达·黑比丝、巴尔芒、布列乌沙夫、布洛克、伊凡诺夫的事迹。

济之《俄国乡村文学家伯得洛柏夫斯基》发表于《小说月报》第12卷号外《俄国文学研究》。

耿济之《阿里鲍甫略传》发表于《小说月报》第12卷号外《俄国文学研究》。

静观《兹腊托夫拉斯基略传》发表于《小说月报》第12卷号外《俄国文学研究》。

鲁迅《阿尔志跋绥夫》发表于《小说月报》第12卷号外《俄国文学研究》。

愈之《陀思妥以夫斯基年谱》发表于《文学旬刊》第19期。

王统照《高士倭绥略传》发表于《戏剧》第1卷第1号。

[英]彭尼士作、汪仲贤译《英国名优菲尔泼士事略》发表于《戏剧》第1卷第1号。

[英]彭尼士作、汪仲贤译《英国名优亨利欧文事略》发表于《戏剧》第1卷第4号。

[英]彭尼士作、汪仲贤译《英国名优麦须士事略》发表于《戏剧》第1卷第5号。

周学普译述《剧作家的耶支》发表于《戏剧》第1卷第6号。

康符《冯德之生平及其学说》发表于《东方杂志》第18卷第1号。

化鲁《克鲁泡特金与俄国文学家》发表于《东方杂志》第18卷第4号。

马鹿《克鲁泡特金著作一览》发表于《东方杂志》第18卷第4号。

愈之《文明之曙光——南非女文学家须林娜的遗著》发表于《东方杂志》第 18 卷第 10 号。

惟志《脑威现存文学家鲍也尔的生平》发表于《东方杂志》第 18 卷第 24 号。

半禅《美国近世女文学家小史》发表于《妇女杂志》第 7 卷第 2 号。

半禅《美国近世女文学家小史(续)》发表于《妇女杂志》第 7 卷第 3 号。

半禅《美国近世女文学家小史(完)》发表于《妇女杂志》第 7 卷第 6 号。

杨鄂联《毛臻云女士事略》发表于《新教育》第 4 卷第 4 期"孟禄号"。

王卓然《孟禄在华日记》发表于《新教育》第 4 卷第 4 期"孟禄号"。

秦翰才《美国汽车首创人物志略》发表于《上海总商会月报》第 3 卷 1 号。

李思纯《平民画家米勒传》发表于《少年中国》第 2 卷第 10 期。

[俄]列·歇斯妥甫作、刘凤生译《柴霍甫传》发表于《改造》第 4 卷第 2 号。

王统照《印度诗人万拜耳的略传与其诗之表象》发表于《曙光》第 2 卷第 1 号。

步伦《白沙先生底生平述略》发表于《平民》第 58 期。

毅夫《美国新总统哈亭氏事略》发表于《学术界》第 8 卷第 1 期。

空也《南岳智嵘上人传》发表于《海潮音》第 2 年第 3 期。

张伯烈《南岳南台寺妙见和尚传》发表于《海潮音》第 2 年第 3 期。

徐星《湖北归元寺开祖白光禅师行由及塔铭》发表于《海潮音》第 2 年第 3 期。

太虚《中兴佛教寄禅安和尚传》发表于《海潮音》第 2 年第 4 期。

汤雪筠《篆经和尚被刺记》发表于《海潮音》第 2 年第 4 期。

弘愿《近世岭表三僧传》发表于《海潮音》第 2 年第 7 期。

解根《天童谛真大师自焚记》发表于《海潮音》第 2 年第 7 期。

世晋编译、慧圆校订《释迦牟尼佛传》发表于《海潮音》第 2 年第 11 期。

世晋编译、慧圆校订《释迦牟尼佛传(续)》发表于《海潮音》第 2 年第 12 期。

大壑《雪宝澹禅和尚塔铭》发表于《海潮音》第 2 年第 11 期。

大壑《雪宝澹禅和尚塔铭》发表于《海潮音》第 2 年第 12 期。

三、传记著作

杨歧械编《古今名将全史》由上海大陆图书公司出版。

陈光定著《历代名将事略》由北京武学书局出版。

杨歧械编《古今名贤全史》由上海大陆图书公司出版。

按：是书收录从商周到民国时期的 100 位名贤小传，其中有钱铿、秦伯、颜回、曾参、冉求、孟轲、司马光、周敦颐、程颢、程颐、朱熹、王守仁、黄宗羲、顾炎武等。

谢无量著《孔子》由上海中华书局出版。

姚联奎等刊印《桐城麻溪姚氏宗谱》，首有姚棻、姚鼐、姚元之、姚莹等序。

杨公道编《慈禧轶事》由上海中华书局出版。

广文书局编辑所编辑《吴佩孚全传》由上海世界书局出版。

梁士诒等著《陈玉苍尚书七十寿序》出版。

顾曲周郎著《男女名伶小史》由上海中外书局出版。

按：是书收录程长庚、杨小楼、梅兰芳、王瑶卿、尚小云、刘菊仙、吴彩霞等戏曲名流小传 102 篇。

世界书局编《中国四大美人全史》由上海编者出版。

方宾观、臧励和等编《中国人名大辞典》由上海商务印书馆出版。

董瑞椿译《世界实业大王》由上海中华书局出版。

按：是书收录《金刚钻石王赛希儿罗特》《石碱王威廉姆勒伐》《铜王威良姆库洛克》《杂货商王约翰纳迈卡》《新铁道王介姆斯舍儿》《航业王萨托马斯撒他楞特》《钢炮王克虏伯》《海上王岩崎弥太郎》等 18 篇文章，卷首有蒋贴孙序。

[日]生田长江著、毛咏棠等译《社会改造之八思想家》由上海商务印书馆出版。

中央图书馆编著《中外名人历史大观》(1—4 册)由上海编者出版。

按：是书辑录历代中外名人、帝王、学者、艺人的传记。

陈适生编译《罗素评传》由上海文明书局刊行，有作者原序，译者序，金邦正及梁启超序。

张静庐编辑《杜威、罗素演讲录合刊》由上海泰东书局出版。

杨尘因著《华伦·哈定历史》由上海大陆图书公司出版。

四、卒于是年的传记作者

劳乃宣(1843—1921)。乃宣字季瑄，号玉初，又号韧叟，祖籍浙江桐乡，生于河北永年。同治十年进士，任直隶知县。光绪三十四年任宪政编查馆参议、政务处提调，授江宁提学使。1902—1903 年 2 月任浙江大学堂总理(校长)。宣统三年(1911)任京师大学堂总监督。著有《义和拳教门源流考》

《韧庵老人自订年谱》。

严复(1854—1921)。复乳名体干,初名传初,改名宗光,字又陵,后名复,字几道,晚号野老人,福建侯官人。1866 年考入了家乡的马尾船政后学堂,毕业后在军舰上工作。1877—1879 年被公派到英国留学,先入朴茨茅斯大学,后转到格林威治海军学院。1879 年毕业回国,到福州船厂船政学堂任教习,次年调任天津北洋水师学堂总教习(教务长),1889 年后捐得选用知府衔,并升为会办、总办(校长)。曾担任京师大学堂译局总办、上海复旦公学校长、安庆高等师范学堂校长、清朝学部名辞馆总编辑等职。著作有《严几道诗文钞》等。其传记作品有《孟德斯鸠列传》《斯密亚丹传》《吴芝瑛传》等。

民国十一年　壬戌　1922 年

一、传记评论

张闻天《太戈尔之〈诗与哲学〉观》发表于《小说月报》第 13 卷第 2 号。

张闻天《太戈尔的妇女观》发表于《小说月报》第 13 卷第 2 号。

张闻天《太戈尔对于印度和世界的使命》发表于《小说月报》第 13 卷第 2 号。

陈小航译《布兰兑斯的法朗士论》发表于《小说月报》第 13 卷第 5 号。

沈雁冰《纪念意大利的自然派作家浮尔茄》发表于《小说月报》第 13 卷第 6 号。

希真译《霍甫德曼与尼采哲学》发表于《小说月报》第 13 卷第 6 号。

希真《霍甫德曼的自然主义作品》发表于《小说月报》第 13 卷第 6 号。

希真《霍甫德曼的象征主义作品》发表于《小说月报》第 13 卷第 6 号。

常道直《达尔文主义与社会学》发表于《民铎》第 3 卷第 5 号（进化论号下）。

华林一《安诺德文学批评原理》发表于《东方杂志》第 19 卷第 23 号。

胡梦华《安诺德评传》发表于《东方杂志》第 19 卷第 23 号。

高鲁《爱因斯坦与相对论》发表于《东方杂志》第 19 卷第 24 号"爱因斯坦号"。

二、单篇传记

小航《陀思妥以夫斯基传略》发表于《小说月报》第 13 卷第 1 号。

郎损《陀思妥以夫斯基的地位》发表于《小说月报》第 13 卷第 1 号。

郑振铎《太戈尔传》发表于《小说月报》第 13 卷第 2 号。

沈泽民《瑞典大诗人赫滕斯顿》发表于《小说月报》第 13 卷第 3 号。

谢六逸《屠格涅甫传略》发表于《小说月报》第 13 卷第 3 号。

沈雁冰《瑞典诗人卡尔佛脱与诺贝尔文学奖金》发表于《小说月报》第 13 卷第 3 号。

［挪威］卡特著、沈泽民译《包以尔传》发表于《小说月报》第 13 卷第 4 号。

陈小航《法朗士传》发表于《小说月报》第 13 卷第 5 号。

陈小航《法朗士著作编目》发表于《小说月报》第 13 卷第 5 号。

希真《霍甫德曼传》发表于《小说月报》第 13 卷第 6 号。

沈雁冰《朵思退益夫斯基与其作品》发表于《文学旬刊》第 32 期。

沈雁冰《朵思退益夫斯基与其作品》发表于《文学旬刊》第 33 期。

沈雁冰《朵思退益夫斯基与其作品》发表于《文学旬刊》第 34 期。

沈雁冰《朵思退益夫斯基与其作品》发表于《文学旬刊》第 35 期。

愈之《亡友胡天月传》发表于《文学旬刊》第 39 期。

愈之《亡友胡天月传》（续）发表于《文学旬刊》第 40 期。

王统照《一个中国的田野化底诗人——范成大》发表于《文学旬刊》第 41 期。

周建侯译《易卜生·约翰·亨利克传略》发表于《戏剧》第 2 卷第 1 号。

陈大悲《美国剧人瓦斐尔自传》发表于《戏剧》第 2 卷第 2 号。

隐侠《汪笑侬小传》发表于《戏杂志》第 1 期。

远哉《杨小楼小传》发表于《戏杂志》第 1 期。

天亶《程长庚小传》发表于《戏杂志》第 2 期。

醒民《白牡丹小传》发表于《戏杂志》第 2 期。

刘延陵《现代的平民诗人买丝翡耳》发表于《诗》第 1 卷第 3 号。

陈兼善《达尔文年谱》发表于《民铎》第 3 卷第 5 号（进化论号下）。

愈之《黑种文学家马兰及其著作》发表于《东方杂志》第 19 卷第 5 号。

华鲁《英国政治家勃拉斯的生平》发表于《东方杂志》第 19 卷第 6 号。

闻天《歌德的浮士德》发表于《东方杂志》第 19 卷第 15 号。

胡梦华《安诺德和他的时代之关系》发表于《东方杂志》第 19 卷第 23 号。

周建人《巴斯德的生平及事业》发表于《东方杂志》第 19 卷第 23 期。

郭沫若《波斯诗人莪默伽亚谟》发表于《创造》第 1 卷第 3 号。

阎桐华译《蓝宁小传》（《列宁小传》）发表于《改造》第 4 卷第 6 号。

夏元琛《安斯坦相对论及安斯坦传》发表于《改造》第 4 卷第 8 号。

高山《李宁夫人》发表于《妇女杂志》第 8 卷第 3 号。

程小青《威尔逊夫人》发表于《妇女杂志》第 8 卷第 3 号。

钮醒我《一个新郎的自述》发表于《星期》第 13 期。

罗独清《一个接生婆的自述》发表于《星期》第 26 期。

张玉如《一个解放女子的自述》发表于《快活》第 27 期。

胡适《一千九百年前的一个社会主义者——王莽》发表于《努力周报》附刊《读书杂志》第 1 期。

按：胡适同时撰写了《再论王莽》一文。

胡适《记李觏的学说——一个不曾得君行道的王安石》发表于《努力周报》附刊《读书杂志》第 3 期。

胡适《吴敬梓年谱》发表于《努力周报》第 31 期。

胡适《吴敬梓年谱》（续）发表于《努力周报》第 33 期。

胡适《吴敬梓年谱》（续）发表于《努力周报》第 34 期。

王恩洋记《欧阳竟无先生说佛法》发表于《文哲学报》第 1 期。

陈训慈《托尔斯泰》发表于《文哲学报》第 2 期。

蒋维乔《张克诚先生传》发表于《海潮音》第 3 年第 6 期。

王弘愿《林节母颜氏传》发表于《海潮音》第 3 年第 7 期。

王邕《故李居士墓碣》发表于《海潮音》第 3 年第 7 期。

王弘愿《李律云居士死难记》发表于《海潮音》第 3 年第 8 期。

狄葆贤《汪观定女居士行略》发表于《海潮音》第 3 年第 8 期。

罗杰《南岳仁祥师传赞》发表于《海潮音》第 3 年第 9 期。

默庵《南岳海岸禅师塔铭》发表于《海潮音》第 3 年第 9 期。

罗杰《明果大师往生传》发表于《海潮音》第 3 年第 9 期。

雁汀《马克思传》发表于 5 月 5 日北京《晨报副刊》（马克思纪念）。

李特《李卜克内西传》发表于 1 月 20 日—22 日天津《华北新闻》副刊《微明》。

按：文章说："李卜克内西底伟大，使他革命的精神永远不死了。一九一八年前德意志帝国崩溃之后，代旧政府而统治德意志的，是代表中产阶级改良主义者的德国社会民主党。反对改良主义的德国社会民主党政府，举行共产主义革命的，是著名的德国斯巴达卡斯团。这斯巴达卡斯团底指导者就是伟大的李卜克内西和伟大的卢森堡女士。李卜克内西是无产阶级的代表，他底主张在推倒德意志帝国政府，建立无产阶级专政的国家。他这种革命的精神，在德帝国正要崩坏的期内，表现得最为热闹。他不单攻击那班帝国主义的政党，使他们体无完肤，就是对于那爱柏尔特、谢致孟所领率的多数社会党也不肯和他们妥协。他在议会内极力宣传主义，攻击政府。他在议会外又指导民众，企图革命。他的生命，可说是热与热底继续。"

三、传记著作

(明)黄道周著、刁广孚编《历代名将断》由北京武学书馆出版。

周庆云著《历代两浙词人小传》由周氏梦坡室出版。

孙毓修著《苏秦》由上海商务印书馆出版。

孙毓修著《信陵君》由上海商务印书馆出版。

孙毓修著《诸葛亮》由上海商务印书馆出版。

孙毓修著《朱子》由上海商务印书馆出版。

罗振玉著《万年少先生年谱》由永丰乡人杂著本出版。

罗振玉著《徐俟斋先生年谱》由永丰乡人杂著本出版。

施淑仪编著《清代闺阁诗人征略》由上海崇明女子师范讲习所出版。

黄维翰著《黑水先民传》由崇仁黄氏出版。

刘海涵著《何大复先生年谱》由龙潭精舍丛刊本出版。

胡适、姚名达编著《章实斋先生年谱》由上海商务印书馆出版。

按：胡适《序》曰：我做《章实斋年谱》的动机，起于民国九年冬天读日本内藤虎次郎编的《章实斋先生年谱》。我那时正觉得，章实斋这一位专讲史学的人，不应该死了一百二十年还没有人给他做一篇详实的传。《文献征存录》里确有几行小传，但把他的姓改成了张字！所以《耆献类征》里只有张学诚，而没有章学诚！谭献确曾给他做了一篇传，但谭献的文章既不大通，见解更不高明：他只懂得章实斋的课蒙论！因此，我那时很替章实斋抱不平。他生平眼高一世，瞧不起那班"裒绩补苴"的汉学家；他想不到，那班"裒绩补苴"的汉学家的权威竟能使他的著作迟至一百二十年后方才有完全见天日的机会，竟能使他的生平事迹埋没了一百二十年无人知道。这真是王安石说的"世间祸故不可忽，簣中死尸能报仇"了。

最可使我们惭愧的，是第一次作《章实斋年谱》的乃是一位外国的学者。我读了内藤先生作的《年谱》，知道他藏有一部抄本《章氏遗书》十八册，又承我的朋友青木正儿先生替我把这部《遗书》的目录全抄了寄来。那时我本想设法借抄这部《遗书》，忽然听说浙江图书馆已把一部抄本的《章氏遗书》排印出来了。我把这部《遗书》读完之后，知道内藤先生用的年谱材料大概都在这书里面，我就随时在《内藤谱》上注出每条的出处。有时偶然校出《内藤谱》的遗漏处，或错误处，我也随手注在上面。我那时不过想做一部《内藤谱》的"疏证"。后来我又在别处找出一些材料，我也附记在一处。批注太多了，原书竟写不下了，我不得不想一个法子，另作一本新年谱。这便是我作这部年谱的缘起。

民国十年春间，我病在家里，没有事做，又把《章氏遗书》细看一遍。这时候我才真正了解章实斋的学问与见解。我觉得《遗书》的编次太杂乱了，不容易看出他的思想的条理层次；《内藤谱》又太简略了，只有一些琐碎的事实，不能表现他的思想学说变迁沿革的次序。我是最爱看年谱的，因为我认定年谱乃是中国传记体的一大进化。最好的年谱，如王懋竑的《朱子年谱》，如钱德洪等的《王阳明先生年谱》，可算是中国最高等的传记。若年谱单记事实，而不能叙思想的渊源沿革，那就没有什么大价值了。因此，我决计做一部详细的《章实斋年谱》，不但要记载他的一生事迹，还要写出他的学问思想的历史。这个决心就使我这部《年谱》比《内藤谱》加多几十倍了。

我这部《年谱》，虽然沿用向来年谱的体裁，但有几点，颇可以算是新的体例。第一，我把章实斋的著作，凡可以表示他的思想主张的变迁沿革的，都择要摘录，分年编入。摘录的工夫，很不容易。有时于长篇之中，仅取一两段；有时一段之中，仅取重要的或精采的几句。凡删节之处，皆用"……"表出。删存的句子，又须上下贯串，自成片段。这一番工夫，很费了一点苦心。第二，实斋批评同时的几个大师，如戴震、汪中、袁枚等，有很公平的话，也有很错误的话。我把这些批评，都摘要抄出，记在这几个人死的一年。这种批评，不但可以考见实斋个人的见地，又可以作当时思想史的材料。第三，向来的传记，往往只说本人的好处，不说他的坏处；我这部《年谱》，不但说他的长处，还常常指出他的短处。例如他批评汪中的话，有许多话是不对的，我也老实指出他的错误。我不敢说我的评判都不错，但这种批评的方法，也许能替《年谱》开一个创例。

胡适著《吴敬梓年谱》由著者出版。

邹鲁编《黄花岗七十二烈士事略》出版，卷首有孙中山、胡汉民等序。

苏生著《革命党小传》出版。

蛰荫馆主编、钟觉民校《黎元洪近事记》由上海新华印书社出版。

辽鹤著《曹锟张作霖轶事》由俄洋印刷公司出版。

国史编辑社编《吴佩孚正传》由编者出版。

得一斋主人编《吴佩孚战史》由编者出版。

中外新闻社编《吴佩孚全史》由上海世界书局出版。

李睡仙等编《陈炯明叛国史》由编者出版。

蒋介石著《孙大总统广州蒙难记》由上海民智书局出版。

按：1921年3月，陈炯明与北洋军阀勾结，于6月叛变革命，当时孙中山在总统府中,形势危急,脱险后与蒋介石讲述其中的经历,于是蒋介石就撰写了此书,在 1922 年 10 月出版,传记写作的实效性很强。

张克诚著《张克诚自传》出版。

陈此生编著《伍廷芳轶事》由上海宏文图书馆出版。

[德]卡尔·弗尔伦得著,商承祖、罗璇阶译《康德传》由上海中华书局出版。

苏里和辑、陈雅各译《圣多玛斯小传》由上海土山湾印书馆出版。

鲁云奇著《一百名人家政史》由上海中华图书集成公司出版。

萧子升编《近世界非宗教大家》由上海求实学社出版。

按:是书介绍培根、狄德罗、达尔文、克鲁泡特金、马克思等 18 位人物的生平及言论。

[美]George Hodges 著、朱友渔译《教会名人传》由上海中华圣公会出版。

[德]G. Schurhammer 著、J. WANG 译《圣方济格沙勿略小传》由上海土山湾印书馆出版。

《圣类思公撒格学生主保小传》由上海土山湾印书馆出版。

四、卒于是年的传记作者

伍廷芳(1842—1922)。廷芳本名叙,字文爵,号秩庸,后改名廷芳,祖籍广东新会,出生于新加坡。1874 年自费留学英国,入伦敦学院攻读法学,后回香港任律师,成为香港立法局第一位华人议员。1882 年进入李鸿章幕府出任法律顾问,参与中法谈判、马关谈判等,1896 年被清政府任命为驻美国、西班牙、秘鲁公使,签订中国第一个平等条约《中墨通商条约》。辛亥革命爆发后,任中华民国军政府外交总长,主持南北议和。南京临时政府成立后,出任司法总长。1916 年出任段祺瑞内阁外交总长,次年代总理,旋因拒绝副署解散国会令解职出京。1917 年赴广州参加护法运动,任护法军政府外交总长、财政总长、广东省长。著有《伍廷芳集》《美国视察记》《伍秩庸先生公牍》等。其中传记作品有《孔子的学说》《孔子与孟子》等。

孙毓修(1871—1922)。毓修字星如,号留庵,江苏无锡人。光绪二十一年(1895)中秀才。早年在南菁书院执教,得到缪荃孙指教,目录学根底颇深。1907 年入上海商务印书馆编译所,得到张元济赏识,委任其筹建图书室。次年,商务印书馆购得绍兴徐氏、太仓顾氏、长洲蒋氏之书,设图书馆于其编译所,即世称"涵芬楼",出任涵芬楼负责人。1919 年主持影印《四部丛刊》，先后出版《四部丛刊初编》《四部丛刊续编》《四部丛刊三编》。著有《信陵君》《苏秦》《张良》《班超》《马援》《诸葛亮》《陶渊明》《玄奘》《郭子仪》《司马光》《苏轼》《朱子》《岳飞》《文天祥》《王阳明》等 15 位历史人物传记和外国人物传记《德谟士》《华盛顿》《富兰克林》《格兰斯顿》等。

民国十二年 癸亥 1923 年

一、传记评论

江绍原《关于传记丛书的通信》发表于 8 月 26 日《晨报副刊》。

按：信中说："伏园吾兄：吾兄所计划的传记丛书及编辑的旨趣，弟均赞成。但此等书应该有一本是一本，最忌先列举一些大题目——宗教、哲学、文艺等等——然后拼命乱拉人写些滥竽充数的东西来填满原来画好的空格子。这个肯定所根据的是中西各国学术界的许多经验，请老兄考虑一下。来信所云耶稣、佛陀两传，无疑是目前的迫切需要。西洋久已在那里'恢复历史上的耶稣'，而且代东方人恢复历史上的佛陀。中国地土上的铁路由外人修，大家觉得很危险；中国精神和思想上的轨道由外人铺置，却没人叫唤，也没人觉得非自办不可。甚至于历史上的耶稣，大体上久已被人找出，而我们号称反对基督教的人还任凭传教师天天在中国卖冒牌药！关乎两公的传记，至今还有未决的问题——例如耶稣所谓'天国'的确切意义，不过是重要点既已断定，写通俗书的机缘可说是已成熟。真不能断定的诸点，请专家去推敲，我们一般人大可以不必等候个个疑问冰释之后才写传看传，犹之乎我们不必等吃饭的功用完全发现之后才吃饭。但是——难处到了——在中国作书的人难处到了。写传记的人，自己固然该有见识，但是史料总得要啊，已出版的较好传记总先参看啊！这些东西怎样才能运到中国，供著作家取用呢？难道真派个把人到西洋去留学，嘱咐他到了之后天天在人家的图书馆里把这些东西，用精楷录写副本，携回备用？这些东西的出处，我不瞒老兄，也知道一二，但是——但是既没抄过，也没钱买。凑巧中国的庙宇、教堂、最高学府、废宗教大同盟本部也没抄过，也没买过！老兄，你看这可教我怎样办？你不是要我担任作耶稣传、佛陀传吗？而且我也大胆应允了。但是书没抄就先从外国回来了；说买罢，现在到哪里去买？商务书馆没有；丸善许有点，但是我们同日本绝了经济交。此外还得问由谁去买：和尚的钱要造庙，教会的钱要供给济良所，最高学府的教职员还欠米店的账，废宗教大同盟没废完宗教就把自己废了，而老兄虽是《晨报附刊》的大主笔，又热心于耶稣传、佛陀传，但是所得的俸给也须拿出来作堂上甘旨之资，令郎求学之费。左思右想，只有两条可走的路。第一条路是到东安市场去买张有奖储蓄券，然后回家茶不饮、饭不食的念佛，作祷告。第二条路若是能办到更妙，就是请你在晨报馆立个扶乩圣会，假使能把耶稣和乔答摩请到，我发誓决不作书和他们捣乱。老兄再跋传记丛书的名字改为自传丛书，那就万事解决了。你看这两条路哪条好，也许你有更高明的办法。假使你真无办法——想几天几夜还想不出办法，请你再往下看。我到还有个挨骂的办法呢！就是从西文书里挑选一本好点的耶稣传和一本好点的佛陀传，由我保了笑属保险之后译成国文。至于旁人要说你的传记丛书是'禅贩'丛书，你千万不要太怪我。因为你已经知道彩票未必中，扶乩请来的耶、佛陀未必是你要我替他们作传记的两公。无论如何，我有一个非你确实承认我不算笨的条件，就是倘若你因故不能登完我的稿子，必须把我已经交去的退还。我碰见过三个令人不快意的杂志，其中有两个都只把我费心作好的文章登录一半，没收一半，第三个因为停办固然不能登完我的长文而且把我末次送去正在进行中的文稿也遗失了——虽然赠了我一百块美国钱，却打断了我的工作。可怜的中国人，只有一片一段的生活！弟江绍原，十二年八月十九夜。"

孙德谦《张古余先生年谱序》发表于《宗圣学报》第3卷第3期。

梁任公《要籍解题及其读法——史记》发表于《史地学报》第2卷第7期。

按：文章说："历史由环境构成耶？由人物构成耶？此为史界累世聚讼之问题。以吾侪所见，虽两方势力俱不可蔑，而人类心力发展之功能，固当畸重。中国史家，最注意于此，而实自太史公发之。其书百三十篇，除十表八书外，余皆个人传记，在外国史及过去古籍中无此体裁。以无数个人传记之集合体成一史，结果成为人的史而非社会的史，是其短处。然对于能发动社会事变之主要人物，各留一较确之面影以传于后，此其所长也。长短得失且勿论，要之太史公一创作也。"

梁任公《屈原研究》发表于《文哲学报》第3期。

张志超《法国大戏剧家毛里哀评传》发表于《文哲学报》第3期。

陈钧《质考据莎士比亚者》发表于《文哲学报》第4期。

王焕镳《史传叙法举例》发表于《文哲学报》第4期。

按：作者在题记中说："焕镳不解文，而笃好《史记》。年十二三，共诸从兄读《项羽本纪》，窃心与楚而嫉汉。至羽入关后，时时问得颇沛公否？及困垓下，益俯首潜然不怿良久。其感人如此。顾未知所谓法也。泊受业徐师益修，闻古文义法。司马氏孤远之诣，始少探其万一。因次所得，实以例而自鉴焉。疏漏之讥,固不免已。例间有非《史记》中者,盖不及悉也。"文中所举的叙法,有前详则后略法、后详则前略法、事详则言略法、传赞详略参互法、异篇详略参互法、异书详略参互法、透露消息法、消息不透露法、浑叙概括法、合叙避复法、分记变化法、书要事法、书细事法、相形烘托法、抑扬法、欲扬先抑法、欲抑先扬法、急者缓之法、缓者急之法、记言化记事法、传述语言略旁旨法、传述语言略事法、传述语言略句法、记言繁复法、记言省"曰"字法、自问自答加"曰"字法等,皆用《史记》原文证明。

陆侃如《屈原生年考证》发表于《文学旬刊》第 68 期。

王伯祥《二百四十五年前的平民文学家贾凫西》发表于《文学旬刊》第 98 期。

西谛《中国文学者生卒考序》发表于《文学旬刊》第 101 期。

按:序说:"我们无论研究哪一个作家,对于他的所生活的时代,必要有个概念;这不独是研究一个作家的生活的过程与背景所必要的,而且也是要明了他的作风与思想所必要的。在我们读欧洲诸国的文学史时,对于认识作家的时代,完全可以不费力量,因在他们上面,每个作家的生卒都记载很明了,而这种年代的记载,又是有一种统一的符记,一切作家生或卒的次序,我们可以不必检阅他书(或费什么推算的功夫),而即能够知道。但在研究中国文学史时我们却遇着一个极大的困难了。我们本没有一部较好的中国文学史,而在那些草创的文学史里,一切叙述又都无甚条理,尤其是对于作家的生卒,在我们所看见现在流行在图书室里的那些书,差不多没有一部曾注意及此。即有对于几个极重要的作家,附带的说明他的生年或卒年的,而所用的记年的符记,又是中国式的以帝王年号为主的混乱的记年符记。我们要知道一般作家的生存年代,便非自己费一番很久的检书或推算的工夫不可。这真是一件很可怅憾的事。以我个人而论,所费的这种检书或推算的时间,总积起来,已至少在一二百点钟以上了。这是如何的不经济呀!因此,在三四个月前,我便发奋搜集了好几部书,要编一本《中国文学者生卒考》。这种工作,不惟是利己,而且是利人。不惟为一时检阅的便利计,而且足以供将来编纂中国文学史的一种资料。"

孙锡麟《合作先驱者金威廉传略及其学说》发表于《东方杂志》第 20 卷第 5 号。

幼雄《凯末尔的生平》发表于《东方杂志》第 20 卷第 6 号。

梁启超《黄梨洲朱舜水乞师日本辩》发表于《东方杂志》第 20 卷第 6 号。

秉志《杜里舒生机哲学论》发表于《东方杂志》第 20 卷第 8 号。

菊农《杜里舒与现代精神》发表于《东方杂志》第 20 卷第 8 号。

愈之《演剧界巨星莎拉·殷哈德夫人》发表于《东方杂志》第 20 卷第 9 号。

王希和《太戈尔学说概观》发表于《东方杂志》第 20 卷第 14 号。

叶元龙《斯密亚丹经济学说概观》发表于《东方杂志》第 20 卷第 17 号。

李权时《斯密亚丹学说之批评》发表于《东方杂志》第 20 卷第 17 号。

叶元龙《自斯密亚丹至二十世纪之经济学说》发表于《东方杂志》第 20 卷第 17 号。

黄惟志《斯密亚丹评传》发表于《东方杂志》第 20 卷第 17 号。

吴宓《我之人生观》发表于《学衡》第 16 期。

方守彝《题朱方蜕农丹徒张贞妇传略后》发表于《学衡》第 21 期。

耿济之译《阿史德洛夫斯基评传》发表于《小说月报》第 14 卷第 11 号。

郑振铎《一九二三年得诺贝尔奖金者夏芝评传》发表于《小说月报》第 14 卷第 12 号。

记者《夏芝的传记及关于他的批评论文》发表于《小说月报》第 14 卷第 12 号。

黄仲苏《诗人微尼评传》发表于《少年中国》第 4 卷第 1 期。

张闻天《科路伦科评传》发表于《少年中国》第 4 卷第 4 期。

成仿吾译《悲多汶传序》发表于《创造》第 1 卷第 4 期。

曾仲鸣《巴斯嘉与洛朗》发表于《太平洋》第 4 卷第 2 号。

曾仲鸣《洛朗百年纪念》发表于《太平洋》第 4 卷第 2 号。

［法］佛兰西原作、曾仲鸣译《黑克》发表于《太平洋》第 4 卷第 3 号。

［法］佛兰西原作、曾仲鸣译《黑克的思想》发表于《太平洋》第 4 卷第 3 号。

杨端六《斯密亚丹小传》发表于《太平洋》第 4 卷第 4 号。

顾颉刚《郑樵著述考》发表于《国立北京大学国学季刊》第 1 卷第 1 号。

胡适《科学的古史家崔述》发表于《国立北京大学国学季刊》第 1 卷第 2 号。

按：文章说："西历 1824 年，当清道光四年，一个云南石屏州人陈履和，在浙江金华府东阳县做知县，把他的老师崔述的一部不朽的遗著（《崔东壁先生遗书》）刻成。刻成的次年，陈履和遂病死了。他死后'宦囊萧然，且有负累；一子甫五龄，并无以为归计'。幸亏当时署金华府知府的萧元桂替他设法弥补亏空，把《东壁遗书》的版本二十箱留存金华府学，作为官物交兑；

他并且邀集金华府各县的同官,捐助刻资六百两,方才把陈履和的家眷送回云南去(以上据萧元桂《东壁遗书序》)。明年(1924),就是《东壁遗书》刻成的百年纪念了。这一百年中,这部不朽的奇书几乎没有人过问。约二十年前(1903—1904)日本学者那珂通世把陈履和刻本加上标点排印出来,中国人方才渐渐知道有崔述这个人。崔述的学说,在日本史学界颇发生了不小的影响。近来日本的史学早已超过崔述以经证史的方法,而进入完全科学的时代了。然而中国的史学家似乎还很少赏识崔述的史学方法的。刘师培在《国粹学报》第三十四期曾发表一篇《崔述传》,颇能指出他的方法的重要:他说:'述生乾嘉间,未与江、戴、程、凌相接,而著书义例,则殊途同归。彼以百家之言古者多有可疑,因疑而力求其。浅识者流仅知其有功于考史,不知《考信录》一书自标界说,条理秩然,复援引证佐,以为符验;一言一事,必钩稽参互,剖析疑似,以求其真。使即其例以扩充之,则凡古今载籍,均可折衷至当,以去伪而存诚。'刘氏之言,并非过誉。但此外竟没有别人作同样的介绍了。梁启超的《清代学术概论》,虽有专论清代史学的一节,但竟不曾提及崔述的名字。……我为以上种种原因,作这篇崔述的介绍。"

顾颉刚《郑樵著述考(完)》发表于《国立北京大学国学季刊》第 1 卷第 2 号。

刘玉子《中国佛教之传译及其教义之变迁论》发表于《佛化新青年》第 1 卷第 6 号。

二、单篇传记

郑振铎《丹麦现代批评家勃兰特传》发表于《小说月报》第 14 卷第 4 号。

沈雁冰《西班牙现代小说家巴洛伽》发表于《小说月报》第 14 卷第 5 号。

郑振铎《太戈尔传》发表于《小说月报》第 14 卷第 9 号(太戈尔号上)。

[日]宫岛新三郎作、仲云译《太戈尔和托尔斯泰》发表于《小说月报》第 14 卷第 9 号(太戈尔号上)。

郑振铎《太戈尔传(续)》发表于《小说月报》第 14 卷第 10 号(太戈尔号下)。

得一《太戈尔的家乘》发表于《小说月报》第 14 卷第 10 号(太戈尔号下)。

樊仲云《音乐家的太戈尔》发表于《小说月报》第 14 卷第 10 号(太戈尔号下)。

耿济之《阿史德洛夫斯基生平及著作年表》发表于《小说月报》第 14 卷

第 11 号。

嵩云《别友回忆录》发表于《小说月报汇订》第 95 期。

徐枕亚《亡妻蕊珠事略》发表于《小说月报汇订》第 107 期。

何炳堃《九江朱先生事略》发表于《小说月报汇订》第 234 期。

谷芳《欧战名人小传》(一)《霞飞将军》发表于《小说世界》第 1 卷第 7 期。

静影女士《罗兰夫人》(名人小传)发表于《小说世界》第 1 卷第 8 期。

谷芳《欧战名人小传》(二)《威尔逊总统》发表于《小说世界》第 1 卷第 9 期。

周香民《世界名画家小传》(二)《麦且来及路》发表于《小说世界》第 1 卷第 10 期。

谷芳《欧战名人小传》(三)《福熙元帅》发表于《小说世界》第 1 卷第 12 期。

谷芳《欧战名人小传》(四)《吉青纳爵士》发表于《小说世界》第 2 卷第 1 期。

周香民《世界名画家小传》(四)《翟逊》发表于《小说世界》第 2 卷第 2 期。

谷芳《欧战名人小传》(五)《普信将军》发表于《小说世界》第 2 卷第 3 期。

周香民《世界名画家小传》(五)《乔图》发表于《小说世界》第 2 卷第 4 期。

谷芳《欧战名人小传》(六)《海格元帅》发表于《小说世界》第 2 卷第 5 期。

周香民《世界名画家小传》(六)《利奥拿图》发表于《小说世界》第 2 卷第 6 期。

周香民《世界名画家小传》(七)《拉法尔》发表于《小说世界》第 2 卷第 7 期。

谷芳《欧战名人传》(七)(排梯大将)发表于《小说世界》第 2 卷第 8 期。

周香民《世界名画家小传》(八)《特尔勒》发表于《小说世界》第 3 卷第 3 期。

游国恩《司马相如评传》发表于《文艺旬刊》第 13 期。

游国恩《司马相如评传》(一续)发表于《文艺旬刊》第 14 期。

游国恩《司马相如评传》(二续)发表于《文艺旬刊》第 15 期。

游国恩《司马相如评传》（三续）发表于《文艺旬刊》第 16 期。

游国恩《司马相如评传》（四续）发表于《文艺旬刊》第 17 期。

郁达夫《赫尔惨》（赫尔岑）发表于《创造周报》第 16 期。

按：文章说："关心于俄国革命，抱有无政府共产主义的倾向，主张以破坏为第一义的现代的青年，当不能忘记先觉者赫尔惨的一生。赫尔惨于一八一二年生在俄国旧京莫斯科的一家富家，他的母亲是德国人。赫尔惨所受的教育，完全是旧式的俄国贵公子的教育。教他法文的，是一个法国的移住者，教他德文的，是一个德国的家庭教师。他的俄国的先生，却是一位爱自由的新思想家。除了这几位先生以外，平时作他的导师的，便是十八世纪德法两国的哲学家的著书，而尤以法国启蒙哲学家和百科辞典编纂诸家如提特洛（Diderot）、达兰倍尔（D'Alembert）辈的感化为最深。所以到了后来，在他研究德国的纯正哲学的时候，他仍脱不了十八世纪法国哲学的影响。"

陈三立《刘古愚先生传》发表于《学衡》第 19 期。

陈宝琛《清故资政大夫海军协都统严君墓志铭》发表于《学衡》第 20 期。

吴其昌《朱子传经史略》发表于《学衡》第 22 期。

陈淡然《关中刘古愚先生墓表》发表于《学衡》第 24 期。

张尔田《耆献史公清德之碑》发表于《学衡》第 24 期。

胡适《吴敬梓年谱》（续）发表于《努力周报》第 38 期。

胡适《吴敬梓年谱》（续）发表于《努力周报》第 39 期。

胡适《吴敬梓年谱》（续）发表于《努力周报》第 45 期。

胡适《吴敬梓年谱》（续）发表于《努力周报》第 47 期。

胡适《吴敬梓年谱》（续完）发表于《努力周报》第 52 期。

徐祖正《英国浪漫派三诗人——拜伦、雪莱、箕茨》发表于《创造》第 1 卷第 4 期（雪莱纪念号）。

郭沫若《雪莱的诗》发表于《创造》第 1 卷第 4 期（雪莱纪念号）。

郭沫若《雪莱年谱》发表于《创造》第 1 卷第 4 期（雪莱纪念号）。

顾颉刚《郑樵传》发表于《国立北京大学国学季刊》第 1 卷第 2 号。

健孟《英国女权运动的先驱》发表于《妇女杂志》第 9 卷第 1 号。

健孟《美国妇女运动的领袖》发表于《妇女杂志》第 9 卷第 1 号。

克士《法国自由思想的先驱斯台耳及乔治散》发表于《妇女杂志》第 9 卷第 1 号。

施存统《忆伏尔斯顿克拉夫脱女士》发表于《妇女杂志》第 9 卷第 1 号。

YD《西维亚班霍斯德女士自叙传》发表于《妇女杂志》第 9 卷第 1 号。

刘哀时《京陕途中日记》发表于《心声》第 2 卷第 10 期。

许瘦蝶《梅郎小传》发表于《红杂志》第 37 期。

张准《莫尔列小传》发表于《科学》第 8 卷第 4 期。

经利彬《卜郎史加氏事略》发表于《科学》第 8 卷第 6 期。

经利彬《毕夏氏事略》发表于《科学》第 8 卷第 10 期。

经利彬《贝纳耳氏事略》发表于《科学》第 8 卷第 11 期。

章炳麟《龚未生事略》发表于《华国月刊》第 1 卷第 2 期。

汪东《黄安刘君事略》发表于《华国月刊》第 1 卷第 2 期。

黄侃《刘仲蓬哀辞》发表于《华国月刊》第 1 卷第 2 期。

徐震《刘行生行状》发表于《华国月刊》第 1 卷第 4 期。

吴伟士《韦克生教授事略》发表于《农学》第 1 卷第 6 期。

陈训慈《托尔斯泰》(续第二期)发表于《文哲学报》第 3 期。

陈训慈《托尔斯泰》(续第三期)发表于《文哲学报》第 4 期。

陈去病《诸静斋墓志铭》发表于《文哲学报》第 4 期。

编者《陈有虞先生生平事略》发表于《清华周刊》第 298 期。

唐大圆《释迦牟尼佛诞纪念日办法略说》发表于《佛化新青年》纪念号。

陈妄清《略说宾主镜三昧》发表于《佛化新青年》纪念号。

李润生《释加牟尼佛二九五〇年诞节宣言》发表于《佛化新青年》纪念号。

大圆《释加牟尼佛诞纪念之大狮子吼》发表于《佛化新青年》纪念号。

一如《释加世尊的略传》发表于《佛化新青年》纪念号。

杨毓芬《佛生日》发表于《佛化新青年》纪念号。

何仲朴《释迦文佛二九五〇年纪念感言》发表于《佛化新青年》纪念号。

显亮《释迦牟尼文佛二千九百五十年纪念演说》发表于《佛化新青年》纪念号。

王位功《释迦牟尼文佛圣诞纪念》发表于《佛化新青年》纪念号。

月华《生西小传》发表于《海潮音》第 4 年第 1 期。

空也《南岳淡云禅师传》发表于《海潮音》第 4 年第 2 期。

空也《长松禅师并徒一宗上人塔铭》发表于《海潮音》第 4 年第 2 期。

王弘愿《日本兴教大师传》发表于《海潮音》第 4 年第 3 期。

慧通《仁缘女居士传》发表于《海潮音》第 4 年第 4 期。

胡蒙子《周居士国香传》发表于《海潮音》第 4 年第 5 期。

王弘愿《陈育卿居士生西事略》发表于《海潮音》第 4 年第 7 期。

曹达溶《转龙山中兴龙溪禅师墓碑记》发表于《海潮音》第 4 年第 7 期。

永光《挹塵上人塔碑记》发表于《海潮音》第 4 年第 7 期。

大圆《唐琼轩先生西游记》发表于《海潮音》第 4 年第 8 期。

龙山觉《吉安彭母李恭人生西事略》发表于《海潮音》第 4 年第 8 期。

欧阳渐《黄建事略》发表于《海潮音》第 4 年第 9 期。

妙珑《中兴天王寺融光和尚传》发表于《海潮音》第 4 年第 11 期。

陈雪颐《廖女士雪如传》发表于《海潮音》第 4 年第 11 期。

万定《则愿行祖法师行述》发表于《海潮音》第 4 年第 12 期。

开悟《大沩罗汉山普应机禅师传》发表于《海潮音》第 4 年第 12 期。

胡南湖《马克斯传》发表于天津《新民意报》副刊《星火》第 9 号。

按：文中说："自《资本论》第一卷出版以后，就继续第二卷第三卷的起草。但到马氏一八八三年三月十四日死时，这两卷还未出版，后经恩格斯十余年的整理，才梓行于世。这三卷《资本论》，是批评资本主义经济组织的缺点，并未因他的本身崩坏而不可不到社会主义的经济组织，资本主义最重要的是剩余价值，无剩余价值，资本主义不能成立，因之他的《资本论》，对于剩余价值也有特地的发见和特地的说明。但马氏于一八七五年五月五日曾致布拉克的一封书信即《哥达纲领批评》，也是他一种重要的晚年著作。他的理想和理想实现的过程，大体都在这里说得非得详细。他的理想实现过程，分三时期。第一，革命过渡时期，就是在资本主义社会中间，由这里到那里一种革命的变革时期，也就是一种政治的过渡时期，在这时期的国家，就是无产阶级专权的国家。第二，共产主义成熟期，在这时期无论在经济上道德上精神上及其一切关系上，都还存着旧社会的习惯，但私有财产和掠夺剩余价值的有产阶级，已经完全破除。到了第三期，就是共产主义完成期，在这时期全社会的生产力，都非常增加；全社会的财富，都非常丰裕。国家既会自然而消灭，人民也就可在招牌上大书特书各尽所能，各取所需。"

三、传记著作

姜山编《曹国舅全传》由上海新华书局出版。

姜山编《韩湘子全传》由上海新华书局出版。

姜山编《汉钟离全传》由上海新华书局出版。

姜山编《蓝采和全传》由上海新华书局出版。

姜山编《吕洞宾全传》由上海新华书局出版。

姜山编《张果老全传》由上海新华书局出版。

俞印民编《李铁拐全传》由上海新华书局出版。

姜山编《何仙姑全传》由上海新华书局出版。

梁启超著《陶渊明》由上海商务印书馆出版。

余重耀著《阳明先生传纂》由上海中华书局出版。

喻谦著《新续高僧传》65卷由北洋印书局出版。

曾了若著《玄奘法师年谱》由北京文史学研究所出版。

谢无量著《平民文学之两大文豪》由上海商务印书馆出版。

按：是书后改名为《罗贯中与马致远》，1930年由上海商务印书馆再版。作者《绪论》说："从前我曾经编一部书，叫做《中国六大文豪》。其中是屈原、司马相如、扬雄、李白、杜甫、韩愈六人。他们的文学，是高深的，不是浅近的，大部分是模拟的，不是创造的。是比较少数人可以服膺的，不是多数人能够了解的。是国家的教令，贵族的嗜好，所提倡养成的，不是社会一般的需要，平民普遍的精神，所自由发展的（内中只有屈原一家，近于平民文学，详见拙著《楚辞新论》）。他们那种文学的势力，到宋朝的时候，就渐渐衰了。那时候发生一种平民文学，这种文学，直到元朝，成了个独立的局面。前前后后，也有许多作者。当中必定也有扬、马、李、杜一等人物，做那时代的代表。不过我们始终把他们忽略，没注意现在我毕竟找到两个人，一个是罗贯中，一个是马致远，可算平民文学的两大文豪。本编就是要将他们的著作和思想，及在文学上的价值，来约略研究批评一下。"

上海世界书局编《年羹尧全史》由该社出版。

严芙孙编著《全国小说名家专集》由上海云轩出版部出版。

新新书社编《曹锟》由编者出版。

魏家猷编《唐会泽言行录》由云南昆明云南官印局出版。

杨树编《杨珍林自订年谱》由贵阳文通书局出版。

实事白话报编辑部编《名伶化装谱》由编者出版。

翁小琴编《金陵五艳集》由上海中国第一书局出版。

纪凤翔等编《歌场妙影》由上海国华书局出版。

[英]李提摩太编辑《地球一百名人传》由上海广学会出版。

按：本卷介绍摩西、孔子、释迦牟尼等15人的生平事迹。

金陵女子大学学生编译女青年协会编辑部修订《世界妇女的先导》由上海中华基督教女青年协会出版。

金陵女子大学学生编译《世界巾帼英雄传》由中华基督教女青年会全国

协会出版。

泪红生题咏《最新群芳倩影》由上海丽华美术社出版。

北京佛教讲习会编《释迦牟尼佛略史》由北京法轮书局出版。

四、卒于是年的传记作者

姚永概(1866—1923)。永概字叔节,号幸孙,安徽桐城人。姚莹孙,姚浚昌子,姚永朴弟。吴汝纶弟子。1888 年考中举人。授太平县教谕。1903年任桐城中学堂总监之一,旋又被聘为安徽高等学堂总教习。1906 年为安徽师范学堂监督(校长)。1907 年受命赴日本考察学制,归国后积极提倡教育革新。1912 年任北京大学文科学长。后被清史馆馆长赵尔巽聘为清史馆协修,分任名臣传。1918 年被徐树铮聘为正志学校教务长。著有《孟子讲义》14 卷、《左传选读》4 卷、《历朝经世文钞》《慎宜轩诗集》8 卷、《慎宜轩文集》8 卷、《慎宜轩笔记》10 卷等。传记著作有《慎宜轩日记》等。

民国十三年　甲子　1924 年

一、传记评论

李季《〈马克思传及其学说〉自序》发表于《新青年》季刊第 3 期。

按：文章说："马克思为近世科学的社会主义之始祖，他的声名即随着这种社会主义的运动而传播于世界各国，欧美的劳动群众知道有马克思其人，已在半世纪之前，至于知识界的人知道他的尤较一般劳动群众为早，在他的生时，固已有无数马克思主义者了。自马氏死后，欧美各国社会主义的学说和运动日盛一日，在最近数年中，风声所播，已遍及于全世界，这都是和马克思的学说有直接或间接的关系的。因此，在世界一切有文化国家中，关于纪述马氏事迹和讨论马氏学说的著作现在真是累百盈千，而尤以马克思出生地的德国为最多。……可是说来也很奇怪，各国学者对于马克思的著作虽多，然至今还没有一部详尽无遗的马克思传，描写马氏生平的态度、品性和事业等等，使他的声音貌容、言语动作，得一一活现于我们的眼前；就是世间讨论马氏学说的著作，也大概是限于一隅，没有涉及全局，要求对于马氏学说的各方面，作一种有系统的记述，与公正的批评，这种作品，现在尚寥若星辰；至于将马氏一生所经历的事实所发表的著作与所表见的学说，冶为一炉，贡献于世的，除掉几部数十百页的小册子外，简直没有见过。本书之作，志在于斯。因此本书特分为上下两编，上编为马克思传，述其重要著作的大要；下编则专对于他的各种学说作一有系统的记述，并且加以批评。"

柳翼谋《泉男生墓志跋》发表于《史地学报》第 3 卷第 3 期。

胡适《戴东原在中国哲学史上的位置》发表于《努力周报》附刊《读书杂志》第 17 期。

西谛《诗人拜伦的百年祭》发表于《小说月报》第 15 卷第 4 号。

樊仲云《诗人拜伦的百年纪念》发表于《小说月报》第 15 卷第 4 号。

汤澄波《拜伦的时代及拜伦的作品》发表于《小说月报》第 15 卷第 4 号。

希和《拜伦及其作品》发表于《小说月报》第 15 卷第 4 号。

赵景深译《拜伦评传》发表于《小说月报》第 15 卷第 4 号。

张闻天译《勃兰兑斯的拜伦论》发表于《小说月报》第 15 卷第 4 号。

王统照《拜伦的思想及其诗歌的评论》发表于《小说月报》第 15 卷第 4 号。

顾彭年译《拜伦在诗坛上的位置》发表于《小说月报》第 15 卷第 4 号。

[日] 小泉八云作、陈铸译《评拜伦》发表于《小说月报》第 15 卷第 4 号。

顾彭年译《拜伦的个性》发表于《小说月报》第 15 卷第 4 号。

甘乃光《拜伦的浪漫性》发表于《小说月报》第 15 卷第 4 号。

子贻《日记中的拜伦》发表于《小说月报》第 15 卷第 4 号。

樊仲云《康拉特评传》发表于《小说月报》第 15 卷第 10 号。

郑振铎《林琴南先生》发表于《小说月报》第 15 卷 11 号。

按：在文章中写林琴南先生是"性质之刚强善怒"，但同时是一个很"热情"的人，又是一个很清介的人，在光绪壬午中举人之后，便弃绝制举之业，专心致力于古文。后来以极大的热情投入和他人合作的翻译事业中去。郑振铎先生虽对林琴南先生创作的作品评价很中肯，但是很肯定林纾作品的创新：一、打破"章回小说"的界限；二、小说叙述的时事很有历史价值；三、林琴南先生的"传奇"少见"旦"角，而且只有十多处；四、林琴南先生的《闽中新乐府》，体现他对新党的倾向。郑振铎先生对林琴南先生的翻译既赞扬他的翻译之多，同时指出翻译作品的档次较低，郑振铎先生看到了林纾不懂外文的前提，因此，混淆一些作品的题材，任意删节原文，具有口译者对作品选择的随意性等等。林译小说在当时作出了巨大的贡献：一、向国人介绍了世界的知识，较清醒地看待英、美国家的真实面目；二、对当时国人极力抬高西方的军事和政治的同时绝对地赞赏中国文学的不良心态有一个较好地纠正；三、以古文手法翻译外国小说，正视小说的载道价值。

俊仁《文学批评家圣佩韦评传》发表于《小说月报》第 15 卷号外《法国文学研究》。

叶瑛《谢灵运文学》发表于《学衡》第 33 期。

恽代英《假期中做的事》发表于《中国青年》第 13 期。

按：作者在文中建议青年朋友，在假期里多看点书，"看中外历史上伟人的传记。最好是注意革命的伟人。再则大政治家、大社会运动家的生平，亦可以看。这只当是看小说，然而从这中间，我们可以受那些伟人的感动，使我们更勉励向上。再则从这些传记中，我们亦可以知道许多历史的事情"。

刘仁静《悼列宁》发表于《向导周刊》第 52 期。

按：文章认为，列宁一生有三件最伟大的功绩，第一，列宁是为人民奋斗的共产党的创始人，他创立的俄国共产党组织完备、纪律严明，为全世界人民所称赞。第二,列宁是主张西方社会革命和东方国民革命联合以推翻资本帝国主义的第一人。列宁的正确主张与第二国际社会党人目光短浅的看法形成鲜明的对照,使国际帝国主义胆战心惊。第三,列宁是中兴马克思主义的唯一思想家。他始终信守马克思主义,并使其发扬光大。这三件丰功伟绩往往为世人所忽略,作者从一个侧面强调了列宁在世界无产阶级革命史上的重要地位,呼吁全世界被压迫阶级的同胞们,要继承列宁的伟业,努力奋斗,以达到最后解放。

愈之《诸名家的李宁观》发表于《东方杂志》第 21 卷第 3 号。

化鲁《著作家的李宁》发表于《东方杂志》第 21 卷第 3 号。

瞿秋白《李宁与社会主义》发表于《东方杂志》第 21 卷第 6 号。

甘蛰仙《庄子研究历程考略》发表于《东方杂志》第 21 卷第 11 号。

王竞《郑玄著述考》发表于《太平洋》第 4 卷第 7 号。

士炎(赵世炎)《列宁》发表于 6 月 8 日至 12 日《民国日报》副刊《觉悟》。

按:文章说:"马克思主义者同时即列宁主义者责任之所以繁重,一方面因为无产阶级革命已经起了,并且得了第一次胜利于世界最大国之一俄罗斯,而另一方面,革命还在战斗中,国际无产阶级奋斗的困难,还摆在我们面前。第二国际的各国社会党现在还把毒药往工人群众中注射。列强的争攘又明显暴露,帝国主义的再战终不可幸免。所以由列宁手创的第三国际之工作是日益加多,同时由列宁所发现的这一条人类发展的红色之路也就愈更森严。列宁把历史武装了,这一副武装不是别的,就是历史的最高文化和武器,科学的社会主义——马克思主义。列宁死而马克思主义的武装就成为列宁主义,替代列宁活于人世,如不朽的马克思主义替代躯壳已腐的马克思一样。所以列宁主义不是别的,就是马克思主义在行动上,其骨髓充满了战略,也充满了科学的社会主义之理论。我们还应该说,列宁的工作,既预备了革命,又保卫了革命,且努力做成环绕革命四围的未来胜利,实是马克思主义凯旋。"

清扬《纪念卢森堡》发表于 1 月 15 日天津《妇女日报》。

按:文章说:"德国共产党的中央机关报叫作《赤旗》,就是卢森堡与小里布克奈西特所手创的。现在这个报的总编辑叫作塔赖门,十分崇信卢森堡的学说。德国共产党又出有一种杂志叫做《国际》,讲马克斯主义的学理,也是卢森堡与梅令格所创刊。世果传诵的斯巴达古斯团宣言也出她的手笔。……一个人最难得既深于学理,又能实行。列宁是能如此的,卢森堡也是能如此的。伊的学说,俱见于伊的大著《资本堆积论》,可以补马克斯《资本论》之不足。有人说这部《资本堆积论》在马克斯学说里是《资本论》后第一部重要著作,并非虚语。"

编者《世界无产阶级领袖列宁逝世》发表于 1 月 25 日天津《妇女日报》。

编者《今天是马克思一百零六岁生日》发表于 5 月 5 日天津《妇女日报》。

按:文章说:"今天是一九二四年五月五日,是马克思诞生一百又六周年的纪念日,我们应该纪念他的是什么?我们应该纪念他是一个大经济学者。因为他在经济学上发明了独特的价值论和剩余价值论,使资本及劳动之意义都得着新的真的解释。我们应该纪念他是一个大社会学者,大历史哲学者。因为他发明了唯物的历史观,使我们得了人类社会历史运动底原则,使我们得了研究社会学历史学之科学的方法。我们应该纪念他是一个最有力的社会主义者。因为他发明了阶级争斗说和劳工专政说,使全世界无产劳动阶级都得了自救的方针。我们尤其应该纪念的,是他的苦战奋斗的精神和他的富贵不能淫、贫贱不能移、威武不能屈的人格。"

二、单篇传记

沈雁冰、郑振铎《现代世界文学者略传》(一)发表于《小说月报》第 15 卷第 1 号。

按:是文包括现代的法国文学者传略:法朗士传略、拉夫丹传略、白利欧传略、伯桑传略、克罗怛尔传略、波儿席传略、莱尼蔼传略、雪里芳传略、梅列尔传略、福尔传略、夏姆传略、巴兰传略。

郑振铎《中国文学者生卒考(附传略)》(一)发表于《小说月报》第 15 卷第 1 号。

按:是文包括贾谊生卒年及传略、公孙宏生卒年及传略、晁错生卒年及传略、枚乘生卒年及传略、主父偃生卒年及传略、司马相如生卒年及传略、刘安生卒年及传略、刘彻生卒年及传略、李陵生卒年及传略、苏武生卒年及传略、刘向生卒年及传略、刘歆生卒年及传略、扬雄生卒年及传略、桓谭生卒年及传略、班彪生卒年及传略、贾逵生卒年及传略、杜笃生卒年及传略、崔骃生卒年及传略、班固生卒年及传略、王充生卒年及传略、班昭生卒年及传略、崔瑗生卒年及传略、张衡生卒年及传略、马融生卒年及传略、朱穆生卒年及传略、郑玄生卒年及传略、何休生卒年及传略、李尤生卒年及传略、王延寿生卒年及传略、荀爽生卒年及传略、蔡邕生卒年及传略、赵岐生卒年及传略、荀悦生卒年及传略、郦炎生卒年及传略、孔融生卒年及传略、曹操生卒年及传略、荀彧生卒年及传略、虞翻生卒年及传略、潘勖卒年及传略、祢衡生卒年及传略、阮瑀生卒年及传略、路粹生卒年及传略、刘桢生卒年及传略、陈琳生卒年及传略、应玚生卒年及传略、徐幹生卒年及传略。

沈雁冰、郑振铎《现代世界文学者略传》(二)发表于《小说月报》第15卷第2号。

按:是文包括现代的法国文学者罗曼·罗兰、巴比塞、杜哈默尔、鲁意斯、梅脱灵、玛伦等传略。

郑振铎《中国文学者生卒考(附传略)》(二)发表于《小说月报》第15卷第2号。

按:是文包括杨修生卒年及传略、王粲生卒年及传略、繁钦生卒年及传略、仲长统生卒年及传略、刘廙生卒年及传略、诸葛亮生卒年及传略、荀纬生卒年及传略、缪袭生卒年及传略、曹丕生卒年及传略、应璩生卒年及传略、曹植生卒年及传略、王肃生卒年及传略、何曾生卒年及传略、谯周生卒年及传略、薛综生卒年及传略、韦曜生卒年及传略、薛莹生卒年及传略、山涛生卒年及传略、阮籍生卒年及传略、皇甫谧生卒年及传略、傅玄生卒年及传略、羊祜生卒年及传略、杜预生卒年及传略、嵇康生卒年及传略、钟会生卒年及传略、王弼生卒年及传略、应贞生卒年及传略、成公绥生卒年及传略、赵至生卒年及传略、荀勖生卒年及传略、孙楚生卒年及传略、张华生卒年及传略、陈寿生卒年及传略、傅咸生卒年及传略、索靖生卒年及传略、夏侯湛生卒年及传略、王湛生卒年及传略、石崇生卒年及传略、潘岳生卒年及传略、何劭生卒年及传略、贺循生卒年及传略、陆机生卒年及传略、陆云生卒年及传略、枣据生卒年及传略、褚陶生卒年及传略、江统生卒年及传略、张翰生卒年及传略、孔衍生卒年及传略、刘琨生卒年及传略、孙绰生卒年及传略、郭璞生卒年及传略、卢谌生卒年及传略、庾亮生卒年及传略、葛洪生卒年及传略、谢安生卒年及传略、王羲之生卒年及传略。

沈雁冰、郑振铎《现代世界文学者略传》(三)发表于《小说月报》第15卷第3号。

按:是文包括现代犹太文学者宾斯奇、海雪屏、考白林、阿胥传略和现代匈牙利文学者莫尔奈、海尔齐格传略。

郑振铎《中国文学者生卒考(附传略)》(三)发表于《小说月报》第15卷第3号。

按:是文包括束皙生卒年及传略、庾阐生卒年及传略、袁宏生卒年及传略、韩伯生卒年及传略、范宁生卒年及传略、王献之生卒年及传略、罗含生卒年及传略、顾恺之生卒年及传略、徐邈生卒年及传略、殷仲文生卒年及传略、徐广生卒年及传略、傅亮生卒年及传略、周续之生卒年及传略、郑鲜之生卒年及传略、陶潜生卒年及传略、何承天生卒年及传略、裴松之生卒年及传略、宗炳生卒年及传略、颜延之生卒年及传略、谢瞻生卒年及传略、谢灵运生卒年及传略、许谦生卒年及传略、崔宏生卒年及传略、高允生卒年及传略、崔浩生卒年及传略、游雅生卒年及传略、谢惠连生卒年及传略、范晔生卒年及传略、刘义庆生卒年及传略、袁淑生卒年及传略、颜峻生卒年及传略、沈怀文生卒年及传略、鲍照生卒年及传略、臧荣绪生卒年及传略、伏曼容生卒年及传略、谢庄生卒年及传略、陆澄生卒年及传略、褚渊生卒年及传略、高间生卒年及传略、谢朏生卒年及传略、沈约生卒年及传略、江淹生卒年及传略、张融生卒年及传略、何胤生卒年及传略、孔稚珪生卒年及传略、刘祥生卒年及传略、刘沼生卒年及传略、范云生卒年及传略、王俭生卒年及传略、诸葛璩生卒年及传略、陶弘景生卒年及传略、谢朓生卒年及传略、何思澄生卒年及传略、何朗生卒年及传略、严植之生卒年及传略、任昉生卒年及传略、刘峻生卒年及传略、邱迟生卒年及传略、萧衍生卒年及传略、王增儒生卒年及传略、王融生卒年及传略、吴均生卒年及传略、周兴嗣生卒年及传略。

诵虞《拜伦年谱》发表于《小说月报》第 15 卷第 4 号。

沈雁冰、郑振铎《现代世界文学者略传》(四)发表于《小说月报》第 15 卷第 4 号。

按:是文包括现代南斯拉夫文学者柯苏尔、科洛维支传略和现代波兰文学者布什比绥夫斯基、莱蒙脱、推忒玛耶尔传略。

郑振铎《中国文学者生卒考(附传略)》(四)发表于《小说月报》第 15 卷第 4 号。

按:是文包括贺玚生卒年及传略、裴子野生卒年及传略、陆倕生卒年及传略、陆厥生卒年及传略、张率生卒年及传略、庾仲容生卒年及传略、到溉生卒年及传略、到洽生卒年及传略、到沆生卒年及传略、刘之遴生卒年及传略、阮孝绪生卒年及传略、刘显生卒年及传略、刘孝绰生卒年及传略、王筠生卒年及传略、刘苞生卒年及传略、刘孺生卒年及传略、刘潜生卒年及传略、刘孝威生卒年及传略、刘杳生卒年及传略、皇侃生卒年及传略、萧子范生卒年及传略、萧子显生卒年及传略、萧子云生卒年及传略、张缅生卒年及传略、江革生卒年及传略、刘遵生卒年及传略、孔子祛生卒年及传略、颜协生卒年及传略、苏绰生卒年及传略、张缵生卒年及传略、沈重生卒年及传略、谢征生卒年及传略、萧统生卒年及传略、萧纲生卒年及传略、魏收生卒年及传略、徐陵生卒年及传略、颜晃生卒年及传略、杜之伟生卒年及传略、庾持生卒年及传略、萧绎生卒年及传略、江德藻生卒年及传略、陆云公生卒年及传略、庾信生卒年及传略、王褒生卒年及传略、郑灼生卒年及传略、徐伯阳生卒年及传略、许亨生卒年及传略、沈洙生卒年及传略、沈不害生卒年及传略、咸衮生卒年及传略、岑之敬生卒年及传略、顾野王生卒年及传略、江总生卒年及传略、刘臻生卒年及传略、褚玠生卒年及传略、颜之推生卒年及传略、颜之仪生卒年及传略、何之元生卒年及传略、姚察生卒年及传略、陆琼生卒年及传略、傅绛生卒年及传略、陆琰生卒年及传略、陆玠生卒年及传略。

沈雁冰《意大利小说家亚伯泰齐》发表于《小说月报》第 15 卷第 4 号。

诵虞《太戈尔略传》发表于《小说月报》第 15 卷第 4 号。

郑振铎、沈雁冰《现代世界文学者略传》(五)发表于《小说月报》第 15 卷第 5 号。

按:是文包括现代捷克文学者白士洛支、白息那、斯拉梅克、马哈、齐拉散克、沙伐、捷贝克略传。

郑振铎《中国文学者生卒考(附传略)》(五)发表于《小说月报》第 15 卷第 5 号。

按:是文包括陆瑜生卒年及传略、李德林生卒年及传略、诸葛颖生卒年及传略、明克让生卒年及传略、魏澹生卒年及传略、陆爽生卒年及传略、薛道衡生卒年及传略、卢思道生卒年及传略、柳䛒生卒年及传略、刘焯生卒年及传略、刘炫生卒年及传略、陈叔宝生卒年及传略、牛弘生卒年及传略、杨素生卒年及传略、傅奕生卒年及传略、欧阳询生卒年及传略、许善心生卒年及传略、褚亮生卒年及传略、贺德仁生卒年及传略、王胄生卒年及传略、萧德言生卒年及传略、虞世基生卒年及传略、姚思廉生卒年及传略、虞世南生卒年及传略、虞绰生卒年及传略、李百药生卒年及传略、杨广生卒年及传略、陈叔达生卒年及传略、孔颖达生卒年及传略、温彦博生卒年及传略、房玄龄生卒年及传略、魏徵生卒年及传略、杜正伦生字年及传略、颜师古生卒年及传略、令狐德棻生卒年及传略、王通生卒年及传略、于志宁生卒年及传略、许敬宗生卒年及传略、薛收生卒年及传略、岑文本生卒年及传略、褚遂良生卒年及传略、刘洎生卒年及传略、马周生卒年及传略、来济生卒年及传略、李义府生卒年及传略、上官仪生卒年及传略、庾抱生卒年及传略、蔡允恭生卒年及传略、袁朗生卒年及传略、谢偃生卒年及传略、王绩生卒年及传略、李敬玄生卒年及传略、张昌龄生卒年及传略、裴行俭生卒年及传略、崔行功生卒年及传略、薛元超生卒年及传略、孟利贞生卒年及传略、刘祎之生卒年及传略、郭正一生卒年及传略、苏環生卒年及传略、李峤生卒年及传略、卢照邻生卒年及传略、骆宾王生卒年及传略、杨炯生卒年及传略、魏知古生卒年及传略、王勃生卒年及传略。

郑振铎《中国文学者生卒考(附传略)》(六)发表于《小说月报》第 15 卷第 6 号。

按:是文包括杜审言生卒年及传略、宋之问生卒年及传略、阎朝隐生卒年及传略、沈佺期生卒年及传略、苏味道生卒年及传略、姚崇生卒年及传略、李贤生生卒年及传略、王无竞生卒年及传略、崔融生卒年及传略、李善生卒年及传略、陈子昂生卒年及传略、元行冲生卒年及传略、贺知章生卒年及传略、徐坚生卒年及传略、刘子玄生卒年及传略、李适生卒年及传略、宋璟生卒年及传略、上官婉儿生卒年及传略、刘宪生卒年及传略、卢藏用生卒年及传略、徐彦伯生卒年及传略、员半千生卒年及传略、許景先生卒年及传略、张说生卒年及传略、吴竞生卒年及传略、崔湜生卒年及传略、崔液生卒年及传略、苏颋生卒年及传略、贾曾生卒年及传略、张九龄生卒年及传略、李邕生卒年及传略、孟浩然生卒年及传略、元德秀生卒年及传略、王昌龄生卒年及传略、崔颢生卒年及传略、房琯生卒年及传略、王维生卒年及传略、李白生卒年及传略、孙逖生卒年及传略、高适生卒年及传略、吴筠生卒年及传略、徐浩生卒年及传略、萧颖士生卒年及传略、李华生卒年及传略、陆据生卒年及传略、颜真卿生卒年及传略、杜甫生卒年及传略、贾至生卒年及传略、刘太真生卒年及传略、柳浑生卒年及传略、李泌生卒年及传略、顾况生卒年及传略、元结生卒年及传略、韩滉生卒年及传略、常衮生卒年及传略、贾耽生卒年及传略。

沈雁冰、郑振铎《现代世界文学者略传》(六)发表于《小说月报》第 15 卷第 9 号。

按:是文包括乌拉圭文学者左列拉·特·圣·马丁、潘莱支·配蒂忒略传、秘鲁文学者旭卡诺和墨西哥小说家甘波略传。

郑振铎《中国文学者生卒考(附传略)》(七)发表于《小说月报》第 15 卷第 9 号。

按:是文包括杜佑生卒年及传略、独孤及生卒年及传略、郑余庆生卒年及传略、孟郊生卒年及传略、陆贽生卒年及传略、权德與生卒年及传略、令狐楚生卒年及传略、李观生卒年及传略、韩愈生卒年及传略、李益生卒年及传略、刘禹锡生卒年及传略、白居易生卒年及传略、柳宗元生卒年及传略、王仲舒生卒年及传略、崔咸生卒年及传略、韦处厚生卒年及传略、段文昌生卒年及传略、柳公权生卒年及传略、元稹生卒年及传略、李德裕生卒年及传略、贾岛生卒年及传略、皇甫镛生卒年及传略、李贺生卒年及传略、杜牧生卒年及传略、李商隐生卒年及传略、陆龟蒙生卒年及传略、罗隐生卒年及传略、司空图生卒年及传略、李晔生卒年及传略、杨凝式生卒年及传略、王仁裕生卒年及传略、冯道生卒年及传略、李存勖生卒年及传略、张儁生卒年及传略、王衍生卒年及传略、刘昫生卒年及传略。

沈泽民译述《罗曼·罗兰传》发表于《小说月报》第 15 卷号外《法国文学研究》。

诵虞《新近去世的海洋文学家——康拉特》发表于《文学旬刊》第 134 期。

谷芳《欧战名人小传》（八）《劳合乔治首相》发表于《小说世界》第 5 卷第 2 期。

周香民《世界名画家小传》（一一）《赫勃文爱邪文爱克合传》发表于《小说世界》第 5 卷第 3 期。

周香民《世界名画家小传》（一二）《罗滨斯》发表于《小说世界》第 5 卷第 6 期。

谷芳《欧战名人小传》（九）《克勒满沙总理》发表于《小说世界》第 5 卷第 7 期。

周香民《世界名画家小传》（一三）《墨林路》发表于《小说世界》第 5 卷第 9 期。

周香民《世界名画家小传》（一四）《芬拉斯开司》发表于《小说世界》第 5 卷第 10 期。

谷芳《欧战名人小传》（一○）《西姆士大将》发表于《小说世界》第 5 卷第 11 期。

周香民《世界名画家小传》（一五）《路斯打尔》发表于《小说世界》第 5 卷第 12 期。

西云《杨太史外传》发表于《小说世界》第 5 卷第 12 期。

周香民《世界名画家小传》（一六）《好尔坪》发表于《小说世界》第 5 卷第 13 期。

周香民《世界名画家小传》（一七）《芬玳克》发表于《小说世界》第 6 卷第 1 期。

周香民《世界名画家小传》（一八）《考拉乔》发表于《小说世界》第 6 卷第 2 期。

顾干臣《张世鲜小传》发表于《学生文艺丛刊》第 1 卷第 5 期。

金满成《法郎士的生平及其思想》(续)发表于《文学旬刊》第 52 期。

严雅惠《谢克桐小传》发表于《学生文艺丛刊》第 1 卷第 2 期。

开明《林琴南与罗振玉》发表于《语丝》第 3 期。

郭梦良《柯尔与卢骚》发表于《东方杂志》第 21 卷第 1 号二十周年纪年号(上)。

徐志摩《汤麦司哈代的诗》发表于《东方杂志》第 21 卷第 2 号二十周年纪年号(下)。

王统照《夏芝的生平及其作品》发表于《东方杂志》第 21 卷第 2 号二十周年纪年号(下)。

丰子恺《画家米勒的人格及其艺术》发表于《东方杂志》第 21 卷第 2 号二十周年纪年号(下)。

诵虞《李宁的死与其事业》发表于《东方杂志》第 21 卷第 3 号。

幼雄《李宁传略》发表于《东方杂志》第 21 卷第 3 号。

李劫人《李宁在巴黎时》发表于《东方杂志》第 21 卷第 3 号。

化鲁、幼雄《李宁轶事》发表于《东方杂志》第 21 卷第 3 号。

化鲁《英国劳动首相麦唐纳的生平》发表于《东方杂志》第 21 卷第 9 号。

诵虞《近二十年来的十大作品与十大作家》发表于《东方杂志》第 21 卷第 10 号。

按:文中所谓十大作品是指:威尔斯的《历史大纲》、伊本纳兹的《默示录的四骑士》、胡钦孙的《倘若冬天到了》、薄克的《爱德华薄克的美国化》、巴丕尼的《耶稣传》、丘吉尔的《危机》、欧亨利的《短篇小说集》、威斯脱的《维吉尼人》、韩特列克的《配奇的生平及书牍》、鲁滨逊的《创造中的心》;十大作家是指威尔斯、伊本纳兹、胡钦孙、丘吉尔、薄克、巴丕尼、泰金顿、康拉特、高尔斯华绥、刘维斯。

诵虞《佛朗士》发表于《东方杂志》第 21 卷第 23 号。

杨袁昌英《短篇小说家契诃夫》发表于《太平洋》第 4 卷第 9 号。

孔繁礼《南游回忆录》发表于《中南情报》第 3 期。

刘维坤《黄女士的自述》发表于《妇女杂志》第 10 卷第 2 号。

许廑父《名伶荀慧生小传》发表于《心声》第 3 卷第 4 期。

许廑父《何雅秋小传》发表于《心声》第 3 卷第 5 期。

陶报癖《湘垣前菊国大王唐福莲小传》发表于《心声》第 3 卷第 6 期。

杨铨《社友江履成君小传》发表于《科学》第 9 卷第 6 期。

毕树棠《现代美国九大文学家述略》发表于《学生杂志》第 11 卷第

11 期。

楚狂《玉伶小传》发表于《社会之花》第 1 卷第 13 期。

章炳麟《清故腾越镇中营千总李君墓志铭》发表于《华国月刊》第 1 卷第 5 期。

黄侃《王孺人墓表》发表于《华国月刊》第 1 卷第 5 期。

章炳麟《赠大将军邹容墓表》发表于《华国月刊》第 1 卷第 10 期。

周太玄《悼陈愚生》发表于《少年中国》第 4 卷第 10 期。

曾琦《悼陈愚生君并勖少年中国学会同志》发表于《少年中国》第 4 卷第 10 期。

沈怡《介绍德国水利学大家恩格司博士》发表于《少年中国》第 4 卷第 11 期。

萧楚女《烈士郑希曾传》发表于《中国青年》第 39 期。

陈友琴《马克思年谱及其著作》发表于《北大经济学会半月刊》第 25 期。

郭秉文述《刘伯明先生事略》发表于《学衡》第 26 期。

况周颐《王鹏运传》发表于《学衡》第 27 期。

柳诒徵《庆节母张孺人传》发表于《学衡》第 28 期。

王桐龄《介绍柯凤孙先生〈新元史〉》发表于《学衡》第 30 期。

高文显《弘一法师的生平》发表于《觉音》第 24 期。

樱宁《佛乘法师小传》发表于《海潮音》第 5 年第 1 期。

慧玉、慧英《壬戌亲见诸师现比丘尼相记》发表于《海潮音》第 5 年第 1 期。

刘子荣《净原禅师塔铭》发表于《海潮音》第 5 年第 2 期。

宋复《大周西明寺故大德圆测法师舍利塔铭并序》发表于《海潮音》第 5 年第 6 期。

释法念《无生居士行略》发表于《海潮音》第 5 年第 8 期。

戒常《大春和尚传》发表于《海潮音》第 5 年第 12 期。

徐文霨《冯宜人事略》发表于《海潮音》第 5 年第 12 期。

范古农《栖真禅寺莲仁和尚行述》发表于《海潮音》第 5 年第 12 期。

吴尚彬、范古农《朱母任太恭人生西事略二则》发表于《海潮音》第 5 年第 12 期。

荆有麟《柴门霍甫的生平及思想》发表《京报副刊》第 11 期。

毕树棠《诺威文豪葛波的生平及其著作》发表于北京《晨报副刊》第 306 期。

编者《列宁略史》发表于 1 月 25 日天津《妇女日报》。

三、传记著作

（汉）司马迁著《史记》130 卷《补史记》1 卷《史记正义论例》1 卷附考证（四部备要本）由上海中华书局出版。

按：《四部备要》线装本出版于 1924 至 1931 年，将历代史传著作和学案、师承之类的著作统一著录，以见古代史传重刊之全貌。

（汉）班固撰、（唐）颜师古注《前汉书》100 卷附考证（四部备要本）由上海中华书局出版。

（南朝宋）范晔撰、（唐）李贤注《后汉书》120 卷附考证（四部备要本）由上海中华书局出版。

（晋）陈寿撰、（南朝宋）裴松之注《三国志》65 卷附考证（四部备要本）由上海中华书局出版。

（唐）唐太宗撰、（唐）何超音《晋书》130 卷《音义》3 卷附考证（四部备要本）由上海中华书局出版。

（梁）沈约撰《宋书》100 卷附考证（四部备要本）由上海中华书局出版。

（梁）萧子显撰《南齐书》59 卷附考证（四部备要本）由上海中华书局出版。

（唐）姚思廉撰《梁书》56 卷附考证（四部备要本）由上海中华书局出版。

（唐）姚思廉撰《陈书》36 卷附考证（四部备要本）由上海中华书局出版。

（北齐）魏收撰《魏书》114 卷附考证（四部备要本）由上海中华书局出版。

（唐）李百药撰《北齐书》50 附考证（四部备要本）由上海中华书局出版。

（唐）令狐德棻等撰《周书》50 卷附考证（四部备要本）由上海中华书局出版。

（唐）魏徵、长孙无忌等撰《隋书》85 卷附考证（四部备要本）由上海中华书局出版。

（唐）李延寿撰《南史》80 卷附考证（四部备要本）由上海中华书局出版。

（唐）李延寿撰《北史》100 附考证（四部备要本）由上海中华书局出版。

（五代）刘昫等撰《旧唐书》200 卷附考证（四部备要本）由上海中华书局出版。

（宋）欧阳修撰《唐书》225 卷《释音》25 卷附考证（四部备要本）由上海中华书局出版。

（宋）薛居正等撰《旧五代史》150 卷附考证（四部备要本）由上海中华书局出版。

（宋）欧阳修撰、（宋）徐无党注《五代史》74 卷附考证（四部备要本）由上海中华书局出版。

（元）脱脱等撰《宋史》496 卷、目录 3 卷附考证（四部备要本）由上海中华书局出版。

（元）脱脱等撰《辽史》116 卷附考证（四部备要本）由上海中华书局出版。

（元）脱脱等撰《金史》135 卷附考证（四部备要本）由上海中华书局出版。

（清）张廷玉等纂《钦定金国语解》1 卷（四部备要本）由上海中华书局出版。

（明）宋濂、（明）王袆等撰《元史》210 卷附《考证目录》2 卷（四部备要本）由上海中华书局出版。

（清）张廷玉等撰《明史》332 卷、目录 4 卷（四部备要本）由上海中华书局出版。

（晋）郭璞注、（清）洪颐煊校《穆天子传》6 卷附录 1 卷（四部备要本）由上海中华书局出版。

（魏）王肃注《孔子家语》10 卷（四部备要本）由上海中华书局出版。

（清）孙星衍撰《晏子春秋》7 卷《音义》2 卷《校勘记》2 卷（四部备要本）由上海中华书局出版。

按：《四库全书总目提要》史部传记类一曰："（《晏子春秋》）虽无传记之名，实为传记之祖。"

（晋）皇甫谧撰《高士传》3 卷（四部备要本）由上海中华书局出版。

（清）李元度撰《国朝先正事略》60 卷（四部备要本）由上海中华书局出版。

（清）朱孔彰撰《中兴将帅别传》30 卷（四部备要本）由上海中华书局出版。

（清）浦起龙撰《史通通释》20 卷（四部备要本）由上海中华书局出版。

（清）章学诚撰《文史通义》8 卷（四部备要本）由上海中华书局出版。

按：该书中的《传记》一文，是古代第一篇论述传记的专题文章。

（清）赵翼撰《廿二史札记》36 卷补遗 1 卷（四部备要本）由上海中华书局出版。

（魏）刘邵撰《人物志》3 卷（四部备要本）由上海中华书局出版。

（明）钱德洪编、王畿辑附录《王文成公年谱》3 卷附录 2 卷（四部备要本）由上海中华书局出版。

（清）黄宗羲撰《宋元学案》10 卷、卷首 1 卷、考略 1 卷（四部备要本）由上海中华书局出版。

（清）黄宗羲撰《明儒学案》62 卷、师说 1 卷（四部备要本）由上海中华书局出版。

（清）唐鉴撰《国朝学案小识》14 卷、卷末 1 卷（四部备要本）由上海中华书局出版。

（清）江藩撰《国朝汉学师承记》8 卷（四部备要本）由上海中华书局出版。

（清）江藩撰《国朝经师经义目录》1 卷（四部备要本）由上海中华书局出版。

（清）江藩撰《国朝宋学渊源记》2 卷、附记 1 卷（四部备要本）由上海中华书局出版。

厉时中编《先圣贤儒年考》由山东道德社出版。

悔初编纂《范蠡传》由上海商务印书馆出版。

甘鹏云著《楚师儒传》由崇雅堂出版。

钱文选著《钱文穆王年表》由钱氏家乘本出版。

钱文选著《钱武肃王年表》由钱氏家乘本出版。

钱文选著《钱忠逊王年表》由钱氏家乘本出版。

钱文选著《钱忠献王年表》由钱氏家乘本出版。

钱文选著《钱忠懿王年表》由钱氏家乘本出版。

（清）潘博著《中国名相传》由上海世界书局出版。

孙毓修著《苏轼》由上海商务印书馆出版。

梁启超著《戴东原》由北平晨报社出版。

梁启超等著《戴东原二百年生日纪念论文集》由北京晨报社出版部出版。

按：梁启超 1923 年 10 月 10 日在北京倡议发起"戴东原生日二百年纪念会"。主张在戴震生日那一天，在北京举行"东原学术讲演会"，并列出所要讲的大致范围："一、戴东原在学术史上的位置；二、戴东原的时代及其小传；三、音声训诂的戴东原；四、算学的戴东原；五、戴东原的治学方法；六、东原哲学及其批评；七、东原著述考；八、东原师友及弟子。"梁启超打算写五篇文章纪念戴震,一是《东原先生传》;二是《东原著述考》;三是《东原哲学》;四是《东原治学方法》;五是《颜习斋与戴东原》。后"因为校课太忙",仅作出三篇:《戴东原先生传》《戴东原哲学》《戴东原著述纂校书目考》(梁启超《戴东原生日二百年纪念会缘起》,《饮冰室合集》第5册,《饮冰室文集》之四十)。梁启超、胡适、钱玄同、朱希祖等学界名流1月19日在北京安徽会馆举行戴震生日二百年纪念讲演会,梁启超作讲演。会后,将文章结集为《戴东原二百年生日纪念论文集》出版,梁启超的《戴东原生日二百年纪念会缘起》作为该书"引子",所作的《戴东原先生传》《戴东原哲学》《戴东原著述纂校书目考》皆收入该书。此次会议影响极大,"当时整个一年期间,报纸副刊与杂志上几乎成为戴学的天下,在'整理国故'的风气之下,戴学最为出风头"(侯外庐《近代中国思想学说史》上册)。以这次纪念为象征,标志着戴震研究高潮的到来。冯友兰、钱穆、侯外庐等均从不同角度对戴震学术、思想予以阐发,虽见解各异,评价不一,但都推动戴震研究的发展,使戴学在民国时期成为显学。

胡适著《吴敬梓年谱》由上海亚东图书馆出版。

按:胡适说:"我的朋友汪原放近来用我的嘉庆丙子本的《儒林外史》标点出来,作为《儒林外史》的第四版。这一番工夫,在时间上和金钱上,都是一大牺牲。他这一点牺牲的精神,竟使我不能不履行为吴敬梓作新传的旧约了。因此,我把这两年搜集的新材料整理出来,作成这一篇年谱。古来的中国小说大家,如《水浒传》《金瓶梅》《红楼梦》的作者,都不能有传记:这是中国文学史上一件最不幸的事。现在吴敬梓的文集居然被我找着,居然使我能给他做一篇一万七八千字的详传,我觉得这是我生平很高兴的一件事了。"

(清)曾国藩著《曾文正公大事记·治兵语录》由上海大达图书供应社出版。

藕香室主人著述《洪秀全全传》由上海世界书局出版。

石达开著、许指岩编《石达开日记》由上海世界书局出版。

无聊子编《现代之吴佩孚》由上海共和书局出版。

竞智图书馆编《卢永祥全传》由上海编者出版。

燕北闲人著《人妖李彦青》(李莲英)由警世社书店出版。

唐毅编译《近代教育家及其理想》由上海中华书局出版。

东方杂志社编《文学批评与批评家》由上海商务印书馆出版。

瞿秋白著《赤都心史》由上海书店出版。

按:是为瞿秋白访问苏俄的游记,记叙莫斯科见闻及作者的感受。

谢洪赉编《宗教界六大伟人之生平》由上海青年协会书报部出版。

东三省官绅录刊行局编《东三省官绅录》由编者出版。

胡春林著《新民鉴》由北京大学出版部出版。

按:是书介绍先秦至清代的子路、西门豹、赵奢、文翁等人的生平事迹。

智印辑《近代往生传》(第 1 辑)出版。

刘麟生编译《世界十大成功人传》由上海商务印书馆出版。

按:是书介绍了乔治·皮博迪、瓦特、乔赛亚·梅森、贝尔纳·帕利西、法拉第、埃兹拉·康奈尔、爱迪生等 10 人的生平事迹。

青年协会书报部编《世界伟人之胜利生活》(第 1 集)由编者出版。

中国科学社编辑《科学名人传》由上海编者出版。

按:是书录自《科学》杂志各篇。初版内收伽利略、牛顿、富兰克林、卡文迪许、普利斯特利、瓦特、戴维、柏济力阿斯、法拉第、达尔文、门德尔、巴士特、爱迪生、拉姆赛、马可尼等 30 名科学家小传。王琎在序中说,"私人之意,以为传记一类,其有益于学者特多。凡成伟业者必有伟才,或有伟量","吾人读其事略,不但于其学术思想,得悉其发达之经过,即对于其立身求学之道,亦颇多可采之处",并指出"吾国近日研究科学者渐多,惟科学名人传记之书,尚不多观"的现象,希望通过出版此书"以便读者翻阅,藉以引起国内讨论与研究科学之兴趣云尔"。

谢介眉编《王希天小史》由上海商务印书馆出版。

苏清心著、徐世光译《亚西伟人轶事》由上海时兆报馆出版。

[英]梅益盛著、周云路译述《马礼逊传》(国外布道英雄集第四册)由上海广学会出版。

[英]梅益盛著、周云路译述《杨格非传》由上海广学会出版。

胡愈之著《但底与哥德》由上海商务印书馆出版。

耿济之著《俄罗斯四大文学家》由上海商务印书馆出版。

按:是书介绍果戈理、屠格涅夫、列夫·托尔斯泰、陀思妥耶夫斯基等 4 位俄罗斯作家的生平与创作。

[苏]弗里采著、毛秋萍译《柴霍甫评传》由上海开明书店出版。

中华民国国民追悼列宁大会编《列宁纪念册》由编者出版。

吴建庵译《南丁格尔格言录》由上海广学会出版。

余祥森等编《外国人名地名表》由上海商务印书馆出版。

王揖唐译《前德皇威廉二世自传》由上海商务印书馆出版。

四、卒于是年的传记作者

方守彝(1847—1924)。守彝字伦叔,号贲初,又号清一老人,安徽桐城人。方宗诚子。官太常寺博士。好为诗,为之至勤,晚年写定曰《网旧闻斋调刁集》20卷。另著有《柏堂遗书》及附录1卷。与陈澹然等合撰《方柏堂事实考略》5卷。

林纾(1852—1924)。纾原名群玉,字琴南,号畏庐,别署冷红生,晚称蠡叟、六桥补柳翁、践卓翁、长安卖画翁,私谥贞文,福建闽县人。1882年中举人,考进士不中。1900年在北京任五城中学国文教员。所作古文,为桐城派大师吴汝纶所推重,名益著,因任北京大学讲席。辛亥革命后,入北洋军人徐树铮所办正志学校教学,推重桐城派古文。后在北京,专以译书售稿与卖文卖画为生。入民国后,与桐城马其昶、姚永概相继离开北京大学。翻译小说总计在180种以上,此外,尚著有《畏庐文集》《畏庐续集》《畏庐三集》等;古文研究著作《韩柳文研究法》《春觉斋论文》《左孟庄骚精华录》《左传撷华》等。其《春觉斋论文》等对古代史传的写作经验有所总结,受到学界重视。另有《冷红生传》《谢秋浔传》《僮遂小传》《赵聋子传》《吴孝女传》《陈猴传》《郑贞女传》《萧贞女传》《孟孝子传》《徐景颜传》《罗孝子事略》《先妣事略》《资政大夫赠内阁学士陈公行状》《记西安县知县吴公德潇全家被难事》《书杨孝子诛仇事》《祭故太常袁爽秋先生文》《祭高梧州文》《王桢臣先生哀辞》《亡室刘孺人哀辞》《陈喜人先生墓表》《高筠亭先生墓志铭》《外舅刘公墓志铭》《杨伯畲先生墓志铭》《陈德斋墓志铭》《李佛客员外墓志铭》等传记。

民国十四年　乙丑　1925 年

一、传记评论

张尔田《史传文研究法》(第一至四章)发表于《学衡》第 39 期。

按:作者在第一章总论中说:"何谓史传之文,质言之,即所以铨配事实之一种程式也。刘知幾谓史有三长,曰才,曰学,曰识。史文者,质言之,又所以表现此才学识之一种方法也。夫史之叙事也,不过故实而已。故实不能杜撰也。故实既不能杜撰,而欲适如其量焉。又史之叙事也,叙述未终,不能参以议论。既不能参以议论,而欲于适如其量之中,见吾之才学识焉,则非史文不为功。譬诸人然,故实者所以为人之具,而才学识则其精神焉。无具不得谓之人。有其具矣而无精神,犹之乎非人也。是故史传之文,大别有三:一曰体,二曰例,三曰义法。体例义法具,而后吾之才学识寓焉。已古来论史者多矣,而卒鲜论史文者,非不论史文也,论史体,论史例,论史之义法,即所以论史文也。虽然,史文固不能离体例义法而独立,而即谓体例义法为史文,则又不可。何则,体例义法有固定性,不变者也。而史文则无固定性,至变者也。惟执不变,以御至变,而后成其为史。惟能纳至变于不变之中,而后成其为良史。反是,则为秽史。"是文第二章论史与其他叙事之文不同,第三章论史有成体之文与不成体之文,第四章论史有六家三体。

张尔田《清史后妃传序》发表于《学衡》第 43 期。

彭基相《二百年后的康德》发表于《民铎》第 6 卷第 4 号(康德号)。

朱经农《康德与杜威》发表于《民铎》第 6 卷第 4 号(康德号)。

胡嘉《康德之著述及关于康德研究之参考书》发表于《民铎》第 6 卷第 4 号(康德号)。

刘欧波《〈花月痕〉作者之思想》发表于《小说世界》第 12 卷第 13 期。

傅东华《西万提斯评传》发表于《小说月报》第 16 卷第 1 号。

涛每《诗人雪莱的心理》发表于《清华文艺》第 1 卷第 3 号。

素园《晚道上——访俄诗人特列捷阔夫以后》发表于《语丝》第 15 期。

朱湘《批评家李笠翁》发表于《语丝》第 19 期。

鲁迅《俄文译本〈阿 Q 正传〉序及著者自序传略》发表于《语丝》第 31 期。

编者《悼孙中山先生》发表于《现代评论》第 1 卷第 14 期。

徐炳昶《我意中的孙中山先生》发表于《猛进》第 4 期。

白本《托尔斯泰晚年出亡的原因》发表于《东方杂志》第 22 卷第 20 号。

二、单篇传记

蒋光赤编《列宁年谱》发表于《新青年》第 1 期(列宁专号)。

〔苏〕腊狄客作、华林译《列宁》发表于《新青年》第 1 期(列宁专号)。

调孚《亚里斯多德》发表于《小说月报》第 16 卷第 1 号。

〔日〕厨川白村作、鲁迅译《西班牙剧坛的将星》发表于《小说月报》第 16 卷第 1 号。

沈雁冰《现代德奥文学者略传——现代世界文学者略传之一部》(霍普德曼、苏德曼传略)发表于《小说月报》第 16 卷第 1 号。

沈雁冰《现代德奥文学者略传》(二)(法兰生、维也贝、汤麦司·漫略传)发表于《小说月报》第 16 卷第 7 号。

顾均正《安徒生传》发表于《小说月报》第 16 卷第 8 号。

〔丹麦〕安徒生作、赵景深译《我作童话的来源和经过》发表于《小说月报》第 16 卷第 8 号(安徒生号上)。

赵景深《安徒生逸事》发表于《小说月报》第 16 卷第 8 号(安徒生号上)。

〔丹麦〕博益生著,张友松译《安徒生评传》发表于《小说月报》第 16 卷第 8 号(安徒生号上)。

后觉译《安徒生及其出生地奥顿瑟》发表于《小说月报》第 16 卷第 9 号(安徒生号下)。

〔丹麦〕安徒生作、焦菊隐译《安徒生的童年》发表于《小说月报》第 16 卷第 9 号(安徒生号下)。

顾均正、徐调孚《安徒生年谱》发表于《小说月报》第 16 卷第 9 号(安徒生号下)。

尘梦《中国近代两小说家传》发表于《小说世界》第 9 卷第 4 期。

烟桥《评话家柳敬亭》发表于《小说世界》第 12 卷第 3 期。

烟桥《祝枝山考》发表于《小说世界》第 12 卷第 6 期。

王宪熙《泰西名小说家传略》发表于《小说世界》第 12 卷第 13 期。

杨宗翰讲、贺麟笔记《但丁的生平及其著作》发表于《清华文艺》第 1 卷第 1 号。

梁启超《亡妻李夫人葬毕告墓文》发表于《清华文艺》第 1 卷第 2 号。

翟镜寰《朱君蕙生小传》发表于《学生文艺丛刊》第 2 卷第 1 期。

周文亮《先祖事略》发表于《学生文艺丛刊》第 2 卷第 3 期。

吴祥清《张云荪先生事略》发表于《学生文艺丛刊》第 2 卷第 5 期。

姜公畏《陆君介石事略》发表于《学生文艺丛刊》第 2 卷第 5 期。

施庄《先大母事略》发表于《学生文艺丛刊》第 2 卷第 8 期。

顾炳垣《叔母严太君事略》发表于《学生文艺丛刊》第 2 卷第 9 期。

刘大杰《李义山家世考略》(续)发表于《艺林旬刊》第 16 期。

开明《托尔斯泰的事情》发表于《语丝》第 14 期。

顺风《蔼理斯与福来尔》发表于《语丝》第 26 期。

风光《高尔基及其他》发表于《语丝》第 50 期。

张定璜《鲁迅先生》(上)发表于《现代评论》第 1 卷第 7 期。

张定璜《鲁迅先生》(下)发表于《现代评论》第 1 卷第 8 期。

林玉堂《孙中山》发表于《猛进》第 5 期。

杨丙辰《葛德略传》发表于《猛进》第 7 期。

朱宣民《十五年来我的自传》发表于《少年》(上海)第 15 卷第 9 期。

华尔达《列宁与甘地》发表于《大亚杂志》第 35 期。

胡嘉《康德传》发表于《民铎》第 6 卷第 4 号(康德号)。

H.C.《康德年谱》发表于《民铎》第 6 卷第 4 号(康德号)。

汪国垣《光宣诗坛点将录》(一)发表于《甲寅周刊》第 1 卷第 5 期。

汪国垣《光宣诗坛点将录》(二)发表于《甲寅周刊》第 1 卷第 6 期。

汪国垣《光宣诗坛点将录》(三)发表于《甲寅周刊》第 1 卷第 7 期。

汪国垣《光宣诗坛点将录》(四)发表于《甲寅周刊》第 1 卷第 8 期。

汪国垣《光宣诗坛点将录》(五)发表于《甲寅周刊》第 1 卷第 9 期。

孤桐《赵伯先事略》发表于《甲寅周刊》第 1 卷第 25 号。

李俨《梅文鼎年谱》发表于《清华学报》第 2 卷第 2 期。

按:作者序说:"梅文鼎与牛顿、关孝和并时,其整理西算,佳惠后学,厥功甚伟。且行年三十,方学历算,而终身用力从事,至老不倦,尤属可钦。其事迹散见各书,爰为比次,集成《年谱》,俾便参考。"

柳诒徵《王玄策事辑》发表于《学衡》第 39 期。

张荫麟《张衡别传》发表于《学衡》第 40 期。

甘乃光述《孙总理事略》发表于《中国军人》第 4 期。

胡寄尘《我之自述》发表于《红玫瑰》第 1 卷第 32 期。

李允臣《银灯回忆录》发表于《红玫瑰》第 2 卷第 20 期。

姜华《李调元的生平》发表于《民众周刊》第 37 期。

士炎《列宁的生平与教训》发表于《政治生活》第 28 期。

天笑《模特儿自述》发表于《新月》第 1 卷第 1 号。

魏建功《戴东原年谱》发表于《国立北京大学国学季刊》第 2 卷第 1 号。

李开侁《安陆李公行状》发表于《海潮音》第 6 年第 1 期。

显荫《包母冯宜人传赞》发表于《海潮音》第 6 年第 2 期。

郑维翰《终南康谷圆通庵清莲禅师寿塔记》发表于《海潮音》第 6 年第 6 期。

何雯《石埭徐优婆夷传》发表于《海潮音》第 6 年第 6 期。

帅睿民《罗客洲居士事略》发表于《海潮音》第 6 年第 6 期。

释本度《华阴程母蒲太宜人生西纪略》发表于《海潮音》第 6 年第 6 期。

西麈《李媪往生小传》发表于《海潮音》第 6 年第 6 期。

江谦《亡妻汪氏略状》发表于《海潮音》第 6 年第 6 期。

陈声树译《哥德小传》发表于北京《晨报副刊》第 33 期。

吕谌《赫胥黎之生平及事业》发表于北京《晨报副刊》第 98 期。

三、传记著作

易顺豫著《孟子年略》由山西宗孟学社出版。

胡怀琛编《中国八大诗人》由上海商务印书馆出版。

按：是书论述屈原、陶渊明、李白、杜甫、白居易、苏轼、陆游、王士祯共 8 位诗人的生平和作品。

孙毓修著《郭子仪》由上海商务印书馆出版。

胡越编著《王阳明》由上海中华书局出版。

梁启超讲演，卫士生、束世澂笔记《中学以上作文教学法》（教育丛书）由上海中华书局出版。

按：是书在讲到作文师法的榜样时，曾以古代史传文学的代表著作《史记》为例，鼓励习作者向《史记》的文章学习。他说："凡记述一个人，最要紧的是写出这个人与别人不同之处，人类性格，什有八九是共通的；尤其在同一时代同一社会之人，相类似之点尤多，好像用同式的模子铸出来一般。虽然，人类之所以异于他物者，因为人类性格只有相类似不会相雷同，所以一个模子可以铸几千万绝对同样式的钱，一个马群可以养出千百个绝对同性质的马，一个社会中想找两个绝对同样的人断断找不出。相类似是人类的群性，不雷同是人类的个性。个性惟人类才有，别的物都不能有。凡记人的文学,唯一职务在描写出那人的个性。……古今中外传记名手,大率有一种最通用的技术是:凡足以表现传中人个性的言论行事,无论大小,总要淋漓尽致、委曲详尽的极力描写,令那人人格跃然于纸上,宁可把别方面大事抛弃,而在这种关键中绝不爱惜笔墨。这种作法,在欧洲则布鲁特奇之《英雄传》,在中国则司马迁之《史记》,最能深入其中三昧。"他又说:"这篇(《史记·西南夷列传》)传叙的川边川南、云南、贵州一带氐、羌、苗、蛮诸种族,情形异常复杂,虽在今日,尚且很难理清头绪,太史公却能用极简净的笔法把形势写得了如指掌。他把它们分为三大部,用土著游牧及头发的装束等等做识别,每一大部中复分为若干小部,每小部举出一个或两个部落为代表,代表之特殊地位固然见出,其他散部落亦并不挂漏。到下文虽然专记几个代表国,如滇、夜郎等的事情,然已显出这些事情是西南夷全体的关系,这是详略繁简的最好标准。"所以,"凡记载条理纷繁之事物,欲令眉目清楚,最好用这方法"。"倘若限于篇幅要剪裁,那么学《史记·西南夷列传》,先将眉目提清,再把各类的重要部分重笔特写以概其余,这是作文求简洁的最好法门。"

梁启超著《要籍解题及其读法》由清华周刊丛刊社刊行,有自序。

按:在《史记读法》中,梁启超说:"《史记》以十二本纪、十表、八书、三十世家、七十列传组织而成。其本纪及世家之一部分为编年体,用以定时间的关系;其列传则人的记载,贯彻其以人物为历史主体之精神;其书则自然界现象与社会制度之记述,与'人的史'相调剂;内中意匠特出,尤在十表。据桓谭《新论》谓其'旁行斜上,并效周谱',或以前尝有此体制亦未可知。然各表之分合间架,总出诸史公之惨淡经营。表法既立,可以文省事多,而事之脉络亦具。《史记》以此四部分组成全书,互相调和,互保联络,遂成一部博大谨严之著作。后世作断代史者,虽或于表志门目间有增减,而大体组织不能越其范围。可见史公创作力之雄伟,能笼罩千古也。叙列之扼要而美妙。后世诸史之列传,多藉史以传人;《史记》之列传,惟藉人以明史。故与社会无大关系之人,滥竽者少,换一方面看,立传之人,并不限于政治方面,凡与社会各部分有关系之事业,皆有传为之代表。以行文而论,每叙一人,能将其面目活现。又极复杂之事项——例如《货殖列传》《匈奴列传》《西南夷列传》等所叙,皆能剖析条例,缜密而清晰。其才力固自夐绝。"

支伟成著《清代朴学大师列传》由上海泰东图书局出版。

按:是书为清代著名学者 370 余人传记资料的汇辑。其《凡例》曰:《清史·儒林传》创始于阮文达公,当时总裁即以私憾有所去取。道光末年重定，又非嘉庆时进呈原本。光绪庚辰，奏请派员续修，缪荃孙拟稿，仅存目录，全书则秘藏于家。今《清史》虽成，尚未刊布，乃私撰此编，非敢云备征献，聊资检索而已。

江藩《汉学师承记》，家法谨严，素为学者所推许，惟坚守壁垒，摈绝今文，是未免失之隘焉。今之载笔，力矫此弊，无论古文今文，皆属汉学，皆与甄录，凡以摒除门户之见也。

钱林《文献征存录》，辞采达雅，有非江氏所及，推儒林与文苑杂陈，则不如《师承记》之秩然就理；且每卷各自起讫，虽复以类相从，究属若明分门目，转易清晰也。

唐确慎《国朝学案小识》，宗旨则重理学，又以经师错出其间，体制有乖，在所不取。

李元度《先正事略》，删繁就简，仅具大要，经学一门，几于全袭《师承记》，稍辅以《征存录》；乾嘉诸儒，失载尚多。其尚以历算史地名家者，率题经学，亦有未安。兹编以"朴学"标名，范围庶乎较广。——凡所论列，聊申从违之故，岂曰妄议古人！

理学诸儒不入斯传者，非故蹈元修《宋史》之谬；缘清代学术以考据为中坚，其精至之处，殆千余年来所未有；若理学则殊短发明，自不得如朴学之能卓然独立。此专传所由特别表彰，未可以国史通例绳之耳。

桐城派古文家多倡"因文见道"之言，囿于宋儒义理，未通汉学家法，与朴学异趣，故不采录。

门类分析过繁，未免近于琐碎；惟此书之作，非徒考史，意将示学人以途术，不如是即不足考见其师承派别；故专传之外，复列互传于目，用张文襄《輶轩答问》例也。

全书主要，在详各人之授受源流，擅长何学，以及其治学方法，故不但只据传状，必取所著，悉心检阅，且证以当时或后来之评判；故有每撰一篇，检书至数十种者，匪云夸博，尚论昔贤，不敢不矜慎耳。

诸师生平著述，无论已刊未刊，必尽载于传中，以备学者之搜求考镜。其无专著与虽有而未刊者，亦举其关于研究之论文或讲语，摘要胪陈，冀存征信。

诸传分合附从，具含微意。见子姓互授者，则为合传。其或同治一学，同属一地者，则约略时代之先后，以次相从。其学业未纯，偏长可取，撰著不备，片解独超，则附诸专传之下，俾示区别。

每类之前，冠以叙目，略疏学派之原委得失；而首篇《先导大师列传》，又各系以论赞,藉志景仰。至于排纂次第,咸详《叙传》,兹不复述。

书后叙传,有诋为陋习者,此在他书,固嫌其赘,独史志则不然,于长创子前,孟坚踵于后,屡代相承久矣。盖谱牒之例,肇自世本,故撰次先德,历记私乘;止适用于史家,初非自我作古也。所恨生晚,不及闻诸大师绪论,且未获遍交当世贤豪,率尔操觚,遗漏错误之处正多,倘荷匡益,实所企祷! 民国十三年甲子冬十一月二十八日。支伟成谨识。

龙梦荪编《曾文正公学案》由上海商务印书馆出版。

陈日新编《福建兴化美以美会蒲公鲁士传》由美兴印书局出版。

上海密勒氏评论报编《中国名人录》(第3集)由上海编者出版。

按:是书辑录中国政、财、商、学、军各界名人相片事略,是专供当时外国人查阅的中国名人录,除姓名外,全部用英文介绍。

无名氏编《最近烈士事略》出版。

上海书店编辑《孙中山先生遗言》由上海书店出版。

孙中山著《孙中山先生遗墨之一》由广东广州美华浸会印书局出版。

徐翰臣著《孙中山全史》由上海唤群书报社出版。

高尔松等著《孙中山先生与中国》由上海民智书局出版。

三民编译部编《孙中山评论集》由上海三民出版部出版。

平民书局编辑《孙中山》由上海平民书局出版。

刘中杭纂辑《孙中山先生荣哀录》由北京讲武书局出版。

中华革新学社编辑《孙中山先生荣哀录》由编者出版。

中国国民党松江县党部编《孙中山先生哀挽录》由编者出版。

黄昌谷著《孙中山先生北上与逝世后详情》由上海民智书局出版。

中山主义研究社编、抱恨生校订《孙中山先生逝世周年纪念册》由编者出版。

北平政法大学全体学生编《追悼孙中山先生纪念册》由编者出版。

丹阳民社编《中山先生特刊》由编者出版。

邵元冲编《陈英士先生革命小史》由上海民智书局出版。

蒋中正等著《廖党代表纪念刊》由黄埔军校出版。

汪精卫著《廖仲恺先生传略》由编者出版。

竞智图书馆编《齐燮元全传》由上海编者出版。

周叔贞著《周止庵先生别传》由著者出版。

胡鸣盛主编《安定先生年谱》由北京编者出版。

黄庞编辑委员会编《黄庞二三周纪念册》由湖南劳工会出版。

幽燕居士编著《中华民国五大总统大事记》由北京神州广告社出版。

唐钺著《唐钺文存》由上海商务印书馆出版。

按:是书收录作者的传记作品《爱迪生传》《达尔文传》《策伯林传》等。

[美]格莱夫斯著、庄泽宣译《近三世纪西洋大教育家》由上海商务印书馆出版。

按:是书介绍约翰·米尔顿、培根、拉底、孔末纳司、洛克、弗兰克、卢梭、贝师道、斐斯他洛齐、赫巴脱、福禄培尔、蓝喀士德、斯宾塞等人的生平事迹与学说。

高觉敷著《心理学名人传》由上海商务印书馆出版。

按:是书乃西方近代心理学名人传略。共分 18 章。收有陆克、柏克烈、休谟、哈德烈、培因、费希钠尔、布连搭诺等 18 人传略。第 1 章为引论。

[英]芬治著,陈家骥、陈克文编译《世界著名探险家》由上海商务印书馆出版。

按:是书介绍马可·波罗、哥仑布、达伽马、麦哲伦、德雷克、安森、库克、利文斯敦、斯坦利、约翰·卡伯特、雅克·卡蒂埃、约翰·戴维斯、马丁·弗罗比舍、斯特尔特、亨利·赫德森、约翰·富兰克林、乔治·内尔斯、南森等人的探险事迹。

[英]赫斯著、周云路译《威廉约翰传》由上海广学会出版。

陈泗芬译《八大圣师传略合编》由上海土山湾印书馆出版。

杨慧镜编《近代往生传》由上海佛学书局出版。

郑振铎著《泰戈尔传》由上海商务印书馆出版。

刘秉麟著《李士特经济学说与传记》由上海商务印书馆出版。

小说月报社编辑《法朗士传》由上海商务印书馆出版。

[法]法朗士著、沈性仁译《法朗士集》由上海商务印书馆出版。

四、卒于是年的传记作者

李士铭(1849—1925)。士铭字子香,祖籍江苏昆山,世居天津。1876年举人,援例为户部候补郎中,户部云南司行走。民国时期任天津议事会议长、顺直咨议局议员。家富藏书,编有《延古堂李氏藏书目》,收书 4000 余种。著有《国朝名儒学案》《历代名医列传》。后裔辑有《李子香寿言录》。

王舟瑶(1858—1925)。舟瑶字玫伯,一字星垣,号默庵。清末浙江黄岩人。1889 年举人。历主浙江九峰精舍,清献、东湖、文达书院,赏加内阁中书衔。清末曾参与举办新学活动,任教于上海南洋公学、京师大学堂,曾赴日本考察学务。著有《默庵集》《默庵诗存》等。自编有《默庵居士自定年谱》，王敬礼编有《默庵居士年续编》1 卷。

孙中山(1866—1925)。中山本名孙文，谱名德明，字载之，号日新，又号逸仙，广东香山人。1894 年 6 月到天津上书李鸿章，要求改革时政，李鸿章对其建议未予采纳。遂后赴檀香山，在华侨中宣传革命，建立兴中会，提出"驱逐鞑虏，恢复中华，创立民国，平均地权"的主张。1905 年 8 月在东京成立中国同盟会，任总理，提出"民族、民权、民生"，即"三民主义"的政治纲领。先后领导的起义有黄冈起义、七女湖起义、防城起义、镇南关起义、钦州起义、河口起义、广州新军起义及黄花岗起义等。1911 年 12 月 29 日在南京被推举为中华民国临时大总统。1914 年 7 月在东京成立中华革命党，被推举为总理。1917 年 9 月 1 日当选为中华民国军政府大元帅。1918 年 5 月 4 日向非常国会提出辞职，赴上海。1919 年 10 月将中华革命党改组为中国国民党。1920 年 11 月在广州建立护法军政府。1921 年 5 月在广州就任非常大总统。1923 年初在广州重建大元帅府。1924 年 1 月在广州召开中国国民党第一次全国代表大会，通过党纲、党章，重新解释三民主义，同时创办黄埔军官学校，训练革命武装干部。著有《孙中山全集》，其中有传记作品《伦敦被难记》《黄花岗七十二烈士事略序》《蒋介石著孙大总统广州蒙难记序》《祭黄花岗七十二烈士文》《祭伍廷芳博士文》《祭夏重民文》等。

民国十五年 丙寅 1926年

一、传记评论

陈敬第《清史后妃传序》发表于《学衡》第49期。

按:序曰:"岁甲寅,清史馆开,余膺聘撰修。时吾邑张君孟劬,亦以仲兄荐在馆。每食中入,昳而归。见君伏案矻矻,日数百言不休。间或杂以谈谑,同辈交口以雅才推之。君所成书,乐志八卷,刑志二卷,地理志江苏一卷,图海李之芳列传一卷,咸谨严有义法。最后吴君伯宛修后妃传,辑长编未半,举以属君。既削稿,复增吴辑未备者十之三四。归而删定,成今书。间尝论之,修史难矣,而有清一代为尤甚。盖自国初,文字之狱数作,乾隆间,搜天下禁书,毁者逾数百种。士大夫怵于文网,不敢谏今,而金匮石室之藏,类非人间所有。委巷流传,爱憎影会,向壁虚造,至于宫闱秘事,尤乐道之,若亲所睹闻。而注记其起居者,何其诬欤!君之书,不虚美,不隐恶,据事直书,一衷史裁。而《春秋》微婉之旨,蔼然言外。范颙尝评陈寿文艳不及相如,而质实过之。君之才视承祚,未识何如? 求之宋元以降,殆蔑如也。昔元遗山当金源末造,以为国亡史作,己所当任。虽遭乐夔所沮而罢,然犹采摭所闻,记录至百余万言。金史卒赖以成。故其诗曰:国史经丧乱,天幸有所归。但恨后十年,时事无人知。又曰:废兴属之天,事岂尽乖违。传闻入仇敌,只以兴骂讥,其所以自蕲者,隐矣。乃世之论者,辄谓宗社既亡,宁为圣予所南之介,无为遗山之通。盖儒生言议,不探时变,而好行迹,责人往往如此。君曩亦语余,今之著子,既以史为诟矣。新学搜闻,又不知史为何物。异日者,使纤儿执简以议故国短长,吾不知圣予所南复生,何以处此。呜呼,若君者,乃真心乎遗山之心者也。"

梁实秋《拜伦与浪漫主义》发表于《创造月刊》第1卷第3期。

梁实秋《拜轮的浪漫主义》发表于《创造月刊》第1卷第4期。

徐祖正《拜伦的精神》发表于《创造月刊》第1卷第4期。

摩南《诗人谬塞之爱的生活》发表于《创造月刊》第1卷第4期。

郁达夫《郁达夫全集自序》发表于《创造月刊》第1卷第5期。

成仿吾《不朽的人豪——纪念孙中山先生》发表于《洪水半月刊》第2卷

第 18 期。

李剑华《哀飘萍之死》发表于《洪水半月刊》第 2 卷第 20 期。

林语堂《悼刘和珍杨德群女士》发表于《语丝》第 72 期。

鲁迅《记念刘和珍君》发表于《语丝》第 74 期。

按：刘和珍是北京学生运动的领袖之一，1926 年在"三一八惨案"中遇害，年仅 22 岁。鲁迅先生在参加了刘和珍的追悼会之后，亲作《记念刘和珍君》一文，追忆这位始终微笑的和蔼的学生，痛悼"为中国而死的中国的青年"，歌颂"虽殒身不恤"的"中国女子的勇毅"。

周瘦鹃《吾念飘萍》发表于 5 月 4 日《上海画报》第 107 期。

张若谷《音乐方面的罗曼·罗兰》发表于《小说月报》第 17 卷第 6 号。

杨丙辰《亨利·海纳评传》发表于《莽原》第 3 期。

赵少侯《罗曼·罗兰评传》(附：罗曼·罗兰著作年表)发表于《莽原》第 7、8 期。

[日]中泽临川、生田长江作，鲁迅译《罗兰的真勇主义》发表于《莽原》第 7、8 期。

心史《李义山锦瑟诗考证》发表于《东方杂志》第 23 卷第 1 号。

张荫麟《洪亮吉及其人口论》发表于《东方杂志》第 23 卷第 2 号。

岂明《关于李卓吾的墓碑》发表于《北新》第 10 期。

金高《悼列宁》发表于《工人之路》第 207 期。

梦醒《列宁是世界革命领袖》发表于《工人之路》第 209 期。

按：文章说："我们应该继承列宁先生的事业和教训，向一切军阀和帝国主义，作一最后的战争，那末共产主义的目的，就不难实现了，我们也不愧为列宁先生的信徒了。"

星《悼列宁》发表于《工人之路》第 209 期。

黎福寿《廖先生殉难周年的感想》发表于《工人之路》第 412 期。

啸仙《廖先生殉难一周年纪念与农民》发表于《犁头》第 13 期。

二、单篇传记

马宗融《罗曼·罗兰传略》发表于《小说月报》第 17 卷第 6 号。

吴沃尧《李伯元传》发表于《小说世界》第 13 卷第 19 期。

林纾《冷红生传》发表于《小说世界》第 13 卷第 19 期。

柳亚子《苏玄英传》(其一)发表于《小说世界》第 13 卷第 19 期。

章太炎《苏玄英传》(其二)发表于《小说世界》第 13 卷第 19 期。

李葭荣《我佛山人传》(吴沃尧传)发表于《小说世界》第 13 卷第 20 期。

张恩先《苏女士佩珍事略》发表于《学生文艺汇编》第 3 卷上集。

陆有光《南通张君景贤小传》发表于《学生文艺汇编》第 3 卷上集。

胡镇《七十岁自述》发表于《学生文艺汇编》第 3 卷上集。

柳诒徵《先姊事略》发表于《学衡》第 51 期。

柳诒徵《祭姊文》发表于《学衡》第 53 期。

刘复礼《顺德张凤簏先生行状》发表于《学衡》第 56 期。

梁启超《祭康南海先生文》发表于《学衡》第 59 期。

胡适《朱敦儒小传》发表于《语丝》91 期。

培良《记鲁迅先生的谈话》发表于《语丝》94 期。

赵景深《关于曼殊大师》发表于《语丝》105 期。

葛克信《补柳亚子先生之遗》发表于《语丝》105 期。

杨丙辰《释勒略传》发表于《猛进》第 44 期。

王独清《杨贵妃之死》发表于《创造月刊》第 1 卷第 4 期。

穆木天《维尼及其诗歌》发表于《创造月刊》第 1 卷第 5 期。

调孚《世界文学家列传》发表于《一般》第 1 卷第 2 号。

蔡无忌《曼殊大师》发表于《甲寅周刊》第 1 卷第 38 号。

[英]V. A. Smith 作、龙文彬译《北传阿育王事略》发表于《史地学报》第 4 卷第 1 期。

陈慎《法显求法归程考》发表于《史地学报》第 4 卷第 1 期。

陈训慈《希腊四大史学家小传》发表于《史学与地学》第 1 期。

宋慈襄《孙籀廎先生年谱》发表于《东方杂志》第 23 卷第 12 号。

友如《陈圆圆遗容及其比丘像》发表于《妇女杂志》第 12 卷第 1 号。

农隐《著名的女画家》发表于《妇女杂志》第 12 卷第 1 号。

陈衍《亡儿声泪事略》发表于《国学专刊》第 1 卷第 1 期。

黄惟庸《唐女郎鱼玄机的诗及其事迹》发表于《黎明》第 3 卷第 42 期。

李允臣《电影女明星小传》(上)发表于《红玫瑰》第 2 卷第 27 期。

李允臣《电影女明星小传》(下)发表于《红玫瑰》第 2 卷第 28 期。

吴绮缘《阿琐小传》发表于《紫罗兰》第 1 卷第 6 期。

张铭鼎《倭伊铿之生平及其思想》发表于《民铎杂志》第 8 卷第 2 期。

杨吉孚《汉皋回忆录》发表于《上海画报》第 192 期。

容肇祖《记廖燕的生平及其思想》发表于《北京大学研究所国学门周刊》第 2 卷第 24 期。

沈厚和《园艺大家雷敬刚事略》发表于《农事双月刊》第 5 卷第 1 期。

唐洽光《纪念七十二烈士殉难》发表于《埔中季刊》第 1 期。

丁福保居士《释迦牟尼佛别传》发表于《净业月刊》第 6 期。

沙健庵居士《沈书轩居士传》发表于《净业月刊》第 6 期。

化声《先考云溪府君行状》发表于《海潮音》第 7 年第 1 期。

谢家梓《曼陀罗塔志铭》发表于《海潮音》第 7 年第 5 期。

韩敩《罗丹的生平——苦战》发表于《京报副刊》第 406 期。

岂明(周作人)《陈源口中的杨德群女士》发表于 3 月 30 日《京报副刊》第 454 号。

三、传记著作

顾颉刚编《古史辨》(第 1 册)由北平朴社刊行,有自序。

按:顾颉刚的《古史辨自序》写于 1926 年。此序后收入 1935 年上海良友图书印刷公司出版、周作人编选之《散文一集》(《中国新文学大系》第六集)。1931 年,荷兰莱顿的布利尔出版公司出版美国学者恒菇义(A. W. Hummel)的英文译本,题为《一位中国历史学家的自传——中国古代史论文集(古文辨)序》。作者在序中说:“我读别人做的书籍时,最喜欢看他们带有传记性的序跋,因为看了可以了解这一部书和这一种主张的由来,从此可以判定它们在历史上占有的地位。现在我自己有了主张了,有了出版的书籍了,我当然也愿意这样做,好使读者了解我,不致惊诧我的主张的断面。因为这样,所以现在就借了这一册的自序,约略做成一部分的自传。我很惭愧,我的学问还没有成熟,就贸贸然来做这种自传性的序文,实在免不了狂妄之罪。但社会上已经等不到我的学问的成熟而逼迫我发表学术上的主张了,已经等不到我的主张的讨论出结果来而逼迫我出书了,我为求得读者对于我的出版物的了解,还顾忌着什么呢?”所以这篇长序,其实是作者的一部学术自传,是认识顾颉刚学术思想和学术道路形成的最重要的第一手材料,历来受到学术界的重视。

[日]宇野哲人著、陈彬龢译《孔子》由上海商务印书馆出版。

谢无量著《孔子》由上海中华书局出版。

钱穆编著《孟子要略》(后更名《孟子研究》)由上海大华书局出版。

唐敬杲著《韩非子》由上海商务印书馆出版。

孙毓修著《马援》由上海商务印书馆出版。

孙毓修著《陶渊明》由上海商务印书馆出版。

孙毓修著《司马光》由上海商务印书馆出版。

许浩基著《文文山年谱》由吴兴许氏杏荫堂汇刻本出版。

朱襄廷著《庄史案辑论》由广州国立中山大学语言历史研究所出版。

按：庄廷钺明史案是清代文字狱的第一宗，本书对此案的有关材料进行了辑录和评论。

徐宗泽著《明末清初灌输西学之伟人》由上海土山湾印书馆出版。

俞汝茂编《中国现代金石书画家小传》（第 1 集）由上海书画保存会出版。

［法］沙畹著、冯承钧译《中国之旅行家》由上海商务印书馆出版。

张维著《甘肃人物志》由陇右乐善书局出版。

钱西樵著《孙中山传》由上海古今图书店出版。

廖兴汉编辑《孙文大事记》由上海国民书局出版。

三民公司编译部编纂《孙中山轶事集》由上海三民公司刊行部出版。

黄昌穀讲演《孙中山先生之生活》由上海民智书局出版。

文庄著《孙中山生平及其主义大纲》由上海光华书局出版。

古应芬记录《孙大元帅东征日记》由上海民智书局出版。

总理逝世周年纪念潮梅筹备委员会编《孙中山先生逝世周年纪念册》由编者出版。

梅县各界总理周年纪念会编辑处编《总理周年纪念刊》由编者出版。

中国国民党军事委员会特别党部总理逝世周年纪念刊委员会编《总理逝世周年纪念刊》由编者出版。

国民革命军总司令部政治训练部编《廖仲恺先生逝世周年纪念特刊》由编者出版。

中国书报社编辑《李烈钧出巡记》由编者出版。

湖南劳工会编《黄庞四周年纪念册》由编者出版。

国民编译社编《黄花岗烈士殉难记》由编者出版。

北京师大追悼范士融烈士会编《北京师大追悼范士融烈士纪念刊》由北京编者出版。

台静农编《关于鲁迅及其著作》由北平未名社出版部出版。

穆湘玥著《藕初五十自述》由上海商务印书馆出版。

张謇著《啬翁自订年谱》由作者自行出版。

庄铸九等编《梅兰芳传》由上海编者出版。

张肖伧编《菊部丛谈》由上海大东书局出版。

王昌谟等编译《世界名人传》(上中下册)由上海商务印书馆出版。

按:是书分 10 卷。上册包括伟人传、杰俊传、发明家传。中册包括思想家传、科学家传、文学家传。下册包括艺术家传、宗教家传、历代名帝后传、杂传。

孙俍工编《世界文学家列传》由上海中华书局出版。

按:是书介绍欧美、印度、日本等国家主要文学家共 174 人的生平和创作,分国排列。

弹指居士编译《近世大发明家小传》由上海商务印书馆出版。

按:是书介绍居礼夫妇、诺贝尔、福特、爱迪生、乔治·威斯汀豪斯、艾萨克、辛格、乔治、伊斯门等 10 位发明家。

范寿康著《柏拉图》由上海商务印书馆出版。

范寿康著《康德》由上海商务印书馆出版。

范寿康著《卢梭》由上海商务印书馆出版。

朱有光、曾昭森编《耶稣的生平和教训》(圣经原文)由上海伊文思图书有限公司出版。

张士泉编译《圣达尼老小传》由上海土山湾印书馆出版。

《圣达尼老行实》由上海土山湾印书馆出版。

《圣若望臬波莫传》由河北献县张家庄天主堂出版。

樊仲云著《圣雄甘地》由上海梁溪图书馆出版。

李金发著《雕刻家米西益则罗》由上海商务印书馆出版。

张资平著《地质学者达尔文》由上海中华学艺社出版。

汪启堃编译《爱迭生小史》由上海电流社出版。

[英]卫尔斯著、钟期伟译《山德孙校长传》由上海商务印书馆出版。

按:是书介绍英国教育家、昂德尔学校校长山德孙的生平事略。

戴正一编《中日名伶合影集》由北京群强报社出版。

四、卒于是年的传记作者

张謇(1853—1926)。謇字季直,号啬庵,江苏通州人。1894 年考中状元,授翰林院修撰。1995 年受两江总督张之洞委派,在通州主办团练,创办大生纱厂。1902 年创办广生油厂和通州师范学校。1904 年被清政府授予三品官衔。1906 年与汤寿潜、郑孝胥等组织成立预备立宪公会,任副会长。1909 年被推为江苏咨议局议长。1910 年发起国会请愿活动。1911 年任中央教育会长、江苏议会临时议会长、江苏两淮盐政总理。南京政府成立后,任实业部总长。1913 年任北洋政府农商总长兼全国水利总长,1914 年兼任全国水利局总裁。1915 年 8 月辞职南归。1920 年创办南通大学。著有《张季子九录》《张謇日记》《啬翁自订年谱》等。

秦树声(1861—1926)。树声字幼衡,一字晦鸣,号乖庵,河南固始人。1886 年中进士,1903 年中经济特科进士。曾授工部主事,历任知府、道员、按察使、提法使、提学使。1914 年任清史馆纂修。曾参与《河南通志》的编纂。著有《清史地理志》《乖庵文集》等。

民国十六年　丁卯　1927 年

一、传记评论

胡适在华盛顿劝施植之先生撰写自传,植之觉得写自传还为时过早。

按:胡适《施植之先生早年回忆录序》说:一九二七年我在华盛顿第一次劝施植之先生写自传,那时他快满五十岁了,他对我说,写自传还太早。以后二十多年之中,我曾屡次向他作同样的劝告。到了晚年,他居然与傅安明先生合作,写出他的《自定年谱》作自传的纲领。又口述他的早年生活经验,由安明记录下来。安明整理出来的记录,从施先生的儿童时期起,到一九一四年他第一次出任驻英国全权公使时为止——就是这一本很有趣味而可惜不完全的自传。

为什么没有全部完成呢? 安明说:"施先生开始口述的时候,精力已渐衰了。到一九五四年秋天他大病之后,他的记忆力更衰退了,他的脑力已抓不住较大的题目了。所以这部自述的记录只到一九一四年为止,没有法子完成了。"但是这本小册子还是很可宝贵的。因为这是我们这一位很可爱敬的朋友最后留下来的一点点自述资料。如果没有安明的合作,连这一点点记录都不可得了。

植之先生活了八十岁,安明的记录只到他三十七岁为止。这本记录可以分为两大段落:前一段是他在国内国外受教育的时期;后一段是他从美国回来之后在国内服务的时期(一九〇二—一九一四)。植之先生叙述在上海圣约翰书院的经验,就是很有趣味的教育史料。……植之先生十六岁时(一八九三)就跟随出使"美日秘国"钦差大臣杨儒到华盛顿做翻译学生。他在美国留学九年(一八九三—一九〇二)。他追记这九年的生活,比较最详细。其中最有历史趣味的是他叙述杨儒时代的驻美使馆的内部情形。这种记载,现在已很难得了。[1]

吴承烜《休宁率溪程氏六烈妇传序》发表于《钱业月报》第 7 卷第 12 期。

顾颉刚《悼王静安先生》发表于《文学旬刊》第 276、277 期合刊。

---

[1] 耿云志,李国彤.胡适传记作品全编·第四卷[M].上海:东方出版中心,1999:282-286.

　　按：王国维6月1日参加卫聚贤等毕业典礼和师生叙别会后，是夜又照常批阅学生试卷，完毕，乃草拟遗书藏之于怀，翌日遂投昆明湖自尽。遗书封面上书写着"送西院十八号王贞明先生收"，遗书内容如下："五十之年，只欠一死。经此事变，义无再辱。我死后当草草棺殓，即行藁葬于清华茔地。汝等不能南归，亦可暂移城内居住。汝兄亦不必奔丧，因道路不通，渠又不曾出门故也。书籍可托陈（寅恪）、吴（宓）二先生处理。家人自有人料理，必不至于不能南归。我虽无财产分文遗汝等，然苟谨慎勤俭，亦必不致饿死也。——五月初二日父字。"①

　　按：王国维为何自溺，至今仍争论不论，一般学者论点有所谓的"殉清说""逼债说""性格悲剧说""文化衰落说"。陈寅恪《王观堂先生挽词》的序言中写道："或问观堂先生所以死之故。应之曰：近人有东西文化之说，其区域分划之当否，固不必论，即所谓异同优劣，亦姑不具言；然而可得一假定之义焉。其义曰：凡一种文化值衰落之时，为此文化所化之人，必感苦痛，其表现此文化之程量愈宏，则其所受之苦痛亦愈甚；迨既达极深之度，殆非出于自杀无以求一己之心安而义尽也。""吾中国文化之定义，具于《白虎通》三纲六纪之说，其意义为抽象理想最高之境，犹希腊柏拉图所谓 Idea 者。若以君臣之纲言之，君为李煜亦期之以刘秀；以朋友之纪言之，友为郦寄亦待之以鲍叔。其所殉之道，与所成之仁，均为抽象理想之通性，而非具体一人一事。"

　　徐中舒《追忆王静安先生》发表于《文学旬刊》第 276、277 期合刊。

　　周予同《追悼一个文学的革命者——王静安先生》发表于《文学旬刊》第 276、277 期合刊。

　　徐中舒《静安先生与古文字学》发表于《文学旬刊》第 276、277 期合刊。

　　贺昌群《王国维先生整理中国戏曲的成绩及其文艺批评》发表于《文学旬刊》第 276、277 期合刊。

　　陈乃乾《关于王静安先生逝世的史料》发表于《文学旬刊》第 276、277 期合刊。

　　史达《王静安先生致死的真因》发表于《文学旬刊》第 276、277 期合刊。

　　陆侃如《关于王静安先生的死》发表于《文学旬刊》第 276、277 期合刊。

　　郁达夫《五六年来创作生活的回顾》发表于《文学旬刊》第 286、287 期合刊。

---

① 王国维.王国维自传[M].合肥：安徽文艺出版社，2014：9.

赵景深《英国诗人勃莱克百年纪念》发表于《文学旬刊》第 288 期。

梁启超《王静安先生墓前悼词》发表于《国学月报》第 2 卷第 7、8、9 合刊本王静安先生专号。

按：梁启超 9 月 20 日率领清华国学研究院新旧学生，前往王国维墓地悼念，向诸生发表，总结了王国维的学术成就和治学特点。《悼词》说："自杀这个事情，在道德上很是问题；依欧洲人的眼光看来，这是怯弱的行为；基督教且认做一种罪恶。在中国却不如此——除了小小的自经沟渎以外，许多伟大的人物有时以自杀表现他的勇气。孔子说：'不降其志，不辱其身，伯夷叔齐欤！'宁可不生活，不肯降辱；本可不死，只因既不能屈服社会，亦不能屈服于社会，所以终究要自杀。伯夷叔齐的志气，就是王静安先生的志气！违心苟活，比自杀还更苦；一死明志，较偷生还更乐。所以王先生的遗嘱说：'五十之年，只欠一死。经此世变，义无再辱。'这样的自杀，完全代表中国学者'不降其志，不辱其身'的精神；不可以欧洲人的眼光去苛评乱解。王先生的性格很复杂而且可以说很矛盾：他的头脑很冷静，脾气很和平，情感很浓厚。这是可从他的著述、谈话和文学作品看出来的。只因有此三种矛盾的性格合并在一起，所以结果可以至于自杀。他对于社会，因为有冷静的头脑所以能看得很清楚；有和平的脾气，所以不能取激烈的反抗；有浓厚的情感，所以常常发生莫名的悲愤。积日既久，只有自杀之一途。我们若以中国古代道德观念去观察，王先生的自杀是有意义的，和一般无聊的行为不同。若说起王先生在学问上的贡献，那是不为中国所有而是全世界的。其最显著的实在是发明甲骨文。和他同时因甲骨文而著名的虽有人，但其实有许多重要著作都是他一人做的。以后研究甲骨文的自然有，而能矫正他的绝少。这是他的绝学！不过他的学问绝对不止这点。我挽他的联有'其学以通方知类为宗'一语，'通方知类'四字能够表现他的学问全体。他观察各方面都很周到，不以一部分名家。他了解各种学问的关系，而逐次努力做一种学问。本来，凡做学问，都应如此。不可贪多，亦不可昧全，看全部要清楚，做一部要猛勇。我们看王先生的《观堂集林》，几乎篇篇都有新发明，只因他能用最科学而合理的方法，所以他的成就极大。此外的著作，亦无不能找出新问题，而得好结果。其辩证最准确而态度最温和，完全是大学者的气象。他为学的方法和道德，实在有过人的地方。近两年来，王先生在我们研究院和我们朝夕相处，令我们受莫大的感化，渐渐成为一种学风。这种学风，若再扩充下去，可以成为中国学界的重镇。他年过五十而毫不疲惫，自杀前一天，还讨论学问，若加以十年，在学问上一定还有多量的发明和建设，尤其对于研究院不知尚有若干奇伟的造就和贡献。最痛心的,我们第三年开学之日,我竟在王先生墓前和诸位同学谈话!这不仅我们悲苦,就是全世界的学者亦当觉得受了大损失。在院的旧同学亲受过王先生二年的教授,感化最深;新同学虽有些未见过王先生,而履故居可想见声馨,该遗书可领受精神:大家善用他的为学方法,分循他的为学路径,加以清晰的自觉,继续的努力,既可以自成所学,也不负他二年来的辛苦和对于我们的期望!"姚名达案:"此篇系梁先生九月二十日在王先生墓前对清华研究院诸生演说词。吴君其昌及不佞实为之笔记,今录成之。十一月十一日,姚名达。"

郁达夫《日记文学》发表于《洪水半月刊》第2卷第32期。

按:文章说:散文作品里头,最便当的一种体裁,是日记体,其次是书简体。我们都知道,文学家的作品,多少总带有自传的色彩的,而这一种自叙传,若以第三人称来写出,则时常有不自觉的误成第一人称的地方,如贝郎(今译拜伦)的长诗 Childe Harold 里的破绽之类。并且缕缕直叙这第三人称的主人公的心理状态的时候,读者若仔细一想,何以这一个人的心理状态,会被作者晓得得这样精细?那么一种幻灭之感,使文学的真实性消失的感觉,就要暴露出来,却是文学上的一个绝大的危险。足以救这一种危险,并且可以使真实性确立,使读者于不知不觉的中间受催眠暗示的,是日记的体裁。

因为日记文学里头,有这样好的东西在那里,所以我们读者不得不尊重这一个文学的重要分支,又因为创作的时候,若用日记体裁,有前面已经说过的几个特点,所以我们从事于创作时候,更可以时常试用这一个体裁。或者有人要说,我们若要做自叙传,那么用第一人称来做小说就行了,何以必要用日记体呢?这话也是不错。可是我们若只用第一人称来写的时候,说"我怎么怎么,我如何如何,我我我我……"的写一大篇,即使写得很好,但读者于读了之际,闭目一想,"你的这些事情为什么要这样的写出来呢?""你岂不是在做小说吗?"这样的一问,恐怕无论如何强有力的作者也要经他问倒(除非先事预防,在头上将所以要做这一篇自叙小说的动机说明在头上者外)。从此看来,我们可以晓得日记体的作品,比第一人称的小说,在真实性的确立上,更有凭借,更有把握。

陆侃如《跋古层冰〈陶靖节年谱〉》发表于《国学丛论》第1卷第1号。

王静安《桐乡徐氏印谱序》发表于《国学丛论》第1卷第1号。

谢国桢《顾亭林先生学侣考序》发表于《国学丛论》第1卷第1号。

吴其昌《朱子著述考》发表于《国学丛论》第1卷第2号。

陆侃如《宋玉评传》发表于《小说月报》第 17 卷号外《中国文学研究》上册。

谢康《萧统评传》发表于《小说月报》第 17 卷号外《中国文学研究》下册。

梁绳祎《文学批评家刘彦和评传》发表于《小说月报》第 17 卷号外《中国文学研究》下册。

胡梦华《文学批评家李笠翁》发表于《小说月报》第 17 卷号外《中国文学研究》下册。

吴文祺《文学革命的先驱者——王静庵先生》发表于《小说月报》第 17 卷号外《中国文学研究》下册。

沈余《柴玛萨斯评传》发表于《小说月报》第 18 卷第 8 号。

徐霞村《法国学者对于小说式的传记的意见》发表于《小说月报》第 18 卷第 11 号。

朱芳圃《述先师王静安先生治学之方法及国学上之贡献》发表于《东方杂志》第 24 卷第 19 号。

仲持《托尔斯泰思想的断片》发表于《一般》第 3 卷第 4 号。

胡云翼《论无名作家》发表于《北新周刊》第 47—48 期。

二、单篇传记

伍叔傥《谢朓年谱》发表于《小说月报》第 17 卷号外《中国文学研究》上册。

樊仲云《勃兰特的〈杜斯传〉》发表于《小说月报》第 18 卷第 1 号。

樊仲云《左拉与法朗士》发表于《小说月报》第 18 卷第 1 号。

丰子恺《乐圣裴德芬底生涯及其艺术》发表于《小说月报》第 18 卷第 3 号。

赵景深《英国大诗人勃莱克百年纪念》发表于《小说月报》第 18 卷第 8 号。

霞村《西班牙的小说家米罗》发表于《小说月报》第 18 卷第 8 号。

郑心南《芥川龙之介》发表于《小说月报》第 18 卷第 9 号。

赵景深《最详细的康拉特传》发表于《小说月报》第 18 卷第 10 号。

赵景深《民间故事专家哈特兰德逝世——呈江绍原先生》发表于《文学旬刊》第 289 期。

赵景深《今年得诺贝尔奖金的戴丽黛》发表于《文学旬刊》第 296 期。

吕伯攸《再记李叔同先生》发表于《小说世界》第 15 卷第 5 期。

孟忆菊《又是一段关于李叔同的记载》发表于《小说世界》第 15 卷第 5 期。

秋山《记叶楚伧先生》发表于《小说世界》第 15 卷第 20 期。

钱啸秋《柳敬之世系》发表于《小说世界》第 15 卷第 23 期。

柳无忌《苏曼殊年谱》发表于《小说世界》第 16 卷第 5 期。

柳无忌《苏曼殊年谱》(续完)发表于《小说世界》第 16 卷第 6 期。

凌宛笑女士《徐璞汝女士传略》发表于《小说世界》第 16 卷第 17 期。

胡适《白话诗人王梵志》发表于《现代评论》第 6 卷第 156 期。

按:胡适说:"宋人笔记里屡次提起王梵志的诗,读者往往不大注意,都以为他是宋朝的一个打油诗人。谁也想不到他是唐朝的人,更想不到他是隋末唐初的人!《全唐诗》里也不曾收他的诗。去年我在巴黎检读伯希和先生(M. Paul Pelliot)从甘肃敦煌莫高窟带回去的六朝、唐、五代人的写本,检得三个残卷,都是王梵志的诗。三卷都有年代,最早的是后汉乾祐二年己酉(西历九四九),最晚的是宋太祖开宝壬申(九七二)。我才知道王梵志是唐人。后来又在巴黎读唐写本《历代法宝记》,其中有成都保唐寺和尚无住的语录长卷,引有王梵志的诗。无住死于大历九年(七七四),可见盛唐时期,王梵志的诗已通行很远了。我才知道王梵志是唐朝初期的人。后来我回国之后,又检得《太平广记》卷八十二有'王梵志'一条,记有他的年代与生地,注云'出《史遗》'。后来又检得唐人冯翊《桂苑丛谈》也有此条,文字大同小异,大概同出于一个来源。……此条虽近于神话,然有三点似可信:(一)王梵志生于卫州黎阳,当现在河南浚县。(二)他生于隋朝,约当六世纪之末,约六〇〇年。(三)此条可见唐朝有王梵志的神话,可证他的诗盛行民间,引起神话式的传说。"

学昭《关于曼殊大师的卒年》发表于《语丝》124 期。

柳无忌《苏曼殊及其友人》发表于《语丝》131 期。

柳无忌《苏曼殊及其友人》(续)发表于《语丝》132 期。

柳无忌《苏曼殊及其友人》(续完)发表于《语丝》第 135 期。

刘复《悼王静安先生》发表于《语丝》136 期。

祖正《芥川龙之介之死》发表于《语丝》144 期。

祖正《骆驼草——纪念英国神秘诗人白雷克》发表于《语丝》148 期。

祖正《骆驼草——纪念英国神秘诗人白雷克》(续)发表于《语丝》150 期。

祖正《骆驼草——纪念英国神秘诗人白雷克》(续完)发表于《语丝》

153 期。

　　[日]武者小路实笃作、鲁迅译《文学者的一生》发表于《莽原》第 2 卷第 3 期。

　　徐中舒《王静安先生传》发表于《东方杂志》第 24 卷第 13 号。

　　赵万里编《王静安先生著作目录》发表于《史学与地学》第 3 期。

　　朱孟实《欧洲近代三大批评学者(一)》发表于《东方杂志》第 24 卷第 13 号。

　　文宙《林白的自述》发表于《东方杂志》第 24 卷第 14 号。

　　郁伽《芥川龙之介的自杀》发表于《东方杂志》第 24 卷第 14 号。

　　郑伯奇《芥川龙之介与有岛武郎》发表于《洪水半月刊》第 2 卷第 34 期。

　　谢国桢《余姚黄宗羲先生传纂》发表于《国学门月刊》第 1 卷第 5 号。

　　颜虚心《陈同父生卒年月考》发表于《国学丛论》第 1 卷第 1 号。

　　姚名达《余姚邵念鲁先生年谱》发表于《国学丛论》第 1 卷第 2 号。

　　按：是谱分序例、谱前(邵学渊源图、姚江书院宗派表、邵氏世系表、谱主祖先、谱主生前)、年谱、谱后(谱主之儿孙及著作、谱主卒后)、附录。其序例说："先作《谱前》，叙述谱主未生以前而又有关之事。末作《谱后》，叙述谱主已死以后而又关于之事。所以穷源沿流，其法莫善于此。视昔人年谱以谱主生前死后之事入诸谱内有乖体例者，似有进矣。"

　　厚照《嘉尔马克斯传略》发表于《国闻周报》第 4 卷第 32 期。

　　厚照《嘉尔马克斯传略》(续)发表于《国闻周报》第 4 卷第 33 期。

　　穆木天《维尼及其诗歌》(续)发表于《创造月刊》第 1 卷第 7 期。

　　赵景深《诗画家王维》发表于《北新》第 1 卷第 23 期。

　　赵景深《于赓虞及其诗》发表于《北新》第 1 卷第 28 期。

　　胡云翼《纳兰性德及其词》发表于《北新》第 1 卷第 35 期。

　　赵景深译《英国大诗人勃莱克百年纪念》发表于《北新》第 2 卷第 2 期。

　　端先译《芥川龙之介的绝笔》发表于《一般》第 3 卷第 1 号。

　　章克标《芥川龙之介的死》发表于《一般》第 3 卷第 2 号。

　　滕固《听说芥川龙之介自杀了》发表于《一般》第 3 卷第 2 号。

　　编者《陈布雷先生的生平》发表于《生活周刊》第 3 卷第 17 期。

　　伯恂《张仲超事略》发表于《共进》第 103 期。

　　伯恂《张仲超殉难详情》发表于《共进》第 103 期。

　　彭望芬《郑毓秀女士自述》发表于《生活周刊》第 3 卷第 9 期。

　　青青《盛氏回忆录》发表于《上海画报》第 278 期。

王梅瘿《荷泽夫人小传》发表于《紫罗兰》第 2 卷第 9 期。

邓余生《如皋赵尊仁孔文甫两居士合传》发表于《净业月刊》第 12 期。

许止净《妹心净生西事略》发表于《净业月刊》第 12 期。

周师导居士《印光老人赞》发表于《净业月刊》第 12 期。

王莲航《单寄苓居士往生事略》发表于《大云》第 10 号第 76 期。

显瑞《佛顶尊胜咒弘传记》发表于《大云》第 11 号第 77 期。

率公《寄禅和尚传》发表于《大云》第 11 号第 77 期。

无相《高旻寺普修老人之略传》发表于《世界佛教居士林林刊》第 17 期。

征鸿《西来老和尚传略》发表于《海潮音》第 8 年第 2 期。

王翥《特生居士学佛纪略》发表于《海潮音》第 8 年第 2 期。

省凡《陈赞庭居士传》发表于《海潮音》第 8 年第 2 期。

漱芳《破意师逝世事略》发表于《海潮音》第 8 年第 7 期。

唐尚贤《滇西丽江金山禅院正修和尚传》发表于《海潮音》第 8 年第 7 期。

张树候《西卢长老元公传》发表于《海潮音》第 8 年第 7 期。

耿顿舍《陆厚庄居士生西记》发表于《海潮音》第 8 年第 7 期。

达庵《故弟友直居士夫妇生西记》发表于《海潮音》第 8 年第 7 期。

鸿寿《陈宝畲老居士西生瑞应记》发表于《海潮音》第 8 年第 7 期。

寄麇《合肥唐妪往生传》发表于《海潮音》第 8 年第 7 期。

谭道《张蕢青居士生西传》发表于《海潮音》第 8 年第 7 期。

三、传记著作

余牧人编著《中国历代名人传略》(第 1、2 集) 由上海青年协会书局出版。

按：是书简介上古至三国包括黄帝、尧帝、后稷、舜帝、夏禹、陈胜、项羽、刘邦、张良、韩信等数十位人物的生平事迹。书前有编著者导言及自叙。

胡怀琛等著《史记选注》由上海商务印书馆出版。

按：司马迁的《史记》是中国古代传记文学的开创之作，本书所选的作品，都是《史记》里的代表作。

(南朝宋)范晔著、庄适选注《后汉书》由上海商务印书馆出版。

傅东华著《李白与杜甫》由上海商务印书馆出版。

雪林著《李义山恋爱事迹考》由上海北新书局出版。

李冷衷编辑《李易安年谱》由北京明社出版部出版。

杨鸿烈著《大思想家袁枚评传》由上海商务印书馆出版。

柳亚子、柳无忌编《苏曼殊年谱及其他》由上海北新书局出版。

甘乃光著、林霖笔记《孙中山与列宁》由广东省党部宣传部出版。

贺岳僧著《孙中山年谱》由上海世界书局出版。

国民革命军总司令部政治训练部编《孙总理广州蒙难五周纪念宣传大纲》由编者出版。

中国国民党广东省党员俱乐部编《纪念孙总理诞生特刊》由编者出版。

韵清编《总理诞辰纪念特刊》由江西南昌印记印刷所出版。

陈德征著《总理纪念周条例释义》由中国国民党上海特别市党部宣传部出版。

国民革命军第二集团军总司令部秘书厅公报处编《总理逝世二周年纪念陕西革命大祭特刊》由编者出版。

中央军事政治学校武汉分校政治部编《总理逝世二周年纪念集》由编者出版。

广东各界纪念总理逝世二周年大会编《总理逝世二周年纪念大会纪念册》由编者出版。

抱恨生编《中山先生逝世后中外各界之评论》由中山主义研究会出版。

［美］林百克著、徐植仁译《孙逸仙传记》由上海三民公司出版。

甘乃光编《孙中山先生小传》由上海三民公司出版。

吴毅编辑《中山革命史》由新文书局出版。

东亚无我编《中山革命全史》由上海党化书店出版。

王天恨编辑《孙中山轶事》由上海中央图书局出版。

中国国民党安徽省执行委员会宣传部编《我们的领袖孙中山先生》由编者出版。

孙文著《伦敦被难记》由上海中山书局出版。

国民革命军总司令部政治部编《总理逝世二周纪念专刊》由编者出版。

中国国民书局编辑《孙中山荣哀录》由编者出版。

东亚无我编《蒋介石》由民众协作社出版。

钟国强编《蒋中正事略》由民权出版部出版。

文砥编著《蒋介石的革命工作》由上海太平洋书店出版。

周佛海著《逃出了赤都武汉》由上海大同书局出版。

北京述学社编辑部编辑《王静安先生专号》由北京朴社出版。

唐世昌等重编《梅兰芳》由上海梅兰芳专集经理处出版。

革命纪念会编、邹鲁著《红花冈四烈士传》由上海民智书局出版。

郁达夫著《日记九种》由上海北新书局出版。

按：郁达夫曾将自己于 1926 年 11 月 3 日至 1927 年 7 月 31 日所写的九组日记，分别命名为"劳生日记""病闲日记""村居日记""穷冬日记""新生日记""闲情日记""五月日记""客杭日记""厌炎日记"，本年初编为《日记九种》，交给上海北新书局出版，后来再编入《达夫日记集》。该书中披露了大量和王映霞恋爱的细节，具有不可替代的史料性，是研究作家郁达夫以及其文学心理最重要的著作之一。

（清）徐润编《徐愚斋自叙年谱》由香山徐氏出版。

张若谷著《到音乐会去》由上海良友图书公司出版。

按：是书收录西洋著名音乐家 70 人的传略。

雷家骏编《音乐家趣事录》由上海商务印书馆出版。

［比利时］伯应理著、许采白译《许太夫人传略》由上海土山湾印书馆出版。

［日］生田长江等著、毛咏棠等译《社会改造之八大思想家》由上海商务印书馆出版。

［法］罗曼·罗兰著、杨晦译《悲多汶传》由上海北新书局出版。

［俄］皮克著、朱敏译《大彼得》由广州平社出版。

四、卒于是年的传记作者

李平书（1854—1927）。平书原名安曾，字平书，改名钟珏，别号且顽，祖籍苏州，生于上海。1873 年进龙门书院师从刘熙载。1883 年加入字林沪报馆。1887 年游历新加坡，著有《新嘉坡风土记》。1889 年曾署理广东陆丰、新宁知县。1898 年受命署理遂溪知县。1903 年任江南制造局提调。1905 年任中国通商银行总董。1913 年任上海保卫团长。1921 年当选为国会议员。1924 年撰写《且顽七十岁自叙》，以编年纪事，详述自己的一生，同时记录了他所经历的重大事件，所交往的重要人物，及耳闻目睹的种种掌故轶事，是研究上海近代史不可不读的自传。其卒，姚文枏撰写《李平书先生行状》。

康有为（1858—1927）。有为原名祖诒，字广厦，号长素，又号更生、更甡，晚号天游化人，广东南海人，人称"南海先生"。1888 年以荫生资格赴京师应顺天府乡试，中癸巳科举人第八名。第一次上书光绪帝，提出变法图存三项建议，因受阻未达。1890 年后在广州设万木草堂，聚徒讲学，培养人才。1895 年赴京会试,与梁启超等联络 18 省会试举人 1300 余人上万言书,要求拒约、迁都、变法,史称"公车上书"。同年 7 月与梁启超创办《中外纪闻》报。8 月与文廷式、陈炽等在京组织强学会,出版《强学报》,以推动全国变法运动。1898 年 1 月又应诏上《应诏统筹全局折》。4 月与梁启超在京组织保国会,号召救国图强。6 月被光绪帝任命为总理衙门章京,筹划变法事宜。戊戌变法失败后逃亡日本。1899 年在美洲、南洋、日本组织保皇会,宣传君主立宪,反对民主革命。1913 年回国主编《不忍》杂志,宣扬尊孔复辟。1917 年参加张勋复辟活动。晚年在上海办天游学院,讲授国学。1927 年 3 月 31 日在青岛去世。著有《大同书》《新学伪经考》《孔子改制考》《春秋董氏学》《春秋笔削大义微言考》。传记作品有《孤愤语》《乱后罪言》等。

叶德辉(1864—1927)。德辉字焕彬,号郎园,一号直山,湖南湘潭人。1892 年进士,官吏部主事。两年后假归故里长沙苏家巷。1915 年任省教育会长,发起成立经学会,编写《经学通访》讲义;袁世凯复辟称帝时,他组织筹安会湖南分会,赞成复辟君主制。1927 年 4 月被湖南农工商学各界团体召开大会处死。著有《春秋三传地名异文考》6 卷、《春秋三传人名异文考》6 卷等。其中传记作品有《善化雷优贡故妻钱夫人墓志铭》《湘潭袁法毓继妻傅德春墓志铭》《重修先族祖姑琼章仙女墓碑铭》等。

王国维(1877—1927)。国维字伯隅,号静安,别号观堂,浙江海宁人。1892 年考中秀才。1893 年肄业于杭州崇文书院。1901 年在罗振玉主持的农务学堂任译授。又在罗氏资助下,东渡日本东京物理学校习数理。1902 年因病回国。1903 年受聘于南通师范学堂,任心理、伦理学教员。1904 年随罗氏到江苏师范学堂任教。1906 年随罗氏到北京学部任职。1907 年经罗氏举荐,到学部总务司行走,又任学部图书馆编辑、名词馆协修。辛亥革命爆发后,于 12 月随罗氏逃亡日本京都,侨居日本达五年之久。1918 年兼任哈同办的仓圣明智大学教授。1919 年参与编纂《浙江通志》。1922 年任北京大学研究所国学门通讯导师。1925 年任清华学校研究院教授。1927 年 6 月 2 日自沉于颐和园昆明湖。著有《王观堂先生全集》。其中传记作品有《屈原文学之精神》《沈乙庵先生七十寿序》《罗君楚传》《叔本华与尼采》《希腊大哲学家柏拉图传》《三十自序》《遗书》等。

萧楚女(1891—1927)。楚女原名树烈,又名萧秋,学名楚汝,乳名朝富,湖北汉阳人。1920 年初参加恽代英在武汉创办的利群书社。1921 年到安徽省宣城第四师范学校任教。1922 年到四川泸州师范学校任教。1923 年 6 月在重庆就任四川省立第二女子师范学校教员,兼任《新蜀报》的主笔。

1924 年在上海协助恽代英编辑《中国青年》。1925 年任《人权日报》主笔,主编党的机关报《中州评论》。1926 年 1 月初到广州,任国民党中央宣传部干事兼阅览室主任,协助代理部长毛泽东编辑《政治周报》。1926 年 2 月被聘为全国农民运动委员会委员。5 月任第六届农民运动讲习所专任教员。1926 年 11 月到黄埔军校任政治教官,并兼任黄埔军校国民党特别党部宣传委员会的政治顾问。1927 年 4 月 22 日在南京石头城监狱被杀害。著有《萧楚女文存》,其中有传记作品《烈士郑希曾传》《纪念列宁与笃守列宁主义》等。

民国十七年　戊辰　1928 年

一、传记评论

博董《勃莱克是象征主义者么》发表于《文学旬刊》第 307 期。

博董《浅薄得可笑的哈娜》发表于《文学旬刊》第 310 期。

陈子展《追忆罗黑芷先生》发表于《文学旬刊》第 310 期。

朗山《哈代死后琐记》发表于《文学旬刊》第 314 期。

博董《黄药眠的译诗》发表于《文学旬刊》第 318 期。

赵景深《罗亭型与俄国思想家》发表于《文学旬刊》第 321 期。

［日］永见德太郎作、黎烈文译《芥川龙之介氏与河童》发表于《文学旬刊》第 323 期。

老汪《杂谈托尔斯泰》发表于《文学旬刊》第 333、334 期合刊（托尔斯泰百年纪念特号）。

［俄］尼古拉涅灵作、故剑译《托尔斯泰论》发表于《文学旬刊》第 333、334 期合刊（托尔斯泰百年纪念特号）。

［美］费尔普司作、赵景深译《托尔斯泰小说论》发表于《文学旬刊》第 333、334 期合刊（托尔斯泰百年纪念特号）。

顾均正《托尔斯泰童话论》发表于《文学旬刊》第 333、334 期合刊（托尔斯泰百年纪念特号）。

司君《读托尔斯泰的〈复活〉》发表于《文学旬刊》第 333、334 期合刊（托尔斯泰百年纪念特号）。

杜衡译《托尔斯泰的短篇代表作》发表于《文学旬刊》第 333、334 期合刊（托尔斯泰百年纪念特号）。

朱湘《刘梦苇与新诗形式运动》发表于《文学旬刊》第 335 期。

周乐山《〈史记〉中之人物描写》发表于《文学旬刊》第 342 期。

按：文章说：记得幼年在私塾时，塾师就囫囵的教授过我大半部《史记菁华录》，当时虽强半不能了解，但项羽主演的“霸王别姬”底悲壮的一幕，已深深地印入我的脑中，虽然是模糊缥缈的。二十岁以后，颇知读书，每年那么长期的暑假，闲居家中，终日只是将先父遗下的百多箱旧书翻阅；但实不过翻阅而已,虽然《读书札记》写下那么十数本,好像没有一部书比得上《史记》和我亲切的;就是三年来,日日碌碌的为着衣食奔走,有点儿空闲,总是常常拿起《史记》来看看消遣。《史记》中人物的生动,是古代历史中所仅有的。我们看他最为人所传诵的《项羽本纪》:"秦始皇帝游会稽,渡浙江,梁与籍俱观。籍曰:'彼可取而代也!'梁掩其口曰:'毋妄言,族矣!'梁以此奇籍。"这段写项梁急切禁止项羽的情急神气和项羽的鲁莽口吻,都是描写得很好的。《项羽本纪》还有两段描写得最妙的,就是鸿门宴和霸王别姬了。……这是如何紧张的一幕!想司马迁当年写此稿时,也费了很大的力量,自觉有意外之成功的。项羽虽是一个莽汉,还敌不过樊哙这个彪形大汉,"不怕货比货,只怕个比个",真是不错的。我们读了鸿门宴,不觉冥想着古时所谓英雄好汉。我们再看悲壮哀艳的霸王别姬一段……司马迁描写项羽也算是淋漓尽致了。使我们读《项羽本纪》的,只会和他表同情,一点都不嫌他的粗暴,这不是有修养的文学家做不到的。有时我酒后读之,还会流泪,大约有人相信我的话的。……除我所举的《项羽本纪》《魏其武安侯列传》《李将军列传》外,如《越世家》《外戚世家》《陈丞相世家》《张仪列传》《信陵君列传》《范雎蔡泽列传》《张释之冯唐列传》《司马相如列传》《汲郑列传》《滑稽列传》等篇,都有关于人物个性很好的描写。因此,研究中国文学者,应给司马迁一个真确的认识。

陆侃如《林和靖的诗》发表于《文学旬刊》第344期(林和靖九百年纪念号)。

刘大白《假隐士林逋》发表于《文学旬刊》第344期(林和靖九百年纪念号)。

孙席珍《变态性欲的林和靖》发表于《文学旬刊》第344期(林和靖九百年纪念号)。

钟敬文《怀林和靖》发表于《文学旬刊》第344期(林和靖九百年纪念号)。

许钦文《梅和鹤》发表于《文学旬刊》第344期(林和靖九百年纪念号)。

[法]布轮退耳作、陈鸿译《批评家泰纳》发表于《小说月报》第19卷第4号。

赵景深《诗人罗赛谛百年纪念》发表于《小说月报》第19卷第5号。

[英]劳伯慈作、赵景深译《托尔斯泰论》发表于《小说月报》第19卷第12号。

胡怀琛《墨翟为印度人辨》发表于《东方杂志》第25卷第8号。

　　郑师许《墨翟为印度人辨议》发表于《东方杂志》第 25 卷第 16 号。

　　吴进修《正胡怀琛的〈墨翟为印度人辨〉》发表于《东方杂志》第 25 卷第 16 号。

　　胡怀琛《墨翟续辨》发表于《东方杂志》第 25 卷第 16 号。

　　陈叔铭《托尔斯泰诞生百周年纪念》发表于《东方杂志》第 25 卷第 19 号"托尔斯泰诞生百年纪念"专号。

　　按：文章说："托尔斯泰的一生，可说是与宗教相终始。综观他一生的言动与行为，虽极繁复多变，往往可归宿于宗教。所以我们研究他的思想，开始就得注意他的宗教观。托尔斯泰是一位虔诚的基督教徒，但他是基督精神直接启示下的基督教徒，而绝不是通常基督教会下的教徒。他崇拜耶稣基督，他推尊基督的爱的精神，晚年甚至自说'对基督教并无偏爱'，而信'宗教的真理，古今东西只有一致'。所以他崇奉力行的宗教，可说是一种广泛的'爱的宗教'。""托尔斯泰繁博的思想，与他的伟大的精神，后人所以推崇表扬之者已多，无庸赘称。但我们若详察事实，衡之学理，可以发现的他的缺点，也正不少。我们不欲毛举小节，涉苛求先哲之嫌；单就大体着想，论述一二：第一，托氏攻击人事往往失于偏激过当。他的观察政治社会痛苦之由来，已失之单纯浮浅，而如对于艺术与科学的诋诃，尤为放论过当。第二，托氏的一切主张，常是破坏多于建设。他在各方面批评讥斥，而往往不能具体的提出代替它的办法。对于政治社会组织，他自笼统的重复的提出不合作的手段以外，简直没有有效的方策与具体的理想。就是他注力最深的宗教，自阐明爱的教旨以外，实质上也很少有价值的建设。所以他的成功，几乎可说是以精神为主，而不在于学理。第三，他太重视心理的条件而忽略环境的物质的势力。他相信'个人内心的改造'是改造社会根本的要素，是真正的'革命'。其实近世复杂的社会，受各方面的影响，个人精神所可以为力者正复有限。而生活安乐的欲望，善用之正是进化之母，不能一律斥为心理的堕落。托氏忽略了历史社会经济的势力与人类基本的欲望，一味劝世人'舍己爱人'，此可期之少数，决不能率一般人以共行。所以目标虽高，热诚虽笃，终究是不易生效力的理想。第四，托氏的思想本身已不乏矛盾之点，而言论与行为尤常相反。言行的矛盾，贯彻了托氏的一生，而在晚年为尤甚。他实行蔬食，但'蔬食之精美，无异肉食，只以烹调大苦他的夫人'。'他反对金钱，但命仆代携；他攻击私产，但只放弃田产归夫人处理；他排斥医药，但聘一医师在家，改称他为书记。'他在离家留别情中，也曾自认'生活与信仰相矛盾'是痛苦的主源呢。"

觉明译《历史人物之心理学的研究》发表于《东方杂志》第 25 卷第 24 号。

罗翟《托尔斯泰在俄国文学上的地位》发表于《一般》第 6 卷第 4 号。

[英]Havelosk Ellis 作、郁达夫译《伊孛生论》发表于《奔流》第 1 卷第 3 期(H.伊孛生诞生一百年纪念增刊)。

侍桁译《小泉八云论托尔斯泰》发表于《奔流》第 1 卷第 7 期(莱夫·N. 托尔斯泰诞生百年纪念增刊)。

鲁迅《我的态度气量和年纪》发表于《语丝》周刊第 4 卷第 19 期。

按:郭沫若 8 月 10 日以杜荃的笔名在《创造月刊》2 卷 1 期上发表《文艺战线上的封建余孽》,针对鲁迅《我的态度气量和年纪》一文,说鲁迅"是资本主义以前的一个封建余孽",而"资本主义对于社会主义是反革命,封建余孽对于社会主义是二重的反革命",因此"鲁迅是二重性的反革命的人物","是一位不得志的 Fascist(法西斯蒂)"。

[苏]倭罗夫斯奇原作、嘉生译《高尔基论》发表于《创造月刊》第 2 卷第 1 期。

[苏]倭罗夫斯奇原作、嘉生译《高尔基论》(续)发表于《创造月刊》第 2 卷第 2 期。

[苏]伊理支原作、嘉生译《托尔斯泰——俄罗斯革命明镜》发表于《创造月刊》第 2 卷第 3 期。

袁振英《易卜生百年祭》发表于《泰东》第 2 卷第 2 期。

袁振英《易卜生的女性主义》发表于《泰东》第 2 卷第 3 期。

胡适《元稹白居易的文学主张》发表于《新月》第 1 卷第 2 期。

余上沅《伊卜生的艺术》发表于《新月》第 1 卷第 3 期。

张嘉铸《伊卜生的思想》发表于《新月》第 1 卷第 3 期。

徐景贤《徐光启著述考略》发表于《新月》第 1 卷第 8 期。

语堂《安特卢亮评论哈代》发表于《北新》第 2 卷第 9 期。

汪嘉炎《拜伦的浪漫史》发表于《真美善》第 2 卷第 6 号。

编者《王静安先生逝世周年纪念 录大公报文学副刊》发表于《学衡》第 64 期。

容庚《王国维先生考古学上之贡献》发表于《燕京学报》第 2 期。

洪业《明吕乾斋吕宇衡祖孙二墓志铭考》发表于《燕京学报》第 3 期。

何联奎《陶渊明之文学》发表于《国学月报汇刊》第 1 期。

吴其昌《王观堂先生学述》发表于《国学丛论》第 1 卷第 3 号。

吴其昌《王观堂先生尚书讲授记》发表于《国学丛论》第 1 卷第 3 号。

刘盼遂《观堂学礼记》发表于《国学丛论》第 1 卷第 3 号。

二、单篇传记

赵景深《德国诗人列尔克》发表于《小说月报》第 19 卷第 4 号。

沈余《帕拉玛兹评传》发表于《小说月报》第 19 卷第 6 号。

赵景深《马克·吐温的母亲》发表于《小说月报》第 19 卷第 6 号。

赵景深《有名的显克微支传》发表于《小说月报》第 19 卷第 9 号。

赵景深《德国的罢比塞温鲁》发表于《小说月报》第 19 卷第 10 号。

言返《自己经验与自画像》发表于《文学旬刊》第 297 期。

赵景深《哈代逝世以后》发表于《文学旬刊》第 302 期。

博董《别字先生黄药眠》发表于《文学旬刊》305 期。

[英]王尔德作、杜衡译《没有隐秘的斯芬克斯》发表于《文学旬刊》第 305 期。

赵景深《柴霍甫与安徒生》发表于《文学旬刊》第 323 期。

露明译《文学家之富兰克林》发表于《文学旬刊》第 324 期。

博董《勃莱克确是浪漫主义者——示可怜的哈娜》发表于《文学旬刊》第 325 期。

博董《戴万叶的翻译小说》发表于《文学旬刊》第 329 期。

钟敬文《我写诗的经过——〈海滨的二月〉自叙》发表于《文学旬刊》第 329 期。

[俄]蒲宁作、徐霞村译《怀托尔斯泰》发表于《文学旬刊》第 333、334 期合刊(托尔斯泰百年纪念特号)。

[俄]托尔斯泰编《托尔斯泰日》发表于《文学旬刊》第 333、334 期合刊(托尔斯泰百年纪念特号)。

赵景深《汉译托尔斯泰著作编目》发表于《文学旬刊》第 333、334 期合刊(托尔斯泰百年纪念特号)。

博董《缠不清的托尔斯泰》发表于《文学旬刊》第 333、334 期合刊(托尔斯泰百年纪念特号)。

全农《刘半农译品的一斑》发表于《文学旬刊》第 342 期。

博董《高尔基著作年表》发表于《文学旬刊》第 347 期。

许杰《王以仁的幻灭》发表于《文学旬刊》第 350 期(王以仁失踪两周年纪念号)。

蒋瑞藻辑《群芳别传》发表于《小说世界》第 17 卷第 4 期。

按:是文包括:(元)王冕《梅华传》(梅)、(明)何乔新《梅伯华传》(梅)、(明)洪璐《白知春传》(梅)、(明)叶受《君子传》(荷)、(明)李珮《姚黄传》(牡丹)、(明)方宇《兰馨传》(兰)、(元)杨维桢《黄华传》(菊)、(明)王褒《洪离传》(荔支)、(明)谢肇淛《江妃传》(荔支)、(明)徐通《绛囊生传》(荔支)、(明)黄履康《十八娘传》(荔支)、(宋)苏轼《黄甘陆吉传》(柑)、(明)洪璐《木公传》(松)、(明)闵文振《楮待制传》(楮)、(宋)刘子翚《此君传》(竹)、(明)方清《清虚居士传》(竹)、(明)洪璐《管若虚传》(竹)、无名氏《昌阳传》(昌蒲)、(宋)苏轼《温陶君传》(麦)、(明)王肃《丰本传》(韭)、(明)沈周《疏介夫传》(芥)、(明)高应经《罗伯英传》(萝葡)、(宋)苏轼《叶嘉传》(茶)。

编者《一九二八年西洋文学名人纪念汇编(录大公报文学副刊各期)》发表于《学衡》第 65 期。

按:《学衡》第 65 期《一九二八年西洋文学名人纪念汇编(录大公报文学副刊各期)》中主要汇编了以下名人的纪念文章:(一)哈代逝世;(二)易班乃士逝世;(三)麦雷迭斯诞生百年纪念;(四)易卜生诞生百年纪念;(五)但因诞生百年纪念;(六)罗色蒂诞生百年纪念;(七)福禄特尔逝世百五十年纪念;(八)卢梭逝世百五十年纪念;(九)托尔斯泰诞生百年纪念;(十)马勒尔白逝世三百年纪念;(十一)戈斯密诞生二百年纪念;(十二)彭衍诞生三百年纪念。

衣萍《俄译〈阿莲〉自序及我的自传》发表于《语丝》第 4 卷第 16 期。

纬森译《朵思退夫斯基与屠格涅夫——关于他们间的争端之信件》发表于《语丝》第 4 卷第 17 期。

纬森译《朵思退夫斯基与屠格涅夫——朵思退夫斯基致屠格涅夫的信》发表于《语丝》第 4 卷第 18 期。

魏肇基《威廉勃来克的百年忌》发表于《一般》第 4 卷第 1 号。

芝葳《关于托尔斯泰》发表于《一般》第 6 卷第 1 号。

韦丛芜译《诗人榜思传》发表于《未名》第 1 卷第 12 期。

徐志摩《汤麦士哈代》发表于《新月》创刊号。

徐志摩《一个行乞的诗人》发表于《新月》第 1 卷第 3 期。

西滢《曼殊斐儿》发表于《新月》第 1 卷第 4 期。

闻一多《杜甫》发表于《新月》第 1 卷第 6 期。

实秋《亚里士多克拉西》发表于《新月》第 1 卷第 9 期。

梁遇春《高鲁斯密斯的二百年纪念》发表于《新月》第 1 卷第 9 期。

[挪威]L. Aas 作、梅川译《伊孛生的事迹》发表于《奔流》第 1 卷第 3 期（H. 伊孛生诞生一百年纪念增刊）。

[日]有岛武郎作、鲁迅译《伊孛生的工作态度》发表于《奔流》第 1 卷第 3 期（H. 伊孛生诞生一百年纪念增刊）。

鲁迅译《托尔斯泰》发表于《奔流》第 1 卷第 7 期（莱夫·N. 托尔斯泰诞生百年纪念增刊）。

达夫译《托尔斯泰回忆杂记》发表于《奔流》第 1 卷第 7 期（莱夫·N. 托尔斯泰诞生百年纪念增刊）。

赵景深译《托尔斯泰自己的事情》发表于《奔流》第 1 卷第 7 期（莱夫·N. 托尔斯泰诞生百年纪念增刊）。

[日]藏原惟人作、许霞译《访革命后的托尔斯泰故乡记》发表于《奔流》第 1 卷第 7 期（莱夫·N. 托尔斯泰诞生百年纪念增刊）。

晋豪《周作人先生》发表于《开明》第 1 卷第 1 号。

眉山《吴昌硕先生》发表于《开明》第 1 卷第 4 号（艺术专号）。

陈勺水译《高尔基的回忆琐记》（一）发表于《乐群》第 3 期。

陈勺水译《高尔基的回忆琐记》（二）发表于《乐群》第 4 期。

[日]高濑武次郎《王阳明与裴希脱》发表于《东方杂志》第 25 卷第 8 号。

济之《高尔基》发表于《东方杂志》第 25 卷第 8 号。

"托尔斯泰诞生百年纪念"专栏发表于《东方杂志》第 25 卷第 19 号。

按：这期《东方杂志》专门开辟一专栏，刊发了陈叔谅《托尔斯泰诞生百周年纪念》、愈之译《托尔斯泰与东方》、彭补拙译《托尔斯泰的艺术》、巴金译《脱落斯基的托尔斯泰论》、味荔译《托尔斯泰的两封信》、哲生译《高尔斯华绥论托尔斯泰》等论文。

穆木天《维尼及其诗歌》（续）发表于《创造月刊》第 1 卷第 8 期。

[苏]塞拉菲莫维奇原作、李初梨译《高尔基是同我们一道的吗》发表于《创造月刊》第 2 卷第 1 期。

冯乃超《革命戏剧家梅叶荷特的足迹》发表于《创造月刊》第 2 卷第 3 期。

[苏]魏特和格作、克兴译《资产阶级的小丑——萧伯纳》发表于《创造月刊》第 2 卷第 3 期。

郁达夫《卢骚传》发表于《北新》第 2 卷第 6 号。

按：是传详尽叙述了卢骚的家庭出身、童年生活、流浪经历、初恋，他的感情纠葛，他与政敌的较量，他的成名过程和成名后所受的迫害，以及患精神病突然去世。郁达夫的这一传主卢骚,是一个集美与丑、善与恶、崇高与卑鄙、伟大与渺小于一身的人类英雄。

郁达夫《卢骚的思想和他的创作》发表于《北新》第 2 卷第 7 号。

赵景深《小说家哈代的八大著作》发表于《北新》第 2 卷第 9 号。

郁达夫《关于卢骚》发表于《北新》第 2 卷第 12 号。

储安平《布洛克及其名作〈十二个〉》发表于《北新》第 2 卷第 13 号。

孙席珍《乔其桑之生平》发表于《北新》第 2 卷第 19 号。

赵景深《中国的吉诃德先生》发表于《北新》第 2 卷第 19 号。

[日]黑田辰男作、鲁迅译《关于绥蒙诺夫及其代表作〈饥饿〉》发表于《北新》第 2 卷第 23 号。

陈翔冰《八指头陀的生平及其诗》发表于《秋野》第 1—5 期。

马益坚《东奔西走的失败》(自述)发表于《学生杂志》第 15 卷第 4 期。

经立《我的泅泳成功史》(自述)发表于《学生杂志》第 15 卷第 8 期。

明耀五《美国当选总统胡佛之生平》发表于《良友画报》第 32 期。

锵《北京回忆录》发表于《国际周报》第 1 期。

谭南杰《曹烈士润群事略》发表于《军事杂志》第 6 期。

汪申伯《罗丹小传》发表于《中法教育界》第 38 期。

吴稚辉《被弹劾人的自白》发表于《革命》第 57 期。

心心《共产党员之自白》发表于《晓光》第 16 期。

杜定友《十年回忆录》发表于《图书馆周刊》第 1 卷第 4 期。

柳大纲《华亭女士之事迹》发表于《科学》第 13 卷第 2 期。

马太玄《黄宗羲之生平及其著作》发表于《国立中山大学语言历史学研究所周刊》第 2 集第 15 期。

马太玄《万斯同之生平及其著述》发表于《国立中山大学语言历史学研究所周刊》第 3 集第 28 期。

圣聪《慈溪赭山心恺法师略传》发表于《弘法社刊》第 4 期。

觉观《育王幻寄头陀略纪》发表于《弘法社刊》第 4 期。

仁山《普峻老和尚传》发表于《海潮音》第 9 年第 7 期。

陈昌旭《先严立三府君往生纪略》发表于《海潮音》第 9 年第 9 期。

胡也频《初恋的自白》发表于北京《晨报副镌》第 73 期。

三、传记著作

陈柱著《老子集训》由上海商务印书馆出版。

王力著《老子研究》由上海商务印书馆出版。

王诒心著《孟子研究》由上海群学社出版。

郎擎霄著《孟子学案》由上海商务印书馆出版。

陈登元编《荀子哲学》由上海商务印书馆出版。

陈柱著《墨学十论》由上海商务印书馆出版。

姚永朴编《诸子考略》由北平资研编译社出版。

陆侃如著《宋玉》由上海亚东图书馆出版。

张惟骧著《太史公疑年考》由武进张氏小双寂庵丛书本出版。

孙毓修著《班超》由上海商务印书馆出版。

胡云翼著《浪漫诗人杜牧》由上海亚细亚书局出版。

丁文江著《徐霞客先生年谱》由上海商务印书馆出版。

（清）黄宗羲著、全祖望修订、缪天绶选注《宋元学案》由上海商务印书馆出版。

陈东原著《郑板桥评传》由上海商务印书馆出版。

王恩洋著《王国维先生之思想》由上海佛学书局刊行，有王恩洋撰《龟山丛书叙》。

刘汝霖著《崔东壁先生年谱》由北平文化学社出版。

李警众著《宋渔父》由上海震亚图书局出版。

李警众著《陈英士》由上海震亚图书局出版。

李警众著《秋瑾》由上海震亚图书局出版。

田士懿著《金石著述名家考略》出版。

冯沅君著《张玉田》由北平朴社出版。

奚楚明等编《中国革命名人传》由上海商业书局出版。

按：是书收录陈肇英、蒋作宾、方鼎英、金汉鼎、夏斗寅、张森等 72 位民国时期人物小传。

蒋叔良编著《党国伟人轶事》由上海玫瑰书店出版。

红豆生主编《当代革命伟人集》由上海革命军事新闻社出版处出版。

按：是书辑录国民政府政要人物蒋介石、胡汉民、汪精卫、戴季陶、于右任、孙科、何应钦等 52 人事略。

余牧人著《党国名人传》由上海天一书院出版。

广州特别市党务指导委员会宣传部编《总理伦敦被难概略》由编者出版。

傅纬平编著《孙中山先生传略》由上海商务印书馆出版。

陈彬龢著《新中国的救星孙中山先生》由彬彬书店出版。

马眉伯编辑《中山故事》由上海商务印书馆出版。

河北省政府宣传股编《总理传略》由编者出版。

中国国民党广西省党务指导委员会宣传部编《总理革命事略及年谱》由编者出版。

蕴璞等编辑《孙中山先生纪念写真》由蕴兴兄弟贸易公司出版。

谭延闿辑《总理遗墨》第1辑由编者出版。

衡阳人民纪念总理诞辰大会筹备处编《总理诞辰纪念特刊》由编者出版。

中国国民党湖南武冈县党务指导委员会宣传部编《总理诞辰纪念特刊》由编者出版。

邓子仪等著《总理逝世三周年纪念特刊》刊行,林霖作发刊词。

中央党部宣传部编《首都各界总理逝世三周年纪念特刊》由编者出版。

中国国民党浙江省党务指导委员会宣传部编《陈英士殉难十二周年》由编者出版。

彭兴道著《我退出共产党来底悲痛的回忆》由著者出版。

三民公司编辑《冯玉祥革命史》由编者出版。

简又文编《冯玉祥传记》由上海三民公司出版。

中国国民党浙江省党务指导委员会宣传部编《朱执信先生遗教》由编者出版。

徐慕云编《梨园影事》由上海编者出版。

阿英(原题钱杏邨)著《现代中国文学作家》(第1卷)由上海亚东图书局出版。

暨南大学南洋文化事业部编《南洋华侨殖民伟人传》由上海编者出版。

按:是书介绍明清两代在现印度尼西亚、菲律宾、缅甸、越南、泰国、马来西亚等东南亚国家近20位华侨领袖的生平经历。

[意]费利俄著,孙茂柏、陶纤纤译《意大利勃兴中之慕沙里尼》由江苏南京大公印刷公司出版。

夫劣利要著、刘赖孟多译《圣克辣未尔传》由河北献县出版。

[美]意斯门著、汉钟译《史达林与杜洛斯基》由上海民智书局出版。

[俄]朵思退夫斯基夫人著、李伟森译《朵思退夫斯基——朵思退夫斯基夫人之日记及回想录》由上海北新书局出版。

俞定著《威尔逊》由上海商务印书馆出版。

陈家瓒编译《福特传》由上海寻乐轩出版。

[英]司各脱著、钟建闳译《近代名人与近代思想》由上海商务印书馆出版。

按：是书分"卢骚与人权""拿破仑与治术""梅特涅与专断""勃朗与劳工权利""穆勒与经济""林肯与民治""马克斯与社会主义""威尔逊与万国联盟"等24章。分述每人的生平与思想。

顾均正著《安徒生传》由上海开明书店出版。

刘大杰著《易卜生研究》由上海商务印书馆出版。

按：是书为中国学者评价易卜生的第一部专著，全面介绍了易卜生的生平和著作。

四、卒于是年的传记作者

辜鸿铭（1857—1928）。鸿铭名汤生，号立诚，自称慵人，英文名字Tomson，祖籍福建省惠安县，生于南洋英属马来西亚槟榔屿。精通英、法、德、拉丁、希腊等9种语言，获13个博士学位。1885年前往中国，被湖广总督张之洞委任为"洋文案"（即外文秘书）。1905年任上海黄浦浚治局督办。1908年任外交部侍郎。1910年辞去外交部职务，赴上海任南洋公学监督。1915年在北京大学任教授。1924年赴日本讲学三年，其间曾回台湾讲学。著有《中国的牛津运动》《中国人的精神》，将《论语》《中庸》《大学》译为英文。其中有传记作品《张文襄幕府纪闻》《意大利国贤妃传》《英将戈登事略》《给托尔斯泰的祝寿文》等。

徐珂（1868—1928）。字仲可，浙江钱塘人。光绪举人，官内阁中书。后入袁世凯幕府。戊戌变法后，又加入康有为、梁启超组织的保国会，以后再参加保浙会。变法失败后回到杭州，加入南社。曾任上海商务印书馆编辑。著有《清稗类钞》及《冯婉贞传》等。

民国十八年　己巳　1929 年

一、传记评论

梁遇春《新传记文学谭》发表于《新月》第 2 卷第 3 期。

按：文章说：英国十八世纪有一位文学家——大概是 Fielding 吧——曾经刻毒地调侃当时的传记文学。他说在许多传记里只有地名、人名、年月日是真的，里面所描写的人物都是奄奄一息，不像人的样子；小说传奇却刚刚相反，地名、人名、年月日全是胡诌的，可是每个人物都具有显明的个性，念起来你能够深切地了解他们的性格，好像他们就是你的密交腻友。小说的确是比传记好写得多，因为小说的人物是从作者脑子里跳出来的，他们心灵的构造作者是雪亮的，所以能够操纵自如，写得生龙活虎，传记里面的人物却是上帝做好的，作者只好运用他的聪明，从一些零碎的记录同他们的信札里画出一位大军阀或者大政客的影子，自然很不容易画得栩栩如生。我想天下只有一个人能够写出完善无疵的传记，那是上帝，不过他老人家日理万机，恐怕没有这种闲情逸致，所以我们微弱的人类只得自己来努力创作。

可是在近十年里，西方的传记文学的确可以说开了一个新纪元。这段功勋是英法德三国平分（中国当然是没有份儿的）。德国有卢德伟格，法国有莫尔亚，英国还有我们现在正要谈的施特拉齐。说起来也奇怪，他们三个不约而同地在最近几年里努力创造了一种新传记文学，他们的作品自然带有个性的色彩，但是大致是一样的。他们三位都是用写小说的笔法来做传记，先把关于主要人物的一切事实放在作者脑里熔化一番，然后用小说家的态度将这个人物渲染得同小说里的英雄一样，复活在读者的面前，但是他们并没有扯过一个谎，说过一句没有根据的话。他们又利用戏剧的艺术，将主人翁一生的事实编成一本戏，悲欢离合，波起浪涌，写得可歌可泣，全脱了从前起居注式传记的干燥同无聊。但是他们既不是盲目的英雄崇拜者，也不是专以毁谤伟人的人格为乐的人们，他们始终持一种客观态度，想从一个人的日常细节里看出那个人的真人格，然后用这人格作中心，加上自己想像的能力，就成功了这种兼有小说同戏剧的长处的传记。胆大心细四字可做他们最恰当的批评。

新传记文学还有两点很能够博得我们的同情。他们注意伟人和普通人相同的地方。他们觉得人性是神圣的,神性还没有人性那么可爱,所以他们处处注重伟人的不伟地方。卢德伟格的杰作《歌德传》,又叫做《一个人的故事》,把一位气吞一世的绝代文豪只当作一个普通人看,也可以见他们是多么着力于共同的人性。这么一来,任何伟大的人在我们眼中也就变做和蔼可亲的朋友了,不像一般传记里所写的那样别有他们的世界,拒人于千里之外。还有一点是他们都相信命运的前定,因此人事是没有法子预计的,只有在事后才会看出造化播弄我们的痕迹,所以他们的作品带有愁闷的调子,但是我们念他们作品时候,一看到命运的神秘,更觉得大家都是宇宙大海狂风怒涛里一只小舟中的旅伴,彼此凭添了无限的同情,这也可以说是三位新传记大家的福音。

中国近来也很盛行用小说笔法来写历史。那一班《吴佩孚演义》等等当然可以不必论,就是所谓轰动一时的佳作,像杨尘因的《新华春梦记》,天笑的《留芳记》,也无非是摭拾许多轶事话柄,作者对于所描写的人物总没有什么深刻的心理研究,所以念完后我们不能够有个明了的概念,这些书也只是轰动一时就算了。再看一看比较好一点记载像《清宫二年记》《乾隆英使觐见记》《慈禧写照记》《李鸿章游俄日记》等等都是外国人写的,实在有些惭愧,希望国人丢开笔记式的记载,多读些当代的传记,多做些研究性格的工夫。

亚子《〈苏曼殊年谱〉后记》发表于《北新》第 3 卷第 1 期。

按:后记说:"《苏曼殊年谱》起草于一九二六年七月,由无忌主稿。在一九二七年八月无忌出国的前后,我们又发现了许多材料。中间很有和《年谱》初稿冲突的。于是我又替他随时修改,直到一九二八年八月底,总算把《年谱》写定,已在《全集》第四册内重新发表了。但最近认识萧纫秋先生,从他那里找到了曼殊在雷峰海云寺的戒牒,中间又有问题发生。"

罗翟《屠介涅夫的地位特质及其影响》发表于《一般》第 8 卷第 4 号。

罗翟《陀思退夫斯基的地位特质及影响》发表于《一般》第 9 卷第 1 号。

许钦文《关于陶元庆的死》发表于《一般》第 9 卷第 2 号。

按:陶元庆(1893—1929),字璇卿,浙江绍兴人。曾在上海艺术专科师范学校师从丰子恺和陈抱一等名家学习西洋画。对中国传统绘画、东方图案画和西洋绘画都广泛涉猎,有着不俗的见识和修养,为其从事书籍装帧艺术奠定了美学基础。和同是绍兴人的许钦文私交甚好。经许钦文引荐为鲁迅翻译的日本厨川白村《苦闷的象征》作封面画,而与鲁迅相识,鲁迅很欣赏他的才华。1929 年 8 月 6 日,陶元庆因病去世,年仅 36 岁。《一般》杂志第 9 卷第 2 号为"追悼陶元庆氏"专号,刊发了大量生前好友及名流追悼陶元庆的文章。

陈抱一《回忆陶元庆君》发表于《一般》第 9 卷第 2 号。

叶绍钧《追念陶先生》发表于《一般》第 9 卷第 2 号。

章克标《回忆和幻想中的陶元庆》发表于《一般》第 9 卷第 2 号。

沈秉廉《悼陶元庆先生》发表于《一般》第 9 卷第 2 号。

艾叶《知道陶元庆先生死耗之后》发表于《一般》第 9 卷第 2 号。

陈啸空《归来呀元庆》发表于《一般》第 9 卷第 2 号。

赵景深《哀陶元庆先生》发表于《一般》第 9 卷第 2 号。

钟敬文《陶元庆先生》发表于《一般》第 9 卷第 2 号。

贺玉波《忆画家陶元庆先生》发表于《一般》第 9 卷第 2 号。

梁耀南《新兴美术家陶元庆先生》发表于《一般》第 9 卷第 2 号。

王昭乾《纪念我的教师陶元庆先生》发表于《一般》第 9 卷第 2 号。

孙席珍《怀陶元庆先生》发表于《一般》第 9 卷第 2 号。

钱君匋《陶元庆论》发表于《一般》第 9 卷第 2 号。

钱君匋《陶元庆先生挽歌》发表于《一般》第 9 卷第 2 号。

一苇《纪念建立无产阶级国家的列宁》发表于《红旗》第 10 期。

按:文章说:"中国经过了很多年的革命战争,但资产阶级小资产阶级始终不能领导革命以走到胜利的路上。中国的国民革命运动,亦仍旧被蒋介石、汪精卫等背叛而出卖了。中国无产阶级虽然比俄国弱,但是自从经过了历次的伟大的历史斗争,在每次斗争中都证明只有无产阶级能够最坚决的与帝国主义军阀及一切反革命势力奋斗。在五卅以后,省港大罢工,与汉口九江收回租界,更证明中国无产阶级是伟大的革命力量。现在虽然经过了许多严重的失败,但现在一切客观的事实,仍旧证明了只有无产阶级是最觉悟最坚决的革命力量,将要引导革命彻底胜利。虽然中国现在不是一下便能够建立无产阶级政权,但无产阶级一定要领导农民,领导一切劳苦群众夺取政权。中国必会有工农兵苏维埃的政权形式,来代替以前一切豪绅资产阶级的统治。列宁已经死了,但是列宁的精神永存着!列宁的教训,仍旧是我们全中国无产阶级的指南针!中国共产党已经使自己站在列宁主义的旗帜之下,为中国无产阶级远大的前途奋斗!"

潘公展《纪念鲁迅先生的意义——在鲁迅先生逝世三周年大会讲演辞》发表于《文艺月刊》第 3 卷第 12 期。

郑振铎《梁任公先生》(附有《梁任公先生年表》)发表于《小说月报》第20 卷第 2 号。

按:胡适 1 月 16 日从上海启程到北京参加北平协和医学校董事会。时梁启超病逝,20 日参加大殓。徐志摩与胡适商量,拟在《新月》第 2 卷第 1 期出版梁启超纪念专号,请胡适主编这一期。

赵景深《支魏格的三本传记》发表于《小说月报》第 20 卷第 8 号(现代世界文学号下)。

西源(郑振铎)《打倒男扮女装的旦角——打倒旦角的代表人梅兰芳》发表于《文学旬刊》第 353 期(梅兰芳号)。

影忆《反常社会的产物》发表于《文学旬刊》第 353 期(梅兰芳号)。

岂凡《梅兰芳扬名海外之一考察》发表于《文学旬刊》第 353 期(梅兰芳号)。

九芝《除日有怀梅兰芳》发表于《文学旬刊》第 353 期(梅兰芳号)。

雨谷《男扮女装的梅兰芳》发表于《文学旬刊》第 353 期(梅兰芳号)。

掘根《倒梅运动之先决问题》发表于《文学旬刊》第 353 期(梅兰芳号)。

佩英《梅兰芳的分析》发表于《文学旬刊》第 353 期(梅兰芳号)。

孙席珍《郑振铎的〈家庭的故事〉》发表于《文学旬刊》第 358 期。

罗美《关于〈幻灭〉》发表于《文学旬刊》第 360 期(茅盾三部曲批评号)。

张眠月《〈幻灭〉的时代描写》发表于《文学旬刊》第 360 期(茅盾三部曲批评号)。

林樾《〈动摇〉和〈追求〉》发表于《文学旬刊》第 360 期(茅盾三部曲批评号)。

辛夷《〈追求〉中的章秋柳》发表于《文学旬刊》第 360 期(茅盾三部曲批评号)。

赵景深译《柴霍甫作品的来源》发表于《文学旬刊》第 363 期。

赵景深《鲁迅与柴霍甫》发表于《文学旬刊》第 369 期。

钱歌川《关于哈代的翻译》发表于《文学旬刊》第 369 期。

金满成《曾仲鸣译的〈法郎士〉》发表于《文学旬刊》第 378 期。

潘光旦《中国家谱学略史》发表于《东方杂志》第 26 卷第 1 号。

按:是文专门介绍中国家谱学的发展历史。

虚白《法国女英雄贞德评传》发表于《真美善》第 5 卷第 2 号。

李崇惠《石达开日记之研究》发表于《史学年报》第 1 期。

[日]市村瓚次郎作、陈裕菁译《岳飞班师辨》发表于《史学杂志》第 1 卷

第 4 期。

素痴《近代中国学术史上之梁任公先生》发表于《学衡》第 67 期,转载天津《大公报·文学副刊》。

罗根泽《燕丹子真伪年代考》发表于《国立中山大学语言历史学研究所周刊》第 7 集第 78 期。

魏应麒《林则徐先生年谱中一个小问题》发表于《国立中山大学语言历史学研究所周刊》第 7 集第 79 期。

卫聚贤《穆天子传研究》发表于《国立中山大学语言历史研究所周刊》第 9 集第 100 期"百期纪念号"。

二、单篇传记

赵景深《诺蔼伊夫人传》发表于《小说月报》第 20 卷第 3 号。

梦乔《道斯托耶夫斯基年表》发表于《小说世界》第 18 卷第 2 期。

龚寅斗《汲古阁主人小传》发表于《小说世界》第 18 卷第 3 期。

赵景深《挪威女作家安达西》发表于《文学旬刊》第 352 期。

耿济之《托尔斯泰未刊行的作品》发表于《文学旬刊》第 354 期。

西谛《英国戏剧家琼斯死了》发表于《文学旬刊》第 355 期。

赵景深《苏德曼逝世》发表于《文学旬刊》第 355 期。

张钦珮《关于自杀的顾仲起》发表于《文学旬刊》第 356 期。

叶德铭、叶德均、江绍原《胡大人及其他》发表于《文学旬刊》第 369 期。

赵景深《今年得诺贝尔文学奖金的德国小说家托马斯曼》发表于《文学旬刊》第 377 期。

汪馥泉《俄国艺术学者传理契之死》发表于《文学旬刊》第 378 期。

[法]葛尔孟作、金满成译《巴尔扎克的结婚》发表于《文学旬刊》第 380 期。

夷摘辑《高尔基小传》发表于《文艺月刊》第 3 卷第 5、6 期(高尔基逝世三周年纪念)。

夷摘辑《高尔基的文学生活三时期》发表于《文艺月刊》第 3 卷第 5、6 期(高尔基逝世三周年纪念)。

陆晶清《王礼锡先生遗像与传略》发表于《文艺月刊》第 3 卷第 10、11 期。

冯玉祥《高尔基逝世三周年》发表于《文艺月刊》第 3 卷第 12 期。

施蛰存《鸠摩罗什》发表于《新文艺》创刊号。

［日］宫原晃一郎作、汪馥泉译《关于哈姆生》发表于《新文艺》创刊号。

欧阳予倩《自我演戏以来》发表于《戏剧》第 1 卷第 3 期。

欧阳予倩《自我演戏以来》(续二)发表于《戏剧》第 1 卷第 4 期。

欧阳予倩《自我演戏以来》(续三)发表于《戏剧》第 1 卷第 5 期。

按：梁实秋《自我演戏以来》评论欧阳予倩的《自我演戏以来》说："著者说：'这篇文字是我前半生的自传，也就是我的忏悔。空在戏剧界混了许多年，毫无贡献，只剩下些断纨零绮的记忆，何等惭愧！追思既往，悲从中来，极目修途，心热如火！'这是欧阳先生的谦逊。欧阳予倩自从在春柳社开演以来，始而话剧，继而海派新剧，继而皮黄戏，最后在国民党里作艺术宣传，在广东办戏剧学校，经验宏富，贡献亦多，所以这本自传，虽然体裁并不严谨，年月从不明白注出，但内容丰赡，趣味盎然。一个人要写自传，最早是在四十岁的时候，在那时候一个人的经验必定可现，而同时记忆力尚不致衰败。欧阳予倩自称是'跑码头'的，足迹遍南北，南止广州，北抵奉天，其所操职业又是饶有异趣的'伶工'，他自有一些可以记述的回忆了。有的人年纪不到三十便写自传，真不知其人有何事足'传'。读欧阳予倩的自传，不啻读一部近代中国戏剧变迁史。自春柳社以至现在的话剧运动，也有数十年的历史，这其间不能说没有进步，可是至今戏剧仍是一团糟的现象。皮黄仍是皮黄，并且越来越堕落。从前的皮黄戏尚有它固有的风格与趣味，晚近的皮黄或则加些油腔滑调，或则以行头、布景取胜，或则以真刀真枪以及令人作呕的五彩灯光来吸诱愚民，真正皮黄之规模，不知所余尚有几何。讲到新剧呢，始终就没有上轨道，春柳申酉时代之新剧，事在草创，未可厚非，然数十年来，以话剧为专业者有几人？研究外国戏剧者有几人？精通舞台技术者为谁？迄今话剧一道，仅在学校剧团中尚能不绝如缕罢了。像洪深之戏剧协社、田汉之南国社，虽皆曾热闹一时，但新剧之基础并不曾因是而奠定。……欧阳予倩为数十年来戏剧界最活跃的人物之一，新剧旧剧都有他的地位。讲到贡献，现在还没有到论断的时候，现在也不过四十几岁的样子，他的前途仍是很远大的。有一点至少是可令人钦佩的，他提高了伶人的地位。他唱花旦，但不堕落；他唱戏，但不唱堂会戏。看他描写张作霖作寿唱堂会戏一段，真写得有声有色。现在，他不大唱戏了，他的态度似亦转变到另一方向。现在似乎研究的兴趣较浓，这是很好的，但是我不愿他再和什么政治部呀艺术宣传科呀之类接近，因为那是要毁坏他的天才的。这书的文笔极优美，像小说似的。"①

章廷骥《僧院生活回忆录》发表于《语丝》第 5 卷第 24 期。

［苏］米尔斯基作、赵景深译《格利薄哀杜夫百年纪念》发表于《语丝》第 5 卷第 30 期。

［日］本间久雄作、士骥译《王尔德入狱记》发表于《语丝》第 5 卷第 43 期。

赵景深《高尔基评传》发表于《北新》第 3 卷第 1 期。

［英］罗素作、梁遇春译《罗素的自叙》发表于《北新》第 3 卷第 1 期。

语堂译《批评家的要德》发表于《北新》第 3 卷第 22 期。

丰子恺《音乐的神童莫札尔德及其名曲》发表于《一般》第 7 卷第 1 号。

丰子恺《音乐的英雄裴德芬及其名曲》发表于《一般》第 7 卷第 2 号。

丰子恺《歌曲之王修裴尔德及其名曲》发表于《一般》第 7 卷第 3 号。

丰子恺《幸福的乐人孟特尔仲及其名曲》发表于《一般》第 7 卷第 4 号。

丰子恺《哀愁音乐家晓邦及其名曲》发表于《一般》第 8 卷第 2 号。

丰子恺《洋琴大王李斯德及其名曲》发表于《一般》第 8 卷第 3 号。

丰子恺《交响诗人裴辽士及其名曲》发表于《一般》第 8 卷第 4 号。

丰子恺《乐剧建设者华葛纳尔及其名曲》发表于《一般》第 9 卷第 1 号。

丰子恺《悲观音乐家却伊可夫斯基及其名曲》发表于《一般》第 9 卷第 2 号。

许钦文《陶元庆氏遗作目录》发表于《一般》第 9 卷第 2 号。

许钦文《陶元庆氏轶事》发表于《一般》第 9 卷第 2 号。

许钦文《陶元庆氏言行录》发表于《一般》第 9 卷第 2 号。

许钦文辑《陶元庆遗著》发表于《一般》第 9 卷第 2 号。

丰子恺《音诗人希得洛斯及其名曲》发表于《一般》第 9 卷第 3 号。

丰子恺《新时代音乐家杜襄西及其名曲》发表于《一般》第 9 卷第 4 号。

丰子恺《狂热音乐家修芒及其名曲》发表于《一般》第 9 卷第 4 号。

［苏］卢那卡尔斯基作、韦素园译《托尔斯泰的死与少年欧罗巴》发表于《未名》第 2 卷第 2 期。

梁实秋译《莎士比亚传略》发表于《新月》第 1 卷第 11 期。

朱东润《诗人吴均》发表于《新月》第 2 卷第 9 期。

金溟若《有岛武郎年谱》发表于《奔流》第 1 卷第 10 期。

---

① 徐文甫（梁实秋）.自我演戏以来[J].天津:益世报·文学周刊:1933-06-17(29).

　　〔奥〕Alfred Teniers 作、白莽译《彼得斐·山陀尔行状》发表于《奔流》第
2 卷第 5 期（译文专号）。

　　鲁迅译《荷拉迪弥尔·理定自传》（并著作目录）发表于《奔流》第 2 卷第
5 期（译文专号）。

　　锡光《关于安徒生传》（致顾均正）发表于《开明》第 2 卷第 1 号。

　　顾均正《关于安徒生传》（复唐锡光）发表于《开明》第 2 卷第 1 号。

　　陈勺水译《高尔基的回忆琐记》（三）发表于《乐群》第 1 卷第 1 期。

　　陈勺水译《高尔基的回忆琐记》（四）发表于《乐群》第 1 卷第 2 期。

　　陈勺水译《高尔基的回忆琐记》（五）发表于《乐群》第 1 卷第 3 期。

　　陈勺水译《高尔基的回忆琐记》（六）发表于《乐群》第 1 卷第 4 期。

　　〔日〕菊池宽作、查士元译《无名作家的日记》发表于《雅典》第 1 期。

　　哲生《贞德的五百年纪念》发表于《东方杂志》第 26 卷第 10 号。

　　哲生《笛卡尔的遗骸迁葬问题》发表于《东方杂志》第 26 卷第 14 号。

　　镜元《法国女杰贞德五百周年纪念》发表于《妇女杂志》第 15 卷第
11 号。

　　示韦《世界得诺贝尔文学奖金的三位女文学家》发表于《妇女杂志》第
15 卷第 11 号。

　　敦夫《岳河夫——苏联的雕刻家和理想家》发表于《海风周报》第 1 期。

　　戴平万《李特的生平及其著作》发表于《海风周报》第 4 期。

　　钱杏邨《徐志摩先生的自画像》发表于《海风周报》第 6、7 期合刊。

　　魏敦夫《波兰音乐家门涅司克》发表于《海风周报》第 13 期。

　　王抗夫译《奔哈德·力夫斯》发表于《新流月报》第 3 期。

　　林《秋风吹落一页颤栗的画史——画家陶元庆氏逝世》发表于《南国周
刊》第 1 卷第 2 期。

　　田汉《孙中山之死》发表于《南国月刊》第 1 卷第 4 期。

　　陈念中《凯末尔之生平及革命事业》发表于《建国月刊》第 2 卷第 1 期。

　　梅乔林述《烈士王昌事略》发表于《建国月刊》第 2 卷第 5 期。

　　邓慕韩《史坚如事略》发表于《建国月刊》第 2 卷第 6 期。

　　张大同《我的生活态度的自白》发表于《学生杂志》第 16 卷第 3 期。

　　道中《徘徊歧路》（自述）发表于《学生杂志》第 16 卷第 10 期。

　　谷荫《列宁小传》发表于《新思潮》第 2—3 期。

　　朱湘译《克里斯托弗生》发表于《人间》第 3 期。

　　黄人庸《刘烈士霖事略》发表于《中央党务月刊》第 6 期。

王灼《苏兆征同志事略》发表于《红旗》第 17—18 期。

尤半狂《大律师小传》发表于《紫罗兰》第 4 卷第 12 期。

何乃民《汽车家福特君事略》发表于《科学月刊》第 1 卷第 1 期。

赵文珉《居利小传》发表于《科学》第 14 卷第 2 期。

郑集《有机化学学者费哲尔小传》发表于《科学》第 14 卷第 1 期。

谭南杰《曹烈士润群事略》发表于《军事杂志》第 6 期。

方涛《施烈士从云事略》发表于《军事杂志》第 16 期。

郭思绶《四十自述》发表于《军事杂志》第 16 期。

知天《王晓籁先生小传》发表于《商业杂志》第 4 卷第 4 期。

朱雷章译《世界无线电名人小传》发表于《无线电新报》第 3 期。

李书春《李文忠公鸿章年谱》发表于《史学年报》第 1 期。

柳诒徵《记王锡侯字贯案》发表于《史学杂志》第 1 卷第 2 期。

毛乃庸《后梁书续传》发表于《史学杂志》第 1 卷第 4 期。

郭大力《韦尔斯之生平思想及其著作》发表于《民铎杂志》第 10 卷第 3 期。

徐炳昶《斯文赫定先生小传》发表于《地学杂志》第 1—2 期。

仪仪《日记权作忏悔录》发表于《妇女杂志》第 15 卷第 9 号。

刘盼遂《梁任公先生传》发表于《图书馆学季刊》3 卷 1 号、2 号。

缪凤林《悼梁卓如先生(录史学杂志)》发表于《学衡》第 67 期。

张荫麟《王得卿传》发表于《学衡》第 67 期。

编者《佛列得力希雷格尔逝世百年纪念(录大公报文学副刊)》发表于《学衡》第 67 期。

编者《英国大批评家兼戏剧家雷兴诞生二百年纪念》发表于《学衡》第 68 期。

水天同《加斯蒂辽尼逝世四百年纪念》发表于《学衡》第 69 期。

张荫麟《纳兰成德传》发表于《学衡》第 70 期。

林纾《吴孝女传》发表于《学衡》第 70 期。

李岳瑞《邢君瑞生家传》发表于《学衡》第 70 期。

伦明《渔洋山人著书考》发表于《燕京学报》第 5 期。

苏警予、谢云声《郑成功遗迹略述》发表于《国立中山大学语言历史学研究所周刊》第 7 集第 77 期。

薛澄清《西洋史学家传略自序》发表于《国立中山大学语言历史研究所周刊》第 9 集第 98 期。

张灵瑞《宋芷湾先生年谱初稿》发表于《国立中山大学语言历史研究所周刊》第 9 集第 103 期。

姜华《女诗人薛涛》发表于《真美善》第 3 卷第 3 号。

师鸠《穆苏里尼的自传》发表于《真美善》第 3 卷第 6 号。

孙席珍《雪莱的初恋》发表于《真美善》第 4 卷第 1 号。

崔万秋《日本近代两大女作家》发表于《真美善》第 4 卷第 1 号。

鹤君《小泉八云》发表于《真美善》第 4 卷第 1 号。

病夫、虚白《介绍新俄无产阶级的两位伟大作家》发表于《真美善》第 4 卷第 1 号。

[苏]高尔基作、王坟译《忆柴霍甫》发表于《真美善》第 4 卷第 3 号。

鹤君《小泉八云廿五年忌》发表于《真美善》第 4 卷第 3 号。

病夫《法国文豪乔治顾岱林诔颂》发表于《真美善》第 4 卷第 5 号。

[苏]高尔基作、王坟译《忆安特列夫》发表于《真美善》第 4 卷第 5 号。

崔万秋《武者小路实笃访问记》发表于《真美善》第 4 卷第 6 号。

师鸠《以文学著名的医生——显尼支劳》发表于《真美善》第 4 卷第 6 号。

病夫《法国文豪乔治顾岱林诔颂》(续)发表于《真美善》第 5 卷第 1 号。

徐蔚南《柳亚子先生》发表于《金屋月刊》第 1 卷第 1 期。

汉奇译《布尔塞维克的绘画与文学》发表于《金屋月刊》第 1 卷第 5 期。

血干译《查理斯·鲍得来尔》发表于《华严》第 1 卷第 7 期。

血干译《查理斯·鲍得来尔》(续)发表于《华严》第 1 卷第 8 期。

范古农《武仲英居士传》发表于《海潮音》第 10 年第 9 期。

仁山《金山融通知尚传》发表于《海潮音》第 10 年第 9 期。

仁山《焦山峰屏和尚塔铭》发表于《海潮音》第 10 年第 9 期。

熊心悟《袁昌莲女居士往生碑记》发表于《海潮音》第 10 年第 12 期。

嘿庵《项寿昌居士哀辞》发表于《海潮音》第 10 年第 12 期。

三、传记著作

周群玉著《先秦诸子述略》由上海群众图书公司出版。

刘汝霖著《周秦诸子考》(上下册)由北平文化学社出版。

(清)黄宗羲著、黄百家辑、全祖望修订、王梓材等校订《宋元学案》由上海商务印书馆出版。

(清)章学诚著《文史通义》由上海全民书局、上海商务印书馆、上海新文化书社、上海大达图书供应社、上海世界书局出版。

钱基博著《文史通义解题及其读法》由上海中山书局、上海龙虎书店出版。

刘声木著《桐城文学渊源考》由直介堂丛刻出版。

按：是书收录桐城派作者640余人，每一作者列其姓名、籍贯、简历及相关评论，是研究桐城派的重要著作。刘声木《序》曰："自有明中叶，昆山归太仆以《史记》之文法，抉宋儒之义理，空绝依傍，独抒怀抱，情真语挚，感人至深。我朝桐城方侍郎继之，研究程朱学术，至为渊粹，每出一语，尤质朴恳至，使人生孝弟之心，文章之义法因亦大明于世，实为一代巨擘，与归文同为六经之裔，一时衣被天下，蔓衍百余年益盛。虽诸子所得有深浅，然皆由义理以言文章；文章虽未必遽能传世行远，而言坊行表皆大半不愧为正人君子，其成仁取义，慷慨捐生，堪与日月争光者，亦不可缕指。纲常名教，赖以不坠。"（《桐城文学渊源考·补遗序》）

唐卢锋、朱栩新编著《中国名人传》由上海世界书局出版。

纪兰因（颐道居士）辑《西湖三女史传》由杭州六艺书局出版。

刘伯陶编《新妇女世界》由上海广益书局出版。

按：是书分20节介绍政治界、军警界、教育界、实业界、工商界、美术界、生活界、交际界、运动界、武侠界、慈善界、释道界、巫医界、优伶界、娼妓界、江湖界、杂流界等各行各业之妇女。

杨立诚、金步瀛编著《中国藏书家考略》由杭州青白印刷社出版。

洁华女史编《巾帼须眉传》由上海会文堂新记书局出版。

徐蘧轩著《孔子生活》由上海世界书局出版。

徐蘧轩编著《诸葛孔明生活》由上海世界书局出版。

谢一苇编著《杜甫生活》由上海世界书局出版。

胡怀琛编著《东坡生活》由上海世界书局出版。

李冷衷著《李易安年谱》由北平明社出版部出版。

龙榆生著《辛稼轩年谱》由国立暨南大学出版。

林兰编《朱元璋的故事》由上海北新书局出版。

王勉三编著《王阳明生活》由上海世界书局出版。

张采田著《清列朝后妃传稿》由山阴平氏绿樱花馆出版。

梅英杰著《胡文忠公年谱》由梅氏抱冰堂出版。

瞿世英著《颜习斋年谱节本》出版。

胡适著、姚名达增补《章实斋先生年谱》由上海商务印书馆出版。

按：是书为王云五主编的《万有文库》第 1 集第 1000 种。前有何炳松、姚名达和胡适的序。何序说：今年秋间，王云五先生因为很赏识适之先生这本《年谱》，所以要把它选入商务印书馆《万有文库》里去，预备将版式改排。适之先生知道了，就很虚心的趁这个机会托一个对于章氏学说很有研究的人代他增补一下。这位受托的人就是刚从北京清华研究院毕业南下旅居上海努力读书的姚达人先生。达人先生进行他那增补工作的时候，他每星期总要到我的家里来交换一次我们对于史学的意见。他因为研究章氏已经三四年了，身边又带有充分的材料，所以能够从九月到十月不满一个月的工夫就完成他的工作。我知道他实在补进了不少材料，而且有一部分材料是适之先生当时还没有发现出来的；因此这本《年谱》的内容更加美备了。达人先生增补完工之后，就把这增补本交给适之先生去校正。适之先生看了一遍完全同意；并且向达人先生说：他近来听见我对于章实斋的史学已经有更进一步的了解，所以要叫我代他们两人再做一篇序，表示我近来的心得。当达人先生把这话告诉我的时候，我很是迟疑，但是亦就立刻答应。

姚名达序说：我专门研究章实斋一家之学，已经三四年了。民国十四年三月二十九日，因我父亲的指示，去买了一本胡适之先生做的《章实斋年谱》，到四月二十三日看完以后，才恍惚的想去研究章先生。同年月二十九晚，偶听何柏丞先生讲《文史通义》，才更清楚的想去研究章先生。然而无钱无友的我，到六月十一日才借到一部石印的《文史通义》来读，十七日才买到一部木刻的《文史通义》来读；至于浙江图书馆印的《章氏遗书》是得见而不得读，刘翰怡先生刻的《章氏遗书》是方知而无力买！同年九月二十九日，即初到清华学校研究院的第二天，初受业于梁任公先生，初立志作史学史的研究，就在"专修题"内认定了"章实斋的史学"一门。十月十八日始业，买浙本，借刘本，足足理解了一学期。十五年一月二十五日，起了一个信念，以为研究一个人的学术，必须了解他所以成学的原因，因推求章先生所以成学，则颇疑他的环境不易产生他这种学术；最后乃断定他必受了前人的影响。而影响他最大的必是邵念鲁。那天便发心愿替邵先生做年谱，先来了解他一下。又两日就动手，二月十一日遂告成。后来经过了十几次的补订，到十七年春始由柏丞先生介绍，付商务印书馆发印。十五年春，再读《章氏遗书》，随手把《章实斋年谱》补了些新史料上去。六月二十日，初见适之先生，问他怎么办？适之先生说：请你拿一本《年谱》去，把她补好了寄给我。——但我不曾即刻践约，因为他往欧洲去了。七月，我回家去，又因我父亲的指示，打算改编《章氏遗书》。《章氏遗书》的各种版本都编次得不好，这是读者所公认而最感不便的。我不但想用新的分类法改编她，而且想把人家批评或记述章先生的文章都附在她后面，使得读者对于章先生能得整个的了解。照这例，适之先生做的《年谱》自然最好是也摆在她后面；但因版权的关系，不能够。所以我就在那暑假内，自己另写了一部新的《章实斋年谱》。那新谱做的方法和适之先生的不同（和内藤湖南先生的略似而材料较丰，且那时我尚不懂日本文，未读内藤谱）。直至十六年四月，才在《国学月报》第二卷第四号发表。十五年秋冬间，果然就刘刻《章氏遗书》改变成了一部《章实斋遗著》；又把章先生的著作的年月考出了一大半，做成一个年表。

十六年春，送这些给任公先生看，他很高兴，说就拿给商务印书馆印行吧！我回说：慢点好，因为《文史通义》的最重要的几篇还不知是何年月做的。十六年一月十一日，又想了解章先生的本师朱笥河；自二月二十一日至三月十六间，不知不觉的又写成一部《朱笥河年谱》。做那年谱比做《邵念鲁年谱》容易多了，因为史料是现成的，然而《朱谱》没有《邵谱》好，我自信《邵谱》有许多创例，是空前的，如用直叙法，多制图表，辟"谱前""谱后"两体等。写《朱谱》原是为的帮助"章实斋"的研究，任公先生又说朱笥河够不上做年谱。到"章实斋"的研究完毕时，那《朱谱》也可以销毁了。经过了上述的工作，对于章先生的渊源应该是很亲切的了解了。至于对他学术思想的论评，也曾写过几篇文章发挥一己的意见；但隔了些时，便不满意，终究毁了，虽曾发表过。我对于章先生要说的话当然很多，但多记在片纸上，到认为见解已熟时，才可撰成有系统有组织的论文。所以自十六年以来，我就不肯做文章了。恰好那年春夏，任公先生要我帮他整理《古书真伪及其年代》和《广中国历史研究法》二种讲义，所以只好暂把"章实斋"丢开了。……说到这里，应该回头说去年十二月二十五日，我的朋友陆侃如先生从上海到北京，谈起适之先生的近况，说《章实斋年谱》又要改版了。我想，适之先生一时未必有补订这书的时间或趣味，我又曾经允诺过他的吩咐而不曾实践，就趁阳历年假，完结这场心事吧！起初是把我所补的插入原文中间，把原文偶错的径加删改。后来侃如以为不免有灭裂鲁莽的嫌疑，又把应补应改的另抄为一小本，邮寄给适之先生，请他自家去动手。九月十九这天，适之先生谈时提起那小本子，说：我的事忙竟使我不曾完结这点工作，现在请你拿去代我增补好吗？当时就商定了增补的体例，再过二周就成功了这本书——《增补章实斋年谱》。

王大隆辑《黄荛圃先生年谱》（黄丕烈）由江苏苏州辑者出版。

郑振铎著《梁任公先生年表》由上海出版。

伍庄著《梁任公先生行状》由中国宪政党驻美国总支部出版。

按:是书介绍梁启超的生平事迹。

中央宣传部编《孙中山先生年谱》由北平各界总理奉安纪念大会出版。

山西各界总理安葬纪念大会编辑《孙中山先生年谱》由编者出版。

孙文著《孙中山伦敦被难记》由上海大东书局出版。

陈载耘编《孙中山传略》由上海中华书局出版。

朱芸生编《孙中山先生》由江苏南京锡成印刷公司出版。

国民党江西省党务指导委员会宣传部编《总理革命史略》由编者出版。

徐蓬轩编著《孙中山生活》由上海世界书局出版。

瞿世镇译注、刘湛恩校订《(汉英合璧)孙中山先生革命潮译注》由上海三民公司出版。

奚楚明编《总理逝世四周纪念名人演讲记》由上海商业书局出版。

北平公安局政治训练部编《忆总理》由编者出版。

中国国民党中央执行委员会宣传部编《总理哀思录节要》由编者出版。

总理奉安专刊编纂委员会编译《总理奉安须知》由江苏南京编者出版。

中国国民党湖北省党务整理委员会宣传部编《总理奉安纪念特刊》由编者出版。

陕西省政府民众联合处编《总理诞辰纪念特刊》由编者出版。

孙璞编《总理奉移纪念册》出版。

梁得所编《奉安大典写真》由上海良友图书印刷公司出版。

谢锡福编《总理奉安大典纪念册》出版。

中国佛教会编《总理奉安特刊》由编者出版。

中国国民党浙江省执行委员会宣传部编《总理奉安纪念册》由编者出版。

刘揆一述《黄兴传记》出版。

中国国民党浙江省执行委员会宣传部编《朱执信先生殉国九周年纪念刊》由编者出版。

刘谦著《宁调元革命纪略》由湖南官纸印刷局出版。

中国国民党中央执行委员会宣传部编《唐生智与冯玉祥》由编者出版。

时希圣编《戴季陶言行录》由上海广益书局出版。

周寿臣编《新会冯平山先生七十寿言汇录》由编者出版。

柳亚子编《曼殊遗墨》(第1册)由上海北新书局出版。

时希圣编《曼殊逸事》由上海广益书局出版。

戴望舒著《我底记忆》由上海水沫书店出版。

赵怀信著《二年的回忆》由北平公教图书馆出版。

按:是书记载作者 1926 年去罗马接受教宗的祝圣以及在罗马的见闻情况。

高乔平、周则鸣编译《世界著名文艺家逸话》由上海世界书局出版。

贾立言、谢颂羔编著《世界人物》由上海广学会出版。

按:是书收海伦·凯勒、南丁格尔、威拉德、贞德、巴斯德、牛顿、爱迪生、福特、诺贝尔、甘地、孔子、孟子、利文斯敦等 33 人的小传。编者在《小言》中谈到编写本书的目的,分别为"要鼓励现代的青年们去仿效世界的善人和完成他们的事工"和"用最新最有趣的方法,来引领青年们归到真理与自由之路"。并且他们认为:"故事与传记是教育家最好的二大工具,用他们去发展青年的天才——想象力好奇心与模仿等的习惯——是最会奏效的;而且人格的造成,更靠着有伟大而慈良的人格来作我们的模特儿。"

唐卢锋编著《现代名人传》由上海世界书局出版。

按:是书介绍科学、哲学、文学、教育、政治、军事、实业方面 40 位中外名人。其中有爱迪生、居里夫人、爱因斯坦、詹姆士、柏格桑、罗森、梁启超、林琴南、托尔斯泰、泰戈尔、孙中山、列宁、蔡松坡、兴登堡、卡内基、洛克菲勒等。

卢剑波编《世界女革命家》由上海启智书局出版。

按:是书收《高德曼传略及其思想》《玛丽亚施庇里德诺华女士》《鲁意斯梅晓若女士的生涯》《喀司琳——俄罗斯革命的祖母》《福尔特琳克莱尔传》《郭尔雄诺瓦和妃格尔的囚放》《莫里斯台莫尔的供状》《俄罗斯革命的妇女》《伊藤野枝女士》《黄素英小传》等 10 篇传记文章。以上文章分别刊载于《自由人月刊》《妇女杂志》《新女性》上。卷首有毛一波序和编译者言。书末有编后赘言。

高希圣、郭真著《社会运动家及社会思想家》由上海平凡书局出版。

按:是书收录巴枯宁、加里宁、加米涅夫、布哈林、布朗基、列宁、考茨基、托洛茨基、克鲁泡特金、马克思、倍倍尔、斯大林、李卜克内西、伯恩斯坦、拉萨尔、傅立叶、欧文、圣西门、蒲鲁东等 37 人小传。

吕谌编译《十二科学家》由上海开明书店出版。

按:是书记述物理学、化学、生物学、医学、地质学等方面的 12 位科学家的事迹,介绍他们的科研生活、学术成就与对人类的贡献。

[英]杜伦著、詹文浒译《近代欧美哲学家》由上海青年协会书局出版。

按：是书分上下两卷,分别介绍欧洲和北美的六位哲学家的生平、哲学思想,包括柏格森、柯罗采、罗素、乔治孙泰耶那、詹姆士、杜威。卷首有哲学丛书引言及张东荪序。

傅彦长著《音乐文集》由上海三民公司出版。

按：是书收录《十二大音乐家的小传》《人间方面的华格那》《华格那乐剧的概观》《萧邦与乔治桑》《十七年上海的音乐界》等5篇。书前有小序。

[苏]李阿萨诺夫著、李一氓译《恩格斯马克思合传》由上海江南书店出版。

按：译者序说:本书是李阿萨诺夫的讲演稿,原名《马克思与恩格斯》,是一种合传的形式,实在照传记体的体制说来,这不是一部传记的书。这本书在中国,中国的情形假定是与外国一般,则急切的尚没有翻译的必要。因为我们要读,真正的读一部马克思或恩格斯的传记,这本书是不够的。但是中国没有过,从没有过一部马克思传的书,恩格斯传的书更不要提起。但是或许我们会记忆到,三分之一的马克思传是中国露过面的,而且还不是翻译的第二手货。

这译本并不想望担负填补这缺陷的任务。它或者会给读者的只是一座马克思与恩格斯的造像模型的轮廓而已。轮廓我们当然不满足,但是聊以慰于无。实在的,我们不要以为这本书是《马克思与恩格斯》的合传,这只是一本"由英国产业革命(1760)到恩格斯死(1895)的一百三十五年中的欧洲劳动运动史",它告诉我们这时期的劳动运动状况,比告诉我们的马克斯与恩格斯,还要详尽,做"马克思理论体系"的布丹,批评此书,以为这太不像传记,因为内容不合于传记的条件,零琐的事情太多,只能给读过马克思详传的人备参考。不错的,但是这位批评家是坐在美国呀!——布丹原文载今年二月份《现代史料》。

我们回想产业革命在距今一百六十八年,恩格斯之死在距今三十三年,中国社会在这一时期中,以纯粹的封建社会,由鸦片战争以后,受国际资本主义的掠夺,而沦为国际市场,封建的手工业的生产关系,渐次奔溃,掠夺运动在这关系中长养起来,已经要直追上欧洲的运动,而这运动的突飞进展,尤不过是近十年中的事体,但是在欧洲是一七六〇年就开端了。在这一点上译者同读者或者是可以引以自慰的。这译文或许是也如布丹所批评英译本的"不充分","不适合",而且这就是由英译本重译的,但是大胆的译出来,这不惟要以了却许多人世的因缘,或者还可以作这一年来所以糊涂混了过去的一种回忆。

[苏]列宁著、黄剑锋译《马克思评传》由上海启智书局出版。

赵景深著《俄国三大文豪》由上海亚细亚书局出版。

按：三大文豪指托尔斯泰、柴霍甫、高尔基。作者介绍了托尔斯泰的生涯、艺术和思想；介绍了柴霍甫的生涯与作品及作品的来源；介绍了高尔基的生平和著作。

邹弦道编译《高尔基评传》由上海联合书店出版。

郎擎霄著《托尔斯泰生平及其学说》由上海大东书局出版。

按：作者自序说："尝闻乔木为树之目标，伟人为世之目标，如托尔斯泰者，诚世界之目标也。论其文学上之著述，宗教上之议论，以及对于科学、政治、社会，对于家庭、妇女各思想，皆绝大之贡献，足以蜚声于世界也。然托氏思想虽不无疵弊，实远非常人所能及，而大有研究之价值也。托氏处十九世纪之时，生棼乱新兴之俄国，异姿挺生，发其怀抱，在世八十一载，著述二百许种。凡各种学术，靡所不谈。不但蔚成俄国近代学术文化之盛，且影响全世界之思想。考其承流之绪，观其论述之博，实近代思想界中最重要之一人，而言文化者所不可不注意也。国人知托氏颇早，近十年更为风行，刊其译传者有之，译其专著者有之，译其短篇者有之，其他零篇逐译，或发为论著者，亦所在多有。顾于托氏思想之全部，为概要之绍介，卒不可见。余从事研究托氏学说有年，每得一言，辄记而录之。举凡关于氏说之大要，靡弗搜集殆尽，零碎之稿，几已盈箧，兹于公余之暇，特检出辑之，以成是书。是书凡分两篇，上篇叙述托氏之生平，下篇详述其学说。"

汪倜然著《托尔斯泰生活》由上海世界书局出版。

黄源著《屠格涅夫生平及其作品》由上海华通书局出版。

邱陵编著《康德生活》由上海世界书局出版。

[意]费利俄著，孙茂柏、陶纤纤译《棒喝团的首创者慕沙里尼》由上海太平洋书店出版。

鹤逸译述《一世怪杰墨索里尼》由北平文化学社出版。

按：是书分少年时代、学校生活与教员生活、浮荡生活、社会战线、社会党领袖、勇敢的军曹、战争与和平、法西斯党魁、进攻罗马、独裁总理等章，记述墨索里尼成为意大利首相的经历。

朱约昭编著《达尔文生活》由上海世界书局出版。

[丹麦]Georg Brandes 著、林语堂译《易卜生评传及其情书》由上海春潮书局出版。

丰子恺著《谷诃生活》由上海世界书局出版。

谢颂羔编《爱迪生的奋斗史》由上海广学会出版。

四、卒于是年的传记作者

鲍咸昌(1864—1929)。咸昌字仲言,浙江鄞县人。1881 年经长老会介绍,进印刷出版宗教书籍的美华书馆当学徒,满师后做英文排字工。1897年与夏瑞芳、鲍咸恩、高凤池合资在上海创立商务印书馆。协助胞兄鲍咸恩管理印刷所。1910 年鲍咸恩逝世,继任印刷所所长。1913 年赴英、法、德、奥、美、日等国考察,购买多种印刷设备,聘请德、美技师来厂指导。1920 年4 月任总经理兼印刷所所长。主持工作期间,聘请王云五及郑振铎、叶圣陶、周建人、杨贤江、何炳松、冯定、金仲华、周昌寿、郑贞文、何公敢、任鸿隽、竺可桢等多位专家进馆,强化编译所,革新《小说月报》《学生杂志》《妇女杂志》,始创《儿童世界》《自然界》等期刊,出版《世界文学名著丛书》《学生国学丛书》《中国人名大辞典》《中国医学大辞典》《综合英汉大辞典》《科学大纲》等书,创办励志夜校,在香港设立印刷厂等。

梁启超(1873—1929)。启超字卓如,一字任甫,号任公,又号饮冰室主人、饮冰子、哀时客、中国之新民、自由斋主人,广东新会人。1889 年广东乡试中举人。1890 年始受学于康有为。1891 年随康有为就读于万木草堂,接受康有为的思想学说并由此走上改革维新的道路,世人合称二人为"康梁"。同年与其妻李蕙仙结婚。1895 年春再次赴京会试,协助康有为,发动在京应试举人联名请愿的"公车上书"。维新运动期间,曾主北京《万国公报》(后改名《中外纪闻》)和上海《时务报》笔政,又赴澳门筹办《知新报》。1897 年任长沙时务学堂总教习,在湖南宣传变法思想。1898 年回京参加"百日维新"。7 月受光绪帝召见,奉命进呈所著《变法通议》,赏六品衔,负责办理京师大学堂译书局事务。同年 9 月政变发生,逃亡日本。在日期间,先后创办《清议报》和《新民丛报》,鼓吹改良,反对革命。1898 年撰写《李鸿章传》。民国初年支持袁世凯,并承袁意,将民主党与共和党、统一党合并,改建进步党,与孙中山领导的国民党争夺政治权力。1913 年任袁世凯政府司法总长。1915 年反对袁氏称帝,与蔡锷策划武力反袁。1916 年赴两广地区参加反袁斗争。袁世凯死后,任段祺瑞北洋政府财政总长兼盐务总署督办。1918 年年底赴欧考察。1922 年起在清华学校兼课,1925 年应聘任清华国学研究院导师。1927 年离开清华研究院。著有《饮冰室合集》。其中的传记作品有《黄帝以后第一伟人赵武灵王》《管子传》《张博望、班定远合传》《王荆公》《祖国大航海家·郑和传》《明季第一重要人物袁崇焕传》《戴东原先生传》《光绪皇帝传》《李鸿章传》《戊戌六君子传》《康有为传》《亡友夏穗卿先生》《殉难六烈士传》《永川黄公略传》《都匀熊公略传》《贵定戴公略传》《麻哈吴公略传》《护战争躬历记》《蔡松坡遗事》《番禺汤公传》《南海王公略传》《新会谭公略传》《三十自述》《我之为童子时》《中国殖民八大伟人传》《意大利建国三杰传》《近世第一女杰罗兰夫人传》《匈牙利爱国者葛苏士传》《新英国巨人克林威尔传》等。郑振铎编有《梁任公先生年谱》;丁文江、赵丰田编有《梁启超年谱长编》。

按:梁启超《李鸿章传·序例》说:"此书全仿西人传记之体,载述李鸿章一生行事,而加以论断,使后之读者知其为人。中国旧文体,凡记载一人事迹者,或以传,或以年谱,或以行状,类皆记事,不下论赞,其有之则附于篇末耳。然夹叙夹论,其例实创自太史公,《史记》之《伯夷列传》《屈原列传》《货殖列传》等篇皆是也。后人短于史识,不敢学之耳。著者不敏,窃附斯义。四十年来中国大事,几无一不与李鸿章有关系。故为李鸿章作传,不可不以作近世史之笔力行之。著者于时局稍有所见,不敢隐讳,意不在古人,在来者也。恨时日太促,行箧中无一书可供考证,其中记述谬误之处,知所不免。补而正之,愿以异日。平吴之役,载湘军事迹颇多,似涉支蔓;但淮军与湘军,其关系极繁杂,不如此不足以见当时之形势。读者谅之。《中东和约》《中俄密约》《义和团和约》皆载其全文。因李鸿章事迹之原因结果,与此等公文关系者甚多,故不辞拖沓,尽录入之。合肥之负于谤于中国甚矣。著者与彼,于政治上为公敌,其私交亦泛泛不深,必非有心为之作冤词也。故书中多为解免之言,颇有与俗论异同者,盖作史必当以公平之心行之,不然,何取乎祸梨枣也?英名相格林威尔尝呵某画工曰:'Paint me as I am.'言勿失吾真相也!吾著此书,自信不至为格林威尔所呵。合肥有知,必当微笑于地下曰:孺子知我。"

按:杨正润说:"梁启超是一位跨越时代的人物,原本为中国传统文化的承续者,但他协同康有为主持的变法失败以后,没有继续保皇,而是开始认真学习和研究西方文化,试图为中国社会的变革寻找新的道路。他所做的一项工作是写作了大量西方和中国的英雄传记以激励民族精神,他有意识地学习西方传记,其代表作《李鸿章》一开始就自称'此书全仿西人传记之体',尽管他模仿西方传记体裁时还不熟练,也不时回到中国传记的传统,但也使读者产生了耳目一新之感,对那种过时的传记观念和写作方法产生了强烈的冲击。梁启超也对中国传记的弱点进行了尖锐的批评,介绍西方传记理念,他的《中国历史研究法》及其《补编》等作品中都不时出现关于传记的精辟观点。梁启超没有系统的传记理论,他毕竟是从旧营垒中出来的人物,无法摆脱传统的巨大力量,他的观点也常常自相矛盾,但他在中国社会和学术界有很高的威望,作为一位公认的大师级学者,他对中国传记的批评、对西方传记的推介具有特殊的分量。"①

按:萧关鸿《中国百年传记经典》第1卷《李鸿章传·解题》说:"在中国新旧传记文学交替过渡时期,作出开创性努力,贡献最大的是梁启超。""梁启超以他毕生精力推动中国20世纪初的启蒙运动。他的文化活动领域极为广泛,涉及文、史、哲各方面,传记文学是他极力提倡和努力实践的一个方面。他可称为近代文学中提倡传记文学的第一人。他用以作为宣传新思想的重要工具,因而他传记作品的社会政治价值超过作品本身作为传记的文学价值。梁启超传记作品很多,大体可分四类。第一类是欧洲历史人物传记,第二类是中国历史人物传记,第三类是中国古代人物传记,第四类是采用中国传统的年谱、墓志、寿辞、祭文等形式写成的人物小传。梁启超的长篇传记作品有两部:《李鸿章传》(1898)与《王荆公传》(1908)。这是他着力最多也是最重要的两部传记作品。"②

按:李健说:近代传记文学理论是在西方传记文学理论影响下,发生了重大转变,梁启超是其主要标志。梁启超不仅擅长传记文学写作,而且也对传记文学理论进行了深入研究,并提出了具有现代传记文学意识的新理论。他认为传记文学是独立的文体,不能等同于历史。历史所关注的是群体形态,而传记则应把重心放在传主的个体形态上。他第一次揭示了历史与传记的文体区别。受西方近代传记的启发,他提出了具有现代文体意识的"专传"概念。梁启超常常引用格林威尔的名言:画我须是我。由此表明他对传记文学真实性的尊崇。梁启超重视"口碑实录"以搜集史料的观点。传记文学的审美理念在他这里得到进一步加强,提出传记文学应"别裁""创作"。"同是记一个人、叙一件事,文采好的,写得栩栩欲活,文采不好的,写得呆鸡木立。"认为文章应"简洁""飞动"。梁启超自身理论与实践的双栖能力,使他独具慧眼地发现了传记文学文体的本质特征、真实性、审美性等传记文学理论课题。这对我国现代传记文学的理论建构有着深远的影响。③

① 杨正润.现代传记学·导论[M].南京:南京大学出版社,2009:9-10.
② 萧关鸿.中国百年传记经典·第一卷[M].上海:东方出版中心,2002:3.
③ 李健.中国现代传记文学研究[M].北京:新华出版社,2010:77.

按：胡全章说："20世纪第一个10年，梁启超以极大的兴趣创作了近百万言的传记作品，几乎涵盖了古今中外新旧传记的各种类型；其所开创的中国现代新体评传体式，成为'新文体'家族中社会影响和创作数量仅次于政论的重要品种，构成了'文界革命'创作实绩不可或缺的组成部分，引领了新体传记文创作的时代潮流，带起了一个以报刊为中心的传记文学鼎盛的时代。梁启超的新式评传，具备了'新文体'平易畅达、时杂以俚语韵语及外国语法、纵笔所至不检束、条理明晰、笔锋常带情感等文体语体特征，尤以议论精警和激情澎湃著称，以'悲壮淋漓之笔'达'维新吾民'之旨。在20世纪初年革命派阵营的传记文作家中，柳亚子和刘师培创作成绩突出，且标示着两种不同的传记文写作范型与趋向。柳亚子的传记文可视为梁氏新体传记文的普及版，刘师培的传记文采用白话语体，文体形式上亦属于源自西洋的评传体，标示着白话评传的新方向。"①

樊炳清（1877—1929）。炳清字少泉，一字抗父，又作抗甫，号志厚，浙江绍兴人。1898年入南洋公学东文普通学校。在东文学校学习期间开始翻译和介绍新学，随后长期参与由罗振玉主持的东文学社及教育世界社前后两家出版社的编译事务，担任四大丛书《科学丛书》《哲学丛书》《农学丛书》《教育丛书》和两大杂志《农学报》《教育世界》的主要编译。1912年受张元济邀请，入商务印书馆编译所国文部，先后参与编写《辞源》（正、续编）、《中国古今人名大辞典》及《教育大辞书》等辞书，编辑国文、理科、农业、商业、修身、论理、心理、历史等多种教科书及教授书，以及编辑《四库丛刊》。著有《近代教育思潮》《儿童研究》《比奈氏智能发达诊断法》等。

支伟成（1899—1929）。伟成原名懋祺，改名伟成，江苏扬州人。先后肄业于上海省立商业学校及大同大学，在国立东南大学师从蒋维乔，并获得文学士学位。1925任江苏省立第一图书馆主任，曾在国立第四中山大学中国文学系任助教，并开设清代朴学大师列传课。著有《墨子综释》《庄子校释》《楚辞之研究》《吴王张士诚载记》《清代朴学大师列传》等。

---

① 胡全章.梁启超与20世纪初年新体传记的兴盛[J].广东社会科学,2014(4):161.

民国十九年　庚午　1930 年

一、传记评论

胡适《南通张季直先生传记序》发表于《吴淞月刊》第 4 期。

按：是序乃是新文化运动以来关于中国传记文学的第一篇专论。序曰：传记是中国文学里最不发达的一门。这大概有三种原因：第一是没有崇拜伟大人物的风气；第二是多忌讳；第三是文字的障碍。

传记起于纪念伟大的英雄豪杰。故柏拉图与谢诺芳念念不忘他们那位身殉真理的先师，乃有梭格拉底的传记和对话集。故布鲁塔奇追念古昔的大英雄，乃有他的《英雄传》。在中国文学史上所有的几篇稍稍可读的传记都含有崇拜英雄的意义，如司马迁的《项羽本纪》，便是一例。唐朝的和尚崇拜那十七年求经的玄奘，故《慈恩法师传》为中古最详细的传记。南宋的理学家崇拜那死在党禁之中的道学领袖朱熹，故朱子的《年谱》成为最早的详细年谱。

但崇拜英雄的风气在中国实在最不发达。我们对于死去的伟大人物，当他刚死的时候，也许送一副挽联，也许诌一篇祭文。不久便都忘了！另有新贵人应该逢迎，另有新上司应该巴结，何必去替陈死人算烂账呢？所以无论多么伟大的人物，死后要求一篇传记碑志，只好出重价向那些专做谀墓文章的书生去购买！传记的文章不出爱敬崇拜，而出于金钱的买卖，如何会有真切感人的作品呢？

传记的最重要条件是记实传真，而我们中国的文人却最缺乏说老实话的习惯。对于政治有忌讳，对于时人有忌讳，对于死者本人也有忌讳。圣人作史，尚且有什么为尊者讳，为亲者讳，为贤者讳的谬例，何况后代的谀墓小儒呢！故《檀弓》记孔氏出妻，记孔子不知父墓。《论语》记孔子欲赴佛肸之召，这都还有直书事实的意味，而后人一定要想出话来替孔子洗刷。后来的碑传文章，忌讳更多，阿谀更甚，只有歌颂之辞，从无失德可记。偶有诽谤，又多出于仇敌之口，如宋儒诋诬王安石，甚至于伪作《辩奸论》。这种小人的行为，其弊等于隐恶而扬善。故几千年的传记文章，不失于谀颂，便失于诋诬，同为忌讳，同是不能纪实传信。

传记写所传的人最要能写出他的实在身份，实在神情，实在口吻，要使读者如见其人，要使读者感觉真可以尚友其人。但中国的死文字却不能担负这种传神写生的工作。我近年研究佛教史料，读了六朝唐人的无数和尚碑传，其中百分之九十八九都是满纸骈俪对偶，读了不知道说的是什么东西。直到李华、独孤及以下，始稍稍有可读的碑传。但后来的"古文"家又中了"义法"之说的遗毒，讲求字句之古，而不注重事实之真，往往宁可牺牲事实以求某句某字之似韩似欧，硬把活跳的人装进死板板的古文义法的烂套里去，于是只有烂古文，而决没有活传记了。

因为这几种原因，二千年来，几乎没有一篇可读的传记。因为没有一篇真能写生传神的传记，所以二千年中竟没有一个可以叫人爱敬崇拜、感发兴起的大人物！并不是真没有可歌可泣的事业，只都被那些谀墓的死古文骈文埋没了。并不是真没有可以叫人爱敬崇拜、感慨奋发的伟大人物，只都被那些烂调的文人生生地杀死了。

近代中国历史上有几个重要人物，很可以做新体传记的资料。远一点的如洪秀全、胡林翼、曾国藩、郭嵩焘、李鸿章、俞樾；近一点的如孙文、袁世凯、严复、张之洞、张謇、盛宣怀、康有为、梁启超——这些人关系一国的生命，都应该有写生传神的大手笔来记载他们的生平，用绣花针的细密功夫来搜求考证他们的事实，用大刀阔斧的远大识见来评判他们在历史上的地位。许多大学的史学教授和学生，为什么不来这里得点实地训练，做点实际的史学功夫呢？是畏难吗？是缺乏崇拜大人物的心理吗？还是缺乏史才呢？

张季直先生在近代中国史上是一个很伟大的失败的英雄，这是谁都不能否认的。他独立开辟了无数新路，做了三十年的开路先锋，养活了几百万人，造福于一方，而影响及于全国。终于因为他开辟的路子太多，担负的事业过于伟大，他不能不抱着许多未完的志愿而死。这样的一个人是值得一部以至于许多部详细传记的。

他的儿子孝若先生近年发誓用全副精力做季直先生的传记。他已费了几年工夫编辑季直先生的全部著作，自己亲手整理点读。这部全集便是绝大的史料。还有季直的朋友的书信，保存在南通的，也有近万封之多，这也是重要史料。季直先生自己又编有年谱，到七十岁为止，此外还有日记，这都是绝可宝贵的材料。有了这些材料做底子，孝若做先传的工作便有了稳固的基础和坚实的间架了。

孝若做先传还有几桩很重要的资格。第一，他一生最爱敬崇拜他的先人，所以他的工作便成了爱的工作，便成了宗教的工作。第二，他生在这个新史学萌芽的时代,受了近代学者的影响,知道爱真理,知道做家传便是供国史的材料,知道爱先人莫过于说真话,而为先人忌讳便是玷辱先人,所以他曾对我说,他做先传要努力做到纪实传真的境界。第三,他这回决定用白话做先传,决定打破一切古文家的碑传义法,决定采用王懋竑《朱子年谱》和我的《章实斋年谱》的方法,充分引用季直先生的著作文牍来做传记的材料,总期于充分表现出他的伟大的父亲的人格和志愿。有了这几种资格,我们可以相信孝若这篇先传一定可以开儿子做家传的新纪元,可以使我们爱敬季直先生的人添不少的了解和崇敬。

[法]莫洛华作、邵洵美译《谈自传》发表于《新月》第 3 卷第 8 期。

按:文章说:"自从胡适之先生在《新月》发表了他的自传几章,便引起了外界许多人对于自传的注意。胡先生自己在某次笔会的席上曾长论自传文章的优点,他更说自传是最好的文学体裁中的一种。我们知道传记文学的目的,是在真确地叙述一个人的真相,那么,这是否是可能的呢?一个人的真相究竟要别人写还是自己写呢?当然最了解自己的是自己,那么,犹有什么障碍呢?莫洛华在本文里很详尽地答复着我们的问句。"

[美]Jack London 作、邱韵铎译《自叙传》发表于《艺术》第 1 卷第 1 期。

杨昌溪《玛耶阔夫司基论》发表于《现代文学》第 1 卷第 4 期。

[日]秋田雨雀作、适夷译《高尔基在苏联的地位》发表于《现代文学》第 1 卷第 4 期。

杨昌溪《鲁那卡尔斯基论托尔斯泰》发表于《现代文学》第 1 卷第 5 期。

傅东华译《魏吉尔二千年纪念》发表于《现代文学》第 1 卷第 6 期(世界文学家纪念号)。

陈子展《张说一千二百年忌》发表于《现代文学》第 1 卷第 6 期(世界文学家纪念号)。

段可情《德国两大文豪百年纪念》发表于《现代文学》第 1 卷第 6 期(世界文学家纪念号)。

袁嘉华《女诗人罗赛谛百年纪念》发表于《现代文学》第 1 卷第 6 期(世界文学家纪念号)。

周起应译《夏士勒德百年忌》发表于《现代文学》第 1 卷第 6 期(世界文学家纪念号)。

[苏]克尔仁赤夫作、洛生译《论马雅珂夫斯基》发表于《新文艺》第 2 卷第 2 号。

[苏]卢那卡尔斯基作、江思译《普希金论》发表于《新文艺》第 2 卷第

2号。

[苏]特拉克著、赵景深译《玛耶阔夫司基评传》发表于《小说月报》第 21 卷第 12 号。

春冰译《霍蒲特曼评传》发表于《戏剧》第 2 卷第 2 期。

倜然《支魏格底批评论集》发表于《前锋月刊》第 1 卷第 2 期。

汪倜然《澳洲作家底杰作》发表于《前锋月刊》第 1 卷第 3 期。

汪倜然《德国历史小说家》发表于《前锋月刊》第 1 卷第 3 期。

刘禹轮《七十二烈士之殉难与中国民族精神的复兴》发表于《前锋》(广州)第 38 期。

沈珊若《近代画家概论》发表于《东方杂志》第 27 卷第 1 号"中国美术专号上"。

[美]葛斯作、韦丛芜译《巴克评传》发表于《未名》第 2 卷第 9 期。

连柱《夏丏尊的处世与教人》发表于《萌芽》第 1 卷第 4 期。

《现代俄国文学作家底自传》发表于《萌芽》第 1 卷第 2 期。

柔石《丰子恺君底飘然的态度》发表于《萌芽》第 1 卷第 4 期。

钱穆《刘向刘歆王莽年谱自序》发表于《史学杂志》第 2 卷第 1 期。

陈西滢《易卜生的戏剧艺术》发表于《国立武汉大学文哲季刊》第 1 卷第 1 号。

闻一多《少陵先生年谱会笺》发表于《国立武汉大学文哲季刊》第 1 卷第 1 号。

闻一多《少陵先生年谱会笺(续)》发表于《国立武汉大学文哲季刊》第 1 卷第 2 号。

闻一多《少陵先生年谱会笺(续)》发表于《国立武汉大学文哲季刊》第 1 卷第 3 号。

闻一多《少陵先生年谱会笺(续)》发表于《国立武汉大学文哲季刊》第 1 卷第 4 号。

雪林女士《清代男女两大词人恋史的研究》发表于《国立武汉大学文哲季刊》第 1 卷第 4 号。

李孟楚《墨学传布考》发表于《国立中山大学语言历史研究所周刊》第 10 集第 118 期。

二、单篇传记

[美]曼吉尔作、余能译《玛耶阔夫司基》发表于《小说月报》第 21 卷第

12 号。

戴望舒《诗人玛耶阔夫司基的死》发表于《小说月报》第 21 卷第 12 号。

欧阳予倩《自我演戏以来》(续四)发表于《戏剧》第 1 卷第 6 期。

欧阳予倩《自我演戏以来》(续五)发表于《戏剧》第 2 卷第 1 期。

春冰译《匈牙利的戏剧与戏剧家》发表于《戏剧》第 2 卷第 2 期。

欧阳予倩《自我演戏以来》(续六)发表于《戏剧》第 2 卷第 2 期。

洛生《关于马雅珂夫斯基之死的几行记录》发表于《新文艺》第 2 卷第 2 号。

瞿然《马雅珂夫斯基自传》发表于《新文艺》第 2 卷第 2 号。

衣萍《谈卓别灵》发表于《现代文学》第 1 卷第 1 期。

〔德〕Kisch 作、章铁民译《卓别灵访问记》发表于《现代文学》第 1 卷第 1 期。

〔俄〕拉莎洛夫作、赵景深译《玛耶阔夫司基的自杀》发表于《现代文学》第 1 卷第 4 期。

〔法〕A. Habaru 作、戴望舒译《玛耶阔夫司基》发表于《现代文学》第 1 卷第 4 期。

〔日〕杉木良吉作、毛翰哥译《玛耶阔夫司基的葬式》发表于《现代文学》第 1 卷第 4 期。

〔美〕梅吉尔著、杜衡译《玛耶阔夫司基》发表于《现代文学》第 1 卷第 4 期。

陆立之《玛耶阔夫司基底诗》发表于《现代文学》第 1 卷第 4 期。

谷非《玛耶阔夫司基死了以后》发表于《现代文学》第 1 卷第 4 期。

〔日〕藤森成吉作、适夷译《高尔基访问记》发表于《现代文学》第 1 卷第 4 期。

杨昌溪《失败的辛克莱》发表于《现代文学》第 1 卷第 4 期。

吴且冈《关于托尔斯泰之死的文件》发表于《现代文学》第 1 卷第 5 期。

杨昌溪《哥尔德获得佳评》发表于《现代文学》第 1 卷第 5 期。

杨昌溪《辛克莱的厄运》发表于《现代文学》第 1 卷第 5 期。

杨昌溪《泰戈尔访问爱因斯坦》发表于《现代文学》第 1 卷第 5 期。

杨昌溪《印度女诗人奈都》发表于《现代文学》第 1 卷第 5 期。

杨昌溪《丁尼生的戏剧》发表于《现代文学》第 1 卷第 5 期。

杨昌溪《小说家柯南道尔逝世》发表于《现代文学》第 1 卷第 5 期。

铭竹《太戈尔在巴黎》发表于《文艺月刊》第 1 卷第 3 期。

[苏]克鲁泡特金作、侯朴译《屠格涅夫访问记》发表于《文艺月刊》第1卷第3期。

[保加利亚]伐佐夫著、惟生译《加拉诺夫》发表于《文艺月刊》第1卷第4期。

丁浩川《幼年时期的列宁》发表于《中国青年》第2卷第1期。

沈有乾《我的教育——何君自传的一章》发表于《新月》第3卷第2期。

[英]D. H. Lawrence(劳伦斯)作、徐志摩译《自传小记》发表于《新月》第3卷第4期。

吴世昌《辛弃疾》(传记)发表于《新月》第3卷第8期。

亦还译《M.戈理基底自传》发表于《萌芽》第1卷第1期。

亦还译《A.法兑耶夫底自传》发表于《萌芽》第1卷第1期。

[日]藏原惟人作、雪峰译《艺术学者弗理契之死》发表于《萌芽》第1卷第1期。

[苏]卢那卡尔斯基作、P. K.译《在我们时代里的契诃夫》发表于《萌芽》第1卷第2期。

亦还译《F.革拉特诃夫底自传》发表于《萌芽》第1卷第2期。

祝秀侠《格莱特可夫的传略及其〈水门汀〉》发表于《拓荒者》第1期。

记者《艺术学者傅利采的死》发表于《拓荒者》第1期。

若英《关于李别金斯基》发表于《拓荒者》第2期。

曼如《曼克斯兰民族诗人汤麦斯白朗诞生百年纪念》发表于《前锋月刊》创刊号。

偶然《德国老作家之自传小说》发表于《前锋月刊》创刊号。

偶然《苏特曼底遗著》发表于《前锋月刊》创刊号。

偶然《辛克莱转变——变成玄学鬼》发表于《前锋月刊》创刊号。

易廉《印度民族革命领袖女诗人奈都》发表于《前锋月刊》第1卷第2期。

偶然《屠格涅夫遗稿之刊行》发表于《前锋月刊》第1卷第2期。

偶然《萧伯纳底全集》发表于《前锋月刊》第1卷第2期。

偶然《莫索里尼日记》发表于《前锋月刊》第1卷第2期。

偶然《拜伦在德国》发表于《前锋月刊》第1卷第2期。

汪偶然《荷兰作家马尔单斯》发表于《前锋月刊》第1卷第3期。

汪偶然《易卜生名剧摄制有声影片》发表于《前锋月刊》第1卷第3期。

汪偶然《一本新犹太的自传》发表于《前锋月刊》第1卷第3期。

汪倜然《叔本华全集之刊行》发表于《前锋月刊》第 1 卷第 3 期。

汪倜然《意大利老作家底新著》发表于《前锋月刊》第 1 卷第 3 期。

汪倜然《恩得赛四部曲完成》发表于《前锋月刊》第 1 卷第 3 期。

敬言《许叔重事略》发表于《东吴》第 1 卷第 1 期。

陈思《辛稼轩先生年谱》卷上发表于《东北丛刊》第 7 期。

陈思《辛稼轩先生年谱》卷下发表于《东北丛刊》第 8 期。

黄宾虹《近数十年画者评》发表于《东方杂志》第 27 卷第 1 号"中国美术专号上"。

[俄]K. Timiryazeff《达尔文与马克斯》发表于《东方杂志》第 27 卷第 17 号。

钱穆《诸子系年考略》发表于《史学杂志》第 2 卷第 2 期。

汤用彤《续慧皎高僧传札记》发表于《史学杂志》第 2 卷第 3、4 期合刊。

汪懋祖、黄炎培、沈恩孚《袁观澜先生事略》发表于《中华教育界》第 18 卷第 8 期。

黄人岚《革命艺术家杜弥爱的生涯及其艺术》发表于《北新》第 4 卷第 4 期。

黄人岚《革命艺术家杜弥爱的生涯及其艺术》(续完)发表于《北新》第 4 卷第 5 期。

陈清晨译《托洛斯基的生平》发表于《北新》第 4 卷第 13 期。

光人译《马耶珂夫斯基》发表于《北新》第 4 卷第 14 期。

[美]叶母·希叶作、光人重译《〈洋鬼〉底作者吉母·朵耳》发表于《北新》第 4 卷第 15 期。

柳静文《关于鲁迅先生》发表于《北新》第 4 卷第 16 期。

汪倜然《梅士斐尔特》发表于《读书月刊》第 1 卷第 1 期。

杨昌溪《哥尔德与新时代》发表于《读书月刊》第 1 卷第 1 期。

沈从文《论落华生》发表于《读书月刊》第 1 卷第 1 期。

凌梅《现代中国作家录(一)》(鲁迅、胡适、郭沫若、郁达夫)发表于《读书月刊》第 1 卷第 1 期。

凌梅《现代中国作家录(二)》(叶绍钧、郑振铎、张资平)发表于《读书月刊》第 1 卷第 2 期。

勉之《高尔基的〈我的童年〉》发表于《读书月刊》第 1 卷第 2 期。

吹毛《意大利首相墨索里尼的生平》发表于《奋报》第 439 期。

海风《邵虚白之生平》发表于《奋报》第 454 期。

于戏《樊良伯逝世略述生平小史》发表于《奋报》第 485 期。

阿生《董二嫂私房日记》发表于《奋报》第 491 期。

廖石峰《法国老虎总理克雷孟梭之生平》发表于《新声》第 3—4 期。

邓慕韩述《孙中山先生自述拾遗》发表于《新声》第 9 期。

邓慕韩《程奎光烈士事略》发表于《新声》第 19 期。

杜重远《虎口余生自述》发表于《生活周刊》第 6 卷第 47 期。

飞荪《一个俄国女工的自述》发表于《青年进步》第 129 卷第 2 期。

济之译《脱落斯基回忆录》发表于《俄罗斯研究》第 2 期。

江和译《一个模特儿的自述》发表于《今代妇女》第 17 期。

邝富灼《六十年之回顾》发表于《良友画报》第 47 期。

李剑华《孔德的生平及其学说》发表于《社会学刊》第 1 卷第 3 期。

吕炯《极地探险家阿孟曾小传》发表于《科学》第 14 卷第 9 期。

王世颖《古定小传》发表于《合作月刊》第 2 卷第 1—2 期。

伍玉璋《许尔志雷发巽合传》发表于《合作月刊》第 2 卷第 1—2 期。

魏章叔《福煦将军生平事略》发表于《北辰杂志》第 2 卷第 7 期。

吴金鼎《斯坦因敦煌盗经事略》发表于《国闻周报》第 7 卷第 33 期。

徐调孚《史蒂文生小传》发表于《中学生》创刊号。

毅夫《车夫的自白》发表于《民间旬刊》第 11 期。

陈雪清《梅德林克》发表于《真美善》第 5 卷第 3 号。

陈雪清《萧伯纳》发表于《真美善》第 5 卷第 6 号。

沈来秋《托马斯曼的生平与作品》发表于《真美善》第 6 卷第 1 号。

陈雪清《契诃夫》发表于《真美善》第 6 卷第 1 号。

［德］卜德作、沈来秋译《歌德的生活艺术》发表于《真美善》第 6 卷第 2 号。

陈鸿仪、茅含露《介绍一个新诗坛上的杜甫——王文川君》发表于《真美善》第 6 卷第 4 号。

邹维枚《李嘉图之生平及其学说》发表于《社会科学杂志》第 2 卷第 2 期。

邹恺《卢梭之生平及其政治学说》发表于《社会科学杂志》第 2 卷第 4 期。

《李明仲八百二十周忌之纪念》发表于《中国营造学社汇刊》第 1 卷第 1 期。

《李明仲先生墓志铭》发表于《中国营造学社汇刊》第 1 卷第 1 期。

《李明仲先生补传》发表于《中国营造学社汇刊》第 1 卷第 1 期。

朱偰《经济学家蒲雪而之生平及其阶段学说》发表于《国立武汉大学社会科学季刊》第 1 卷第 4 号。

钱端升《哈林吞政治思想的研究》发表于《国立武汉大学社会科学季刊》第 1 卷第 4 号。

刘盼遂《王石渠先生年谱（附伯申先生年谱）》发表于《女师大学术季刊》第 1 卷第 3 期。

胡适《坛经考——跋曹溪大师别传》发表于《国立武汉大学文哲季刊》第 1 卷第 1 号。

朱东润《陆机年表》发表于《国立武汉大学文哲季刊》第 1 卷第 1 号。

丁山《召穆公传》发表于《历史语言研究所集刊》第二本第一分册。

钱穆《刘向歆父子年谱》发表于《燕京学报》第 7 期。

按：其《自序》说："余读康氏书，深病其抵牾，欲为疏通证明，因先编制《刘向、歆父子年谱》，著其实事。实事既列，虚说自消。元成哀平新莽之际，学术风尚之趋变，政制法度之因革，其迹可以观。凡近世经生纷纷为今古文分家，又伸今文，抑古文，甚斥歆、莽，遍疑史实，皆可以返。循是而上溯之晚周先秦，知今古分家之不实，十四博士之无根，六籍之不尽传于孔门而多残于秦火，庶乎可以脱经学之樊笼，发古人之真态矣。而此书其嚆矢也。抑余于康氏，非好为诋訾也。能深读康氏书，心通其曲折，因以识其疵病而不忍不力辨，康氏有知，当喜不当怒也。其他诸家，不能一一及，康氏之说破，则诸家如秋叶矣。"

陈垣《耶律楚材之生卒年》发表于《燕京学报》第 8 期。

赖义辉《岑参年谱》发表于《岭南学报》第 1 卷第 2 期。

陈寅恪《三国志曹冲华佗传与佛教故事》发表于《清华学报》第 6 卷第 1 期。

宗泽《徐养田先生事略》发表于《圣教杂志》第 19 卷第 4 期。

太虚《纪念释迦牟尼佛》发表于《佛化周刊》第 148 期。

寄居《袁文纯居士传赞》发表于《佛化周刊》第 148 期。

宏台《圣莲法师生西事略》发表于《弘法社刊》第 15 期。

李智圆《李启沅居士事略》发表于《弘法社刊》第 15 期。

智光《月霞法师略传》发表于《海潮音》第 11 年第 3 期。

许崇叔《范谈女居士往生记》发表于《海潮音》第 11 年第 3 期。

寄麈《优婆夷许心修事略》发表于《海潮音》第 11 年第 3 期。

太虚《木村泰贤逝世之悼言》发表于《海潮音》第 11 年第 5 期。

太虚《灵隐慧明照和尚行述》发表于《海潮音》第 11 年第 5 期。

三、传记著作

梁启超著《中国历史研究法》(万有文库第一集)由上海商务印书馆出版。

按:作者说:"史迹复杂,苟不将其眉目理清,则叙述愈详博而使读者愈不得要领。此当视作者头脑明晰之程度何如与其文章技术之运用何如也。此类记述之最好模范,莫如《史记·西南夷列传》。……此对于极复杂之西南民族,就当时所有之知识范围内以极简洁之笔法,将其脉络提清,表示其位置所在与夫社会组织之大别及其形势之强弱。以下方杂叙各部落之叛服等,故不复以凌乱为病,惜后世各史之记事,能如此者绝希。"

胡适著《胡适文存》第 3 集由上海亚东图书馆出版。

按:是书卷二收录胡适的《几个反理学的思想家》,他在文章前面说:"前年(一九二七年)我在上海东亚同文书院讲演《中国近三百年的四个思想家》,我举了四个人代表这三百年中'反理学'的趋势:一、顾炎武,二、颜元,三、戴震,四、吴敬恒。讲演全文曾在《贡献》杂志第一卷里发表过。本来我想把前三章放大重写,加上几个人,作为一部单行的册子。但一年多以来,这个志愿终不能实现。现在只好把这几篇讲稿收在《文存》里,改题为《几个反理学的思想家》,表示这三百年中不仅是这四个人,我不过举他们四个作为有代表性的例子罢了。参看我的《费经虞与费密》和《戴东原的哲学》。"卷九收录胡适的《欧阳修的两次狱事》,记载欧阳修两次被人用家庭暗昧事参劾之事。

梁廷灿编《历代名人生卒年表》由上海商务印书馆出版。

[日]园田一龟著,黄惠泉、刁英华译《新中国人物志》由上海良友图书印刷公司出版。

按:是书分省记述民国以来近 20 年间中国各方面(侧重军政界)著名人物近 300 人的主要事略。

陈柱著《诸子概论》由上海商务印书馆出版。

按:是书分儒、道、阴阳、法、名、墨六家,叙述各家的学术渊源、流派和著述,分别介绍孔子、晏子、孟子、荀子、老子、庄子、驺衍、韩非子、公孙龙子、惠子、墨子等人的生平和学说,还论述了各家的异同。

高维昌著《周秦诸子概论》由上海商务印书馆出版。

金受申著《稷下派之研究》由上海商务印书馆出版。

钱穆著《墨子》由上海商务印书馆出版。

陈此生著《杨朱》由上海商务印书馆出版。

陈其可编著《班超生活》由上海世界书局出版。

胡怀琛著《陶渊明生活》由上海世界书局出版。

李守章著《李白研究》由上海新宇宙书店出版。

王礼锡著《李长吉评传》由上海神州国光社出版。

郑云龄选注《五代史选》由上海商务印书馆出版。

按：是书选录欧阳修《新五代史》中有代表性的人物传记加以注释。卷首有《欧阳修略传和新旧五代史之比较》一文作为序言。

郑行巽著《王安石生活》由上海世界书局出版。

郑鹤声著《袁枢年谱》由上海商务印书馆出版。

胡怀琛著《陆放翁生活》由上海世界书局出版。

唐文治著《紫阳学术发微》由著者出版。

陈垣著《耶律楚材之生卒年》由北平燕京大学出版。

贾丰臻著《阳明学》由上海商务印书馆出版。

钱穆著《王守仁》由上海商务印书馆刊行，有自序。

王勉山著《王阳明生活》由上海世界书局出版。

谢无量著《罗贯中与马致远》由上海商务印书馆出版。

张友鸾著《汤显祖及其〈牡丹亭〉》由上海光华书局出版。

胡寄尘著《归有光》由上海文艺小丛书社出版。

胡寄尘著《描写人生断片之归有光》由上海广益书局出版。

(清)黄宗羲著《明儒学案》由上海商务印书馆出版。

郑行巽著《黄梨洲生活》由上海世界书局出版。

谢国桢编《顾宁人先生学谱》由上海商务印书馆出版。

郑行巽著《顾亭林生活》由上海世界书局出版。

姚名达著《邵念鲁年谱》由上海商务印书馆出版。

蒋天枢编著《全谢山先生年谱》由上海商务印书馆出版。

章衣萍著《黄仲则评传》由上海北新书局出版。

方树梅著《滇贤生卒考》由晋宁方氏盘龙山人丛书本出版。

方树梅著《滇贤像传初集》由晋宁方氏盘龙山人丛书本出版。

叶恭绰编《清代学者像传》由上海商务印书馆出版。

李浚之著《清画家诗史》10 卷由宁津李氏出版。

蒋镜寰著《吴中藏书先哲考略》由苏州图书馆出版。

彭子仪编《李秀成亲供》由上海国民书店出版。

金兆丰著《晏海澄先生年谱》由晏氏家刻出版。

宗亮寰编《孙中山先生革命史实》由上海商务印书馆出版。

〔英〕康德黎著,郑启中、陈鹤侣译《孙逸仙与新中国》由上海民智书局出版。

德礼贤著《孙中山先生对于基督教的态度》由香港圣类斯实业学校出版。

罗家伦著《中山先生伦敦蒙难史料考订》由上海商务印书馆出版。

黄惠龙叙述、陈铁生润辞《中山先生亲征录》由上海商务印书馆出版。

中央执行委员会宣传部编《总理广州蒙难纪念》由编者出版。

江苏省党务整理委员会宣传部编《总理年谱》由编者出版。

国民党贵州省党务指导委员会宣传部编《总理诞辰纪念册》由编者出版。

中国国民党浙江省执行委员会训练部编《总理纪念周浅说》由编者出版。

谢刚主编著《郑芝龙》由中华平民教育促进会出版。

贵州各界追悼谭组庵先生大会编《追悼谭延闿先生纪念册》由贵州贵阳编者出版。

朱肇干编《湖南各界追悼谭院长大会汇刊》由编者出版。

中国国民党广州特别市党部宣传部编《朱执信先生殉国十周年纪念专刊》由编者出版。

范文澜著《大丈夫》由上海开明书店出版。

按:是书收录张骞、卫青、霍去病、李广、苏武、赵充国、马援、班超、刘琨、玄奘、宗泽、岳飞、戚继光、史可法等25人的传记。

宋景祁等编《中国图书馆名人录》由上海图书馆协会出版。

海上名人传编辑部编《海上名人传》由上海文明书局出版。

按:是书收录民国成立以来到1930年上海著名人物王一亭、毛子坚、杜月笙、何东、周作民等100位名人小传。

〔日〕守田有秋著、杨骚译《世界革命妇女列传》由上海北新书局出版。

按:是书内分俄国、英国、法国、美国、意大利、德国6部分。介绍碧列茜科斯加亚、苏斐亚·碧罗斯加严、维拉·查斯莉矶、克鲁普斯卡娅(以上为俄国人)、爱玛林·潘卡斯特(英国)、路易斯·蜜兹雪尔(法国)、爱玛·哥尔朵蔓(美国)、安玑爱·里加·巴拉巴诺瓦(意大利)、克拉拉·蔡特金、敏娜·科爱尔(以上为德国人)等 14 名妇女的生平事迹。卷首有"译者的几句话"。

唐卢锋、朱翊新编著《世界名人传》由上海世界书局出版。

按：是书收 46 名世界名人。其中包括苏格拉底、柏拉图、亚里斯多德、培根、笛卡尔、马克思等哲学家 11 人；哥白尼、牛顿、瓦特、司梯芬逊、达尔文等科学家 6 人；荷马、但丁、莎士比亚、伏尔泰、哥德、雨果等文学家 11 人；斐司塔洛齐、福禄培尔等教育家 2 人；彼得大帝、华盛顿、林肯等政治家 8 人；凯撒、纳尔逊、毛奇等军事家 6 人；探险家哥伦布 1 人；释伽牟尼、耶苏、穆罕默德等宗教家 4 人。

唐庆增著《西洋五大经济学家》由上海黎明书局出版。

巴金著《俄罗斯十女杰》由上海太平洋书店出版。

朱公振编著《科学界三杰》由上海世界书局出版。

按：是书介绍富兰克林、瓦特、司梯芬森 3 人的科学生活、研究精神和伟大贡献。编者在《例言》中说："本书内容，特点有三：(甲)描写科学界三杰的科学生活，引起读者科学工作的动机。(乙)发挥科学界三杰的研究精神，激动读者研究科学的兴味。(丙)阐明科学界三杰的伟大功绩，鼓励读者发明事物的努力。"

[美]艾迪著、青年协会书报部译《八大伟人》由上海译者出版。

按：是书介绍加里森、博克·华盛顿、马丁·路德、约翰·韦斯利、安东尼女士、威尔逊等 8 人的生平事迹。

[苏]里亚札诺夫著、刘侃元译《马克斯与恩格斯》由上海春秋书店出版。

梅恩编译《马克斯传记》由上海三民公司出版。

[德]贝尔著、易桢译《马克思传及其学说》由社会科学研究会出版。

按：书前译者《小前言》说："近代世界的巨大事变，时时处处都证明了马克思底伟大的教训是铁一般地真实，是推动世界革命的一枝最有力量的杠杆，仅让那般'吠尧'的'桀犬'是怎样猖猖地狂吠着，也终于只是白费气力而已。要彻底理解这位科学社会主义底创造者——马克思底伟大教训，首先便不可不熟悉他底生平奋斗底经历。Max Beer 底这本《马克思传及其学说》是一本短小精悍的作品，他把马克思底精神发展过程，社会活动事业，很扼要地，很精彩地指陈出来，后边又很简明地，正确地叙述了马克思底学说，读了之后，再进而研究马克思底其他著作，当有'迎刃而解'之乐。本书多少可给研究科学社会主义的朋友们一些帮助，这是引起译者译这一本小书的动机。"

刘麟生编著《墨索里尼生活》由上海世界书局出版。

丘景尼编著《福特生活》由上海世界书局出版。

〔奥〕弗罗乙德著、章士钊译《弗罗乙德叙传》由上海商务印书馆出版。

〔苏〕托洛茨基著、石越译《托洛茨基自传》由上海新生命书局出版。

按：是书《序言》说："我们这时代又充斥了回忆的作品，也许比以前任何时代还要多些。这因为时代使然，有那么许多事物足以供人讲述的缘故。时代愈戏剧化，愈富于变化，则人们对于现时史的兴趣也愈热烈。撒哈拉沙漠中，决不会发生风景画的艺术。像我们那样'转变的'时代，才发生一种要求去用那时代的积极参加者的眼睛，返顾昨日或甚之过去已久的日子。大战后回忆文学之大为发展，其解释即在于此。而本书之问世，或许也可以在这里找到辩解吧！"

范寿康著《亚里士多德》由上海商务印书馆出版。

〔德〕歌德著、张竞生译《歌德自传》由上海世界书局出版。

黎青主著《歌德》由上海商务印书馆出版。

〔苏〕Kropotkin(克鲁泡特金)作、巴金译《我底自传》由上海启明书店出版。

〔美〕清洁理著《林肯传》由上海广学会出版。

按：作者序说："林肯在世的时候，虽然有许多人不能真正地认识他，因而与他为仇；但他终竟成了一个万古流芳的伟人。他在近世中是具有特殊政治能力的奇才。他以一个穷苦而略受教育的贫儿，能为救国而奋斗，虽经千辛万苦，然仍百折不回。这不能不使世界的人对他注意了。林肯一生的事业从居住卑陋的小木房以至于贵居白宫，都表现出他是一个非常的人物。他的事业能在美国成功更显其伟大。有无数的小木房，有千百万生长在边陲的人，然而只出了一个林肯。所以我们要知道林肯伟大事业的所以成功，除研究他的环境以外，更要多注意他的人格。林肯得以克胜他幼年恶劣环境的限制而能成其伟大的事业，究竟什么缘故，实难尽解。我们现在只是要探讨他伟大人格的所以造成，和智慧运用的所以发达，这种探讨也是极有趣味的。"

孙席珍编译《辛克莱评传》由上海神州国光社出版。

丰子恺著《近代二大乐圣的生涯与艺术》由上海亚东图书馆出版。

丰子恺著《近世十大音乐家》由上海开明书店出版。

四、卒于是年的传记作者

夏震武(1853—1930)。震武字伯定，号涤庵，浙江富阳人。同治进士。

光绪六年授工部主事。宣统元年任浙江教育总会长。晚年讲学于灵峰精舍。著有《灵峰先生集》,其中有传记作品《亡弟季安墓志铭》《夏府君墓表》《昆山徐仲武墓志铭》《陈再陶墓志铭》《孙伯琴权厝志》《黄新庄墓表》《张补瑕墓表》《黄岩管君墓志铭》《先姚汪安人行略》《外祖母王孺人行略》《祭妹蒋叔夏文》《祭徐季和先生文》《祭竹坡先生文》《祭黄藻轩文》等。

马其昶(1855—1930)。其昶字通伯,晚号抱润翁,安徽桐城人。少从父马起升学古文,后从同邑方宗诚、吴汝纶和武汉张裕钊学。曾游京师,交郑杲、柯凤荪等,学问大进。宣统年间,再游京师,授学部主事。辛亥革命后,任安徽高等学堂校长、参政院参政、清史馆总纂,并主讲庐江、潜川书院。是桐城派末期的代表人物,被称为桐城派殿军。著有《老子故》2 卷、《庄子故》8 卷、《屈赋微》2 卷、《桐城耆旧传》19 卷附列女传 1 卷、《左忠毅公年谱定本》2 卷、《清史儒林传稿》《清史文苑传稿》《抱润轩笔记》《抱润轩尺牍》等。事迹见陈祖壬编《桐城马先生年谱》。

丁传靖(1870—1930)。传靖字秀甫,号闇公,江苏镇江人。清副贡生。曾入江阴南菁书院深造。1910 年由陈宝琛荐举为礼学馆纂修。民国后,任江苏督军冯国璋的幕僚。袁世凯称帝失败,随冯国璋到北京任总统府秘书,替总统撰写书札、联额、祭吊文、褒勋词及题画、序书等文字。1920 年参加秫园诗社。著有《闇公文存》《闇公诗存》《沧桑艳》《清大学士年表》《督抚年表》《历代帝王世系宗亲谱》《清代名人齿录》《东林别传》《两朝人瑞录》《江乡渔话》《都下名人故宅考》《甲乙之际宫闱录》《红楼梦本事诗》《宋人轶事汇编》等。

民国二十年　辛未　1931 年

一、传记评论

胡适于 1 月、2 月在美国的《论坛》杂志上发表《我的信仰》一文,连载两期。文章很多内容都与《四十自述》相吻合或一脉相承。

按:胡适的文章分为十大章节,分别阐述了胡适父亲的事迹、父母的婚姻、母亲的抚育与影响、早年生活忆述、早年求学经历、接受进化论思想、在美国的学业与理想、留美 7 年的思想进化、母亲之死与不朽观念、科学与人生观的论战等内容。在这十大章节的内容中,胡适的家世背景、父母事迹、人生理想、信奉理念及生活感悟等内容均自然而然地得以流露与表达,将其40 年的人生轨迹予以了生动刻画。1931 年 7 月,美国纽约的西蒙与舒斯特出版公司将《论坛》杂志"生活哲学"专栏文章一并结集出版,书名就叫做《生活哲学》。①

胡适的《我的信仰》一文,是年 2 月至 4 月间,由向真翻译成中文,在赵家璧主编的《中国学生》杂志第 3 卷第 2、3、4 期上连载,全文发表。

按:赵家璧发表胡适的《我的信仰》,事先并未经过胡适授权,也未交由胡适本人校订,对于这种"超常规"的做法,他在《编者的话》中说:"胡适博士的《四十自述》在《新月》上开始发表后,我们对于这位中国文学革命的前锋,其所以产生如此思想的背景,得了一个坦白的供状……我国白话运动的主将,中国生存的哲学家,这次能自己动笔,写他自己的传记和信仰,却是中国文坛上的创举。""美国 *Forum*(论坛)杂志有 H. G. Wells(韦尔斯)、胡适等十四篇题目都是《我的信仰》,然而各人的写法不同。胡博士的,便用传记体夹写他自己思想的演进。据胡博士告诉人,说这篇东西,是特别为了写给既不熟悉中国的国情,而对于他的思想又很隔膜的异邦人看的……"最后,他郑重申明:"须赶在二月号上发表,故请向真君翻译后,未能如愿地请原作者去修正一下。所有遗误之点,完全由本志负责。"②

---

① 肖伊绯.胡适的鳞爪[M].南京:凤凰出版社,2014:275.
② 肖伊绯.胡适的鳞爪[M].南京:凤凰出版社,2014:278.

静远《康德的传记及其学说的发展》发表于《学生杂志》第 18 卷第 8 期。

东声译《托尔斯泰论莎士比亚》发表于《文艺月刊》第 2 卷第 2 期。

东声译《托尔斯泰论莎士比亚》（续完）发表于《文艺月刊》第 2 卷第 3 期。

［苏］塞里兹尔作、丽尼译《安德列夫论》发表于《新时代》创刊号。

陈翔冰《拜伦的魔性》发表于《新时代》创刊号。

［苏］塞里兹尔著、丽尼译《安德列夫论》（续完）发表于《新时代》第 1 卷第 2 期。

朱湘《邵冠华的〈旅程〉》发表于《现代文学评论》第 1 卷第 1 期。

孙席珍《赵景深的〈栀子花球〉》发表于《现代文学评论》第 1 卷第 1 期。

汤增扬《谢六逸的〈日本文学史〉》发表于《现代文学评论》第 1 卷第 1 期。

默之《瞿然译的〈欧洲最近文艺思潮〉》发表于《现代文学评论》第 1 卷第 1 期。

汤增扬《汪倜然译述的〈天才的努力〉》发表于《现代文学评论》第 1 卷第 1 期。

邵冠华《论闻一多的〈死水〉》发表于《现代文学评论》第 1 卷第 2 期。

汪倜然《小泉八云的新研究》发表于《现代文学评论》第 1 卷第 3 期。

范争波《叶绍钧的〈未厌集〉》发表于《现代文学评论》第 2 卷第 1、2 期合刊。

邵冠华《冯乃超的〈红纱灯〉》发表于《现代文学评论》第 2 卷第 1、2 期合刊。

［德］威尔赫谟·孔辙作、段可情译《赫尔曼黑赛评传》发表于《现代文学评论》第 2 卷第 1、2 期合刊。

杨昌溪《林芙美子与中国文人》发表于《现代文学评论》第 2 卷第 1、2 期合刊。

知诸《巴金的著译考察》发表于《现代文学评论》第 2 卷第 3 期和第 3 卷第 1 期合刊。

汪倜然《欧·亨利的短篇小说作法秘方》发表于《现代文学评论》第 2 卷第 3 期和第 3 卷第 1 期合刊。

杨昌溪《西人眼中的茅盾》发表于《现代文学评论》第 2 卷第 3 期和第 3 卷第 1 期合刊。

南海冯六译《显克微支论》发表于《现代文学评论》第 2 卷第 3 期和第 3

卷第 1 期合刊。

迈进《谈谈新旧文学都有成功的雪林女士》发表于《新人生》第 1 卷第 2 期。

陈思《论有名作家》发表于《涛声》第 1 卷第 16 期。

胡适之《追悼志摩》发表于《新月》第 4 卷第 1 期(徐志摩纪念专号)。

按:徐志摩与陈梦家、方玮德 1 月在上海创办《诗刊》季刊,被推选为笔会中国分会理事。同年 11 月 19 日,徐志摩由江苏南京乘飞机到北平,因遇大雾在济南附近触山(山东女子学院东),故飞机失事,因而遇难。徐志摩遇难后,12 月 6 日北平文化界举行徐志摩追悼会,周作人、胡适、凌叔华、陈衡哲等 250 余人参加。胡适因作《追悼志摩》,表示悼念。胡适还手拟《徐志摩纪念文学奖金募集办法》和《陆小曼给养办法》。《新月》杂志 4 卷 1 期出版纪念专号。

胡适说:"社会上对于他的行为,往往有不谅解的地方,都只因为社会上批评他的人不曾懂得志摩的'单纯信仰'的人生观。他的离婚和他的第二次结婚,是他一生最受社会严厉批评的两件事。现在志摩的棺已盖了,而社会上的议论还未定。但我们知道这两件事的人,都能明白,至少在志摩的方面,这两件事最可以代表志摩的单纯理想的追求。他万分诚恳的相信那两件事都是他实现那'美与爱与自由'的人生的正当步骤。这两件事的结果,在别人看来,似乎都不曾能够实现志摩的理想生活。但到了今日,我们还忍用成败来议论他吗?"

胡适《辨伪举例——蒲松龄的生年考》发表于《新月》第 4 卷第 1 期。

周作人《志摩纪念》发表于《新月》第 4 卷第 1 期。

按:周作人 13 日作《志摩纪念》,认为徐志摩的诗文以及小说戏剧,在新文学史上"已经很够不朽",他的逝世,是"中国文学的一大损失"。

郁达夫《志摩在回忆里》发表于《新月》第 4 卷第 1 期。

梁实秋《谈志摩的散文》发表于《新月》第 4 卷第 1 期。

杨振声《与志摩最后的一别》发表于《新月》第 4 卷第 1 期。

韩湘眉《志摩最后的一夜》发表于《新月》第 4 卷第 1 期。

方令孺《"志摩是人人的朋友"》发表于《新月》第 4 卷第 1 期。

储安平《悼志摩先生》发表于《新月》第 4 卷第 1 期。

何家槐《怀志摩先生》发表于《新月》第 4 卷第 1 期。

赵景深《志摩师哀悼》发表于《新月》第 4 卷第 1 期。

张若谷《送志摩升天》发表于《新月》第 4 卷第 1 期。

松柏《莫扎尔德的镇魂曲——读〈近世十大音乐家〉》发表于《开明》第 2 卷第 18 号。

春冰译《史特林堡评传》发表于《戏剧》第 2 卷第 5 期。

李长傅《郑和小传及其航行南洋之概略》发表于《南洋研究》第 3 卷第 6 号。

汪倜然《捷克惠斯底幻诞小说》发表于《前锋月刊》第 1 卷第 6 期。

汪倜然《班奈德死后之纪念》发表于《前锋月刊》第 1 卷第 7 期。

陈勉予《我研究文学的历史过程和我的经验谈》发表于《读书月刊》第 1 卷第 5 期。

马彦祥《洪深论》发表于《读书月刊》第 2 卷第 2 期。

[日]升曙梦作、凌坚译《高尔基论》发表于《读书月刊》第 2 卷第 4、5 期（文学研究专号）。

余慕陶《辛克莱论》发表于《读书月刊》第 2 卷第 4、5 期（文学研究专号）。

适夷《菊池宽论》发表于《读书月刊》第 2 卷第 4、5 期（文学研究专号）。

赵景深《论何家槐的小说》发表于《读书月刊》第 2 卷第 4、5 期（文学研究专号）。

杨昌溪《萧伯纳·威尔士在世界的地位》发表于《青年界》第 1 卷第 4 期。

杨昌溪《英美的皮蓝得娄戏剧热》发表于《青年界》第 1 卷第 5 期。

杨昌溪《刘易士论脱离英国文学传统》发表于《青年界》第 1 卷第 5 期。

吴宓译《薛尔曼评传》发表于《学衡》第 73 期。

严济慈《郎之万教授的生平及其在物理学上的贡献》发表于《科学》第 15 卷第 12 期。

何史文（瞿秋白）《纪念列宁》发表于《红旗周报》第 27 期。

按：文章说："列宁主义对于世界社会主义革命的作用，是极端伟大的。列宁在马克思主义者之中，第一个提出'社会主义可以先在一个国家里面胜利'的问题。解决了这个问题，并且领导了伟大的苏俄共产党实行这个任务，列宁的继承者史大林同志，反对着托洛茨基，反对着布哈林等的右派，领导着百万党员的苏联共产党，领导着苏联无产阶级的伟大坚决的斗争，现在已经实现了列宁的这个学说。……共产国际是列宁主义的国际。世界各国的无产阶级，世界各国的共产党，只有在列宁主义的国际的领导之下，才能够取得革命的胜利。中国共产党就是在列宁主义国际的领导之下，纠正党内一些右倾'左倾'机会主义的错误,而向着胜利的道路走进。"

二、单篇传记

[德]巴斯特作、段可情译《德国短命女作家碧萝芙的小说》发表于《现代文学评论》第 1 卷第 1 期。

汪倜然《澳洲女作家李却特生》发表于《现代文学评论》第 1 卷第 1 期。

杨昌溪《雪莱的信徒诺贝尔》发表于《现代文学评论》第 1 卷第 1 期。

杨昌溪《俏皮的萧伯纳》发表于《现代文学评论》第 1 卷第 1 期。

德娟《张资平怕走北四川路》发表于《现代文学评论》第 1 卷第 1 期。

季洁《焦菊隐燕尔新婚》发表于《现代文学评论》第 1 卷第 1 期。

钱歌川译《英国文坛四画像》(吉卜林、威尔斯、萧伯纳、高尔斯华绥)发表于《现代文学评论》第 1 卷第 2 期。

汪倜然《汤麦斯曼的自传》发表于《现代文学评论》第 1 卷第 2 期。

汪倜然《土耳其女作家爱克兰》发表于《现代文学评论》第 1 卷第 2 期。

汪倜然《维也纳小说家之新著》发表于《现代文学评论》第 1 卷第 2 期。

汪倜然《班奈德之死及其绝笔作》发表于《现代文学评论》第 1 卷第 2 期。

汪倜然《德国乡土作家弗伦生》发表于《现代文学评论》第 1 卷第 2 期。

杨昌溪《哈姆生的怪脾气》发表于《现代文学评论》第 1 卷第 2 期。

杨昌溪《普希金的恋爱事件》发表于《现代文学评论》第 1 卷第 2 期。

杨昌溪《武者小路实笃的四角恋爱》发表于《现代文学评论》第 1 卷第 2 期。

杨昌溪《布兰兑斯的书札》发表于《现代文学评论》第 1 卷第 2 期。

德娟《郑振铎与旧书铺》发表于《现代文学评论》第 1 卷第 2 期。

德娟《洪深自画像》发表于《现代文学评论》第 1 卷第 2 期。

汪倜然《丹麦小说家纳特安徒生》发表于《现代文学评论》第 1 卷第 3 期。

汪倜然《赫尔曼海斯再写灵肉冲突》发表于《现代文学评论》第 1 卷第 3 期。

杨昌溪《菊池宽的穷富》发表于《现代文学评论》第 1 卷第 3 期。

杨昌溪《泥土里的莎士比亚》发表于《现代文学评论》第 1 卷第 3 期。

杨昌溪《同性爱的诗人魏伦》发表于《现代文学评论》第 1 卷第 3 期。

[匈]海维西作、赵景深译《匈牙利大诗人裴都菲》发表于《现代文学评

论》第 2 卷第 1、2 期合刊。

李赞华译《班奈德》发表于《现代文学评论》第 2 卷第 1、2 期合刊。

杨昌溪《多产的大仲马》发表于《现代文学评论》第 2 卷第 1、2 期合刊。

杨昌溪《自吹自打的华兹华斯》发表于《现代文学评论》第 2 卷第 1、2 期合刊。

杨昌溪《史温朋对朋友的癖怪》发表于《现代文学评论》第 2 卷第 1、2 期合刊。

杨昌溪《巴尔扎克的逸事》发表于《现代文学评论》第 2 卷第 1、2 期合刊。

杨昌溪《雷马克与克雷马》发表于《现代文学评论》第 2 卷第 1、2 期合刊。

杨昌溪《小孩编辑的阿耳祖齐》发表于《现代文学评论》第 2 卷第 1、2 期合刊。

贺玉波《现代中国女作家》（歌颂母爱的冰心女士、庐隐女士及其作品、丁玲女士论评）发表于《现代文学评论》第 2 卷第 3 期和第 3 卷第 1 期合刊。

汪倜然《高尔基祝贺萧伯纳》发表于《现代文学评论》第 2 卷第 3 期和第 3 卷第 1 期合刊。

汪倜然《萧伯纳在生日的演说》发表于《现代文学评论》第 2 卷第 3 期和第 3 卷第 1 期合刊。

汪倜然《乔琪摩尔的新著》发表于《现代文学评论》第 2 卷第 3 期和第 3 卷第 1 期合刊。

汪倜然《德国小说家赫尔曼勃洛格》发表于《现代文学评论》第 2 卷第 3 期和第 3 卷第 1 期合刊。

［美］左纳盖尔作、王坟译《勃莱特小传》发表于《当代文艺》第 2 卷第 5 期。

柳亚子《重订苏曼殊年表》发表于《文艺杂志》第 1 卷第 2 期。

欧阳予倩《自我演戏以来》（续七）发表于《戏剧》第 2 卷第 3、4 期合刊。

仲华《女科学家潘宁登》发表于《妇女杂志》第 17 卷第 3 号。

雪林《清代女词人顾太清》发表于《妇女杂志》第 17 卷第 7 号。

曾觉之《法国十九世纪的伟大女作家斯达埃夫人》发表于《妇女杂志》第 17 卷第 7 号。

张叔愚译《现在俄国女作家自传》发表于《妇女杂志》第 17 卷第 7 号。

白蒲《勒蒲兰夫人》发表于《妇女杂志》第 17 卷第 7 号。

白蒲《罗霭伊夫人》发表于《妇女杂志》第 17 卷第 7 号。

仲华《一九三一年美国波立若奖金的获得者彭恩夫人》发表于《妇女杂志》第 17 卷第 7 号。

李君毅《从爱伦凯到柯伦泰》发表于《妇女杂志》第 17 卷第 7 号。

汪倜然《邓南遮沽名钓誉》发表于《前锋月刊》第 1 卷第 4 期。

汪倜然《阿诺耳支魏梧底新著》发表于《前锋月刊》第 1 卷第 4 期。

汪倜然《巴比尼作世界名人传》发表于《前锋月刊》第 1 卷第 4 期。

汪倜然《爱尔兰作家麦克那麦拉》发表于《前锋月刊》第 1 卷第 4 期。

汪倜然《克列斯丁洛赛谛诞生百年纪念》发表于《前锋月刊》第 1 卷第 4 期。

汪倜然《加拿大女作家屋斯丹索》发表于《前锋月刊》第 1 卷第 4 期。

汪倜然《哈姆生的新著流浪者》发表于《前锋月刊》第 1 卷第 5 期。

汪倜然《奥国诗人李尔克之美妙的自传》发表于《前锋月刊》第 1 卷第 5 期。

汪倜然《夏芝与萧伯纳》发表于《前锋月刊》第 1 卷第 5 期。

汪倜然《朱斯在巴黎》发表于《前锋月刊》第 1 卷第 5 期。

汪倜然《荷兰女小说家阿默斯古勒》发表于《前锋月刊》第 1 卷第 6 期。

汪倜然《汤李斯曼底儿子》发表于《前锋月刊》第 1 卷第 6 期。

汪倜然《爱尔兰小说家奥唐耐尔》发表于《前锋月刊》第 1 卷第 6 期。

〔匈〕海维西作、赵景深译《匈牙利大诗人亚拉奈》发表于《前锋月刊》第 1 卷第 7 期。

任农《保尔罗白逊——尼格罗的艺术家》发表于《前锋月刊》第 1 卷第 7 期。

汪倜然《梅特林克情妇之回忆录》发表于《前锋月刊》第 1 卷第 7 期。

汪倜然《易卜生底信札及日记》发表于《前锋月刊》第 1 卷第 7 期。

汪倜然《莫洛怀之〈屠格涅夫传〉》发表于《前锋月刊》第 1 卷第 7 期。

汪倜然《苏格兰作家马根昔》发表于《前锋月刊》第 1 卷第 7 期。

汪倜然《特莱塞自传第一卷》发表于《前锋月刊》第 1 卷第 7 期。

陈衡玉《托洛茨基自传》发表于《读书杂志》第 1 卷第 6 期。

邱韵铎《贾克·伦敦的儿童时代》发表于《读书月刊》第 1 卷第 3、4 期。

夏瑞民《中学读书生活的回顾》发表于《读书月刊》第 1 卷第 5 期。

黄天鹏《新闻记者生活的回顾》发表于《读书月刊》第 1 卷第 6 期。

陈钟凡《求学与读书》发表于《读书月刊》第 2 卷第 1 期（我的读书经验

专号）。

余楠秋《我的读书经验》发表于《读书月刊》第 2 卷第 1 期（我的读书经验专号）。

章衣萍《我的读书经验》发表于《读书月刊》第 2 卷第 1 期（我的读书经验专号）。

按：作者在文章开头说："本刊编者顾仞千先生要我写一篇文章，题目是《我的读书经验》。这个题目是很有意义的，虽然我不会做文章，也不能不勉强把我个人的一点愚见写出来。"

赵景深《暗中摸索》发表于《读书月刊》第 2 卷第 1 期（我的读书经验专号）。

匡亚明《从空虚到实际》发表于《读书月刊》第 2 卷第 1 期（我的读书经验专号）。

谢六逸《读书的经验》发表于《读书月刊》第 2 卷第 1 期（我的读书经验专号）。

黄天鹏《寒窗的回忆》发表于《读书月刊》第 2 卷第 1 期（我的读书经验专号）。

王礼锡《读书忏悔录》发表于《读书月刊》第 2 卷第 1 期（我的读书经验专号）。

贺扬灵《我的读书趣味》发表于《读书月刊》第 2 卷第 1 期（我的读书经验专号）。

王平陵《造成折节读书的风气》发表于《读书月刊》第 2 卷第 1 期（我的读书经验专号）。

谢冰莹《我的读书经验》发表于《读书月刊》第 2 卷第 1 期（我的读书经验专号）。

贺玉波《两个不同的时期》发表于《读书月刊》第 2 卷第 1 期（我的读书经验专号）。

马仲殊《我的读书经验》发表于《读书月刊》第 2 卷第 1 期（我的读书经验专号）。

顾均正《学习外国语之困难》发表于《读书月刊》第 2 卷第 1 期（我的读书经验专号）。

贺玉波《茅盾创作的考察》发表于《读书月刊》第 2 卷第 1 期（我的读书经验专号）。

沈思译《武者小路实笃〈随想录〉》发表于《读书月刊》第 2 卷第 1 期（我

的读书经验专号）。

［日］升曙梦作、高明译《高尔基访问记》发表于《读书月刊》第 2 卷第 1 期（我的读书经验专号）。

黄天鹏《我从事新闻运动的经过》发表于《读书月刊》第 2 卷第 2 期。

李白英《我所爱读的书》发表于《读书月刊》第 2 卷第 2 期。

沈善坚《施蛰存和他的〈上元镫〉》发表于《读书月刊》第 2 卷第 2 期。

［日］宫岛新三郎作、高明译《萧伯纳访问记》发表于《读书月刊》第 2 卷第 2 期。

匡亚明《郁达夫印象记》发表于《读书月刊》第 2 卷第 3 期。

贺玉波《叶绍钧访问记》发表于《读书月刊》第 2 卷第 3 期。

贺玉波《夏丏尊访问记》发表于《读书月刊》第 2 卷第 3 期。

李白英《王独清印象记》发表于《读书月刊》第 2 卷第 3 期。

林易《歌德死后百年祭》发表于《读书月刊》第 2 卷第 3 期。

林易《海涅纪念碑》发表于《读书月刊》第 2 卷第 3 期。

林易《土耳其的行吟诗人》发表于《读书月刊》第 2 卷第 3 期。

丁玲《我的自白》发表于《读书月刊》第 2 卷第 4、5 期（文学研究专号）。

陈瘦竹译《托尔斯泰的情书》发表于《读书月刊》第 2 卷第 4、5 期（文学研究专号）。

林英《科洛连珂的小品》发表于《读书月刊》第 2 卷第 4、5 期（文学研究专号）。

王以仁《王以仁自剖》发表于《读书月刊》第 2 卷第 4、5 期（文学研究专号）。

爱南《现代中国作家素描——王独清》发表于《读书月刊》第 2 卷第 4、5 期（文学研究专号）。

凌梅《现代中国作家传略（一）》（周作人、曾孟朴、赵景深、汪静之、许地山、王独清、穆木天、朱湘、闻一多）发表于《读书月刊》第 2 卷第 4、5 期（文学研究专号）。

陈瘦竹译《托尔斯泰的情书》（续）发表于《读书月刊》第 2 卷第 6 期（反日运动特刊）。

凌梅《现代中国作家传略（二）》（陈望道、孙席珍、傅东华、蒋光慈、谢六逸、田汉）发表于《读书月刊》第 2 卷第 6 期（反日运动特刊）。

［日］林芙美子著、崔万秋译《林芙美子的自传》发表于《新时代》第 1 卷第 2 期。

华林《怀屈原》发表于《新时代》第 1 卷第 3 期。

聚仁《朱熹与韩侂胄与唐仲友》发表于《涛声》第 1 卷第 7 期。

聚仁《杜威先生》发表于《涛声》第 1 卷第 12 期。

陈思《徐志摩之死》发表于《涛声》第 1 卷第 16 期。

曹聚仁《哀诗人徐志摩》发表于《涛声》第 1 卷第 17 期。

展也《诗人志摩先生之死》发表于《涛声》第 1 卷第 17 期。

聚仁《蔡元培陈铭枢被殴》发表于《涛声》第 1 卷第 19 期。

陈思《抗议邓演达处死刑》发表于《涛声》第 1 卷第 20 期。

李易水《新人张天翼的作品》发表于《北斗》创刊号。

［法］巴比塞作、穆木天译《左拉的作品及其遗范》发表于《北斗》第 1 卷第 2 期。

谢六逸《美国新闻大王哈斯脱》发表于《青年界》第 1 卷第 3 期。

刘大杰译《柴霍甫的书信》发表于《青年界》第 1 卷第 3 期。

赵景深《现代美国小说家戴尔》发表于《青年界》第 1 卷第 3 期。

杨昌溪《雷马克的第三部创作》发表于《青年界》第 1 卷第 4 期。

杨昌溪《显尼志劳的戏剧》发表于《青年界》第 1 卷第 4 期。

杨昌溪《波特莱尔的新估价》发表于《青年界》第 1 卷第 4 期。

杨昌溪《英国文学家宾那脱逝世》发表于《青年界》第 1 卷第 4 期。

杨昌溪《皮蓝得娄在美国》发表于《青年界》第 1 卷第 4 期。

［苏］脱拉耶诺夫斯基作、建南译《杜思退益夫斯基》发表于《青年界》第 1 卷第 5 期。

杨昌溪《丹农雪乌的传记》发表于《青年界》第 1 卷第 5 期。

傅玉符译《杜思退益夫斯基年表》发表于《青年界》第 1 卷第 5 期。

杨昌溪《赫克胥黎与戏剧》发表于《青年界》第 1 卷第 5 期。

《被难同志传略》（李伟森、柔石、胡也频、冯铿、殷夫、宗晖）发表于《前哨》第 1 卷第 1 期（纪念战死者专号）。

任鸿隽《发明的天才——爱迪生》发表于《新月》第 4 卷第 1 期。

郭寿生《世界最初航海家之事迹及汉诺探险史》发表于《海军期刊》第 3 卷第 11 期。

胡东林《马夏尔之生平及其学说》发表于《中华季刊》第 1 卷第 3 期。

黄贤俊《汪中之生平及其述学》发表于《国闻周刊》第 8 卷第 35 期。

黄贤俊《汪中之生平及其述学》（续）发表于《国闻周刊》第 8 卷第 36 期。

黄炎培《我师蔡孑民先生之生平》发表于《国讯旬刊》第 334 期。

黄源编《屠格涅夫生平及其作品》发表于《中国新书月报》第 1 卷第 1—2 期。

季廉《马夏尔的生平及其贡献》发表于《新闻周报》第 8 卷第 29 期。

刘朗泉《怪杰墨索里尼的自述》发表于《学生杂志》第 18 卷第 7 期。

秋声《陈天华烈士小传》发表于《艺园》第 1 卷第 22 期。

少樵《北岩爵士的生平》发表于《新人生》第 1 卷第 9 期。

宋维翰《一个士兵的自述》发表于《互助周刊》第 3 期。

同光《罗特亚门逊的事迹》发表于《北辰杂志》第 3 卷第 2 期。

王汉伦《影场回忆录》发表于《良友画报》第 64 期。

振玉石寒《先妣事略》发表于《高农期刊》创刊号。

周贞亮《梁昭明太子年谱》发表于《国立武汉大学文哲季刊》第 2 卷第 1 号。

费鉴照《济慈心灵的发展》发表于《国立武汉大学文哲季刊》第 2 卷第 3 号。

方重《邓与布朗宁对于人生的解答》发表于《国立武汉大学文哲季刊》第 2 卷第 4 号。

按：邓（JohnDonne）是英国 17 世纪的作家，布朗宁是英国 19 世纪的诗人，他们出生年代不同，故两人所处的境遇及生存的社会背景也有很大差异，但布朗宁在"艺术及思想方面，有许多地方于前者很类同，竟像受有直接影响的"。此文"不是哲学的论文，乃是研究两位时代不同的文人，对于人生几点相同的解答"。

顾颉刚、洪煨莲《崔东壁先生故里访问记》发表于《燕京学报》第 9 期。

容肇祖《唐诗人李益的生平》发表于《岭南学报》第 2 卷第 1 期。

容肇祖《明冯梦龙的生平及其著述》发表于《岭南学报》第 2 卷第 2 期。

何格恩《陈亮的生平》发表于《岭南学报》第 2 卷第 2 期。

张长弓《王昭君》发表于《岭南学报》第 2 卷第 2 期。

张体元《清名医张暖村先生小传》发表于《杏林医学月报》第 31 期。

宽静《自述学佛之缘起》发表于《正觉》第 10 期。

李盛烈《饶平黄冈天主教传教事略》发表于《圣教杂志》第 20 卷第 12 期。

慧国《法师小传》发表于《佛化随刊》第 18 期。

黄茂林译述《英国佛教徒先进罗士军医官传》发表于《世界佛教居士林林刊》第 28 期。

袁智毅述《袁智纯居士行状并往生事略》发表于《世界佛教居士林林刊》第 28 期。

沈寐叟《杨仁山居士塔铭》发表于《世界佛教居士林林刊》第 28 期。

吴倩芗《李净悟居士往生记》发表于《弘法社刊》第 18 期。

智定《蔡夫人生西事略》发表于《弘法社刊》第 18 期。

三、传记著作

(清)江藩著《汉书师承记》(上下册)由上海商务印书馆出版。

(清)江藩著《宋学渊源记》由上海商务印书馆出版。

洪业等编《历代同姓名录引得》由北平哈佛燕京学社引得编纂处出版。

朱君毅著《中国历代人物之地理的分布》由厦门大学印刷所出版。

按：作者在《弁言》中说："遗传与环境对于吾人之智慧或事业，究竟发生若何影响，本为教育心理学上一大问题。本研究之目的，一方面在解答此项问题于万一；又一方面在探求中国历代人物之地理分布及其移动之趋势，因而追寻数千年文化变迁之途径。盖人物与文化，彼此固有密切之关系也。稿成，蒙厦大教育学院院长孙贵定博士列为教育学院研究丛刊之一，并拨用中华教育文化基金董事会补助费刊印多本，以资赠送。今复承中华书局总编辑舒新城先生允由该局出版，无任铭感。又从事本篇研究时，先后得周君品瑛、张君庆隆、汪君养仁，及内子成言真女士各种统计上之襄助，附此志谢。朱君毅识于厦门大学。"

钱穆著《惠施公孙龙》由上海商务印书馆出版。

[日]林泰辅著、钱穆译《周公》由上海商务印书馆出版。

潘吟阁著《〈史记·货殖传〉新诠》由上海商务印书馆出版。

按：潘吟阁曰："《货殖传》一篇，讲的是种种社会的情形，且一一说明它的原理。所写的人物，又是上起春秋，下至汉代。所写的地理，又是北至燕、代，南至儋耳。而且各人有各人的脚色，各地有各地的环境。可当游侠读，可当小说读。读中国书而未读《史记》，可算未曾读书；读《史记》而未读《货殖传》，可算未读《史记》。美哉《货殖传》!"(《〈史记·货殖列传〉新诠》编者弁言)

郑鹤声编著《司马迁年谱》由上海商务印书馆出版。

郑鹤声编《班固年谱》由上海商务印书馆出版。

王钟麒选注《三国志选》由上海商务印书馆出版。

按：是书选录武帝、文帝、先主、后主、孙权、孙皓及各朝诸臣传。

陆晶清著《唐代女诗人》由上海神州国光社出版。

按：是书分引言、唐代女诗人与时代背景、唐代女诗人的代表作家、女诗人及其作品略考等 4 部分。

胡云翼编《浪漫诗人杜牧》由上海亚细亚书局出版。

柯敦伯著《王安石》由上海商务印书馆出版。

周予同著《朱熹》由上海商务印书馆出版。

陈思著《稼轩先生年谱》由辽海书社出版。

陈筑山著《王阳明年谱》由上海商务印书馆出版。

闵尔昌著《王伯申年谱》由高邮王氏父子年谱本出版。

杨钟健编《先严松轩府君年谱》由北平编者出版。

罗继祖著《段懋堂先生年谱》由上虞罗氏朱程段三先生年谱本出版。

罗继祖著《程易畴先生年谱》由上虞罗氏朱程段三先生年谱本出版。

姚绍华著《崔东壁年谱》由上海商务印书馆出版。

陶存煦著《姚海槎先生年谱》由快阁师石山房丛书本出版。

萧一山著《清代学者生卒及著述表》由北平文史政治学院出版。

按：是书乃编者在北平文史政治学院教清代通史时的讲稿。将清代学者以生年的顺序排列，表述其著述名称、成书时间、卷册数等。

张孝若著《南通张季直先生传记》由上海中华书局出版。

王惠三著《陈化龙》由上海儿童书局出版。

李清悚著《邓世昌》由上海儿童书局出版。

韦息予著《李鸿章》由上海中华书局出版。

河北省教育厅编《孙中山先生的平民精神》由编者出版。

伏志英编《茅盾评传》由上海现代书局出版。

按：作者序说："茅盾先生是一个富有时代性的作家，他以一九二六年的中国革命高潮的某一部分的现象，写作了《幻灭》《动摇》《追求》，时代反映的三部曲，而一鸣惊人的。他技巧的纯熟，观察的深刻，确能捉住那一时代的核心，如小资产阶级对于革命的幻灭与动摇，女性的脆弱，投机分子的丑态，以及病态的青年男女心理，表现得都有相当的成就。以后，继续写了一部《虹》，在结构上是不及前者，至于短篇，如《一个女性》，则为稀有的力作。自从他发表了《从牯岭到东京》，曾引起不少的回响，有的站在无产阶级的立场说他是只有灰暗沉重的现实，几乎再不能对他有什么希望了；而一般未能把握住时代意识者，亦以文艺'发展自我'的论调，强欲挽回颓运，见解虽各不同，但茅盾先生在中国文艺界的地位是怎样的重要，是可以想见的了。本书关于批评茅盾先生作品的，以及批评茅盾先生理论的文字都收集在这里，篇末并附茅盾先生的答辩式的文字,两相对照,读者藉此可窥见全豹。"

素雅编《郁达夫评传》由上海现代书局出版。

樊荫南编纂《当代中国名人录》由上海良友图书印刷公司出版。

国府警卫师编纂组编《忠勇录》由编者出版。

国货事业出版社编辑部编《中国国货事业先进史略》由编者出版。

慈忍室主人编《佛教传记》由佛学书局出版。

黄英编《现代中国女作家》由上海北新书局出版。

按:是书收录中国现代女作家谢冰心、庐隐、陈衡哲、袁昌英、冯沅君、凌叔华、绿漪、白薇、丁玲等9人的传记。

余宗信著《革命伟人故事》由上海儿童书局出版。

中国国民党浙江省执行委员会宣传部编《革命先烈传略集》由编者出版。

按:是书收录陆皓东、史坚如、吴樾、刘道一、徐锡麟、秋瑾、熊成基等80余人的传略。

武南阳编《东北人物志》由大连满洲报社出版。

袁嘉华译注《文学家传记选》由上海北新书局出版。

按:是书选编了约翰逊、塞缪尔、勃郎特、夏洛蒂、歌德、卢梭、斯塔尔夫人、托尔斯泰等人的传记。

刘炳藜编《社会科学家与社会运动家》由上海中华书局出版。

按:是书内收16世纪中叶至20世初期的有重要影响的法学家、政治家、经济学家、社会学家、社会主义者及民族运动领袖小传,共38人。第一部分社会科学家,介绍洛克、孟德斯鸠、卢梭、亚当·斯密、马尔萨斯、李嘉图、斯宾塞、塔尔德等20人,后附教育家杜威等5人。第二部分是社会运动家,介绍圣西门、普鲁东、马克思、恩格斯、列宁、孙中山、甘地等13人。

梁得所辑《成功之路》(现代名人自述)由上海良友图书印刷公司出版。

按:是书录收艺术家徐悲鸿的《悲鸿自述》、著述家邝富灼的《六十年之回顾》、医学家伍连德的《得之于人用之于世》、佛学家丁福保的《医道与佛法》、足球名将李惠堂的《从母胎到现在》、妇女运动者王立明的《由家庭到社会》、交际家黄警顽的《廿年交际经验谈》等7篇自述文章,文章曾在《良友》杂志连续发表过。

周世勋编《世界电影明星小史》由上海文华美术图书印刷公司出版。

按:是书介绍胡蝶、珍妮·盖诺、珍妮·麦唐奈等100人生平事迹,并有照片。

菲律宾名人史略编辑社编《菲律宾华侨名人史略》由上海大东书局出版。

按:是书收录 100 位有成就的菲律宾华侨名人小传。

丰子恺著《世界大音乐家与名曲》由上海亚东图书馆出版。

按:是书分 12 讲,介绍舒曼、肖邦、李斯特、柏辽兹、瓦格纳、莫扎特、贝多芬、舒柏特、门德尔松、柴可夫斯基等 12 位名音乐家及其名曲。书前有作者序。

[法]法里士著、黄卓译《地理创造家》由上海商务印书馆出版。

按:是书分"哥伦布时代以前""从哥伦布到库克""三个近代亚洲探险家""非洲的五个男探险家和一个女探险家""南美洲中心的探险家""澳洲的两个探险家""海洋秘密的研究""美洲探险家""南北两极的探寻"等 9 编,介绍世界各国地理探险家的故事。

赵家璧主编、胡适等著、向真等译《今日四大思想家信仰之自述》由上海良友图书印刷公司出版。

按:是书收录了胡适、韦尔斯、爱因斯坦、杜威在美国《论坛》杂志上发表的"我的信仰"专栏文章,全部翻译成中文,结集出版。这本小册子从 1931 年 8 月 10 日付排,9 月 4 日即初版面市;当年 10 月即再版,12 月第三版;1932 年 5 月第 4 版,9 月已出第 5 版。受欢迎程度可见一斑。1935 年,经纬书局编印的《现代百科全书》第三册《时人自述与人物评传》中,又收入胡适的这篇《我的信仰》,仍是原封不动的向真译本①。

李石岑著《希腊三大哲学家》由上海商务印书馆刊行,有自序、郭大力序。

按:是书作者认为,在西洋哲学史上,提出变化问题和进化问题最早的是赫拉克利特,提出感觉问题、主观问题最早的是普罗塔哥拉,提出唯物问题、幸福问题最早的是德谟克利特,这三个人是哲学的鼻祖,并形成了三个体系,而这三个体系的合流便产生新浪漫哲学。全书分 8 部分阐述这三个哲学体系的产生、内容、发展、影响,以及新浪漫哲学的产生及其特质等。

姚舜钦著《八大派人生哲学》由中华书局刊行,有自序和张东荪、廖世承、蒋维乔序。

按:是书将人生哲学分为八大派,即克己派(斯多亚、康德)、返朴派(老子)、出世派(佛陀、叔本华)、放纵派(杨朱、伊壁鸠鲁)、功利派(边沁、弥儿)、进

---

① 肖伊绯.胡适的鳞爪[M].南京:凤凰出版社,2014:279.

化派(达尔文、斯宾塞)、救世派(墨子、苏格拉底)、中和派(孔子、亚里士多德)。

周曙山编《现代日本社会运动家及思想家略传》由上海民智书局出版。

孙怀仁编译《日本现代人物论》由上海申报馆出版。

赵景深编译《现代欧美作家》由上海良友图书印刷公司出版。

按:是书介绍刘易士、劳伦斯、马雅可夫斯基、恰彼克等 4 位作家的生平事迹和创作活动。

陈博文著《西洋 19 世纪之教育家》由上海商务印书馆出版。

按:是书介绍康德、斐斯塔洛齐、菲希特、施莱马赫、黑格尔、雅科托、赫巴特、福禄培尔、梅因、里斯金等 11 位外国教育家的生平及教育思想。卷首绪论部分概述西洋 19 世纪的教育思潮。

汪倜然译述《天才底努力》由上海良友图书印刷公司出版。

按:是书收录《巴尔扎克底刻苦》《天才底努力》《柴霍甫怎样写小说》《安徒生之札记簿》《文坛怪杰邓南遮》《清教徒萧伯纳》《说到史文朋》《左拉氏魄力》《大仲马与爱伦坡》等 26 篇介绍作家生平及逸事的文章。

周阆风编《小朋友科学伟人》由上海北新书局出版。

按:是书记述伽利略、牛顿、瓦特、贝尔、柯蒂斯等 18 位西方科学家的生平事略。

姜琦著《福勒伯尔》由上海商务印书馆出版。

张星烺著《马哥孛罗》由上海商务印书馆出版。

钱杏邨(阿英)著《安特列夫评传》由上海文艺书局出版。

按:作者《写在安特列夫评传的前面》说:"在俄罗斯的国土里,产生了不少的伟大的文学天才,安特列夫就是这些天才中的一个。他是俄罗斯文学里的颓废派的代表,高尔基时代的'一个最妍烂的才人'。在他的作品里面,有一种'使人毛骨悚然的,好像腐烂了的墓场一般的空气'。在他的全生命之中,他是亲自经历了一九〇四年的日俄战争,一九〇五年的最初的革命,一九〇七到一九一一的反动时代,一九一四到一九一八的欧洲大战,以及一九一七年的革命。这一部评传,不仅是要介绍这个俄罗斯的主要的作家的一生,并且是想尽可能的指出这些伟大的经验怎样的反映在他的作品里面,以及他对于这些主要的事件具着怎样的态度。要了解安特列夫,只有这样的去考察才能深入,至少在作者是这样的相信。"

伍光建译《拿破仑日记》由上海商务印书馆出版。

按:《译者序》说:"今此日记之所记,有可信者,有不可尽信者,然而从其不可尽信者,亦未尝不可以窥见其当时之用心。顾读者之教育、环境、阅历、心理不能尽同,亦终不无见仁见智之别,其论断以殊难于一致,惟其非得自展转之耳食,亦不是故作违心之论,则亦可以自慰矣。"

〔美〕清洁理著《路易巴士特小传》由上海广学会出版。

〔意〕墨索里尼著,佩萱、魏谷译《墨索里尼自传》由上海光明书局出版。

〔德〕卢特维喜著、伍光建译《俾斯麦》由上海商务印书馆出版。

四、卒于是年的传记作者

刘尔炘(1864—1931)。尔炘字又宽,号果斋,甘肃皋兰人。早年中进士,任翰林院编修,后辞职主讲五泉书院。1903 年为甘肃文高等学堂总教习。民国初曾主持全省中学的教育工作,后致力于社会事业。先后创办兴文社立两等小学三处,兰州学社,陇右实业行社,丰黎社仓,全陇希社,国文讲习所等。又将五泉书院筹改为图书馆,设立陇右乐善书局翻印新书,收集陇中名流遗著。著有《果斋前后集》《授经日记》《劝学迩言》《皋兰乡贤事略》《甘肃人物志》等。

毛乃庸(1875—1931)。乃庸字伯时,后字元征,别号剑客,江苏淮安人。曾任淮扬道江北查赈放赈员、江北师范教务长、江南高等学校教授、浙江旅宁公学教务长兼江南实业学校蚕桑分校监督、两江督练公所总文案、江苏通志局分纂等。辛亥革命后,就任山东巡警道署秘书长,后代理内务司司长。晚年寄居南京,坚持著述。著有《十国杂事诗》10 卷、《十六国杂事诗》16 卷、《后梁书》20 卷、《北辽书》9 卷、《辽进士考》2 卷、《季明封爵考》1 卷、《檀香山岛国志》19 卷、《勺湖志》16 卷。译著《安南史》《朝鲜近代史》《印度杂事》《彼得传》《泰西名家传略》若干卷。

李伟森(1903—1931)。伟森乳名伟生,学名国纬,字北平,笔名李求实,化名林伟,湖北武昌人。1917 年考入武汉高等商业专科学校。1919 年五四运动时,领导武汉学生运动。嗣后与恽代英等组成利群书社。1922 年随恽代英到四川泸州,创办泸州联合师范学校。同年回武汉,在武昌高等师范学校读书,并主编《日日新闻》。1923 年参加京汉铁路工人大罢工。1924 年赴苏联学习。1925 年回国,曾任共青团广东区委宣传部长、共青团湖南省委书记、团中央宣传部长、团中央南方局书记等职。1928 年夏主编《上海报》,5 月任苏淮会上海办事处负责人。1931 年 1 月 17 日在东方旅社被捕,1931 年 2 月 7 日被国民政府处决于上海龙华淞沪警备司令部内广场。著有《杜思退也夫斯基评传》等,译著有《朵思退也夫斯基与屠格涅夫》《朵斯退也夫斯基》等。

民国二十一年　壬申　1932 年

一、传记评论

[美]赖士惠作、坎侯译《传记学的科学的研究》发表于《人文月刊》第 3 卷第 4 期。

按：文章说：美国赖士惠教授著《传记学的科学的研究》一文，登入美国《科学月刊》第 30 卷第 1 期，兹撮译其大意如次：史学家、人文学家、社会学家和生物学家，对于传记的研究，有一种共同的兴趣。有一立过功、德或言的人于此，或擅哲学的想像，或擅科学的探讨，或擅文学的创造，或擅经济的开拓，或擅政治的驾驭，他们都想了解每一种的擅长究竟靠着甚么因子而实现的。又在同一种的人物之内，他们也愿意知道"环境"和"本性"的势力又怎样产生许多不同的品性和旨趣来。例如他们一面要问：莎士比亚和歌德，笛卡尔和康德，奈端和爱恩斯坦，俾士麦和拿破仑，是怎样产生的，同时更要问：同是文学家、哲学家、科学家、政治家，何以二人之间，又有派别的不同，贡献的互异。换言之和泛言之，传记学者的工作，在把许多因子分析出来，藉以了解派别的所以分歧，和贡献的所以有大小。

一个人的生活，不论他在生平的哪一个片段里，总是许许多多因子所形成的果；这一点近来有许多研究已经殊途同归的加以证明。一方面他的语言文字，道德标准，行为举措，见地旨趣，志愿信仰，在在受文化环境的支配。另一方面他有一己的想像生活所造成的世界，可以周旋其间，优游自在，使我们不能把他和其他在同一文化环境的人相提并论。文化环境的势力虽大，我们却不能指出一个人来，说他完全可以代表某时代的文化。谁都知道同一家庭里的分子，不论他们的宗教信仰，种族血缘，政党关系，教育造诣，和职业训练，这样的相同，在他们各个的品性和旨趣上，总可以看出很显著的区别来。在生理和形态的结构上，我们就可以分出不同的几派来，而这所谓不同，都算是"常态的"而不是变态的；讲起变态来，派别自然更多了，通常说女子七岁生齿，二七十四经至，七七四十九经绝，但内分泌作用的互异，可以教天癸的来到，断绝，和平日每月的循行，发生许多迟早难易的区别。其他生理和形态的事实，例如高矮、肥瘦，往往影响到一个人的社会地位，在甲文化里认为荣誉的，在乙社会里也许受人嘲笑，挨人揶揄。神经的组织，智慧的调节，人与人之间，也大有不齐。闻见的感觉，是一种极基本的心理作用，宜若尽人而同，而事实上亦因人而异。有的人可以把幼年所得的意像，保留到壮年，历久不散失。平日生理作用发生病态，其机虽微，而影响却往往极大。一个人作事的效率，心气和平的程度，和成见的深浅，往往因这种病态而起变化。老年人的病态变化和政治有莫大的关系，凡在老人当权的国家，这是最显而易见的。

近年来坊间所见的传记文字，不失诸简略不用，即失诸错误百出，其为不孚人意，盖不待言。大学校里有人写传记，也往往只就一己曾有过专门训练的部分去寻觅材料，去分析推论，而于其他部分却丝毫不加参考。例如一位政治学者写一位政治家的传记，他往往但知写他政治的出处、功绩、错误等等，而对于他的家世、人品、日常生活、言动思想等，完全不问，偶一问闻，也不过拾些牙慧，勉强运用，许多作者其实并未了解新名词。例如精神病理的名词，如同"意结""禁压""升化""借偿"等，随时可以在所谓新式的传记文字里检出来。如今要免除这种种错误，只有一种办法。我们要训练出一种专门的传记人才，使他对于种种作传记的艺术上的工具，和与作传记工具有关系的各门学问，都有相当的认识，而能运用自如。他做起某人的传记来，还得有人不断的给他赞助和批评。

和传记学有关系的学问极多，内科医学、神经学、精神病学、心理学、解剖学、生理学、各种社会科学、历史学、各种文学、文字学、方言学等，都脱不了干系。要以一人之身，在一二十年的光阴里，把他们一一学成，在事实上是做不到的。但事实上一个未来的传记学者也用不着学这样多。比如他去听内科医学的演讲，当地有种种实地实验做给他看，他自然可以明了许多病的症候等等，但直接对于他有价值的无非是这一点，即在某种病态之下，一个人可以有某种心理的状况。生理病态和心理状况的关联，前途医学的心理学一天比一天发达，一定还有许多新的事实可以发现。所以作者以为现在种种学问里和传记学有关的知识，不妨假手演讲，当堂实验；书目学等方法，教专攻传记学的人可以旁搜远引，来充实他工具上的准备。在表示一种病的怎样诊断和这种病的心理影响时，活动电影的方法，也可以利用。

以上种种，似乎专在病理方面说话。但病理的传录，另属一派学问，决不能和传记学相混。病是人生的一部分，所以病理的传录，也不过是传记学的一部分而已。自缪皮士的整饬的工作以后，病理的传录，现在也不止一种了。作者以为凡属对于传记学有特殊兴趣的人，不妨自己组织一个研究机关,中间有史学家、谱学家、社会学家、政治学家、经济学家、法学家、文学家、科学史家、哲学史家、精神病学家、内科医家、遗传学家,和心理测验学家。同时还可以看临时的需要,添聘几位特殊的顾问帮忙。近代大学的生活极复杂,责成学员的地方极多,假若没有相当的组织,任何事都不易举办,办了也不易维持,所以作者以为上文的主张,最好能够在国内外大学里实现。这一种研究机关对于已得博士和未得博士的学者的传记研究,可以兼收并蓄。

胡哲敷《传记与社群在中小学历史教材上的地位》发表于《中华教育界》第19卷第9期。

按:文章说:拿现代的眼光,观察历史的内容,大概可分为狭义的与广义的两类。狭义的内容,系专为政治同军事的记载,广义的内容,则为社群生活、时代、文化、思潮等记载。若条分之,则如政治、社会、经济、教育、宗教等是也。历史的记载既限于政治同军事的狭义范围,则其结果必皆为英雄传记;盖既序述政治同战争,其势不能不描写特出人物,使所写之政治与战争,尤为生色。故史家于每代的政治或每次的战争,总是拿一两个人做中心,把这一两个人写得有声有色,为全局之代表。其于社会败德败政,亦以一二人为代表,于是此一二人者,遂为众恶所归,虽"孝子慈孙百世不能改"了。这便是传记发生之根源,由于历史范围的狭隘。

假如掉转过来,历史的内容不仅为政治战争之记载,而于政治军事之外,兼载社会、经济、教育、宗教等,则非一二人之传记所能包括得尽的了。虽有时也未尝不可于其间采取所谓特出人才以为代表,如君主、将相、教皇、主教,以及其他教会里面,同国家里面的官吏领袖,或学问家、雕刻家、绘画家、建筑家,同其他伟奇事业的创作家,但是所代表者,只能算是一部分,而对于全部的生活,时代的思想,文化的影响,就断非传记所能了事的了。并且拿传记去代表社群,总免不了太累赘,太笨重的地方,譬如太史公拿九千多字写项羽,一万多字写汉高,其实拿社群的眼光,何须如此?盖传记系以个人为中心,关于个人琐事,均须附赘于其间,社群则以社会全部生活为标准,于此标准无关者,均可不载;故往往有一万字的传记,而以社群眼光,或一百字可以了之者,这便是传记与社群的大较。

然而传记在教育上,却自有其存在的价值。……因此我们可以推想传记教材的长处,盖不出于下列数种:(一)传记材料大多描写生动,富于趣味,容易引起儿童的兴趣。(二)以个人为单位,使儿童容易得到很深的印象,不致随得随忘。(三)研究个人,比研究个人所属的种族城市或国家,来得简单,儿童易于领会。(四)儿童对于个人有一种天然的同健全的兴味,他们的心理是同英雄同其苦乐的,读了英雄传记,他们自己的经验,因之扩大起来,这种影响,是研究社群所想不到的。(五)知道了古代伟大的同高尚的人物,就会生出一种模仿他们的意向;对于恶人所做的恶事,亦觉得格外可怕。所谓善可以为法,恶足以垂戒,正是此理。(六)我们可以使个人来代表社群,所以研究个人的特性同经验,事实上同研究社群的特性同经验是一样。这是主张传记的人所持的重要理由;不过所谓英雄伟人者,何尝能代表时代的特性和普通的平民?且正因为他们不能代表时代的特性和普通的平民,史家才精心触意把他们特异的地方,描写出来。

白苓《"现代"的"评传"》发表于《新月》第 4 卷第 3 期。

按:现代书局出版了《茅盾评传》《郁达夫评传》《郭沫若评传》和《张资平评传》,作者因此撰文评论说:在我国的过去,很少"评传"一类的著作,即文人们比较详尽完美的传记,据我所知,似乎也还没有。这原因,自然是十分复杂。因了这,常常便使研究文学的人和一般读者,于正确地了解某作家的作品上,感到极大的困难。所以对于这,我每每引为憾事。这缺陷,到了现代,仿佛已经不成问题了。不过我终于还是怀疑最近几十年间不会有好的评传产生,即许我们的批评家有了莫拉思和尼柯尔生一流人的学力和天分。因为评传,并不和某作家的评论或某作家某类作品的批评相同。它是作家的生活与作品的交织。从作家的生活里,它的作者发现了某作家某作品产生的缘由,同时又从某作家的作品里,发现了某作家的生活,某作家的时代,以及某作家在他的时代里的文学地位。过去作家的传记之简略与其他文献的缺乏,几乎使为他们写一部完美的评传成为不可能。现代的作家,材料虽似乎无大问题。然而据我看,大多数作家的所谓"杰作",都还待写,此刻便给我们写他们的"评传",自然是不大妥当的。所以我们终于不得不在期待。

在这期待当中,现代书局居然陆续地编印了四种评传。在我看来,真是有点类似奇迹了。至少,我前面的断定,是会因它们而发生了动摇的。不过我在它们里面追求了一番之后,却不幸得很,也只是感到幻灭。甚至于名之曰"评传",我们都不能不佩服"现代"有我们所不敢有的勇气。他们的那四位作家,自然都是现代文坛上的"名流"了。他们的作品如何,我虽不打算在此地考察,至少他们的"杰作",现在确还没有产生,关于这,即他们自己,也似乎并不否认。比如就说茅盾君罢,他那部总名曰《蚀》的三部曲,大约是一般读者所最推崇的了,然而他,作者自己,就明白声言那是部充满了缺点的试作,若果我们冒昧地假定他此后便不会产生更完美的作品,那总不免有点侮辱作者吧?尤其是他们还都在年壮力强的中年时代。

　　不过,书既已编成,对于这,我们又只好包涵点了。现在且让我们进一步看看它们的内容。他们的体例,差不多可以说是完全一样的,都是些关于某个作家的论文的结集,无论那论文是谈他的行为,他的思想,或他的作品。这种办法,在某一方面说,自然是比较方便的法门,但在选择材料方面,却又绝非我们所想像的那般容易。第一种困难是我们手边所能有的材料,并不一定能完全合乎我们理想的评传的条件。也许有了论某作家某一时期某一方面的文章,而论他别一方面或别一时期的文章,竟一篇都无。即许全有了,而那些文章是否都值得一读,也还属疑问。第二种困难是各篇文章作者的态度的不易一致。编者个人不消说有他自己的立场,但无论他的立场如何,因为材料的缺乏,要同时打破这两层难关,几乎是不大可能的事。假如你完全以文章的优劣为标准,则各文的立场便不易统一;若要顾到立场,便很难篇篇全都优美。这是事实,许你再巧,也无法战胜这实质上的空虚。譬如你聪明,那最好是不"编";不然便是自己提起笔来,写一部有主见有系统的评传。

　　"现代"这四种"评传"的编者,便不幸都是这样笨拙地采用了那似乎很巧的方法。他们不唯没有力量突破那两重难关,甚至于,据我看,连普通编者所应有的辨识力也仿佛没有。严格说,无论哪一部,都仅有三分之一是可以看得过去的文章,其余的不是与作品毫无重要关系的短文,便是感情用事互相攻讦的文字。比如《郭沫若评传》里的《读了〈少年维特之烦恼〉以后》《读〈石炭王〉》《屠场》,与《张资平评传》里的《明珠与黑炭》《张资平与乐群书店》《张资平氏的小说学》等,都是最明显的例子。假如它们的编者能恕我鲁莽,我将毫无掩饰地说:它们只是几册随便凑集起来的杂文。他们并不能帮助读者正确地了解各作家的作品,或者,也许出乎他们的意外,它们反有了类似广告的效用。这种意外的收获,正证明了资本主义的影响之凶烈;在爱护文艺的人们,是不能不感到十二分的危惧的。

　　话虽如此说,我还是相信这收获确是出乎它们编者的意外。他们的目的,我想,或者是在于提倡与宣传他们所谓的"时代文学"。就他们所选的四位作家而论,这目的是已经十分明显。他们之所以选带着浓厚的世纪末色彩的郁达夫,是因为他正在"转变途中";他们之所以"批评"和"宣传"茅盾,也是因为他那三部曲能反映他们所谓的"时代"。他们这种主张,在某一点上,我想仿佛可以赞同。只要弄过一点文学的人,谁都不能否认时代会影响于文学的形质,而不朽的文学作品,也差不多没有一部不超越时代。我们所应注意的,或许是"时代"在文学里的"重要度"与"转变"的方向的问题。假使都像新兴文学家那样,将"时代"重视到"不描写时代便非文学",将转变的方向固定在普罗文学的途上,那却全是死路。

我自然也并不否认现代文艺有了变迁。我不希望现代的作家还去模仿世纪末的人们,只写那种个人色彩太浓,或伤味太重的作品。我也不希望他们,像左拉一流的自然派,只写社会的浮影,只描绘社会上表面的丑与表面的恶。我更不希望,他们竟落伍了,反而走上了假古典主义或"文以载道"的旧道。我以为我们不妨,或者是应该,走出一般人所谓的象牙之塔来,大步地踏入"现实"里去,去观察它,剖析它,冷静地在它浮面的纷乱下,发现人生的"内实"的新方面("内实"这名词,自然是我杜撰,意义是"内在的真实"与"现实"恰相对立。譬如希腊悲剧中所把握住的"运命",莎士比亚所把握住的"性格",浪漫主义者所把握住的"热情"等,都是人生"内实"的一方面)。"内实"把握住了,然后再以最恰当的形式,最完好的结构,与最优美的文字,将它表现出来,作品中故事的时代,倒是可以不必拘泥于现在或是过去。因为是"内实"的新方面,所以作品中自然而然反映着时代的影子;因为作品中所表现的是"内实",所以这作品一定能超越时代。法郎士以为哈姆雷特无论穿着什么时代的衣装都能动人,我觉得最能道破伟大作品的特质,而文学与时代的关系,至多也不过如是而已。

然而他们的主张,实际上却并不与此相同。从编者的序言与所选的文章的比例上考察,他们显然是在指示读者"不描写时代便非文学""不作阶级斗争的武器的文学便非文学"。他们似乎为把握住"时代",和为某种主义作了"留声机器"便行,作品里具不具有文学本质,那尽可不问。其实,这正证明了他们观察之不深刻,或者是他们的目光受了某类事物的蒙蔽。依他们的主张看,他们只是在指导作家与读者重新回到"文以载道"的道上。"道"虽不同,其为"道"也则一。对于社会革命,或者不无帮助,对于文学,我只能说他们是落伍。假如他们是贪图那"意外的收获",我自然是无话可说;假如他们对于文艺女神还有相当的尊敬,无论在选材与立场上,似乎应有修正的必要。这是我们认真研究文学的人们应有的信念,也是我们应有的责任。"现代"是不是还在编辑第五种评传,我们不得而知。假如是,我想或许该是王独清或蒋光慈。不过结果,我恐怕我们终于还是不能不在期待。

[英]哈罗德·尼柯孙著、卞之琳译《魏尔伦与象征主义》发表于《新月》第4卷第4期。

费鉴照《纪念司高脱》发表于《新月》第4卷第4期。

陈梦家《纪念志摩》发表于《新月》第4卷第5期。

秦承志《读了莫氏自传以后》发表于《青年评论》第 18 期。

按：文章说："法西斯蒂"这个名词，今日已风行于世界，有尽力反对之者，亦有尽力赞扬之者，其主义是否合于世界潮流，是否能推行各国，我们姑且不论。但法西首领墨索里尼，是世界上一个怪杰，他已获到政治上的成功，那是毫无疑义的。大约一个成功的人，都有他的特点，有他的优点，决不是偶然或侥幸所致。墨索里尼一生，在修养方面值得我们佩服的地方很多，我觉得每一个青年都有效法他的必要，因此，在我读了他的自传以后，写了这篇短短文字，把关于政治和党的部分完全撇开，这与法西主义，是毫无关涉的。

夔盦《中国历史人物地理的分布》发表于《华年》第 1 卷第 30 期。

按：朱君毅编《中国历史人物地理的分布》，由中华书局出版。本文是评价该书的文章。文章说："此书系综合丁文江、梁启超、张耀翔三氏及著者自作之若干种研究而成。将中国人物地理的分布作一综合之叙述，以我辈所知，此实为第一次；能以浅显之笔墨，叙一比较少经人道及之问题，亦属一种不可多得之尝试与成功。……著者所引之诸家研究大率注意于分布之叙述而不及分布之原因；间有论列，亦大率偏重环境之说；丁氏所论较详，梁氏持'案而不断'之旨，但亦不能忘情于'天地灵钟，山川毓秀'之玄说，张氏亦重视学风与习尚影响，朱先生自得之结论，亦甚侧重环境。此种见地我辈殊未敢苟同。我辈以为诸氏之所以重环境而略遗传者，原因在对于移植之普遍事实未遑加以深究。丁氏尝列'殖民避乱'为六项原因之一，然未窥全豹，殖民固为历史期内所在多有之事实，非止为避乱已也。朱先生谓'当朝代变迁，人民未必迁徙'，是亦未尝深究所谓'选择的移植'现象之口吻。历来各家中论此比较详细者为潘氏，惜作者未能加以参考也。作者谓西洋论人物产生问题者有二派，而以亨丁顿氏入环境派，是盖未尝注意亨氏最近数年来之著作与立场变迁之所致。亨氏在上文所引《种族之品性》一书中，即以移植与移植后之遗传解释各大民族特性之由来，至其一九二七年与韦持纳合著之《美国之营造者》一书中，则几完全以遗传为出发点矣。朱先生于结论中谓'就理论言，产生人物，遗传之影响应较环境为大。但就实际言，环境之影响，当为人物产生之极大原因'。兹所谓理论与实际之分别果不知有何意义，殊不可解。汉族之种族背景，并不'单纯'，黑发肤黄，尽多相似，而智力高下，容甚悬殊，又乌得谓'遗传既大略相同，则一人之成就，环境自可支配之'乎？"

鲁迅、茅盾等 7 人《高尔基的四十年创作生活——我们的庆祝》，11 月

15 日联名发表于《文化月报》创刊号。

编者《歌德时代的德国艺术》发表于《现代》第 1 卷第 2 期。

戴望舒《望舒诗论》发表于《现代》第 2 卷第 1 期。

苏汶《约翰·高尔斯华绥论》发表于《现代》第 2 卷第 2 期(约翰·高尔斯华绥特辑)。

陈子展《沈从文的〈旧梦〉》发表于《青年界》第 2 卷第 1 期。

倪贻德《现代十大画家评传(一)》发表于《青年界》第 2 卷第 1 期。

倪贻德《现代十大画家评传(二)》发表于《青年界》第 2 卷第 2 期。

倪贻德《现代十大画家评传(三)》发表于《青年界》第 2 卷第 3 期。

赵景深《刘大白的诗》发表于《青年界》第 2 卷第 3 期。

倪贻德《现代十大画家评传(四)》发表于《青年界》第 2 卷第 4 期。

黄英《屠格涅夫的散文诗》发表于《青年界》第 2 卷第 4 期。

倪贻德《现代十大画家评传(续完)》发表于《青年界》第 2 卷第 5 期。

徐嘉瑞《莫泊桑的小说》发表于《青年界》第 2 卷第 5 期。

胡秋原《马克斯主义所见的歌德》发表于《读书杂志》第 2 卷第 4 期。

彭芳帅译《歌德论(Wittfogel 著)》发表于《读书杂志》第 2 卷第 4 期。

胡雪译《歌德之艺术观》发表于《读书杂志》第 2 卷第 4 期。

张季同《评李季的〈我的生平〉及〈胡适中国哲学史大纲批判〉》发表于《读书杂志》第 2 卷第 10 期。

李季《谈谈我著马克思传的经过》发表于《读书杂志》第 2 卷第 11—12 期。

按:文章说:"拙著《马克思——其生平其著作及其学说》上编上中下三册,一直到现在才弄完付印,从留德时动手算起,共历十一年,中间经过不少的变迁,特约略写一点出来,作为一种纪念的回忆罢。我在拙著《我的生平》叙述此书的最初计划说:'起初本只打算草一个四万字的小册子,共分四章,章中又分若干节。第一章脱稿,仅一万多字,与预期的无甚出入。但一到第二章,容量甚多,即拟将全书增至八万字,草至第三章第四章,容量更多,又拟增至十六万,二十万,以至三十万字。就文字讲,第一章较逊于第二章,第二章较逊于第三章,第三章又较逊于第四章。当这种工作还没有完成的时候,我已经知道因材料的增加,必须改章为篇,改节为章,并将一二两章重新改作,将第三章加以增补。迨改作增补告竣,字数达五十万,历时两年多。后来回国,先后将上中两册出版,复有修改增加之处,几达五十万字,连下册一起算,当有七十万字。'这段话至少表见两个要点:一、我最初没有打算做大部头的书,二、起初草成五十万字,只费去两年多工夫,以后增补的工作历时八九年,而所加的字数不过二十余万。关于第一点,是因专门研究的时日较长,浏览的杂志和书籍较多,所搜集的材料十分充足,扩充篇幅,是当然的事。关于第二点,是因回国后,做教书匠,译吃饭书,花费我不少的精力,故迟延了本书的出版期。然这却不是一个唯一的原因。本书的范围非常广大,应参考的书籍、报章和杂志多至数百种。就马克思本人讲,著作数十种,而《资本论》和《剩余价值论》都系艰深的专门巨著,非短时期或一二遍所能通晓,且马克思主义非马氏一人所独创,昂格思实尽了一部分责任,因此他的著作也变成了我的主要对象之一。……像这样涉及多方面的著作、非有长时期的准备,是无从下手的。所以这八九年来,我虽为着谋生和其他工作花去许多宝贵的光阴,但所有闲暇时间全注在这种准备上——这正是本书难产的一个原因。"

余天休《佛洛德学说及其批评》发表于《心理杂志选存》第 6 编。

易嘉《论弗里契》发表于《文学月报》第 1 卷第 3 期。

[法]罗曼·罗兰作、寒琪译《论高尔基》发表于《文学月报》第 1 卷第 4 期。

黄芝葳译《普列汗诺夫批判》发表于《文学月报》第 1 卷第 5、6 期合刊。

傅雷《刘海粟论》发表于《艺术旬刊》第 1 卷第 3 期。

聚仁《胡适批判》发表于《涛声》第 1 卷第 27 期。

韩泽《冯玉祥的转变》发表于《涛声》第 1 卷第 27 期。

柳诒徵《明伦》发表于《国风半月刊》第 3 号圣诞特刊。

聚仁《致吴蔡邵三先生公开信》发表于《涛声》第 1 卷第 28 期。

人道楼主《陈独秀到底怎样》发表于《涛声》第 1 卷第 31 期。

吉星《陈独秀到底怎样》发表于《涛声》第 1 卷第 31 期。

曹聚仁《假若陈独秀变了节》发表于《涛声》第 1 卷第 31 期。

潘修桐《魏玛尔举行歌德纪念会之盛况》发表于《新时代》第 2 卷第 2、3 期。

潘修桐《霍普特曼等得歌德纪念章》发表于《新时代》第 2 卷第 2、3 期。

潘修桐《泰戈尔为歌德纪念会电贺德国》发表于《新时代》第 2 卷第 2、3 期。

曾今可《郭沫若印象记》发表于《新时代》第 3 卷第 1 期。

金凯荷《王独清的锻炼》发表于《新时代》第 3 卷第 1 期。

崔万秋《怀惨死的刘梦莹女士》发表于《新时代》第 3 卷第 2 期。

狷公《王荆公年谱考略》发表于《中国新书月报》第 2 卷第 6 期。

容肇祖《明冯梦龙生平及著作续考》发表于《岭南学报》第 2 卷第 3 期。

何格恩《陈亮的生平订正》发表于《岭南学报》第 2 卷第 3 期。

隋树森《金圣叹及其文学评论》发表于《国闻周报》第 9 卷第 24 期。

郭斌龢《孔子与亚里士多德》发表于《国风半月刊》第 3 号圣诞特刊。

按：此文原先是以英文刊登在美国的 *Bookman* 杂志 1931 年 3 月号，《国风杂志》以 9 月 28 日为孔子诞生日，拟出纪念特刊。是文作者应《国风》杂志编辑要求，将此文译成中文。

范存忠《孔子与西洋文化》发表于《国风半月刊》第 3 号圣诞特刊。

按：文章说："孔子学说的传入西洋，都是靠十七八世纪耶稣教士之力。利玛窦、金尼阁、鲁德照、柏应理等等，带了耶稣到东方来，预备把中国征服。但是，他们到了中国，在思想上，几乎被中国征服。他们总不免为中国宣传，为中国的孔子宣传。"根据艾儒略《大西利先生行迹》："利子（利玛窦）尝将中国四书译以西文，寄回本国之人读之。"可见，耶稣传教士介绍、翻译孔子学说远在十七世纪以前。但是，那时所翻译、所介绍的，大概是零碎的、片断的东西。过了六十多年（1661 年以后），郭纳爵、殷铎泽、柏应理等，陆续将《大学》《中庸》《论语》译成拉丁文，最后由柏应理把译稿带到巴黎，于 1687 年出版。所以，在 1687 年——康熙二十六年，孔子学说正式输入西洋。那一年，是中西文化史上最可纪念的一年。

柳诒徵《孔学管见》发表于《国风半月刊》第 3 号圣诞特刊。

缪凤林《谈谈礼教》发表于《国风半月刊》第 3 号圣诞特刊。

景昌极《孔子的真面目》发表于《国风半月刊》第 3 号圣诞特刊。

唐君毅《孔子与歌德》发表于《国风半月刊》第 3 号圣诞特刊。

缪凤林《如何了解孔子》发表于《国风半月刊》第 3 号圣诞特刊。

张其昀《教师节》发表于《国风半月刊》第 3 号圣诞特刊。

按：此文载于《时代公论》第 13 及第 15 号，《国风半月刊》第 3 号以"附录"形式转摘。

梅光迪《孔子之风度》发表于《国风半月刊》第 3 号圣诞特刊。

蒙文通《廖季平与清代汉学》发表于《国风半月刊》第 4 号。

华林一译《迭更生之中西文化比较论》发表于《国风半月刊》第 7 号。

按：根据"译者附志"的说明，可知此文"乃英儒跌更生（G. Lowes Dickinson）所著 *Appearances* 一书之末章也"。这本书是狄更生在东方及美国的游记，分印度、中国、日本、美国四部。"末章以印度、中、日三国文化与西方文化比较,谓中、日文化与西方文化相近,较梁漱溟先生之视中、日文化介于西洋与印度之间者,更进一步矣。"末章原名"结论",上文是按照末章的内容经过改动而成。

刘芬资《悼先夫伯明先生》发表于《国风半月刊》第 9 号"刘伯明先生纪念号"。

刘经邦《悼先兄伯明先生》发表于《国风半月刊》第 9 号"刘伯明先生纪念号"。

梅光迪《九年后之回忆》发表于《国风半月刊》第 9 号"刘伯明先生纪念号"。

胡焕庸《忆刘师伯明》发表于《国风半月刊》第 9 号"刘伯明先生纪念号"。

缪凤林《刘先生论西洋文化》发表于《国风半月刊》第 9 号"刘伯明先生纪念号"。

张其昀《刘伯明先生逝世纪念日》发表于《国风半月刊》第 9 号"刘伯明先生纪念号"。

语堂《悼张宗昌》发表于《论语半月刊》第 1 期。

语堂《有不为斋随笔——读伯讷传认识》发表于《论语半月刊》第 1 期。

语堂《有不为斋随笔——读邓肯自传》发表于《论语半月刊》第 3 期。

徐绪昌《致林语堂》(为"幽默"事)发表于《论语半月刊》第 3 期。

凯《诸葛亮复活》发表于《论语半月刊》第 4 期。

茅盾《我的小传》发表于《文学月报》创刊号(现代中国作家自传)。

白薇《我的生长和没落》发表于《文学月报》创刊号(现代中国作家自传)。

二、单篇传记

洪深《印象的自传》发表于《文学月报》创刊号(现代中国作家自传)。

沈端先《两个不能遗忘的印象》发表于《文学月报》第 1 卷第 2 期(一·二八事变的回忆)。

洪深《时代下几个必然的人物》发表于《文学月报》第 1 卷第 2 期(一·二八事变的回忆)。

叶圣陶《战时琐记》发表于《文学月报》第 1 卷第 2 期(一·二八事变的回忆)。

茅盾《第二天》发表于《文学月报》第 1 卷第 2 期(一·二八事变的回

忆）。

陶晶孙《在炸弹下三日间》发表于《文学月报》第 1 卷第 2 期（一·二八事变的回忆）。

亚子《九一八的感想》发表于《文学月报》第 1 卷第 3 期（九一八周年）。

田汉《九一八的回忆》发表于《文学月报》第 1 卷第 3 期（九一八周年）。

茅盾《九一八周年》发表于《文学月报》第 1 卷第 3 期（九一八周年）。

洪深《我对于九一八的感想》发表于《文学月报》第 1 卷第 3 期（九一八周年）。

穆木天《九一八的感想》发表于《文学月报》第 1 卷第 3 期（九一八周年）。

适夷《向着暴风雨前进》发表于《文学月报》第 1 卷第 3 期（九一八周年）。

华蒂《一个印象》发表于《文学月报》第 1 卷第 3 期（九一八周年）。

编者《艺术学者柯根之死》发表于《文学月报》第 1 卷第 3 期。

编者《爱森斯坦因回国以后》发表于《文学月报》第 1 卷第 3 期。

〔苏〕吉尔波丁作、绮影译《伟大的高尔基》发表于《文学月报》第 1 卷第 4 期。

沈端先《高尔基年谱》发表于《文学月报》第 1 卷第 4 期。

编者《高尔斯华绥得诺贝尔奖金》发表于《文学月报》第 1 卷第 4 期。

〔苏〕卢那察尔斯基作、沈起予译《高尔基与托尔斯泰》发表于《文学月报》第 1 卷第 5、6 期合刊。

林琪《高尔基和工人作家的谈话》发表于《文学月报》第 1 卷第 5、6 期合刊。

柳亚子《柳亚子自传》发表于《文艺茶话》第 1 卷第 3 期。

林文铮《端那德罗之作风及其影响》发表于《文艺茶话》第 1 卷第 3 期。

柳亚子《苏曼殊略传》发表于《文艺茶话》第 1 卷第 4 期。

李青崖《白利欧略传》发表于《文艺茶话》第 1 卷第 5 期。

华林《莎士比亚之爱情悲剧》发表于《文艺茶话》第 1 卷第 5 期。

〔日〕冈泽秀虎作、侍桁译《郭果尔的生活与思想》发表于《文艺月刊》第 3 卷第 3 期。

〔日〕冈泽秀虎作、侍桁译《郭果尔的生活与思想》（续）发表于《文艺月刊》第 3 卷第 4 期。

东声译《勃兰兑斯论法郎士》发表于《文艺月刊》第 3 卷第 5、6 期。

啸霞《从张资平说到白克珠夫人》发表于《文艺杂志》第 1 卷第 3 期。

辛亥《刘易士·辛克莱》发表于《小说月刊》第 1 卷第 1 期。

辛亥《高尔基》发表于《小说月刊》第 1 卷第 1 期。

孟斯根《高尔基的托尔斯泰碎描》发表于《小说月刊》第 1 卷第 2 期。

高植《志摩与我》发表于《小说月刊》第 1 卷第 2 期。

源西《契诃夫》发表于《小说月刊》第 1 卷第 2 期。

沈从文《俍之先生传》发表于《小说月刊》第 1 卷第 2 期。

源西《翁特赛·西丽德》发表于《小说月刊》第 1 卷第 2 期。

源西《高尔斯华绥》发表于《小说月刊》第 1 卷第 3 期。

高地《辛克莱》发表于《小说月刊》第 1 卷第 3 期。

聂绀弩《高尔基文坛生活四十年纪念在俄国》发表于《小说月刊》第 1 卷第 3 期。

编者《萧伯纳近闻》发表于《现代》创刊号。

编者《歌德百年祭琐闻》发表于《现代》创刊号。

编者《许钦文被累入狱》发表于《现代》创刊号。

编者《谢寿康与赛金花》发表于《现代》创刊号。

编者《拿破仑遗书出售》发表于《现代》创刊号。

编者《印度女诗人被捕》发表于《现代》第 1 卷第 2 期。

编者《丹麦诗人逝世》发表于《现代》第 1 卷第 2 期。

编者《关于歌德的生平的德法新出版物》发表于《现代》第 1 卷第 2 期。

江思《马里奈谛访问记》发表于《现代》第 1 卷第 3 期。

编者《格列戈莱夫人逝世》发表于《现代》第 1 卷第 3 期。

编者《歌德的代表画像》发表于《现代》第 1 卷第 3 期（歌德逝世百年纪念画报）。

按：包括 1.歌德一生的肖像：16 岁时的画像、25 岁时的画像、32 岁时的画像、41 岁时的画像、50 岁时的画像、58 岁时的浮雕面形像、60 岁时的画像、66 岁时的石膏面形像、68 岁时的速写像、70 岁时的画像、77 岁时的画像、79 岁时的雕像、80 岁时的塑像、83 岁时的画像、临终时的画像；2.环境·人物：歌德父母肖像、歌德之妹肖像、歌德夫人雕像、歌德的佛朗克府故居、歌德时代的魏马风景、歌德在魏马的著作室、歌德在魏马的会客室、魏马公爵赠给歌德的别墅、魏马公爵肖像、魏马好友席勒肖像；3.诗与散文：原本《少年维特之烦恼》封面、《少年维特之烦恼》插画一页、绿蒂的真面目、歌德的恋人——丽丽夫人、歌德的恋人——玛丽安娜、歌德和魏马公爵、歌德旅行意大利画像、歌德的背影、歌德剪影四帧、歌德创作原稿之一页、老年歌德的手;4.纪念·展览:歌德的死颜、歌德的绝笔、歌德逝世后的讣告、魏马的歌德墓堂、歌德与席勒之墓、歌德临终的卧室、歌德的遗物——书案、歌德的遗物——旅行箱、歌德百年祭瞻礼、魏马的歌德铜像、歌德代表作的中译本《浮士德》、歌德代表作的中译本《少年维特之烦恼》、歌德纪念马克、歌德纪念明信片、歌德纪念邮票、歌德的后裔。

[意]彭丹贝里作、周彦译《当我在非洲的时候》发表于《现代》第1卷第4期。

克士《追记火线下三十五小时的生活》发表于《现代》第1卷第6期。

巴金《作者的自剖》发表于《现代》第1卷第6期。

高明译《十一谷义三郎自叙传》发表于《现代》第1卷第6期。

编者《二法国作家故世》发表于《现代》第1卷第6期。

胡秋原《浪费的论争——对于批判者的若干答辩》发表于《现代》第2卷第2期。

惜蕙《约翰·高尔斯华绥著作编目》发表于《现代》第2卷第2期(约翰·高尔斯华绥特辑)。

编者《高氏肖像及画像》发表于《现代》第2卷第2期(约翰·高尔斯华绥特辑)。

凌昌言《司各特逝世百年祭》发表于《现代》第2卷第2期(司各特百年祭特辑)。

编者《司各特画像》发表于《现代》第2卷第2期(司各特百年祭特辑)。

编者《司各特雕像》发表于《现代》第2卷第2期(司各特百年祭特辑)。

谢达明《关于伏尔可夫》发表于《现代》第2卷第2期。

黄英《奥尼尔的戏剧》发表于《青年界》第2卷第1期。

激厉《一个穷苦青年的经历》发表于《青年界》第2卷第1期。

杜宓耳《一个穷苦青年的经历》发表于《青年界》第2卷第1期。

雪六《一个穷苦青年的经历》发表于《青年界》第2卷第1期。

青子《一个穷苦青年的经历》发表于《青年界》第2卷第1期。

陈参《一个穷苦青年的经历》发表于《青年界》第2卷第1期。

山羊《一个穷苦青年的经历》发表于《青年界》第2卷第1期。

秦女《一个穷苦青年的经历》发表于《青年界》第2卷第1期。

温源宁《现代英美四大诗人》发表于《青年界》第2卷第2期。

黄石《经济学家的故事》发表于《青年界》第2卷第2期。

冰心《我的文学生活》发表于《青年界》第 2 卷第 3 期。

方天白《威尔斯的近著》发表于《青年界》第 2 卷第 3 期。

方天白《最近的罗曼·罗兰》发表于《青年界》第 2 卷第 3 期。

方天白《高尔基的两个新计划及其他》发表于《青年界》第 2 卷第 3 期。

赵景深《西班牙散文家比达》发表于《青年界》第 2 卷第 3 期。

聚仁《邓演达之死》发表于《涛声》第 1 卷第 21 期。

许白雁《牛兰与陈独秀》发表于《涛声》第 1 卷第 31 期。

郭安仁译《杜斯托也夫斯基与现代艺术》发表于《新时代》第 2 卷第 2、3 期。

魏以新《歌德的生平及其著述》发表于《新时代》第 2 卷第 2、3 期。

毛一波《科学家的歌德》发表于《新时代》第 2 卷第 2、3 期。

尹若《邮片上的歌德》发表于《新时代》第 2 卷第 2、3 期。

潘修桐《美戏剧家奥尼尔的新作》发表于《新时代》第 2 卷第 2、3 期。

潘修桐《高尔基著作生活四十周年纪念》发表于《新时代》第 2 卷第 2、3 期。

潘修桐《菊池宽第一次写电影脚本》发表于《新时代》第 2 卷第 2、3 期。

潘修桐《印度女诗人奈都夫人被捕》发表于《新时代》第 2 卷第 2、3 期。

潘修桐《华莱斯身后萧条》发表于《新时代》第 2 卷第 4、5 期。

金凯荷《介绍几位处女作家》发表于《新时代》第 2 卷第 6 期。

魏以新《歌德著作编年录》发表于《新时代》第 3 卷第 1 期。

魏以新《歌德著作版本》发表于《新时代》第 3 卷第 1 期。

崔万秋《日本女作家访问记》发表于《新时代》第 3 卷第 1 期。

潘修桐《爱尔兰发现莎士比亚遗像》发表于《新时代》第 3 卷第 1 期。

潘修桐《英国传记作家司特莱契逝世》发表于《新时代》第 3 卷第 1 期。

潘修桐《司各德逝世百年祭》发表于《新时代》第 3 卷第 2 期。

潘修桐《摩洛士的〈福尔特尔传〉英译本出版》发表于《新时代》第 3 卷第 2 期。

潘修桐《安达西五旬诞辰发行著作》发表于《新时代》第 3 卷第 2 期。

潘修桐《梅德林克七秩寿辰》发表于《新时代》第 3 卷第 2 期。

［法］赖鲁阿《刘海粟展览会序》发表于《新时代》第 3 卷第 3 期。

吴铁城《刘海粟欧游作品展览会序》发表于《新时代》第 3 卷第 3 期。

曾今可《刘海粟欧游作品展览会序》发表于《新时代》第 3 卷第 3 期。

潘修桐《慕沙里尼重修但丁故居》发表于《新时代》第 3 卷第 4 期。

潘修桐《俄名翻译家伯尔勒尔逝世》发表于《新时代》第 3 卷第 4 期。

潘修桐《般生诞生百年纪念》发表于《新时代》第 3 卷第 4 期。

潘修桐《屠格涅夫著作将摄制电影》发表于《新时代》第 3 卷第 4 期。

潘修桐《拉绮洛孚夫人得名誉学位》发表于《新时代》第 3 卷第 4 期。

潘修桐《重辑托尔斯泰全集》发表于《新时代》第 3 卷第 4 期。

潘修桐《萧伯纳作品第二次摄制电影》发表于《新时代》第 3 卷第 4 期。

美蒂《郭沫若印象记(上)》发表于《读书月刊》第 3 卷第 1、2 期。

碧云《周作人印象记》发表于《读书月刊》第 3 卷第 1、2 期。

美蒂《郭沫若印象记(下)》发表于《读书月刊》第 3 卷第 4 期。

冰莹《我的少年时代生活的一断片》发表于《读书月刊》第 3 卷第 5 期。

华蒂《藤枝大夫访问记》发表于《读书月刊》第 3 卷第 5 期。

沈双吉《关于高尔基》发表于《读书月刊》第 3 卷第 5 期。

余生《歌德的生平及其作品》发表于《读书杂志》第 2 卷第 4 期。

[德]赫寇尔作、段可情译《歌德的死》发表于《读书杂志》第 2 卷第 4 期。

张竞生《歌德随军笔记》发表于《读书杂志》第 2 卷第 4 期。

[丹麦]G. Brandes(勃兰克斯)作、方天白译《论歌德〈少年维特之烦恼〉》发表于《读书杂志》第 2 卷第 4 期。

周曙山《歌德的几个女朋友》发表于《读书杂志》第 2 卷第 4 期。

路德维喜作、澄宇译《歌德和希勒》发表于《读书杂志》第 2 卷第 4 期。

镜园《拜轮的生活思想与性格》发表于《读书杂志》第 2 卷第 6 期。

穆木天《法兰西瓦维龙诞生五百年纪念》发表于《北斗》第 2 卷第 1 期。

胡适《我怎样到外国去》(《四十自述》的第六章)发表于《新月》第 4 卷第 4 期。

芝华《叶剑英小史》发表于《社会新闻》第 1 卷第 21 期。

云水《唐代大诗人杜甫》发表于《北辰杂志》第 4 卷第 9 号。

景深《高尔基著作生活四十周年纪念》发表于《矛盾》第 1 卷 3、4 期合刊。

景深《萧伯纳等将组织文学会》发表于《矛盾》第 1 卷 3、4 期合刊。

鲁迅等《高尔基的四十年创作生活》发表于《文化月报》第 1 卷第 1 期。

按:是文作者为鲁迅、茅盾、丁玲、曹靖华、洛扬、突如、适夷,每人一篇,共 7 篇文章。

伯恩《美国民主党候选总统罗斯福之生平》发表于《东方杂志》第 29 卷第 4 期。

飞荪《科学伟人小传》发表于《微音月刊》第 2 卷第 6 期。

傅沅叔《藏园居士六十自述》(续)发表于《时事周报》第 2 卷第 2 期。

谷川《开拓南洋之十五伟人事略》发表于《南洋情报》第 1 卷第 1 期。

蒋锡匀译《英国社会学家霍布哈斯之生平》发表于《再生杂志》第 1 卷第 7 期。

卢楚娉《亡弟振潜事略》发表于《集美周刊》第 11 卷第 13 期。

眉生《希脱拉小传》发表于《抗争》第 1 卷第 28—29 期。

钱歌川《奥尼尔的生平及其艺术》发表于《学艺》第 11 卷第 9 期。

钱万镒《居利夫人的生平》发表于《晨光周刊》第 3 卷第 13—14 期。

三庆《罗斯福之生平》发表于《良友画报》第 71 期。

盛兰《美民主党总统候选人罗斯福的生平》发表于《平民杂志》第 1 卷第 12 期。

韬奋《敬悼殉难的邮局长》发表于《生活周刊》第 7 卷第 31 期。

卫侃中《一个东北冯大学生自述》发表于《十日》第 3 卷第 47 期。

翁照垣《淞沪血战回忆录》发表于《申报月刊》第 1 卷第 3 期。

翁照垣《淞沪血战回忆录》(一续)发表于《申报月刊》第 1 卷第 4 期。

无名氏《廖季平之生平》发表于《尚志周刊》第 2 卷第 2 期。

遐君《亚凡日记》发表于《摇篮》第 2 卷第 1 期。

肖萍《亡友王辅廷君小传》发表于《夜光》第 5—6 期。

徐绪昌《苏俄各地农民的自述》发表于《俄罗斯研究》第 3 卷第 1 期。

怡怡《十二年结婚生活之自述》发表于《妇女共鸣》第 1 卷第 7—9 期。

袁道丰《希特勒之生平及其活动》(续)发表于《民声周报》第 31 期。

袁道丰《希特勒之生平及其活动》(续)发表于《民声周报》第 32 期。

赵无病《津变回忆录》发表于《珊瑚》第 1 卷第 3 期。

傅斯年《陈独秀案》发表于《独立评论》第 24 号。

韩慕孙《志摩与我》发表于《论语半月刊》第 3 期。

无名氏《苏格拉底之幽默》发表于《论语半月刊》第 3 期。

无名氏《赵元任之诙谐》发表于《论语半月刊》第 3 期。

无名氏《张宗昌之个性》发表于《论语半月刊》第 3 期。

公冶长《陈独秀不知何许人》发表于《论语半月刊》第 4 期。

碬《贝陀芬之幽默》发表于《论语半月刊》第 4 期。

黎夫《卢森堡的年岁问题》发表于《论语半月刊》第 4 期。

语《哀梁作友》发表于《论语半月刊》第 5 期。

语《颜任光之幽默》发表于《论语半月刊》第5期。

语《刘熙亦幽默》发表于《论语半月刊》第5期。

张四《张宗昌宽大》发表于《论语半月刊》第6期。

嘏《罗素之语妙》发表于《论语半月刊》第6期。

嘏《伯拉图幽默》发表于《论语半月刊》第6期。

青崖《史达林的语妙》发表于《论语半月刊》第7期。

柳诒徵《江都文献·毛元徵传》发表于《国风半月刊》第6号。

戴运轨《伽利略——近世自然科学的始祖》发表于《国风半月刊》第7号。

程训正《慈溪文献·冯君木先生》发表于《国风半月刊》第7号。

郭秉文《刘伯明先生事略》发表于《国风半月刊》第9号“刘伯明先生纪念号”。

君武《一个苦学生的自述》发表于《广西大学周刊》第2卷第4期。

朱桂曜遗稿《史记孔子世家补证(特载)》发表于《之江学报》第1卷第1期。

刘盼遂《段玉裁先生年谱》发表于《清华学报》第7卷第2期。

刘文兴《刘端临先生年谱》发表于《国立北京大学国学季刊》第3卷第2号。

孙乐《陈古逸先生传》发表于《弘法社刊》第19期。

朱士登等《范古农先生传》发表于《弘法社刊》第19期。

愿满《广州白德贞居士生西记》发表于《弘法社刊》第19期。

叶照空《叶久诚居士生西事略》发表于《弘法社刊》第19期。

光林《福田大师传》发表于《弘法社刊》第19期。

谢循初《佛洛德传略及其思想之进展》发表于《心理杂志选存》第5编。

三、传记著作

胡寄尘著《孔子》由上海商务印书馆出版。

罗根泽著《孟子评传》由上海商务印书馆出版。

按:是书《自序》说:“史公于孔子为《世家》详记言行,于孟子则仅与诸子共传,寥寥百余言,略而且误。赵氏《题辞》,亦未详叙。后儒纷纷稽讨,或为《年谱》,或为《考略》,或为《传纂》,于是其行实略历,粗可考见。然孟子生卒,古籍不载,确定年月,势不可能。《年谱》之作,亦云荒矣。《考略》之流,又病割裂。《传纂》善矣,而今所传者,多载《外书》荒谬之言。《列女》《韩诗》

附会之说,至其道术政论,游仕大端,反阙焉,斯所谓倒植者也。根泽幸生后世,得窥魁儒硕士之所考订,参验比较,曲直见而史实出焉。愚不自揣,以暇时草为《评传》。于其学术思想,则提要钩玄,撮论其根核所在,渊源所自,与夫枝干之演化,后世之影响。于其出处行历,则依据《孟子》,参以诸儒之考证,信而有征者书之,荒谬怀疑者不录。冀使世人无论习孟书与否,籀此一文,即能略悉孟子之人格学问及事略之大概。惟立说所自,不标出处,去取微意,弗事说明,易滋疑团,且邻掠美;故凡所引书,降格书之;考案之语,又复降焉。庶读者遇有怀疑,有所稽览云。根泽齿稚学疏,误缪难免,匡正指教,敢望于赐读诸君也。"

李景星著《四史评议》由山东济南精艺公司出版。

按:是书包括《史记评议》《汉书评议》《后汉书评议》《三国志评议》四部分,对前四史的史传文学创作成就做了全面深入的评价,有许多精彩的见解。

李景星说:曹相国参前后似两截人,而太史公作世家亦前后分两截叙。前写战功,活画出一个名将;后写治国,又活画出一个名相。似此人品,乃可称出入将相本领;似此笔法,乃能传真正将相事业,岂非开辟异境!至前半写战功处,屡用"取之""破之""击之""攻之"等字,迭顿回应作章法,峭利森严,咄咄逼人。秦以前无此体,汉以后亦无此笔,真是千古绝调!(《史记评议·曹相国世家第二十四》)

李景星说:《刺客传》共载五人:一曹沫,二专诸,三豫让,四聂政,五荆轲。此五人者,在天地间别具一种激烈性情,故太史公汇归一处,别成一种激烈文字。文用阶级法,一步高一步,刺君、刺相,至于刺不可一世之王者,刺客之能事尽矣。是以篇中叙次,于最后荆轲一传独加详焉。其操纵得手处,尤在每传之末用钩连之笔,曰:"其后百六十有七年,而吴有专诸之事";"其后七十余年,而晋有豫让之事";"其后四十余年,而轵有聂政之事";"其后二百二十余年,秦有荆轲之事"。上下钩绾,气势贯注,遂使一篇数千言大文,直如一笔写出。此例自史公创之,虽后来迭经袭用,几成熟调,而兰亭原本,终不为损,盖其精气有不可磨灭者在也。(《史记评议·刺客列传第二十六》)

李景星说:袁盎、晁错以两冤家合为一传,在《史记》中又是一格。《袁盎传》云"盎素不好晁错,晁错所居坐,盎去;盎坐,错亦去,两人未尝同堂语"。此数句即二人合传本旨,妙在以一时之事,分作两样写。《盎传》极详,《错传》极略;《盎传》写错之倾盎处虚,《错传》写盎之倾错处实;《盎传》写其死处曲折,《错传》写其死处直截。至晁错《论贵粟》《言兵事》诸疏,综核精确,俱有关当世之务,太史公皆削去不载,只以"数上书言事"一语括之。以既与袁盎合传,注重在写其性情心计及互相倾轧之处,此等正议反用不著,故不得不从割爱也。《错传》末幅详载其父语,所以见错死之宜也。附传邓公,又以若错死之冤,而汉之诛错非计也。略者详之,详者略之;实者虚之,虚者实之。即此一传,便可知史公为文非后人所能及矣。(《史记评议·袁盎晁错列传第四十一》)

朱君毅著《中国历代人物之地理的分布》由上海中华书局出版。

杜连喆、房兆楹编《三十三种清代传记综合引得》由北平燕京大学哈佛燕京学社引得编纂处出版。

闵尔昌编著《碑传集补》由北平燕京大学国学研究所出版。

陶建华编《中国名人年鉴》由上海中国名人年鉴社出版。

顾凤城编《中外文学家辞典》由上海乐华图书公司出版。

胡宗懋著《永康人物记》由梦远楼丛稿本出版。

黄山散人编《近代名人轶事》由上海新民书局出版。

按:是书收录于右任、吴稚晖、蔡元培、胡适之、马君武、唐少川、孔祥熙、康有为等国内近代知名人士 34 人的传略。

生活书店编译所编辑《人物评述》由上海生活书店出版。

按:是书选集《生活周刊》第 3 卷至第 7 卷登载过的人物评述 85 篇,其中有《孙中山先生的生平》《苏维埃共和国的创造者》《拯救土耳其于危亡中的凯末尔》《精神感动全印度的甘地》《创制中国电风扇的杨济川君》《创制味精的吴蕴初君》等中外名人的传略。

王稚庵编《中国儿童史》由上海儿童书局出版。

按:是书分智、仁、勇三部分,介绍中国历代名人儿童时代的故事 1018 则,按照时代先后排列。

草野著《现代中国女作家》由北平人文书店出版。

按:是书评介谢冰心、黄庐隐、绿漪、冯沅君、丁玲、黄白薇 6 位作家,每篇末附作品一览表。

贺玉波著《中国现代女作家》由上海现代书局出版。

按:是书评述冰心、庐隐、淑华、丁玲、绿漪、沅君、沉樱、学昭、白薇和衡哲 10 人的生平与作品。

戴叔清编《文学家人名辞典》由上海文艺书局出版。

阿英(原题钱杏邨)著《现代中国文学作家》(第 2 卷)由上海亚东图书局

出版。

阿英(原题钱杏邨)著《批评六大文学作家》由上海亚东图书局出版。

按:是书收对鲁迅、郭沫若、郁达夫、蒋光慈、徐志摩、茅盾 6 位作家的评论文章各一篇(即泰东版同名书第 1 卷的全部及第 2 卷中的后两篇)。

徐用仪著《五千年来中华民族爱国魂》由天津大公报社出版。

林思进著《华阳人物志》16 卷由成都美华林出版。

陈登原著《蜀汉后主刘禅评》由南京金陵大学出版。

曲滢生著《韦庄年谱》由北平我辈语丛刊社出版。

夏承焘著《张子野年谱》由杭州著者出版。

季柔编著《朱元璋》由上海抗战编辑社出版。

汪闾编著《明清蟫林辑传》由中华图书馆协会出版。

按:是书收录明代藏书家 247 人、清代藏书家 574 人,是研究明清藏书家的早期文献之一。

支伟成著《吴王张士诚载记》由上海泰东图书局出版。

周延年著《庄氏史案考》由著者出版。

按:此书用庄氏家谱、庄氏史案的杂史、清人有关日记、文集、杂记、县志等资料,考证顺治年间庄廷钺修明史一案。

谢国桢著《黄梨洲学谱》由上海商务印书馆出版。

蒋天枢著《全谢山先生年谱》由上海商务印书馆出版。

陈启天著《胡曾左平乱要旨》由上海大陆书局出版。

德菱公主著、张国藩译《溥仪传》由上海良友图书印刷公司出版。

朱锦江著《丁汝昌》由上海儿童书局出版。

许敬武著《清代金石学家列传稿》出版。

陈定祥著《黄陶楼先生年谱》由江苏省立苏州图书馆出版。

中央党史史料编纂委员会编《总理年谱长编初稿》由江苏南京编者出版。

中国国民党中央执行委员会西南执行部编《孙大总统广州蒙难十周年纪念专刊》由编者出版。

中国国民党中央直属国立中山大学区党部筹备委员会编《总理诞辰纪念号》由编者出版。

中国国民党北平特别市党务整理委员会宣传科编《总理诞辰纪念特刊》由编者出版。

中国国民党中央执行委员会西南执行部编《总理诞辰纪念专刊》由编者

出版。

中国国民党中央执行委员会党史史料编纂委员会编《总理史料目录汇刊》(第1、2集)由编者出版。

叶圣陶编《汪精卫言行录》(上、下)由上海广益书局出版。

孙嘉会编著《冯玉祥小传》由北平戊辰学社出版。

陈训慈著《丁松生与浙江文献》由杭州浙江省立图书馆出版。

按:丁丙字松生,号松存,浙江杭州人。晚清藏书家,有八千卷藏书。文澜阁《四库全书》散佚后,曾多方搜集抄补。著有《善本书室藏书志》,辑刊《武林掌故丛编》。

浙江省立图书馆编辑《丁松生先生百年纪念集》由杭州浙江省立图书馆出版。

侯塄著《觉罗诗人永忠年谱》由北平燕京大学燕京学报社出版。

中国国民党中央执行委员会西南执行部编《朱执信先生殉国十二周年纪念专刊》由编者出版。

冯承钧编著《王玄策事辑》由北平国立清华大学出版。

胡局长鸿基追悼会编《胡局长鸿基博士纪念册》由上海编者出版。

香山教育图书馆编《国贼殷鉴》由北平香山慈幼院出版。

李霖编《郭沫若评传》由上海现代书局出版。

按:是书收《郭沫若传》(李霖),《论郭沫若》(沈从文),《〈女神〉之时代精神》(闻一多),《〈瓶〉附记》(郁达夫),《郭沫若与王实甫》(赵景深)等31篇评论文章,其中包括郭沫若的《答孙铭传君》一文。

田汉著《郭沫若评传》由上海现代书局出版。

傅润华著《郭沫若评传》由上海现代书局出版。

冯乃超著《郭沫若评传》由上海现代书局出版。

黄伯钧著《郭沫若评传》由上海现代书局出版。

史秉慧编《张资平评传》由上海现代书局出版。

蔡元培著、约翰编《蔡元培先生言行录》由上海广益书局出版。

李季著《我的生平》由上海亚东图书馆出版。

按:是书自述其生平事迹,并记录与胡适、梁启超等人关于先秦诸子学术问题的讨论。

王独清著《我在欧洲的生活》由上海光华书局出版。

章衣萍著《衣萍书信》由上海北新书局出版。

艾华编著《古代希腊三大教育家》由北平立达书局出版。

施宏告著《诺贝尔文学奖金与历届获得者》由北平人文书店出版。

按：是书介绍1901—1932年33位诺贝尔文学奖金获得者的事迹。

夏�著《世界名人小传》由著者出版。

按：是书收录221位中外古今名人小传。

徐国栋等著《世界昆虫学家传略》（第1集）由浙江省立植物病虫害防治所出版。

张忆梅译《少年发明家的故事》由上海北新书局出版。

杜牺民编著《美国的四杰》由中华平民教育促进会出版。

按：四杰指华盛顿、林肯、佛兰克林、艾迪生。

胡本德著《耶稣小传》由上海广学会出版。

[法]忙答郎伯著《匈国圣妇依撒伯尔传》由河北献县天主堂出版。

[英]梅益盛著、周云路译述《马礼逊传》（国外布道英雄集第四册）由上海文华书局出版。

[苏]托罗茨基著、韩起译《列宁传》由江苏南京国际译报社出版。

黄锦涛编《托尔斯泰印象记》由上海南强书局出版。

[俄]米哈·柴霍甫著、陆立之译《柴霍甫评传》由上海神州国光社出版。

按：柴霍甫即契诃夫，米哈·柴霍甫是作家契诃夫的弟弟。

黄锦涛编《高尔基印象记》由上海南强书局出版。

黄秋萍编译《高尔基研究》由上海现代书局出版。

沈端先著《高尔基评传》由上海良友图书印刷公司出版。

袁道丰编《希特勒与德国》由上海大陆书局出版。

刘虎如编《麦哲伦》由上海商务印书馆出版。

张家泰编《卢骚生活》由上海世界书局出版。

[日]伊藤政之助著、徐世倬译《名将拿破仑之战略与外交》由江苏南京共和书局出版。

[法]福耳著、伍光建译《拿破仑论》由上海商务印书馆出版。

彭启忻编译《白里安》由上海良友图书印刷公司出版。

银光社编《卓别麟——其生平及其艺术》由上海编者出版。

熊式一译《佛兰克林自传》由上海商务印书馆出版。

按：是书原序说："佛氏文华哲理，固属于旧世界，而其情感、道德、信仰则纯属于新世界。以美人而得欧人仰慕者，当推之为第一人。鼓吹革命言论，以美洲之情事详告欧洲，多属其力。此外对于科学，对于人生之贡献，亦非他美人所能及。至其一生之论著，在文学上占一重要地位，尤其余事也。"

四、卒于是年的传记作者

谛闲(1858—1932)。谛闲名古虚,号卓三,俗姓朱,浙江黄岩人,天台宗重要传人。20 岁时至临海白云山出家,几年后又到天台山国清寺受具戒,成为天台宗人。28 岁升座讲经,以后两度闭关,坚持禅观。出关则应各禅林之邀,讲《法华》《楞严》《弥陀》诸经,法席遍于南北,信众日广,声誉日增。1912 年任天台名刹、宁波观宗寺主持。1919 年在此创办观宗学舍,培养天台学僧。1915 年应邀赴京讲经,名公巨卿多列席肃听,袁世凯特以宏阐南宗的匾额相赠。1917 年、1918 年又两次赴京讲经。著有《谛闲大师全集》,其中传记作品有《吴兴王母像赞》《海盐欣甫王老居士遗像赞》《黄母林夫人像赞》《慧辉居士往生像赞》《修元和尚像赞》《海门黄楚乡像赞》《屈子达长者像赞》《开如长老像赞》《挽王子文》《王吕文溪》《挽华山老和尚》等。

民国二十二年　癸酉　1933年

一、传记评论

郁达夫《传记文学》发表于 9 月 4 日《申报·自由谈》。

按:文曰:中国的传记文学,自太史公以来,直到现在,盛行着的,总还是列传式的那一套老花样。若论变体,则子孙为祖宗饰门面的墓志、哀启、行述之类,所谓谀墓之文,或者庶乎近之。可是这些,也总是千篇一律,人人死后,一例都是智仁皆备的完人,从没有看见过一篇活生生地能把人的弱点短处都刻画出来的传神文字。不过水浒也名曰传,文艺批评家视为一百零八人的合传。阿 Q 也有正传,新文学流行了十几年的中间,只有阿 Q 最为人所知道。若把这一类文学,都当作传记来看,则孙悟空的西游,董小宛的忆语,也都是传记了,我所说的传记文学范围决没有这样的广阔。

那么,中国所缺少的传记文学,是哪一种东西呢? 正因为中国缺少了这些,所以连一个例都寻找不出来。若从外国文学里来找材料,则千古不朽的传记作品,实在是很多很多。时代稍旧一点体例略近于《史记》而内容却全然不同的,有泊鲁泰克(Plutarch)的《希腊罗马伟人列传》。时代较近,把一人一世的言行思想,性格风度,及其周围环境,描写得极微尽致的,有英国鲍思威儿(Boswell)的《约翰生传》。以飘逸的笔致,清新的文体,旁敲侧击,来把一个人的一生,极有趣味地叙写出来的,有英国 Lytton Strachey 的《维多利亚女皇传》,法国 Maurois 的《雪莱传》《皮贡司非而特公传》。此外若德国的爱米儿·露特唯希,若意大利的乔泛尼·巴披尼等等所作的生龙活虎似的传记,举起来真举不胜举。

正唯其是中国缺少了这一种文学的传记作家,所以近来市场上只行了些自唱自吹的自传与带袭带抄的评传之类;但从一代伟人像孙中山那样的巨子,还在登报悬赏征求传记的一点看来,则中国传记文学的衰落,也就可想而知了。

静明《高尔基的处女作》发表于《文学》第 1 卷第 1 号。

静明《易卜生的处女作》发表于《文学》第 1 卷第 1 号。

静明《史特林堡的处女作》发表于《文学》第 1 卷第 1 号。

编者《屠格涅夫对于日本文学的影响》发表于《文学》第 1 卷第 2 号（屠格涅夫纪念号）。

老舍《臧克家的〈烙印〉》（书评）发表于《文学》第 1 卷第 5 号。

茅盾《传记文学》发表于《文学》第 1 卷第 5 号。

按：文曰："有人说，中国人是有着五千年家谱的民族。但是，我却要说，中国人是未产生过传记文学的民族。要是在文学的形式上面，中国和西洋有许多的差别，那么，传记文学的缺乏与存在，应该是最重要的一个差别罢。直到最近为止，我们的文坛上还没有发现所谓传记文学这样的东西。虽然在古代典籍中间，我们有着不少人物传记，但只是历史的一部分，目的只是在于供史事参考，并没有成为独立的文学。历代文集中的传记，以颂赞死人为目的，千篇一律，更说不上文学价值。到了我们的时代，文学在形式上面是解放多了，范围也扩大了。小说、诗歌、戏剧已很明显地受了西洋文学的影响，而改变形式，占了现在创作中的主要领域。可是在现代西洋文学中占重要地位的传记文学，却依然缺乏。这几年来，除了产生一二种谈不到文学价值的自传外，不见有传记文学的出现。最近中山文化教育馆以重金征求孙中山传，就这一事，已可见传记文学在中国的幼稚了。传记文学的发展，在西洋也不过是晚近的事。换句话说，描写人物生平的文学，是到了近代个人主义思想充分发展以后，才特别繁荣滋长。现代资本主义国家出版物中，人物传记往往占最大的销数，这只是因为描写个性发展，事业成功的文学容易受中产阶级读者欢迎的缘故。可是在中国，个人主义的思潮，只有在五四时代昙花一现，过后便为新兴思潮所吞灭。中国的中产阶级，在现实压得紧紧的时代中，也不容有个人主义的幻想。在半殖民地的中国不能产生真正的民族英雄或法西斯蒂领袖；同样地在封建家族思想没落，集团主义思想兴起的中国，也不会有伟大的传记文学的产生。即使有所谓人物传记，即也不过是家谱式或履历单式的记载，那只有列在讣文后面最是相宜，却不配称作传记文学。因为目前还有些人妄想中国产生伟大的传记文学，妄想把平凡的血肉之躯，用文学描写来造成英雄，我所以写了这小小的一些见解。"

东方未明《王统照的〈山雨〉》（书评）发表于《文学》第 1 卷第 6 号。

伯箎《传记的启示》发表于《中学生》第 40 期。

按：文章说：许多青年喜欢读传记，这是一种很好的倾向。所谓传记，照近代的解释，是一个人在生活道上的全部经历的写照。传记所写的大概总是成功人的生活。在生活道上达到成功的人，他的性格的发展与奋斗的经过当然都有值得注意的地方。对于准备着跨上生活之道的青年，这样把走在前面的成功者的经历加以观摩，自然可以寻得许多有益的启示的。然而，在历史所通下来的人类的生活之道上，以往的成功者正多着，而传记也已多得可观。各种成功人所造成的事业是不同的，他们达到成功的路径也是不同的。当青年要从传记中找寻对自己生活的启示时，在选择上却不能不谨慎了。

有许多人物的成功是限于一个小社会之内的，有些是在一国或一民族之内的，更有些则是关于全世界的。关于达到成功的路径，有些是特殊的地位所造成的，有些是碰着偶然的机缘的，也有是虽然处于地位和机缘的不利条件下，却能仗着勇气和信仰，一步步从奋斗达到成功的。

传记的写法也有许多种：照着历史式的写法，全凭事实把人物的长处和缺点都直记下来这是一种；把人物的成功方面扩大着，淹没了他的缺陷方面，使人物偶像化，是另一种；专写人物的心理性格方面的发展，把他的道德理想化，这是又一种；把人物和他的事业成功并写，不掩饰他在达到成功前所经历的种种挫折，关于他的事业的情形写得例外清楚，这是再另外的一种。当然，上述的分别并不是绝对的，例如几种达到成功的情形可以在一个人身上发生，几种写法也可以在一部传记中同时见到。不过对于青年，如果是要从传记中寻到启示的话，则在选择的时候，上面的分别可以有一些帮助的。譬如，关于人物的成功的性质，当然以具有世界性的为最好。至于达到成功的途径，则靠了特殊地位或偶然机缘的，也没有如在不利环境中奋斗起来的富于启示，在这里，最适切的例便是爱迪生了。这位世界的发明之王，他的成功是世界的，而他从孤苦的生活中奋斗起来的故事，也能给人以不断的鼓励。

讲到写法，把人物偶像化或使人物的道德标准化，都是写传记者的故意构作，他们的用意对于青年未必是有利的。历史的传记在求知上当然有相当的价值，但在供给启示上则未必有用。那么，真正适宜于青年的传记，还是把人物和事业并写的一种，因为当一个人从他的事业上成功了，那事业就成为他的生活的象征了。讲到爱迪生，我们便想到电灯，讲到林肯，我们便想到解放黑奴；而电灯的发明史和黑奴的解放史实际上就等于这两位人物的生活史了！

关于传记人物所造成的事业，青年们也应当加以仔细的审察。历史传记有时把许多人物的事业加以夸扬，这样便不大能供给青年以教训。事实上，青年人读传记，必须把人物的事业估价得准确些。拿破仑在领导科西加反对法兰西时，他的事业具有一种价值；当他雄踞中欧而四向侵略时，他的事业要另用一种价值来估计了,或许在现代读传记,总得把人物的事业放在是否造福于世界人类的大天平上估一估价了。在这个天平上,爱迪生、林肯、甘地等人应该是有些分量的,而另外有些人物恐怕要在旧日的估计上打一个折扣了。青年在阅读传记时,最好有一种良好的选择能力,同时在脑海中有一架准确的估价的天平;这样他才能得到传记的真正的启示。

日生《传记的读法》发表于《中学生》第 42 期。

按:文章说:"青年在阅读传记时,最好有一种良好的选择力,同时在脑海中有一架准确的估价的天平,这样他才能得到真正传记的启示。"怎样才是"一架准确的估价的天平"呢? 回答是:"把人物的事业放在是否造福于世界人类的大天平上估一估价。"(见《中学生》四十号卷头言)这个答复在原则上是无可非议的。但美中不足的是太抽象,太含糊。譬如现在的"名人"墨索里尼、希特勒传记中,仍是说他们的事业是怎样为着"造福于世界人类"的。但读他们传记的青年,若没有深刻的辨别力,用着上面的"天平",给他们以很大的分量,从他们传记中吸取新的启示,那是多么歪曲和可怕呀! 这当然要归罪于传记的记者,可是那些写传记的记者,因主观的原因,无论怎样,都是有意无意的歪曲、掩饰,使读传记的人,永远得不到传记中的"人物的事业"的真实面目。若用上面的天平来估计,显然是不正确的。为补救这种不正确之点,青年阅读传记时,应当施行如下的手术:

(一)对于传记中所载的"人物"和"事业"的时代背景,社会环境,先得有一相当的认识,否则就会陷于神秘不可知中。例如"英雄"拿破仑,设若知道他是生活在法国资产阶级刚握政权,需要一个"英雄"对外侵略,对内压迫梦想真正自由平等人民时,那就很容易明白拿破仑传记中"丰功伟绩"的来由了。(二)关于传记的认识,无论传记的记者怎样忠实,怎样写法,都免不了记者主观上的偏向。在阅读时,应先给传记的本身以严格的解剖,使偶像化、道德化的地方还原到本来的面目,"以普通人为标准",成为普通平常的一个人。

施行了这两种手术,然后再架上一架"是否造福于人类世界的大天平上估一估价",才不至于有多大的错误。不过有些青年们,在未读"某人"传记之前,已先对于"某人"的情形有大概的认识,这个认识常常是浅薄的,零碎的,偶像的,想从"某人"传记中取出与自己情形相合的(常是牵强附会的)一枝一节来模仿,来学习,成为类似唐·吉诃德这种传记的读法,是最危险的。因此青年们对于传记中的启示,只能以"观摩",绝不能亦步亦趋的去模仿。想从传记中得到启示的青年,这点也应该注意的。

〔日〕鹤见祐辅作、白桦译《传记文学论——〈拿破仑传〉的序文》发表于《黄钟》第 26 期。

按：译者后记说："鹤见祐辅先生的《拿破仑传》，是先生生平最得意警拔的宏篇，是日本现代传记文学中的白眉。洋洋二十万言的全篇无懈可击的巨构，生动活跃的笔调，美丽精锐的辞藻，能使读者百读而不忍释卷。至其取材的丰富，记述的确实，以及布局谋篇的巧妙，都足以证明先生的传记文学的天才。右译序文一篇，对于传记文学的精义发挥无遗。同时先生素日所竭力提倡的新英雄主义的精神，以及对于资本主义议会政治的嫉恶的态度，对于英雄政治法西斯蒂政治的待望的热情，都在篇中明显的流露出来。先生的《拿破仑传》为译者近来最爱读的传记之一，清宵耽读，血沸神扬，他日浮生多暇，当全译之以飨我热血尚存的青年读书界。"

魏大仁《谈"日记文学"》发表于《育英周刊》第 1 期。

按：文章说："日记"对于人生，实是具有莫大意义的。尤其是对于一个人的修养、创作、人格，或一切都有相当的和莫大的帮助！一向，我对于古人和一般近代名作家的日记，曾颇感到一种兴趣，一种浓厚的兴趣。觉得日记文字要较比其他一切文字要率真、活泼，要更容易的充分表现出作家的个性出来；所谓日记之所以能真实的和赤坦坦地表现出作者的个性，这便是因为日记是一个人日常生活的描写，当然决不能掺杂一些虚伪的成分在内，也更不须要来做作，我们只是坦白无私的充分的表现我们的思想和一切。因为如果我们仍要取矫揉做作，那么便失去了所谓"日记文学"的真正宝贵的价值了。

汤中《梁质人年谱自序》发表于《国闻周报》第 10 卷第 18 期。

《审查梁质人年谱报告书》发表于《教育旬刊》第 7 卷第 3 期。

按：是文作者不详。梁质人即梁份，清初学者，长于地理学研究，著有《西陲今略》和《帝陵图说》。文曰：汤中所著《梁质人年谱》一书，审查内容，征引宏富，考订精详，论其长处，厥有数端，非徒为地方教育史料良参考书已也。质人长于西北地理之学，尝短衣匹马，三历塞垣，绘图立说，悉本躬验。姜西溟称其著《西陲今略》，凡西塞三边环七千里之地，形势了然在目。今谱中载质人纵游秦塞及著书始末甚详，而朱字绿《杜溪文集》内有《梁质人西陲三书序》，乃作谱者写录于沪战方酣之时，以传质人征实之学，其善一也。日人内藤虎所著《质人年谱》，对于谱主生卒年代不免臆断，今谱则以魏叔子、涂恺岩、吴其矩诸人之年，以及质人再至翠微之年推算其生于明崇祯十四年辛巳，证据确凿。又内藤误鹿渚为鹿邑，亦援引志籍以正其失，其善二也。

质人籍隶南丰,凤从易堂诸子游,明社既屋,区画光复大事,志未尝一日衰。尝居山率乡人十数,御千余贼,贼不敢犯。义声炳然,作谱者不独于谱主平生奔走结纳孤忠劲节叙述无遗,即一时师友切磋,宾朋酬酢,亦多详。其节义文章,足窥清初时代之背景,其善三也。

夫作谱之难,昔贤所叹。汤君此书,其兼备众善如此。……汤君此谱,与胡适所著《章实斋年谱》,皆以内藤为他山之助,知吾国此种著作必将有蔚然继起者,因特将对于梁质人年谱一书审查意见详为报告,拟请特予提倡,以彰学术。

郑鹤声《答潘光旦评〈袁枢年谱〉》发表于《国风半月刊》第 2 卷第 11 号。

按:郑鹤声所著《袁枢年谱》于 1921 年由商务印书馆出版,全书共 156 页。此书出版后,潘光旦先生在《华年》第 1 卷第 19 期发表了对《袁枢年谱》的评论,对《袁枢年谱》中的一些问题发表了自己的看法,郑鹤声先生读了潘光旦先生的评论后,曾写信回复潘先生,希望"有所辨明",但一直没有得到潘先生的复函。郑先生写给潘先生的信未留底稿,故郑先生按照原意写此文,对潘先生评论中的一些质疑和观点进行了公开的答辩。

赵景深《〈说唐传〉非罗贯中作》发表于《青年界》第 4 卷第 4 期。

杨昌溪《世界著名作家成功谈片》发表于《新时代》第 2 卷第 1 期(无名作家专号)。

淑芬女士《宋代无名女词人》发表于《新时代》第 4 卷第 1 期(词的解放运动专号)。

王一心《怀诗人徐志摩》发表于《新时代》第 5 卷第 4 期。

楚狂《梅兰芳博士论》发表于《涛声》第 2 卷第 1 期。

陈思《评茅盾〈子夜〉》发表于《涛声》第 2 卷第 6 期。

陈子展《论李后主及其词》发表于《涛声》第 2 卷第 15 期。

周木斋《关于批判胡适》发表于《涛声》第 2 卷第 16 期(胡适批判专号一)。

华龄《休矣胡适》发表于《涛声》第 2 卷第 16 期(胡适批判专号一)。

曾乃澄《与曹聚仁先生论胡适之博士》发表于《涛声》第 2 卷第 16 期(胡适批判专号一)。

曹聚仁《胡适论》发表于《涛声》第 2 卷第 18 期(胡适批判专号二)。

澹宁《陈独秀危害民国》发表于《涛声》第 2 卷第 19 期。

曹聚仁《忠告丁文江》发表于《涛声》第 2 卷第 22 期。

陈思《鲁迅不及胡适》发表于《涛声》第 2 卷第 23 期。

李竹子《关于李宝泉的批评》发表于《文艺茶话》第 1 卷第 10 期。

吴组缃《评茅盾〈子夜〉》发表于《文艺月报》第 1 卷第 1 期。

罗浮《评茅盾〈春蚕〉》发表于《文艺月报》第 1 卷第 2 期。

林瓴《评丁玲〈奔〉》发表于《文艺月报》第 1 卷第 2 期。

〔日〕冈泽秀虎作、侍桁译《俄罗斯文学上的郭果尔时代》发表于《文艺月刊》第 3 卷第 8 期。

〔日〕冈泽秀虎作、侍桁译《俄罗斯文学上的郭果尔时代》（续）发表于《文艺月刊》第 3 卷第 9 期。

杨昌溪《美国建立歌德纪念像》发表于《文艺月刊》第 3 卷第 11 期。

杨昌溪《刘易士描写的新途径及其经验谈》发表于《文艺月刊》第 4 卷第 2 期。

〔苏〕伊里支作、陈淑君译《托尔斯泰论》发表于《文学杂志》第 1 卷第 2 号。

编者《中国学术界纪念马克思》发表于《艺术新闻》第 3 期。

按：蔡元培 2 月 17 日与宋庆龄、鲁迅等在上海接待来访的英国著名作家萧伯纳。3 月 14 日与陶行知、李公朴、叶恭绰、江问渔、张蕴和、章益、李石岑、黄炎培、章乃器、朱镜宙等百余人发起马克思逝世五十周年纪念会。

孙大珂《陶渊明论》发表于《中国语文学丛刊》第 1 期。

铁鞭《从沈薛之死说到中国的电影文化》发表于《文化列车》第 1 期。

吴且冈译《屠格涅夫的人生观》发表于《青年界》第 4 卷第 1 期。

陈翔鹤《悼朱湘君》发表于《沉钟》第 30 期。

袁牧之《中国剧作家及其作品》发表于《戏》创刊号。

然《马克斯逝世五十周年纪念》发表于《红色中华》第 60 期。

按：文章说："卡尔·马克斯是全世界无产阶级革命的导师，是科学社会主义之父，他创造了第一国际，他号召全世界无产阶级坚决的一致的向资本主义作残酷的阶级斗争，他最初的喊出：'全世界无产阶级联合起来！'他指示给全人类最后的解放大道——共产主义社会！"

尚昆《马克思逝世五十周年纪念》发表于《斗争》第 4 期。

按：文章说："马克思是全世界无产阶级革命的导师，是科学社会主义理论的鼻祖，是第一国际的创造人，他号召全世界无产阶级，坚决一致地向资本主义作残酷的阶级斗争，他指示了全人类最后解放的大道——共产主义社会！""研究和学习马克思列宁主义，以马克思列宁主义来武装自己，是全世界各国共产党员的战斗任务，对于马克思列宁主义缺乏彻底的了解，要成为真正的布尔塞维克是很困难的。""每一个党员都必须加紧对马克思列宁主义的学习。我们要以这一锐利的武器去粉碎敌人,粉碎一切对马克思列宁主义的修改和曲解,高举着我们马克思列宁主义的旗帜,为苏维埃的中国奋斗到底!"

傅雷《萧伯纳评传》发表于《矛盾》第 1 卷 5、6 期合刊(萧伯纳氏来华纪念特辑)。

向培良《卢纳卡尔斯基论》发表于《矛盾》第 2 卷 1 期。

潘子农《祭坛之前》发表于《矛盾》第 2 卷 3 期(追悼彭家煌氏特辑)。

彭夫人孙珊馨《家煌之死》发表于《矛盾》第 2 卷 3 期(追悼彭家煌氏特辑)。

何揆一《"活不下去"》发表于《矛盾》第 2 卷 3 期(追悼彭家煌氏特辑)。

陈绍渊《记家煌病殁前后》发表于《矛盾》第 2 卷 3 期(追悼彭家煌氏特辑)。

汪雪湄《痛苦的回忆》发表于《矛盾》第 2 卷 3 期(追悼彭家煌氏特辑)。

周祚生、卓剑舟、马良《悼诗三章》发表于《矛盾》第 2 卷 3 期(追悼彭家煌氏特辑)。

茅盾《徐志摩论》发表于《现代》第 2 卷第 4 期。

编者《柔石纪念》发表于《现代》第 2 卷第 6 期(现代文艺画报)。

鲁迅《为了忘却的纪念》发表于《现代》第 2 卷第 6 期。

朱希祖《征集新撰近代广东名人传条例》发表于《国立中山大学文史学研究所月刊》第 1 卷第 4 期。

何格恩《叶适在中国哲学史上之位置》发表于《岭南学报》第 2 卷第 4 期。

蒙文通《井研廖季平师与近代今文学》发表于《学衡》第 79 期。

蒋元卿《怀宁县著述人物考略》发表于《学风》第 3 卷第 10 期。

金德建《司马迁所见书考叙论》发表于《史学年报》第 1 卷第 5 期。

葛启扬《刘向之生卒及其撰著考略》发表于《史学年报》第 1 卷第 5 期。

张维华《葡萄牙第一次来华使臣事迹考》发表于《史学年报》第 1 卷第 5 期。

二、单篇传记

费鉴照《爱尔兰作家乔欧斯》发表于《文艺月刊》第 3 卷第 7 期。

杨昌溪《霍普特曼七十岁诞辰纪念》发表于《文艺月刊》第 3 卷第 7 期。

杨昌溪《萧伯纳与女戏子及其他》发表于《文艺月刊》第 3 卷第 8 期。

杨昌溪《萧伯纳周游世界及其他》发表于《文艺月刊》第 3 卷第 8 期。

P. L.《高尔基四十年创作生活》发表于《文艺月刊》第 3 卷第 8 期。

袁牧之《自我演戏以来》发表于《文艺月刊》第 3 卷第 11 期。

杨昌溪《高尔斯华绥与拉德及其他》发表于《文艺月刊》第 3 卷第 11 期。

方玮德《女诗人米莱及其再生》发表于《文艺月刊》第 3 卷第 12 期。

苏芹荪译《戏剧家高尔斯华绥》发表于《文艺月刊》第 4 卷第 2 期。

杨昌溪《莱因哈特在英意导演沙翁名剧》发表于《文艺月刊》第 4 卷第 2 期。

杨昌溪《高尔基作海外旅行》发表于《文艺月刊》第 4 卷第 2 期。

杨昌溪《萧伯纳完成六部剧》发表于《文艺月刊》第 4 卷第 2 期。

杨昌溪《黑人约翰孙新作戏剧》发表于《文艺月刊》第 4 卷第 2 期。

杨昌溪《高尔斯华绥传记开始工作》发表于《文艺月刊》第 4 卷第 2 期。

杨昌溪《萧伯纳在美国的谈话》发表于《文艺月刊》第 4 卷第 2 期。

杨昌溪《摩尔归葬故里》发表于《文艺月刊》第 4 卷第 2 期。

张露薇《小林多喜二哀辞》发表于《文学杂志》第 1 卷第 1 号。

致干《没落贵族的诗人李长吉》发表于《文学杂志》第 1 卷第 1 号。

陈均《喋血的诗人陈梦家》发表于《文学杂志》第 1 卷第 2 号。

雪野《纪念丁玲》发表于《文学杂志》第 1 卷第 3、4 号。

峰毅《丁玲胡也频在济南》发表于《文学杂志》第 1 卷第 3、4 号。

K《潘梓年在南京》发表于《文学杂志》第 1 卷第 3、4 号。

张永年《鲁迅访问记》发表于《文艺月报》第 1 卷第 1 期。

编者《德著名制曲家华格纳逝世五十周年纪念》发表于《文艺月报》第 1 卷第 1 期。

编者《高尔基及其签字》(画刊)发表于《文艺月报》第 1 卷第 2 期。

编者《一八八九之高尔基》(画刊)发表于《文艺月报》第 1 卷第 2 期。

编者《一九〇一年出狱时之高尔基》(画刊)发表于《文艺月报》第 1 卷第 2 期。

编者《高尔基与伊里基》(画刊)发表于《文艺月报》第 1 卷第 2 期。

编者《赴美途中之高尔基及其夫人》(画刊)发表于《文艺月报》第 1 卷第 2 期。

编者《高尔基幼年时之住宅》(画刊)发表于《文艺月报》第 1 卷第 2 期。

编者《高尔基一九〇〇年所住之牢狱》(画刊)发表于《文艺月报》第 1 卷

第 2 期。

〔苏〕高尔基作、冯文侠译《最重要的》(随笔)发表于《文艺月报》第 1 卷第 2 期。

〔苏〕高尔基作、周柳门译《我底读书经验》发表于《文艺月报》第 1 卷第 2 期。

陈北鸥译《马克詹姆·高尔基》发表于《文艺月报》第 1 卷第 2 期。

金苑莹译《高尔基与大众》发表于《文艺月报》第 1 卷第 2 期。

编者《高尔基高等文学院将成立》发表于《文艺月报》第 1 卷第 2 期。

编者《高尔基电贺马来琴号救护队》发表于《文艺月报》第 1 卷第 2 期。

编者《高尔基等指导印行普希金全集》发表于《文艺月报》第 1 卷第 2 期。

编者《北平将开丁玲追悼会》发表于《文艺月报》第 1 卷第 2 期。

陈北鸥《悼丁玲》(诗)发表于《文艺月报》第 1 卷第 2 期。

茅盾《女作家丁玲》发表于《文艺月报》第 1 卷第 2 期。

编者《茅盾被捕》发表于《文艺月报》第 1 卷第 2 期。

编者《基尔洵》(世界名作家像)发表于《文艺月报》第 1 卷第 3 期。

编者《巴倍尔》(世界名作家像)发表于《文艺月报》第 1 卷第 3 期。

编者《波利斯皮涅克》(世界名作家像)发表于《文艺月报》第 1 卷第 3 期。

编者《格拉德考夫》(世界名作家像)发表于《文艺月报》第 1 卷第 3 期。

彭雄译《文学上的杜鲁奇斯》发表于《文艺月报》第 1 卷第 3 期。

北鸥、彭列译《世界名家自传》(皮涅克、巴倍尔、格拉德考夫、基尔洵)发表于《文艺月报》第 1 卷第 3 期。

李宝泉《三位做画家的朋友》发表于《文艺茶话》第 1 卷第 7 期。

徐仲年《文学家巴比塞先生》发表于《文艺茶话》第 2 卷第 1 期。

汪亚尘《四十自述》发表于《文艺茶话》第 2 卷第 3 期。

按:作者说:"自幼拿定主意,一生必须在可爱的艺术上做去,不计未来的成功,不想留名于后世,只依艺术作人生唯一的安慰……虽遇着许多困难,但我并不因人们藐视而觉得困难,并不因无知的逼迫而使我减少锐气。"

林一《欢迎伯纳萧》发表于《艺术新闻》第 1 期。

绣《伯纳萧略传》发表于《艺术新闻》第 1 期。

绣《伯纳萧在上海》发表于《艺术新闻》第 2 期。

编者《戏剧家洪深丧偶》发表于《艺术新闻》第 2 期。

编者《胡愈之脱离〈东方杂志〉》发表于《艺术新闻》第 2 期。

编者《小林多喜二之死》发表于《艺术新闻》第 3 期。

编者《马克思诞生之屋》发表于《艺术新闻》第 4 期。

何明《高尔基的新戏曲》发表于《艺术新闻》第 4 期。

编者《戏剧家欧阳予倩赴欧》发表于《艺术新闻》第 4 期。

苏明仁《白仁甫年谱》发表于《文学年报》第 1 期。

梁宗岱《蒙田四百周年生辰纪念》发表于《文学》第 1 卷第 1 号。

曹靖华《绥拉菲莫维支访问记》发表于《文学》第 1 卷第 1 号。

萧伯纳《斐列斯丁》发表于《文学》第 1 卷第 1 号。

澄清《托尔斯泰的悲剧的英译》发表于《文学》第 1 卷第 1 号。

武达《小林三吾口中的小林多喜二》发表于《文学》第 1 卷第 1 号。

编者《屠格涅夫逝世五十周年纪念》（十二幅画）发表于《文学》第 1 卷第 2 号（屠格涅夫纪念号）。

［俄］阿宁阔夫作、耿济之译《屠格涅夫的回忆》发表于《文学》第 1 卷第 2 号（屠格涅夫纪念号）。

郁达夫《屠格涅夫的〈罗亭〉问世以前》发表于《文学》第 1 卷第 2 号（屠格涅夫纪念号）。

编者《屠格涅夫的无上批评者》发表于《文学》第 1 卷第 2 号（屠格涅夫纪念号）。

编者《屠格涅夫的日记片断》发表于《文学》第 1 卷第 2 号（屠格涅夫纪念号）。

编者《屠格涅夫的畏友——白林斯基》发表于《文学》第 1 卷第 2 号（屠格涅夫纪念号）。

编者《屠格涅夫的情书》发表于《文学》第 1 卷第 2 号（屠格涅夫纪念号）。

编者《屠格涅夫在巴黎》发表于《文学》第 1 卷第 2 号（屠格涅夫纪念号）。

编者《屠格涅夫的初夜》发表于《文学》第 1 卷第 2 号（屠格涅夫纪念号）。

编者《屠格涅夫的两册被遗忘了的书》发表于《文学》第 1 卷第 2 号（屠格涅夫纪念号）。

编者《屠格涅夫与托尔斯泰的不和》发表于《文学》第 1 卷第 2 号（屠格涅夫纪念号）。

茅盾《我的学化学的朋友》发表于《文学》第 1 卷第 2 号。

［日］秋田雨雀作、谷非译《我底五十年》发表于《文学》第 1 卷第 2 号。

谷非《秋田雨雀印象记》发表于《文学》第 1 卷第 2 号。

编者《丁玲留影及其手迹》(文学画报)发表于《文学》第 1 卷第 3 号。

编者《美国新作家汉敏威》(文学画报)发表于《文学》第 1 卷第 3 号。

黄源《美国新进作家汉敏威》发表于《文学》第 1 卷第 3 号。

谢六逸《坪内逍遥博士》发表于《文学》第 1 卷第 3 号。

编者《苏俄诗人白德内衣的五十诞辰》发表于《文学》第 1 卷第 3 号。

编者《纪德的转变》发表于《文学》第 1 卷第 3 号。

编者《格莱塞的新著》发表于《文学》第 1 卷第 3 号。

编者《屠格涅夫与巴枯宁》发表于《文学》第 1 卷第 3 号。

编者《马克斯·莱茵哈特诞辰六十年纪念》(文学画报)发表于《文学》第 1 卷第 4 号。

编者《日本出版英美文学家评传丛书》发表于《文学》第 1 卷第 4 号。

编者《赛珍珠重来中国》(文学画报)发表于《文学》第 1 卷第 5 号。

编者《莱茵哈特的贡献》(文学画报)发表于《文学》第 1 卷第 5 号。

编者《查尔诞生百年纪念》发表于《文学》第 1 卷第 5 号。

澄清《玛克斯·莱茵哈特》发表于《文学》第 1 卷第 5 号。

胡仲持《〈大地〉作者赛珍珠重来中国》发表于《文学》第 1 卷第 5 号。

编者《巴尔扎克的〈人间喜剧〉》发表于《文学》第 1 卷第 5 号。

编者《福罗贝尔的未发表书简集》发表于《文学》第 1 卷第 5 号。

编者《汉敏威与斯坦茵》发表于《文学》第 1 卷第 5 号。

编者《美国作家赫格犀麦》发表于《文学》第 1 卷第 5 号。

编者《曼殊斐儿十年死祭》发表于《文学》第 1 卷第 5 号。

编者《英国小说家沙克莱七十死祭》(文学画报)发表于《文学》第 1 卷第 6 号。

编者《美国小说家赫克忒四十诞辰》(文学画报)发表于《文学》第 1 卷第 6 号。

编者《德国新进作家格莱塞》(文学画报)发表于《文学》第 1 卷第 6 号。

编者《二本关于高尔基的新著》发表于《文学》第 1 卷第 6 号。

编者《霍普特曼的新剧》发表于《文学》第 1 卷第 6 号。

编者《穆杭及其新著〈伦敦〉》发表于《文学》第 1 卷第 6 号。

编者《法国文艺批评家布勒蒙逝世》发表于《文学》第 1 卷第 6 号。

编者《左拉的别墅与"梅丹派"》发表于《文学》第 1 卷第 6 号。

编者《本纳忒战事日记之二》发表于《文学》第 1 卷第 6 号。

编者《台尔的自传》发表于《文学》第 1 卷第 6 号。

林庚白《林庚白自传》发表于《文艺春秋》第 1 卷第 1 期。

蝉声《巴尔扎克的生平思想及著作》发表于《文艺春秋》第 1 卷第 2 期。

黄华《学校生活之一页》发表于《文艺春秋》第 1 卷第 4 期。

章衣萍《刘海粟国画序》发表于《文艺春秋》第 1 卷第 4 期。

风光《叶德辉的自传》发表于《文艺春秋》第 1 卷第 4 期。

衣萍译《托尔斯泰著作中的自传材料》发表于《文艺春秋》第 1 卷第 6 期。

傅雷译《贝多芬的遗书》发表于《文艺春秋》第 1 卷第 6 期。

衣萍《巴尔扎克及其他》发表于《文艺春秋》第 1 卷第 6 期。

［苏］A. 绥拉菲莫维支作、依凡译《我的自传》发表于《文艺》创刊号。

韩起译《关于两个德国作家》发表于《文艺》第 1 卷第 2 期。

祝企英《兑米央·白德内伊》发表于《文艺》第 1 卷第 2 期。

祝秀侠《布克夫人的〈大地〉》发表于《文艺》第 1 卷第 2 期。

［苏］乌里亚诺夫作、何思敬译《L. N. 托尔斯泰与他的时代》发表于《文艺》第 1 卷第 3 期。

钢夫《一个兵士的自述》发表于《中学生文艺季刊》第 1 期。

曹心泉口述、邵茗生笔记《前清内廷演戏回忆录》发表于《剧学月刊》第 2 卷第 5 期。

曾仲鸣《高奇峰先生事略》发表于《艺风》第 1 卷第 12 期。

杨邨人《杨邨人给鲁迅的公开信》发表于《文化列车》第 3 期。

赵景深译《萧伯纳传》发表于《青年界》第 3 卷第 1 期。

李建新《萧伯纳的癖性》发表于《青年界》第 3 卷第 1 期。

赵景深《英雄与美人》发表于《青年界》第 3 卷第 1 期。

邹萧《萧伯纳著作年表》发表于《青年界》第 3 卷第 1 期。

梁遇春译《王尔德》发表于《青年界》第 3 卷第 1 期。

赵景深译《屠格涅夫》发表于《青年界》第 4 卷第 1 期。

赵景深《乔吉与李楚仪》发表于《青年界》第 4 卷第 4 期。

黄英《杜思退益夫斯基》发表于《青年界》第 4 卷第 5 期。

徐盈《当代中国实业人物志——陈光甫》发表于《新中华》第 3 期。

马彦祥《我承认是一个无名作家》发表于《新时代》第 2 卷第 1 期（无名作家专号）。

按：《新时代》第 2 卷第 1 期（无名作家专号），1932 年编成，到 1933 年 2 月 1 日出版，发表了沈紫曼女士、亚沉、洪茂青、郭师仪、仇朋、何凤元、曾乃敦、杨实夫、蒋虎侠、朱司晨、吴白露、王婉容、盛焕明、庄翠影、黛痴、易新成、王琦、潘东屏、陈其兴、余壕君、王少游、殷梦萍、温志良女士、黄志霄女士、吴广略、陆沉女士、惠留芳女士、吴清晓、苏诉、张家耀、王逸鹤、徐允武、陈璧如女士、李惠莲女士、一之、苏指松、刘浪、池振超女士、诗奴、萧丽卿女士、吴景岩、何德明、刘冠钊、吴逸侬、梁惜芳、何漂灵、黎民兴、佘立平、许绮禅、官冰灵、郑波、姚钟化、俞灰马、张又君、孙恺安、朱南人、张朱黻、尹贞淮、梅安娜女士、王铁笛、卢显等作家的作品。

曾今可《从艺术说到刘海粟徐悲鸿》发表于《新时代》第 3 卷第 5、6 期。

丁丁《芥川龙之介的中国堕落观》发表于《新时代》第 3 卷第 5、6 期。

张月超《纪念司各脱的百年祭》发表于《新时代》第 3 卷第 5、6 期。

陈普扬《歌德及其恋人》发表于《新时代》第 3 卷第 5、6 期。

何家槐《记刘海粟》发表于《新时代》第 4 卷第 1 期。

崔万秋《郭沫若在日本》发表于《新时代》第 4 卷第 3 期。

李因《萧伯纳在中国》发表于《新时代》第 4 卷第 3 期。

陶丽丝《从萧伯纳说到梅兰芳林语堂》发表于《新时代》第 4 卷第 3 期。

潘修桐《萧伯纳的语妙》发表于《新时代》第 4 卷第 3 期。

陆丽《萧伯纳的幽默》发表于《新时代》第 4 卷第 3 期。

褚问鹃《冯竞任先生》发表于《新时代》第 5 卷第 2 期。

陈希孟《拜伦与雪莱》发表于《新时代》第 5 卷第 4 期。

韩泽《河上肇被捕》发表于《涛声》第 2 卷第 4 期。

韩泽《刘煜生被杀事件》发表于《涛声》第 2 卷第 5 期。

吉星《关于陈独秀（上）》发表于《涛声》第 2 卷第 5 期。

猛克《萧伯纳先生速写像》发表于《涛声》第 2 卷第 6 期。

本社同人《欢迎萧伯纳先生》发表于《涛声》第 2 卷第 6 期。

子虚《成名自传》发表于《涛声》第 2 卷第 6 期。

华龄《关于陈独秀（下）》发表于《涛声》第 2 卷第 6 期。

张琳铮《阮大铖的杰作》发表于《涛声》第 2 卷第 8 期。

陈思《由自来水问题想到萧伯纳》发表于《涛声》第 2 卷第 8 期。

吕平度《萧伯纳在北平》发表于《涛声》第 2 卷第 9 期。

许白雁《胡适博士》发表于《涛声》第 2 卷第 12 期。

韩泽《王景岐与熊克武》发表于《涛声》第 2 卷第 13 期。

陈思《读〈自我演戏以来〉》发表于《涛声》第 2 卷第 13 期。

聚仁《梁作友与马相伯》发表于《涛声》第 2 卷第 14 期。

韩泽《胡适与胡蝶》发表于《涛声》第 2 卷第 18 期(胡适批判专号二)。

杨霁云《胡适的法宝》发表于《涛声》第 2 卷第 18 期(胡适批判专号二)。

聚仁《胡适与秦桧》发表于《涛声》第 2 卷第 18 期(胡适批判专号二)。

许白雁《戴季陶与隋炀帝》发表于《涛声》第 2 卷第 19 期。

韩泽《冯玉祥抗日》发表于《涛声》第 2 卷第 22 期。

梁启超《袁世凯》发表于《涛声》第 2 卷第 25 期。

编者《丁玲失踪案》发表于《涛声》第 2 卷第 25 期。

编者《杨杏佛被刺案》发表于《涛声》第 2 卷第 25 期。

曹聚仁《我与"左联"与无政府主义》发表于《涛声》第 2 卷第 29 期。

沈顽《青年画家刘狮》发表于《涛声》第 2 卷第 29 期。

鲁迅《〈守常先生全集〉题记》发表于《涛声》第 2 卷第 31、32 期。

鲁迅《悼丁君》发表于《涛声》第 2 卷第 38 期。

白雁《天才者的自传》发表于《涛声》第 2 卷第 39 期。

干铁《致钱歌川先生》发表于《涛声》第 2 卷第 40 期。

韦长《关于泰戈尔及中国读书界》发表于《涛声》第 2 卷第 42 期。

曹聚仁《鲁迅翁之笛》发表于《涛声》第 2 卷第 43 期。

辟支《鲁迅之罪及其他》发表于《涛声》第 2 卷第 46 期。

萧伯纳《告中国人民书》发表于《矛盾》第 1 卷 5、6 期合刊(萧伯纳氏来华纪念特辑)。

杨昌溪《迎萧伯纳》发表于《矛盾》第 1 卷 5、6 期合刊(萧伯纳氏来华纪念特辑)。

巴宁《萧伯纳在上海》发表于《矛盾》第 1 卷 5、6 期合刊(萧伯纳氏来华纪念特辑)。

辛予译《愉快的戏剧与不愉快的戏剧》发表于《矛盾》第 1 卷 5、6 期合刊(萧伯纳氏来华纪念特辑)。

熊佛西《我的诫条与信念》发表于《矛盾》第 1 卷 5、6 期合刊。

庄心在《布克夫人及其作品》发表于《矛盾》第 2 卷 1 期。

雨辰《特里查可夫人自述》发表于《矛盾》第 2 卷第 1 期。

丰子恺《小白之死》发表于《现代》第 2 卷第 3 期。

侍桁《最近逝世的梁遇春》发表于《现代》第 2 卷第 3 期。

编者《徐志摩周年祭》发表于《现代》第 2 卷第 3 期。

编者《三十年祭之左拉》发表于《现代》第 2 卷第 3 期。

编者《七十寿诞之霍普特曼》发表于《现代》第 2 卷第 3 期。

编者《普洛斯特十年祭》发表于《现代》第 2 卷第 3 期。

贝叶《〈镣铐手〉作者的小传》发表于《现代》第 2 卷第 4 期。

巴金《我的自辩》发表于《现代》第 2 卷第 5 期。

赵家璧《萧伯纳》发表于《现代》第 2 卷第 5 期。

编者《华格纳尔纪念》发表于《现代》第 2 卷第 6 期（现代文艺画报）。

按：包括华格纳尔像、华格纳尔夫妇之墓、华格纳尔之遗物一、华格纳尔之遗物二、华格纳尔之遗物三、华格纳尔之遗物四、华格纳尔与科茵玛之兔裘、华格纳尔之妻科茵玛。

赵家璧译《沙皇网下之高尔基》发表于《现代》第 3 卷第 1 期。

郁达夫《光慈的晚年》发表于《现代》第 3 卷第 1 期。

施蛰存《支加哥诗人卡尔·桑德堡》发表于《现代》第 3 卷第 1 期。

［法］若望·高克多作、戴望舒译《关于雷蒙·拉第该》发表于《现代》第 3 卷第 1 期。

陈伯吹《劳莱与哈台的新喜剧》发表于《现代》第 3 卷第 2 期。

［西班牙］亨利·倍林作、玄明译《巴罗哈访问记》发表于《现代》第 3 卷第 2 期。

苏雪林《论李金发的诗》发表于《现代》第 3 卷第 3 期。

［苏］巴甫洛夫作、唐锡如译《托尔斯泰的恋爱及其〈家庭幸福〉》发表于《现代》第 3 卷第 3 期。

杨邨人《太阳社与蒋光慈》发表于《现代》第 3 卷第 4 期。

赵家璧《勃克夫人与黄龙》发表于《现代》第 3 卷第 5 期。

玄明译《小托尔斯泰及其文学生活——为他的文学生活第二十五年纪念而作》发表于《现代》第 3 卷第 5 期。

［俄］阿·托尔斯泰作、玄明译《小托尔斯泰自传——十月革命给予了我一切》发表于《现代》第 3 卷第 5 期。

巴金《墨索里尼这个人》发表于《现代》第 3 卷第 6 期。

沈端先《屠格涅夫》发表于《现代》第 3 卷第 6 期。

康嗣群《周作人先生》发表于《现代》第 4 卷第 1 期。

黎君亮《纪念彭家煌君》发表于《现代》第 4 卷第 1 期。

荪波《歌德之生平及其作品》发表于《新月》第 4 卷第 7 期。

林建略《晚唐诗人杜牧之》发表于《中国语文学丛刊》第 1 期。

董启俊《旷代女词人李易安》发表于《中国语文学丛刊》第 1 期。

天行《高仁山先生五年祭》发表于《东方杂志》第 30 卷第 2 号。

衡哲《居里夫人》发表于《独立评论》第 44 号。

沈从文《丁玲女士被捕》发表于《独立评论》第 52、53 合册。

碫《袁中郎妙语》发表于《论语半月刊》第 9 期。

李青崖《李鸿章与毕士马克》发表于《论语半月刊》第 10 期。

开洋《梁任公之幽默》发表于《论语半月刊》第 10 期。

邵洵美《萧伯纳》发表于《论语半月刊》第 11 期。

语《萧伯纳与上海扶轮会》发表于《论语半月刊》第 12 期。

语《萧伯纳与美国》发表于《论语半月刊》第 12 期。

镜涵《萧伯纳过沪谈话记》发表于《论语半月刊》第 12 期。

全增碫《关于肖老头子》发表于《论语半月刊》第 12 期。

蔡元培《萧伯纳颇有老当益壮的感想》发表于《论语半月刊》第 12 期。

洪深《幽默——矛盾——萧伯纳》发表于《论语半月刊》第 12 期。

宋春舫《萧伯纳与黑女》发表于《论语半月刊》第 12 期。

语堂《欢迎萧伯纳文考证》发表于《论语半月刊》第 12 期。

文幽《萧伯纳的幽默》发表于《论语半月刊》第 12 期。

语堂《有不为斋随笔——再谈萧伯纳》发表于《论语半月刊》第 12 期。

语《金圣叹之生理学》发表于《论语半月刊》第 17 期。

郁生《打倒莎士比亚》发表于《论语半月刊》第 17 期。

涟潮《韩复榘幽默之中有至理》发表于《论语半月刊》第 17 期。

猛克《鲁迅与高尔基》发表于《论语半月刊》第 18 期。

语《不要见怪李笠翁》发表于《论语半月刊》第 20 期。

珂雪《辜鸿铭妙喻》发表于《论语半月刊》第 20 期。

六平《张资平的长篇创作》发表于《论语半月刊》第 21 期。

老敢《石达开之幽默》发表于《论语半月刊》第 23 期。

语《白克夫人之伟大》发表于《论语半月刊》第 24 期。

刘大钧《〈老残游记〉作者刘铁云先生的轶事》发表于《论语半月刊》第 25 期。

孙任生《彭玉麟的幽默》发表于《论语半月刊》第 25 期。

茗泉《徐志摩狗屁不通》发表于《论语半月刊》第 26 期。

胡徇道《此公自作墓志》发表于《论语半月刊》第 26 期。

胡徇道《胡适之自撰新婚联》发表于《论语半月刊》第 26 期。

柳诒徵《明代江苏省倭寇事略》发表于《国风半月刊》第 2 卷第 8 号。

沈钧儒《姚江文献·阮荀伯先生事略》发表于《国风半月刊》第 2 卷第

12 号。

李杰译《最近逝世的柏拉图主义者——狄更生》发表于《国风半月刊》第 3 卷第 1 号。

童第德《慈溪文献·洪樵舲先生传》发表于《国风半月刊》第 3 卷第 3 号。

百灵《秋田雨雀小传》发表于《出版消息》第 11 期。

百灵《伊凡诺夫小传》发表于《出版消息》第 20 期。

陈志进《拳术名家小传》发表于《金刚钻月刊》第 1 卷第 4 期。

高信《亨利·乔治之生平及其学说》发表于《地政月刊》第 1 卷第 7—12 期。

横海《平倭名将俞大猷戚继光合传》发表于《建国月刊》第 9 卷第 5 期。

胡越《蔡蒂金之生平》发表于《国际每日文学》第 24 期。

胡致《颜李学说述略》发表于《江西教育旬刊》第 5 卷第 5 期。

黄河源《霍布斯生平及其政治思想》发表于《群言》第 10 卷第 1 期。

今连《希特勒的生平》发表于《平明杂志》第 2 卷第 6 期。

就叟《沈书森先生小传》发表于《文社月刊》第 3 期。

克旭《苏俄外长李维诺夫的生平》发表于《政治评论》第 83 期。

孔繁礼《南游回忆录》发表于《南洋情报》第 2 卷第 5 期。

李会申《一个乞者自述》发表于《育英周刊》第 10 期。

李胸《欧战回忆录》发表于《艺风》第 1 卷第 8 期。

刘石克《罗曼·罗兰的生平及思想》发表于《中华月报》第 1 卷第 3 期。

刘广惠《沈阳回忆录》发表于《国风半月刊》第 3 卷第 4 号。

一士《谈岑春煊》发表于《国闻周报》第 10 卷第 18 期。

罗章龙《一个共产党的自白》发表于《晨光》第 1 卷第 5 期。

卢葆华《我底自白》发表于《晨光》第 1 卷第 49 期。

宁馨《德国革命家蔡特金女士的生平》发表于《女子月刊》第 1 卷第 9 期。

屈怀白《邢广世先生事略》发表于《科学的中国》第 1 卷第 6 期。

舌人《一个律师的自白》发表于《十日谈》第 4—11 期。

盛彤笙《周隆孝社友事略》发表于《科学时代》第 2 卷第 4 期。

王沉《马克斯的生平学说及其批判》发表于《社会主义月刊》第 1 卷第 5 期。

味橄《亚伦坡的生平及其艺术》发表于《新中华》第 1 卷第 16 期。

卢文迪《费尔巴黑之生平著作及思想》发表于《新中华》第 1 卷第 18 期。

盈昂译《杜思退夫斯基之生平及其信札》发表于《大陆杂志》第 1 卷第 10 期。

玉安《李维诺夫小传》发表于《苏俄评论》第 5 卷第 5—6 期。

袁应麟《三个小傀儡的自述》发表于《新青海》第 1 卷第 11 期。

云水《博物学大家居菲耶的事迹》发表于《北辰杂志》第 5 卷第 9 期。

章元美《汤姆森博士小传》发表于《科学》第 17 卷第 7 期。

夏炎德《和平主义者罗曼·罗兰》发表于《读书杂志》第 3 卷第 5 期。

周子强《革命的教育者高仁山先生蒙难事略》发表于《中华教育界》第 20 卷第 10 期。

邹恩润《一位美国人嫁与一位中国人的自述》发表于《生活周刊》第 2 卷第 26—51 期。

吕斯庆《杨贤江的生平》发表于《社会新闻》第 4 卷第 22 期。

小生《李维汉之生平》发表于《社会新闻》第 5 卷第 2 期。

如丝《黄膺白之生平》发表于《越国春秋》第 20 期。

大鱼《欧战回忆录》发表于《国防论坛》第 1 卷第 9 期。

戈宝权《亚丹·斯密的先趋者之一——大卫·休谟之生及其思想》发表于《法学院期刊》创刊号。

李介眉《地质学家小史略述》发表于《女师学院期刊》第 1 卷第 1 期。

王历农《费耕雨先生事略》发表于《中华农学会报》第 119 期。

石岩《薛涛小传》发表于《无锡国专季刊》第 1 期。

夏承焘《白石道人歌曲考证》发表于《之江学报》第 1 卷第 2 期。

张荫麟《龚自珍汉朝儒生行本事考》发表于《燕京学报》第 13 期。

冼玉清《元赵松雪之书画》发表于《岭南学报》第 2 卷第 4 期。

闻一多《岑嘉州系年考证》发表于《清华学报》第 8 卷第 2 期。

姚薇元《〈宋书·索虏传〉〈南齐书·魏虏传〉北人姓名考证》发表于《清华学报》第 8 卷第 2 期。

罗香林《家谱叙录》发表于《国立中山大学文史学研究所月刊》第 1 卷第 4 期。

朱希祖《屈大均传》发表于《国立中山大学文史学研究所月刊》第 1 卷第 5 期。

朱希祖《明成祖生母记疑辩》发表于《国立中山大学文史学研究所月刊》第 2 卷第 1 期。

林驸译《勒赛夫人事略》发表于《圣教杂志》第22卷第9—12期。

蒋维乔《谛闲老法师传》发表于《弘法社刊》第20期。

宝静《谛公老法师行状》发表于《弘法社刊》第20期。

徐蔚如《行状补遗》发表于《弘法社刊》第20期。

鲍海秋《谛闲法师幼年略状》发表于《弘法社刊》第20期。

黄性彻《谛闲大师五十年弘法概况》发表于《弘法社刊》第20期。

宝静编正、逸山辑述《谛公老法师年谱》发表于《弘法社刊》第20期。

宝静《谛公老法师行状》发表于《世界佛教居士林林刊》第34期。

徐文蔚《谛师行状补遗》发表于《世界佛教居士林林刊》第34期。

志圆《长龄师往生传》发表于《世界佛教居士林林刊》第34期。

卜良选《记二节妇往生事》发表于《世界佛教居士林林刊》第34期。

马子杨《先妣王节母行述》发表于《世界佛教居士林林刊》第34期。

蒋维乔《谛闲大师传》发表于《世界佛教居士林林刊》第35期。

宏台《圣莲法师事略》发表于《世界佛教居士林林刊》第35期。

寐叟《沈达夫先生墓志铭》发表于《世界佛教居士林林刊》第35期。

伍凤池《韦节妇生西记》发表于《世界佛教居士林林刊》第35期。

弘愿《陆居士鸿逵临终念佛事略》发表于《世界佛教居士林林刊》第35期。

李穗生《刘牧蒙观音大士护佑记》发表于《世界佛教居士林林刊》第35期。

戴正诚《郑叔问先生年谱》发表于《青鹤》第1卷第6期。

戴正诚《郑叔问先生年谱》发表于《青鹤》第1卷第7期。

戴正诚《郑叔问先生年谱》发表于《青鹤》第1卷第8期。

戴正诚《郑叔问先生年谱》发表于《青鹤》第1卷第9期。

戴正诚《郑叔问先生年谱》发表于《青鹤》第1卷第10期。

戴正诚《郑叔问先生年谱》发表于《青鹤》第1卷第11期。

戴正诚《郑叔问先生年谱》发表于《青鹤》第1卷第12期。

戴正诚《郑叔问先生年谱》发表于《青鹤》第1卷第13期。

戴正诚《郑叔问先生年谱》发表于《青鹤》第1卷第14期。

戴正诚《郑叔问先生年谱》发表于《青鹤》第1卷第15期。

戴正诚《郑叔问先生年谱》发表于《青鹤》第1卷第16期。

戴正诚《郑叔问先生年谱》发表于《青鹤》第1卷第17期。

戴正诚《郑叔问先生年谱》发表于《青鹤》第1卷第18期。

戴正诚《郑叔问先生年谱》发表于《青鹤》第 1 卷第 19 期。

吴大澂《愙斋自订年谱》发表于《青鹤》第 1 卷第 23 期。

吴大澂《愙斋自订年谱》发表于《青鹤》第 2 卷第 1 期。

吴大澂《愙斋自订年谱》发表于《青鹤》第 2 卷第 3 期。

三、传记著作

〔日〕儿岛献吉郎著、陈清泉译述《诸子百家考》由上海商务印书馆出版。

(清)吴见思评点、(清)吴兴祚参订(评点)《史记论文》由上海广益书局出版。

靳德峻释例《史记释例》由上海商务印书馆出版。

庄适选注《前汉书》由上海商务印书馆出版。

按：是书为《汉书》选本。选帝纪一篇(高帝纪)、列传 8 篇(刘向、贾谊、晁错、李陵、苏武、司马相如、张骞、霍光、赵充国等传)、列传序 4 篇(儒林传序、酷吏传序、循吏传序、游侠传序四篇序)。

梁启超著《中国历史研究法补编》由上海商务印书馆出版。

按：梁启超说：一个人的性格、兴趣及其作事的步骤，皆与全部历史有关。太史公作《史记》，最看重这点。后来的正史，立传猥杂而繁多，几成为家谱、墓志铭的丛编，所以受人诟病。其实《史记》并不如此，《史记》每一篇列传必代表某一方面的重要人物。如《孔子世家》《孟荀列传》《仲尼弟子列传》代表学术思想界最重要的人物，《苏秦张仪列传》代表造成战国局面的游说之士，《田单乐毅列传》代表有名将帅，四公子《平原、孟尝、信陵、春申列传》代表那时新贵族的势力，《货殖列传》代表当时经济变化，《游侠列传》《刺客列传》代表当时社会上一种特殊风尚。每篇都有深意。大都从全社会着眼，用人物来做一种现象的反映，并不是专替一个人作起居注。

列传这个名称，系由正史中采用下来。凡是一部正史，将每时代著名人物罗列许多人，每人给他作一篇传，所以叫做列传。列传的主要目的虽在记叙本人一生的事迹，但是国家大事、政治状况、社会情形、学术思想，大部分都包括在里边。列传与专传不同之点，专传以一部书记载一个人的事迹，列传以一部书记载许多人的事迹；专传一篇即是全书，列传一篇不过全书中很小的一部分。列传的体裁与名称，是沿用太史公以来成例，在旧史中极普通，极发达。列传著法，具详二十四史，各种体裁应有尽有。

我的理想专传，是以一个伟大人物对于时代有特殊关系者为中心，将周围关系事实归纳其中，横的竖的，网罗无遗。比如替一个大文学家作专传，可以把当时及前后的文学潮流分别说明。此种专传,其对象虽止一人,而目的不在一人。择出一时代的代表人物或一种学问一种艺术的代表人物,为行文方便起见,用作中心。此种专传从前很少,新近有这种专传出现,大致是受外国传记的影响,可惜精彩的作品还不多。

按:作者认为,应该为之立传的人有 7 种,即"关系重要的、性情奇怪的、旧史不载的、挟嫌诬蔑的、本纪简略的、外国的、近代的人物,都有替他作专传的必要。人物专史的对象,大概有此七种。说到这儿,还要补充几句。有许多人虽然伟大奇特,绝对不应作传。这种人约有两种:(一)带有神话性的,纵然伟大,不应作传。譬如黄帝很伟大,但不见得真有其人。(二)资料太缺乏的人,虽然伟大奇特,亦不应当作传。比如屈原,人格伟大,但是资料枯窘得很"。

按:梁启超说:"作正史上的列传,篇数愈少愈好,可以归纳的最好就归纳起来。《史记》的《项羽本纪》,前半篇讲的项梁,中间讲的范增,后半篇才讲项羽自己。若是文章技术劣点,分为三篇传,三篇都作不好。太史公把他们混合起来,只作一篇,文章又省,事情又很清楚。这种地方,很可取法。还有许多人不可以不见,可是又没有独立作传的价值,就可以附录在有关系的大人物传中。因为他们本来是配角,但是很可以陪衬主角。没有配角形容不出主角,写配角正是写主角。这种技术,《史记》最是擅长。例如信陵君这样一个人,胸襟很大,声名很远。从正面写,未尝不可以,总觉得费力而且不易出色。太史公就用旁敲侧击的方法,用力写侯生,写毛公、薛公,都在这些小人物身上着笔,本人反为很少,因为如此,信陵君的为人格外显得伟大,格外显得奇特。这种写法不录文章、不写功业,专从小处落墨,把大处烘托出来。除却太史公以外,别的人能够做到的很少。"

罗根泽编《古史辨》(第 4 册)由北平朴社出版。

按:是书收入梁启超的《荀卿考》、胡适的《老子略》、蔡元培《杨朱即庄周说》、唐钺的《杨朱考》等。

(清)吴荣光编纂《历代名人年谱》由上海商务印书馆出版。

江恒源著《孔子》由上海商务印书馆出版。

章衣萍著《孔子》由上海儿童书店出版。

罗根泽著《孟子传论》由上海商务印书馆出版。

陆侃如著《屈原》由上海亚东图书馆出版。

何炳松编《秦始皇帝》由上海商务印书馆出版。

孙毓修原编、陈倩如改编《班超》由上海商务印书馆出版。

李克家编《张骞》由上海新生命书局出版。

张鹏一著《太史公年谱》由富平张氏在山草堂关陇丛书本出版。

陈子展著《马援》由上海新生命书局出版。

章衣萍著《陶渊明》由上海儿童书局出版。

章衣萍著《关云长》由上海儿童书局出版。

闻一多著《岑嘉州系年考证》由北平清华大学出版。

张篷舟著《浪漫二诗人》由江苏南京书店出版。

章崇义著《李后主诗词年谱》由上海南京书店出版。

许毓峰著《周濂溪年谱》由金陵齐鲁华西三大学中国文化研究汇刊出版。

柯昌颐编《王安石评传》由上海商务印书馆出版。

郑行巽编著《王安石生活》由上海世界书局出版。

陈思著《白石道人年谱》由辽海书社出版。

元善编述《国难中的武穆岳飞》由江西南昌江西省立图书馆出版。

孙毓修原编、郭蒄一改编《岳飞》由上海商务印书馆出版。

(明)钱德洪等编《王阳明年谱》由江苏南京力行要览发行所出版。

章衣萍、吴曙天著《王阳明》由上海儿童书局出版。

钱穆著《王守仁》由上海商务印书馆出版。

丁文江撰《徐霞客年谱》由上海商务印书馆出版。

秦光玉著《明季滇南遗民录》由呈贡秦氏罗山楼出版。

温廷敬著《明季潮州忠逸传》由汕头温氏补读书庐出版。

徐宗泽编辑《文定公徐上海传略》由上海徐家汇土山湾印书馆出版。

按：是书为纪念徐光启逝世 300 周年纪念集。

易君左著《史可法》由上海新生命书局出版。

李世瑍著《王船山先生行迹图》由鸿飞印刷局出版。

蒋致中编《牛空山年谱》由上海商务印书馆出版。

黄云眉著《邵二云先生年谱》由金陵大学中国文化研究所出版。

吕培等著《洪亮吉年谱》由上海大陆书局出版。

方浚师著《袁枚年谱》由上海大陆书局出版。

姚名达编《朱筠年谱》由上海商务印书馆出版。

姚绍华编《崔东壁年谱》由上海商务印书馆出版。

陈子展编《林则徐》由上海新生命书局出版。

储祎编、徐应昶校订《林则徐》由上海商务印书馆出版。

严树森编著、湘农点读《胡林翼年谱》由上海大陆书局出版。

谢国桢编《顾宁人学谱》由上海商务印书馆出版。

悟开编《莲宗九祖略传》由上海佛学书局出版。

黄守明著《中国大外交家曾纪泽详传导言》由天津大公报社出版。

杨守敬著《邻苏老人年谱》由上海大陆书局出版。

汤中著《梁质人年谱》由上海商务印书馆出版。

按:自序曰:昔读《艺风堂文集》中之《秦边纪略跋》,知清初有梁质人份,精于西北地理之学。昨年扬州渊海楼藏书散出,余购得质人所著《怀葛堂文集》,取而读之,见质人与熊孝感书,述重游秦塞之役。及指摘丘文庄不知六术之缪妄,并谓凡书可闭户而著,惟地舆必身至其地。呜呼!斯岂浅学之士所能言者。今之人,皆以为治西北地理者,至有清嘉道间自徐松、张穆、何秋涛始名家,讵知二百数十年以前,竟有身历边境,以实地调查制成图说如梁质人其人哉?

近人所编之《清史稿》,有梁质人小传一篇,寥寥数行,不知所云。盖以王源所撰《怀葛堂文集序》,及质人《送张方伯赴山海关序》,为其作传之蓝本。随意剿集,杂凑成文,绝无传记之价值。嗣见日本内藤虎博士所著《质人年谱》,约略翻阅,颇称完善。而细按之,缺漏错误,屡见叠出。其最著者,对于谱主,不辨生卒年代,及失记系狱之大事。至以江西清江之鹿渚,误认为河南之鹿邑,尤为缪妄。余始而详校质人文集,继而博览其师友之著述,及各种方志中之列传,所搜材料,愈积愈多,不忍弃置,遂下笔编次,此即余作此年谱之缘起也。

作此年谱有三难:一、质人一生事迹,无碑传志铭可以参考,其自著《怀葛堂文集》有《复伯兄舒》,虽隐约述其家世,然记载不详。经再三探讨,而后乃仿佛其始末。二、质人所作文字,都不记撰述岁月,非自文中细考其甲子,及旁证他篇之事实,与夫题跋评语之附见者,则无从分年编注。若草草辑录,则难免参差失实之弊。三、易堂诸子与质人交游,有如全祖望所云,其人踪迹,非寻常游士所阅历,故似有所讳,而不令人知者,欲搜集各人历史,按年附录,尤为不易。余作此年谱,非独对于谱主事迹,力求翔实,即与谱主有关系之人物,非经考订确凿,亦不敢率尔编入。……年谱中所搜资料,以《怀葛堂文集》为主,并参考其他著述及各种方志,然后择要摘录,分年编入,或将有关系之文字,全篇揭载,以明其一生事迹,与学问思想之渊源。读此年谱者,不独能明了质人一生之历史,并可知清初时代之背景。盖质人交游甚广,一时文人学者,隐逸奇士,藉以旁见者,不尠焉。区区此作,参考书籍不下四十余种,而主要文集,往往翻阅至数十遍。若遇有疑义,而案头无书可考者,辄寓书南浔嘉业藏书楼施韵秋主任,托其检查各书,务得确证而后止。

郭侣桐编《孙中山》由上海新中国书局出版。

章衣萍、吴曙天编著《孙中山》由上海儿童书局出版。

中国国民党广州特别市执行委员会编《孙大总统广州蒙难十一周年纪念专刊》由编者出版。

中国国民党广东省执行委员会编《总理诞辰纪念专刊》由编者出版。

中国国民党广东省执行委员会编《总理逝世八周年纪念》由编者出版。

中国国民党中央执行委员会西南执行部编《朱执信先生殉国十三周年纪念专刊》由编者出版。

陈东晓编《陈独秀评论》由北平东亚书局出版。

陈独秀著《陈独秀先生辩诉状》出版。

国立中央研究院编《庆祝蔡元培先生六十五岁论文集》(上册)由北平国立中央研究院出版。

朱芳圃著《王静安的贡献》由上海商务印书馆出版。

赵景深(原题邹啸)编《郁达夫论》由上海北新书局出版。

区梦觉编《王独清论》由上海光华书局出版。

朱其华著《一九二七年底回忆》由上海新新出版社出版。

张惟夫著《关于丁玲女士》由北平立达书局出版。

[美]里夫著、叶舟译《丁玲——新中国的女战士》由汉口光明书店出版。

按:作者是美籍记者,曾任天津联合通讯社社长。是书上编"丁玲——新中国的女战士",叙述丁玲在胡也频、殷夫等遭民国党反动派杀害后,便从一个同情者发展成为左翼作家之一。下编"关于丁玲",写丁玲在西安事变前后任八路军战地服务团主任,以及她谈西北解放区的文艺等情况。

谭天著《胡适与郭沫若》由上海书报合作社出版。

郭沫若著《沫若书信集》由上海泰东图书局出版。

胡适著《四十自述》由上海亚东图书馆出版。

按:胡适《四十自述·自序》说:我在这十几年中,因为深深的感觉中国最缺乏传记的文学,所以到处劝我的老辈朋友写他们的自传。不幸的很,这班老辈朋友虽然都答应了,终不肯下笔。最可悲的一个例子是林长民先生,他答应了写他的五十自述作他 50 岁生日的纪念;到了生日那一天,他对我说:"适之,今年实在太忙了,自述写不成了;明年生日我一定补写出来。"不幸他庆祝了 50 岁的生日之后，不上半年，他就死在郭松龄的战役里，他那富于浪漫意味的一生就成了一部人间永不能读的逸书了！

梁启超先生也曾同样的允许我。他自信他的体力精力都很强，所以他不肯开始写他的自传。谁也不料那样一位生龙活虎一般的中年作家只活了 55 岁！虽然他的信札和诗文留下了绝多的传记材料，但谁能有他那样"笔锋常带情感"的健笔来写他那 55 年最关重要又最有趣味的生活呢！中国近世历史与中国现代文学就都因此受了一桩无法补救的绝大损失了。

我有一次见着梁士诒先生，我很诚恳的劝他写一部自叙，因为我知道他在中国政治史与财政史上都曾扮演过很重要的角色，所以我希望他替将来的史家留下一点史料。我也知道他写的自传也许是要替他自己洗刷他的罪恶；但这是不妨事的，有训练的史家自有防弊的方法；最要紧的是要他自己写他心理上的动机，黑幕里的线索，和他站在特殊地位的观察。前两个月，我读了梁士诒先生的讣告，他的自叙或年谱大概也就成了我的梦想了。

此外，我还劝告过蔡元培先生，张元济先生，高梦旦先生，陈独秀先生，熊希龄先生，叶景葵先生。我盼望他们都不要叫我失望。

前几年，我的一位女朋友忽然发愤写了一部六七万字的自传，我读了很感动，认为是中国妇女的自传文学的破天荒的写实创作。但不幸她在一种精神病态中把这部稿本全烧了。当初她每写成一篇寄给我看时，我因为尊重她的意思，不曾替她留一个副本，至今引为憾事。

我的《四十自述》，只是我的"传记热"的一个小小的表现。这 40 年的生活可分作三个阶段，留学以前为一段，留学的七年（1910—1917）为一段，归国以后（1917—1931）为一段。我本想一气写成，但因为种种打断，只写成了这第一段的六章。现在我又出国去了，归期还不能确定，所以我接受了亚东图书馆的朋友们的劝告，先印行这几章。这几章都先在《新月》月刊上发表过，现在我都从头校改过，事实上的小错误和文字上的疏忽，都改正了。我的朋友周作人先生，葛祖兰先生，和族叔堇人先生，都曾校正我的错误，都是我最感谢的。

关于这书的体例，我要声明一点。我本想从这 40 年中挑出十来个比较有趣味的题目，用每个题目来写一篇小说式的文字，略如第一篇写我的父母的结婚。这个计划曾经得死友徐志摩的热烈的赞许，我自己也很高兴，因为这个方法是自传文学上的一条新路子，并且可以让我（遇必要时）用假的人名地名描写一些太亲切的情绪方面的生活。但我究竟是一个受史学训练深于文学训练的人，写完了第一篇，写到了自己的幼年生活，就不知不觉地抛弃了小说的体裁，回到了谨严的历史叙述的老路上去了。这一变颇使志摩失望，但他读了那写家庭和乡村教育的一章，也曾表示赞许；还有许多朋友写信来说这一章比前一章更动人。从此以后，我就爽性这样写下去了。因为第一章只是用小说体追写一个传说，其中写那"太子会"颇有用想象补充的部分，虽然董人叔来信指出，我也不去更动了。但因为传闻究竟与我自己的亲见亲闻有别，所以我把这一章提出，称为"序幕"。

我的这部《自述》虽然至今没写成，几位旧友的自传，如郭沫若先生的，如李季先生的，都早已出版了。自传的风气似乎已开了。我很盼望我们这几个三四十岁的人的自传的出世可以引起一班老年朋友的兴趣，可以使我们的文学里添出无数的可读而又可信的传记来。我们抛出几块砖瓦，只是希望能引出许多块美玉宝石来；我们赤裸裸的叙述我们少年时代的琐碎生活，为的是希望社会上做过一番事业的人也会赤裸裸的记载他们的生活，给史家做材料，给文学开生路。胡适民国二十二年 6 月 27 日，在太平洋上。

按：梁实秋评论胡适《四十自述》说：出版人对于这书有下列的告白："本书系著者四十岁后所记四十年中生活的自传。原定分三个阶段：留学以前为一段，留学的七年为一段，归国以后为一段。但著者因事务纷繁，种种打断，只写成了这第一段的六章。现在先把这六章出版，作为第一册。章目如下：我的母亲的订婚，九年的家乡教育，从拜神到无神，在上海一，在上海二，我怎样到外国去？卷首有自序，详述本书的旨趣及修正出版之经过。附著者的父母及著者四十岁像。"这是很忠实而不夸大的一段告白。胡先生的自传，自从在《新月》上陆续发表以来，早已引起一般人的注意，如今有单行本出版，当是很可欢迎的一件事。

记得大概是圣奥格丁罢，他写他的《忏悔录》的时候，曾说过，人当四十是最好的写自传的时候。因为，人到了四十岁在学问事业上总可以有点成就了（假如根本有出息的话），并且四十岁时记忆力尚佳，可不至多所遗里。胡先生写这部《四十自述》，大概也是这个意思吧？胡先生的学术思想，已有了他的历史的地位，这是不容疑的，他今后是否能在学术思想做更进一步的贡献，那是没有人能武断的，只好由历史来证明。不过一个四十岁的人能像胡先生这样的有划时代的功绩，在现在实不多见。所以我们至少根据"读其书而不知其人，可乎？"的意义，对这部书是要表示欣赏的。

常听见有人感叹于传记文学在中国之贫乏，其实不仅在中国为然。在西洋,传记之成为文学,也是比较晚近的事。像柏拉图,像莎士比亚,这等伟大的人物,都没有良好详尽的传记资料给我们留下来。在英国,传记文学的艺术直到十八世纪中叶才算是达到成熟的地步。在现代,传记文学自然是极其发达的了。我们中国的传记文学,当推史书里的列传等等为其嚆矢。简陋自不待言,然如《项羽本纪》《游侠列传》之类的文章,岂不胜似 Plutarch 与 Aubray 之类的作品万万? 近来大家似乎都了解传记文学的重要了,自传的风气很盛,这是好的现象。固然,有些人根本没有写自传的必要,有些人又根本没有写文章的能力,然而这都不妨事,传记是和其他的作品一样,逃不了"时间"的淘汰。在已出的几种传记之中,胡先生的《四十自述》无疑的是要占一个重要地位的,因为他有那么多精彩的事可述,他的文笔又是那样的流利晓畅。不过,最精彩的一段当在归国以后那一部分,所以我们又恳切希望他早点完成这一部自传。除了胡先生之外,今人中有写自传之资格与能力的,当数到郭沫若先生,他的自传也是写了一部分而迄今未能完成的。写到这里,我不禁联想起:那曾为一代大师的梁启超,他若有一部自传给我们,那该是如何的足以令人低徊不置? 不知道梁任公的门生故友亦有想弥补这一种缺憾的人没有? 曾为一代之雄的孙中山,至今还在悬赏征求传记,还有什么话可说?①

立达学园编《追悼匡互生先生专号》由上海编者出版。

蒋槐青编著《邱飞海网球成功史》由上海勤奋书局出版。

蒋槐青编著《林宝华网球成功史》由上海勤奋书局出版。

[美]葛克兰著、刘美丽译《功成名就的妇女》由上海广学会出版。

卢元石编辑《党国烈士》由上海民众教育研究社出版。

按:是书记载陆皓东、史坚如、徐锡麟、秋瑾、宋教仁、黄兴、蔡锷、熊成基、温生才、赵伯先、林冠慈、陈其美、朱执信、廖仲恺、蔡公时等 15 人事迹。

贾逸君编著《中华民国名人传》(上下册)由北平文化学社出版。

按:是书分革命先烈、政治、军事、外交、教育、学术、艺术、文学、实业、新闻、妇女、前清遗老等 12 类,介绍孙中山、邹容、陈天华、秋瑾、于右任等名人生平事迹。

易君左著《中华民族英雄故事集》由编者出版。

吴春晗著《江苏藏书家小史》由北平著者出版。

---

① 谐庭(梁实秋).四十自述[N].益世报·文学周刊,1933-10-21.

沈圣时编《中国诗人》由上海光明书局出版。

鲁迅等著《现代中国作家自传》(第 1 辑)由上海光华书局出版。

按:是书收录柳亚子、鲁迅、茅盾、王独清、白薇、洪深、章衣萍、许钦文、钟敬文等 9 位作家的自传。

爱梨上人编《梨园花絮记》由济南银河歌剧社出版。

银河歌剧社编《名伶明星美丽影》由编者出版。

赵正平著《兴国记》由上海新中国建设学会出版。

按:是书第一集收录传略 21 篇,第二集收录传略 7 篇。

龚仲尊编《铁汉》由上海南京书店出版。

按:是书收录刺杀官僚、政敌及外国侵略者的短篇记述 19 篇。其中有中国古代的聂政、荆轲等,中国近代的史坚如、徐锡麟、熊成基、汪精卫、温生才、陈其美等,外国的有朝鲜安重根、尹奉吉、金九和法国的可特等。

伍连德著《中国的早年旅行家》由上海寰球中国学生会出版。

[法]S. Nisenson, A. Parker 著、陈炳洪编译《世界名人图志》由上海良友图书公司出版。

按:是书收录伊索、亚历山大大帝、安徒生、阿基米得、贝多芬、玻利瓦尔、麦哲伦、博斯韦尔、布朗宁、卡莱尔、汉尼拔、霍桑、贞德、列宁、林肯、摩尔斯、纳尔逊、萧邦、但丁、狄更斯等 100 位世界名人的画像,并附简要文字说明。

明灯报社编《近代人物》由上海广学会出版。

按:是书介绍法拉第、利斯特、斯蒂芬森、约翰·弗拉克斯曼、爱因斯坦、林白、奥杜邦、贺川丰彦、马志尼、纳尔逊、威尔逊、胡佛、安徒生、沃兹沃思等 26 名近代人物传略。书中《小言》说:"在书中所记述的几位伟人的事业和言行,我们读了虽未必就能实行,但是其中的良言美行和百折不挠的豪举,未始不可鼓励我们有逐渐向上之心。"

[美]都兰著、杨荫鸿等译《古今大哲学家之生活与思想》由上海开明书店出版。

[美]海伦·克勒著、高君韦译《盲聋女子克勒氏自传》由上海商务印书馆出版。

卢冠六编《自学成功者》由上海少年书局出版。

按:是书介绍高尔基、爱迪生、安徒生、林肯、富兰克林自学成才的事迹。

明灯报社译《青年成功小传》由上海广学会出版。

按:是书收录卫耐梅克、许华勃、赫科麦、皮波狱、福特、瓦特、海尔等 15

位在各个领域中成功的青年小传。

明灯报社译《坚韧的人物》由上海广学会出版。

按：是书收录《小说大家司各脱》《电报发明者摩斯》《轮胎发明者福尔敦》《孩子们不能忘记的安徒生》《速记术发明家匹特曼》《育医生巴布科克》《提倡世界和平的铁匠巴立特》《盲史家普勒斯珂特》《童工成名——克莱斯》《伟大的诗歌家——以撒窝次》等15篇文章。

林仁雪译《女伟人的故事》由上海女子书店出版。

刘虎如编译《开辟新世界的故事》由上海新中国书局出版。

按：是书介绍十五至十九世纪世界各地探险家的探险故事。

刘虎如编《航海的故事》由上海开明书店出版。

按：是书分马可·波罗的长期旅行、好望角的发见和印度航行的获得、哥伦布与新世界、全地球航行路线的发见、喀波特与哈得逊、拔波亚与太平洋、英国的怪杰德雷克等7部分。

顾凤城编《现代新兴作家评传》由上海光华书局出版。

按：是书分别介绍高尔基、拉甫列涅夫、革拉特珂夫、法捷耶夫、绥拉菲莫维奇、巴比塞、辛克莱、杰克伦敦、小林多喜二等10位外国作家的生平及创作。

黄建业著《中学生科学家》由上海中学生书局出版。

按：是书收录伽利略、居里夫人、马可尼、爱因斯坦等17位科学家小传。

何景文编著《中学生人名辞典》（《新人名辞典》）由上海中学生书局出版。

唐敬杲编著《现代外国人名辞典》由上海商务印书馆出版。

［苏］梁赞诺夫著、刘侃元译《马克斯恩格斯合传》由上海春秋书店出版。

［苏］列宁著《卡尔·马克思》由莫斯科苏联外国工人出版社出版。

［波兰］奥森杜斯基著、百灵译《叛徒的列宁》（前卷）由上海改造书店出版。

［苏］高尔基著、糜春烯译《我与列宁》由上海绿野书屋出版。

李麦麦编著《托洛茨基》由上海新生命书局出版。

向理润编《斯太林》由上海新生命书局出版。

刘大杰编《托尔斯泰》由上海商务印书馆出版。

［法］罗曼·罗兰著、徐懋庸译《托尔斯泰传》由上海华通书局出版。

［苏］顾路兹台夫著、林克多译《高尔基的生活》由上海现代书局出版。

韬奋编译《革命文豪高尔基》由上海生活书店出版。

周起应编《高尔基创作四十年文论集》由上海良友图书印刷公司出版。

［苏］高尔基著、黄源编译《高尔基代表作》由上海前锋书店出版。

［英］金斯莱著、席涤尘译《希腊英雄传》由上海世界书店出版。

乐雯辑译《萧伯纳在上海》由上海野草书屋出版。

张梦麒著《萧伯纳的研究》由上海中华学艺社出版。

石苇编译《萧伯纳》由上海光明书局出版。

姚名达主编、王茗青著《法国女作家》由上海女子书店出版。

按：是书分导言、古典时代的女作家、浪漫时代的女作家、现代的女作家、结论共 5 章。

沈起予著《巴比塞传》由上海良友图书印刷公司出版。

黎青主著《歌德》由上海商务印书馆出版。

张月超著《歌德评传》由上海神州国光社出版。

宗白华等著《歌德之认识》由江苏南京钟山书局出版。

按：是书分 5 部分：歌德的人生观与宇宙观、歌德的人格与个性、歌德的文艺、歌德与世界、歌德纪念。作者有宗白华、周辅成、杨丙辰、谢六逸、田汉、徐仲年等 17 人。

储儿学著《歌德》由上海大众书局出版。

徐仲年著《歌德小传》由上海女子书店出版。

黄源编《兴登堡》由上海新生命书局出版。

杨寒光编译《希特勒》由上海光明书局出版。

储儿学编《甘地》由上海大众书局出版。

鲁西著《马可尼传》由上海良友图书印刷公司出版。

易君左著《墨索里尼》由上海新生命书局出版。

徐仲年著《赫里欧》由上海新生命书局出版。

伍况甫编译《爱迪生传》由上海生活书店出版。

钟敬之编《福特》由上海新生命书局出版。

［英］林辅华编、冯雪冰译《约翰卫斯力传》由上海广学会出版。

［美］米勒尔著、春风山译《人类惠师爱迪生》由北平知行学社出版。

沈嗣庄著《华盛顿》由上海商务印书馆出版。

按：是书《编者序言》说："当我还没有开始写这份册子以前，我曾和几个比较熟悉华盛顿历史的美国人谈到过，据说现在坊间所有华盛顿传记，十之八九含有政治色彩和盲目的英雄崇拜，与事实离得很远。又说，倘使只从华氏个人的历史或人道主义的观点上着眼，华氏的历史是不足以引起我们的兴趣而为之作传的。不过若就美国历史的全部——尤其是它的经济史——而论，那末华氏的历史不但有追述的价值，而且也是经济改造的现代所必须有的一种著作。因为资本主义的美国，一大部分是由华氏个人的人格和他的政策酝酿成功的。为了这种暗示，我便下了两种决心：第一，我要时刻警防着，不要受流行的华盛顿传记的影响，而要以华氏自己的日记和他的函牍为观察华氏一生的对象。我的责任不是歌功颂德，乃是历史者的搜材和分析。至于大家读了这个册子以后，对于华氏发生什么感想，我是不能负责的。第二，我相对地用唯物史观的眼光把华氏的生活和美国资本主义的初期历史打成一片。对这一点，我曾受到俾耳德《美国宪法的经济解说》的指导。这是我情愿承认的。还有，这书应当别称为《美国初期历史的经济解说》。倘使大家读了以后，还没有感到殖民政策，独立运动，宪法通过，华氏政纲，内阁分化，美法失和等等与经济问题的关系，那便是编者的失败。"

徐懋庸著《罗斯福》由上海新生命书局出版。

邢墨卿著《凯末尔》(当代名人传记之九)由上海新生命书局出版。

四、卒于是年的传记作者

柯劭忞(1848—1933)。劭忞字凤孙，又字凤笙、奉生，号蓼园，山东胶州人。生于书香门第，19 岁为举人，38 岁中进士，入翰林院为庶吉士，历任编修、国子监司业、湖南学政、湖北提学使等职。1906 年至日本考察学务，后任贵州提学使、学部丞参上行走、资政院议员、国史馆纂修、京师大学堂经科监督署、总监督等。民国成立后，以前清遗老自居，充任宣统侍讲。曾任清史馆总纂、代理清史馆馆长，审阅《清史稿》本纪，撰写天文、时宪、灾异三志和部分传稿，并整理儒林、文苑、畴人诸传。1925 年任东方文化事业总委员会委员长，主持续修《四库全书提要》，整理经部《易经》类，撰写提要 152 则。曾获日本帝国大学名誉文学博士。著有《春秋谷梁传注》《尔雅注》《后汉书注》《文选补注》《译史补》《文献通考校注》《新元史》《新元史考证》《蓼园文集》等。

叶瀚(1861—1933)。瀚字浩吾，浙江杭州人。1895 年与汪康年在上海创办《蒙学报》。1900 年在上海参加保皇活动。1902 年与蔡元培、黄宗仰、章太炎等发起成立中国教育会。次年与蔡元培、刘光汉等发起成立对俄同志会，积极参加拒俄运动。1905 年与蔡元培、杜亚泉等创立理科通学所。次年参加预备立宪公会。民国成立后，曾任北京大学历史系教授兼研究所国学门导师。著有《清代地理学家传略》等。

陈去病(1874—1933)。去病字巢南,号垂虹亭长,笔名有南史氏,江苏吴江人。1906 年参加同盟会。1909 年与柳亚子创办南社。曾参加护法运动和孙中山领导的北伐战争。后为南京东南大学教授、江苏革命博物馆馆长等。著有为明末清初的抗清英雄立传的《明遗民录》。

周贞亮(1876—1933)。贞亮又名之桢,字子幹,号止盦、退舟,湖北汉阳人。毕业于日本法政大学。历任邮传部主事、黑龙江高等检察厅检察长、黑龙江高等审判厅厅丞、黑龙江法政学校提调。民国成立后,历任北京政府国务院法制局参事、平政院评事、司法官惩戒委员会委员、天津南开大学及国立北平大学第一师范学院教授、国立武汉大学中国文学系教授。著有《书目举要》《目录学义》《昭明太子年谱》《文选学》等。

邓中夏(1894—1933)。中夏字仲澥,又名邓康,湖南省宜章县人。1915年考入长沙湖南高等师范文史专修科。1917 年入北京大学国文门学习。1920 年 10 月参加北京的共产党早期组织。历任上海大学教务长、中华全国总工会秘书长兼宣传部长、中央临时政治局候补委员、湘鄂西特委书记、红 2 军团(后改为红 3 军)政委、前敌委员会书记、中央革命军事委员会委员、全国赤色互济会总会主任兼党团书记等职。1933 年 5 月被捕,9 月 21日被害。著有《邓中夏文集》,其中传记作品有《列宁年谱》《宁烈传》《我们为什么要追悼列宁》《黄仁同志之死》《启汉同志出狱》《呜呼廖仲恺先生之死》《哀悼廖仲恺先生》《悼韦德并论暗杀》《纪念廖仲恺先生》《苏兆征同志传》等。

沈泽民(1900—1933)。泽民原名沈德济,浙江桐乡人。茅盾(沈雁冰)胞弟。中学毕业后,考进南京河海工程学校。1920 年去日本留学,1921 年回国参加文学研究会。曾主编《民国日报》副刊《觉悟》。与蒋光慈等组织春雷文学社。1926 年与爱人张琴秋被派往苏联莫斯科中山大学和红色教授学院学习。1930 年回国,负责中央宣传部工作,1931 年派往豫鄂皖、苏区工作,任中央分局委员、省委书记。1933 年 11 月牺牲在苏区湖北省黄安县天台山。著有《俄国文学论》《俄国的叙事诗歌》《罗曼·罗兰传》《王尔德评传》《读冰心作品志感》《文学者的人格》等。译著有小泉八云的《文学论》《俄国的批评文学》《新俄艺术的趋势》《近代的丹麦文学》,俄国妥特列夫的《邻人之爱》等。今有《沈泽民文集》。

朱湘(1904—1933)。湘字子沅,祖籍安徽太湖,生于湖南沅陵。1925年出版第一本诗集《夏天》。1926 年创办《新文》刊物。1927 年 9 月至 1929

年9月留学美国。回国后,曾任教于国立安徽大学外文系。1933年12月5日跳河自杀。著有《石门集》《文学闲谈》《中书集》《朱湘书信集》等,其中有传记作品《我的童年》《批评家李笠翁》《蒋士铨传》《闻一多与〈死水〉》《克里斯托弗生》等。

民国二十三年　甲戌　1934 年

一、传记评论

胡适是年初春在燕京大学演讲《中国的传记文学》，认为传记文学是中国最不发达的文学。又鼓动梁士诒、蔡元培、熊希龄他们都来写自传，而且自己身体力行，撰写了《四十自述》。

按：胡适说：我很抱歉，史学系的同学找了我好几次，叫我对大家讲一次演。因为我觉得没有什么话可讲，所以总没有答应。后来非请我来讲不可，我便请他们像主考似的，先给我出一个题目，因为这样倒比较容易些，但他们又谦虚而不肯，不得已我便挑选了这个大家不注意的"中国的传记文学"来同大家谈一谈。

现在我感觉中国研究历史的人，多偏重渺茫的古代，而对于现代的东西倒抛弃而不顾，我觉得这是近来学术界上一个不好的现象。再说古代的东西研究的材料，总是靠着大家都知道的经书，《史记》《国语》等类书，谁都是根据这几部书。至于他们所研究的成绩，叫我们看来也不过尔尔，这种毛病可以叫做偷懒。谈到研究更古的东西，譬如挖出一块什么骨头来，那上面的字，你这样说法，他那样说法，另外一人便又有一种说法，众说纷纭，谁和谁的解释都不相同，最终还是得不出一个定论；得不出定论的东西，我是不希望大家去研究的。

研究古代的，总是靠了那现存的几部书，是比较容易的，但是现代的则很困难了。如果叫诸位作一篇《袁世凯传》就很困难，关于他一生的材料，若是整理起来，真得费一番长工夫。再说曾国藩的传记，也是同样的难作。曾氏一生的家书、奏折、日记，浩如烟海，整理起来，实在是非常的麻烦。可是大家不靠了他们的知识来研究现在的东西，却撇开了重要的有用的东西，反而专去研究甲骨文一类的老古董。但是我们知道传记文学和历史的发达是很有关系的。如果传记文学不发达，历史就不会发达。如果大家不走这条路，而走那得不到定论的死路，那就好像研究一道得不出答数的数学题一样。我们费尽了精力去研究得不出最后定论的工作，唯有请他们老辈去做，因为他比你们在世上多活了些年，知道的东西也多些，就是大米也比你们多吃了几斤，所以他们研究起来，或许比你们多得到些结果。你们只有就近代的活材料去研究能够得到定论的东西，将来对历史上的贡献一定不可限量；就是研究文学的同学，也走这条路，我想一定能给我们产生几部丰美的传记文学。这是我今天讲这个题目的意思。

我们中国二千五百年来，有历史性质、有文学价值的传记文学，只有我今天带来的这两部而已，这是多么贫乏的事体。所以我希望你们不要去坐在高楼里作普罗文学，因为普罗阶级的生活情况，你们离得太远，是完全不懂的。

现在我要开始谈谈中国的传记文学了。中国的传记文学我以为可分为两大类，每一大类中又可以分为若干小类。第一大类是请旁人替作的，第二大类是自己作的。现在先谈一谈第一大类，这类中又分为八小类：

1. 小传　是旁人替作的小传，字数大约总是二三百字，到三四千字的就不多见。譬如某人替他的友人作一小传，字数非常简短，选一件可以代表他的朋友的个性道德的重要事迹，从而发挥之，使后人可窥见他的为人若何，藉而仿效。中国的传记大部属于这类。

2. 墓志铭　人死之后，尤其是重要人物或大和尚之流死了以后，往往旁人替他作一小传，刻在砖上，放在坟里。自汉朝起多用两尺见方的砖，如现在挖掘出来的三国及魏晋的墓志铭，都是很短很短的传记；后来才用三尺四尺的石头，有的也不放在坟里去，于是材料便多些，范围就扩大多了。

3. 墓碑　这是与墓志铭的性质差不多的东西，如神道碑、墓碑或庙宇前面的塔碑都是这一类，不过都放在外边罢了，同时也大了许多。

4. 历史上的传记　如某族系的传记，某县的县志，某府的府志，凡是与历史有关系的都作为传记，这自太史公以来，永没有改变过。你们可以看一看国史馆的东西，作这一类东西是要作者根据亲身见闻经历的东西，才能可靠。根据一封信、一件趣事，便能作成小传，不过等到编为国史的时候，说不定就失掉了原来可靠的性质，而变为没有什么价值了。如司马迁在《封禅书》中写汉武帝写的很简单很漂亮，句句是恭维的话，其实句句是讽刺的意思，因为他不崇拜他的原故。即他写比他早一点的人物，如叔孙通也写的怪好的。至于可靠与否，实在不得而知。他崇拜项羽，所以写项羽写的很好，这都可以当成文学的书籍来读，都在历史上有相当价值。此外还有班固写《后汉书·外戚传》，陈寿写孔明。陈寿最赞成诸葛孔明，所以写的特别的优美生动。后来史书变成了官书之后，便没有什么价值了，并且因为种种的避讳，使人不容易写好。

5.行状　状是没有什么文学价值的，只是最好的传记材料而已。譬如一个人死了，他的儿子请另外一个人替他的父亲或母亲作一篇行状，这是最好的草史，是预备供给他人参考的，或是供给国史馆的史官采用，这是最可靠的材料。但是很可惜在中国保存下来的很少，现在我们能够见到的如宋韩琦的行状只有两本，便是最可靠最宝贵的东西。以后希望大家遇到这类的行状，务必要把它保存起来，你们也可以竭力地写你们的父母的行状送给朋友们一看，这是于历史上很有价值的东西。如宋程颐、程颢弟兄二人，二程便曾替大程作过行状。又如作《东塾读书记》的崔东壁先生，曾给他父亲写过一篇行状，也就是哀启一类的东西，这类的东西，是最真实的，所以也最有价值。

6.年谱　一个人死了以后，尤其是重要的人物死了以后，请旁人把他一生的重要事迹分年的编起来，先把所有材料搜集在一块，整理妥当了，哪件事应该排列在哪一年，都按部就班地编订好了。只靠了短短的小传是不足凭信的，而年谱则是分年的传记底稿。最初是韩文公的年谱，柳子厚的年谱，如李白、杜甫等大诗人，若只靠他们的小传，是不够的，于是便把他的诗文按年编起来，成了后来年谱的体裁。所以这种体裁起于宋朝，也唯有宋朝最发达，也唯有宋朝这种年谱的内容最详尽。

7.言行录　这类是不一定分年的，只是采集一些材料编在一块儿，如本校所出版的《蔡孑民先生言行录》便是。它的起源远在孔夫子的《论语·檀弓》，以至于《孟子》，甚至于北方的大学者大哲学家颜习斋言行录、曾国藩的言行录，都是这一类。

8.专传　专传是从小传发达而成的，这类是最进步的一体，也是最发达的一体。这一类是和第五类相像的。专门为一个人作传，如玄奘的徒弟慧立所作的《施恩大法师传》，这是古代惟一的有章法有体例的传记，这一类在历史中很少，所以不容易举出几部来。次是梁任公先生给康南海作的传、李鸿章的传。最后是张孝若给他的父亲张謇先生所作的《言行记》，约有二十万言之多。

第二大类是自己作的传记，这类又可分为六小类：

1.自叙　也就是自记自述，这是拿散文写出来的。如《史记》的后边第一百三十篇有太史公的自叙，叙他的父亲和他怎么样来收集材料，作成一部《史记》。又如汉朝有一个大历史学家大哲学家王充，于《论衡》后面也有一篇自记，叙他读书的经过。不记事实，只写兴味的有陶渊明的《五柳先生传》，所写的似是本人又似乎不是本人，是用第三者的口吻写出来的。我名之日小传的自传。此外，白香山也有这类的东西。

2. 韵文的自传 这是私人用韵文来作自传式的传记，如《离骚》开首便说："帝高阳之苗裔兮，朕皇考曰伯庸。"诗人作诗的时候往往有自传式的句法。汉人就有用此体的传记。近来有一个外国人作了一本《杜甫自传》，我初听了觉得非常惊讶，杜甫何曾作过自传呢？后来才知道是他从杜甫的集子里把类似自传性质的诗文搜集在一起编辑而成。我们都相信杜甫的诗中含着自传性的东西实在很多。

3. 游记笔记 古人往往很谦虚，不肯直写自己的事情，常常用游记式来写。如唐玄奘去印度的时候，到处都有游记，写他如何经过中央亚细亚到了印度，及沿途风俗人情，颇为详尽，一直到了现在，于考察中央亚细亚的历史的时候，还有很大很大的价值与帮助。

4. 日记 日记里面的材料是最有真实性的，可惜流传下来的太少了。如朱熹说他的朋友吕东莱的日记很好，但是我们看不到，现在只有三卷，真是怪可惜的。又如，元明以来的日记也很少见。又如，绍兴李慈铭曾做过御史，初起是非常寒微的。他的日记很多，后来经蔡元培先生印出了三十多部，还有没有整理的。又如，明朝孙奇峰，清朝王闿运、翁同龢的日记都很多，只是当时印刷不精，所以流传的很少。

5. 信札 在信札里，往往更能看一个人的真个性、真思想。如你写二十封信，写的时候曾起过什么念头，写信的动机是什么，都能晓得。西人把 Life and Letters 就看的很重要。如果你研究某人的东西，若证之以家书，便更较确实。要是只靠其日记，便不如靠其家书。如看《曾国藩家书》，便感觉这种材料非常真实。所以他父亲把它保存起来。

6. 自作年谱 这是自叙传中一种最成熟的体裁，自叙往往是比自传、年谱来得详细。这一类最有价值，最应该保存。中国保存的很多，如《张季直年谱》，今天我要介绍给大家的也就是这一类。如汪守敬的年谱，汪曾作过《病榻梦痕录》，还有《梦痕余录》，官书名为《龙庄遗书》。因为他曾做了三十多年的师爷，后来才中了进士，到湖南去做官。这种书销行颇广，是因其内容多写关于做官的方法。所以从前做官赴任时，藩台往往先给你这一部书，使你知道做官的方法。这部书是 1730 年到 1806 年作成的。此外还作过一部《二十四史韵编》，在这部书里他把辽、金、元的历史赤裸裸地写出来。他的母亲本是丫头出身，他十二岁上他父亲便死掉，他母亲从此守寡。诸如此类，他都不隐讳地写出来。他自己非常的迷信，他将当时的宗教心理、社会心理都描写出来。还有有一次他看见旁人穿着纱衫很不错，便想买一件，可是没有钱，于是便替人去打枪，一直打了十八次之多，所得的钱才够买一件纱衫。虽然这样小的事情，他也毫不避忌地写在那儿。这一部书最重要的是关于当时社会情形及经济状况的记载。如米的价钱，从江苏经安徽到北京沿途的见闻都写出来；如哪处卖男女，男的比女的又多卖多少钱。还有西班牙的"站人钱"可以换多少银子，以及当时浙江、湖南的政治情形，科学法律的制度，也都写出来。这是值得特别介绍的一部书，所以今天带来介绍给大家。

复次，还有一部书，是关于第一大类的，便是王懋竑的《朱子年谱》，也是各处的官书局所必刻的书。这部书同前书都是流传最广的书，也是值得特为介绍的。王是乾隆时的人。

我们知道在中国哲学史上，明朝有王阳学派与朱子学派之争，王阳明作过《朱子晚年定论》一文，他引朱子的书札，说朱子的主张和他自己的主张相同。当时还有一个姓陈的也是这样的说。但是这所根据的信件，是不是朱子晚年的东西呢？这究属是个问题。后来王懋竑费掉了四十多年的精力，研究朱子的东西。朱子是一位博学的人，著书颇多，整理他的著作，真是非常的困难，王先生便给他作了四十多年的年谱，后来附录没有成竟，便死去了。他说王阳明所根据的信札，并不是朱子晚年的东西，而是四十多岁上说的话。

除了以上的第一等的作品外，还有《西域记》《王荆公年谱考略》。王荆公变法失败以后，一般人便把可靠的材料改变啦，结果把王荆公说得很坏。他的同乡蔡上翔花了五十多年的工夫，作了《王荆公年谱考略》，才把王荆公的冤屈洗掉了。

中国的传记文学值得介绍的，就是这可怜的几部而已，顶多把《西域记》加上也不过四部而已。

中国的传记文学究竟为什么不发达呢？以我想来有四因：

第一，中国人不崇拜英雄。中国人是最不崇拜英雄的，而且最怕人家认成自己是英雄。如曾国藩打下了南京以后，便首先自己裁兵，实在是因为怕他人攻击和忌妒。到了北京，还怕太监们暗算他呢。如果你崇拜英雄，便有人骂你受了贿赂，当了某人的走狗，而且大家认为骂人的总是对的，被骂的总是错的。其实是非崇拜英雄不可。譬如《论语》，是孔子弟子所记录的，他们最崇拜孔子，所以才有那么大的成绩。这都是因为崇拜的动机而成功的。又如玄奘的到印度去，政府不让他出洋，而他非去不可，也是因为崇拜英雄的原故。就是朱子的成功，也不外乎此。又如，西洋的圣人苏格拉底的成功,也是因为柏拉图将他的一言一动都记下来,而成立一部很好的传记文学。中国只有化钱的传记而没有崇拜的传记。要是有传记的文学,非有一种宗教似的英雄崇拜不可,不然的话,王懋竑、蔡上翔几十年作的年谱也就不会有了。我们现代的人只会考究什么似是而非的古董,不去研究活材料的传记。袁子才虽说有人骂他是轻薄儿,但是如果他听说某名医或者某一位他所崇敬的人死了,他不等他人的请求,便亲自去搜集材料,给他作一篇传记,所以《袁子才集》中关于传记的东西很多,尤其是关于有名的绍兴师爷的传记很多。

第二种原因是忌讳太多。我们都知道忌讳太多也是使传记文学不发达的原因。一个人死了,因了种种的关系,有许多重要的话,不能吐露。譬如研究系的人死了,你给他作传记时,便不能骂国民党,同时还有其他的种种避讳。国民党也是这样,民国尚且如此,专制时代就可以想见了。这样子七折八扣的,所余的材料就很有限了。若是化钱买一位文人来作传记,便不会作到好处,因为有种种的忌讳,总是说假话,其实也不肯更不敢说真话,很少有人像王懋竑的说老实话。

第三,材料的缺乏材料的不完备也是传记文学不发达的原因。如前边所述第一大类的七、八两项(言行录与专传)的材料就不易找到。材料所以难找的最大原因是:A. 国家没有史城(arch)来保存国家的史料;B. 是地方上没有私人的图书馆。即令有保存的,也是重要人物的字画,至于破烂的书信便不被人重视了,何况一会儿去革命,一会儿又跑到别处去,社会也是治乱无常。但是西方人则不然,一位重要人的东西,无论什么都有人给他保存起来,绝不会失佚的。中国社会上的不安定,也是一个不易保存的原因。日本有一个很悠久的太平时候,所以他们的寺院里保存的东西很多。此外,中国人也不大注意传记的材料,如写信写文章总是不写年月日,即便写,也是些甲子、丙辰一类的日子,使你无法根据。最近几年来才由我们几位提倡,书信或文章后面,才加上年月日,以备将来有人给自己作传,且传记的材料,应该按年月日编起来。现在讲一个笑话,譬如美国威尔逊死了,找作传的人,后来 Baker 先生应征,威氏的夫人便以七个 Armcar 装了他一生的所有的材料送与贝克先生那里去,以便替他的丈夫作传。大家试想,如果不是材料按年月编好了,七辆 Armcar 的材料,怎么样去整理呢?

第四,文字的障碍。中国文字的障碍,也是传记文学不发达的原因。因为各时代的文章体例不同,有死的文字,有活的文字。如六朝时候的佛家传家,完全是用的骈文,言之无物,只是华美,研究起来很困难,好容易看懂了,而于所研究的东西,没有什么大关系。因为所用都是骈体,找老半天还是没有有价值的材料。直到韩愈、柳宗元才用散文作文章,后来的人都以韩、柳为法式,就是顾亭林也是不能脱其格式的。

末了希望你们选一个近代的人去给他作一个传记,但是必须是令人可佩服的,是你所崇拜的。如孙中山、曾国藩、列宾。顶好你们能够在中国历史上多添几部传记文学,是于最好的人格的修养有关系的。其他社会人材,政治上的人材,都可以由传记文学中得来。英国的大学中,就没有什么政治学一类的课程,他们的政治上的修养,都是由从政治家的传记中得来的。记得去年我在协和治盲肠炎的时候,见一个女看护,我就问她:"你为什么单单要来当看护呢?"她说她从前在小学堂里读过 Nightingale 的传记,她是在克里米亚战争时首创红十字会的人,她救活了许多许多的伤兵,所以我自从那时候起,便决心要当一个看护。大家想一想,传记文学的力量有多大!假使我们中国从前多有几部优美的可爱的传记文学,也许我们的国家不至于糟到现在这样的程度。①

温源宁在北京大学做教授,在英文《中国评论周报》的"亲切写真"栏陆续撰文评介辜鸿铭、胡适、丁文江、吴宓、周作人、徐志摩等中国文化名人,后来他选出其中的 17 篇合编成集,中文译本取名为《不够知己》或《一知半解》出版。

按:杨正润说:"这是中国现代短篇传记的代表作,温源宁同这些人物有直接交往,非常熟悉,加上敏锐的观察力和熟知人情世故,他对传主作出了相当准确和传神的描述。比如写遗老辜鸿铭'脾气拗,以跟别人对立过日子。大家都接受的,他反对。大家都崇拜的,他蔑视。他所以得意洋洋,就是因为与众不同。因为时兴剪辫子,他才留辫子。要是谁都有辫子,我敢保辜鸿铭会首先剪掉'。温源宁也写了胡适,用一支生花妙笔把这位学界名流的举止外貌、待人接物、性格爱好、行事风格、学问文章一一评述描写一番,妙语如珠,让人几有目不暇接之感。"②

苏雪林《自传文学与胡适的〈四十自述〉》发表于《世界文学》第 2 期。

按:文章说:自传文学在西洋实为一大宗派。远如圣奥古斯丁的《忏悔录》,佛郎克林的《自传》,卢梭《忏悔录》,歌德的《我的诗与真理的生活》,托尔斯泰的《我的忏悔》,都是脍炙人口的自传;近如俄国克鲁泡金、高尔基的

---

① 周松平.中国近代名家名作宝库(第 30 辑胡适卷下)[M].呼和浩特:内蒙古人民出版社,2000:303－314.
② 杨正润.现代传记学[M].南京:南京大学出版社,2009:248.

自传,也具有文学上很高的价值。无怪法国佛郎士说"世界上最佳的文学都是自传"了。返观吾国,则自传文学殊不发达。司马迁《史记·太史公自序》为散文自传文学之嚆矢,然以叙述中国史家之源流迁变及《史记》之内容为主,而以自己家世及行藏为宾,不算纯粹的自传。其后文人著作自成一家之言者辄踵史迁之例,如班固《前汉书》一百卷之《叙传》,王充《论衡》三十卷之《自纪篇》,刘勰《文心雕龙》第五十之《序志》,皆属此等性质。而魏文帝《典论》之《自叙》,以及傅玄、陶梅、葛洪等人之著作亦然。刘知幾《史通》曾著《序论》一篇,专论此事。近人顾颉刚《古史辨》第一编,冠以数万言之长序,自叙身世兼治学方针,也应归入这类自叙传的范围。

至于纯文艺的自传,虽有司马相如之《自序》,可惜真伪难辨。五代时冯道之《长乐老叙》及金王郁之《王子小传》均不甚著名。惟张山来所编《虞初新志》,载汪价之《三侬赘人广自叙》。自述一生经历,长万余言,趣味浓郁,姿态横生,实为明末名士"情趣主义"之结晶品,也可说是我所见旧体文自传最好的一篇。但学者或以其近小说家言而薄之,此文遂不能登大雅之堂,后人亦即不敢以为模范,传统文学观念之作祟,不知抹煞了多少有价值的文学,真属可恨!

韵文的自传则始于屈原《离骚》。后有杜甫《壮游》,康有为《六十自述》等。自传的文字著笔极为不易,若照事实记录,像司马相如自叙与卓文君私奔,王充述其父祖不肖为州闾所鄙,人每责之为名教罪人;隐己所短而显其所长,则又招露才扬己之讥。处此两难的地位,比较谨严的文人,便不敢轻易做自传。中国没有卢梭、托尔斯泰一般的恳切真诚的忏悔录,其原因或即在此吧?

新文学运动起来后,用小说体裁作自传的固已不少,而纯粹文艺性质之自传则尚无所闻。胡适常劝朋友林长民、梁启超、梁士诒、蔡元培、张元济、高梦旦、陈独秀、熊希龄、叶景葵做自传。因为他们均属中国名士,其一生行事与三四十年来之政治、学术大有关系,若肯作一部详细的自传,价值一定不少。可惜他的劝告尚未发生效果,而林长民、梁启超、梁士诒已与世长辞,其余诸人能否于生前作为自传还是一种疑问。郭沫若自传有三种,一为《我的幼年》,叙自己家世及小中学时代之经历;二为《反正前后》,叙辛亥革命左右四川政治和社会各方面变动的情形;三为《创造十年》,叙自己日本留学及办创造社的经过。这三本书在时间上尚称连贯,不过文笔则极粗疏拙劣。至于《黑猫》,则为断片之自传,《橄榄》为小说体的自传,我们不能将它们放在这里讨论。李季《我的平生》也是一部自叙传。这书共三册,第一第二两册尚有趣味,第三册则大部分是攻击胡适《中国哲学史》的文章。我们与其说它是自传文字,不如说它是学术论辩集罢了。

近来我看见了一本胡适《四十自述》,觉得很满意,愿意特别提出来谈谈。胡氏的自叙道"我的《四十自述》只是我的'传记热'的一个小小的表现",这四十年的生活可分为三个阶段,留学以前为一段(1891—1910),留国的七年为一段(1910—1917),归国以后(1917—1931)为一段。现在仅出第一段,他最早的计划"本想从四十年中挑出十来个有趣味的题目,用每个题目来写一篇小说式的文字,略如第一篇写我的父母的结婚。……因为这个方法是自传文学上的一条新路子,并且可以让我(遇必要时)用假的人名地名描写一些太亲切的情绪方面的生活"。但作者写完第一章《我父母的结婚》时,计划又改变了。他说:"但我究竟是一个受史学训练深于文学训练的人,写完第一篇,写到自己的幼年生活,就不知不觉的抛弃了小说的体裁,回到谨严的历史叙述的老路上去了。这一变颇使志摩失望(因为徐志摩赞成他用小说体),但他读了那写家庭和乡村教育的一章,也曾表示赞许,还有许多朋友写信来说这一章比前一章更动人,从此以后我就爽性这一写下去了。"传记文学很难出色,因为一顾事实即难骋其才华,反不如虚构的小说得以任意装点。所以金圣叹倡为《水浒》胜于《史记》之议。听说英国某学者也曾挖苦传记文学说其中仅有地名人名年月是真的,人物则不如小说传奇之有生气,与金圣叹之议论可谓同出一辙。但太史公的《项羽本纪》鸿门宴一段描写,极富于戏剧的气氛;《刺客列传》描写荆轲刺秦王等,则富于小说的气氛。呆板的传记能写得这样活泼生动,也就万分不容易了。最近十年,德国卢德伟格、法国莫尔亚斯、英国施特拉齐,不约而同地努力创造了一种新传记文学,那便是用写小说的笔法来做传记。据说卢德伟格的《歌德传》,又名《一个人的传记》,莫尔亚斯的 Ariel 和 Bccthouen,施特拉齐的 Eminent Vitoriuns Queen Victoria 都是富于小说戏剧性的传记。中国则二十年前梁启超的《罗兰夫人传》《意大利建国三杰传》也可以说是半小说的体裁。今日闻一多的《杜甫》虽则才写了一个开端,但我们可以看出它感染了不少西洋新传记文学的作风的影响。胡适的《四十自述》序幕"我的母亲的订婚"照他的自叙是试用小说体裁写的,而且写得很是成功。……有人说自传文学是个人主义的表现,中国个人主义的思潮在五四时代,虽曾昙花一现,过此也就寂寞了。现在是集团主义思想渐渐兴起之时,此时而谈自传文学未免不识时宜了。试用胡适的《四十自述》出版后,各方面明嘲暗骂的文章颇有几篇。其实那是没有多大道理的话。我觉得青年朋友想研究一点自传文学和想学一点做人的道理,这本书是值得看一看的。

[英]H. G. Wells 作、伍蠡甫译《自传叙言——一九三四年出版 H. G. Wells：Experiment in Autobiography 的序论的第一节》发表于《世界文学》第 3 期。

按:作者《译后记》说:迂回曲折的文章,大家见了都害怕,怕费掉时间和精力,把它念完,还是不很了了。这等文章自然难遇读者,把这等文章翻译出来,也就没人爱看。但是像去年出版那么样震动欧美读者界的一部威尔斯《自传》,毕竟还是值得一译,即使书里的文字极尽迂回之能,几乎可算"洋八股"了。全书三百多页,三十来万字,相当忠实地描画了现代一位知识分子的生平真相。为了认识他所代表的那一型意识,这当然是值得注意,并且介绍给国人的一本书。我相信不久国内有精确的译本,告诉我们这位名人一生想过些什么,干了些什么。我只在此先行译出那本书里序言的一部分,因为序言昭示全书的命脉,而我所译的一段更是作者一生行为思想汇合在意识深渊之后的表白,抑即自身清算所得的总账。我译完这段,觉得还须另写一个提要,以及批评几句。

威尔斯以为一个人活在世上,有日常应做的事情,如衣食住行等等,此外还有高远的事情,就是实现一个自由创造的生命。他觉得做人之难,乃在那些身边事件牵累你,使你没法着手那较高的步骤。威尔斯当迟暮之年,回溯一生,很足自傲,因为他自认已经得到当然事业的深远理解了。然而他却又为了理解之深,晓得事体的难做,更何况他的来日无多呢!他于是安慰自己,以为人间是没有至善之域的,只要每天能有多少宁静的时间,可以不去理会身边麻烦的事件,那末一辈子的岁月总该算是一场喜剧。他决定挟着他的残年,继续前进,既不改他对人生向持的态度,也不计社会对他的批评。……自传固然是自我的认识,但是把自我脱离了时代和环境,并且在自我的主张不能影响社会时,便大感喟,这一切都是绝对尊重个人的权威,忽略个人通过社会的发展。抱着这种思想而生在二十世纪里,未有不要日增苦闷的。所以,威尔斯永远不能排斥那种悲观者的感伤了。

叶青《郁达夫论》发表于《世界文学》第 4 期。

杜若《自传年》发表于《一周间》第 1 卷第 3 期。

按:文章说:今年,在妇女界是国货年,但是在文学界,明明是"自传年"。不管到哪一家新书店,不管翻阅哪一种杂志或附刊,总可以看到作家的自传的。关于作家的自传,我是颇为高兴看的。原因:第一,作家非常丰富的生活,很多地方能够做我们的教训。第二,他们说出怎样写作,怎样准备,可以帮助我们了解他们的作品。因为上面举出的理由，自传的受人欢迎，不是偶然的。但是也在因为上面举出的理由，而自传不是人人可写，不是人人应该写。你没有丰富的生活，你能教给读者什么？你没有独特的心得，你能够帮助读者什么？但是自传终于流行于文坛了。甚至只写了一二篇不成东西的短篇小说的青年！如此，除了自己鼓吹以外，是找不出其他理由的。

记得谁的杂记上说，有人请鲁迅先生写自传，鲁迅先生回答他说："过去是写过一篇，大概六百字；现在再添上几年生活，也不过七百字光景。"以鲁迅先生的经历与修养，尚且只能写出"七百字光景"，我真不知道各书店中，躺着的一册一册的自传的作者，到底写上些什么？哥尔德的《无钱的犹太人》大概是自传，高尔基《我的幼年》《我的大学》，大概也是自传。拿他们两个人的东西仔细看一看，我想将要执笔写自传的先生们，一定会哑然搁笔吧！

子嘉《读科学名人传记能得到勇气和智慧》发表于《京沪沪杭甬铁路日刊》第 958 期。

按：文章说：在中国现今提倡科学的高潮里面，古今科学家的传记，确乎有特别加以重视的必要。姑且把理由简单的写在下面：普通人对于现代科学的成就，因为他们的作用，有时十分玄妙，不容易用常识解答，往往对于科学的本性，发生错误的印象。例如说，制造飞机所用的材料，没有一种不较重于空气，而凑在一起成了飞机，却能在空中飞翔。再说电话，在长远距离间，只藉着一种金属线的联络，就能够传达声音，已竟很难明了，何况把唯一媒介的金属线去掉，还是一样通话。这在一般没有电学知识的普通人看来，岂不是神妙之极。等到他听说这些东西，完全是科学所创制，那时最自然的感觉，便是以为科学有极神妙莫测的内容，而一般科学家，如果不是神圣，也必须具有超人的智慧了。

这种根据常识造成的概念，等到翻阅几个著名科学家的传记以后，自然的就会逐渐消灭。我们知道，一般著名的科学家，无论古今，或许天资略高，而他们的造诣，却多由于他们的努力较巨，少由于他们的天资较高。任何人如果肯一样的努力，至少也能得到类似的成功。再说科学的造诣，尽管乍一看表面上如何玄妙，他们所根据的原理，却无不平淡无奇。如果循序渐进，几乎尽人可解。这在各科学家的传记里，更是往往可以明白看出的一点。

牛顿看见苹果落地，便想出了万有引力的原理；瓦特看见水汽冲开壶盖，便发明了利用汽力的机器。这已经是每个小学生所熟知的故事。此外，科学上的种种发现和发明，除去在素常的特殊努力研究以外，大抵是藉着极普通或极微细的事件或现象，竟自引到最后的成功。在牛顿以前，未必没人看见过苹果坠地；在瓦特以前，未必没人看见过壶盖冲起。为什么单单他们看见，就能成了伟大的发现和发明。难道他们真个有超人的智慧，等我们把他们的生平事迹仔细看过，就知道他们所以能最后成功，实在也经历了不少的困难的失败。只是他们未尝为失败和困难所阻，才不致停止在失败和困难里罢了。一般人的模仿能力似乎总是大于创造能力，而从根本上说，人类从一降生，几就过着模仿的生活，所谓创造，大抵属于偶然，并且创造或者还可以说是从模仿所生。我们知道了著名科学家的生平，在敬慕之余，不自觉的就发生了模仿的意志，不自觉的，对于科学发生了浓厚的兴趣。那时自然容易奋发研究，于是一个个的发现或发明，也许会相继出来了。

再说过去的科学结果，看看虽是五光十色，实际上究竟免不了许多缺憾。几乎每一个新发现或新发明，总是对于前一个的补充或推翻。如果没有陶林密的地居宇宙中心学说，恐怕不曾有哥白尼的日居中心学说；没有牛顿的万有引力理论，也不会有爱因斯坦的曲折空间理论了。我们在他们个人的传记里，可以详细看出他们对于旧日的科学成就，如何领会，所以后来自己独创的成就，又是如何造成，一定能得到种种的勇气和智慧，在任何别的书上也不能够得到。

昧《传记文学在中国》发表于《出版消息》第 46—48 期。

按：文中说：传记文学在中国渐渐地兴盛起来了，时代公司出版了现代中国作家的自传，其他书局也出版了一些类于传记之类的文章，如沈从文的《记丁玲女士》，也可说是属于传记文学的范畴之内的。传记文学，是文学体例中的一种，我们阅读传记，并非仅仅想知道一些作者个人的事业和品性，主要的我们要明了作者所站立着的时代与社会，我们不想知道所谓"伟大"的英雄们在那里扮演些什么角色，我们主要地要知道在什么时代中生长着怎么样的人；因此，我们对于现在作传记的作者和出版传记的书局有二个要求：（一）不要太繁琐地偏于个人的描述，要将自己所处的时代衬托出来；（二）有许多的无名战士，他们在血淋淋的时代中有着可歌可泣的悲壮，我们却很需要这种无名英雄的传记。

傅雷译《米勒的艺术和生涯》发表于《出版周刊》第 87 期。

包谦六《读司马迁年谱》发表于《出版周刊》新 88 期。

胡适《叶天寥年谱研究》（刘承干刻本）发表于《人间世》第 2 期。

胡适《罗壮勇公年谱研究》（汪氏振绮堂刻本）发表于《人间世》第 3 期。

阿英《袁中郎与政治》发表于《人间世》第 7 期。

黄嘉德《〈萧伯纳传〉译者序》发表于《人间世》第 8 期。

按：《萧伯纳传》由爱尔兰作家赫理斯著，黄嘉德翻译。序说：赫理斯是一个天才作家，自我意识甚强，背叛文学传统，绝无一般所谓文人学者寒酸腐化之气息，所以写起文章来坦白豪放，不落凡套，淋漓痛快，言人所不敢言。他写传记的技术极为高超。他不像别个作者那样地把搜集好了的主人公的生平事迹，拿来平铺直叙，忠实有余，思考不足。他作传记的时候宛如一个讽刺画家或印象派的画家，紧紧把握住对象的主要特点，用安闲自在，无拘无束的态度，把对象的轮廓和个性尽量表现出来。他的作品富于精炼的思想，富于个人的色彩，充满着见解独具的议论，肆无忌惮的批评，发人深醒的警语，幽默诙谐的意味，亲切轻松的情调。这种特征可以在他的《莎士比亚传》《王尔德传》《今代肖像》及自传等书中看出来。

以这么一个文坛怪杰，这么一个有经验有骨气的传记家来绘萧伯纳这个文学奇才，艺术巨匠的肖像，真是再适当，再胜任也没有的了。况且他们又是四十多年的老友，彼此维持着长久密切关系，具有深确的了解；况且这些传记材料都是由主人公直接供给的；况且书的开端还有两人关于本书的通信，书后又有主人公的跋语。那么，本书价值的重大是不言而喻了。赫理斯在本书里继续表现他的传记天才，继续保持他一贯的独特作风。他的传记作法是违反一般传统的。他根据萧伯纳的一生事迹，根据他对萧的认识，用犀利而简练的文笔，很自由地叙述评论。他对萧伯纳的思想、言行、主义、著作毫不客气地肆意批评。所以书中有许多称许钦佩的话，也有不少挖苦嘲笑的话。有人说他成见太深，评语过于苛刻，但这种小疵并不足为此名著之病。我们正可以由反面的立场更亲切地看见萧伯纳的伟大。在某种意义上说来，这部传记是两个自我的天才作家，两个生动鲜艳的个性底长期斗争的记录。在这种衬托的笔法下，我们可以明显地认识萧伯纳的真面目。这里是一个毫无虚饰的，人的萧伯纳；他在这个世界上活动，工作，幽默，嘲弄，追求，结婚，娱乐，结交朋友，做慈善事业妥协，被人非难斥骂，成为英国最有机智的作家，成为世界剧坛的巨人，而现在正预备"死在星光底下干涸的沟里"。这部书也许能帮助我们去了解这个不易了解的性格吧！

林语堂译《辜鸿铭论》发表于《人间世》第 12 期（辜鸿铭特辑）。

郁达夫《所谓自传也者》发表于《人间世》第 16 期。

按：文章说：自传的样式，实在多不过。上自奥古斯丁的主呀上帝呀的叫唤祈祷，以至"实际与虚构"的诗人的生涯，与夫卢骚的那半狂式的己身丑恶的暴露，等等，越变越奇，越来越有趣味；这原因，大约是为了作者生活思想的丰富，故而随便写来，都成妙语。像我这样的一个不要之人，无能之辈，即使翻尽了千百部古人的自传，抄满了许许多多他人的言行，也决没有一部可以使人满足的自传，写得出来的。况且最近，更有一位女作家，曾向中央去哭诉，说像某某那样颓废、下流、恶劣的作家，应该禁绝他的全书，流之三千里外，永不准再作小说，方能免掉洪水猛兽的横行中国，方能实行新生活以图自强。照此说来，则东北四省的沦亡，贪官污吏的辈出，天灾人祸的交来，似乎都是区区的几篇无聊的小说之所致。这种论调的心理，虽然有齐格门特，弗洛衣特在那里分析，但我的作品的应该抹杀，应该封禁，或许也是当这实行新生活，复兴民族的国难时期中所必急的先务。

因此，近年来，决意不想写小说了；只怕一捏起笔来，就要写出下流、恶劣的事迹，而揭破许多闺阁小姊、学者夫人们的粉脸。况且，年龄也将近四十了，理想，空想，幻想，一切皆无；在世上活了四十年，看了四十年的结果，只觉得人生也不过这么一回事；富贵荣华，名誉美貌，衣饰犬马，学问文章，等等，也不过这么一回事。姊姊妹妹，花呀月呀，原觉得肉麻；世界社会，人类同胞，等等，又何尝不是耶稣三等传教士的口吻？若是要写的话，我只想写些养鸡养羊秘诀，或钓鱼做菜新法之类的书，以利同胞而收版税。可是对于这些的专门学问与实际经验，却比上大学讲堂去胡说两个钟头，还要猫虎不得，自省的结果，自然也不敢轻易去操觚。可是，生在这世上，身外的万事，原都可以简去，但身内的一个胃，却怎么也简略不得。要吃饭，在我，就只好写写，此外的技能是没有的。于是乎，在去年今年的两年之间，只写下了些毫无系统，不干人事的游记。但据那位女作家说，似乎我写游记，也是一罪，事到如今，只好连游记都不写了。

恰巧有一家书铺，自从去年春天说起，说到现在，要我写一部自传。我的写不出有声有色的自传来的话，在前面已经说过了；明知其写不好（我到现在为止，绝没有写过一篇"我生于何日何时何地"等的自传，但我也不大用过他人的事情来做我写作的材料），而硬要来写者，原因却有两种：（一）四十岁前后，似乎是人生的一个小段落；你若不信，我就可以举出两位同时代者来做榜样，胡适之氏有《四十自述》的传，林语堂氏有《四十自叙》的诗。（二）书店给我的定洋已花去了，若写不出来就非追还不可。

虽然专写自己的事情，由那位女作家看来，似乎也是一罪，但判决还没有被执行以先，自己的生活，总还得由自己来维持，天高地厚，倒也顾不了许多。自传本来是用不着冠以一篇自叙的，可是，为使像一册书的样子，为增加一点字数之故，我在这里又只好犯下了这宗旷古未有的大罪；是为叙。

孙媛贞《〈禹贡·职方〉〈史记·货殖列传〉所记物产比较表》发表于《禹贡》第 1 卷第 3 期。

［俄］阿·托尔斯泰《我的创作经验》发表于《文学》第 2 卷第 1 期。

二、单篇传记

［苏］李夫·洛加赤斯基作、方光涛重译《伊凡·蒲宁》发表于《文学》第 2 卷第 1 期。

编者《托尔斯泰未发表的童话》发表于《文学》第 2 卷第 1 期。

编者《汤玛斯·曼的新三部曲》发表于《文学》第 2 卷第 1 期。

编者《女作家英倍尔与青年作家谈话》发表于《文学》第 2 卷第 1 期。

编者《哈里逊的新著》发表于《文学》第 2 卷第 1 期。

编者《美国戏剧家厄尔梅·拉爱斯》发表于《文学》第 2 卷第 1 期。

编者《吴昌硕逝世七周年纪念》（文学画报）发表于《文学》第 2 卷第 1 期。

编者《罗曼·罗兰及其"第二母亲"》（文学画报）发表于《文学》第 2 卷第 1 期。

编者《去年自尽的美国女诗人提斯达夫》（文学画报）发表于《文学》第 2 卷第 1 期。

编者《蒲宁及其手迹》（文学画报）发表于《文学》第 2 卷第 1 期。

编者《亚·托尔斯泰像》（文学画报）发表于《文学》第 2 卷第 1 期。

编者《青年诗人臧克家》（文学画报）发表于《文学》第 2 卷第 1 期。

编者《朱湘及其夫人》（文学画报）发表于《文学》第 2 卷第 1 期。

编者《朱湘诗稿》（文学画报）发表于《文学》第 2 卷第 1 期。

编者《柏林徐悲鸿绘画展览会开幕留影》（文学画报）发表于《文学》第 2 卷第 2 期。

编者《文豪伊本纳斯遗骸归国》（文学画报）发表于《文学》第 2 卷第 2 期。

编者《斯旦茵和托克拉斯》（文学画报）发表于《文学》第 2 卷第 2 期。

编者《法国新进作家勃莱宠》发表于《文学》第 2 卷第 2 期。

编者《斯坦茵的自传》发表于《文学》第 2 卷第 2 期。

编者《德国老女作家许克》发表于《文学》第 2 卷第 2 期。

编者《左拉的新传记》发表于《文学》第 2 卷第 2 期。

编者《柴霍甫的新传记》发表于《文学》第 2 卷第 2 期。

编者《法国三文豪的纪念像》发表于《文学》第 2 卷第 2 期。

编者《年青时的纪德》(文学画报)发表于《文学》第 2 卷 3 期(翻译专号)。

编者《中年时的纪德》(文学画报)发表于《文学》第 2 卷 3 期(翻译专号)。

编者《纪德手迹》(文学画报)发表于《文学》第 2 卷 3 期(翻译专号)。

编者《罗曼·罗兰像》(文学画报)发表于《文学》第 2 卷 3 期(翻译专号)。

编者《奥尼尔木刻像》(文学画报)发表于《文学》第 2 卷 3 期(翻译专号)。

编者《琼斯王的一幕》(文学画报)发表于《文学》第 2 卷 3 期(翻译专号)。

编者《齐尔滨所饰的琼斯王》(文学画报)发表于《文学》第 2 卷 3 期(翻译专号)。

编者《刘易士像》(文学画报)发表于《文学》第 2 卷 3 期(翻译专号)。

编者《乔伊斯像》(文学画报)发表于《文学》第 2 卷 3 期(翻译专号)。

编者《杜赫美尔及其家族》(文学画报)发表于《文学》第 2 卷 3 期(翻译专号)。

编者《有岛生马像》(文学画报)发表于《文学》第 2 卷 3 期(翻译专号)。

[法]纪德作、方光焘译《纪德自传的一页》发表于《文学》第 2 卷 3 期(翻译专号)。

洪深译《奥涅尔年谱》发表于《文学》第 2 卷 3 期(翻译专号)。

洪深译《刘易士年谱》发表于《文学》第 2 卷 3 期(翻译专号)。

编者《王统照傅东华合影》(文学画报)发表于《文学》第 2 卷 4 期(创作专号)。

编者《洪深、张天翼、万迪鹤照片》(文学画报)发表于《文学》第 2 卷 4 期(创作专号)。

编者《摩尔拿及其手迹》(文学画报)发表于《文学》第 2 卷 5 期(弱小民族文学专号)。

编者《史米能斯基画像》(文学画报)发表于《文学》第 2 卷 5 期(弱小民族文学专号)。

编者《彼多斐像》(文学画报)发表于《文学》第 2 卷 5 期(弱小民族文学专号)。

编者《什朗斯奇》(文学画报)发表于《文学》第 2 卷 5 期(弱小民族文学专号)。

编者《波兰名作家——莱芒脱》发表于《文学》第 2 卷 5 期(弱小民族文学专号)。

编者《波兰名作家——什朗斯基》发表于《文学》第 2 卷 5 期(弱小民族

文学专号）。

编者《捷克戏剧家加拉·揆伯》发表于《文学》第 2 卷 5 期（弱小民族文学专号）。

编者《法国小说家玛尔洛》发表于《文学》第 2 卷 5 期（弱小民族文学专号）。

编者《爱伦堡的新作》发表于《文学》第 2 卷 5 期（弱小民族文学专号）。

编者《萧伯纳的新作〈岩石上〉》发表于《文学》第 2 卷 5 期（弱小民族文学专号）。

编者《高尔基与绥拉菲莫维支论战》发表于《文学》第 2 卷 5 期（弱小民族文学专号）。

编者《王韬晚年居上海时之手迹》（文学画报）发表于《文学》第 2 卷 6 期（中国文学研究家专号）。

张全恭《唐文人沈亚之生平》发表于《文学》第 2 卷 6 期（中国文学研究家专号）。

龙榆生《苏门四学士词》发表于《文学》第 2 卷 6 期（中国文学研究家专号）。

夏承焘《姜白石议大乐辨》发表于《文学》第 2 卷 6 期（中国文学研究家专号）。

董启俊《宋诗革命的两个英雄》发表于《文学》第 2 卷第 6 号（中国文学研究家专号）。

李嘉言《韩愈复古运动的新探讨》发表于《文学》第 2 卷第 6 号（中国文学研究家专号）。

洪深《〈申报〉总编纂"长毛状元"王韬考证》发表于《文学》第 2 卷 6 期（中国文学研究家专号）。

李健吾《威尼斯游札》发表于《文学》第 3 卷 1 期。

顾仲彝《巴蕾》（外国作家研究）发表于《文学》第 3 卷 1 期。

伍蠡甫《德莱塞》（外国作家研究）发表于《文学》第 3 卷 1 期。

靖华《高尔基的创作经验》发表于《文学》第 3 卷 1 期。

编者《托尔斯泰原稿的新发现》发表于《文学》第 3 卷 1 期。

编者《伊凡诺夫的新作》发表于《文学》第 3 卷 1 期。

未明《庐隐论》发表于《文学》第 3 卷 1 期。

穆木天《徐志摩论》发表于《文学》第 3 卷 1 期。

许杰《周作人论》发表于《文学》第 3 卷 1 期。

茅盾《冰心论》发表于《文学》第 3 卷 2 期。

编者《狄更斯的〈基督传〉》发表于《文学》第 3 卷 2 期。

编者《爱伦·堡的〈纪德论〉》发表于《文学》第 3 卷 2 期。

[苏]高尔基作、许遐译《我的文学修养》发表于《文学》第 3 卷 2 期。

苏雪林《关于庐隐的回忆》发表于《文学》第 3 卷 2 期。

编者《秋田雨雀与爱罗先珂》发表于《文学》第 3 卷 2 期。

编者《罗曼诺夫的〈伏加河上〉》发表于《文学》第 3 卷 3 期。

苏雪林《沈从文论》发表于《文学》第 3 卷 3 期。

编者《威尔斯将出自传》发表于《文学》第 3 卷 3 期。

编者《玛尔洛谈新俄的译本》发表于《文学》第 3 卷 3 期。

编者《赫克斯莱的〈墨西哥之涯〉》发表于《文学》第 3 卷 3 期。

编者《爱伦堡谈法国文坛近况》发表于《文学》第 3 卷 3 期。

西谛《西行书简》发表于《文学》第 3 卷 4 期。

编者《左拉的苦况》发表于《文学》第 3 卷 4 期。

鲁迅《忆韦素园君》发表于《文学》第 3 卷 4 期。

编者《鞋匠作家哈姆生》发表于《文学》第 3 卷 4 期。

编者《巴尔扎克逸话》发表于《文学》第 3 卷 4 期。

茅盾《落花生论》发表于《文学》第 3 卷第 4 期。

伍实《波斯诗人费尔杜西千年祭》发表于《文学》第 3 卷 5 期。

[波斯]费尔杜西作、伍实译《真犀德和曹亚克》发表于《文学》第 3 卷 5 期。

沈起予《赴桂途上》发表于《文学》第 3 卷 5 期。

西谛《西行书简》发表于《文学》第 3 卷 5 期。

小默《欧游漫忆》发表于《文学》第 3 卷 5 期。

编者《巴尔扎克的家书》发表于《文学》第 3 卷 5 期。

西谛《西行书简》发表于《文学》第 3 卷 6 期。

小默《欧游漫忆》发表于《文学》第 3 卷 6 期。

编者《一个美国人著的〈杜甫自传〉》发表于《文学》第 3 卷 6 期。

周木斋《金圣叹与七十回本〈水浒传〉》发表于《文学》第 3 卷 6 期。

编者《巴尔扎克巴黎生活的一斑》发表于《文学》第 3 卷 6 期。

编者《莪默加耶的传记》发表于《文学》第 3 卷 6 期。

[苏]斯特罗夫作、贝木译《莱奥尼德·莱奥诺夫及其斯库达来夫斯基》发表于《当代文学》第 1 卷第 3 期。

严鸿《关于金丁先生底写作》发表于《当代文学》第 1 卷第 3 期。

霍克桑《柴霍甫逝世三十年祭》发表于《当代文学》第 1 卷第 3 期。

〔苏〕倍列维尔则夫作、孟式钧译《郭戈里的艺术与环境》发表于《当代文学》第 1 卷第 5 期。

〔德〕哀革曼作、张月超译《歌德的谈话》发表于《中国文学》第 1 卷第 2 期。

柯庚《朱湘印象记》发表于《中国文学》第 1 卷第 2 期。

编者《唐槐秋氏像》(画辑)发表于《中国文学》第 1 卷第 2 期。

编者《唐若青女士像》(画辑)发表于《中国文学》第 1 卷第 2 期。

编者《张蕙君氏像》(画辑)发表于《中国文学》第 1 卷第 2 期。

编者《女舞台人合影》(陈白尘等 6 人)(画辑)发表于《中国文学》第 1 卷第 2 期。

编者《浮士德插图》(画辑)发表于《中国文学》第 1 卷第 2 期。

编者《歌德夫人像》(画辑)发表于《中国文学》第 1 卷第 2 期。

编者《歌德像》(画辑)发表于《中国文学》第 1 卷第 2 期。

编者《歌德手迹》(画辑)发表于《中国文学》第 1 卷第 2 期。

编者《德国青年作家》(达温乔、克斯敦、孟达松、鲁梭)(画辑)发表于《中国文学》第 1 卷第 3、4 期。

编者《赵景深像》(画辑)发表于《中国文学》第 1 卷第 3、4 期。

编者《朱湘遗札》(画辑)发表于《中国文学》第 1 卷第 3、4 期。

庄心在《爱尔兰的民族诗人》发表于《中国文学》第 1 卷第 3、4 期。

蒋东岑译述《茄伊丝与新兴爱尔兰作家》发表于《中国文学》第 1 卷第 5 期。

编者《〈在异国〉作者美国汉明威像》(画辑)发表于《中国文学》第 1 卷第 5 期。

编者《〈有家室的人〉作者高尔斯华绥像》(画辑)发表于《中国文学》第 1 卷第 5 期。

编者《伦道夫本之住宅》(画辑)发表于《中国文学》第 1 卷第 5 期。

编者《玛司菲尔之住宅》(画辑)发表于《中国文学》第 1 卷第 5 期。

编者《勒伦菲尔之住宅》(画辑)发表于《中国文学》第 1 卷第 5 期。

编者《王济远风景画二帧》(画辑)发表于《中国文学》第 1 卷第 5 期。

雪惠伯绘《韦尔斯像》(画辑)发表于《中国文学》第 1 卷第 6 期。

雪惠伯绘《基德像》(画辑)发表于《中国文学》第 1 卷第 6 期。

殷作桢译《歌德致嘛姆波特及其夫人的信》发表于《中国文学》第 2 卷第 1 期。

张资平《瓦撒曼的作品及〈诺趣史〉之排犹太主义》发表于《中国文学》第 2 卷第 2 期。

胡怀琛《介绍诗人丁鹤年》发表于《中国文学》第 2 卷第 2 期。

赵景深《李左车和萧丞相》发表于《中国文学》第 2 卷第 2 期。

李长之《屈原作品之真伪及其时代的一个窥测》发表于《文学评论》第 1 卷第 1 期。

谭纳著、李辰冬译《论巴尔扎克》发表于《文学季刊》第 1 卷第 4 期。

王集丛《简论巴尔扎克》发表于《文艺春秋》第 1 卷第 7 期。

杨晋豪《巴尔扎克评传》发表于《文艺春秋》第 1 卷第 7 期。

编者《巴尔扎克像》(锌版)发表于《文艺春秋》第 1 卷第 7 期。

傅雷《一个简单的介绍》发表于《文艺春秋》第 1 卷第 7 期。

章伯雨译《萨克莱论幽默作家》发表于《文艺春秋》第 1 卷第 7 期。

钱芝君译《屠格涅夫新论》发表于《文艺春秋》第 1 卷第 8 期。

苏雪林《南宋时代陷金的几个民族诗人》发表于《文艺月刊》第 5 卷第 1 期。

郭有守《狄考勃拉在南京》发表于《文艺月刊》第 5 卷第 1 期。

杨昌溪《拉绮洛孚不愿举行诞辰纪念》发表于《文艺月刊》第 5 卷第 2 期。

杨昌溪《鲁拉卡尔斯基之荣哀》发表于《文艺月刊》第 5 卷第 2 期。

杨昌溪《柴霍甫尸体移葬新墓》发表于《文艺月刊》第 5 卷第 2 期。

杨昌溪《托尔斯泰寄高尔基书信之发现》发表于《文艺月刊》第 5 卷第 2 期。

杨昌溪《莫索里尼新作戏剧〈该撒〉》发表于《文艺月刊》第 5 卷第 2 期。

杨昌溪《华塞曼客死奥地利》发表于《文艺月刊》第 5 卷第 2 期。

杨昌溪《托玛斯·曼新作三部曲》发表于《文艺月刊》第 5 卷第 3 期。

杨昌溪《水门汀作者的新作》发表于《文艺月刊》第 5 卷第 3 期。

杨昌溪《朱士的〈优勒色斯〉的重见天日》发表于《文艺月刊》第 5 卷第 3 期。

杨昌溪《高丽黛女翻译沙翁戏剧》发表于《文艺月刊》第 5 卷第 3 期。

杨昌溪《黑人杜波依士设立文学奖金》发表于《文艺月刊》第 5 卷第 3 期。

　　杨昌溪《巴克夫人赴印度南洋搜集小说材料》发表于《文艺月刊》第5卷第3期。

　　杨昌溪《〈战后〉作者鲁棱判处徒刑》发表于《文艺月刊》第5卷第3期。

　　杨昌溪《萧伯纳自认衰老》发表于《文艺月刊》第5卷第4期。

　　杨昌溪《奥耳德眼中之高尔斯华绥》发表于《文艺月刊》第5卷第4期。

　　杨昌溪《蒲宁得诺贝尔奖金后》发表于《文艺月刊》第5卷第4期。

　　杨昌溪《高尔斯华绥作品搬上银幕》发表于《文艺月刊》第5卷第4期。

　　杨昌溪《吉卜林曼斐尔德的新作》发表于《文艺月刊》第5卷第4期。

　　[法]莫里哀作、鲁彦译《乔治但丁》(续一)发表于《文艺月刊》第5卷第4期。

　　赵少侯《法郎士生活之一斑》发表于《文艺月刊》第5卷第5期。

　　[法]莫里哀作、鲁彦译《乔治但丁》(续完)发表于《文艺月刊》第5卷第5期。

　　杨昌溪《捷克纪念两大音乐家》发表于《文艺月刊》第5卷第5期。

　　杨昌溪《法国作家克拉色赴东方游历》发表于《文艺月刊》第5卷第5期。

　　杨昌溪《日耳曼现存的一位老女作家》发表于《文艺月刊》第5卷第5期。

　　杨昌溪《诗人歌德与希特勒党》发表于《文艺月刊》第5卷第5期。

　　杨昌溪《巴克夫人在沪否认赴印度搜集小说材料》发表于《文艺月刊》第5卷第5期。

　　杨昌溪《苏德曼作品搬上银幕》发表于《文艺月刊》第5卷第6期。

　　杨昌溪《英国讽刺作家卢威士的创作意见》发表于《文艺月刊》第5卷第6期。

　　杨昌溪《德国剧作家托勒的自传与新剧》发表于《文艺月刊》第5卷第6期。

　　杨昌溪《狄更斯遗作及情书刊布问题》发表于《文艺月刊》第5卷第6期。

　　杨昌溪《印第人崇拜英国诗人彭斯》发表于《文艺月刊》第5卷第6期。

　　杨昌溪《柴霍甫的短篇小说发现》发表于《文艺月刊》第5卷第6期。

　　杨昌溪《梅雅荷德六十诞辰纪念》发表于《文艺月刊》第5卷第6期。

　　圣旦《董小宛系年要录》发表于《文艺月刊》第6卷第1期。

　　侍桁译《勃兰兑斯论梅礼美》发表于《文艺月刊》第6卷第1期。

侯佩尹《德国两个爱国诗人》发表于《文艺月刊》第 6 卷第 1 期。

侍桁译《勃兰兑斯论梅礼美》(续)发表于《文艺月刊》第 6 卷第 2 期。

吴尔芙演讲《班乃脱先生与白朗夫人》发表于《文艺月刊》第 6 卷第 3 期。

侍桁译《勃兰兑斯论梅礼美》(续)发表于《文艺月刊》第 6 卷第 3 期。

苏雪林《郁达夫论》发表于《文艺月刊》第 6 卷第 3 期。

圣旦《陶渊明考》发表于《文艺月刊》第 6 卷第 4 期。

唐圭璋《宋代女诗人张玉娘》发表于《文艺月刊》第 6 卷第 4 期。

费鉴照《济慈与莎士比亚》发表于《文艺月刊》第 6 卷第 4 期。

[美]窦味士著、朱文振译《窦味士自传》发表于《文艺月刊》第 6 卷第 4 期。

徐云生《介绍莎士比亚》发表于《文学季刊》第 1 卷第 4 期。

孙福熙《我新做了爸爸》发表于《文艺茶话》第 2 卷第 7 期。

姚逸韵《青年画家朱复璹及其作品》发表于《文艺茶话》第 2 卷第 7 期。

徐仲年《唯美主义者查农先生》发表于《文艺茶话》第 2 卷第 8 期(欢迎意大利画家查农先生特辑)。

华林《意大利画家查农》发表于《文艺茶话》第 2 卷第 8 期(欢迎意大利画家查农先生特辑)。

汪亚尘《画家查农先生》发表于《文艺茶话》第 2 卷第 8 期(欢迎意大利画家查农先生特辑)。

陆曼影记《第八十七次"文艺茶话"欢迎查农先生》发表于《文艺茶话》第 2 卷第 8 期(欢迎意大利画家查农先生特辑)。

刘大白遗作《与胡寄尘先生论文学书》发表于《文艺茶话》第 2 卷第 9 期(纪念刘大白先生特刊)。

刘大白遗作《与钟敬文先生论学书》发表于《文艺茶话》第 2 卷第 9 期(纪念刘大白先生特刊)。

刘大白《与邵力子先生书》发表于《文艺茶话》第 2 卷第 9 期(纪念刘大白先生特刊)。

陈伯君《刘大白先生小传》发表于《文艺茶话》第 2 卷第 9 期(纪念刘大白先生特刊)。

按:刘半农 6 月去绥远考察方言,染上回归热症,返回北平后于 7 月病逝。10 月 14 日,北京大学举行追悼会,蒋梦麟、李四光、胡适、李书华、樊际昌、钱玄同、周作人、何其巩、沈兼士、张怀、任叔永、何昌泗、赵万里、徐炳昶、周肇祥、江瀚、江庸等参加。《世界日报》《青年界》《人间世》《文艺茶话》等报刊特出纪念专辑。蔡元培、鲁迅、白涤洲、张恨水、陈子展、钱玄同、黎锦熙、魏建功、郝瑞恒、陶亢德、李长之、吴稚晖、赵景深、汪怡、姜亮夫、徐霞村、汪馥泉、杨令德、商鸿逵、陈万里、许钦文、苏雪林、周作人、容媛、赵元任、徐芳、胡风、陈康白、西冷、沙鸥等人发表纪念文章。

徐蔚南《大白的生地》发表于《文艺茶话》第 2 卷第 9 期(纪念刘大白先生特刊)。

钟敬文《关于刘大白先生》发表于《文艺茶话》第 2 卷第 9 期(纪念刘大白先生特刊)。

汪志青《刘大白先生遗族近况》发表于《文艺茶话》第 2 卷第 9 期(纪念刘大白先生特刊)。

陈望道《大白先生的不死之处》发表于《文艺茶话》第 2 卷第 9 期(纪念刘大白先生特刊)。

蔚南《严格的训练》发表于《文艺茶话》第 2 卷第 9 期(纪念刘大白先生特刊)。

夏丏尊《白屋杂忆》发表于《文艺茶话》第 2 卷第 9 期(纪念刘大白先生特刊)。

赵景深《大白的诗》发表于《文艺茶话》第 2 卷第 9 期(纪念刘大白先生特刊)。

编者《纪念大白之作》发表于《文艺茶话》第 2 卷第 9 期(纪念刘大白先生特刊)。

徐蔚南《大白之死》发表于《文艺茶话》第 2 卷第 9 期(纪念刘大白先生特刊)。

刘大白遗作《大白遗札三首》(与瘦红书、与蔚南书二首)发表于《文艺茶话》第 2 卷第 9 期(纪念刘大白先生特刊)。

编者《刘大白先生遗影、刘大白先生像、刘大白先生墨迹》(插图)发表于《文艺茶话》第 2 卷第 9 期(纪念刘大白先生特刊)。

李广田《何德森及其著书》发表于《文学评论》第 1 卷第 1 期。

庐厦《我的自白》发表于《中学生文艺季刊》第 1 期。

编者《文艺画报(穆时英、裘复生、庞董琴儿时及结婚照)》发表于《小说》第 3 期。

文农遗作《漫画家之追忆》发表于《小说》第 3 期。

陆丹林《诗坛耆宿潘兰史》发表于《小说》第 3 期。

黄苗子《作家漫画(一)》(鲁迅、老舍、周作人、朱湘)发表于《小说》第3期。

编者《文艺画报(孙福熙、施蛰存、叶灵凤像)》发表于《小说》第4期。

黄苗子《作家漫画(二)》(丁玲、庐隐、冰心)发表于《小说》第4期。

黄苗子《作家漫画(三)》(田汉、洪深、欧阳予倩、唐槐秋)发表于《小说》第5期。

黄苗子《作家漫画(四)》(邵洵美、徐志摩)发表于《小说》第6期。

编者《文艺画报(徐悲鸿、刘海粟画集封页及本人照片)》发表于《小说》第7期。

黄苗子《作家漫画(五)》(刘呐鸥、黑婴、穆时英、黄苗子)发表于《小说》第7期。

黄苗子《作家漫画(六)》(孙福熙、丰子恺)发表于《小说》第8期。

编者《文艺画报(叶浅予、倪贻德裸相)》发表于《小说》第9期。

编者《文艺画报(林语堂、周作人、郁达夫关于烟、茶、酒、诗句、书影)》发表于《小说》第10期。

黄苗子《作家漫画(七)》(许地山、王统照)发表于《小说》第10期。

编者《文艺画报(萧伯纳照片7幅)》发表于《小说》第12期。

编者《文艺画报(俄籍女明星安娜史丹剧照3幅)》发表于《小说》第13期。

夏承焘《韦端己年谱》发表于《词学季刊》第1卷第4号。

夏承焘《晏同叔年谱》发表于《词学季刊》第2卷第1号。

汪曾武《萍乡文道希学士事略》发表于《词学季刊》第2卷第1号。

[法]梅里美作、黎烈文译《玛特渥·法尔哥勒》发表于《译文》第1卷第1期。

[日]立野信之作、邓当世译《果戈里私观》发表于《译文》第1卷第1期。

[法]纪德作、乐雯译《描写自己》发表于《译文》第1卷第2期。

[日]石川涌作、乐雯译《说述自己的纪德》发表于《译文》第1卷第2期。

[苏]卢那却尔斯基作、芬君译《关于萧伯纳》发表于《译文》第1卷第2期。

柳无忌《我所认识的子沅》发表于《青年界》第5卷第2期(朱湘纪念专号)。

赵景深《朱湘著译编目》发表于《青年界》第5卷第2期(朱湘纪念专号)。

朱湘遗作《我的新文学生活》发表于《青年界》第 5 卷第 2 期(朱湘纪念专号)。

顾凤城《忆朱湘》发表于《青年界》第 5 卷第 2 期(朱湘纪念专号)。

练白《悼朱湘》发表于《青年界》第 5 卷第 2 期(朱湘纪念专号)。

何德明《悼朱湘》发表于《青年界》第 5 卷第 2 期(朱湘纪念专号)。

吕绍光《悼朱湘》发表于《青年界》第 5 卷第 2 期(朱湘纪念专号)。

郑振铎等《哀悼朱湘的信》发表于《青年界》第 5 卷第 2 期(朱湘纪念专号)。

按:哀悼朱湘的信有燕京大学郑振铎、清华大学闻一多、南开大学柳无忌、浙江大学黄翼、武汉大学苏雪林等。

洪为法《王安石的执拗》发表于《青年界》第 5 卷第 5 期。

黎锦明《奥国三大剧作家》发表于《青年界》第 5 卷第 5 期。

[日]米川正夫著、钱芝君译《托尔斯泰晚年的夫妇生活》发表于《青年界》第 5 卷第 5 期。

成绍宗《托尔斯泰和屠格涅甫的决斗》发表于《青年界》第 5 卷第 5 期。

倪贻德《拉斐尔的名画》发表于《青年界》第 6 卷第 1 期。

阿英《柴霍甫的文学生活》发表于《青年界》第 6 卷第 1 期。

阿英《柴霍甫的写景文》发表于《青年界》第 6 卷第 1 期。

钟敬文《郁达夫先生底印象》发表于《青年界》第 6 卷第 1 期。

沙白《现代英美的幽默作家》发表于《青年界》第 6 卷第 1 期。

洪为法《表演恋爱悲剧的专家——陆放翁》发表于《青年界》第 6 卷第 1 期。

赵钲权《祖父给我的印象》发表于《青年界》第 6 卷第 2 期。

苏雪林《多角恋爱小说家张资平》发表于《青年界》第 6 卷第 2 期。

蔡元培《刘半农先生不死》发表于《青年界》第 6 卷第 3 期。

鲁迅《忆刘半农君》发表于《青年界》第 6 卷第 3 期。

全增嘏《刘复博士》发表于《青年界》第 6 卷第 3 期。

徐霞村《半农先生和我》发表于《青年界》第 6 卷第 3 期。

汪馥泉《约翰·沁孤的生涯及其作品》发表于《青年界》第 6 卷第 3 期。

洪为法《韩愈的矛盾和委琐》发表于《青年界》第 6 卷第 4 期。

姜华《回忆到庐隐》发表于《青年界》第 6 卷第 4 期。

苏雪林《周作人先生研究》发表于《青年界》第 6 卷第 5 期。

蔡振寰《普恩嘉赉之一生》发表于《青年界》第 6 卷第 5 期。

洪为法《放浪形骸的唐伯虎》发表于《青年界》第 6 卷第 5 期。

唐槐秋《我与南国》(上)发表于《矛盾》第 2 卷 5 期。

[苏]皮提雷克著、汪漫铎译《柴霍甫的生活态度》发表于《矛盾》第 2 卷 6 期。

[美]卡支·陶马作、张露薇译《文艺批评家的歌德》发表于《矛盾》第 3 卷 1 期。

[苏]布宁作、马宗融译《柴霍甫的回忆》发表于《矛盾》第 3 卷 1 期。

唐槐秋《我与南国》(下)发表于《矛盾》第 3 卷 1 期。

徐迟《新土耳其诗人奈齐希克曼》发表于《矛盾》第 3 卷 3、4 期合刊(弱小民族文学专号)。

金满成译《西班牙散文作家俞拿米罗》发表于《矛盾》第 3 卷 3、4 期合刊(弱小民族文学专号)。

郑西谛《记黄小泉先生》发表于《太白》第 1 卷第 1 期。

曹聚仁《"仲尼无父"》发表于《太白》第 1 卷第 1 期。

夏丏尊《新教师的第一堂课》发表于《太白》第 1 卷第 2 期。

曹聚仁《何必袁中郎》发表于《太白》第 1 卷第 4 期。

草明《一个私塾教师》发表于《太白》第 1 卷第 5 期。

编者《知堂先生近影》发表于《人间世》第 1 期。

蔡元培《我所受旧教育之回忆》发表于《人间世》第 1 期。

徐志摩《志摩日记》发表于《人间世》第 1 期。

编者《俞曲园先生遗像》发表于《人间世》第 2 期。

曹聚仁《祢正平之死》发表于《人间世》第 2 期。

号雨生《吴宓》发表于《人间世》第 2 期。

编者《〈老残游记〉作者刘铁云先生遗像》发表于《人间世》第 3 期。

编者《老舍近影》发表于《人间世》第 4 期。

刘大钧《刘铁云先生轶事》发表于《人间世》第 4 期。

王斤役《老舍》(今人志)发表于《人间世》第 4 期。

编者《黄庐隐女士遗影与遗墨》发表于《人间世》第 5 期。

刘大杰《庐隐》(今人志)发表于《人间世》第 5 期。

编者《徐志摩先生遗影》发表于《人间世》第 6 期。

杨铨《杨杏佛遗稿》发表于《人间世》第 6 期。

张自疑译《徐志摩》(今人志)发表于《人间世》第 6 期。

编者《严几道先生遗影》发表于《人间世》第 7 期。

陈子展《叶德辉与康有为》发表于《人间世》第 7 期。

沈从文《孙大雨》(今人志)发表于《人间世》第 7 期。

编者《李叔同先生像》发表于《人间世》第 8 期。

江寄萍《屠隆的书牍》发表于《人间世》第 8 期。

曹聚仁《李叔同》(今人志)发表于《人间世》第 8 期。

编者《刘半农先生遗像遗墨》发表于《人间世》第 9 期。

赵景深《记鲁彦》发表于《人间世》第 9 期。

陈子展《湖南三诗人》发表于《人间世》第 9 期。

迫迁《刘半农》(今人志)发表于《人间世》第 9 期。

编者《俞曲园先生遗墨》发表于《人间世》第 10 期。

蔡子民《哀刘半农先生》发表于《人间世》第 10 期。

李长之《纪念刘半农先生》发表于《人间世》第 10 期。

迫迁《杨震文》(今人志)发表于《人间世》第 10 期。

编者《俞平伯先生近影》发表于《人间世》第 11 期。

语堂《罗素离婚》发表于《人间世》第 11 期。

曹聚仁《章太炎先生》(今人志)发表于《人间世》第 11 期。

编者《辜鸿铭先生遗像》发表于《人间世》第 12 期。

编者《辜鸿铭先生与泰戈尔先生合影》发表于《人间世》第 12 期。

沅君《忆庐隐》发表于《人间世》第 12 期。

黄嘉音译《辜鸿铭访问记》发表于《人间世》第 12 期(辜鸿铭特辑)。

语堂《有不为斋随笔——辜鸿铭》发表于《人间世》第 12 期(辜鸿铭特辑)。

嗣銮《辜鸿铭在德国》发表于《人间世》第 12 期(辜鸿铭特辑)。

〔俄〕托尔斯泰《与辜鸿铭书》发表于《人间世》第 12 期(辜鸿铭特辑)。

孟祁《记辜鸿铭翁》发表于《人间世》第 12 期(辜鸿铭特辑)。

陈昌华《我所知道的辜鸿铭先生》发表于《人间世》第 12 期(辜鸿铭特辑)。

林疑今译《辜鸿铭》发表于《人间世》第 12 期(辜鸿铭特辑)。

林斯陶《辜鸿铭》发表于《人间世》第 12 期(辜鸿铭特辑)。

编者《冯文炳先生近影》发表于《人间世》第 13 期。

薛修《还乡日记》发表于《人间世》第 13 期。

林幽《王德林》(特写)发表于《人间世》第 13 期。

废名《知堂先生》(今人志)发表于《人间世》第 13 期。

编者《林琴南先生像》发表于《人间世》第 14 期。

苏雪林《林琴南先生》(今人志)发表于《人间世》第 14 期。

曹聚仁《跋知堂信》发表于《人间世》第 14 期。

苏雪林《我做旧诗的经验》发表于《人间世》第 15 期。

编者《郁达夫先生近影》发表于《人间世》第 16 期。

与龄《林琴南传略》(今人志)发表于《人间世》第 16 期。

臧克家《自白》发表于《人间世》第 16 期。

编者《刘半农钱玄同先生合影》发表于《人间世》第 17 期。

郁达夫《悲剧的出生(自传之一)》发表于《人间世》第 17 期。

刘半农《半农家信》发表于《人间世》第 17 期(纪念刘半农先生特辑)。

按:刘半农先生逝世后,《人间世》编辑部在《人间世》杂志第 17 期开设"纪念刘半农先生特辑",除了刊登刘半农先生亲属及友人的纪念文章外,还特选了刘半农先生从民国二十年到民国二十三年的 5 封家信。在给其夫人朱蕙的信中,常用"老大哥""蕙英吾兄"相称。

刘北茂《长兄半农的死和我的回忆》发表于《人间世》第 17 期(纪念刘半农先生特辑)。

刘育伦、刘小蕙、刘育敦《父亲的死》发表于《人间世》第 17 期(纪念刘半农先生特辑)。

陈万里的《谈半农的摄影》发表于《人间世》第 17 期(纪念刘半农先生特辑)。

商鸿逵《回忆刘半农先生》发表于《人间世》第 17 期(纪念刘半农先生特辑)。

许钦文《刘半农先生和陶元庆氏》发表于《人间世》第 17 期(纪念刘半农先生特辑)。

苏雪林《〈扬鞭集〉读后感》发表于《人间世》第 17 期(纪念刘半农先生特辑)。

编者《朱湘先生遗像》发表于《人间世》第 18 期。

知堂《半农纪念》发表于《人间世》第 18 期。

朱湘《朱湘遗札》发表于《人间世》第 18 期。

震瀛《记辜鸿铭先生》发表于《人间世》第 18 期。

念生《朱湘》(今人志)发表于《人间世》第 18 期。

郑重《诺贝尔文学奖金给了蒲宁》发表于《现代》第 4 卷第 3 期。

赵景深《朱湘(一九〇四——一九三三)》发表于《现代》第 4 卷第 3 期。

编者《纪念诗人朱湘》发表于《现代》第 4 卷第 3 期(现代文艺画报)。

黎君亮《卢那卡尔斯基的盖棺试论》发表于《现代》第 4 卷第 4 期。

侍桁《文坛上的新人(上)》(臧克家、徐转蓬)发表于《现代》第 4 卷第 4 期。

穆木天《我的诗歌创作之回顾——诗集〈流亡者之歌〉代序》发表于《现代》第 4 卷第 4 期。

章伯雨《勃克夫人访问记》发表于《现代》第 4 卷第 5 期。

侍桁《文坛上的新人(二)》(沙汀)发表于《现代》第 4 卷第 6 期。

穆木天《王独清及其诗歌》发表于《现代》第 5 卷第 1 期。

[德]华尔脱山特尔作、蒲子译《哈姆生访问记》发表于《现代》第 5 卷第 1 期。

居雪《诗人斯蒂芬·乔治》发表于《现代》第 5 卷第 1 期。

居雪《华塞曼及其太太》发表于《现代》第 5 卷第 1 期。

王淑明《丁玲女士的创作过程》发表于《现代》第 5 卷第 2 期。

可玉《黑尔曼·巴尔之死》发表于《现代》第 5 卷第 2 期。

可玉《普劳丁的事实小说》发表于《现代》第 5 卷第 2 期。

[法]高列里作、戴望舒译《叶赛宁与俄国意象诗派》发表于《现代》第 5 卷第 3 期。

郭建英《巴尔扎克的恋爱》发表于《现代》第 5 卷第 4 期。

可玉《两部德籍犹太作家的自传》发表于《现代》第 5 卷第 4 期。

居雪《我的最佳作》发表于《现代》第 5 卷第 4 期。

苏雪林《王鲁彦与许钦文》发表于《现代》第 5 卷第 5 期。

居雪《一个中国青年的自传》发表于《现代》第 5 卷第 5 期。

可玉《威尔斯将出版自传》发表于《现代》第 5 卷第 5 期。

毕树棠《德莱塞的生平、思想及其作品》发表于《现代》第 5 卷第 6 期(现代美国文学专号)。

梁实秋《白璧德及其人文主义》发表于《现代》第 5 卷第 6 期(现代美国文学专号)。

赵景深《文评家的琉维松》发表于《现代》第 5 卷第 6 期(现代美国文学专号)。

张梦麟《卡尔浮登的文艺批评论》发表于《现代》第 5 卷第 6 期(现代美国文学专号)。

沈圣时《杰克·伦敦的生平》发表于《现代》第 5 卷第 6 期(现代美国文

学专号)。

钱歌川《葛普登·辛克莱》发表于《现代》第5卷第6期(现代美国文学专号)。

毕树棠《怀远念旧的维拉·凯漱》发表于《现代》第5卷第6期(现代美国文学专号)。

伍蠡甫《刘易士评传》发表于《现代》第5卷第6期(现代美国文学专号)。

顾仲彝《戏剧家奥尼尔》发表于《现代》第5卷第6期(现代美国文学专号)。

苏汶《安得生发展之三阶段》发表于《现代》第5卷第6期(现代美国文学专号)。

徐迟《哀慈拉·邦德及其同人》发表于《现代》第5卷第6期(现代美国文学专号)。

叶灵凤《作为短篇小说家的海敏威》发表于《现代》第5卷第6期(现代美国文学专号)。

杜衡《帕索斯的思想与作风》发表于《现代》第5卷第6期(现代美国文学专号)。

凌昌言《福尔克奈——一个新作风的尝试者》发表于《现代》第5卷第6期(现代美国文学专号)。

薛蕙《现代美国作家小传》发表于《现代》第5卷第6期(现代美国文学专号)。

可玉《安得生与英国》发表于《现代》第5卷第6期(现代美国文学专号)。

可玉《亚尔蒙的幽默》发表于《现代》第5卷第6期(现代美国文学专号)。

可玉《斯坦因女士的新风格》发表于《现代》第5卷第6期(现代美国文学专号)。

居雪《杰克·伦敦的〈鬼〉》发表于《现代》第5卷第6期(现代美国文学专号)。

安华《刘易士夫人不容于德国》发表于《现代》第5卷第6期(现代美国文学专号)。

可玉《马克·吐温〈密苏里河的产儿〉》发表于《现代》第5卷第6期(现代美国文学专号)。

可玉《辛克莱任加州州长之前》发表于《现代》第 5 卷第 6 期（现代美国文学专号）。

李长之《杨丙辰先生论》发表于《现代》第 6 卷第 1 期。

［苏］贝拉核支《战士的头（名画）》（文艺画报）发表于《春光》第 1 卷第 1 号。

［苏］梭可罗夫《伏尔加河上（木刻）》（文艺画报）发表于《春光》第 1 卷第 1 号。

编者《莱奥诺夫像》（文艺画报）发表于《春光》第 1 卷第 1 号。

编者《但丁像》（文艺画报）发表于《春光》第 1 卷第 1 号。

编者《格拉特可夫近像》（文艺画报）发表于《春光》第 1 卷第 1 号。

［苏］法尔考斯基著、方土人译《格拉特可夫访问记》发表于《春光》第 1 卷第 1 号。

陈君冶《论朱湘》发表于《春光》第 1 卷第 1 号。

谢仿亮《落华生的〈人非人〉》发表于《春光》第 1 卷第 1 号。

晓丹《卢那卡尔斯基小传》发表于《春光》第 1 卷第 2 号。

杨潮译《纪德底转变》发表于《春光》第 1 卷第 2 号。

［苏］卢那卡尔斯基作、任白戈译《绥拉菲莫维支论》发表于《春光》第 1 卷第 2 号。

［苏］卢那卡尔斯基作、云林译《妥斯退夫斯基论》发表于《春光》第 1 卷第 2 号。

编者《卢那卡尔斯基像》（文艺画报）发表于《春光》第 1 卷第 2 号。

编者《被解放了的唐吉诃德（木刻）》（文艺画报）发表于《春光》第 1 卷第 2 号。

编者《卢那卡尔斯基之葬仪二幅》（文艺画报）发表于《春光》第 1 卷第 2 号。

编者《妥斯退夫斯基像》（文艺画报）发表于《春光》第 1 卷第 2 号。

编者《绥拉菲莫维支像》（文艺画报）发表于《春光》第 1 卷第 2 号。

任白戈译《莱奥诺夫及其作品》发表于《春光》第 1 卷第 3 号。

编者《巴尔扎克像》（文艺画报）发表于《春光》第 1 卷第 3 号。

编者《巴尔扎克画像》（文艺画报）发表于《春光》第 1 卷第 3 号。

编者《巴尔扎克手迹》（文艺画报）发表于《春光》第 1 卷第 3 号。

编者《巴尔扎克底手》（文艺画报）发表于《春光》第 1 卷第 3 号。

编者《左拉画像》（文艺画报）发表于《春光》第 1 卷第 3 号。

编者《左拉手迹》(文艺画报)发表于《春光》第 1 卷第 3 号。

杜微《论巴尔扎克》发表于《春光》第 1 卷第 3 号。

陈君冶译《左拉与写实主义》发表于《春光》第 1 卷第 3 号。

半农《武七先生的人格》发表于《论语半月刊》第 32 期。

晴天《追悼邹绵昌速记》发表于《论语半月刊》第 32 期。

清夷《王维的幽默》发表于《论语半月刊》第 33 期。

黄柯《袁中郎尺牍》发表于《论语半月刊》第 34 期。

亢德《纪念刘半农先生》发表于《论语半月刊》第 45 期。

无名氏《半农先生著作》发表于《论语半月刊》第 45 期。

编者《刘半农先生遗像、刘半农先生遗墨》发表于《论语半月刊》第 45 期。

编者《刘半农先生的死因和生平》发表于《论语半月刊》第 45 期。

林语堂《四十自叙》发表于《论语半月刊》第 49 期。

沈蘅中《挽刘半农先生诗》发表于《论语半月刊》第 49 期。

徐式庄《用知堂五十自寿韵哭半农先生》发表于《论语半月刊》第 49 期。

魏晋、博文译《妥斯退益夫斯基底方法》发表于《东流》创刊号。

[日]冈泽秀虎作、焕平译《郭哥里的写实主义》发表于《东流》创刊号。

[日]除村吉太郎作、曼之译《从哥郭里到妥斯退益夫斯基》发表于《东流》创刊号。

蔡元培《我在北京大学的经历》发表于《东方杂志》第 31 卷第 1 号。

编者《追悼杜亚泉先生》发表于《东方杂志》第 31 卷第 1 号。

张耀翔《中国历代名人变态行为考》发表于《东方杂志》第 31 卷第 1 号"三十周年纪念号"。

陆慧新《历史上著名的妇人科学家》发表于《东方杂志》第 31 卷第 9 号。

周品瑛《刘知幾年谱》发表于《东方杂志》第 31 卷第 19 号。

周子亚《陶尔斐斯的生平》发表于《东方杂志》第 31 卷第 20 号。

马彦祥《高尔基与杰克·伦敦之比较研究》发表于《矛盾》第 2 卷第 5 期。

汪倜然《批评家李笠翁》发表于《矛盾》第 2 卷第 5 期。

唐圭璋《两宋词人时代先后考》发表于《词学季刊》第 2 卷第 1 号。

蔡元培《书杜亚泉先生遗事》发表于《新社会半月刊》第 6 卷第 2 期。

按:杜亚泉于 1933 年 12 月 6 日因脑膜炎医治无效,在家乡病逝。蔡元培发了讣文,并于 1933 年 12 月 21 日撰写《为杜亚泉逝世发通函》,为其下葬及遗孤生活求学筹集资金。本年 1 月蔡元培又领衔与张元济、夏鹏、王云五、高梦旦、何炳松、李拔可等撰发《为杜亚泉募集子女教育基金启》。杜亚泉病逝后，其故交挚友等纷纷撰文悼念和追忆。其中有蔡元培的《杜亚泉君传》，张元济代表《东方杂志》编辑部所撰的《杜亚泉先生诔辞》，胡愈之的《追悼杜亚泉先生》，章锡琛的《杜亚泉传略》，张梓生的《悼杜亚泉先生》，周建人的《忆杜亚泉先生》等。

张梓生《悼杜亚泉先生》发表于《新社会半月刊》第 6 卷第 2 期。

竺可桢《纪念明末先哲徐文定公》发表于《国风半月刊》第 4 卷第 1 号。

按：1933 年 11 月 24 日，是明代科学家徐光启逝世 300 周年的纪念日，中国天文学会于紫金山天文研究所召开纪念会，上文是竺可桢先生在纪念会上的演讲。竺可桢先生认为徐光启"是中国科学界的先驱"，"南京是徐文定公初次遇到利玛窦得闻道而恍然大悟的地方，紫金山天文台新近设备有东亚最大的望远镜，而徐文定公是最初提倡中国用望远镜的人"，所以在南京紫金山纪念徐光启逝世 300 周年具有特别意义。

李书华《徐光启逝世三百年纪念》发表于《国风半月刊》第 4 卷第 1 号。

余青松《徐光启逝世三百年纪念》发表于《国风半月刊》第 4 卷第 1 号。

向达《徐光启逝世三百年纪念》发表于《国风半月刊》第 4 卷第 1 号。

马相伯《徐文定公与中国科学》发表于《国风半月刊》第 4 卷第 1 号。

丁宗杰《徐光启与利玛窦》发表于《国风半月刊》第 4 卷第 1 号。

任元熙《清征士简竹居先生事略》发表于《国风半月刊》第 5 卷第 6—7 期。

郑振铎《元明以来女曲家考略》发表于《女青年》第 13 卷第 3 期。

谢康《菲希德评传》发表于《江西教育》第 2 期。

许汝棻《宋雪帆先生年谱序》发表于《青鹤》第 2 卷第 16 期。

念《柳敬亭事迹考》发表于《金刚钻月刊》第 1 卷第 9 期。

念《孟姜女考》发表于《金刚钻月刊》第 1 卷第 9 期。

念《吴中四才子考》发表于《金刚钻月刊》第 1 卷第 9 期。

念《息夫人未尝失节考》发表于《金刚钻月刊》第 1 卷第 9 期。

念《诸葛欧阳两氏考》发表于《金刚钻月刊》第 1 卷第 9 期。

震华《中国人名大辞典之片面观》发表于《人海灯》第 2 卷第 3、4 期合刊。

博古《追悼顾作霖同志》发表于《斗争》第 63 期。

董铎《自卫运动回忆录》发表于《国讯旬刊》第 96 期。

杨楚生《一个卖报童子的自述》发表于《国讯旬刊》第 160 期。

李文显《罗赫木之生平及其死》发表于《国际周报》第 9 卷第 5 期。

马季廉《英国黑衫党领袖穆思莱的生平及其主张》发表于《国闻周报》第 11 卷第 39 期。

胡适《国府主席林森先生》发表于《独立评论》第 91 号。

胡适《兴登堡》发表于《独立评论》第 113 号。

胡适《写在孔子诞辰纪念之后》发表于《独立评论》第 117 号。

郭家鼎《史达林的一生》发表于《外交月报》第 4 卷第 5 期。

周子亚《朴恩赉的生平》发表于《外交评论》第 3 卷第 5 期。

惠人译《史大林日常生活素描》发表于《黑白半月刊》第 1 卷第 13 期。

王晨《林森》(大人物的小事)发表于《一周间》第 1 卷第 4 期。

王晨《孙科》(大人物的小事)发表于《一周间》第 1 卷第 5 期。

王晨《汪精卫》(大人物的小事)发表于《一周间》第 1 卷第 6 期。

顺华《十六世纪传教士的信札与记述的价值》发表于《北辰杂志》第 6 卷第 6 期。

按:文章说:"为研究圣教会在远东的'开创'或'再现'这件重大的事情,我们的书籍与文件是很丰富的。最出名而又最引人注意的是教士们向欧洲去的信札与记述。在未曾被近代的历史学博士们从古代文件的保存库里发现它们踪迹以前,已经有过无数次它们的出版物,所用的题目是《具有感化与奇异性的书信集》,关于耶稣会士特别知道这些事情更清楚,信札把它们的种类很简单地分析一下。"

编者《一位法国哲学家的死》发表于《北辰杂志》第 6 卷第 6 期。

编者《历史家德拉高而斯氏传略》发表于《北辰杂志》第 6 卷第 6 期。

青志《世界著名社会学家兰波来的生平小史》发表于《北辰杂志》第 6 卷第 9 期。

青志《拿破仑的一段生平写真》发表于《北辰杂志》第 6 卷第 11 期。

王绍嫱《最后的自白》发表于《玲珑》第 4 卷第 10 期。

孙梦人《我的生涯——一个女伶的自述》发表于《玲珑》第 4 卷第 20 期。

张树侯《淮南耆旧小传初编》发表于《学风》第 4 卷第 1—3 期。

蒋元卿《南陵县著述人物考略》发表于《学风》第 4 卷第 4 期。

芩顽《童年的高尔基(一)》发表于《生活教育》第 1 卷第 11 期。

芩顽《童年的高尔基(二)》发表于《生活教育》第 1 卷第 12 期。

芩顽《童年的高尔基(三)》发表于《生活教育》第 1 卷第 13 期。

芩顽《童年的高尔基(四)》发表于《生活教育》第 1 卷第 14 期。

芩顽《童年的高尔基(五)》发表于《生活教育》第 1 卷第 15 期。

芩顽《高尔基童年生活(六)》发表于《生活教育》第 1 卷第 18 期。

王佐舟《一个田工人的自述》发表于《生活教育》第 1 卷第 18—21 期。

沈翼飞《小皮匠的自述》发表于《生活教育》第 1 卷第 18—21 期。

芩顽《高尔基童年生活(七)》发表于《生活教育》第 1 卷第 19 期。

芩顽《童年的高尔基(八)》发表于《生活教育》第 1 卷第 20 期。

芩顽《童年高尔基生活(九)》发表于《生活教育》第 1 卷第 21 期。

芩顽《童年高尔基生活(十)》发表于《生活教育》第 1 卷第 22 期。

孔繁礼《南游回忆录》发表于《中南情报》第 1 期。

许民一《柏汉襄事略》发表于《中南情报》第 2 期。

孟飞《世界著名飞行家林白上校自述》发表于《空军》第 80—89 期。

徐孟飞《法国铁血将军纽吉萨事略》发表于《空军》第 90 期。

朱任宏译《诺衣斯小传》发表于《科学》第 18 卷第 1 期。

朱任宏《诺衣斯小传》发表于《科学》第 18 卷第 5 期。

张少山《养鸡得失经过的自述》发表于《农业进步》第 2 卷第 12 期。

抱桐《现代女音乐家小传》发表于《方舟》第 8 期。

李涛《金韵梅医师事略》发表于《中华医学杂志》第 20 卷第 5 期。

戴荔岩《厦游回忆录》发表于《新大声杂志》第 1 卷第 3—4 期。

何家槐《我的自白》发表于《现代出版界》第 23 期。

李仲融《石达开的生平及其民族思想》发表于《浙江青年》第 1 卷第 1 期。

毛守诚《农友小传》发表于《锄声》第 1 卷第 1—2 期。

慕霞《戈林小传》发表于《警醒》第 1 卷第 12 期。

强《迈文基小传》发表于《社会学期刊》第 4 卷第 2 期。

田树声《福女热罗撒小传》发表于《公教妇女》第 1 卷第 4 期。

汪令仪《一个舞女的自述》发表于《十日谈》第 23 期。

吴大琨《一个初学写文者的自述》发表于《艺风》第 2 卷第 2 期。

谢国桢《陈梦雷李光地事迹辨》发表于《新中华》第 2 卷第 12 期。

徐宝谦《二十年信徒经验自述》发表于《真理与生命》第 8 卷第 1 期。

叶秋心《我的自白》发表于《金城》第 1 卷第 2 期。

朱澜《陶尔斐与兴登堡生平》发表于《时代公论》第 3 卷第 22 期。

紫纹《小拿破仑的生平》发表于《新人》第 1 卷第 1 期。

沈祖芳《我的自述》发表于《振华季刊》第 1 卷第 3 期。

华锦《庄子述略》发表于《振华季刊》第 1 卷第 3 期。

士元《杭辛斋事略》发表于《报学季刊》创刊号。

士元《秋瑾女侠事略》发表于《报学季刊》创刊号。

元《邵飘萍事略》发表于《报学季刊》创刊号。

编者《黄梨洲之事迹》发表于《复兴月刊》第 2 卷第 6 期。

方应骧《黄梨洲民族思想之研究》发表于《复兴月刊》第 2 卷第 6 期。

敏政《现代名人介绍——史丹林氏》发表于《复兴月刊》第 2 卷第 6 期。

蒋中正《总理生平之根本思想与革命人格》发表于《铁血月刊》第 4 期。

建威《谭烈士楚材生平行述》发表于《铁血月刊》第 5 期。

苦雨《王君锡武小传》发表于《津汇月刊》第 3 期。

篱秋《李春润英雄小传》发表于《黑白半月刊》第 2 卷第 1—2 期。

余汝贞《我底离婚的自述》发表于《女子月刊》第 2 卷第 2 期。

李素菲《女司书的生活自白》发表于《女子月刊》第 2 卷第 2 期。

王安《李维诺夫小传》发表于《文化月刊》第 1 卷第 1—6 期。

马君武《大科学家达尔文的生平及其成功》发表于《文化月刊》第 1 卷第 16 期。

远馨、伊凡《平绥路一周旅行回忆录》发表于《津汇月刊》第 3 期。

谢礼士《佛里慈密尔的生平》发表于《中华图书馆协会会报》第 10 卷第 3 期。

熊翘北《曾巩的生平及其文学》发表于《江西图书馆馆刊》创刊号。

马厚文《归有光之生平及其文学》发表于《光华大学半月刊》第 2 卷第 7 期。

马子华《大众化的白居易诗》发表于《光华大学半月刊》第 2 卷第 7 期。

章蔼珍《亡甥女事略》发表于《汇文校刊》第 8 期。

许春明《先考事略》发表于《汇文校刊》第 8 期。

沈恩孚《姚恭靖言行回忆录》发表于《人文月刊》第 5 卷第 3 期。

施伯谟《天南回忆录》发表于《人文月刊》第 5 卷第 4 期。

郑师许《江泰殉难舰长莫耀明传》发表于《人文月刊》第 5 卷第 5 期。

刘国钧《老子神化考略》发表于《金陵学报》第 4 卷第 2 期。

吴晗《胡惟庸党案考》发表于《燕京学报》第 15 期。

容肇祖《孔尚任年谱》发表于《岭南学报》第 3 卷第 2 期。

谢扶雅《田骈和驺衍》发表于《岭南学报》第 3 卷第 2 期。

黄仲琴《陈衍虞象传》发表于《岭南学报》第 3 卷第 4 期。

吴晗《胡应麟年谱》发表于《清华学报》第 9 卷第 1 期。

朱自清《陶渊明年谱中之问题》发表于《清华学报》第 9 卷第 3 期。

谢兴尧《王韬上书太平天国事考》发表于《国立北京大学国学季刊》第 4 卷第 1 号。

孟森《宋许州长史孙君墓志铭跋尾》发表于《国立北京大学国学季刊》第 4 卷第 2 号。

孟森《明烈皇殉国后纪》发表于《国立北京大学国学季刊》第 4 卷第 3 号。

陈乐素《徐梦莘考》发表于《国立北京大学国学季刊》第 4 卷第 3 号。

罗香林《唐书神秀传疏证》发表于《国立中山大学文史学研究所月刊》第 2 卷第 5 期。

温丹铭《广东通志列传稿丁日昌》发表于《国立中山大学文史学研究所月刊》第 2 卷第 5 期。

罗香林《丘逢甲先生传(初稿)》发表于《国立中山大学文史学研究所月刊》第 2 卷第 5 期。

温廷敬《张荫麟龚自珍汉朝儒生行本事考辨正》发表于《国立中山大学文史学研究所月刊》第 2 卷第 5 期。

默《玄奘法师像及略传》发表于《佛学半月刊》第 70 期。

了空《灵山大师往生略传》发表于《喜报》第 28 期。

觉澄《狮子岭兜率寺法一老人行状》发表于《频伽音随刊》第 5 期。

吴大澂《愙斋自订年谱》发表于《青鹤》第 2 卷第 5 期。

吴大澂《愙斋自订年谱》发表于《青鹤》第 2 卷第 7 期。

吴大澂《愙斋自订年谱》发表于《青鹤》第 2 卷第 9 期。

吴大澂《愙斋自订年谱》发表于《青鹤》第 2 卷第 11 期。

吴大澂《愙斋自订年谱》发表于《青鹤》第 2 卷第 13 期。

吴大澂《愙斋自订年谱》发表于《青鹤》第 2 卷第 15 期。

吴大澂《愙斋自订年谱》发表于《青鹤》第 2 卷第 17 期。

吴大澂《愙斋自订年谱》发表于《青鹤》第 2 卷第 19 期。

吴大澂《愙斋自订年谱》发表于《青鹤》第 2 卷第 21 期。

吴大澂《愙斋自订年谱》发表于《青鹤》第 2 卷第 23 期。

汪国垣《光宣诗坛点将录》发表于《青鹤》第 3 卷第 2 期。

汪国垣《光宣诗坛点将录》发表于《青鹤》第 3 卷第 3 期。

西谛《昭君墓——西行书简》发表于《水星》第 1 卷第 1 期。

许天马《八卦形意拳名家小传》发表于《金刚钻月刊》第 1 卷第 8 期。

惜春生《女星之自述》发表于《金刚钻月刊》第 1 卷第 10 期。

三、传记著作

何子恒编《中国历代名人传略》(第 3 集)由上海青年协会书局出版。

按:是书收晋、南北朗、隋朝时期的名人传略 37 篇。其中有司马懿、谢安、王羲之、陶潜、刘勰、王通等人的传略。

王敬自编《中国名将传》由江苏南京中国文化学会出版。

潘念之、张泉苓编《思想家大辞典》由上海世界书局出版。

吴春晗著《江苏藏书家小史》由北平图书馆出版。

孙踏公编著《中国画家人名大辞典》由上海神州国光社出版。

坚白《少年模范生活》由上海乐华图书公司出版。

贺炳铨编《新文学家传记》由上海旭光社出版。

按:是书收录茅盾、丁玲、郁达夫、蒋光慈、周作人、朱湘、鲁迅、黄庐隐、郭沫若、王独清、冰心、洪深、徐志摩、刘大白、柳亚子 15 位作家小传。

新绿文学社编《名家传记》由上海文艺书局出版。

按:是书选录的作品有梁任公《亡友夏穗卿先生》、因公《孙中山先生传》、宋庆龄《自传一章》、汪精卫《自述》和《执信的人格》、蔡元培《自述二章》、柳亚子《自传》和《苏曼殊略传》、胡适《四十自述一章》和《李超传》《许怡荪传》、沈玄虚《李成虎小传》、鲁迅《自叙传略》和《纪念刘和珍君》、林语堂《辜鸿铭》和《胡适之》、林斯陶《辜鸿铭》、郁达夫《志摩在回忆里》、丁文江《我所知道的朱庆澜将军》、陈西滢《刘叔和》、王云五《自述一章》、茅盾《我的小传》、冰心《自述》、刘大杰《庐隐回忆记》、赵景深《朱湘》、朱自清《白采》、郑振铎《记黄小泉先生》、刘半农《武七先生的人格》、周作人《王品青》等传记。

按:是书前有《怎样写传记》一文,谈了五个问题:"传记与传记文学""传记的一般作法""传记的种类与形式""传记文学之贫困"和"关于自传的作品"。其曰:

传记,虽然是"中国文学里最不发达的一门"(胡适语),但是形似传记的作品,却是"古已有之",而且是"代有作者"的,例如司马迁的《孔子世家》《孟子荀卿列传》《游侠列传》《李斯传》《屈原贾生传》《管晏列传》《伯夷列传》《田单列传》等,班固的《张骞传》《李广传》《李陵传》《苏建苏武传》等,范晔的《祢衡传》《严光传》《王霸传》《班固传》等,陈寿的《诸葛亮传》《王弼传》等,至于历代各作家的文集里面,更常见传记一类的作品。因此,这"传记"一词,在我们的眼中似乎已经见惯,听起来也很耳熟的样子,我们一看到传记一词,似乎已能望文生义,而无须再考察其含有如何的涵义的了。这其实是并不如此简单:第一,上述的一些所谓"传"或"列传",大都只是些历史的记录,是属于历史而不属于传记。传记是文学上的一个独立的部门。传记一方面固然可以作为历史的资料看待,但决不就是历史。此其一。第二,历代各作家的文集中的传志一类的作品,是阿世欺人的东西,既无真挚的情感,又乏艺术的描写,一片荒唐,全无是处。说它是历史,固属不确,说它是文学,尤无根据。某作家说它只配附在讣文后面,倒是适当的评语。这样说来,传记一词的解释,势不得不求之于欧西的用法。传记,相当于希腊的 Bios 一词,义为生平或生活,故凡有关于一个人的生平的某些作品,便都以传记称之。……一直到有一位名叫鲍斯威尔的,把约翰生博士的生活史编成一部作品的时候,才出现了第一部真正的传记。

我们不要笑英国传记文学的幼稚。倒是我们自己的传记文学正在幼稚时代呢!我们的第一部传记文学作品,是在哪里呢?老实说,还没有!你们不看见孙中山先生的传记,还正在和"征求女伴"的广告一起并列在报纸和杂志上面,广为征求吗?这其实是令人惊奇的,为什么传记的制作可以征求呢?所传的人,难道要"人以文传"吗?写传的人,难道要"文以人传"吗?真是百思而不解!然而传记文学的写作,所传的人固不常有,而写传的人也不易得。传记文学,不写则已,一写便要认识透彻,不仅对这所传的人,所传的时代,而且还要描写得体。如果写得太滞呆了,便只能算做史料;写得太英勇了,便只能算做神话;写得太偏袒了,便只能算是谀词;写得太平庸了,又要失去作传的本意;写得只见个人的活动而不见社会的姿态,那便好像是半空中掉下来的一个什么东西。总之,传记文学,严格地说来,是一种最难能而可贵的作品,不容易写得恰到好处。此中三昧,在目前的文坛上,只有鲁迅体会得最深切。他除了给阿Q作了一篇想像的"正传"以外,很少作写实的传记,有之,就是篇幅极少的纪念几个勇敢地牺牲于时代的浪潮中的革命青年的文字,往往用不了几千字,或者甚至数百字,就活活地钩出了一个人的真实的细条。他对于为他人写的传记是如此;对于自传,也正是如此。仿佛记得在什么人的文章里面说过,最近有人请鲁迅先生写自传,鲁迅先生回答他说:"过去是写过一篇,大概六百字;现在再添上几年生活,也不过七百字光景。"这虽是鲁迅先生的幽默,但推究起来,倒也是很正经的。从这句话的反面着想,可知传记的写作,并不是乱谈一下生平或生活就可了事的。这是第一点。

其次，以鲁迅先生那样丰富的生活，那样高迈的年岁，那样深刻的思想，尚且只能写六百乃至七百字的传记，则传记的限制之严格，也可想见了。大家耳熟的名人如柳亚子先生，也还自愧不如不知应该怎样写传记。试看他为他的友人苏曼殊大师写的传记，不是改了一次又一次吗？又有一次，有一家书店请他写一篇自传。他那时就写一篇文言的自传，正待交稿之际，恰值他的儿子无忌先生从欧美回国。柳先生把自传给无忌先生一看，无忌先生说这是行述，不是自传。于是他勉为其难，重写了一篇语体的，然而他自己还是作一最后的声明："究竟像自传与否？我也不得而知了。"

关于传记的作法，我在从前写过一篇，大意是说，传记作品，须加以注意者，凡四点：（一）要写真传神；（二）要刻画时代；（三）要用文学技巧；（四）要有系统程序。

传记的种类，大约因分类的标准之不同而有歧异。……在全世界的传记文学中间，一般地都公认，鲍斯威尔所作的《约翰生传》，是一部最著名的作品。不过，我们要知道，这部传记，是用小品的体裁，写出了约翰生博士的生活和风度。看惯了英美的所谓正统派文学的人们，都以为它是太不讲究形式，其实这在我们的眼光中看来，实是十分活泼的映像和明快的叙述。现在，这种体裁，是极其风行的，即是上述的鲍斯威尔式的传记或记录。最近，有一部《法朗士传》出版，即是属于这一类的，别的传记名著，则有骚赛的《纳尔生传》，莫莱的《格兰斯顿传》，丘契尔的《兰道夫·丘契尔传》。十九世纪的名人传更多，且更长，如《拜伦传》《屠格涅夫传》《歌德传》《嚣俄传》之类，比比皆是，难以枚举。斯屈拉采的《维多利亚女王》，可以视为传记中的一种新型，即所谓评传。布鲁塔奇所作的《英雄传》，大约可以算是英雄列传中的第一伟构。另一列传，则是瓦尔顿的《传记集》。传记文选之类，也有不少，都是作为参考之用而留存着。其中最好的刊本，是英国的《国民传记辞典》，这部书搜集着许多英国人的传记，并非出于一人手笔。此外，有一部《传记集成》，但在今日已觉陈旧得很了。欧战后，美国亦有《国民传记辞典》之刊行，在前年已出两卷。

传记文学大有雷厉风行之势，有不少被目为传记专家了。德国的路德威希是其中的一个，写作了《俾斯麦传》《克龙威尔传》等。意大利的巴比尼也很有名，曾著有《耶稣传》和《圣奥古斯丁传》。法国的莱雨也著有《耶稣传》和《青春回忆录》——这里只举出传记文学家之一二，此外不想一一遍举。

传记文学之贫困　"传记是中国文学里最不发达的一门"，这句胡适博士所说的话，在前面已经引过。最近还有一位著作家表示着比胡适进一步的见解："有人说，中国人是有着五千年家谱的民族。但是，我却要说，中国是未曾产生过传记文学的民族。"这是千真万确的事实，那么究竟为什么传记文学是这样地贫困，这样地不发达呢？胡适以为"这大概有三种原因：第一是没有崇拜伟大人物的风气；第二是多忌讳；第三是文字的障碍。"……仿佛有一位著作家曾经对这种分析，半推半就似地持着大同小异的非议。他这样说的："我们虽不敢附和胡先生的大胆地说'二千年来，几乎没有一篇可读的传记'，但中国真正伟大的动人的传记实在不多。'多忌讳'与'文字障碍'，实为最大原因。说中国人'没有崇拜英雄的风气'，还有可以商酌的地方。我们只要看关羽之庙遍天下，便可证明中国人并不是不崇拜英雄。至于士人之崇拜孔丘，军人之崇拜岳飞，党人之崇拜总理，商人之崇拜吴佩孚，都可证明中国人的崇拜英雄热并不低于旁的国家和民族。中国古代传记也有可读的，如胡先生所说的《项羽本纪》和《慈恩法师传》，如《史记》的《孔子世家》《孟子荀卿传》《屈原贾生传》《游侠传》，如《晋书》的《阮籍传》，萧统的《陶渊明传》，《唐书》的《韩愈传》，《宋史》的《朱熹传》《王安石传》，《明儒学案》的《王守仁传》等等，皆益人心智，颇可一读。如王充的《论衡自纪》，实为自传的很好作品。近人梁启超的《意大利三杰传》《罗兰夫人传》等，'笔尖常带情感'，尤为动人的作品。如胡先生的近作《四十自述》，将来一定为自传中的很好作品。文体解放了，忌讳渐渐少了，中国的传记文发达是无可疑的。"这种论断，其实还是不能"无可疑"的。文体的解放，忌讳的减少，固已早早跟着国内的残余封建势力的没落而一一实现了，但传记文学的前途，并不能就认为没有触着礁石的危机存在。问题并不在于文体与忌讳，主要的问题，却是这时代和社会没有产生真正的英雄豪杰的可能，也不再有崇拜英雄豪杰的风气的必要。其中的原由，可以从某作家（原作者未署名）《论传记文学》的一文中去参证，现为便利起见，照录如次——"有人说，中国人是有着五千年家谱的民族。但是，我却要说，中国人是未曾产生过传记文学的民族。要是在文学的形式上面，中国和西洋有许多的差别，那么传记文学的缺乏与存在，应该是最重要的一个差别罢。直到最近为止，我们的文坛上还没有发现所谓传记文学这样的东西，虽然在古代典籍中间，我们有着不少人物传记，但只是历史的一部分，目的只是在于供史事参考，并没有成为独立的文学。历代文集中的传记，以颂赞死人为目的，千篇一律，更说不上文学价值。到了我们的时代，文学在形式上面是解放了，范围也扩大了。小说、诗歌、戏剧已很明显地受了西洋文学的影响，而改变形式，占了现在创作中的主要领域，可是在现代西洋文学中占重要地位的传记文学，却依然缺乏。这几年来，除了产生一二种谈不到文学价值的自传外，不见有传记文学的出现。最近中山文化教育馆以重金征求孙中山传，就这一事，已可见传记文学在中国的幼稚了。传记文学的发展，在西洋也不过是晚近的事。换句话说，描写人物生平的文学，是到了近代个人主义思想充分发展以后，才特别繁荣滋长。现代资本主义国家，出版物中，人物传记往往占最大的销数，这只是因为描写个性发展，事业成功的文学容易受中产阶级读者欢迎的缘故。可是在中国，个人主义的思潮，只有在五四时代昙花一现，过后便为新兴思潮所吞灭。中国的中产阶级，在现实压得紧紧的时代中，也不容有个人主义的幻想。在半殖民地的中国不能产生真正的民族英雄或法西斯蒂领袖；同样地在封建家族思想灭落，集团主义思想兴起的中国，也不会有伟大的传记文学的产生。即使有所谓人物传记，那也不过是家谱式或履历单式的记载，那只有列在讣文后面最是相宜，却不配称作传记文学。"

关于自传的作品　从另一方面看来，传记文学是在方兴未艾的进展的途中，尤其在自传方面，有长足的突飞猛进之趋势。可称为伟大的纪念碑似的自传作品，在西欧各国确曾产生过不少。在远一些的年代，如亚非利加的《圣奥古斯丁》以及法国的卢骚的《忏悔录》，意大利的艺术家采里尼的《自传》，德国诗人歌德的《自传》《诗与实录》。近一些的，如俄国高尔基的《我的童年》，印度的甘地的《自传》，意大利的墨索里尼的《自传》等等，都是比较重要的自传作品。

就在吾国的文学界，自传作品也已经发表了很多，除零篇不计，单行本都很不少，就中如胡适的《四十自述》，郭沫若的《我的幼年》《反正前后》《创造十年》，鲁迅的《朝花夕拾》，差不多谁都知道的。余如李季的《我的生平》（三册），王独清的《长安城中的少年》《我在欧洲的生活》，以及沈从文、庐隐、张资平等的自传，可见自传作品活跃的一斑。这些自传，好的固然也有，但是没意义的，实在居其大半。如果认为自传，是多少可以随便一些的话，那是极大的错误。在自传之中，固然写不出 Everything，却是应该说出 Something，总不应该写了一个 Nothing。

李炳卫著《孔子圣迹图附孔子年谱及大事记》由北平民社影印出版。

陈鼎忠著《孟子概要》由江苏无锡国学专修学校出版。

胡寄尘编《孟子》由上海商务印书馆出版。

章衣萍著《孟子》由上海儿童书局出版。

郎擎霄著《庄子学案》由上海商务印书馆出版。

陈登澥著《庄子大传》由北平文岚移印书局出版。

胡道静著《公孙龙子考》由上海商务印书馆出版。

汪吟龙著《文中子考信录》由上海商务印书馆出版。

按：书前有王树枏、姚华、吴其昌等人序及作者自序；书末附有《与章太炎论文中子书》《驳旧唐书王勃传记文中子书》《读韩退之送王秀才序书后》《文中子续经义例考序例》《文中子述略》，以及江瀚、王瑚、梁启超、吴阊生、郭象升、徐方平等跋。

支伟成编点《管子之研究》由上海泰东书局出版。

顾实著《穆天子传西征讲疏》由上海商务印书馆出版。

罗根泽编述《诸子要略》由北平中国大学出版。

［日］桑原骘藏著、杨炼译《张骞西征考》由上海商务印书馆出版。

马元材著《桑弘羊年谱》由上海商务印书馆出版。

余既滋编《班超》由上海新生命书局出版。

周振甫著《班超》由上海开明书店出版。

章衣萍著《班超》由上海儿童书局出版。

章衣萍著《马援》由上海儿童书局出版。

哈佛燕京学社引得编纂处编《新唐书宰相世系表引得》由北平编者出版。

傅振伦编《刘知幾年谱》由上海商务印书馆出版。

按：作者在年谱《引言》说："窃念刘知幾史识卓绝，其思想影响吾国史学界者，至大且巨。其生平事迹，不容尽掩；因就平日浏览所及，缀述其事，编为年谱。本书首述刘氏世系及知幾之家世、个性及其学术思想之渊源；而继谱述其事迹。至其治学方法，修史主见均详焉。关于《史通》之研究，亦略附述之。读者作为知幾之史学观可也！吾人生知几千余年后，详考博稽，其道甚难。编述其事，不免简陋。姑录所知，聊备参考。史学界同志，幸有以增补厘订焉。"

郑鹤声著《杜佑年谱》由上海商务印书馆出版。

傅东华著《李清照》由上海商务印书馆出版。

谭天编《岳飞》由上海新生命书局出版。

冯承钧著《成吉思汗传》由上海商务印书馆出版。

王文焕著《吴松厓年谱》由上海商务印书馆出版。

吴晗著《胡惟庸党案考》由燕京大学燕京学社出版。

按:是书引用大量明史资料,研究明代洪武年间的丞相胡惟庸被杀的历史事实。

武训先生九七诞辰纪念册编辑委员会编辑《武训先生九七诞辰纪念册》由山东临清汶卫印刷公司出版。

山东临清私立武训小学编辑《武训先生纪念册》由编者出版。

宋云彬著《王阳明》由上海开明书店出版。

胡越著《王阳明》由上海中华书局出版。

嵇文甫著《左派王学》由上海开明书店出版。

按:作者在书中对王学学派左翼进行分析,肯定了他们在思想史上的地位。

陈翊林著《张居正评传》由上海中华书局出版。

陈子展编《郑和》由上海新生命书局出版。

唐鼎元著《荆川弟子考》由武进唐氏所著书本出版。

姚名达著《刘宗周年谱》由上海商务印书馆出版。

章衣萍编著《史可法》由上海儿童书局出版。

谢国桢著《孙夏峰李二曲学谱》由上海商务印书馆出版。

闵尔昌编《高邮王氏父子年谱》由江苏高邮闵氏出版。

王钟麒著《郑成功》由上海商务印书馆出版。

章衣萍著《郑成功》由上海儿童书局出版。

周木斋著《郑成功》由上海新生命书局出版。

章衣萍著《纪晓岚》由上海儿童书局出版。

黄逸之著《黄仲则年谱》由上海商务印书馆出版。

王立中著《俞理初先生年谱》由安徽丛书本出版。

陈谧著《陈介石年谱》由瑞安瓯风社出版。

章衣萍编著《林则徐》由上海儿童书局出版。

曹聚仁编《李秀成》由上海新生命书局出版。

陈恭禄著《曾国藩与海军》由武汉大学出版。

吴晗著《胡应麟年谱》由上海商务印书馆出版。

阿英著《李伯元评传》由上海生活书店出版。

胡适著《〈镜花缘〉的著者李汝珍》由天津扶轮国际出版。

按:是为胡适对天津扶轮国际俱乐部成员的演讲。

陈伯达著《论谭嗣同》(《一名中国启蒙思想家——谭嗣同》)由人文印务社出版。

蔡金重编《清代书画家字号引得》由北平哈佛燕京学社引得编纂处出版。

李放著《画家知希录》9 卷由辽海书社出版。

广西统计局编《古今广西旅桂人名鉴》由编者出版。

按：是书分广西、旅桂两部分。采自史传、志乘、名人录、职员录及报纸杂志等。汇编历代广西各界名人和到广西从事各种事业的著名人物事略。按姓氏笔画多少，以表式列出。书末附有《正史立传之广西人名表》《广西历代大学士及尚书人名表》《广西人名时代籍贯比较》《旅桂人名时代籍贯比较》等 6 个表。

朱芳圃编著《孙诒让年谱》由上海商务印书馆出版。

洪为法编《总理故事集》由上海民智书局出版。

中国国民党中央执行委员会西南执行部编《古湘芹先生逝世纪念专刊》由广东广州编者出版。

伍梯云先生追悼大会办事处编《伍梯云先生追悼大会公启》由上海编者出版。

伍梯云追悼会筹备处编《伍梯云先生追悼会纪念册》由上海编者出版。

巴金著《巴金自传》由上海第一出版社出版。

按：1933 年，上海第一出版社计划出版自传丛书，邀请许钦文、庐隐、张资平、沈从文和巴金等人写自传，巴金说只能写些零碎的回忆，不能写自传，所以给出版社时稿子原题为《断片的回忆》，出版时被改为《巴金自传》。1936 年文化出版社出版时又改为《忆》。巴金在 1936 年 6 月 28 日写的《后记》中说："大前年(1933)第一出版社计划出自传丛书，要我写一本自传。我说我不能写自传，我只能写些零碎的回忆。来交涉的朋友说这也可以。我便写了一本《断片的回忆》送去。原稿在书店里搁了一年多，直到前年(1934)年底出版时它却变成《巴金自传》了。那时我在日本。又过了大半年我回到上海来，才看见所谓我的《自传》。我不满意它，因为除了错字多、售价贵以外，它还比我的原稿少一章，那是被审查会删去了的。最近我已通知那个出版社把这所谓我的《自传》停版了。但是我得声明一下：这本回忆录里面有三章(即《最初的回忆》《家庭的环境》和《做大哥的人》)是从《自传》中取出来的。"

张资平著《资平自传》由上海第一出版社出版。

沈从文著《从文自传》由上海第一出版社出版。

按：上海第一出版社出版了自传丛书，邀请许钦文、庐隐、张资平、沈从文、巴金等撰写了自传。沈从文在 1980 年 5 月 17 日写的《自传•附记》中说:"这个《自传》,写在 1932 年秋间,算来时间快有半个世纪了。当时我正在青岛大学教散文习作。……这个《自传》的产生却不同一些。一个朋友准备在上海办个新书店,开玩笑要我来为他'打头阵',约定在一个月内必须完成。这种迫促下出题交卷,对我并不习惯。但当时主观设想,觉得既然是自传,正不妨解除习惯上的一切束缚,试改换一种方法,干脆明朗,就个人记忆到的写下去,既可温习一下个人生命发展过程,也可以让读者明白我是在怎样环境下活过来的一个人。特别在生活陷于完全绝望中,还能充满勇气和信心始终坚持工作,他的动力来源何在。因此仅仅用了三个星期,写成后重看一次,就破例寄过上海交了卷。过不久印成单行本后,却得到些意外好评。部分读者可能但觉得'别具一格,离奇有趣'。只有少数相知亲友,才能体会到近于出入地狱的沉重和辛酸。可是由我说来,不过是还不过关的一本'顽童自传'而已。""时间过了半个世纪,我所经历的一切和我的创作都成了过时陈迹。现在《新文学史料》编辑部忽然建议重发我的《自传》,我是颇有些犹豫的。时代前进了,我这本《自传》还能给青年读者起些什么教育作用,实令人怀疑。但是这本《自传》确实也说明了一点事实。由此可以明白,一个材质平凡的乡下青年,在社会剧烈大动荡下,如何在一个小小天地中度过了 20 年噩梦般恐怖黑暗生活。由于五四运动余波的影响才有个转机,争取到自己处理自己命运的主动权,完成了向社会学习前一阶段的经历后,并开始进入一个更广大复杂的社会大学,为进行另一阶段的学习作了准备。如今说来,四五十岁生长在大城里的知识分子,已很少有明白我是干什么的人;即部分专业同行,也很难有机会读到我过去的作品。即或偶然见到些劫余残本,对于内中反映的旧社会部分现实,也只会当成'新天方夜谈',或'新聊斋志异'看待。只有少数中的少数,真正打量采用个历史唯物主义严肃认真态度,不带任何成见来研究现代文学史的工作者,对他们或许还有点滴用处。"①

　　张白云编《丁玲评传》由上海春光书店出版。

　　沈从文著《记丁玲》由上海良友图书印刷公司出版。

　　赵景深(原题陶明志)编《周作人论》由上海北新书局出版。

　　陈乃乾校录《共读楼所藏年谱目》出版。

　　刘复、商鸿逵著《赛金花本事》由北平星云堂书店出版。

① 萧关鸿.中国百年传记经典•第 1 卷[M].上海:东方出版中心,2002:488-490.

徐徵著《娄东太原王氏画系表》由江苏苏州国学会出版。

徐宗泽编《徐文定公逝世三百年纪念》由上海圣教杂志社出版。

纪念册筹备处编《张君绍渠纪念册》由编者出版。

浸会少年团编辑部编《王淑女士传》由上海中华浸会书局出版。

王森然著《近代二十家评传》由北平杏严书屋出版。

按：是书收录吴昌硕、严复、康有为、梁启超、陈独秀、郭沫若等人评传。

金梁编《近世人物志》由编者出版。

按：是书收录近代清末咸丰以后人物志 530 篇，其中有翁同龢、李慈铭、叶昌炽、袁世凯、宋教仁、杨度等。

优时隐士著《个人奋斗自述》由江苏南京著者出版。

许同莘著《无锡华氏谱略》由北平国立北平图书馆出版。

赵琪摄《赵氏先世遗像》出版。

朱雯选编《中国文人日记抄》由上海天马书店出版。

郑振铎著《欧行日记》由上海良友图书印刷公司出版。

赵景深编《青年日记》由上海北新书局出版。

按：是书乃征文选集。征文的题目是"暑假日记"，收 19 篇日记和记叙文。

［美］威尔逊著、张仕章译《科学伟人的故事》由上海青年协会书局出版。

按：全书共 28 章，按历史时代顺序，介绍从古代退利斯、毕达哥拉斯至现代爱因斯坦的近百名科学家的奋斗史。

冯白桦编著《世界的民族文学家》由上海现代书局出版。

按：是书收《大战前后的波兰文学家》《美基委兹与显克微支》《象牙塔里的英雄》《克利斯笃夫与裴多汶》《热情诗人海涅的生涯及其思想》《派德留斯基及其艺术论》《南宋爱国诗人》《希腊义勇军中的诗人拜伦及其伟大的最后》《新希腊的爱国诗人巴拉玛滋》《新兴捷克斯洛伐克的双翼》《法西斯蒂政治建立前后的意大利文学》《法西斯蒂文豪唐南遮及其代表作〈死的胜利〉》《意大利热血诗人唐南遮阜姆独立宣言的大狮子吼》等介绍各国作家的文章 13 篇。

［俄］屠格涅夫等著、郁达夫译《几个伟大的作家》由上海中华书局出版。

按：是书内容包括《托尔斯泰回忆录》《哈姆雷特和堂吉诃德》《易卜生论》《阿霍的艺术》4 篇文章，分别论述托尔斯泰、莎士比亚、塞万提斯、易卜生和阿霍及其作品。

［英］金斯莱著、陈天达译《希腊英雄传》由上海开明书店出版。

李鼎声、张飞霞编译《世界伟人列传》由上海文艺书局出版。

按：是书上编收政治家、革命家、思想家等17人的传记，其中包括赫里欧、甘地、麦克唐纳、罗斯福、墨索里尼、斯大林、托洛茨基、孙中山、马克思、巴枯宁、拉萨尔等。下编收文艺家、科学家、哲学家等17人。其中包括高尔基、罗曼·罗兰、萧伯纳、泰戈尔、莎士比亚、易卜生、屠格涅夫、伽里略、达尔文、牛顿、富兰克林等。

〔日〕泽田谦著、安中译《世界十杰传》由江苏南京拔提书店出版。

按：是书收录兴登堡、麦克唐纳、白里安、胡佛、凯末尔、马萨里克、甘地、赫斯特、秀华夫等10人传记。

贾英著《世界大政治家》由上海乐华图书公司出版。

按：是书收录孙中山、列宁、甘地、凯末尔、希特勒、墨索里尼、罗斯福、赫里欧8人小传。

周子亚编《现代外交家传记》由江苏南京正中书局出版。

按：是书收录《老虎总理克勒孟梭》《和平使者白里安》《斯特莱斯曼的一生》《在位二十年之英相葛雷》《朴恩赍的生平》《从老罗斯福说到现任总统罗斯福》等6篇文章。卷首有朱鹤翔序。其序曰："周君子亚研求国际政治及世界大势，夙有心得，近将其在《外交评论》陆续发表至各国外交家传记，编订成帙，属序于余。余不敏，深维立国于群雄角逐之场，武力之外，唯外交是赖。苟能运用外交手段，周旋于各国之间，未始不可求得出路。是编于各国外交家之生平事迹，及其与环境奋斗之结果，阐发无遗，足征杰出之外交家对于一国之贡献。"

卢文迪、陈增善编《中学生文学家》由上海开华书局出版。

按：是书介绍欧美、日本、印度等70位重要作家之生平及其主要作品。

陈博文著《西洋十九世纪之教育家》由上海商务印书馆出版。

郭本道著《黑格尔》由上海世界书局出版。

南庶熙著《康德》由上海世界书局出版。

严群著《柏拉图》由上海世界书局出版。

〔美〕代保尼斯著《圣方热罗传》（上下册）由河北献县天主堂出版。

梁实秋编著《约翰孙》由江苏南京国立编译馆出版。

〔英〕赫理斯著、黄嘉德译《萧伯纳传》由上海商务印书馆出版。

按：作者在《绪言》中说："在本传里，我想要显示萧的阴影，和他较为不自私，较为慷慨的一面。他是比现代的任何伟人更容易受愚蠢和庸俗的偏见所攻击的。关于这点，我可以代他承认，但除他应得的赞语外，我是不想给他一丝一毫的好处的。"

张克林著《孙中山与列宁》由南京拔提书店出版。

按:《序》说:"世界的两大革命家,孙中山与列宁,各就其革命的对象与环境,产生出相异的革命理论,革命方略,革命战术,革命行动,奠定了中华民国与苏联共和国的基础,且隐然支配了二十世纪的世界。吾人研究现世纪问题,对于这两位伟大人物不能不有明确的认识。这便是本书写作的动机与目的。"是书第三篇孙中山与列宁,包括第一章"孙文哲学与列宁哲学",第二章"孙文主义和列宁主义",第三章"中国国民党与布尔塞维克",第四章"革命的战略和战术"。

[法]莫罗斯著、吴旦冈译《屠格涅夫》由上海商务印书馆出版。

[苏]乌里雅诺夫、蒲列哈诺夫著,何畏、克己译《托尔斯泰论》由上海思潮出版社出版。

魏以新译《兴登堡自传》由上海商务印书馆出版。

按:是书《导言》说:"我作这本回想录的原因,不是由于有著书的倾向,却应归功于外界对我的许多请求和鼓舞。我不要著一本历史书,只要叙述我生平所经过的印象,申明我以为应该照着思想和行为的宗旨。我没有意思做一种辩论或攻击的文章,但是我尤其没有自夸的思想。因为我是个人,所以我有思想,有行为,也有错误。在我生活和行为中,我以为最重要的,不是世人对我的夸赞,却是自信、义务和良心。在我们祖国最严重的时期写下了这部回想录,可并不是由于失望的痛苦压迫而作。我的目光现在而且永远是坚定向上向前的。我以感谢的心情,把这本书奉献给同我在战场和国内,为国家的伟大与生存而奋斗的一切人们。"

陈清晨著《圣雄甘地——生平与思想》由上海神州国光社出版。

张资平著《赫克尔》由上海开明书店出版。

刘麟生著《哥伦布》由上海开明书店出版。

[日]泽田谦著、张慕霖译《墨索里尼》由江西南昌中国文化学会出版。

按:是书分幼年时代、少年时代、流浪瑞士时代、新闻记者时代、大战从军时代、成功时代介绍墨索里尼的生平事迹。

[德]路德维希著、杨立人译《墨索里尼谈话记》由上海光明书局出版。

赵燮编著《达尔文》由上海商务印书馆出版。

[美]爱莎多娜·邓肯著、于熙俭译《邓肯女士自传》由上海商务印书馆出版。

按:作者在《导言》中说:"我承认当初有人劝我写自传的时候,我怕写。

不是怕我一生的经历不比小说更有趣,不比影片更冒险,不是怕我真的写下来,不会成一本划时代的传记,而是怕一种麻烦——写的麻烦。……还有一层。我们怎能写出自己的真实呢?我们甚而知道自己的真实没有呢?有朋友对于我们的看法,有我们自己的看法,有爱人对于我们的看法,还有敌人对于我们的看法——所有那些看法,各各不同。……无论男女,如能把他自己真实的生活写出来的,必是一部伟大的作品。但是无人敢把自己真实的生活写出来。卢梭替人类做了一件绝大牺牲的事——敢于把他自己真实的心灵,他最私密的行动和思想,都一齐大胆地揭发出来。结果他的《忏悔录》是一部伟大的著作。怀特门把他的真实供献于美国。有一个时期他那部著作在邮件中作为禁品,认为是'不道德的书'。这个名词在现今看来似乎是笑话了。自古没有女子敢于把她一生整个的真实宣布出来。大半著名女子的自传,不过是记载一些外表的生活,琐碎的事务和经历,而不能代表她真实的生活。关于她们生活中最大的痛苦和快乐,却闭口不说出来。"

金仲华著《拿破仑》由上海开明书店出版。

李宗法编译《爱迪生》由上海商务印书馆出版。

闵仁译《诺贝尔传》由上海商务印书馆出版。

[美]海伦·凯勒著、应远涛译《海伦·凯勒自传》由上海青年协会书局出版。

王铭新译《德意志的红武士——厉秋芬男爵传》由中央航空学校教育处编译科出版。

黄方刚著《苏格拉底》由上海商务印书馆出版。

四、卒于是年的传记作者

李景星(1876—1934)。景星字紫垣,又字晓筼,山东费县人。少随兄宗瀚读书于本城圣庙,有文名。乡试不中,便转向"启蒙后生,为国建材"。曾改私塾为学校,发展费县教育。任高等小学堂堂长。后到肥城、峄县等地教书。1918年任山东陆军第五混成旅某团张永胜团长的家庭教师兼代秘书。该团调离费城以后,任小学校长。1933年任费县县志局局长。著有《四史评议》《费县乡土志》《峄县乡土志》《春秋浅说》《屺瞻草堂金石例》《屺瞻草堂文集》《屺瞻草堂诗集》等。

民国二十四年　乙亥　1935年

一、传记评论

胡适 12 月 26 日的日记,专门谈中国的传记文学(在北京大学史学会的讲演提纲)。

按:胡适说:中国的传记文学分两大类:(I)他人做的传记:1.小传。2.墓志(原为放在墓中,故篇幅须甚短)。3.碑记(在墓外,故篇幅可稍长)。4.史传(族语、方志、国史)。5.行状(哀启、家传属于此类。原为请求文人或史官作碑传之材料,故较上述四类为详细。伊川作《明道行状》《韩魏公行状》皆是好例)。6.年谱(分年编定材料。较行状为尤详。起于宋人为唐代韩、柳、杜诸家集作文谱、诗谱,后成为中国传记最发达的体裁)。7.言行录(不编年,而记言记行,始于《论语》《檀弓》,后代如颜习斋有年谱,又有言行录)。8.专传(与"小传""史传"不同,近于年谱。慧立之《慈恩法师[玄奘]传》是其例。张孝若之《南通张季直先生传记》是新式专传)。(II)自己做的传记:1.自序(自纪)的小传(如《太史公自序》,如王充《论衡》的《自纪》……以至梁启超、谭嗣同之《三十自纪》,是一类。又如陶渊明的《五柳先生传》,白居易的《醉吟先生传》等等自写一个理想的我,又是一类)。2.自传的诗歌(如《离骚》开端便是自传体。如庾信《哀江南赋》,如杜甫《北征》《自京赴奉先》,皆是)。3.游记(如玄奘之《西域记》,如邱长春之《西游记》,如徐霞客之游记)。4.日记(古代日记多不传。曾布《日录》仅存残卷。朱子称吕祖谦的日记甚详细,今不传。孙奇逢有《日谱》为较大部的日记。近人日记流传者有曾国藩、翁同龢、李慈铭等)。(日记不易传,因篇幅大太。)5.信札(如《曾文正公家书》)。6.自撰年谱(此为自传中最发达的体裁,为编年的大幅的自传。汪辉祖的《病榻梦痕录》为最好的自撰年谱。杨守敬有《邻苏老人年谱》,张謇有《啬翁年谱》)。我说中国传记文学不发达的原因有五:(1)没有崇拜伟大人物的风气。(在专制政治之下,更不易有受人崇拜的大人物。为崇拜古人而费毕生精力去作传记表彰的,还有蔡上翔的《王荆公年谱考略》,有王懋竑的《朱子年谱》。为同时或去世不久的大人物作传的 Boswell,简直没有。)(2)多忌讳(政治有忌讳,对同时人有忌讳,对本人又有忌讳。故不敢说老实话）。（3）文学上的障碍（骈文、古文、碑版义例等）。（4）材料的散乱缺失（无史官、无图书馆、无故家世族、无长久的太平。又文字信札不记年月日，材料不易整理）。（5）不看重传记文学，故无传记专家。（大传记，一生只能做得几部。蔡上翔费五十年为王荆公辩诬，王懋竑费四十年为朱子作年谱，到死时，《附录》尚未完成。此项事业必须有专家。Woodrow Wilson 死后其家约定 Stanley Baker 作传，威尔逊夫人用七段铁甲车运送威氏的公文书札等遗件给他参考！此等事岂是举业文人所能为吗？）我说二千五百年中，只有两部传记可算是第一流：（1）汪辉祖的《病榻梦痕录》及《梦痕余录》（初录自一七三〇—一七九六；余录自一七九六—一八〇六，补至一八〇七）；（2）王懋竑的《朱子年谱》，附《考异》及《附录》。其次则是：（3）蔡上翔的《王荆公年谱考略》；（4）慧立的《慈恩大法师传》，此外都不够格了。①

易如《谈传记文学》发表于《学校生活》第 98 期。

按：文章说：传记文学，一向来都是为人疏忽着的，一般的文学读者、作者，他们只注力注目于创作上。创作者是为了社会一般的需要，以及写传记文学不能如创作一样可以马虎，而往往不肯动笔。因为写一个人一生的事迹，自己就应该要有对那个人的深刻的了解。要了解，最先就得有一番研究，这种态度，在目前的文学界中，很少有人会那样做的。而传记文学之不如创作一般的为人器重，容易出名，受人欢迎，是明显的事实。由于写传记文学有那样的苦衷（其实，在目前不景气的社会中，要先费上许多时间去研究一个过往的伟大人物而再来写书，不要说时间是不允许，就是经济也很难允许的，若以中国目前一般文学者的经济而论），传记文学终于被忽略了。对于这种形势的造成，是不是传记文学本身的缺憾所致呢？不，不是的。木村毅说："传记是我们和世界上最善的社会，最高的人物相接触的贵重的秘钥。……传记则常以极其简单的手续，使我们和人类四千年的历史所有的最不凡的人为伍，给我们种种精神的响应，使我们的精神有色彩，使我们的心有力起来。"又说："展开对于善美的才干，建造高贵的人格，和境遇奋斗以期达到最后目的，这是实际生活上最紧要的事。（若我因为修身教科书上写着的事便蔑视他，那是一部分颓废思想的余弊。）而传记给我们的，便是这个的最后的例证。"

传记文学，是文学的一类，但是一般人都忽略了他的价值，是很可悲的事。一般人对文学抱有着蔑视的偏见，固然是为了古今大多数的文学作品

---

① 耿云志，李国彤.胡适传记作品全编·第四卷[M].上海：东方出版中心，1999：206-208.

的内容太使人失望的缘故。然而,这种见解还是不正确的,造成文学为闲情逸致的东西的缘因,是为了中国文人并没有伟大的人生观的缘故。看到市上流行着的一般文艺作品,出来作人消遣者之外,多数其内容,还是给于读书的人一种颓废的渲染,于是一般不彻底的自觉人,是生出了对文学那样的不正确的见解,文学的本身价值,也被降低了。所以,文学的价值增高,传记文学的提倡是需要的。我们应该使文学的内容充实起来,使颓废的个人的悲哀成了消灭,我们应该重视传记文学,把文学的消极风尚消殒下去。

陈训慈《民族名人传记与历史教学》发表于《教与学》第 1 卷第 4 期。

按:文章主要讲了 7 个问题,即今日中国历史教学应有之中心目标、民族名人传记在历史教学上之重要、历史教学中民族名人传记的应用、应用传记教材中历史教学方法的商榷、历史科应用民族名人传记教材的功用、近代民族性传记文学的代表作——全谢山的传记文、余论——民族名人传记的创造。作者说:“现今中国的历史教学,需要改进的地方很多;而教材问题的严重性,实在不亚于教学方法的问题。一般中学历史教材,教本以外的补充者,大抵零星繁琐,不切实际,而没有一贯的理想,以致历史教学没有切实的效用。我们以为历史教学之中心目标,在乎唤醒民族自觉,所以历史教材,应以能了解民族演进,发扬民族光荣,激发民族精神,以促进民族复兴为准则。而欲达此目的,有关民族兴衰的名人事迹,实是最具体有用的教材。本文所要讨论的,就是此种教材的效用与历史教学中如何应用此类传记教材,并且附带举述此类传记文学的代表作,以说明为供给今日历史教学迫切的需要,这样具有民族性的名人新传记,正有待于国人的创作与改造。”

作者在《历史教学中民族名人传记的应用》中说:“我们要应用这些史料以达到发扬学者的民族意识,唤起其民族自觉心之效果,从教材的内涵上,可从各方面体验阐述。如历代于民族文化有重大贡献者,有功于捍御外寇者,或民族中兴者,乃至民族遭难时昭其忠烈者,都是值得教者特别举示的。兹分别略言之:(一)举示中国历代伟大人物的重要贡献,以证明中国民族的优越;(二)举示振兴民族之中心人物以兴敬爱之念,与继起的努力;(三)举示民族遭难中之忠烈事迹,以激发舍身报国的志气;(四)表彰本乡之先烈名贤,以引起深切之观感。”

作者在《历史科应用民族名人传记教材的功用》中说:“这种教学法的功用,简单的说就是‘发扬民族意识,唤起民族的自觉’。我们已说这是恰合今日历史教学之重要目标。现在更分析的说,则运用这样的一种历史教学法,辅以其他适当的教法,对于学生是足以培植其民族自信力,灌输其真知,鼓铸其热情,而且激励其继承发扬的努力,以促成其克尽对民族应负的使命。"

邓慕韩《孙中山先生传记综述》发表于《文明之路》第 19 期。

按:作者说:"余作《孙中山先生传记》全书约七万言,不能尽录,兹将传末之综述录之。"

邓慕韩《孙中山先生传记序》发表于《文明之路》第 20 期。

按:序曰:余少孙中山先生十有六岁,乙未,先生举义于广州时,余年仅十四,只闻人言"孙文作反",越数载,渐识种族大义,且知领导者为先生。又数年,读《三十三年落花梦》《孙逸仙》诸书,恍然先生号召豪杰,与朱一桂、林文爽、王三槐、李文成、洪秀全若,益得外人之助。岁乙巳,余初见先生于横滨,谈论中国与世界之大势及将来,其识非常人所能及,后追随于交趾支那、马来半岛有年,不特感服先生之才,益知其道德学问之过人者远。夫总统,为一国之元首,先生一让再让,待人接物,一出于诚,故人多为之效死而不悔。而其洁己奉公,死无私财,决志革命,百折不回,用能恢复二百余年之江山,推翻数千年之专制,提倡民族、民权、民生三主义以救国,发挥知难行易学说,而改造心理,语云太上有立德,其次立功,其次立言,古今来备此者,有几人欤? 若先生则兼而有之,呜呼伟矣! 世之讥为理想者,盖不知先生也,作《孙中山先生传记》。

编者《安徽先贤传记教科书编纂经过》发表于《学风》第 5 卷第 3 期。

按:文曰:"民国二十三年夏,国民政府军事委员会蒋委员长通令各省,着将有益于国家民族与人伦政治经济之历代乡贤事略,照中学教科书体裁,以彰先哲芳烈,而为青年矜式。其令文云:'查我国为文化最古之国,数千年立德立功立言之人,焜耀史乘,更仆难数。惟嘉言懿行,或因散见传志,稽考不易,或因年代湮远,漫灭堪虞。兹为表彰先哲芳烈,激发国民观感起见,着由各省将有益于国家民族与人伦、政治、经济之历代乡贤事略,照中学教科书体裁,择要编辑,呈送核阅。但每省最多以三十人为限,其近代如清末民初之有功于党国者,亦应选择二三人,一并编入。庶几先贤言行,不至致湮没无闻,青年学子,亦获有所矜式。除分令外,合行令仰该主席,即便转饬遵办,此令。'安徽方面,奉到此项命令,即由省府指由通志馆与本馆陈馆长会同编辑。当因事关民族文化,未便擅定,遂先会同通志馆草拟备选名单一份,列举安徽历代先贤六十六人,函请国内政治领袖、学术先进,共同圈选,并请酌予增列,以定去取。"

张肇科《陆游的文学批评述要》发表于《学风》第 5 卷第 5 期。

阿英《传记文学论》发表于《文艺画报》第 3 期。

　　按：文曰：曾经有一个时期，很有几个人在热烈的谈论着"传记文学"，如
胡适、徐志摩之流，并且自己写作传记。不幸，徐诗人已死在那"风不知向那
一方面吹"的空中，而胡博士的自传，也仅仅地印出了一部分。近来，似乎不
大有人提起这个问题了，虽然自传一类的书还在陆续的出。但过去所谈的，
大都是真人实事的传记，小说似的近乎虚构的故事，却不曾涉及。现在想谈
谈的，是属于这一类。

　　又被称作"小说"的这样的作品，在中国古文学里，是很占着位置的，如
《聂隐娘》《郭橐驼》等等。当然，并不是全没有根据，而驰骋着作者自己想象
的部分，究竟是很多的。除掉那些谈狐说鬼，如《聊斋志异》等，没有多大的
意义不说，一部分假借"传奇"之名，攻击当时官吏窳败，社会不良之作，确算
是"传记文学"里别创的一种新格，也是社会史里的好资料。飞仙剑侠而外，
作为这一种"传记文学"的主人公的，虎是往往的作为了中心，以象征着
苛政。

　　为什么要写作这一类的传记呢？自然是有所寄托，而又不能直截的正
面的写，遂采取了如此的表现法。用仙侠作主人公的，那却是在愤慨而外，
兼希望这理想的复仇之神的来临。这些作品中，多的是朴质的想象，也有极
空灵，而且非常罗曼谛克的风趣的，陈衍写瞽琵琶女警告贪污的一段，就是
很好的例，见《瞽琵琶传》：

　　忽夜半，所居四壁皆琵琶声，或前或后，或闻或不闻。严扃昼锁，峻宇际
天，寝室深沉，飞鸟不入。举家惊悸，不知所从来也。日出，忽大声砰然起空
中，一琵琶落枕上，分裂为二。内得书一札，字迹端劲，纸墨新妍。大略言：
"今天下驿骚，风涌泉逝。东方之区，涤地无类。周、秦之郊，命悬丝发。彼
贱者蒙祸，公等谬谈圣贤，无耻作奸，贪得靡极。妾虽女子，能断公首。"朝贵
得书，屏息战越，匍匐谢罪。

　　这样的假借法，在历史小说家，可说是自古已然。今人作者中，从郭沫
若的《叛逆的女性》，郁达夫的《故事》，到郭源新的神话和历史小说，也都走
的是这一条路。真实的传记，有着历史的价值；像《瞽琵琶传》这样的作品，
同样的是有着文学的和社会史的意义。譬如所抄引的这一节，就能以使读
者看到，作者是用着怎样丰富的想象，把中心人物写得神秘、空灵，抓住读者
对她倾慕的心，多少是会使你感到，有如在读浪漫派的小说。如此的"传记
文学"，我觉得是比那些歌功颂德，自捧自唱的"传记文学"，价值要高得多
的。爱研究"传记文学"的人，何妨在这一方面，来下一点研究的工夫呢？

　　苏雪林《俞平伯和他几个朋友的散文》发表于《青年界》第 7 卷第 1 期。

洪为法《秦少游的慕道与多情》发表于《青年界》第 7 卷第 4 期。

杨荫深《柳先生的教育》发表于《青年界》第 7 卷第 5 期。

孔赐安《名人传记与〈饮冰室全集〉》发表于《青年界》第 8 卷第 1 期。

按：文曰：我在青年时代所爱读的书是名人传记和《饮冰室文集》。那是在前清光绪、宣统年间。那时候和现在大大不同。上学堂算是随了"洋鬼子"，办学堂的人们算是"闹新政"。科举还没有完全废止，进私塾的学生，先从《三字经》入手。也有人先读《百家姓》的，可是我没有读过，看倒看过几遍。《三字经》读完之后，便是四书五经，按部就班，依次读去。这些，差不多都是咿呀咿呀的高声唱读，知其然而不知其所以然的小孩子玩意，实际上没有什么意义的。等到后来年龄稍长，才肯"开讲"。这时候才能晓得书里的字句是什么意思。……《饮冰室文集》是梁启超著的。那时候他在日本办《新民丛报》，鼓吹新政。到他三十岁的时候，他把他历年来所发表的文章，凑在一起，就叫做《饮冰室文集》。那部文集不用古文开头，也不是白话文，是一种通俗文字，浅而易懂。我对于那个时代的新知识，完全是从那部文集里得来的。我开始读名人传记是在我进了高等小学以后。如《哥伦布》《华盛顿》及《威尔逊》等《少年史地丛书》，不碰到手边便罢，一经看到，没有不是一气看完的。我有坚决不拔的志向就是在那时候立的基础。这里我要表白一句，我的志向是在读书。我能够读书，由高小而中学而专门，甚而到美国大学里去，都是在那时候看名人传记所得的一点勇气。因为照我家庭的环境和经济力量，不消说外国是不能够去，就连专门学校都是勉强得很。假如青年读者希望从我这里讨一点劝告的话，我便劝他们选几本名人传记看看，一方面他们可以找出他们所理想的人物典型，一方面可以引导他们到他们所希望的目标。

费鉴照《济慈美的观念》发表于《文艺月刊》第 7 卷第 5 期（雨果纪念特辑）。

郎鲁逊《雨果的研究》发表于《文艺月刊》第 7 卷第 5 期（雨果纪念特辑）。

方于女士《评雨果名著〈可怜的人〉》发表于《文艺月刊》第 7 卷第 5 期（雨果纪念特辑）。

徐心芹《雨果的〈社会学观之评价〉》发表于《文艺月刊》第 7 卷第 5 期（雨果纪念特辑）。

徐仲年《雨果论》发表于《文艺月刊》第 7 卷第 5 期（雨果纪念特辑）。

纪承之译《高尔斯华绥论》发表于《文艺月刊》第 7 卷第 6 期（纪念诗人

方玮德特辑）。

李健吾《福楼拜的内容形体一致观》发表于《文学季刊》第 2 卷第 1 期。

［苏］皮思拉杜甫作、易华译《高尔基早年作品风格之研究》发表于《文学季刊》第 2 卷第 2 期。

［英］塞门斯作、曹葆华译《两位法国象征诗人》发表于《文学季刊》第 2 卷第 2 期。

胡丰《张天翼论》发表于《文学季刊》第 2 卷第 3 期。

赵家璧《海敏威研究》发表于《文学季刊》第 2 卷第 3 期。

李健吾《福楼拜的〈短篇小说集〉》发表于《文学季刊》第 2 卷第 3 期。

鲁钝《谈田汉的一幕悲剧》发表于《文艺》第 1 卷第 3 期。

邵冠华《读朱湘的〈海外寄霓君〉联想到他的死》发表于《文艺》第 1 卷第 4 期。

［日］川口笃作、马鸣尘译《纪德论》发表于《文艺》第 1 卷第 4 期。

邵冠华《徐志摩论》发表于《文艺》第 1 卷第 5、6 期合刊。

苏雪林《论邵洵美的诗》发表于《文艺》第 2 卷第 2 期。

胡风《林语堂论》发表于《文学》第 4 卷第 1 期。

周木斋《周作人的〈夜读抄〉》发表于《文学》第 4 卷第 2 期。

胡风《蔼理斯的时代及其他》发表于《文学》第 4 卷第 3 期。

周扬译《巴别尔论》发表于《文学》第 4 卷第 3 期。

周扬《果戈里的〈死灵魂〉》发表于《文学》第 4 卷第 4 期。

仲持《高尔基轶著的搜集》发表于《文学》第 4 卷第 6 期。

马宗融《巴比塞对雨果的评语》发表于《文学》第 4 卷第 6 期。

孟十还《果戈里论》发表于《文学》第 5 卷第 1 期。

仲持《马克·吐温百年纪念》发表于《文学》第 5 卷第 1 期。

赵家璧《安特生研究》发表于《文学》第 5 卷第 2 期。

仲持《安徒生童话的今昔》发表于《文学》第 5 卷第 2 期。

宗融《缪塞的〈五月之夜〉的百年纪念》发表于《文学》第 5 卷第 2 期。

编者《纪德的左拉论》发表于《文学》第 5 卷第 5 期。

李唯建《忆庐隐》发表于《文学》第 5 卷第 6 期。

［法］纪德作、陈占元译《歌德论》发表于《译文》第 1 卷第 6 期。

［苏］爱伦堡作、黎烈文译《论莫洛亚及其他》发表于《译文》第 2 卷第 1 期。

［德］梅凌格作、胡风译《狄更斯论》发表于《译文》第 2 卷第 3 期。

［俄］杜思退益夫斯基作、丽尼译《普式庚论》发表于《译文》终刊号。

罗智强《略述司马相如和司马迁之文学》发表于《民钟季刊》第 1 卷第 4 期。

何格恩《宋史陈亮传考证及陈亮年谱》发表于《民族》第 3 卷第 11 期。

唐文治《唐荆川先生年谱序》发表于《学术世界》第 1 卷第 9 期。

周佛海《胡安定年谱序》发表于《江苏教育》第 4 卷第 1—2 期。

胡嘉言《蒋天枢著〈全谢山年谱〉》（书评）发表于《出版周刊》第 111 期。

王集丛《梁实秋论》发表于《现代》第 6 卷第 2 期。

王特夫《王星拱论》发表于《现代》第 6 卷第 3 期。

邢桐华译《高尔基论文化》发表于《质文》第 4 号。

萧远健《张献忠屠川考略》发表于《师大月刊》第 5 卷第 18 期。

许钦文《郁达夫丰子恺合论》发表于《人间世》第 28 期。

李青崖《关于李星沅死事之讨论》发表于《人间世》第 30 期。

简又文《关于李星沅死事之讨论》发表于《人间世》第 31 期。

严秋尘《崔东壁的治学方法及其思想》发表于《人间世》第 31 期。

袁振英《辜鸿铭先生的思想》发表于《人间世》第 34 期。

林语堂《〈浮生六记〉英译自序》发表于《人间世》第 40 期。

按：《浮生六记》是清代沈复作的自传体散文，林语堂将其译成英文。其序曰："这本书的原名是《浮生六记》，其中只存四记（典出李白'浮生若梦，为欢几何'之句）。其裁特别，以一自传的故事，兼谈生活艺术，闲情逸趣，山水景色，文评艺评等。现存的四记本系杨引传在冷摊上所发现，于一八七七年首先出版。依书中自述，作者生于一七六三年，而第四记之写作必在一八〇八年之后。杨的妹婿王韬（弢园），颇具文名，曾于幼时看见这书，所以这书在一八一〇至一八三〇年间当流行于姑苏。由管贻萼的诗及现存回目，我们知道第五章是记他在台湾的经历，而第六章是记作者对养生之道的感想。我在猜想，在苏州家藏或旧书铺一定还有一本全本，倘若有这福分，或可给我们发现。廿四年五月四日龙溪林语堂序于上海。"

陈炼青《谈知堂先生的思想和文章》发表于《人间世》第 40 期。

佚名《托尔斯泰与现实主义》发表于《东流》第 2 卷第 1 期。

罗念远《罗曼·罗兰的托尔斯泰观》发表于《东流》第 2 卷第 1 期。

蔡元培《追悼曾孟朴先生》发表于《宇宙风》第 2 期（纪念曾孟朴先生诗刊）。

胡适《追忆曾孟朴先生》发表于《宇宙风》第 2 期（纪念曾孟朴先生诗刊）。

按：胡适说："我最感谢的一件事是我们的短短交谊居然引起了他写给我的那封六千字的自叙传的长信（《胡适文存三集》，页一一二五—一一三八）。在那信里，他叙述他自己从光绪乙未（一八九五）开始学法文，到戊戌（一八九八）认识了陈季同将军，方才知道西洋文学的源流派别和重要作家的杰作。后来他开办了小说林和宏文馆书店，——我那时候每次走过棋盘街，总感觉这个书店的双名有点奇怪，——他告诉我们，他的原意是要'先就小说上做成个有系统的译述，逐渐推广范围，所以店名定了两个'。他又告诉我们，他曾劝林琴南先生用白话翻译外国的'重要名作'，但林先生听不懂他的劝告，他说：'我在畏卢先生（林纾）身上不能满足我的希望后，从此便不愿和人再谈文学了。'他对于我们的文学革命论十分同情，正是因为我们的主张是比较能够'满足他的希望'。"

陈陶遗《吾心坎中之孟朴》发表于《宇宙风》第 2 期（纪念曾孟朴先生诗刊）。

张一麐《追悼曾孟朴君》发表于《宇宙风》第 2 期（纪念曾孟朴先生诗刊）。

柳亚子《致徐蔚南书》发表于《宇宙风》第 2 期（纪念曾孟朴先生诗刊）。

黄炎培《纪念曾朴》发表于《宇宙风》第 2 期（纪念曾孟朴先生诗刊）。

朱绍文《我之曾君孟朴观》发表于《宇宙风》第 2 期（纪念曾孟朴先生诗刊）。

吴梅《哭孟朴先生》发表于《宇宙风》第 2 期（纪念曾孟朴先生诗刊）。

穆湘玥《孟朴先生纪念册题词》发表于《宇宙风》第 2 期（纪念曾孟朴先生诗刊）。

高去寻《读前汉书西域传札记》发表于《禹贡》第 3 卷第 5 期。

张公量《张仪入秦说秦辨伪》发表于《禹贡》第 4 卷第 2 期。

张公量《张仪入秦续辨》发表于《禹贡》第 4 卷第 6 期。

夏定域《清史稿四地理家传校记》发表于《禹贡》第 4 卷第 7 期。

夏丏尊《阮玲玉的死》发表于《太白》第 2 卷第 2 期。

碧遥《阮玲玉与她的时代》发表于《太白》第 2 卷第 2 期。

周颖《谈阮玲玉底短见》发表于《太白》第 2 卷第 2 期。

欧查《阮玲玉的死》发表于《太白》第 2 卷第 2 期。

白薇《阮玲玉自杀的社会意识》发表于《太白》第 2 卷第 2 期。

成一《读〈从文自传〉》发表于《中学生文艺季刊》第 1 卷第 3 期。

傅雷《雨果的少年时代》发表于《中法大学月刊》第 8 卷第 2 期。

卞敬业《杜少陵朋辈考》发表于《国专月刊》第 1 卷第 1 期。

卞敬业《杜少陵朋辈考》发表于《国专月刊》第 1 卷第 3 期。

唐文治《李二曲先生学派论》发表于《国专月刊》第 2 卷第 1 期。

唐文治《陆稼书先生学派论》发表于《国专月刊》第 2 卷第 4 期。

顾敦鍒《李笠翁朋辈考传》发表于《之江学报》第 1 卷第 4 期。

［日］山本达郎著、王古鲁译《郑和西征考》发表于《国立武汉大学文哲季刊》第 4 卷第 2 号。

容庚《秦始皇刻石考》发表于《燕京学报》第 17 期。

容肇祖《记正德本〈朱子实纪〉并说朱子年谱的本子》发表于《燕京学报》第 18 期。

陈寅恪《李太白氏族之疑问》发表于《清华学报》第 10 卷第 1 期。

韩秋萍《无名作家与中国文坛》发表于《晨光周刊》第 4 卷第 21 期。

夏敬观《〈善化皮鹿门先生年谱〉序》发表于《青鹤》第 3 卷第 20 期。

马良《〈童鲍斯高圣传〉序》发表于《圣教杂志》第 24 卷第 9 期。

二、单篇传记

费鉴照《济慈的一生》发表于《文艺月刊》第 7 卷第 4 期。

李青崖《雨果先生年谱稿略》发表于《文艺月刊》第 7 卷第 5 期（雨果纪念特辑）。

李丹《关于雨果》发表于《文艺月刊》第 7 卷第 5 期（雨果纪念特辑）。

林徽因《吊玮德》发表于《文艺月刊》第 7 卷第 6 期（纪念诗人方玮德特辑）。

黎宪初《哭玮德》发表于《文艺月刊》第 7 卷第 6 期（纪念诗人方玮德特辑）。

徐霞村《皮蓝德娄》发表于《文学季刊》第 2 卷第 1 期。

［法］亨利·布拉伊作、马宗融译《乔治·桑、巴尔扎克与左拉》发表于《文学季刊》第 2 卷第 1 期。

［俄］格里哥罗维基作、俞念远译《托斯退益夫斯基的回忆》发表于《文学季刊》第 2 卷第 3 期。

［英］塞门斯作、曹葆华译《法国文学上的两个怪杰》发表于《文学季刊》第 2 卷第 3 期。

宋浩然《我的戏剧生活小史》发表于《文艺》第 1 卷第 1 期（特辑：我与戏剧）。

杨瑄女士《处女作后底感想》发表于《文艺》第 1 卷第 1 期（特辑：我与戏剧）。

张惠良《我的戏生活》发表于《文艺》第 1 卷第 1 期（特辑：我与戏剧）。

陈碧英女士《布幕后和水银灯下的尝试》发表于《文艺》第 1 卷第 1 期（特辑：我与戏剧）。

张泽枋《自我演剧以来》发表于《文艺》第 1 卷第 1 期(特辑:我与戏剧)。

胡绍轩《〈斗争〉的写出与上演》发表于《文艺》第 1 卷第 1 期(特辑:我与戏剧)。

曾今可《坪内逍遥博士作古》发表于《文艺》第 1 卷第 2 期。

马鸣尘译《陀斯妥也夫斯基的生涯》发表于《文艺》第 1 卷第 3 期。

陈嗣音《关于巴克夫人》发表于《文艺》第 1 卷第 4 期。

胡怀琛《算是自传》发表于《文艺》第 2 卷第 1 期(作者自述特辑)。

李金发《中年自述》发表于《文艺》第 2 卷第 1 期(作者自述特辑)。

丁韬《幼年印象记》发表于《文艺》第 2 卷第 1 期(作者自述特辑)。

顾仲彝《我的写作经验》发表于《文艺》第 2 卷第 1 期(作者自述特辑)。

甘运衡《诗神捉住了我的灵魂》发表于《文艺》第 2 卷第 1 期(作者自述特辑)。

周楞伽《我致力于文学的经过》发表于《文艺》第 2 卷第 1 期(作者自述特辑)。

陶里《我与儿童文学》发表于《文艺》第 2 卷第 1 期(作者自述特辑)。

林适存《我与文学》发表于《文艺》第 2 卷第 1 期(作者自述特辑)。

邵冠华《我与诗歌》发表于《文艺》第 2 卷第 1 期(作者自述特辑)。

严振开《我与小说》发表于《文艺》第 2 卷第 1 期(作者自述特辑)。

王一心《自传》发表于《文艺》第 2 卷第 1 期(作者自述特辑)。

王任叔《自传》发表于《文艺》第 2 卷第 1 期(作者自述特辑)。

段可情《自传》发表于《文艺》第 2 卷第 1 期(作者自述特辑)。

郑道明《自述》发表于《文艺》第 2 卷第 1 期(作者自述特辑)。

郁达夫《南游日记》发表于《文学》第 4 卷第 1 期。

李健吾《罗马游简》发表于《文学》第 4 卷第 1 期。

[德]希尔特作、小默译《德国诗人席勒》发表于《文学》第 4 卷第 1 期(一九三五年世界文人生卒纪念特辑)。

傅东华《英国诗人济慈》发表于《文学》第 4 卷第 1 期(一九三五年世界文人生卒纪念特辑)。

马宗融《法国小说家雨果》发表于《文学》第 4 卷第 1 期(一九三五年世界文人生卒纪念特辑)。

[法]雨果著、马宗融译《巴尔扎克的死》发表于《文学》第 4 卷第 1 期(一九三五年世界文人生卒纪念特辑)。

狄福《丹麦童话家安徒生》发表于《文学》第 4 卷第 1 期(一九三五年世

界文人生卒纪念特辑）。

味茗《匈牙利小说家育珂摩耳》发表于《文学》第 4 卷第 1 期（一九三五年世界文人生卒纪念特辑）。

胡仲持《美国小说家马克·吐温》发表于《文学》第 4 卷第 1 期（一九三五年世界文人生卒纪念特辑）。

编者《最详尽的〈杜思退益夫斯基传〉》发表于《文学》第 4 卷第 1 期。

编者《萧伯纳等评韦尔斯的自传》发表于《文学》第 4 卷第 1 期。

编者《马克·吐温编剧本》发表于《文学》第 4 卷第 1 期。

编者《加莱尔的老年》发表于《文学》第 4 卷第 1 期。

编者《席勒像》（文学画报）发表于《文学》第 4 卷第 1 期。

编者《济慈在英伦故居的书斋》（文学画报）发表于《文学》第 4 卷第 1 期。

编者《席勒博物馆》（文学画报）发表于《文学》第 4 卷第 1 期。

编者《育珂摩耳像》（文学画报）发表于《文学》第 4 卷第 1 期。

编者《安徒生像》（文学画报）发表于《文学》第 4 卷第 1 期。

编者《雨果像》（文学画报）发表于《文学》第 4 卷第 1 期。

编者《马克·吐温像》（文学画报）发表于《文学》第 4 卷第 1 期。

［苏］倍列维尔则夫作、张感明译《果戈里和戏剧》发表于《文学》第 4 卷第 2 期。

编者《安德生的新著》发表于《文学》第 4 卷第 2 期。

编者《华伦丹夫人的〈海涅传〉》发表于《文学》第 4 卷第 2 期。

编者《果戈里与普式庚》发表于《文学》第 4 卷第 3 期。

编者《英译的皮兰德娄著作目录》发表于《文学》第 4 卷第 3 期。

编者《小泉八云的著作有多少》发表于《文学》第 4 卷第 3 期。

宗融《法国著名文学史家郎松逝世》发表于《文学》第 4 卷第 4 期。

河清《日本文坛耆宿坪内逍遥逝世》发表于《文学》第 4 卷第 4 期。

傅东华《美国诗人罗萍生逝世》发表于《文学》第 4 卷第 5 期。

马宗融《现代法国人心目中的雨果》发表于《文学》第 4 卷第 5 期。

马宗融《更伟大的梅特休克》发表于《文学》第 4 卷第 5 期。

编者《巴尔扎克的最后》发表于《文学》第 4 卷第 5 期。

仲持《皮普士未刊稿的发现》发表于《文学》第 4 卷第 6 期。

编者《曹禺的〈雷雨〉在东京上演》发表于《文学》第 4 卷第 6 期。

编者《福禄倍尔和莫泊桑》发表于《文学》第 4 卷第 6 期。

盆子《巴尔扎克的研究家》发表于《文学》第 4 卷第 6 期。

李健吾《福楼拜的书简》发表于《文学》第 5 卷第 1 期。

丽尼《劳伦斯的书简》发表于《文学》第 5 卷第 1 期。

沈起予《托尔斯泰的日记——青年时代》发表于《文学》第 5 卷第 1 期。

天虹《倍纳式的日记》发表于《文学》第 5 卷第 1 期。

宗融《巴尔干的高尔基死了》发表于《文学》第 5 卷第 1 期。

编者《今年的莎士比亚祭》发表于《文学》第 5 卷第 1 期。

编者《济慈与雪莱的墓所》发表于《文学》第 5 卷第 1 期。

编者《日本的巴尔扎克研究年》发表于《文学》第 5 卷第 1 期。

编者《巴金主编文化生活丛书》发表于《文学》第 5 卷第 1 期。

编者《纪德不肯为日译〈纪德全集〉做序》发表于《文学》第 5 卷第 1 期。

编者《托麦斯·曼被开除国籍》发表于《文学》第 5 卷第 1 期。

编者《倍纳式的口吃》发表于《文学》第 5 卷第 1 期。

编者《辛克莱赞美杰克伦敦》发表于《文学》第 5 卷第 1 期。

编者《托尔斯泰的青年与晚年》发表于《文学》第 5 卷第 1 期。

编者《日本通俗作家牧逸马逝世》发表于《文学》第 5 卷第 2 期。

郭沫若《隋代大音乐家——万宝常》发表于《文学》第 5 卷第 3 期。

仲持《爱尔兰文学家夏芝七十寿辰》发表于《文学》第 5 卷第 3 期。

仲持《西班牙大戏剧家惠格逝世纪念》发表于《文学》第 5 卷第 3 期。

沈起予《纪德的一生》发表于《文学》第 5 卷第 4 期。

编者《马克·吐温诞生百年纪念近讯》发表于《文学》第 5 卷第 4 期。

编者《牛津大学建立高尔斯华绥纪念碑》发表于《文学》第 5 卷第 4 期。

编者《关于劳伦的新著》发表于《文学》第 5 卷第 4 期。

仲持《挪威剧作家格利新著反战剧本》发表于《文学》第 5 卷第 5 期。

仲持《托尔斯泰博物馆》发表于《文学》第 5 卷第 5 期。

仲持《关于丹麦小说家安特生·纳克索》发表于《文学》第 5 卷第 5 期。

赵景深《关于译文里的柴霍甫》发表于《文学》第 5 卷第 5 期。

编者《罗曼·罗兰原稿赠与图书馆》发表于《文学》第 5 卷第 5 期。

编者《英诗人华兹华斯绝嗣》发表于《文学》第 5 卷第 5 期。

编者《巴比塞的最后感想》发表于《文学》第 5 卷第 5 期。

济之《托尔斯泰的离家与死》发表于《文学》第 5 卷第 6 期（托尔斯泰逝世二十五周年纪念）。

宜闲《戈尔登惠曳的回忆》发表于《文学》第 5 卷第 6 期（托尔斯泰逝世

二十五周年纪念)。

澄清《巴比塞逝世后》发表于《文学》第 5 卷第 6 期。

仲持《罗曼·罗兰的两封信》发表于《文学》第 5 卷第 6 期。

编者《刘易士的新著》发表于《文学》第 5 卷第 6 期。

编者《华尔华斯陈列馆开幕》发表于《文学》第 5 卷第 6 期。

编者《日本文艺批评家千叶龟雄逝世》发表于《文学》第 5 卷第 6 期。

编者《法国返尔南兑斯的新著》发表于《文学》第 5 卷第 6 期。

吕去疾作《托尔斯泰雕像》(文艺画报)发表于《文艺》第 2 卷第 1 期。

编者《本刊作者照像 6 幅》(胡怀琛、顾仲彝、丁韬、李金发、王一心、王任叔)(文艺画报)发表于《文艺》第 2 卷第 1 期。

石白《苦闷的自白》发表于《中学生文艺季刊》第 1 卷第 3 期。

俞异君《我为什么下乡及下乡以后》发表于《中学生文艺季刊》第 1 卷第 3 期。

默穆《在小学两年》发表于《中学生文艺季刊》第 1 卷第 3 期。

谢农山《日记摘录》发表于《中学生文艺季刊》第 1 卷第 3 期。

天鹰《我与文艺》发表于《中学生文艺季刊》第 1 卷第 3 期。

杨德庵《乡村小学教师》(生活录)发表于《中学生文艺季刊》第 1 卷第 3 期。

庄一拂《檇李闺阁词人征略》发表于《词学季刊》第 2 卷第 3 号。

夏承焘《冯正中年谱》发表于《词学季刊》第 2 卷第 3 号。

夏承焘《南唐二主年谱》发表于《词学季刊》第 2 卷第 4 号。

乐安《历代戏曲作家传略》发表于《剧学月刊》第 4 卷第 7 期。

按:是文主要介绍了"宋——黄可道,孟角球;金——董解元;元——关汉卿,王德信,马致远,白朴,高文秀,郑廷玉,尚仲贤,武汉臣"戏曲作家的传记。

邵茗生《历代戏曲作家传略》发表于《剧学月刊》第 4 卷第 9 期。

金谷《鲁吉·皮兰得娄》发表于《文饭小品》创刊号。

黄泽浦译《柴霍甫回忆记》发表于《文饭小品》创刊号。

赵家璧《蔼理斯的忏悔》发表于《文饭小品》第 2 期。

刘白羽《北行散记》发表于《文饭小品》第 3 期。

南星《谈劳伦斯的诗》发表于《文饭小品》第 5 期。

[美]辛克莱作、吉人译《马克·吐温的悲剧》发表于《译文》第 2 卷第 1 期。

［苏］高尔基作、胡风译《契诃夫：回忆底断片》发表于《译文》第 2 卷第 1 期。

［苏］昂德列益维奇作、沈起予译《杜斯退益夫斯基的特质》发表于《译文》第 2 卷第 2 期。

［日］中条百合子作、胡风译《屠格涅夫底生活之路》发表于《译文》第 2 卷第 2 期。

［匈牙利］卢卡且作、孟十还译《左拉和写实主义》发表于《译文》第 2 卷第 2 期。

［意］渥哲狄作、黎烈文译《左拉》发表于《译文》第 2 卷第 2 期。

［德］海涅作、傅东华译《吉诃德先生》发表于《译文》第 2 卷第 3 期。

［苏］司基塔列慈作、耿济之译《契诃夫纪念》发表于《译文》第 2 卷第 5 期。

［苏］涅克拉索夫作、孙用译《普式庚略传》发表于《译文》终刊号。

［苏］列尔孟托夫作、孙用译《普式庚之死》发表于《译文》终刊号。

［日］冈泽秀虎作、陈望道译《果戈里和杜思退益夫斯基》发表于《译文》终刊号。

［苏］万雷萨夫编、耿济之译《果戈里的悲剧》发表于《译文》终刊号。

［苏］爱伦堡作、黎烈文译《纪德之路》发表于《译文》终刊号。

猛克《子恺先生的画》发表于《杂文》第 1 号。

非厂《狗与林语堂》发表于《杂文》第 1 号。

卓戈白《柴霍甫生诞七十五年纪念》发表于《杂文》第 1 号。

时任《作曲家衣鲍里特·伊凡诺夫之死》发表于《杂文》第 1 号。

孟陶译《高尔基给契科夫的一封信》发表于《杂文》第 1 号。

张香山《讽刺文学与伊利夫及彼得洛夫》发表于《杂文》第 1 号。

鲁迅《孔夫子在现代中国》发表于《杂文》第 2 号。

郭沫若《孔夫子吃饭》发表于《杂文》第 2 号。

张香山《通俗文学与普里鲍衣》发表于《杂文》第 2 号。

菲戈译《杜斯退夫斯基给阿尔车夫斯基夫人的信》发表于《杂文》第 2 号。

郭沫若《孟夫子出妻》发表于《杂文》第 3 号。

杨任译《高尔基日记中的托尔斯泰》发表于《杂文》第 3 号。

［苏］高尔基作、艾迪纳译《卓越的时代人》发表于《质文》第 4 号（纪念巴比塞）。

［法］罗曼·罗兰作、铭五译《朋友的死》发表于《质文》第 4 号（纪念巴比塞）。

纪德作、休译《巴比塞的人格》发表于《质文》第 4 号（纪念巴比塞）。

林林《纪念诗》发表于《质文》第 4 号（纪念巴比塞）。

杨任译《镇母斯 J. 贵尔德夫人日记中的马克·吐温》发表于《质文》第 4 号。

郭沫若《秦始皇将死》发表于《质文》第 4 号。

［法］罗曼·罗兰作、亦光译《我走来的道路》发表于《质文》第 4 号。

陈友琴《沪大一年生活的回顾》发表于《青年界》第 7 卷第 1 期（学校生活之一叶特辑）。

钱歌川《我在学生时代最快乐的一天》发表于《青年界》第 7 卷第 1 期（学校生活之一叶特辑）。

郑师许《我的老师徐亦良先生》发表于《青年界》第 7 卷第 1 期（学校生活之一叶特辑）。

朱通九《留美时代西雅图生活之一段》发表于《青年界》第 7 卷第 1 期（学校生活之一叶特辑）。

潘菽《父亲的私塾》发表于《青年界》第 7 卷第 1 期（学校生活之一叶特辑）。

蔡振寰《我的学校生活的回忆》发表于《青年界》第 7 卷第 1 期（学校生活之一叶特辑）。

汪馥泉《小学时代的回忆》发表于《青年界》第 7 卷第 1 期（学校生活之一叶特辑）。

周谷城《中学生活的回忆》发表于《青年界》第 7 卷第 1 期（学校生活之一叶特辑）。

周岑鹿《龚伯威先生》发表于《青年界》第 7 卷第 1 期（学校生活之一叶特辑）。

陈清晨《十多年以前的事》发表于《青年界》第 7 卷第 1 期（学校生活之一叶特辑）。

谢六逸《背字典》发表于《青年界》第 7 卷第 1 期（学校生活之一叶特辑）。

姜亮夫《追欢小记》发表于《青年界》第 7 卷第 1 期（学校生活之一叶特辑）。

刘大杰《中学生活的一片断》发表于《青年界》第 7 卷第 1 期（学校生活

之一叶特辑）。

　　李辉群《白尔司先生》发表于《青年界》第 7 卷第 1 期（学校生活之一叶特辑）。

　　陶秋英《回忆》发表于《青年界》第 7 卷第 1 期（学校生活之一叶特辑）。

　　叶鼎洛《十年前的学校生活》发表于《青年界》第 7 卷第 1 期（学校生活之一叶特辑）。

　　马仲殊《现在又来过着学生生活》发表于《青年界》第 7 卷第 1 期（学校生活之一叶特辑）。

　　钱洪翔《开夜车》发表于《青年界》第 7 卷第 1 期（学校生活之一叶特辑）。

　　徐嘉瑞《我的母校》发表于《青年界》第 7 卷第 1 期（学校生活之一叶特辑）。

　　王玉章《塾中趣事两则》发表于《青年界》第 7 卷第 1 期（学校生活之一叶特辑）。

　　罗念生《小学与古文》发表于《青年界》第 7 卷第 1 期（学校生活之一叶特辑）。

　　成绍宗《古寺里的学校生活》发表于《青年界》第 7 卷第 1 期（学校生活之一叶特辑）。

　　任伯涛《从监狱式的私塾跳入学堂》发表于《青年界》第 7 卷第 1 期（学校生活之一叶特辑）。

　　华汝成《化学演讲》发表于《青年界》第 7 卷第 1 期（学校生活之一叶特辑）。

　　黎锦明《沉郁的日子》发表于《青年界》第 7 卷第 1 期（学校生活之一叶特辑）。

　　缪天瑞《简直是地狱》发表于《青年界》第 7 卷第 1 期（学校生活之一叶特辑）。

　　罗皑岚《无声的微笑》发表于《青年界》第 7 卷第 1 期（学校生活之一叶特辑）。

　　钱南扬《北京大学教授剪影》发表于《青年界》第 7 卷第 1 期（学校生活之一叶特辑）。

　　刘麟生《苏州河上的帆影》发表于《青年界》第 7 卷第 1 期（学校生活之一叶特辑）。

　　章克标《浮在水面》发表于《青年界》第 7 卷第 1 期（学校生活之一叶特

辑）。

刘奇《带领童子军偷营的一段回忆》发表于《青年界》第7卷第1期（学校生活之一叶特辑）。

于赓虞《学校如皮鞭》发表于《青年界》第7卷第1期（学校生活之一叶特辑）。

张一凡《随便举个例》发表于《青年界》第7卷第1期（学校生活之一叶特辑）。

梁乙真《革命家的女儿》发表于《青年界》第7卷第1期（学校生活之一叶特辑）。

陈适《一张半身像》发表于《青年界》第7卷第1期（学校生活之一叶特辑）。

金公亮《看潮》发表于《青年界》第7卷第1期（学校生活之一叶特辑）。

张君俊《研究生活之一叶》发表于《青年界》第7卷第1期（学校生活之一叶特辑）。

汪敬熙《发现一个新事实的快乐》发表于《青年界》第7卷第1期（学校生活之一叶特辑）。

人仄《裸体塑像》发表于《青年界》第7卷第1期（学校生活之一叶特辑）。

董秋芳《书是你们念的》发表于《青年界》第7卷第1期（学校生活之一叶特辑）。

储祎《讨饭运动》发表于《青年界》第7卷第1期（学校生活之一叶特辑）。

倪锡英《一幕喜剧》发表于《青年界》第7卷第1期（学校生活之一叶特辑）。

郭步陶《二十四岁的小学生》发表于《青年界》第7卷第1期（学校生活之一叶特辑）。

洪为法《努力加餐》发表于《青年界》第7卷第1期（学校生活之一叶特辑）。

张友松《一幕笑剧》发表于《青年界》第7卷第1期（学校生活之一叶特辑）。

卢冀野《陈大声及其词》发表于《青年界》第7卷第1期。

洪为法《有洗濯狂的倪云林》发表于《青年界》第7卷第1期。

华汝成《看到饭都不想吃的书》发表于《青年界》第8卷第1期（我在青

年时代爱读的书特辑）。

谢六逸《饮冰室全集》发表于《青年界》第 8 卷第 1 期（我在青年时代爱读的书特辑）。

徐蔚南《纳兰词》发表于《青年界》第 8 卷第 1 期（我在青年时代爱读的书特辑）。

周楞伽《我爱读〈子夜〉》发表于《青年界》第 8 卷第 1 期（我在青年时代爱读的书特辑）。

张健《我高兴研究算学》发表于《青年界》第 8 卷第 1 期（我在青年时代爱读的书特辑）。

钱君匋《爱读书十种》发表于《青年界》第 8 卷第 1 期（我在青年时代爱读的书特辑）。

按：文中所谓的十种书是：赵悲盦《手刻印存》《十种山房印举》、吴昌硕《手刻印存》、徐三庚《手刻印存》《白香词谱》《绝妙好词笺》《花间集》《郑板桥集》《小说月报》和《创造季刊》。

徐嘉瑞《灵魂上的财产》发表于《青年界》第 8 卷第 1 期（我在青年时代爱读的书特辑）。

沈从文《我年轻时读什么书》发表于《青年界》第 8 卷第 1 期（我在青年时代爱读的书特辑）。

孙席珍《从抒情作品到写实小说》发表于《青年界》第 8 卷第 1 期（我在青年时代爱读的书特辑）。

万迪鹤《奉命执笔》发表于《青年界》第 8 卷第 1 期（我在青年时代爱读的书特辑）。

何植三《一部中篇小说——〈炭画〉》发表于《青年界》第 8 卷第 1 期（我在青年时代爱读的书特辑）。

陈适《浮生六记》发表于《青年界》第 8 卷第 1 期（我在青年时代爱读的书特辑）。

按：文章说："我青年时所爱读的书中，有一本叫做《浮生六记》。当时初见此书，便觉一往情深，爱之不忍释手。直到如今，还放在几案间，闲来凭观索味，情趣未尝稍减。这书作者是沈三白，江苏苏州人。生值乾隆盛时，且在衣冠之家，本是多情善感的人，把生平片片的实情实事，轻描淡写出来，自成一部小传，有一种凄灵清隽的风格。《六记》中现传者仅有《闺房记乐》《闲情记趣》《坎坷记愁》《浪游记快》四篇，原稿缺《中山记历》《养生记道》二篇，不得见其全帙，这是后人非常感惜的！"

罗根泽《庄子》发表于《青年界》第 8 卷第 1 期（我在青年时代爱读的书特辑）。

胡山源《亭厢殿扇》发表于《青年界》第 8 卷第 1 期（我在青年时代爱读的书特辑）。

余园《〈左传〉和〈水浒〉》发表于《青年界》第 8 卷第 1 期（我在青年时代爱读的书特辑）。

许钦文《〈新青年〉和〈新潮〉》发表于《青年界》第 8 卷第 1 期（我在青年时代爱读的书特辑）。

王玉章《我的读书经验》发表于《青年界》第 8 卷第 1 期（我在青年时代爱读的书特辑）。

顾凤城《有几本书至今不能忘记的》发表于《青年界》第 8 卷第 1 期（我在青年时代爱读的书特辑）。

陈醉云《诗与修养》发表于《青年界》第 8 卷第 1 期（我在青年时代爱读的书特辑）。

郑师许《读经与讲求科学》发表于《青年界》第 8 卷第 1 期（我在青年时代爱读的书特辑）。

罗皑岚《我所爱读的书》发表于《青年界》第 8 卷第 1 期（我在青年时代爱读的书特辑）。

朱通九《读什么书》发表于《青年界》第 8 卷第 1 期（我在青年时代爱读的书特辑）。

梁乙真《青年时代读书生活的回顾》发表于《青年界》第 8 卷第 1 期（我在青年时代爱读的书特辑）。

袁嘉华《六种爱读的书》发表于《青年界》第 8 卷第 1 期（我在青年时代爱读的书特辑）。

黎锦明《七种使我满意的书》发表于《青年界》第 8 卷第 1 期（我在青年时代爱读的书特辑）。

按：文中所谓的七种书是：托尔斯泰的短篇小说、屠格涅夫的长篇小说、《胡适文存》《科学大纲》《历史大纲》《史记》《东周列国志》和英译《伊索寓言》。

杨东莼《八本〈说文解字〉伴着我到了北京》发表于《青年界》第 8 卷第 1 期（我在青年时代爱读的书特辑）。

黑婴《我爱读高尔基的小说》发表于《青年界》第 8 卷第 1 期（我在青年时代爱读的书特辑）。

陈柱尊《我青年时代读书的略述》发表于《青年界》第 8 卷第 1 期(我在青年时代爱读的书特辑)。

卢冀野《爱读书四种》发表于《青年界》第 8 卷第 1 期(我在青年时代爱读的书特辑)。

按:文中所谓的四种书是:《诗经》《孟子》《巢经巢诗》《杨氏二选》。

郑震《五部爱读的小说和戏曲》发表于《青年界》第 8 卷第 1 期(我在青年时代爱读的书特辑)。

按:文中所谓的五部书是:《水浒传》《西厢记》、托尔斯泰的《复活》、鲁迅的《呐喊》和《彷徨》。

金公亮《随便写一点》发表于《青年界》第 8 卷第 1 期(我在青年时代爱读的书特辑)。

郭步陶《诗和史》发表于《青年界》第 8 卷第 1 期(我在青年时代爱读的书特辑)。

马仲殊《读书不能拿兴趣做大前提》发表于《青年界》第 8 卷第 1 期(我在青年时代爱读的书特辑)。

阿英《我涉猎的范围很杂》发表于《青年界》第 8 卷第 1 期(我在青年时代爱读的书特辑)。

章渊若《兼爱主义》发表于《青年界》第 8 卷第 1 期(我在青年时代爱读的书特辑)。

隋育楠《使我不能忘记的是〈西厢记〉》发表于《青年界》第 8 卷第 1 期(我在青年时代爱读的书特辑)。

洪为法《我的老友》发表于《青年界》第 8 卷第 1 期(我在青年时代爱读的书特辑)。

刘宇《中年中印象较深的书》发表于《青年界》第 8 卷第 1 期(我在青年时代爱读的书特辑)。

按:文中所谓印象较深的书,理论方面有刘勰《文心雕龙》、钟嵘《诗品》、托尔斯泰《艺术论》、卢那卡尔斯基《艺术之社会的基础》、厨川白村《苦闷的象征》、居友《从社会学的见地来看艺术》、朱光潜《谈美》、克洛契《美学原理》、李安宅《意义学》和尼采《查拉突司屈拉》;创作方面有鲁迅《彷徨》和《呐喊》、周作人《雨天的书》和《自己的园地》、郭沫若《三个叛逆的女性》、姚鼐《古文辞类纂》、李白《李太白集》、黄景仁《两当轩集》、杜甫《杜工部集》、臧晋叔《元曲选》、王实甫《西厢记》及《水浒传》《红楼梦》《三国演义》等。

陈清晨《〈三国演义〉与我的幼年》发表于《青年界》第 8 卷第 1 期(我在

青年时代爱读的书特辑）。

郑慎斋《诗和词》发表于《青年界》第 8 卷第 1 期（我在青年时代爱读的书特辑）。

倪锡英《爱读"才子书"》发表于《青年界》第 8 卷第 1 期（我在青年时代爱读的书特辑）。

傅东华《一连几个通宵读〈水浒〉》发表于《青年界》第 8 卷第 1 期（我在青年时代爱读的书特辑）。

钱歌川《二十五岁以前所爱读的》发表于《青年界》第 8 卷第 1 期（我在青年时代爱读的书特辑）。

任白涛《爱读切合身心和生活的书》发表于《青年界》第 8 卷第 1 期（我在青年时代爱读的书特辑）。

清心《三部爱读的书》发表于《青年界》第 8 卷第 1 期（我在青年时代爱读的书特辑）。

周岑鹿《我曾经爱读的书》发表于《青年界》第 8 卷第 1 期（我在青年时代爱读的书特辑）。

姜亮夫《〈红楼梦〉送我出青年时代》发表于《青年界》第 8 卷第 1 期（我在青年时代爱读的书特辑）。

杨荫深《柳先生的教育》（六）发表于《青年界》第 8 卷第 1 期。

陈友琴《颜延之》发表于《青年界》第 8 卷第 1 期。

洪为法《王维之好胜》发表于《青年界》第 8 卷第 1 期。

陈友琴《谢灵运》发表于《青年界》第 8 卷第 2 期。

洪为法《可怜的汪容甫》发表于《青年界》第 8 卷第 3 期。

鼎堂《海外十年（一）初出夔门》发表于《宇宙风》第 1 期。

语堂《流浪者自传·引言》（英国戴维斯著）发表于《宇宙风》第 1 期。

郁达夫《梅雨日记（一）》发表于《宇宙风》第 1 期。

东亚病夫《病夫日记（一）》发表于《宇宙风》第 1 期。

［英］戴维斯作、嘉德译《流浪者自传（二）》发表于《宇宙风》第 2 期。

商鸿逵《曾孟朴与赛金花》发表于《宇宙风》第 2 期。

虚白《曾孟朴先生年谱（上）》发表于《宇宙风》第 2 期（纪念曾孟朴先生诗刊）。

东亚病夫《病夫日记（二）》发表于《宇宙风》第 2 期。

郁达夫《秋霖日记》发表于《宇宙风》第 3 期。

［英］戴维斯作、黄嘉德译《流浪者自传（三）》发表于《宇宙风》第 3 期。

虚白《曾孟朴先生年谱(中)》发表于《宇宙风》第 3 期。

鼎堂《海外十年(三)》发表于《宇宙风》第 4 期。

丰子恺《谈梅兰芳》发表于《宇宙风》第 4 期。

老舍《老牛破车——我怎样写〈小坡的生日〉》发表于《宇宙风》第 4 期。

[英]戴维斯作、黄嘉德译《流浪者自传(四)》发表于《宇宙风》第 4 期。

虚白《曾孟朴先生年谱(下)》发表于《宇宙风》第 4 期。

莫名《一个中学校长的自白》发表于《宇宙风》第 5 期。

鼎堂《海外十年(四)》发表于《宇宙风》第 5 期。

[英]戴维斯作、黄嘉德译《流浪者自传(五)》发表于《宇宙风》第 5 期。

鼎堂《海外十年(五)》发表于《宇宙风》第 6 期。

[英]戴维斯作、黄嘉德译《流浪者自传(六)》发表于《宇宙风》第 6 期。

[英]戴维斯作、黄嘉德译《流浪者自传(七)》发表于《宇宙风》第 7 期。

陶元珍《亡师新化刘先生事略》发表于《国风半月刊》第 7 卷第 1 号。

任中敏《吴白屋先生事略》发表于《国风半月刊》第 7 卷第 1 号。

芳洲《王先生自传摘录》发表于《论语半月刊》第 61 期(现代教育专号上)。

莫名《劣等生之自述》发表于《论语半月刊》第 61 期(现代教育专号上)。

周劭《袁子才与郑板桥之幽默》发表于《论语半月刊》第 64 期。

孝若《我的作文经验》发表于《论语半月刊》第 66 期。

柏尔《被捕者的自述》发表于《论语半月刊》第 66 期。

凡鱼《悭吝列传》发表于《论语半月刊》第 68 期。

虚地《四川人物志》发表于《论语半月刊》第 68 期。

江寄萍《李笠翁的幽默》发表于《论语半月刊》第 68 期。

向五《幽默先师孔子》发表于《论语半月刊》第 70 期。

炳文《史丹林的幽默》发表于《论语半月刊》第 73 期。

黄嘉音《美国幽默家罗杰士》发表于《论语半月刊》第 73 期。

茂修《我之作官经验谈》发表于《论语半月刊》第 73 期。

钱斯行《梅兰芳到杭州与在杭州的梅兰芳的群众》发表于《论语半月刊》第 74 期。

李可名《我的生活实验》发表于《论语半月刊》第 77 期。

编者《曾国藩先生遗像五帧》发表于《人间世》第 19 期。

编者《华茨华斯遗像及其故乡六帧》发表于《人间世》第 19 期。

知堂《谈冯梦龙与金圣叹》发表于《人间世》第 19 期。

沈思《关于袁中郎与王百穀》发表于《人间世》第 19 期。

林语堂《谈劳伦斯》发表于《人间世》第 19 期。

钟作猷《华茨华斯故乡游记》发表于《人间世》第 19 期。

严秋尘《严几道先生》(今人志)发表于《人间世》第 19 期。

郁达夫《书塾与学堂》(自传之三)发表于《人间世》第 19 期。

编者《丰子恺先生近影》发表于《人间世》第 20 期。

张汝钊《袁中郎的佛学思想》发表于《人间世》第 20 期。

郁达夫《水样的春愁》(自传之四)发表于《人间世》第 20 期。

谢冰莹《被母亲关起来了(一)》(自传之一章)发表于《人间世》第 20 期。

编者《张伯苓先生近影》发表于《人间世》第 21 期。

[俄]契诃夫夫人作、黄嘉音译《追念契诃夫》发表于《人间世》第 21 期。

王荔枝《关于杨贵妃》发表于《人间世》第 21 期。

谢冰莹《被母亲关起来了(二)》发表于《人间世》第 21 期。

王石逸《张伯苓先生》(今人志)发表于《人间世》第 21 期。

郁达夫《远一程,再远一程》(自传之五)发表于《人间世》第 21 期。

编者《齐白石先生近影》发表于《人间世》第 22 期。

谢冰莹《被母亲关起来了(三)》发表于《人间世》第 22 期。

李金发《我在巴黎的艺术生活》发表于《人间世》第 22 期。

丰子恺《谈自己的画(上)》发表于《人间世》第 22 期。

无病《齐白石》(今人志)发表于《人间世》第 22 期。

编者《杨杏佛先生遗墨》发表于《人间世》第 23 期。

郑文然《金山客的自述》发表于《人间世》第 23 期。

丰子恺《谈自己的画(下)》发表于《人间世》第 23 期。

刘半农《半农遗札》(一)发表于《人间世》第 23 期。

李竞西《梁漱溟先生》(今人志)发表于《人间世》第 23 期。

郁达夫《孤独者》(自传之六)发表于《人间世》第 23 期。

编者《陶元庆先生遗像》发表于《人间世》第 24 期。

刘铁云《刘铁云先生日记之一页》发表于《人间世》第 24 期。

刘半农《半农遗札》(二)发表于《人间世》第 24 期。

何家炳《严几道先生小传》发表于《人间世》第 24 期。

许钦文《陶元庆及其绘画》(今人志)发表于《人间世》第 24 期。

编者《曾纪泽先生遗像》发表于《人间世》第 26 期。

编者《刘大白先生遗像》发表于《人间世》第 26 期。

铢庵《湘乡曾氏遗闻》发表于《人间世》第 26 期。

受仲《刘大白》(今人志)发表于《人间世》第 26 期。

郁达夫《大风圈外》(自传之七)发表于《人间世》第 26 期。

编者《王静安先生遗像及墨迹》发表于《人间世》第 27 期。

编者《严几道先生墨迹》发表于《人间世》第 27 期。

宋春舫《重刊王静安先生遗书序》发表于《人间世》第 27 期。

铢庵《湘乡曾氏遗闻补记》发表于《人间世》第 27 期。

严秋尘《发现严几道先生寿言稿后的回忆》发表于《人间世》第 27 期。

玉李《王静安先生》(今人志)发表于《人间世》第 27 期。

编者《秋瑾女士遗像》发表于《人间世》第 28 期。

王灿芝《关于先母秋瑾女士》发表于《人间世》第 28 期。

震瀛《补记辜鸿铭先生》发表于《人间世》第 28 期。

陈友琴《介绍盲翁盛此公》发表于《人间世》第 28 期。

谢冰莹《第三次逃奔》发表于《人间世》第 28 期。

阿苏《记者生涯》发表于《人间世》第 28 期。

编者《康有为先生遗像》发表于《人间世》第 29 期。

编者《康有为先生沈曾植先生遗墨》发表于《人间世》第 29 期。

何芳洲《读王伯谷传》发表于《人间世》第 29 期。

味橄《记齐白石》发表于《人间世》第 29 期。

编者《顾亭林先生故里》发表于《人间世》第 30 期。

编者《顾亭林先生墓》发表于《人间世》第 30 期。

编者《顾亭林先生遗履》发表于《人间世》第 30 期。

筱伯《李恕谷先生》发表于《人间世》第 30 期。

赵景深《丰子恺和他的小品文》发表于《人间世》第 30 期。

编者《梁启超先生三十四岁时摄影》发表于《人间世》第 31 期。

知堂《谈金圣叹》发表于《人间世》第 31 期。

郁达夫《海上》(自传之八)发表于《人间世》第 31 期。

陈炼青《论无名的作家》发表于《人间世》第 31 期。

编者《高剑父先生及其作品》发表于《人间世》第 32 期。

大华烈士《革命画师高剑父》发表于《人间世》第 32 期。

陈适《纳兰容若》发表于《人间世》第 32 期。

阿英《上海游骖录——吴研人之政治思想》发表于《人间世》第 32 期。

编者《戊戌政变时代之康有为梁启超先生肖像》发表于《人间世》第

33 期。

编者《康有为梁启超先生遗墨》发表于《人间世》第 33 期。

秋宗章《关于秋瑾与〈六月霜〉》发表于《人间世》第 33 期。

阿苏《记康南海》发表于《人间世》第 33 期。

周子亚《死亡制造者谢哈诺夫》发表于《人间世》第 33 期。

莫石《在东京的中国学生》发表于《人间世》第 33 期。

王孔嘉译《我是杂婚》发表于《人间世》第 33 期。

编者《孙伏园先生近影》发表于《人间世》第 34 期。

老向《孙伏园先生》发表于《人间世》第 34 期。

海戈《陈铁荪先生》发表于《人间世》第 34 期。

王颂余《糖堆儿与丁伯玉》发表于《人间世》第 34 期。

编者《陈朗山先生墨迹》发表于《人间世》第 35 期。

周邵《谈龚定盦》发表于《人间世》第 35 期。

郑朝宗《冯友兰先生》发表于《人间世》第 35 期。

编者《章太炎先生像》发表于《人间世》第 36 期。

味回《许钦文先生》发表于《人间世》第 36 期。

商鸿逵《谈王小航》发表于《人间世》第 36 期。

编者《吴愙斋先生遗像》发表于《人间世》第 37 期。

无病《徐悲鸿先生》发表于《人间世》第 37 期。

白剑《白齐文与太平天国》发表于《人间世》第 37 期。

陈叔华《龙马潭游记》发表于《人间世》第 37 期。

编者《吴研人李伯元两先生遗像》发表于《人间世》第 38 期。

龙峨精灵《观堂别传》发表于《人间世》第 39 期。

阿苏《詹天佑先生》发表于《人间世》第 39 期。

黄嘉德译《班禅活佛访问记》发表于《人间世》第 40 期。

任潮《黄公度》发表于《人间世》第 41 期。

老舍《何容何许人也》发表于《人间世》第 41 期。

周壬林《吴经熊先生》发表于《人间世》第 42 期。

谢悯生《诗人黄仲则的恋爱》发表于《人间世》第 42 期。

阿苏《记辜鸿铭》发表于《人间世》第 42 期。

周木斋《金圣叹与刘继庄》发表于《芒种》创刊号。

曹聚仁《我与林语堂先生往还的终始》发表于《芒种》创刊号。

曹聚仁《江亢虎那浑蛋》发表于《芒种》第 2 期。

曹聚仁《我的读书经验》发表于《芒种》第 3 期。

兆翔《我对〈论语〉与林语堂》发表于《芒种》第 3 期。

新园译《柴曼霍夫访问记》发表于《芒种》第 3 期。

杨樱《南行杂记》(续)发表于《芒种》第 4 期。

白莱《关于契诃夫的创作》发表于《芒种》第 4 期。

姚慕达《姚名达先生》发表于《芒种》第 4 期。

石不烂《吴来源之死与无所谓》发表于《芒种》第 6 期。

杨樱《南行杂记》发表于《芒种》第 6 期。

陈君涵《外祖父的故事》发表于《芒种》第 7 期。

林焕平《从莫泊桑说开去》发表于《芒种》第 2 卷第 1 期。

[日]秋田雨雀作、齐生译《忆爱罗先珂》发表于《芒种》第 2 卷第 1 期。

郁达夫《追怀洪雪帆先生》发表于《现代》第 6 卷第 2 期。

顾仲彝《特种高等华人》发表于《现代》第 6 卷第 2 期。

赵景深《英国的汉学家贾尔思逝世》发表于《现代》第 6 卷第 3 期。

伍蠡甫《美国诗坛耆宿鲁滨孙逝世》发表于《现代》第 6 卷第 4 期。

斤风《我的书记生活》发表于《现代》第 6 卷第 4 期。

周木斋《周昨天的书信》发表于《太白》第 1 卷第 8 期。

吴青芜《我也"纪念"李石岑先生》发表于《太白》第 1 卷第 9 期。

陈望道《关于刘半农先生的所谓混蛋字》发表于《太白》第 1 卷第 9 期。

林玉叶《我鼻子尖上的枪疤》发表于《太白》第 1 卷第 9 期。

梅庄《关于朱湘及其他》发表于《太白》第 1 卷第 10 期。

张仲实《悼马尔》发表于《太白》第 1 卷第 11 期。

胡风《蔼理斯·法郎士·时代》发表于《太白》第 1 卷第 12 期。

[苏]巴柴里斯作、风子译《梅兰芳的戏剧》发表于《太白》第 2 卷第 5 期。

周木斋《萧伯纳的〈黑女寻神记〉》发表于《太白》第 2 卷第 6 期。

阿英《惜秋生非李伯元花名考》发表于《太白》第 2 卷第 8 期。

李健吾《意大利游简前言》发表于《水星》第 2 卷第 1 期。

巴金《信仰与活动——回忆录之一》发表于《水星》第 2 卷第 2 期。

沈从文《湘行散记》发表于《水星》第 2 卷第 1—2 期。

巴金《在门槛上——回忆录之一》发表于《水星》第 2 卷第 3 期。

孤鸿《一个小职员的自述》发表于《同行月刊》第 3 卷第 4 期。

公平《一个书店店员自白》发表于《同行月刊》第 3 卷第 9 期。

朱希祖《杨么事迹考证》发表于《同行月刊》第 3 卷第 10 期。

章太炎《大总统黎公碑》发表于《制言》第 2 期。

章太炎《黄晦闻墓志铭》发表于《制言》第 2 期。

章太炎《史量才墓志铭》发表于《制言》第 3 期。

章太炎《黄季刚墓志铭》发表于《制言》第 5 期。

张仲仁《费君仲深家传》发表于《制言》第 5 期。

卢前《杨夫人别传》发表于《制言》第 5 期。

章太炎《孟子大事考》发表于《制言》第 7 期。

云《我的一年生活自白》发表于《育英半月刊》第 3 卷第 4 期。

皮人《我的一年生活自白》发表于《育英半月刊》第 3 卷第 4 期。

王荫雄《我的一年生活自白》发表于《育英半月刊》第 3 卷第 4 期。

唐建祖《穷诗人杜甫》发表于《国专月刊》第 1 卷第 5 期"毕业专号"。

钱大成《郑子尹年谱》发表于《国专月刊》第 2 卷第 1 期。

钱大成《郑子尹年谱(续完)》发表于《国专月刊》第 2 卷第 3 期。

戴传安《白发诗人白乐天》发表于《国专月刊》第 2 卷第 4 期。

王蘧常《元和孙先生行状》发表于《国专月刊》第 2 卷第 4 期。

胡健中《李清照在金华》发表于《越风半月刊》第 1 卷第 1 期。

黄萍荪《〈越缦堂日记〉的作者李慈铭》发表于《越风半月刊》第 1 卷第 1 期。

黄萍荪《〈越缦堂日记〉的作者李慈铭》发表于《越风半月刊》第 1 卷第 2 期。

郁达夫《王二南先生传》(一)发表于《越风半月刊》第 1 卷第 3—4 期。

陆丹林《记康南海的老师》发表于《越风半月刊》第 1 卷第 4 期。

郁达夫《王二南先生传》(二)发表于《越风半月刊》第 1 卷第 4 期。

〔日〕米川正夫作、魏晋译《妥斯退益夫斯基在俄罗斯文学上的地位》发表于《东流》第 1 卷第 3、4 期。

〔日〕谷耕平作、林焕平译《普希金的方法》发表于《东流》第 1 卷第 3、4 期。

魏晋译《纪德与小说技巧》发表于《东流》第 1 卷第 5 期。

〔法〕纪德作、如鹏译《关于妥斯退益夫斯基》发表于《东流》第 1 卷第 5 期。

〔法〕纪德作、乌生译《纪德的手记》(附纪德像 1 幅)发表于《东流》第 1 卷第 5 期。

〔苏〕高尔基作、老达译《悼巴比塞》发表于《东流》第 2 卷第 1 期。

王一苇《纪德的左拉观》发表于《东流》第 2 卷第 1 期。

[法]罗曼·罗兰作、陈达人译《大战时代的日记》发表于《东流》第 2 卷第 2 期。

[法]纪德作、苏契夫译《巴比塞的人格》发表于《东流》第 2 卷第 2 期。

斐琴译《柴霍甫与高尔基谈创作的信》发表于《东流》第 2 卷第 2 期。

《伊士维斯奇》记者作、予译《肖洛霍夫访问记》发表于《东流》第 2 卷第 2 期。

芳影《为吃饭而含垢忍辱——一个模特的自白》发表于《玲珑》第 5 卷第 6 期。

朱瑛《我的自白》发表于《玲珑》第 5 卷第 15 期。

石凌云《我的自白》发表于《玲珑》第 5 卷第 19 期。

何麟风《一个女招待的自述》发表于《玲珑》第 5 卷第 22 期。

梁赛珍《舞圈与影圈——一个艺人的自白》发表于《玲珑》第 5 卷第 48 期。

子冈《一位话剧女演员的自白》发表于《妇女生活》第 6 期。

姚名达《黄心勉女士传》发表于《女子月刊》第 3 卷第 1—6 期。

按：传前《小序》说："心勉是我所敬爱的唯一的妻，但也是《女子月刊》数万读者所敬爱的妇女运动家。她不但是我十六年来相依为命的人，而且也是《女子月刊》和女子书店三四年来相依为命的人；她不但对家庭和我尽了相当的责任，而且对社会和国家也尽了相当的责任。所以她的死亡不仅是我和我的家庭的损失，恐怕也是社会和国家的损失；她的生存也不仅是为我和家庭的工作而生存，而是同时为社会和国家的工作而生存。因此，我和家庭不能独占她的整个人生，我也不敢把她看做仅仅是我的爱妻和四个儿女的慈母，而很庄严地尊重她为一个'努力为女子作知识上的服务'的妇女运动家。我是研究历史的人，历史学家是应该保持客观的态度，认识真实的史迹，而不能但凭一己的主观，变更真实的史迹。我所敬爱的唯一的心勉是不幸的死了，然而她所创办的伟大事业却将永久生存，这段史迹是永久不会磨灭的。我对于我所亲目看见，相依为命的人的行为和思想，比较旁人自然应该清楚一点，我不把他记述出来，还望有谁代笔呢？但心勉既是我所敬爱的唯一的妻，古人说'人莫知其子之恶'，说不定我也不免会言过其实，不能保全史迹的真实。然而我应该尽量避免主观，减抑悲怀，努力以理智战胜感情，以真文描写真事，决不使我心勉的庐山真面目隐晦分毫，紊乱分毫。我知道心勉是不喜欢人家恭维的，心勉也知道我是从来不肯恭维人家的，所以我决不敢说心勉所不愿闻的话。"

白云《捷克总统马萨烈克小传》发表于《宇宙旬刊》第 11 期。

陈赓雅《边疆旅行回忆录》发表于《通俗文化》第 2 卷第 6 号。

陈锡藩《李白生平的琐谈》发表于《南方》第 3 卷第 1 期。

陈幼嘉《白居易的生平及其诗》发表于《大地》第 1 期。

大炮《孙金泉先生小传》发表于《海王》第 7 年第 22 期。

高光烈《洞庭湖畔回忆录》发表于《新语》第 3 卷第 25 期。

戈宝权《托马斯摩尔的生平及其〈乌托邦〉的内容》发表于《新生》第 2 卷第 1 期。

顾培懋《两宋词人小传》发表于《学术世界》第 1 卷第 5、8、10、11、12 期。

国英《一个劳农的自述》发表于《劳工月刊》第 4 卷第 6 期。

胡适《宋词人朱敦儒小传》发表于《出版周刊》第 112 期。

王公明《关汉卿的杂剧》发表于《书报展望》第 1 卷第 3 期。

孔德成《先圣事迹及生卒年月日之考信》发表于《新亚细亚》第 10 卷第 2 期。

马学之《佛利德利支·恩的生平与事业》发表于《客观》第 1 卷第 7 期。

潘序伦《求学与执业的自述》发表于《长城》第 2 卷第 2 期。

荫南《一个被卖猪仔者底自述》发表于《骆驼》复刊第 8 期。

伟山《近代广东书家小传》发表于《粤风》第 1 卷第 4 期。

时风《自白》发表于《中学生》第 52 期。

张维芳《一个入伍兵的日记》发表于《学校生活》第 91 期。

蔼如《暑期军训回忆录》发表于《学校生活》第 93 期。

唐琼《我的自白》发表于《第一线》第 1 卷第 1 期。

萧天石《复兴土耳其的凯末尔小传》发表于《国衡》第 1 卷第 7 期。

谢俊《李士特之生平及其学说》发表于《民钟季刊》第 1 卷第 2 期。

茜茜《比郎代洛小传》发表于《黄钟》第 6 卷第 1 期。

徐懋庸《一个知识界的乞丐的自白》发表于《读书生活》第 2 卷第 3 期。

杨寿祺《六十自述》发表于《考古》第 3 期。

时旦《美国琼斯女士的自述》发表于《客观》第 1 卷第 7 期。

杨树芳《郑成功事迹考》发表于《福建文化》第 3 卷第 17 期。

翁国樑《普陀回忆录》发表于《浙江青年》第 1 卷第 12 期。

包仲修《先贤齐周华事略》发表于《浙江青年》第 2 卷第 2 期。

平延朱《建设园林:旅居回忆录》发表于《浙江建设》第 9 卷第 4 期。

曲兴域《左宗棠的生平及其边功》发表于《黄埔》第 3 卷第 3 期。

黄仁荣《曾国藩之生平及其治军方略》发表于《黄埔》第 3 卷第 5 期。

章建新《校长蒋先生革命事略》发表于《黄埔》第 4 卷第 4 期。

沈因《清代苏省女诗人述略》(一)发表于《江苏研究》第 1 卷第 7 期。

沈因《清代苏省女诗人述略》(二)发表于《江苏研究》第 1 卷第 8 期。

编者《蒋星德著〈曾国藩之生平及事业〉》发表于《江苏教育》第 4 卷第 11 期。

无名氏《亚丹士爵士之生平及其在现代教育学术上之地位》发表于《中华教育界》第 22 卷第 8 期。

黄海鹤《少女自述》发表于《中华教育界》第 22 卷第 8 期。

卢于道《巴甫洛夫的生平及其工作》发表于《中华教育界》第 23 卷第 11 期。

赵演《心理学家贝克特雷夫之生平及其贡献》发表于《教育杂志》第 25 卷第 4 期。

崔骥《谢枋得年谱》发表于《江西教育》第 4 期。

胡师钟《小先生生活:我自动教人的自白》发表于《生活教育》第 23 期。

陈思烈《佛洛德的生平及其心理学说之背景》发表于《文化与教育》第 49 期。

衡哲《居里夫妇合传译介绍语》发表于《独立评论》第 139 号。

胡适《海滨半日谈——纪念田中玉将军》发表于《独立评论》第 173 号。

储玉坤《波兰民族英雄皮尔苏斯基的生平》发表于《政治评论》第 158 期。

蠢人《一个乡村医师的自述》发表于《医药评论》第 7 卷第 2 期。

邓季雨《李特维诺夫的生平》发表于《苏俄评论》第 9 卷第 1 期。

王汉中《日外相广田弘毅小传》发表于《日本评论》第 7 卷第 4 期。

天铎《广田弘毅小传》发表于《外交周报》第 3 卷第 5 期。

陈慧聪《吴中人物志》发表于《振华季刊》第 1 卷第 4 期。

无名氏《波兰伟人皮尔苏斯基之生平》发表于《复兴月刊》第 3 卷第 10 期。

胡汉民《悼邓泽如先生》发表于《三民主义月刊》第 5 卷第 2 期。

俞星旭《白沙岛居回忆录》发表于《绸缪月刊》第 2 卷第 4 期。

荣树菜《暑期南游日记》发表于《存诚月刊》第 1 卷第 5 期。

陈训慈《桐乡劳玉初先生小传》发表于《文澜学报》第 1 期。

朱自清《李贺年谱》发表于《清华学报》第 11 卷第 1 期。

按:《李贺年谱》在朱自清学术著作中不为人注意,是他唯一的传记作品,是以考据为主的年谱。这部年谱,不仅为李贺记年记事,而且引当时诸大家旁证参照,展现了盛唐年代的文化风貌。全传只 22000 字,广征博引,考辨搜讨,每一事每一句都有出处,都无虚言,足见他做学问的严谨与考据的功夫,是年谱中少见的精品之作(参见《中国百年传记经典》第 2 卷《李贺年谱》题解)。

储皖峰《杨万里的生卒年月》发表于《国立北京大学国学季刊》第 5 卷第 3 号。

胡适《颜李学派的程廷祚》发表于《国立北京大学国学季刊》第 5 卷第 3 号。

李评秋《陶渊明之时代思想及其平生》发表于《洛师学报》第 1 卷。

赵景深《女词人李清照》发表于《复旦学报》第 1 期。

何格恩《张九龄年谱》发表于《岭南学报》第 4 卷第 1 期。

何格恩《张九龄之政治生活》发表于《岭南学报》第 4 卷第 1 期。

黄仲琴《明两广总督戴耀传》发表于《岭南学报》第 4 卷第 1 期。

黄仲琴《清广州府知府李威传》发表于《岭南学报》第 4 卷第 1 期。

汪宗衍《陈东塾先生年谱》发表于《岭南学报》第 4 卷第 1 期。

冼玉清《梁廷枏著述录要》发表于《岭南学报》第 4 卷第 1 期。

何格恩《慧能传质疑》发表于《岭南学报》第 4 卷第 2 期。

何格恩《曲江年谱拾遗》发表于《岭南学报》第 4 卷第 2 期。

李声玄《罗伯特·欧文的生平和经济学说》发表于《经济丛刊》第 6 期。

余皓述《马毕博士传略及其生平学术》发表于《土壤与肥料》第 1 卷第 4 期。

韵声《无线电发明家小传——哈赛尔汀》发表于《无线电杂志》第 10 卷第 5—6 期。

重熙《劳佛小传》发表于《科学》第 19 卷第 1 期。

吴藻溪《路易波丹小传》发表于《科学时报》第 2 卷第 1—2 期。

高开诚《亚丹·史密小传》发表于《科学时报》第 2 卷第 7 期。

圣一《方智密女士上生事略》发表于《佛学半月刊》第 5 卷第 8 期。

志槃《台宗十七祖法智大师传》发表于《弘法社刊》第 29 期。

志槃《台宗十八祖南屏梵臻法师传》发表于《弘法社刊》第 29 期。

志槃《台宗十九祖从谏慈首席大师传》发表于《弘法社刊》第 29 期。

志磐《台宗廿祖东溪择卿大师传》发表于《弘法社刊》第 29 期。

志磐《台宗廿一祖宜翁可观法师传》发表于《弘法社刊》第 29 期。

印光《新昌石城寺重建智者大师钵塔记》发表于《弘法社刊》第 29 期。

汪国垣《光宣诗坛点将录》发表于《青鹤》第 3 卷第 4—7 期。

吴大澂《愙斋自省录》发表于《青鹤》第 4 卷第 1 期。

吴大澂《愙斋自省录》发表于《青鹤》第 4 卷第 3 期。

三、传记著作

傅东华编《文学百题》由上海生活书店出版。

按：是书收入郁达夫《什么是传记文学》，其文曰：传记文学，本来是历史文学之一枝，中国自太史公（司马子长生于汉景帝时，当在西历纪元前 154 年前后）作《史记》后，才有列传的一体。《释文》：传，传世也；记载事迹，以传于世。所以中国的传记文学，要求其始祖，只能推司马迁氏为之嚆矢。其后沿这系统，一直下来，经过了二千余年，中国的传记，非但没有新样的出现，并且还范围日狭，终于变成了千篇一律，歌功颂德，死气沉沉的照例文字，所以我们现在要求有一种新的解放的传记文学出现，来代替这刻版的旧式的行传之类。

新的传记，是在记述一个活泼泼的人的一生，记述他的思想与言行，记述他与时代的关系。他的美点，自然应当写出，但他的缺点与特点，因为要传述一个活泼泼而且整个的人，尤其不可不书。所以若要写新的有文学价值的传记，我们应当将他外面的起伏事实与内心的变革过程同时书写出来，长处短处，公生活与私生活，一颦一笑，一死一生，择其要者，尽量来写，才可以见得真，说得像。

统观西洋的传记文学，约有他人所作之传记，和自己所作的自传，以及关于自己或他人的回忆记之类的三种。传记是一人的一生大事记，自传是己身的经验尤其是本人内心的起伏变革的记录，回忆记却只是一时一事或一特殊方面的片断回忆而已。

西洋古代的传记，当以 Xenophon 的《梭格拉底回忆记》（Memoirs of Socrates）为第一部，其次则纪元一世纪中的泊罗泰克（Plutarch）之《希腊罗马四十六伟人比较传》，为集大成之著作。其后一直到文艺复兴时代，始有传记文学的再兴。自传则开始于罗马皇帝 Augustus，其后圣奥古斯丁的《忏悔录》，卢骚的 Confessions，歌德的《虚构与现实》以及近代托尔斯泰的《忏悔》，都是代表的作品。至于回忆记之类，则自古迄今，多得记不胜记，因为系片断的短篇,做做容易,所以作者也多了。

英国的传记文学,起始于 William Roper(1496—1578)的《摩亚传(Sir Thomas More)》与 George Cavendish(1500—1561?)的《渥儿塞主教传(Cardinal Wolsey)》的两书;直至爱札克·渥儿东(Izaak Walton,1593—1683)于一六七八年以后,完成了他的五个人的传记集以来,英国的传记文学,又换了新局面了。

十八世纪末叶,Mason 写一部《格来集传》(*Life and Letters of Gray*),于是近代式的英国传记文学就萌芽了,其后鲍司惠儿(Boswell)的《约翰生传》(1791)与洛克-哈脱(Lock-hart)的《司考脱传》(1837—1838)便是沿这一系而进,写得神彩焕发,启后空前的两部传记文学里的结晶。两三世纪之前,当然在西班牙也有了 Fernan Rerez de Guzrnan(1378—1460)的《历代传神记》,在意大利也有了 Giorgio Vassari(1512—1574)的《艺术家列传》,但规模的简略,语意的深长,却与这两部近代的作品,大约有点不同的地方。

传记文学,是一种艺术的作品,要点并不在事实的详尽记载,如科学之类;也不在示人以好例恶例,而成为道德的教条。近人的了解此意,而使传记文学更发展得活泼,带起历史传奇小说的色彩来的,有英国去世不久的 Giles Lytton Strachey、法国 André Mauroi 和德国的 Emil Ludwig 三人。斯屈拉基的《维多利亚朝名人传记》(1918)虽多少系沿袭鲍司惠儿之作风的书,但他的白描个人排斥向来的谀墓式的笔统写法,实是独创的风格;经他那么一写,Dr. Arnold、戈登将军、奈丁盖儿女史,以及曼宁主教等四位人物,就活现在我们的面前了。至于一九二一年的《维多利亚女皇传》,则尤其刻画入微,完全脱去了一般把这女皇神圣化的塑像的印象,使我们见到了一位并不异于常人而有血肉的英明的英国女主。

斯屈拉基的写法,下笔时或者还仍免不了有传记作者的一种存心,至于安特来·莫洛亚的 Ariel(1923)却完全把 Shelley 一生的史实小说化了,而且又化到了恰到好处。其后的莫洛亚的作品,若一九二七年的 Disraeli 等,虽仍在跟了他的初旨前进,务使史实与读者的趣味联系在一道,可是因与他所写的人物性格有关,终不能及他第一部杰作《雪莱传》的有趣。

爱弥尔·罗布咪希的专喜以伟大的题目来写精细的文字,也是一种新的传记文学的创造;但外界起伏的事情太复杂,因而场面的变换也大刀阔斧,迅速异常;若依春秋的笔法来断,则这一位聪明的传记作者,还是有点电影式的趣味性的,终不免为一位懂得近代人心理的 Journalist,我们且看他所选择的对象,如拿破仑、俾斯马克、斯大林之类,就可以知道了。

此外还有在一定时期中的片断的记载,并非传述一人一生的好书,如英国 Sir Edmund Gosse 的《父与子》(1907)、Harold Nicolson 的《贝郎的最后之旅》(1924)以及美国 Horace Traubel 的《与霍衣脱曼在康姆屯》(1906 及以后)之类,又是传记文学的另一好例,有点近于回忆记了。

南欧的传记文学作者 Giovanni Papini(1881 年生于弗罗伦斯)于一九二一年写了《基督传》后,更有好几种传记,续行于世;但近来似已转入了历史小说的创作,所以在这里只提起一下他的名字。(收入《郁达夫文集》第六卷,花城出版社 1983 年版)

洪为法编《传记文选》(中学国语补充读本)由上海北新书局出版。

按:是书选录袁宏道《徐文长传》、廖燕《金圣叹先生传》、尤侗《汤卿谋小传》、杨廷桢《自传》、陈鼎《八大山人传》、徐渭《白母传》、周容《鹅笼夫人传》、陆次云《圆圆传》、李良年《廖氏传》、张惠言《先姚事略》等传记作品。

陈训慈著《民族名人传记与历史教学》由江苏南京正中书局出版。

按:是书收文 7 篇,其中有《民族名人传记在历史教学上之重要》《历史教学中民族名人传记的应用》《应用传记教材中历史教育方法的商榷》《历史科应用民族名人传记教材的功用》等。

何子恒编著《中国历代名人传略》(第 4 集)由上海青年协会书局出版。

按:是书收唐代名人传略 19 篇。其中有李世民、魏徵、李靖、玄奘、郭子仪、欧阳询、刘知幾、王勃、骆宾王、李白、杜甫、王维、韩愈、白居易等。有的篇章后附有与之相关人物的传略,故涉及唐代人物近 30 人。

陈启天选辑《中国人物传选》由上海中华书局出版。

按:是书选辑周公、管子、孔子、勾践、墨子、商鞅、屈原、项羽、司马迁、诸葛亮、韩愈、司马光、王安石、文天祥、史可法、顾炎武、曾国藩、谭嗣同等 56 人的传记。各传大都取之于正史,每篇篇首均注明来源。

谢厥成编《中国古代名人逸事》由浙江警官学校政训特派员办公室出版。

按:是书介绍班超、岳飞、王阳明、袁崇焕、戚继光、史可法、郑成功等人的故事 7 则。

田继综编《八十九种明代传记综合引得》由北平哈佛燕京大学引得编纂处出版。

二十五史刊行委员会编《二十五史人名索引》由上海开明书店出版。

邓太璞编著《中国文学家一览表》由广东广州岭南分校出版。

按:是书分姓名、著述、文学专长、重要作品、略传、生卒年代、附记等 7

栏介绍先秦至五代的文学家 500 多人。

顾颉刚编《古史辨》第 5 册由北平朴社出版。

按:是书收入青松的《刘向、歆父子年谱》、谢扶雅《田骈与驺衍》等文。

钱穆著《先秦诸子系年考辨》由上海商务印书馆出版。

按:是书系作者积四五年考辨先秦诸子生平、著述的文章而成的考证巨著,共 160 多篇,30 多万字。后附通表四卷,综合表述全书考辨结论。

罗根泽、康光鉴著《墨子》由南京拔提书店出版。

章衣萍著《管仲》由上海儿童书局出版。

鹤生著《管仲》由上海汗血书店出版。

姜和孙著《商鞅》由上海汗血书店出版。

陈启天著《商鞅评传》由上海商务印书馆出版。

陆侃如著《屈原与宋玉》由上海商务印书馆出版。

丁布夫著《秦始皇之民族的功业》由上海汗血书店出版。

陈醉云编《秦始皇》由上海中华书局出版。

吕金录编著《秦始皇》由上海商务印书馆出版。

庄鼎彝纂录《两汉不列传人名韵编》由上海商务印书馆出版。

胡哲敷著《汉武帝》由中华书局出版。

孙文青著《张衡年谱》由上海商务印书馆出版。

陈倩如编《班超》由上海商务印书馆出版。

刘沛霖著《留胡节不辱的苏子卿》由上海汗血书店出版。

吕金录、杜迟存编《诸葛亮》由上海商务印书馆出版。

韩非木编《诸葛亮》由上海中华书局出版。

陈其鹿编《关羽》由上海商务印书馆出版。

刘广惠著《谢安》由上海汗血书店出版。

[日]铃木虎雄著、马导源译《沈约年谱》由上海商务印书馆出版。

成本俊著《唐太宗之精神及其事业》由上海汗血书店出版。

汪炳焜著《李太白传》由上海商务印书馆出版。

李春坪著《少陵新谱》由北平来熏阁书店出版。

[日]梅泽和轩著、傅抱石译《王摩诘》由上海商务印书馆出版。

钱基博著《韩愈志》由上海商务印书馆出版。

鼎澧逸民撰、朱希祖考证《杨么事迹考证》由上海商务印书馆出版。

杨荫深著《李后主》由上海商务印书馆出版。

宛敏灏著《二晏及其词》由上海商务印书馆出版。

卢芷芬著《王安石》由上海开明书店出版。

陈敏书著《王安石》由上海汗血书店出版。

梁启超著《王安石评传》由上海世界书局出版。

姜豪著《王安石新政纲要暨其政论文选》由上海国民读书互助会出版。

按：是书分 7 章，首尾两章为引论和结论，记述了王安石的生平、时代背景及其政治思想基础，论述了新政的失败原因、新政与当时中国政治的关系。附录载《王安石年表》《王氏世系表》。

（清）顾栋高辑、沈卓然校点《王安石年谱》由上海大东书局出版。

章衣萍著《朱子》由上海儿童书局出版。

章衣萍编著《包拯》由上海儿童书局出版。

范作乘著《岳飞》由上海中华书局出版。

成亚光著《抗金护宋的民族英雄李纲》由上海汗血书店出版。

丁传靖著《宋人轶事汇编》由上海商务印书馆出版。

詹涤存著《纵横欧亚的成吉思汗》由上海汗血书店出版。

邓衍林编《元太祖成吉思汗生平史料目录》由中华图书馆协会出版。

［日］羽田亨著、何健民译《元代释传杂考》由国立武汉大学出版。

柯劭忞著《新元史》257 卷由上海开明书店出版。

按：是书为纪传体之史。作者于 20 年代成书后，又经 10 年修订，广采前代研究元史的典籍对元史进行补证。

陈醉云编《明太祖》由上海中华书局出版。

黎驹、公霭著《王阳明》由上海汗血书店出版。

今知社编辑部编辑《袁中郎》由上海编辑者出版。

朱维之编《李卓吾论》由福建协和大学书店出版。

［法］伯希和著、冯承钧译《郑和下西洋考》由上海商务印书馆出版。

张道平编著《行乞兴学的武训先生》由上海民光印刷公司出版。

章衣萍著《杨椒山》由上海儿童书局出版。

（清）阮元纂《畴人传》由上海商务印书馆出版。

按：是书论述人才与地理的关系，阐述中国人才分布的变迁与江苏一省的地位、近代苏州人才、人才发达的原因三个问题。

浙江图书馆编《浙江学术大师像传》由浙江图书馆出版。

容肇祖著《清代的几个思想家》由北京大学出版。

（清）唐鉴著《清学案小识》（原名《国朝学案小识》）由上海商务印书馆出版。

章衣萍著《黄梨洲》由上海儿童书局出版。

金絮如著《颜元与李塨》由上海商务印书馆出版。

陈登原著《金圣叹传》由上海商务印书馆出版。

马导源编《吴梅村年谱》由上海商务印书馆出版。

何其宽编《吴三桂借兵记》由上海商务印书馆出版。

易正伦著《史可法的精神与事业》由上海汗血书店出版。

易君左著《史可法》由上海新生命书局出版。

瞿兑之著《汪辉祖传述》由上海商务印书馆出版。

蒋星德编著《曾国藩之生平及事业》由上海商务印书馆出版。

李瀚章、黎庶昌编《曾文正公年谱》由上海大连图书供应社出版。

魏应麒编《林文忠公年谱》由上海商务印书馆出版。

章衣萍著《洪秀全》由上海儿童书局出版。

章衣萍著《石达开》由上海儿童书局出版。

潘光旦编《近代苏州的人才》由北平清华大学出版。

吴子修著、金梁增订《辛亥殉难记》由增订者出版。

按：是书分文职传、武职传、驻防传、烈女传 4 卷，记述辛亥革命时为清朝效忠而亡的清官吏及眷属近 300 人的传略。

梁启超著《中国四十年来大事记》（一名《李鸿章》）由上海中华书局出版。

寒光著《林琴南》由上海中华书局出版。

按：是书乃介绍和评价林纾的专著，分略历、思想与热诚、文学界的论评、翻译、创作、文学价值与功绩、结论 7 章。

唐文治著《茹经先生自订年谱》由无锡国学专修学校学生会出版。

中国国民党浙江省党部编《孙中山先生年谱》由编者出版。

中国国民党中央执行委员会西南执行部编《追悼邓公泽如专刊》由编者出版。

中国国民党中央执行委员会西南执行部编《邓公泽如逝世一周年纪念专刊》由编者出版。

北平新报社辑《汪精卫先生蒙难记》由北平辑者出版。

无名氏编《何键祸湘卖国史料》（第 2 册）由长沙岳麓书社出版。

穆木天等著《我的学生生活》由上海大光书局出版。

按：是书收穆木天的《学校生活的断片》、许钦文的《末月首晚付邮的》、李白英的《我的读书生活》、马景星的《教会女校生活的写实》和《续教会女校生活的写实后》等 5 篇文章。

林雨龙著《林雨龙日记》由重庆著者出版。

陈子展编《注释中外名人日记选》（初中学生文库）由上海中华书局出版。

郁达夫著《达夫日记集》由上海北新书局出版。

按：是书收《日记九种》《沧州日记》《水明楼日记》《杭州小历程》《西游目录》《避暑地日记》《故都日记》7 种。书前有作者关于日记体裁的论文《日记文学》《再谈日记》2 篇。

顾廷龙著《吴愙斋先生年谱》由哈佛燕京学社出版。

夏承枫教授公葬筹备处编《夏承枫教授公葬纪念册》由江苏南京编者出版。

徐景贤编著《徐文定故事》由杭州我存杂志社出版。

中华农学会编《中华农学会许叔现先生纪念刊》由江苏南京编者出版。

人间世社编《二十今人志》由上海良友图书印刷公司出版。

按：是书收录《人间世》半月刊《今人志》栏内刊载过的吴宓、胡适之、老舍、黄庐隐、徐志摩、孙大雨、李叔同、刘复、杨丙辰、章太炎、周作人、林琴南、严几道、朱湘、张伯苓、齐白石、梁漱溟、陶元庆、刘大白、王静安 20 人的略传。

顾旭侯编辑《中国近代成功人》由上海新教育出版社出版。

按：是书收录中国近代著名人物传记、年表 29 篇。

王伯益编著《近代名人轶闻》由北平新新印书局出版。

按：是书汇编民国初年社会名人的遗闻轶事，以政界、军界和文艺界人士为多。

坦荡荡斋主著《现代中国名人外史》由北平实报社出版。

按：是书收录林森、蒋介石、汪兆铭、冯玉祥、于右任、孔祥熙、胡适、宋庆龄、胡汉民等 94 位中国近代名人小传。所收均为出版时还健在的人物。

国民革命军第四集团司令部政治训练处编《广西民族英雄事略》由编者出版。

韩棐、范作乘编《中国民族英雄列传》由上海中华书局出版。

按：是书介绍李牧、蒙恬、卫青、霍去病、李广、苏武、赵充国、马援、班超、虞诩、祖逖、谢安、朱序、檀道济、韦叡、李靖、薛仁贵、刘仁轨、颜杲卿、颜真卿、张巡、许远、郭子仪、杨业、杨延昭、寇准、韩琦、范仲淹、狄青、种世衡等人的事迹。

广州先导社编《革命先烈集》（第 1 辑）由广东广州先导社出版。

郑贞文著《闽贤事略初稿》由福建省政府教育厅出版。

刘道镕编辑《党国名人传》由上海军政宣传社出版。

温丹铭著《广东新通志列传》由国立中山大学研究院文科研究所历史学部出版。

陕西省教育厅编审室编《陕西乡贤事略》由编者出版。

陈东原等著《安徽先贤传记教科书初稿》由安徽通志馆出版。

江西省政府教育厅编《江西乡贤事略初稿》由编者出版。

胡适著《胡适论学近著》第 1 集由上海商务印书馆出版。

按：是书卷二收录胡适的《荷泽大师神会传》和《坛经考之一——跋曹溪大师别传》。

周作人著《周作人书信》由上海青光书局出版。

秦翰才著《开心集》由上海普通书店出版。

按：是书为作者读书笔记。文章分三类：第一类为系统评述，综合概括传主的生平，包括《范文正公》《顾亭林先生》二文；第二类为摘叙传主的生平片断及个人之杂感，包括《读王之成公全书记》《读林文忠公政书记》《读左文襄公家书及年谱记》《读翁文恭公日记记》四文；第三类专写传主生平在某一地之事实，如《东坡在西湖》。书前有作者自序。

京报馆主编《名伶戏装百影》由编者出版。

齐如山著《梅兰芳艺术一斑》由北平国剧学会出版。

徐汉生主编《尚小云专集》由北平京津印书局出版。

秦公武编《梅尚程荀四大名旦论》由编者出版。

沙不器著《王虎辰与王小妹》由上海人美书局出版。

陈嘉震编《胡蝶女士欧游纪念册》由上海艺声出版社出版。

何可人著《阮玲玉哀史》由上海育新书局出版。

夏夜萤著《阮玲玉本事》由上海千秋出版社出版。

朱启钤著《女红传征略》由上海神州国光社出版。

陆胡升、徐金清著《小朋友模范人物》由上海北新书局出版。

曾迺敦著《中国女词人》由上海女子书店出版。

商报社编《现代实业家》由上海编者出版。

按：是书介绍刘鸿生、王云五、陆费伯鸿、杜月笙等 274 人小传。

萧艾编译《国际人物志》由上海光明书局出版。

王子坚编《时人自述与人物评传》由上海经纬书局出版。

按:是书收录汪精卫、胡适、吴稚晖、陆费逵、蔡元培、李石岑、陈独秀、王云五、罗素、胡汉民、梁启超、甘地、落霞、赵邦铄、徒然、茅盾、因公、宋庆龄、柳亚子、鲁迅、林语堂、冰心、刘半农、靖华、赵朴生、李圣悦、任白涛、周作人、胡愈之、伍蠡甫、钱歌川、赵家璧、顾仲彝、谢冰莹、丁玲、郁达夫、丰子恺等人的自述及高尔基、罗斯福、孙中山、苏曼殊等人的评传。

周子亚编《当代国际人物》由上海世界书局出版。

按:是书收录21篇传记文章,介绍瓦莱拉、陶尔斐斯、墨索里尼、广田弘毅、荒木贞夫、林铣十郎、冈田启介、斯大林、李维诺夫、莫洛托夫、卡冈诺维奇、伏洛希洛夫、希特勒、狄森、兴登堡、凯末尔、甘地等26人。

[日]小林知治著、韩鹏译《世界独裁英雄谈》由上海玉泉堂出版。

[美]威尔逊著、曾宝菡编译《世界科学名人传》由上海生活书店出版。

谭文炳著《科学名人传》由北平师大附中理科丛刊社出版。

按:谭文炳著述及其编辑目的"在以科学家治学治事之精神,介绍国人,鼓舞青年及有志之士,对于科学发生兴趣。可供高初中、大学课外读物,及有志者参考之用",并且指出"此书虽非科学,然其有益于志在科学之学生,当不在正课教本之下"。

[英]鲍尔著、陈遵妫译《天文家名人传》由上海商务印书馆出版。

按:是书介绍托勒密、哥白尼、第谷、加里略、克普勒、牛顿、弗拉姆斯蒂德、哈雷、布拉德利、威廉·赫舍尔、拉普拉斯、布林克利、约翰·赫舍尔、罗斯、艾里、汉密尔顿、勒韦里埃、亚当斯18名天文学家的生平及对天文学作出的贡献。

岭南大学图书馆编《历代日本名人录》由岭南大学图书馆出版。

中学生社编《人物与事业》由上海开明书店出版。

按:是书乃外国人物评述。内收《罗斯福》(徐懋庸)、《麦唐纳》(娄立斋)、《李维诺夫》(全仲华)、《凯末尔》(胡伯恩)、《广田弘毅》(张迪虚)、《马克吐温》(赵景深)、《安徒生的童话的生活》(顾均正)、《史蒂文生》(徐调孚)、《安利法布尔的一生》(钟子岩)、《悼爱迪生》(夏丏尊)、《纪念居礼夫人》(黄素封)、《哥伯尼》(陈少平)、《伽理略》(陈少平)、《休琴斯》(陈少平)等14篇文章。

[美]赖斐治著、宋桂煌译《美国建国伟人传记》由南京正中书局出版。

按:是书介绍乔赛亚·富兰克林、塞缪尔·亚当斯、帕特里克·亨利、乔治·华盛顿、托马斯·杰斐逊、罗伯特·莫里斯、安东尼·韦恩、约翰·巴里等人的事迹。

［日］久米正雄著、梁修慈译《伊藤博文传》由上海商务印书馆出版。

郑学稼著《西园寺公望传》由上海生活书店出版。

［德］尼采著、梵澄译《尼采自传》由上海良友图书印刷公司出版。

施蛰存著《魏琪尔》由上海商务印书馆出版。

须白石著《萧伯纳》由上海中学生书局出版。

李健吾著《福楼拜评传》由上海商务印书馆出版。

须白石著《高尔基》由上海中学生书局出版。

［法］罗曼·罗兰著、傅雷译《托尔斯泰传》（上下）由上海商务印书馆出版。

按：罗曼·罗兰原序说："这第十一版底印行适逢托尔斯泰百年诞辰底时节，因此，本书底内容稍有修改。其中增入自一九一〇年起刊布的托氏通信。作者又加入整整的一章，述及托尔斯泰和亚洲各国：中国、日本、印度、回教国底思想家底关系，他和甘地的关系，尤为重要。我们又录入托尔斯泰在逝死前一个月所写的一信底全文，他在其中发表无抵抗斗争底整个计划，为甘地在以后获得一种强有力的作用的。罗曼·罗兰，一九二八年八月。"

［美］清洁理女士著、陈德明译述《托尔斯泰小传》由上海广学会出版。

［俄］托尔斯泰著、徐百齐、丘瑾璋译《托尔斯泰自白》由上海商务印书馆出版。

［俄］托尔斯泰著、吴曙天译《托尔斯泰情书》由上海北新书局出版。

［波］柏里华著、杨景梅译《柴门霍甫传》由上海文化生活出版社出版。

刘大杰著《易卜生》由上海商务印书馆出版。

施友忠编《希特勒》由上海中华书局出版。

贾英著《希特勒传》由上海中学生书局出版。

柳静明等著《复兴意大利的三杰》由上海汗血书店出版。

熊卿云编《哥伦布》由上海商务印书馆出版。

［美］清洁理女士著，费佩德、杨荫浏译《马礼逊小传》由上海广学会出版。

按：是书详细介绍英国伦敦会传教士马礼逊早期传教的工作、初期来华的困难、翻译《圣经》的工作和马氏早期的信徒等事迹。

［英］穆勒著、周兆骏译《穆勒自传》由上海商务印书馆出版。

冯秉坤译《墨索里尼与新意大利》由天津大公报馆出版。

南柳如编译《墨索里尼传》由江苏南京正中书局出版。

须白石著《墨索里尼》由上海中学生书局出版。

［英］达尔文著、周韵铎译《达尔文自传》由上海世界书局出版。

［英］达尔文著、全巨荪译《达尔文传》由上海商务印书馆出版。

贾祖璋著《达尔文》由上海开明书店出版。

［印］安德烈著、吴耀宗译《甘地自传》由上海青年协会书局出版。

按：是书安德烈原序说：这一本自传，麻哈玛甘地称之为《我对真理的试验的故事》——所采用的材料最先是由他用本国的语言，在一九二二至二四年长期监禁时期中，向他的一个同在狱中的政治犯口授的。后来它是在他的古查拉提文报名《奈发耆温》的分期登出，并由他的至友马哈达夫狄西和比雅利乐尼亚译成英文，并经他自己详加修正。史拉德女士也帮忙把英文加以润饰。原稿由亚米特巴的奈发耆温书局印成两厚册出版，八开纸共1200页，也在美国荷慕时博士的报名《统一》的分期登载过。还有一本重要的书被采用过，那就是甘地自己叙述他在南非洲的经验，名叫《南非洲的灵力运动》的那本书。这是由高温冶狄西译成英文，它没有在美国出版，只在印度印行。我在采用这些文件和节录它们的时候，我愿诚恳地感谢译者之能忠于著者的精神。我们若在这三本书里面探求，要得到甘地对于人类行为的估价的线索，我们便知道这估价是集中于三种主要的德性的，那就是真诚、仁爱、清洁。第一第二两种合起来就是人的灵魂亘古的追求的对象；它要在兢兢业业，出淤泥而不染的生活中，最后达到脱离尘世的目的。生命中节奏完全的音乐需要真与爱的融合。但这音乐是这样的难于精通，而又需要那样完全的解脱，所以只有一个在肉体上和精神上都能屏除情欲的人，才能得到成功。因此，在甘地的著述中，他有时候注重爱，有时候注重真，但清洁这个意义却是一贯的。他深切地相信，只有清心的人能见上帝，而他又为清洁这一句话定一个很具体而清楚的界说。在他自己，清洁是包含着放弃结婚的生活和一切性关系的完全禁绝。至于他希望其他寻求上帝的人实行至何程度，他自己是要加以说明的。

在编辑这本书的时候，我所感觉的最大的困难就是材料太多而篇幅太少，有许多次，已被选用的东西不得不弃置，另外把必不能遗漏的材料放进去。有时似乎是到了最后一次的选择，但仍不得不重行修正。我这样做下去的时候，得到一种经验，至终我觉得我有理由可以希望这些叙述可以引读者入胜。我的目的一方面是叫西方的读者能够很容易的了解这本书，另一方面是不要失掉它的特殊的东方的风味。我希望读者把这书拿来和以前出版的那本《甘地的主张》同读。

胡祖荫、褚应瑞、程文彬编《贝登堡传记》由上海商务印书馆出版。

［英］马泰士著、张仕章译《穆德传》由上海青年协会书局出版。

训练总监部军学编译处译《福煦元帅言行录》由江苏南京军用图书社出版。

［法］罗曼·罗兰著、傅雷译述《弥盖朗琪罗传》由上海商务印书馆出版。

按：《译者弁言》说："本书之前，有《贝多芬传》；本书之后，有《托尔斯泰传》，合起来便是罗曼·罗兰底不朽的'巨人三传'。迻译本书的意念是和迻译《贝多芬传》的意念一致的，在此不必多说。在一部不朽的原作之前，冠上不伦的序文是件亵渎的行为。因此，我只申说下列几点：一、本书是依据原本第十一版全译的。但附录底弥氏诗选因其为意大利文原文（译者无能），且在本文中已引用甚多，故擅为删去。二、附录之后尚有详细参考书目（英德美意四国书目），因非目下国内读书界需要，故亦从略。三、原文注解除删去最不重要的十余则外，余皆全译，以示西人治学之严，为我人作一榜样耳。"

余皓述《马毕博士传略及其生平学说》由浙江著者出版。

卢文迪著《华盛顿》由上海中华书局出版。

按：是书分引言、幼年时代、青年测量师、英法殖民地战争、华盛顿的婚姻、华盛顿被举为民军大元帅、独立战争中的华盛顿、华盛顿与美国宪法、第一任美国大总统、第二任美国大总统、华盛顿退职以后的生活及其死等章节介绍华盛顿一生事略和成就。

赵紫宸著《耶稣传》由上海青年协会书局出版。

袁承斌、丁汝成译《方德望神父小传》由上海圣教杂志社出版。

四、卒于是年的传记作者

陈宝琛（1848—1935）。宝琛字伯潜，号弢庵、陶庵、听水老人。汉族，福建闽县（今福州市）螺洲人。同治七年进士，授翰林院庶吉士。十三年为翰林院侍讲，充日讲起居注官、内阁学士兼礼部侍郎。中法战争后，被连降九级，赋闲在家长达25年。宣统元年复调京充礼学馆总裁。著有《沧趣楼诗文集》，其中有传记作品《李君锡介家传》《先光禄公行述》《先姒林太夫人行略》《东阁大学士鹿文端公墓志铭》《张蒉斋学士墓志铭》《张小帆中丞墓志铭》《黄君菊三墓志铭》《陈文良公墓志铭》《庄翔初参将墓志铭》《吕君弢庐墓志铭》《王君石琴墓志铭》《金君沁园墓志铭》《王君小希墓志铭》《潘耀如同年墓志铭》《叶肖韩侍御墓志铭》《林君容庵墓志铭》《周君彦昇墓表》《林心斋丈哀诔》等数十篇。

徐自华(1873—1935)。自华字寄尘,号忏慧,浙江桐乡人。曾为南社诗人。创办湖州浔溪女学,自任校长。1906 年秋瑾从日本回国后,到浔溪女校任教,受秋瑾影响,参加同盟会和光复会,成为秋瑾最亲密的女友,给秋瑾的革命活动以很大支持。秋瑾遇难后,她与陈去病等冒险将其遗体搬到杭州西泠桥边安葬,并撰写《鉴湖女侠秋君墓表》,由吴芝瑛书写,胡菊龄刻石。又与陈去病等发起组织秋社纪念烈士。后去上海创办纪念秋瑾的竞雄女校,担任校长 16 年,后来将校务移交给秋瑾的女儿,重新主持秋社工作。另作有《秋瑾轶事》。

张怡祖(1898—1935)。怡祖字孝若,江苏南通人。张謇子。早年留学美国纽约大学,1918 年回国后辅佐父亲。1922 年被北洋政府任命为考察欧美日九国实业专使。曾任江苏省议会议员、吴佩孚联军司令部参赞、淮海实业银行总经理等职。1926 年张謇去世后,继任大生纱厂等企业董事长、南通学院院长。1935 年 10 月 17 日与如夫人李复初在上海寓所被旧仆吴义高枪杀。著有《南通张季直先生传记》。

瞿秋白(1899—1935)。秋白原名双,又名爽、霜,笔名宋阳、史铁儿等,江苏武进人。中国共产党早期领导人。1927 年在中共"五大"上当选为中央政治局委员。6 月 3 日补为政治局常委。8 月在武汉主持召开中共中央八七会议,当选为临时中央政治局常委,并主持中央工作。1928 年赴莫斯科,当选为中共六届中央政治局委员、共产国际执行委员、主席团委员,并任中共驻共产国际代表团团长。1930 年回国,1931 年在六届四中全会上被解除职务。1934 年去江西中央苏区,任中华苏维埃共和国教育部部长,兼苏维埃大学校长、中央机关报《红色中华》社长兼主编。红军长征后,留在江西工作。1935 年 2 月 24 日在福建长汀被捕,6 月 18 日遇害。著有《俄乡纪程》《赤都心史》《马克思主义文艺论文集》《俄国文学史》《中国拉丁化的字母》等,译著《解放了的唐·吉诃德》《岔道夫》《茨冈》等,遗著被编为《瞿秋白文集》《瞿秋白选集》。其自传作品《多余的话》最有影响,也颇有争议。

方志敏(1899—1935)。志敏原名远镇,乳名正鹄,号慧生,江西弋阳人。1920 年升入江西省立甲种工业学校应用机械科学习。参加革命后,历任江西省农民协会执行委员兼秘书长、中共弋阳县委书记和弋阳县苏维埃政府主席、中共信江特委书记兼中共贵溪县委书记、信江特区苏维埃政府主席、赣东北特区苏维埃政府主席兼文化委员会主席、闽浙赣省苏维埃政府主席、中共闽浙赣省委书记、闽浙赣军区司令员等职。1935 年 1 月 29 日在江西省玉山县怀玉山区被俘,8 月 6 日被国民党当局秘密杀害。著有《方志敏文集》，其中有传记作品《方志敏自述》《我从事革命斗争的略述》《狱中纪实》等。

贺昌(1906—1935)。昌原名颖，又名其颖，字伯聪，山西柳林人。历任太原团地委首任书记、团中央经济部主任、安源团地委书记、共青团江浙区委书记、中共江浙区委委员、中共湖北省委委员、共青团湖北省委书记、中共湖南省委书记、中共中央南方局宣传部长、广东省委书记、红三军团政治部主任等职。1935年3月10日在作战中壮烈牺牲。著有《贺昌文集》，其中有传记作品《晁补之》《一年来之回顾》《评介子推责诸存亡者语》《石君传》《悼念无产阶级的战士——张兆丰同志》等。

民国二十五年　丙子　1936年

一、传记评论

胡适6月21日作《黄谷仙论文审查报告》，对《韩愈传》进行批评。

按：胡适说：本论文为韩退之传，凡分七章。其（八）（九）两章均是选录作品，只可作为附录。这篇传屡经改稿，此为最后改定稿。每章之末有"辨异"，对旧谱传颇多辨正。其辨韩会非退之"从父兄"，辨退之非七岁能文，辨他随裴度出征在元和十二年而非十一年，辨退之《原道》诸篇应从朱子说作于贬阳山之时，皆甚确当。此传文字颇平实，征引材料亦颇详备，于退之一生事迹，叙述甚有条理。但综合观之，此传尚多缺陷，分别论列于下：

第一，退之一生有三大贡献，此传都不曾充分记叙。所谓三大贡献者：一为排斥佛教，二为提倡古文，三为诗歌上的创体。此传于排佛一事，稍有叙述，而无甚发挥。如用《原道》而不能指出其中之"划时代"的精意；如用《论佛骨表》，仅摘其中一段，而不用其中最大胆的部分，皆为失当。提倡古文虽不始于退之，而退之所以被推崇为"文起八代之衰，而道济天下之溺"，必有其故。此传于此事，几乎无一语提及，仅于附录中摘抄退之论文诸条。为退之作详传，遗此一大事，则全传所记皆成细碎琐屑，未免有买椟还珠的遗憾了。退之的诗，用作文的方法，用说话的口气，实开百余年后"宋诗"的风气。此传颇用退之诗作传记材料，但于他的诗歌的文学的价值，及其演变的痕迹，均无所发明，亦是一桩缺陷。（作者另有《骈文时代的散文》一篇，其中有"提倡古文不起于韩愈"各章，均应抽出作为本传的一部分，或可补此传之不足。）

第二，此传的原料都是学者习见的材料，若没有敏锐的眼光来作新鲜的解释，此传必无所发明。作者功力甚勤，而识力不足，往往不能抓住材料的重要性，因此往往不能充分利用所得的材料。例如张籍规劝退之两书及退之答书两篇，都是绝好传记材料，陈寅恪先生曾举出其中之一个小点，著文专文，甚有所发明。而此传于引此四札之前，仅作"退之喜口头论道，与人争论"，张籍写信劝他寥寥十七字的引论，岂非辜负此一组绝好史料？

第三，关于体例，此传也可商榷。中国传记旧体，以"年谱"为最详。其实"年谱"只是编排材料时的分档草稿,还不是"传记"。编"年谱"时,凡有年代可考的材料,细大都不可捐弃,皆须分年编排。但作"传记"时,当着重"剪裁",当抓住"传主"的最大事业,最要主张,最热闹或最有代表性的事件,其余的细碎琐事,无论如何艰难得来,无论考定如何费力,都不妨忍痛舍弃。其不在舍弃之列者,必是因为此种细碎琐事有可以描写或渲染"传主"的功用。中国"年谱"之作,起于"诗谱""文谱",往往偏于细碎,而忽略大体。此传原稿是"年谱"体,今虽改作,而细碎之病未除,剪裁之功不足,故于"传主"之一生大事业都不能用力渲染。改善之法,当于编年记叙之外,另列专题的专篇,如"排佛",如"古文",如"诗歌",或可有生色。总之,此传功力甚勤,而识力不足,虽可作为乙种论文,尚须大大的改作,始能成一部可读的传记。廿五,六,廿一。①

范存忠《一年来英美的传记文学》发表于《文艺月刊》第 8 卷第 3 期。

按:文章说:"传记,大概不是容易写的;容易写的传记大概不是文学。文学的传记,不是像事略行状那样,堆了些故事轶事就算了。好的传记不光是事实的堆垛,这事实须经过一番整理,分析,洗练的工夫;这事实的排比须适合艺术的法度。好的传记,在内容方面,须与好的历史同样的忠实;在形式方面,可以像结构谨严的五幕剧或首尾完全的历史小说。传记家整理事实须有科学家的头脑,而表达事实须有艺术家的精神。他既不能像小说家那样的向壁虚构,又不能老是给事实束缚住了,以致不能充分利用他的想象力。他对于人物,须具有相当的同情,因为没有这同情就不能了解人物;但他又不能有过分的同情,否则就不会有正确的判断。从前人每把大人物的言行书信集起来,往往于短时间内可印每部三大本的书。但是这些书,多么累赘,多么松懈,多么不近情理!这是行状,荣哀录,不是传记文学。近代人知道好的传记不是那样写的,于是把这每部三大本的书竭力删削,缩成薄薄的一小本,内容有线索,有起伏,有顿挫,文字也比较生动,有文学意味。但是新体传记家的想象太丰富了,或主观的色彩太浓重了,以致书中情节往往与事实不符。这是历史小说,或是有小说意味的野史,也不是传记文学。英国文学史上有不少好的诗歌,好的戏剧,好的小说,好的散文小品;但是好的传记,从十八世纪的《约翰生传》至二十世纪的《维多利亚传》,真是太少了。所以有人说过:完美的传记,与完美的人生,同样难得。"

尹雪曼《老舍及其〈离婚〉》发表于《文艺月刊》第 9 卷第 1 期。

---

① 耿云志,李国彤.胡适传记作品全编·第四卷[M].上海:东方出版中心,1999:216-218.

宋汉濯《冰心女士的作品及其批判》发表于《文艺月刊》第 9 卷第 2 期。

严大椿《司达哀尔夫人论》发表于《文艺月刊》第 9 卷第 3 期。

〔法〕勒麦特尔作、李万居译《莫泊桑论》发表于《文艺月刊》第 9 卷第 3 期。

〔日〕冈泽秀虎作、须白石译《郭果里的写实主义》发表于《文艺月刊》第 9 卷第 3 期。

罗根泽《韩愈及其门弟子的文学论》发表于《文艺月刊》第 9 卷第 4 期。

傅抱石《石涛丛考》发表于《文艺月刊》第 9 卷第 5 期。

李苏菲《我创作的动机》发表于《文艺》第 3 卷第 1 期(特辑:我创作的动机)。

赵清阁《我创作的动机》发表于《文艺》第 3 卷第 1 期(特辑:我创作的动机)。

曾今可《我创作的动机》发表于《文艺》第 3 卷第 1 期(特辑:我创作的动机)。

苏雪林《我创作的动机》发表于《文艺》第 3 卷第 1 期(特辑:我创作的动机)。

何德明《事出偶然》发表于《文艺》第 3 卷第 1 期(特辑:我创作的动机)。

罗皑岚《我创作的动机》发表于《文艺》第 3 卷第 1 期(特辑:我创作的动机)。

许季明《我创作的动机》发表于《文艺》第 3 卷第 1 期(特辑:我创作的动机)。

严振开《我创作的动机》发表于《文艺》第 3 卷第 1 期(特辑:我创作的动机)。

丁韬《我创作的动机》发表于《文艺》第 3 卷第 1 期(特辑:我创作的动机)。

王道胜《我创作的动机》发表于《文艺》第 3 卷第 1 期(特辑:我创作的动机)。

史天行《我创作的动机》发表于《文艺》第 3 卷第 1 期(特辑:我创作的动机)。

甘运衡《我创作的动机》发表于《文艺》第 3 卷第 1 期(特辑:我创作的动机)。

胡绍轩《我创作的动机》发表于《文艺》第 3 卷第 1 期(特辑:我创作的动机)。

罗念生《朱湘书信集序》发表于《文艺》第 3 卷第 1 期。

史紫忱《鲁迅论》发表于《文艺》第 3 卷第 6 期。

徐震《皖志传稿序》发表于《文艺捃华》第 3 卷第 1 期。

〔德〕恩格斯作、何凝译《巴尔扎克论》发表于《现实文学》第 2 期。

王统照《悼鲁迅先生以诗纪感》发表于《文学》第 7 卷第 5 期(鲁迅先生纪念特辑一)。

傅东华《悼鲁迅先生》发表于《文学》第 7 卷第 5 期(鲁迅先生纪念特辑一)。

茅盾《写于悲痛中》发表于《文学》第 7 卷第 5 期(鲁迅先生纪念特辑一)。

郁达夫《怀鲁迅》发表于《文学》第 7 卷第 5 期(鲁迅先生纪念特辑一)。

郑振铎《永在的温情》发表于《文学》第 7 卷第 5 期(鲁迅先生纪念特辑

一）。

茅盾《研究和学习鲁迅》发表于《文学》第 7 卷第 6 期（鲁迅先生纪念特辑二）。

欧阳凡海《关于研究鲁迅的几个基本认识的商榷》发表于《文学》第 7 卷第 6 期（鲁迅先生纪念特辑二）。

本社同人《悼鲁迅先生》发表于《文季月刊》第 1 卷第 6 期（哀悼鲁迅先生特辑）。

黄源《鲁迅先生》发表于《文季月刊》第 1 卷第 6 期（哀悼鲁迅先生特辑）。

李霁野《忆鲁迅先生》发表于《文季月刊》第 2 卷第 1 期。

许钦文《鲁迅先生的〈肥皂〉》发表于《文季月刊》第 2 卷第 1 期。

［苏］万垒赛耶夫作、孟十还译《果戈里怎样写作的》（一）发表于《作家》第 1 卷第 2 号。

［苏］万垒赛耶夫作、孟十还译《果戈里怎样写作的》（二）发表于《作家》第 1 卷第 3 号。

［苏］古尔士杰夫作、周学普译《高尔基的生涯和事业》发表于《作家》第 1 卷第 4 号。

［苏］万垒赛耶夫作、孟十还译《果戈里怎样写作的》（三）发表于《作家》第 1 卷第 4 号。

［苏］万垒赛耶夫作、孟十还译《果戈里怎样写作的》（四）发表于《作家》第 1 卷第 5 号。

［苏］万垒赛耶夫作、孟十还译《果戈里怎样写作的》（五）发表于《作家》第 1 卷第 6 号。

［苏］万垒赛耶夫作、孟十还译《果戈里怎样写作的》（六）发表于《作家》第 2 卷第 1 号。

［苏］万垒赛耶夫作、孟十还译《果戈里怎样写作的》（七）发表于《作家》第 2 卷第 2 号。

［美］史沫德黎作、茅盾译《珂勒惠支——民众的艺术家》发表于《作家》第 1 卷第 5 号。

孟十还《悼鲁迅先生》发表于《作家》第 2 卷第 2 号。

唐弢《纪念鲁迅先生》发表于《作家》第 2 卷第 2 号。

郑伯奇《不灭的印象》发表于《作家》第 2 卷第 2 号。

高淑英《悼鲁迅我们底导师》发表于《小说家》第 1 卷第 2 期（哀悼鲁迅

先生特辑)。

陈烟桥《纪念鲁迅先生》发表于《小说家》第 1 卷第 2 期(哀悼鲁迅先生特辑)。

新波《沉痛的哀思》发表于《小说家》第 1 卷第 2 期(哀悼鲁迅先生特辑)。

聂绀弩《关于哀悼鲁迅先生》发表于《小说家》第 1 卷第 2 期(哀悼鲁迅先生特辑)。

周文《鲁迅先生遗留下的艰巨放到我们大众的肩上来》发表于《小说家》第 1 卷第 2 期(哀悼鲁迅先生特辑)。

东平《〈故事新编〉读后记》发表于《小说家》第 1 卷第 2 期(哀悼鲁迅先生特辑)。

方之中《鲁迅死后的一点感想》发表于《小说家》第 1 卷第 2 期(哀悼鲁迅先生特辑)。

奚如《哀悼伟大的导师鲁迅》发表于《小说家》第 1 卷第 2 期(哀悼鲁迅先生特辑)。

力群《鲁迅先生》(炭画)发表于《小说家》第 1 卷第 2 期(哀悼鲁迅先生特辑)。

烟桥《鲁迅先生》(墨画)发表于《小说家》第 1 卷第 2 期(哀悼鲁迅先生特辑)。

新波《鲁迅先生》(木刻)发表于《小说家》第 1 卷第 2 期(哀悼鲁迅先生特辑)。

鲁迅《给陈烟桥的信》(手迹)发表于《小说家》第 1 卷第 2 期(哀悼鲁迅先生特辑)。

沙飞《生死殡葬》(照片)发表于《小说家》第 1 卷第 2 期(哀悼鲁迅先生特辑)。

郭沫若《民族的杰作——纪念鲁迅先生》发表于《质文》月刊第 2 卷第 2 期。

按:文章指出"鲁迅是我们中国民族近代的一个杰作","中国文学由鲁迅而开辟出了一个新纪元,中国的近代文艺是以鲁迅为真实意义的开山"。10 月 22 日又作《坠落了一个巨星》,10 月 24 日作《挽鲁迅先生》,11 月 1 日作《不灭的光辉》,悼念鲁迅逝世。

豫源《读〈邓肯女士自传〉》发表于《出版周刊》第 164 期。

洪煨莲《介绍一本爱国青年很值得看的传记》发表于《出版周刊》第

177 期。

按:是文向青年朋友推荐由商务印书馆出版的英国作家 A. G. Bowden Smith(包哲洁女士)所著的《马萨力克传》。

刘荣恩《高尔斯华绥传记书信》发表于《国闻周报》第 13 卷第 45 期。

按:文章说:"马刺脱先生曾替高尔斯华绥编过一部《高氏目录》,又同他有十来年的交情,所以编纂这部传记书信是适当的。看他所搜集的材料的丰富,他却是下过一番苦心而且对于他的工作有很大的信仰。这部书的十分之八九是书札,信札中有同当代文人来往的,大都是批评、商榷、赞扬高氏的作品的。其余有高氏自己的日记,他侄儿的日记,高氏太太的信,报上评论。我们觉得编者把'做常人'方面的高尔斯华绥挤矮了好多。从这里我们可以看出高氏对于人生、文学,当一个文人的一般信仰,他对于亲戚朋友的热诚;虽然他曾出本把论文演说集子,可是他总没有像他在信札里那样把种种说得简约直爽,对于自己的作品的说明也没有那样大胆的流露过。我们在念的时候,正像在看一个画匠在画画一样——一张白帆布上,滴滴点点的加上些颜色就成了一幅杰作。画家一方面还给我们解说释诠。这种经验除了在书信外是找不到的。因此,我们更容易真正认识高尔斯华绥。"

韦瑜《属于传志类的文章》发表于《青年界》第 9 卷第 2 期。

按:文章说:传志类的文章,在我国过去的古文内占有很大的百分比,和论辩文有同样的重要的地位。这类文章可分为两大类:第一即"传",也就是所谓"传记",我们如果翻开像《古文观止》之类的古文选本,不是可以看见有许多篇文章的题目,都叫作"×××传"或"记×××"的吗? 史书内的"纪""表""志""传","纪"和"传"也都属于这一类的;第二是"志",也就是"碑志",现在我们用"志"字的意义,并不一定限于"碑志",有时也和"记"字有同样的意思,但在古文内,完全只代表"碑志",并没有其他的意义。姚鼐说:"或立石墓上,或埋之圹中,古人皆曰志。"现在我们来研究研究这一类的文章,因为它们占有我国过去的文章很大的书目。我们读古代的东西,要时常遇见它们,来研究它们不但是要与我们的国学常识有些帮助,而且还可以帮助我们了解中国过去的文章。

贺玉波《刘大杰论》发表于《青年界》第 9 卷第 2 期。

赵景深《读〈宋元戏曲史〉》发表于《青年界》第 9 卷第 3 期。

李长之《许钦文论》发表于《青年界》第 9 卷第 3 期。

史美钧《朱湘论》发表于《青年界》第 9 卷第 4 期。

朱雯《悼鲁迅先生》发表于《青年界》第 10 卷第 5 期(鲁迅先生纪念)。

朱亚南《悼鲁迅先生》发表于《青年界》第 10 卷第 5 期（鲁迅先生纪念）。

高华甫《悼文坛巨星鲁迅》发表于《青年界》第 10 卷第 5 期（鲁迅先生纪念）。

邓丁《广州鲁迅先生追悼会》发表于《青年界》第 10 卷第 5 期（鲁迅先生纪念）。

康国栋《忆鲁迅》发表于《青年界》第 10 卷第 5 期（鲁迅先生纪念）。

封禾子《读岳飞及其他》发表于《青年界》第 10 卷第 5 期。

景宋《献给鲁迅夫子》发表于《中流》第 1 卷第 5 期（哀悼鲁迅先生专号）。

茅盾《学习鲁迅先生》发表于《中流》第 1 卷第 5 期（哀悼鲁迅先生专号）。

按：文章说："然而要保证这一切伟大的永久纪念的必得办到，有一个先决条件：学习鲁迅。不但要从他的遗著中学习文学创作的方法，尤其重要的，是学习他的斗争精神。他的斗争精神，在嫉恶如仇这一点上还是大家能够学得到的，但是他的治学的勤奋，不顾健康地努力工作，忘掉了自己地为民族为被压迫者求解放，却不是我们说一声'要学'就能立刻学到。是这些地方，我们一定要努力学习他！也惟有学习到他这种伟大的斗争精神，我们才能跟着他的脚步从斗争中创造新中国，然后能毫无阻碍地按照理想的永久纪念他！学习他就是纪念他。"

郑伯奇《鲁迅先生的演讲》发表于《中流》第 1 卷第 5 期（哀悼鲁迅先生专号）。

张天翼《哀悼鲁迅先生》发表于《中流》第 1 卷第 5 期（哀悼鲁迅先生专号）。

巴金《一点不能忘却的记忆》发表于《中流》第 1 卷第 5 期（哀悼鲁迅先生专号）。

吴组缃《闻鲁迅先生死耗》发表于《中流》第 1 卷第 5 期（哀悼鲁迅先生专号）。

郑振铎《鲁迅先生并不偏狭》发表于《中流》第 1 卷第 5 期（哀悼鲁迅先生专号）。

靳以《给不相识的友人们》发表于《中流》第 1 卷第 5 期（哀悼鲁迅先生专号）。

萧乾《朦胧的敬慕》发表于《中流》第 1 卷第 5 期（哀悼鲁迅先生专号）。

田军《十月十五日》发表于《中流》第 1 卷第 5 期（哀悼鲁迅先生专号）。

萧红《海外的悲悼》发表于《中流》第 1 卷第 5 期（哀悼鲁迅先生专号）。

唐弢《向高墙头示威》发表于《中流》第 1 卷第 5 期（哀悼鲁迅先生专

号)。

许钦文《在对鲁迅先生的哀悼中》发表于《中流》第 1 卷第 5 期(哀悼鲁迅先生专号)。

厂民《悼鲁迅先生》发表于《中流》第 1 卷第 5 期(哀悼鲁迅先生专号)。

蒋牧良《悼鲁迅先生》发表于《中流》第 1 卷第 5 期(哀悼鲁迅先生专号)。

田间《悼鲁迅先生》发表于《中流》第 1 卷第 5 期(哀悼鲁迅先生专号)。

艾群《你静静地安睡着罢》发表于《中流》第 1 卷第 5 期(哀悼鲁迅先生专号)。

姚克《最初和最后的一面》发表于《中流》第 1 卷第 5 期(哀悼鲁迅先生专号)。

端木蕻良《永恒的悲哀》发表于《中流》第 1 卷第 5 期(哀悼鲁迅先生专号)。

以群《忆鲁迅先生》发表于《中流》第 1 卷第 5 期(哀悼鲁迅先生专号)。

曹白《一九三六年·十·十九的早晨》发表于《中流》第 1 卷第 5 期(哀悼鲁迅先生专号)。

鲁彦《活在人类的心里》发表于《中流》第 1 卷第 5 期(哀悼鲁迅先生专号)。

阿累《一面》发表于《中流》第 1 卷第 5 期(哀悼鲁迅先生专号)。

赵家璧《不肯说假话的鲁迅先生》发表于《中流》第 1 卷第 5 期(哀悼鲁迅先生专号)。

陈毅《一个作家的伟大处》发表于《中流》第 1 卷第 5 期(哀悼鲁迅先生专号)。

芦焚《他给我们的不算少》发表于《中流》第 1 卷第 5 期(哀悼鲁迅先生专号)。

李蕤《悼鲁迅先生》发表于《中流》第 1 卷第 5 期(哀悼鲁迅先生专号)。

周文《鲁迅先生是并没有死的》发表于《中流》第 1 卷第 5 期(哀悼鲁迅先生专号)。

吴克刚《忆鲁迅先生并及爱罗先珂》发表于《中流》第 1 卷第 5 期(哀悼鲁迅先生专号)。

陈子展《我们所以哀悼鲁迅先生》发表于《中流》第 1 卷第 5 期(哀悼鲁迅先生专号)。

周楞伽《哀念之余》发表于《中流》第 1 卷第 5 期(哀悼鲁迅先生专号)。

陆离《悼念鲁迅先生》发表于《中流》第 1 卷第 5 期（哀悼鲁迅先生专号）。

胡风《悲痛的告别》发表于《中流》第 1 卷第 5 期（哀悼鲁迅先生专号）。

平心《悼鲁迅先生》发表于《中流》第 1 卷第 5 期（哀悼鲁迅先生专号）。

黎烈文《一个不倦的工作者》发表于《中流》第 1 卷第 5 期（哀悼鲁迅先生专号）。

萧爱梅《纪念苏联的朋友中国作家鲁迅》发表于《中流》第 1 卷第 6 期。

雪苇《导师的丧失》发表于《中流》第 1 卷第 6 期。

许钦文《铁门相见时的鲁迅先生》发表于《中流》第 1 卷第 6 期。

思慕《日本悲悼鲁迅的文章》发表于《中流》第 1 卷第 6 期。

冰莹《纪念鲁迅先生》发表于《中流》第 1 卷第 7 期。

王任叔《鲁迅先生的"转变"》发表于《中流》第 1 卷第 7 期。

以人译《恩格斯论莎士比亚》发表于《东流》第 2 卷第 4 期（最近世界名著介绍专号）。

以人译《法捷耶夫论现实主义》发表于《东流》第 2 卷第 4 期（最近世界名著介绍专号）。

以人译《马拉霍夫谈屠格涅夫》发表于《东流》第 2 卷第 4 期（最近世界名著介绍专号）。

陈达人译《托尔斯泰论文学》发表于《东流》第 3 卷第 1 期（讽刺文学特辑）。

杜宣《悼高尔基》发表于《东流》第 3 卷第 1 期（讽刺文学特辑）。

邢桐华《高尔基教给了我们什么》发表于《质文》第 2 卷第 1 期（纪念高尔基）。

非厂《让最大的痛苦再从心里消失吧》发表于《质文》第 2 卷第 1 期（纪念高尔基）。

林林《哀悼高尔基》发表于《质文》第 2 卷第 1 期（纪念高尔基）。

任白戈《我们来纪念高尔基》发表于《质文》第 2 卷第 1 期（纪念高尔基）。

勃生译《纪德悼高尔基》发表于《质文》第 2 卷第 1 期（纪念高尔基）。

郭铁译《罗曼·罗兰悼高尔基》发表于《质文》第 2 卷第 1 期（纪念高尔基）。

苏联文学新闻社、邢桐华译《别了！先生》发表于《质文》第 2 卷第 1 期（纪念高尔基）。

林焕平《巴比塞・高尔基・鲁迅》发表于《质文》第 2 卷第 2 期(追悼鲁迅先生)。

邢桐华《悼鲁迅先生》发表于《质文》第 2 卷第 2 期(追悼鲁迅先生)。

任白戈《悼鲁迅先生》发表于《质文》第 2 卷第 2 期(追悼鲁迅先生)。

北鸥《纪念我们的鲁迅》发表于《质文》第 2 卷第 2 期(追悼鲁迅先生)。

代石《悼鲁迅先生》发表于《质文》第 2 卷第 2 期(追悼鲁迅先生)。

孟克《写在烦躁里》发表于《质文》第 2 卷第 2 期(追悼鲁迅先生)。

谢阿狗《自传难写论》发表于《论语半月刊》第 99 期。

朱希祖《跋〈张鹏一君太史公年谱〉》发表于《制言》第 20 期。

朱希祖《跋〈张鹏一君改订本太史公年谱〉》发表于《制言》第 20 期。

章太炎遗作《孙仲容先生年谱序》发表于《制言》第 20 期。

庞俊《章先生学术述略》发表于《制言》第 25 期"太炎先生纪念专号"。

沈瓞民《记凤凰山馆论学》发表于《制言》第 25 期"太炎先生纪念专号"。

徐仲荪《纪念太炎先生》发表于《制言》第 25 期"太炎先生纪念专号"。

冯自由《吊太炎先生》发表于《制言》第 25 期"太炎先生纪念专号"。

曹亚伯《谈章太炎先生》发表于《制言》第 25 期"太炎先生纪念专号"。

张仲仁《纪念太炎先生》发表于《制言》第 25 期"太炎先生纪念专号"。

景梅九《悲忆太炎师》发表于《制言》第 25 期"太炎先生纪念专号"。

许寿裳《纪念先师章太炎先生》发表于《制言》第 25 期"太炎先生纪念专号"。

田桓《哭余杭夫子》发表于《制言》第 25 期"太炎先生纪念专号"。

施章《悼章太炎先生》发表于《制言》第 25 期"太炎先生纪念专号"。

叶焕彬遗作《顾亭林先生年谱序》发表于《制言》第 30 期。

傅孟真《我所认识的丁文江先生》发表于《独立评论》第 188 号"纪念丁文江先生"专号。

按:丁文江先生 1 月 5 日逝世于湖南长沙,《独立评论》给他出了一本纪念专刊(《独立评论》188 期,民国二十五年二月十六日出版),收了 18 篇纪念文字。以后又陆续收到一些纪念文章,从二月到七月又收了 9 篇文章,发表于《独立评论》第 189 期、193 期、196 期、208 期和 211 期。这 20 余篇纪念文章里有不少传记资料。傅斯年《我所认识的丁文江先生》说:"我以为在君确是新时代最良善最有用的中国人之代表;他是欧化中国过程中产生的最高的菁华;他是用科学知识作燃料的大马力机器;他是抹杀主观,为学术为社会为国家服务者,为公众之进步及幸福服务者。这样的一个人格,应当在国人心中留个深刻的印象。所以我希望胡适之先生将来为他作一部传记。他若不作，我就要有点自告奋勇的意思。"

胡适《丁在君这个人》发表于《独立评论》第 188 号"纪念丁文江先生"专号。

按：丁文江和胡适都是《独立评论》的创办人，也均为《努力周报》的发起人。丁文江去世后，胡适除了写纪念文章《丁在君这个人》外，还在《独立评论》编辑他的纪念专号。胡适在这期纪念专号的尾部有一篇《编辑后记》，在谈到丁文江对《独立评论》的贡献时，非常动情地说："他每每自夸是我的最努力的投稿者！万不料现在竟轮到我来编辑他的纪念专号！"这一期"纪念丁文江先生"专号编辑的体例是这样的："纪念的文字，依照内容的性质，分为五类。第一类是通论在君生平的。第二类是专论他在科学上的贡献的。第三类是注重他在中央研究院的工作的。第四类是有关传记的材料：两篇记他最后在湖南的情形，两篇是他的老兄和七弟的叙述，一篇是他的一个学生的记叙。第五类是他的著作目录。"

翁文灏《对于丁在君先生的追忆》发表于《独立评论》第 188 号"纪念丁文江先生"专号。

［美］葛利普原作、高振西译《丁文江先生与中国科学之发展》发表于《独立评论》第 188 号"纪念丁文江先生"专号。

黄汲清《丁在君先生在地质学上的工作》发表于《独立评论》第 188 号"纪念丁文江先生"专号。

杨钟健《悼丁在君先生》发表于《独立评论》第 188 号"纪念丁文江先生"专号。

吴定良《丁在君先生对于人类学之贡献》发表于《独立评论》第 188 号"纪念丁文江先生"专号。

周诒春《我所敬仰的丁在君先生》发表于《独立评论》第 188 号"纪念丁文江先生"专号。

蔡元培《丁在君先生对于中央研究院之贡献》发表于《独立评论》第 188 号"纪念丁文江先生"专号。

陶孟和《追忆在君》发表于《独立评论》第 188 号"纪念丁文江先生"专号。

李济《怀丁在君》发表于《独立评论》第 188 号"纪念丁文江先生"专号。

汪敬熙《丁在君先生》发表于《独立评论》第 188 号"纪念丁文江先生"专号。

凌鸿勋《悼丁在君先生》发表于《独立评论》第 188 号"纪念丁文江先生"专号。

朱经农《最后一个月的丁在君先生》发表于《独立评论》第 188 号"纪念丁文江先生"专号。

丁文涛《亡弟在君童年轶事追忆录》发表于《独立评论》第 188 号"纪念丁文江先生"专号。

丁文治《我的二哥文江》发表于《独立评论》第 188 号"纪念丁文江先生"专号。

高振西《做教师的丁文江先生》发表于《独立评论》第 188 号"纪念丁文江先生"专号。

薛瀛伯《读杨鹤杨希文所编〈薛文清公年谱〉》发表于《燕京大学图书馆学报》第 99 期。

容肇祖《跋洪去芜本〈朱子年谱〉》发表于《燕京学报》第 20 期。

陈思《与夏瞿禅论白石清真年谱》发表于《词学季刊》第 3 卷第 2 期。

孙次舟《年谱:〈章实斋年谱补正序〉》发表于《人物月刊》第 1 卷第 2 期。

梁实秋《莎士比亚研究之现阶段》发表于《东方杂志》第 33 卷第 7 号。

咏琴《佛罗依德的精神分析学与性问题》发表于《东方杂志》第 33 卷第 7 号。

刘陆民《悼李次山先生》发表于《法学丛刊》第 4 卷 2—3 合期。

潘承弼《柳三变事迹考略》发表于《史学集刊》第 2 期。

李竹董《孟子事迹考》发表于《民钟季刊》第 2 卷第 1 期。

束世澄《赵声传记考异》发表于《建国月刊》第 15 卷第 5 期。

吴之英《陆放翁所著书版本考》发表于《国专月刊》第 3 卷第 1—2 期。

吴之英《陆放翁所著书版本考(续)》发表于《国专月刊》第 3 卷第 4 期。

钱大成、戴传安《孟东野诗集版本考》发表于《国专月刊》第 3 卷第 5 期。

谭戒甫《〈史记·老子传〉考正(据殿本)》发表于《国立武汉大学文哲季刊》第 5 卷第 2 号。

朱偰《东林党人榜考证》发表于《燕京学报》第 19 期。

钱穆《康有为学术述评》发表于《清华学报》第 11 卷第 3 期。

按:是文分"(一)康有为传略(二)康氏之长与讲学　附朱次琦(三)康氏之新考据　附廖平(四)康氏之大同书　附谭嗣同及其仁学(五)康氏思想之两极端(六)康氏关于尊孔读经之见解"六部分对康有为学术进行了评述。

邵循正《元史、拉施特集史、蒙古帝室世系所记世祖后妃考》发表于《清华学报》第 11 卷第 4 期。

胡适《读曲小记》发表于天津《益世报·读书周刊》第 41 期。

按：文章指出：关汉卿不是金遗民；严忠济是严实的儿子，《元曲三百首》误注严忠济之名为严实；王国维注《录鬼簿》谓学士名贵，白珽子，此注大误，白珽是钱塘人，白贲是北方人，实际上白无咎名贲，是白仁甫的伯父。

胡适《崔东壁遗书序》发表于 4 月 30 日天津《大公报·图书》副刊第 128 期。

按：胡适在本文《附记》中说："我本想写一篇较详细的介绍，现在只能拿这篇短序来塞责，这是我很抱歉的。我盼望全书出版后我能利用新出现的传记材料，继续写成我的《崔述年谱》，完成我十四年前介绍崔述的志愿。"

二、单篇传记

圣旦《朱淑贞的恋爱事迹及其诗词》发表于《文艺月刊》第 8 卷第 3 期。

张传普《中世纪德国抒情诗人法尔特》发表于《文艺月刊》第 8 卷第 4 期。

金发译《罗曼·罗兰及其生活》发表于《文艺月刊》第 8 卷第 4 期。

易明《许杰在回忆里》发表于《文艺月刊》第 8 卷第 5 期。

王德箴《美髯诗人苏东坡》发表于《文艺月刊》第 8 卷第 6 期。

倪炯声《致悼胡展堂先生》发表于《文艺月刊》第 9 卷第 1 期。

傅抱石《石涛年谱稿》发表于《文艺月刊》第 9 卷第 1 期。

巩思文《高莪德及其戏剧》发表于《文艺月刊》第 9 卷第 1 期。

刘盏《法国象征派小说家纪德》发表于《文艺月刊》第 9 卷第 4 期。

柳无忌、曹鸿昭译《乔塞及其作品》发表于《文艺月刊》第 9 卷第 6 期。

丽尼《童年》发表于《文季月刊》第 1 卷第 1 期。

赵家璧《特莱塞——从自然主义者到社会主义者》发表于《文季月刊》第 1 卷第 1 期。

［苏］潘夫立诺夫《普希金像》（木刻）发表于《文季月刊》第 1 卷第 1 期。

［苏］克拉甫兼珂《高尔基像》（木刻）发表于《文季月刊》第 1 卷第 2 期。

徐霞村《笛福与〈鲁宾逊漂流记〉》发表于《文季月刊》第 1 卷第 4 期。

司徒乔《鲁迅先生画像》（遗像）发表于《文季月刊》第 1 卷第 6 期（哀悼鲁迅先生特辑）。

编者《鲁迅先生遗体》（照片）发表于《文季月刊》第 1 卷第 6 期（哀悼鲁迅先生特辑）。

编者《鲁迅先生书桌》（照片）发表于《文季月刊》第 1 卷第 6 期（哀悼鲁迅先生特辑）。

编者《灵柩移上灵车行进中》（照片）发表于《文季月刊》第 1 卷第 6 期（哀悼鲁迅先生特辑）。

编者《殡仪行列中之鲁迅先生画像》（照片）发表于《文季月刊》第 1 卷第 6 期（哀悼鲁迅先生特辑）。

编者《鲁迅先生长眠之墓穴》（照片）发表于《文季月刊》第 1 卷第 6 期（哀悼鲁迅先生特辑）。

编者《许广平女士及公子海婴》（照片）发表于《文季月刊》第 1 卷第 6 期（哀悼鲁迅先生特辑）。

编者《鲁迅先生书札遗迹》（照片）发表于《文季月刊》第 1 卷第 6 期（哀悼鲁迅先生特辑）。

编者《鲁迅先生原稿手迹》（照片）发表于《文季月刊》第 1 卷第 6 期（哀悼鲁迅先生特辑）。

编者《鲁迅先生遗像》（2 幅）发表于《文季月刊》第 1 卷第 6 期（哀悼鲁迅先生特辑）。

陆离《鲁迅先生塑像》（插图）发表于《文季月刊》第 2 卷第 1 期。

编者《鲁迅先生遗墨》（照片，韦素园墓碑）发表于《文季月刊》第 2 卷第 1 期。

赖少其《暴风雨中的鲁迅先生》（木刻）发表于《文季月刊》第 2 卷第 1 期。

天行《介绍卡司布劳微支》发表于《文艺》第 2 卷第 4 期。

王一心《星期日记》发表于《文艺》第 2 卷第 4 期。

孙瑞时《瑞时日记》发表于《文艺》第 2 卷第 4 期。

编者《革命文豪高尔基遗像》发表于《文艺》第 3 卷第 3 期。

魏韶蓁《纪念高尔基》发表于《文艺》第 3 卷第 3 期。

编者《普式庚传略》发表于《东方文艺》第 1 卷第 2 期（普式庚特辑）。

编者《普式庚著作年表》发表于《东方文艺》第 1 卷第 2 期（普式庚特辑）。

侯枫《纪念马克辛·高尔基》发表于《东方文艺》第 1 卷第 3 期（创作专号）。

新波绘《马克辛·高尔基遗像》发表于《东方文艺》第 1 卷第 3 期（创作专号）。

郭沫若《高尔基之死》发表于《东方文艺》第 1 卷第 4 期(追悼高尔基特辑)。

梅雨《吊高尔基》发表于《东方文艺》第 1 卷第 4 期(追悼高尔基特辑)。

雷石榆《普罗文学的师表——高尔基》发表于《东方文艺》第 1 卷第 4 期(追悼高尔基特辑)。

[法]罗曼·罗兰《永息在我们的心里》发表于《东方文艺》第 1 卷第 4 期(追悼高尔基特辑)。

彭毓炯《关于高尔基》发表于《东方文艺》第 1 卷第 4 期(追悼高尔基特辑)。

王亚平《悼高尔基》发表于《东方文艺》第 1 卷第 4 期(追悼高尔基特辑)。

菲戈《悼念高尔基》发表于《东方文艺》第 1 卷第 4 期(追悼高尔基特辑)。

左兵《填补他空下的岗位》发表于《东方文艺》第 1 卷第 4 期(追悼高尔基特辑)。

斐琴《柴霍甫所见的高尔基》发表于《东方文艺》第 1 卷第 4 期(追悼高尔基特辑)。

编者《高尔基遗像》(插图)发表于《东方文艺》第 1 卷第 4 期(追悼高尔基特辑)。

编者《高尔基灵前》(插图)发表于《东方文艺》第 1 卷第 4 期(追悼高尔基特辑)。

编者《高尔基与罗曼·罗兰合影》(插图)发表于《东方文艺》第 1 卷第 4 期(追悼高尔基特辑)。

本社同人《哀悼文学巨人高尔基》发表于《现实文学》第 1 期。

胡风《高尔基断片》发表于《现实文学》第 2 期。

胡风《田间的诗》发表于《现实文学》第 2 期。

[苏]拉甫列涅夫作、曹靖华译《我怎样创作的》发表于《现实文学》第 2 期。

侯枫《高尔基的死》发表于《今代文艺》创刊特大号(特辑:高尔基逝世纪念六篇)。

梅雨《伟大的战士高尔基》发表于《今代文艺》创刊特大号(特辑:高尔基逝世纪念六篇)。

林林《高尔基死了》发表于《今代文艺》创刊特大号(特辑:高尔基逝世纪

念六篇）。

纱雨译《伟大的文化教师高尔基》发表于《今代文艺》创刊特大号（特辑：高尔基逝世纪念六篇）。

［苏］高尔基作、北芒译《布尔乔亚文化的谩骂》发表于《今代文艺》创刊特大号（特辑：高尔基逝世纪念六篇）。

［苏］高尔基作、膺庸译《巴夫洛夫教授的回忆》发表于《今代文艺》创刊特大号（特辑：高尔基逝世纪念六篇）。

［苏］拉金作、凌之译《社会主义现实主义创作者高尔基》发表于《今代文艺》第 1 卷第 2 期。

汤美译《高尔基书简》发表于《今代文艺》第 1 卷第 2 期。

徐懋庸《还答鲁迅先生》发表于《今代文艺》第 1 卷第 3 期。

［日］秋田雨雀作、魏晋译《忆先驱诗人石川啄木》发表于《今代文艺》第 1 卷第 3 期。

黎烈文《郎特莱丝夫人》发表于《文学》第 6 卷第 1 期。

胡风《〈死魂灵〉与果戈里》发表于《文学》第 6 卷第 1 期。

张天翼《我怎样写〈清明时节〉的》发表于《文学》第 6 卷第 1 期。

宗融《法国水星杂志主干瓦列特逝世》发表于《文学》第 6 卷第 1 期。

编者《契诃夫和他的父亲》发表于《文学》第 6 卷第 1 期。

编者《歌德与树》发表于《文学》第 6 卷第 1 期。

编者《高尔基的第二部自传小说》发表于《文学》第 6 卷第 1 期。

编者《高尔斯华绥的未发表作品》发表于《文学》第 6 卷第 1 期。

宗融《法国名小说家布尔惹逝世》发表于《文学》第 6 卷第 2 期。

仲持《狄那摩甫论莎士比亚》发表于《文学》第 6 卷第 3 期。

仲持《英帝国主义代表诗人吉卜林逝世》发表于《文学》第 6 卷第 3 期。

编者《伊凡诺夫的自传小说》发表于《文学》第 6 卷第 3 期。

编者《最先印行莎士比亚的出版家》发表于《文学》第 6 卷第 3 期。

编者《倍纳忒的日记所引起的讼案》发表于《文学》第 6 卷第 3 期。

仲持《七十老人罗曼·罗兰》发表于《文学》第 6 卷第 4 期。

宜闲《俄国两个文学家的诞生纪念》发表于《文学》第 6 卷第 4 期。

天虹《挪威小说家鲍以尔的新著》发表于《文学》第 6 卷第 4 期。

天虹《狄更斯的〈匹克维克遗稿〉百年纪念》发表于《文学》第 6 卷第 4 期。

编者《白朗宁夫妇的情书》发表于《文学》第 6 卷第 4 期。

宗融《大洛司尼的八旬诞辰》发表于《文学》第 6 卷第 5 期。

宗融《拉马尔丁的〈若瑟兰〉出版百年纪念》发表于《文学》第 6 卷第 6 期。

编者《济慈的情书》发表于《文学》第 6 卷第 6 期。

编者《卢那却尔斯基的剧本》发表于《文学》第 6 卷第 6 期。

李健吾译《司汤达行状》发表于《文学》第 7 卷第 1 期。

编者《高尔基像》(木刻)发表于《文学》第 7 卷第 1 期。

编者《高尔基遗像》(五幅)发表于《文学》第 7 卷第 1 期。

编者《高尔基纪念画刊》(7 幅)发表于《文学》第 7 卷第 1 期。

王任叔《瞻仰遗容》发表于《文学》第 7 卷第 2 期(高尔基纪念特辑)。

郑伯奇《高尔基的学习时代》发表于《文学》第 7 卷第 2 期(高尔基纪念特辑)。

[苏]罗纳却尔斯基作、秦炳蓍译《一幅肖像画》发表于《文学》第 7 卷第 2 期(高尔基纪念特辑)。

徐懋庸《高尔基的新的人道主义》发表于《文学》第 7 卷第 2 期(高尔基纪念特辑)。

王统照《雪莱墓上》发表于《文学》第 7 卷第 2 期。

戈宝权《高尔基的逝世与葬礼》发表于《文学》第 7 卷第 3 期。

刘岘作《高尔基葬仪之一、之二》(木刻)发表于《文学》第 7 卷第 3 期。

编者《高尔基的遗著》发表于《文学》第 7 卷第 3 期。

编者《夏芝的回忆录》发表于《文学》第 7 卷第 3 期。

编者《关于美国名诗人费劳斯忒》发表于《文学》第 7 卷第 3 期。

闻国新《云冈途中》(游记)发表于《文学》第 7 卷第 4 期。

郑伯奇《最后的会面》发表于《文学》第 7 卷第 5 期(鲁迅先生纪念特辑一)。

力群《鲁迅先生遗容速写(一)》发表于《文学》第 7 卷第 5 期(鲁迅先生纪念特辑一)。

楷人《鲁迅先生遗容速写(二)》发表于《文学》第 7 卷第 5 期(鲁迅先生纪念特辑一)。

编者《鲁迅先生像》发表于《文学》第 7 卷第 5 期(鲁迅先生纪念特辑一)。

编者《鲁迅先生遗容照片》发表于《文学》第 7 卷第 5 期(鲁迅先生纪念特辑一)。

编者《鲁迅先生之寓所与丧仪照片》(24 帧)发表于《文学》第 7 卷第 5 期

（鲁迅先生纪念特辑一）。

夏丏尊《鲁迅翁杂忆》发表于《文学》第 7 卷第 6 期（鲁迅先生纪念特辑二）。

周木斋《模糊》发表于《文学》第 7 卷第 6 期（鲁迅先生纪念特辑二）。

戴平万等《我们的唁词》发表于《文学界》第 1 卷第 2 号（高尔基逝世纪念特辑）。

按：作者尚有林娜、杨骚、王任叔、丽尼、荒煤、郑伯奇、叶紫、张庚、舒群、罗烽、林淡秋、梅雨、徐懋庸、孟公威。

编者《伟大民族的伟大子孙——高尔基》（插图）发表于《文学界》第 1 卷第 2 号（高尔基逝世纪念特辑）。

张香山《岛木健作访问记》发表于《文学界》第 1 卷第 3 号。

白薇《她的笑——自传之一部》发表于《文学丛报》诞生号。

［苏］奴西诺夫作、梅雨译《高尔基与苏联文学》发表于《文学丛报》第 2 期。

孙雪苇《哀悼伟大人类的伟大子孙——马克心·高尔基》发表于《文学丛报》第 4 期（高尔基逝世特辑）。

修奇译《麦克辛·高尔基》发表于《文学丛报》第 4 期（高尔基逝世特辑）。

少甫译《作为戏剧家的高尔基》发表于《文学丛报》第 4 期（高尔基逝世特辑）。

露蒂译《科罗琏珂》发表于《文学丛报》第 4 期（高尔基逝世特辑）。

［苏］福尔马诺夫作、克洛、泰乃合译《却派耶夫的传记》发表于《文学丛报》第 6 期。

［苏］普列哈诺夫作、何凝译《易卜生断片》发表于《文学丛报》第 6 期。

［苏］列维它夫作、何凝译《萧伯纳断片》发表于《文学丛报》第 6 期。

鲁迅《我的第一个师父》发表于《作家》第 1 卷第 1 号。

黄源《罗曼·罗兰七十诞辰》发表于《作家》第 1 卷第 1 号。

［日］高冲阳造作、周学普译《安德列·纪德的路》发表于《作家》第 1 卷第 2 号。

［苏］万垒赛耶夫作、孟十还译《果戈里怎样写作的》发表于《作家》第 1 卷第 2 号。

唐弢《悼念玛克辛·高尔基》发表于《作家》第 1 卷第 4 号。

鲁迅《凯绥·珂勒惠支版画》发表于《作家》第 1 卷第 5 号。

［日］内山完造《忆鲁迅先生》发表于《作家》第 2 卷第 2 号。

［日］鹿地亘《鲁迅和我》发表于《作家》第 2 卷第 2 号。

［日］河野明子《鲁迅死的早晨》发表于《作家》第 2 卷第 2 号。

［日］池田幸子《最后一天的鲁迅先生》发表于《作家》第 2 卷第 2 号。

［日］奥田杏花《我们的最后谈话》发表于《作家》第 2 卷第 2 号。

［日］须藤医生《医学者所见的鲁迅先生》发表于《作家》第 2 卷第 2 号。

［日］须藤医生《鲁迅先生病状经过》发表于《作家》第 2 卷第 2 号。

景宋《最后的一天》发表于《作家》第 2 卷第 2 号。

曹靖华《生命中的一声巨雷》发表于《作家》第 2 卷第 2 号。

巴金《片断的回忆》发表于《作家》第 2 卷第 2 号。

叶圣陶《挽鲁迅先生》发表于《作家》第 2 卷第 2 号。

章锡琛《鲁迅先生的"义子"》发表于《作家》第 2 卷第 2 号。

田军《让他自己……》发表于《作家》第 2 卷第 2 号。

臧克家《喇叭的喉咙》发表于《作家》第 2 卷第 2 号。

白尘《战士的葬仪》发表于《作家》第 2 卷第 2 号。

李中迪《我的学校生活》（生活录）发表于《中学生文艺季刊》第 2 卷第 1 期。

英人《我研究无线电的经过》（生活录）发表于《中学生文艺季刊》第 2 卷第 3 期。

戌君《军训回忆片断》（生活录）发表于《中学生文艺季刊》第 2 卷第 4 期。

陈耀东《学生集训生活》（生活录）发表于《中学生文艺季刊》第 2 卷第 4 期。

远征《学兵生活片断》（生活录）发表于《中学生文艺季刊》第 2 卷第 4 期。

远千里《工作行程》（生活录）发表于《中学生文艺季刊》第 2 卷第 4 期。

杨圻《康南海先生事略序》发表于《文艺捃华》第 3 卷第 1 期。

刘盼遂《补〈后汉书·张仲景〉传》发表于《文学年报》第 2 期。

林林译《高尔基给青年诗人的信》发表于《诗歌生活》第 2 期。

邢桐华等《追悼马克星·高尔基特辑》发表于《诗歌生活》第 2 期。

［日］平井肇作、魏晋译《诗人普式庚》发表于《诗歌生活》第 2 期（普式庚特辑）。

林林《拜伦主义与普式庚》发表于《诗歌生活》第 2 期（普式庚特辑）。

臧云远《纪念普式庚》发表于《诗歌生活》第 2 期(普式庚特辑)。

鲍雷思《许拜维艾尔白描像》发表于《新诗》第 1 卷第 1 期。

[法]马赛尔·雷蒙作、戴望舒译《许拜维艾尔论》发表于《新诗》第 1 卷第 1 期。

戴望舒《记诗人许拜维艾尔》发表于《新诗》第 1 卷第 1 期。

戴望舒《关于沙里纳思》发表于《新诗》第 1 卷第 2 期。

冯至《里尔克》发表于《新诗》第 1 卷第 3 期(里尔克逝世十年祭特辑)。

编者《里尔克肖像》(插绘)发表于《新诗》第 1 卷第 3 期(里尔克逝世十年祭特辑)。

[奥]里尔克《里尔克手迹》(插绘)发表于《新诗》第 1 卷第 3 期(里尔克逝世十年祭特辑)。

[英]艾略特作、周煦良译《勃莱克论》发表于《新诗》第 1 卷第 3 期。

徐迟《哈丽脱·孟洛女士逝世》发表于《新诗》第 1 卷第 3 期。

夏承焘《南唐二主年谱(中)》发表于《词学季刊》第 3 卷第 1 号。

夏承焘《南唐二主年谱(三)》发表于《词学季刊》第 3 卷第 2 号。

夏承焘《南唐二主年谱(四)》发表于《词学季刊》第 3 卷第 3 号。

况周颐遗稿《半塘老人传》发表于《词学季刊》第 3 卷第 3 号。

史东山《我如何对待演员》发表于《电影戏剧》第 1 卷第 1 期。

电影戏剧社《悼鲁迅先生》发表于《电影戏剧》第 1 卷第 2 期。

韦彧《鲁迅与电影》(一)发表于《电影戏剧》第 1 卷第 2 期。

若英《鲁迅与电影》(二)发表于《电影戏剧》第 1 卷第 2 期。

白尘《鲁迅先生永生在大众的心坎里》发表于《电影戏剧》第 1 卷第 2 期。

姚莘农《鲁迅先生遗像的故事》发表于《电影戏剧》第 1 卷第 2 期。

尘无《哭鲁迅先生》(诗)发表于《电影戏剧》第 1 卷第 2 期。

编者《巴尔扎克画像》发表于《小说家》第 1 卷第 1 期。

编者《荷马塑像》发表于《小说家》第 1 卷第 1 期。

[苏]卢那察尔斯基作、黎烈文译《佛郎士论》发表于《译文》新 1 卷第 1 期(复刊号)。

[苏]高尔基作、齐生译《我怎样学习的》发表于《译文》新 1 卷第 1 期(复刊号)。

[俄]赫尔岑作、巴金译《回忆二则》发表于《译文》新 1 卷第 1 期(复刊号)。

［俄］布洛克作、黎烈文译《法兰西与罗曼·罗兰的新遇合》发表于《译文》新 1 卷第 2 期（罗曼·罗兰七十诞辰纪念）。

［法］亚兰作、陈占元译《论詹恩·克里士多夫》发表于《译文》新 1 卷第 2 期（罗曼·罗兰七十诞辰纪念）。

［法］罗兰作、世弥译《贝多芬笔谈》发表于《译文》新 1 卷第 2 期（罗曼·罗兰七十诞辰纪念）。

［法］罗兰作、陈占元译《向高尔基致礼》发表于《译文》新 1 卷第 2 期（罗曼·罗兰七十诞辰纪念）。

克夫译《杜勃洛柳蒲夫略传》发表于《译文》新 1 卷第 2 期（杜勃洛柳蒲夫诞生百年纪念）。

［苏］治唐诺夫作、克夫译《批评家杜勃洛柳蒲夫》发表于《译文》新 1 卷第 2 期（杜勃洛柳蒲夫诞生百年纪念）。

［苏］吉尔波丁作、明森译《杜勃洛柳蒲夫论》发表于《译文》新 1 卷第 3 期。

［美］辛克莱作、许天虹译《关于杰克·伦敦》发表于《译文》新 1 卷第 3 期。

［美］杰克·伦敦作、许天虹译《杰克·伦敦自述》发表于《译文》新 1 卷第 3 期。

［苏］柴米尔诺夫作、克夫译《论莎士比亚及其遗产》发表于《译文》新 1 卷第 4 期。

［日］本多显彰作、王执钟译《德国人与莎士比亚》发表于《译文》新 1 卷第 4 期。

［苏］麦耀而斯基作、克夫译《莎士比亚的故乡》发表于《译文》新 1 卷第 4 期。

［日］秋田雨雀作、雨田译《高尔基之死》发表于《译文》新 1 卷第 5 期（高尔基逝世纪念特辑）。

［苏］施答尔却可夫作、克夫译《从普式庚说到高尔基》发表于《译文》新 1 卷第 5 期（高尔基逝世纪念特辑）。

苏联科学院编、春雷译《高尔基论托尔斯泰的信》发表于《译文》新 1 卷第 5 期（高尔基逝世纪念特辑）。

［法］纪德作、陈占元译《查尔·路易·斐利普之死》发表于《译文》新 1 卷第 5 期。

［英］巴士作、姚克译《今日的莎士比亚》发表于《译文》新 1 卷第 5 期。

编者《高尔基最后遗容》(插图)发表于《译文》新 1 卷第 5 期(高尔基逝世纪念特辑)。

编者《高尔基照像》(插图)发表于《译文》新 1 卷第 5 期(高尔基逝世纪念特辑)。

戴尼《高尔基画像》(插图)发表于《译文》新 1 卷第 5 期(高尔基逝世纪念特辑)。

[苏]库克刊尼斯基《高尔基画像》(插图)发表于《译文》新 1 卷第 5 期(高尔基逝世纪念特辑)。

编者《高尔基与契诃夫合影》(插图)发表于《译文》新 1 卷第 5 期(高尔基逝世纪念特辑)。

编者《高尔基与罗曼·罗兰》(插图)发表于《译文》新 1 卷第 5 期(高尔基逝世纪念特辑)。

编者《高尔基幼时所住的家宅》(插图)发表于《译文》新 1 卷第 5 期(高尔基逝世纪念特辑)。

[法]罗兰作、黎烈文译《和高尔基告别》发表于《译文》新 1 卷第 6 期(高尔基逝世纪念特辑二)。

[苏]奴西诺甫作、天虹译《高尔基与苏联文学》发表于《译文》新 1 卷第 6 期(高尔基逝世纪念特辑二)。

[法]麦绥莱勒《在死床上的高尔基》(插图)发表于《译文》新 1 卷第 6 期(高尔基逝世纪念特辑二)。

[苏]勃罗忒斯基《高尔基工作后的休息》(插图)发表于《译文》新 1 卷第 6 期(高尔基逝世纪念特辑二)。

编者《高尔基在聂哥列车站下车》(插图)发表于《译文》新 1 卷第 6 期(高尔基逝世纪念特辑二)。

编者《高尔基与罗曼·罗兰》(插图)发表于《译文》新 1 卷第 6 期(高尔基逝世纪念特辑二)。

编者《纪德等参加巴黎高尔基街改名》(插图)发表于《译文》新 1 卷第 6 期(高尔基逝世纪念特辑二)。

编者《高尔基照像》(插图)发表于《译文》新 1 卷第 6 期(高尔基逝世纪念特辑二)。

编者《高尔基画像》(插图)发表于《译文》新 1 卷第 6 期(高尔基逝世纪念特辑二)。

[苏]阿胥金作、陈冥译《普式庚怎样写作》发表于《译文》新 2 卷第 1 期

（普式庚特编）。

[苏]雪纪衣夫斯基作、春雷译《高尔基论普式庚》发表于《译文》新 2 卷第 1 期（普式庚特编）。

[苏]L.G 作、王然译《纪得论普式庚》发表于《译文》新 2 卷第 1 期（普式庚特编）。

[苏]史洛尼姆斯基作、克夫译《论普式庚的童话》发表于《译文》新 2 卷第 1 期（普式庚特编）。

[日]中条百合子作、雨田译《玛克沁·高尔基的一生》发表于《译文》新 2 卷第 1 期（高尔基逝世纪念特辑三）。

[法]勃洛克作、马宗融译《一个民族底小说家》发表于《译文》新 2 卷第 1 期（高尔基逝世纪念特辑三）。

[苏]蒲宁作、王求是译《我和高尔基的几次晤面》发表于《译文》新 2 卷第 1 期（高尔基逝世纪念特辑三）。

[苏]勃罗特斯基作、天虹译《忆高尔基》发表于《译文》新 2 卷第 2 期。

[苏]柴莱士诺夫作、天虹译《我的导师高尔基》发表于《译文》新 2 卷第 2 期。

[日]升曙梦作、雨田译《普式庚与拜伦主义》发表于《译文》新 2 卷第 2 期。

[日]奥村博史绘《鲁迅先生》（三色版）发表于《译文》新 2 卷第 3 期（哀悼鲁迅先生特辑）。

黄源《鲁迅先生与〈译文〉》发表于《译文》新 2 卷第 3 期（哀悼鲁迅先生特辑）。

[日]内山完造作、黄源译《伟大的存在》发表于《译文》新 2 卷第 3 期（哀悼鲁迅先生特辑）。

[日]鹿地亘作、雨田译《鲁迅的回忆》发表于《译文》新 2 卷第 3 期（哀悼鲁迅先生特辑）。

[日]内山完造作、雨田译《鲁迅先生》发表于《译文》新 2 卷第 3 期（哀悼鲁迅先生特辑）。

[法]罗曼·罗兰作、萧乾译《论布里兹》（评传）发表于《译文》新 2 卷第 3 期。

[苏]配勒卫哲夫作、魏猛克译《杜思退益夫斯基的样式与方法》发表于《译文》新 2 卷第 4 期。

[俄]湼克拉索夫作、周学普译《杜思退益夫斯基》（传记小说）发表于《译

文》新 2 卷第 4 期。

[英]茄特南作、天虹译《关于显克微支》(传记小说)发表于《译文》新 2 卷第 4 期。

郭沫若《楚霸王自杀》发表于《质文》第 5、6 期。

[法]罗曼·罗兰作、魏蟠译《七十年的回顾》(罗曼·罗兰七十诞生纪念)发表于《质文》第 5、6 期。

[法]列一茄士作、邢桐华译《艺术家罗曼·罗兰》(罗曼·罗兰七十诞生纪念)发表于《质文》第 5、6 期。

[法]纪德作、代石译《两次的会见》(罗曼·罗兰七十诞生纪念)发表于《质文》第 5、6 期。

北鸥《高尔基是永远的》发表于《质文》第 2 卷第 1 期(纪念高尔基)。

代石《高尔基——乌达尔尼第一号》发表于《质文》第 2 卷第 1 期(纪念高尔基)。

郭沫若《我的作诗的经过》发表于《质文》第 2 卷第 2 期。

[苏]赛里瓦诺夫斯基作、邢桐华译《革命大众诗人杰免·别得奴伊论》发表于《质文》第 2 卷第 2 期。

陈友琴《关于我就业经过的略述》发表于《青年界》第 9 卷第 1 期(我的职业生活特辑)。

刘麟生《我的编译生活》发表于《青年界》第 9 卷第 1 期(我的职业生活特辑)。

杨晋豪《动手》发表于《青年界》第 9 卷第 1 期(我的职业生活特辑)。

王任叔《从前有过职业》发表于《青年界》第 9 卷第 1 期(我的职业生活特辑)。

陈适《我之职业生活的感想》发表于《青年界》第 9 卷第 1 期(我的职业生活特辑)。

钱君匋《我的职业变更过好几种》发表于《青年界》第 9 卷第 1 期(我的职业生活特辑)。

黎锦明《求业与失业》发表于《青年界》第 9 卷第 1 期(我的职业生活特辑)。

宋春舫《我正在写关于职业的剧本》发表于《青年界》第 9 卷第 1 期(我的职业生活特辑)。

黑婴《我还没有职业》发表于《青年界》第 9 卷第 1 期(我的职业生活特辑)。

黎烈文《编辑和翻译》发表于《青年界》第 9 卷第 1 期（我的职业生活特辑）。

宋成志《我对于职业生活的自剖》发表于《青年界》第 9 卷第 1 期（我的职业生活特辑）。

朱通九《如何获得快乐的生活》发表于《青年界》第 9 卷第 1 期（我的职业生活特辑）。

李辉英《第一次找到我的职业》发表于《青年界》第 9 卷第 1 期（我的职业生活特辑）。

李长之《从卖糖到采访新闻》发表于《青年界》第 9 卷第 1 期（我的职业生活特辑）。

蒋屏风《谈谈职业》发表于《青年界》第 9 卷第 1 期（我的职业生活特辑）。

朱雯《从清晨到夜半》发表于《青年界》第 9 卷第 1 期（我的职业生活特辑）。

石民《职业与事业》发表于《青年界》第 9 卷第 1 期（我的职业生活特辑）。

臧克家《感情的圈子》发表于《青年界》第 9 卷第 1 期（我的职业生活特辑）。

薛德焴《找到职业以后应有的精神》发表于《青年界》第 9 卷第 1 期（我的职业生活特辑）。

费慎祥《办理外埠读者通信购书》发表于《青年界》第 9 卷第 1 期（我的职业生活特辑）。

陈子展《讨饭》发表于《青年界》第 9 卷第 1 期（我的职业生活特辑）。

王玉章《任务的选择》发表于《青年界》第 9 卷第 1 期（我的职业生活特辑）。

胡行之《做一日和尚撞一日钟》发表于《青年界》第 9 卷第 1 期（我的职业生活特辑）。

唐余园《略谈我的教书生活》发表于《青年界》第 9 卷第 1 期（我的职业生活特辑）。

葩古《找力量》发表于《青年界》第 9 卷第 1 期（我的职业生活特辑）。

蒋翼振《我的三十五年生活片断》发表于《青年界》第 9 卷第 1 期（我的职业生活特辑）。

张士良《初次的谋事》发表于《青年界》第 9 卷第 1 期（我的职业生活特辑）。

徐仲年《在劳动大学》发表于《青年界》第 9 卷第 1 期(我的职业生活特辑)。

黄石《职业与事业》发表于《青年界》第 9 卷第 1 期(我的职业生活特辑)。

翟永坤《也算是职业生活》发表于《青年界》第 9 卷第 1 期(我的职业生活特辑)。

张友松《我最初的职业生活》发表于《青年界》第 9 卷第 1 期(我的职业生活特辑)。

钱歌川《这是什么生活》发表于《青年界》第 9 卷第 1 期(我的职业生活特辑)。

张一凡《职业呢生活呢》发表于《青年界》第 9 卷第 1 期(我的职业生活特辑)。

赵英才《职业生活的感想》发表于《青年界》第 9 卷第 1 期(我的职业生活特辑)。

穆木天《两条路径》发表于《青年界》第 9 卷第 1 期(我的职业生活特辑)。

王文修《职业生活的痛苦》发表于《青年界》第 9 卷第 1 期(我的职业生活特辑)。

吴根泽《职业与娱乐》发表于《青年界》第 9 卷第 1 期(我的职业生活特辑)。

谷凤田《我的教育生活的感想》发表于《青年界》第 9 卷第 1 期(我的职业生活特辑)。

余南秋《青年们找职业的几个先决条件》发表于《青年界》第 9 卷第 1 期(我的职业生活特辑)。

梁乙真《找职业和失业》发表于《青年界》第 9 卷第 1 期(我的职业生活特辑)。

谢家玉《匆匆十年粉笔生涯的略历》发表于《青年界》第 9 卷第 1 期(我的职业生活特辑)。

储祎《苦耶乐耶》发表于《青年界》第 9 卷第 1 期(我的职业生活特辑)。

顾凤城《中学毕业以后》发表于《青年界》第 9 卷第 1 期(我的职业生活特辑)。

汪倜然《择业与乐业》发表于《青年界》第 9 卷第 1 期(我的职业生活特辑)。

招勉之《由找职业到生活》发表于《青年界》第 9 卷第 1 期(我的职业生活特辑)。

郑震《做狗难》发表于《青年界》第 9 卷第 1 期(我的职业生活特辑)。

金公亮《关于教书》发表于《青年界》第 9 卷第 1 期（我的职业生活特辑）。

顾仲彝《我对于青年人寻求职业的意见》发表于《青年界》第 9 卷第 1 期（我的职业生活特辑）。

胡山源《辛苦》发表于《青年界》第 9 卷第 1 期（我的职业生活特辑）。

贺玉波《失业谋职及其他》发表于《青年界》第 9 卷第 1 期（我的职业生活特辑）。

许钦文《唱书改文与卖稿》发表于《青年界》第 9 卷第 1 期（我的职业生活特辑）。

何植三《我的找寻职业观》发表于《青年界》第 9 卷第 1 期（我的职业生活特辑）。

张健《第一次碰钉子的教训》发表于《青年界》第 9 卷第 1 期（我的职业生活特辑）。

张左企《生活在信堆里》发表于《青年界》第 9 卷第 1 期（我的职业生活特辑）。

朱渭深《自然地步入我新的境界》发表于《青年界》第 9 卷第 1 期（我的职业生活特辑）。

陈清晨《我的职业观》发表于《青年界》第 9 卷第 1 期（我的职业生活特辑）。

顾颉刚《奉劝青年》发表于《青年界》第 9 卷第 1 期（我的职业生活特辑）。

施蛰存《教师与编辑》发表于《青年界》第 9 卷第 1 期（我的职业生活特辑）。

汪馥泉《在南洋做报馆编辑》发表于《青年界》第 9 卷第 1 期（我的职业生活特辑）。

孙席珍《我对于职业问题的意见》发表于《青年界》第 9 卷第 1 期（我的职业生活特辑）。

洪为法《愈过愈胆小》发表于《青年界》第 9 卷第 1 期（我的职业生活特辑）。

郑师许《我的投考邮政局的故事》发表于《青年界》第 9 卷第 1 期（我的职业生活特辑）。

周楞伽《我第一次的职业》发表于《青年界》第 9 卷第 1 期（我的职业生活特辑）。

商一《初出茅庐及其他》发表于《青年界》第 9 卷第 1 期（我的职业生活特辑）。

李权时《我的职业生活》发表于《青年界》第 9 卷第 1 期（我的职业生活特辑）。

陶秋英《谈谈所谓职业生活》发表于《青年界》第 9 卷第 1 期（我的职业生活特辑）。

陈醉云《合理化的职业生活》发表于《青年界》第 9 卷第 1 期（我的职业生活特辑）。

李唯建《找职业》发表于《青年界》第 9 卷第 1 期（我的职业生活特辑）。

王镜清《我与职业》发表于《青年界》第 9 卷第 1 期（我的职业生活特辑）。

蒋振寰《我的服务生活之一页》发表于《青年界》第 9 卷第 1 期（我的职业生活特辑）。

林悠如《关于职业的话》发表于《青年界》第 9 卷第 1 期（我的职业生活特辑）。

陈柱尊《办学及其他》发表于《青年界》第 9 卷第 1 期（我的职业生活特辑）。

杨东莼《青年和职业》发表于《青年界》第 9 卷第 1 期（我的职业生活特辑）。

马国亮《从职业中找学问》发表于《青年界》第 9 卷第 1 期（我的职业生活特辑）。

钱小柏《事业在发展中》发表于《青年界》第 9 卷第 1 期（我的职业生活特辑）。

段耀林《两点感想》发表于《青年界》第 9 卷第 1 期（我的职业生活特辑）。

刘宇《杂谈职业生活》发表于《青年界》第 9 卷第 1 期（我的职业生活特辑）。

马永祯《在大学毕业的时候》发表于《青年界》第 9 卷第 1 期（我的职业生活特辑）。

杨荫深《当教员是极清苦的》发表于《青年界》第 9 卷第 1 期（我的职业生活特辑）。

曹聚仁《冷板凳小记》发表于《青年界》第 9 卷第 1 期（我的职业生活特辑）。

包雄泉《我的职业生活的一断片》发表于《青年界》第 9 卷第 1 期(我的职业生活特辑)。

马仲殊《过去的痕迹》发表于《青年界》第 9 卷第 1 期(我的职业生活特辑)。

刘万章《教书生活》发表于《青年界》第 9 卷第 1 期(我的职业生活特辑)。

宋孔显《我们失业原因的一种》发表于《青年界》第 9 卷第 1 期(我的职业生活特辑)。

朱企霞《关于职业的一点感想与自白》发表于《青年界》第 9 卷第 1 期(我的职业生活特辑)。

卢冀野《执鞭之始》发表于《青年界》第 9 卷第 1 期(我的职业生活特辑)。

拾名《我以为》发表于《青年界》第 9 卷第 1 期(我的职业生活特辑)。

谢善继《两条路》发表于《青年界》第 9 卷第 1 期(我的职业生活特辑)。

鲁澹隈《一年半来个人生活之回忆》发表于《青年界》第 9 卷第 1 期(我的职业生活特辑)。

郭步陶《可怜的生活》发表于《青年界》第 9 卷第 1 期(我的职业生活特辑)。

田菊裳《我的职业生活的初步曲》发表于《青年界》第 9 卷第 1 期(我的职业生活特辑)。

赵景深《三宝太监西洋记》发表于《青年界》第 9 卷第 1 期。

朱烟影《从学校到社会》发表于《青年界》第 9 卷第 1 期(中学生毕业后就职实况特辑)。

翔光《在北宁铁路做管料练习生》发表于《青年界》第 9 卷第 1 期(中学生毕业后就职实况特辑)。

淑贞《我的职业经验》发表于《青年界》第 9 卷第 1 期(中学生毕业后就职实况特辑)。

徐天武《初中毕业后服务概况》发表于《青年界》第 9 卷第 1 期(中学生毕业后就职实况特辑)。

陈肇基《回忆》发表于《青年界》第 9 卷第 1 期(中学生毕业后就职实况特辑)。

木水《邮政局的实习经验》发表于《青年界》第 9 卷第 1 期(中学生毕业后就职实况特辑)。

　　杨心如《神圣事业呢牛马生活呢》发表于《青年界》第 9 卷第 1 期(中学生毕业后就职实况特辑)。

　　徐美雅《从跑街到教书》发表于《青年界》第 9 卷第 1 期(中学生毕业后就职实况特辑)。

　　慕张《我的教员生活》发表于《青年界》第 9 卷第 1 期(中学生毕业后就职实况特辑)。

　　梁燕《村长自述》发表于《青年界》第 9 卷第 1 期(中学生毕业后就职实况特辑)。

　　冲霄《我的心境改变了》发表于《青年界》第 9 卷第 1 期(中学生毕业后就职实况特辑)。

　　月波《初次做医生记》发表于《青年界》第 9 卷第 1 期(青年文艺特辑)。

　　吕回晨《失学后的实生活》发表于《青年界》第 9 卷第 1 期(青年文艺特辑)。

　　陈建英《最后一著》发表于《青年界》第 9 卷第 1 期(青年文艺特辑)。

　　我我《你们的朋友》发表于《青年界》第 9 卷第 1 期(青年文艺特辑)。

　　伊尼《青年女子的信》发表于《青年界》第 9 卷第 1 期(青年文艺特辑)。

　　邵冠祥《码头》发表于《青年界》第 9 卷第 1 期(青年文艺特辑)。

　　王秉陈《拉煤歌》发表于《青年界》第 9 卷第 1 期(青年文艺特辑)。

　　尹青《叫卖》发表于《青年界》第 9 卷第 1 期(青年文艺特辑)。

　　伯鸥《船夫》发表于《青年界》第 9 卷第 1 期(青年文艺特辑)。

　　冯振乾《挑水夫》发表于《青年界》第 9 卷第 1 期(青年文艺特辑)。

　　闵凤超《择业与求业》发表于《青年界》第 9 卷第 1 期(青年论坛特辑)。

　　石厚辰《出路》发表于《青年界》第 9 卷第 1 期(青年论坛特辑)。

　　平海《寄给高中毕业生》发表于《青年界》第 9 卷第 1 期(青年论坛特辑)。

　　王观华《小学教员的希望》发表于《青年界》第 9 卷第 1 期(青年论坛特辑)。

　　姜亮夫《孔子和他的学说》发表于《青年界》第 9 卷第 2 期。

　　鲁迅《陀思妥夫斯基的事》发表于《青年界》第 9 卷第 2 期。

　　任白涛《我的一段记者生活的实录》发表于《青年界》第 9 卷第 3 期。

　　西凡《路易士的行过之生命》发表于《青年界》第 9 卷第 3 期。

　　宋孔显《曹雪芹的家世和〈红楼梦〉的由来》发表于《青年界》第 9 卷第 4 期。

　　周楞伽《挥汗日记》发表于《青年界》第 10 卷第 1 期(暑期生活特辑)。

陈友琴《暑假中的编辑生活》发表于《青年界》第 10 卷第 1 期(暑期生活特辑)。

徐蔚南《暑期生活》发表于《青年界》第 10 卷第 1 期(暑期生活特辑)。

杨东莼《国难时期中没有暑假》发表于《青年界》第 10 卷第 1 期(暑期生活特辑)。

钱歌川《一个夏天没穿袜子》发表于《青年界》第 10 卷第 1 期(暑期生活特辑)。

何德明《海上四日》发表于《青年界》第 10 卷第 1 期(暑期生活特辑)。

潘菽《海边的快事》发表于《青年界》第 10 卷第 1 期(暑期生活特辑)。

李辉英《不该把暑假空空放过》发表于《青年界》第 10 卷第 1 期(暑期生活特辑)。

胡行之《何有于暑期生活》发表于《青年界》第 10 卷第 1 期(暑期生活特辑)。

钱南扬《北行日记》发表于《青年界》第 10 卷第 1 期(暑期生活特辑)。

叶鼎洛《夏天的游泳》发表于《青年界》第 10 卷第 1 期(暑期生活特辑)。

李长之《迎夏漫笔》发表于《青年界》第 10 卷第 1 期(暑期生活特辑)。

谷凤田《暑期生活在济南》发表于《青年界》第 10 卷第 1 期(暑期生活特辑)。

周斐成《捉臭虫和教书打字》发表于《青年界》第 10 卷第 1 期(暑期生活特辑)。

汪迪民《不赞成有暑假》发表于《青年界》第 10 卷第 1 期(暑期生活特辑)。

宋成志《暑假的剪影》发表于《青年界》第 10 卷第 1 期(暑期生活特辑)。

蒋翼振《快乐的暑期生活回忆》发表于《青年界》第 10 卷第 1 期(暑期生活特辑)。

郑师许《我的破题儿第一遭暑假生活》发表于《青年界》第 10 卷第 1 期(暑期生活特辑)。

罗根泽《闲里愉忙》发表于《青年界》第 10 卷第 1 期(暑期生活特辑)。

招勉之《一个暑期生活的回忆》发表于《青年界》第 10 卷第 1 期(暑期生活特辑)。

马永祯《我去年怎样过的暑假》发表于《青年界》第 10 卷第 1 期(暑期生活特辑)。

赵英才《怎样过暑期生活》发表于《青年界》第 10 卷第 1 期(暑期生活特

辑）。

卢冀野《暑期生活》发表于《青年界》第 10 卷第 1 期（暑期生活特辑）。

臧克家《〈避暑录话〉的一伙》发表于《青年界》第 10 卷第 1 期（暑期生活特辑）。

老舍《我的暑假》发表于《青年界》第 10 卷第 1 期（暑期生活特辑）。

张健《怎样过非常时的暑假》发表于《青年界》第 10 卷第 1 期（暑期生活特辑）。

金钦若《闲》发表于《青年界》第 10 卷第 1 期（暑期生活特辑）。

董秋芳《旧话重提》发表于《青年界》第 10 卷第 1 期（暑期生活特辑）。

成绍宗《无题》发表于《青年界》第 10 卷第 1 期（暑期生活特辑）。

黎锦明《我的暑期生活》发表于《青年界》第 10 卷第 1 期（暑期生活特辑）。

王任叔《深入农民群众》发表于《青年界》第 10 卷第 1 期（暑期生活特辑）。

梁乙真《读书习剑爬山》发表于《青年界》第 10 卷第 1 期（暑期生活特辑）。

于在春《预防盛暑热病》发表于《青年界》第 10 卷第 1 期（暑期生活特辑）。

谭正璧《暑期生活不是属于我的》发表于《青年界》第 10 卷第 1 期（暑期生活特辑）。

余楠秋《谈谈暑期生活》发表于《青年界》第 10 卷第 1 期（暑期生活特辑）。

陈灵犀《如是想》发表于《青年界》第 10 卷第 1 期（暑期生活特辑）。

朱渭深《假如可能的话》发表于《青年界》第 10 卷第 1 期（暑期生活特辑）。

刘麟生《几个不同的暑假》发表于《青年界》第 10 卷第 1 期（暑期生活特辑）。

许钦文《进学校以前的暑假生活》发表于《青年界》第 10 卷第 1 期（暑期生活特辑）。

黑婴《读书和游泳》发表于《青年界》第 10 卷第 1 期（暑期生活特辑）。

陈柱尊《我的暑假》发表于《青年界》第 10 卷第 1 期（暑期生活特辑）。

胡山源《一个问题》发表于《青年界》第 10 卷第 1 期（暑期生活特辑）。

陈啸空《一个可纪念的暑假》发表于《青年界》第 10 卷第 1 期（暑期生活

特辑）。

翟永坤《童年如梦》发表于《青年界》第 10 卷第 1 期（暑期生活特辑）。

陈清晨《风穴寺的回忆》发表于《青年界》第 10 卷第 1 期（暑期生活特辑）。

孔赐安《我的暑期生活的改变》发表于《青年界》第 10 卷第 1 期（暑期生活特辑）。

柯灵《没有暑假》发表于《青年界》第 10 卷第 1 期（暑期生活特辑）。

唐旭之《去年的暑假》发表于《青年界》第 10 卷第 1 期（暑期生活特辑）。

段耀林《怎样过暑假》发表于《青年界》第 10 卷第 1 期（暑期生活特辑）。

钱天起《十五年来的暑假生活》发表于《青年界》第 10 卷第 1 期（暑期生活特辑）。

姚逸韵《小学暑期生活班教员生活的回忆》发表于《青年界》第 10 卷第 1 期（暑期生活特辑）。

王商一《在私塾里的暑期生活》发表于《青年界》第 10 卷第 1 期（暑期生活特辑）。

邵常垲《暑期生活的回忆》发表于《青年界》第 10 卷第 1 期（暑期生活特辑）。

陈伯吹《苦难与无畏》发表于《青年界》第 10 卷第 1 期（暑期生活特辑）。

衣青《机械的人》发表于《青年界》第 10 卷第 1 期（暑期生活特辑）。

穆木天《现实是你伟大的教师》发表于《青年界》第 10 卷第 1 期（暑期生活特辑）。

顾颉刚《暑假旅行》发表于《青年界》第 10 卷第 1 期（暑期生活特辑）。

周谷城《莫错过了暑假》发表于《青年界》第 10 卷第 1 期（暑期生活特辑）。

钱君匋《我的暑期生活》发表于《青年界》第 10 卷第 1 期（暑期生活特辑）。

金公亮《闲谈消夏》发表于《青年界》第 10 卷第 1 期（暑期生活特辑）。

杨荫深《前两年的暑期生活》发表于《青年界》第 10 卷第 1 期（暑期生活特辑）。

左干臣《当衣记》发表于《青年界》第 10 卷第 1 期（暑期生活特辑）。

郑慎齐《小畜生》发表于《青年界》第 10 卷第 1 期（暑期生活特辑）。

张佛千《暑期中应该做些什么事》发表于《青年界》第 10 卷第 1 期（暑期生活特辑）。

刘宇《算不得回忆也算不得计划》发表于《青年界》第 10 卷第 1 期（暑期生活特辑）。

周岑鹿《二十年前》发表于《青年界》第 10 卷第 1 期（暑期生活特辑）。

蔡振寰《简直等于讨饭》发表于《青年界》第 10 卷第 1 期（暑期生活特辑）。

徐调孚《我没有暑期生活》发表于《青年界》第 10 卷第 1 期（暑期生活特辑）。

李权时《回忆学生时代的暑期生活》发表于《青年界》第 10 卷第 1 期（暑期生活特辑）。

施蛰存《我的暑期生活》发表于《青年界》第 10 卷第 1 期（暑期生活特辑）。

顾凤城《海滨消夏的回忆》发表于《青年界》第 10 卷第 1 期（暑期生活特辑）。

杨晋豪《我的暑期》发表于《青年界》第 10 卷第 1 期（暑期生活特辑）。

洪为法《毋固毋必》发表于《青年界》第 10 卷第 1 期（暑期生活特辑）。

马仲殊《我没有好好地利用过暑假》发表于《青年界》第 10 卷第 1 期（暑期生活特辑）。

马宗融《暑期应该利用来读活书》发表于《青年界》第 10 卷第 1 期（暑期生活特辑）。

万曼《假日的苦恼》发表于《青年界》第 10 卷第 1 期（暑期生活特辑）。

宋孔显《艺术化的暑期生活》发表于《青年界》第 10 卷第 1 期（暑期生活特辑）。

魏金枝《听知了声》发表于《青年界》第 10 卷第 1 期（暑期生活特辑）。

陈适《我在暑假中预备要做的工作》发表于《青年界》第 10 卷第 1 期（暑期生活特辑）。

宋春舫《避暑的精神》发表于《青年界》第 10 卷第 1 期（暑期生活特辑）。

孙席珍《怎样过暑假》发表于《青年界》第 10 卷第 1 期（暑期生活特辑）。

葹古《暑期生活杂感》发表于《青年界》第 10 卷第 1 期（暑期生活特辑）。

王玉章《暑期工作》发表于《青年界》第 10 卷第 1 期（暑期生活特辑）。

秋子《海滨的暑假》发表于《青年界》第 10 卷第 1 期（暑期生活特辑）。

钟敬文《书呆子的暑假》发表于《青年界》第 10 卷第 1 期（暑期生活特辑）。

郭步陶《特别的学期》发表于《青年界》第 10 卷第 1 期（暑期生活特辑）。

李唯建《两个暑期》发表于《青年界》第 10 卷第 1 期（暑期生活特辑）。

储皖峰《香山消夏的回忆》发表于《青年界》第 10 卷第 1 期（暑期生活特辑）。

陈子展《挥汗读书》发表于《青年界》第 10 卷第 1 期（暑期生活特辑）。

朱企霞《说我今年夏天愿意在北平》发表于《青年界》第 10 卷第 1 期（暑期生活特辑）。

张西曼《一个暑假》发表于《青年界》第 10 卷第 1 期（暑期生活特辑）。

清水《我之暑期工作观》发表于《青年界》第 10 卷第 1 期（暑期生活特辑）。

寿清《高尔基的风度和给予我们的教训》发表于《青年界》第 10 卷第 2 期。

蔡元培《鲁迅先生轶事》发表于《青年界》第 10 卷第 4 期（鲁迅先生逝世纪念特辑）。

许钦文《鲁迅先生与新书业》发表于《青年界》第 10 卷第 4 期（鲁迅先生逝世纪念特辑）。

杨晋豪《鲁迅先生》发表于《青年界》第 10 卷第 4 期（鲁迅先生逝世纪念特辑）。

洪为法《司马相如之化装表演》发表于《青年界》第 10 卷第 4 期。

倪贻德《画家倪云林的故事》发表于《青年界》第 10 卷第 4 期。

杨晋豪《追记送鲁迅先生的葬礼》发表于《青年界》第 10 卷第 5 期。

倪贻德《王时敏与王麓台》发表于《青年界》第 10 卷第 5 期。

黎锦明《两次访钟楼记》发表于《青年界》第 10 卷第 5 期（鲁迅先生纪念）。

金性尧《鲁迅先生的旧诗》发表于《青年界》第 10 卷第 5 期（鲁迅先生纪念）。

鲁迅《陀思妥夫斯基的事》发表于《海燕》第 1 卷第 2 期。

按：鲁迅说："在年青时候，读了伟大的文学者的作品，虽然敬服那作者，然而总不能爱的，一共有两个人。一个是但丁，……还有一个，就是陀思妥耶夫斯基。……他把小说中的男男女女，放在万难忍受的境遇里，来试炼它们，不但剥去了表面的洁白，拷问出藏在底下的罪恶，而且还要拷问出藏在那罪恶之下的真正的洁白来。"

［苏］司各脱·尼尔宁作、方士人译《托尔斯泰——一个非战的煽动家》发表于《夜莺》第 1 卷第 1 期。

［苏］绥连勃梁斯基作、克夫译《〈却派也夫〉作者孚尔玛诺夫逝世十周年纪念》发表于《夜莺》第 1 卷第 4 期（《却派也夫》特辑）。

［苏］婀娜·孚尔玛诺华作、克华译《忆孚尔玛诺夫》发表于《夜莺》第 1 卷第 4 期（《却派也夫》特辑）。

明之《孚尔玛诺夫与夏伯阳》发表于《夜莺》第 1 卷第 4 期（《却派也夫》特辑）。

［苏］拉孙莫夫斯格雅著、何家槐译《关于克拉夫钦珂》发表于《光明》第 1 卷第 1 期。

洪深《民族主义者章太炎》发表于《光明》第 1 卷第 2 期。

立波《一个巨人的死》发表于《光明》第 1 卷第 2 期（追悼高尔基特辑）。

杨骚《悼高尔基》发表于《光明》第 1 卷第 2 期（追悼高尔基特辑）。

［苏］邱玛特林作、秦炳菁译《高尔基的晚年》发表于《光明》第 1 卷第 2 期（追悼高尔基特辑）。

寒峰《中译高尔基作品编目》发表于《光明》第 1 卷第 2 期（追悼高尔基特辑）。

苏明《高尔基最后的剧作》发表于《光明》第 1 卷第 2 期（追悼高尔基特辑）。

［苏］高尔基作、任钧译《托尔斯泰及其周围的人们》发表于《光明》第 1 卷第 2 期（追悼高尔基特辑）。

张庚《洪深与“农村三部曲”》发表于《光明》第 1 卷第 5 期。

木枫《鲁迅先生与中国的木刻画》发表于《光明》第 1 卷第 11 期。

孔另境《我的记忆》发表于《光明》第 1 卷第 11 期。

张若英《作为小说学者的鲁迅》发表于《光明》第 1 卷第 12 期。

陈烟桥《鲁迅与中国的版画》发表于《光明》第 1 卷第 12 期。

伏龙《谈林子超先生》发表于《逸经》第 1 期。

胡怀琛《李太白的国籍问题》发表于《逸经》第 1 期。

柳亚子《我和言论界之因缘》发表于《逸经》第 1 期。

冯自由《杨衢云事略》发表于《逸经》第 1 期。

冯自由《黄咏商略历》发表于《逸经》第 1 期。

徐一士《〈清史稿〉与赵尔巽》发表于《逸经》第 2 期。

冯自由《尤列事略》发表于《逸经》第 2 期。

冯自由《谭发事略》发表于《逸经》第 2 期。

冯自由《孙中山之嗜好》发表于《逸经》第 2 期。

盛成《纪念巴比塞》发表于《逸经》第 2 期。

胡仪曾《近代书家亲炙记》(张季直师、谭组庵先生)发表于《逸经》第 2 期。

郑师许《老子的国籍问题》发表于《逸经》第 3 期。

张峻松《石达开黔西遗诗之新发现》发表于《逸经》第 3 期。

冯自由《郑士良事略》发表于《逸经》第 3 期。

郑照《孙中山先生逸事》发表于《逸经》第 4 期。

胡仪曾《近代书家亲炙记(二)》(汪精卫、胡展堂、梁寒操)发表于《逸经》第 4 期。

周作人《王锡侯〈书法精言〉》发表于《逸经》第 5 期。

冯玉祥《近代第一流廉吏王铁珊先生》发表于《逸经》第 5 期。

简又文《冯自由易名之由来》发表于《逸经》第 5 期。

草人《袁世凯与甲午之役》发表于《逸经》第 5 期。

冯玉祥《近代第一流廉吏王铁珊先生》(续完)发表于《逸经》第 6 期。

麦朝枢《黄晦闻先生挽诗》发表于《逸经》第 6 期。

冯自由《章太炎事略》发表于《逸经》第 6 期。

幽谷《李太白与宗教》发表于《逸经》第 7 期。

简又文《忠孝勇侠的郑继成将军》发表于《逸经》第 7 期。

郑继成《我杀死国贼张宗昌之经过详情》发表于《逸经》第 7 期。

建华《李煜堂先生》发表于《逸经》第 8 期。

温源宁作、倪受民译《徐志摩——一个大孩子》发表于《逸经》第 8 期。

任骦《同光诗人李芋仙》发表于《逸经》第 8 期。

宋春舫《从莎士比亚说到梅兰芳》发表于《逸经》第 8 期。

冯自由《毕永年削发记》发表于《逸经》第 8 期。

冯自由《余育之事略》发表于《逸经》第 8 期。

冯自由《梁任公之情史》发表于《逸经》第 8 期。

简又文《太平天国干王洪仁玕供词之回释》发表于《逸经》第 9 期。

谢兴尧《张天师与道教》发表于《逸经》第 9 期。

徐一士《谈徐树铮》(一)发表于《逸经》第 9 期。

俞平伯《癸酉南归日记》发表于《逸经》第 9 期。

徐一士《谈徐树铮》(二)发表于《逸经》第 10 期。

金梁《〈清史稿〉回忆录》发表于《逸经》第 10 期。

按:文章说:近论《清史稿》者,皆以时制相衡,是非无定,修史者不负责也。唯容希白主公道而不著私评，徐一士谈实事而不尚空言，深谅甘苦，弥可诚也。史而曰稿，原已明其非定本，然诗文撰稿，作者可从容审定，始发全篇。而校刻清史，勒限一年，随时购稿，排日付印，如编新闻者。主笔督催，手民立待，无复有片刻之暇，岂容详核，此当名曰"清史报"耳，稿云乎哉？且日报犹得观大样也，史稿则随引随发，前后竟不达兼顾，实并报而不如也，此欲责其无漏误，难乎难矣！或曰：史馆不已设十余年耶？曰：此不知史馆内容者之言也。开馆十三年，纂修百十人，积稿至盈数屋，皆零篇散帙，未经编核，即以传论，或一人而数传，或一传而杂抄，既未分朝代，亦未分类别，修史以画一汇纂为最要，而校订修饰次之，积稿虽多，如无稿也。而人事尤难，校刻议定，赵馆长即病，未几遂卒。代者柯凤老，不问事，幸集款在袁洁珊手，刻资稿费，尚可无忧。而次帅既故，同人意见，不免参差，或交稿，或不交稿，或主此稿当印，或主彼稿当废，或言己稿不得易一字，或言人稿必当另删改，终日纷争，扰攘已甚，如宣纪之或存或删，即共一端。余一切不问，遇事但以史例衡之，有合史例者用之，不合史例者舍之，久始稍定。而余既负校刻之责，又兼阅稿撰稿，误者正之，阙者补之，画一而总核之，夙夜黾勉，不敢告劳，差幸即期可竣，而兵事连起，尚有十之二未完。不得已，携归私寓，日夕赶办，撰校兼行，一月之间，补至百卷，竟庆告成，初料所不及也。史稿之成，区区一人，实负全责。明知仓卒成书，谬误百出，徒为人笑，然非不顾一切，趁期告竣，则清史永无观成之一日矣。知我罪我，听之而已。

金梁《〈清史稿〉回忆录补录》发表于《逸经》第 10 期。

正先《黄公度——戊戌维新运动的领袖》发表于《逸经》第 10 期。

陈柱《嘉应诗人宋芷湾》发表于《逸经》第 10 期。

冯玉祥《王铁珊先生轶事补录》发表于《逸经》第 10 期。

冯自由《革命逸史·王宠惠拒奸记》发表于《逸经》第 10 期。

胡怀琛《李太白通突厥文及其他》发表于《逸经》第 11 期。

徐一士《章炳麟被羁北京轶事杂记》发表于《逸经》第 11 期。

大华烈士《我的朋友林语堂》发表于《逸经》第 11 期（送林语堂先生赴美讲学特辑）。

老舍《代语堂先生拟赴美宣传大纲》发表于《逸经》第 11 期（送林语堂先生赴美讲学特辑）。

陶亢德《林语堂与翻译》发表于《逸经》第 11 期（送林语堂先生赴美讲学特辑）。

海戈《与林语堂游苏记》发表于《逸经》第 11 期（送林语堂先生赴美讲学

特辑）。

胡仪曾《近代书法家亲炙记（三）》（康长素氏、韩紫石先生）发表于《逸经》第 11 期。

孙湜作、方纪生译《关于苏曼殊之点点滴滴》发表于《逸经》第 12 期（曼殊特辑上）。

温一如《曼殊逸事》发表于《逸经》第 12 期（曼殊特辑上）。

杨霁云《曼殊诗出〈封神榜〉考》发表于《逸经》第 12 期（曼殊特辑上）。

徐一士《再记章炳麟羁留北京时轶事》发表于《逸经》第 12 期。

谭斌斌女士著、张沛霖译《一个大学女生自述》发表于《逸经》第 12 期。

唐蕴玉《嚏班时代之苏曼殊及其他》发表于《逸经》第 13 期（曼殊特辑下）。

陆丹林《曼殊零墨》发表于《逸经》第 13 期（曼殊特辑下）。

陈文澜《藏王达赖出走印度之原因》发表于《逸经》第 13 期。

简又文《两个卫国英雄小志》发表于《逸经》第 13 期。

徐一士《王闿运与肃顺》发表于《逸经》第 13 期。

大华烈士《陈去病之幽默》发表于《逸经》第 13 期。

徐一士《王闿运与湘军志》（一）发表于《逸经》第 14 期。

王个簃《吴昌硕先生绘事丛录》发表于《逸经》第 14 期。

冯自由《李纪堂事略》发表于《逸经》第 14 期。

冯自由《邓荫南事略》发表于《逸经》第 14 期。

温源宁作、倪受民译《胡适之》发表于《逸经》第 14 期。

许钦文《元庆去世七周年纪念文》发表于《逸经》第 14 期。

徐一士《王闿运与湘军志》（二）发表于《逸经》第 15 期。

冯自由《武昌起义与黄克强》发表于《逸经》第 15 期。

陆丹林《一代艺师吴昌硕》发表于《逸经》第 15 期。

盛成《纪念高尔基》发表于《逸经》第 15 期。

徐一士《王闿运与湘军志》（三）发表于《逸经》第 16 期。

赵紫宸《当代教育家吴雷川先生》发表于《逸经》第 16 期。

编者《总理伦敦照像》发表于《逸经》第 17 期（庆祝孙中山先生诞辰特辑）。

编者《总理合家照像》发表于《逸经》第 17 期（庆祝孙中山先生诞辰特辑）。

编者《总理演说革命写真》发表于《逸经》第 17 期（庆祝孙中山先生诞辰

特辑）。

简又文辑述《孙总理少年时期逸事》发表于《逸经》第 17 期（庆祝孙中山先生诞辰特辑）。

冯自由《孙总理之医术》发表于《逸经》第 17 期（庆祝孙中山先生诞辰特辑）。

编者《孙中山先生游普陀志奇跋》发表于《逸经》第 17 期（庆祝孙中山先生诞辰特辑）。

刘成禹《先总理旧德录序》发表于《逸经》第 17 期（庆祝孙中山先生诞辰特辑）。

幽谷《李太白——中国人乎？突厥人乎？》发表于《逸经》第 17 期。

陆丹林《章太炎与张之洞》发表于《逸经》第 17 期。

温源宁作、倪受民译《周作人》发表于《逸经》第 17 期。

林语堂作、王艾迭译《林语堂自传》（一）发表于《逸经》第 17 期。

按：是传原用英文写成。林语堂在自传《弁言》说："我曾应美国一书局邀请写这篇个人传略，因为藉此可得有机会以分析我自己，所以我很喜欢的答应了。从一方面着想，这是为我的多过于为人的；一个人要自知其思想和经验究竟是怎样的，最好不过是拿起纸笔一一写下来。从另一方面着想，自传不过是一篇自己所写的扩大的碑铭而已。中国文人，自陶渊明之《五柳先生传》始，常好自写传略，藉以遣兴。如果这一路的文章涵有乖巧的幽默，和相当的'自知之明'，对于别人确是一种可喜可乐的读品。我以为，这样说法，很足以解释现代西洋文坛自传之风气。作自传者不必一定是夜郎自大的自我主义者，也不一定是自尊过甚的。写自传的意义只是作者为对于自己的诚实计而已。如果他恪守这一原则，当能常令他人觉得有趣而不至感到作者的生命是比其同人较为重要的了。"（《林语堂自传》，江苏文艺出版社1995 年版）林语堂是第一个把西方的幽默和趣味性引入中国传记的作家。

禾子《从董鄂妃谈到张宸》（一）发表于《逸经》第 18 期。

姚莘农《痛悼鲁迅先生》（附图 3 幅）发表于《逸经》第 18 期（纪念鲁迅）。

许钦文《同鲁迅先生最后的晤谈》（附图 1 幅）发表于《逸经》第 18 期（纪念鲁迅）。

盛成《齐白石》（附图 5 幅）发表于《逸经》第 18 期。

陆丹林《齐白石杂谈》发表于《逸经》第 18 期。

林语堂作、王艾迭译《林语堂自传》（二）发表于《逸经》第 18 期。

魏复乾《〈西厢记〉著作人氏考证》发表于《逸经》第 19 期。

禾子《从董鄂妃谈到张宸》（二）发表于《逸经》第 19 期。

杨霁云《琐忆鲁迅》发表于《逸经》第 19 期。

林语堂作、王艾迢译《林语堂自传》（三）发表于《逸经》第 19 期。

冯自由《尤列事略补述》（一）发表于《逸经》第 19 期。

胡友棠录《干王洪仁玕亲笔供词》发表于《逸经》第 20 期。

禾子《从董鄂妃谈到张宸》（三）（附录《清世祖御制孝献皇后行状》）发表于《逸经》第 20 期。

徐一士《关于段祺瑞》发表于《逸经》第 20 期。

禾子《从董鄂妃谈到张宸》（四）发表于《逸经》第 21 期。

温源宁作、王艾迢译《高剑父的画》（附图 5 幅）发表于《逸经》第 21 期。

李季谷《关于徐锡麟烈士》发表于《逸经》第 21 期。

冯自由《苏曼殊之真面目》发表于《逸经》第 21 期。

余健谈《辜鸿铭趣话》发表于《逸经》第 21 期。

卓愚《李德全陈璧君交恶事》发表于《逸经》第 21 期。

［英］戴维斯作、黄嘉德译《流浪者自传》（八）发表于《宇宙风》第 8 期。

老舍《老牛破车——我怎样写短篇小说》发表于《宇宙风》第 8 期。

郁达夫《怀四十岁的志摩》发表于《宇宙风》第 8 期。

凡鱼《忆二十年前的半农先生》发表于《宇宙风》第 8 期。

毕树棠《〈中国新文学大系〉等三种》发表于《宇宙风》第 8 期（二十四年我的爱读书）。

顾颉刚《子夜》发表于《宇宙风》第 8 期（二十四年我的爱读书）。

商鸿逵《〈鲒埼亭集〉等二种》发表于《宇宙风》第 8 期（二十四年我的爱读书）。

谢六逸《〈世界文库〉等二种》发表于《宇宙风》第 8 期（二十四年我的爱读书）。

黄嘉德《〈尺牍新钞〉等三种》发表于《宇宙风》第 8 期（二十四年我的爱读书）。

周邵《〈知堂文集〉等三种》发表于《宇宙风》第 8 期（二十四年我的爱读书）。

赵景深《〈随笔二十篇〉等七种》发表于《宇宙风》第 8 期（二十四年我的爱读书）。

顾苍生《〈懈怠的兵士们〉等三种》发表于《宇宙风》第 8 期（二十四年我的爱读书）。

叶恭绰《〈新旧五代史〉等四种》发表于《宇宙风》第 8 期(二十四年我的爱读书)。

徐调孚《〈屈原〉等二种》发表于《宇宙风》第 8 期(二十四年我的爱读书)。

王鹏皋《〈海上花列传〉等三种》发表于《宇宙风》第 8 期(二十四年我的爱读书)。

甘永柏《〈邓肯的自传〉等二种》发表于《宇宙风》第 8 期(二十四年我的爱读书)。

吴宓《〈顾亭林诗集〉等四种》发表于《宇宙风》第 8 期(二十四年我的爱读书)。

老向《〈大鼓词选〉等三种》发表于《宇宙风》第 8 期(二十四年我的爱读书)。

丁文江《〈科学研究与社会需要〉等二种》发表于《宇宙风》第 8 期(二十四年我的爱读书)。

林幽《〈易经〉等二种》发表于《宇宙风》第 8 期(二十四年我的爱读书)。

盛成《〈安徒生童话集〉等三种》发表于《宇宙风》第 8 期(二十四年我的爱读书)。

顾均正《〈时空旅行〉等二种》发表于《宇宙风》第 8 期(二十四年我的爱读书)。

钦文《〈巡按〉等二种》发表于《宇宙风》第 8 期(二十四年我的爱读书)。

陈叔华《〈鲁迅杂感选集〉等三种》发表于《宇宙风》第 8 期(二十四年我的爱读书)。

林语堂《〈老残游记二集〉等四种》发表于《宇宙风》第 8 期(二十四年我的爱读书)。

[英]戴维斯作、黄嘉德译《流浪者自传》(九)发表于《宇宙风》第 9 期。

[英]戴维斯作、黄嘉德译《流浪者自传》(十)发表于《宇宙风》第 10 期。

毕树棠《从文自传》(沈从文著)(书评)发表于《宇宙风》第 10 期。

虞和富《〈莫里哀全集〉等三种》发表于《宇宙风》第 10 期(二十四年我所爱读的书)。

佑身《〈车厢社会〉等三种》发表于《宇宙风》第 10 期(二十四年我所爱读的书)。

孟宪明《〈金瓶梅〉等三种》发表于《宇宙风》第 10 期(二十四年我所爱读的书)。

坪公《〈论衡〉等三种》发表于《宇宙风》第 10 期（二十四年我所爱读的书）。

黄复生《〈山歌〉等二种》发表于《宇宙风》第 10 期（二十四年我所爱读的书）。

朱烟影《〈柴门霍甫传〉等三种》发表于《宇宙风》第 10 期（二十四年我所爱读的书）。

王颖《〈苦茶随笔〉等两种》发表于《宇宙风》第 10 期（二十四年我所爱读的书）。

沈骥《〈文心雕龙〉等三种》发表于《宇宙风》第 10 期（二十四年我所爱读的书）。

大奎《〈点滴〉等三种》发表于《宇宙风》第 11 期（二十四年我爱读的书）。

陈福楚《〈怎样读通英文〉等二种》发表于《宇宙风》第 11 期（二十四年我爱读的书）。

刘琴《〈大荒集〉等三种》发表于《宇宙风》第 11 期（二十四年我爱读的书）。

希白《〈中国新文学大系〉等两种》发表于《宇宙风》第 11 期（二十四年我爱读的书）。

星《〈大荒集〉等五种》发表于《宇宙风》第 11 期（二十四年我爱读的书）。

何鹏《〈幽梦影〉等三种》发表于《宇宙风》第 11 期（二十四年我爱读的书）。

郁达夫《雪夜》（自传之一章）发表于《宇宙风》第 11 期。

刘大杰《刘铁云轶事》发表于《宇宙风》第 11 期。

郭子雄《道生·史可德夫人》（人物志之二）发表于《宇宙风》第 11 期。

［英］戴维斯作、黄嘉德译《流浪者自传》（十一）发表于《宇宙风》第 11 期。

吴宓《徐志摩与雪莱》发表于《宇宙风》第 12 期。

盛成《赵望云的画》发表于《宇宙风》第 12 期。

郭子雄《高士华绶》（人物志之三）发表于《宇宙风》第 13 期。

［英］戴维斯作、黄嘉德译《流浪者自传》（十二）发表于《宇宙风》第 13 期。

谢冰莹《自传之一章》发表于《宇宙风》第 14 期。

［英］戴维斯作、黄嘉德译《流浪者自传》（十三）发表于《宇宙风》第 14 期。

　　谢冰莹《一个女兵的自传》(续《自序之一章》)发表于《宇宙风》第 15 期。

　　〔英〕戴维斯作、黄嘉德译《流浪者自传》(十四)发表于《宇宙风》第 15 期。

　　施蛰存《记一个诗人》发表于《宇宙风》第 15 期。

　　谢冰莹《一个女兵的自传》(三)发表于《宇宙风》第 16 期。

　　〔英〕戴维斯作、黄嘉德译《流浪者自传》(十五)发表于《宇宙风》第 16 期。

　　〔英〕戴维斯作、黄嘉德译《流浪者自传》(十六)发表于《宇宙风》第 17 期。

　　〔英〕戴维斯作、黄嘉德译《流浪者自传》(十七)发表于《宇宙风》第 18 期。

　　〔英〕戴维斯作、黄嘉德译《流浪者自传》(十八)发表于《宇宙风》第 19 期。

　　〔英〕戴维斯作、黄嘉德译《流浪者自传》(十九)发表于《宇宙风》第 21 期。

　　〔英〕戴维斯作、黄嘉德译《流浪者自传》(二〇)发表于《宇宙风》第 22 期。

　　老舍《老牛破车——我怎样写〈牛天赐传〉》发表于《宇宙风》第 22 期。

　　〔英〕戴维斯作、黄嘉德译《流浪者自传》(二一)发表于《宇宙风》第 23 期。

　　〔英〕戴维斯作、黄嘉德译《流浪者自传》(二二)发表于《宇宙风》第 24 期。

　　徐北辰《我对于日本和日本人的观察》发表于《宇宙风》第 26 期(日本与日本人特辑下)。

　　李又曦《记忆中的日本友人》发表于《宇宙风》第 26 期(日本与日本人特辑下)。

　　顾良《周作人和钱稻孙》发表于《宇宙风》第 27 期。

　　〔英〕戴维斯作、黄嘉德译《流浪者自传》(二三)发表于《宇宙风》第 27 期。

　　〔英〕戴维斯作、黄嘉德译《流浪者自传》(二四)发表于《宇宙风》第 28 期。

　　老舍《老牛破车——人物的描写》发表于《宇宙风》第 28 期。

　　知堂《关于鲁迅》发表于《宇宙风》第 29 期。

蔡元培《记鲁迅先生轶事》发表于《宇宙风》第 29 期。

［英］戴维斯作、黄嘉德译《流浪者自传》（二五）发表于《宇宙风》第 29 期。

［英］戴维斯作、黄嘉德译《流浪者自传》（二六）发表于《宇宙风》第 30 期。

知堂《关于鲁迅之二》发表于《宇宙风》第 30 期。

孙伏园《鲁迅先生的小说——谈〈药〉》发表于《宇宙风》第 30 期。

刘大杰《鲁迅与写实主义》发表于《宇宙风》第 30 期。

［英］戴维斯作、黄嘉德译《流浪者自传》（二七）发表于《宇宙风》第 31 期。

梁实秋《批评家之皮考克》发表于《东方杂志》第 33 卷第 1 号。

张须《万季野与〈明史〉》发表于《东方杂志》第 33 卷第 14 号。

贝祺《章太炎先生之史学》发表于《东方杂志》第 33 卷第 16 号。

王云五《我所认识的高梦旦先生》发表于《东方杂志》第 33 卷第 18 号。

蒋维乔《高梦旦传》发表于《东方杂志》第 33 卷第 18 号。

庄俞《悼高梦旦公》发表于《东方杂志》第 33 卷第 18 号。

陈芑怀《哭黄季刚》发表于《制言》第 9 期。

章太炎《栖霞寺印楞禅师塔铭》发表于《制言》第 10 期。

章太炎《荆母夏太夫人墓志铭》发表于《制言》第 10 期。

黄季刚先生遗作《先师刘君小祥会奠文》发表于《制言》第 10 期。

黄季刚先生遗作《腾冲青齐李氏宗谱序》发表于《制言》第 10 期。

曾道《挽季刚》发表于《制言》第 10 期。

汪东《蕲春黄君墓表》发表于《制言》第 11 期。

章太炎《秦力山传》发表于《制言》第 15 期。

黄季刚先生遗作《萧公肇安先生家传》发表于《制言》第 22 期。

章太炎先生遗作《自述学术次第》发表于《制言》第 25 期“太炎先生纪念专号”。

杨沧白《太炎先生挽诗》发表于《制言》第 25 期“太炎先生纪念专号”。

但植之《章先生别传》发表于《制言》第 25 期“太炎先生纪念专号”。

李植《余杭章先生事略》发表于《制言》第 25 期“太炎先生纪念专号”。

蒋竹庄《章太炎先生轶事》发表于《制言》第 25 期“太炎先生纪念专号”。

吴蔼林《太炎先生言行轶录》发表于《制言》第 25 期“太炎先生纪念专号”。

王小徐《读〈菿汉昌言〉》发表于《制言》第 25 期"太炎先生纪念专号"。

居觉生《菿汉大师颂》发表于《制言》第 25 期"太炎先生纪念专号"。

朱希祖《本师章太炎先生口授少年事迹笔记》发表于《制言》第 25 期"太炎先生纪念专号"。

诸祖耿《记本师章公自述治学之功夫及志向》发表于《制言》第 25 期"太炎先生纪念专号"。

徐福生《铁窗感遇记》发表于《制言》第 25 期"太炎先生纪念专号"。

孙至诚《书余杭章先生轶事》发表于《制言》第 25 期"太炎先生纪念专号"。

孙至诚《谒余杭章先生纪语》发表于《制言》第 25 期"太炎先生纪念专号"。

但植之《菿汉雅言札记》发表于《制言》第 25 期"太炎先生纪念专号"。

孙世杨辑《菿汉大师连语》发表于《制言》第 25 期"太炎先生纪念专号"。

唐祖培《太炎大师谒问记》发表于《制言》第 25 期"太炎先生纪念专号"。

徐复初《追念余杭大师》发表于《制言》第 25 期"太炎先生纪念专号"。

潘承弼、沈延国、朱学浩、徐复《太炎先生著述目录初稿》发表于《制言》第 25 期"太炎先生纪念专号"。

按：因时间仓促，潘承弼、沈延国、朱学浩、徐复后又在《制言》第 28 期刊登了《征求太炎先生著述佚目启示》，"太炎先生著述目录初稿自知仓卒挂漏滋多"，"尚望寰海学人及同门诸君凡见有先生著述未经刊入初稿者，务请录目惠示"。后于 1937 年 2 月 1 日出版《制言》第 34 期刊登了《太炎先生著述目录后编初稿》，从此文最后的致谢名单看，朱逖先、王德亮、金德建、刘鸿九、王心若、马宗霍、章俊之、冯超人等人为后编提供了宝贵的资料。

李审言先生遗作《武进蒋少颖先生传》发表于《制言》第 26 期。

徐震《章先生诔》发表于《制言》第 26 期。

孙至诚《李君王孺人合祔墓志铭》发表于《制言》第 29 期。

汪东《萧菊如先生墓志铭》发表于《制言》第 29 期。

汪东《余杭章先生墓志铭》发表于《制言》第 31 期。

何尚《我乡的绿林生活》发表于《论语半月刊》第 80 期。

［英］A. Boukhov 作、沛霖译《西洋幽默——传记草稿》发表于《论语半月刊》第 80 期。

曹三《壮丁日记》发表于《论语半月刊》第 81 期。

湘如《苏东坡的幽默》发表于《论语半月刊》第 85 期。

圣遥《一个任性人的自白》发表于《论语半月刊》第 87 期。

白黑《祭胡展堂先生》发表于《论语半月刊》第 90 期。

叶灵凤《献给鲁迅先生》发表于《论语半月刊》第 96 期。

邵洵美《杜重远出狱》发表于《论语半月刊》第 96 期。

徐一士《谈徐世昌(三)》发表于《越风半月刊》第 1 卷第 6 期。

徐一士《谈徐世昌(四)》发表于《越风半月刊》第 1 卷第 7 期。

徐一士《谈徐世昌(五)》发表于《越风半月刊》第 1 卷第 8 期。

姜丹书《记弘一上人》发表于《越风半月刊》第 1 卷第 9 期。

夏丏尊《我的畏友弘一和尚》发表于《越风半月刊》第 1 卷第 9 期。

申石伽《谈晚清金石大师吴大澂》发表于《越风半月刊》第 1 卷第 10 期。

邵元冲《曼殊遗载》发表于《越风半月刊》第 1 卷第 11 期。

杨济元《记浙西诗人厉樊榭》发表于《越风半月刊》第 1 卷第 12 期。

胡行之《王冕与梅花歌》发表于《越风半月刊》第 1 卷第 12 期。

胡行之《朱舜水之海外因缘》发表于《越风半月刊》第 1 卷第 13 期。

徐一士《清初文字之狱与沈近思》发表于《越风半月刊》第 1 卷第 13 期。

黄华《记明末殉节之王思任》发表于《越风半月刊》第 1 卷第 13 期。

陆丹林《王鼎翁生祭文文山》发表于《越风半月刊》第 1 卷第 13 期。

张天畴《南宋时高斯得的气节及其作品》发表于《越风半月刊》第 1 卷第 13 期。

董贞柯《张苍水抗清始末》发表于《越风半月刊》第 1 卷第 13 期。

高越天《纪念浙江的几个遗民》发表于《越风半月刊》第 1 卷第 14 期。

马小进《张丽人之死因及生日考》发表于《越风半月刊》第 1 卷第 14 期。

蒋慎吾《我所知道的柳亚子先生》发表于《越风半月刊》第 1 卷第 14 期。

白蕉《谈到柳亚子先生》发表于《越风半月刊》第 1 卷第 14 期。

陆丹林《柳亚子先生》发表于《越风半月刊》第 1 卷第 14 期。

徐蔚南《郑佩宜夫人》发表于《越风半月刊》第 1 卷第 14 期。

一士《徐树铭与俞樾》(一)发表于《越风半月刊》第 1 卷第 15 期。

沈遁翁《忆袁爽秋先生》发表于《越风半月刊》第 1 卷第 15 期。

张人权《李渔〈意中缘〉中两女画师》发表于《越风半月刊》第 1 卷第 15 期。

徐一士《关于章太炎》发表于《越风半月刊》第 1 卷第 16 期。

张人权《李渔〈意中缘〉〈中之两女画师(下)》发表于《越风半月刊》第 1 卷第 16 期。

周劭《杭世骏与全谢山》发表于《越风半月刊》第 1 卷第 16 期。

马小进《留学生鼻祖容闳博士》发表于《越风半月刊》第 1 卷第 17 期。

一士《徐树铭与俞樾（二）》发表于《越风半月刊》第 1 卷第 17 期。

曾士荚《谈左文襄》（一）发表于《越风半月刊》第 1 卷第 17 期。

王业《继朱舜水乞师海外之张非文》发表于《越风半月刊》第 1 卷第 17 期。

冬藏《章太炎与曼殊和尚》发表于《越风半月刊》第 1 卷第 18 期。

苏子涵《沈子凌》发表于《越风半月刊》第 1 卷第 18 期。

徐一士《徐树铭与俞樾（附墨迹）》发表于《越风半月刊》第 1 卷第 18 期。

曾士荚《谈左文襄》（二）发表于《越风半月刊》第 1 卷第 18 期。

冯自由《武昌起义前后之余与黄克强先生》发表于《越风半月刊》第 1 卷第 20 期。

胡仪曾《辛亥开国时之张季直先生》发表于《越风半月刊》第 1 卷第 20 期。

黄华《记逃督瑞澂》发表于《越风半月刊》第 1 卷第 20 期。

萍荪《亡国士大夫叶昌炽日记中所见》发表于《越风半月刊》第 1 卷第 20 期。

徐一士《谈段祺瑞》发表于《越风半月刊》第 1 卷第 20 期。

黄萍荪《鲁迅是怎样一个人》发表于《越风半月刊》第 1 卷第 21 期。

张破浪《平话家柳敬亭考证录》发表于《越风半月刊》第 1 卷第 21 期。

右升《记荣登〈贰臣传〉乙编之钱谦益》发表于《越风半月刊》第 1 卷第 21 期。

马小进《谈徐固卿先生》发表于《越风半月刊》第 1 卷第 21 期。

王文莱《姜湛园先生之死》发表于《越风半月刊》第 1 卷第 22—24 期。

施叔范《宋诗人高菊磵》发表于《越风半月刊》第 1 卷第 22 期。

一士《谈段祺瑞（二续）》发表于《越风半月刊》第 1 卷第 22 期。

张其昀《丁文江先生著作系年目录》发表于《独立评论》第 188 号"纪念丁文江先生"专号。

傅孟真《丁文江一个人物的几片光影》发表于《独立评论》第 189 号。

杨济时《丁在君先生治疗经过报告》发表于《独立评论》第 189 号。

钟伯谦《丁文江先生考察湖南湘潭谭家山潭昭煤矿公司情形》发表于《独立评论》第 189 号。

刘基磐《丁在君先生在湘工作情形的追述》发表于《独立评论》第

193 号。

　　胡振宇《谁送给丁文江先生五千元》发表于《独立评论》第 193 号。

　　彭光钦《悼沈敦辉先生》发表于《独立评论》第 202 号。

　　汤中《对于丁在君先生的回忆》发表于《独立评论》第 211 号。

　　竹垚生《丁在君先生之遗嘱》发表于《独立评论》第 211 号。

　　鲁迅《妥斯退夫斯基》发表于《东流》第 2 卷第 3 期（世界文学新动向特辑）。

　　无名氏《鲁迅在日本》发表于《东流》第 2 卷第 3 期。

　　张香山《龚果尔获奖作品〈血与光〉》发表于《东流》第 2 卷第 4 期（最近世界名著介绍专号）。

　　孟陶《鲁易士的新著〈这不会在这里发生的〉》发表于《东流》第 2 卷第 4 期（最近世界名著介绍专号）。

　　陈达人《德国亡命作家华尔夫的戏曲〈麦汉姆教授〉》发表于《东流》第 2 卷第 4 期（最近世界名著介绍专号）。

　　〔日〕林芙美子作、白莱译《我的二十岁时代》发表于《东流》第 2 卷第 4 期（最近世界名著介绍专号）。

　　以人译述《歌德的〈浮士德〉中的浮士德》发表于《东流》第 2 卷第 4 期（最近世界名著介绍专号）。

　　郭沫若《贾长沙痛哭》发表于《东流》第 3 卷第 1 期（讽刺文学特辑）。

　　斐琴译《纪德日记》发表于《东流》第 3 卷第 1 期（讽刺文学特辑）。

　　〔日〕壶井繁治作、何勿译《讽刺诗人白德纳》发表于《东流》第 3 卷第 1 期（讽刺文学特辑）。

　　〔日〕熊译复六作、梁蕙译《高尔基创作中的浪漫主义》发表于《东流》第 3 卷第 2 期。

　　巴金《我的幼年》（作家自白）发表于《中流》第 1 卷第 1 期。

　　巴金《关于〈发的故事〉》（作家自白）发表于《中流》第 1 卷第 1 期。

　　巴金《我的几个先生》（作家自白）发表于《中流》第 1 卷第 2 期。

　　巴金《答一个北方青年朋友》（作家自白）发表于《中流》第 1 卷第 3 期。

　　巴金《我的路》发表于《中流》第 1 卷第 4 期。

　　景宋《片段的记述》发表于《中流》第 1 卷第 5 期（哀悼鲁迅先生专号）。

　　艾群《军人日记》发表于《中流》第 1 卷第 7 期。

　　唐弢《种在污蔑里的决心》（作者自白）发表于《中流》第 1 卷第 7 期。

　　陈毅《狱中回忆记》发表于《中流》第 1 卷第 8 期。

洪煨莲《考利玛窦的世界地图》发表于《禹贡》第 5 卷第 3、4 合期。

陈观胜《利玛窦对中国地理学之贡献及其影响》发表于《禹贡》第 5 卷第 3、4 合期。

［日］中村久次郎撰、周一良译《利玛窦传》发表于《禹贡》第 5 卷第 3、4 合期。

赵惠人《史汉西域传记互勘》发表于《禹贡》第 5 卷第 8、9 合期。

傅任敢《近代中国教育人物像传（张謇、张世英、王国维、于式枚）》发表于《中华教育界》第 23 卷第 9 期。

傅任敢《近代中国教育人物像传（丘逢甲、范源濂、吴芳吉、梁鼎芬）》发表于《中华教育界》第 23 卷第 10 期。

傅任敢《近代中国教育人物像传（梁启超、刘伯明、胡明复、陈衡恪）》发表于《中华教育界》第 23 卷第 11 期。

卢于道《巴夫洛夫的生平及其工作》发表于《中华教育界》第 23 卷第 11 期。

傅任敢《近代中国教育人物像传（袁希涛、林长民）》发表于《中华教育界》第 23 卷第 12 期。

傅任敢《近代中国教育人物像传（李提摩太、刘树杞）》发表于《中华教育界》第 24 卷第 2 期。

傅任敢《近代中国教育人物像传（丁韪良）》发表于《中华教育界》第 24 卷第 4 期。

傅任敢《近代中国教育人物像传（高仁山）》发表于《中华教育界》第 24 卷第 6 期。

郭一岑《纪念巴夫洛夫》发表于《教育杂志》第 26 卷第 6 期。

曾作忠《巴夫洛夫传》发表于《教育杂志》第 26 卷第 6 期。

贺益文《巴夫洛夫的生平及其贡献》发表于《教育杂志》第 26 卷第 6 期。

艾秀峰《留学日本时期的自白》发表于《留东学报》第 2 卷第 3 期。

赵宗复《汪梅村先生年谱》发表于《史学年报》第 2 卷第 3 期。

陈晋《〈新唐书·刘晏传〉笺注》发表于《史学年报》第 2 卷第 3 期。

刘选民译《俄国汉学家华西里夫之生平及其著作概略》发表于《史学消息》第 1 卷第 3 期。

鉴如《文信国公生平事迹的分析》发表于《江汉思潮》第 4 卷第 5—6 期。

黛儿《一个模特儿的自白》发表于《玲珑》第 6 卷第 15 期。

彭兆良《董小宛底生平及其性格》发表于《玲珑》第 6 卷第 22 期。

熊启华《一个被侮辱的女生赤裸裸自白》发表于《玲珑》第 6 卷第 22 期。

菊子《一位日本交际花的自白》发表于《玲珑》第 5 卷第 29 期。

庄云菌《一位保险业女跑街的自白》发表于《玲珑》第 6 卷第 37 期。

华麓玉《一个卖花女子的自述》发表于《玲珑》第 6 卷第 41 期。

尹明《高尔基的苦斗生涯》发表于《读书青年》第 1 卷第 4 期。

先昌《学校生活日记》发表于《读书青年》第 1 卷第 8 期。

蒋中正《五十生日之感言》发表于《读书青年》第 1 卷第 9 期。

潘公展《蒋委员长革命事迹》发表于《读书青年》第 1 卷第 9 期。

暑梅《当代名人小辞典》(一)发表于《读书青年》第 1 卷第 9 期。

君羊《鲁迅先生(名人传记)》发表于《读书青年》第 1 卷第 9 期。

赵暑梅《当代名人小辞典》(二)发表于《读书青年》第 1 卷第 10 期。

暑梅《当代名人小辞典》发表于《读书青年》第 1 卷第 12 期。

金回春《一个开除学生的自述》发表于《浙江青年》第 2 卷第 4 期。

程凤鸣《东南大儒俞曲园先生事略》发表于《浙江青年》第 2 卷第 8 期。

包赍《先贤吕晚村事略》发表于《浙江青年》第 2 卷第 9 期。

何之《北大生活回忆录》发表于《现代青年》第 4 卷第 1—2 期。

褚克沧《防空演习日记》发表于《中学生》第 69 期。

郭毓麟《文天祥事迹论述》发表于《协大学生》第 12 期。

典辰《二月的军训生活回忆录》发表于《厦联》第 3 期。

郭一岑《苏联生物学家拍夫洛夫之生平及其贡献》发表于《中苏文化》第 1 卷第 2 期。

国屏《高尔基的生平》发表于《新人周刊》第 2 卷第 46 期。

胡伯琴《空战回忆录》发表于《空军》第 165—185 期。

李长之《德意志艺术科学建立者温克耳曼之生平及其著作》发表于《中山文化教育馆季刊》第 3 卷第 4 期。

李植《余杭章先生事略》发表于《太炎先生纪念》第 25 期。

程天固《回首当年》(名人生活回忆录)发表于《良友画报》第 119 期。

郑贞文《闽贤事略初稿》发表于《图书展望》第 4 期。

植耘《革命文豪高尔基的生平》发表于《图书展望》第 9 期。

叶楚伧《蒋委员长之生平》发表于《广播周报》第 111 期。

杨汝泉《嬴秦焚书影响考略》发表于《图书馆学季刊》第 10 卷第 1—4 期。

邓衍林《元太祖成吉思汗生平史料目录》发表于《图书馆学季刊》第 10

卷第 4 期。

庄严居士《四十自述》发表于《中国出版》第 6 卷第 5—6 期。

郭斌龢《柏拉图的生平及其著作》发表于《出版周刊》第 173 期。

高觉敷《约翰穆勒小传》发表于《出版周刊》第 174 期。

林苑文译《爱伦凯小传》发表于《出版周刊》第 184 期。

张继《先烈黄克强之生平》发表于《中央周刊》第 440 期。

邰光谟《天空立法家凯普勒的生平及其学说》发表于《北洋周刊》第 134 期。

邰光谟《天空立法家凯普勒的生平及其学说》发表于《北洋周刊》第 135 期。

[法]罗曼·罗兰讲、鹤逸译《七十自述》发表于《时事类编》第 4 卷第 11 期。

小方《一个作家的自述》发表于《市一中学生丛刊》第 4 期。

杜苹如《一个被压迫女子的自述》发表于《妇女月报》第 2 卷第 6 期。

沈冬《小学教员自述》(中)发表于《妇女生活》第 3 卷第 11 期。

王梅芳《我的自述》发表于《现代父母》第 4 卷第 3 期。

王野平《世界语学者蒋爱真的事略及其年谱》发表于《进化》第 1 卷第 4 期。

王之平《元室陈夫人事略》发表于《国光杂志》第 15 期。

王治心《介绍西洋学术的第一人——徐光启生平》发表于《天籁》第 25 卷第 2 期。

吴景贤《安徽先贤像第二辑序例及小传》发表于《学风》第 6 卷第 9—10 期。

张清泉《医学家小传》发表于《艺风》第 4 卷第 4 期。

子瑜《陈常夏小传》发表于《西北风》第 14 期。

王锡蕃《郑奎元先生小传》发表于《鸡与蛋》第 1 卷第 4 期。

宗韵文《马龙华君小传》发表于《鸡与蛋》第 1 卷第 10 期。

沧侠《冯幼成君小传》发表于《鸡与蛋》第 1 卷第 11 期。

左舜生《王光祈先生事略》发表于《国论》第 2 卷第 2 期。

王晓籁《五十自述》发表于《浙江商务》第 1 卷第 4 期。

俞总成《一个农民自述》发表于《农友季刊》第 1 卷第 1 期。

余皓《马毕博士传略及其生平学说》发表于《浙江省建设》第 9 卷第 10 期。

涛声《苏联生理学家巴泼洛甫之生平》发表于《中华医学杂志》第 22 卷第 6 期。

王竹泉《王显谟先生事略》发表于《地质评论》第 1 卷第 1—6 期。

朱茂榛《苏联当代人物志·布留核尔素描》发表于《苏俄评论》第 10 卷第 4 期。

张一柯《高尔基的思想和生平》发表于《世界知识》第 4 卷第 8 期。

修大章《林应叔居士生西事略》发表于《大生报》第 6、7、8 期合刊。

金毓黻《孙国封君事略》发表于《科学》第 20 卷 12 期。

京《威斯汀霍斯小传》发表于《科学画报》第 3 卷第 12 期。

沙曾炤译《保罗·亚尔立西小传》发表于《卫生月刊》第 6 卷第 1—6 期。

吕乃瑛译《美国女演说家马利利物摩耳小传》发表于《女子月刊》第 4 卷第 7 期。

吕乃瑛译《斯塔埃尔夫人小传》发表于《女子月刊》第 4 卷第 12 期。

龙铁崖《书家王鲁生先生传》发表于《中国美术会季刊》第 1 期。

子云《李嘉图之事略》发表于《浙江财政月刊》第 9 卷第 1 期。

吕平《演员日记》发表于《绸缪月刊》第 3 卷第 1、2、4 期。

马少周《世界网球冠军潘莱小传》发表于《勤奋体育月报》第 4 卷第 2 期。

胡汉民《悼念邓仲元先生》发表于《三民主义月刊》第 7 卷第 4 期。

任维焜《十四世纪中国写实派的戏曲家关汉卿》发表于《师大月刊》第 26 期。

王保慧《独斋季先生传》发表于《国专月刊》第 2 卷第 5 期。

吴家驹《孟子考略》发表于《国专月刊》第 3 卷第 1 期。

唐文治《王文贞先生学案》发表于《国专月刊》第 3 卷第 3 期。

时甫编译《现代欧美作家自述》发表于《中华月报》第 2—7 卷第 3 期。

寿先《体育界畸人朱恩德的生平》发表于《勤奋体育月报》第 4 卷第 2 期。

水草《理学大家周濂溪略述》发表于《湖南大学季刊》第 2 卷第 2 期。

邰光谟《凯普勒的生平及其学说》发表于《北洋理工季刊》第 4 卷第 4 期。

邰光谟《泰考布拉略传》发表于《北洋理工季刊》第 4 卷第 4 期。

陈铨《从叔本华到尼采》发表于《清华学报》第 11 卷第 2 期。

吴达元《拉马丁与拜伦》发表于《清华学报》第 11 卷第 2 期。

张荫麟《沈括编年事辑》发表于《清华学报》第 11 卷第 2 期。

吴大澂《愙斋自省录》(一)发表于《青鹤》第 4 卷第 5 期。

吴大澂《愙斋自省录》(二)发表于《青鹤》第 4 卷第 8 期。

陈延谦《陈敬贤先生行状》发表于《佛教与佛学》第 6 期。

悲观《悼太炎先生》发表于《佛教与佛学》第 2 卷第 13 期。

三、传记著作

孟森著《汉书古今人表通检》由北平国立北平研究院出版。

邓元鼎、王默君著《宋元学案人名索引》由上海商务印书馆出版。

容肇祖著《补明儒东莞学案——林光与陈建》由国立北京大学出版。

赵景深、杨晋雄、蔡振寰编《活页文选作者小传》由上海北新书局出版。

梁启雄编《廿四史传目引得》由上海中华书局出版。

陈天鸿编《中国古今作家真名笔名便检》由上海图书馆用品社出版。

梁启超编著《中国伟人传五种》由上海中华书局出版。

按:是书收《张博望班定远合传》《黄帝以后第一伟人赵武灵王传》《明季第一重要人物袁崇焕传》《中国殖民八大伟人传》《祖国大航海家郑和传》5 篇。

朱拙存编著《中国历代名人传》由上海经纬书局出版。

按:是书收录战国至明代的名人传记 900 余篇,按照朝代先后分为 13 编。

袁清平编辑《中国历代名人录》(上中下册)由上海军事新闻社出版部出版。

按:是书上起传说中的黄帝下至太平天国洪秀全,分圣哲、英雄、将帅、文臣、正直、节义、纯孝、名儒、经学、文苑、高人、策士、游侠、艺林 14 类,介绍历代名人的生平事迹。

黄九如编《中国女名人列传》(上下册)由上海中华书局出版。

按:是书分春秋战国时代、汉代、魏晋六朝时代、唐代、五代及辽、宋代、元明、清代八章,收卓文君、班超、武则天、薛涛、李清照、秦良玉、秋瑾等历代女名人的列传 31 篇。作者在《前言》中说:"我们把整部的历史书翻来翻去,千万的名人之中,很难找出几个女的来;间或找得出几个,也大都是贤妻良母,贞女烈妇之类。这原因,是因为既有比较可靠的历史记载以来,便已经渐渐成熟为男性中心的社会。男性中心的社会所传颂的女性,必然是对他们尽忠,对他们服从的人物,至于其他方面的人才,根本在被压迫的状态之下,万难产生。即或偶然产生一二,也将为社会所唾弃,所诋毁,所漠视,而难以久远流传,所谓'无才便是德'的铁一样的规律,可以使无量数的妇女的才能变成泡影。唯一略有成绩的,只有文学方面的,这儿可分两类:一类是华贵的妃嫔或闺秀,一类是飘零的女冠或娼妓。前者因出身贵族之家,为点缀风雅,故得有机会读书;后者因为是士大夫寄情写意的地方,故常罗致许多破落贵族的才媛,以为诗人词客咏月吟风的伴侣。所以我们若想编成一部女名人列传,若不以贞烈贤孝之类为准,而以她们的才能为归,则几乎可以和一部妇女文学史完全同一种类。因为除了贤孝贞烈之外,只有文学是妇女活动的范围,但要写一个文学作者的传记,便不能撇开他的作品不提;所以本书中许多妇女作家,都简单地选录了她们的创作。要了解她们的创作,才能了解过去妇女的宝贵的贡献,而有以鼓励将来。不过古典的文学作品如诗歌、词曲之类,对于初中同学,却是难解的东西,这却要请细心地寻味。古典文学是文学园地中重要的产业,我们虽反对今人重新仿造,我们却需要今人善为体会,或者因此书而增进诸同学研究古典文学的兴趣和理解的程度,则是编者望外的欣慰。"

商务印书馆编《中国人名大辞典》由上海商务印书馆出版。

商务印书馆编《中国人名大辞典索引》由上海商务印书馆出版。

袁涌进编《现代中国作家笔名录》由北平中华图书馆协会出版。

彭作桢著《古今同姓名大辞典》由北平好望书店出版。

谭正璧编《文人传记选》(上下册)由上海北新书局出版。

按:是书录自汉至清代文学家100人的传记。有司马相如、东方朔、扬雄、韦庄、李煜、欧阳修、苏轼、李清照、陆游、归有光、汤显祖、蒲松龄、方苞、袁枚、刘鹗等。是书《序》曰:《文人传记选》好像是一本极平常的书,但是试一查国内所有出版物的总目录,有《世界文学家列传》,有专载外国作家的《近代文学家》,却没有一本专录中国文学家的列传。那你一定会不禁恍然地说:"这是咄咄怪事。"传记文学,本来是青年们所最爱好的一种文学。为了青年们的爱好,大都偏倾于文学中诗词、小说和戏曲一类柔性的文学,所以他们对于它们的作者都抱着钦仰的热忱。这种热忱,纯粹出于作者在作品中所表现出的本身的力量,非宣传家鼓其如簧之舌所能骗到的可比。所以他们对于渴欲明白作者身世这桩事,那是当然有,也或为必然的趋势。于是文学家的传记,在一切的传记文学中,不期然而然的成为青年们所尤为爱好的一种文学了。青年们对于文学家传记的爱好和需要既如此,而国内出版物中缺乏文学家传记甚至没有整部中国文学家的传记出版又如彼,那么除了称为"咄咄怪事"外,还有什么其他的话可说呢? 这本《文人传记选》,就是编者感到青年们有这种爱好和需要而编的。

杨荫深著《中国文人故事》由上海中华书局出版。

蒋恭晟著《周武王》由南京正中书局出版。

何其宽编《孔子》由上海商务印书馆出版。

梁启超著《孔子》由上海中华书局出版。

童行白编《孔子》由上海中华书局出版。

胡毓寰编著《孟子事迹考略》由江苏南京正中书局出版。

钱用和编著《孟子》由重庆正中书局出版。

叶国庆著《庄子研究》由上海商务印书馆出版。

王世琯著《韩非子研究》由上海商务印书馆出版。

郑克堂著《子产评传》由江苏南京国民政府军事委员会出版。

按:是书介绍春秋时代郑国政治家子产的生平事略和锐意改革使郑国大治的贡献。

梁启超著《管子》由上海中华书局出版。

刘宇编著《汉武帝》由重庆正中书局出版。

西京筹备委员会茂陵办事处编《汉武帝事略》由编者出版。

上海国学整理社编《诸葛孔明评传·诸葛孔明全集》由编者出版。

顾旭侯编《诸葛武侯》由上海新教育出版社出版。

洪为法著《曹子建及其诗》由上海光华书局出版。

王缁尘著《陶渊明评传》由上海国学整理社出版。

郭伯恭著《歌咏自然之两大诗豪》(陶潜和王维)由上海商务印书馆出版。

胡行之编著《骆宾王》由杭州浙江省立西湖博物馆出版。

张仲寰、刘逸青编《唐太宗》由上海中华书局出版。

杨荫深著《王维与孟浩然》由上海商务印书馆出版。

章衣萍著《杜甫》由上海儿童书局出版。

杨荫深著《高适与岑参》由上海商务印书馆出版。

郭虚中著《白居易评传》由正中书局出版。

李士翘著《孟东野年谱》由张家口三山斋出版。

周阆风著《诗人李贺》由上海商务印书馆出版。

童振福著《陈亮年谱》由上海商务印书馆出版。

胡行之编撰《舒璘》由杭州浙江省立西湖博物馆出版。

胡行之编撰《宗泽》由杭州浙江省立西湖博物馆出版。

梁启超著《辛稼轩先生年谱》由上海中华书局出版。

胡行之编撰《孤山与林和靖》由杭州浙江省立西湖博物馆出版。

潘承弼著《柳三变事迹考略》由北平国立北平研究院史学集刊编辑委员会出版。

章衣萍编著《文天祥》由上海儿童书局出版。

钟生荣编、陶宛青绘图《文天祥》由江西省立民众教育馆出版。

李仲融著《成仁取义的文天祥》由江苏南京正中书局出版。

李絜非著《中国男儿文文山先生》由浙江省立图书馆出版。

李梓林编《文丞相祠纪念册》出版。

刘宇编著《陆秀夫》由重庆正中书局出版。

蒋逸雪著《陆秀夫年谱》由上海商务印书馆出版。

陈垣著《宋元僧史三种述评》出版。

孙茀侯著《戴剡源年谱》由上海商务印书馆出版。

陈醉云著《明太祖》由上海中华书局出版。

王馨一著《刘伯温年谱》由上海商务印书馆出版。

张传元、余梅年著《归震川年谱》由上海商务印书馆出版。

袁照编《袁中郎遗事》由上海今知社出版部出版。

国民政府军事委员会编《明末汉奸列传》（附叛臣传）由编者出版。

按：是书分 12 卷，收录刘良臣、刘永芳、洪承畴、徐起元、孙承泽等降清明臣 120 人的列传。

胡行之编撰《朱之瑜》由杭州浙江省立西湖博物馆出版。

梁启超著《朱舜水先生年谱》由上海中华书局出版。

温聚民著《魏叔子年谱》由上海商务印书馆出版。

罗香林著《刘永福历史草》由正中书局出版。

王芷章著《清代伶官传》由北平中华印书局出版。

宋凤娴编《名伶世系表》（第 1 集）由北平戏曲研究社出版。

刘盼遂著《段玉裁年谱》由北京来薰阁出版。

法式善著《洪文襄公年谱》由北平洪文襄公宗祠出版。

商鸿逵著《颜元》由中法月刊社出版。

陆谦祉著《厉樊榭年谱》由上海商务印书馆出版。

苏易筑编著《林则徐》由江苏南京正中书局出版。

胡哲敷编《曾国藩》由上海中华书局出版。

瞿大弨编著《曾文正公传略》由上海大众书局出版。

赵增晖著《曾国藩言行之体系》由上海北新书局出版。

李柏荣著《魏默深先生师友记》由长沙岳麓书社出版。

张伯桢著《岭南三忠传》由北平沧海丛书社出版。

吴英威编《吴佩孚将军生平传》由上海智识书店出版。

程途编著《陈英士》由江苏南京正中书局出版。

吴原编著《吴樾》（附熊成基）由江苏南京正中书局出版。

胡主席治丧委员会编《胡先生纪念专刊》由广东广州编者出版。

军事新闻社编选《胡汉民先生哀思录》由军事新闻社出版部出版。

中国国民党驻安南总支部编《胡主席展堂先生荣哀录》由编者出版。

江西省各界悼念胡汉民大会编《胡主席荣哀录》由编者出版。

白蕉编著《袁世凯与中华民国》由上海人文月刊社出版。

刘宪英著《孙中山先生传》由南京正中书局出版。

徐安之等编著《孙中山》由江苏南京正中书局出版。

欧阳祖经编著《谭襄敏公年谱稿》由著者出版。

王蘧常著《严几道年谱》由上海商务印书馆出版。

缪荃孙著《艺风老人自订年谱》由北平文禄堂出版。

程途编著《朱执信》由江苏南京正中书局出版。

陈玉庠编《赵声先生传略》由江苏南京编者出版。

吴原编著《黄花岗诸烈士》由江苏南京正中书局出版。

王树滋编，徐忍茹、汤增璧校订《十二忠烈传》由江苏南京正中书局出版。

薛时进选注《现代名家情书选》由上海中国文化服务社出版。

茅盾等著《作家论》由上海文学出版社出版。

按：是书收评介徐志摩、庐隐、周作人、林语堂、落花生、冰心、王鲁彦、沈从文、张天翼9位作家的文章10篇。作者有茅盾、穆木天、未明、许杰、胡风、苏雪林等。

伧夫主编《悼鲁迅》由上海中国出版社出版。

李长之著《鲁迅批判》由上海北新书局出版。

含沙著《鲁迅印象记》由上海金汤书店出版。

燕京大学学生自治会出版委员会编《纪念中国文化巨人鲁迅》由北平编者出版。

胡愈之等著《鲁迅纪念集》由上海北新书局出版。

章氏国学讲习会编《太炎先生纪念专号》由江苏苏州编者出版。

上海市各界追悼大会《追悼黄膺白先生纪念册》由编者出版。

徐蔚南编《蔡柳二先生寿辰纪念集》由上海中华书局出版。

按：是书为庆祝蔡元培七十寿辰和柳亚子五十寿辰而编撰的纪念文集，内容包括绘画、论文、诗词、特写 4 部分。1936 年 2 月 23 日，胡朴安、舒新城、陈陶遗、徐蔚南、胡怀琛、曾虚白、谢六逸、陈抱一、王世颖等上海学术界同仁发起征集学者文人撰写论文、诗词及绘画，汇刊庆祝蔡元培先生 70 岁、柳亚子先生 50 岁的《蔡柳二先生寿辰纪念集》一册，制定征集作品缘起及条例，并组织征集委员会。应征者甚为踊跃，顾颉刚、滕固、何炳松、蒋慎吾、曹聚仁、吴梅、陆丹林、马公愚、吴半山、何香凝、王济远、胡藻斌、吴公虎等都交来作品。

黄警顽编、赵鸣校《杨斯盛、叶澄衷先生合传》由上海益新书社出版。

贺玉波编《郁达夫论》由上海大光书局出版。

葛佐治著《我的日记》由上海千秋出版社出版。

朱湘著《朱湘书信集》由天津人生与文学社出版。

夏夜莹编著《袁美云本事》由上海千秋出版社出版。

黄汲清著《丁在君先生在地质学上的工作》由北平中国地质学会出版。

章鸿钊著《我对于丁在君先生的回忆》由北平中国地质学会出版。

李学清著《追念丁师在君先生》由北平中国地质学会出版。

国立北平大学农学院陈氏遗著整理委员会编《陈嶲平先生纪念刊》由北平编者出版。

倪贻德著《艺苑交游记》由上海良友图书印刷公司出版。

沈云衣著《赛金花》由上海银星社出版。

曾繁著《赛金花外传》由上海大光书局出版。

杜君谋编《赛金花遗事》由上海千秋出版社出版。

谢冰莹著《一个女兵的自传》（上卷）由上海良友图书公司出版。

按：大革命失败，学校女生队解散，谢冰莹被迫返回家乡。为反抗封建包办婚姻，她再次出走。此后过着长期飘泊不定卖文自给的求学生活。她两度赴日本留学，在上海和东京曾两次无辜入狱，身心俱受摧残。正当她心灰意懒时，在良友图书公司编中国文学丛书的赵家璧来信要她赶快写一部书给他出版，书名也是赵家璧定的，叫《一个女兵的自传》，并限她三个月交稿。她为了用写作来减少一点精神上的苦闷，才勉强答应了。但她没想到这部书的写作是如此刻骨铭心。她说："在我写过的作品里面，再没有比《女兵自传》更伤心更痛苦的了！我要把每一段过去的生活,闭上眼睛来仔细地回忆一下,让那些由痛苦里挤出来的眼泪,重新由我的眼里流出来。记得写上卷的时候,里面有好几处非常有趣的地方,我一面写,一面笑,自己仿佛成了疯子;可是轮到写中卷时,里面没有欢笑,只有痛苦,只有悲哀。写的时候,我不知流了多少眼泪,好几次泪水把字冲洗净了,一连改写三四次都不成功,于是索性把笔放下,等到大哭一场之后再来重写。""把中卷全部稿子写完修改之后,我已瘦得不做人样了。"

《女兵自传》是她的代表作。发表后不知有多少读者来信询问是否是真实的故事。她说:"这不是一部普通虚构的小说,这是传记体裁;传记,百分之百要真实才有价值。""我要忠实地回答他们,这是一个女兵的真实效事,丝毫没有虚伪,半点也不夸张。""女兵"也是她性格的典型写照:虽不免"女儿情长",但从不"英雄气短"。这本书连续重版20多次,"在当时的青年男女们,真是人手一册",不仅在当年鼓舞了许多青年男女脱离封建家庭,走上革命道路,而且在以后不同时期都为年轻人的奋斗和成长提供了精神力量。当年,林语堂的女儿把它译成英文,由林语堂亲自校正并作序在美国出版。而在香港立即有了盗版本,可见影响之大。①

[日]北上健著、叶翔之译《国社党人物评传》由江苏南京拔提书店出版。

袁清平编辑《当代党国名人传》由军事新闻社出版部出版。

按:是书分上下两册。下册分政治、外交、财政、教育、建设、司法6类,分别介绍国民党中央政府及地方机构各界重要人物的传略,约有300人左右。

中国国民党中央执行委员会组织部编《革命先烈传记》由重庆编者出版。

按:是书介绍赵执信、陈其美、廖仲恺、赵声、陆皓东、郑士良、徐锡麟、秋瑾、吴禄贞、史坚如、刘道一等13人的传记。

中央军校洛阳分校编《民族魂》由洛阳编者出版。

中华民国国民革命抗日救国军第四集团军总司令部政训处《各国民族英雄事略》由编者出版。

勤奋书局编辑所编《全国足球名将录》由上海勤奋书局出版。

按:是书辑录中国足球名将、球坛宿将、球界先贤130人的小传和肖像。

赵景深著《文人剪影》由上海北新书局出版。

---

① 萧关鸿.中国百年传记经典:第2卷[M].上海:东方出版中心,2002:213.

按：是书汇集曾在一些报刊上发表的 30 多篇短文，记述作者对 43 位中国现代作家的印象，其中有鲁迅、茅盾、郁达夫、叶圣陶、王统照、巴金、丁玲、沈从文、张天翼、田汉、洪深、胡适等。

西蒂著《实业大王的故事》由上海青城书店出版。

按：是书收录《汽车大王福特》《钢铁大王卡尼基》《新闻大王哈斯特》《航业大王萨达伦特》《钢炮大王克虏伯》《铜大王库洛克》《通讯大王保罗·路透》《中国实业大王张謇》《炸药大王诺贝尔》《工程师大王詹天佑》等 16 篇人物故事。

江苏研究社编《江苏乡贤传略初稿》由南京正中书局出版。

按：是书介绍吴太伯与仲雍、季札、言偃、萧何、曹参、顾雍、周处、顾野王、陆德明、刘知幾、胡瑗、范仲淹、范纯仁、陈东、陆秀夫、唐顺之、顾宪成、高攀龙、周顺昌、徐光启、陈子龙、卢象升、沈廷扬、顾炎武、陆世仪、顾祖禹、惠栋、钱大昕、王念孙、王引之、庄存与、刘逢禄、阮元、汪中、邓廷桢、关天培、赵声、熊成基等人的事略。

吴纳百编《少年科学家的故事》由上海北新书局出版。

宋易编著《诺贝尔科学奖金》由南京正中书局出版。

［美］威尔逊著、金则人译《科学家列传》由上海世界书局出版。

许超编译《大发明家发现家故事》由上海世界书局出版。

按：是书根据栗原登的著作编译而成。内收伽里略、牛顿、富兰克林、瓦特、富尔敦、史蒂芬森、诺贝尔、齐柏林、贝尔、爱迪生、居礼夫人、赖特兄弟、马可尼、詹天佑等 24 人略传。《译者的话》说："本书是一册良好的辅助读物"，"中国现在正提倡科学，最要紧的是要在中小学生的脑中撒下几粒科学的种子，让他们发芽滋长，对科学发生兴趣，发生研究的精神"。"本书作者栗园登先生以故事的体裁，轻松的笔调，写出这一册有价值的书，在日本受了很大的欢迎，校之采作课外读物者，比比皆是，我们中国需要科学比日本尤切，因此使鄙人不惜揶数月之时间，为之出，供献于全国中小学生。"

钱亦石著《世界发明家列传》（上下册）由上海中华书局出版。

按：是书收录古腾堡、伽里略、富兰克林、哈格里弗斯、阿克莱脱、瓦特、富尔敦、史蒂芬森、摩尔斯 9 名发明家小传。

皮仲和编《世界科学家列传》（上下册）由上海中华书局出版。

按：是书上册为外国之部。内收哥白尼、伽里略、笛卡儿、莱布尼兹、牛顿、法拉第、莱伊尔、达尔文、巴斯德、居里夫人、爱因斯坦 11 人小传。下册为中国之部。内收张衡、华佗、马钧、葛洪、祖冲之、郭守敬、朱思本、徐光启、梅文鼎、李善兰、华蘅芳、黄宽等 14 人小传。

[美]哈罗著、沈昭文译《化学名人传》由上海商务印书馆出版。

按：是书收录《柏琴和煤焦油染料》《曼德列夫和周期律》《范霍夫和物理化学》《莱母赛和稀少气体》《律嘉慈和原子量》《阿伦尼斯和电离学说》《摩依生和电炉》《居里夫人和镭》《买尔和碳化学的发展》《费雪尔和食品化学》10 篇文章。介绍了和近代化学发展有密切关系的 10 名化学家的生平与科学活动。

外交部情报司编《日本现代名人中英文姓名对照表》由江苏南京编者出版。

[德]路德维希著、邵宗汉译《八大伟人评述》由上海长城书局出版。

按：是书评介南森、马萨里克、白里安、马塔、乔治劳合、韦尼泽洛斯、墨索里尼、斯大林等人物在当时国际政治舞台上的地位和成就。

于熙俭编译《世界名人小传》由上海青年协会书局出版。

陈陟、张翼人编《世界各国成功人传》由上海经纬书局出版。

按：是书分哲学家、文学家、科学家、音乐家、(画家、雕刻家、)①军人、政治家、教育家、经济学家、探险家、宗教家、社会学家等 12 编。共收 163 名外国古今名人小传。

沈兹九编《世界女名人列传》(上下册)由上海中华书局出版。

按：是书收录顾玛丽、罗兰夫人、山额夫人、居利夫人、克鲁普斯卡娅、邓肯等 13 人的传略。

钱亦石编《世界思想家列传》(上下册)由上海中华书局出版。

按：是书上册收德谟克里特、苏格拉底、柏拉图、亚里士多德、培根、斯宾诺莎、卢梭 7 人小传。下册收康德、黑格尔、达尔文、马克思、恩格斯 5 人小传。卷首有编者序。书末有凌秋写的编后。

秦仲实、朱基俊编《世界政治家列传》(上下册)由上海中华书局出版。

按：是书收梅特涅、帕麦斯顿、加富尔、俾斯麦、拿破仑三世、林肯、格兰斯顿、帕内尔、塞尔斯伯里等 10 人小传。

葛乔著《当代国际名人传》由上海三江书店出版。

按：是书介绍英、法、德、意、比、波、罗、苏、日、土、印度、美、加、墨等 25 国的 92 名政治名人传略。

朱基俊编《世界实业家列传》(上下册)由上海中华书局出版。

① 编者注：原书这两类未写编次。

按:是书介绍阿姆斯特郎、保罗·路透、摩根、卡内基、洛克菲勒、约翰·沃纳梅克、威廉·克拉克、克虏伯、萨塔伦特、詹姆斯·希尔、约瑟夫·张伯伦、岩崎弥太郎、亨利·福特、赫斯特、张謇等实业家的生平与实业活动。

王隐编《世界文学家列传》(上下册)由上海中华书局出版。

按:是书收录但丁、莎士比亚、雨果、托尔斯泰等 13 位著名文学家的传记 13 篇。每人传后均有对其代表作的评论。

王隐编《世界艺术家列传》(上下册)由上海中华书局出版。

按:是书收录达芬奇、米开朗基罗、莎士比亚、莫里哀、伦勃朗、米勒、贝多芬、莫扎特、海顿、瓦格纳、李斯特、罗丹、谷诃、柏辽兹、爱伦·戴丽等 17人略传。

潘念之、金溟若编译《世界人名大辞典》由上海世界书局出版。

按:是书收录古今中外学术思想家、科学发明家、宗教人物、政治家、军事家、艺术家、实业家 7000 余人。人名排列以拉丁字母为序。卷首有编者例言。

王子坚编《名人传记与评述》由上海经纬书局出版。

按:是书收录《法西斯独裁第二号的希特拉》《俾士麦的大学生活》《一个新国家的新元首——奎松》《甘地的少年时代》《福特印象记》《苏联底权威者——史塔林》《俄国大文豪高尔基》《法国的非战作家罗曼·罗兰》等 39 篇文章。其中有少数译文。

方纪生译《文学家的故事》由上海北新书局出版。

按:是书辑录萧伯纳、劳伦斯、歌德、小仲马、雨果、莫泊桑、柴霍甫、屠格涅夫、夏目漱石、鲁迅等 18 位中外著名文学家的生活片断和轶事。

黄海鹤、朱基俊编译《世界探险家列传》(上下册)由上海中华书局出版。

按:是书收录麦哲伦、库克、洪保、斯塔特、斯图亚特、利文斯敦、斯皮克、阿蒙森、斯文赫定、埃瑟顿、斯蒂芬森、乔伊斯、布鲁斯、诺顿、安德鲁斯、热尔博、林白、克利福德、蒙森、陶乐赛女士、伯德 21 名探险家列传。

[美]布兰敦著、曹宗巩译《世界航海家与探险家历史》由海军部编译处出版。

按:是书介绍汉纳、马可·波罗、亨利王子、哥伦布、达伽马、麦哲伦等人的探险活动。

徐迟编译《歌剧素描》由上海商务印书馆出版。

按:是书以故事形式介绍歌剧作曲家。内收《丽哥来陀等歌剧作曲家浮第》《迷娘歌剧的作曲者陀麻》《浮士德歌剧的作曲古诺》《嘉尔曼歌剧作曲者比才》《蝴蝶夫人歌剧作者波区尼》《戴丝歌剧的作曲家马斯南》等 11 篇。书末附唱片索引、参考书目表,书前有作者自序。

梁启超著《外国伟人传四种》由上海中华书局出版。

杨剑青编译《列强人物志》由冀察政务委员会印刷所出版。

按:是书介结英、德、意、俄、法、美、日、土等国政治人物小传。包括包尔温、麦克唐纳、希特勒、里宾特洛甫、墨索里尼、斯大林、李维诺夫、勃鲁姆、罗斯福、凯末尔、广田弘毅等 20 人。

〔英〕卡生著、徐百益译《五十二个成功者》由上海联华出版社出版。

叶青著《〈费尔巴哈论纲〉研究》由上海辛垦书店出版。

〔美〕凯德著、贺麟译《黑格尔》由上海商务印书馆出版。

〔美〕罗伊斯著、贺麟译《黑格尔学述》由上海商务印书馆出版。

诚质怡编《耶稣传大纲》由上海广学会出版。

灌顶著《天台智者大师别传辑注》由上海法藏寺分院出版。

〔意〕巴彼尼著《圣奥斯定传》由上海土山湾印书馆出版。

家禾著《西乡隆盛传》由上海光夏书店出版。

〔日〕岩崎荣著,汪静之、吴力生译《广田弘毅传》由上海商务印书馆出版。

按:是书分序词、少年时代、青年时代、壮年时代和荣达时代来介绍广田弘毅从出生到升任日本首相为止的生平经历。

顾炎编译《福特传》由上海一心书店出版。

谢济泽、胡尹民译《福特成功史》由上海国光书店出版。

〔印〕甘地著、南柳如编译《甘地传》由重庆正中书局出版。

日明编译《约瑟夫·史太林的生平》由群力社出版。

〔英〕洛治著、林昌恒译《洛治自传》由上海商务印书馆出版。

按:是书《原序》说:"有人屡次劝我写一些关于我一生的事迹来表明我此生经过的阶段和我亲自看见的科学进步情形,结果我在八十岁的时候,我已经经过了累年的思索,就把我容易记得的事情简略的写下来,或许偶尔还有错误,但是我已尽了我努力忠实的能事。在前世纪最末十年间,我研究科学的成绩似乎已到了顶点,此书关于这部分的记载自不免比较详细。当初的社会情形虽然和现在的社会情形很不相同,我把我当初奋斗的情形写下来,我想对于现在的青年或许也有相当的补益。因为各章所写的题目不同,因此我的叙述就没有完全依照年代的次序。我晚年的事迹,在我脑筋里面并不像我早年的事迹那样活跃。我近年来结交的朋友们,对于我叙述有许多遗漏的地方务请原谅;我在这里只简单的说他们对于我的厚爱,我已铭诸五内,不会遗忘的。我请读者对于我的叙述须宽厚的原谅,如果我在叙述中冒犯了任何人,须相信我绝不是有意的。在这里叙述到或没有叙述到的一切朋友,我都是十分诚恳的感谢。奥力味·约瑟夫·洛治自序。"

[法]沙海昂注、冯承钧译《马可·波罗行纪》由上海商务印书馆出版。

按:是书第 1 卷记载了马可·波罗诸人东游沿途见闻,直至上都止。第 2 卷记载了蒙古大汗忽必烈及其宫殿、都城、朝廷、政府、节庆、游猎等事;自大都南行至杭州、福州、泉州及东地沿岸及诸海诸洲等事。第 3 卷记载日本、越南、东印度、南印度、印度洋沿岸及诸岛屿,非洲东部。第 4 卷记载亚洲北地。

顾森千编译《爱因斯坦传》由上海正中书局出版。

朱名区编著《柴门霍甫评传》由汕头市第一小学出版部出版。

[德]雨果·伊尔狄斯著、谭镇瑶译《门德尔传》由上海商务印书馆出版。

[德]路德维希著、周兆骏译《墨索里尼对话录》由上海商务印书馆出版。

[英]汤姆孙等著、周麐译《马克士威》由上海商务印书馆出版。

按:是书介绍英国物理学家、经典电磁理论奠基人马克士威的生平事迹和其在物理学、电磁学上的贡献。

[法]André Mauroi 著、唐锡如译《拜伦的童年》由上海良友图书印刷公司出版。

凌志坚编译《萧伯纳传》由江苏南京正中书局出版。

[英]韦尔斯著,方土人、林淡秋译《韦尔斯自传》(上下册)由上海光明书局出版。

罗家农著《英国文豪韦尔斯》由杭州浙江省立图书馆出版。

[英]C. 白朗底著、李霁野译《简·爱自传》由上海生活书店出版。

[法]莫罗阿著、傅雷译《服尔德传》(《伏尔泰传》)由上海商务印书馆出版。

宗白华等著、周辅成编《歌德研究》由上海中华书局出版。

按:是书乃歌德逝世百年纪念论文集,共收录宗白华、周辅成、杨丙辰、徐仲年、谢六逸等 10 位作者的 20 余篇文章,分歌德的人生观与宇宙观、歌德的人格与个性、歌德的文艺、歌德与世界、歌德纪念 5 部分。

[德]歌德著、思慕译《歌德自传》(上下册)由上海生活书店出版。

[苏]高尔基著、楼适夷(原题逸夫)译《我的文学修养》由上海天马书店出版。

〔苏〕高尔基著、叶以群（原题以群）译《高尔基给文学青年的信》由上海读书生活出版社出版。

凌志坚编译《高尔基传》由江苏南京正中书局出版。

〔苏〕乌尔金著、罗稷南译《高尔基论》由上海读书生活出版社出版。

黄峰编《高尔基》由上海天马书店出版。

〔暹〕郎苇吉怀根著、许云樵译《暹罗王郑昭传》由上海商务印书馆出版。

四、卒于是年的传记作者

王树枏（1851—1936）。树枏字晋卿，号绵山老牧，晚号陶庐老人，直隶小兴州人。师事张裕钊、吴汝纶。1886 年进士。官新疆布政使。民国期间，任清史馆总纂，撰《清史稿》之咸丰、同治朝大臣传，又任国史馆总纂。著有《夏小正订传》4 卷、《读老子日记》《读阴符经日记》《武汉战记》1 卷、《希腊学案》4 卷、《欧洲列国战事本末》22 卷、《闲闲老人年谱》2 卷、《日记》《颜李师承记》9 卷（与赵衡同撰）等。又代徐世昌纂修《大清畿辅先哲传》40 卷、《畿辅列女传》6 卷、《将吏法言》8 卷。主持和参与编纂《奉天通志》《河北通志稿》《新城县志》《冀县志》20 卷，杂著 40 余种共 300 余卷。事迹见涂凤书《新城王晋卿先生墓志铭》。

王守恂（1865—1936）。守恂字仁安，别号阮南，天津人。1898 年中进士，授刑部山西司主事。1905 年任巡警部警法司员外郎、郎中。1906 年巡警部改民政部，任警政司郎中、总办兼掌印参议上行走。1910 年出任河南巡警道。辛亥革命后，曾任内务部顾问兼行政咨询特派员、内务部金事、考绩司第二科科长、浙江钱塘道尹。1920 年任直隶烟酒事务局会办。早年负有诗名，晚年参与组织城南诗社和崇化学会。著有《王仁安集》《天津政俗沿革记》《天津崇祀乡贤祠诸先生事略》等。

章炳麟（1869—1936）。炳麟原名学乘，字枚叔，后改名绛，号太炎，世人常称之为"太炎先生"，浙江余杭人。1891 年入杭州诂经精舍。1894 年中日甲午战争之后，到上海任《时务报》主笔。1898 年春应张之洞之邀赴武汉办报。戊戌政变后，避地台湾，任《台湾日日新报》记者。1899 年夏东渡日本，又返回上海参与《亚东时报》编务工作。1900 年到东吴大学任教。1902 年再次逃亡日本，参加上海爱国学社。1903 年回到上海，在蔡元培创设的爱国学社任教。1904 年参与发起成立光复会。1906 年 6 月刑满出狱，赴日本参加同盟会，继任《民报》主笔，主持《民报》与《新民丛报》的论战。1908 年《民报》被禁后，专事讲学著述。1909 年与陶成章等人重组光复会，任会长，与同盟会分道扬镳。1911 年 11 月 15 日回到上海,向黄兴提出"革命军兴,革命党消"的劝告,要求解散同盟会,并在槟榔屿《光华日报》连载发表政论《诛政党》。1912 年 1 月任中华民国联合会会长,出版《大共和日报》,任社长。2 月任南京临时政府枢密顾问。3 月中华民国联合会改为统一党,任理事。又任袁世凯政府东三省筹边使。1913 年 6 月针对孔教会提议设孔教为国教,发表《驳建立孔教议》,反对定孔教为国教。8 月进京,欲与袁世凯说理,被袁氏囚禁。1916 年 6 月袁世凯死后,恢复自由,前往上海。1917 年 7 月参与护法运动,任海陆军大元帅府秘书长。1923 年 9 月在上海任《华国月刊》社长。1924 年在苏州设立章氏国学讲习会,以讲学为业。1925 年 2 月与唐少川等人在上海组织辛亥同志俱乐部。1926 年 4 月在上海组织"反赤救国大联合",自任理事;又与太虚法师等发起组织佛化教育会,又任国民外交协会名誉会长,同时兼任国民大学校长和上海法政大学校长。1927 年南京国民政府成立后,自命"中华民国遗民",曾遭国民党上海党部通缉。1935 年章氏国学讲习会招收最后一批学生,并出版学刊《制言》,自任主编。1936 年 6 月 14 日病逝于苏州。著述编为《章氏丛书》《章氏丛书续编》《章氏丛书三编》。今有《章太炎全集》。自编有《太炎先生自定年谱》;其他传记作品有《徐锡麟、陈伯平、马宗汉传》《邹容传》《革命军》等。洪深编有《章太炎年谱》,汤志钧编有《章太炎年谱长编》(中华书局 1979 年版)。

按:郭久麟《章炳麟的传记文学》说:"《邹容传》是章炳麟最优秀的传记文学作品。……这篇传记以极其生动而精练的笔墨,记述了邹容的身世及其独立不羁、疾恶如仇的性格,写出了自己同邹容的相识和友谊,也控诉了帝国主义和清政府对革命者的残酷迫害。"[①]

胡汉民(1879—1936)。汉民原名衍鹳,嗣改衍鸿,字展堂,别号不匮室主,广东番禺人。1901 年中举人。1902 年、1904 年两度赴日本留学,入弘文学院师范科、法政大学速成法政科。1905 年 9 月加入中国同盟会,被推为评议部评议员。1907—1908 年追随孙中山,于新加坡、河内遍设革命机关,组织同盟会于华南发动的历次起义中担任筹饷、运械等工作。参与黄冈、镇南关起义。1908—1909 年赴新加坡主持《中兴日报》。先后任同盟会南洋支部长、南方支部长。1911 年 4 月参与黄花岗起义,为统筹部负责人之一。又参与筹备广州起义,失败后回香港。广州独立后,出任广东军政府大都督。旋即随孙中山至南京,任中华民国临时大总统府秘书长。1917 年

---

① 郭久麟.中国二十世纪传记文学史[M].太原:山西人民出版社,2009:44.

9月任广州护法军政府交通部长。1919年在上海创办《建设》杂志。1921年任广州非常大总统府总参议兼文官长、政治部长。1923年任大本营总参议。1924年任上海执行市组织部长。1925年任广州国民政府外交部部长。1927年任国民政府主席及中央宣传部长。1928年任国府委员兼立法院院长。1933年在香港创办《三民主义月刊》。1936年5月12日突发脑溢血病逝。著有《中国哲学史之唯物的研究》《三民主义之连环性》《不匮室诗钞》《胡汉民自传》等。

鲁迅(1881—1936)。鲁迅本名周樟寿,字豫才,又名树人,以笔名鲁迅闻名于世,浙江绍兴人。1899年考入江南陆师学堂附设矿路学堂。1902年毕业,由江南督练公所派往日本留学,先入东京弘文学院学习日文。1904年初入仙台医院专门学医。1906年中止学医,回到东京,从事文艺运动,希望以文学改变国民精神。1908年加入革命组织光复会。1909年8月回国,历任杭州浙江两级师范学堂教员、绍兴中学教员与监学、山会师范学堂监督、中华民国临时政府教育部部员。1920年开始,陆续兼任北京大学、北京高等师范学校、北京女子高师、世界语专门学校等校的讲师,任厦门大学文科教授、中山大学文学系主任兼教务主任。1928—1929年在上海主编《奔流》,组织"朝花社"。1930年参与发起成立中国自由运动大同盟和中国左翼作家联盟。1933年加入中国民权保障同盟,并任执行委员。9月参加世界反对帝国主义战争委员会远东会议,并被选为会议主席团名誉主席。1936年初"左联"解散后,响应中国共产党的号召,积极参加文学界和文艺界的抗日民族统一战线。10月19日不幸因肺病逝世于上海。著有《鲁迅日记》《鲁迅书信集》等。其《朝花夕拾》是他青少年时代的回忆录,《两地书》是他与许广平女士的通信集,都是优秀的传记作品。

按:郭久麟《鲁迅的〈朝花夕拾〉和〈两地书〉》说:"《朝花夕拾》记述了作者童年至青年时期的一些生活片断,于生活琐忆中透露出时代风云、社会变迁和人生侧影,在五光十色的生活画面中勾勒出鲜明生动的人物形象。……鲁迅先生的《朝花夕拾》以优美传神的笔触,生动地记述了他少年时代的有趣的经历和见闻,以及青年时代动人的生活片断,实在是以散文形式写下的珍贵的回忆录和优美的传记文。"[①]

丁文江(1887—1936)。文江字在君,笔名宗淹,江苏泰兴人。1902年秋东渡日本留学。1904年夏,由日本远渡重洋前往英国。1906年秋在剑桥

---

① 郭久麟.中国二十世纪传记文学史[M].太原:山西人民出版社,2009:54.

大学学习。1907—1911 年在格拉斯哥大学攻读动物学及地质学,获双学士。1911 年 4 月毕业回国,1913 年 2 月在北京任民国政府工商部矿政司地质科长。1914 年改称地质研究所,并改地质科为地质调查所,同时任两所所长。1916 年为农商部创办地质调查所,自任所长。1920 年为北京大学聘请葛利普做地质系教授。1922 年参与发起成立中国地质学会。辞去地质调查所所长职务,就任热河北票煤矿公司总经理。仍兼任《中国古生物志》主编。从 1923 年起,长期担任中国地质学会会长。1934 年任中央研究院总干事。1935 年 12 月初受民国南京政府的委托,前往湖南为粤汉铁路调查煤矿,在衡阳煤气中毒。次年 1 月 5 日死于湖南长沙湘雅医院。著有《徐霞客先生年谱》和《梁启超年谱长编》等。

按:蔡尚思《〈梁启超年谱长编〉的价值》说:"这部《年谱长编》是资料最丰富、篇幅最大,既全面又客观的一部传记性著作,是研究梁启超绝不可少而首先必读的一部好书。此书的编辑工作开始于梁启超去世的一九二九年,由丁文江主持和领导,赵丰田负责整理编写、起草编例,丁文江和顾颉刚均亲手批改。初编于一九三六年脱稿,原稿有二十四册之多。赵丰田秉承丁文江的意旨,把它删简为十二册,油印了五十部分赠梁氏的亲友以征求意见。这个节本约六十七万字。一九八〇年元月赵丰田逝世,此本的具体修订工作,由他的助手申松欣、李国俊承担。在这过程中,多由申四出采访,到康、梁家找手稿,负责增补和注释,并收入梁启超家属和至亲好友在《初编》上的批注,共增加了十四万字,使全书达到八十一万五千字;凡台湾出版的《梁任公先生年谱初编》,都全是根据十二册油印本排印的,差错之处,一仍其旧。由上海人民出版社出版的这部《梁启超年谱长编》比之台湾版,不仅增加十多万字,而且对全书进行了校勘、修改和标点,并在书前附上谱主的照片和手迹。这算是梁启超年谱长编中最完善的一个版本了。这部《年谱长编》的编成,确实是很不容易的,前后费时达五十多年之久。人手除丁文江、赵丰田、申松欣、李国俊外,顾颉刚、翁文灏、陈叔通、梁启勋、梁思顺(令娴)、梁思成、梁思庄等,都是有大小不等的功劳的。"[1]

邵元冲(1890—1936)。元冲字翼如,浙江绍兴人。早年加入同盟会。曾任《民国新闻》编辑,参加讨袁运动。1919 年留学美国,先后肄业于威斯康星大学和哥伦比亚大学。后任立法院副院长等职。1936 年死于西安事变。著有《邵元冲先生文集》,其中有传记作品《陈英士先生革命小史》《总理

---

① 蔡尚思. 蔡尚思全集第 8 册[M]. 上海:上海古籍出版社,2005:707 - 708.

护法实录》《孔子之人格与时代精神》《孙文主义总论》《田先生的人格和精
神》《纪念朱执信先生》《有学者精神的朱执信先生》《焦大鹏列传》《哀宋先生
诔》《沪军都督陈公英士行状》《张伯纯先生传略》等。

国家社科基金
GUOJIA SHEKE JIJIN HOUQI ZIZHU XIANGMU
后期资助项目

中国现代传记文学编年史（下）

Chronicle of Modern Chinese Biographical Literature

俞樟华　陈含英　编撰

ZHEJIANG UNIVERSITY PRESS
浙江大学出版社

民国二十六年　丁丑　1937 年

一、传记评论

林语堂《悼鲁迅》发表于《宇宙风》第 32 期。

按：文章说："鲁迅与我相得者二次，疏离者二次，其即其离，皆出自然，非吾与鲁迅有轩轾于其间也。吾始终敬鲁迅；鲁迅顾我，我喜其相知，鲁迅弃我，我亦无悔。大凡以所见相左相同，而为离合之迹，绝无私人意气存焉。我请鲁迅至厦门大学，遭同事摆布追逐，至三易其厨，吾尝见鲁迅开罐头在火酒炉上以火腿煮水度日，是吾失地主之谊，而鲁迅对我绝无怨言是鲁迅之知我。《人间世》出，左派不谅吾之文学见解，吾亦不愿牺牲吾之见解以阿附初闻鸦叫自为得道之左派，鲁迅不乐，我亦无可如何。鲁迅诚老而愈辣，而吾则向慕儒家之明性达理，鲁迅党见愈深，我愈不知党见为何物，宜其刺刺不相入也。然吾私心终以长辈事之，至于小人之捕风捉影挑拨离间，早已置之度外矣。鲁迅与其称为文人，不如号为战士。战士者何？顶盔披甲，持矛把盾交锋以为乐。不交锋则不乐，不披甲则不乐，即使无锋可交，无矛可持，拾一石子投狗，偶中，亦快然于胸中，此鲁迅之一副活形也。德国诗人海涅语人曰，我死时，棺中放一剑，勿放笔。是足以语鲁迅。"

王任叔《学取鲁迅的精神》发表于《宇宙风》第 49 期。

［日］鹤见祐辅作、岂哉译《传记的意义》发表于《宇宙风》第 51 期。

［日］鹤见祐辅作、岂哉译《传记的意义》（续一）发表于《宇宙风》第 52 期。

［日］鹤见祐辅作、岂哉译《传记的意义》（续二）发表于《宇宙风》第 53 期。

［日］鹤见祐辅作、岂哉译《传记的意义》（续三）发表于《宇宙风》第 54 期。

［日］内藤虎次郎作、马导源译《质胡适著〈章实斋年谱〉》发表于《中兴》第 2 卷第 5 期。

茅盾《日记及其他》发表于《月报》第 1 卷第 2 期。

石伦《罗曼·罗兰之密凯传序》发表于《舆论周刊》第 1 卷第 7 期。

［日］关野贞作、傅抱石译《汉魏六朝之墓砖》发表于《文艺月刊》第 10 卷第 2 期。

李宝泉《中国画南北宗作者及其地域性之研究》发表于《文艺月刊》第

10 卷第 2 期。

李宝泉《中国画南北宗作者及其地域性之研究》(续完)发表于《文艺月刊》第 10 卷第 3 期。

王思曾译《奥尼尔的剧作技巧》发表于《文艺月刊》第 10 卷第 4、5 期。

刘巍《奥斯托洛夫斯基的作品观》发表于《文艺月刊》第 10 卷第 4、5 期。

石江《评曹禺的〈日出〉》发表于《文艺月刊》第 10 卷第 4、5 期。

徐运元《从〈雷雨〉说到〈日出〉》发表于《文艺月刊》第 10 卷第 4、5 期。

草莱《评〈春风秋雨〉》发表于《文艺月刊》第 10 卷第 4、5 期。

沙雁《评〈赛金花〉》发表于《文艺月刊》第 10 卷第 4、5 期。

高山《评〈秋瑾〉——〈自由魂〉》发表于《文艺月刊》第 10 卷第 4、5 期。

傅抱石《石涛再考》发表于《文艺月刊》第 10 卷第 6 期。

陈琳《日本文学史上的女作家》发表于《文艺月刊》第 11 卷第 1 期。

逸珠《李后主诞生千年纪念》发表于《文艺月刊》第 11 卷第 1 期。

石灵《约翰·辛格戏剧的题材》发表于《文艺月刊》第 11 卷第 2 期。

胡适《再谈关汉卿的年代——与冯沅君女士书》发表于《文学年报》第 3 期。

苏雪林《论鲁迅的杂感文》发表于《文艺》第 4 卷第 3 期。

[丹麦]勃兰兑斯作、代石译《普式庚论》发表于《东方文艺》第 1 卷第 2 期(普式庚特辑)。

宗白华《莎士比亚的艺术》发表于《戏剧时代》第 1 卷第 3 期(莎士比亚特辑)。

梁实秋《莎士比亚的戏剧艺术》发表于《戏剧时代》第 1 卷第 3 期(莎士比亚特辑)。

慕青《我们从莎士比亚学习什么》发表于《新演剧》第 1 卷第 1 期。

乔一苏《莎士比亚给予普希金的影响》发表于《新演剧》第 1 卷第 1 期。

舒非《从托尔斯泰学习什么》发表于《新演剧》第 1 卷第 2 期。

茅盾《日记及其他》发表于《中流》第 1 卷第 9 期。

按:文章说:"我又有一个偏见,以为写日记数十年如一日之为人赞颂以及日记列入全集而为人爱读,大概是起于'文章宁复见为人'以后罢?然而预备公布的日记大概仍似其人的,曾文正公日记就是一例。日记之能否真见其'为人',我怀疑。欧战后德国几个军国要人发表他们的日记,把'祸首'之说洗刷得精光,这大概还是后记罢?但不论是'日'记或'后'记,我总觉得倘有得之读之而涕泣感悟者,大概是傻瓜——不则,就是神话。"

李微《鲁迅先生敬慕的藤野先生》发表于《中流》第 2 卷第 1 期。

雪韦《关于艾青的诗》发表于《中流》第 2 卷第 5 期。

乔绍周《巴赫对生物学的贡献》发表于《中苏文化》第 2 卷第 7 期。

〔日〕拓植秀臣作、任季高译《拍夫洛夫的思想及其在学术上的业绩》发表于《中苏文化》第 2 卷第 7 期。

茅盾《普式庚百年忌》发表于《世界知识》第 5 卷第 10 期。

〔苏〕A.亚尼克尼斯德作、天虹译《迭更司论》发表于《译文》新 3 卷第 1 期（迭更司特辑）。

陈独秀《老子考略》发表于《东方杂志》第 34 卷第 11 号。

丁毅音《谁是自叙传的第一个作者》发表于《东方杂志》第 34 卷第 22—24 号。

按：文章说："自叙传的第一个作者，我们以为是司马迁，但是《史通》作者刘知幾却断定为司马相如。《史通》是中国第一部史学史和史学批评，《史通·叙传篇》是第一篇叙传史和叙传批评。作者刘知幾死了千余年，于今仍为中国史学界的权威，他的议论，值得我们从新估定。……《史记·司马相如列传》《汉书·东方朔传》，既非相如、方朔自叙传，那末，自叙传的第一个作者的头衔，该还给《太史公自序》的作者司马迁了。"

章行严《伯兄太炎先生五十有六寿序》发表于《制言》第 41 期。

沈瓞民《书杨无咎万季野墓志铭后》发表于《制言》第 44 期。

费仲深遗著《张吴王墓碑　张呈王曹太妃墓碑记》发表于《制言》第 46 期。

钦文《读了自己的自传》发表于《论语半月刊》第 104 期。

方珍《袁子才的文学观》发表于《复旦学报》第 3 期。

陶元珍《整理张居正传记材料的杂论两篇》发表于《国立北京大学国学季刊》第 6 卷第 2 号。

项士元《浙江历代藏书家考略》发表于《文澜学报》第 3 卷第 1 期。

陈伯达《纪念马克斯与孙中山》发表于《解放》第 66 期。

按：文章说："五十六年（一八八三）三月十四日，是科学共产主义的创始人，人类社会历史发展规律的发现者，世界无产阶级及全人类解放运动的伟大导师——马克斯停止其肉体上的呼吸的日子。十四年前（一九二五年）三月十二日，是中国民族革命首领，一代民族伟人，中国民族民主革命一般原则（三民主义）的提出者——孙中山停止其肉体上的呼吸的日子。在这两个接近的纪念日，在今天的中国大时代，我们来研究这生在不同的历史环境、代表两种不同的历史运动,具有不同的社会内容的两大人物的思想,是很有意义的。"

孟森《清世祖实录初纂本跋》发表于《青鹤》第 5 卷第 10 期。

赵景深《〈西厢记〉作者问题辨正》发表于《逸经》第 36 期。

顾凤城译《苏曼殊论》发表于《人间觉半月刊》第 2 卷第 11、12 期合刊。

迦陵《谈曼殊上人的小说》发表于《人间觉半月刊》第 2 卷第 11、12 期合刊。

大醒《偶谈曼殊》发表于《人间觉半月刊》第 2 卷第 11、12 期合刊。

慧云《曼殊大师生平思想之我观》发表于《人间觉半月刊》第 2 卷第 11、12 期合刊。

百衲《我对曼殊大师之认识》发表于《人间觉半月刊》第 2 卷第 11、12 期合刊。

湘僧《泛论苏玄瑛的历史地位》发表于《人间觉半月刊》第 2 卷第 11、12 期合刊。

通一《我对于曼殊大师的观感》发表于《人间觉半月刊》第 2 卷第 11、12 期合刊。

笑痴《玉公老和尚的伟大》发表于《人海灯》第 4 卷第 4 期。

涤烦《追念玉成老和尚》发表于《人海灯》第 4 卷第 4 期。

智开《敬悼玉公老人》发表于《人海灯》第 4 卷第 4 期。

光源《敬悼我所崇慕的玉老》发表于《人海灯》第 4 卷第 4 期。

福善《悼玉成长老》发表于《人海灯》第 4 卷第 4 期。

空寂《悼玉成老和尚》发表于《人海灯》第 4 卷第 4 期。

灵洁《我为什么要写悼文》发表于《人海灯》第 4 卷第 4 期。

奏声《哀哉玉公西逝矣》发表于《人海灯》第 4 卷第 4 期。

爽亭《哭悼玉公老人》发表于《人海灯》第 4 卷第 4 期。

悲观《悼太炎先生续》发表于《佛教与佛学》第 2 卷第 14 期。

二、单篇传记

[日]舟木重信作、杨骚译《政治诗人海涅》发表于《文学》第 8 卷第 1 期。

李微《匈牙利人民诗人彼得斐略传及其诗歌》发表于《文学》第 8 卷第 1 期。

宗白华《我和诗》发表于《文学》第 8 卷第 1 期。

编者《歌德与贝多芬》发表于《文学》第 8 卷第 1 期。

编者《白俄罗斯的人民诗人郭拉斯》发表于《文学》第 8 卷第 1 期。

编者《雪莱的反抗精神》发表于《文学》第 8 卷第 1 期。

编者《普希金画像》发表于《文学》第 8 卷第 1 期。

编者《刘复先生遗像》发表于《文学》第 8 卷第 1 期。

编者《徐志摩先生遗像》发表于《文学》第 8 卷第 1 期。

编者《徐志摩先生未发表的诗稿二页》发表于《文学》第 8 卷第 1 期。

编者《刘梦苇先生遗笔》发表于《文学》第 8 卷第 1 期。

陈抱一画《刘大白先生遗像》发表于《文学》第 8 卷第 1 期。

编者《刘大白先生遗笔》发表于《文学》第 8 卷第 1 期。

编者《朱湘先生遗像》发表于《文学》第 8 卷第 1 期。

编者《朱湘先生遗笔二页》发表于《文学》第 8 卷第 1 期。

编者《白采先生遗像》发表于《文学》第 8 卷第 1 期。

编者《白采先生遗笔》发表于《文学》第 8 卷第 1 期。

编者《朱大枬先生遗像》发表于《文学》第 8 卷第 1 期。

编者《普希金夫人像》发表于《文学》第 8 卷第 1 期。

编者《普希金在棺中》发表于《文学》第 8 卷第 1 期。

编者《普希金与唐贻司的决斗》发表于《文学》第 8 卷第 1 期。

编者《普希金亲笔画》发表于《文学》第 8 卷第 1 期。

编者《歌德像及其签名手迹》发表于《文学》第 8 卷第 1 期。

编者《雨果画像》发表于《文学》第 8 卷第 1 期。

编者《海涅画像》发表于《文学》第 8 卷第 1 期。

编者《匈牙利爱国诗人彼得斐画像》发表于《文学》第 8 卷第 1 期。

编者《石川啄木像》发表于《文学》第 8 卷第 1 期。

编者《石川啄木的病床日记一页》发表于《文学》第 8 卷第 1 期。

陈琳《石川啄木的思想生平与其诗歌》发表于《文学》第 8 卷第 1 期。

俞志远《奥尼尔的生涯及其作品》发表于《文学》第 8 卷第 2 期。

编者《莱奥诺夫的生活之路》发表于《文学》第 8 卷第 2 期。

编者《辛克莱论惠特曼》发表于《文学》第 8 卷第 2 期。

编者《许广平为征集鲁迅先生书信启事》发表于《文学》第 8 卷第 2 期。

编者《歌德像》发表于《文学》第 8 卷第 2 期。

编者《奥尼尔像》发表于《文学》第 8 卷第 2 期。

编者《奥尼尔的书斋》发表于《文学》第 8 卷第 2 期。

赵家璧《友琴·奥尼尔》发表于《文学》第 8 卷第 3 期。

刘岘《子夜插图二幅》(木刻)发表于《文学》第 8 卷第 3 期。

编者《奥尼尔夫妇近影及其签字》发表于《文学》第 8 卷第 3 期。

编者《八岁时的奥尼尔》发表于《文学》第 8 卷第 3 期。

编者《匈牙利诗人彼多斐诗集插图二幅》发表于《文学》第 8 卷第 3 期。

编者《英国现代新诗人奥腾像》发表于《文学》第 8 卷第 4 期。

编者《英国现代新诗人司宾特尔像》发表于《文学》第 8 卷第 4 期。

编者《万垒赛耶夫的七十寿辰》发表于《文学》第 8 卷第 4 期。

〔日〕甘粕石介作、周学普译《作为写实主义者的歌德》发表于《文学》第 8 卷第 5 期。

编者《白朗宁夫人的诙谐》发表于《文学》第 8 卷第 5 期。

编者《狄更斯的晚年》发表于《文学》第 8 卷第 5 期。

戈宝权《普希金逝世百年祭》发表于《文学》第 8 卷第 6 期。

编者《普希金逝世百年祭画辑》(8 幅)发表于《文学》第 8 卷第 6 期。

编者《亚美尼亚剧作家逝世纪念》发表于《文学》第 9 卷第 1 期。

王夫基《盲作家阿斯托洛夫斯基》(木刻)发表于《文学》第 9 卷第 2 期。

编者《杜勒耳自画像》(附略传)发表于《文学》第 9 卷第 2 期。

编者《乌克兰大诗人雪夫青郭的纪念碑》发表于《文学》第 9 卷第 2 期。

草甬《我与文学》(生活录)发表于《中学生文艺季刊》第 3 卷第 1 期。

安风《军队生活剪影》(生活录)发表于《中学生文艺季刊》第 3 卷第 1 期。

吕爕文《十年以来》(生活录)发表于《中学生文艺季刊》第 3 卷第 2 期。

何毅《生活散记》(生活录)发表于《中学生文艺季刊》第 3 卷第 2 期。

春森《乡村生活日记》发表于《中学生文艺季刊》第 3 卷第 2 期。

何瑞珊《暑假随笔》发表于《中学生文艺季刊》第 3 卷第 2 期。

竹秉衡《忆曾祖》发表于《中学生文艺季刊》第 3 卷第 2 期。

〔苏〕伊里奇夫人作、白楚译《伊里奇与现实主义作品》发表于《文艺科学》创刊号。

〔苏〕马耶考夫斯基作、田方绥译《伊里奇》发表于《文艺科学》创刊号。

梁实秋《莎士比亚是诗人还是戏剧家》发表于《文学杂志》第 1 卷第 2 期。

张天虚《军训日记——太原军训的生活记录》发表于《中国文艺》第 1 卷第 1 期。

〔苏〕卡尔玛作、慎夫译《回忆玛耶诃夫斯基——诗人逝世七周年的纪念》发表于《中国文艺》第 1 卷第 1 期。

[苏]Burliuk 作《玛耶诃夫斯基画像》发表于《中国文艺》第 1 卷第 1 期。

[日]川端康成作、高明译《纪念十一谷义三郎》发表于《中国文艺》第 1 卷第 1 期(十一谷义三郎特辑)。

赵景深《屠隆的传奇》发表于《中国文艺》第 1 卷第 1 期。

郭沫若《中国左拉之待望》发表于《中国文艺》第 1 卷第 2 期。

许钦文《陶元庆的创作生活》发表于《中国文艺》第 1 卷第 3 期。

胡肇封《民族词人辛稼轩》发表于《文艺》第 4 卷第 1 期(民族文艺专号)。

林薇《民族诗人普式庚》发表于《文艺》第 4 卷第 2 期。

梅君达《悲剧的起源及其三大作者》发表于《文艺》第 5 卷第 1、2 期(抗战戏剧专号)。

文治平《喜剧的成长与莫里哀》发表于《文艺》第 5 卷第 1、2 期(抗战戏剧专号)。

高逸安《演剧经验谈》发表于《文艺》第 5 卷第 1、2 期(抗战戏剧专号)。

白嘉《温流小传》发表于《诗歌杂志》第 3 期。

保衡《聆歌回忆录》发表于《十日戏剧》第 1 卷第 6 期。

章泯译《高尔基与蒲雷曹夫》发表于《戏剧时代》第 1 卷第 1 期。

应云卫《我怎样导演》发表于《戏剧时代》第 1 卷第 3 期。

[美]B. 理伊邱作、谷殷译《黑色精神透视下的莎士比亚》发表于《新演剧》第 1 卷第 1 期。

宋之的《我要控诉》发表于《新演剧》第 1 卷第 1 期。

田鲁《海伦海丝的表演经验》发表于《新演剧》第 1 卷第 2 期。

[苏]A. 谷渥兹德夫作、文殊译《浪漫主义演剧中的莎士比亚——莎士比亚演出史》(一)发表于《新演剧》第 1 卷第 2 期。

[苏]A. 谷渥兹德夫作、文殊译《浪漫主义演剧中的莎士比亚——莎士比亚演出史》(二)发表于《新演剧》第 1 卷第 3 期。

田鲁《凯塞琳·考奈尔的表演经验》发表于《新演剧》第 1 卷第 3 期。

田鲁《林·芳登的表演经验》发表于《新演剧》第 1 卷第 4 期。

[苏]A. 谷渥兹德夫作、文殊译《浪漫主义演剧中的莎士比亚——莎士比亚演出史》(三)发表于《新演剧》第 1 卷第 4 期。

[日]上田进作、周学普译《马耶科夫斯基断片》发表于《译文》新 2 卷第 5 期。

[苏]V. 万垒赛耶夫作、克夫译《普式庚的一生》发表于《译文》新 2 卷第 6 期(普式庚逝世百年纪念号)。

[苏]A. 雅尔摩林斯基作、丽尼译《普式庚之生涯与作品》发表于《译文》新 2 卷第 6 期(普式庚逝世百年纪念号)。

[苏]L. 格劳司门作、唐弢译《普式庚的流行之基础》发表于《译文》新 2 卷第 6 期(普式庚逝世百年纪念号)。

[苏]O. 克拉趣考夫卡耶作、赵家璧译《普式庚之死》发表于《译文》新 2 卷第 6 期(普式庚逝世百年纪念号)。

[俄]普式庚作、萧亭译《我底家谱》发表于《译文》新 2 卷第 6 期(普式庚逝世百年纪念号)。

[俄]普式庚作、孟十还译《杜勃洛夫斯基》发表于《译文》新 2 卷第 6 期(普式庚逝世百年纪念号)。

曹靖华、黄源《普式庚年表》发表于《译文》新 2 卷第 6 期(普式庚逝世百年纪念号)。

[苏]忒洛丙尼《普式庚画像》(封面三色版)(插画)发表于《译文》新 2 卷第 6 期(普式庚逝世百年纪念号)。

[苏]纽曼《普式庚画像》(插画)发表于《译文》新 2 卷第 6 期(普式庚逝世百年纪念号)。

[苏]莫格拉巧夫《普式庚浮刻铜像》(插画)发表于《译文》新 2 卷第 6 期(普式庚逝世百年纪念号)。

编者《儿童村中之普式庚铜像》(插画)发表于《译文》新 2 卷第 6 期(普式庚逝世百年纪念号)。

编者《普式庚之孙——亚历山特洛维基》(插画)发表于《译文》新 2 卷第 6 期(普式庚逝世百年纪念号)。

编者《普式庚保姆之小屋》(插画)发表于《译文》新 2 卷第 6 期(普式庚逝世百年纪念号)。

编者《密哈伊洛夫斯基村之一景》(插画)发表于《译文》新 2 卷第 6 期(普式庚逝世百年纪念号)。

编者《密哈伊洛夫斯基村之一角》(插画)发表于《译文》新 2 卷第 6 期(普式庚逝世百年纪念号)。

编者《密哈伊洛夫斯基村附近之三山村》(插画)发表于《译文》新 2 卷第 6 期(普式庚逝世百年纪念号)。

编者《普式庚常去散步的林荫雪路》(插画)发表于《译文》新 2 卷第 6 期

（普式庚逝世百年纪念号）。

编者《普式庚的求学地》（插画）发表于《译文》新 2 卷第 6 期（普式庚逝世百年纪念号）。

编者《普式庚的手杖》（插画）发表于《译文》新 2 卷第 6 期（普式庚逝世百年纪念号）。

编者《莫斯科的普式庚纪念像》（插画）发表于《译文》新 2 卷第 6 期（普式庚逝世百年纪念号）。

编者《青年时代的普式庚雕像》（插画）发表于《译文》新 2 卷第 6 期（普式庚逝世百年纪念号）。

编者《普士庚立像》（插画）发表于《译文》新 2 卷第 6 期（普式庚逝世百年纪念号）。

编者《普士庚半身像》（插画）发表于《译文》新 2 卷第 6 期（普式庚逝世百年纪念号）。

编者《灵柩中之普式庚》（插画）发表于《译文》新 2 卷第 6 期（普式庚逝世百年纪念号）。

编者《决斗创伤后的普士庚》（插画）发表于《译文》新 2 卷第 6 期（普式庚逝世百年纪念号）。

编者《小学生所作的纪念普氏的壁报》（插画）发表于《译文》新 2 卷第 6 期（普式庚逝世百年纪念号）。

编者《〈欧根·奥涅庚〉之决斗场面》（插画）发表于《译文》新 2 卷第 6 期（普式庚逝世百年纪念号）。

编者《〈欧根·奥涅庚〉之一景》（插画）发表于《译文》新 2 卷第 6 期（普式庚逝世百年纪念号）。

编者《莫斯科剧场演出的〈欧根·奥涅庚〉》（插画）发表于《译文》新 2 卷第 6 期（普式庚逝世百年纪念号）。

编者《〈罗沙而加〉之一景》（插画）发表于《译文》新 2 卷第 6 期（普式庚逝世百年纪念号）。

编者《密哈伊洛夫斯基村的两个湖（木刻）》（插画）发表于《译文》新 2 卷第 6 期（普式庚逝世百年纪念号）。

编者《密哈伊洛夫斯基村的多树小山（木刻）》（插画）发表于《译文》新 2 卷第 6 期（普式庚逝世百年纪念号）。

编者《三山村·普式庚时代的橡树（木刻）》（插画）发表于《译文》新 2 卷第 6 期（普式庚逝世百年纪念号）。

编者《密哈伊洛夫斯基村附近之三山村景色（木刻）》（插画）发表于《译文》新 2 卷第 6 期（普式庚逝世百年纪念号）。

编者《普式庚手迹之一、二、三、四、五、六》（插画）发表于《译文》新 2 卷第 6 期（普式庚逝世百年纪念号）。

［俄］安恩廓夫作、姚可昆译《忆果戈里》发表于《译文》新 3 卷第 1 期。

［苏］E. 兰作、克夫译《年青的迭更司》发表于《译文》新 3 卷第 1 期（迭更司特辑）。

［法］A. 莫洛亚作、天虹译《迭更司与小说的艺术》发表于《译文》新 3 卷第 1 期（迭更司特辑）。

［苏］P. 菲兹格尔特《迭更司像》（插画）发表于《译文》新 3 卷第 1 期（迭更司特辑）。

［英］G. 克鲁克夏《迭更司铅笔画像》（插画）发表于《译文》新 3 卷第 1 期（迭更司特辑）。

［法］菲顿《迭更司（一八三九）（木刻）》（插画）发表于《译文》新 3 卷第 1 期（迭更司特辑）。

［德］W. 福利兹《迭更司（一八五九）》（插画）发表于《译文》新 3 卷第 1 期（迭更司特辑）。

［德］B. 哥纳《迭更司（一八六八）（摄影）》（插画）发表于《译文》新 3 卷第 1 期（迭更司特辑）。

［法］E. 华德《迭更司在书室中》（插画）发表于《译文》新 3 卷第 1 期（迭更司特辑）。

［法］W. 萨克莱《迭更司和他的朋友》（插画）发表于《译文》新 3 卷第 1 期（迭更司特辑）。

［法］W. 波书《空了的椅子》（插画）发表于《译文》新 3 卷第 1 期（迭更司特辑）。

法国讽刺画《迭更司过海至巴黎》（插画）发表于《译文》新 3 卷第 1 期（迭更司特辑）。

编者《迭更司住宅》（插画）发表于《译文》新 3 卷第 1 期（迭更司特辑）。

编者《各国纪念普式庚的盛况》发表于《译文》新 3 卷第 1 期。

编者《万垒赛耶夫七十寿辰》发表于《译文》新 3 卷第 1 期。

编者《从苏联回法以后的纪德》发表于《译文》新 3 卷第 1 期。

［法］《公社》杂志记者、克夫译《巴罗哈访问记》发表于《译文》新 3 卷第 2 期（西班牙专号）。

编者《罗曼·罗兰给青年作家的一封信》发表于《译文》新 3 卷第 2 期。

［美］赛珍珠作、克夫译《我对迭更司所负的债》发表于《译文》新 3 卷第 3 期。

［法］A. 莫洛亚作、天虹译《迭更司的生平及其作品（上）》发表于《译文》新 3 卷第 3 期。

［苏］V. 吉尔波丁作、铁弦译《普式庚纪念与文艺的气质》发表于《译文》新 3 卷第 3 期。

［苏］C.C. 犹劲作、劳曼译《普式庚底受伤与死亡》发表于《译文》新 3 卷第 3 期。

［日］改造社编、雨田译《普式庚年谱》发表于《译文》新 3 卷第 3 期。

［法］A. 莫洛亚作、天虹译《迭更司的生平及其作品（下）》发表于《译文》新 3 卷第 4 期。

齐生《伊尔亚·伊尔夫的逝世》发表于《译文》新 3 卷第 4 期。

齐生《斯泰哈诺夫论普式庚》发表于《译文》新 3 卷第 4 期。

编者《迭更司的妻妹玛丽·霍茄士肖像》（插画）发表于《译文》新 3 卷第 4 期。

编者《高尔基肖像》（插画）发表于《译文》新 3 卷第 4 期。

编者《写作中的高尔基》（照相）（插画）发表于《译文》新 3 卷第 4 期。

徐蔚南《我的国文教学经验》发表于《青年界》第 11 卷第 1 期（青年作文指导特辑）。

杨骚《脚踏实地的大地》发表于《青年界》第 11 卷第 1 期（青年作文指导特辑）。

黄衣青《冲出大观园》发表于《青年界》第 11 卷第 1 期（青年作文指导特辑）。

周楞伽《作文一得》发表于《青年界》第 11 卷第 1 期（青年作文指导特辑）。

陈友琴《"真正""几乎""不会"》发表于《青年界》第 11 卷第 1 期（青年作文指导特辑）。

宋成志《文艺作品是如何写的》发表于《青年界》第 11 卷第 1 期（青年作文指导特辑）。

杨晋豪《怎样去做诗》发表于《青年界》第 11 卷第 1 期（青年作文指导特辑）。

隋树森《中学生作文常犯的几种毛病》发表于《青年界》第 11 卷第 1 期

（青年作文指导特辑）。

朱雯《多看和多作》发表于《青年界》第 11 卷第 1 期（青年作文指导特辑）。

黎锦明《多做叙事文和议论文》发表于《青年界》第 11 卷第 1 期（青年作文指导特辑）。

朱渭深《姑妄言之》发表于《青年界》第 11 卷第 1 期（青年作文指导特辑）。

何德明《作文小语》发表于《青年界》第 11 卷第 1 期（青年作文指导特辑）。

谷凤田《青年男女在写作上的两种疵病》发表于《青年界》第 11 卷第 1 期（青年作文指导特辑）。

陈醉云《作文的基本条件》发表于《青年界》第 11 卷第 1 期（青年作文指导特辑）。

黑婴《两点浅见》发表于《青年界》第 11 卷第 1 期（青年作文指导特辑）。

老舍《几句不得人心的话》发表于《青年界》第 11 卷第 1 期（青年作文指导特辑）。

臧克家《头痛的理论文章》发表于《青年界》第 11 卷第 1 期（青年作文指导特辑）。

翟永坤《文章作法》发表于《青年界》第 11 卷第 1 期（青年作文指导特辑）。

王玉章《三原则》发表于《青年界》第 11 卷第 1 期（青年作文指导特辑）。

王萍草《我所见到的两点》发表于《青年界》第 11 卷第 1 期（青年作文指导特辑）。

胡行之《青年们别性急》发表于《青年界》第 11 卷第 1 期（青年作文指导特辑）。

胡山源《得意之作》发表于《青年界》第 11 卷第 1 期（青年作文指导特辑）。

许杰《几句平凡的话》发表于《青年界》第 11 卷第 1 期（青年作文指导特辑）。

唐旭之《从书信想到的一点》发表于《青年界》第 11 卷第 1 期（青年作文指导特辑）。

钱颂平《应考时作文的注意点》发表于《青年界》第 11 卷第 1 期（青年作文指导特辑）。

向培良《当国文教员的能怎么办》发表于《青年界》第 11 卷第 1 期(青年作文指导特辑)。

于在春《一个偏见》发表于《青年界》第 11 卷第 1 期(青年作文指导特辑)。

金叶《简明和真实》发表于《青年界》第 11 卷第 1 期(青年作文指导特辑)。

清水《病中谈作文》发表于《青年界》第 11 卷第 1 期(青年作文指导特辑)。

段超人《我最初学习作文的经验》发表于《青年界》第 11 卷第 1 期(青年作文指导特辑)。

梁乙真《我看到的中学生作文时常犯的毛病》发表于《青年界》第 11 卷第 1 期(青年作文指导特辑)。

洪为法《卖花生米的》发表于《青年界》第 11 卷第 1 期(青年作文指导特辑)。

潘菽《作文一诫》发表于《青年界》第 11 卷第 1 期(青年作文指导特辑)。

董秋芳《韧性和作文》发表于《青年界》第 11 卷第 1 期(青年作文指导特辑)。

陈福熙《写别字》发表于《青年界》第 11 卷第 1 期(青年作文指导特辑)。

董文渊《她们害病的原因》发表于《青年界》第 11 卷第 1 期(青年作文指导特辑)。

陈柱《我青年时代学习国文的经验》发表于《青年界》第 11 卷第 1 期(青年作文指导特辑)。

汪倜然《先训练思想的能力》发表于《青年界》第 11 卷第 1 期(青年作文指导特辑)。

程鼎兴《初学作文者的通病》发表于《青年界》第 11 卷第 1 期(青年作文指导特辑)。

王一心《形容词病》发表于《青年界》第 11 卷第 1 期(青年作文指导特辑)。

陈伯吹《自己的话》发表于《青年界》第 11 卷第 1 期(青年作文指导特辑)。

陈汝惠《我的打算》发表于《青年界》第 11 卷第 1 期(青年作文指导特辑)。

顾了然《关于作文的话》发表于《青年界》第 11 卷第 1 期(青年作文指导

特辑）。

包雄泉《作文与研究文法》发表于《青年界》第 11 卷第 1 期（青年作文指导特辑）。

陈子展《略谈中学的作文课程》发表于《青年界》第 11 卷第 1 期（青年作文指导特辑）。

陶秋英《救救中学生？救救中学教员》发表于《青年界》第 11 卷第 1 期（青年作文指导特辑）。

马仲殊《作文与造句》发表于《青年界》第 11 卷第 1 期（青年作文指导特辑）。

杨荫深《我以为只要多作就是》发表于《青年界》第 11 卷第 1 期（青年作文指导特辑）。

刘万章《"可圈可点"的圈点还该用吗》发表于《青年界》第 11 卷第 1 期（青年作文指导特辑）。

陈清晨《学习作文的最大毒害》发表于《青年界》第 11 卷第 1 期（青年作文指导特辑）。

张友松《关于写作问题随便想到的几点》发表于《青年界》第 11 卷第 1 期（青年作文指导特辑）。

姚同樾《我怎样开始写作与编辑的生涯》发表于《青年界》第 11 卷第 1 期（青年作文指导特辑）。

陈以德《侧面描写的方法》发表于《青年界》第 11 卷第 1 期（青年作文指导特辑）。

巴金《关于〈春〉》发表于《青年界》第 11 卷第 1 期（青年作文指导特辑）。

郭步陶《国文改作的研究》发表于《青年界》第 11 卷第 1 期（青年作文指导特辑）。

汪馥泉《文章底定义》发表于《青年界》第 11 卷第 1 期（青年作文指导特辑）。

张懋森《初中学生作文的错误及其补救》发表于《青年界》第 11 卷第 1 期（青年作文指导特辑）。

倪贻德《王叔明》发表于《青年界》第 11 卷第 1 期。

张孝纯《夏存古的生平及作品》发表于《青年界》第 11 卷第 3 期。

张懋森《杭游日记》发表于《青年界》第 12 卷第 1 期（日记特辑）。

许瑾《剑云与故事哥哥》发表于《青年界》第 12 卷第 1 期（日记特辑）。

吴景崧《没有日记》发表于《青年界》第 12 卷第 1 期（日记特辑）。

何植三《日记摘录》发表于《青年界》第 12 卷第 1 期（日记特辑）。

盛焕明《一月二十九日》发表于《青年界》第 12 卷第 1 期（日记特辑）。

刘麟生《一天的日记》发表于《青年界》第 12 卷第 1 期（日记特辑）。

汪静之《最好的宣传诗》发表于《青年界》第 12 卷第 1 期（日记特辑）。

罗烽《随笔》发表于《青年界》第 12 卷第 1 期（日记特辑）。

东平《多喜子之死》发表于《青年界》第 12 卷第 1 期（日记特辑）。

宋云彬《九月二十三日》发表于《青年界》第 12 卷第 1 期（日记特辑）。

曾虚日《遗忘了的旧梦》发表于《青年界》第 12 卷第 1 期（日记特辑）。

胡行之《我的日记简则》发表于《青年界》第 12 卷第 1 期（日记特辑）。

曲滢生《丘迟〈与陈伯之书〉的感召力》发表于《青年界》第 12 卷第 1 期（日记特辑）。

徐仲年《罗儿的诞生》发表于《青年界》第 12 卷第 1 期（日记特辑）。

胡耐安《翻开〈青年界〉来看》发表于《青年界》第 12 卷第 1 期（日记特辑）。

胡环琛《今天的日记》发表于《青年界》第 12 卷第 1 期（日记特辑）。

黎锦明《日记摘录》发表于《青年界》第 12 卷第 1 期（日记特辑）。

李长之《我的日记》发表于《青年界》第 12 卷第 1 期（日记特辑）。

何德明《四月七日》发表于《青年界》第 12 卷第 1 期（日记特辑）。

老舍《五天的日记》发表于《青年界》第 12 卷第 1 期（日记特辑）。

周作人《四月十四日》发表于《青年界》第 12 卷第 1 期（日记特辑）。

钱天起《四月中旬日记》发表于《青年界》第 12 卷第 1 期（日记特辑）。

洪为法《四天的日记》发表于《青年界》第 12 卷第 1 期（日记特辑）。

傅惜华《二西堂日记抄》发表于《青年界》第 12 卷第 1 期（日记特辑）。

钱南扬《杭州日记》发表于《青年界》第 12 卷第 1 期（日记特辑）。

叶德均《三日间读书琐记》发表于《青年界》第 12 卷第 1 期（日记特辑）。

梁乙真《春假日记》发表于《青年界》第 12 卷第 1 期（日记特辑）。

周贻白《飞跎子传》发表于《青年界》第 12 卷第 1 期（日记特辑）。

顾随《剜荠菜》发表于《青年界》第 12 卷第 1 期（日记特辑）。

陈柱尊《一星期的日记》发表于《青年界》第 12 卷第 1 期（日记特辑）。

叶鼎洛《三月十五日》发表于《青年界》第 12 卷第 1 期（日记特辑）。

艾芜《一九三七年日记三则》发表于《青年界》第 12 卷第 1 期（日记特辑）。

臧克家《烦恼的日子》发表于《青年界》第 12 卷第 1 期（日记特辑）。

向培良《不写日记的话》发表于《青年界》第12卷第1期(日记特辑)。

钱君匋《钱君匋日记抄》发表于《青年界》第12卷第1期(日记特辑)。

金溟若《日记片断》发表于《青年界》第12卷第1期(日记特辑)。

容肇祖《星期六日记》发表于《青年界》第12卷第1期(日记特辑)。

谷凤田《映桃轩日记抄》发表于《青年界》第12卷第1期(日记特辑)。

谢家玉《日记选抄》发表于《青年界》第12卷第1期(日记特辑)。

蔡振寰《日记的意义》发表于《青年界》第12卷第1期(日记特辑)。

按:文章说:"我是主张写日记的,因为写日记,不但可以使文章进步,而且可以把日常的生活景况记载下来,作一比较。譬如'在十年前的我是如何? 现在的我又是如何? 今后的我更将如何?'想到这点,无日记不足以备考。所以我说:'日记就是生活,生活就是日记。'而日记的意义,也由此可见了。"

汪震《一个教师一天的日记》发表于《青年界》第12卷第1期(日记特辑)。

陶亢德《两天的日记》发表于《青年界》第12卷第1期(日记特辑)。

李辉英《四月四日》发表于《青年界》第12卷第1期(日记特辑)。

杨骚《节录二月九日的日记》发表于《青年界》第12卷第1期(日记特辑)。

周楞伽《文士日记》发表于《青年界》第12卷第1期(日记特辑)。

黑婴《梅雨日记》发表于《青年界》第12卷第1期(日记特辑)。

王家棫《一天的生活》发表于《青年界》第12卷第1期(日记特辑)。

孙佳讯《鸽笼日记一裔》发表于《青年界》第12卷第1期(日记特辑)。

葛贤宁《二月尾》发表于《青年界》第12卷第1期(日记特辑)。

贾祖璋《一九三六年十月四日》发表于《青年界》第12卷第1期(日记特辑)。

易君左《竹头木屑》发表于《青年界》第12卷第1期(日记特辑)。

胡术五《京华读画》发表于《青年界》第12卷第1期(日记特辑)。

金叶《足痕》发表于《青年界》第12卷第1期(日记特辑)。

马子华《泰山》发表于《青年界》第12卷第1期(日记特辑)。

陈友琴《书生日记》发表于《青年界》第12卷第1期(日记特辑)。

陈伯吹《有朋晚上来》发表于《青年界》第12卷第1期(日记特辑)。

董秋芳《临时日记》发表于《青年界》第12卷第1期(日记特辑)。

陶秋英《写什么呢》发表于《青年界》第12卷第1期(日记特辑)。

幕史《日记三则》发表于《青年界》第 12 卷第 1 期（日记特辑）。

吕绍光《人间三日》发表于《青年界》第 12 卷第 1 期（日记特辑）。

朱曼华《病后》发表于《青年界》第 12 卷第 1 期（日记特辑）。

陈以德《日记》发表于《青年界》第 12 卷第 1 期（日记特辑）。

周木斋《一天的日记》发表于《青年界》第 12 卷第 1 期（日记特辑）。

祝剑欧《忆楼忆所忆》发表于《青年界》第 12 卷第 1 期（日记特辑）。

黑丁《日记的片断》发表于《青年界》第 12 卷第 1 期（日记特辑）。

罗根泽《参观日记》发表于《青年界》第 12 卷第 1 期（日记特辑）。

李慎言《清明日记》发表于《青年界》第 12 卷第 1 期（日记特辑）。

王萍草《四月二十六日》发表于《青年界》第 12 卷第 1 期（日记特辑）。

路易士《日记抄》发表于《青年界》第 12 卷第 1 期（日记特辑）。

耶草《平凡的一周间》发表于《青年界》第 12 卷第 1 期（日记特辑）。

陈白尘《不是日记》发表于《青年界》第 12 卷第 1 期（日记特辑）。

许钦文《种菜蔬》发表于《青年界》第 12 卷第 1 期（日记特辑）。

何家槐《京游一日记》发表于《青年界》第 12 卷第 1 期（日记特辑）。

宋成志《新婚日记》发表于《青年界》第 12 卷第 1 期（日记特辑）。

黄衣青《数节》发表于《青年界》第 12 卷第 1 期（日记特辑）。

段超人《绿色方格和黑字》发表于《青年界》第 12 卷第 1 期（日记特辑）。

周文《日记选抄》发表于《青年界》第 12 卷第 1 期（日记特辑）。

叶灵凤《读书日记》发表于《青年界》第 12 卷第 1 期（日记特辑）。

王玉章《日记两则》发表于《青年界》第 12 卷第 1 期（日记特辑）。

白浪《无锡山川记游》发表于《青年界》第 12 卷第 1 期（日记特辑）。

冰莹《哀痛的开始》发表于《青年界》第 12 卷第 1 期（日记特辑）。

陈醉云《山村的十日》发表于《青年界》第 12 卷第 1 期（日记特辑）。

王裕凯《留美日记》发表于《青年界》第 12 卷第 1 期（日记特辑）。

谭正璧《邓尉一日记》发表于《青年界》第 12 卷第 1 期（日记特辑）。

金公亮《下午与晚饭后》发表于《青年界》第 12 卷第 1 期（日记特辑）。

杨晋豪《这也算是日记》发表于《青年界》第 12 卷第 1 期（日记特辑）。

倪贻德《旅京一日记》发表于《青年界》第 12 卷第 1 期（日记特辑）。

张蓉初《大学生活日记》发表于《青年界》第 12 卷第 1 期（日记特辑）。

唐旭之《一九三五年的零叶》发表于《青年界》第 12 卷第 1 期（日记特辑）。

林路《故友重逢》发表于《青年界》第 12 卷第 1 期（日记特辑）。

贺玉波《生活的痕迹》发表于《青年界》第 12 卷第 1 期（日记特辑）。

郭步陶《二十五前的旧思想》发表于《青年界》第 12 卷第 1 期（日记特辑）。

陈适《读书日记》发表于《青年界》第 12 卷第 1 期（日记特辑）。

沅君《日记的一页》发表于《青年界》第 12 卷第 1 期（日记特辑）。

刘万章《三日间》发表于《青年界》第 12 卷第 1 期（日记特辑）。

张次溪《双肇楼日记》发表于《青年界》第 12 卷第 1 期（日记特辑）。

储皖峰《西湖日记》发表于《青年界》第 12 卷第 1 期（日记特辑）。

陈灵犀《无日可记》发表于《青年界》第 12 卷第 1 期（日记特辑）。

苏雪林《雨天的一周》发表于《青年界》第 12 卷第 1 期（日记特辑）。

洪深《一天的生活》发表于《青年界》第 12 卷第 1 期（日记特辑）。

朱雯《二年前的三日》发表于《青年界》第 12 卷第 1 期（日记特辑）。

田汉《镇扬日记》发表于《青年界》第 12 卷第 1 期（日记特辑）。

任钧《日记三则》发表于《青年界》第 12 卷第 1 期（日记特辑）。

鲁迅《十月日记》发表于《青年界》第 12 卷第 1 期（日记特辑）。

程鼎兴《海月楼日记》发表于《青年界》第 12 卷第 1 期（日记特辑）。

封禾子《靖国神社前》发表于《青年界》第 12 卷第 1 期（日记特辑）。

魏金枝《一月的日记》发表于《青年界》第 12 卷第 1 期（日记特辑）。

许杰《五月的日记》发表于《青年界》第 12 卷第 1 期（日记特辑）。

胡适《病榻日记几页》发表于《青年界》第 12 卷第 1 期（日记特辑）。

王一心《得女小记》发表于《青年界》第 12 卷第 1 期（日记特辑）。

郁达夫《回程日记》发表于《青年界》第 12 卷第 1 期（日记特辑）。

凌叔华《小莹》发表于《青年界》第 12 卷第 1 期（日记特辑）。

阿英《苏常三日记》发表于《青年界》第 12 卷第 1 期（日记特辑）。

曹聚仁《日记录摘》发表于《青年界》第 12 卷第 1 期（日记特辑）。

黎锦熙《三十五年以来的日记》发表于《青年界》第 12 卷第 1 期（日记特辑）。

陈子展《暂写一天日记》发表于《青年界》第 12 卷第 1 期（日记特辑）。

蹇先艾《一位青年军官》发表于《青年界》第 12 卷第 1 期（日记特辑）。

蒋翼振《祖国河山》发表于《青年界》第 12 卷第 1 期（日记特辑）。

林樾《小官日记》发表于《青年界》第 12 卷第 1 期（日记特辑）。

拾名《人间日记选录》发表于《青年界》第 12 卷第 1 期（日记特辑）。

季诚性《丰子恺先生——在杭作家印象记之一》发表于《新时代》第 7 卷

第 1 期。

季诚性《刘延陵先生》发表于《新时代》第 7 卷第 2 期。

［日］藤森成吉作、春卷译《高尔基与郭沫若》发表于《新时代》第 7 卷第 3 期。

汪衡《毛泽东自传》（二）发表于《文摘战时旬刊》第 1 期。

汪衡《毛泽东自传》（三）发表于《文摘战时旬刊》第 2 期。

汪衡《毛泽东自传》（四）发表于《文摘战时旬刊》第 3 期。

汪衡《毛泽东自传》（五）发表于《文摘战时旬刊》第 4 期。

汪衡《毛泽东自传》（六）发表于《文摘战时旬刊》第 5 期。

汪衡《毛泽东自传》（七）发表于《文摘战时旬刊》第 6 期。

明森《丁玲小传》发表于《文摘战时旬刊》第 7 期。

张明仁《我所知道的王茂荫》发表于《光明》第 2 卷第 4 期。

杨骚《普式庚给我们的教训》（纪念普式庚的百年忌）发表于《光明》第 2 卷第 5 期。

少参《苏联作家阿斯托洛夫斯基逝世》发表于《光明》第 2 卷第 5 期。

焦敏之译《肖洛霍夫访问记》发表于《光明》第 2 卷第 6 期。

杨哲文《英作家福克斯在西班牙前线阵亡》发表于《光明》第 2 卷第 8 期。

王璜《王茂荫的生平及其官票宝钞章程四条》发表于《光明》第 2 卷第 9 期。

王璜《王茂荫后裔访问记》发表于《光明》第 2 卷第 10 期。

宋之的《写作〈武则天〉的自白》发表于《光明》第 3 卷第 1 期。

李辰冬《曹雪芹的生平及其哲学》发表于《光明》第 3 卷第 3 期。

王大中《入伍第一天》（生活记录）发表于《中流》第 1 卷第 12 期。

掘口《鲁迅先生》（画像）发表于《热风》第 1 卷第 1 期。

鲁迅《悼丁君》（墨迹）发表于《热风》第 1 卷第 1 期。

方之中《从鲁迅先生死后说起》发表于《热风》第 1 卷第 1 期。

耳耶《鲁迅底错误》发表于《热风》第 1 卷第 1 期。

因倪《鲁迅先生追悼法 A.B.C.》发表于《热风》第 1 卷第 2 期。

马殿元《哀马绍伯君》发表于《禹贡》第 6 卷第 1 期。

缪钱《马绍伯墓志铭》发表于《禹贡》第 6 卷第 1 期。

张维华《王同春生平事迹访问记》发表于《禹贡》第 6 卷第 5 期。

王静斋《五十年求学自述》发表于《禹贡》第 7 卷第 4 期。

陈垣《墨井道人传校释》发表于《东方杂志》第 34 卷第 1 号。

胡适之《高梦旦先生小传》发表于《东方杂志》第 34 卷第 1 号。

朱光潜《哥德与白蒂娜》发表于《东方杂志》第 34 卷第 1 号。

赵景深《小说家夏二铭年谱》发表于《东方杂志》第 34 卷第 13 号"夏季特大号"。

章太炎先生遗作《书唐隐太子传后》发表于《制言》第 33 期。

章太炎先生遗作《前长江巡阅使谭君墓志铭》发表于《制言》第 33 期。

章太炎先生遗作《龙研仙先生墓表》发表于《制言》第 33 期。

孙至诚《王先生传》发表于《制言》第 33 期。

潘承弼、沈延国、朱学浩、徐复《太炎先生著述目录后编初稿》发表于《制言》第 34 期。

章太炎先生遗作《庆云崔君墓志铭》发表于《制言》第 35 期。

童第德《洪樵舲先生传》发表于《制言》第 35 期。

章太炎先生遗作《李母阙太夫人诔》发表于《制言》第 36 期。

汪东《故河南政务厅长武进陶君家传》发表于《制言》第 36 期。

沈延国《太炎先生著述目录补遗》发表于《制言》第 36 期。

金毓黻《王黄华先生年谱（附黄华山主王庭筠传）》发表于《制言》第 37—38 期合刊。

章太炎先生遗作《唐母蒋太君墓志铭》发表于《制言》第 40 期。

章太炎先生遗作《祭孙公文》发表于《制言》第 41 期。

章太炎先生遗作《祭黎公文》发表于《制言》第 41 期。

黄季刚先生遗作《太炎先生行事记》发表于《制言》第 41 期。

章行严《处士龙山陈公墓志铭》发表于《制言》第 43 期。

［英］戴维斯作、黄嘉德译《流浪者自传》（二八）发表于《宇宙风》第 32 期。

赵景深《〈棘心〉等三种》发表于《宇宙风》第 32 期（二十五年我的爱读书）。

罗皑风《〈朱湘书信集〉等三种》发表于《宇宙风》第 32 期（二十五年我的爱读书）。

废名《〈三百篇〉等三种》发表于《宇宙风》第 32 期（二十五年我的爱读书）。

赵望云《〈凯绥·珂勒惠支的版画集〉等三种》发表于《宇宙风》第 32 期（二十五年我的爱读书）。

尤炳圻《〈禅〉等三种》发表于《宇宙风》第 32 期(二十五年我的爱读书)。

叶圣陶《〈杨柳风〉等三种》发表于《宇宙风》第 32 期(二十五年我的爱读书)。

周黎庵《〈死魂灵〉等三种》发表于《宇宙风》第 32 期(二十五年我的爱读书)。

施蛰存《〈饮流斋说瓷〉等三种》发表于《宇宙风》第 32 期(二十五年我的爱读书)。

徐调孚《〈文艺心理学〉等三种》发表于《宇宙风》第 32 期(二十五年我的爱读书)。

夏丏尊《〈文艺心理学〉等三种》发表于《宇宙风》第 32 期(二十五年我的爱读书)。

罗念生《朱湘书信集等三种》发表于《宇宙风》第 32 期(二十五年我的爱读书)。

陈蛰园《〈越缦堂日记〉等三种》发表于《宇宙风》第 32 期(二十五年我的爱读书)。

沈从文《〈福楼拜评传〉等二种》发表于《宇宙风》第 32 期(二十五年我的爱读书)。

知堂《关于俞理初》发表于《宇宙风》第 33 期。

［英］戴维斯作、黄嘉德译《流浪者自传》(二九)发表于《宇宙风》第 33 期。

［英］戴维斯作、黄嘉德译《流浪者自传》(三○)发表于《宇宙风》第 34 期。

编者《俞平伯先生诗稿手迹》发表于《宇宙风》第 35 期。

郭沫若《达夫的来访》发表于《宇宙风》第 35 期。

郭收发《我做县收发的经过》发表于《宇宙风》第 35 期。

默僧《怪诗人徐玉诺》发表于《宇宙风》第 35 期。

［英］戴维斯作、黄嘉德译《流浪者自传》(三一)发表于《宇宙风》第 35 期。

［英］戴维斯作、黄嘉德译《流浪者自传》(三二)发表于《宇宙风》第 36 期。

方令孺《游日杂记》发表于《宇宙风》第 36 期。

苏雪林《记袁昌英女士》发表于《宇宙风》第 36 期。

［英］戴维斯作、黄嘉德译《流浪者自传》(三三)发表于《宇宙风》第

37 期。

[英]戴维斯作、黄嘉德译《流浪者自传》(三四)发表于《宇宙风》第 38 期。

[英]戴维斯作、黄嘉德译《流浪者自传》(三五)发表于《宇宙风》第 39 期。

[英]戴维斯作、黄嘉德译《流浪者自传》(三六,续完)发表于《宇宙风》第 40 期。

毕树棠《普希金轶事》发表于《宇宙风》第 41 期。

何香凝《孙总理广州蒙难记》发表于《宇宙风》第 44 期。

何祚蕃《普林斯登大学生活杂录》发表于《宇宙风》第 46 期(留学学生特辑一)。

郭沫若《题廖仲恺先生遗像》(手迹)发表于《宇宙风》第 47 期。

何香凝《八月二十廖先生身殉革命记》发表于《宇宙风》第 47 期。

冯玉祥《我的家世》(《我的生活》第一章)发表于《宇宙风》第 49 期。

章乃器《我与青年》(自传之一章)发表于《宇宙风》第 49 期。

谢冰莹《随军杂记(一)》发表于《宇宙风》第 49 期。

冯玉祥《康格庄(上)》(《我的生活》第二章)发表于《宇宙风》第 50 期。

鲁迅《病再起至沉重时的日记》发表于《宇宙风》第 50 期(鲁迅先生逝世周年纪念特辑)。

宋庆龄《促鲁迅先生就医信》发表于《宇宙风》第 50 期(鲁迅先生逝世周年纪念特辑)。

许景宋《关于鲁迅先生的病中日记和宋庆龄先生的来信》发表于《宇宙风》第 50 期(鲁迅先生逝世周年纪念特辑)。

OV(冯雪峰)《鲁迅先生计划而未完成的著作》发表于《宇宙风》第 50 期(鲁迅先生逝世周年纪念特辑)。

建人《鲁迅先生和自然科学》发表于《宇宙风》第 50 期(鲁迅先生逝世周年纪念特辑)。

谢冰莹《随军杂记(二)》发表于《宇宙风》第 50 期。

亢德《知堂先生在北平》发表于《宇宙风》第 50 期。

冯玉祥《康格庄(下)》(《我的生活》第二章)发表于《宇宙风》第 51 期。

陈独秀《没有父亲的孩子(上)》(《实庵自传》第一章)发表于《宇宙风》第 51 期。

何香凝《我学会烧饭的时候》(自传之一章)发表于《宇宙风》第 51 期。

朱朴《记张发奎将军》发表于《宇宙风》第 51 期。

冯玉祥《入伍前后(上)》(《我的生活》第三章)发表于《宇宙风》第 52 期。

陈独秀《没有父亲的孩子(下)》(《实庵自传》第一章)发表于《宇宙风》第 52 期。

陈公博《我的生平一角(上)》(自传之一章)发表于《宇宙风》第 52 期。

谢冰莹《随军杂记(三)》发表于《宇宙风》第 52 期。

冯玉祥《入伍前后(下)》(《我的生活》第三章)发表于《宇宙风》第 53 期。

陈独秀《江南乡试》(《实庵自传》第二章)发表于《宇宙风》第 53 期。

陈公博《我的生平一角(下)》(自传之一章)发表于《宇宙风》第 53 期。

黄莺倪《悼空军英雄梁定苑》发表于《宇宙风》第 53 期。

施蛰存《同仇日记》(上)发表于《宇宙风》第 53 期。

冯玉祥《河边的眼泪》(《我的生活》第四章)发表于《宇宙风》第 54 期。

王芸生《一个挨打受罚的幼稚生》(自传之一章)发表于《宇宙风》第 54 期。

冯玉祥《光绪二十六年》(《我的生活》第五章)发表于《宇宙风》第 55 期。

蔡元培《我在教育界的经验》(自传之一章)发表于《宇宙风》第 55 期。

知堂《关于自己》发表于《宇宙风》第 55 期。

陆丹林《画人张善子大千兄弟》发表于《逸经》第 22 期。

唐才常《清前四品京堂湖南学政江君传》发表于《逸经》第 22 期。

徐一士《荣禄与袁世凯》发表于《逸经》第 22 期。

尊疑《俄国大诗人普式庚之放荡生活》(一)发表于《逸经》第 23 期。

冯自由《尤列事略补述》(二)发表于《逸经》第 23 期。

温源宁作、倪受民译《吴宓——学者兼绅士》发表于《逸经》第 24 期。

冯自由《朱少穆事略》发表于《逸经》第 24 期。

冯自由《张能之与黎焕墀》发表于《逸经》第 24 期。

贾天慈《关于〈西厢记〉的作者》发表于《逸经》第 24 期。

魏复乾《对于贾先生意见的商讨》发表于《逸经》第 24 期。

瞿秋白遗作、雪华录寄并序《多余的话》发表于《逸经》第 25 期。

按:《多余的话》是瞿秋白 1935 年在狱中写的,原稿至今未发现。1937 年《逸经》第 25 期至 27 期连载,为第一次发表。瞿秋白曰:话既然是多余的,又何必说呢? 已经是走到了生命的尽期,余剩的日子,不但不能按照年份来算,甚至不能按星期来算了。就是有话,也是可说可不说的了。但是,不幸我卷入了"历史的纠葛"——直到现在,外间好些人还以为我是怎样怎样的。我不怕人家责备、归罪，我倒怕人家"钦佩"。但愿以后的青年不要学我的样子，不要以为我以前写的东西是代表什么主义的。所以我愿意趁这余剩的生命还没有结束的时候，写一点最后的最坦白的话。而且，因为"历史的误会"，我十五年来勉强做着政治工作——正因为勉强，所以也永远做不好，手里做着这个，心里想着那个。在当时是形格势禁，没有余暇和可能说一说我自己的心思，而且时刻得扮演一定的角色。现在我已经完全被解除了武装，被拉出了队伍，只剩得我自己了，心上有不能自已的冲动和需要。说一说内心的话，彻底暴露内心的真相。布尔什维克所讨厌的小资产阶级知识者的自我分析的脾气，不能够不发作了。虽然我明知道这里所写的，未必能够到得读者手里，也未必有出版的价值，但是，我还是写一写罢。人往往喜欢谈天，有时候不管听的人是谁，能够乱谈几句，心上也就痛快了。何况我是在绝灭的前夜，这是我最后"谈天"的机会呢！（一九三五·五·一七于汀州狱中）

王宠惠《追怀总理述略》发表于《逸经》第 25 期。

冯自由《郑贯公事略》发表于《逸经》第 25 期。

［美］罗孝全作、简又文译《洪秀全革命之真相》发表于《逸经》第 25 期。

耶戈《闽变回忆录》发表于《逸经》第 25 期。

徐一士《关于柯劭忞》发表于《逸经》第 25 期。

王振宇《苏东坡的错误和取巧》发表于《逸经》第 26 期。

瞿秋白遗作、雪华录《多余的话》发表于《逸经》第 26 期。

温源宁作、倪受民译《顾维钧》发表于《逸经》第 26 期。

瞿秋白遗作、雪华录《多余的话》（续完）发表于《逸经》第 27 期。

工艾辑译《外人笔下之蒋介石夫妇》发表于《逸经》第 27 期。

徐一士《再述柯劭忞轶事》发表于《逸经》第 28 期。

尊疑《俄国大诗人普式庚之放荡生活》（二）发表于《逸经》第 28 期。

五如《国家败子张之洞轶事》发表于《逸经》第 28 期。

黄鲁珍《关于瞿秋白》发表于《逸经》第 28 期。

胡怀琛《介绍女诗豪薄少君》发表于《逸经》第 29 期。

冯玉祥《奇丐武训先生的生平》发表于《逸经》第 29 期。

秋宗章《载湉外纪》发表于《逸经》第 29 期（光绪皇帝特辑）。

范放《光绪在瀛台》发表于《逸经》第 29 期（光绪皇帝特辑）。

屈桂庭述、简又文记《诊治光绪皇帝秘记》发表于《逸经》第 29 期（光绪皇帝特辑）。

冯自由《李海云事略》发表于《逸经》第 29 期。

冯自由《野鸡大王徐敬吾》发表于《逸经》第 29 期。

毛尹若《黑格尔的怪癖》发表于《逸经》第 29 期。

毛尹若《歌德之妻》发表于《逸经》第 29 期。

董作宾《西门豹故事的转化》发表于《逸经》第 30 期。

徐一士《张之洞与彭玉麟》发表于《逸经》第 30 期。

冯玉祥《奇丐武训先生的生平》(续完)发表于《逸经》第 30 期。

冯自由《陈梦坡事略》发表于《逸经》第 30 期。

徐北辰《民族诗人陆放翁》发表于《逸经》第 31 期。

余长河《郭嵩焘与中国外交》发表于《逸经》第 31 期。

冯自由《沈翔云事略》发表于《逸经》第 31 期。

胡行之《几个年老的学人》发表于《逸经》第 31 期。

何鹏《王国维》发表于《逸经》第 31 期。

幽谷《李太白——唐朝的大政治家》发表于《逸经》第 32 期。

徐一士《关于陈夔龙》发表于《逸经》第 32 期。

陈与龄《林长民及其从兄弟》发表于《逸经》第 33 期。

温源宁作、倪受民译《王文显》发表于《逸经》第 33 期。

编者《介绍几位女书画家》(冯文凤、陈小翠、何香凝、吴青霞、顾青瑶、周炼霞)发表于《逸经》第 33 期。

阿苏《徐凌霄》发表于《逸经》第 34 期。

赵庸夫《关于瞿秋白之种种》发表于《逸经》第 34 期。

司徒凤仪译《美国总统罗斯福胜利生活之面面观》发表于《逸经》第 34 期。

魏复乾《再与贾先生商讨〈西厢记〉的作者》发表于《逸经》第 34 期。

徐一士《谈严范孙》发表于《逸经》第 35 期。

白蕉《袁宏毅先生希涛》发表于《逸经》第 36 期。

黄炎培《袁观澜先生像赞附小传》发表于《逸经》第 36 期。

同人《纪念鲁迅先生》发表于《烽火》第 7 期(鲁迅先生周年祭)。

王统照《又一年了》(诗)发表于《烽火》第 7 期(鲁迅先生周年祭)。

郑振铎《忆冲锋的老战士鲁迅先生》发表于《烽火》第 7 期(鲁迅先生周年祭)。

孟十还《念鲁迅先生》发表于《烽火》第 7 期(鲁迅先生周年祭)。

克夫《没有做成的"二三事"》发表于《烽火》第 7 期(鲁迅先生周年祭)。

黄源《鲁迅先生纪念集》发表于《烽火》第 7 期(鲁迅先生周年祭)。

方之中《鲁迅先生还没有死》发表于《烽火》第 7 期(鲁迅先生周年祭)。

端木蕻良《记孙殿英》(抗日英雄特写)发表于《七月》第 1 集第 1 期。

编者《鲁迅先生在休息的时候》(照片)发表于《七月》第 1 集第 1 期(鲁迅先生逝世周年纪念特辑)。

编者《敌人炮火下的墓地》(照相)发表于《七月》第 1 集第 1 期(鲁迅先生逝世周年纪念特辑)。

惊百《鲁迅先生的一生》(木刻)发表于《七月》第 1 集第 1 期(鲁迅先生逝世周年纪念特辑)。

聂绀弩《人与鲁迅》发表于《七月》第 1 集第 1 期(鲁迅先生逝世周年纪念特辑)。

柏山《"活的依旧在斗争"》发表于《七月》第 1 集第 1 期(鲁迅先生逝世周年纪念特辑)。

萧军《周年祭》发表于《七月》第 1 集第 1 期(鲁迅先生逝世周年纪念特辑)。

萧红《在东京》发表于《七月》第 1 集第 1 期(鲁迅先生逝世周年纪念特辑)。

端木蕻良《哀鲁迅先生一年》发表于《七月》第 1 集第 1 期(鲁迅先生逝世周年纪念特辑)。

胡风《即使尸骨被炸成了灰烬》发表于《七月》第 1 集第 1 期(鲁迅先生逝世周年纪念特辑)。

李立《记鲁迅先生周年祭》发表于《七月》第 1 集第 2 期。

东平《叶挺印象记》(抗日英雄特写)发表于《七月》第 1 集第 3 期。

草明《我是那样接近敌人的》发表于《七月》第 1 集第 3 期。

王淑明《一个伟大作家的历程——鲁迅的转变问题》发表于《希望》第 1 卷第 1 期。

沙汀《干渣——老 C 的自传断片》发表于《希望》第 1 卷第 1 期。

王儒林《粤桂标本采集回忆录》发表于《读书青年》第 2 卷第 10 期。

左松荫《一个青年的自述》发表于《青年月刊》第 4 卷第 3 期。

以防《参观日本泛太平洋和博览会回忆录》发表于《青年月刊》第 4 卷第 4 期。

张其昀《苏东坡在杭州的事迹》发表于《浙江青年》第 3 卷第 7 期。

胡葆良《明末浙江先贤抗敌事略补遗》发表于《浙江青年》第 3 卷第 9 期。

张惜方《游击回忆录》发表于《新学识》第 2 卷第 7 期。

张宗麟《一个教师的自述》发表于《新学识》第 1 卷第 1 期。

长西《我的将来——一个小学生的自述》发表于《新夷族》第 1 卷第 2 期。

朱泽民《韩光第将军殉难记》发表于《好文章》第 6 期。

俞人骏《沪战回忆录》发表于《天籁》第 22 卷第 2 期。

安炳武译《日本田径名将自述》发表《广州体育月刊》第 1—2 期。

白廷喜《一个参加百灵庙大战的士兵日记》发表于《民众周报》第 2 卷第 12 期。

陈果夫《蒋委员长之生平与事迹》发表于《晨光周刊》第 6 卷第 20 期。

洪达《民众扫日正义军总司令杨博民小传》发表于《时事类编特刊》第 6 期。

侯硕之译《苏联四大文学家之自白》发表于《苏俄评论》第 11 卷第 3 期。

罗秀贞译《俄国汉学家伯西聂德之生平及著作概略》发表于《史学消息》第 1 卷第 4 期。

汤瑞琳译《俄国汉学家雅撒特之生平及其著作概略》发表于《史学消息》第 1 卷第 5 期。

黄培永译《英国汉学家翟理斯之生平及著作概略》发表于《史学消息》第 1 卷第 7 期。

力行《梁任公先生的生平与其精神》发表于《图书展望》第 2 卷第 5 期。

马星野《美国大总统罗斯福之生平》发表于《世界政治》第 1 卷第 2 期。

莫怀珠《一位贤妻良母主义的生活自白》发表于《玲珑》第 7 卷第 9 期。

乃英《罢工期内一女工的日记》发表于《国讯旬刊》第 162 期。

求是《俄国大诗人普希金的生平》发表于《时事一周》第 2 卷第 6 期。

寺雨《一个中学国文教师的自白》发表于《语文》第 1 卷第 4 期。

孙净尘《元音琴社回忆录》发表于《今虞》第 1 期。

王宗维《陆君长华小传》发表于《蕙兰》第 8 期。

徐云书《读一位左派文人的自白》发表于《国闻周报》第 14 卷第 21 期。

胡适《高梦旦先生小传》发表于《文摘》第 1 卷第 2 期。

徐中玉《普式庚的生平和艺术》发表于《文摘》第 1 卷第 3 期。

薛光前《义阿战争回忆录》发表于《经世》第 1 卷第 4 期。

张君劢《鲁屯道夫小传》发表于《再生》第 4 卷第 2 期。

傅任敢《近代中国教育人物像传（孙家鼐，劳乃宣）》发表于《中华教育界》第 24 卷第 7 期。

傅任敢、倪文宙《近代中国教育人物像传(朱家纯,王谢长达)》发表于《中华教育界》第 24 卷第 8 期。

傅任敢《近代中国教育人物像传(唐国安,丁文江)》发表于《中华教育界》第 24 卷第 9 期。

傅任敢《近代中国教育人物像传(张焕纶,王朝俊)》发表于《中华教育界》第 24 卷第 10 期。

傅任敢《近代中国教育人物像传(吴汝纶,叶鸿英)》发表于《中华教育界》第 24 卷第 11 期。

傅任敢《近代中国教育人物像传(杨保恒,刘大白)》发表于《中华教育界》第 24 卷第 12 期。

傅任敢《近代中国教育人物像传(华蘅芳,华世芳,徐寿)》发表于《中华教育界》第 25 卷第 1 期。

傅任敢《近代中国教育人物像传(杨蕙,郭希仁)》发表于《中华教育界》第 25 卷第 2 期。

双红《孔夫子的幽默》发表于《论语半月刊》第 106 期。

李儵《萧松人先生和他的画》发表于《论语半月刊》第 112 期。

叶溯中《中山先生之先世》发表于《越风半月刊》第 2 卷第 1 期。

曹经沅《在龙场驿丞任内的王阳明》发表于《越风半月刊》第 2 卷第 1 期。

周作人《记章太炎先生学梵文事》发表于《越风半月刊》第 2 卷第 1 期。

二陵《袁世凯称帝与冯国璋》发表于《越风半月刊》第 2 卷第 1 期。

马小进《黄花岗七十二烈士成仁别记》发表于《越风半月刊》第 2 卷第 3 期。

戚墨缘《明末浙江殉国烈士录》发表于《越风半月刊》第 2 卷第 3 期。

章文旬《纪钱塘诗人汪水云》发表于《越风半月刊》第 2 卷第 3 期。

徐一士《谈段祺瑞》发表于《越风半月刊》第 2 卷第 4 期。

刘豁公《革命先烈徐锡麟先生事略》发表于《兴中月刊》第 1 期。

龙篮《左拉的小传》发表于《商职月刊》第 3 卷第 6 期。

罗吟国《淞沪血战回忆录》发表于《人文月刊》第 8 卷第 2 期。

木每《一个女报贩的自白》发表于《女子月刊》第 5 期第 4 期。

梨娜《女播音从业员的自白》发表于《女子月刊》第 5 卷第 6 期。

无名氏《张南轩先生事略》发表于《妙中月刊》第 14 期。

思琦《西安殉难的邵元冲》发表于《中外月刊》第 2 卷第 2 期。

无名氏《中国老外交家施肇基的生平》发表于《中外月刊》第 2 卷第 7 期。

杨骚译《我的梦》(世界名作家自白)发表于《希望半月刊》第 1 卷第 1 期。

贻尘《英前财相史诺登的事略》发表于《浙江财政月刊》第 10 卷第 6 期。

郁祖庆《刘半农的生平及其著作》发表于《中法大学月刊》第 11 卷第 3 期。

顾燮光《范鼎卿先生事略》发表于《文澜学报》第 3 卷第 1 期。

何格恩《张曲江著述考》发表于《岭南学报》第 6 卷第 1 期。

何格恩《张九龄年谱补正》发表于《岭南学报》第 6 卷第 1 期。

赖义辉《陶渊明生平事迹》发表于《岭南学报》第 6 卷第 1 期。

[苏]求考夫斯基作、俞鸿模译《尼古拉棱夫传》发表于《复旦学报》第 2 期。

方子川《性灵词人龚自珍》发表于《复旦学报》第 3 期。

吴鹤琴《周邦彦及其词》发表于《复旦学报》第 3 期。

吴襄《巴夫洛夫教授年谱叙略》发表于《国立中央大学心理学半年刊》第 4 卷第 1 期。

了如谨述《茂峰老法师传略》发表于《正信周刊》第 9 卷第 40 期。

定通谨述《月公师座德行述略》发表于《正信周刊》第 9 卷第 44 期。

邵元冲《曼殊遗载》发表于《人间觉半月刊》第 2 卷第 11、12 期合刊。

白秋《憔悴了的柏叶》发表于《人间觉半月刊》第 2 卷第 11、12 期合刊。

何雨庐《培根的生平》发表于《佛教与佛学》第 2 卷第 18 期。

东白《涂润琴居士往生传略》发表于《佛海灯》第 2 卷第 9、10 期合刊。

三、传记著作

叶圣陶著《文章例话》由上海开明书店出版。

按：叶圣陶评论胡适的《差不多先生传》曰："传记是什么？传记是记叙人物的思想和行动的文章。一篇传记中间，可以记叙一个人物，也可以记叙几个人物。所谓思想和行动，指重要的有关系的而言。譬如每天看书，零零碎碎引起一些感念，当然也算是思想。每天做事，对付了一桩又是一桩，当然也算是行动。但是这种思想和行动太琐屑了，对于人物的整个生命，关系比较地少，而且也记叙不尽这许多，所以在传记中往往不加记叙。写传记的人必须捉住足以表现其人的性格的，或者对于社会有不小的影响的那种思想和行动，写成其人的传记。正是因为这样，传记虽然不是按日记载的日记，也能使读者明了人物的生平，引起'如见其人'的感想。以上是说一般的传记。现在我选的这篇传记却有点特别，因为一般的传记记叙世间实有的人物，而这位差不多先生并不是世间实有的人物，而是作者凭自己的意象创造出来的。古今的传记中间，像这样创造出人物来写成的也有好些篇。作者写这种传记大抵寄托着一种意思；不把意思说破，让读者自己去领会，作用和'寓言'相仿。读者读了一般的传记，结果是认识了世间实有的某一个或某几个人物；读了像《差不多先生传》那样的传记，结果是领会了作者所要表达的某种意思。这是二者在效用上的不同之点。"

郭登峰编《历代自叙传文钞》由上海商务印书馆出版。

按：《编者的话》说：纵观整个文坛，却是"'自叙传'，是现今文坛上最时髦的作品！除翻译的以外，创作的自叙传，有写成专书的，有单篇独立的，琳琅满目，美不胜收；这显然地是受了西洋近代自叙传文学的思潮之激荡，而迸发出来的一种新的浪花"。

储祎、范焕基编著《现代中外名人小辞典》由上海东方书店出版。

按：是书收录政治、经济、军事、实业、文学等方面的中外名人。

倩之等著《人物评述续编》由上海生活书店出版。

按：是书收录《钢铁一样的斯大林》《爱尔兰独立运动领袖》《女外交家兼著作家何仑泰》《丹麦的高尔基——纳克索》《博学的小说家威尔斯》《世界语的创造者柴门霍夫》《加里宁夫人》等25篇人物评述。

张越瑞选辑《近人自传选》由上海商务印书馆出版。

按：是书辑录中外人物自传各4篇。外国人物自传包括《穆勒自传》（周兆骏译）、《达尔文自传》（全巨荪译）、《洛治自传》（林昌恒译）、《邓肯自传》（于熙俭译），中国人物自传包括《自述》（汪精卫）、《我在北京大学的经历》（蔡元培）、《四十自述》（胡适）、《两年中的苦斗》（王云五）。

张越瑞选辑《近人传记文选》由上海商务印书馆出版。

按：是书选收《萧伯纳传二则》（赫理斯著，黄嘉德译）、《屠格涅夫青年时代的文学尝试》（莫罗亚著，吴且冈译）、《法拉第传二章》（克劳塞著，周昌寿译）、《朱执信先生传略》（汪精卫）、《丁在君这个人》（胡适）、《高梦旦先生小传》（胡适）、《我所认识的高梦旦先生》（王云五）7篇。书前有编者导言，述传记文学流变和编选的过程。

姚乃麟编《中国文学家传记》由上海万象书屋出版。

按：姚乃麟序曰："写传记不是一件可以随便的事：其最重要的条件，就是真确。自传当属可靠,不必说它(因为作者总不致自吹自擂的)。至于出之于他人之手的传记,最容易犯隐恶扬善的毛病,但求一味恭维,不敢暴露他的短处,这我以为是一种绝大的错误。须知传记乃是纪实的文章,不可作为谄谀欺世的东西,必要秉笔直书,无所忌讳,才能称合传记的本意;否则真的只配做印在讣闻后面的行述了。不过自从中国新文学运动发生后,文体解放,思想趋新,文学家们的传记,大致已不会犯到上述的毛病了。"

是书收录鲁迅《自叙传略》、张定璜《鲁迅先生》、周作人《周作人自述》、废名《知堂先生》、康嗣群《周作人先生》、茅盾《我的小传》、许雪雪《郁达夫先生访问记》、匡亚明《郁达夫印象记》、许钦文《许钦文自传》、冰心《自述》、刘大杰《庐隐回忆记》、赵景深《朱湘》、朱自清《白采》、柳亚子《自传》、王独清《我底自传》、赵景深《田汉》、洪深《印象的自传》、胡适《四十自述一章》、林语堂《胡适之》、郁达夫《志摩在回忆里》、蔡元培《自述二章》、章衣萍《我的自叙传略》、钟敬文《过去生涯的轮廓画》、王斤役《老舍》、赵景深《沈从文》、白薇《我的生长和殁落》等传记作品。

任苍海编《名人名言名事》由上海经纬书局出版。

按:是书收蒋介石、富兰克林、兴登堡、哥仑布、爱迪生、歌德、卡内基、爱因斯坦、林肯等 25 人的言论及生平简介。编者在《例言》中说,"所写的故事,言行和文笔兼顾,希望可以作学生的课外读物"。

(清)汪辉祖著《三史同名录》(上下册)由上海商务印书馆出版。

陈德芸编著《古今人物别名索引》由广州岭南大学图书馆出版。

姜亮夫著《历代名人年里碑传综表》由上海商务印书馆出版。

按:《燕京学报》1938 年第 24 期发表此书书评,认为"统观全书,用力不可谓不勤,较之旧录,为用亦不为不广;惟讹谬百出,未免美中不足耳"。文中指出该书的错误有 6 条,即承袭旧误、姓名舛误、乡里错谬、一人复见、误二为一、生卒阙误,并分别举例说明。

徐楚樵编《非常时期之模范人物》由上海中华书局出版。

按:是书收录了中国历代人物的传略 29 篇。其中有越王勾践、苏秦、荆轲、卜式、张骞、班超、李广、诸葛亮、岳飞、文天祥、刘永福、邓世昌等。

陈翊林编《中国百名人传》由上海中华书局出版。

按:是书收录自上古到清末 100 位中国著名人物传略。

彭文富编《中国民族英雄传》由湖南西南日报社出版。

按:是书收录秦始皇、蒙恬、汉武帝、卫青、班超、诸葛亮、范仲淹、文天祥、郑和、史可法、郑成功等 36 位人物的传略。

张善孖绘辑《〈正气歌〉像传》由武汉战争图画丛书社出版。

按:是书根据文天祥的《正气歌》绘了他所景仰的古人齐太史简、晋董狐、秦张良、汉苏武、三国诸葛亮等人画像12幅,每幅图下均有文字论证。

赵作雄著《田单复国》由湖南长沙中华平民教育促进会出版。

宋云彬著《陶渊明》由上海开明书店出版。

[日]足立喜六著,何建民、张小柳译《〈法显传〉考证》由国立编译馆出版。

蔡尚思著《中国两大文艺思想家》(杜甫、白居易)出版。

汪德振著《罗隐年谱》由上海商务印书馆出版。

按:作者在是书《弁言》中说:"余忝与昭谏同里闬,平时雅慕其为人,屡思编纂年谱,终以觅材匪易而止。今夏间居梓乡,长日多暇,乃就《罗昭谏集》(八卷,康熙刊本)、《甲乙集》(十卷,影宋本)、《谗书》(五卷,拜经楼本),新登钦贤《罗氏宗谱》、新登《历代志乘》,与当时史载及广检名人生卒暨两浙钱镠事迹相纂合,成《罗隐年谱》一书。非敢侈言著述,聊免散佚,兼以是正世俗对于罗隐之观念云尔。"

鞠清远著《刘晏评传》(附年谱)由上海商务印书馆出版。

姚名达著《程伊川年谱》由上海商务印书馆出版。

按:作者《小序》说:"八年前,何柏丞先生尝与予讨论浙东史学,征得王岫庐先生同意,爰有《中国史学丛书》之撰辑计划;予于数年之间,分撰宋濂、刘宗周、黄宗羲、邵廷采、朱筠、章学诚诸年谱,概已成书。后经一·二八之难,宋、黄二谱被毁。个人对史学之观念既已转向唯物方面,进而创为唯利史观之说;而近五年来,又瘁精神于大学教课,无复余力以治著作。去年春,岫庐先生重提旧事,命撰《程颐年谱》;中经爱妻心勉之丧,悲悢过甚,虽已着手而或作或辍,不克如期完成。搜史料于杭州,写正稿于普陀。历时年余,始得杀青。复检一遍,深深自惭! 论考据之精审,既无以逾旧著诸谱;而史观之发挥,更未表丝毫于简短;使亲我者谬以年谱专家相谥,仇我者更远斥之出史学之门:此皆予之罪也。然洋海之量,固不可升斗量;以管窥天,谓天小者,非天之罪,乃窥管者之陋耳。予之学固未有成,然笃志苦读,精思力索,则向未敢后人,假我十年,庶几可雪斯耻耳。彼徒骛虚名攘实利者,予固不屑与之争也。二十五年八月一日序于普陀山报本堂。"

周景濂著《苏东坡》由正中书局出版。

敖景文等著《元太祖纪念专刊》由北平蒙藏学校出版。

容肇祖著《李卓吾评传》由上海商务印书馆出版。

李士厚著《郑和家谱考释》由正中书局出版。

冯棣绘图、韩德溥著《武训》由上海申报馆出版。

(清)赵之谦著《张忠烈公年谱》由上海商务印书馆出版。

蔡冠洛编纂《清代七百名人传》(上中下)由上海世界书局出版。

按:是书收清代 260 余年间的政治、军事、实业、学术、艺术等方面的名人传 713 篇。包括翁同龢、容闳、张勋、武训、奕劻、关天培、冯子材、林则徐、顾炎武、詹天佑、严复、洪秀全、邹容、谭嗣同、康有为、秋瑾等人。

汪胡桢、吴慰祖编《清代河臣传》由江苏南京中国水利工程学会出版。

罗伽编《清代名人传》由上海教育书店出版。

按:是书收录清代 139 位名人传记。

包赉著《吕留良年谱》由上海商务印书馆出版。

郭垣编著《朱舜水》由江苏南京正中书局出版。

冯柳堂著《乾隆与海宁陈阁老》由上海编者出版。

按:是书分渤海陈氏的由来、陈文简公元龙的一生、以女易男的传说、雍正之与陈元龙、乾隆之与陈氏等 12 个部分。

陈垣著《吴渔山先生年谱》由励耘书屋丛刻本出版。

何贻焜编著《曾国藩评传》由江苏南京正中书局出版。

杨家骆著《民国名人图鉴》由辞典馆出版。

胡去非编著《国父事略》由上海商务印书馆出版。

蔡南桥编《中山先生传记》由上海商务印书馆出版。

[日]石丸藤太著,吴世汉、邢必信译《蒋介石评传》由江苏南京经世半月刊社出版。

[日]石丸藤太著、施洛英译述《蒋介石传》由上海光华出版社出版。

顾森千著《蒋委员长传》由上海读书青年社出版。

[日]石丸藤太著、许啸天译《蒋介石的批判与反证》由上海九州书局出版。

胡有我等编《蒋委员长生活留影集》由军事新闻社出版。

冯玉祥著《冯玉祥在南京第二年》由三户图书社出版。

[美]斯诺记录,翰青、黄峰译《毛泽东自传》由上海光明书局出版。

[美]斯诺(原题史诺)著、欧阳明德译《毛泽东传》由救亡图书出版社出版。

[美]斯诺著、张宗汉译《毛泽东自传》由延安文明书局出版。

[美]斯诺著、张洛甫译《毛泽东自传》由陕西延安书店出版。

[美]斯诺著、平凡译《毛泽东自传》由战时文化书局出版。

[美]斯诺著、汪衡译《毛泽东自传》由上海文摘社出版。

[美]斯诺、史沫特莱著,思三、汪馥泉译《毛泽东会见记》由上海文化出版社出版。

按:是书辑录了两篇文章。第一篇是斯诺的《毛泽东访问记》。文章叙述了作者在陕北苏区的采访经历,发表了与毛泽东的六次谈话,即 1936 年 7 月 15 日与毛先生关于外交的谈话;1936 年 7 月 16 日与毛先生关于日本帝国主义的谈话;1936 年 7 月 18、19 日与毛先生关于国内问题的两次谈话;1936 年 9 月 23 日与毛先生关于特别问题的谈话;1936 年 9 月 23 日与毛先生关于联合战线的谈话。毛泽东在谈话中,全面介绍了中国共产党的理论、政策和实践;指出了中国抗战的长期性、持久性,并展望了中国抗战的前景;论述了中国共产党与共产国际、苏联共产党的关系;提出建立抗日民族统一战线,建立民主共和国等。另一篇是史沫特莱的《毛泽东访问记》。1937 年 3 月 1 日,毛泽东与史沫特莱进行了一次重要谈话。毛泽东围绕中日战争和西安事变,对史沫特莱解释了抗日民族统一战线的性质,民族战争与阶级战争的关系,中国抗战与国际援助,西安事变后共产党对国民党政策的实际问题等。这篇访问记就是当时的谈话内容。本书末还附有《中国共产党抗日救国十大纲领》。

[美]斯诺著、大华编译《毛泽东印象记》由救亡出版社出版。

[美]斯诺著、白华编译《毛泽东印象记》由上海进步图书馆出版。

陈德真编《朱德传》由广东广州战时读物编译社出版。

史天行编《朱德传》由湖北汉口芒种书屋出版。

胡立民著《从军回忆录》由上海亚东图书馆出版。

郭沫若著《北伐途次》由上海潮锋出版社出版。

按:郭沫若在流亡日本养病期间,先完成了《我的童年》的写作。之后,一发而不可收,陆续完成了《反正前后》《创造十年》《创造十年续编》《北伐途次》《我的学生时代》等自传作品,字数多达 110 多万,其篇幅之巨为现代作家之最。其《北伐途次·小引》说:"在这儿所要叙述的是 1926 年北伐军进攻武昌时的事情。回顾起来已经六七年了,所有的材料大抵归了消灭,即使还有被保存着的,在我目前的环境之下也搜集不起来。我现在只能够根据着我所参加过的一部分写出,而且是根据着我的日渐稀薄下去的记忆。因此我这篇文章只能够采取回想录的形式,记忆比较明确的地方写得自然会详,记忆比较淡薄的地方写得自然会简略。这样,文章便会流为是断片的,但也只好听其断片。我本也可以加些想象进去,把全部的事件客观化起来,写成一部小说,但那样反会减少事实的真实性,同时是会发生出许多错误的。我将来假如有更适当的环境,能够搜集得丰富的材料——我希望凡是参加过 1926 和 1927 年的那次革命的人能够提供出些材料来,就像我现在一样写出回想录,便是最好的方法——我到那时候一定可以写出那样的一部小说或者历史。要写出这部著作我觉得我自己是最适当的人:因为从广东到广东的那个巨大的波动,我是整个地参加了的。"

严翔编著《革命先烈小传》由上海民立书店出版。

赵轶琳著《八路军将领列传》由上海自力出版社出版。

按:是书介绍八路军将领朱德、彭德怀、贺龙、项英、刘伯承、徐向前 6 人的事迹。

吴明编著《共党要人素描》由上海民族解放社出版。

按:是书收录毛泽东、朱德、周恩来、徐向前、叶剑英、恽代英、彭湃、方志敏等 12 位共产党重要人物的传略。

熊国霖编著《抗战将士剪影》(第 1 集)由湖北汉口时代社出版。

潘树藩编译《空战英雄史话》由上海商务印书馆出版。

时代文献社编《救国无罪——"七君子"事件》由时代文献社出版。

邹韬奋著《经历》由上海生活书店出版。

张资平著《地质学名人传》由上海商务印书馆出版。

按:是书介绍比丰、盖塔、赫顿、史密斯、默奇森等 11 名地质学家的生平和科学成就。

李宝泉著《中国当代画家评》由江苏南京木下书屋出版。

按:是书介绍丁衍镛、王一亭、王济远、王悦之、王远勃、王雪涛、王个簃、王道源、方干民、司徒乔、何香凝、吴作人、徐悲鸿、张大千、黄宾虹、齐白石、刘海粟等 80 名画家,评述他们的艺术技巧、技法、流派。

汉民学院筹备处编《胡展堂先生逝世周年、汉民学院奠基典礼纪念册》由编者出版。

易君左编著《我们的史绩》由南京正中书局出版。

按:1936 年 11 月 22 日,邹韬奋与沈钧儒、沙千里、李公朴、史良、章乃器、王造时共 7 位救国会领袖在上海被国民党当局逮捕,时称"七君子事件",前后历时八个月。《经历》乃作者 1937 年 1 月完成于江成高等法院看守所,4 月由生活书店出版单行本。邹韬奋在狱中回忆生平时说:"我近来发现自己对于写传记的兴趣越来越浓厚","关于传记,我以前只是用过因公和落霞的笔名,替《生活》周刊写过几篇名人小传,后来编辑过一本20万字的《革命文豪高尔基》,但是最近才深切地觉得自己对这件事有着特别浓厚的兴趣,很想以后再多多研究历史,勉励自己做个传记家,更希望能有机会替民族解放的斗士多著几本有声有色的传记"。可惜,韬奋出狱后忙于宣传抗日,在颠沛流离中无法实现"做个传记家"的愿望,但他在病榻上写下的最后的遗作,还是他的回忆录《患难余生记》。在韬奋的自传中,最重要、影响最大的还是《经历》。在《经历》"开头的话"中,他这样说:"这本书的写成也许还靠我的被捕,因为在外面也许有更重要的文字要写,没有时间来写这样的书;而且在羁押中写别的著作,参考材料不易带,只有写这样回想的东西,比较地便当些,所以无意中居然把它写完了。"①

胡适等著《张菊生先生七十生日纪念论文集》由上海商务印书馆出版。

按:张元济七十诞辰,商务印书馆出版《张菊生先生七十生日纪念论文集》,胡适以旧稿《述陆贾的思想》作为寿辞,并作题记。他说:"这是民国十九年三月里写的一篇旧稿。那时我住在张菊生先生的对门,时时向他借书,有时候还借到他自己用朱笔细校的史书。我那时初读唐晏校刻的陆贾《新语》,写了一篇跋,也曾送给菊生先生,请他指教。今年一班朋友发起印行一本庆祝菊生先生七十岁大寿的论文集,我本想写一篇《古书中的方言》,两度在太平洋船上起稿,都没有写成。现在收稿的期限太近了,我只好检出这篇旧稿寄去凑热闹,心里着实感觉惭愧。我所以挑出这篇,不仅仅是因为这是我和菊生先生做邻居时候写的,是因为陆贾的'圣人不空出,贤者不虚生'的人生观最近于他处世的积极精神,也最配用来做给他祝寿的颂辞。二十五,十二,十五夜。"

陈昭宇等著《广东糖业与冯锐》出版。

方豪著《李我存研究》由杭州我存杂志社出版。

张江裁著《燕都名伶传》由北平松筠阁书店出版。

顾杏卿著《欧战工作回忆录》由上海商务印书馆出版。

陈隐谷编译《世界名人格言和轶事》由上海商务印书馆出版。

按:是书选编哥德、哥伦布、亚历山大、爱迪生、爱因斯坦等38位世界名人轶事和格言。其《凡例》说:"本书中之人物,或为过去,或尚生存,虽地域不同,出身殊异,惟留芳千古,泽被后世,福国利民,其成功则一。阅者细心体会,当可得其神髓而收借镜之效焉。"

① 萧关鸿.中国百年传记经典:第2卷[M].上海:东方出版中心,2002:403.

田惜庵著《名人之芽》由上海开明书店出版。

按:是书简介牛顿、富兰克林、华盛顿、瓦特、拿破仑、达尔文、林肯、俾士麦、卡内基、洛克菲勒、爱迪生、高尔基、列宁、胡佛、马可尼等 20 人。

崛起出版社编译《世界五大领袖的奋斗》由上海前进书局出版。

〔日〕吉松虎畅著、张建华译《科学界的伟人》由上海商务印书馆出版。

按:是书从科学发展史的角度介绍了世界近百名科学家的生平事迹。蔡元培在序中说:"此项著作,头绪纷繁,每易流于庞杂,使读者无门径可寻,而本书独层次厘然,而前而后,有条有理,可贵者一;科学文字,专重其理,恒多偏于晦涩,使读者生乏味之感,而本书则寓真理于叙事之中,偶一披阅,兴趣盎然,可贵者二;且本书除于详述各大科学家之经历及成功外,尤深致意于构成学说之苦心,寓'有志竟成'之意于言外,更足鼓励读者研究科学之趣,可贵者三;他如天文、地理、物理、化学、机械、电气、生物、医学等发明之经过,尤无所不包,既堪称科学发达史,而可供中学、大学生及有科学兴趣者作系统之阅读,此又可贵者四也。"

周昌寿编《物理学名人传》(上下册)由上海商务印书馆出版。

按:是书收录毕达哥拉斯、亚理斯多德、阿基米得、笛卡儿、富兰克林、瓦特等人的传记共 53 篇。周昌寿在序中说:"本书起自上古,迄于最近,凡与物理学有关者,均各有所记述。其中有偏于天文、数学、化学方面者,因其对于物理学上之建树,不在他人之下,故并存之。"

徐迟编著《音乐家及其乐曲》由千秋出版社出版。

薛德焴编、王保和绘《代表的科学家像》由南京正中书局出版。

按:是书是画册。内收哥白尼、克普勒、伽利略、雷文胡克、牛顿、瓦特、拉瓦锡、拉普拉斯、法拉第、赫姆霍尔兹、赫茨、巴斯德、爱迪生、马可尼、居礼、伦琴、爱因斯坦等 24 名世界著名科学家的画像。附简要文字说明。

〔德〕恩格尔比勒黑得、汉尼根著,穆藕初译《军火商人》由上海商务印书馆出版。

按:是书分 18 章介绍世界军火商的家世和事业。

张少微著《法国六大社会学思想家》由上海商务印书馆出版。

李问渔译《福女玛利亚纳传》由上海土山湾印书馆出版。

李问渔译《圣安多尼传》由上海土山湾印书馆出版。

张若名著《法国象征派三大诗人》由中法大学出版。

中苏文化协会上海分会主编《普式庚逝世百周年纪念集》由上海商务印书馆出版。

　　[苏]A.亚尼克斯德等著、茅盾等译《普希庚研究》由上海生活书店出版。

　　[英]Charles Sarolea 著、余振焜译《托尔斯泰传》由上海世界书局出版。

　　按：是书第一章"托尔斯泰的孩提及弱冠时代"，第二章"高加索"，第三章"克里米战役"，第四章"战事之后——彼刺堡时期"，第五章"学年和浪游年的告终"，第六章"完婚——《战争与和平》"，第七章"托尔斯泰的转变"，第八章"复萌草"，第九章"托尔斯泰是社会和政治的改造者"，第十章"亲临夏斯拉夏·鲍娄安拉访谒后的个人印象"，第十一章"在夏斯拉夏·鲍娄安拉施行的一个外科手术"，第十二章"托尔斯泰的遗著"，第十三章"结局"。

　　[日]升曙梦著、胡雪译《高尔基评传》由上海开明书店出版。

　　[苏]M.J.奥尔金著、荃麟译《怎样了解高尔基》由上海大风书店出版。

　　[苏]高尔基著、黄远译《回忆安特列夫》由上海引擎出版社出版。

　　植耘著《艺苑的巨人罗丹》由著者出版。

　　朱应祺、朱应会译《马克斯及恩格斯评传》由上海泰东图书局出版。

　　[美]清洁理著、陈德明译《文西小传》由上海广学会出版。

　　按：文西是意大利伟大的艺术家、自然科学家。是书详细叙述了他一生的经历和在艺术和科学方面的贡献。

　　苏易筑编著《达尔文》由江苏南京正中书局出版。

　　化青著《辛浦森夫人事件》由上海良友图书印刷公司出版。

　　秀容译《辛浦森夫人传》由上海民声书店出版。

　　胡燕译《辛浦森夫人小史》由上海声美出版社出版。

　　[日]久米正雄著、周容译《伊藤博文传》由上海世界书局出版。

　　王月溪编译《科学家巴斯德的一生》由上海中华书局出版。

　　吴颂和译《爱迪森》由江苏南京正中书局出版。

　　王维克编译《福特传》由江苏南京正中书局出版。

　　[美]V.布林著、刘盛渠译《牛顿传》由上海商务印书馆出版。

　　张钰哲节译《白拉喜尔自传》由上海商务印书馆出版。

　　按：是书《原著者自序》说："在过去五年中，许多挚友总劝我把平生事迹的回忆，叙述下来，以便付印，而且我曾经对其中一人发誓必定要做这件事。现在美国机械工程师学会又来命令我把它写好。这班学有专长的会众既然推举我做个名誉会员，便是将我列于那些名师大匠之林，就使我为他们执履，都不免有些愧色。所以他们命令我写这篇自传，实在是再也不能推辞了。要是我把这生平回忆写好之后，又有谁要来读他呢？我猜想不外下列这几种人：或是些多年以来和我相识的人，或者还有那些人他对于我的业余事业很感兴趣，想在我书里找到些奋勉的话和科学方面的指点，或者有些是当年铁厂及机械厂里工作的伙伴，他们只晓得我是铁厂中油渍满身的机匠，那时他们年纪较轻，常在冬日停工午餐的时候，围着锅炉灰坑的旁边，听我讲述星辰的故事。或许也有是近四十年来听过我演讲的十万人中的几位。或许是些硕果仅存的我早年主日查经班的学生。他们当课毕之后，常被我邀到舍间鉴赏太阳光谱的美丽，或者参观太阳的黑子。这些黑子是利用我同妻所自制第一具的望远镜映射在天花板上面的。那时白日里我必须到铁厂里作工，藉得糊口之资，所以那具望远镜足费了三载的夜工，然后制成。……当我把生平事略记述下来的时候，我最大的希望是我这番努力，或者可以帮着奋斗的人们解决一些人生的难题，并且了解科学的妙谛，间接地可以扶植新发明的萌蘖，使着这一世上的安乐幸福赖以增进。除了所有的知识和科学之外，我早年即已彻悟仁爱之美德。'在人生途中，便是极细微的仁慈恺悌的事，也很值得去作。这种好事从无枉作，露水是从不虚掷，反而深深地浸润群芳，使他更加馥郁。'"

[德]卢特维喜著、孙洵侯译《人之子——一个先知的传》由上海商务印书馆出版。

四、卒于是年的传记作者

陈三立（1853—1937）。三立字伯严，号散原，江西义宁人。陈宝箴子，陈寅恪父。1892 年中举，历任吏部行走、主事。1898 年戊戌政变失败后被革职。1937 年卢沟桥事变后，绝食而死。著有《散原精舍诗文集》，其中有传记作品《故妻罗孺人状》《田君墓志铭》《外姑俞明震母诔》《清故湘阴县廪贡生吴君行状》《罗正谊传》《弟绎年义述》《清故国子监生朱君墓志铭》《清故候选同知朱君墓志铭》《季妹圹志铭》《清故候选翰林院待诏方君墓碑铭》《清故同知衔湖南候补知县署巴陵县事余君墓志铭》《畸人传》《书史记屈原贾生列传后》《书韩退之柳子厚墓志铭后》等数十篇。

章钰（1865—1937）。钰字坚孟，别号蛰存，晚号霜根老人，江苏长洲人。光绪进士。曾官刑部湖广清吏司行走，历南洋、北洋大臣幕府，兼京师图书馆编修。辛亥革命后，编校史书，如《五代史》《契丹国志》《大金国志》《三朝北盟会编》等。1914 年任清史馆纂修，负责乾隆朝《大臣传》《忠义传》《艺文志》等。著有《四当斋集》14 卷。

孟森（1868—1937）。森字莼孙，号心史，江苏武进县人。光绪秀才。早年任教于上海南洋公学,旋至译学馆主持翻译事务。1902 年去东京政法大学学习。1905 年回国。1906 年在上海参与张謇、郑孝胥等人组织成立预备立宪公会的活动。1908 年主编《东方杂志》。1909 年当选为江苏省咨议局议员。民国临时政府成立后,任黎元洪为首的共和党执行书记。1913 年 4 月当选为国会参议员。1915 年任《辞源》的文史编辑。1930 年受聘于南京中央大学,后又受聘于国立北京大学历史系教授。著有《明元清系通纪》《清太祖起兵为父祖复仇事详考》《女真源流考略》《横波夫人考》《董小宛考》《横波夫人》《海宁陈家》《清世宗入承大统考实》《太后下嫁考实》《世祖出家考实》《八旗制度考实》《清初三大疑案考实》《清史讲义》《心史丛刊》等。

民国二十七年　戊寅　1938 年

一、传记评论

薛瀛伯《中国历代名人年谱目录序》发表于《燕京大学图书馆报》第11 期。

按：序曰：年谱乃谱牒之一类。唐以前作者无考，而太史公《史记》年表，实已为之权舆。《史记》年表有十，三代之表，以年纪不可考，详其世系，余则纪月编年，端绪备著。俾二千四百余年间本末盛衰之迹，了如指掌。其义例固法乎《尚书》《春秋》遗意，而其取材则有赖乎谱牒焉。故其标序有曰：稽历谱牒，读春秋历谱牒；其自序又曰：取之谱牒旧闻。谱牒经略，是谱牒者，实为治史家之要删。所以籍录人物，而纪世族统序，及生平事实，盖其详哉！谱牒之学，周代已盛，惟时目录未有专书，嗣经秦火散乱，搜访綦难。以故太史公二十而游江淮，上会稽，探禹穴，窥九疑，浮于沅湘，北涉汶泗，过梁楚以归，风尘仆仆，皆为网罗天下放失旧闻，则其叠云稽读谱牒者，殆即兀兀于其间，不知费几许精力岁月矣。夫以太史公良史之材，父子相续纂其职，以无目录为群籍之总枢，亦必穷年累月，苦索冥搜如此，若其才学不逮，而欲从事于斯者，不益夏夏乎其难哉！

洎乎刘向父子作《别录》《七略》，开目录先河，六艺诸子诗赋而外，未曾专列谱牒。班史取以为经籍志，亦无大增益。虽魏晋而降，以世家衰替之故，为谱者，或依托缪妄，不及前代之精审，识者叹其谱学废绝，而其作者，仍然踵出，流衍益繁。及宋赵子栎为《杜工部年谱》，洪兴祖为《韩昌黎年谱》，其风丕著，相率仿作者，无虑千百家，在史类中已可独树一帜。故隋唐宋明各史之经籍、艺文志，均列谱牒一类。《隋志》所著录者，凡四十一部。《旧唐志》所著录者，凡五十五部。《新唐志》所著录者，凡九十五部。《宋志》所著录者，凡一百十部。《明志》所著录者，凡三十八部。而于年谱，究多挂漏。乃清代《四库总目》，则删谱牒一类，并入传记。所著录年谱凡四部，其存目这凡二十九部。《清史稿·艺文志》，依《四库总目》之例，不复分谱牒一门。将一代所作年谱，即收入传记类中，达七十三部。梓采虽较前史为富，而沧海所遗者，尚不知凡几。且无专目为之渊薮，向学之士，不得分门探篋而取，将亦望洋兴叹已耳。

宛平李子仲阁，寝馈于图书馆者有年，好读历代名人年谱，深感披检之烦劳，虽肆力耆录其目，即散见于专集丛书杂志中者，亦靡有所遗。自成周周公孔子至有清而迄，都一千一百八十部，题曰《中国历代名人年谱目录》。载明版刻，又以中西年历，纪名人生卒，详简适宜，披览尤便。盖以自便者便人也。晚近学术日新，载籍极博，四部之目，不足以域之。今且演为十进，分门别类，取便探寻，非故为此繁杂也。各史之经籍艺文列谱牒类者，尚可因类以求书，而《四库总目》，及《清史稿·艺文》，承各史之后，反欲删繁就简，括谱牒于传记类中，标举不明，部居斯混。开卷摸索，有如行海者无司舟之南针，入室者无笰户之锁钥。伥伥乎其何之？则其不便利于学子者，抑亦甚已。或谓《四库总目》之删谱牒类，盖以谱学废绝，玉牒即不颁于外，家乘亦不上于官，无事徒存虚目，不知其目尚存，后之学者，犹得据其目以寻坠绪，乃并其目而删之，将令天下后世，无从知有谱牒之学，而荡然就泯，终不复兴矣。矧年谱之作，日出靡穷，尤为作史者表传之根底，乌得以玉牒家乘之寝亡，遂谓年谱一类，为无足轻重，而倒其门户耶？李子斯作，可以补经籍艺文及《四库总目》之缺，而为先儒谱学绵一线之传。若谓为读年谱者作津涉而资引导，则其末焉者也。姑识其所见如此。

大漠《毛泽东论鲁迅》发表于《七月》第 2 集第 4 期。

按：毛泽东于 1937 年 10 月 1 日在延安陕北公学纪念鲁迅逝世周年大会上发表《论鲁迅》的讲话。毛泽东说："我们今天纪念鲁迅先生，首先要认识鲁迅先生，要懂得他在中国革命史中所占的地位。我们纪念他，不仅因为他的文章写得好，是一个伟大的文学家，而且因为他是一个民族解放的急先锋，给革命以很大的助力。他并不是共产党组织中的一人，然而他的思想、行动、著作，都是马克思主义的。他是党外的布尔什维克。尤其在他的晚年，表现了更年青的力量。他一贯地不屈不挠地与封建势力和帝国主义作坚决的斗争，在敌人压迫他、摧残他的恶劣的环境里，他忍受着，反抗着，正如陕北公学的同志们能够在这样坏的物质生活里勤谨地学习革命理论一样，是充满了艰苦斗争的精神的。陕北公学的一切物资设备都不好，但这里有真理，讲自由，是造就革命先锋分子的场所。""鲁迅先生的第一个特点，是他的政治的远见。他用望远镜和显微镜观察社会，所以看得远，看得真。他在一九三六年就大胆地指出托派匪徒的危险倾向，现在的事实完全证明了他的见解是那样的准确，那样的清楚。""鲁迅的第二个特点，就是他的斗争精神。刚才已经提到，他在黑暗与暴力的进袭中，是一株独立支持的大树，不是向两旁偏倒的小草。他看清了政治的方向,就向着一个目标奋勇地斗争下去,决不中途投降妥协。有些不彻底的革命者起初是参加斗争的,后来就'开小差'了。比如德国的考茨基、俄国的普列汉诺夫就是明显的例子。在中国这等人也不少。正如鲁迅先生所说,最初大家都是左的,革命的,及到压迫来了,马上有人变节,并把同志拿出去献给敌人作为见面礼。鲁迅痛恨这种人,同这种人做斗争,随时教育着训练着他所领导下的文学青年,教他们坚决斗争,打先锋,开辟自己的路。鲁迅的第三个特点是他的牺牲精神。他一点也不畏惧敌人对于他的威胁、利诱与残害,他一点不避锋芒地把钢刀一样的笔刺向他所憎恨的一切。他往往是站在战士的血痕中,坚韧地反抗着、呼啸着前进。鲁迅是一个彻底的现实主义者,他丝毫不妥协,他具备坚决的心。他在一篇文章里,主张打落水狗。他说,如果不打落水狗,它一旦跳起来,就要咬你,最低限度也要溅你一身的污泥。所以他主张打到底。他一点没有假慈悲的伪君子的色彩。现在日本帝国主义这条疯狗,还没有被我们打下水,我们要一直打到它不能翻身,退出中国国境为止。我们要学习鲁迅的这种精神,把它运用到全中国去。"[1]

徐中玉《今天我们应该向高尔基学习什么》发表于《七月》第 3 集第 4 期(纪念高尔基逝世两周年)。

茅盾等《给周作人的一封公开信》发表于《抗战文艺》第 1 卷第 4 期。

按:是信署名者尚有郁达夫、老舍、冯乃超、王平陵、胡风、胡秋原、张天翼、丁玲、舒群、奚如、夏衍、郑伯奇、邵冠华、孔罗荪、锡金、以群、楼适夷等。信中对周作人在北平召集"更生中国文化建设座谈会"一事提出忠告。

蓬子《继承"鲁迅精神"》发表于《抗战文艺》第 2 卷第 7 期(鲁迅先生逝世二周年纪念特辑)。

魏猛克《纪念鲁迅》发表于《抗战文艺》第 2 卷第 7 期(鲁迅先生逝世二周年纪念特辑)。

端木蕻良《衷心的纪念》发表于《抗战文艺》第 2 卷第 7 期(鲁迅先生逝世二周年纪念特辑)。

方殷《一面旗帜》发表于《抗战文艺》第 2 卷第 7 期(鲁迅先生逝世二周年纪念特辑)。

沈起予《学习"固执"的精神》发表于《抗战文艺》第 2 卷第 7 期(鲁迅先生逝世二周年纪念特辑)。

---

[1]　毛泽东.论鲁迅[N].人民日报,1981-09-22.

宋之的《反省自己,纪念鲁迅》发表于《抗战文艺》第 2 卷第 7 期(鲁迅先生逝世二周年纪念特辑)。

梅林《鲁迅以乳和血养育青年》发表于《抗战文艺》第 2 卷第 7 期(鲁迅先生逝世二周年纪念特辑)。

老舍《鲁迅先生逝世二周年纪念》发表于《抗战文艺》第 2 卷第 7 期(鲁迅先生逝世二周年纪念特辑)。

周文《学习鲁迅精神》发表于《抗战文艺》第 2 卷第 8 期。

陈进《鲁迅先生的眼力》发表于《译报周刊》第 1 卷第 2 期。

陈述《纪念鲁迅先生》发表于《译报周刊》第 1 卷第 2 期。

胡曲园《我对鲁迅先生的认识》发表于《译报周刊》第 1 卷第 3 期。

颂舟《我们应当怎样认识和纪念鲁迅先生》发表于《战斗》第 29、30 期。

洪涛《抗战表现是发扬了鲁迅先生的伟大精神忠于民族》发表于《战斗》第 29、30 期。

白辛《我们的导师——鲁迅先生》发表于《战斗》第 29、30 期。

徐屏《学习和发扬鲁迅先生的精神》发表于《战斗》第 29、30 期。

范质《学取鲁迅先生的精神》发表于《战斗》第 29、30 期。

陆飞《纪念伟大的导师鲁迅先生》发表于《战斗》第 29、30 期。

南雁《鲁迅先生两周年忌辰随笔》发表于《战斗》第 29、30 期。

晓立《我所认识的鲁迅先生》发表于《战斗》第 29、30 期。

马达克《鲁迅先生与木刻》发表于《战斗》第 29、30 期。

按:文章说:"木刻我国是'古已有之'的,然而它另有一个世界,与新兴的木刻全无关系,不但内容不同,即艺术的手法亦大相迥异。新的木刻,是受了欧洲创作木刻的影响的。创作木刻的绍介,是始于鲁迅先生所领导的朝花社。那时共同工作的有柔石、白莽几个人,出版了四本的《艺苑朝花》。虽然是选择印造,当时颇引起了青年学徒的注意,到一九三一年夏,在上海遂有了中国最初的木刻讲习会。"

田汉《悼我们的文化战士》发表于《抗战戏剧》第 2 卷第 4、5 期(追悼赵曙同志特辑)。

洪深《悼赵曙同志》发表于《抗战戏剧》第 2 卷第 4、5 期(追悼赵曙同志特辑)。

冼星海《挽歌》发表于《抗战戏剧》第 2 卷第 4、5 期(追悼赵曙同志特辑)。

袁牧之《"旧形式新内容"与"旧史实新观点"》发表于《戏剧新闻》第 4 号

（《李秀成之死》特辑）。

常任侠《〈李秀成之死〉的演出》发表于《戏剧新闻》第 4 号（《李秀成之死》特辑）。

唐槐秋《写在〈李秀成之死〉上演之前》发表于《戏剧新闻》第 4 号（《李秀成之死》特辑）。

张立德《我与李秀成》发表于《戏剧新闻》第 4 号（《李秀成之死》特辑）。

王任叔《鲁迅先生的艺术观》发表于《文艺阵地》第 2 卷第 1 期（鲁迅先生逝世两周年纪念特辑）。

景宋《纪念还不是时候》发表于《文艺》第 2 卷第 2 期（鲁迅先生逝世二周年纪念特辑）。

屈轶《我和鲁迅的关涉》发表于《文艺》第 2 卷第 2 期（鲁迅先生逝世二周年纪念特辑）。

天佐《文艺的游击战》发表于《文艺》第 2 卷第 2 期（鲁迅先生逝世二周年纪念特辑）。

林珏《我所认识的鲁迅先生》发表于《文艺》第 2 卷第 2 期（鲁迅先生逝世二周年纪念特辑）。

一宁《他仍然领导着我们》发表于《文艺》第 2 卷第 2 期（鲁迅先生逝世二周年纪念特辑）。

张叶舟《哀悼真理的前哨战士》发表于《文艺》第 2 卷第 2 期（鲁迅先生逝世二周年纪念特辑）。

戴圃青《鲁迅先生葬仪追忆》发表于《文艺》第 2 卷第 2 期（鲁迅先生逝世二周年纪念特辑）。

许溯伊《张文襄公年谱序》发表于《河南博物馆馆刊》第 14 期。

夏承焘《白石道人行实考》发表于《燕京学报》第 24 期。

唐纳《悼钱君亦石》发表于 2 月 27 日《新华日报》。

适夷《悼我们的战士——钱亦石》发表于 2 月 7 日《新华日报》。

董必武《我所认识的钱亦石先生》发表于 2 月 27 日《新华日报》。

潘梓年《追悼我们的战士》发表于 2 月 27 日《新华日报》。

张铁生《悼钱亦石先生》发表于 2 月 27 日《新华日报》。

思慕《忆亦石》发表于 2 月 27 日《新华日报》。

凌青《悼我们的队长》发表于 2 月 27 日《新华日报》。

适夷《悼孙景灏烈士》发表于 3 月 1 日《新华日报》。

周恩来《怎样纪念孙先生的伟大》发表于 3 月 12 日《新华日报》。

按：文章说，孙中山先生的一个伟大特点，就是善于联合各种革命力量，"他根据每一个时期革命的需要，能将当时各种革命力量革命组织，特别看重的是群众组织联合一起，共同努力！""这种伟大的革命精神正是目前中国抗日民族统一战线所极端需要的"。

陈绍禹《中山先生逝世十三年》发表于 3 月 12 日《新华日报》。

凯丰《在抗战中纪念孙中山先生》发表于 3 月 12 日《新华日报》。

孟庆树《纪念中山先生与妇女》发表于 3 月 12 日《新华日报》。

王珏《追念为国牺牲的周德佑》发表于 3 月 24 日《新华日报》。

田冲《忆亡友——德佑君》发表于 3 月 24 日《新华日报》。

陈诚《敬悼王故师长铭章》发表于 5 月 11 日《新华日报》。

凯丰《纪念伟大的无产阶级作家高尔基》发表于 6 月 18 日《新华日报》。

戈茅《高尔基永远活在大众的心灵里》发表于 6 月 18 日《新华日报》。

赵戈今《悼赵曙同志》发表于 7 月 1 日《新华日报》。

蔡楚生《哀尘无》发表于 7 月 10 日《新华日报》。

吴克坚《悼陈柱天君》发表于 7 月 13 日《新华日报》。

徐迈进《学习聂耳先生》发表于 7 月 17 日《新华日报》。

唐纳《忆聂耳先生》发表于 7 月 17 日《新华日报》。

张曙《聂耳作品的历史性》发表于 7 月 17 日《新华日报》。

冼星海《聂耳，中国新兴音乐的创造者》发表于 7 月 17 日《新华日报》。

刘雪厂《纪念聂耳先生》发表于 7 月 17 日《新华日报》。

林路《聂耳死了吗》发表于 7 月 17 日《新华日报》。

叶剑英《回忆廖仲恺先生的片断》发表于 8 月 20 日《新华日报》。

密林《悲愤热烈追悼林诚厚先生》发表于 8 月 29 日《新华日报》。

郭沫若《持久抗战中纪念鲁迅》发表于 10 月 19 日《新华日报》。

田汉《鲁迅翁逝世二周年》发表于 10 月 19 日《新华日报》。

安娥《把鲁迅先生的教言武装起来》发表于 10 月 19 日《新华日报》。

复生《鲁迅全集刊行的经过》发表于 10 月 19 日《新华日报》。

铸夫《新兴木刻之父——鲁迅先生》发表于 10 月 19 日《新华日报》。

吴克坚《纪念伟大的鲁迅先生》发表于 10 月 19 日《新华日报》。

吴敏《纪念范筑先先生》发表于 11 月 29 日《新华日报》。

徐律《悼钱岐同志》发表于 12 月 5 日《新华日报》。

方治平《纪念一位无名的民族英雄赵兴才同志》发表于 12 月 8 日《新华日报》。

何祥琨《悼张海清同志》发表于 12 月 5 日《新华日报》。

二、单篇传记

黎烈文《关于罗淑》发表于《文丛》第 2 卷第 2 号(纪念罗淑女士)。

巴金《纪念一个友人》发表于《文丛》第 2 卷第 2 号(纪念罗淑女士)。

靳以《忆罗淑》发表于《文丛》第 2 卷第 2 号(纪念罗淑女士)。

李育中《玛耶阔夫斯基八年忌》发表于《文艺阵地》第 1 卷第 1 期。

编者《玛耶阔夫斯基像》(插图)发表于《文艺阵地》第 1 卷第 1 期。

茅盾《八百壮士》发表于《文艺阵地》第 1 卷第 2 期。

戈宝权《高尔基博物馆》发表于《文艺阵地》第 1 卷第 5 期。

任钧《悼知堂老人》发表于《文艺阵地》第 1 卷第 6 期。

史徒《关于岂明先生》发表于《文艺阵地》第 1 卷第 7 期。

陆定一《晋东南军中杂记》发表于《文艺阵地》第 1 卷第 8 期。

景宋《鲁迅和青年们》发表于《文艺阵地》第 2 卷第 1 期(鲁迅先生逝世两周年纪念特辑)。

连山《鲁迅先生和他的先生》发表于《文艺阵地》第 2 卷第 1 期(鲁迅先生逝世两周年纪念特辑)。

适夷《鲁迅先生之死》发表于《文艺阵地》第 2 卷第 1 期(鲁迅先生逝世两周年纪念特辑)。

郑振铎《鲁迅的辑佚工作》发表于《文艺阵地》第 2 卷第 1 期(鲁迅先生逝世两周年纪念特辑)。

李南桌《关于鲁迅先生》发表于《文艺阵地》第 2 卷第 1 期(鲁迅先生逝世两周年纪念特辑)。

W《〈鲁迅全集〉里一个错误》发表于《文艺阵地》第 2 卷第 1 期(鲁迅先生逝世两周年纪念特辑)。

编者《鲁迅先生遗像及遗物》(5 幅)(插图)发表于《文艺阵地》第 2 卷第 1 期(鲁迅先生逝世两周年纪念特辑)。

编者《景宋女士及海婴最近摄影》(2 幅)(插图)发表于《文艺阵地》第 2 卷第 1 期(鲁迅先生逝世两周年纪念特辑)。

编者《鲁迅先生丧仪写真》(6 幅)(插图)发表于《文艺阵地》第 2 卷第 1 期(鲁迅先生逝世两周年纪念特辑)。

编者《鲁迅先生手迹》(8 幅)(插图)发表于《文艺阵地》第 2 卷第 1 期(鲁迅先生逝世两周年纪念特辑)。

何其芳《从成都到延安》发表于《文艺阵地》第 2 卷第 3 期。

马耳译《匈牙利的近代作家们》发表于《文艺阵地》第 2 卷第 3 期。

明《苏联纪念托尔斯泰生年一百十周年》发表于《文艺阵地》第 2 卷第 4 期。

明《辛克莱六十生辰》发表于《文艺阵地》第 2 卷第 4 期。

艾思奇《学习鲁迅主义》发表于《文艺突击》创刊号(纪念鲁迅先生逝世二周年)。

按:文章说:"我们创造一个新名词——鲁迅主义。对于真正要纪念先生和继承先生的人,这名词决不是多余的。事实上现在我们就看到许许多多的人在崇敬鲁迅,学习鲁迅,努力要做一个很好的鲁迅主义者。鲁迅主义是什么?倘若我们从他的一切言行和著作里去找,自然可以获得一个全貌。但现在只能举一两个最主要的特征,来表示鲁迅主义的基本精神。简单的说,就是为民族求解放的极热的赤诚,和对工作的细致而认真的努力。"

荒煤《老头子》发表于《文艺突击》创刊号(纪念鲁迅先生逝世二周年)。

林山《誓词——献给鲁迅先生的魂灵》(诗)发表于《文艺突击》创刊号(纪念鲁迅先生逝世二周年)。

丁玲《马辉》(人物特写)发表于《文艺突击》第 1 卷第 2 期。

抗敌剧团《赵曙同志小传》发表于《抗战戏剧》第 2 卷第 4、5 期(追悼赵曙同志特辑)。

张客《追念赵曙》发表于《抗战戏剧》第 2 卷第 4、5 期(追悼赵曙同志特辑)。

木禽《悼赵曙同志》发表于《抗战戏剧》第 2 卷第 4、5 期(追悼赵曙同志特辑)。

萧声《迎接迎生,纪念死者》发表于《抗战戏剧》第 2 卷第 4、5 期(追悼赵曙同志特辑)。

王平陵《光荣的剧人——忆砚秋并悼念杨小楼先生》发表于《戏剧新闻》第 3 号。

华实《关于史坦尼斯拉夫斯基》发表于《戏剧新闻》第 6 号。

[苏]安独珂里斯基作、何见鹤译《列芒托夫论》发表于《文艺》第 2 卷第 3 期。

[苏]沙蒙·威尔士作、明久译《辛克莱——战斗的作家》发表于《文艺》第 2 卷第 4 期(辛克莱六十诞辰纪念特辑)。

[苏]N.维尔达、法捷耶夫等作,明久译《苏联作家祝贺辛克莱六十诞

辰》发表于《文艺》第 2 卷第 4 期(辛克莱六十诞辰纪念特辑)。

马耳《抗战中来华的英国作家》发表于《抗战文艺》第 1 卷第 4 期。

〔日〕鹿地亘《我底略历》发表于《抗战文艺》第 2 卷第 4 期。

〔苏〕凯琳作、铁弦译《西班牙的革命作家别尔加曼》发表于《抗战文艺》第 2 卷第 4 期。

台静农《鲁迅先生的一生》发表于《抗战文艺》第 2 卷第 8 期。

高植译《托尔斯泰百一○年诞生纪念》发表于《抗战文艺》第 2 卷第 11、12 期。

林之材《用工作来纪念鲁迅先生》发表于《文艺新潮》第 1 卷第 1 期。

王任叔《鲁迅先生的第一篇小说》发表于《文艺新潮》第 1 卷第 1 期。

〔苏〕阿谢叶夫作、金人译《正在开始的马亚珂夫斯基时代》发表于《文艺新潮》第 1 卷第 1 期。

〔苏〕萨汉诺甫斯基作、金人译《关于史丹尼斯拉甫斯基》发表于《文艺新潮》第 1 卷第 2 期。

〔苏〕勃拉哥伊作、愈获译《伟大的文艺批评家——柏林斯基》发表于《文艺新潮》第 1 卷第 4、5 期。

〔苏〕石加普斯卡亚作、金人译《勇敢的杜霞》发表于《文艺新潮》第 1 卷第 6 期。

盛成《徐州回忆录》发表于《文艺》第 5 卷第 5 期。

素心《胡琴名家小传》发表于《十日戏剧》第 1 卷第 33 期。

冯玉祥《光绪二十六》(《我的生活》第五章)发表于《宇宙风》第 56 期。

蔡元培《我在教育界的经验(下)》(自传之一章)发表于《宇宙风》第 56 期。

陈衡哲《我幼时求学的经过——纪念我的舅父庄思缄先生》发表于《宇宙风》第 56 期。

周承周《中国新军人魂——悼空军英雄黄葆珊》发表于《宇宙风》第 56 期。

臧克家《济南三日记》发表于《宇宙风》第 56 期。

冯玉祥《从淮军的教习到武右军的兵(上)》(《我的生活》第六章)发表于《宇宙风》第 57 期。

丰子恺《不惑之礼(自传之一章)》(附作者略历)发表于《宇宙风》第 57 期。

冯玉祥《从淮军的教习到武右军的兵(下)》(《我的生活》第六章)发表于

《宇宙风》第 58 期。

叶恭绰《四十年求知的经过》(自传之一章)发表于《宇宙风》第 58 期。

冯玉祥《副目哨长队长》(《我的生活》第七章)发表于《宇宙风》第 59 期。

黎锦熙《自传之一章》发表于《宇宙风》第 59 期。

徐迟《南浔浩劫实写》发表于《宇宙风》第 59 期。

老舍《小型的复活》(自传之一章)发表于《宇宙风》第 60 期。

太虚《我的佛教革命失败史》(自传之一章)发表于《宇宙风》第 60 期。

施蛰存《同仇日记》(下)发表于《宇宙风》第 60 期。

[美]Edgar Snow 作、罗田译《关于朱德》发表于《宇宙风》第 60 期。

冰莹《大学生活的一断片》(自传)发表于《宇宙风》第 61 期。

南桥《童年回忆》(自传)发表于《宇宙风》第 61 期。

刘西渭《中国人的"别致"》(自传)发表于《宇宙风》第 61 期。

憾庐《孤岛杂记(一二至一四)》(自传)发表于《宇宙风》第 61 期。

苏茹《南游记乱》(自传)发表于《宇宙风》第 61 期。

高语罕《烽火归来》(自传)发表于《宇宙风》第 61 期。

宋春舫《到巴黎去》(自传)发表于《宇宙风》第 62 期。

陈小翠《半生之回顾》(自传)发表于《宇宙风》第 62 期。

春风《忆北平的旧岁》(自传)发表于《宇宙风》第 62 期。

白云《沦陷前后——一个身临其境的惨痛遭遇》(自传)发表于《宇宙风》第 62 期。

郭子雄《我与牛津》(自传)发表于《宇宙风》第 63 期。

金梁《风话八则》(自传)发表于《宇宙风》第 63 期。

许钦文《从故乡至无妻之累》(《万里寻妻记一》)(自传)发表于《宇宙风》第 64 期。

陆丹林《组织民军的工作》(自传)发表于《宇宙风》第 64 期。

傅仲涛《生活的回忆》(自传的一页)发表于《宇宙风》第 65 期。

王益抄《一年来我所爱读书》发表于《宇宙风》第 65 期。

冯玉祥《两次秋操》(《我的生活》第八章)发表于《宇宙风》第 67 期。

知堂《关于范爱农》发表于《宇宙风》第 67 期。

冯玉祥《新民府》(《我的生活》第九章)发表于《宇宙风》第 68 期。

茅盾《我的小学时代》(自传之一章)发表于《宇宙风》第 68 期。

许钦文《万里寻妻记》(二)发表于《宇宙风》第 68 期。

冯玉祥《山东道上》(《我的生活》第十章)发表于《宇宙风》第 69 期。

庄泽宣《在厦大的一年》(自传之一章)发表于《宇宙风》第 69 期。

许钦文《万里寻妻记》(三)发表于《宇宙风》第 69 期。

冯玉祥《武学研究会》(《我的生活》第十一章)发表于《宇宙风》第 70 期。

中生《记老舍先生》发表于《宇宙风》第 70 期。

白莱《一个游击战士的自述》发表于《宇宙风》第 70 期。

施蛰存《西行日记》发表于《宇宙风》第 70 期。

林幽《南行杂记》发表于《宇宙风》第 70 期。

冯玉祥《从二月到八月》(《我的生活》第十二章)发表于《宇宙风》第 71 期。

徐悲鸿《自传之一章》发表于《宇宙风》第 71 期。

冰莹《一年来的妇女工作》发表于《宇宙风》第 71 期。

施蛰存《西行日记》(续一)发表于《宇宙风》第 71 期。

许钦文《万里寻妻记》(四)发表于《宇宙风》第 71 期。

冯玉祥《我的第一次失败》(《我的生活》第十三章)发表于《宇宙风》第 72 期。

徐悲鸿《自传之一章》(续完)发表于《宇宙风》第 72 期。

施蛰存《西行日记》(续完)发表于《宇宙风》第 72 期。

许钦文《万里寻妻记》(五)发表于《宇宙风》第 72 期。

许钦文《万里寻妻记》(六)发表于《宇宙风》第 73 期。

刚文《一个负伤战士之自述》发表于《宇宙风》第 73 期。

徐一士《幼年之我》(自传之一章)发表于《宇宙风》第 73 期。

李同愈《焦土抗战之沈鸿烈》发表于《宇宙风》第 73 期。

冯玉祥《正月十二日》(《我的生活》第十四章)发表于《宇宙风》第 74 期。

毕树棠《自传之一章》发表于《宇宙风》第 74 期。

程健健《敌人蹂躏下的北京大学》(回忆录)发表于《宇宙风》第 74 期。

许钦文《万里寻妻记》(七)发表于《宇宙风》第 74 期。

冯玉祥《正月十二日(续)》(《我的生活》第十四章)发表于《宇宙风》第 75 期。

毕树棠《自传之一章》(续完)发表于《宇宙风》第 75 期。

冯玉祥《左路备补军》(《我的生活》第十五章)发表于《宇宙风》第 76 期。

陈柱尊《述学》(自传之一章)发表于《宇宙风》第 76 期。

冯玉祥《左路备补军(二，上)》(《我的生活》第十六章)发表于《宇宙风》第 77 期。

张一麐《自传之一节》发表于《宇宙风》第 77 期。

许钦文《抛子别妻》(万里寻妻记之十)发表于《宇宙风》第 77 期。

易君左《楚天辽阔一诗人——记"我的朋友"郁达夫》发表于《宇宙风》第 77 期。

邹得春《我们的三个夜袭》发表于《抗到底》第 3 期(抗日负伤将士作品专号)。

林鼎如《死而后已》发表于《抗到底》第 3 期(抗日负伤将士作品专号)。

姜梦元《二十六小时经过记》发表于《抗到底》第 3 期(抗日负伤将士作品专号)。

王立学《自述》发表于《抗到底》第 3 期(抗日负伤将士作品专号)。

于子忠《回忆》发表于《抗到底》第 3 期(抗日负伤将士作品专号)。

王立学等《负伤将士信札》发表于《抗到底》第 3 期(抗日负伤将士作品专号)。

郑余霖等《负伤将士题字一斑》发表于《抗到底》第 3 期(抗日负伤将士作品专号)。

贾午《孙殿英将军印象记》发表于《抗到底》第 15 期。

编者《鲁迅先生论漫画》发表于《战斗》第 29、30 期。

编者《鲁迅先生警句集》发表于《战斗》第 29、30 期。

编者《鲁迅先生论拉丁化文字》发表于《战斗》第 29、30 期。

编者《鲁迅先生论翻译》发表于《战斗》第 29、30 期。

编者《鲁迅先生论利用旧形式问题》发表于《战斗》第 29、30 期。

萧英《鲁迅先生艺术学院的轮廓画》发表于《战斗》第 33 期。

沈延平《战地服务回忆录》发表于《战时童子军》第 11 期。

蓝鼎中《八个月抗日回忆录》发表于《抗战军人》第 4 期。

杨朔《成仿吾先生》发表于《烽火》第 15 期。

许鹤鸣记《一个负伤健儿的自述》发表于《战时医政》第 3 期。

起森《张伯伦的自述》发表于《文摘战时旬刊》第 36 期。

张常《一个外国人在虹口火线中的日记》发表于《血路》第 2—5 期。

半庵译《狄亚茨的生平》发表于《解放》第 45 期。

胡风《关于鹿地亘》发表于《七月》第 2 集第 3 期。

贾植芳《记忆》(旅日生活回忆)发表于《七月》第 2 集第 5 期。

张十方《从牢狱到病房》(旅日生活回忆)发表于《七月》第 2 集第 5 期。

胡风《高尔基的殉道与我们》发表于《七月》第 3 集第 4 期(纪念高尔基

逝世两周年）。

任达《高尔基画像》(墨画)发表于《七月》第 3 集第 4 期(纪念高尔基逝世两周年)。

固林《延安追悼阵亡将士大会场》(木刻)发表于《七月》第 3 集第 6 期。

丁玲《彭德怀速写》发表于《自由中国》创刊号。

杨朔《毛泽东特写》发表于《自由中国》第 1 卷第 2 号。

郭沫若等《纪念高尔基》(纪念文)发表于《自由中国》第 1 卷第 3 号(高尔基逝世二周年特辑)。

按：作者尚有邢桐华、凯丰、北鸥、阳翰笙、孙陵。

臧云远词、张庆璋曲《高尔基再生》(纪念歌)发表于《自由中国》第 1 卷第 3 号(高尔基逝世二周年特辑)。

阿千《印刷工人生活自述》发表于《大众生路》第 2 卷第 4 期。

碧瑶《秋瑾的事迹与作品》发表于《上海妇女》第 1 卷第 4 期。

文央《生活自述》(十几年来的教员生涯)发表于《上海妇女》第 1 卷第 7 期。

宝琛译《一个日本女工的战时生活自述》发表于《上海妇女》第 2 卷第 4 期。

宽之《国难以来殉难者公墓碑铭》发表于《红茶》第 8 期。

匡愚《一个首都警察的自述》发表于《警察向导》第 1 卷第 1 期。

刘国南《班禅大师事略》发表于《新西康》第 1 期。

卢剑波译《但丁小传》发表于《新教育句刊》第 1 卷第 2—4 期。

梅丽《一个丝厂女工的自述》发表于《劳动周报》第 2 卷第 1 期。

奇苍《我的太太的自述》发表于《译报周刊》第 1 卷第 11 期。

莎菲译《一个丈母娘的自述》发表于《近代杂志》第 1 卷第 5 期。

王冷斋《卢沟桥事变回忆录》发表于《时事半月刊》第 1 卷第 19 期。

徐维扬《黄花岗花县十八烈士殉难记》发表于《时代动向》第 3 卷第 6 期。

许道恭《一个中学生的自白》发表于《天风》第 5 卷第 10 期。

张光钰《徐惠溥同志小传》发表于《合作月刊》战时版第 1 期。

张香山《随军日记片断》发表于《译报周刊》第 1 卷第 2 期。

箴一《列宁夫人的生平》发表于《译报周刊》第 1 卷第 22 期。

辛人《高尔基与青年》发表于《群众》第 2 卷第 6、7 期合刊。

周则岳《矿人王君德森小传》发表于《地质评论》第 3 卷第 1—6 期。

容肇祖《焦竑及其思想》发表于《燕京学报》第 23 期。

胡兰畦《神勇斗士廖宝财》发表于 1 月 11 日《新华日报》。

徐廷彦《劳动英雄田蕴华》发表于 2 月 22 日《新华日报》。

董必武《回忆第一次谒见中山先生》发表于 3 月 12 日《新华日报》。

叶剑英《忆孙先生在桂林》发表于 3 月 12 日《新华日报》。

文淑《周德佑小史》发表于 3 月 24 日《新华日报》。

适夷《日本反战作家鹿地亘》发表于 3 月 27 日《新华日报》。

袁勃《范筑先先生的生平》发表于 11 月 29 日《新华日报》。

郝启文《脱险自述》发表于 12 月 5 日《新华日报》。

周秉权《脱险归来》发表于 12 月 5 日《新华日报》。

三、传记著作

王元著《传记学》由广东广州国立中山大学出版组出版。

按：作者在《序》中说：国内大学，有"传记学"一科的课程，原是陈立夫先生在任教育部长时始行颁布者，在此以前，实未有所闻。所以，迄目前为止，国内关于传记学一类的作品，尚不多见。即使有时偶有一二出现，亦多是从文学方面去发挥，而未能从科学的立场去理解。因此，像这一类的著作，要用其为传记学的参考书籍，以窥见该学科的整个内容，实属"缘木求鱼"。著者此书虽系提纲挈领之作，但自问凡是与传记学有关系的学问，可算已多方面顾到，故可作为初学者的南针。

本书资料，全系著者过去在广东省立文理学院，及中山大学文学院五六年中任课时的讲稿，经过最近二三个月来的整编后，始成此书。书中的内容，共分五章。第一章，为传记的意义及其演进的概况：其中除概述西洋与中国传记文学沿革之外，并对于传记的意义，加以综合的解释，使读者不但可以知道什么叫做"传记"，而且亦可以窥见中外传记文学演进的一个鲜明轮廓。

第二章，为传记的分类：作者把他分为自传类和他传类两种：凡是中国过去的自叙、自述、自纪、自传、自状、自赞、自讼、书叙、书斋记、自述书、自为墓志铭或回忆录、日记等等，都可以归入自传类之内。至于他传类的形态，亦列举有本纪、世家、专传、列传、合传、别传、家传、行状、地方先贤传、年谱、人表、评传、人物志、小传等十多种。从此可以看出中国传记的作品真是五光杂色，无奇不有了。

第三章，为传记的写作条件：指出从事于写作传记的人，最少必须具备有五种基本条件，即是要能纪实写生，要能刻画时代，要能应用文学技巧，要能从小处着笔，要有系统程序。而且在每个条件之中，再加以若干的举例和说明，务使任何读者，在写作传记之前，能胸有成竹，妙文横生。

第四章，为传记的作法：此中有一部分的意见和举例，是梁任公先生的；有一部分的意见和举例，是我自己的。对于历史上那一种人应该代他作传，都有扼要的说明。同时，凡是为文学家、政治家、学问家，或多方面的文学家，多方面的政治家，多方面的学问家写传的方法，应该从何处落笔，亦都有深切的发挥；甚至为一人或二人作传的方法，亦有更详细的指出。自可作为初步写作传记者的明灯。

第五章，为传记学与其他科学的关系：叙述传记学的作科学研究，并指出他与史学、文学、生理学、心理学等诸般科学的关系，而不是一枝孤立的学问，使从事于研究传记的人，先存有一种严正的科学观念，不敢以轻蔑的心理处之。凡上所云云，皆为本书的重要内容。

王元曰：传记中所传的人物，最紧要的地方，是要能够描写出他的实在的姿态，实在的精神，实在的口吻，实在的言行思想，实在的声音笑容，实在的性格趣味，以及实在的周围环境。凡是写作传记的人，对于所传的人物，应该保存一种敬爱和理解的态度，以及同情的心理，不应该出之以物质的报酬，或金钱的买卖，应该直陈事实，不应该阿谀献媚，一定要做到活生生地把每个人物的弱点和缺点，通通能够刻画出来。否则，至少也必得像《檀弓》一样，赤裸裸地把孔子的不知父墓在哪里，都全盘烘托出来，真切的宣示于人。

中国过去的传记作家，在史书里面的史传，他们对于所传的人物，在求真的方面，自是下了不少的工夫。他们写起传记来，都是异常的审慎，异常的小心。他们尽量的征求异说，尽量的采集史料。但是，他们绝不马虎，绝不苟且。对于一切事件，都要去辨别它的真伪，都要去追寻它的真实性。因为必须做到这样的地步，才能够成为"一家之言"，才能够取信一时，"扬名千古"。这是他们写传记文学的最高理想，也是他们所当自负的责任。所以他们在写作传记的时候，注全力于求真。他们坚决地反对不正确的"苟求异端，虚益事实"；他们坚决地反对漫无选择的"务多为美，聚博为功"；他们尤其坚决地反对"固造奇说，妄构史实"。所以他们对于史料的来源要追求，对于传记的真伪要辨证，对于事实的先后要注意。一本书靠不住，他们绝不引；一件事有可疑，他们绝不引；一种传说有矛盾，他们绝不引；一种传闻是出于远道敌国，他们绝不引；一种奇说为事理所必无，他们绝不引。总括的说一句，他们绝不使"异辞疑事，远诬千载"。

因为过去中国的传记作家,其态度既是那样的认真,那样的丝毫不苟,所以他们在叙述的时候,往往就发生了许多禁忌的事情。第一,他们"忌诡异":凡是神怪不经的传说,纵然在书籍中确有这样的记载,也不必把他写入传记。例如说一位帝王,载一位名臣,生时有什么祥异,死时有什么征兆,这完全是极可笑的神话,或附会。所以布满这样记事的沈约《晋书》,便引起刘知幾的不满,和强有力的攻诋。但是,这种毛病,一直到了清朝人的传记中,仍然是琳琅满目。第二,他们"忌虚美":对于一个人的过分称赞,或者对于一件事的过分夸张,那完全是不妥当的,尤其是要把他写入传记里面,更是不应该的。比如《北齐书·王琳传》说他"既及于难,当时田夫野老,知与不知者,莫不为之嘘唏流涕";又如《东观汉纪》说"赤眉降后,积甲与熊耳山齐"。这样虚构太过,夸张太甚,至今仍被人传为口实。第三,他们"忌曲隐":一个人有长处,也有短处;作事时有对的,也有不对的。在传记里面完全应该把它叙述出来。不应该只述其善的,而曲隐其恶的。但是,历代的传记作家们,或多或少,都不能免掉这种通病,这自然是中国过去传记文学的缺点。

杨荫深选注《古文家传记文选》(中学国文补充读本第1集)由商务印书馆出版。

按:是书《导言》说:"本书所选择力求文字雅驯无失传旨者为主。盖古文家传记文字,古今不乏佳作,未必因其中有一部分缺点,可以掩没一切。所选文字,皆为自唐以来名家之作。至唐以前,《文选》既无其例,所作亦不甚多,兹不选及。凡诸体制大略已备,虽名称仍多相同,而体制实分彼此,如韩柳三传,欧曾三传,名同而体不同。亦有名称各异,而体制实出一辙,如王安石《谢公行状》与《先大夫述》,行状与述,实无区别。至章法或先或后,叙事或兼议论,名家著作,原不可一概而论,见仁见智,本无所谓是非。读者倘能比较而研究之,则古文家传记的作法,当可了解大概了。又读传记文字,最嫌官职的累赘,但既名传记,此类即不能免。本书于此方面,不嫌琐细,均加注释。其他生字难句,亦求可能范围之内,注明出处。惟是个人见识有限,又因为时匆促,疏漏讹误之处,仍所难免。如蒙读者教正,不胜感幸。"

吕思勉选注《古史家传记文选》(上中下册)(中学国文补充读本)由上海商务印书馆出版。

陈幼璞选注《古今名人笔记选》(中学国文补充读本第1集,王云五等主编)由上海商务印书馆出版。

张越瑞选辑《近人传记文选》由上海商务印书馆出版。

　　按：是书《导言》曰："传记为中国史学上最有势力的一种体裁,而在中国文学史上却是最不发达的一个部门。关于它的历史,本集的《中国古文家传记文选》导言中好像有详细的记述,这里毋庸再赘了。近十年来,中国传记文学运动受了西洋文学的影响,传记作品完全改换了新的面目,为使读者明了它与西洋传记的关系起见,我觉得西洋传记文学演变的大势,颇有叙述之必要。……西洋传记文学起源很早,犹太古代的史书里就有不少的例子,实际,一切民族最古的神话写的就是英雄与神人的生活,我们一样可以称它做传记。但是,最古的,纯粹的传记作品却要到希腊文学中去寻找。古希腊留传下来的第一部传记要算谢诺芬(纪元前四三五—前三五四)的《苏格拉底回忆录》,那位大哲的言行在这里可说表现得淋漓尽致。但真正空前启后的希腊传记家却是普鲁塔克(四六—一二〇),他的《希腊四十六名人比较传》,不但使我们知道了许多远古的逸史,而且给后来的传记家以无限的影响,所以一直流传至今日,人们还认它是第一流的作品。降及中世纪,传记作品虽然很多,十之八九却是寺院里面的产物。修士们闲着无事,最喜欢给人写传,于是圣徒主教,与殉教烈士的传记不断的产生出来,不过,这种传记,迷信和虚诞的成分居多,很少有文学上的价值。然而传记的形式,一直到十八世纪末叶才达于完善的境地。英国波司卫尔(一七四〇—一七九五)的伟著《约翰逊传》,可说为世界传记文学开了一个新的纪元。它集合约翰逊许多琐言细行,而以戏剧的笔法把他的全部人格、生活衬托出来。但它不仅是一个文人生活的记载,还是十八世纪社会生活的写真。十九世纪传记文学之发展,大有一日千里之势,作品之多,数不胜数。这时,英国又产生了一位杰出的作家路克哈特(一七九四—一八五四),他同波司卫尔一样伟大,一样以归纳方法,从被写者的文字和谈话里去寻找直接的材料,而让被写者自己把生活经验告诉我们。就用这种方法,他写成了十九世纪英国一部最伟大的传记——《司各特传》。

　　二十世纪的二三十年是新传记文学的诞生时代,而造成这时代的唯一动力却要归功于四个伟大的作家:这就是美国的伯列德福(一八六三—一九二二)、英国的斯特勒奇(一八八〇—一九三二)、德国的卢德卫希(一八八一—?)和法国的莫罗亚(一八八五—?)。伯列德福首创'心理描写'之说,他的《美国伟人写真》专从细微处来解释伟大人物的心理。他认为传记的功用只在发掘人真实的灵魂,人的灵魂固然会从大事中呈露出来,但不如小节细行表现得更加充分,所以要把一个人的气质、意向和心理的历程解释明白,便须从小处着笔。斯特勒奇的作品很能代表现代批评的传记,他的《维多利亚时代的大人物》和《维多利亚皇后传》,集合许多有关系的事实,加以批评的分析,对被写者的人格作一贯的解释。更重要的是,它们排除了一般伟人传记中神性化的写法,注意力只是集中于伟大人物和一般人相同的地方,而把他当作一个极平凡的人去描写,使我们觉得伟人和我们有同样的人性,并没有超越尘寰的神性,因而对他格外同情,格外亲切。卢德卫希专写历史上的伟大人物,他写歌德,写拿破仑,写俾士麦,写耶稣,写林肯。在传记的分析方面,他注重描写人格和命运,对伟人的人格绝不夸张,把绝代的文豪歌德只看作一个常人,大政治家俾士麦只看作一个平凡的战士,耶稣不看作一个神,只看作一个人。在这一点,他与英国斯特勒奇的态度可说是一致的。莫罗亚在新传记文学上最大的功勋,就在开了以小说体裁写传记的风气。他的《雪莱传》与《笛斯列里传》,一方面将人物的事迹如实地表现出来,一方面将人物的个性渲染得同小说里的英雄一样活跃,一样可爱,这种兼有小说情趣与传记性质的作品,可说是新传记文学的一大特色。"

是书收录赫理斯作,黄嘉德译《萧伯纳传二则》,莫罗亚作,吴且冈译《屠格涅夫青年时代的文学尝试》,克劳塞作,周昌寿译《法拉第传二章》,汪精卫作《朱执信先生传略》,胡适作《丁在君这个人》,胡适作《高梦旦先生小传》,王云五作《我所认识的高梦旦先生》等传记作品。

(清)王照圆撰《列女传补注》由上海商务印书馆出版。

罗根泽编《古史辨》第6册由上海开明书店出版。

按:是书收入唐钺《尹文和尹文子》、钱穆《公孙龙传略》及《公孙龙年表》、高亨《史记老子传笺证》、罗根泽《再谈老子及老子书的问题》等文。

王恩洋著《老子学案》由上海佛学书局出版。

姚文栋著《孔子认识》由上海春江书局出版。

陈鹤琴编、邢舜田绘图《班超》由上海世界书局出版。

吴丕绩编著《江淹年谱》由上海商务印书馆出版。

张寒晖编著《张巡》由湖南长沙中华人民教育促进会出版。

夏承焘著《白石道人行实考》由北平燕京大学哈佛燕京学社出版。

郑骞编著《辛稼轩先生年谱》由编著者出版。

堵述初编著《文天祥》由湖南长沙中华平民教育促进会出版。

季柔著《朱元璋》(复兴民族的英雄)由上海抗战编辑社出版。

陈建夫著《王阳明学说及其事功》由武昌乡村书店出版。

杨铎著《张江陵年谱》由上海商务印书馆出版。

陈鹤琴编《武训》由上海世界书局出版。

段泽承编纂、孙之俊绘画《武训先生画传》由重庆生活教育社出版。

竺可桢等著、国立浙江大学史地研究所编辑《地理学家徐霞客》由上海商务印书馆出版。

(清)张江裁著《东莞袁督师后裔考》由双肇楼出版。

方甦生著《清太祖实录纂修考》由北平辅仁大学出版。

金松乔等编《爱新觉罗宗谱》由奉天爱新觉罗修谱处出版。

张西堂著《王船山学谱》由上海商务印书馆出版。

谢兴尧著《洪杨遗闻》由太平天国丛书本出版。

赵作雄著《李秀成》由湖南长沙中华平民教育促进会出版。

叶参等编《郑孝胥传》由吉林长春"满日文化协会"出版。

民团周刊社编《总理领导下的革命工作》由广西南宁民团周刊社出版。

民团周刊社编《总理的一生》由广西民团周刊社出版。

[苏]卜郎特著、赵季和译《孙逸仙及国民党之来历》由新中国社出版。

民团周刊社编《总理第一次起义纪念日》由广西民团周刊社出版。

民团周刊社编《总理诞辰纪念日》由广西民团周刊社出版。

民团周刊社编《总理逝世纪念日》由广西民团周刊社出版。

民团周刊社编《先烈陈英士先生殉国纪念日》由江苏南京编者出版。

民团周刊社编《胡主席汉民先生逝世纪念日》由广西民团周刊社出版。

尼司编《陈独秀与所谓托派问题》由新中国出版社出版。

陈独秀著《实庵自传》由上海亚东图书馆出版。

按：陈独秀说："休谟的自传开口便说：'一个人写自己的生平时，如果说的太多了，总是免不了虚荣的，所以我的自传要力求简短。人们或者认为自己之撰写自己的生平，那正是一种虚荣；不过这篇叙述文字所包含的东西，除了关于我自己著作的记载而外，很少有别的，我的一生也差不多消耗在文字生涯中，至于我大部分著作之初次成功，也并不足为虚荣的对象。'几年以来，许多朋友极力劝我写自传，我迟迟不写者，并不是因为避免什么虚荣；现在开始写一点，也不是因为什么虚荣；休谟的一生差不多消耗在文字生涯中，我的一生差不多是消耗在政治生涯中，至于我大部分政治生涯之失败，也并不足为虚荣的对象。我现在写这一自传，关于我个人的事打算照休谟的话'力求简短'，主要的把我一生所见所闻的政治及社会思想之变动，尽我所记忆的描写出来，作为现代青年一种活的经验，不力求简短，也不滥抄不大有生气的政治经济材料，以夸张篇幅。写自传的人，照例都从幼年时代说起，可是我幼年时代的事，几乎完全记不清了。富兰克林的自传，一开始说：

'我向来喜欢搜集先人一切琐碎的遗事,你们当能忆及和我同住英格兰时,通访亲戚故旧;我之长途跋涉,目的正在此。'我现在不能够这样做,也不愿意这样做,只略略写出在幼年时代印象较深的几件事而已。"

罗飞鹏编著《李宗仁与白崇禧》由湖北汉口建国书店出版。

程山辑《前线上李白两将军访问记》由广西南宁民团周刊社出版。

杨君杰编《虎镇徐州的李宗仁将军》由战时出版社出版。

赵轶琳著《李宗仁将军传》由上海大时代书局出版。

宋庆龄著《宋庆龄自传及其言论》由上海华光出版社出版。

赵文光编《托派张慕陶的过去及现在》由上海怒吼出版社出版。

尼司著《张国焘脱离共党面面观》由广东广州新中国出版社出版。

施平传著《朱德将军卅年战斗史》由救亡出版社出版。

张寒青编译《西战场的主将朱德》由上海大时代书局出版。

林风著《韩复榘伏法前后》由上海金汤书店出版。

朱朴编著《张发奎将军》由湖北汉口群力书店出版。

陶行知、谢冰莹著《关于赵老太太》由东北救亡总会宣传部出版。

张静庐著《在出版界二十年》(张静庐自传)由湖北汉口上海杂志公司出版。

民团周刊社编《先烈朱执信先生殉国纪念日》由广西民团周刊社出版。

刘大元著《五十年来蒋先生与中国》由湖北汉口建国出版社出版。

王蘧常著《沈寐叟年谱》由上海商务印书馆出版。

新文出版社编《鲁迅新论》由新文出版社出版。

巴金等著《鲁迅与抗日战争》由广东广州战时出版社出版。

萧三著《伟大的鲁迅》由广东广州战时出版社出版。

杨殷夫著《郭沫若传》由广东广州新中国出版社出版。

胡蝶著《胡蝶自传》由上海陈立发行。

史天行编《丁玲在西北》由汉口芒种书屋出版。

俞士连编《最近的丁玲》由上海长虹书局出版。

清华译《丁玲在西北》由新闻研究社出版。

编者《女战士丁玲》由每日译报社出版。

[美]史诺等著《抗战人物志》由战时出版社出版。

按:是书收录《蒋介石将军及其夫人》(杜衡)、《毛泽东会见记》(马骏)、《彭德怀印象记》(史诺)、《周恩来会见记》(佚名)、《抗战中的冯玉祥》(蓝天照)、《张治中将军印象记》(田汉)、《徐特立先生》(柳湜)、《史诺会见记》(王放）等抗日战争时期著名人物小传 41 篇。文章大部分选自各报刊。

林轶青编著《中国的红星》由上海新中国出版社出版。

按：是书分上、下两编。上编收录当时已故的红军战士张太雷、毛泽覃、方志敏、萧楚女等 31 人的传略。下编收录朱德、毛泽东、周恩来等 19 人的传略。

张寒青编译《大时代人物》由上海大时代书局出版。

按：是书收录毛泽东、朱德、彭德怀、周恩来、林伯渠、徐特立、贺龙、刘伯承、项英、叶剑英、徐海东、陈绍禹、张国焘、秦邦宪、张闻天、成仿吾、徐向前、林彪、萧克、杨靖宇 20 位人物的传略。

傅平著《抗日的英雄》由湖北汉口新知书店出版。

张国平编著《铁军将领列传》由广东广州新中国出版社出版。

按：是书收录李宗仁、白崇禧、黄绍竑、李济深、张发奎、黄琪翔、陈铭枢、蔡廷锴、蒋光鼐、翁照垣 10 位国民党将领的传略。

张国平编著《中央虎将列传》由广东广州新中国出版社出版。

按：是书收录蒋介石、冯玉祥、阎锡山、何应钦、程潜、唐生智、贺耀祖、陈诚、张治中、蒋鼎文、卫立煌、胡宗南、傅作义、商震 14 位国民党将领的传略。

冯玉祥编《抗日的模范军人》由湖北汉口三户图书社出版。

独立出版社编《抗日先烈记》由编者出版。

刘一飞编选《抗日英雄特写》由湖北汉口大时代书店出版。

郭沫若等著《前线抗战将领访问记》由长沙抗日救国社出版。

史诺等著《抗战人物志》由战时出版社出版。

禾金编《民族英雄剪影》由战时文化社出版。

凌青著《战地服务回忆录》由上海光明书局出版。

中国国民党中央执行委员会宣传部编《宁死不屈》由编者出版。

张国平著《白崇禧将军传》由新中国出版社出版。

编者《华北官僚群像》由每日译报社出版。

徐迟编译《乐曲与音乐家的故事》由上海商务印书馆出版。

胡山源著《江阴义民别传》由上海世界书局出版。

按：是书介绍许用、季氏兄弟、程璧、高氏父子、黄明江、徐五、王华、汤三老儿、陈宪钦、徐玉扬、戚三郎、李介立、胡志学、何氏兄弟、陈二郎、黄毓祺等人的事迹。

胡山源著《嘉定义民别传》由上海世界书局出版。

陈训正编《鄞县通志人物编》（临时抽印本）由浙江鄞县通志编纂委员会

出版。

嘉兴县旅沪同乡会编《嘉兴县旅沪同乡会会员录》由编者出版。

孟森著《海宁陈家》由北京大学出版部出版。

国立中央研究院编《中国中央研究院院士录》由编者出版。

孟锦华编著《傀儡集》由浙江省抗日自卫委员会战时教育文化事业委员会出版。

沙千里著《七人之狱》由上海生活书店出版。

按：是书详细记载 1936 年底国民党政府拘捕沈钧儒、沙千里、章乃器、邹韬奋、李公朴、王造时、史良七人的经过及关押审讯情况（即爱国七君子案件经过）。书前有著者的"前题"和七君子的照片多帧，书末附录《起诉书》《答辩状》等 5 篇文献。

陶元德编《自传之一章》由广州宇宙风社出版。

按：是书 1944 年桂林出版增订本，收录自传回忆录 21 篇，其中有蔡元培的《我在教育界的经验》、陈独秀的《实庵自传》、章乃器的《我与青年》等。还收录了何香凝、叶恭绰、陈公博、陈衡哲、黎锦熙、王芸生、太虚、周作人、老舍、丰子恺、冰莹、傅仲涛、宋春舫、许钦文、赵景深、郭子雄、陆丹林、南桥等人自传。桂林增订版收文 20 篇，删去陈公博、周作人、陆丹林的自传文章，增加了毕树棠、张一麐的两篇自传。

铮铮编著《国际时人传》由上海激流社出版。

按：是书收国际人物评述文章 59 篇，其中有十余篇是编著者著、译的。

萧剑青编译《今代世界伟人志》由上海大方书局出版。

按：是书收录列宁、高尔基、凯末尔、甘地、南丁格尔、罗素、萧伯纳、孙中山、鲁迅、詹天佑等 48 人的小传。

[美]阿丹斯、福斯武著，胡山源译《现代欧美女伟人传》由上海世界书局出版。

按：是书介绍伊丽莎白·弗赖、马丽·来翁、斯坦顿、斯托、南丁格尔、克拉拉·巴吞、朱莉娅·沃德·豪、霍顿·福斯特等 10 人的生平事迹。

时甫编译《欧美现代作家自述》由长沙商务印书馆出版。

[法]克利斯底亚尼著、丁宗杰译《耶稣传》（上中下）由上海土山湾印书馆出版。

[法]罗毫弗尔利著、徐家汇圣心报馆编译《耶稣受难遗迹考略》由上海土山湾印书馆出版。

[法]费赖之（Aloys Pfister）著、冯承钧译《入华耶稣会士列传》由商务印

书馆出版。

[苏]列宁、托洛斯基著,李书勋译《恩格斯评传》由上海亚东图书馆出版。

[苏]斯大林著《论列宁》由东方出版社出版。

金则人、黄峰编译《列宁》由上海光明书局出版。

沈因编《列宁传》由上海民力书局出版。

铁冰译《列宁的一生》由湖北汉口上海杂志公司出版。

杜德著、江明译《列宁的生平》由新知书店出版。

[苏]高尔基著、罗稷南译《和列宁相处的日子》由上海生活书店出版。

[德]路德维希(原题鲁特威喜)著、张治中译《斯大林评述》由华南图书馆出版。

逸夫编译《斯大林的生平》由民族解放青年出版社出版。

哲非著《欧局动荡中的张伯伦》由上海杂志社出版。

笃行著《国际女间谍玛妲哈丽秘史》由上海明明书局出版。

[英]斯特莱基著、卞之琳译《维多利亚女王传》由长沙商务印书馆出版。

[美]邓肯著、沈佩秋译《邓肯自传》由上海启明书局出版。

周新译《战争致富史话》由广州新兴书店出版。

按:是书分军人、金融家、军火厂、承办商、投机者、反对战争利润的奋斗6章。介绍历史上世界各国因战争而发财的故事。

李田意著《哈代评传》由上海商务印书馆出版。

黄嘉德编译《萧伯纳情书》由上海西风社出版。

[英]马考利著、傅勤家译《腓特烈大王》由长沙商务印书馆出版。

四、卒于是年的传记作者

郑孝胥(1860—1938)。孝胥原名苏戡,字太夷,号苏庵,学者称海藏先生,福建侯官人,生于江苏苏州。早年中福建乡试解元。曾入直隶总督李鸿章幕府,旋考取内阁中书。历任驻日本使馆书记官、日筑领事,神户、大阪总领事,总理衙门章京,京汉铁路南段总办兼汉口铁路学堂监督,广西边防大臣,上海中国公学校长等职,官至湖南布政使。1913 年在上海组织读经会。1917 年在丽泽文社讲学,并创立恒心字社。1936 年创办王道书院。著有《郑孝胥日记》。

经亨颐(1877—1938)。亨颐字子渊,号石禅,又号颐渊,别署听秋,浙江上虞人。1903 年赴日本东京高等师范学校读书,加入中国同盟会。1910 年返回浙江筹办浙江官立两级师范学堂并任其校长。1919 年兼任浙江省教育会会长。1921 年任北京高等师范学校教务长。1922 年去职回乡创办私立春晖中学,被举为校长。1923 年受聘赴宁波任第四中学校长。1925 年赴广东投奔国民革命。1926 年被选为国民党第二届中央执行委员,曾代理中山大学校长。1927 年被选为中央训练部常务委员及浙江省政府委员。1928 年任国民政府委员。1929 年被选为国民党候补中央执行委员。1930 年被选为国民政府委员兼全国教育委员会委员长。1931 年任国民政府常委、教育行政委员会委员等职。1938 年 9 月 15 日在广慈医院病逝。著有《经亨颐集》,其中有《经亨颐日记》等传记作品。

胡怀琛(1886—1938)。怀琛原名有怀,字季仁,后改寄尘,安徽泾县人。曾去上海入育才中学(即南洋中学)就读。1910 年任《神州日报》编辑。1911 年与兄胡朴安一起加入南社。辛亥革命后,与柳亚子编撰《警报》鼓吹革命。旋去《太平洋报》工作,后又任《中华民报》编辑。1916 年 4 月到京奉铁路编译局任科员。1920 年应聘于沪江大学,任教国文系。又应王云五邀受聘去商务印书馆任编辑。同年任书馆《小说世界》编辑,后又参加《万有文库》古籍部分编辑工作。曾先后在中国公学、沪江、持志等大学及正风学院担任教授。1932 年任上海通志馆编纂。著有《孔子》《孟子》《墨子学辨》《老子学辨》《苏东坡生活》《陆放翁生活》《归有光》《描写人生断片之归有光》《托尔斯泰与佛经》等。

钱亦石(1889—1938)。亦石字介磐,湖北咸宁人。曾任国民党第二届候补中央执行委员,国民党湖北省执行委员、常委兼宣传部长,主办党务干部学校。1928 年赴日本研究马克思列宁理论,又入莫斯科中山大学学习。1930 年回国,任暨南大学、上海法政学院教授,曾主办《新中华》《世界知识》《中华公论》杂志。著有《中国政治史讲话》《近代世界政治史》《中国外交史》《通俗宗教论》《世界思想家列传》《世界发明家列传》等。

民国二十八年　己卯　1939 年

一、传记评论

陈友三《青年与传记》发表于《中国青年》第 1 卷第 5、6 号合刊。

按：文曰：一、青年时代良师益友的重要　青年是最富于热情、敏感、活力的。他的感应性极强，他的潜在力最大。他正像是一枝刚从泥土里透露出来的幼芽，娇嫩、蓬勃，清新。可是，环境和遭遇，却控制了他今后底命运。如果碰得巧，早晚受着和风甘露的润泽，阳光甜露的孕育，它便会欣欣向荣的，挂上鲜艳炫目的花朵，结下甜蜜醇香的果实；但若不幸而常遭狂风暴雨的摧毁，鸟兽虫蚁的侵袭，那么，它怕会枝叶憔悴，干体枯萎，更那能谈得上开花结果呢？青年又像是徘徊在十字街头的迷路者，请求警察先生的帮忙，指示他的前程；或如漂泊在茫茫大洋中的风帆，需要罗盘针的指示，决定它的动向。青年是站在成败的岔路上，所以青年时代是人生最可宝贵的阶段，但这也是最危险的一个时期。

怪不得那些贤明的父兄们，把教育青年子女，看作一件了不得的大事，他们常把这种润泽、孕育、指示路向的重担，放在良师益友的肩上，想从良师益友的朝夕相处，潜移默化中，让青年们走上光明的人生大道。所以"良师"在中国，是和"天地君亲"同样地受一般人馨香祈拜着。曾文正公在家书集里，再三叮嘱他的兄弟子侄辈，要慎选师友；至于古史上关于负笈千里，去寻师友的记载，更是不胜枚举了。青年们有良师益友的教诲、薰育，诚然是最幸运的，但在目前广大的青年群里，能享这种洪福的，究竟有多少呢？在这里，我们不得不乞灵于另一个世界了。

史马尔在《书友》一文里告诉我们："书是我们最好的朋友。"我们更可以进一步说，优良的传记，实在是我们青年最理想的师友。我们从它那里，不仅获得种种宝贵的知识，并且可以找出，我们生活的规范，人生的正鹄。所以青年人得读名家传记，确是他一生幸福的基点，同时也是他走上成功之途的第一声。

二、传记的要件：科学的真，道德的善，和文学的美　坊间流行的传记，诚然是汗牛充栋，但其中有不少自吹自擂的传记家，在那里痴人说梦，也有不少的传记作品,讲些空中楼阁,这些对青年们,只会发生消极的,相反的,破坏性的作用。惟能具备科学的真,道德的善,和文学的美,三大要件的传记,才是我们钻研的对象。

什么是科学的真呢? 那便是说,传记材料的来源,必须可靠,传记里面的记载,必须正确,作者并须以慎重精密的方法,去鉴别材料的真伪,考证事实的始末,然后把这些最精确最可靠的资料,用典雅的笔调,把它很客观的,很忠实的,描摹出来,所以这和全凭虚构的小说,便全不相同了。

什么是道德的善呢? 那就是说,传记的主人翁,他的言行思想,或他为民族国家奋斗牺牲的精神,或他对整个人类的贡献,的确值得我们中国的青年去借镜,效法的,才是传记的最适切的人物。这里我们排斥"一将功成万骨枯"的英雄主义的传记,也不赞成"只为个人或少数人谋利益而成功的"个人主义的传记;相反地,只有为多数人求幸福的,为民族国家求独立自由的,伟人们的传记,才会充满着道德的善。从这一点上着眼,只有像总理、总裁、华盛顿、林肯、凯末尔、玛志尼、加富尔、加里波的、甘地、爱迪生、巴斯脱等,才是青年们最理想的师友,同时也是此地中国青年所应追踪媲美的。但若只具备"科学的真"和"道德的善",如果没有文学家那样优美典雅的文笔,不把那些主人翁描摹得生龙活虎,跃然纸上,那不但会使读者兴致索然,望而生畏,且根本上不会激动青年们的心灵,发生心弦上的共鸣作用,这样便失却传记的真价值了。所以最好的传记,不但是严正的科学作品,高尚的道德作品,同时也是卓越的文艺作品。

三、读传记的价值:找寻人生的正鹄,猎取广博的知识　在伟大人物的传记里,它会把主人翁的生平事迹,赤裸裸地和盘托出。它会告诉我们:许多历史巨人是怎样孕育成长,怎样训练磨砺自己,怎样和恶势力恶环境奋斗,怎样获得了最后胜利而成功。这样活生生的,一幕一幕的景象,可以在读者的心灵深处掀动起不甘平凡的波纹,激起"我必媲美先贤""舜何人也,予何人也,有为者亦若是"的远志,鼓起自强不自的进取心,艰苦卓绝的奋斗心,因而把他所最钦佩的人物,做一生奋斗的正鹄。例如,凯撒尝憧憬亚历山大的伟大,而作为其终身努力的典型;拿破仑又以凯撒为他奋斗的偶像;林肯的成功是受着华盛顿的影响;伊藤博文的成就则由于他追踪俾斯麦的结果。在《汉书·班超传》上,还有一段很生动有趣的记载,班超的青年时代,是很贫苦的,在洛阳当书记,替人做抄写工作。有一天,他竟投笔叹道:"大丈夫无他志略,当效傅介子、张骞,立功异域,以取封侯,安能久事笔砚间乎?"其后果能平定西域,替汉朝扬威疆外,拓土千里,在历史上留下不朽的美名。凡此，都足以证明伟大人物对我们的生活，有极大的影响，所以阅读伟人传记，的确可以鼓起我们奋斗的勇气，给予我们生命的动力。

同时我们从各种传记里，还能够获得广博的知识。譬如读达尔文传，便可以大概知道什么是进化论；读《马可尼传》，便会明白许多关于无线电的事情；读《马克斯传》，可以知道一些《资本论》的内容。至于想研究历史的人，自然更非多多阅读传记不可，如读了总理和总裁的传记，中国近六十年的历史，当可大体明了；读了《华盛顿》《林肯传》，美国独立运动和南北战争，也可知其梗概；读了《加富尔传》《玛志尼传》《加里波的传》《俾斯麦传》《威廉传》《凯末尔传》，你便恍然大悟意德十三国何以能够复兴了。

优良的传记，的确是值得上推荐给每个人去细心捧读的，因为无论是想做二十世纪的现代国家的国民，那对于哲学、政治、经济、社会、心理、文艺等各方面，都非有广泛的基础知识不可，或是思想在将来做专家的青年们，如果没有这些广博的知识做砥石，怎样也不会建立起像金字塔那样崇高伟大的建筑来的。但这样广博的知识的追求，常使青年们感到茫无头绪，或索然寡味。唯一的妙法，便是选取一二家能代表这一方面的思想的传记，细细的领略，那么，各部门的知识，便会源源不断地输进你的脑细胞了，所以阅读传记，虽然不是猎取知识的唯一方法，但至少是有趣的妙法之一。

四、莫误过了这机会　我们都是富于热情的，敏感的，活力的青年们，我们是站在成败的分歧点上。固然，我们要从现实的世界里，去找求良师益友，但我们更不要忘记，从优良的传记里，去寻求我们最理想的师友。它不但会告诉我们各方面的知识，指示我们奋斗的动向，它更能刺激我们，鼓励我们，来磨练我们自己，造就我们自己，踏上人生最光明最伟大的征程！现阶段的中国，正急待着大批的革命家、哲学家、发明家、科学家……的诞生，正需要大批的爱迪生、马可尼、加富尔、培根……的出现，来共同建设光辉灿烂的三民主义的新中国。青年们，我们早跨上这伟大的时代了，来——鼓起我们的热情，运用我们的敏感，培植我们的活力，为祖国奋斗吧！

青云梯《伟人传记与青年》发表于《青年月刊》第7卷第4期。

按：文章说：一、传记是发展生命的原动力　我们相信，一个人的生命是应当向前、向上、向外发展的，他不单要向前努力，向上创造，而且更要向外扩大自己的生命，促成大我、社会、民族的发展。但是生命的发展是需要原动力的：世间上许许多多的人的生命都显得枯槁、灰颓、堕落、不能振作，便是因为他们缺乏一种发展生命的原动力的缘故。正如一挂火车没有煤块，一架飞机没有汽油，它怎能向前向上向外开行呢？所以发展生命是必需原动力的。可是这种原动力从哪里取得呢？我们认为最好是取之于传记。因为传记是许多伟大人物的生活的活鲜鲜的记录；他们对恶劣环境的奋斗，他们对黑暗势力的抗争，他们为科学真理而努力的精神，他们为正义为民族而表现的英勇的牺牲，无不震动后来者的心弦，引起我们的共鸣作用。可以说有百分之九十九在事业上或学问上能够成功的人，几乎是没有一个不爱读传记或受到传记影响的。我们知道，总理在儿童时便以洪秀全第二自命（当然，总理的伟大崇高，远非洪秀全所能比拟）。诸葛亮在早年便以管、乐自况。林肯在十几岁的时候便立下为全人类服务的志向，这是由于他读了一本魏门斯所著《华盛顿传记》的缘故。拿破仑在求学时期特别高兴念英雄成功的历史，而俾斯麦又喜欢研究拿破仑，我们敌人的伊藤博文又爱读俾斯麦的事迹。至于兴登堡在他的自传中更说得明白，他说："研究我们祖国过去丰富的历史，在我常是一件需要，我读历史上大人物的传记，好像读道德书一样；我生平无论什么时候，就是在战争中，也不肯放弃这样教训和激发志气的方法。"（见魏以新译《兴登堡自传》，商务印书馆出版）的确，读传记是激发志气的最好方法。在目前我们的国家是非常的艰危，我们需要千百万有志气能振作的青年来争取抗敌战争的胜利；可是我们却感觉到还有不少的青年，现在依然不知振作，依然因循苟安，依然生活得软弱无力，这是一件多危险的事！因此，我们诚恳地希望，希望青年多读传记，能够从传记中获得一些刺激，获得一些鼓励，获得一种发展生命的原动力量。为了国家前途，为了青年自身，我们都希望青年要多读传记。

二、传记是活的历史 传记不只是发展生命的原动力，而更是"活的历史"。历史对于青年人的重要是不消说的，我们不知道过去，如何了解现在？不了解现在，又怎能创造将来？所以阅读历史，从历史中去学习一切事物，对每一个青年都是绝对必需的。可是一般的历史书籍都写得太沉闷，不是死板材料的堆积，便是烦琐事实的杂凑，不大适合青年的阅读，而传记却可以弥补这种缺陷，传记是生动的事实叙述，是活的历史；看传记我们好像觉得生的历史与活的历史故事在纸上跳动。诚然传记并不就是历史，喀来尔的话说："世界的历史就是伟人的传记。"或爱默生的话说："实在没有历史，只有传记。"是说得过分一点，因为历史的发展还有其他的条件；但人物在历史上占最重要的地位，却不容吾人否认的。我们真可以这样说：了解了总理与总裁的生平与思想，便了解了中国近六十年的历史；明白了华盛顿，便明白了美国独立；认清了列宁与史太林，便认清了俄国的大革命同革命后的社会建设；同样，看透了凯末尔与希特勒，便看透了土耳其与德意志的复兴史。

所以我们说传记是活的历史。青年如能多读传记，一定可以增加不少的历史知识，获得不少的前人的经验。传记真是一个知识的宝库，谁打开这个宝库，谁便可以尽量地获取其中的一切！

三、劝青年多读传记　你烦闷吗？我劝你多读传记。它会驱逐你的烦闷而立起你的志向。你贫困吗？我劝你读一本《富兰克林自传》，看看他怎样克服贫穷。你环境艰苦吗？我劝你读一本列宁或甘地，看看他们怎样在艰苦的环境中奋斗。你对国事忧虑吗？我劝你看一看总理事略与奥国英雄加富尔，它会指示你建国的道路与我们应有的努力。你不知道修养功夫从何下手吗？我劝你读一本《曾国藩评传》，它可以告诉你许多切实可行的道路。你感觉生活单调、心情不畅吗？我劝你读一本《萧伯纳传》《歌德自传》《流浪者自传》《邓肯女士自传》，你自然会扩大胸襟，领略人生的意味。总之，我劝青年多读传记，多读多读，多多益善。

在目前我们的国家虽是异常艰危，但我们的青年却必须异常振奋、乐观，与活泼；只有振奋的精神，乐观的态度，与活泼的心胸，才足以应付当头的国难，一切悲观、摇头、叹气，都是不济事的；而获得这种振奋、乐观，与活泼的最好泉源，便是传记。

张若谷《马相伯先生百岁年谱序》发表于《新南星》第 5 卷第 12 期。

吴其昌《陈龙川年谱序》发表《图书季刊》第 1 卷第 4 期。

张君劢《尼赫鲁传序》发表于《再生》第 29 期。

萧蔓若《纪念高尔基》发表于《笔阵》第 7 期。

萧军《鲁迅先生三周年逝世纪念献言》发表于《笔阵》第 12 期（鲁迅先生三周年逝世纪念特辑）。

孟引《谈〈壁下译丛〉》发表于《笔阵》第 12 期（鲁迅先生三周年逝世纪念特辑）。

懋文《我们纪念鲁迅》发表于《笔阵》第 12 期（鲁迅先生三周年逝世纪念特辑）。

保罗《我爱鲁迅先生》发表于《笔阵》第 12 期（鲁迅先生三周年逝世纪念特辑）。

周文《鲁迅先生与反对复古》发表于《笔阵》第 12 期（鲁迅先生三周年逝世纪念特辑）。

有恒《从抗战中认识鲁迅之伟大性》发表于《笔阵》第 12 期（鲁迅先生三周年逝世纪念特辑）。

扬波《鲁迅先生翻译作品述略》发表于《笔阵》第 12 期（鲁迅先生三周年

逝世纪念特辑)。

扬波《鲁迅先生纪念展览会追记》发表于《笔阵》第 13 期。

罗荪《读伟大革命事业的领导者传记》发表于《中苏文化》(斯大林先生六十寿辰专号)。

按:文章说:最近我读完了一本这样的书:写着一个"投身于一桩大陆事业的人"的传记。然而它,不是一本英雄的本纪,不是一本私人生活的笔录。却是一本新世界的创造史,是一本苏联社会主义运动史。使我们从这一崭新的历史中看到这个人,也使我们从这个人看到新的世界的远景。这本书是巴比塞作的,标着《从一个人看一个新世界》的副题的《斯大林传》。正如加里宁所说:"斯大林的传记,好像就是俄国劳动者革命运动的极重要的一部分。"在这里使我们不但触到了一个万世的最大问题的中心,而且也解决了有史以来的受难的人类的前途。

这本书,在一个革命作家巴比塞的笔底下,生动而且丰富的写出来了。作为一部将死以前的伟大的遗著,贡献给文化世界上来。虽然不幸的在这本书刚刚脱稿不久,他的致命的死病爆发了,使他没有机会再更完整地完成它,但是正如显宜德所说的:"他所留下来的这部遗著,仍然是一部崇高美丽的书。作者的表现能力,或理解能力,把你从前所不很明白的事都说得很明白了。"而且,在这本书中,"处处用实例指教着一个社会主义的斗士在种种不同的环境中应该怎样思索,怎样说话,怎样行动"的非常实际的"教材"。当我们读完这本书的时候,使我们更着重的看到了这一旷代的伟大的革命事业的实录,以及在这伟大事业中的一个把舵者对于这时代所加的进步的动力。如果我们拿来当做一本简明的联共党史看,也是极为适宜的,特别是在巴比塞这样一个伟大的作家笔下的生动的表现,是更亲切,更容易的接近读者。

冯玉祥《庆祝苏联领袖斯大林先生的六十寿辰》发表于《中苏文化》(斯大林先生六十寿辰专号)。

邵力子《祝祝苏联伟大领袖斯大林先生六十寿辰》发表于《中苏文化》(斯大林先生六十寿辰专号)。

梁寒操《恭斯大林先生六十寿》发表于《中苏文化》(斯大林先生六十寿辰专号)。

张西曼《伟哉斯大林》发表于《中苏文化》(斯大林先生六十寿辰专号)。

外庐等编译《斯大林——世界学术传统的继承者》发表于《中苏文化》(斯大林先生六十寿辰专号)。

沈志远《斯大林和辩证法唯物论》发表于《中苏文化》（斯大林先生六十寿辰专号）。

黄松龄《斯大林建设社会主义农业的理论与政策》发表于《中苏文化》（斯大林先生六十寿辰专号）。

张友渔《斯大林宪法与民主政治》发表于《中苏文化》（斯大林先生六十寿辰专号）。

潘梓年《斯大林领导下的苏联和平政策》发表于《中苏文化》（斯大林先生六十寿辰专号）。

陶甄《斯大林与反对派在理论与实践上的斗争》发表于《中苏文化》（斯大林先生六十寿辰专号）。

赵克昂《斯大林论干部问题》发表于《中苏文化》（斯大林先生六十寿辰专号）。

曹靖华译《斯大林论列宁》发表于《中苏文化》（斯大林先生六十寿辰专号）。

叶文雄译《斯大林与斯泰哈诺夫运动》发表于《中苏文化》（斯大林先生六十寿辰专号）。

王语今译《列宁遗志继承者斯大林的使命》发表于《中苏文化》（斯大林先生六十寿辰专号）。

杜伯刚译《斯大林怎样保卫沙利青》发表于《中苏文化》（斯大林先生六十寿辰专号）。

西坡译《斯大林时代的科学》发表于《中苏文化》（斯大林先生六十寿辰专号）。

张西曼《斯大林宪法》发表于《中苏文化》（斯大林先生六十寿辰专号）。

陈落《果戈里一百三十年生辰纪念在苏联》发表于《西线文艺》第 1 卷第 2 期。

穆毅《学习鲁迅精神》发表于《西线文艺》第 1 卷第 3 期（鲁迅先生逝世三周年纪念）。

罗迅《你永远活着》发表于《西线文艺》第 1 卷第 3 期（鲁迅先生逝世三周年纪念）。

清泉《纪念民族解放战士鲁迅先生》发表于《西线文艺》第 1 卷第 3 期（鲁迅先生逝世三周年纪念）。

胡采《论文艺评论家李南桌》（上）发表于《西线文艺》第 1 卷第 5 期。

潘公展《纪念鲁迅先生的意义——在鲁迅先生逝世三周年大会讲演辞》

发表于《文艺月刊》第 3 卷第 12 号。

以群《高尔基所给予我们的启示》发表于《抗战文艺》第 4 卷第 3、4 期（纪念高尔基特辑）。

戈宝权《高尔基与中国》发表于《抗战文艺》第 4 卷第 3、4 期（纪念高尔基特辑）。

蓬子《在抗战的艰苦阶段纪念高尔基》发表于《抗战文艺》第 4 卷第 3、4 期（纪念高尔基特辑）。

罗荪《纪念鲁迅先生》发表于《抗战文艺》第 4 卷第 5、6 期。

吉罡《悼王礼锡先生》发表于《抗战文艺》第 4 卷第 5、6 期。

老舍《哭王礼锡先生》（诗）发表于《抗战文艺》第 4 卷第 5、6 期。

方殷《王礼锡先生挽歌》发表于《抗战文艺》第 4 卷第 5、6 期。

尚钺《怀念鲁迅先生》发表于《抗战文艺》第 5 卷第 1 期。

元甄《记鲁迅先生三周年忌纪念大会》发表于《抗战文艺》第 5 卷第 1 期。

［苏］西里布赖扬斯基作、罗稷南译《一时代的总结（评〈克里萨木金的生平〉）》发表于《新中国文艺丛刊》第 2 辑。

洛蚀文《鲁迅与尼采》发表于《新中国文艺丛刊》第 3 辑（鲁迅纪念特辑）。

锡金《鲁迅与诗歌》发表于《新中国文艺丛刊》第 3 辑（鲁迅纪念特辑）。

［苏］V.罗果夫作、见译《鲁迅与俄国文学》发表于《新中国文艺丛刊》第 3 辑（鲁迅纪念特辑）。

白鹤《熬持·搏击·纪念先生》发表于《新中国文艺丛刊》第 3 辑（鲁迅纪念特辑）。

冯玉祥《高尔基逝世三周年》发表于《文艺月刊》第 3 卷第 12 号。

小山《我怎能忘记》发表于《文艺突击》新 1 卷第 2 期（纪念高尔基）。

［苏］F.漠洛托夫作、吴伯箫译《献给玛克辛·高尔基》发表于《文艺突击》新 1 卷第 2 期（纪念高尔基）。

［苏］波伐作、俞荻译《阿斯托洛夫斯基怎样写作的》发表于《文艺新潮》第 1 卷第 7 期。

蔡语邨《左拉的教训》发表于《文艺新潮》第 1 卷第 12 期。

毁堂《风习的校正与改革——为纪念鲁迅先生逝世三周年而作》发表于《文艺新潮》第 2 卷第 1 期（鲁迅先生逝世三周年纪念语文特辑特大号）。

王楚良译《论高尔基底社会主义的人道主义》发表于《文艺新潮》第 2 卷

第 1 期。

岳南《纪念鲁迅先生》(唱词)发表于《通俗文艺》第 11 期(纪念鲁迅先生特辑)。

阿农《你爱我们老百姓》发表于《通俗文艺》第 11 期(纪念鲁迅先生特辑)。

记者《流芳百世》(鲁迅先生逝世三周年成都文化界纪念大会)发表于《通俗文艺》第 12 期。

汤相伊词、戈斯曲《鲁迅先生纪念歌》发表于《文艺阵地》第 4 卷第 1 期(鲁迅先生逝世三周年纪念特辑)。

适夷《纪念雷芒托夫》发表于《文艺阵地》第 4 卷第 2 期。

适夷《悼叶紫》发表于《文艺阵地》第 4 卷 3 期。

谷寒《悼叶紫》发表于《文艺新闻》第 6 期。

编者《叶紫遗书》发表于《文艺新闻》第 6 期。

哥梁《银幕上的〈高尔基童年〉》发表于《文艺新闻》第 7 期(苏联新片高尔基《童年》特辑)。

什之《〈高尔基童年〉的本事》发表于《文艺新闻》第 7 期(苏联新片高尔基《童年》特辑)。

楼适夷《为〈高尔基童年〉的放映》发表于《文艺新闻》第 7 期(苏联新片高尔基《童年》特辑)。

马耳《不仅是俄国人的故事》发表于《文艺新闻》第 7 期(苏联新片高尔基《童年》特辑)。

贺依《幸福和苦难》发表于《文艺新闻》第 7 期(苏联新片高尔基《童年》特辑)。

林珏《孩子们的宝鉴》发表于《文艺新闻》第 7 期(苏联新片高尔基《童年》特辑)。

黄峰《大苦难的童年》发表于《文艺新闻》第 7 期(苏联新片高尔基《童年》特辑)。

钟望阳《高尔基在孩子们的心里》发表于《文艺新闻》第 7 期(苏联新片高尔基《童年》特辑)。

岳昭《欢迎〈高尔基童年〉》发表于《文艺新闻》第 7 期(苏联新片高尔基《童年》特辑)。

锡金《我从高尔基获得》发表于《文艺新闻》第 7 期(苏联新片高尔基《童年》特辑)。

应服群《三言两语》发表于《文艺新闻》第 7 期(苏联新片高尔基《童年》特辑)。

石灵《从平凡到伟大》发表于《文艺新闻》第 7 期(苏联新片高尔基《童年》特辑)。

铭《〈高尔基童年〉电影脚本选译》发表于《文艺新闻》第 7 期(苏联新片高尔基《童年》特辑)。

戈宝权《高尔基与中国》发表于《文艺新闻》第 7 期(苏联新片高尔基《童年》特辑)。

按:文章说:高尔基也是一位中国人民所敬爱的作家,他的各种著作,现已为中国各阶层的人士普遍地传诵着,即在目前抗战的烽火之下,在最困难的印刷条件之下,我们还出版了《磁力》(《四十年代》的第二部)《三人》《下层》《和列宁相处的日子》等许多书的新译本,鲁迅先生曾这样讲到高尔基:"高尔基是世界革命的文学家。……他是新时代的文学的导师,高尔基的名字代表着世界文学史上的新时期。这里,世界上的新的阶级开辟了一条新的道路,创造出真正全人类的新文化。"为纪念他的逝世,鲁迅先生又曾这样写道:"高尔基之死,不但是苏联的损失,而且是全世界一切有正义感的人的损失!"……高尔基的著作之被介绍到中国来,从时间上讲,较普希金、托尔斯泰、柴霍甫等许多俄国作家为晚,但从数量方面来讲,也许比较任何俄国或苏联的作家为多。记得两年前在莫斯科时,曾为莫斯科的国家外国文学图书馆编了一份中国本的苏联文学作品的目录,在两国五十多种书名中,高尔基的著作即占了一半二十多种,从此也可以想见高尔基作品的中译本之多了。

易林《一个伟大的残废作家——奥斯特洛夫斯基逝世三周年祭》发表于《文艺新闻》第 8 期。

荒牧《"太阳从西边出来"——悼叶紫》发表于《文艺新闻》第 8 期。

丁鸿文《忆郁华先生》发表于《文艺新闻》第 8 期。

何鹏《鲁迅论读书》发表于《读书月报》第 1 卷第 9 期。

罗苏《谈鲁迅精神》发表于《读书月报》第 1 卷第 9 期。

景宋《〈鲁迅风〉与鲁迅》发表于《鲁迅风》第 1 期。

唐弢《鲁迅的杂文》发表于《鲁迅风》第 1 期。

曹天风《悼鲁迅先生》发表于《鲁迅风》第 2 期。

成仿吾《纪念鲁迅》发表于《鲁迅风》第 3 期。

康苏《由悲痛至振奋》发表于《鲁迅风》第 3 期。

陈伯达《纪念杰出的文豪》发表于《鲁迅风》第 3 期。

文载道《悼钱玄同先生》发表于《鲁迅风》第 4 期。

林憾庐《怀鲁迅》发表于《鲁迅风》第 7 期。

朝宗《怀吴雨僧先生》发表于《宇宙风乙刊》第 2 期。

徐訏《悼殊青》发表于《宇宙风乙刊》第 3 期。

庄泽宣《悼少川先生》发表于《宇宙风乙刊》第 4 期。

毕树棠《忆王静安先生》发表于《宇宙风乙刊》第 5 期。

庄泽宣《忆冯平山先生》发表于《宇宙风乙刊》第 9 期。

亢德《悼王礼锡先生》发表于《宇宙风乙刊》第 14 期。

顾启源《法文豪莫洛阿评传》发表于《宇宙风乙刊》第 17 期。

钱歌川《纪念王礼锡》发表于《宇宙风乙刊》第 18 期。

刘醒群《悼吾师王礼锡先生》发表于《宇宙风乙刊》第 19 期。

贾植芳《悼黄浪萍君》发表于《七月》第 4 集第 1 期。

魏猛克《鲁迅及其杂文》(墨画)发表于《七月》第 4 集第 3 期(纪念鲁迅先生逝世三周年)。

卢鸿基《"他举起了投枪"》(木刻)发表于《七月》第 4 集第 3 期(纪念鲁迅先生逝世三周年)。

欧阳凡海《思想的雏荃》发表于《七月》第 4 集第 3 期(纪念鲁迅先生逝世三周年)。

力扬《鲁迅先生与一八艺社》发表于《七月》第 4 集第 3 期(纪念鲁迅先生逝世三周年)。

力群《木刻工作者的纪念》发表于《七月》第 4 集第 3 期(纪念鲁迅先生逝世三周年)。

章行严《伯兄太炎先生五十有六寿序》发表于《制言》第 48 期。

章太炎先生遗著《井研熊保周先生七十寿序》发表于《制言》第 49 期。

章太炎先生遗著《雷丕作先生八十寿序》发表于《制言》第 53 期。

章太炎先生遗著《吴采臣先生八十寿序》发表于《制言》第 53 期。

金毓黻《论〈史通〉之渊源及其流别》发表于《制言》第 54 期。

金德建《荀子杂考》发表于《制言》第 55 期。

章太炎先生遗著《孙太仆年谱序》发表于《制言》第 58 期。

余嘉锡《宋江三十六人考实》发表于《辅仁学志》第 8 卷第 2 期。

张嘉明《纪念黄花岗殉难烈士》发表于《黄埔》第 2 卷第 2 期。

徐调孚《吴梅著述考略》发表于《文学集林》第 1 期。

卫聚贤《古经济家陶朱公事迹考》发表于《中央银行月报》第 8 卷第 8—12 期。

许涤新《中山先生与三大政策——为纪念中山先生逝世十四周年而作》发表于 3 月 13 日《新华日报》。

范元甄《悼我们的战士——吴志坚同志》发表于 10 月 7 日《新华日报》。

吴玉章《悼王礼锡先生》发表于 10 月 8 日《新华日报》。

戈宝权《纪念一位笔友——礼锡兄》发表于 10 月 8 日《新华日报》。

陈铭枢《悼礼锡》发表于 10 月 8 日《新华日报》。

袁勃《胜利的歌就是对你的歌颂——悼礼锡》发表于 10 月 8 日《新华日报》。

吴克坚《悼念礼锡先生》发表于 10 月 9 日《新华日报》。

张谔《一枝犀利的笔——纪念伟大的鲁迅先生》发表于 10 月 19 日《新华日报》。

罗荪《反虚伪的精神——纪念鲁迅先生的三周忌》发表于 10 月 19 日《新华日报》。

潘梓年《纪念为自由而奋斗的战士》发表于 10 月 19 日《新华日报》。

草明《不妥协的人》发表于 10 月 19 日《新华日报》。

吴敏《中国知识分子的道路——纪念鲁迅先生》发表于 10 月 20 日《新华日报》。

汉夫《鲁迅先生的伟大思想——纪念鲁迅先生逝世三周年》发表于 10 月 21 日《新华日报》。

非厂《悼念张郁光先生》发表于 11 月 15 日《新华日报》。

于鸣《怎样纪念范筑先将军》发表于 11 月 15 日《新华日报》。

邓小平《悼丁思林同志》发表于 11 月 16 日《新华日报》。

俊瑞《悼乃夫》发表于 12 月 17 日《新华日报》。

孙克定《对乃夫的纪念和誓约》发表于 12 月 17 日《新华日报》。

二、单篇传记

[苏]I. I. Brodsky 作《高尔基画像》发表于《新中国文艺丛刊》第 2 辑(高尔基与中国)。

[苏]高尔基《高尔基致孙中山书》发表于《新中国文艺丛刊》第 2 辑(高尔基与中国)。

[苏]A. Gatov 作、什之译《高尔基与中国》发表于《新中国文艺丛刊》第

2 辑(高尔基与中国)。

[苏]A.拉弗列茨基作、蒋天佐译《高尔基与现实主义》发表于《新中国文艺丛刊》第 2 辑(高尔基与中国)。

[苏]格拉特珂夫作、萧岱译《第一次会见高尔基》发表于《新中国文艺丛刊》第 2 辑(高尔基与中国)。

什《高尔基的书》发表于《新中国文艺丛刊》第 2 辑(高尔基与中国)。

青《高尔基逝世三年祭》发表于《新中国文艺丛刊》第 2 辑(高尔基与中国)。

青《高尔基年表》发表于《新中国文艺丛刊》第 2 辑(高尔基与中国)。

青《高尔基〈国防文集〉》发表于《新中国文艺丛刊》第 2 辑(高尔基与中国)。

景宋《鲁迅的日常生活》发表于《新中国文艺丛刊》第 3 辑(鲁迅纪念特辑)。

巴人《鲁迅的创作方法》发表于《新中国文艺丛刊》第 3 辑(鲁迅纪念特辑)。

[苏]迪那莫夫作、温剑风译《莎士比亚的人物与动作》发表于《西线文艺》第 1 卷第 4 期。

夷摘辑《高尔基小传》发表于《文艺月刊》第 3 卷第 5、6 号。

夷摘辑《高尔基的文学生活三时期》发表于《文艺月刊》第 3 卷第 5、6 号。

[苏]皮尔契柯夫作、俞荻译《人民之友的伟大诗人——希维钦柯》发表于《文艺新潮》第 1 卷第 8 期。

[苏]A.马里莫夫作、周琪译《希维钦柯的幼年时代》发表于《文艺新潮》第 1 卷第 8 期。

蒋天佐《我们的安提蔼斯》发表于《文艺新潮》第 1 卷第 12 期。

景宋《鲁迅先生的写作生活》(回忆)发表于《文艺新潮》第 2 卷第 1 期(鲁迅先生逝世三周年纪念语文特辑特大号)。

[苏]高尔基作、适夷译《老板》(自传中篇连载)发表于《文艺新潮》第 2 卷第 1 期。

[苏]吉尔波丁作、吴天译《捏克拉索夫》发表于《文艺新潮》第 2 卷第 2 期。

[苏]高尔基作、适夷译《老板》(自传中篇连载二)发表于《文艺新潮》第 2 卷第 2 期。

沙汀《贺龙将军印象记》发表于《文艺战线》创刊号。

刘白羽《记范筑先将军》发表于《文艺战线》第 1 卷第 2 号。

黄钢《开麦拉之前的汪精卫》发表于《文艺战线》第 1 卷第 4 号。

沙汀《到华北前线去——〈贺龙将军在前线〉的三个片断》发表于《文艺战线》第 1 卷第 5 号。

施实《介绍鲁迅先生》发表于《通俗文艺》第 11 期(纪念鲁迅先生特辑)。

编者《鲁迅先生的趣事》发表于《通俗文艺》第 11 期(纪念鲁迅先生特辑)。

史迁《上海的高尔基之夜》发表于《文艺阵地》第 3 卷第 5 期(高尔基逝世三周纪念)。

欧阳凡海《鲁迅在日本》发表于《文艺阵地》第 4 卷第 1 期(鲁迅先生逝世三周年纪念特辑)。

景宋《鲁迅先生的娱乐》(回忆)发表于《文艺阵地》第 4 卷第 1 期(鲁迅先生逝世三周年纪念特辑)。

无名《鲁迅的家世》发表于《文艺阵地》第 4 卷第 1 期(鲁迅先生逝世三周年纪念特辑)。

穆木天《秋风里的悲愤》(诗)发表于《文艺阵地》第 4 卷第 1 期(鲁迅先生逝世三周年纪念特辑)。

萧红《鲁迅先生生活散记》(回忆)发表于《文艺阵地》第 4 卷第 1 期(鲁迅先生逝世三周年纪念特辑)。

关露《鲁迅的故事》(诗)发表于《文艺阵地》第 4 卷第 1 期(鲁迅先生逝世三周年纪念特辑)。

夏明《叶紫之死》发表于《文艺阵地》第 4 卷 3 期。

夏衍、艾芜等 15 人《为援助叶紫先生遗族募捐启事》发表于《文艺阵地》第 4 卷 3 期。

黄荣灿《鲁迅像》(木刻)发表于《文艺阵地》第 4 卷 3 期。

司马文森《记尚仲衣教授》发表于《文艺阵地》第 4 卷 4 期。

杨波《成都鲁迅先生纪念展览会记》发表于《文艺阵地》第 4 卷 4 期。

羽卒《关于普希金》发表于《文艺》第 3 卷第 1 期。

满涛《关于高尔基——为〈娃莎〉而作》发表于《文艺》第 3 卷第 3、4 期(纪念高尔基特辑)。

翼《茅盾的新疆生活》发表于《文艺新闻》创刊号。

春《郁达夫在星洲》发表于《文艺新闻》创刊号。

鹤《张天翼行迹》发表于《文艺新闻》创刊号。

尚《王礼锡逝世》发表于《文艺新闻》创刊号。

重《老舍尽力文协工作》发表于《文艺新闻》第 2 期。

源《丁玲在工作与学习中》发表于《文艺新闻》第 2 期。

素《李南桌逝世一周年》发表于《文艺新闻》第 3 期。

萧军《成都文协筹备纪念鲁迅》发表于《文艺新闻》第 3 期（鲁迅先生逝世三周年纪念特辑）。

景宋《鲁迅先生的晚年（1926—1936）》发表于《文艺新闻》第 3 期（鲁迅先生逝世三周年纪念特辑）。

惟元《鲁迅先生及其周围的人们》（木刻）发表于《文艺新闻》第 3 期（鲁迅先生逝世三周年纪念特辑）。

景宋先生赠摄《鲁迅先生手迹》发表于《文艺新闻》第 3 期（鲁迅先生逝世三周年纪念特辑）。

端木蕻良《哭迅师》发表于《文艺新闻》第 3 期（鲁迅先生逝世三周年纪念特辑）。

萌《姚雪垠驰驱战地》发表于《文艺新闻》第 3 期。

之《端木蕻良的近业》发表于《文艺新闻》第 4 期。

盈《胡风在重庆的行动》发表于《文艺新闻》第 4 期。

保《杨骚跋涉万里参加作家战地访问团》发表于《文艺新闻》第 4 期。

波《美国女作家贝克曼来华》发表于《文艺新闻》第 4 期。

明《教育家刘叔琴逝世》发表于《文艺新闻》第 5 期。

辛《邹荻帆逗留宜昌》发表于《文艺新闻》第 5 期。

莫《〈子夜〉英译本》（消息）发表于《文艺新闻》第 5 期。

康《朱维基埋头文艺翻译》发表于《文艺新闻》第 5 期。

寒波《香港的鲁迅三年祭晚会》发表于《文艺新闻》第 5 期。

金堂《鲁迅逝世三周年纪念在重庆》发表于《文艺新闻》第 5 期。

萧军《成都纪念鲁迅续报》发表于《文艺新闻》第 5 期。

俞荻译《丹麦名作家尼克梭七十诞辰纪念》发表于《文艺新闻》第 5 期。

洛凡《鹿地亘与池田幸子》发表于《文艺新闻》第 6 期。

洛凡《一个战士的死——叶紫》发表于《文艺新闻》第 6 期。

夏衍、艾芜等 15 人联名《为援助叶紫先生遗族募捐启事》发表于《文艺新闻》第 6 期。

弗贝《高尔基的档卷》发表于《文艺新闻》第 6 期。

编者《高尔基著作中译本编目》发表于《文艺新闻》第 7 号（苏联新片高尔基《童年》特辑）。

羽卒《高尔基逸话》发表于《文艺新闻》第 7 期（苏联新片高尔基《童年》特辑）。

张煌《平津作家近况》发表于《文艺新闻》第 8 期。

喻新《郁风奔丧遄返香港》发表于《文艺新闻》第 8 期。

集成《郁华及其遗诗》发表于《文艺新闻》第 8 期。

毕郊《萧军致力〈侧面〉创作》发表于《文艺新闻》第 8 期。

芬平《〈中国作家〉与穆时英》发表于《文艺新闻》第 8 期。

老舍《以雪耻复仇的决心答复狂炸》发表于《抗战文艺》第 4 卷第 3、4 期（轰炸特辑）。

蓬子《不能威胁和动摇的铁石意志》发表于《抗战文艺》第 4 卷第 3、4 期（轰炸特辑）。

王礼锡《毒炸后》发表于《抗战文艺》第 4 卷第 3、4 期（轰炸特辑）。

白朗《在轰炸中》发表于《抗战文艺》第 4 卷第 3、4 期（轰炸特辑）。

安娥《炸后》发表于《抗战文艺》第 4 卷第 3、4 期（轰炸特辑）。

梅林《以亲爱团结答复敌人的狂炸》发表于《抗战文艺》第 4 卷第 3、4 期（轰炸特辑）。

李辉英《空袭小记》发表于《抗战文艺》第 4 卷第 3、4 期（轰炸特辑）。

陆晶清《重庆在烈焰中》发表于《抗战文艺》第 4 卷第 3、4 期（轰炸特辑）。

胡秋原《轰炸所感》发表于《抗战文艺》第 4 卷第 3、4 期（轰炸特辑）。

任钧《火血小记》发表于《抗战文艺》第 4 卷第 3、4 期（轰炸特辑）。

杨朔《远来的泥脚》发表于《抗战文艺》第 4 卷第 3、4 期（轰炸特辑）。

张周《血的仇恨》发表于《抗战文艺》第 4 卷第 3、4 期（轰炸特辑）。

徐中玉《××岗在燃烧中》发表于《抗战文艺》第 4 卷第 3、4 期（轰炸特辑）。

训苏《俾士麦的生平》发表于《文学研究》第 1 卷第 2 期。

田七郎《顾曲回忆录》发表于《十日戏剧》第 2 卷第 29 期。

古愚《更新聆听回忆录》发表于《十日戏剧》第 2 卷第 33 期。

吴玉章《斯大林传》发表于《中苏文化》（斯大林先生六十寿辰专号）。

戈宝权《斯大林重要著作年表》发表于《中苏文化》（斯大林先生六十寿辰专号）。

按：文章说加里宁曾说："斯大林的传记，是俄国劳动者革命运动的极重要的一部分。"我们同样地也可以说,斯大林的著作,是俄国革命运动和苏联社会主义建设的极重要的一部分。斯大林在其著作中所发挥的思想,是马克思主义的更进一步的发展,是马克思、恩格斯和列宁的学说的更光辉的表现。《联共(布)党史简明教程》的结论中曾这样写道:"毫不夸大地可以说,在恩格斯死后,最伟大的理论家是列宁,而在列宁死后,则是斯大林及列宁的其他学生;他们是在无产阶级斗争的条件下,用新经验去丰富马克思主义的理论,把它推向前进的仅有的马克思主义者。"

斯大林的著作,大部分俱已译成中文,其中最较完备的,就是延安解放社所出版的《斯大林选集》,共五卷。在单行本方面,则有中国出版社的《列宁主义问题》(上下两册)、《斯大林言论选集》,生活书店代售的《论民族问题》(斯大林著,张仲实译),以及《论反对派》等书。而在传记方面,则当推巴比塞所著的《斯大林传》(徐懋庸译)了。

冯玉祥《左路备补军(二)》(《我的生活》第十六章)发表于《宇宙风》第78期。

张一麔《自传之一节》(续)发表于《宇宙风》第 78 期。

冯玉祥《剿白狼》(《我的生活》第十七章)发表于《宇宙风》第 79 期。

巴金《黑土》(回忆之一)发表于《宇宙风》第 80 期。

冯玉祥《剿白狼》(《我的生活》第十七章)发表于《宇宙风》第 80 期。

苏岳《东京监狱生活实录》发表于《宇宙风》第 80 期。

魏晋《从东京被放逐回来》发表于《宇宙风》第 80 期。

何求《虎口余生记》发表于《宇宙风》第 80 期。

冯玉祥《汉中道上》(《我的生活》第十八章)发表于《宇宙风》第 81 期。

苏岳《东京监狱生活实录》(二)发表于《宇宙风》第 81 期。

冯玉祥《汉中道上》(《我的生活》第十八章)发表于《宇宙风》第 82 期。

张一麔《自传之一节》(再续)发表于《宇宙风》第 82 期。

苏岳《东京监狱生活实录》(三)发表于《宇宙风》第 82 期。

苏岳《东京监狱生活实录》(四)发表于《宇宙风》第 83 期。

苏岳《东京监狱生活实录》(续完)发表于《宇宙风》第 84 期。

巴金《马拉·哥代和亚当·吕克斯》(回忆之一)发表于《宇宙风》第 84 期。

张叶舟《归乡散记》发表于《宇宙风》第 86 期。

郁达夫《回忆鲁迅》发表于《宇宙风乙刊》创刊号。

朱朴《八十大庆的威廉二世》发表于《宇宙风乙刊》创刊号。

甘为一《我所知的马君武先生》发表于《宇宙风乙刊》第 2 期。

堵述初《新从军日记》发表于《宇宙风乙刊》第 2 期。

许钦文《鲁迅先生的报复手段》发表于《宇宙风乙刊》第 3 期。

邹啸《张家玉及其诗》发表于《宇宙风乙刊》第 4 期。

绪君《由宜昌徒步到施南》发表于《宇宙风乙刊》第 5 期。

林憾庐《自广州至桂林》发表于《宇宙风乙刊》第 5 期。

周黎庵《清初贰臣的生涯》发表于《宇宙风乙刊》第 6 期。

舒湮《和朱德一起过年》发表于《宇宙风乙刊》第 6 期。

彭震《追述彭湃》发表于《宇宙风乙刊》第 6 期。

毕树棠《萧伯纳情书》发表于《宇宙风乙刊》第 6 期。

高凡《张向华先生》发表于《宇宙风乙刊》第 7 期。

邹啸《吴梅先生》发表于《宇宙风乙刊》第 7 期。

马文珍《入蜀日记》(中)发表于《宇宙风乙刊》第 7 期。

黄耘农《百万富豪希特勒》发表于《宇宙风乙刊》第 7 期。

知堂(周作人)《钱玄同先生纪念》发表于《宇宙风乙刊》第 8 期。

按:钱玄同 1936 年 1 月 17 日在北平病逝,5 月 5 日,国立北平师范大学在陕西城固西北联合大学内举行"钱玄同先生追悼会",会后出版以黎锦熙所作的《钱玄同先生传》为主要内容的《钱玄同先生纪念集》,许寿裳题写封面。《燕京学报》1936 年第 25 期发表容媛的以《悼钱玄同先生》为标题的"著作系年"。周作人作了挽联。

毕树棠《勃克夫人会晤记》发表于《宇宙风乙刊》第 8 期。

马文珍《入蜀日记》(下)发表于《宇宙风乙刊》第 8 期。

郁达夫《回忆鲁迅》发表于《宇宙风乙刊》第 9 期。

胡庆钧《丰子恺先生在浙大》发表于《宇宙风乙刊》第 9 期。

语堂《我的信仰》发表于《宇宙风乙刊》第 10 期。

邹啸《张煌言及其诗》发表于《宇宙风乙刊》第 10 期。

菰蒲《张伯苓与南开学校》发表于《宇宙风乙刊》第 10 期。

余柳《子恺与次恺》发表于《宇宙风乙刊》第 10 期。

郁达夫《回忆鲁迅》发表于《宇宙风乙刊》第 11 期。

谢闻玄《李登辉先生》发表于《宇宙风乙刊》第 11 期。

徐礼容《徐文长的画》发表于《宇宙风乙刊》第 11 期。

宋姬《舒士尼格之监禁生活》发表于《宇宙风乙刊》第 11 期。

郁达夫《回忆鲁迅》发表于《宇宙风乙刊》第 12 期。

林语堂《我的长篇小说》发表于《宇宙风乙刊》第 15 期。

天地人《希特勒与张伯伦》发表于《宇宙风乙刊》第 15 期。

丰子恺《教师日记》发表于《宇宙风乙刊》第 17 期。

林语堂《希特勒与魏忠贤》发表于《宇宙风乙刊》第 17 期。

叶作林《卓别林画像》发表于《宇宙风乙刊》第 17 期。

丰子恺《教师日记(一续)》发表于《宇宙风乙刊》第 18 期。

刘渡黄《战时旅英日记》发表于《宇宙风乙刊》第 18 期。

邬曦译《史太林的恐怖生活》发表于《宇宙风乙刊》第 18 期。

陈东林《萧伯纳的新作日内瓦》发表于《宇宙风乙刊》第 18 期。

丰子恺《教师日记(二续)》发表于《宇宙风乙刊》第 19 期。

景宋《鲁迅先生的日记》发表于《鲁迅风》第 5 期。

鲁迅《陆先生早期日记》发表于《鲁迅风》第 5 期。

柯灵《关于〈鲁迅日记〉》发表于《鲁迅风》第 5 期。

黄峰译《高尔基日记断片》发表于《鲁迅风》第 6 期。

黄峰译《高尔基日记断片》发表于《鲁迅风》第 7 期。

黄峰译《高尔基日记断片》发表于《鲁迅风》第 8 期。

黄峰译《辛克莱日记断片》发表于《鲁迅风》第 6 期。

巴人《鲁迅与高尔基》发表于《鲁迅风》第 17 期。

钦文《鲁迅先生的疑虑》发表于《鲁迅风》第 17 期。

黄峰译《辛克莱日记断片》(续)发表于《鲁迅风》第 17 期。

景宋《鲁迅先生与海婴》发表于《鲁迅风》第 18 期。

无名《鲁迅的故乡》发表于《鲁迅风》第 18 期。

胡岚译《梭罗珂夫访问记》发表于《鲁迅风》第 18 期。

黄峰译《辛克莱日记断片》(续)发表于《鲁迅风》第 18 期。

景宋《鲁迅先生与海婴》发表于《鲁迅风》第 19 期。

巴人《鲁迅先生的学习精神》发表于《鲁迅风》第 19 期。

黄季刚先生遗著《新唐书摘译》发表于《制言》第 49 期。

蒋竹庄《江居士味农传》发表于《制言》第 49 期。

孙世杨《恽先生传》发表于《制言》第 59 期。

黄警顽《警顽自传》(三十年社交生涯)发表于《中行杂志》第 1 卷第 1 期。

惟一《居礼夫人小传》发表于《今日评论》第 1 卷第 6 期。

白危《毛泽东断片》发表于《七月》第 4 集第 1 期。

〔苏〕加奈次基作、胡风译《列宁与高尔基》发表于《七月》第 4 集第 2 期。

李可染《鲁迅先生像》（封面墨画）发表于《七月》第 4 集第 3 期（纪念鲁迅先生逝世三周年）。

念伊《记杨秀林先生的生平》发表于《抗到底》第 23 期。

吉中《冀南抗敌的丁树本司令》发表于《抗到底》第 23 期。

王西彦《对一个新书院的回忆录》发表于《战时教育》第 4 卷第 11 期。

高玉芳《一个保姆的自述》发表于《上海妇女》第 3 卷第 8 期。

莫因《两个苏联女教师的自述》发表于《孤岛妇女》第 4 期。

邵华棠《朱桐女士事略》发表于《妇女文化》战时特刊第 15 期。

张荫麟《陆象山的生平》发表于《中国青年》第 1 卷第 2 期。

浩川《李卜克内西小传》发表于《中国青年》第 1 卷第 1—10 期。

尉之嘉《朱舜水生平与其学术思想》发表于《青年中国季刊》第 1 期。

刘仲三译《英法联军总司令甘末林将军之生平》发表于《世界政治》第 4 卷第 9 期。

曹永杨译《英国参谋总长高特的生平》发表于《世界政治》第 4 卷第 10 期。

巢维伦《欧战飞将军的事迹》发表于《航空译刊》第 9 期。

汀云《柳州击敌回忆录》发表于《防空军人》第 1 卷第 7 期。

恩格思《马克思小传》发表于《解放》第 66 期。

徐公美《一个维新政府官吏的自白》发表于《三民周刊》第 1 卷第 8 期。

尹振雄《轰炸下的新都回忆录》发表于《通讯纲》第 1 卷第 2 期。

张世禄《介绍高本汉先生》发表于《说文月刊》第 1 卷第 4 期。

茅盾《我的中学生时代及其后》发表于《中学生活》第 4—5 期。

戴铭允《清代浙东四大史学家述略》发表于《浙江省立杭州高级中学校刊》第 86 期。

裘宗尧《何育杰教授小传》发表于《科学》第 23 卷第 12 期。

周竞《一个影迷的自白》发表于《青青电影》第 4 卷第 19 期。

孙敏《自我演戏以来》发表于《青青电影》第 4 卷第 22 期。

王仙槎《杨十三先生生平事迹纪略》发表于《化学通讯》第 3 卷第 6 期。

纪士霓《出差香港回忆录》发表于《江西公路》第 4 期。

李克金《我的工作略述》发表于《民教指导》第 2 卷第 15 期。

马兴周译《胡达·沙拉威夫人小传》发表于《回教论坛》第 2 卷第 12 期。

王梦扬《西北回忆录》（三续）发表于《回民言论》第 1 卷第 4 期。

侯仁之《王鸿绪〈明史列传〉残稿》发表于《燕京学报》第 25 期。

戈宝权《列宁夫人克鲁普斯卡亚的生平及其事业——为追悼列宁夫人逝世而作》发表于 3 月 2 日《新华日报》。

［苏］吉尔波丁作、戈宝权译《社会主义文化的大艺术家——高尔基——为纪念高尔基七十一诞辰而译》发表于 3 月 28 日《新华日报》。

乃展《尼赫鲁的生平》发表于 8 月 24 日《新华日报》。

刘白羽《宋时轮将军印象记》发表于 10 月 14、15 日《新华日报》。

［苏］罗果夫作、戈宝权译《纪念伟大的俄国诗人莱蒙托夫》发表于 10 月 15 日《新华日报》。

胡风《鲁迅先生·日本·汪精卫》发表于 10 月 19 日《新华日报》。

涤新《追念八路军殉难战士》发表于 10 月 23 日《新华日报》。

组芳《忆美年》发表于 10 月 23 日《新华日报》。

笑蓬《九位八路军殉难同志》发表于 10 月 23 日《新华日报》。

沈绥南《我的受伤前后》发表于 10 月 23 日《新华日报》。

迈进《几件难忘的事》发表于 10 月 23 日《新华日报》。

郝启文《沉痛的回忆》发表于 10 月 23 日《新华日报》。

李岫深《记郁光》发表于 11 月 15 日《新华日报》。

邵力子《救国老人马相伯先生》发表于 11 月 25 日《新华日报》。

吴敏《念乃夫》发表于 12 月 17 日《新华日报》。

金则人《文化战士之死——悼柳乃夫兄》发表于 12 月 17 日《新华日报》。

时且《新生的开始——乃夫生活的一段》发表于 12 月 17 日《新华日报》。

三、传记著作

唐卢锋、朱翊新编《中国名人传》由上海世界书局出版。

按：是书收哲学家孔子、墨子、孟子、庄子、孟子、周敦颐、朱熹、陆九渊、王守仁；文学家屈原、司马迁、陶潜、韩愈、李白、杜甫、白居易、欧阳修、苏轼、陆游、王士禛；政治家商鞅、诸葛亮、王安石、寇准、林则徐；军事家关羽、岳飞、文天祥、史可法；探险家张骞、马援、班超、玄奘、郑和；艺术家王羲之、顾恺之、吴道子、王维、李思训、欧阳询、柳公权、赵孟頫共 42 人传略。

林传鼎著《唐宋以来三十四个历史人物心理特质的估计》由北京辅仁大学心理系刊行，书前有王征葵序、著者自序；书末附有《三十四个历史人物的传记》。

陈垣编《释氏疑年录》12 卷由北平辅仁大学出版。

按:是书记载了自晋至清初有年可考的名僧2800人。卞孝萱《工具书之典范,做学问的指南——读陈垣先生〈释氏疑年录〉》称《释氏疑年录》是自有《疑年录》以来学术价值最高者。其特色有四:一、体例完善;二、选材审慎;三、考证细密;四、校勘谨严。《释氏疑年录》好似信息库,为研究2800位僧人以至佛教史提供了重要线索,对读者帮助很大。此书足称工具书之典范,做学问的指南。①

哈佛燕京学社引得编纂处编《四十七种宋代传记综合引得》由北平编者出版。

裴小楚编著《中国历代民族英雄传》由上海大方书局出版。

周鼎珩编著《历代民族英雄小传》由甘肃民国日报社出版。

曾金编著《中国民族英雄故事》由上海经纬书局出版。

杨荫深编著《中国学术家列传》由上海光明书局出版。

按:是书收中国历代经学家、史学家、地理学家、诸子学家、理学家、天算学家、金石学家、校勘学家及宗教学家等在历史上有贡献的人物传462篇。

杨荫深编著《中国文学家列传》由中华书局出版。

按:是书收录上起周代,下迄清末的诗人、词人、戏曲家、小说家、辞赋家、散文家、批评家、翻译家等520人的传记,分别介绍其生平事迹和文学成就。

北京武德报社编《今古谈丛》由编者出版。

按:是书收录记载古今中外名人轶事的文章111篇。

武德报儿童新闻社编辑《名人略传》由编者出版。

按:是书收《白居易》《李却拜德》(文起)、《伍子胥》(楚文)、《牛顿》《谢尚》(楚材)、《闵子骞》(王得升)、《王羲之》(楚材)、《孔夫子》(吴明)等43个中外名人略传。

孙诒著《周公集传》由重庆军事委员会委员长侍从室出版。

李瑞锡等编《孔子历行记》(又名《大哉孔子》)由江苏镇江丹徒县立通俗教育馆出版。

杨刚著《公孙鞅》由上海文化生活出版社出版。

民生部编《孝子传》由编者出版。

按:是书收录783人的传略,按照省市县编排。

白志谦著《狄青》由商务印书馆出版。

---

① 张荣芳. 近代之世界学者:陈垣[M]. 广州:广东人民出版社,2005:76.

余嘉锡编《宋江三十六人考实》由北京辅仁大学出版。

褚应瑞编辑《岳飞抗金救国》由上海民众书店出版。

杨德恩著《文天祥年谱》由长沙商务印书馆出版。

教育部民众读物编审会编《不怕死的文天祥》由正中书局出版。

傅抱石编译《明末民族艺人传》由商务印书馆出版。

侯仁之著《王鸿绪〈明史列传〉残稿》由北平出版。

徐澂著《吴门画史》由江苏省立苏州图书馆出版。

胡钧著《张文襄公年谱》由北平天华印书馆出版。

皮名振编著《皮鹿门年谱》由商务印书馆出版。

明明著《卫将军》(民族英雄传记)由重庆上海杂志公司出版。

原景信著《怪杰别廷芳》由广西桂林新中国出版社出版。

张若谷编著《马相伯先生年谱》由长沙商务印书馆出版。

按：是书记述马相伯生于1840年，卒于1939年，共100年的生平事迹。

厂民编著《当代中国人物志》由上海中流书局出版。

按：是书辑录了20世纪初期活跃于中国政治舞台上的军事、政治家传记。全书分上、下两编。上编为军事之部，收录了蒋介石、冯玉祥、何应钦、李宗仁、傅作义、宋哲元等军事要人传略161篇；下编为政治之部，收录了林森、汪精卫、于右任、宋子文、胡汉民等政治要人传略182篇。

萧潇、胡自立编纂《当代中国名人志》(附中华民国历年大事记)由上海世界评论出版社出版。

按：是书分军事、政治两类，收录中国当代名人蒋介石、李宗仁、张学良、唐生智、朱德、毛泽东、周恩来等347位人物传略。

江西省妇女生活改进会编《民族英雄故事》由编者出版。

按：是书介绍蒋介石、阎海文、秦良玉、文天祥、苗可秀以及女护士的祖母——南丁格尔等16人的故事。

唐卢锋、朱翊新编著《现代名人传》由上海世界书局出版。

柴绍武编《吴佩孚的真面目》由绍兴抗战建国出版。

吴稚晖讲《总理行谊》由中央训练团出版。

中国国民党浙江省党部编《总理革命年表及遗教概述》由编者出版。

福建新闻早报新闻晚报联合编《中山诞辰纪念特刊》由编者出版。

民团周刊社编《先烈黄克强先生逝世纪念日》由广西编者出版。

欧阳剑萍著《(中国最高妇女领袖)宋美龄》由香港中社出版。

高良佐著《汉奸汪精卫》由重庆求是出版社出版。

国魂书店编译部编《汪逆卖国求和之前因后果》由编者出版。

段麟郊等编著《照妖镜下的汪精卫》由重庆独立出版社出版。

军事委员会政治部编《汪精卫诬陷抗战官兵的罪恶》由编者出版。

军事委员会政治部编《通敌卖国的汪精卫》由编者出版。

中国国民党中央执行委员会宣传部编《通敌祸国的汪兆铭》由编者出版。

王伟编《汪精卫卖国阴谋》由西安民舆出版社出版。

戚承先编《如此的汪精卫》由重庆独立出版社出版。

青韦编《汪精卫与日本》出版。

正论出版社编《国人皆曰——汉奸汪精卫》第 1 辑由重庆编者出版。

正论出版社编《国人皆曰——汉奸汪精卫》第 2 辑由重庆编者出版。

正论出版社编《国人皆曰——汉奸汪精卫》第 3 辑由重庆编者出版。

正论出版社编《国人皆曰——汉奸汪精卫》第 4 辑由重庆编者出版。

正论出版社编《国人皆曰——汉奸汪精卫》第 5 辑由重庆编者出版。

福建省军管区国民军训处第四科编《国人皆曰可杀的汪精卫》由编者出版。

廖毅甫编《汪精卫是什么东西》第 1 辑由岭南出版社出版。

凤冈及门弟子编《三水梁燕孙先生年谱》由编者出版。

军事委员会政治部编《抗战中之忠勇义烈》由国民精神总动员会出版。

郑士伟编《抗日名将剪影》由绍兴抗战建国社出版。

拓荒编著《今日的将领》由上海统一出版社出版。

按:是书以报告文学的方式介绍 57 位将领的身世、个性、思想及功绩等。其中包括蒋介石、冯玉祥、李宗仁、白崇禧、阎锡山、张群、朱德、毛泽东、彭德怀、陈诚、程潜、张治中、何应钦、林彪、贺龙、叶挺、项英、叶剑英、徐海东、傅作义、马占山、薛岳、蔡廷锴、张自忠等。书前有自序。

徐程掌珠女士追悼会编《徐程掌珠女士纪念册》由编者出版。

石醉六自述《六十年的我》由湖南邵阳日新印刷局出版。

徐徵编《王烟客先生绘画年表》由江苏省苏州图书馆出版。

基督教青年会全国协会等编《李耀邦博士哀思录》由上海编者出版。

新华日报馆编《新升隆轮保卫大武汉殉难同志纪念册》由编者出版。

江苏省立苏州图书馆编《江苏先贤像》由编者出版。

江苏省立图书馆编纂委员会编《吴县志列传人名索引》由编者出版。

卢继影主编《新坤伶百美图》由上海罗汉出版社出版。

天柱外史氏编著《皖优谱》由上海世界书局出版。

沈哲民等主编《上海舞星照相集》由上海生活出版社出版。

李心炎著《世界伟人言行录》由沈阳奉天书店出版。

按：是书介绍古今中外 100 位名人的言行。

杜任之主编《当代国际人物志略》由民族革命出版社出版。

按：是书介绍日、德、意、英、法、美、苏、西、匈、捷、阿比西尼亚 11 国的 76 名政治人物传略。

沈鉴等著《国际舞台上的人物》由重庆独立出版社出版。

按：是书收录介绍罗斯福、赫尔、张伯伦、艾登、哈里法克斯、达拉第、庞莱、斯大林、李维诺夫、贝奈斯、帕克、希特勒、里宾特洛甫、汉伦、墨索里尼、齐亚诺、佛朗哥、近卫文麿、平沼骐一郎、板垣征四郎等人的文章 20 篇。

倪文宙编《西洋大教育家》由上海中华书局出版。

按：是书分绪论、古希腊之教育家、古罗马之教育家、欧洲文艺复兴时代之教育家、宗教改革时之教育家、反抗宗教改革革命中罗马方面之教育家、近代人本唯实论之教育家、近代社会唯实论之教育家、近代感觉唯实论之教育家、近代自然主义之教育家、十八世纪德国之教育改革家、十九世纪丹麦公民大教育家、新大陆之大教育家等 17 章。分别介绍每一时期西方有代表性的教育家的生平及其学说。

鞏思文著《现代英美戏剧家》由长沙商务印书馆出版。

按：是书分别评介英美剧作家奥尼尔、高义德、欧克赛、雷士及毛谟的生平与创作，并有各位剧作家照片和小传。

［美］代尔·卡耐基著，李木、宋昆译《世界名人逸事续集》由天津东北城角信记纸行出版。

［美］岱勒·贾纳齐著、方洁译《世界名人轶事》由上海文化生活出版社出版。

按：是书由美国岱勒·贾纳齐所著《世界名人轶事》中选译而成，介绍甘地、列宁、爱因斯坦、格伦费尔、斯蒂芬森、奥维尔·赖特、马可尼、辛克莱、威尔斯、欧·亨利、路易莎·阿尔科特、格丽塔·嘉宝 12 位名人的轶事。

［美］代尔·卡耐基（原题台尔·卡乃基）著、儿童新闻社编辑《名人略传》由北京编者出版。

管雪斋著《韩国志士小传》由重庆独立出版社出版。

孔志澄等编《日本现代人物传》由长沙商务印书馆出版。

按：是书介绍了日本现代一千多位军政、实业、言论各界名人的生平事迹。

[美]台尔·卡乃基著、胡尹民译《欧美名人传》由上海长风书店出版。

按:是书介绍了马丁·约翰森、齐格菲、忒斯吞、哈斯脱、里昂巴里摩、莫芬、琼克劳馥、达罗、裴替、摩根、托尔斯泰、爱伦凯、墨索里尼、白克、威尔逊、杰克伦敦、卡内基、夏芝白朗、莎士比亚、迭更斯、格林、拜伦、杜克等50位欧美各行各业名人的事略。

按:是书汪倜然先生《序》说:"在纪叙体文学中,传记作品往往是很有兴味及意义的读物,这是因为每一时代底横断面只有在个人历史中才可以看到,而每一人物底实生活也只有在个人历史中才可以知悉。古往今来,'时势造英雄,英雄造时势',正是人物与社会背景互为主从的结果。在时代的潮流中,俊杰之士奋力以起,终于有所作为,建立了功业,或德言,这些人就是今之所谓'成功者'了。从各人底生活历史,奋斗事迹,来看出某一时代某一社会某一行业的横断面实况,并取为研究参证或借鉴的资料,当然是很有兴味很有意义的事。而这样的传记,既不是无聊虚伪的谀墓之辞,就是值得诵读值得重视的文学作品之一了。近十余年来,欧洲'新传记文学'风行一时,如法之莫洛怀,英之斯特来楷,德之卢特维喜,均自成一家,尊为名手,所著遍销全世界。此项作品自为杰著,足称新传记文学之正统。但既为历史家或文学家底手笔,不免格调较高,意趣稍深,对于大家还是不易领略的。所以作品底目的如在教育大众鼓励青年,则我们所取者应为过去如马腾博士底著作,现在如台尔·卡乃奇底作品。这些都是修养书中的上乘。即以卡乃奇而论,他以交际学院院长的学识经验,精心撰著教化修养的书籍,其内容自非空洞浮泛的著述可比。所以《处世与交友》既畅销于前,《五分钟传记》的新作也盛行于时,受人欢迎,显非偶然。现在友人胡尹民先生与谢颂羔先生合作译述,介绍这本《五分钟传记》于国人,其有益于读者有助于社会,自为通常的翻译作品所不及,我们相信这本书必可获得读书界的热烈响应,而胡、谢二先生底努力即不徒然了。承胡先生以译稿见示,俾得先读为快,更使我觉得此书有介绍于读者的价值。全书共五十人,从政治家、军人、资本家,以至著作家、音乐家、医生、律师,甚至马戏家、养蛇家都有。每篇写一个人底奋斗史,虽只千余字(所以书名《五分钟传记》),而文笔赅括畅爽,生动有趣,每个人底生平全都包罗在内了。以五分钟的时间,读尽一人底奋斗事迹,成功经过,因以留下深长的印象,可作处世的参考,实在是一种别开生面的办法。一口气读完也好,一天读一篇也好,这本书对于努力求知的青年人,勤于事业的中年人,可说是无不适合。而对于迭遭挫折的奋斗者,更能以他山之石,给予宝贵的勉励,使人倍增创业树功的勇气,这本书便更可以说是一本有益社会的好书了。我希望读此书者,都用积极的眼光来接受和领略这本书。"

[美]阿丹斯·福斯忒著、胡山源译《现代欧美女伟人传》由世界书局出版。

陈鸿恩等编译《五十科学伟人》由世界书局出版。

黄镜渊译《生物学名人印象记》由长沙商务印书馆出版。

按:是书收录《瓦勒斯评传》《达尔文之生涯及著作》《吾对于赫胥黎之回忆》《巴尔福尔佛兰西斯美特兰》《蒲莱士詹姆士》《新圣者巴斯特路易》《英国脊椎动物古生物学之创始者》《一大自然科学家》《自然科学家之罗斯福》《巴洛斯约翰之种族魂》《米尔约翰》《巴特勒和瓦德克洛斯比之探险家生涯》12篇传记。

铮铮编《二次欧战要角》由激流社出版。

按:是书介绍苏、英、法、美、德、意等国政治、军事要人 16 名。

[俄]克鲁泡特金著、巴金译《我的自传》由上海开明书店出版。

[苏]伏罗希洛夫著、江隆基译《斯大林与红军》由重庆解放社出版。

[俄]馥埃奥克丽特沃著、[日]八住利雄译、海妮重译《托尔斯泰之死》由长沙商务印书馆出版。

一个香港公进会会员著、王昌社译《傅兰萨蒂小传》由香港真理学会出版。

[法]克利斯底亚尼著、丁宗杰译《耶稣传》(上中下册)由上海土山湾印书馆出版。

章文新等著、应元道译《耶稣生平研究大纲》由上海青年协会书局出版。

[英]爱克司林著、明灯报社译《贺川丰彦的生平》由上海广学会出版。

隆德恩编《张雅格伯斯铎行传》由上海土山湾印书馆出版。

张君劢著《尼赫鲁传》由重庆再生周刊社出版。

按:作者《自序》说:"及读世界历史,考异国政闻,遇一二大人物而眼界为之一开,怀抱为之一宽,自觉此小己之陋,而思有以超越之,可知大人物之传记,所以使人变狭小为宽大,变鄙俗为崇高之最好读物也。今年五月同公权弟视察滇缅公路,乃游仰光,缅中当局皆倾心于甘地与尼赫鲁之为人,公权弟因购尼氏自传一册以归。我闻尼氏之来游,乃穷数日之力以尽读之,且择尼氏自述中精辟之语以成此小传,非我之研究尼氏而有得也,乃尼氏言行文章有感召我之魔力在焉。书中所论以印度国民会议为中心,他若印度教回教之争,印人回人在地方团体内之分合,以及不可触阶级问题,皆暂略去,所以力求简单,俾国人易于了解而已。吾中华民族,正在苦斗以求独立之中,其境地略类将亡而未亡之民族,如拿破仑时代之普鲁士,或已亡之民族,如战前之波兰与今日之印度。彼等虽受敌人或伤国之压迫,或刷新内政以图报复,或以武力之不可得而出于不合作,皆念念不忘自己反省,以达到自己解放之目的,如尼氏一生所经历,非尤足示吾人以亡国以后尚当有事之模范人格耶!吾侪处于将亡而未亡之境者,其努力更当如何?所以写此文,非徒为欢迎尼氏,所以使民族解放之为人之峻伟芬芳,普及于四万万人之心目中,而益知所以自励,兼以增进两民族互相之了解焉。"

[印]尼赫鲁著、胡仲持译《尼赫鲁自传》由上海青年协会书局出版。

于树生译《卡尼基自传》由商务印书馆出版。

[英]本仁约翰著,谢颂羔、陈德明合译《蒙恩回忆录》由上海广学会出版。

[英]尼各著、杨寿康译《一位归正者的自述》由上海圣教杂志社出版。

[日]崇昭本西著、吴超译《菲律宾志士独立传》由译书汇编社出版。

[美]麦佛登著、赵竹光译《我五十年来的体育事业》由长沙商务印书馆出版。

四、卒于是年的传记作者

马相伯(1840—1939)。相伯名良,江苏丹徒人。早年曾任上海徐汇公学校长。1903年创办震旦学院。1905年创办复旦公学。辛亥革命后,曾任北京大学校长。著有《马相伯集》,其中有传记作品《徐文定公逝世三百年纪念词》《徐文定公与中国科学》《童鲍斯高圣传序》《南海何君墓志铭》和自传《灵心小史》等。

徐世昌(1855—1939)。世昌字卜五,号菊人,晚年又号水竹村人、东海居士等,直隶天津人,生于河南汲县。1886年中进士,授翰林院编修。历任商部左丞、兵部侍郎、军机大臣、政务大臣、民政部尚书、东三省总督、邮传部尚书、内阁大学士、协理大臣等职。1918年任北洋政府总统。1926年被直系军阀赶下台。退隐后,在北京班大人胡同设立"徐东海编书处",历时多年,编《清儒学案》208卷。又借助僚友门客编撰书籍30余种。著有《大清畿辅先哲传》《欧战后之中国》《退耕堂政书》《书髓楼藏书目》《东三省政略》等书。

姚永朴(1861—1939)。永朴字仲实,晚号蜕私老人,安徽桐城人。姚莹孙。1894 年中顺天乡试举人。先后为起凤书院院长、山东高等学堂教习、安徽高等学堂伦理教习等。1909 年被荐为清廷学部，同时受聘京师政法学堂国文教授。后为北京大学文科教授。1928 年回安庆为安徽大学教授。著有《十三经述要》6 卷、《我师录》4 卷、《文学研究法》《史学研究法》《桐城姚氏碑传集》等。作有传记作品《桐城耆旧言行录序》《先妣事略》《光禄大夫刑部尚书薛公行传》《王君竹舫传》《萧敬孚先生传》《冯君小白传》《魏默深先生传》《邵位西先生传》《郑钧东甫传》《汪梅村先生传》《方存之先生传》《南阳镇总兵谢公传》《湖南嘉禾县知县钟麟传》《梁君巨川传》《方君剑华传》《金君子善家传》《薛给谏家传》《孙太仆家传》《阎母王宜人家传》《大名道尹姚公功德碑》《胡君琼笙墓表》《马节母光孺人墓表》等数十篇。

钱玄同（1887—1939）。原名钱夏，字德潜，又号疑古、逸谷，常效古法将号缀于名字之前，称为疑古玄同，五四运动前夕改名玄同，浙江吴兴人。1906 年赴日本早稻田大学习师范。次年入同盟会。1908 年师从章太炎学国学。1910 年回国后曾任中学教员、浙江省教育总署教育司视学、北京高等师范附中教员、高等师范国文系教授、北京大学教授、《新青年》编辑、北平师范大学中文系教授和系主任等。1919 年为国语统一筹备会会员，并任常驻干事。1925 年与黎锦熙一起创办并主持《国语周刊》。1931 年任国音字母讲习所所长。1932 年与黎锦熙共任《中国大辞典》总编纂。作有《春秋与孔子》《亡友刘半农先生》《亡友单不庵》《哀青年同志白涤洲先生》《题先师章公遗像》《我对于周豫才君之追忆与略评》《我对于耶教的意见》《悼冯省三君》《挽伯兄念劬（恂）》《挽梁任公（启超）》《白涤洲先生挽辞》《挽马隅卿（廉）》《挽季刚》《太炎先生挽联》等传记文章。黎锦熙本年 5 月作《钱玄同先生传》，对钱玄同的学术贡献作了高度评价。

王礼锡（1900—1939）。礼锡原名王庶三，江西安福人。早年就读于江西心远大学。1929 年在上海组织神州国光社。1930 年去日本，开始编印《读书杂志》。1933 年赴伦敦、巴黎考察。抗战爆发后，在英参加组织全英援华会，任副会长。1938 年回国。1939 年 6 月 18 日任作家战地访问团团长，率队前往晋、冀、豫、察、绥、陕等省敌后考察。同年 8 月 18 日于中条山战地访问期间黄疸病发而逝世。其卒，妻子陆晶清有《王礼锡先生遗像与传略》。著有《李长吉评传》等。

民国二十九年　庚辰　1940 年

一、传记评论

许寿裳《谈传记文学》发表于《读书通讯》第 4 期。

按：文章说：传记文学的范围是非常广大的，一切史籍固然都在传记之内，但是传记的文章决不是史籍所能包括的。因为古来传记的文章，也有用辞赋体写成的，也有用诗体或书牍体写成的，范围非常之大。现在为时间和篇幅所限，只就传记文学的种类、效用，及其发展的趋向这三方面说个大要而已。

一、传记文学的种类　传记文学的种类很多，可是大别起来不外两种：(一)自传；(二)他传。前者的长处，在乎能够自语经历、感想以及治学方法，把自己的真性情和活面目都表现出来，使读者觉得亲切有味，好像当面聆听。这类的例子，古代的如《论语》记孔子的话："吾十有五而志于学，三十而立，四十而不惑，五十而知天命，六十而耳顺，七十而从心所欲，不逾矩。"这便是孔子的自传。《庄子·天下篇》中，"芴漠无形，变化无常……芒乎昧乎，未之尽者"，这一段是庄子的自传。又《史记·太史公自序》《论衡·自纪》，便是司马迁和王充的自传。近时的，如章太炎师的《菿汉微言·自叙》和《自述学术次第》(见《制言》半月刊第二十五期)、鲁迅的自传《呐喊自序》和《朝花夕拾》，最近去世的蔡子民先生的《我在北京大学的经历》都是他们自传的一部分，我们读了真真如见其人，深深地感到尚友之乐。

至于他传呢，第一部要推司马迁的《史记》，这是传记体的鼻祖。他的闳识孤怀，真是卓绝一世。以著述的宗旨而论，能对于社会文化，无论是政治方面，经济方面，哲学、文艺、技术方面，确能面面顾到。以行文的技巧而论，每叙一个人，能够描出那人的个性淋漓尽致，使那人的人格活跃在纸上。梁启超曾经举出几篇为例，现在摘录如下：

一、《廉颇蔺相如列传》　记蔺相如完璧归赵，及渑池之会两事，从始至末，一言一动都记得不漏，这是详记大事之法。因为这两件大事，最足表现相如的个性，所以专用重笔写他，其余小事都不叙。廉颇的大事，三回伐齐，两回伐魏，一回伐燕，传中前后只用三四十字便算写过，……倒是廉颇怎样的妒忌蔺相如，经相如退让之后怎样的肉袒谢罪；失势得势时候怎么的对付宾客；晚年亡命在外思念故国怎么的"一饭斗米肉十斤，被甲上马示尚可用"；这些小事写得十分详细。读之便可以知道廉颇为人短处在褊狭，长处在重意气识大体。

二、《魏公子列传》　说他怎样的待侯嬴，怎样的待朱亥，怎样的待博徒毛公、卖浆薛公，这几件事说得委曲详尽，几占全篇之半；而且把他的事业，都穿插在这几个人身上。便活画出极有奇气的一位贵公子，而且把当时社会的背景，都刻画出来。

又如《刺客列传》之作，含有特别的深心，不但描写五个刺客个个出色而已。章太炎师说得好："铺观前世史家，以子长为上首，而世人忽其微旨……尝观《春秋》，根依《周典》，劝善惧淫，三叛欲盖而名彰，齐豹求名而不得，以为至矣。伍子胥之复仇，甚于齐豹，而藉吴覆楚不得言盗也；其害宗国也，甚于三叛，而挺身出走，不以地叛也。此《春秋》所不能讥，非独不讥，且不能无褒美，然其祸至酷矣。子胥之事而可为也，则宗国危，子胥之事而不可为也，则不共戴天之义，忽然以亡，事至于斯，则《春秋》之法穷，而所为名三叛，盗齐豹者，只防小衅而不足与防剧祸矣。太史生于汉世，见北走胡，南走越者之众，两害相较，宁取其轻，故上游侠而传刺客。后世有抱子胥之痛者，伏尸二人，流血五步，足以致命遂志；而借外患以覆宗国者，其事可以不作。故《刺客传》者所以救《春秋》之穷而干其蛊，此非有深心者不能为也。"现在汉奸们的出卖祖国，廉耻消丧，剧祸远过于汉世，试问应该怎样处置他们呢？

二、传记文学的效用　传记文学的效用，至少可以举出三事：（一）修养人格　《史通·人物篇》说："夫人之生也，有贤不肖焉。若乃其恶可以诫世，其善可以示后，而死之日名无得而闻焉，是谁之过欤？盖史官之责也。……《三传》并作，史道勃兴。若秦之由余、百里奚，越之范蠡、大夫种，鲁之曹沫、公仪休，齐之宁戚、田穰苴，斯并命代大才，挺生杰出。或陈力就列，功冠一时；或杀身成仁，声闻四海。苟师其德业，可以治国字人；慕其风范，可以激贪励俗。"西洋自布鲁泰支《英雄传》之后，传记文学特别发达，多能描写入神，巨细毕现，足以供千百世人的歌泣模仿。（二）发扬民族主义　章太炎师说："国之有史久远，则亡灭之难。自秦氏以讫今兹，四夷交侵，王道中绝者数矣。然撰者不敢毁弃旧章，反正又易。藉不获济，而愤心时时见于行事，足以待后。故令国性不堕，民自知贵于戎狄。"又说："史之有关于国本者至大，秦灭六国，取六国之史悉焚之，朝鲜亡后，日人秘其史籍，不使韩人寓目。以今日中国情形观之，人不悦学，史传束阁，设天降丧乱，重罹外族入寇之祸,则不待新国教育三十年,汉祖唐宗,必已无人能知,而百年以后,炎黄裔胄,决可尽化为异族。"现在沦陷区域,不是敌人正在控制学校,删改教科书,尤其是历史教科书吗? (三)拿着历史主眼 这是指综合性的传记才有此种效用,不是普通的传记所能为力的。梁启超对于综合性传记的作法,说道:"每一时代中须寻出代表的人物,把种种有关的事变都归纳到他身上。一方面看时势及环境如何影响到他的行为,一方面看他的行为又如何使时势及环境变化。在政治上有大影响的人如此,在学术界开新发明的人亦然。先于各种学术中求出代表的人物,然后以人为中心,把这个学问的过去未来及当时工作都归纳到本人身上。这种作法,可以拿着历史主眼。历史不外若干伟大人物集合而成。以人作标准,可以把所有的要点看得清清楚楚。"这确是现今做传记的新方法。

三、传记文学的发展趋向(略)。

钟子岩《传记与青年》发表于《战时中学生》第2卷第9期。

按:文章说:青年时代是易感的时代。青年时代的感激可以支配我们的一生,所以年轻时候有贤明的父母,有良师益友的人实在是幸福的,他将终生被那光照耀着向大道迈进。不过,这种幸福并非每个人都能求得,因此我们不得不在别的世界找求那给我们以"光"和"爱"的人,来代替现实世界的尊亲和师友,负这个大使命的便是传记。传记能够活人一般地激动我们的心。在青年时代阅读好的传记,与古时代高贵的人格相接触的人,会得一生在其感化之下向着人生的旅程前进。这因为指挥我们行动的不是思想,乃是有那种思想的人。基督教的教理并不能吸引世人,而染着鲜血钉在十字架上的基督的人格却吸引了几亿的人。假如从儒教的高远的教理中,除去了孔夫子其人,那末儒教能否使几千万人信仰,也就成为疑问了。所以将伟人的真面目忠实地再现出来的传记所及于世道人心的感化影响,几非吾人所能想像。而最能感受这种对于人感激的,则为青年。

传记可大别为两类:一种以科学的部分为主,另一种则以文学的部分为主。以科学的部分为主的,即以材料为中心的传记,就是所谓"正传"。正传是根据了传中人物所有或其子孙所保管的材料精确地把史实组织起来的东西。这虽是可作后世史料的文献,但作为一般人的读物是不随宜的。所谓以文学的部分为主的传记,是细细咀嚼这些史料,将它们巧妙地安排起来,在纸上活写那人物的作品。许多人所读的传记,就是这一类,现在我们所论述的,自然也是这一类。然而到了近来,欧美各国有"新史传"出现。这是人格发展的记录。在以个人的人格为中心这一点,它和历史完全不同;历史是社会与民众生活的记录，而传记则是个人生活的足迹。所以在过去传记是历史家的余业，但到了近来，新史传却成为小说家的工作了。不过新史传又和历史小说不同，历史小说是小说，以空想为中心，是作家凭着自己的空想描写一定的人物的。至于传记，则非竭力守住"真实"的范围，采取真实的史料不可。传记作家所得自由创造的，只限于结构及材料的取舍选择而已。

最近欧美所流行的传记，还有一个倾向，那就是竭力作客观的科学的处置，不使传记的主人公英雄化。其结果往往趋于极端，反而大大地暴露了传记主人公的弱点，作出所谓偶像破坏的传记来，但并非传记的真正的目的。真正的新史传固不把主人公作偶像的讴歌，但亦并不加以轻蔑。它一方面描写酷似人的弱点和缺点，同时又说明他的结局的伟大。在根底里流着对于主人公的同情与崇敬。因为这样，所以能使读者受到感动。我们青年应远避那种所谓偶像破坏的传记，因为它不能鼓起我们何等高贵的情绪，反使我们坠于自己弱点的认辩护。这种传记，在欧美颇不少，是世纪末的颓废气氛的反映。传记是一种文学，所以非有洗练的文章不可。有了优美的文章和结构，才能打动读者的灵魂。

［德］Emil Ludwig 著、今纯译《写传记的经验》发表于《西洋文学》第 1—4 期。

按：文章说：普通一般人，大都以为一个传记作家之从事著作，有如厨役之烹调菜肴。先像检阅菜单似的，选出一个自己合意的有名人物来，于是再用油煎酥，用刀切碎，加上汤，配上菜，献给读者们一快朵颐，其实呢，实际上的情形正与此相反。我写传记时就从来不曾去选过一个人，都是由那个人，使我去写他的传记的。这正如平时两个人无意相值时一样，两个人初次相遇，在目光互相接触时，其间就发生了一种关系，一种情感，这情感要么是爱好，要么就是憎厌。人也是这样，有的人眼中自具有一种魔力，能吸引画家注意，而传记作家们既然也是一种画家（用文字来描绘人物的画家），所以他往往也能被一种人吸引住，这种人也许性情与他甚近，也许性情与他绝对相反。在我眼光中看来，无论是历史上的伟大人物，或是在路边上遇见的一班普通人们，讲到他们的个性，在原理上是没有多大分别的。

对于前代已往的人，我往往这样拟想，拟想他们就在我的屋子里面；对于现代同时的人，我又用一种远开的眼光去观看，看去他们都是年代久远以前的人。离我太远的人，我须用看戏时戴的望远镜去看，而离我太近的人，我也用眼镜去瞧，不过我得调一个转，令我看的东西远开我一点，歌德、贝多芬、俾士麦、拿破仑、林肯、令布郎德这一般人，在写他们的传记以前，我曾费了好几年的功夫,去揣摩他们的肖像。我书桌上总放着这班人的像片,这些像片一直对着我。我和他们谈天,我向他们问话,我问他们一切的事情——讲到我正在计划着的旅行,谈到我要买的小狗。我进餐时和他们在一起,聆音乐时和他们在一起,坐在无线电旁边时也和他们在一起,我每天早上都向他招呼,每天晚上临去时总向他告别。我们藉像片沟通,一齐共同生活着。同时因为要使我们的友谊更加密切,于是我更研究一切与他们有关的文字记录,一切由他们生时留传下来的语言,在这一类文字中,你可以看出一个人由真心流露出来的话,对他朋友讲的,或对他心爱的女人说的,他心中的歧途,他生平的欲望,他的希望,他的恐惧。等到这步工作完毕后,我再检阅他私人的信件,因为由这些信中,我们可以看出他的为人,他的个性,然后再去搜集他生前公开的演词材料。一个人在这种记录中所表现的个性比较自然,而我在写一人的传记前,务必要了解他真正的性情,无论他怎样矜持矫作,我必定要揭去那一切文饰掩蔽。一个传记作家最大的工作,厥在揭露出一个伟人或一个天才家的真实的性情,因为必须要做到这一步时,才能使传记中的主人翁与我们接近。那时我们于是才明白,原来就是拿破仑、贝多芬等伟人,也有许多地方与我们相类似,于是我们才开始了解他们,开始爱好他们。

传记作家的工作是要描绘出一个生动栩活的人物来,并不是像雕刻家铸上一具铜像便完事。传记作家要由那广场中竖立着的纪念像,那拔着剑的英雄,重新绘出一个生动的人物,重新恢复他一切原具的人性,重新现出他被人塑成纪念像以前时的种种状态。要晓得一切大事业的成功,并不是因为敷衍成功的,他们都是由于人类情感作主动做成的。所以我们的工作是在表现这种情感,更要将这些情感与他们的事业给联系起来。因此在二十年前,我即已出想一种方法来(这方法后来已有许多作家都已采用了),就是在写一部传记时,决不将书中主人的私人生活与公众生活给分开,我要将他这两部分的生活合并在一齐写。譬如林肯被选做总统前,那些政党的争斗,谁曾注意到呢?但是让我们再看看林肯的为人,再看他被选做总统后,自己捆行李,在每口箱子上添上"交华盛顿白宫林肯先生"时,我们于是才彻底明了一个伟人的个性,原来他这人最讲实际,对于一切琐节都不肯忽略,他做了总统在箱子上写这些字,正和他当年做生意时在窗上写那些广告市招一样。

我们往往由伟人们的行事中,可以体味一般人类的心情。伟人的身世,是人类的一个反照。我们由伟人的故事中,得到慰藉,得到勇气。我还记得,有一次在芝加哥时,我看见一个开电灯的侍者,正在阅读我写的那本《拿破仑》。我就问他:看了觉得怎样? 他说:"哦,先生,这本书写得真好,我看了恍觉得自己就是个拿破仑。"这侍者真是我最好的读者。

替当代的人写传记,有几点反比较困难。墨索里尼给爱人的情书,罗斯福总统给孩子的家信,我都不曾见过。不过,像这种私信我虽不曾目睹,他们本人我都亲眼看见。我和墨索里尼曾在罗马作过长谈,我和捷克的马萨里克总统曾在捷京两下会晤,我曾仔细观察他们面部的表情,他们挥手的姿式,譬如墨索里尼吧,你和他两人单独在一齐时,他非常的自然,但是忽然间电线坏了,灯光熄了,一个工作匠走进来收拾电线,这原是一个极普通的人,不过此时墨氏装模作样,立刻矜持起来,直过了五分钟才罢。史太林专爱拿枝笔瞎涂乱画。我见他在一张纸上画圆圈儿,画各种图形,直画了整整两个镜头。他一直静静的画着,只有一次,当他讲到托洛斯基时,他突然用力画了一记,接着狂乱的在纸上不知涂了些甚么。

在我研究过的一班人中,我觉得罗斯福总统的个性最自然,在各方面发展得都很平衡。我第一次遇见他时,我说我写传记时,有时宁愿替一班已故的人写。我还对他说:"总统先生,可惜你还活在世上。"他大笑起来,说:"那我也没有办法呀!"将来传记作家有些地方当比现在便利,将来他们可以由灌音片中听到现在一班伟人的声音,由电戏片中看到现在一班伟人的动作,假使我现在能够目睹凯撒和克利奥白特谈心,正和我看见温莎公爵夫人聚谈那样,我想,那我总可以写出许多乎前此未为人道及的事吧! 不过此地你又可以看出,替现代人写传记的一重困难。这班人因为被友人赞颂着,为仇敌攻击着,一直在受别人的批评,譬如罗斯福总统就是一个很好的例子。美国有好多书报上,都批评我,怪我对罗斯福总统所抱的态度失之偏颇。我对于这种论调,真惊奇不置,因为一本书,既然是在他秉政,在他活动的时候写就发表的,那当然不免有些偏颇的地方,并且也应当有些偏颇的地方。就像水一样,要么过热,要么过冷,是绝不会适度的。

我因为要晓得一个人真正的性情,于是常引他去谈些他平时不谙悉的事情。我和一个银行家去谈雕刻,我和一个指挥乐队的去谈独裁政制,我和一个独裁者去谈公理。在这种情形之下,他们都失去了冷静的态度,他们的神经都变得非常紧张,他们把自己真正的个性都显露出来了,但是若和他们谈到他们各人专门的事业时,他们有时就故意偃卧,或有心矜持,不期而然的都做作起来。像这种探试个性的方法,我每天都得去实习,时时应当去改进。虽是成名的钢琴家,仍需每日去练习手法,所以我每天都在训练自己,去研究实用的心理学。传记作家还需要一件东西，就是想像力，所以我说，传记家偏近于诗人，不是一个历史家。

研究一班伟人当然很要紧，但研究一班平凡的小人也是一样的重要。莎士比亚剧中的王公们，描绘得自然有趣，但是那些仆役弄人辈，又何尝不是很有意思的呢？不过，关于一班伟人们的身世，记录文件等较多，容易供我们参考分析罢了。还记得一九三七年十二月一日那天，我在纽约参加一个盛大的宴会，将散时，突然有一个青年，闯到我的面前，问我道："你为甚么不替一个平凡的人，也写一篇传记呢？"说完这话，他就跑开了。现在我遥隔重洋，谨向这位不速之客致意，并且许他：从此以后，我将多去研究一班无名的人物，这班人我们平时是从来不谈到的，但是实际上他们却是构成民主政治最主要的一部分呢！

温和《内战时期林肯传》发表于《四书精华》第 2 期。

按：文章说：《内战时期林肯传》是一部巨著。且不必说它的内容，单就篇幅而论，已经多得惊人。这部书共分四册，前三册是页数每册都在六百五十以上，第四册也有四百十三页。讲字数，据估计约共有一百十七万五千，这样长的一部书，实是世所罕见。……所以本书绝不是一部消遣性的传记，每天有空就该拿它来读一两个钟头，读好几个月才读得完。篇幅虽多，然而文笔绝不沉闷。桑德堡的散文简明而有风味，颇有令人爱不释手的魔力。全书差不多句句都不苟且，也没有一句是矫饰的废话。除了极少数地方材料有些重复和有几处用典过僻以外，全书差不多无懈可击，处处只令人觉得作者目光的深刻和气魄的雄浑。

李肖聃《顾亭林评传序》发表于《文哲丛刊》第 1 卷。

蔡元培遗作《我在教育界的经验》（上）发表于《教育通讯周刊》第 3 卷 13 期。

按：文章说：四十六岁（民国元年），我任教育总长，发表《对于教育方针之意见》，据清季学部忠君、尊孔、尚公、尚武、尚实的五项宗旨而加以修正，改为军国民教育、实利主义、公民道德、世界观、美育五项。前三项与尚武、尚实、尚公相等，而第四、第五两项却完全不同，以忠君与共和政体不合，尊孔与信仰自由相违，所以删去。至提出世界观教育，就是哲学的课程，意在兼采周秦诸子、印度哲学及欧洲哲学以打破二千年来墨守孔学的旧习。提出美育，因为美感是普遍性，可以破人我彼此的偏见；美感是超越性，可以破生死利害的顾忌，在教育上应特别注重。对于公民道德的纲领，揭法国革命时代所标举的自由、平等、友爱三项，用古义证明说："自由者，'富贵不能淫，贫贱不能移，威武不能屈'是也；古者盖谓之义。平等者，'己所不欲，勿施于人'是也；古者盖谓之恕。友爱者，'己欲立而立人，己欲达而达人'是也；古者盖谓之仁。"学部旧设普通教育、专门教育两司；改教育部后，我为提倡成人教育、补习教育起见，主张增设社会教育司。

蔡元培遗作《我在教育界的经验》(下)发表于《教育通讯周刊》第3卷14期。

按：文章说：我五十一岁至五十八岁(民国六年至十二年)，任国立北京大学校长。民国五年，我在法国，接教育部电，要我回国，任北大校长。我遂于冬间回来。到上海后，多数友人均劝不可就职，说北大腐败，恐整顿不了。也有少数劝贺的，说：腐败的总要有人去整顿，不妨试一试。我从少数友人的劝，往北京。北京大学所以著名腐败的缘故，因初办时(称京师大学堂)设仕学、师范等馆，所收的学生，都是京官。后来虽逐渐演变，而官僚的习气，不能洗尽。学生对于专任教员，不甚欢迎，较为认真的，且被反对。独于行政、司法界官使兼任的，特别欢迎；虽时时请假，年年发旧讲义，也不讨厌，因有此师生关系，毕业后可为奥援。所以学生于讲堂上领受讲义，及当学期、学年考试时要求题目范围特别预外，对于学术，并没有何等兴会。讲堂以外，又没有高尚的娱乐与自动的组织，遂不得不于学校以外，竟为不正当的消遣。这就是著名腐败的总因。我于第一次对学生演说时，即揭破"大学学生，当以研究学术为天职，不当以大学为升官发财之阶梯"云云。于是广延积学与热心的教员，认真教授，以提起学生研究学问的兴会。并提倡进德会(此会为民国元年吴稚晖、李石曾、张溥泉、汪精卫诸君发起，有不赌、不嫖、不娶妾的三条基本戒，又有不作官吏、不作议员、不饮酒、不食肉、不吸烟的五条选认戒)，以挽奔竞及游荡的旧习；助成体育会、音乐会、画法研究会、书法研究会，以供正当的消遣；助成消费公社、学生银行、校役夜班、平民学校、平民讲演团与《新潮》等杂志，以发扬学生自动的精神，养成服务社会的能力。

北大的整顿，自文科起。旧教员中如沈尹默、沈兼士、钱玄同诸君，本已启革新的端绪；自陈独秀君来任学长，胡适之、刘半农、周豫才、周岂明诸君来任教员，而文学革命、思想自由的风气，遂大流行。理科自李仲揆、丁巽甫、王抚五、颜任光、李书华诸君来任教授后，内容始以渐充实。北大旧日的法科，本最离奇，因本国尚无成文之公、私法，乃讲外国法，分为三组：一曰德、日法，习德文、日文的听讲；二曰英美法，习英文的听讲；三曰法国法，习法文的听讲。我深不以为然，主张授比较法，而那时教员中能授比较法的，止有王亮畴、罗钧任二君。二君均服务司法部，止能任讲师，不能任教授。所以通盘改革，甚为不易。直到王雪艇、周鲠生诸君来任教授后，始组成正式的法科，而学生亦渐去猎官的陋见，引起求学的兴会。我对于各家学说，依各国大学通例，循思想自由原则，兼容并包。无论何种学派，苟其言之成理，持之有故，尚不达自然淘汰之运命，即使彼此相反，也听他们自由发展。例如陈君介石、陈君汉章一派的文史，与沈君尹默一派不同；黄君季刚一派的文学，又与胡君适之的一派不同；那时候各行其是，并不相妨。对于外国语，也力矫偏重英语的旧习，增设法、德、俄诸国文学系，即世界语亦列为选科。那时候，受过中等教育的女生，有愿进大学的；各大学不敢提议于教育部。我说：一提议，必通不过。其实学制上并没有专收男生的明文；如招考时有女生来报名，可即著录；如考试及格，可准其就学；请从北大始。于是北大就首先兼收女生，各大学仿行，教育部也默许了。我于民国十二年离北大，但尚居校长名义，由蒋君梦麟代理。直到十五年自欧洲归来，始完全脱离。

李泰棻《古代帝王名及其事迹造作原因之推测》发表于《新东方》第1卷第3期。

石园《汤显祖在文学和史学上的贡献》发表于《新东方》第1卷第9期。

王云五《蔡孑民先生的贡献（特载）》发表于《东方杂志》第37卷第8号"追悼蔡孑民先生特辑"。

按：是文认为：蔡元培先生贡献甚多，最大的三方面是"（一）政治方面，（二）教育方面，（三）学术方面"。

蔡元培先生在政治方面的贡献表现为："蔡元培在政治方面直接的贡献，举其大者，为：（一）清末鼓吹革命，（二）民元首倡责任内阁，（三）民十四以后赞助国民革命。"而其在政治上间接的贡献"最显著的莫如'五四运动'"。

蔡元培在教育方面的贡献可分为"行政的""实施的"和"推广的"三部分。在教育行政上的贡献，首推其"就第一任教育总长时所宣布之教育方针"，以及"民国十七至十八年，蔡先生任大学院院长时，除大致本其民元之方针外，并使大中小学的设施益加贯串，同时并注重学术研究之具体化"。蔡元培先生在教育实施上的贡献，"最显著的为：（一）讲学自由与（二）人格陶冶"。蔡元培先生在教育推广的贡献，"就是在他担任校长的北京大学内，产生一个白话文运动，由这个运动树立语体文教学与写作的根蒂"。

蔡元培先生在学术上的贡献，可分为自身研究及提倡两部分。"蔡先生自己对于学术的研究,在二十九岁以前完全为旧学,三十岁开始阅科学书,三十二岁始习日文,三十七岁始习德文,四十一岁第一次游学德国,研究哲学及美学。"蔡元培先生在学术上独特的创见,最显著的为:"(一)以科学方法整理国故;(二)以美育代宗教。""蔡先生对于学术的提倡,除在北京大学促进研究之学风,甚著效果外,国立中央研究院之创设与主持,实为蔡先生对于我国学术之最大贡献。"

顾孟余《忆蔡孑民先生》发表于《东方杂志》第 37 卷第 8 号"追悼蔡孑民先生特辑"。

叶恭绰《祭蔡孑民先生文》发表于《东方杂志》第 37 卷第 8 号"追悼蔡孑民先生特辑"。

高廷梓《悼吾师蔡孑民先生》发表于《东方杂志》第 37 卷第 8 号"追悼蔡孑民先生特辑"。

马鉴《纪念蔡孑民先生》发表于《东方杂志》第 37 卷第 8 号"追悼蔡孑民先生特辑"。

黄炎培《奉悼吾师蔡孑民先生》发表于《东方杂志》第 37 卷第 8 号"追悼蔡孑民先生特辑"。

余天民《哭蔡孑民师》发表于《东方杂志》第 37 卷第 8 号"追悼蔡孑民先生特辑"。

陈良猷《追悼蔡先生我们应有的认识》发表于《东方杂志》第 37 卷第 8 号"追悼蔡孑民先生特辑"。

[苏]卢波尔作、李葳译《苏联的文化领导者 A. 托尔斯泰》发表于《文学月报》第 1 卷第 1 期。

按:《文学月报》1940 年 1 月 15 日在重庆创刊,读书生活出版社出版发行,发行人为黄洛峰。是创作、翻译、评论并重的大型文学刊物。罗荪在《发刊词》中指出:"为了强大文艺部队的教育工作,为了强大文艺领域的建设基础,翻译仍然是极为重要的文学事业的一部。因此本刊拟在这一点上,尽可能的有计划的做一点介绍的工作。"创刊号译介了卢卡契和特里尼奥夫关于"新现实主义"的两篇论文,作为"我们当前文艺运动"的"参考"。在文学翻译方面。刊物译介了俄罗斯、苏联、美国、波兰等国的文学,而以苏联文学为主。先后编刊了"马雅可夫斯基逝世十周年纪念特辑"、高尔基逝世四周年纪念特辑、苏联文学专号、苏联抗战文学特辑等,比较系统地介绍了高尔基、马雅可夫斯基、托尔斯泰、奥斯特洛夫斯基、江布尔、爱伦堡、肖洛霍夫、巴甫连柯、别德内依等作家的生平创作活动,翻译了他们的代表作品,为我国抗战文艺的发展提供了借鉴。

［日］熊泽复六作、林焕平译《高尔基的人道主义》发表于《文学月报》第1卷第6期。

［苏］卢波尔作、铁弦译《文学史家的高尔基》发表于《文学月报》第1卷第6期。

陈原《高尔基论文学的语言》发表于《文学月报》第1卷第6期。

［苏］艾亨邦作、铁弦译《托尔斯泰的爱国主义》发表于《文学月报》第2卷第1、2期合刊。

光未然《鲁迅与中国文学遗产》发表于《文学月报》第2卷第3期（鲁迅先生逝世四周年纪念特辑）。

葛一虹《保卫鲁迅先生》发表于《文学月报》第2卷第3期（鲁迅先生逝世四周年纪念特辑）。

［苏］史坦别格作，铁弦、小畏译《中国人民的伟大作家——鲁迅》发表于《文学月报》第2卷第3期（鲁迅先生逝世四周年纪念特辑）。

冶秋《怀想鲁迅先生》发表于《文学月报》第2卷第3期（鲁迅先生逝世四周年纪念特辑）。

罗荪《学习和研究》发表于《文学月报》第2卷第3期（鲁迅先生逝世四周年纪念特辑）。

以群《扩大和深化鲁迅研究的工作》发表于《文学月报》第2卷第3期（鲁迅先生逝世四周年纪念特辑）。

吕荧译《列宁论作家》发表于《文学月报》第2卷第5期（苏联文学专号）。

戈宝权《肖洛浩夫及其〈静静的顿河〉》发表于《文学月报》第2卷第5期（苏联文学专号）。

萧爱梅《正确地认识马雅可夫斯基》发表于《大众文艺》创刊号（马雅可夫斯基逝世十周年纪念特辑）。

高阳译《苏联纪念马雅可夫斯基》发表于《大众文艺》创刊号（马雅可夫斯基逝世十周年纪念特辑）。

［苏］马雅可夫斯基作，萧三、李又然译《与列宁同志谈话》发表于《大众文艺》创刊号（马雅可夫斯基逝世十周年纪念特辑）

［苏］卡塔尼阳作、千冬译《作为讽刺家的马雅可夫斯基》发表于《大众文艺》创刊号（马雅可夫斯基逝世十周年纪念特辑）

渺沙译《列宁与高尔基》发表于《大众文艺》第1卷第3期。

周文《鲁迅先生和"左联"》发表于《大众文艺》第 1 卷第 5 期（鲁迅先生六十生辰纪念）。

茅盾《为了纪念鲁迅的六十生辰》发表于《大众文艺》第 1 卷第 5 期（鲁迅先生六十生辰纪念）。

丁玲《"开会"之于鲁迅》发表于《大众文艺》第 1 卷第 5 期（鲁迅先生六十生辰纪念）。

胡蛮《鲁迅在生活着》发表于《大众文艺》第 1 卷第 5 期（鲁迅先生六十生辰纪念）。

茅盾《关于〈呐喊〉和〈彷徨〉——读书杂记》发表于《大众文艺》第 2 卷第 1 期（纪念鲁迅先生）。

萧三《鲁迅在苏联》发表于《大众文艺》第 2 卷第 1 期（纪念鲁迅先生）。

胡蛮《鲁迅的最深苦痛——纪念鲁迅不要忘了新文字运动》发表于《大众文艺》第 2 卷第 1 期（纪念鲁迅先生）。

欧阳凡海《鲁迅底初步思想·文学观·社会意识的检讨》（一）发表于《文艺阵地》第 4 卷 8 期。

欧阳凡海《鲁迅底初步思想·文学观·社会意识的检讨》（二）发表于《文艺阵地》第 4 卷 11 期。

叶素《悼蔡孑民先生》发表于《文艺阵地》第 4 卷 11 期。

冯雪峰《鲁迅与中国民族及文学上的鲁迅主义》发表于《文艺阵地》第 5 卷 2 期（鲁迅先生六十诞辰纪念）。

唐弢《鲁迅思想与鲁迅精神》发表于《文艺阵地》第 5 卷 2 期（鲁迅先生六十诞辰纪念）。

端木蕻良《论鲁迅》发表于《文艺阵地》第 5 卷 2 期（鲁迅先生六十诞辰纪念）。

适夷《一个检讨》发表于《文艺阵地》第 5 卷 2 期（鲁迅先生六十诞辰纪念）。

适夷《伟大的平凡》发表于《文艺阵地》第 5 卷 2 期（鲁迅先生六十诞辰纪念）。

适夷《走向鲁迅》发表于《文艺阵地》第 5 卷 2 期（鲁迅先生六十诞辰纪念）。

景宋《民元前的鲁迅先生》发表于《文艺阵地》第 5 卷 2 期（鲁迅先生六十诞辰纪念）。

萧三《鲁迅与中国青年》发表于《文艺阵地》第 5 卷 2 期（鲁迅先生六十

诞辰纪念)。

欧阳凡海《驱除寂寞——〈中国社会变革的默史——鲁迅〉第六节》发表于《文艺阵地》第 5 卷 2 期(鲁迅先生六十诞辰纪念)。

周木斋《鲁迅与中国文学》发表于《文艺阵地》第 5 卷 2 期(鲁迅先生六十诞辰纪念)。

巴人《关于鲁迅杂想》发表于《文艺阵地》第 5 卷 2 期(鲁迅先生六十诞辰纪念)。

朱维基《纪念已故鲁迅先生六十诞辰》发表于《文艺阵地》第 5 卷 2 期(鲁迅先生六十诞辰纪念)。

屠扶《"管自己生活"》发表于《文艺阵地》第 5 卷 2 期(鲁迅先生六十诞辰纪念)。

陈烟桥《鲁迅与民族革命战争》(画刊)发表于《文艺阵地》第 5 卷 2 期(鲁迅先生六十诞辰纪念)。

陈烟桥《鲁迅与高尔基》(画刊)发表于《文艺阵地》第 5 卷 2 期(鲁迅先生六十诞辰纪念)。

景宋《民元前的鲁迅先生》发表于《抗战文艺》第 6 卷第 4 期(鲁迅先生逝世四周年纪念特辑)。

曹靖华《鲁迅先生与翻译》发表于《抗战文艺》第 6 卷第 4 期(鲁迅先生逝世四周年纪念特辑)。

郭沫若《写在菜油灯下》发表于《抗战文艺》第 6 卷第 4 期(鲁迅先生逝世四周年纪念特辑)。

吴组缃《副官及其他》发表于《抗战文艺》第 6 卷第 4 期(鲁迅先生逝世四周年纪念特辑)。

蓬子《鲁迅先生的爱和憎》发表于《抗战文艺》第 6 卷第 4 期(鲁迅先生逝世四周年纪念特辑)。

罗荪《关于鲁迅的〈明天〉》发表于《抗战文艺》第 6 卷第 4 期(鲁迅先生逝世四周年纪念特辑)。

胡采《论文艺评论家李南桌》(下)发表于《西线文艺》第 1 卷第 6 期。

[苏]普陀甫金作、侯风译《自然主义·现实主义·史达尼斯拉夫斯基体系》发表于《戏剧与文学》第 1 卷第 2 期。

[德]S.褚威格作、许天虹译《托尔斯泰的思想》发表于《现代文艺》第 1 卷第 1 期。

[苏]N.罗斯托夫作、周学普译《弥开尔·勒尔蒙托夫——诞生一百二

十五周年纪念》发表于《现代文艺》第 1 卷第 2 期（勒尔蒙托夫特辑）。

[苏]M.支维勒夫作、周学普译《勒尔蒙托夫与拜伦》发表于《现代文艺》第 1 卷第 2 期（勒尔蒙托夫特辑）。

荃麟《纪念鲁迅先生六十年诞辰》发表于《现代文艺》第 1 卷第 5 期（鲁迅六十诞辰纪念）。

钦文《写〈彷徨〉时的鲁迅先生》发表于《现代文艺》第 1 卷第 5 期（鲁迅六十诞辰纪念）。

萧天《鲁迅先生六十诞辰纪念在上海》发表于《现代文艺》第 1 卷第 5 期（鲁迅六十诞辰纪念）。

江丰《鲁迅先生与新兴木刻运动》发表于《七月》第 5 集第 2 期。

[苏]V.卡坦阳作、张原松译《论马耶可夫斯基》发表于《七月》第 6 集第 1、2 期。

扬波《六十年间的鲁迅》发表于《笔阵》新 1 卷第 5 期。

铎《中华民族的新青年——鲁迅》发表于《笔阵》新 1 卷第 5 期。

王余杞《纪念鲁迅先生》发表于《笔阵》新 2 卷第 1 期（鲁迅先生逝世四周年纪念特辑）。

丁易《由鲁迅先生逝世想到"化装魔术"》发表于《笔阵》新 2 卷第 1 期（鲁迅先生逝世四周年纪念特辑）。

谭吐《"学习鲁迅"种种》发表于《笔阵》新 2 卷第 1 期（鲁迅先生逝世四周年纪念特辑）。

毛一波《作家与后世》发表于《笔阵》新 2 卷第 1 期（鲁迅先生逝世四周年纪念特辑）。

方艾《学习了多少》发表于《笔阵》新 2 卷第 1 期（鲁迅先生逝世四周年纪念特辑）。

施贻《学习鲁迅先生的战斗精神》发表于《笔阵》新 2 卷第 1 期（鲁迅先生逝世四周年纪念特辑）。

杨枝《纪念鲁迅的几种人》发表于《笔阵》新 2 卷第 1 期（鲁迅先生逝世四周年纪念特辑）。

车瘦舟《鲁迅颂》（诗）发表于《笔阵》新 2 卷第 1 期（鲁迅先生逝世四周年纪念特辑）。

何思敬《论孙中山底思想底研究问题》发表于《中国文化》创刊号。

陈伯达《杨子哲学思想》发表于《中国文化》创刊号。

萧三《高尔基底社会主义的美学观》发表于《中国文化》创刊号。

胡蛮《鲁迅对于民族的文化和艺术问题底意见》发表于《中国文化》创刊号。

萧三《高尔基底社会主义的美学观》（续）发表于《中国文化》第 1 卷第 2 期。

吴玉章《纪念蔡孑民先生》发表于《中国文化》第 1 卷第 2 期。

齐燕铭《追悼吴检斋先生》发表于《中国文化》第 1 卷第 2 期。

［苏］V. 万迪克作、默涵译《黑格尔和康德》发表于《中国文化》第 1 卷第 3 期。

［苏］N. 鲍皋斯洛夫斯基作、伯箫译《俄国伟大的学者和批评家》（车尔尼雪夫斯基研究）发表于《中国文化》第 2 卷第 4 期。

本社《鲁迅先生逝世四周年》发表于《自由中国》新 1 卷第 1 期（复刊号）。

陈铨《叔本华的贡献》发表于《战国策》第 3 期。

魏兆铭《悼留平抗日而被害的吴承仕先生》发表于《宇宙风》第 96 期。

刘大杰《蔡孑民先生》发表于《宇宙风》第 98 期。

觉是《悼蔡孑民先生》发表于《宇宙风》第 98 期。

梁人弦《青年领导问题——由悼念蔡孑民先生说起》发表于《宇宙风》第 100 期。

熊式一《怀念王礼锡》发表于《宇宙风》第 100 期。

郭慕鸿《纪念蔡元培先生——关于蔡氏与中国文学革命运动》发表于《宇宙风》第 101 期。

吕思勉《蔡孑民论》发表于《宇宙风乙刊》第 24 期（蔡孑民先生纪念特辑）。

周成《追忆蔡孑民先生》发表于《宇宙风乙刊》第 24 期（蔡孑民先生纪念特辑）。

陈诒先《记蔡孑民先生》发表于《宇宙风乙刊》第 24 期（蔡孑民先生纪念特辑）。

陶在东《蔡孑民先生挽联》发表于《宇宙风乙刊》第 24 期（蔡孑民先生纪念特辑）。

蒋维乔《蔡孑民先生与开国教育》发表于《宇宙风乙刊》第 24 期（蔡孑民先生纪念特辑）。

孔另境《鲁迅六十诞辰纪念》发表于《宇宙风乙刊》第 27 期（鲁诞特辑）。

列车《鲁迅》（诗）发表于《宇宙风乙刊》第 27 期（鲁诞特辑）。

东方曦《纪瞿秋白》发表于《宇宙风乙刊》第 32 期。

郭慕鸿《追怀王独清先生》发表于《宇宙风乙刊》第 34 期。

邓初民《纪念总理与推行主义》发表于《中苏文化》（中山先生 15 周年纪念特辑）。

杜若君《中山先生论中国外交》发表于《中苏文化》（中山先生 15 周年纪念特辑）。

冯玉祥《继承总理伟大的言行完成抗战的胜利》发表于《中苏文化》（中山先生 15 周年纪念特辑）。

侯外庐《中山先生遗教的核心精神》发表于《中苏文化》（中山先生 15 周年纪念特辑）。

李济深《主义不死中国不亡》发表于《中苏文化》（中山先生 15 周年纪念特辑）。

韩幽桐《中山先生论妇女》发表于《中苏文化》（中山先生 15 周年纪念特辑）。

李庚《中山先生论青年》发表于《中苏文化》（中山先生 15 周年纪念特辑）。

梁寒操《总理弥留时两个伟大的指示》发表于《中苏文化》（中山先生 15 周年纪念特辑）。

马哲民《中山先生与民权主义》发表于《中苏文化》（中山先生 15 周年纪念特辑）。

莫德惠《纪念总理》发表于《中苏文化》（中山先生 15 周年纪念特辑）。

邵力子《恭读总理〈最后一封信〉》发表于《中苏文化》（中山先生 15 周年纪念特辑）。

向林冰《中山先生的"知难行易"的认识论》发表于《中苏文化》（中山先生 15 周年纪念特辑）。

严澄城《中山先生论帝国主义战争》发表于《中苏文化》（中山先生 15 周年纪念特辑）。

于右任《总理这样教训了我们》发表于《中苏文化》（中山先生 15 周年纪念特辑）。

张冲《总理与中苏邦交》发表于《中苏文化》（中山先生 15 周年纪念特辑）。

张西曼《纪念中国革命圣人逝世的十五周年》发表于《中苏文化》（中山先生 15 周年纪念特辑）。

张友渔《中山先生的叛徒汪精卫》发表于《中苏文化》(中山先生 15 周年纪念特辑)。

赵克昂《中山先生论苏联》发表于《中苏文化》(中山先生 15 周年纪念特辑)。

周一志《关于研究总理遗教的一个建议》发表于《中苏文化》(中山先生 15 周年纪念特辑)。

朱彧《中山先生论〈革命军〉》发表于《中苏文化》(中山先生 15 周年纪念特辑)。

邹明初《怎样纪念〈先生〉》发表于《中苏文化》(中山先生 15 周年纪念特辑)。

石光《悼唐聚五将军》发表于 2 月 18 日《新华日报》。

郭仁《怎样纪念唐聚五将军》发表于 2 月 18 日《新华日报》。

国泰《悼革命战士于鸣同志》发表于 2 月 27 日《新华日报》。

梁寒操《民族解放史上最光荣的一页——为纪念黄花岗烈士作》发表于 3 月 29 日《新华日报》。

戈茅《纪念玛雅可夫斯基》发表于 4 月 14 日《新华日报》。

郭沫若《革命诗人屈原》发表于 6 月 10 日《新华日报》。

臧云远《屈原艺术的发展和评价——屈原逝世二千二百十八年纪念》发表于 6 月 10 日《新华日报》。

戈茅《关于屈原》发表于 6 月 10 日《新华日报》。

刘光《谈代英同志的工作作风与生活态度》发表于 6 月 29 日《新华日报》。

张方《十年回顾——忆恽代英同志》发表于 6 月 29 日《新华日报》。

冯玉祥《痛悼张自忠将军》发表于 7 月 12 日《新华日报》。

王梓木《追悼张自忠将军》发表于 7 月 22 日《新华日报》。

戈宝权《略谈鲁迅先生与苏联——为纪念鲁迅先生六十诞辰而作》发表于 8 月 3 日《新华日报》。

潘梓年《中国文化革命伟人(鲁迅)》发表于 8 月 3 日《新华日报》。

边章五《忆张自忠将军》发表于 8 月 9 日《新华日报》。

林林《哀邢桐华》发表于 8 月 23 日《新华日报》。

葛一虹《纪念王礼锡》发表于 8 月 26 日《新华日报》。

戈宝权《高尔基的伟大文学遗产》发表于 9 月 12 日《新华日报》。

余莫文《学习鲁迅的战斗精神——纪念鲁迅逝世四周年》发表于 10 月

12 日《新华日报》。

叶剑英《我也来纪念鲁迅》发表于 10 月 19 日《新华日报》。

茅盾《纪念鲁迅先生》发表于 10 月 19 日《新华日报》。

陈烟桥《鲁迅怎样指导青年木刻家》发表于 10 月 19 日《新华日报》。

丁玲《"开会"之于鲁迅》发表于 10 月 19 日《新华日报》。

戈宝权译《论鲁迅——见"一九三九年苏联文学日历"》发表于 10 月 19 日《新华日报》。

袁础《我们应着重阅读鲁迅的杂文》发表于 10 月 20 日《新华日报》。

邓颖超《痛悼蒋鉴》发表于 11 月 5 日《新华日报》。

二、单篇传记

阿黎《近世最大美术家罗丹小传》发表于《中国文艺》第 1 卷第 5 期。

周作人《蔡孑民先生事》发表于《中国文艺》第 2 卷第 2 期。

按：文章说："蔡先生貌很谦和,办学主张古今中外兼容并包,可是其精神却又强毅,认定他所要做的事非至最后不肯放手,其不可及处即在于此。此外尽多有美德,但在我看来最可佩服的总要算是这锲而不舍的态度了。"

司马文森《记尚仲衣教授》(续)发表于《文艺阵地》第 4 卷 5 期。

何其芳《给艾青先生的一封信——谈〈画梦录〉和我的道路》发表于《文艺阵地》第 4 卷 7 期。

司马文森《善良的将军》(人物志二)发表于《文艺阵地》第 4 卷 9 期。

柳无垢译《玛耶可夫斯基回忆》发表于《文艺阵地》第 4 卷 9 期。

欧阳凡海《鲁迅底初步思想·文学观·社会意识的检讨》(续完)发表于《文艺阵地》第 4 卷 12 期。

编者《茅盾到延安》发表于《文艺阵地》第 4 卷 12 期。

编者《记端木蕻良》发表于《文艺阵地》第 4 卷 12 期。

编者《关于鲁迅先生六十诞纪念》发表于《文艺阵地》第 4 卷 12 期。

〔苏〕齐莫费耶夫作、朱英译《高尔基与马雅可夫斯基》发表于《文艺阵地》第 5 卷 1 期。

关露译《丹麦作家尼克梭》发表于《文艺阵地》第 5 卷 1 期。

〔苏〕高尔基作、适夷译《老板》(自传中篇连载三)发表于《文艺新潮》第 2 卷第 3 期。

〔苏〕高尔基作、适夷译《老板》(自传中篇连载四)发表于《文艺新潮》第 2 卷第 4 期。

［苏］高尔基作、适夷译《老板》（自传中篇连载五）发表于《文艺新潮》第2卷第5期。

［苏］高尔基作、适夷译《老板》（自传中篇连载六）发表于《文艺新潮》第2卷第6期。

袁水拍译《玛耶珂夫斯基回忆录》发表于《文艺新潮》第2卷第7期。

［苏］罗丝托夫作、俞荻译《诗人莱芒托夫的奋斗生涯》发表于《文艺新潮》第2卷第9期。

李晓《马耳离沪赴港》发表于《文艺新闻》第9、10号合刊。

羊石《舒群新作将出版》发表于《文艺新闻》第9、10号合刊。

勇公《立波将赴陕北工作》发表于《文艺新闻》第9、10号合刊。

羽卒《高尔基逸话》（续）发表于《文艺新闻》第9、10号合刊。

［苏］卢纳却尔斯基作、康棣译《史丹尼斯拉夫斯基·剧场与革命》发表于《戏剧与文学》第1卷第1期。

戈宝权《关于奥斯特洛夫斯基》发表于《文学月报》第1卷第2期。

杨朔《诗人王礼锡》发表于《文学月报》第1卷第2期。

亚克译《白俄罗斯诗人杨卡·库巴拉》发表于《文学月报》第1卷第3期。

［苏］阿舍谢也夫作、彭慧译《怎样读玛雅可夫斯基的诗》发表于《文学月报》第1卷第4期（玛雅可夫斯基逝世十周年纪念特辑）。

戈宝权《关于玛雅可夫斯基》发表于《文学月报》第1卷第4期（玛雅可夫斯基逝世十周年纪念特辑）。

编者《玛雅可夫斯基像》发表于《文学月报》第1卷第4期（玛雅可夫斯基逝世十周年纪念特辑）。

编者《玛雅可夫斯基的画》发表于《文学月报》第1卷第4期（玛雅可夫斯基逝世十周年纪念特辑）。

戈宝权《江布尔的自传》发表于《文学月报》第1卷第5期（文艺的民族形式问题特辑）。

任钧《忆叶紫——略记他在上海时的一段生活》发表于《文学月报》第1卷第6期。

［苏］日丹诺夫作、铁弦译《莱蒙托夫》发表于《文学月报》第2卷第3期（莱蒙托夫一百二十六周年诞辰纪念特辑）。

未艾《M.高尔基》发表于《大众文艺》第1卷第3期。

孟长川《绥拉菲摩维支》发表于《大众文艺》第1卷第4期。

萧三《朱总司令在延安》发表于《大众文艺》第 1 卷第 5 期(八路军诞生十三周年纪念)。

萧三《贺龙将军》发表于《大众文艺》第 1 卷第 5 期(八路军诞生十三周年纪念)。

雪韦《关于一部伟大著作的出版——〈鲁迅论文选集〉》发表于《大众文艺》第 2 卷第 1 期(纪念鲁迅先生)。

[苏]雅洛斯拉夫斯基作、陈龙译《法国人民杰出的儿子》发表于《大众文艺》第 2 卷第 1 期。

国雄《高尔基生平简述》发表于《现代文艺》第 1 卷第 3 期(M.高尔基逝世四周年纪念)。

艾青《夏日书简》发表于《现代文艺》第 2 卷第 1 期(战时作家生活)。

欧阳凡海《我底生活纪程》发表于《现代文艺》第 2 卷第 1 期(战时作家生活)。

艾芜《我的近况》发表于《现代文艺》第 2 卷第 1 期(战时作家生活)。

邹荻帆《从鄂中出来》发表于《现代文艺》第 2 卷第 1 期(战时作家生活)。

何其芳《为人类工作》(自白)发表于《现代文艺》第 2 卷第 1 期。

李健吾《福楼拜幼年书简选译》发表于《戏剧与文学》第 1 卷第 4 期。

运公《蔡元培逝世》发表于《东方杂志》第 37 卷第 7 号。

按:时任"中央监察委员、国府委员兼中央研究院院长"的蔡元培 1940 年 3 月 3 日在九龙寓所内失足仆地,口吐鲜血,虽急送养和医院救治,终因年事已高,回天乏术,于 1940 年 3 月 5 日逝世。蔡元培 3 月 5 日病逝于香港后,蒋介石当日发来唁电。3 月 6 日,林森、孔祥熙、孙科、于右任、戴季陶、居正、张群、陈立夫、朱家骅、王世杰、白崇禧、潘公展、马超俊、程天放、洪兰友、邵力子、黄炎培、许崇清、徐寄顾等,以及国际反侵略运动大会中国分会、中国国联同志会等社团、各地北大同学会纷纷来电致唁。3 月 24 日,重庆各界举行蔡元培先生追悼大会。重庆《中央日报》特出版纪念蔡先生的专刊,发表蒋梦麟、邵力子、吴稚晖、陈独秀、马寅初、王世杰、任鸿隽、翁文灏、傅斯年、罗家伦、段锡朋、汪敬熙、陈立夫、蒋复璁、陈西滢等人悼念蔡先生的文章。毛泽东 3 月 7 日即发唁电:"香港九龙奥士甸道蔡孑民先生家属礼鉴:孑民先生,学界泰斗,人世楷模,遽归道山,震悼曷极,谨电驰唁,尚祈节哀。"(重庆《新华日报》1940 年 3 月 8 日)3 月 9 日中共中央又发去唁电,并派廖承志专程前去吊唁。4 月 14 日下午延安各界千余人在中央大礼堂举行蔡元培、吴承仕二先生追悼大会。

运公《举国悼念蔡元培》发表于《东方杂志》第 37 卷第 8 号"追悼蔡孑民先生特辑"。

吴铁成《蔡孑民先生追悼会特刊弁言》发表于《东方杂志》第 37 卷第 8 号"追悼蔡孑民先生特辑"。

王云五《蔡孑民先生与广东人》发表于《东方杂志》第 37 卷第 8 号"追悼蔡孑民先生特辑"。

许地山《蔡孑民先生底著述》发表于《东方杂志》第 37 卷第 8 号"追悼孑民先生特辑"。

蔡壬侯《病中偶记》发表于《宇宙风》第 87 期。

小斧《记方仁植君》发表于《宇宙风》第 87 期。

罗洪《乡行记实》发表于《宇宙风》第 87 期。

宏之《江阴抗战的回忆——一位海军战士的口述》发表于《宇宙风》第 88 期。

金启华《民族革命大学生生活日记》发表于《宇宙风》第 88 期。

金启华《民族革命大学生生活日记》(续)发表于《宇宙风》第 89 期。

孙伏园讲、立哉笔记《关于鲁迅》发表于《宇宙风》第 90 期。

迅雷《吴涵真先生访问记》发表于《宇宙风》第 93 期。

谢冰莹《我的母亲》发表于《宇宙风》第 100 期。

贝谷《我们的血锁住了湘江——一位海军战士的回忆》发表于《宇宙风》第 102 期。

管本荞《韦庄的生平及其词》发表于《宇宙风》第 102 期。

刘渡黄《战时伦敦日记》发表于《宇宙风乙刊》第 20 期。

谢冰莹《一个女兵的自传》发表于《宇宙风乙刊》第 20 期。

丰子恺《教师日记》(一)发表于《宇宙风乙刊》第 20 期。

周木斋《鲁迅先生和中国化》发表于《宇宙风乙刊》第 20 期。

徐靖《我的父亲》发表于《宇宙风乙刊》第 20 期。

丰子恺《教师日记》(二)发表于《宇宙风乙刊》第 21 期。

邹啸《许月卿及其诗》发表于《宇宙风乙刊》第 21 期。

周黎庵《〈红楼梦〉作者的家世》发表于《宇宙风乙刊》第 21 期。

沈承灿《战时巴黎日记》发表于《宇宙风乙刊》第 21 期。

蒋维乔《我的生平》发表于《宇宙风乙刊》第 23 期。

丰子恺《教师日记》(三)发表于《宇宙风乙刊》第 23 期。

沈承灿《巴黎日记》发表于《宇宙风乙刊》第 23 期。

刘渡黄《旅英日记》发表于《宇宙风乙刊》第 23 期。

柳存仁《〈封神演义〉作者陆西星》发表于《宇宙风乙刊》第 24 期。

刘大绅《〈老残游记〉作者之事业及家族》发表于《宇宙风乙刊》第 24 期。

丰子恺《教师日记》(四)发表于《宇宙风乙刊》第 24 期。

丰子恺《子恺漫画》发表于《宇宙风乙刊》第 24 期。

刘渡黄《战时旅英日记》发表于《宇宙风乙刊》第 24 期。

沈承灿《巴黎战时日记》发表于《宇宙风乙刊》第 24 期。

刘绥松《〈南山集〉及其作者》发表于《宇宙风乙刊》第 25 期。

许钦文《蔡先生占着我的心》发表于《宇宙风乙刊》第 25 期。

陈诒先《马一浮先生》发表于《宇宙风乙刊》第 25 期。

薛妤捷《记唐文治先生父子》发表于《宇宙风乙刊》第 25 期。

蒋维乔《我的生平》发表于《宇宙风乙刊》第 25 期。

丰子恺《教师日记》(五)发表于《宇宙风乙刊》第 25 期。

吴经熊《春之骄子——李白》发表于《宇宙风乙刊》第 25 期。

周木斋《鲁迅杂文集解题记》发表于《宇宙风乙刊》第 25 期。

钱士青《钱武肃王与江浙之关系》发表于《宇宙风乙刊》第 25 期。

默僧《苗老爷传》发表于《宇宙风乙刊》第 26 期。

朱东润《我的故乡》发表于《宇宙风乙刊》第 26 期。

丰子恺《教师日记》(六)发表于《宇宙风乙刊》第 26 期。

刘渡黄《战时旅英日记》发表于《宇宙风乙刊》第 26 期。

沈承灿《巴黎战时日记》发表于《宇宙风乙刊》第 26 期。

唐弢《马士英与阮大铖》发表于《宇宙风乙刊》第 27 期。

许寿裳《鲁迅先生年谱》发表于《宇宙风乙刊》第 27 期(鲁诞特辑)。

周黎庵《关于鲁迅年谱》发表于《宇宙风乙刊》第 27 期(鲁诞特辑)。

大草《孙寒冰先生纪念》发表于《宇宙风乙刊》第 27 期。

丰子恺《教师日记》(七)发表于《宇宙风乙刊》第 27 期。

丰子恺《教师日记》(八)发表于《宇宙风乙刊》第 28 期。

罗靖华《定番乡下三日记》发表于《宇宙风乙刊》第 28 期。

许景宋《鲁迅年谱的经过》发表于《宇宙风乙刊》第 29 期。

赵景深《南宋说话人四家》发表于《宇宙风乙刊》第 29 期。

陈诒先《记胡朴安先生》发表于《宇宙风乙刊》第 29 期。

堵述初《记郑绹裳先生》发表于《宇宙风乙刊》第 29 期。

丰子恺《教师日记》(九)发表于《宇宙风乙刊》第 29 期。

张默生《现代学术界怪杰吴秋辉》发表于《宇宙风乙刊》第 30 期。

周新《记蔡孑民先生的病》发表于《宇宙风乙刊》第 30 期。

丰子恺《教师日记》(十)发表于《宇宙风乙刊》第 30 期。

许钦文《在老虎尾巴的鲁迅先生》发表于《宇宙风乙刊》第 31 期。

南史《明季吴江民族英雄吴日生传》(一)发表于《宇宙风乙刊》第 34 期。

李宗吾《厚黑名人合传》发表于《宇宙风乙刊》第 34 期。

刘渡黄《战时旅英日记》发表于《宇宙风乙刊》第 34 期。

南史《明季吴江民族英雄吴日生传》(二)发表于《宇宙风乙刊》第 35 期。

赵冈《近代成都两诗家》发表于《宇宙风乙刊》第 35 期。

张人权《我的父亲》发表于《宇宙风乙刊》第 35 期。

顾启源《传记人物·布朗利与无线电》发表于《西风副刊》第 28 期。

曹白《我的路》(敌后生活报告)发表于《七月》第 5 集第 3 期。

欧阳凡海《记吴承仕先生》发表于《七月》第 5 集第 3 期。

欧阳凡海《鲁迅的幼年期》发表于《七月》第 5 集第 4 期。

雪韦、汶重《鲁迅思想认识的断片》发表于《七月》第 6 集第 1、2 期。

荒煤《刘伯承将军会见记》发表于《中国文化》第 1 卷第 5 期。

铎《文学巨匠高尔基》发表于《笔阵》新 1 卷第 3 期。

林丰译《第一次和高尔基会面》发表于《笔阵》新 1 卷第 3 期。

王朝闻《高尔基木刻像》发表于《笔阵》新 1 卷第 3 期。

扬波《鲁迅先生创作辑录编著述略》发表于《笔阵》新 2 卷第 1 期(鲁迅先生逝世四周年纪念特辑)。

孙伏园《别香斋先生》发表于《黄河》第 3 期。

东平《马彪将军访问记》发表于《黄河》第 4 期。

剑魂《悼森下九郎之死》发表于《黄河》第 4 期。

堵述初《脱险后的贺绿汀先生》发表于《黄河》第 4 期。

宗龄译《托尔斯泰的故居》发表于《黄河》第 5 期。

丁尼《朴东云访问记》发表于《黄河》第 5 期。

翟宗沛《忆王曲》发表于《黄河》第 5 期。

宗龄译《托尔斯泰的故居》(续完)发表于《黄河》第 6 期。

堵述初《雨天访语堂先生》发表于《黄河》第 7 期。

元立《满司令会见记》发表于《黄河》第 7 期。

冰莹《我的创作经验》(一)发表于《黄河》第 9 期。

鸣冈《作家县长——记伏园先生》发表于《黄河》第 9 期。

冰莹《我的创作经验》(二)发表于《黄河》第 10 期。

孟超《记吴检斋(承仕)先生》发表于《野草》创刊号。

宋云彬《吴检斋先生成仁一周年》发表于《野草》第 1 卷第 2 期(吴检斋先生殉国周年纪念)。

林林《吴检斋先生断片》发表于《野草》第 1 卷第 2 期(吴检斋先生殉国周年纪念)。

[苏]尼库林作、孟昌译《今日的左拉》发表于《野草》第 1 卷第 2 期。

[苏]尼库林作、庄寿慈译《忆马耶可夫斯基》发表于《野草》第 1 卷第 2 期。

秋帆《纪德所成就的》发表于《野草》第 1 卷第 2 期。

曹聚仁《从陶潜到蔡邕》发表于《野草》第 1 卷第 4 期。

宋云彬《替陶渊明说话》发表于《野草》第 1 卷第 4 期。

绀弩《从沈从文笔下看鲁迅》发表于《野草》第 1 卷第 4 期。

孟超《不寂寞的坟场上一个寂寞的灵魂——吊张伯伦先生》发表于《野草》第 1 卷第 4 期。

王昆仑《我初次谒见中山先生》发表于《中苏文化》(中山先生 15 周年纪念特辑)。

孙科《怎样完成总理的遗志》发表于《中苏文化》(中山先生 15 周年纪念特辑)。

谭平山《遗教研究——三民主义与现代民主政治》发表于《中苏文化》(中山先生 15 周年纪念特辑)。

陶甄《中山先生年谱》发表于《中苏文化》(中山先生 15 周年纪念特辑)。

白燕《杨伯珩烈士抗敌经过及殉难始末》发表于《东北》第 2 卷第 2 期。

葆荃编译《恩格斯的生平、著作及其事业》发表于《群众》第 5 卷第 13—14 期。

陈剑修《蔡先生的生平与学术思想》发表于《教育通讯周刊》第 3 卷第 16 期。

二麟《刘永福小传》发表于《民锋半月刊》第 2 卷第 14 期。

圭化《一个鞋工的自白》发表于《中国工人月刊》创刊号。

司机《我的自白》发表于《中国劳工》第 1 卷第 3 期。

蒋维乔《汤晋小传》发表于《群雅月刊》第 1 卷第 1 期。

李浩文《一个飞行家的自白》发表于《中学时代》第 9 期。

李镜渠《徐福事迹考证》发表于《战时中学生》第 2 卷第 2 期。

朱棪《南翔回忆录》发表于《学生月刊》第 1 卷第 5 期。

力初《一个售票员的自述》发表于《学习生活》第 2 卷第 2 期。

莫娜《一个西班牙女人的自述》发表于《世界杰作精华》第 7 期。

乔志高《一个文学教授的生平》发表于《西书精华》第 2 期。

尚笏《郑和下西洋考略》发表于《政治季刊》第 4 卷第 2 期。

史达《降落伞专家自述》发表于《大陆》第 1 卷第 1 期。

守言《一个护生的自述》发表于《妇女界》第 2 卷第 2 期。

柳无垢译《一个女仆的自述》发表于《妇女生活》第 9 卷第 3 期。

关露《大众的艺术家邓肯女士》(世界妇女名人传记)发表于《上海妇女》第 4 卷第 4 期。

无名氏《托洛斯基之生平》发表于《中央导报》第 1 卷第 5 期。

夏楚《华格纳叶雷克的生平》发表于《天地间》第 6 期。

徐鼎梅、徐承锦《铜仁徐氏先世事略前后编》发表于《图书季刊》新第 2 卷第 3 期。

于右任《一个牧羊儿的自述》发表于《中国青年》第 2 卷第 2 期。

方叔文《安徽民族先贤方密之先生的生平与思想》发表于《安徽青年》第 1 卷第 3 期。

平生《写作自述》发表于《今日青年》第 6 期。

野史氏《周恩来小传》发表于《中国公论》第 3 卷第 4 期。

张清谜《马君武先生事略》发表于《公余生活》第 3 卷第 3 期。

赵大同《海涅的生平及其思想》发表《新东方》第 32 卷第 6 期。

朱新华《詹天佑工程师小传》发表于《知识与趣味》第 2 卷第 7 期。

邹慧勤《荣誉军人自述》发表于《粤西通讯》第 19 期。

江松《西班牙空战回忆录》发表于《航空杂志》第 9 卷第 7—9 期。

迟毓风《参加江西杀敌回忆录》发表于《防空军人》第 1 卷第 9 期。

村夫《英勇抗敌事迹》发表于《军民旬刊》第 26 期。

许赵如《五三惨案详确回忆录》发表于《伤兵之友》第 82—84 期。

周国骥《一个老童子军的自述》发表于《战时童子军》第 50 期。

张鸿模《雪夜布雷回忆录》发表于《海军整建月刊》第 1 卷第 3 期。

无染《黄大痴事迹考》发表于《国艺月刊》第 2 卷第 4 期。

林栖节述《小泉八云的生平及作风》发表于《中和月刊》第 1 卷第 10 期。

明庵《一个偷书贼的自白》发表于《中行杂志》第 1 卷第 4—5 期。

水子立《中国历代回教名贤事略汇编》(下)发表于《回教论坛》第 3 卷第 12 期。

水子立《近代回教革命名贤事略》发表于《回教论坛》第 4 卷第 2 期。

黄懿《林格仑先生之生平治学及其学术贡献》发表于《地质评论》第 5 卷第 1—6 期。

李承三《阎增才先生事略》发表于《地质评论》第 5 卷第 1—6 期。

杨恩元《明代黔贤述略》发表于《贵州文献汇刊》第 4 期。

谢铠《清赠奉政大夫谢公自南行状》发表于《贵州文献汇刊》第 4 期。

李肖聃《罗庆丹墓表》发表于《文哲丛刊》第 1 卷。

唐密《寂寞的易卜生》发表于《战国策》第 4 期。

雷海宗《张伯伦与楚怀王》发表于《战国策》第 6 期。

丁泽《希特拉与朱元璋》发表于《战国策》第 11 期。

陈铨《狂飙时代的席勒》发表于《战国策》第 14 期。

容肇祖《王守仁的门人黄绾》发表于《燕京学报》第 27 期。

郑骞《冯惟敏及其著述》发表于《燕京学报》第 28 期。

鲍鼎《丁仲祜先生奋斗史》发表于《泉币杂志》第 5 期。

鲍鼎《丁仲祜先生奋斗史》发表于《泉币杂志》第 6 期。

鲍鼎《丁仲祜先生奋斗史(续)》发表于《泉币杂志》第 7 期。

鲍鼎《丁仲祜先生奋斗史(续)》发表于《泉币杂志》第 8 期。

鲍鼎《丁仲祜先生奋斗史(续)》发表于《泉币杂志》第 9 期。

丁福保《畴隐居士自序》发表于《泉币杂志》第 9 期。

鲍鼎《丁仲祜先生奋斗史(续)》发表于《泉币杂志》第 10 期。

鲍鼎《丁仲祜先生奋斗史(续)》发表于《泉币杂志》第 11 期。

鲍鼎《丁仲祜先生奋斗史(续)》发表于《泉币杂志》第 12 期。

鲍鼎《丁仲祜先生奋斗史(续)》发表于《泉币杂志》第 13 期。

鲍鼎《丁仲祜先生奋斗史(续)》发表于《泉币杂志》第 14 期。

罗沐园《刘嘉灵传》发表于《泉币杂志》第 16 期。

赖斗岩、朱席儒《高桥乡村卫生实验回忆录》发表于《中华医学杂志》第 26 卷第 5 期。

谷溪《我所知道的贺龙(二三事)》发表于 2 月 2 日《新华日报》。

张国泰《唐聚五将军与东北抗日联军》发表于 2 月 18 日《新华日报》。

袁柔《介绍一位模范的科学家——杨十三先生》发表于 5 月 14 日《新华日报》。

克塞《冀南的平原游击战——宋任穷将军访问记》发表于 6 月 17 日《新华日报》。

梓年《"沉默"了的战士》（附瞿秋白像）发表于 6 月 18 日《新华日报》。

臧云远《战斗的美学观——高尔基逝世四周年纪念》发表于 6 月 18 日《新华日报》。

袁勃《记杨成武将军》发表于 6 月 26 日《新华日报》。

宋之的《记钟毅将军》发表于 8 月 21 日《新华日报》。

陆诒《回忆张自忠将军的片断》发表于 8 月 26 日《新华日报》。

秋远《如火如荼的老少年——记朱德将军》发表于 9 月 6 日《新华日报》。

荒煤《刘伯承将军会见记》发表于 9 月 30 日《新华日报》。

张晓梅《回忆蒋鉴女士》发表于 11 月 5 日《新华日报》。

杨慧琳《记一颗陨落了的星》发表于 11 月 5 日《新华日报》。

马波生《纪念民族老英雄范筑先将军殉国两周年》发表于 11 月 16 日《新华日报》。

全衡《访问黄兴夫人》发表于 11 月 29 日《新华日报》。

卢鸿基《悼苏联木刻家克拉甫兼科》发表于 11 月 30 日《新华日报》。

许由《巴夫洛夫的生平及其贡献》发表于 12 月 17 日《新华日报》。

三、传记著作

奔流主编《历代民族英雄故事》由上海青城书店出版。

无名氏编《中国历史上的民族英雄》（上下卷）由重庆商务印书馆出版。

张悠悠等著《民族英雄》由湖南省教育厅出版。

严济宽编著《中国民族女英雄传记》由重庆商务印书馆出版。

按：唐兰序说："严君伯乔曾任赣榆县长，有政绩，顷任教于国立同济大学，暇时编《中国民族女英雄传记》二卷，将付印，属余为之序。余读其书，以女子之有谋勇，知大义，能抗外患者，始冯嫽，迄秋瑾，约三十余人为内编，其逸以武烈著者为外编，附于后，盖其意在发扬民族之精神，非苟焉而作者。……读此书者，缅怀前烈，其亦有攘臂而起者乎？民国二十八年十二月四日同学弟秀水唐兰谨序。时在昆明才盛巷北京大学公舍。"

国民政府教育部编《不成功便成仁》（十大忠烈事略）由中国国民党江西省党部出版。

孙镇铭编译《他们是怎样成功的》由上海天下书店出版。

杨复礼编辑《孔子年谱稿》由开封新河南日报社出版。

彭子仪编著《西施》由上海亚星书店出版。

彭子仪编著《苏武》由上海亚星书店出版。

彭子仪编著《王昭君》由上海亚星书店出版。

陈之文编《陶渊明》由上海三通书局出版。

朱杰勤著《王羲之评传》由长沙商务印书馆出版。

　　按：是书分"引言""少年时代""出处大端""会稽荒政""兰亭修禊""誓墓文成""隐居养真""传业有人""书学研究""结论"等章来介绍王羲之的生平事略。

吴丕绩著《鲍照年谱》由重庆商务印书馆出版。

谢无量著《李白》由上海三通书局出版。

朱偰著《杜少陵评传》由重庆青年书店出版。

隋树森编《张巡》由商务印书馆出版。

罗香林著《颜师古年谱》由商务印书馆出版。

颜虚心著《陈龙川年谱》由长沙商务印书馆出版。

傅抱石著《文天祥年述》由重庆青年书店出版。

哈佛燕京学社引得编纂处编《辽金元传记三十种综合引得》由编者出版。

方觉慧著《明太祖革命武功记》由国学书局出版。

滕山著《张居正年谱》由重庆青年书店出版。

何格恩著《张曲江诗文事迹编年考》由中国文化协进会出版。

吴汝柏著《民族英雄袁崇焕传》由广西省政府编译委员会出版。

杨德恩著《史可法年谱》由商务印书馆出版。

李健儿著《刘永福传》由重庆商务印书馆出版。

郑慧贞著《秦良玉》由上海大方书店出版。

朱杰勤著《龚定庵研究》由长沙商务印书馆出版。

徐徵辑《俞曲园先生年谱》由江苏省立苏州图书馆出版。

武德报社编《吴佩孚》由北京武德报社出版。

拓荒著《吴佩孚将军》由上海明社出版。

徐澄编《余杭先生语录》由江苏省立苏州图书馆出版。

国民出版社编辑《英雄张自忠将军》由金华国民出版社出版。

重卿著《民族英雄唐景崧传》由广西省政府编译委员会出版。

福建新闻社编《丘志宣先生被汉奸丘思庚等暗杀前后》由漳州编者出版。

正论出版社编《国人皆曰——汪精卫卖国》第 6 辑由重庆编者出版。

正论出版社编《国人皆曰——汪精卫卖国》第 7 辑由重庆编者出版。

正论出版社编《国人皆曰——汪精卫卖国》第 8 辑由重庆编者出版。

正论出版社编《国人皆曰——汪精卫卖国》第 9 辑由重庆编者出版。

正论出版社编《国人皆曰——汉奸汪精卫》第 10 辑由重庆编者出版。

钱俊瑞著《汪精卫卖国的理论与实践》由全民抗战社出版。

萧红著《回忆鲁迅先生》由重庆生活书店出版。

郁达夫等著《回忆鲁迅及其他》由上海宇宙风社出版。

按：是书收录郁达夫的《回忆鲁迅》以及知堂的《钱玄同先生纪念》、毕树棠的《忆王静安先生》、赵景深的《吴梅先生》、钱歌川的《纪念王礼锡》，共 5 篇文章。

冯雪峰(原题雪峰)著《鲁迅论及其他》由广西桂林充实社出版。

茅盾、楼适夷(原题适夷)编《论鲁迅》由重庆生活书店出版。

巴人著《论鲁迅的杂文》由上海远东书店出版。

张文澜编《女兵冰莹》由重庆独立出版社出版。

〔日〕波多野乾一著、平明译《延安水浒传》由南京时代晚报社出版。

按：是书译自日本大陆杂志。收录毛泽东、朱德、周恩来、张闻天、徐向前、项英、林彪、秦邦宪、徐特立、林祖涵等人的事略。

冼玉清著《广东鉴藏家考》由广东文物社出版。

方树梅著《滇南碑传集》由上海开明书店出版。

按：是书以明清时期云南历史人物碑传文为主体，兼及民国初期人物的碑传类历史文献。

第六十八军政治部编《无敌勇士们》由编者出版。

史社编《民族解放先驱方志敏》由史社出版。

周庄部队政治部编《新英雄》由编者出版。

胡山源编《各地义民遗事》由上海世界书局出版。

胡山源编《各地忠臣遗事》由上海世界书局出版。

乔咏岊编《嘉定名人传略》由真真月出版。

按：是书收我国宋代至清代嘉定名人志士杨则之、杨应龙、高衍孙、赵默庵、秦辅之、沈文辉、龚弘、陈瑚等 200 余人的小传。

刘葆编著《现代中国人物志》由上海博文书店出版。

按：是书分四编，第 1 编为军事之部，第 2 编为政治之部，第 3 编为外交、学术、实业、社会之部，第 4 编为补遗。收录现代各界名人蒋介石、毛泽东、唐生智、林森、周作人、丁玲等 469 人的小传。

刘炳藜等编《中外人名辞典》由云南昆明中华书局出版。

顾锦藻主编《世界名人传记》由上海春江书局出版。

萧剑青编绘《世界三百名人图志》由上海世界书局出版。

按：是书收录中外名人小传，并附人物画像。

张希为编译《世界名人印象记》由四川成都国魂书店出版。

按：是书根据日文材料编写。介绍对孙中山、蒋介石、冯玉祥、袁世凯、张作霖、西园寺公望、高桥是清、凯末尔、胡佛、福特、爱迪生、兴登堡、卓别麟等 25 人的印象。原作者均为日本人。

陶菊隐编译《世界名人特写》由上海中华书局出版。

按：是书收《罗斯福》《英王乔治六世》《瑞典王加斯塔夫五世》《埃及王法鲁克》《意大利七要人》《德国陆军将领》《莫洛托夫》《甘地》《尼赫鲁》等 28 篇名人特写。

外交评论社编《现代国际人物志》由重庆正中书局出版。

按：是书收录周子亚《英皇乔治五世传》、程瑞霖《美国总统罗斯福之生平及其评价》、李琴《希特勒的后台人物——狄森》、葛受元《张伯伦奥斯丁评传》、李琴《时代怪杰荒木贞夫》等 9 篇人物志。

黄竞初编著《华侨名人故事录》由商务印书馆出版。

按：是书辑自宋末到民国初年近 60 位华侨名人的略历。有郑所南、郑成功、郑天锡、黄公度、温生财等，以及广州黄花岗 72 烈士中的 12 位华侨烈士。

艾珑编著《大政治家的故事》由文光书局出版。

按：是书介绍希特勒、罗斯福、墨索里尼、斯大林、丘吉尔、凯末尔、列宁、甘地、孙中山、林肯等人的故事。

蒲盖著、明灯社编译《西洋圣者列传》由上海广学会出版。

胡本德著《耶稣小传》由上海广学会出版。

曹靖华辑译《列宁的传说及其他》由上海文化生活出版社出版。

［苏］加里宁等著、胡明辑译《斯大林》由上海知识出版社出版。

［德］S. 褚威格著、许天虹译《托尔斯泰》由福建永安改进出版社出版。

［德］希特勒著、郭清晨译《我的奋斗》由上海天下书店出版。

梁启超著、郑学稼注释《意大利建国三杰传》由陕西西安新中国文化出版社出版。

吴道存编译《贝登堡》由上海中华书局出版。

按：是书分"童军首创者贝登堡""二绰号与一格言""贝氏的家庭""贝氏的童年时代""贝氏的学校生活""学校时代及以后""贝氏与母校的关系""常青军的生活""关于猎野猪""在摩尔太的经过""阿善提征伐的成功""其他的军中工作""贝氏的结婚与丧母""欧战期中英国童军对国家的贡献""一九二〇的国际童军大会""英皇太子与童军""一九二四年童军大会及以后"等章节及"附录：生活年历"。

裴小楚编《伟人与修养》由上海博文书店出版。

薄玉珍编、马鸿纲译《儿童良友》由上海广学会出版。

按：是书介绍英国宗教家、慈善家和贫儿教育家多马·约翰·巴尔拿多的生平经历，主要记述他的教育是生活教育，在基督化的爱中，使儿童成长起来。经他教养的弃儿就达数万人。

四、卒于是年的传记作者

蔡元培(1868—1940)。元培字鹤卿，又字仲申、民友、孑民，乳名阿培，并曾化名蔡振、周子余，浙江绍兴人。光绪十五年举人，十八年为进士，授翰林院庶吉士。二十年补翰林院编修。二十四年九月返绍兴，任绍兴中西学堂监督，提倡新学。二十七年七月赴上海，出任南洋公学教习。二十八年与蒋观云等组织中国教育会，任事务长。三十年冬与陶成章、龚宝铨等在上海建立光复会，被推为会长，次年加入同盟会。1912年任南京临时政府教育总长。二次革命失败后，携眷赴法，与李石曾等创办留法勤工俭学会。1916年任北京大学校长，支持新文化运动。1919年支持五四运动，被迫辞职后，多次赴欧洲英、法等国考察教育和讲学。1920—1930年同时兼任中法大学校长。1927年任国民党政府大学院院长，后改任中央研究院院长。1932年与宋庆龄、鲁迅等发起组织中国民权保障同盟，积极开展抗日爱国运动。1940年3月5日在香港病逝。著有《蔡元培自述》《徐锡麟墓表》《杨笃生先生蹈海记》《亡友胡钟生传》《悼夫人王昭文》等。自撰《蔡元培自写年谱(1868—1900)》，高平叔编著《蔡元培年谱长编》。

毛思诚(1873—1940)。思诚原名裕称，字彩宇，号勉庐，浙江奉化剡源乡岩头村人。早年为秀才。蒋介石的启蒙老师。先后执教奉化龙津学堂、宁波府中学堂、衢州省立第八师范学校。任浙江第八师范舍监及国文教师。1925年4月应蒋介石邀，任黄埔军校秘书处少校秘书，兼校史编纂委员会委员。次年3月任广东潮阳县长。1927年后，历任国民革命军总司令部中校秘书、总司令办公厅文书科上校科长、国民革命军战史编纂委员会常委、国民政府主席办公室秘书等职。1934 年 7 月任监察院监察委员。1931 年为蒋介石编成《自反录》。编有《民国十五年以前之蒋介石先生》《蒋介石大事年表》。

马君武(1881—1940)。君武原名道凝,又名同,改名和,字厚山,号君武,祖籍湖北蒲圻,出生于广西桂林。1905 年参与组建中国同盟会。1911年辛亥革命成功后,参与起草《中华民国临时约法》及《临时政府组织大纲》,旋任中华民国临时政府实业部次长,后又任孙中山革命政府秘书长、广西省省长,北洋政府司法总长、教育总长。1924 年开始淡出政坛,投入教育事业,先后担任大夏大学、北京工业大学、中国公学、国立广西大学等学校校长。著有《马君武诗稿》《法兰西革命史》等。传记作品有《女士张竹君传》《民权自由之敌奥太利宰相梅特涅传》《世界第一爱国者法兰西共和国建造者甘必大传》《世界大发明家罗伯儿传》《世界大发明家卑司麦亨利传》《谢无量》《移居窦恩以后的达尔文》等。

王独清(1898—1940)。独清,陕西蒲城人。1913 年考进三秦公学学习英文。后被《泰镜日报》聘为总编辑。1915 年东渡日本留学。两年后返回上海。任《救国日报》编辑。1920 年赴法国留学。1925 年底回国,1926 年经郑伯奇介绍加入创造社,曾任理事,并主编《创造月刊》。同时任广东中山文科学长。1929 年 9 月任上海艺术大学教务长,1930 年主编《开展月刊》。1937 年回到故乡,1940 年病逝。著有传记《我在欧洲的生活》《长安城中的少年》《我文学生活的回顾》《创造社,我和它的始终与它底总账》《我底回国》等。

民国三十年　辛巳　1941 年

一、传记评论

民人《伟大的传记》发表于《民意周刊》第 15 卷第 179 期。

按：文章说：欧西国家，对于他们的领袖，无不有一本精美的传记出现，尤其像英国那类个人主义极度发扬的国家，连二三流的政客，也均有他们的传记躺在市场上供人选择。这可以增加民众的认识，产生民众的信仰及向上的意志的工作，在中国是一片荒漠的废地，难得有一茎一茎的花草，却又是瘦弱得可怜。我们的文化界可以抹杀民众的需要，荒地了自己的田园而专门从牵禅贩西洋的货色的，我们当然没有理由反对拿破仑、俾士麦、希特勒、墨索里尼、史泰林……的传记充列于书店的橱窗内，可是反过来试问我们有一本秦始皇传吗？回答是没有；我们有一本诸葛亮的传记吗？回答是没有；我们有一本岳飞、朱元璋的传记吗？没有！这几个没有，就是我们报答民族伟人的成绩啊！可怜一般人的认识他们，倒是仗着《三国演义》《岳传》《英烈传》等几部小说；但这里所反映出来的不是人，而是精神性的超人，这于一般人士有何帮助？梁任公是个开书目的专家，他给我们写下了一百零七种中国史上值得做专传的人（见《中国历史研究法补编》）。到现今被做成专传的真是寥寥无几。人民是诚热地切望着明了他们的性格的，有的还可往浩瀚的史乘里去探求，抉别一些零星知识来满足欲望，大半的人却没有这样的福分，时间与精力，都不允许，只得摇摇头了事。……但良好的传记的产生的条件也实在太苛。作者一定要有历史的眼光，对于时代背景，隐伏的潮流，把握住清楚的认识。同时要有心理学的常识，了悟他人的历史发展，使读者明了他的一切行为都是有系统的一贯的发展下来的，不致以为某一行事是突发的，他并应有文学的素养，以生动的笔调，使被传者的人格活跃于纸上，打入每一读者的心坎，才会产生潜移默化的作用。莫洛亚传拜伦，传狄士雷里那种轻盈玲珑的作风，是作传者最高的模范。像古文家古史家的作法，某君讳某考某如某，再略述一二行行事的，这是一条不通的死路，最多只能用作墓志铭。另一个困难是个人能力不足。在现在，既无充实的图书馆找寻材料（图书馆的书籍散失很多，又多制箱藏在乡间），私人搜集又苦经济能力不足，我个人曾有心制撰，结果只能徒呼负负。传古代的人物易，毕竟他的事迹，已流散在册籍，只要有机会，便能着手。传当代人却更难，因为有许多活的材料，无法找得。若就报章杂志所载，率尔操觚，充其量还不是一部残缺不全脱节的传记？如何搜集活的材料是最要的问题。英雄是伟大的，他拔出我们于奴隶的命运，我们不特要歌颂他，我们还要表彰他的事迹光耀于世。我们希望文化界与出版家，能着眼于这点，互相合作，在最近能有一部完美的伟大的传记给我们阅读。

钟敬文11月9日为陈秋子译《拜伦传》作序。

按：钟敬文《拜伦传序》曰：我没有留心过现代的传记学。我既不大知道现在传记所到达的确实成就，更不知道关于它的性质、历史、风格和效能等，学者们曾经有过什么讲究。过去虽然也偶然读过一二册外国学者所写的"传记文学"一类的小书，但是，隔了许多年月，那点儿知识，早已像月下远山影子般模糊了。我现在来谈传记文学，不过仅仅拿个人一点微薄的经验做根据罢了。

我少年时期，虽然也曾经在"子曰馆"里念过一些时候的"人之初"，但是，大体上总算是受过新式教育的。而这种教育性质的不完全，恐怕现在30岁以上的人士是并不难于想像得到的事情。在那闭塞的小市镇的学校里，我一面读着雇佣编辑家们撰述的课本，一面又哼念着那些唐诗宋词的古典著作。像外国少年所容易得到的活泼有趣的名人传记等读物，是没有福气上眼的。因此，我在传记文学方面的兴味发生得很迟缓。可以说直到近年来才对于传记文学感到真实的爱好。

第一位启导我对于传记的爱重的，恐怕要算罗曼·罗兰先生。他那几部名人传，我是用着对一册比一册更热烈的情绪诵读过来的。他不仅仅教导我深切地了解和敬爱那些大艺术家、政治家，而且教导我去热爱着记述那种伟大人物的文学。实在的，因为诵读托尔斯泰、米克朗基罗和甘地等传记的不容易找到比拟的感动，我才用很大的兴味和期待去诵读《罗曼·罗兰传》《雪莱传》及《伏尔泰传》。换一句话，由于罗兰先生的启导，我才有意地去搜读兹维格、摩罗哀等名手的作品。而从那些作品里，我吸取了最醇美的生命和艺术的液汁。

一本传记，或者说一本好的传记，对读者所能够引起的兴趣和产生的实益，决不在那些不通的文学名著之下。试想想，当我们披读着一个艺术家、思想家或政治家的生平记录，他所受的熏陶，所处的环境，他的思想和性格，行动和挫折，……一切内外的现象和经历，都浮雕般显现在我们眼前。我们有的时候,陪他高兴,有的时候替他掉泪。有许多事情会唤起我们的沉思,有许多事情,又催迫着我们振奋。我们不是在读小说,不是在听奇谈。我们是在接触一个人真实的生命,一个活跃的灵魂,而从那里得到了最实在的教益。我们读罗兰先生的《托尔斯泰传》的时候是这样,读路德威希(Ludwig)的《耶稣传》的时候也是这样。

好的传记,是真挚的艺术。它是最动人情思,策人奋进的一种读物。……今天,在艰苦地战斗着,在崇敬着拜伦那种豪侠行为的中国知识分子,特别是青年的知识分子,他们不会从这个传记里得到深刻的感动和高贵的启示么? 1941 年 11 月 9 日序于坪石。①

[英]B. Hogarth 作、周骏章译《传记的作法》发表于《读书通讯》第 29 期。

按:此篇取自伦敦布莱克书店出版的《作者案头便览》。这本书包含 12 篇小文章,是现代名家的论文,其目的在指导从事文艺者如何写作小说、戏剧、传记、儿童故事、电影剧本及其他。本篇原名《通俗传记之需要》,作者为何嘉士。

孙毓棠《传记的真实性和方法》发表于《今日评论》第 5 卷第 6 期。

按:文章说:听说英国某历史教授在伦敦大学的教室里,批评李顿·斯特莱基(Lytton Strachey)的传记著作完全是小说。他的意思不外乎贬斥斯特莱基的传记作品掺入了主观的想像,与历史的真实不相符合。但是,什么是历史的真实? 我们果真能够得到历史的真实么? 这是首先应当解决的问题。现代人崇信科学,以为只有科学能够引我们走向获得真实知识的路,只有科学能够解答宇宙间一事物的本真本体及其所以然的道理。科学的能力是否果真进步到了此种地步,我不知道。……在上述方法过程中,有几点值得特别注意的,第一,材料必需丰富。所在皆是,唾手可得,材料愈充足,则观察实验愈容易,定论之可靠性亦愈大。世界上有十万种植物,而经过观察实验的不过几十种,我们便不能草率下定结论。科学界也很有感觉材料不充分的,例如世界上少见的古怪病症等,医学家便自然感到研究的困难。第二,材料本身的性质必需简单,使人不致在材料本身上发生争辩或难以分析解释的问题。心理学是一个新进的科学,尚不如其他自然科学成绩伟大,主要的原因怕就是由于人类心理活动这种材料,本身的性质过分复杂,往往难以分析解释,易生争辩。第三,观察过程与实验过程中所用的仪器或其他手

---

① 钟敬文.钟敬文文集·诗学及文艺论卷[M].合肥:安徽教育出版社,2002:681-686.

续,必需得准确可靠,机械到不容我们主观的好恶掺入其中。这方面,天文学便不如物理化学,所以至今无法回答火星到底有无动物。第四,在我们已有了假设之人,搜集选择材料以供实验时,我们自己的理智得严格地分别清楚,我们是在客观地观察一切材料以依靠或驳斥我们自己已有的假设,还是无意中流为为维护我们自己的假设而去选择观察材料。前者是客观的科学的态度,后者则会在无意中产生种种主观变形的流弊。材料愈复杂,愈易犯后者的毛病。这一点,说起来很简单,但是在研究工作热心进行的时候,我们极容易误踏上这条不合理的道路。

朱东润《传叙文学与史传之别》发表于《星期评论》第 31 期。

按:文章说:古代史家和传叙家的分野,常常不清,希腊罗马时代如此,中国古代也是如此。我们认为古代史家就是传叙家,所以常说"史传"何如,因此便认司马迁、班固的著作就是传叙的标准,那是一种混淆的观念,现在必须分别澄清。

史家把传主的生平看错了,自然会写成全不中肯的文章,即是看对了一部分,也常会把传主的一生看成表格,于是一切的叙述,止成为填表,而不是作传。那么,现代的传叙家和史家有什么分别呢? 史家的叙述和传叙家的叙述,有一个根本的差别,就是史家以事为中心,而传叙家以人为中心。在一部史书里往往先有成见,认定几件大事是这一代政治的骨干,和这几件大事有关的人,当然收进史传,但是传中所载,仅仅把他对于这几件大事的关系写出,其余则不妨付之阙如。传叙家不应当是这样的,他应把传主的性格完全写出,凡是和性格发展有关的,都是传叙家的材料。最显然的,和性格发展有关的事态,不一定是历史上的大事,所以传叙家所用的材料,和史家所用的材料不同,而两家所得的结果,也必然地不会一致。因此,要把史家的列传认为传叙的标准,当然是一种错误。

史传和传叙文学中间还有一个很大的差别,就是所谓"互见"。在史家的著作里,一部书常常包括若干人的事迹,这若干人的事迹,必然有若干的共同项目。要把每个人的事迹,都在本传里叙述,必然有若干的重复和雷同,而这一部书也空费许多可省的篇幅。所以史家常把这些共同的事迹,仅在主角的本传里记下,连带写着与此有关的诸人;那么,在其他诸人的本传里,就可以节省笔墨,止说见某某传甚或连这一句都可以省去了,这便是所谓"互见",其主要目的是在避免重复。传叙的目标是个人,所以在每个人的传叙里,应当把他的事迹完全写进,无论这是他单独的事迹或是与其他诸人共同的事迹,在他与诸人共同的事迹里,他是一个主角,或仅是一个不甚重要的配角。优良的传叙家必然认定他的主从的关系,而给他相当的叙述,这是另一问题,但无论如何,凡是和传主的性格发展有关的事迹,传叙家便不应把这件事迹忽略或放弃。

传叙以记载个人事迹为本位的,但是也有时一部总传里面包括若干的别传;例如中国的《陈留耆旧传》和英国的《维多利亚王朝名人传》,但是应当记清总传只是若干别传的合刻,这里还是以人为本位,而与史书以事为本位的不同。所以《史记》虽是百三十篇而止是一部书,《维多利亚王朝名人传》仅有四篇而不妨认为是四部书,至少也应认为是四篇单独著作的合刻。(关于这点,也许还需要一些不很重要的讨论,现在略去。)在史传里,互见之例有它存在的理由,但是在单独的传叙里根本就谈不到;即是在总传里,互见之例也没有必要。史传互见之例的主要目的是在避免重复,但是同一件事应该在本传里叙述与否,这自然是史家的权衡了。……史传中有了互见之例,不但可以避免重复,而且可以示褒贬,明忌讳,但是必待研读全书以后,才能看到事实的真相。倘使仅读本传,那么不但不能得到真相,甚至所得的印象止是朦胧而不确切,这也是运用互见之例的结果。在传叙文学里,无论在专传或传叙总集里,情形便不同了。所以要认史传和一般传叙文学有密切的关系则可,倘使认为史传就是传叙文学或是传叙文学的标准,那么不但格局上不能一致,而且在性质上也是大相径庭。

朱东润《中国传叙文学的过去与将来》发表于《学林》第8期。

按:朱东润执教于乐山武汉大学,撰《八代传叙文学述论》,并开始撰写《张居正大传》和《中国传叙文学的过去与将来》。陈尚君《传叙文学:人性真相的叙述——述朱东润师八代传叙文学述论》说:"先生晚年在自传中曾谈到,一九四〇年,当时的教育部规定大学中文系可以开传记研究课,许多学校遂开讲唐宋八大家的碑志。先生早年曾留学英国,对于西方传记文学有着浓厚兴趣,清楚地认识到二十四史的列传只是史传,韩柳欧苏的碑志也只是速写,都不是传记。在沉下心来读了一批西方的传记文学理论和作品后,决心探索中国传叙文学发展的道路。先生的工作从两方面展开,一是对于中国古代传叙文学的成就作系统的研究和清理,因此有本书的写作;二是从事传叙文学的写作实践,在本书写成次年即一九四三年完成《张居正大传》,随后又写作《王阳明大传》(书稿失传)。可以说,四十年代初的这次变化,确定了先生后半生的学术道路,此后的近半个世纪,传叙文学始终是他学术研究的中心工作。……《述论》是先生四十六岁时的著作,正是一生学术精力最鼎盛的时期。全书举证丰富,考辨周详,议论骏爽,笔力雄劲,处处可以显见当时开疆拓土的执着奋发。虽然六十四年后才首次出版,其学术意义并没有随着时间推移而减损。先生当时疾呼因应世界文学的趋势,建立可以无愧于世界文学之林的中国传叙文学,至今仍不失其意义。先生对于汉魏南北朝传叙文学作品的全面发掘,并在此基础上对其成就的评骘,至今尚无学者超越先生当时已经达到的广度和深度。当然更重要的,是留下了在学术转型过程中的系统思考,对于了解先生一生的治学道路和成就,意义十分重大。"①

按:《中国传叙文学的过去与将来》说:现在要谈新的传叙,我们便需要有新的传叙概念。什么是新的传叙概念? 古代的史传常常着重事的概念。《项羽本纪》《高祖本纪》都着重楚汉之战;《淮阴侯列传》《黥布列传》也同样地着重楚汉之战。止有在事的立场上才看到人,一切的叙述止要完成事的发展,便引为满足。因此史家的著作,以事为中心。一部整个的史书里,往往先有成见,认为几件大事,是一代政绩的骨干,和这几件大事有关的人,当然都收进列传。但是传中所载,也仅仅把他对于这几件大事的关系写出,其余都不妨付之阙如。……新的传叙便应当着重人的概念。它应当把传主的人性完全写出,凡是和这个人性发展有关的,都是传叙家的材料。历史上的大事,倘是写进传叙,它的功用止在帮助传叙的发展。一切事态只是因着人的存在而存在,换言之,就是因事见人,不是因人见事。很显然地,和人性的发展有关的事态,不一定是历史上的大事,所以传叙家所用的材料,和史家所用的材料不同,而两家所得的结果,也必然不会一致。

传叙文学既然着重人的概念,第一便要注重对人的认识。在开始作传叙的时候,我们就得搜集传主的日记、书简、公文以及其他有关的文件。也许传主是著作家,那么他的文章、书籍以及回忆录、备忘录,都成为传叙的材料。假如他是政治家,那么一切宣言提案,也是必要的文件。关于后面这一点,有些人以为完全出于科长、秘书之手,因此对于它的价值发生怀疑。其实这只是一种不必要的猜想。……实则对于传主要有真切的认识,文卷、档案还不是最主要的条件。有时最微细的节目,最有兴趣,也最能帮助我们了解传主的人性。正如莫洛亚说过的,一切给与我们以实际的传主观念的,例如发音的声调,谈话的风格,都很重要。我们要记清对于一个人的性格的观念,往往和他的体态有关。在认识的时候人的要点,还在具体的方面;他的态度,他的熟习的姿势,他的声音,他的微笑,他的一套常用的语句,这一切

————————————

① 陈尚君.转益多师[M].上海:上海辞书出版社,2015:31-40.

我们要在传叙里写得使它复生。这是史传家最困难的工作。档案传达的人身,止是抽象的人身,除了对于人类曾有某种行动以外没有什么,倘使传叙家不能使我们在档案、行动和言论的烟障后面,看到血肉的人身,他的工作就是白费。

其次我们应当知道每个人的性格,都和其他的性格不同,换言之,就是人类没有定格而止有创格。抽象的理论不妨"放之四海而皆准,传之百世而不惑"。三角形的三只角,共为百八十度,在东方如此,在西方如此,甚至在别的星球也是如此。但是具体的方面,就找不到绝对相同的东西。树上的绿叶大小不同,形态不同,组织不同,脉络不同,色泽不同,细胞不同,这里多一些锯缘,那里又少一些虫蚀,你从哪里找到两张绝对相同的树叶呢? 古代写人常常有一定的格式,皇帝是幼而徇齐,长而敦敏;大臣是公忠体国,忧国忘家;读书的是焚膏继晷,断齑画粥;教学的是循循善诱,诲人不倦。其实这些止是定格。在定格的后面,止看到表格的填写,看不到血肉的人生。优良的传叙家,应当知道每个传主都是自成一格的人物。……中国传叙文学有过一千几百年的发展,中间虽曾停顿些时,也许在最近的将来,会发生新的进展。希望我们的作家在事的概念以外,更注意到人的概念。从新的传叙中,我们看到对人的认识。这不但在文学上扩大了新的境界,而且也能使得我们更加理解我们所处的人类社会。

朱东润《〈大慈恩寺三藏法师传〉述论》发表于《文史杂志》第 1 期。

按:文章说:论其大体,《慈恩传》自不得不推为中国传叙中有名之著作。玄奘为第七世纪思想界有名之人物,其人足系轻重,一也。其经历所及,固有《西域记》所不及详,至于当时印府学术界宗教界之情状,自此传所记外,无并时之纪载,其事足系重轻,二也。篇幅伟大,同时之传叙,无以过之,三也。综此三者,自足以定其价值。吾辈生于千三百年以几之今日,持今日关于传叙之观念,以衡量第七世纪之著作,其不能尽合固甚明,然不能以此遽贬其价值。何则? 时代不同,则衡量之准绳自异也。

姑就今日之见地论之,凡为人作传者必才力有余于传之外,然后始能胜任而愉快。何谓有余于传之外? 凡作传者于传主之见解及思想,必契合于无间,始能深切了解,分析综合,疏通证明,判断比较。自非然者,记一事不能得其首尾,论一人不能中其肯綮,即令粗载言行,略举故实,其所得者不过轶事琐闻,稍具片段,不足以言传叙也。降格以求,则为人作传者,必其见解思想,足与传主接近,重之以好学深思,感之以懿亲密友,斯其所得,虽不足为鸿篇巨著,要亦一时之杰作矣。又下焉者则疲神于陈篇,博问于故实,孤诣苦心,铢积寸累,犹庶几尽传主之生平,以待后入之论定,至于自邻以下,固不足数。

复就《慈恩传》之作者论之,慧立、彦悰之才力,皆竭蹶于传内,而不足与论玄奘之得失者也。慧立才力较长,其作传时又不蕲其必传,无意于得失,故下笔之时,意态从容。以彦悰之才,更不及慧立,当时译经之是非,横鲠胸中,方欲发之著作,消其块垒,知尊其师而不知其师之所以尊,于是下笔多冗,议论亦不切当,所幸瑕瑜不掩,学者犹得就其字里行间,略得玄奘之为人。

戴镏龄《谈信牍文学》发表于《文艺月刊》第 11 年第 6 月期。

李长之《孔子与屈原》发表于《文艺月刊》第 11 年第 6 月期。

罗烽《高尔基论艺术与思想》发表于《文艺月报》第 7 期。

陈适译《法郎士在左拉墓前的演说》发表于《文艺月报》第 7 期。

又然译《一位伟大人物的侧面——马克思》发表于《文艺月报》第 10 期。

李嘉译《俄国作家论莎士比亚及西万提斯》发表于《文学月报》第 3 卷第 2、3 期合刊(苏联抗战特辑)。

老舍《敬悼许地山先生》发表于《文学月报》第 3 卷第 2、3 期合刊。

戈宝权辑译《列宁论文学・艺术与作家》发表于《文艺阵地》第 6 卷 1 期(列宁逝世纪念特辑)。

黄文俞《鲁迅先生的初期思想》发表于《文艺阵地》第 6 卷 3 期。

[苏]塞维林作、以群译《列宁的高尔基论》发表于《华北文艺》第 1 卷第 2 期。

徐懋庸《学习鲁迅的战略战术》发表于《华北文艺》第 1 卷第 6 期(鲁迅先生逝世五周年纪念特辑)。

流焚《纪念鲁迅先生并谈当前文艺运动的二三偏向》发表于《华北文艺》第 1 卷第 6 期(鲁迅先生逝世五周年纪念特辑)。

铁耕《怀鲁迅》发表于《华北文艺》第 1 卷第 6 期(鲁迅先生逝世五周年纪念特辑)。

张香山《鲁迅,周作人》发表于《华北文艺》第 1 卷第 6 期(鲁迅先生逝世五周年纪念特辑)。

秋远《鲁迅,活在人心里》发表于《华北文艺》第 1 卷第 6 期(鲁迅先生逝世五周年纪念特辑)。

齐语《想起鲁迅先生》发表于《华北文艺》第 1 卷第 6 期(鲁迅先生逝世五周年纪念特辑)。

张秀中《鲁迅先生与新文学》发表于《华北文艺》第 1 卷第 6 期（鲁迅先生逝世五周年纪念特辑）。

［苏］阿涅克斯脱作、葛一虹译《艺术家和人——高尔基的两重伟大》发表于《时代文学》第 1 卷第 2 期。

葛一虹《纪念人民诗人莱蒙托夫逝世一百年》发表于《时代文学》第 1 卷第 3 期。

谷兰译《列宁论艺术及其对于西欧艺术家的影响》发表于《时代文学》第 1 卷第 4 期（苏联文学专辑）。

编者《纪念郭沫若创作生活二十五周年》发表于《抗战文艺》第 7 卷第 4、5 期。

编者《纪念鲁迅先生逝世五周年》发表于《抗战文艺》第 7 卷第 4、5 期。

田汉《与沫若在诗歌上的关系》发表于《诗创作》第 6 期（祝福郭沫若诗人）。

宋云彬《奔放的感情，缜密的头脑》发表于《诗创作》第 6 期（祝福郭沫若诗人）。

穆木天《在风暴中微笑吧》发表于《诗创作》第 6 期（祝福郭沫若诗人）。

孟超《五十之颂》发表于《诗创作》第 6 期（祝福郭沫若诗人）。

欧阳予倩《追念西苓沈先生》发表于《戏剧春秋》第 1 卷第 3 期（追悼沈先生西苓）。

夏衍《悼念西苓》发表于《戏剧春秋》第 1 卷第 3 期（追悼沈先生西苓）。

熊辉《哀西苓》发表于《戏剧春秋》第 1 卷第 3 期（追悼沈先生西苓）。

黄华《忆保罗》发表于《戏剧春秋》第 1 卷第 5 期（追悼刘·蔡·王三同志）。

欧阳予倩《吊刘保罗先生》发表于《戏剧春秋》第 1 卷第 5 期（追悼刘·蔡·王三同志）。

马峦《悼碧青》发表于《戏剧春秋》第 1 卷第 5 期（追悼刘·蔡·王三同志）。

［苏］狄纳莫夫作、宗玮译《莎士比亚新论》发表于《戏剧春秋》第 1 卷第 5 期（莎士比亚逝世三二五年纪念辑）。

按：1941 年第 5 期《戏剧春秋》为"莎士比亚纪念辑"，其重要内容为狄纳莫夫著，宗玮译《莎士比亚新论》，分十章对莎士比亚的戏曲工作进行了评述，分别是："第一章 莎士比亚底时代""第二章 莎士比亚与民众""第三章 对封建主义的忿怒""第四章 对专制主义的态度""第五章 莎士比亚与布尔乔亚""第六章　莎士比亚与宗教""第七章　莎士比亚与科学""第八章　莎士比亚与古代世界""第九章　人物及动作""第十章　莎士比亚风格中的人民气质"。

杨松《列宁论中国》发表于《中国文化》第 2 卷第 5 期。

张仲实《列宁底著作遗产》发表于《中国文化》第 2 卷第 5 期。

［苏］N. 鲍皋斯洛夫斯基作、伯箫译《俄国伟大的学者和批评家（续完）》（车尼雪夫斯基研究）发表于《中国文化》第 2 卷第 5 期。

萧三《列宁论文化与艺术》发表于《中国文化》第 2 卷第 6 期。

茅盾《高尔基与现实主义》发表于《中苏文化》第 8 卷第 6 期。

茅盾《悼许地山先生》发表于《知识与生活》第 1 期。

邹啸《记浙东的杂文家》发表于《宇宙风》第 108 期。

玄裳《从侯方域谈到明季党人》发表于《宇宙风乙刊》第 41 期。

许钦文《鲁迅先生创作的八大原则》发表于《宇宙风乙刊》第 45 期。

堵述初《从鲁迅第一篇小说看他的作风》发表于《宇宙风乙刊》第 45 期。

何文介《我怎样写〈走出了黑夜〉》发表于《宇宙风乙刊》第 47 期。

许钦文《鲁迅先生的说理谈情》发表于《宇宙风乙刊》第 47 期。

魏如晦《何绍基与太平天国》发表于《宇宙风乙刊》第 48 期。

周麟《纪念柏格森》发表于《宇宙风乙刊》第 48 期。

玄裳《我也谈谈钱牧斋》发表于《宇宙风乙刊》第 50 期。

唐弢《悼木斋》发表于《宇宙风乙刊》第 51 期（周木斋先生纪念特辑）。

柯灵《伟大的寂寞》发表于《宇宙风乙刊》第 51 期（周木斋先生纪念特辑）。

东方曦《哭木斋》发表于《宇宙风乙刊》第 51 期（周木斋先生纪念特辑）。

文载道《这是残忍的》发表于《宇宙风乙刊》第 51 期（周木斋先生纪念特辑）。

周黎庵《木斋"宗兄"纪念》发表于《宇宙风乙刊》第 51 期（周木斋先生纪念特辑）。

列车《高举他的旗帜前进》发表于《宇宙风乙刊》第 51 期（周木斋先生纪念特辑）。

许钦文《谈许钦文》发表于《宇宙风乙刊》第 52、53 期。

徐绪典《钱谦益著述被禁考》发表于《宇宙风乙刊》第 52、53 期。

张默生《张宗子论》发表于《宇宙风乙刊》第 54 期。

愚公《南宋陷金的民族诗人》发表于《宇宙风乙刊》第 54 期。

陈铨《尼采的无神论》发表于《战国策》第 15、16 期合刊。

萧今度《从陶潜说到蔡邕》发表于《野草》第 1 卷第 5 期。

耳耶《鲁迅的偏狭与向培良的大度》发表于《野草》第 1 卷第 5 期。

〔苏〕D. 萨斯莱夫斯基作、秦似译《论爱密尔·左拉》发表于《野草》第 1 卷第 6 期（左拉纪念特辑）。

〔法〕A. 法朗士作、秦似译《左拉殡仪演词》发表于《野草》第 1 卷第 6 期（左拉纪念特辑）。

〔法〕A. 法朗士作、秦似译《宣读于左拉纪念会的信》发表于《野草》第 1 卷第 6 期（左拉纪念特辑）。

林辰《鲁迅与韩愈》发表于《野草》第 3 卷第 2 期。

小秋《忆鲁迅先生》发表于《野草》第 3 卷第 2 期。

彭燕郊《我的悼念》发表于《野草》第 3 卷第 3、4 期合刊。

〔苏〕M. 维丁作、秦似译《托尔斯泰的历史意义》发表于《野草》第 3 卷第 3、4 期合刊。

封斗《纪念托尔斯泰》发表于《奔流文艺丛刊》第 1 辑。

按：文章说："三十年前的今日，略夫·尼古拉维支·托尔斯泰以八十二岁的高龄，痛苦于生活的理想和实际的矛盾，毅然脱出自己贵族地主的幸福的家庭，独自踯躅酷寒的雪野，远求理想的世界，终于感染了急性肺炎，在亚斯泰伏的小驿站里，停止了痛苦的人生的旅程。即使没有他一生中为人生与艺术的战斗所遗留下来的光辉的业绩，仅仅是这样的死，也是人类的力量所能完成的最伟大最神圣最崇高的殉道者的死，足够震撼千秋万古的人心而永垂不朽了。远在托尔斯泰逝世之前，为探索世界的最高的真理，到达人类的未来的幸福，有人已经开辟了一条宽广的科学社会主义的道路，我们已无需追觅托尔斯泰所走过的永远不会到达的歧径，但是他的艺术的镜子所烛照出来的现实，他的强烈的信念所悬拟的那个未来，却永远是人生战斗者的有力的启示和有力的鼓励。虽然除了实验室的玻璃管不能有抽象的纯粹的原质，但是如果我们抽象了托尔斯泰的被自己阶级和时代所限制了的观念的，神学的形式，而摄取那纯粹的追求人类幸福，理性，爱的精神，则这样的精神，也是存在在我们今天喋血的战斗之中的，而且必然应该存在的。"

何干之《鲁迅的方向——鲁迅研究草稿之一》发表于《五十年代》创刊号。

何洛《易卜生在中国》发表于《五十年代》创刊号。

真理报《恩格斯与军事科学》发表于《五十年代》第 1 卷第 3 期（关于恩

格斯)。

真理报《恩格斯与俄国革命》发表于《五十年代》第 1 卷第 3 期(关于恩格斯)。

何干之《鲁迅的文艺论》发表于《五十年代》第 1 卷第 3 期。

朱偰《太平天国翼王石达开死事考》发表于《东方杂志》第 38 卷第 21 号。

凌鹤《关于洪深先生的"不幸"》发表于 2 月 7 日《新华日报》。

惊秋《高尔基是怎样读书的》发表于 2 月 13 日《新华日报》。

邓颖超《纪念我们的女战士郭林一同志》发表于 5 月 5 日《新华日报》。

可安《十二前的一颗陨星——纪念恽代英同志》发表于 6 月 29 日《新华日报》。

李克《悼申同和同志》发表于 8 月 3 日《新华日报》。

舒菲《纪念巴比塞》发表于 8 月 31 日《新华日报》。

刘文《纪念托尔斯泰》发表于 9 月 9 日《新华日报》。

冯玉祥《追念郝梦龄将军》发表于 10 月 16 日《新华日报》。

卓云《纪念片山潜同志》发表于 11 月 5 日《新华日报》。

周恩来《悼张淮南先生》发表于 11 月 9 日《新华日报》。

陈家康《敬悼张淮南先生》发表于 11 月 9 日《新华日报》。

欧阳凡海《我们应该研究郭沫若先生的作品》发表于 11 月 16 日《新华日报》。

李初梨《我所认识的郭沫若》发表于 11 月 23 日《新华日报》。

陈伯达《庆祝郭沫若先生五十寿辰》发表于 11 月 27 日《新华日报》。

欧阳凡海《悼东平并悼天虚》发表于 12 月 6 日《新华日报》。

胡风《悼东平》发表于 12 月 6 日《新华日报》。

熊辉《哭西苓》发表于 12 月 17 日《新华日报》。

二、单篇传记

铁弦《关于约翰·斯丹贝克》发表于《文学月报》第 3 卷第 1 期(美国文学特辑)。

荆有麟《母亲的影响——关于研究鲁迅的资料断片》发表于《文学月报》第 3 卷第 2、3 期合刊。

[苏]D.查斯拉夫斯基作、陈适译《爱弥儿·左拉》发表于《文艺月报》第 5 期。

［苏］郭尔德别鲁戈作、高原译《托尔斯泰晚年的生活及逝世》发表于《文艺月报》第 8 期。

晋三《最近来渝的海明威先生》发表于《文艺月刊》第 11 卷第 5 期。

老舍《我的话》发表于《文艺月刊》第 11 卷第 6 期。

［苏］左琴科作、靖华译《列宁的故事》发表于《文艺阵地》第 6 卷 1 期（列宁逝世纪念特辑）。

［法］罗曼·罗兰、［爱尔兰］萧伯纳、［苏］高尔基、［法］巴比塞等作，葛一虹译《关于列宁》发表于《文艺阵地》第 6 卷 1 期（列宁逝世纪念特辑）。

［苏］犹黎·卢金作、杨振麟译《肖洛霍夫在一九四〇年》发表于《文艺阵地》第 6 卷 3 期。

老舍《三年写作自述》（创作经验）发表于《抗战文艺》第 7 卷第 1 期。

欧阳山《我写大众小说的经过》（创作经验）发表于《抗战文艺》第 7 卷第 1 期。

艾青《为了胜利》（创作经验）发表于《抗战文艺》第 7 卷第 1 期。

沙汀《这三年来我的创作活动》（创作经验）发表于《抗战文艺》第 7 卷第 1 期。

［德］S. 褚威格作、许天虹译《杜思退益夫斯基的生平》发表于《现代文艺》第 2 卷第 5 期（杜思退益夫斯基纪念）。

［法］莫洛亚作、许天虹译《迭更司的哲学》发表于《现代文艺》第 3 卷第 1 期（迭更司特辑）。

［法］罗曼·罗兰作、陈占元译《褚威格及其作品》发表于《现代文艺》第 3 卷第 1 期。

相棱《李陵与周作人》发表于《现代文艺》第 3 卷第 5 期。

［美］惠特曼作、曹葆华译《走过的道路的回顾》发表于《中国文艺》第 1 卷第 1 期。

荒烟《鲁迅先生造像》（木刻）发表于《时代文学》第 1 卷第 1 期。

编者《鲁迅夫人景宋先生和海婴公子》（摄影）发表于《时代文学》第 1 卷第 1 期。

编者《景宋先生手迹》发表于《时代文学》第 1 卷第 1 期。

［美］V. 莱西克作《安妮·史沫特莱》发表于《时代文学》第 1 卷第 1 期。

［苏］吉尔波丁作、萧敏颂译《普希金生平》（一）发表于《时代文学》第 1 卷第 2 期。

［苏］吉尔波丁作、萧敏颂译《普希金生平》（二）发表于《时代文学》第 1 卷第

3 期。

[苏]吉尔波丁作、萧敏颂译《普希金生平》(三)发表于《时代文学》第 1 卷第 4 期。

编者《沈先生传略》发表于《戏剧春秋》第 1 卷第 3 期(追悼沈先生西苓)。

拟庄《蔡碧青同志小传》发表于《戏剧春秋》第 1 卷第 5 期(追悼刘·蔡·王三同志)。

杜宣《一个马戏班女艺人之死》发表于《戏剧春秋》第 1 卷第 5 期(追悼刘·蔡·王三同志)。

[苏]M. 莫罗索夫作、秦似译《莎士比亚剧作在苏联舞台》发表于《戏剧春秋》第 1 卷第 5 期(莎士比亚逝世三二五年纪念辑)。

魏精忠《宋哲之病逝绵阳记》发表于《宇宙风》第 103 期。

金启华《我三次经过潼关》发表于《宇宙风》第 104 期。

[日]式场隆三郎作、林林译《医师与病者的诗人济茨》(上)发表于《宇宙风》第 104 期。

[日]式场隆三郎作、林林译《医师与病者的诗人济茨》(下)发表于《宇宙风》第 105 期。

钱今昔《一个英雄之死——悼徐廷光副司令》发表于《宇宙风》第 107 期。

金启华《李品仙将军会见记》发表于《宇宙风》第 107 期。

何莎《虎口忆述》发表于《宇宙风》第 107 期。

何莎《虎口忆述》(续完)发表于《宇宙风》第 108 期。

南史《明季吴江民族英雄吴日生传》(续)发表于《宇宙风乙刊》第 36 期。

许钦文《鲁迅先生的蜜月》发表于《宇宙风乙刊》第 36 期。

励天予《记谭云山先生与灯霞和尚》发表于《宇宙风乙刊》第 36 期。

刘渡黄《战时伦敦日记》(续)发表于《宇宙风乙刊》第 36 期。

南史《江左少年夏完淳传》(上)发表于《宇宙风乙刊》第 37 期。

许钦文《鲁迅先生与乌鸦炸酱面》发表于《宇宙风乙刊》第 37 期。

南史《江左少年夏完淳传》(中)发表于《宇宙风乙刊》第 38 期。

南史《江左少年夏完淳传》(下)发表于《宇宙风乙刊》第 39 期。

吴经熊《李白与杜甫》发表于《宇宙风乙刊》第 40 期。

徐诚斌《爱因斯坦传》(一)发表于《宇宙风乙刊》第 41 期。

唐伟之《关于钱牧斋》发表于《宇宙风乙刊》第 41 期。

寄傲《洪深自杀》发表于《宇宙风乙刊》第 42 期。

柳亚子《柳亚子(自撰)年谱》(一)发表于《宇宙风乙刊》第 42 期。

徐诚斌《爱因斯坦传》(二)发表于《宇宙风乙刊》第 42 期。

柳亚子《柳亚子(自撰)年谱》(二)发表于《宇宙风乙刊》第 43 期。

柳亚子《柳亚子(自撰)年谱》(三)发表于《宇宙风乙刊》第 44 期。

许公陵《画中有诗的农民画家米勒》发表于《宇宙风乙刊》第 44 期。

姬妮《关于米勒之死》发表于《宇宙风乙刊》第 44 期。

秦佩珩《明末第一流外交家左萝石》发表于《宇宙风乙刊》第 46 期。

王布帆《记怪人——李子湘》发表于《宇宙风乙刊》第 47 期。

钱士青《云南起义纪念日之回忆》发表于《宇宙风乙刊》第 47 期。

何瑞瑶《孝园居士——戴季陶》发表于《宇宙风乙刊》第 49 期。

何瑞瑶《王亮畴先生》发表于《宇宙风乙刊》第 50 期。

编者《周木斋先生生平》发表于《宇宙风乙刊》第 51 期(周木斋先生纪念特辑)。

秦佩珩《关于郑成功》发表于《宇宙风乙刊》第 51 期。

赵邻芳《记南宗孔子世家》发表于《宇宙风乙刊》第 51 期。

何瑞瑶《孔哲生先生》发表于《宇宙风乙刊》第 51 期。

魏如晦《丁汝昌遗墨及其他》发表于《宇宙风乙刊》第 52、53 期。

赵令仪《读书日记》(一)发表于《宇宙风乙刊》第 52、53 期。

何瑞瑶《冯焕章将军》发表于《宇宙风乙刊》第 52、53 期。

何瑞瑶《使苏归来的杨耿光》发表于《宇宙风乙刊》第 54 期。

赵令仪《读书日记》(二)发表于《宇宙风乙刊》第 54 期。

张默生《默僧自述》发表于《宇宙风乙刊》第 55 期。

许钦文《在给鲁迅先生责骂的时候》发表于《宇宙风乙刊》第 55 期。

何瑞瑶《于右任先生的须和字》发表于《宇宙风乙刊》第 55 期。

许飞《樊耀南与新疆》发表于《宇宙风乙刊》第 55 期。

赵令仪《读书日记》(三)发表于《宇宙风乙刊》第 55 期。

周黎庵《陶在东先生纪念》发表于《宇宙风乙刊》第 56 期。

陶在东《陶在东先生遗墨》发表于《宇宙风乙刊》第 56 期。

张默生《默僧自述》(续)发表于《宇宙风乙刊》第 56 期。

许飞《熊希龄》发表于《宇宙风乙刊》第 56 期。

巴宙《甘地与太戈尔》发表于《宇宙风乙刊》第 56 期。

熊式一《介绍诗人宾阳》发表于《宇宙风乙刊》第 56 期。

［苏］高尔基作、吕荧译《普式庚论草稿》发表于《七月》第 6 集第 4 期。

［苏］马耶可夫斯基作、原松译《我的自白》发表于《七月》第 7 集第 1、
2 期。

本社《纪念托尔斯泰》发表于《自由中国》新 1 卷第 2 期（纪念托尔斯泰
特辑）。

编者《托尔斯泰语录》发表于《自由中国》新 1 卷第 2 期（纪念托尔斯泰
特辑）。

［苏］E. 敏特林作、禾康译《托尔斯泰之家》发表于《自由中国》新 1 卷第
2 期（纪念托尔斯泰特辑）。

肖星《托尔斯泰小传》（附托尔斯泰著作年表）发表于《自由中国》新 1 卷
第 2 期（纪念托尔斯泰特辑）。

龙延坝《青年时代的托尔斯泰》（木刻）发表于《自由中国》新 1 卷第 2 期
（纪念托尔斯泰特辑）。

本社《老年时代的托尔斯泰》（照像铜版）发表于《自由中国》新 1 卷第 2
期（纪念托尔斯泰特辑）。

［苏］F. Schneider《高尔基——伟大的人道主义者》发表于《中国文化》
第 3 卷第 1 期。

萧三《关于高尔基的二三事》发表于《中国文化》第 3 卷第 1 期。

李朴园《我的写剧经过与经验》发表于《黄河》第 2 卷第 1 期（戏剧专
号）。

郑侨生译《法国今代的剧作家基拉都》发表于《黄河》第 2 卷第 1 期（戏
剧专号）。

冰莹《我的创作经验》发表于《黄河》第 2 卷第 3 期。

王志超《我怎样离开了北平》发表于《黄河》第 2 卷第 3 期。

斌人《彻底现实主义者的文人——郁达夫》发表于《黄河》第 2 卷第
3 期。

冰莹《写给青年作家的信》（一）发表于《黄河》第 2 卷第 7 期。

叶鼎洛《我的艺术生活和写作经验》发表于《黄河》第 2 卷第 7 期。

冰莹《写给青年作家的信》（二）发表于《黄河》第 2 卷第 8 期。

［苏］K. 巴乌史托夫斯基作、杨德樋译《诗人——普希金之死》发表于
《黄河》第 2 卷第 8 期。

冰莹《写给青年作家的信》（三）发表于《黄河》第 2 卷第 9 期。

斌人《文艺界的怪物——田汉》发表于《黄河》第 2 卷第 9 期。

王季高《现实主义——从张伯伦到罗斯福》发表于《战国策》第 17 期。

周孟译《苏联木刻家克拉夫兼珂逝世》发表于《野草》第 1 卷第 5 期。

唐诃《关于鲁迅先生的二三点滴》发表于《野草》第 1 卷第 6 期。

［苏］V. 克坦扬作、茹雯译《玛雅可夫斯基的讽刺》发表于《野草》第 2 卷第 1、2 期合刊（玛雅可夫斯基纪念）。

孟超《周作人东渡》发表于《野草》第 2 卷第 3 期。

［苏］莱兹涅夫作、庄寿慈译《普式庚》发表于《野草》第 2 卷第 3 期。

［法］罗曼·罗兰作、秦似译《忆高尔基》发表于《野草》第 2 卷第 4 期（高尔基逝世五周年纪念）。

秦似节译《世界作家悼高尔基》发表于《野草》第 2 卷第 4 期（高尔基逝世五周年纪念）。

云彬《从章太炎谈到刘申叔》发表于《野草》第 2 卷第 4 期。

东郭迪吉《焦大与屈原》发表于《野草》第 2 卷第 4 期。

胡风《为一个外国刊物写的自传》发表于《野草》第 2 卷第 5、6 期合刊。

云彬《回忆太戈尔》发表于《野草》第 3 卷第 1 期。

秋翁《江郎别传》发表于《万象》第 1 年第 2 期。

［美］爱茉兰·海女士原作、陶秦译《宋氏三姊妹》（一）发表于《万象》第 1 年第 2 期。

周璇《我的所以出走》发表于《万象》第 1 年第 2 期。

严华《九年来的回忆》发表于《万象》第 1 年第 2 期。

陈子彝《江南重话李龟年》发表于《万象》第 1 年第 2 期。

韩非《我的舞台生活》发表于《万象》第 1 年第 3 期。

谭正璧《忆滕固》发表于《万象》第 1 年第 3 期。

［美］爱茉兰·海女士原作、陶秦译《宋氏三姊妹》（二）发表于《万象》第 1 年第 3 期。

傅松鹤译《丘吉尔的私生活》发表于《万象》第 1 年第 4 期。

盛琴仙译《希特勒的恋爱史》（上）发表于《万象》第 1 年第 4 期。

［美］爱茉兰·海女士原作、陶秦译《宋氏三姊妹》（三）发表于《万象》第 1 年第 4 期。

董天野绘《潘巧云画传》（一）发表于《万象》第 1 年第 4 期。

叶金译《白蒂斯泰——古巴的独裁者》发表于《万象》第 1 年第 5 期。

［美］爱茉兰·海女士原作、陶秦译《宋氏三姊妹》（四）发表于《万象》第 1 年第 5 期。

盛琴仙译《希特勒的恋爱史》(下)发表于《万象》第 1 年第 5 期。

董天野绘《潘巧云画传》(二)发表于《万象》第 1 年第 5 期。

叶金译《罗斯福的私人秘书》发表于《万象》第 1 年第 6 期。

秋翁、张锦钊《沈万三充军》发表于《万象》第 1 年第 6 期。

董天野绘《潘巧云画传》(三)发表于《万象》第 1 年第 6 期。

方月华《我的自白：童养媳的痛苦》发表于《乐观》第 4 期。

卫聚贤《史记吴世家注(一)》发表于《说文月刊》第 3 卷第 1 期。

卫聚贤《史记吴世家注(二)》发表于《说文月刊》第 3 卷第 2—3 期。

孙次舟《章实斋著述流传谱》发表于《说文月刊》第 3 卷第 2—3 期。

金祖同《蒲氏家谱及其他》发表于《说文月刊》第 3 卷第 2—3 期。

何炳棣《张荫桓事迹》发表于《清华学报》第 13 卷第 1 期。

李嘉言《贾岛年谱》发表于《清华学报》第 13 卷第 2 期。

挥俗《河南香严当代住持润公传》发表于《西北佛教周报》第 23—26 期
合刊。

李意如编《历代高僧新传》发表于《佛学月刊》第 1 卷第 4 期。

中轮《慈舟法师事略》发表于《佛学月刊》第 1 卷第 4 期。

广觉《倓虚法师事略》发表于《佛学月刊》第 1 卷第 4 期。

李意如《历代高僧新传——朱士行》发表于《佛学月刊》第 1 卷第 5 期。

李翼如《先严李公荫庭事略》发表于《佛学月刊》第 1 卷第 5 期。

木易《我的特写：一个女向导的自白》发表于《西风副刊》第 31 期。

[英]索斯作、博尔译《张伯伦的家谱——伯明翰工业家》发表于 1 月 4
日《新华日报》。

海稜《追念白求恩医生》发表于 1 月 7 日《新华日报》。

葆荃编译《卢森堡的生平及其事业》发表于 1 月 20 日《新华日报》。

顾执中《哭金华亭先生》发表于 2 月 4 日《新华日报》。

葆荃《伏罗希洛夫的伟大的一生》发表于 2 月 4 日《新华日报》。

戈宝权《回忆高尔基》发表于 6 月 18 日《新华日报》。

戈宝权《诗人莱蒙托夫的一生》发表于 7 月 17 日《新华日报》。

靖华译《托尔斯泰自传》发表于 10 月 8 日《新华日报》。

贺耀组《张淮南先生事略》发表于 11 月 9 日《新华日报》。

西民《在战地的东平同志》发表于 12 月 6 日《新华日报》。

潘子农《沈西苓氏传略初稿》发表于 12 月 17 日《新华日报》。

三、传记著作

张文新编著《中华民族英雄传记》由重庆军事委员会政治部出版。

张鸿飞编绘《中国女英雄画史》(连环画)由上海杂志公司出版。

王治心、李次九编著《中国历代名人传略》(第5集)由上海青年协会书局出版。

按：是书介绍宋代至元代20位名人的事略，包括赵匡胤、寇准、范仲淹、包拯、欧阳修、王安石、司马光、程颐、程颢、周敦颐、苏轼、李纲、岳飞、朱熹、文天祥、忽必烈等。王治心在《序》中说："就编著本书的用意而言：第一，要选择精当。一部廿五史，卷帙既如是浩繁，而这些所谓正史，除了极少数由于私人撰著外，大都乃是官书，即由帝王饬令若干大臣官修的。官修的书，又大都有许多顾忌与拘束，只顾到官家有利的政制方面，于一般社会每多忽略，这种以专制政体为立场的记录，欲求其适合今日的新青年，实是一件难事。第二，要文字通俗。古史文字，艰奥晦涩，往往有难于索解之处。司马迁撰《史记》，虽已把古史料，如《五帝本纪》《夏殷本纪》等取材于《尚书》的《二典谟诰》改为汉代通行的文字，而汉代文字，犹有许多为今人所不易了解；此后各史及《资治通鉴》等类，亦复如是。不独使后世读者费去许多考证索解的时间，更免不了发生许多误会。尤其是那些地名制度等等，与今迥异，乃至因一字的索解，一制度的考证，穷数日之力而未能了然，故欲把他改成今日的通晓文字，又是一件难事。第三，要裨益读者。……第四，要引起兴趣，一味把原史文字，照本翻译，如流水账簿，自觉枯燥无味，所以必须本着最新的记传文学的描写，除去抄袭式的引证，重叠式的注解，成为活泼生动的短篇故事，叫读者发生兴趣，亦不是一件容易的事。"李次九在《序》中说："我们以为司马迁写《史记》，他采取《书经》里的史料，差不多都改成了著作者生活着的时代通用的文字；那么我们现在既然要用现代通行的语体文来写这传略，除了没方法可以改的史料以外，都要尽量改成语体文，这样在注释一方面可以省许多累赘。只有几篇很有关系的文章，附录在传略后面作补充的用场，才录原文。"

陈鹤琴、王子才编著《我国的伟人》由江西省国民教育师资辅导委员会出版。

按：是书收中国历代29位名人的小传，包括黄帝、夏禹、周公旦、孔子、墨子、秦始皇、项羽、汉武帝、班超、诸葛亮、唐太宗、玄奘、武后、王安石、岳飞、梁红玉、成吉思汗、文天祥、明太祖、郑和、戚继光、秦良玉、史可法、郑成功、清圣祖、曾国藩、孙中山、蒋中正等人。

涤生编辑《中国历代伟人传》出版。

按：是书收录上自黄帝，下迄孙中山等50位中国历代著名人物传略。

苍厂编《新中国人物志》由上海奔流书店出版。

(清)汪辉祖著《九史同姓名略》由长沙商务印书馆出版。

李士涛编《中国历代名人年谱目录》由长沙商务印书馆出版。

廖竞存编著《大哉孔子》由商务印书馆出版。

按：是书先叙述孔子传略及其时代背景，次介绍一贯之学、大学之道和中庸之说，再次论述仁政、礼乐、孝道及孔子著述。

梁宗岱著《屈原》由广西南宁华胥社出版。

马元材编著《秦始皇帝传》(上下)由商务印书馆出版。

凌惕安编《郑子尹年谱》由商务印书馆出版。

戴蕃豫著《范晔与其〈后汉书〉》由商务印书馆出版。

按：书中有范氏传略、范氏家学。关于《后汉书》本身，论述了其资材、体制、史法、作求、释例、编次、文章、得失、附益。又分中土、东裔、西域三地域介绍它的流传。

李长之著《道教徒的诗人李白及其痛苦》由重庆商务印书馆出版。

罗香林著《颜师古年谱》由商务印书馆出版。

(清)王懋竑纂订《朱子年谱》(考异附录)(上下)由商务印书馆出版。

朱杰勤编著《成吉思汗》由空军军官学校出版。

汪闿编著《明清蟫林辑传》由中华图书馆协会出版。

胡山源著《扬州义民别传》由上海世界书局出版。

按：是书以白话文短篇小说体形式叙述明朝忠臣义士王廷佩、董姬、王士秀、戴之藩、张有德、徐有义等15人小传。

[法]沙不烈著、冯承钧译《明末奉使罗马教廷耶稣会士卜弥格传》由商务印书馆出版。

苏雪林著《南明忠烈传》由重庆国民图书出版社出版。

(清)张穆编《顾亭林先生年谱》由商务印书馆出版。

彭子仪编著《石达开》由上海亚星书店出版。

彭子仪著《秋瑾》由上海亚星书店出版。

杨复礼编著《梁任公先生年谱》由编著者出版。

苏渊雷著《宋平子评传》由重庆正中书局出版。

阎海文等著《我的自传》由四川成都铁风出版社出版。

按：是书收录阎海文、汤卜生、王远波、沈崇海、殷文郁、乐以琴6位有为青年的自传各1篇。

杨仪山著《杨仪山"五五"自传》由河南省自治协会出版。

柳宁著《一个无产者的自传》由胜利出版社江西分社出版。

按：作者原系共产党员，1931年脱党，定向反面。书中反映了南昌起义和土地革命时期的一些情况，以及个人的曲折经历。

陈鹤琴著《我的半生》由江西省教育用品厂出版。

郭沫若著《我的结婚》由香港华强书局出版。

落华生、周芬仲著《我底童年》由香港进步教育出版社出版。

茅盾等著、俞获编《我的中学时代》由上海文化图书公司出版。

按：是书收录茅盾、楼适夷、郭沫若、赵景深、庐隐、叶茵、胡适等30人回忆中学时代的文章各一篇。

陶菊隐著《吴佩孚将军传》由中华书局出版。

刘鸿焕著《中山先生传略》由重庆独立出版社出版。

姚寅仲编《蒋介石其生平及其言论》由中华书局出版。

金门编译社编《陈嘉庚近事记》由金门出版社出版。

王青芳刻《木刻近代人范》由北平曲园出版社出版。

按：是书辑集近代知名人物顾炎武、黄宗羲、毛奇龄等40人的木刻像，每幅像皆有简介。

许晚成编《上海人名录》（《上海重要人名录》）由上海龙文书局出版。

何竹淇编著《汉奸的下场》由重庆青年出版社出版。

潘光旦著《中国伶人血缘之研究》由长沙商务印书馆出版。

张铁笙编《时代小姐》由北平沙漠画报出版。

傅双无编著《民族圣哲之伟大与四川禹迹之检讨》由成都今是公论社出版。

中国国民党中央执行委员会宣传部编《四年来抗战英雄事迹》由编者出版。

杨英编《抗战名将集影》由绍兴抗战建国社出版。

中国国民党中央执行委员会宣传部主编、中国国民党中央党史史料编纂委员会编著《革命先烈传记》由重庆中国文化服务社出版。

朱湘著《现代诗家评》由上海三通书局出版。

徐鹤椿著《现代工商领袖成名记》由上海新风书店出版。

按：是书包括丁熊照、王延松、王晓籁、王云五、王莲舫、方液仙、甘斗南、仲学准、朱赓陶、朱瘦菊、沈知方、沈锦洲、沈学文、宋棐卿、何子康、李泽、汪静宜、吴蕴初、吴春泉、金鸿翔、林履彬、周邦俊、周元泰、周祥生、胡文虎、胡西园、胡厥文、俞佐廷、俞斌祺、姚德甫、洪辅元、袁履登、袁炳元、陆费逵、陆文韶、陈蝶仙、陈小蝶、陈松源、陈如馨、陈有运、陈筱坪、范旭东、桑玉棠、马宝山、马少荃、黄金荣、许冠群、许晓初、许学昌、许石炯、郭顺、黄介辅、黄焕南、黄岳渊、张惠康、张士德、孙梅堂、章荣初、项康元、杨永年、杨济川、高培良、叶吉廷、叶墨君、叶荫三、董子星、葛杰臣、虞洽卿、荣宗敬、郑澄清、郑尊法、郑源兴、郑钟洴、蒋志刚、刘鸿生、蔡声白、关勒铭、严春堂、戴耕莘、顾葆相、顾志廉等的传记。

张若谷著《当代名人特写》由谷峰出版社出版。

按：是书分为外国之部与中国之部。中国部分介绍林森、蒋介石、于斌、陆征祥、林语堂、梅兰芳、郎静山7人特写；外国部分介绍乔治六世、贝当、奎松、罗曼·罗兰等7人特写。附录有《雷鸣达神父》《马君武博士》等3篇。

叶心安编《世界成功家》由上海中国图书杂志公司出版。

按：是书介绍武训、叶澄衷、杨斯盛、林肯、胡佛、富兰克林、陆费、高尔基、易卜生、王云五等人的生平事迹。

杨逸声编译《世界成功人传》由上海青年书店出版。

按：是书收辛克莱、爱伦·坡、大仲马、威尔斯、欧·亨利、马可尼、爱因斯坦、爱迪生、威尔逊、哥仑布、莫扎特、嘉宝、克鲁格、利文斯敦、汤姆逊等64名外国人物小传。

叶心安编《世界政治家》由上海中国图书杂志公司出版。

按：是书介绍孙中山、蒋介石、罗斯福、列宁、斯大林、希特勒、丘吉尔、墨索里尼、凯末尔、贝当、泰戈尔、甘地、尼赫鲁等政治家的事迹。

叶心安编《世界发明家》由上海中国图书杂志公司出版。

按：是书介绍爱迪生、福特、赖特兄弟、柯蒂斯、法拉第、贝尔、伽利略、休琴斯、马可尼、伊莱亚斯·豪、布朗利、墨翟、张衡、詹天佑15位发明家的故事。

叶心安编《世界实业家》由上海中国图书杂志公司出版。

按：是书乃中外实业家小传。外国部分介绍卡内基、霍华德、施丁纳史、洛克菲勒、摩根、狄森、诺曼、佛路生8人。中国部分介绍张謇、胡文虎、张公权、荣宗敬、虞洽卿、冼冠生6人。

朱永邦编著《国际名人传》（上中下卷）由江苏南京建国编译社出版。

按：是书各篇均为介绍政治军事时局人物。上册介绍英、美、苏、法、西、土、印等 11 国人物。中册介绍德、意、日人物。下册为日本之部及补遗。

陶菊隐编译《世界名人特写》(续编)由上海中华书局出版。

徐迟著《世界之名音乐家》由长沙商务印书馆出版。

施德芬、刘干卿编译《医护界开道伟人略传》由上海广协书局出版。

按:是书分医学和护士学两部分。医学部分介绍威廉·哈维、爱德华·詹纳、勒内·泰奥菲尔·拉埃内克、詹姆斯·扬·辛普森、路易·巴斯德、约瑟夫·利斯特、罗伯特·科赫、沃尔特·里德等 12 人。护士学部分介绍南丁格尔女士、鲍登女士、钟茂芳女士、伍哲英女士等 9 人。卷首有施德芬序。

陆曼炎著《欧战名将传》由重庆拔提书店出版。

按:是书介绍兴登堡、鲁登道夫、霞飞、福煦、毕苏斯基、凯末尔、甘茂林、魏刚、戴高乐、伏罗希洛夫、雪可斯基等 20 人生平。

三民主义青年团中央团部编《外国民族英雄史话》由编者出版。

按:是书介绍安重根、尹奉吉、甘地、尼赫鲁、凯末尔、奎松、加富尔、马志尼、加里波的、马萨里克、毕苏斯基、范勒拉、柴鲁尔、华盛顿、韦茨曼等人生平事迹。

沈子善、沈瘦碧编《外国名人的童年生活》由长沙商务印书馆出版。

马鸿纲编著《伟人信仰的故事》由上海青年协会书局出版。

按:是书介绍安得鲁斯、巴士特、圣奥古斯丁、圣伊利莎白、马礼逊、海伦·凯勒、马丁·路德、利文斯敦、南丁格尔、华盛顿、孙中山等 15 位名人的生活与信仰。

卢文迪等编《历史》由昆明中华书局出版。

按:是书乃简易师范适用的《历史》书第 4 册,介绍中外名人 90 余位的轶事。

[意]乌戈乔尼著、胡重生译《十九世纪的伟人》由香港圣类斯学校出版。

梁世熙著《欧战四杰》由北京强群书局出版。

按:是书介绍罗斯福、丘吉尔、希特勒、墨索里尼的传略。

林之青编《国际名将录》由陕西建国编译社出版。

吴铁声编译《桃色国际》由桂林国际问题研究社出版。

按:是书收录《挪威沦亡与女间谍》《我与墨索里尼恋爱史》《莱诺的情妇》等 8 篇文章。

高望之编《人间怪杰》由上海知识译丛社出版。

按:是书收录《世界之雄》《史太林的继任者》《戈林的私生活》《女希特勒葛林克》《齐亚诺与其夫人》《贝当述评》《自由奋斗的特戈尔(戴高乐)》等 16

篇文章。

丁宗杰编《可敬加大利纳德嘉归达传》由上海土山湾印书馆出版。

赵紫宸著《耶稣小传》由上海青年协会书局出版。

[法]波尔·拉发格、[德]威廉·李卜克内西著,赵冬垠译《忆马克思》由重庆学术出版社出版。

按:是书包括两部分内容,一是法兰西工党创始人之一波尔·拉发格所写的《忆马克思》,介绍马克思是一个学识渊博的人,并介绍其妻子燕妮·马克思,以及他与恩格斯的友谊,《资本论》的问世和马克思晚年的生活;二是德国社会民主党的创立者威廉·李卜克内西所写的《马克思回忆录》,包括初会马克思、初次会谈、导师与教育者、马克思的体裁、政治家、教师和人的马克思、工作中的马克思、海伦、和马克思一起散步、病与死、贫穷与困难、马克思的坟墓等内容。

姚寅仲编著《列宁传》由开华书局出版。

张吕辉编《史太林传记》由上海经纬书局出版。

陈大年编著《高尔基传》由上海世界书局出版。

世界文艺丛刊社编《高尔基五周年逝世纪念特辑》由世界文艺社出版。

[日]鹤见祐辅著、赵南柔译《俾斯麦传》由重庆正中书局出版。

[法]沙不列著、冯承钧译《卜弥格传》由长沙商务印书馆出版。

[苏]高尔基著、黄源译《忆安特列夫》由上海虹虹出版社出版。

陈正人编著《居里夫人传》由上海世界书局出版。

卢烈编《林肯传记》由上海经纬书局出版。

按:编者序曰:"我们试观林肯的略历,他是出生于贫苦的人家中,没有贵亲贵戚,没有资财的凭藉,他唯可恃的,就是一双手,从勤勉辛劳,艰苦奋斗中,以勇敢进取的精神,向着最伟大的道路迈进,以达到成功之境。目今许多青年们,在这混乱的时代中,不免要悲悯自己的环境,怨恨自己的命运,以为是无法振拔了,其实这是错误的。环境和命运到底是什么东西,它既不能固定的给予人们看见,或阻碍着人们的进路,那末我们为什么硬要把它来束缚着自己的发展哩! 不要以为穷,便不能上进,要知穷是人们的一种有力的鞭策,愈是穷,愈是会使人们向着人生的道路中去奋斗! '将相本无种,男儿当自强!'古往今来多少伟人,谁不是从勤勉辛苦,艰苦奋斗的穷小子出身,林肯便是我们的一个好榜样!"

[美]卢特威著、黄嘉历译《罗斯福传》由桂林西风社出版。

按:《译者序》说:"本书作者卢特威,是欧美文艺界公认的现代最伟大的传记作家之一。……一九二〇年出版德国文豪《歌德传记》，到了一九二五年《拿破仑传》和《威廉二世传》先后出刊之后，他的文名始轰传于世，一跃而跻于世界作家之林。一九二六年发表《俾斯麦传》，备受读者之欢迎。后来，他《尼罗河》一书中，发挥一种写作传记的新技术，使读书界耳目为之一新，著作界交相称誉。未几又有《埃及女王》《克娄阿巴特拉传》之作，此为研究尼罗河的直接产品，把一个历史上最浪漫的尤物生动地介绍于世人之前。在这本《罗斯福传》中，卢特威用他的大胆，忠实和暗示的笔调描写罗斯福由内在力量锻炼出来的性格。他觉得他的主人翁在赫贞河上的少年生活，他的教育和自由哲学的形成，他的跨入政界，一跃而为海军次长，他的由疾病和绝望之中脱颖而出，尤其是那一场大病，是一生最大的转机，使他完成为一位艰苦卓绝魄力充沛的伟大人物。……卢氏所作传记的优点，是他能够以艺术家的雄劲和感觉派的写法，细描综错复杂的人类性格。他又得到特许权利，可以和他的主人翁一同旅行，住于其家，在他工作和游息的时候去研究他，所以他的描写的深刻和生动，远非其他作家所能企及。"

［德］希特勒著、李雅森译《我之奋斗》由吉林长春大东文化协会出版。

［意］西洛尼著、许天虹译《玛志尼》由福建永安改进出版社出版。

［英］斯米吞著、戚治常译《莎士比亚评传》由上海世界书局出版。

［法］莫洛怀著、魏华灼译《雪莱传》由商务印书馆出版。

石苇编译《世界文豪萧伯纳》由上海光明书局出版。

四、卒于是年的传记作者

甘鹏云（1862—1941）。鹏云字翼父，号药樵或月樵，别号耐公、耐翁，湖北潜江人。1903年中进士。始授工部主事衔，入进士馆学政治法律三年。1906年留学日本早稻田大学，1908年回国后入度支部（财政部），旋以监理身份赴黑龙江吉林理事。民国成立后，历任杀虎关税务官监督、吉林国税厅厅长、财政部佥事、山西烟酒公卖局局长兼山西清理官产处处长等职。1932年4月被聘为湖北省通志馆筹备处副主任，同时主修《湖北文征》，成书550卷。著有《鲁文恪公集》《竟陵先贤传》《花影老人遗著》《素风集拾遗》《大隐楼集》《潜庐类稿》《经学源流考》《潜江旧闻》《崇雅堂书录》《崇雅堂碑录》《方志商》《楚师儒传》《潜江书征》《随笔》等。

李光炯（1869—1941）。光炯亦名德膏，字光炯，以字行，晚年自号晦庐，安徽桐城人。师从吴汝纶。1902年随吴汝纶赴日本考察教育，回国后即协助吴氏创办桐城中学。1903 年任湖南高等学堂历史教习,与卢光浩在长沙共同创办安徽旅湘公学,聘请革命党人黄兴、赵声等人来校任教。1904 年安徽旅湘公学迁芜湖,改名安徽公学,又聘刘师培、陈独秀、苏曼殊、柏文蔚等来校任教。抗战时入四川。著有《屈赋税》《国策札记》《阮嗣宗诗注》及《阮嗣宗同时诸人事略考》《楞严经科会》等。

唐大圆(1885—1941)。大圆,湖南武冈人。1922 年受聘为武昌佛学院讲师,曾任《海潮音》月刊主编。1929 年 10 月与太虚大师赴长沙,为湖南省佛教会筹备处成员之一。1936 年曾在衡阳高级农业学校讲授《庄子》。1941 年 1 月被国民党当局以其著作有"攻击党国"言论的罪名逮捕,不久病逝。著有《大圆文存》等,其中有传记作品《王考惠光府君行状》《王妣杨儒人传》《先妣刘儒人行略》《唐松舫先生传》《记刘氏子》等。

张季鸾(1888—1941)。季鸾名炽章,山东邹平人。1905 年留学日本。1908 年回国,任《民立报》记者。辛亥革命后,任孙中山先生秘书。因反对袁世凯而被捕,出狱后任《大共和日报》编译和《民信日报》总编辑。1916 年任上海《新闻报》驻京记者。后任《中华新报》总编辑和《大公报》总编辑兼副总经理。著有《季鸾文存》等。传记作品有《列宁逝世》《悼丁佛言先生》《送段芝泉先生南行》《王宠惠日内入京》《沈钧儒等一案公判》《读蒋委员长谈话》《孙中山先生逝世十三周纪念》《送邵大使赴苏》《读周恩来先生的信》《蒋介石之人生观》等。

民国三十一年　壬午　1942 年

一、传记评论

林国光《论传记》发表于《学术季刊》第 1 卷第 1 期。

按：文章说：吾国整理国史的运动虽然已经有了相当的时期，但是国史中最重要而最有兴趣的传记，少有系统的检讨。传记是史学的一种，至少也可以算是个人的历史。现代传记的雏形如年谱这一体例，清名史学家章实斋还以为："考次前人撰著，因而谱其生平时事，与其人之出处进退，是亦论世知人之学也。文集者，一人之史也。家史、国史与一代之史，亦将取以证焉，不可不致慎也。"（《韩柳年谱书后》）吾国正史，传记差不多就占了一大部分，所谓的国史者，考察其内容，都以人为本位，虽然名目不同，或称本纪，或称世家，或称列传，或载记。由此可见传记在吾国历史传统上的重要。

吾国崇先观念至深，传记编纂的成绩可与西欧并称。但是固守体例，始终没有脱离传记最简单的形式。有的人对于传主一生境遇虽有细密考证，但对于他当时一般政治社会环境缺少正确的认识，更谈不到估量其在历史上的真正地位。近人胡适之年谱，改革前人单记行事体裁，摘录谱主主要著述，摘录谱主对于同时人评语，一并指出谱主短处，凡此种种，都可以说是年谱体的大进步。但是年谱究竟还是年谱，只是一种"史料"而不是"著作"。因为编者始终没有估计章实斋在史学上的地位，对于章氏思想也没有系统的检讨。胡氏本意未始不想叙述章氏"思想的渊源沿革"，对于章氏学问也有相当见解，可惜是限于年谱这体裁，以事系年，所加分析批评，苦于零碎片段，结果几乎等于批注。倘若胡氏采取现代欧美传记形式，成绩一定更为可观。

本文先论传记与文学及历史的关系，次述西洋传记的演进，末列传记的定义及其分类。

传记属文属史这一问题很有兴趣。有人以为传记是文艺的一种形式，正像诗词散文一般。传记的编纂是一种艺术，一种人对人的了解与分析。其撰作有如现代人像画，不过是把一个人的生平言行思想，用最优美的文字表现出来。英国当代文学史家戈斯氏则持此论。戈斯以为传记不应当算为历史的一种,更不是科学,却是文艺的一种形式。因为传记一属"史",则以"史"为要,以"人"为轻,况且一人经历又不足以代表史的全部。戈斯是研究英国十八世纪文学专家,曾著《父与子》一书,为近代传记杰作之一。戈斯的力持此论,亦有相当根据,因为戈氏所谓"史"者,非指帝王本纪,伟人列传,而是整个社会民族的递延变迁,个人所占地位很小。但是传记究竟还不是纯粹的文艺作品,不像史诗,更不像历史小说,不能单靠丰富的想像力,驰骛空中,即景会心而杜撰。其实传记作家的搜罗材料,考订商榷,排比分析,批评估计等等,惨心经营,有如一般史家修史,所以传记与其属"文",不如属"史"。

但是史家不肯承认传记为史籍者,亦有其人。他们以为传记不科学化,主观偏见,在所难免。因为传记编撰,常常以传主立场记述当时事物情景,鲜能秉笔直书,长短齐见。至于子弟为标榜父师而立传,隐恶扬善,自欺欺人,少有历史价值。史书私撰时代,所谓"自成一家之言";但是因为当时政治社会环境,每每有所顾忌,对于统治阶级有时反不得不稍为恭维讨好。例如《三国志》诸葛亮一传,撰者陈寿虽对孔明颇为钦佩,但文笔含蓄,费尽苦心,编末仍结以"诚惶诚恐,顿首顿首,死罪死罪"。后世有人攻击陈寿帝魏,现细读此传,即可见他尚不愧为第一流史家。到后世官修史书,奉承主子,立传更为困难,偏见几不可避免。《史记》中本纪世家列传,篇末辄以撰者案语评语,撰时多有定见,因而材料编比选择去取,每每思以发挥证明其定见者。司马迁此风一开,后世竞相效仿,以至中国所谓传记,除年谱外,多为评传,立论无据,品评笼统,性情难求,传主尚且如此,社会文化史料,只好求诸"涉笔"。至于执拗某家政治主张,重评历史人物,推翻史案,倜然自喜,其实此类撰作,有如宣传册子,实非科学的历史。有一部分史家不肯承认传记为史书,因为传记主观偏见,也有相当理由。但是史书编纂是否都是绝对客观,史家本身亦是人,是否能够完全不掺杂丝毫主观成见,研究人类事实?传记虽然有上述这些主观的短处,但正因其主观而较为亲切动人,这就是章实斋所谓"凡文不足以动人,所以动人者气也。凡文不足以入人,所以入人者情也。气积而文昌,情深而文挚。气昌而情挚,天下之至文也。然而其中有天有人,不可不辨也"。传记每每因其略带主观私见,人物有声有色,活跃于纸,远非史书其它形式所可比。梁任公有语云:"凡史迹皆人类过去活动之僵迹也,史家能事,乃在将僵迹变为活化,因其结果以推得其情态,使过去时代之现在相再现于今日也。"现有史家所能"活化"人类过去活动之僵迹者,藉力传记不少。例如《史记》中《项羽本纪》,一读即有深刻的印象,普通史书,鲜能收此效果。

周骏章译《论传记文学》发表于《文艺青年》第 3 卷第 1 期。

按:是文译自 Elizabeth Drew *the Enjoyment of Literature*。

冰心《关于自传》发表于《文坛》第 3 期。

按:文章说:蓬子先生来信叫我为《文坛》写稿,并说最好能作一小传,真是一部二十四史,何从说起。十年前就有书店约我写自传,我没有答应,我觉得我这个人并没有写自传的资格:"若有其事"的写了出来,未免令人笑话,而且我的生命中,也没有什么太与别人不同的地方。还有,我总觉得以自己来叙述自己,描写自己,主观的情感奔放之余,不免有两种危险:一种是意识的不忠实,一种是下意识的夸大,这两种毛病都会减少文字上的真和美。

我回国后不到一个星期,中日战事就爆发了。在迁徙流离之中,我始终找不到写长篇文字的时间。去年夏天又得到了乌福女士自杀的消息,写自传的兴趣,也就减到零度。不过和几个学优生学、社会学的朋友谈起,他们仍是鼓励我写,他们说一个人的遗传和环境,和他个人的理想与成就,是有种可寻迹的关系的,客观地写了出来,无论好坏,都有历史上的价值。我想想倒也不错,我是生在庚子年后,中国的一切,都有极大的转变,假若只把自己当做一条线索,来联络起四十年来周围一切的事实,也许可以使后人在正史之外,得到一个更生动更详尽的参考。而且在不以自己为中心的描写之中,也许使"渺小"的我,敢于下笔。

我还不知道什么时候可以开始写,一则在抗战期间,故乡隔绝,许多有关的文献都找不到——例如祖父和父亲的年谱;二则有些朋友预先断定到这本自传的失败,说是关于有些事件,也许不会写的太详细,太忠实。不过我仍想尝试,也许等到文献易于收集,同时自己年纪再大一点的时候,我能够更从容,更准确,更客观的写了下来,使人知道在抗战以前四十年中一个小小生命的社会背景。因着蓬子先生的索稿,特自述我的愿望如上。三十一年三月二十八夜,歌乐山。

张雪岩《征辑农民自传的原因及目的》发表于《读书通讯》第 56 期。

按:文章说:我们征集农民自传的目的有三个:第一,鼓励读者写作,促进大众写作的自信心。传记和自传向来为两种人所霸占:一是"流芳百世"的贤哲;二是"遗臭万年"的恶霸。替造福人类的贤哲写传,记盛德,载丰功,示范后人,创建良轨,固然应当,但若完全片面夸张,毫无春秋责贤意味,把人铺张成神,扬厉为灵,未免有失写传本意。传记文学在中国向未发达,有也大半限于"流芳"和"遗臭"两大范畴,至于写实的传记和自传之类,简直绝无仅有。"流芳"和"遗臭"的背后,是由于主观道德见解的作祟,因为向来的传记作者,都沉醉在这种传统的迷信的道德观里,所以代表真实人生的传记,就永远产生不出来。同时因为这类传记,多是有意造成崇拜英雄的结果,所以传记园地就永为贤豪所占,不但平民,就连造福乡邦有功地方的乡贤,也很少插足的余地,从此大众心灰意冷,自惭形秽,再也不敢稍存奢望而萌写作之念了。自信心一失,还有什么作为! 所以为了破除迷信,特藉自传的尝试,鼓动其写作之兴趣,增加其写作的自信心。平民写书,尤其是集体的写,在中国史上恐怕这是破天荒第一遭。为了保其原貌,藉示鼓励,除稍事修删外,未敢多动笔墨,所以,体裁与技巧方面,也许咬文嚼字的人觉得毫无价值。不过其质直朴实天真自然的风格,却非远离人间的风筝文人所得了解。璞中之玉,俗眼哪能识透。

　　征集自传的第二个目的,是引起知识阶级对民众之注意及敬信。中国社会自儒家以"君子""小人"或"士"与"庶人"定界之后,人间关系从此画了鸿沟,分为天上地下的两大阶层。君子是学而优则仕的官绅,小人是目不识丁的老百姓。我们为扫除士大夫妄自尊大的优越感,特征集这部自传,敬献于文人学者官绅名士们,以便于茶余酒后,略赐阅览,看看究竟老百姓是否"其愚不可及",是否应该永沦于"治于人者"的地狱层! 我们更希望上层的君子能从下层的"老百姓"学些真诚、坦白,以及忍苦奋斗的美德。所以这本平凡集体作,也许会收打破阶级之效,把社会关系,藉"君子"对"小人"的敬信,重得合理的分界。

　　第三个目的,是为民众争取历史地位。我们认为今后历史的动向,至少民众应与英雄豪杰平分天下。即以目前这个历史阶段而论,抗战建国这幕庄严伟大的史剧,的确是人类历史舞台上空前的大场面。为国家民族献身的忠才良将固然出了不少,但这辈英雄的成功,却非单凭自身的聪明才力和忠诚勇敢,最重要的还是民力的贡献。例如我们这次抗战建国策的运用,是"有钱出钱,有力出力",因为这是达到"抗战必胜,建国必成"的唯一绝对条件。试问力由何出,钱自何来,一言以蔽之,争取胜利的人力物力,皆由平民大众而来。更明白的讲,壮丁和实物这抗建的两大支柱,何一非自民间而来? 争胜的基本条件,兵源、物质既皆出自民众,遇有讴歌功勋,却单归一二将领,而把造成功勋的大众,完全忘掉,绝口不提,何不公允之甚耶! 征集民间抗建史料,实属史家当前要务,如游击队之母赵老太,如驱车投江的胡阿毛,抗战来这类可歌可泣的故事甚多,其影响民气士气,并不减于一个兵队的大捷,尤其捐产献国、送子从军之类感动天地的义行和壮举。民族复兴的大业,是这类伟大事件集成的,其彪炳辉煌并不减于任何英雄豪杰之丰功伟业。所以这些老百姓应当入正史,应当占一光荣地位。这样国史才算入正轨,写史才算有正法。同时为求信实,民众的事还是由民众自行执笔为当,如能发起运动,大量征集民间抗战史料,定有重大收获,收集到手然后由专家加以整理,必然蔚为大观。所以我们征集自传的最后一个目标,就是为历史开辟新路,为民众争取应得的历史地位。

沈军建《鼓起读传记的兴趣》发表于《新学生月刊》第6期。

按:文章说:关于青年人的读传记,从前曾经反对过,理由是:别人的成功,未必就是自己的规范,因为成功必须由许多客观的形式和内容来决定。譬如孔子的所以伟大,正因为生当春秋乱世,正名之学,极为环境需要。又如华盛顿的所以万世不朽,也因为恰巧美国有革命,如果生在平时,未必见得会做第一任大总统的。这就是很信任"时势造英雄"的说法。过去在我读书的一个阶段,就不知听哪一位"老师"说过这些道理以后,对一切传记都开始厌恶,甚至否定了它的文艺价值,例如《史记》,在学生时代就没有兴趣发生。当时这种过分主观的弊害,使我失去"争取时间胜利"的努力条件,而也不大留心到工作的基础。待入得社会以来,方始觉得自己实在贫乏,实在不够。这种贫乏和不够是分为学识、经验和人事的三方面的;除开拼命学习以外,便没有什么路好走。以前轻视传记和否定传记的文学价值的观念,至此已经完全消失了。

还有一个时期颓唐过,以为自己的不长进,也许还是客观的环境因素,甚至有时还迷信到命运论,仿佛"运来板门挡不住",运不来,磕头求人,也是枉然的。这样颓废过一些时,我便发觉到别人上进的因素,发觉了成功的因果,在于主观方面的拼命努力,不管客观的环境如何压逼,如何凄苦,自己只要以不断的毅力从事"争取时间的胜利",结果必定有所成就。我们寻遍伟人的历史,很少是贵族出身,即使有,中间必定经过一段斗争,也体念到吃苦这一回事。例如大文豪托尔斯泰,便是如此。又如马克细米伦·高尔基的一生,他是怎样告诉我们去斗争和反抗的。高尔基为了要读书,自从想进喀山大学的理想失败后,他便到社会的横断面去学习,称社会的每一部分为"我的大学",而其得到的结果是:"我们生来是为着反抗。"从这些体念中,我获得努力的概念,觉得所谓成功,有其因果,决不完全为客观环境所支配。反过来说,人却是征服生活和环境的,只要学习,只要奋斗,总能超越一切。我们试想想:大家没有学习,没有奋斗,一味迷恋"时势造英雄"的说法,个人会有成功么？大而至于世界文明，又会有进步么？这样想通以后，我就觉得传记之可贵了。拼命读了一些传记，也估计了它的文学价值。

　　传记在欧美是确立了地位的，因为它不仅予人以成功的主观努力价值，更且做到文学上的独创一部门。近世"传记文学"和"报告文学"同时兴起，在欧美风行一时。同时，名人"自传"的价值，也经确立，造成近世文学上的别树一帜。例如我们一看英美的宣传品，八股很少，大都是一种向壁虚构的"报告文学"，如描写德国的内部等文学，总以一个人物为中心，或作旅行，或作间谍的一员。这样写出来，其轻松和受人欢迎，自然不必说了。但报告文学的价值始终没传记文学崇高，历史也不及悠长。因为很多传记文学是出诸有名文学家的笔下的。依笔者所读过的来说，很有名的《萧伯纳传》，就出诸爱尔兰的名作家哈立斯之手。其他如流行很广的《富兰克林自传》（中国有熊式一之译本），还有一本出名的《俾斯麦传》（伍光健译），几乎都为大家读着了。最近笔者还读到一本传记，是《诺贝尔传》（闵任译），觉得更具备传记文学的条件，文中把诺贝尔一生为科学斗争的精神，通过艺术的笔调写出来，授人以兴奋。可惜这本书流行并不广。

　　在中国，古书中的传记文学，首推《史记》。除此之外，只有稗官野史，或出诸无聊，或出诸传奇，均不适宜于青年人阅读。《史记》这部书，取材广泛，内中什么人物都有，而文学的价值，也经确立。曹聚仁曾经有过一段话："司马迁作《史记》，国家大事而外，最注意社会的横断面，刺客、游侠、滑稽、日者、龟策、货殖，都给以相当地位。自汉以后，掇拾旧闻，记述琐屑的小品史笔盛行起来，保留于《汉魏丛书》《临川世说》中的，大都是当时名公贵卿的轶事隽闻。唐代以后，述异志怪的传奇文行世，以史笔写幻设的境界，替后世小说，立下基础。宋元以后，别史、外史、琐记、异闻这一类细碎笔记和正史一同发达，汇成浩瀚的巨流。就史家取材的范围来看，古代限于贵族王室，逐渐推广到士大夫阶级，又逐渐推广到街头巷尾。"（《笔端》71页）这一段话，说出了传记文学发展的大概。不过除《史记》以外，很少有一部伟大的传记出现，这因为每一代的学者，都把精神分注在每一代学识的特质上。自辛亥以后，一直到现在，我们也仍然没有一部像像样样的传记，可以当作青年读本。譬如国父孙中山先生，所有记载，也都是零零碎碎的，不能成章。连一部建国元首的传记也没有，可见得传记文学在我们之贫乏了。我以为革命后能一读的传记，而又于青年人大有益处的，还要算《黄花岗七十二烈士记》，其中有几篇浩气磅礴，能予青年人上进的勇气。

　　在德国，在意大利，元首的传记，几乎成功了《圣经》一样，被人崇拜。希特勒的《我的奋斗》，自一九三三年上台后，在德国已经人手一卷，这在促成青年爱国心理上，可说获得莫大成功。又如墨索里尼的自传，在意大利也为法西斯党青年所熟读。这都能使青年人上进的意志加强，爱国的决心更趋巩固。

青年诸君，除开教室中的时间外，不要忘掉能多看传记。非但要从传记的阅读中来锻炼自己的个性，并且要在阅读中估计其文学价值。我在几年生活的教训中，否定了"时势造英雄"的说法，但这不是说就可以"英雄造时势"。第一，必须锻炼意志，锻炼意志的最好方法，莫若读伟人传记。第二，必须吃苦，能吃苦的训练，也最好读传记，看看伟人们是怎样在困苦中得到成功的。我们觉及遗憾的，是现在缺少一部像模像样的传记，给青年作读物。我相信青年人读传记，在前途上说，可以引发上前的决心和工作兴趣。在修养上说，能为伟人的人格感动。在文学价值上说，等于读其他的文学书。目前虽缺乏好传记，但在中国，在外国，还不难找出几本来读的。

任美锷《莫洛亚著传记文学两种》发表于《思想与时代》第 8 期。

按：文章说：在目前艰难困苦的抗战建国时期，我们要争取光荣的胜利，完成建国的大业，除须在军事、经济、政治等方面加倍努力以外，尤须建立健全完美的国家观念和民族思想。所以心理建设实为一切物质建设的基本。总裁称史地教育为革命建国教育的中心，因为历史的激发和地理的陶冶是培养国家和民族思想的主要工具。但科学的历史和地理，其内容不免偏于枯燥。我们怎样能把呆板的史地教科书趣味化，大众化，使其成为一般民众所爱好的读物，以帮助完成国家心理建设的大业？还是目前文化界的最重要问题之一，也是我们从事教育文化事业的人员的切要工作。

我们认为要把史地教育趣味化和大众化，我们应鼓励新游记和新传记的创作。现在且谈新传记。传记的内容自然以人物为中心，但人类历史无疑的受伟大人物的影响，所以伟大人物的研究和叙述，常可以帮助我们了解历史的演化。而且人物之被称为伟大，自必有其所以伟大之处。他们的性格和行为常有许多可作后人的楷模，他们的一生更常充满了可歌可泣的事迹，足以鼓舞我们的精神，增进我们的修养。古人伟大的事迹不知不觉的会激发后人的爱国思想，所以民族英雄的传记，假如写得生动，写得大众化，其对抗战建国的影响必将非常深巨。

在中国，传记本不是一种新的学问。司马迁《史记》中的若干本纪、世家和列传都是简洁生动的传记。譬如《项羽本纪》，把楚霸王的性格和生活，描绘得真是有声有色。不过就现代眼光看来，这些列传还嫌太简短，对人物的生活经验固未能充分表扬,对当时的社会背景更没有适当的记述。后来中国学者记载人物,又创了一种年谱,把人物的事迹逐年编列起来,好像一篇流水账,枯燥无味,只可以说一种汇纂的史料,而非已经溶化过的新式传记。至于梁任公的《意大利建国三杰传》《罗兰夫人传》等,描写诚然生动,文笔也已大众化,但不免略染有宣传色彩,充满了过分的感情。

我们所谓趣味化和大众化的新传记也不是演义式的历史小说,演义是理想的,不顾事实的,传记则用文学的笔法,来描写历史的事实,史料是它的根据,文学是它的方法,它是文学和历史两者的结晶,有历史的忠实,小说的动人。刘知幾论史学家的条件,提出才学识三项,才是文学的笔法,学是历史的研究,识是心理的分析和判断。新传记的写作就要具备这三种条件。我们不能把人物的一切事迹都平铺直叙,这是年谱,不是新传记。新传记要把人物的事迹加以选择,加以剪裁,删去平庸一般的部分,还出最精彩的事实而加以发挥,这样才不至多而寡要,才能使一部传记充满了活泼泼的生趣。现代新传记还常用心理学的科学方法,来解释和检讨人物的性格和事迹。根据科学的合理推论,来判断事迹的真相。中国古代史学家早有春秋褒贬的笔法,以品评人物的生平,这种褒贬式的品评,纯粹是根据道德观念,新传记中的品评和判断则以心理的分析为基础,采取一种超脱情感的客观的科学态度。中国旧式传记,记述人物,常只是表彰好处,把他们描写成为十全无缺不合情理的圣人,新传记则不然,它固然充分表扬人物的伟大,但同时也不掩饰他们的过失,所以它所描写的人物是合乎情理的动物,不是超越现实的神仙。这种不掩饰的忠实的描写常更能显出人物的伟大,因为太虚渺的褒扬或反会引起读者的怀疑。自然,客观的评判也有其一定限度,我们撰写民族英雄的新传记,免不了要渗入一些道德观念的春秋笔法,不过这种褒扬须要有史实的科学根据。总之,新传记是选择的,批评的,同时又是文学的,趣味的。用美丽易解的文笔,选择最精彩的材料,而加以批评和分析的叙述,这样的传记,才能称为传记文学,才能为大家所爱好。

合乎上述标准的新传记,在中国似乎尚没有代表的作品,在欧洲也须到二十世纪初年始行出现。欧洲的传记文学家,最著名的在英国有斯特莱基,在法国有莫洛亚。斯氏的《维多利亚女王传》,已由卞之琳君译成中文;他的《维多利亚时代著名人物传》,也是一部重要的作品。他的传记不但把各色人物的个性和生活,描写得淋漓尽致,并且还反映当时的社会情形。读他的著作,我们得到一个教训,即传记的成功不但要看作者的才力,还要看所描写的人物本身的事迹。在《维多利亚时代著名人物传》中,斯氏描写四位个性不大相同的人物,据我个人的眼光看来,其中最有趣最生动的,要算奈亭吉儿女士和戈登将军两篇,而曼宁教正和亚诺德博士两篇,则有些平淡。这大部是因为这四位人物的生平颇不相同,生活比较丰富,事迹比较生动的,描写起来自然格外容易成功。

莫洛亚所著的传记很多,但我读过的只有《雪莱》和《狄士莱里》两本。莫洛亚是法国现代的一个著名文学家,在这次法国战败以后,曾著《法国的悲剧》一书,在中国已有好几个译本,但他对世界文化上的最大贡献,还在他的传记。莫氏的作风与斯特莱基略有不同。斯氏文笔清丽,但有时似过于严肃。莫氏的文笔则比较轻松,美丽而洒脱,读他的书,页页入胜,趣味无穷。有人或许批评莫氏的传记太小说化,但我以为只要在不背乎史实的大前提之下,行文的小说化正是增加传记趣味的法宝。没有横溢的才气,写不出小说化有趣味的传记。

雪莱和狄士莱里代表两个绝不相同的性格,两种分道背驰的生活。雪莱在幼年时虽然也曾有过高幻的理想,要改造现实,建立一种新的社会秩序,但经过屡次的失败,无数的痛苦,他就从现实社会逃避到理想世界,把全部的聪明才力都发泄在缥缈的诗歌上。在第二次结婚以后,他常独自划船到泰晤士河的幽僻所在,仰观天空的澄碧,浮云的幻变,想把捉摸不定的大自然的美丽,摄入到永垂千古的诗句之中,这是他的人生的目标。和拜伦一样,他是英国金枝玉叶的贵公子,他的生平充满着浓厚的浪漫色彩,处处与女人结了不解之缘。他崇拜女人,认为女人是冰清玉洁完美无缺的安琪儿,只有女人的爱情可以鼓起他的勇气,激动他的诗兴。雪莱的浪漫生活与拜伦不同,拜伦认为女人是玩物,因此终生放纵不羁,到处交结临时太太或女朋友。雪莱则尊敬纯洁的爱情,把"灵"放在"肉"之上,所以他的私生活是比较高尚得多。

政治家的性格和生活自然与诗人不大相同,不过这种不同一部分也是由环境磨炼出来。狄士莱里自己说:"人生苦短,我们不能无声无息的让它枉流过去。"他是一个有野心的孩子,企求从他原来的中产阶级,升入到政治上煊赫的地位。在青年时代,他也遇到了人生最大问题之一,即是恋爱还是政治?青年的狄士莱里,以著作家的盛名,成为伦敦社交界中最受欢迎的人物,他是当时最漂亮的薛莲妲三姊妹的密友,因此结识了不少高贵美丽的女郎。人类都是有血有肉的动物,狄士莱里对这种浪漫绮丽的生活,亦岂能无动于衷?"有时,当快乐的晚会或跳舞会正罢,夜半的伦敦朦胧在烟雾中,窈窕女郎留离惜别,他会觉得自己的政治野心是一场虚无的蠢梦。"但政治的虚荣毕竟战胜了个人的享乐，他被选入下院，为保守党议员。政务的繁重使他不得不放弃社交和恋人。同时，他亲见他的知友白尔华入下院以后，与年轻美貌的太太不能维持原有的爱情，因此他深知恋爱和政治不能两全，所以他在三十三岁时结婚，其新夫人为一位四十五岁的寡妇。狄士莱里的不相称的婚姻对他后来政治生涯有重大影响。他的夫人了解他，崇拜他，替他管理一切家务，用尽一切方法使他舒服，使他可专心于政治事业。有时下院有重要的辩论，通宵开会，往往到明晨四时或五时才完毕，他的夫人常起床等候他，在客厅里生了火，点着灯，使他回家时可得到舒服的休息和安慰。大政治家日理万机，责任很繁重，生活很紧张，安适的家庭，是事业成功的一个重要因素。

在英国政治上，狄士莱里无疑是最伟大的人物之一。莫洛亚把他的高贵的风度和伟大的品格都明显的描写出来。政治的道路是艰难困苦的，政治家必要有持久的耐心，百折不回的毅力，才能达到成功的鹄的。狄士莱里是犹太人，出身微末，又没有受过牛津、剑桥等贵族教育，所以最初保守党要人和维多利亚女王对他的印象都不很好，葛兰斯顿在二十五时已位居次长，狄士莱里虽有满腹经纶，惊人辩才，青年时始终郁郁不得志，但他不灰心，不气馁，经过四十年的不断努力，终于荣膺首相，成为保守党最有势力的党魁。这种斩荆棘排万难的艰苦奋斗，是值得我们表率的。

政治家的伟大在于他有高远的眼光，并且能把远大的见解和思想付诸实行。在一八五〇年左右，英国政治上的主要问题是保护关税与自由贸易的斗争。换言之，即都市与乡村间，工业与农业间的斗争。狄士莱里改组保守党，主张把选举权普通化，鼓动人民的国家观念和帝国思想，以代替偏狭的阶级间的斗争。他在那时已主张殖民地自治，并派代表参与帝国行政，在伦敦组织一个帝国议院，使大英帝国的组织能格外严密，基础能愈臻稳固。可惜这种大计划对七八十年后的今日，还始终没有实现，否则，在目前满地烽火的太平洋战争中，我们也不会有脆弱的印度，闹着要求自治了。

朱东润《传叙文学与人格》发表于《文史杂志》第2卷第1期。

按：文章说：传叙文学应当着重人格的叙述。什么是人格呢？人格两字的应有是比较晚近的事，意义也偏重在完美的人格方面。所以通常认为人类最大的努力便是争取人格，维持人格；而"无人格"一语成为詈骂的用语。甚至引申言之，一校之格局则曰校格，一省之格局则曰省格，一国之格局则曰国格，二十六年以后之抗战，有人即称为争取国格的战争。在讨论传叙文学的时候，当然只从人格立论。其实格只是格局，既有好的格局，便有坏的格局。……古代希腊讨论人格最著名的是提阿梵特斯,他是亚里斯多德的大弟子,其后继承亚氏讲学,著有《人格论》。这本书在文学上,尤其传叙文学上,发生重大的影响。

传叙文学家认识人格不是成格而是变格,然后始能对于传主生活的各阶段有切实的了解和把握。在他下笔的时候,始能对于传主给与一个适当的轮廓。这种写法,在中国传叙里面很少意识到这一点。作家对于传主多半是把握住后半生的事实,而把前半生的矛盾完全放弃。再不然,便给一点最简单的描绘。对于迁善的传主,着重在自新一点加以褒扬,而对于变节的传主又往往即此一点加以攻击。假如认定传叙的目标只要发生劝善惩恶的作用,这个办法不能算错,但是这不是我们所讨论的传叙文学。要望一个传叙家能够担负认识个性忠实叙述的责任,我们便不能不望他认识传主的人格多分只是变格而不是成格。

传叙文学的对象是人而不是物,是实地的人生而不是想像的产物。因为传主是人,所以他必然有爱,也有憎;有独有的优点,也有必不能免的缺憾;有终身一致的信条,也有前后矛盾的事实。我们所愿看到的只是一个和我们相去不甚悬绝的血肉之躯,而不是一位离世绝俗无懈可击的神人。传叙家了解了这一点,然后才能写出一部唤起读者同情的著作。

传叙文学是艺术,雕塑也是艺术,但是因为素地的不同,两种艺术的成就便不一致。雕塑家的艺术在于认清像主的伟大性,不问像主在那一时间那一场合所流露的,只把握住那最伟大的一点,就能使他的作品不朽。传叙家便不然,他的对象不是传主的某一时间某一场合,而是整个的人生。在这大段的旅程中,传主的生活有过无数的发展,经过无尽的变化。传叙家的责任,便在叙述一切的事实而供给合理的解释。他不但对于艺术负责,同时还得对于史实负责。在他的笔触下面,不应当是固定的、成型的、完美的人;而止是独有的、变幻的而且不能十分完美的人生。

李长之《司马迁在文学批评上的贡献》发表于《文史杂志》第 2 卷第 1 期。

云彬《屈原与儒家精神》发表于《青年文艺》创刊号。

洪流《悼文馨同志》发表于《青年文艺》第 2 期。

艾芜《关于鲁迅先生的小说》发表于《青年文艺》第 2 期。

张道藩《太戈尔先生与东方精神》发表于《文艺先锋》第 1 卷第 5 期。

高原《悼乃莹》发表于《文艺月报》第 15 期(纪念萧红逝世特辑)。

白朗《遥祭——纪念知友萧红》发表于《文艺月报》第 15 期(纪念萧红逝

世特辑)。

刘白羽《纪念萧红》发表于《文艺月报》第 15 期(纪念萧红逝世特辑)。

胡风《鲁迅如果还活着》发表于《文学创作》第 1 卷第 1 期。

[苏]M. 威丁作、徐激译《托尔斯泰的历史意义》发表于《现代文艺》第 4 卷第 4 期。

茅盾《关于研究鲁迅的一点感想》发表于《文艺阵地》第 7 卷 3 期(鲁迅先生逝世六周年纪念特辑)。

许大远《论鲁迅的小说》发表于《文艺阵地》第 7 卷 3 期(鲁迅先生逝世六周年纪念特辑)。

冯乃超《发聩震聋的雷霆》发表于《抗战文艺》第 7 卷第 6 期(纪念郭沫若先生创作生活二十五周年)。

[日]鹿地亘《海与舟人》发表于《抗战文艺》第 7 卷第 6 期(纪念郭沫若先生创作生活二十五周年)。

老舍《我所认识的沫若先生》发表于《抗战文艺》第 7 卷第 6 期(纪念郭沫若先生创作生活二十五周年)。

潘子农《火之颂》发表于《抗战文艺》第 7 卷第 6 期(纪念郭沫若先生创作生活二十五周年)。

蓬子《献给沫若先生》发表于《抗战文艺》第 7 卷第 6 期(纪念郭沫若先生创作生活二十五周年)。

冶秋《我所认识的沫若先生》发表于《抗战文艺》第 7 卷第 6 期(纪念郭沫若先生创作生活二十五周年)。

阳翰笙《天国春秋》发表于《抗战文艺》第 7 卷第 6 期(纪念郭沫若先生创作生活二十五周年)。

荆有麟《莽原时代》发表于《抗战文艺》第 7 卷第 6 期(鲁迅先生逝世六周年)。

冶秋《鲁迅先生〈序跋集〉后记之二》发表于《抗战文艺》第 7 卷第 6 期(鲁迅先生逝世六周年)。

记者《鲁迅与书》发表于《抗战文艺》第 7 卷第 6 期(鲁迅先生逝世六周年)。

李菊田《〈宋书〉纂修始末考》发表于《说文月刊》第 3 卷第 8 期。

杨荣国《鲁迅先生的人生观》发表于《学习生活》第 3 卷第 2 期。

植之《康米纽斯及其教育思想》发表于《安徽教育》第 2 卷第 7 期。

唐士毅《斯宾塞尔之教育理想》发表于《安徽教育》第 2 卷第 7 期。

吴庆鹏《编撰贵州名贤传记刍议》发表于《贵州教育》第 4 卷第 10 期。

松柏《伽利略与近代科学》发表于《群众》第 7 卷第 18 期。

许之慈《牛顿的生平和他的时代》发表于《群众》第 7 卷第 18 期。

流明《牛顿力学与相对论》发表于《群众》第 7 卷第 18 期。

熊式一《从凡尔赛到轴心》发表于《宇宙风》第 115 期。

熊式一《希特勒和希特勒主义》发表于《宇宙风》第 117、118 期。

熊式一《希特勒和希特勒主义》(续完)发表于《宇宙风》第 117、118 期。

熊式一《墨索里尼与法西斯》发表于《宇宙风》第 119 期。

卞镐田《马君武论》发表于《宇宙风》第 121 期。

张一麐《追悼许地山先生》发表于《宇宙风》第 122 期(许地山先生纪念特辑)。

按:文章说:"许地山先生之逝,识与不识,同声悼惜。因其为文化界之领袖,因其为现代青年最适当的导师,因其于国学根底,极博极精,而以科学眼光,加以评判与选择,因其习熟英法各国语言文字,以至蒙藏语文源流,俱有深刻之研究。而溯既往以至未来,又其待人诚挚,无论何种文化团体,莫不欢迎许先生。猝闻先生以心脏病去世,认为中国文化界重大损失。尤其于现代青年过渡时代,损失一最适当之导师也,引为遗憾。"

吴涵真《悼许地山先生》发表于《宇宙风》第 122 期(许地山先生纪念特辑)。

师山《岛上的悲风》发表于《宇宙风》第 122 期(许地山先生纪念特辑)。

周俟松《地山的永别》发表于《宇宙风》第 122 期(许地山先生纪念特辑)。

黄仲琴《纪念许地山先生》发表于《宇宙风》第 122 期(许地山先生纪念特辑)。

容肇祖《追忆许地山先生》发表于《宇宙风》第 122 期(许地山先生纪念特辑)。

李镜池《吾师许地山先生》发表于《宇宙风》第 122 期(许地山先生纪念特辑)。

憾庐《学术界的损失》发表于《宇宙风》第 122 期(许地山先生纪念特辑)。

韩穗轩《怀地山先生》发表于《宇宙风》第 124 期。

庄泽宣《忆陆费伯鸿先生》发表于《宇宙风》第 125 期。

张十万《悼念陈范予先生》发表于《宇宙风》第 127 期。

何干之《鲁迅与古文学》发表于《五十年代》第 2 卷第 1 期。

愈之《追念许地山先生》发表于《野草》第 3 卷第 5 期。

亚子《怀念阿英先生》发表于《野草》第 4 卷第 4、5 期合刊。

亚子《怀念志超女士》发表于《野草》第 4 卷第 6 期。

荃麟《一个钢铁样的人》（悼保罗）发表于《戏剧春秋》第 1 卷第 6 期。

田汉《枪毙"疏忽"来追悼保罗的死》发表于《戏剧春秋》第 1 卷第 6 期。

殷乘兴《日本文化与朱舜水》发表于《日本评论》第 16 卷第 1 期。

按：文章说："舜水先生的学风，继承阳明先生'知行合一'的道统：身体力行，抨击空谈，尝自谓'言无不可行，而行未必见之于言者'。所以，他毕生的言行，无一不是关乎国计民生以及民风世教的。"

胡道维《黄梨洲在政治思想史上的地位》发表于《真知学报》第 1 卷第 1 期。

世璜《管仲的学说》发表于《真知学报》第 1 卷第 3 期。

朱建新《王静安先生遗书编辑之质疑》发表于《真知学报》第 1 卷第 4 期。

金梁《读〈王静安先生遗书编辑之质疑〉书后》发表于《真知学报》第 1 卷第 6 期。

朱建新《唐孙过庭书谱评考》发表于《真知学报》第 2 卷第 3 期。

刘宏钰《王右军换鹅书考》发表于《教育学报（中华民国教育总会）》第 9 期。

吴克坚等《祝梓年同志五十寿辰》发表于 1 月 18 日《新华日报》。

陈坤元《潘梓年同志五十大寿》发表于 1 月 18 日《新华日报》。

邓初民《钱亦石先生逝世四周年》发表于 1 月 29 日《新华日报》。

江定位《我们的教导主任——为亦石先生逝世四周年纪念而作》发表于 1 月 30 日《新华日报》。

林昌《忆钱亦石先生》发表于 1 月 30 日《新华日报》。

潘梓年《追念蔡子民先生》发表于 3 月 5 日《新华日报》。

赵华《忆张浩》发表于 3 月 31 日《新华日报》。

胡风《作为思想家的鲁迅》发表于 4 月 2 日《新华日报》。

张申府《忆守常》发表于 4 月 29 日《新华日报》。

张晓梅《永不能忘记的一天——纪念李大钊同志》发表于 4 月 29 日《新华日报》。

张琳《忆女作家萧红二三事》发表于 5 月 6 日《新华日报》。

林火《纪念与回忆——追悼范子侠将军》发表于 5 月 10 日《新华日报》。

铁山《追念韩国革命前辈玄河竹同志》发表于 5 月 11 日《新华日报》。

郭沫若《怀董博士维键兄》发表于 5 月 14 日《新华日报》。

潘梓年《悼董维键同志》发表于 5 月 14 日《新华日报》。

戈宝权《纪念伟大的反法西斯主义的战士——高尔基》发表于 6 月 18 日《新华日报》。

吴克坚《反法西斯斗争的活榜样——庆祝季米特洛夫同志六十寿辰》发表于 6 月 18 日《新华日报》。

张西曼《"敌人不投降，就消灭他"——纪念革命文豪高尔基逝世的六周年》发表于 6 月 20 日《新华日报》。

玉华《回忆一个从事建立游击区新闻事业的殉难者（何云）》发表于 7 月 13 日《新华日报》。

陆诒《痛悼新闻战士——何云》发表于 7 月 13 日《新华日报》。

李健《沉默的战斗者——忆何云》发表于 7 月 22 日《新华日报》。

艾云《鲁迅所关怀的丁玲——鲁迅全集研究拾遗》发表于 7 月 22 日《新华日报》。

杨赓《廖仲恺先生殉国十七周年》发表于 8 月 20 日《新华日报》。

周恩来《左权同志精神不死》发表于 8 月 23 日《新华日报》。

算史氏《伽离略与奈端（牛顿）纪念》发表于 9 月 10 日《新华日报》。

如晦《纪念奈端的历史意义》发表于 9 月 10 日《新华日报》。

李叶《回忆高咏》发表于 9 月 16 日《新华日报》。

杨赓《哭高咏》发表于 9 月 16 日《新华日报》。

郭新《期望的破灭——悼战友高咏》发表于 9 月 16 日《新华日报》。

戈茅《怒向刀丛觅小诗——忆史轮》发表于 9 月 16 日《新华日报》。

左权夫人志兰《为了永恒地记忆——写给权》发表于 9 月 24 日《新华日报》。

方治平《忆苦斗的老战士——悼念王凌波同志》发表于 9 月 26 日《新华日报》。

龙潜《吊王凌波》发表于 9 月 29 日《新华日报》。

张铁夫、穆青《人们在谈说着赵占魁——介绍延安的一个劳动模范》发表于 10 月 18 日《新华日报》。

欧阳凡海《鲁迅与自我批评》发表于 10 月 19 日《新华日报》。

社论《纪念白求恩博士逝世三周年》发表于 11 月 13 日《新华日报》。

子华《永远地光照我们——诺尔曼·白求恩大夫逝世三周年纪念》发表于 11 月 13 日《新华日报》。

［日］绿川英子作、欧阳凡海译《忆萧红》发表于 11 月 19 日《新华日报》。

李念群《怀罗兰老人》发表于 12 月 4 日《新华日报》。

默君《新女性的典型——悼君珏》发表于 12 月 7 日《新华日报》。

尹伦《悼君珏同志》发表于 12 月 7 日《新华日报》。

树青《忆凌波师》发表于 12 月 11 日《新华日报》。

陈华民《纪念魏磊》发表于 12 月 16 日《新华日报》。

季植《悼罗清桢与魏磊》发表于 12 月 22 日《新华日报》。

茅盾《祝洪深先生》发表于 12 月 31 日《新华日报》。

韦或《为中国剧坛祝福——祝洪深先生五十生辰》发表于 12 月 31 日《新华日报》。

辛慕《献身演剧三十年——为庆祝洪深先生五十寿诞写》发表于 12 月 31 日《新华日报》。

二、单篇传记

林辰《鲁迅归国的年代及初回国时的生活》发表于《文艺阵地》第 6 卷 5 期。

［苏］布拉郭衣作、李葳译《孤独的普式庚》发表于《文艺阵地》第 6 卷 5 期。

郭沫若《五十年简谱》发表于《抗战文艺》第 7 卷第 6 期（纪念郭沫若先生创作生活二十五周年）。

孙伏园《鲁迅先生的少年时代——在先生逝世五周年纪念会讲》发表于《抗战文艺》第 7 卷第 6 期（鲁迅先生逝世六周年）。

林辰《鲁迅在厦门大学——鲁迅生涯之分期研究》发表于《抗战文艺》第 7 卷第 6 期（鲁迅先生逝世六周年）。

靳以《悼萧红和满红》发表于《现代文艺》第 5 卷第 3 期。

赵宁《孙梅初先生》发表于《现代文艺》第 5 卷第 6 期。

吴伯箫译《普式庚与西欧文学》发表于《文艺月报》第 13 期。

陆石《旅途——回忆童年片断》发表于《文艺月报》第 14 期。

亦明《保罗先生的死》发表于《戏剧春秋》第 1 卷第 6 期。

孙杰《郭沫若先生与孩子剧团》发表于《戏剧春秋》第 1 卷第 6 期。

［苏］G. 维诺库尔作、庄寿慈译《作为剧作家的普式庚》发表于《戏剧春

秋》第 2 卷第 1 期。

　　［俄］普式庚作、甦夫译《欧根·奥尼金》发表于《诗创作》第 7 期(翻译专号)。

　　［苏］海塔古洛夫作、赵蔚青译《在莱蒙托夫纪念碑前》发表于《诗创作》第 7 期(翻译专号)。

　　［苏］尼罗夫作、陈原译《达拉斯·雪夫兼珂评传》发表于《诗创作》第 7 期(翻译专号)。

　　［俄］普式庚作、唯楚译《我为自己竖起一座丰碑》发表于《诗创作》第 8 期(普式庚一〇五年祭)。

　　［苏］卢波尔作、吕荧译《普式庚——俄国文学的创立者》发表于《诗创作》第 9 期。

　　［日］高村光太郎作、静闻译《窝尔特·惠特曼》发表于《诗创作》第 10 期(惠特曼五十年祭)。

　　［日］中野重治作、余人可诣译《布尔乔亚诗之选手惠特曼》发表于《诗创作》第 10 期(惠特曼五十年祭)。

　　［美］惠特曼作、曹葆华译《走过的道路的回顾》发表于《诗创作》第 10 期(惠特曼五十年祭)。

　　［苏］莱羡作、徐洗尘译《巴夫洛·铁钦拿》发表于《诗创作》第 12 期。

　　陈原、洗尘译《巴夫洛·铁钦拿诗》发表于《诗创作》第 12 期。

　　静闻《纪念太戈尔》发表于《诗创作》第 13 期。

　　霍薇译《亚当·梅基卫斯》发表于《诗创作》第 13 期。

　　李葳译《忆 A. 马夏多》发表于《诗创作》第 13 期。

　　［英］拜伦作、长海滨译《我完成我底三十六岁》发表于《诗创作》第 13 期。

　　胡风《四年读诗小记》发表于《诗创作》第 14 期。

　　萧爱梅《正确地认识马耶可夫斯基》发表于《诗创作》第 15 期。

　　黄绳《论孙钿及其歌唱》发表于《诗创作》第 16 期。

　　郭沫若《关于歌德》发表于《诗创作》第 16 期。

　　端木蕻良《哀李满红》发表于《诗创作》第 16 期。

　　宜闲《关于"女诗人"花蕊夫人》发表于《诗创作》第 17 期。

　　邹鲁《叶匡传》发表于《说文月刊》第 3 卷第 8 期。

　　邹鲁《姚万瑜传》发表于《说文月刊》第 3 卷第 8 期。

　　邹鲁《邓烈士钧传》发表于《说文月刊》第 3 卷第 8 期。

邹鲁《巫烈士绍光传》发表于《说文月刊》第 3 卷第 8 期。

邹鲁《罗烈士侃亭传》发表于《说文月刊》第 3 卷第 8 期。

邹鲁《陈烈士钜海传》发表于《说文月刊》第 3 卷第 8 期。

邹鲁《李烈士一球传》发表于《说文月刊》第 3 卷第 8 期。

邢仲采《张自忠拟传》发表于《说文月刊》第 3 卷第 8 期。

蒋逸雪《张謇拟传》发表于《说文月刊》第 3 卷第 8 期。

邢仲采《朱庆润拟传》发表于《说文月刊》第 3 卷第 8 期。

丘陶常《孙夏峰生平及其学术思想》发表于《现代史学》第 4 卷第 4 期。

熊佛西《怀白石老人》发表于《读书通讯》第 56 期。

礼君《为什么要纪念伽利略和牛顿》发表于《群众》第 7 卷第 18 期。

郑枢俊《爱国词人辛弃疾》(上)发表于《宇宙风》第 117、118 期。

郑枢俊《爱国词人辛弃疾》(下)发表于《宇宙风》第 117、118 期。

宝筏《关于梁佩兰及其诗》发表于《宇宙风》第 117、118 期。

宝筏《张国梁、康有为及其他》发表于《宇宙风》第 117、118 期。

黄炎培《我和许先生仅有的一席话》发表于《宇宙风》第 122 期(许地山先生纪念特辑)。

冼玉清《和许地山君最后一席话》发表于《宇宙风》第 122 期(许地山先生纪念特辑)。

李镜池《许地山先生底著作》发表于《宇宙风》第 123 期。

何希《南洋生活底回忆》发表于《宇宙风》第 124 期。

谢冰莹《山居杂记》发表于《宇宙风》第 125 期。

金启华《陶渊明与谢灵运》发表于《宇宙风》第 127 期。

徐飘萍《滇缅路上逃难记》发表于《宇宙风》第 127 期。

[苏]P. 柯金勤作、龙夫译《新沙赛宁传》发表于《笔阵》新第 4 期。

[德]Foil Grahein 作、卢剑波译《诗人华尔特尔·封·德·伏格尔淮德》发表于《笔阵》新第 4 期。

冰莹《写给青年作家的信》发表于《黄河》第 2 卷第 10 期。

[日]田中照子著、郑胆韩译《我底生活的一断片》发表于《黄河》第 2 卷第 10 期。

李朴园《钟敬文》发表于《黄河》第 3 卷第 1 期。

止鸣《一个小学教师的回忆》发表于《黄河》第 3 卷第 1 期。

陈铨《狂飙时代的歌德》发表于《战国策》第 31 期。

郭沫若《我的学生时代》发表于《野草》第 4 卷第 3 期。

文若《萧红的死》发表于《野草》第 4 卷第 4、5 期合刊。

董天野绘《潘巧云画传》（一）发表于《万象》第 1 年第 7 期。

朱凤蔚《党国人物志》发表于《万象》第 1 年第 7 期。

朱凤蔚《党国人物志》（二）发表于《万象》第 1 年第 8 期。

董天野绘《潘巧云画传》（二）发表于《万象》第 1 年第 8 期。

董天野绘《潘巧云画传》（三）发表于《万象》第 1 年第 9 期。

董天野绘《潘巧云画传》（四）发表于《万象》第 1 年第 10 期。

评襟亚《记浪漫画师卢世侯》发表于《万象》第 1 年第 10 期。

束依人译《印度的灯塔——尼赫鲁》发表于《万象》第 1 年第 11 期。

董天野绘《潘巧云画传》（五）发表于《万象》第 1 年第 11 期。

董天野绘《潘巧云画传》（六）发表于《万象》第 1 年第 12 期。

许翰飞《庋天楼名人传记之一》发表于《万象》第 1 年第 12 期。

董天野绘《潘巧云画传》（七）发表于《万象》第 2 年第 1 期。

许翰飞《庋天楼名人传记之二》发表于《万象》第 2 年第 1 期。

魏谋《投机家列传》发表于《万象》第 2 年第 2 期。

许翰飞《庋天楼名人传记之三》发表于《万象》第 2 年第 2 期。

董天野绘《潘巧云画传》（八）发表于《万象》第 2 年第 2 期。

董天野绘《潘巧云画传》（九）发表于《万象》第 2 年第 3 期。

许翰飞《庋天楼名人传记之四》发表于《万象》第 2 年第 3 期。

陆以正《吴梅村与卞玉京》发表于《万象》第 2 年第 4 期。

董天野绘《潘巧云画传》（十）发表于《万象》第 2 年第 4 期。

许翰飞《庋天楼名人传记之五》发表于《万象》第 2 年第 4 期。

董天野绘《潘巧云画传》（十一）发表于《万象》第 2 年第 5 期。

许翰飞《黄季刚舆亲出游——庋天楼名人传记之六》发表于《万象》第 2 年第 5 期。

梁灿《一个无名演员的日记》发表于《万象》第 2 年第 6 期。

董天野绘《潘巧云画传》（十二）发表于《万象》第 2 年第 6 期。

许翰飞《丁女江的恩师——龙璋》发表于《万象》第 2 年第 6 期。

骆宾基《幼年》（连载）发表于《人世间》第 1 卷第 1 期。

田汉《母亲的话》（传记）（一）发表于《人世间》第 1 卷第 1 期。

田汉《母亲的话》（传记）（二）发表于《人世间》第 1 卷第 2 期。

骆宾基《幼年》（连载）发表于《人世间》第 1 卷第 2 期。

许之乔《莫扎特——人类的奇迹》发表于《人世间》第 1 卷第 2 期。

仲玉《大曲家马致远之生平及著作》发表于《真知学报》第 2 卷第 1 期。

郑秉珊《画家石涛》发表于《真知学报》第 2 卷第 2 期。

柳雨生《黟县俞理初先生年谱》发表于《真知学报》第 2 卷第 3 期。

王荣增《邻水知县谢君墓志铭》发表于《贵州教育》第 4 卷第 10 期。

仲玉《元曲家郑光祖之生平及其著作》发表于《政治月刊》第 4 卷第 2 期。

王咨臣《显微先生著述目略》发表于《国立中正大学校刊》第 3 卷第 1 期。

李圆净《成功人志——福特》发表于《罗汉菜》第 31 期。

杨彩霞《书杨门忠烈节考事》发表于《罗汉菜》第 31 期。

僧睿《弘一法师史略》发表于《罗汉菜》第 35 期。

李意如《历代高僧新传——释道安（上）》发表于《佛学月刊》第 1 卷第 8 期。

李意如《历代高僧新传——释道安（下）》发表于《佛学月刊》第 1 卷第 9 期。

李意如《白居易的醉吟生涯及其佛教信仰（上）》发表于《佛学月刊》第 1 卷第 9 期。

李意如《白居易的醉吟生涯及其佛教信仰（下）》发表于《佛学月刊》第 1 卷第 10 期。

李意如《梁武帝与佛教（一）》发表于《佛学月刊》第 2 卷第 1 期。

李意如《梁武帝与佛教（二）》发表于《佛学月刊》第 2 卷第 2 期。

李意如《昭明太子的皈佛》发表于《佛学月刊》第 2 卷第 7 期。

苏公望《出三藏记集"传"与梁高僧传之异同》发表于《佛学月刊》第 2 卷第 7 期。

良友《诗人柯仲平印象记》发表于 2 月 16 日《新华日报》。

［苏］洛内得夫作、魏伯译《（克鲁普斯卡娅）伟大的一生》发表于 2 月 22 日《新华日报》。

林译《罗曼诺索夫的生活与其成就》发表于 4 月 13 日《新华日报》。

郭沫若《由噶录亚想到夏完淳》发表于 5 月 5 日《新华日报》。

翦伯赞《我所知道的董维键博士》发表于 5 月 14 日《新华日报》。

杨华《记蒋弼》发表于 9 月 16 日《新华日报》。

郭沫若《赵高与黑辛》发表于 10 月 31 日《新华日报》。

三、传记著作

张其昀著《中华历代大教育家史略》由重庆钟山书局出版。

按:是书介绍我国历代影响较大的 12 位教育家的教育思想,包括孔子、孟子、荀子、董仲舒、王通、韩愈、胡瑗、程颢、程颐、朱熹、陆九渊、王阳明。

中国国民党中央党史史料编纂委员会编著《历代贤豪传记》由中国文化服务社出版。

按:是书收蒙恬、霍去病、李广、张骞、苏武、赵充国、马援、班超、傅介子、陈汤、邓世昌、聂士成等 46 位秦至清代名人的传记。

张声智、赵家缙选注《名人传记》由广西桂林文化供应社出版。

按:是书共 12 篇。介绍卢梭、马克思、恩格斯、列宁、孙中山、牛顿、爱迪生、詹天佑、托尔斯泰、高尔基、鲁迅等人的传记。其《序》曰:在这里,我们从近代史中选出了十二位伟大的人物,他们的事业虽然各有不同,但是他们的成就却是一样的——他们都是各时期中人类幸福最大的代表者,他们对于现代人类生活的改进,都产生了极深刻的影响。我们把这本小册子贡献给一切未曾为罪恶所玷污的纯洁的青年们,希望他们藉此多少可以了解近代文明构成的一个轮廓,并且从这里能够得到人格修养上的一种帮助。至于那些"智勇力辩"的角色们,最好让大家把他们永远忘掉罢!复次,我们谈到传记文的性质和作法:

传记文的类别,因分类标准之不同而有歧异,有人以被传者在社会上的成就分为:1.革命家,2.思想家,3.艺术家,4.科学家,5.文学家传记。如本书中之国父孙中山先生,属于革命家,高尔基、鲁迅属于文学家,达尔文、詹天佑属于科学家的类型。有些人以传记写作的风格为标准,把传记分为:1.以批评研究为中心者,叫做史传;2.以心理分析为中心者,叫做心理传记;3.以年代的记录为中心者,叫做年谱;4.以介绍的形式为传记者,叫做介绍文。又有人以作传者的地位分为:1.自传,2.他传。普通所谓传记,大抵是指由别人写作的传记,由作家自己写的传,即谓之自传。

关于传记文的作法,我们提出四点来和读者商谈:

(一)要写真传神　传记中对于所写的人物,最要紧的是描写他的实在的姿态、神情、口吻、言行思想、声音笑貌,以及实在的周围环境。传记的写作,应该根据客观的理解,不应该以主观的爱慕而随意褒贬。应该直陈事实,不应该忌讳一切。应该活生生地把人物的弱点和缺处都刻画出来。

(二)要刻画时代　前面我们已经说到传记里面,须描写实在的周围环境,是包括着一切的环境,例如地理的,物质的,人物的,社会的各种环境——并不仅指父母、朋友家乡而言。以英雄崇拜的思想为中心而写的传记,无疑是"时代错误"的作品,我们必须要以时代社会以及物质环境烘托出个人生活来,而描写他在这背景中的活动姿态,尤其是在封建思想和个人主义没落,集体精神特别勃兴的现在,更不容有英雄式的人物传记产生。

(三)要用文学技巧　须用灵活的笔致,清新的风格,细腻的描写手段,旁敲侧击的文字技巧,这些虽属于不算是最重要的方法,但也不能忽视。

(四)要有系统　写传记时大抵首先叙述人物的出身,早年时代社会及其一切环境;因为这些环境是必然地在他的生活思想和性格上起着极大的作用,譬如我们的国父孙中山先生,如果没有国际的侵略和"满清"那样腐败的政治,也许不会产生他那样革命思想和坚强的性格。早年的交游,不消说也是有影响于人的生活和事业,种种特殊机会同样必须指明。其次最可注意的是叙述他严正的工作时代的重要节目。最后是关于他的死亡及写传者因他而抽引出来的结论。而在这些叙述过程中,最要注意的怎样从所传者的各个时期摄取真实而且精当的材料,尤其是富有特色和新鲜有趣的题材,还要注意怎样避免着事实的单纯罗列,而努力于从各方面去抒发。

三民主义青年团中央团部编《民族英雄史话》(卷下)由编者出版。

梁乙真著《民族英雄百人传》由重庆三友书店出版。

邹光鲁著《陇右民族英雄集》出版。

章乃羹著《两浙人英传》由杭州正中书局出版。

按:是书分 6 卷,介绍江浙两省在各个领域有贡献的名人,其中有勾践、于谦、沈括、王守仁、王羲之等 217 位。

汪精卫等著《孔子》由曲阜圣地孔子诞辰筹备委员会出版。

尹汐编辑《孔子》由吉林长春文化社出版。

张匡编《立功异域的张骞和班超》由上海民众书店出版。

朱泽甫著《苏武牧羊北海》由上海民众书店出版。

朱杰勤著《诸葛亮》由空军军官学校出版。

万言编著《薛涛》由重庆文言出版社出版。

赵启人编《王安石 大政治家》由上海民众书店出版。

余嘉锡著《王雱不慧有心疾辩》由北平辅仁大学仁学志社出版。

褚应瑞著《精忠报国的岳飞》由上海民众书店出版。

国立浙江大学编《徐霞客先生逝世三百周年纪念刊》由国立浙江大学出版。

马宗荣著《王阳明及其思想》由贵州贵阳文通书局出版。

王冥鸿编著《郑成功》由杭州正中书局出版。

赵尔巽等著《清史稿》（上下册）由联合书店出版。

张匡编《史可法为国牺牲》由上海民众书店出版。

冯励青著《张煌言年谱》由重庆独立出版社出版。

蒋君章著《明代平倭三杰》由重庆独立出版社出版。

朱焕星、林君汉著《辛亥莆人革命事略》由福建涵江图书馆出版。

徐子龄编《革命领袖孙中山》由上海民众书店出版。

罗香林著《国父家世源流考》由重庆商务印书馆出版。

蒋作宾著《蒋雨岩先生自传》由著者出版。

高乃同编著《蔡孑民先生传略》由重庆商务印书馆出版。

吴鹤九著《黔驴自传》由中国文化服务社河南分社出版。

周梅阁著《陈芷谷先生行述》由编者出版。

张春霖编《张春霖先生略历著作表》由编者出版。

马鹤天著《忆先父》由著者出版。

陶慰孙等编《陶念钧先生传及其他》由编者出版。

孙伏园著《鲁迅先生二三事》由重庆作家书屋出版。

梅子编《关于鲁迅》由重庆胜利出版社出版。

欧阳凡海著《鲁迅的书》由广西桂林文献出版社出版。

郑学稼著《鲁迅正传》由江西泰和胜利出版社江西分社出版。

茅盾等著、学习出版社编《中国作家鲁迅》由学习出版社出版。

鲁迅等著、王者编《学生时代》由奉天文艺书局出版。

按：是书收鲁迅的《琐记》、茅盾的《我的中学时代及其后》、胡适的《在上海》、胡愈之的《在绍兴中学堂》、沈从文的《丁玲的中学时代》、谢冰莹的《大学生活的一断片》、丰子恺的《我的苦学经验》等 22 篇，均系作者回忆学生时代的文章。

鲁迅等著、富容华编《学生时代》由重庆昆仑出版社出版。

按：是书收录鲁迅、茅盾、郭沫若、夏丏尊、胡适、穆木天、胡愈之、丁玲、赵景深、谢冰莹、沈从文、黄庐隐、叶圣陶、丰子恺、张天翼、巴金、曹聚仁、徐懋庸、胡仲持等 23 人回忆自己学生时代的文章。

张雪岩、刘龄九编《田家读者自传》由四川成都田家社出版。

按：是书收录农民、工人、商人及普通劳动者自传、生活述略 100 余篇。文章为《田家半月报》征稿所得，可了解各地民众生活实况，发现社会问题，供社会学、理学及史学等专家研究参考之用。书前有顾颉刚、杨开道、李安宅及张雪岩的序。

马琼莲主编《霓裳艳影集》由上海家庭书社出版。

江上鸥编著《影剧人百态》由成都联友出版社出版。

姜建邦编著《为义受逼迫的人》由上海灵粮刊社出版。

按：是书收入基督信徒为了忠于自己的信仰不惜以身殉道的故事。

理真编《虚云禅师事略》由上海大雄书局出版。

国民政府国史馆筹备委员会编《史蠡》由重庆编者出版。

按：是书收入文章 20 篇，其中传记 10 篇，多为近现代人物及辛亥革命烈士的传记。

宋成志、章乃焕编《世界名人生活故事及其他》由中国新文艺社出版。

陆曼炎著《中外女杰传》由重庆拔提书店出版。

按：是书收贞德、南丁格尔、居里夫人、秦良玉、宋庆龄等人略传。

国民新闻社译述《风云人物志》（一）由上海国民新闻图书印刷公司出版。

吴明编著《国际风云人物》由广西桂林立体出版社出版。

按：是书收录第二次世界大战期间外国政治、军事、经济三方面的名人小传 43 篇。

王裕凯、朱克文编著《中西教育家》由贵州贵阳文通书局出版。

按：是书分上下两编。上编介绍周至清末的 52 位中国教育家。下编介绍古希腊至现代的 60 位西洋教育家。每位教育家均包括略传和思想及贡献两部分内容。

译丛编译委员会编译《现代日本人物评》由江苏南京中日文化协会出版组出版。

贺孟斧编译《世界名剧作家及作品》由重庆五十年代出版社出版。

石苇编译《萧伯纳》由吉林长春启智书店出版。

［法］莫泊桑著、谢希平译《柏伦德先生及其他》由湖北汉口武汉文艺协会出版。

［苏］吉尔波丁著、阳华译《普式金评传》由广西桂林大公书店出版。

张叔夜译《苏联三大诗人代表作》由广西桂林文学编译社出版。

［苏］巴克梯利夫、拉佐莫夫斯基著，瞿白音译《苏伏罗夫元帅》由广西桂林立体出版社出版。

［苏］巴根吉列夫、拉佐莫夫斯基著，徐坚译《苏瓦洛夫元帅》由广东坪石

第七战区司令长官部编撰委员会出版。

赵如珩著《吉田松阴略传》由南京中国知行学社出版。

宗陶译《意大利首相墨索里尼自传》由吉林长春广益书店出版。

〔英〕亚丹森著、江天骥译《斐希特的生平及其哲学》由独立出版社出版。

〔德〕牟尔巴赫著、杨白平译《歌德与席勒》由成都越新书局出版。

陈铨著《叔本华生平及其学说》由独立出版社出版。

〔苏〕外国文书籍出版局编《工人阶级底伟大导师》由外国文书籍出版局出版。

按：是书主要介绍马克思、恩格斯、列宁和斯大林的生活和活动。

四、卒于是年的传记作者

陈独秀（1879—1942）。独秀原名庆同，字仲甫，安徽怀宁人。1897年，考入杭州求是书院。1901年10月留学日本东京弘文学院师范科。1902年3月回国组织青年励志社，9月重返日本，就读东京成城学校陆军科。1903年被遣送回国，5月创办安徽爱国会。1904年3月创办白话文《安徽俗话报》。1907年第三次赴日本入东京正则英语学校学习，后入早稻田大学学习。1908年陈独秀从日本回国，在杭州浙江陆军小学任国文史地教习。1911年，辛亥革命爆发，陈独秀应邀回乡任安徽都督府秘书长和安徽高等学堂教务主任。1914年反袁运动失败后，再赴日本协助章士钊创办《甲寅周刊》杂志。1915年在上海主编《青年杂志》，1916年改为《新青年》。1917年被聘为北京大学文科学长。1918年与李大钊合办《每周评论》。1920年8月成立中国共产党上海发起组，任书记。1921年中共一大上被选为中央局书记。以后被选为党的第二届、第三届中央执行委员会委员长，第四届、第五届中央委员会的总书记。1929年11月被开除党籍。1931年5月被选为中国托派组织的中央书记。1932年10月被捕。1937年8月提前获释。1942年5月27日因病去世。著有《独秀文存》等，其中有《老子考略》《孔子与中国》《我之爱国主义》《李超女士追悼会之演说词》《对于梁巨川先生自杀之感想》《马克思的两大精神》《马克思学说》《列宁之死》《列宁与中国》《列宁主义与中国民族运动》《泰戈尔与东方文化》《泰戈尔是一个什么东西》《悼孙中山先生》《好一个有节操的章炳麟》《我对于鲁迅之认识》《实庵自传》《蔡孑民先生逝世后感言》等传记作品。

李叔同（1880—1942）。叔同名文涛，别号息霜，出家后法名演音，号弘一，浙江平湖人。1905年赴日本学习西洋绘画和音乐。曾与欧阳予倩等创立春柳社。回国后任美术和音乐教师。1918 年在杭州虎跑寺从了悟和尚出家。著有《李叔同文集》,其中有传记作品《乐石社社友小传》《记陈敬贤居士轶事》《汪居士传》《汪居士传补遗》《庖人陈阿林往生传》《陈复初居士往生传》《立钧童子生西事略》《崔母往生传》《崔孝子碑铭》《蒋妙修优婆夷往生传》《南山道宣律祖年谱》《灵芝律师年谱》《见月律师年谱》《清故渊泉居士墓碣》等。

蒋作宾(1884—1942)。作宾字雨岩,湖北应城人。1905 年官费留学日本东京成城学校,加入同盟会。1907 年毕业回国任保定速成学校教习。1909 年调任陆军部军衡司科长,旋升司长。武昌起义后,被推为九江都督府参谋长。1912 年任南京临时政府陆军部次长,南北议和后,北上续职。1913 年称病离职,被幽禁西山,袁世凯死复任参谋本部次长。1919 年参与驱逐湖北督军王占元。1921 年被推为湖北省总监。后历任政府委员及军事委员会委员、驻德公使、驻日大使、安徽省政府主席等职。著有《蒋雨岩先生自传》《蒋作宾日记》《蒋作宾回忆录》等传记作品。

张荫麟(1905—1942)。荫麟号素痴,亦常作笔名,广东东莞人。1922 年毕业于广东省立第二中学。次年考入清华学堂中等科三年级肄业。与钱钟书、吴晗、夏鼐并称为"文学院四才子"。1929 年以优异成绩毕业于清华大学。是年获公费到美国斯坦福大学攻读西洋哲学史和社会学。1934 年回国应清华大学之聘,任历史、哲学两系专任讲师,并兼北大历史、哲学课。1935 年暑假后应教育部之聘,编撰高中历史教材。1937 年卢沟桥事变,南下浙江大学作短期讲学,曾一度到清华、北大、南开合并的长沙临时大学任教。1938 年赴昆明在西南联大任教。1939 年初为重庆军委会政治部顾问,又再回联大授课。1940 年初转到浙江大学任教。著有《老子生后孔子百余年之说质疑》《孔子》《秦始皇帝》《司马迁疑年之讨论》《纪元后二世纪间我国第一位大科学家张衡》《张衡别传》《宋太祖继统考》《北宋四子之生活与思想》《沈括编年事辑》《宋初四川王小波李顺之乱》《陆象山的生平》《陆九渊》《明末女杰刘淑英传》《钱大昕和他的著述》《洪亮吉及其人口论》《龚自珍诞生百四十年纪念》《清代生物学家李元及其著作》《王静安先生与晚清思想界》《评杨鸿烈〈大思想家袁枚评传〉》《纳兰成德传》《王德卿传》《曾国藩与其幕府人物》《中国近代学术史上之梁任公先生》《严几道》《燕肃著作事迹考》等文章。

姚名达(1905—1942)。名达字达人,笔名大任,更名显微,江西兴国人。1925 年考入清华国学研究院。1929 年毕业后,先后就职于商务印书馆、暨南大学和复旦大学。1940 年任国立中正大学文史系教授。1942 年 6 月组织在校师生战地服务团,7 月 7 日殉难于抗日前线的江西新干石村。著有《目录学》《中国目录学史》《中国目录学年表》《姚名达文存》,其中有《史记·田敬仲完世家中邹忌的三段话》《程伊川年谱》《刘宗周年谱》《章实斋之史学》《许真君故事的起源和概略》《会稽章实斋先生年谱》《增补章实斋先生年谱》《朱筠年谱》《邵念鲁年谱》《中国妇女运动与梁任公先生》《我为什么肯当社长》《黄心勉女士传》等传记作品。

按:张爱芳《近代年谱撰著的新格局——胡适、姚名达在年谱编撰上的成就》说:"胡适、姚名达所撰年谱以近代的学术眼光和新的视角,不但叙述谱主的生平行事,总结出其学问思想的历史,而且通过反映谱主的活动及其社会交往,显示出时代特点。同时,采用求真求实的态度,不但指出谱主的长处,还总结出其不足之处,同清代以前诸年谱相比,具有鲜明的近代特色,体现出本世纪二三十年代年谱撰述的新格局。"①

萧红(1911—1942)。乳名荣华,学名张秀环,后由外祖父改名为张乃莹。笔名萧红、悄吟、玲玲、田娣等,黑龙江哈尔滨市呼兰区人。1932 年,结识萧军。1933 年,以悄吟为笔名发表第一篇小说《弃儿》。1934 年与萧军、叶紫等结成"奴隶社"。1935 年在鲁迅的支持下,发表成名作《生死场》。1936 年东渡日本,创作散文《孤独的生活》、长篇组诗《砂粒》等。1940 年与端木蕻良同抵香港,之后发表中篇小说《马伯乐》、长篇小说《呼兰河传》等。1942 年 1 月 22 日因肺结核和恶性气管扩张病逝于香港。作有《记我们的导师》《记忆中的鲁迅先生》《鲁迅先生生活散记》《鲁迅先生生活忆略》等回忆鲁迅先生的传记文章,并参与萧军编辑的《鲁迅先生纪念集》的资料搜集工作。

① 张爱芳.近代年谱撰著的新格局——胡适、姚名达在年谱编撰上的成就[J].文史知识,2000(1):113.

民国三十二年 癸未 1943年

一、传记评论

胡适5月25日在美国纽约作《清代名人传略序》。

按：序曰：《清代名人传略》这部巨著是过去三百年著名人物的传记辞典。目前以任何语言（包括汉语）出版的同类著作，在全面性、客观性和实用性方面，均无法与本书相提并论。

为了充分评价这部著作的优点，有必要对书中八百多篇传记主要依据的汉文传记文献作一总体评价。这类文献卷帙浩繁。本书的资料主要来自《三十三种清代传记综合引得》（见编者序），其中最重要的四种，即《耆献类征》和《碑传记》丛刊三集，加起来就超过了一千一百十卷。此外，还有数百种年谱和自传。本书在选题、翻译和编辑方面的工作量确实大得惊人。

这些资料大多存在若干缺陷。……贯穿清王朝始终的宫廷阴谋和派系之争，也是传记资料失真的重要原因。对那个时代知识界的专制统治，对非正统思想家、著作家和艺术家的固有偏见，朝廷对有利于现王朝的思想流派的支持，均导致人们在书写人物传记时不能做出正确的取舍。由于官方的查禁和长期弃置，许多著作失传了。官方的"真实"实际上是经过篡改甚至多次篡改的。为了出版或再版，许多私人著作也被修改和删节了。

最近几十年的学术研究在发掘材料、认定史实和修订早期某些失真的传记等方面取得了很大成绩。原来的禁书未经删节，得以出版，原来声名狼藉的一些人物都有了新传记。但是，由于查禁和篡改的过程已经太久，且涉及的范围太广，目前的研究不可能将失实之处全部订正过来，许多史实也许永远不会为人所知了。

清代有些人物的生平是与外国和外国人直接相关的，如十七世纪的中国早期基督教徒、鸦片战争和一八三九——一八四二年谈判的参加者、太平天国领袖以及镇压太平天国的文臣武将、从太平天国直到清朝灭亡为止与列强办理外交的人物等，他们的传记资料缺陷最多。在写这些人物的传记时，中国的老一辈文人均未利用外文资料，而在许多情况下，须以外文资料补正中国学者记载的不足，因为本国学者往往对外部世界的形势和事件一无所知。例如太平天国领袖人物的事迹,因有关的汉文文献均被蓄意毁掉或查禁,外文文献即成为唯一可靠的资料来源了。如果没有外国观察家和传教士收藏的资料,太平天国的历史以及它坚决反对偶像崇拜的特殊表现,现在很难说得清楚。实际上,太平天国政府印行的许多官方文书和宗教小册子在中国已完全绝迹,幸赖英国和欧洲大陆各档案馆的收藏,中国近来才得以复制影印出来。

在上述所有方面,这部清代名人小传的作者们的成就远远超过原有的汉文传记资料。对人物的选择和材料的使用,他们从严把关,再三斟酌。他们在传记辞典严格限定的篇幅内,非常成功地写出了真实客观的人物传记。他们审慎地利用非官方和非正统的资料,以弥补官方正式传记的不足。他们充分利用了现代中国历史研究的成果。原记载凡有不完全不充分之处,他们都广泛引用外文资料予以补充,这为以后汉文传记的写作树立了良好的榜样。

书中关于早期中国基督徒领袖徐光启、李之藻、瞿式耜,太平天国领袖洪秀全、洪仁玕以及从林则徐到奕䜣和荣禄时代负责对外关系的官员的传记,对中国读者来说,既富有趣味也值得一读,因为其中有汉文传记中难以见到的重要资料。地理探险家徐宏祖、史学家崔述、小说家曹霑和吴敬梓、学者赵一清和戴震(特别涉及了争论百年之久的《水经注释》问题)等人的传记,堪称充分利用当代中国学术研究成果的典范。

我认为,编纂本书的最大困难在于八百多位男女传主的选择。对这个最后定稿,某些读者也许会因未发现他们喜爱的一些著名艺术家、诗人和收藏家而提出异议。我对本书的遗漏就略有遗憾。但是,在对本书进行仔细分析后,我转而对传主的总体选择深表满意。名单充分考虑了王朝、种族、军事、疆域、政治、知识分子、文学、艺术和宗教等有关中国近三个世纪历史的各个方面,做出了均衡妥当的选择,对在各个领域扮演了或坏或好的角色的著名人物给予了非常合理的取舍。这部著作对历史的态度是客观而公正的,对太平天国领袖洪秀全、李秀成和康熙皇帝、孝钦皇太后一视同仁;在为权高位重的内阁大学士明珠树碑立传的同时,也给了他的高丽家奴之子一席之地,该人通过食盐专卖而大赚其钱。

本书还有许多优点,足以使它成为对中外读者都非常有用的一本参考书,其中值得一提的优点有:对满族、蒙古族和藏族人名的音译拼写比以前中国史学家做得更准确;中国的农历均转换成公历;每篇传记之后都附有中外文参考书目等。所有这些对史学工作者都极有益处。此书是一部完备的大型传记辞典。但是,《清代名人传略》绝不仅仅是一部传记辞典。它是目前可以看到的关于近三百年中国历史的最翔实最优秀的一部著作。它是以创造那段历史的八百多个男女人物传记的形式写成的史书。顺便提一下,这种形式符合中国的修史传统。

在结束本序之际,我要特别说明:这部优秀著作是五十余位东西方学者通力合作的结果,更是主编恒慕义先生和助手房兆楹夫妇九年来坚持不懈辛勤努力的结果。正如我的朋友王重民对我讲的,"恒慕义先生、房兆楹夫妇和玛丽贝尔·布查德小姐,单是他们四个人,就为这部著作贡献出了三十多年的生命"。作为一个坚决信奉培根主义合作研究理念的人,我谨对编者和五十余位作者在中国历史和人物传记方面的第一次国际合作研究获得巨大成功表示祝贺。在条件相当的情况下,应多进行这样的合作研究。胡适一九四三,五,二十五,于纽约(杜继东译)。①

朱杰勤《吴渔山评传》发表于《东方杂志》第 39 卷第 3 号。

许君远《论传记文学》发表于《东方杂志》第 39 卷第 3 号。

按:什么是"传记文学"? 中外文学史上不曾把它列入一个单独的部门,当然很难在古籍堆中找寻一个清楚的界说。所谓传记,乃是自己一生或是别人一生或半生的叙述,从一个人的出生,家世,教育,说到他的思想和道德文章,如果可能,还须提到他的功业和结果。"传记文学"的性质介乎历史与小说之间,写传记的手法也和写历史与小说为近。不过它有别于历史,因为不必像历史单纯地板起面孔记账;也有别于小说,因为不能如小说随意离开事实太远。然而传记文学的重要性绝不下于历史和小说:一方面它能够代表民族性,并且说明当时的政治背景;一方面它述说一个英雄的失败成功,不只激发读者的志气,并且在快意处还能使读者尽量获得文艺的欣赏。它的功用兼历史和小说两者而有之,而其特质则为两者所不能及;如果没有《项羽本纪》,后世绝难明白楚霸王垓下之围的英雄气概;没有《游侠列传》,谁能了解风萧萧易水寒的慷慨悲歌? 他如拿破仑之于约瑟芬,维多利亚女王之于阿尔伯特亲王,岂能为简单编年史上之所能尽? 有历史性的小说,中外都不少见,《东周列国》和《三国志演义》,《撒克逊劫后英雄略》和《变城记》,算是最著名的例子,不过若竟以此为信史而臧否英雄豪杰,有时也会贻笑大方。

综括中外古今的传记文字,不妨分为数类:(一)为他人作传,(二)自传,

---

① 耿云志,李国彤.胡适传记作品全编:第四卷[M].上海:东方出版中心,1999:219 - 224.

(三)年谱,(四)评传,(五)人物介绍。传状在中国史籍中极为多见,自传则除《五柳先生传》和陈眉公自传有数的几篇以外,再也找不到什么宝藏。而且两者都是短篇,不像西方的长篇巨著。年谱评传甚至人物介绍在中国文坛上非常流行(尤其近年新文学大兴以后),惟独长篇传记不曾有人作过试验,这原因是大费疑猜的。

中国传记之另一特点便是就事讲事,不作过分铺张。评传年谱便是沿着这条路线,对某一个英雄或大哲作一个编年式的介绍,只要有生卒年月事业或著作,材料便已完备,再用不着什么谨严的布置和细致的描写。所以严格说来,这两种应该归在"史"的方面,此处不作什么举例或论述了。

短篇的人物介绍和素描,也是现时代的产物,美国报纸杂志如《时代》,如《生活》,如《新共和国》……颇向这一方面致力:上自罗斯福总统,直到远征北非的杜立特,成为南太平洋重镇的麦克阿瑟,全有较详或较略的小传。中国报纸或杂志,对于这一倾向并没有显著的接近,明明是自己的民族英雄,一般所了解的反而不如对丘吉尔、罗斯福,甚至陈纳德了解的更为深刻。大时代的洪流卷拖着文学前进,大时代下的英雄事迹不应该予以湮没,此时我们不能为时贤表彰,难道必须听受后世人妄加议论?抗战军兴,有多少可供介绍的人物?尤其是陆军方面,哪一个的勋业不够彪炳青史,永垂宇宙?但是谁肯替他们写过一篇有价值的介绍?如果把这些国家长城对于党国的关系,和在抗战中的功业,详细地告诉国人,纵然不加渲染,相信其效力也会大过任何一篇抗战小说或诗歌。我们需要民族文学,我们需要抗战宣传的资料,为什么大家不肯在这一方面多作一些功夫呢?

对于存在着的英雄我们不能竭尽崇拜的诚意,对于已死的英雄更是淡然置之,很使人怀疑我们已经把他们整个忘掉。试一检查抗战历史,尽管只有短短的六个年头,却已经存在着不少壮怀激烈的故事;在淞沪战役中有宝山死守的姚子青,陷敌阵自戕的阎海文,在襄樊争夺战中有身先士卒的张自忠,在鲁西游击战中则有燕赵健儿作风的范筑先……其他大小战役也莫不写下代表我们民族性的史迹,倘使一一笔之于书,宁能无裨于抗战之宣传?敌人甚且永志国烈士的姓名而弗忘,我们这一般后死者们反而未对先烈尽过丝毫的责任,思之能勿愧死!

"自传"素为中国文人所不取,这原因大都是他们不肯说实话,小部是他们顾虑太多;还有一点便是中国学者缺乏写传记文学的风气,如果真的有人(尤其是往古时代)自撰一篇自述,不免被目为"某人怪诞不经",便会以"小说家言"而遭摈斥。近人有的在试作这一番工作,不过仍然不能畅所欲言,譬如胡适之写《四十自述》,对于恋爱只字不提,便是一个例子。

西洋自传文学算是相当流行,但是好的作品也并不多见,最为人所称道的就是《佛兰克林自传》《尼赫鲁自传》《丘吉尔自传》等寥寥数种。《尼赫鲁自传》几乎完全着眼于民族运动,还不及《甘地自传》(严格说来不能算是他的自传)范围来得广泛。最好的当然要推《佛兰克林自传》,自出生以及幼年苦斗,壮年从政,结婚交友,甚至思想政治,几乎无所不谈,而且谈的十分坦白赤裸,因此有了这本自传,就很难使着替他作传的人知道从何处落笔了。(你读过很好的林肯传记,你几曾读过很好的佛兰克林传记呢?)

"自传"给人的道德启示或许比传记还多,不过写自传和写日记一样,如果为了公之于世,不免把许多话嗫喏其辞,便是托诸小说家言,借酒浇愁地假借他人写自己的得意或失意。这在中外文学史中颇有不少的例证可举,所以读了《溪上磨房》便知道乔治·艾丽奥特是什么样的一个人;读了《琴爱尔》便可以想像夏绿蒂·布朗特的一生遭遇;而《块肉余生述》宁能说不是狄根斯的自白?《儿子同爱人》有百分之七十是劳伦斯的身世。广义说来,小说往往就是很好的传记文学,除了自白,对于每个男女主角的刻画都可以作为写传记的借镜,狄根斯的《孝女耐儿》,曹雪芹的宝玉黛玉,不是公认为历史上的人物了吗?

此外还有几本颇似自传而又非自传的作品。如歌德的《诗与真理》,加萨诺瓦的《回忆录》,卢梭的《忏悔录》,吉森的《一个青年的自白》,取材描写都偏于一方面,因此与其称之为传记文学,倒不如列入纯文学里较为确切。

把传记文学的类别交代明白,我应该谈一谈传记文字的写法。关于自传,在上面说的尽够详尽,材料全是近取诸身,如秋风中的黄叶取拾不竭,只要能有文学的手腕,把事实作个有系统的整理,坦白真实,相信不会过分失败。从事文学写作的人,谁也明白写自己的经历比写无中生有的事情容易控制,一旦以自己的经历为章本而着笔,当然更为省力而真切,不致陷入"超人化"的毛病。"文以人存",这是古今中外的一个常例,但是一本好的自传也很容易翻案而成为"人以文存",为什么作家们不肯作这种平凡的尝试呢?

自传很少超出文学的范围,传他人则易陷入历史的轨迹。不过莎赛写《纳尔逊传》,波斯威尔写《约翰生行述》的时代过去了,二十世纪的传记文学几乎完全走入小说的领域。在这一种新趋向中我们应该特别提出斯特莱奇和莫洛瓦两位。前一作家写伊丽莎白和维多利亚女王,后一作家写狄斯莱利和雪莱传,都是从大处着眼,小处入手,从日常生活中把被传者的人格特癖,竭力刻画入微,使读者从小地方获得整个英雄的本色。譬如斯特莱奇写维多利亚女王之一生,其关于她同阿尔伯特亲王的夫妇生活,真是淋漓尽致,细腻处不弱于哈代的言情小说。她不是以女王的资格往叩亲王之门吗?闭门羹是当然的,气愤有什么用?所以一次两次三次,最后她必须屈服,而改称"你的太太"。亲王帮忙她一生的施政,在许多国家大事上使她免于陷入错误,小的少数的不愉快绝未影响夫妇间的真正爱情。所以在亲王积劳病逝以后,她还是把卧室布置得一如他的生时,任何人不能扰乱她安息以前对丈夫的虔诚。……这还不够吗?"维多利亚时代"已经成了历史上的专词,千百种的科学和文学的贡献在她的治下产生,谁也不曾忘却她的德意,何必一定在一篇传记里作平凡记账式的宣扬?另外一点,就是作者不曾忘掉女王也是个人,所以通篇拿她当作一个普通人看待,拿她当作一个有"人性"的人看待,在她降生时不曾"凤栖于庭""彩云蔽日",使人发生神话式的感觉。

莫洛瓦的作风与此极为近似,他的《狄斯莱和传》非常曲折尽致,描写那位犹太宰相的喜恐哀悲,非常神工鬼斧;尤妙者,就是合斯特莱奇的《维多利亚女王》而读之,宛然是姊妹编。此外给雪莱作传的岂止十数?然而谁能如莫洛瓦能够道出这位风流诗人的绰约多姿?因此传他人也需要独到的手法,不能忽略历史和政治的背景,同时也不能抹杀一般所最珍视的英雄本色,不能妄加牵强附会之词。然而一个史家不一定有灵活的文笔,一位小说家也难有政治的眼光和社会学的知识,一本好的传记之难于产生,其理由在此。无可怀疑地传记文学是在向着一条崭新的路线上走:离历史的边线更远,距小说的核心愈近;同时全是日常生活,不使被传者迷失本性。这是文学的新局面,也非常适应时代的要求。相信这一种趋势会影响到以后几个世纪的文学。建立我们自己的传记文学,也应该循此路径前进。

朱东润《论自传及〈法显行传〉》发表于《东方杂志》第 39 卷第 17 号。

按:文章说:近几年来,一般人对于传叙文学,开始感觉到兴趣,不过因为这个究竟只是新辟的园地,所以大家对于中国古代的传叙文学,常常不易得到正确的估价。在学问底各个部门里,正当开始注意的时候,这种估价不正确的现象,是一件寻常的事,传叙文学当然不能例外。

传叙文学在西方文学里的大规模进展,只是最近二三百年以内的事。撇开这二三百年不论,那么中国传叙文学底成就,和西方传叙文学底成就比较起来,我们委实不感觉任何愧色。在传人方面,我们有唐慧立、彦悰底《大唐大慈恩寺三藏法师传》十卷,博大宏伟,为同时所罕有。在自传方面,我们有东晋法显底《法显行传》,直抒胸臆,达到自传底高境。在理论方面,我们有宋黄幹底《朱子行状书后》及《晦庵朱先生行状成告家庙文》两篇,更奠定了传叙文学底那种追求真相的理论。在传叙文学方面,我们底前代对于世界,曾经有过伟大的贡献;现代的责任,只在把西方近二三百年来传叙文学底进展,迎头赶上。

在追赶人家的时候,我们应当随时检点自家底成就。我曾经作过一篇《〈大慈恩寺三藏法师传〉述论》,见《文史杂志》第一卷第一期(三十年重庆出版),现在我想叙述中国传叙文学中的自传及《法显传》。……《隋书·经籍志》之二卷本《法显传》,其后失传,至一卷本之《法显行传》,则有《佛国记》《历游天竺诏传》、法明《游天竺记》《法显传》等之异名。日本足立喜六作《法显传考证》,以《法显传》为名,今称《法显行传》,以还《隋书·经籍志》之旧。《法显传》二卷本已亡,其详不得而知。《法显行传》既系法显自作,记其历游天竺始末,所以不妨假定《法显传》是当时人或时代略后之人为法显而作。证以晋宋间传叙之风甚盛,每人时有传叙两种以上之情态,此种假定,当可不误。进一步,我们可以假定梁释慧皎《高僧传》卷三《宋江陵辛寺释法显传》中的材料,凡不见于《法显行传》者,皆出于《法显传》二卷本,其后慧皎即据以作传。这是一个更胆大的假定,但不是不可能的。……倘使我们认定传叙文学底目标是人性底真相的叙述,那么,在中国文学里,《法显行传》便是一部重要的著作。

田禽《中国剧作家概论》发表于《东方杂志》第39卷第18号。

朱东润《传叙文学底前途》发表于《中学生》第66期。

按:文章说:传叙文学是中国固有的文学。在文学底这一个支派里面,我们可以举出许多的作品。倘使我们搁开最近二三百年以内的进展不算,单就以往的传叙文学作品而论,那么无论在自叙,或是传人底方面,中国的作品,如《法显行传》《大慈恩寺三藏法师传》,和世界上任何一国的作品比较,决不感到丝毫的逊色。但是时代究竟不同了,在这二三百年以内,西洋传叙文学受到一般的激动,正在向前迈进,而中国传叙文学却只在字句上做工夫,不是模仿《史》《汉》底丰神,便是依附韩欧底笔调,永远在小圈子里打转,没有打开窗户,看看外面的世界。这个情形,当然不仅限于传叙文学,也不仅限于一般文学。在任何的角落里,都嗅到这一类“闭户自精”的气息。

如今西洋传叙文学已经到了大量进展的阶段。每年出版的新书里,传叙文学已经达到和小说、戏剧并驾齐驱的地位。仅就美国而论,《华盛顿传》便有五百种以上。拿这个情形和中国出版界的贫乏相提并论,我们不能不感到无限的惭愧。固然,量底增加不一定是质底提高。但是量的低落又何尝是质的提高呢？六朝文底对仗工律，和唐宋文底炼神行气，在传叙文学里都算不上什么质。字里行间有时只看到谀墓的意味，我们惟有承认这是文人底出丑，和现代的传叙文学相去更远。

近来不是不曾听到人家提起传叙文学，但是新的传叙文学理论，还没有人介绍；新型的传叙文学作品，也没有人试作。有人说起传记，什么是传记呢？清代《四库总目提要》说过："叙一人之始末者为传之属，叙一事之始末者为记之属。"叙人和叙事，显然不同，为什么把叙人的称为传记呢？又有人推重评传，其实评是评，传是传，传叙文学底成功，正在罗列事实，使读者自己判定，犯不着再在传叙中间，画蛇添足，发为武断的结论，引起读者底厌恶。刘知幾在《史通》说过："使夫读者望表而知里，扪毛而辨骨，睹一事于句中，反三隅于字外。"(《叙事》)他要作者做到暗示的工夫，使读者看到字句，想起结论。这才是高明的论发。也许有人提出《史记》《汉书》，来证实评传底价值。这一种论法，在我们这个信而好古的社会里，当然有相当的地位。可是第一我们要知道《史记》《汉书》是史，和现代的传叙文学不是同物，因此不能以二千年以前的旁例，约束二千年以后的著述。其次我们要知道《史》《汉》底赞论，也还有他们底原则。刘知幾曾经归纳地把这个原则提出："盖欲事无重出，文省可知。"(《史通·论赞》)他说一则赞论所记的事实，要补本传所未备；二则赞论所记的评论，要能简略而扼要。即是古人作史传的时候，也还有这样的限制，那么要在一本传叙文学里面，长篇累牍地夹叙夹议，实在只是精力底浪费。

对论传叙文学，首先应当知道这是一般文学和史学中间的产物：因为是文学，所以注意撰述底技巧；因为是史学，所以注重记载底翔实。我们对于两方面，都应当顾虑。这里又牵涉到文学底基本问题了。文学有形式也有内容。我们应当注重形式呢，或注重内容呢？立论的人，当然各有各的主张。不过我们应当知道没有好看的形式而有充实的内容，文学还有存在的价值；倘使没有充实的内容而只剩一些好看的形式，尽管字句美丽，音韵铿锵，其实只是空虚的，没有价值的东西。所以在现代文学批评家底眼光里，文学内容比形式更重要。

传叙文学采取一般文学底形式和史学底内容。根据上面所说的原则，那么我们应当注重的更是那接近史学的一部分；这就是说，传叙文学所重的是史实而不是文辞。讲到史实，便有史德底问题，什么是史德？刘知幾曾说过史有才、学、识，缺一不可。清朝章学诚作《文史通义》，也说："能具史识者，必知史德。德者何？谓著书者，心术也。"他又说："盖欲为良史者，当慎辨于天人之际,尽其天而不益以人也。尽其天而不益以人,虽未能至,苟允知之,亦足以称著述之心术矣。"(《史德》)这就是说,在撰述的时候,我们要追求本来的真相而不加以人为的推测,这样才是德。在作史的时候,应当如此;在作传叙文学的时候,也应当如此。真相是传叙文学底生命,没有真相便没有传叙文学。也许有人以为追求真相是一件很容易的事。其实不然。传叙文学家追求真相,正和我们平时说真话一样,有时竟是一件非常困难的事。小的时候听到司马光剥胡桃的故事,我们便知道不应当撒谎。但是因为不撒谎,有时损害自己底利益,有时触犯朋友底感情,有时甚至因为一句真话而引起不少的懊恼,增加不少的麻烦。但是真话究竟不能不说,一切的利害只有置之不顾。说真话要有极大的勇气,没有勇气的人决不能说真话,他知道撒谎是一件笨事,尽管藏头露尾,最后还有丑态毕露的一日,但是他总是支吾一天是一天,既不能取信于己,也谈不到取信于人。他不是不知道撒谎是不对的,但是他没有说真话的勇气。

如今谈到传叙文学,便应当知道最要紧的是追求真相的勇气。这是一件似乎平凡而其实并不平凡的事。追求真相,当然也还有一点限制,《论语》里记载一件故事。叶公和孔子说:"吾党有直躬者,其父攘羊,而子证之。"孔子说:"吾党之直者,异于是,父为子隐,子为父隐,直在其中矣。"现代的文明国家,在法庭侦查的时候,直系亲属或配偶人有拒绝作证的权利。因此我们对于死者家属所作的哀启或事略这一类的文字,无须推求太甚,根本不认为正宗传叙文学,也不期望作者有什么追求真相的勇气。凡是死者底子女或配偶所作的传叙,都不妨当作哀启或事略看待。父亲把儿子底坏事隐藏起来,儿子把父亲底坏事隐藏起来,固然是人情,但是父子之间,信口开河地称扬一番,便有些不合情理。在法庭上,直系亲属或配偶,固然可以拒绝作证,但是伪造证据,便算触犯刑律了。姑举一件故事于次:明朝穆宗时代,张居正是一个有名的大学士,穆宗隆庆二年,废辽王,张居正把江陵辽王府据为己有。神宗万历五年,居正底父亲死了,居正不奔丧,不丁忧。翰林院编修吴中行等上疏攻击,神宗激怒之下,分别给他们廷杖六十或八十的处分不等,居正坐视不救。张居正自然有他底事业,但是这两件事,也是无可讳饰。清朝修《明史》,把这两件记下,其实并没有错。偏偏康熙十二年,居正底曾孙同奎从江陵到北京去上书了,他说张居正自己建纯忠堂、捧日楼,可见没有据辽王废府的故事。他说居正对于吴中行等皆有疏救援。后来刊定《明史》的时候,竟因此把据辽王府这件事删去了。其实辽王废后,居正攘据辽府,直到隆庆六年才想起缴价的事,还要湖广巡抚拿出公款,代为缴纳(《张文忠公全书·书牍四》)。是否实行代缴，不得而知；建纯忠堂、捧日楼是万历元年的事，在废辽王后五年，更不能反证据有辽府的事实。至于疏救吴中行等一说，居正不曾说过吗："今诸臣已被谴斥，臣不敢又救解于事后，为欺世盗名之事。"居正所做的事，居正自己底书牍和奏疏证实了，偏偏居正底曾孙要出来驳斥，而且还举出似是而非的证据，入京上书，也居然有人相信，把已成的《明史》，重行改过，不是一件怪事吗？这个证明亲属对于传叙的概念，是怎样地不可信。

其次，一个人底自传，也不是绝对可信的材料。近年以来，中国人对于西方的东西，不择精粗美恶，一概活引生吞，这正是过渡时代的现象。就自传而论吧，有人举佛兰克林自传以为底模范，其实这本书充满许多不可信的故事，而且作者完全把自己底阴暗面隐藏起来，更谈不到真相。当然，这并不是佛兰克林特有的情形，一个人对于自己底经过，总有一些不快意的地方，在叙述的时候，会无意地把它略过，再不然，便会有意地把它删却，这个只是人情，我们无从加以责备。还有一个人对于自己的故事，常常因为屡次的复述，堕入半催眠状态，于是愈说愈离奇，结果竟成为不可信的神话。马丁·路德就曾有过这样的一件事。一千五百二十一年，他隐居华堡的时候，一夜失眠，他听到碉堡里的声音。十年以后，他说在那一晚，当他躺着的时候，魔鬼把桌上的栗子捡起来，一个个打到天花板去。二十五年以后，他底叙述便更加详密了。他说，堡中的两个小孩送他一袋榛子，他吃了一些，其余的放在箱子里。夜深了，路德回到卧房，吹灭了蜡烛，静静地躺着。于是榛子从箱子里出来，一个接着一个，沉沉地打着屋椽，打着床铺，但是路德一点也没有动。偶然睡着了，他会听到楼梯上一阵响动，好像有人把六十个大桶滚下。一天，路德不在房里，同堡的一位妇女睡在那里，她听到隔壁房里吵闹得像有一千个魔鬼在里面。路德越说越详密。其实只是路德老了，经过无数次的自我催眠，于是一袋榛子便成为一千个魔鬼。

在探求真相的时候，我们知道自传不一定可信，亲属和朋友所作的传叙也不一定可信。有时同时人所作的传叙也不一定可信。尤其一个大人物底传叙，更是如此。这不是说大人物或他底子弟亲友会用不合理的力量，使人作不正确的传叙；而是说只因为他底人物太大了，不容易使人对于他底一生得到全般的印象，以致不能写出好的传叙。峨眉山真伟大，但是住在山中洪椿坪仙峰寺的人们，永远得不到峨眉山底全景，反而不如在峨眉县城或乐山县城的人知道得更清楚。苏东坡说过："横看成岭侧成峰，远近高低各不同。不识庐山真面目，只缘身在此山中。"正是这个意思。华盛顿底时代，几个人真能了解华盛顿呢？因此在他初殁的时候，只能写出韦穆斯那本不值一读的传叙。有人会问那么为什么约翰逊博士初殁的时候，可以写出鲍斯威尔底不朽的名著呢？这个问题看来困难，其实非常简单。我们不要提到作者底天才，只要说到华盛顿和约翰逊底不同，就会知道了。约翰逊不是事功家，甚至不是思想家，而只是一个不修边幅的文人，尽管他是口若悬河，其实他所关涉的事情太少，所发生的影响太小了。鲍斯威尔一眼把握得定，因此一笔写下，成为不朽的大作。华盛顿便不同了，整个的美国是他一手铸成的，在他同时同国的人物，多多少少地都受他底影响。他们知道他是国父，他们对于他底私生活，知道一些，但是不能理解，同时也不便发表。正因为他们生在华盛顿时代里，他们不能认识华盛顿。于是在那个时代里，只能产生韦穆斯底著作，而比较完好的华盛顿传，直到二十世纪才能出现。孔子底时代，叔孙武叔诽谤孔子，他甚至公开地指出孔子不如子贡。子贡只是说孔子和日月一样，没有再比孔子光明的。其实无论叔孙武叔和子贡，他们都不会写成一部好的孔子传。因为孔子太伟大了，他们生在孔子底时代里，不容易对于孔子得到整个的印象。

　　其次还有取材的问题。我们所说的真相是日常生活底真相，还是个人特有的真相呢？假如我们把同一社会，同一阶层的人物底生活，巨细不遗地记载下来，我们会发现到处都是雷同一致，再不然，便是大同小异。抗战时期的学生，同样地听到吹号起身，同样地到操场集合，同样地对着上升的国旗举手立正。万一我们替一个学生做传，是不是应当把这许多动作一件一件地记上呢？一篇传还好做，倘是作十篇传，是不是只要把传主底名字换过，这篇叙述，就可以普遍适用呢？你说，不是的。我们只要把几个主要的特有的动作记下，便可以看到一个特殊的人物了。话是不错，然而只说到一面。替兴登堡做传的人，谁能把他那一段幼年军官学校的记载忽略呢？一听号声就得起身，检查内务的教官来了：他要各人对于自己底东西，一件一件都整理得合式；要检查各人底箱箧；要看箱子里的物件，是不是多了一件，或是少了一件；要查点是不是都有一定的位置。教官们要检查各人制服上的铜纽扣，是不是一个一个地都擦得发亮，可以照见他那圆圆的面庞。这是铁的纪律啊，但是惟有这个铁的纪律，才能造成兴登堡那坚强，沉重而几乎没有感情的人物。

　　一切的小节综合起来，便成为一个人物底特点。小节是不能忽略的，但是我们不能不知道许多平常的小节以外，巨大的人物当然还有他底伟大的成就。姑说英国女王维多利亚吧，这是一个凡庸的妇人，但是一个凡庸的妇人却占据了一个并不庸的地位。在她受到地位底刺激以后,有时她成为一个英雄式的人物。苏伊士运河公司底股票出让了,她会立刻迫促内阁举债买下。打通了大英帝国底东西要道。俄罗斯向巴尔干进攻,眼看东方病夫土耳其帝国支持不住了,她会用迫击炮式的书简催促首相狄士莱里把海军开到爱琴海去准备截击。她甚至高呼整个大英帝国只剩了两个清醒的人物——一个妇人和一个老迈龙钟的首相。假使我们把这一切都忘去,只记得那个女王房门的故事,认为唯有这样才是伟大,天呀,我们现在是怎样的一个世界!哪一家小两口子,没有一些眉来眼去的韵事,应该不至于认为这就是伟大吧!

因此想起县大老爷底做事。"满清"时代,各县底县官真是威风,尤其那时乡间的老百姓,十年难得上九次街,谈到县大老爷,不晓得是怎样一个伟大的人物。一次县衙门的差人下乡,庄稼人居然和他混熟了,这才苦苦央求差人把他带进衙门,看看县大老爷是怎样一个人物。经不起庄稼人底央求,差人把他带进城,再串通走上房的长班,居然把庄稼人带到上房窗外。庄稼人蹑手蹑脚地舔破窗纸看了一下,大老爷正在吃饭。这一次庄稼人真开了极大的眼界。在他回到乡间的时候,他常是一本正经地说:"是的,原来县大老爷也是吃饭的。"假如我们替县大老爷做传的话,要说县大老爷威风显赫,并不吃饭,这固然是笑话;但是只说得一句"原来县大老爷也是吃饭的",那又算什么传叙文学?这就是说替大人物做传的时候,只顾是"生而神灵,弱而能言",固然是非常幼稚;但是把大部精力花在无关宏旨的节目上,也是无谓的浪费。我们要在日常生活的记载里,找到个人所有的特点。这不一定是全部生活底真相,然而惟有这样才是生活底真相。传叙文学家底才能,便在怎样选择材料,自己认识,同样也使读者认识传主底真相。

一种新兴的文学,究竟不是一件容易的事。有了时代底要求,这种文学才会产生;有了适宜的园地,它才能发荣滋长。现代的中国传叙文学,也许还没有产生吧!让我们大众认清路线,一齐努力。不过从习作到成就,中间当然需要不短的时期。中国的话剧,是现代文学里相当成功的一种,但是也并不是一蹴而成的作品。我在看到话剧上演的时候,常常怀念那些《黑籍冤魂》《妻党同恶报》的作家,现代中国传叙文学底时机已经成熟没有?我不敢说。有时,我想知道中国是不是现代传叙文学底适宜的园地。现代传叙文学底生命是探求真相的勇气,但是这一种勇气,在中国似乎不甚普遍。我们常看到的立身处世的态度是模棱,是不臧否人物,是"不求甚解",是"喜怒不形于色",是"漠然无所动于中",是"西山朝来,致有爽气"。这里没有一点探求真相的勇气，因此也不适合于传叙文学底生长。至于文人把玩的东西，像庚子山底《丘乃敦崇传》、韩退之底《许国公碑》，不是把事情说得无头无绪，便索性以黑为白，颠倒是非。假如现代的中国传叙文学还走上这一条老路，那么传叙文学的前途是应当被诅咒的。追求一种新兴的文学，有成功也有失败。成功可以给人一个榜样，但是失败也可以给人一种炯戒；所以成功古人是成功，失败也可以算是成功。在我们认识现代传叙文学底使命以后，让我们大家努力，替中国文学界开创新的园地。

恽逸群《杜月笙论》发表于《杂志》第 11 卷第 6 期、12 卷第 1 期。

[法]莫洛阿作、黎生译《现代的传记文学》发表于《杂志》第 12 卷第 2 期。

按：文章说："现在还有一个问题应加检讨的，即怎样决定选择一部传记的主角。雪特尼·李氏认为一个传记的主角，必须具有某种伟大性。但这主张曾遭人反对。有许多作家争论说，如果你能知道一个乞丐的种种思想，你就能写出一部较《该撒传》尤伟大的东西。这也许如此，不过伟大的生活，确能供给人间的灵魂以适宜的精神粮食，而且乞丐的生活极少线索可寻。这题材可让小说家去写，而非传记家，因为后者需要文件、日记、书翰等材料的。一个身后遗有历史的记录的人，不是思想的伟人即是行动的伟人。但在某种情形，主题虽充分伟大而其主人公却未见得就是伟人。譬如在主人公是某种重要事件的中心场合，情形就多半如此。例如夏恩·莱斯利的《乔治四世》，即属此类。在这种情形下，传记中的诗的成分，只可从传记悲剧的伟大性，与剧中人之关联性相对照而获得。……传记应当帮助我们去忍受艰难的人生，帮助我们去了解生活的种种艰难。卡莱尔曾说：'一部写得好的生活传，一如有价值的人生一般难得。'这确是真理，不过，伟大的人物，不论你怎样接待，总是人生的益友。"

周越然《何必自传》发表于《文友》第 3 卷第 7 期。

按：文章说：自传有些成数千字或数万字者，亦有写成数十万字或一百万字者——不论长短，总以自己为题，简述或详述自己的往事，一生的经历，一生的言行。我以为写自传的目的，当在教导后人，不在"表扬"自己。我的私见，阅众以为然否？倘然写自传的目的，必在教导后人，那末，年轻无经验可言者，不必写自传；年老而言不正，行不端者，亦不必写自传。他们当然也有"教导"后人的权力，但是他们的著作，不可采用自传的形式。除了自传之外，小说、剧本、诗歌、论说……都能用以启发阅读者的心思——指导阅读者脱离迷途，或引导阅读者走入正途。行世的自传，甚多甚多。例如美洲人

《樊克令的自传》，黑种人华盛顿的《从奴隶而上展》。这两种自传，学校常常用作教本。他们受得这种荣誉，小半是因为文字的简洁，大半是因为内容的有益。樊克令由学徒而大使，由组织文字而"著作等身"，由"腰无半文"而生活优裕——他的言行，还不配做后人的榜样么？那个黑人，那位黑伟人，幼时连自己的姓名都不知道，后来著名的大学，也肯赠送他博士学位。他的努力，他的耐劳忍苦——件件是大众的模范，件件事情大众都喜欢知道。他的姓——华盛顿，他的名字——仆可，是进学校时随便瞎说的，随便杜撰的。

除了《樊克令的自传》及《从奴隶而上展》，另外还有两本极著名的自传：（一）《卢骚的忏悔》，（二）赫里斯的《我的生活与我的恋爱》。这两本虽极著名，然而没有人当教科书用。卢氏的书是半禁，赫氏的书是全禁的。两书中最重要的部分，是细讲著者的婚外行为——玩弄对性。它们还没有消灭的缘故，因为人皆好奇，想要看看著者怎样老脸，不怕羞耻，并不希望效学著者的行为。卢氏赫氏，固然也提到学问，提到游历等等，并且两人的文字也极畅达。但是优雅被恶浊遮了。阅读卢、赫两氏书者，断然注意不到它们的道德。阅读卢、赫两氏书者，总是摇头，总是暗笑。

我用尽心思写成一本很忠实的自传，别人看的时候，不是摇头，就是暗笑——我何必做这样工作呢？倘然我有闲暇，倘然我愿意做文字工作，我可以编一本剧本，或者写一本小说，或者做几首歪诗。我虽然是一个"诸恶毕备"的人，倒可以不受人讥；因为我用笔名，阅者不能知道我的真姓真名。上文所谓"我"者，不是真的我呀！那"我"字指过去及未来的诸恶毕备者，即精于文字而缺乏道德的人，亦即吾国所称无行的文人。无行的文人，还有不道德的故事可讲，还有无行的事实可以引人注意。倘然有文而文不雅，有行而行不高——这种平凡的人，更不必写自传。为什么呢？因为你的经历，你的学问，你的一切，与我的相差不多。除了出生的年月，父母的姓氏，所居的地点，你的自传与我的自传，有何分别呢？这一类的自传，大图书馆的书柜中，常常可以发现。所以，我们于写自传之前，非先问自己几个问题不可：（一）我是不是声誉卓著，大众钦佩的人？（二）我一生所作所为，对于国家，对于人民，有何实益？（三）除了我的至亲好友及子孙之外，我所作所为者，别人是否不可不知？别人是否急于求知？（四）我所要写的事，是否确切可靠？可否不欺阅者？倘然自己的回答，全属肯定，那末自传可以开始了。那本自传告成之后，决然可以传世，或者采作教科用，亦未可知。普普通通的自传，决然不能感人，决然不能传世；至多甲等图书馆购藏而已，"置之高阁"而已。

街上的行人，来来往往的，竟日不停，真是不少。然而他们非独彼此不招呼，即闲荡而专倚柜台的店员亦不注意。大官吏出来的时候，虽然紧密地戒严，仍有窃看之人——或在窗角，或在门缝。借此可喻一切自传。行路人是无关紧要的自传，大官吏是有益于世的自传。

郑天挺《中国的传记文》发表于《国学月刊》第 23 期。

按：郑天挺说：这里所谓传记是取现今通用的意义，传记两字连词，就是旧日叙述个人生平行事颠末的人物传，英文所谓 Biography。与古代"经传说记"（见《汉书》卷五三《河间献王传》）固不相干，也与"叙一人之始末者为传之属，叙一事之始末者为记之属"（《四库总目》），"录人物者区为之传，叙事迹者区为之记"不同。章实斋先生所谓"学者生于后世，苟无伤于义理从众可也"（《文史通义·传记篇》）。《四库总目·史部》有传记类，不过它兼收记事之杂录与现今的范围又不尽同。

中国旧日的传记文，就形式来看可以分作两类：一类是按年编列的年谱，一类是综合叙述的碑传。就性质来说，凡是传、墓志铭、神道碑、哀启、征文启、事略、行述、行状、逸事状、遗事、诔赞、寿文等，虽然体裁不同，可是全属传记。若是就作者的立场和关系来分，又有史书里面的传，志乘里面的传，家谱里面的传，以及外传、别传、小传和自己作的自传种种的不同。可以很详，可以很略，可以记述许多事，可以记述一两件事，是没有一定的。

可是对于这所要描写的主人翁的姓名、别号、籍贯、生卒，一生的事实，是要记述的，除非不知道或者是世人周知无须更说的。好的传记更要把这个人的个性、丰采、言谈、思想举止、神态，用文字或事迹衬托出来。

中国最早的传记，除了经、子里面有几段以外，要推史书里面的史传。这一班历史家或者说传记作者，他们写起传记异常审慎，异常小心，他们尽量征求异说，尽量采掇史料，但是他们绝不马虎、绝不苟且，对一切一切的事件都要辨别它的真伪，都要追寻它的真实性。因为这样才能成"一家之言"，这样才能"取信一时，擅名千载"，这是他们最高的理想，也是他们自负的责任。所以他们在写传记的时候，第一个条件是求真。他们反对不正确的"苟求异端，虚益新事"，他们反对漫无选择的"务多为美，聚博为功"，他们尤其反对"故造奇说，妄构史实"。所以他们对史料的来源要追求，对传说的真伪要辨证，对事实的先后要注意。一本书靠不住他们绝不引；一件事有可疑他们绝不引；一种传说有矛盾他们绝不引；一种传闻出之于敌国远道他们绝不引；一种奇说为事理所必无他们绝不引；他们绝不使"异辞疑事，远诬千载"。

因为传记作者同历史家写传记叙事的求真，所以他们不乱写，同时也不多写。他们提倡简要，反对文字的烦富，希望"文约而事丰"，所以他们主要尚简。有时候已经叙述了一个人的才行，就不再罗列事迹；有时候已经用事迹衬托出一个人的才行，就不必再用抽象话笼统的赞美；有时候对于才行事迹全不说，而把当时的言语记出来，因为言语有关涉所以事实也就显露了。他们绝不同时并写，以免虚费文字。假如说一个人尽夜读书，又何必再说他笃志于学业？已经说了下笔千言，又何必再说文章敏速？既然已把一件事情发生时有关系的对话记下来了，又何必再把这件事情的经过重说一遍？这是历史家他们尚简的理由。因为尚简，所以他们更主张省字省句，不妄加，不烦复，但是却要简要合理。他们要作到"骈枝尽去，尘垢都捐，华逝实存，滓去澂在"。

传记作者叙事还有所谓用晦。因为他们尚简，所以有许多事迹他们不明显地直说，而用旁的方法委婉地点出来，烘托出来。或者是只说大的方面、重要的方面，而将小的、轻的不说，使读者自己去体会。他们主张"略小存大，举重明轻"，希望"省字约文，事溢于句外"，反对"弥漫重沓"。《史记·项羽本纪》，记楚军追汉军于睢水上，说"汉卒十余万皆入睢水，睢水为之不流"，这是形容汉军败北的情形，可是并没有直说汉军之败。《淮阴侯列传》，记萧何追韩信的事说，"何闻信亡，不以闻，自追之。人有言上曰，丞相何亡。上大怒，如失左右手"。在这一段叙事里衬托出来萧何对于韩信之倾佩，汉高祖对于萧何之倚任，而韩信的才略以及他的重要，也自然地烘托出来，可是全没有明说，这就是所谓用晦。

传记作者和历史家，他们叙事还有几件禁忌的事。第一是忌诡异。凡是神怪不经之谈，离奇诡异之说，纵然确有这种传说，也不必把他写入传记。例如说一位帝王或一位名臣，生时有什么祥异，死时有什么征兆，这全是很可笑的。所以沈约《晋书》为刘知幾所讥。但是这种毛病直到清朝人的传记里还有。第二忌虚美。对于一个人的过分称赞或者一件事的过分夸张，全是不妥当的，写在传记里面是不应该的。《北齐书·王琳传》，说他"故及于难，当时田夫野老，知与不知，莫不为之歔欷流涕"；《东观汉记》说，"赤眉降后，积兵甲宜阳城西与熊耳山齐"（卷二十三）。虚美太过，至今传为口实。第三忌曲隐。一个人有长处也有短处，作事有对的也有不对的，在传记里面全应该叙述，不能只述其善而曲隐其恶。但这更是历代作者不能免的通病了！

上面所说的全是传记批评家或史学家他们所悬的标准。当然在作者方面未必全能作到。在中国旧日传记作家里面，或者说历史家里面，当然要推司马迁为第一。《史记》里面许多传记，他能够把一个一个不同的个性描写出来;他能够把一件一件不同的事情叙述出来;能够把一句一句的言语记录出来;使读者仿佛见到当时的神情,这是别人所不及的。他在《项羽本纪》里写樊哙在鸿门之会的情态,当时神气,跃然纸上。所谓"哙遂入,披帷西向立,瞋目视项王,头发上指,目眦尽裂";"项王按剑而跽曰,客何为者"? 双方的紧张情绪,有如目睹。下面所谓"项王曰,壮士,赐之卮酒,则与斗卮酒。哙拜谢,起,立而饮之"。"赐之卮酒"是项羽的话,"则与斗卮酒"是项羽左右的动作,"哙拜谢,起,立而饮之"是樊哙的动作。假使一一点明了叙说,当时神情就失去了,所以太史公一气写下来,以保存当时的神情。又如《留侯世家》里面,记载项羽在荥阳围汉高祖,汉高祖很忧惧,同郦食其商议立六国后,以桡楚权,张良反对这个主张,说了八不可。太史公写这次对话情形很长,他用了"今陛下能制项籍之死命乎? 曰未能也。其不可一也"的同样笔调写了八次,除了每段中一个曰字以外,没有别的表示说话的字样。他这是极力描写当时对话的急遽状态。"今陛下能制项籍之死命乎",以上几句是张良说的;"曰未能也",是高祖说的;"其不可一也",又是张良说的;后面七段全是一样。这是就当时口语据实而书,你不仔细去看,觉得毫无头绪,你仔细一看,语气神情就如同画在纸上一样了。后来像《三国志》算是史书中好的了,可是《秦宓传》记宓与张温问答,一句一个曰字,远不如《史记》之紧凑了。但是《史记》也有时候喜于文字见奇诡(钱大昕《经史答问》),如《东方朔传》之类,所以扬雄说他"爱奇多杂"(《法言》),然而那在全书中是很少的。

　　《史记》以后的史传,要推《汉书》最好,当然他有许多是用《史记》旧文。有人说,"《史记》之文,其袭左氏者必不如左氏;《汉书》之文,其袭《史记》者必不如《史记》"(《潜研堂文集》卷二八《跋汉书》)。这句话固然稍刻,也是实话。《汉书》里面,像《李陵传》叙霍光、上官桀使任立政至匈奴招陵事;《苏武传》叙单于使李陵至海上为武置酒设乐事;《朱买臣传》叙买臣拜会稽太守,衣故衣,怀印绶,步归郡邸事,都极有情趣,而行文亦委婉有致。然而传神方面较之《史记》则稍差了。《汉书》而外,只有《三国志》严整、简洁,比较能叙事。他往往在写个人行事以外,加上点与朋友的书札,当时的言谈,以及旁人的评论。这样可使读者在事迹以外得到些关于这个人的其他方面的概念。例如《简雍传》《伊籍传》,记二人的滑稽机辨。《许靖传》载袁徽与荀彧书,宋仲子与王商书。《黄权传》载司马懿与诸葛亮书,《董和传》载诸葛亮与群下教,这许多书札,受者与授者并非传中人,可是书札的内容涉及传中人,我们就书中所涉可以知道其为人。《姜维传》载却正论维之言,当时人的意见自然得真,且可作客观的批评与本传参证。这些方法,后来就少用了。再后的史传,《后汉书》《宋书》只是文章好,其余的越后越坏。史书以外,作传记学太史公的更多,但是好传记也少。后来传记所以不好的原因,大概有下列几点:

第一,由于文字本身。古人言文一致,所以写下来的文字就同语言一样。后来文字与语言越离越远,拿古代的文字文法写后世的语言,所以语气神情不能充分表现。传记作者既不肯用当时的语法和习惯的词句来写当时的事情,记当时的对话,还要去学那更古的文法,用那早不通行的字句,以自衒古奥,于是越学越坏,越不近真实情况。隋炀帝看见李密状貌神气有些不凡,有些可怕,不教他作亲侍,《旧唐书·李密传》写作,"帝曰,个小儿视瞻异常,勿令宿卫",已经不象当时口语,《新唐书·李密传》改为,"帝曰,此儿顾盼不常,无入卫",相差更远了。杨素看见李密骑在牛上读书,觉得奇怪,蹑其后问之,《旧唐书·李密传》作,"问曰,何处书生耽学若此?"《新唐书》改作,"何书生勤如此?"更不像了。宋祁《新唐书》列传最喜用古字古义,使人读了不知所谓,且时时发生奇异可笑词句。如"规相屠戮"(《王世充传》,谋相屠害也);"磔之火渐割以啖士"(《薛仁杲传》,磔于猛火之上,渐割以啖军士也);"味之珍宁有加人者,弟使他国有人,我恤无储哉"(《朱粲传》,食之美宁过于人肉乎,但令他国有人我何所虑也);"君脍人多矣,若为味"(《朱粲传》,闻卿噉人作何滋味也);"诚能投天会机,奋秔大呼"(《刘文静传》,诚能应天顺人举旗大呼也);"是子固在,宜斥丑处"(《李百药传》,以上均依旧书传文译释,此云丑处犹恶地);"祸隙已牙"(《长孙无忌传》,已牙已萌也)之类,这是作者的好奇,不能全怪文字了。

第二,由于作者技巧。古人写传记,还是平铺直叙的多,非不得已不用追叙的章法,就是《左传》"初,郑武公娶于申曰武姜",也是在一篇的开头。可是后来写传记的人都嫌平铺直叙太呆板,太没有波澜,于是把一段叙事里面加了好几个追叙的"初,如何如何","始,如何,如何",以为这才有势,这才是技巧,不知使读者更觉得头绪纷烦,无从了解,所谓古文家又讲些篇法章法,以及于义法,方法越多,技巧越劣。有的模仿《左》《国》,有的模仿《史》《汉》;有的模仿韩、欧,模仿越多,离开真实越远,使读者越不明了。这种过于重视法度的毛病,虽几个大家有时亦不无可议,我们亦不必为之曲讳。例如归有光《先妣事略》,文章极简练,可是中间一段,"……顾诸婢曰,吾为多子苦,老姬以杯水盛二螺进,曰,饮此妊不数矣,孺人举之尽,喑不能言。正德八年五月二十三日,孺人卒"。骤读之,仿佛孺人之死在声喑以后甚久,与饮螺水无关。可是用前面的文章一对照,孺人生于弘治元年,十六岁归归氏，前后生子女八人，弘治凡十八年，加上正德八年，正相符合，可见是饮螺水而死；假使他写明白一点岂不更好？姚鼐《周梅圃君家传》，是他自己很自负的一篇传记，他说，"传取事简，以为后有良史，取吾文登之列传当无愧"，可是他在全传里没有载明周梅圃的生卒年龄，通篇没有说到周的时代，只有"当是时，王亶望为浙江巡抚"一句可以考见年代。但是要从王亶望作浙江巡抚的时候来推求周梅圃的年代，那未免太周折了（王亶望作浙江巡抚在乾隆四十二年五月至四十五年三月）。又如汪琬的《江天一传》，在七百五十字的短文里，用了一个当是时，一个先是，一个当，这是他极力的盘行跌宕以取势，在我们看起来大可不必。所以在某一种论点下，文章尽管是好文章，然而未必是好传记。

第三，由于传统观念。写传记的人往往囿于传统的观念，不知不觉地跟着走。譬如写忠臣烈士，因为他的忠烈，于是把他一切全写得很好，纵然有不好的事也就隐讳不说了。一个奸臣，纵有好事，也只轻描淡写地写几句，或者竟不说。像明朝严嵩，文章作得很好，可是大家从不提起他的文章，也没有一个人读他的文章，甚至有人看见他的《钤山堂集》，主张把它烧掉。就是《明史》本传，也只说他"读书钤山十年，为诗古文辞，颇著清誉"而已。又如宋朝欧阳修，词作得很好，在词里可以看出他的性情是多么风流蕴藉，可是在中国道学家认为他同韩愈是直接孔孟道统的人，就认定他是一个道学家，从不提起他的风流蕴藉的真实性情，只在说他的攻异端扶正道。《宋史》本传说他"终身为文，……折之于至理"，又说他"挽百川之颓波，息千古之邪说，使斯文之正气可以羽翼大道，扶持人心"，我们看了这个传，哪里会晓得这个人就是"笑问鸳鸯两字怎生书"的作者呢？又如韩愈、柳宗元的文名著于后世。在《史》《汉》里面凡是著名文豪全要把他的文章载入传内，所以两《唐书》全把韩的《进学解》《谏佛骨表》《祭鳄鱼文》《潮州谢上表》，收入本传，文章虽然很好，但祭鳄鱼事终归怪诞，而传内更说，自是潮人无鳄患，未免不经。《新唐书》又把《平淮西碑》收入《藩镇·吴少阳传》，这篇文章"点窜尧典，舜典字"，诚然是唐朝的著名文字，可是他的内容同事实颇有出入，在史法上不无可议，如李光颜、乌重胤除授在元和九年，韩公武、李文通在十年，李愬在十一年，前后不同时，而碑文连续而写作曰某曰某，各以其兵进战，变成同时了；又称裴度为丞相，与唐朝官兵不合；光颜、重胤、公武全是双名，可是碑文有时候写成"颜胤武"，或者写"颜胤"；文虽简可是事未核（参阅《潜研堂文集》卷一三《答问》一〇）。其实这篇文章大可不录进去。柳宗元文名在宋朝更胜于前，所以《旧唐书》本传很短，而《新唐书》加得很长，所加进去的文章,如《与许孟容书》《贞符》等,既与本人事迹不相涉,又与时事毫无关系,更可不必。又如相传柳敬亭说《水浒》武松景阳岗打虎,说他闯进店去大吼一声,屋中空酒瓮嗡嗡作响,描写得多么微细、多么入神。可是吴伟业作《柳敬亭传》并没谈到这些,而说,"或问生(指柳)何师?曰,吾无师也,吾之师乃儒者云间莫君后光。莫君之言曰,夫演义虽小技,其以辨性情,考方俗,形容万类,不与儒者异道";又说他,"与人谈,……澹辞雅对,一坐倾靡,诸公以此重之,亦不尽以其技强也"(《梅村家藏稿》卷五二)。大有替他掩饰的意思。这因为在当时士大夫眼光里,说书是贱艺,吴伟业肯给他写传已经很大胆,很脱俗,若不写得同世俗意见相近一点,更要受指摘了。又如沈近思是清朝有名的理学家,可是少年时曾在灵隐为僧,在理学家看来佛是异端,所以励廷仪所作《沈端恪公神道碑》,于此一字不提。

第四,由于作者主观。写传记的人最容易用自己主观来写旁人的言行。假如作者自己是崇拜英雄的,就把一个英雄描写得如他心目中所想像的英雄一样,而不管那个人的本来面目如何。一个生活浪漫自命风流的作者,他描写下的文人才子也同他自己一样,而不管那个人的真正生活如何。这样用主观来写传记,常常把许多个性不同的人写成一样。写孝子总是哀毁骨立;写节妇总是贤孝贞淑;凡是学者总是励志笃学;凡是武将总是武勇善射,千篇一律。《三国志》说,钟会少敏慧,《旧唐书》说,张蕴古性聪敏,杨炯幼聪敏,《新唐书》说,苏颋弱敏悟,韦渠年少警悟,褚亮少警敏,房玄龄幼警敏,长孙无忌性通悟,《旧唐书》说,白居易聪慧绝人,《新唐书》说,柳宗元精敏绝伦,韦陟秀敏异常,《宋史》说,张方平少颖悟绝人,欧阳修幼敏悟过人,《明史》说,胡翰幼聪颖异常,张居正少颖敏绝伦,史传词句历千年而如一。又如我们在现在发现的石刻古物里面,知道尉迟敬德是一个好佛的,可是两《唐书》本传全没提到,而说他"末年笃信仙方,飞炼金石,服食云母粉",像一个好道的。这是传记作者在写传记时有所去取。又如清乾隆时,在毕沅幕府中人都不愿接近严长明,因为他议论多而不同,且喜欢骂人。可是钱大昕所作《严道甫传》说,他以"周览古今载籍,遍交海内贤俊"自命,并且说,"听其议论经纬古今,混混不竭,可谓阅览博物文字之宗"。这固然是钱氏忠厚之言,但一方面也有他的选择(《潜研堂文集》卷三七)。所以传记里面最坏的,他们往往忘了所写的人的个性,忘了所写的人的学识、才情同环境,只凭自己的主观。

第五,由于史料不够。后世作传记,无论官书私志,所根据的材料多半是本人子孙所作的行述哀启,或是门生故吏所作行状家传,或是达官贵人所作的墓志铭神道碑,通篇全是称颂的话,既不考订,又不核对,以致错误矛盾随时可见;至于其实相差更远。这种情形由来已久,朱子在南宋时已感觉到。他看见《宋徽宗实录》里面的传,详的只是写行状,略的又恰如《春秋》一样,首尾又不成伦理,更无本末可考,所以他主张改革,可是没有成。直到清朝还是如此,凡是国史省县志要立传的,全把他一生事迹一条一条地写成节略,送进去以备采择。这里面只有些生卒年月,仕进先后,既没有批评也没有比较,本人的议论主张逸闻遗事,更不敢多写了;尤其缺略的是家庭环境,童年教育,同生活情形。根据这样的史源,只有像《春秋》一样的了。我们看清代的国史列传就可以知道了,那如何会有好传记? 史料的不够,其关系较上面四种更大,更是没有好传记的最大原因。

谈到这里,我们不能不想到一部史料正确、没有虚妄、没有隐讳,不受文字束缚,不受传统观念束缚,不受文章法度束缚的罗思举自述的年谱,后来叫作《罗壮勇公年谱》。一九四二年十月稿。

朱东润《关于传叙文学的几个名辞》发表于《星期评论》第 15 期。

按:文曰:"什么是传叙文学? 传叙文学便是时人称为'传记文学'的文学,但是为求名称的确当起见,似应改称为传叙文学。一个名称要得到大众的承认和沿用,总不外乎两种理由:第一,因为这是最切当的名称,除此以外,没有更适合的字样。第二,名称也许不很切当,但是相沿已久,无从更改。倘使一个名称既不切当,又无相当的历史,那便没有听其存在的必要;继续使用,止是权宜之计,在已找到了更切当的名称以后,自然应当让后来者居上。

传叙文学的引起注意,在中国还是最近的事。《史记》和《汉书》都有列传,但皆是些史传,且为全书中不可分裂的一部,当然是和近代的传叙文学不同。自从西洋文学观念输入以后,我们才开始认识新兴的文学,可是译名迄未确定。民国十年出版的《英华合解辞汇》译为《言行录·传纪·行述列传》,显然证明了传记的名称尚未通用。二十年出版的《辞源续编》也没有采用这个名辞。直到二十八年教育部颁布大学中国文学系科目表,才有'传记研究'一项,这是传记二字见于官府文书之始,至今仅有短短两年的历史。严格地说,传记的名称还不能算已经成立,因为这只是个空洞的名称,在名称后面既没有研究传记的专家,也没有讨论传记文学的专书和文章,就是在教育部规定这个名称的时候,多半是随便下笔,没有经过什么斟酌和讨论的。

传记的名称不能不另行商定的原因,共有两点。第一,假如沿袭我国原来的看法,把叙一人之始末的和叙一事之始末的混在一起,那便是把截然两类的东西混在一处,观念不清。一切科学的分类方法,都是愈分愈精,走向更清楚更明显的路径,我们决没有理由在二百年来已经把传和记的分别认清以后,倒退到观念混清的地位。第二,假如我们采用西洋文学的看法,专指叙一人之始末的文学,那么因为本来传记类是指两方面的,我们现在专指一方面,这便陷于以偏概全底谬误,同样也有改定的必要。……像传记的名称,用在今日,既不切当,又未普遍,所以不得不提出讨论,以求得一更为适当的名称。传记二字既不适当,应当怎样呢?单用个传字吧,切当是切当了,但是违反中国语由单字走向复字的趋势,而且'传文学''传研究'的名称究竟有些不便。……我的提议是用传叙的名称,连带地可用传叙学、传叙研究、传叙家和传叙文学这一类的名称。

传叙两字连用,还有一种意外的便利。自传和传人本是性质类似的著述,除了因为作者立场的不同,因而有必要的区别以外,原来没有很大的差异。但是在西洋文学里,常会发生分类的麻烦。我们则传叙二字连用,指明同类的文学。同时因为古代的用法,传人曰传,自叙曰叙,这种分别的观念,是一种原有的观念,所以传叙文学,包括叙传在内,丝毫不感觉牵强。"

金毓黻《文心雕龙史传篇疏证》发表于《中国学报》第1卷2—3期。

戈宝权译《列宁论托尔斯泰(其一)》发表于《群众》第8卷第6、7期。

戈宝权译《列宁论托尔斯泰(其二)》发表于《群众》第8卷第8期。

戈宝权译《列宁论托尔斯泰(其三)》发表于《群众》第8卷第9期。

戈宝权译《列宁论托尔斯泰(其四)》发表于《群众》第8卷第10期。

江未川《左拉的艺术和思想》发表于《黄河》第4卷第4期。

陈铨《席勒对德国民族文学的贡献》发表于《文艺先锋》第2卷第3期。

王进珊《纵论周作人》发表于《文艺先锋》第3卷第4期。

泽夫《关汉卿在元曲中的地位》发表于《风雨谈》第5期。

郑素明《悼念蒋百里先生》发表于《宇宙风》第130期。

肖珊《挽歌——愿在天之灵安宁》发表于《宇宙风》第131期(纪念林憾庐先生特辑之一)。

冠荒《悼念憾庐先生》发表于《宇宙风》第131期(纪念林憾庐先生特辑之一)。

解方《挽林憾庐先生》发表于《宇宙风》第131期(纪念林憾庐先生特辑之一)。

苇甘《纪念一个失去的友人》发表于《宇宙风》第131期(纪念林憾庐先

生特辑之一）。

吴经熊《追念憾庐先生》发表于《宇宙风》第 131 期（纪念林憾庐先生特辑之一）。

郑缵晖《沉痛的追悼》发表于《宇宙风》第 131 期（纪念林憾庐先生特辑之一）。

何瑞瑶《学习先生的苦干精神》发表于《宇宙风》第 131 期（纪念林憾庐先生特辑之一）。

林翙重《哭父》发表于《宇宙风》第 131 期（纪念林憾庐先生特辑之一）。

师山《伤逝——哭于憾庐之墓后作》发表于《宇宙风》第 133 期（纪念林憾庐先生特辑之二）。

冰莹《悼念憾庐》发表于《宇宙风》第 133 期（纪念林憾庐先生特辑之二）。

陆丹林《感悼憾庐》发表于《宇宙风》第 133 期（纪念林憾庐先生特辑之二）。

吴涵真《忆憾庐》发表于《宇宙风》第 133 期（纪念林憾庐先生特辑之二）。

马文珍《纪念林憾庐先生》发表于《宇宙风》第 133 期（纪念林憾庐先生特辑之二）。

吴光复《殒落了的星星——为纪念憾庐先生而作》发表于《宇宙风》第 133 期（纪念林憾庐先生特辑之二）。

金启华《悼憾翁》发表于《宇宙风》第 133 期（纪念林憾庐先生特辑之二）。

胡骥《敬悼憾庐先生》发表于《宇宙风》第 133 期（纪念林憾庐先生特辑之二）。

叶金《悼》发表于《宇宙风》第 133 期（纪念林憾庐先生特辑之二）。

何容《论作家与编辑——悼念憾庐先生》发表于《宇宙风》第 133 期（纪念林憾庐先生特辑之二）。

钟元《闲话信陵君》发表于《野草》第 5 卷第 2 期。

陈烟桥《悼罗清桢》发表于《野草》第 5 卷第 5 期。

新波《崇高·痛苦——悼念罗清桢》发表于《野草》第 5 卷第 5 期。

所亚《纪念罗清桢》发表于《野草》第 5 卷第 5 期。

方壮猷《宋史类编及宋史校注》发表于《说文月刊》第 3 卷第 11 期。

郭沫若《夏完淳之家庭师友及其殉国前后的状况》发表于《中原》第 1 卷

第 2 期。

柴德赓《〈鲒埼亭集〉谢三宾考》发表《辅仁学志》第 12 卷第 1、2 合期。

明性《守公老法师六十寿序》发表于《妙法轮月刊》第 1 年第 9 期。

楞镜《从守培老法师底字说起》发表于《妙法轮月刊》第 1 年第 9 期。

印泉《我所知道的守老法师》发表于《妙法轮月刊》第 1 年第 9 期。

印泉《我所知道的守老法师(续)》发表于《妙法轮月刊》第 1 年第 10 期。

震华《中国佛教人名大辞典缩影(续)》发表于《妙法轮月刊》第 1 年第 11 期。

震华《中国佛教人名大辞典缩影(续四)》发表于《妙法轮月刊》第 1 年第 12 期。

广觉《悼弘一律师》发表于《弘化月刊》第 24 期。

米文《纪念卢森堡》发表于 1 月 17 日《新华日报》。

警华《纪念钱亦石》发表于 1 月 29 日《新华日报》。

杜守素《忆钱队长亦石兄》发表于 1 月 29 日《新华日报》。

柳倩《我们的领队——作为钱亦石先生逝世五周年祭》发表于 1 月 29 日《新华日报》。

吴庆云《怀李光耀先生》发表于 2 月 8 日《新华日报》。

友谷《自由与民主永生——纪念华盛顿诞辰》发表于 2 月 22 日《新华日报》。

刘清扬《悼念曾经患难与共的诸烈士》发表于 5 月 3 日《新华日报》。

蓟伯赞《纪念张自忠将军殉国三周年》发表于 5 月 16 日《新华日报》。

陆诒《悼念张自忠将军》发表于 5 月 16 日《新华日报》。

林森《自忠上将殉职三周年纪念,忠灵不朽》发表于 5 月 16 日《新华日报》。

潘梓年《何云同志殉难一周年》发表于 6 月 2 日《新华日报》。

朱德《悼左权同志》发表于 6 月 2 日《新华日报》。

雷石榆《蒲风在我的记忆里》发表于 8 月 11 日《新华日报》。

黄炎培《追忆穆藕初先生》发表于 10 月 6 日《新华日报》。

陆诒《悼穆藕初先生》发表于 10 月 6 日《新华日报》。

读者《关于罗曼·罗兰》发表于 10 月 21 日《新华日报》。

于怀《欲祭疑犹在——忆罗曼·罗兰》发表于 10 月 22 日《新华日报》。

尚人杰《假如罗曼·罗兰死了》发表于 10 月 28 日《新华日报》。

林曦《敬悼中国新文字运动的保姆——张一麟先生》发表于 11 月 6 日

《新华日报》。

沈钧儒《关于悼念仲仁先生的几句话》发表于 11 月 6 日《新华日报》。

二、单篇传记

熊佛西《记梁任公先生二三事》发表于《文学创作》第 1 卷第 5 期。

徐悲鸿《悼泰戈尔先生并论及绘画》发表于《文学创作》第 2 卷第 1 期。

柳亚子《自传：五十七年》发表于《文学创作》第 2 卷第 2 期。

王在民《晚明澹归和尚事考》发表于《文学创作》第 2 卷第 2 期。

任中敏《夏完淳第十三传》发表于《文学创作》第 2 卷第 2 期。

田曲《大爱国诗人陆放翁》发表于《文学创作》第 2 卷第 3 期。

柳亚子《自传：五十七年》发表于《文学创作》第 2 卷第 3 期。

柳亚子《自传：五十七年》发表于《文学创作》第 2 卷第 4 期。

叶秋原《怀郁达夫》发表于《文艺先锋》第 3 卷第 1 期。

高兰《我的中学时代文艺生活》发表于《文艺先锋》第 3 卷第 6 期。

端木露西《怀雪亚黛兰》发表于《文艺先锋》第 3 卷第 6 期。

[苏]爱然巴乌门作、蒋路译《托尔斯泰的创作途径》发表于《青年文艺》第 3 期。

[苏]塞尔格耶夫曾斯基作、周行译《我与高尔基》（上）发表于《青年文艺》第 3 期。

[苏]塞尔格耶夫曾斯基作、周行译《我与高尔基》（下）发表于《青年文艺》第 4 期。

骆宾基《萧红逝世一周祭》发表于《青年文艺》第 4 期。

[苏]A. 卢那察尔斯基作、周行译《霍普特曼论》发表于《青年文艺》第 5 期。

静闻《纪念托尔斯泰》发表于《青年文艺》第 5 期。

范存忠《鲍士伟尔的〈约翰生传〉》发表于《时与潮文艺》第 1 卷第 1 期。

[英]史屈谦作、戴镏龄译《麦考莱传》（传记文学）发表于《时与潮文艺》第 1 卷第 1 期。

[苏]布加郭夫作、吴奚真译《托尔斯泰出走与死的真相》发表于《时与潮文艺》第 1 卷第 1 期。

盛澄华《忆纪德》发表于《时与潮文艺》第 1 卷第 1 期。

赵瑞霟《回忆诗人燕卜孙先生》发表于《时与潮文艺》第 1 卷第 2 期。

[英]史屈谦作、戴镏龄译《吉朋传》（传记文学）发表于《时与潮文艺》第

1 卷第 2 期。

[法]纪德作、盛澄华译《忆王尔德》发表于《时与潮文艺》第 1 卷第 3 期。

方重《乔叟和他的康妥波雷故事》发表于《时与潮文艺》第 2 卷第 1 期。

谢庆尧《美国女小说家吴尔莱夫人》发表于《时与潮文艺》第 2 卷第 1 期。

范存忠《史屈莱基的〈维多利亚女王传〉》(附论传记的艺术)发表于《时与潮文艺》第 2 卷第 3 期。

孟克之《托尔斯泰后期作品》发表于《时与潮文艺》第 2 卷第 3 期。

以斋《武者小路实笃印象记》发表于《艺文杂志》第 1 卷第 2 期。

编者《周作人先生与武者小路实笃先生在苦雨斋》(画报)发表于《艺文杂志》第 1 卷第 3 期。

编者《古槐下的俞平伯先生》(画报)发表于《艺文杂志》第 1 卷第 3 期。

本社《追悼岛崎藤村先生》(画报)发表于《艺文杂志》第 1 卷第 3 期。

欧阳方明《何其芳的散文之路》发表于《艺文杂志》第 1 卷第 3 期。

编者《岛崎藤村先生遗影及其遗墨》发表于《艺文杂志》第 1 卷第 4 期。

编者《北游来京的龙沐勋先生及其词翰》发表于《艺文杂志》第 1 卷第 4 期。

周作人《岛崎藤村先生》发表于《艺文杂志》第 1 卷第 4 期。

田棣重译《回忆陀思妥也夫斯基》发表于《艺文杂志》第 1 卷第 4 期。

编者《法国文豪巴尔扎克之遗像及其手校稿》发表于《艺文杂志》第 1 卷第 6 期。

编者《刘半农先生之遗像及其拓砚》发表于《艺文杂志》第 1 卷第 6 期。

介白《陶渊明及其文艺》发表于《艺文杂志》第 1 卷第 6 期。

吴达元《法国戏剧诗人高乃依》发表于《民族文学》第 1 卷第 1 期。

吴达元《法国喜剧诗人——莫利哀》发表于《民族文学》第 1 卷第 2 期。

周曙山《晚晴女剧作家刘清韵》发表于《民族文学》第 1 卷第 2 期。

费鉴照《莎士比亚的故事》发表于《民族文学》第 1 卷第 2 期。

吴达元《法人悲剧诗人拉辛》发表于《民族文学》第 1 卷第 3 期。

吴晗《记张荫麟先生》发表于《民族文学》第 1 卷第 3 期。

唐密《第三阶段的易卜生》发表于《民族文学》第 1 卷第 4 期。

[苏]高尔基作、李青崖译《一个自感惶惑的作家》发表于《新文学》第 1 卷第 1 期(小说专号)。

李长之《"陆放翁之思想及其艺术"序》发表于《东方杂志》第 39 卷第 1

号"复刊号"。

朱海涛《北大与北大人——蒋梦麟先生》发表于《东方杂志》第 39 卷第 12 号。

朱海涛《北大与北大人——胡适先生》发表于《东方杂志》第 39 卷第 13 号。

蒋逸雪《李仪社传》发表于《说文月刊》第 3 卷第 9 期。

蒋逸雪《孔祥榕传》发表于《说文月刊》第 3 卷第 9 期。

张宗儒《宣愚公先生传》发表于《泉币杂志》第 18 期。

中国医药社《丁福保先生七十寿传》发表于《泉币杂志》第 21 期。

薛良译述《舒伯特介绍》发表于《艺丛》第 1 卷第 1 期。

[苏]M.莎列杨著、孟昌译《关于我的生活和工作》发表于《艺丛》第 1 卷第 1 期。

陆侃如《中古诗人生年质疑》发表于《中原》第 1 卷第 2 期。

戴安澜《北上抗战日记》发表于《宇宙风》第 130 期。

林伊惠《记先父》发表于《宇宙风》第 131 期（纪念林憾庐先生特辑之一）。

叶金《记姚显微（名达）教授》发表于《宇宙风》第 131 期。

吴涵真《忆有心人龚镇洲先生》发表于《宇宙风》第 131 期。

宋汉濯《我与文学》发表于《宇宙风》第 132 期。

太虚《人物志忆》（一）发表于《宇宙风》第 133 期。

金启华《流浪词人柳耆卿》发表于《宇宙风》第 133 期。

太虚《人物志忆》（二）发表于《宇宙风》第 134 期。

何瑞瑶《何敬之先生——复兴关下人物小志之一》发表于《宇宙风》第 134 期。

太虚《人物志忆》（三）发表于《宇宙风》第 135、136 期。

吴铁声《我在沪南地狱中》（敌人宪兵队中十日记，上）发表于《宇宙风》第 135、136 期。

何瑞瑶《张文白先生——复兴关下人物小志之一》发表于《宇宙风》第 135、136 期。

李梅《屠格涅夫及其〈罗亭〉》发表于《黄河》第 4 卷第 3 期。

倪明译《卡尔·福克之死》发表于《野草》第 5 卷第 2 期。

贾涌《莫洛亚先生和他的〈法国的悲剧〉》发表于《野草》第 5 卷第 3 期。

柳亚子《关于大明英烈传》发表于《野草》第 5 卷第 3 期。

宜闲《雪莲师太》发表于《野草》第 5 卷第 5 期。

柳亚子《关于南朝忠烈传》发表于《野草》第 5 卷第 5 期。

陈伟译《法国的元首——贝当上将》发表于《万象》第 2 年第 7 期。

程志霄译《手创伊朗的李查王》发表于《万象》第 2 年第 7 期。

董天野绘《潘巧云画传》发表于《万象》第 2 年第 7 期。

许翰飞《临老被戮的叶德辉》发表于《万象》第 2 年第 7 期。

许翰飞《不祖同乡的鲁涤平》(名人传记之九)发表于《万象》第 2 年第 8 期。

许翰飞《唐绍仪的生平》(名人传记之十)发表于《万象》第 2 年第 9 期。

吴仞之《我的嗜好》发表于《万象》第 2 年第 9 期。

孙景路《我的嗜好》发表于《万象》第 2 年第 9 期。

李丽华《我的嗜好》发表于《万象》第 2 年第 9 期。

蓝兰《我的嗜好》发表于《万象》第 2 年第 9 期。

黄宗英《我的嗜好》发表于《万象》第 2 年第 9 期。

马笑侬《我的嗜好》发表于《万象》第 2 年第 9 期。

穆一龙《我的嗜好》发表于《万象》第 2 年第 9 期。

但萍《我的嗜好》发表于《万象》第 2 年第 9 期。

史嫄《我的嗜好》发表于《万象》第 2 年第 9 期。

吕佩英《我的嗜好》发表于《万象》第 2 年第 9 期。

唐晋《我的嗜好》发表于《万象》第 2 年第 9 期。

费稽《我的嗜好》发表于《万象》第 2 年第 9 期。

秋翁《杨云史与陈美美》发表于《万象》第 2 年第 9 期。

董天野绘《潘巧云画传》发表于《万象》第 2 年第 9 期。

吴观蠡《访问梅兰芳的回忆》发表于《万象》第 2 年第 10 期。

欧阳飞莺《我的嗜好》发表于《万象》第 2 年第 10 期。

卢思义《我的嗜好》发表于《万象》第 2 年第 10 期。

幼生《我的嗜好》发表于《万象》第 2 年第 10 期。

裘敏斋《我的嗜好》发表于《万象》第 2 年第 10 期。

萧城《我的嗜好》发表于《万象》第 2 年第 10 期。

亚娃《我的嗜好》发表于《万象》第 2 年第 10 期。

沈东海《我的嗜好》发表于《万象》第 2 年第 10 期。

许念兹《我的嗜好》发表于《万象》第 2 年第 10 期。

金渚《我的嗜好》发表于《万象》第 2 年第 10 期。

槎农《清宫的画家——郎世宁》发表于《万象》第 2 年第 11 期。

白炫《我不能忘怀的一件事》发表于《万象》第 2 年第 11 期。

徐翊《我不能忘怀的一件事》发表于《万象》第 2 年第 11 期。

朱寒修《我不能忘怀的一件事》发表于《万象》第 2 年第 11 期。

张慧琴《我不能忘怀的一件事》发表于《万象》第 2 年第 11 期。

周文熙《我不能忘怀的一件事》发表于《万象》第 2 年第 11 期。

白炫《我不能忘怀的一件事》发表于《万象》第 2 年第 11 期。

裘敏芗《我不能忘怀的一件事》发表于《万象》第 2 年第 11 期。

作业《我不能忘怀的一件事》发表于《万象》第 2 年第 11 期。

谭雯《顾横波的一生》发表于《万象》第 2 年第 12 期。

董天野绘《潘巧云画传》发表于《万象》第 2 年第 12 期。

许翰飞《杨庶勘迁宅升官》(名人传记之十一)发表于《万象》第 2 年第 12 期。

非骨《谈卓别林》发表于《万象》第 3 年第 1 期。

吻雪《余叔岩之死》发表于《万象》第 3 年第 1 期。

白玉薇《我不能忘怀的一件事》(自传之一章)发表于《万象》第 3 年第 4 期。

简正《巴金：一个现代的中国小说家》发表于《万象》第 3 年第 5 期。

田汉《母亲的话》(传记)发表于《人世间》第 1 卷第 3 期。

骆宾基《幼年》(长篇连载)发表于《人世间》第 1 卷第 3 期。

田汉《母亲的话》(传记)发表于《人世间》第 1 卷第 4 期。

骆宾基《幼年》(续完)发表于《人世间》第 1 卷第 4 期。

灵珠《诗魔拜伦》(中篇评传)发表于《人世间》第 1 卷第 5 期。

田汉《母亲的话》(传记)发表于《人世间》第 1 卷第 5 期。

田汉《母亲的话》(传记)发表于《人世间》第 1 卷第 6 期。

戴尔卿译《陆长史汀生》发表于《天下文章》第 1 期(盟国战时人物素描)。

贾午译《美海长诺克斯》发表于《天下文章》第 1 期(盟国战时人物素描)。

雯莲译《陈纳德是怎样干的》发表于《天下文章》第 1 期(盟国战时人物素描)。

张素译《魏菲尔将军》发表于《天下文章》第 1 期(盟国战时人物素描)。

贾午译《史迪威尔将军》发表于《天下文章》第 1 期(盟国战时人物素

描）。

编者《荷印副总督穆克》发表于《天下文章》第 1 期（盟国战时人物素描）。

高平叔《五四以后的蔡元培先生》发表于《天下文章》第 3 期。

秦瘦鸥译《依茄·华雷斯自传》（一）发表于《风雨谈》第 1 期。

钱公侠《漫谈菲尔丁》发表于《风雨谈》第 2 期。

龙沐勋《记吴瞿安先生》发表于《风雨谈》第 2 期。

泥莲《记杨刚》发表于《风雨谈》第 2 期。

茅盾《我的小学时代》发表于《风雨谈》第 2 期。

秦瘦鸥译《依茄·华雷斯自传》（续）发表于《风雨谈》第 2 期。

温源宁作，实斋译《周作人这个人》发表于《风雨谈》第 3 期。

郭梦鸥《知堂老人来苏州记》发表于《风雨谈》第 3 期。

秦瘦鸥译《依茄·华雷斯自传》（续）发表于《风雨谈》第 4 期。

静公《海外回忆录》发表于《风雨谈》第 5 期。

何方洲《记曹禺主编戏剧月报创刊号》发表于《风雨谈》第 5 期。

穆穆《俞平伯先生》发表于《风雨谈》第 6 期。

周作人《岛崎藤村先生》发表于《风雨谈》第 7 期。

黄白虹《关于林庚白》发表于《风雨谈》第 7 期。

秦瘦鸥译《依茄·华雷斯自传》（续）发表于《风雨谈》第 7 期。

秦瘦鸥译《依茄·华雷斯自传》（续）发表于《风雨谈》第 8 期。

沈凤《诗人李后主及其作品》发表于《风雨谈》第 8 期。

王森然《王观堂先生评传》发表于《真知学报》第 3 卷第 2—4 期。

李应南《告子传略》发表于《中山学报》第 2 卷第 1 期。

张志渊《宁死不屈的老母亲》发表于《现代妇女》创刊号。

明沙《主妇日记》发表于《现代妇女》创刊号。

子冈《自愧与自勉——一个女记者的自述》发表于《现代妇女》第 1 卷第 2 期。

明沙《主妇日记》发表于《现代妇女》第 1 卷第 2 期。

纡生《国父对于妇女问题的遗教》发表于《现代妇女》第 1 卷第 2 期。

陈红藻《一个家庭妇女的自述》发表于《现代妇女》第 1 卷第 3 期。

伊湄《往事——母亲日记的片段》发表于《现代妇女》第 1 卷第 4 期。

徐英《一个女工的自述——我的希望就这样完了吗》发表于《现代妇女》第 1 卷第 5 期。

胡子婴《忆文央》发表于《现代妇女》第 1 卷第 6 期。

叔章《纪念文央！学习文央！》发表于《现代妇女》第 1 卷第 6 期。

编者《朱文央女士事略》发表于《现代妇女》第 1 卷第 6 期。

宋怀玉《我的学生生活》(一)发表于《现代妇女》第 1 卷第 6 期。

洪野《我的学生生活》(二)发表于《现代妇女》第 1 卷第 6 期。

泉涵《记女英雄李林》发表于《现代妇女》第 2 卷第 1 期。

先《她是千万人中最杰出的一个——记蒋鉴女士》发表于《现代妇女》第 2 卷第 1 期。

胡素《我和异性朋友的相处》发表于《现代妇女》第 2 卷第 2 期。

南迦《我的婚后生活》发表于《现代妇女》第 2 卷第 2 期。

景妮《我的婚姻的失败》发表于《现代妇女》第 2 卷第 2 期。

大我《苏联日历中的中国女杰》发表于《现代妇女》第 2 卷第 2 期。

胡子婴《我怎样主办一个金融机构的》发表于《现代妇女》第 2 卷第 3 期。

谭湘凤《我怎样做一个工程师》发表于《现代妇女》第 2 卷第 3 期。

文《我就是这样被挤出工厂来的》发表于《现代妇女》第 2 卷第 4 期。

之真《由家庭走进社会》发表于《现代妇女》第 2 卷第 5 期。

守培《六十自述》发表于《妙法轮月刊》第 1 年第 9 期。

震华《玉山守老人传》发表于《妙法轮月刊》第 1 年第 9 期。

雨昙《关于守公法祖老人的几点事实》发表于《妙法轮月刊》第 1 年第 9 期。

郁华《守公亲教上人之生平与轶事》发表于《妙法轮月刊》第 1 年第 9 期。

惟真《为法祖老人六十寿辰敬述数事》发表于《妙法轮月刊》第 1 年第 9 期。

能彻《守培法师说法——亲闻记》发表于《妙法轮月刊》第 1 年第 10 期。

宽道《天童宽慧大师生西纪略》发表于《妙法轮月刊》第 1 年第 10 期。

能彻《守培法师说法——亲闻记(续)》发表于《妙法轮月刊》第 1 年第 11 期。

能彻《守培法师说法亲闻记(续)》发表于《妙法轮月刊》第 1 年第 12 期。

陈抱一《弘一法师画像记》发表于《妙法轮月刊》第 1 年第 12 期。

开远《玄奘法师小传》发表于《中国佛教季刊》第 1 卷第 1 期。

德森法师《略述印光大师小史》发表于《中国佛教季刊》第 1 卷第 1 期。

开远《法显西行记略》发表于《中国佛教季刊》第 1 卷第 2 期。

杨胜南《弘一大师出家摸象谭》发表于《弘化月刊》第 24 期。

冯玉祥《张上将自忠》发表于 5 月 16 日《新华日报》。

刘白羽、工柳《左权同志二三事》发表于 6 月 2 日《新华日报》。

仲庸《张仲仁先生二三事》发表于 11 月 10 日《新华日报》。

三、传记著作

孙毓棠编著《传记与文学》由重庆正中书局出版。

按：是书收录《论新传记》《传记的真实性和方法》《历史与文学》《文章絮话》《旧诗与新诗的节奏问题》《谈抗战诗》《生活的文学》7 篇论文。其谈传记的两篇文章，比较完整地归纳了西方传记理论家当时最新的传记理论主张。

《论新传记》说：传记的价值早为大家多公认，它可以辅助读文读史，可假以修身养性，陶冶心灵。并且好的传记，它本身也就是一种文学或史学的佳作。我国近二十年来，不知为什么，出版界始终缺乏良好的传记著作。西洋各国对于传记固然一向就很重视，即使在日本，每年出版的传记也总在几十种左右。也许有人说：那是日本模仿西洋，而西洋传记文学本有传统，基于一种个人主义和英雄崇拜的心理。自普鲁它克的《英雄传》传世以后，几乎代代不乏名传记家。但是我们中国传记文学的传统，并不见得弱于他们。自从太史公撰《史记》以列传为式之后，历代正史都拿列传作基石。汉末魏晋时因为时势造成了英雄烈士的心理，起始重视个人，一时碑版及传记之风大盛（如《曹瞒传》《英雄记》《谢玄别传》《汝南先贤传》等，可惜都已见不到完璧）。这两种体制一直流传后世，六朝唐宋的小说每喜以传记为体，都是受这种风气的影响。明清文人脱离了小说碑志，为写传而写传的很不在少数。有清以来年谱之学较宋明两代尤为发达，虽是受编年史体例之影响，但以个人事迹编年，也是传记学上的一大进步。所以我们传记文学的传统，并不亚于西洋。

已往这许多传记，我们拿今日的眼光读起来，常感不满，我想其中大约有几个原因：第一，大部分的碑志传纪行状等都是歌功颂德的，其他则是唾骂贬刺的，作者但重在道德的标准，很少人具有历史家记实的态度。第二，司马迁固然以文史的天赋把列传写得生动若真，其实无意中屠进去了许多的幻想、小说，与个人的偏见。后代史家的才力或不及司马迁，但也有第一流的笔墨，如班固、范晔、欧阳修等。迨至宋元明史则已芜杂浅陋，至如《清史列传》，则只记生卒年月，黄马褂红顶花翎，有如缙绅录了。第三，年谱之学在史学方法上讲，固然较忠于史，但年谱的毛病是过分的去求真实，干燥呆板，在年谱中看不出完整的人性来，年谱只能算是整理过的传记材料，他本身不能就算是传记。

近三四十年来，自从英国斯特莱基首创以心理分析的方法写传记，传记之学在西洋遂换了一新局面。传说从此不仅负记载史实或集录信札，记及个人逸事的责任，而且重在性格与心理的分析解释；传记不仅是枯干的记事，而且重在文笔的动人。传记从此在科学、文学两方面都增高了价值。和斯特莱基同走一条路的，如法人谋汝洼、德人路德维等；到了近些年，这一派的新传记家已经相当的多了。虽然有人批评这种传记只能算是文学而不是历史，但文学史学两方面都很有价值的作品，如路德维的《俾斯麦传》，斯特莱基的《维多利亚女王传》，谋汝洼的《狄士雷里传》等，也不在少数。我们如果不完全站在学术的立场来讲的话，至少这种传记是我们大家所愿意读的。它可以辅助读文读史，可假以修身养性，陶冶心灵，且可假以了解人性，使我们和历史上的圣贤英杰更容易接近一步。在我们需要传记作品的今日，从这方面未尝不可给史学界开一条新道路。

在撰写这种新传记的时候，我觉得有六点值得特别注意：第一，我们得承认传记是史学之一部门，我们必需忠于史。因此，写一部传记，也和写一部史书一样地，得严格地采用科学的历史方法。材料必需搜罗得完备。在材料的真伪上必需费上十足的甄别考证的功夫。这种工作对于研究普通历史的人本来已是很大的难事了，对于研究一个人的历史的人便更加困难。文献的记录对于一个时代，有时还能冷静；对于人，最易下主观的褒贬。传记的史料与此史料之执笔人的道德观念，与其利害，往往有意想不到的密切关连。我们研究王莽的改制，他的社会经济政策之施行与失败等，依凭班固，尚不致大错；但我们研究王莽这一"人"，班固的笔底下就出了毛病，因为班固心中对于王莽印象着实很坏。但我们研究王莽，除了班固的著作之外，又苦无其他材料。这样一来，真的王莽就难明白了。现在记载慈禧太后个人的相当重要的材料是德菱公主的《御香缥缈录》等几本书，数年前我很想就此写篇短传。但后来在北平请教一位遗老，他父子两辈在宫里曾出入了三十余年，宫闱秘事知道很多，又深知德菱公主及其阅历家世，我费了一个多月工夫把那几本书口译给他听，他一件件解说驳斥，结论是那几本书一半以上都是出自捏造而绝非事实。由他所说的慈禧太后，和书中所载很不相同，他的话如果写成书，史料的价值恐怕也很高的。所以我们研究同光的时代似乎不太难,但是研究慈禧个人就难得多了。也就是这种材料的缺乏与材料之不可尽信,正确的史实根本不能求得,写出的历史与历史本身相隔甚远。虽说如此,但我们如果要写传记,仍不能不尽力忠于史实。史学本不如自然科学那样来得准确,但史学必得竭力往科学的路上走。

第二,新传记需着重心理的分析,叙述某人所作某一件事的心理的背景与状态,以及其对于己对于人的心理的变动与影响。自来叙述英国伊利沙佰女皇的传记很多,但斯特莱基从她生理上的不育症而分析她的种种心理状态,由此而解释她一生的许多所作所为,结果他的 *Elizabeth and Essex* 一书,使我们对于此女皇才得到了更深一步的了解。我想我们要用这种心理分析的方法来应用于分析我国古人,如曹操、武则天、李白、吴三桂以及慈禧太后等,我相信一定可以有不少的新发现。不过,心理学是一种新的科学,到今天它的成就尚不算很大,把这种新科学应用于史学还是在尝试的时期,自然很难得到良好的定论。譬如李清照这个人,我们便可以有数种以上不同的心理解释用在她的头上。比这个更难的是搜寻可供为心理分析的文献材料。古人不懂心理学这套东西,所以留下来可供分析的材料也就很少。有大量作品的文人如苏轼、归有光、王阳明、袁枚、梁启超等或者还容易,但政治家、艺术家和军人等就很难了。我曾费了很多力量搜集西晋贾皇后的传记材料,但材料集完之后,乃发觉可供作心理分析的资料几乎一点也没有。拿心理学分析活的人已经不易,借些遗留的文献来分析已死的古人,当然就更难。不过,以心理学应用于史学绝不是一条走不通的路,这条路需要很多人慢慢的开辟。

第三,新传记当以描写性格为中心的任务,正如断代史当以描叙时代的特色和精神为中心的任务一样。历史是人造成的。人类的社会本是有机的,它的演化并不是机械的,常常不能拿科学的定律解释得清楚。历史上有许多事情的造成是由于个人。十八世纪末要是没有拿破仑这个人,十九世纪的历史一定会完全改变了。"当初克蕾欧培她的鼻子要是低一些,世界怕早不是今天这样了。"而人又不是个完全理性的动物,当初的石虎要是个理性的石虎,五胡乱华也不致闹得那样冗长热闹了。所以对于在历史上重要人物的心理与性格之分析与了解,实大有益于史学。新传记最重要的就是应该负起这个责任。人的性格又往往会转变的。人与人的接触,社会的经验,环境的逼迫,思想与教育的影响,往往使人自己发"今是而昨非"之感。追索一个历史上重要人物的性格之转变,是非常有趣而且困难的事。所以新传记的责任不仅在分析性格,研究性格,描写性格,而尤其应当著重在研究性格之转变及其转变之原因之所在。甚至于我们说新传记的中心问题就是性格的研究,也无不可。最足以表示性格的史料,往往不在大事而在日常生活的小事情上,因此琐碎的逸事的记载,有时反而有它特殊的价值。从前写传记年谱的人常不注重逸事,或是把逸事只当作趣闻;但是在新传记中,为研究性格起见,琐碎的逸事的记载是至可宝贵的。《世说新语》这部书很能帮我们了解汉魏六朝人,就是因为它记载日常生活的琐事比正史多些。唐宋以还的笔记杂纂也有同样的价值。

第四,个人是社会及其时代的产物,新传记必需照顾到主人翁所生的社会及其时代。我们了解一个历史上的伟人的心理与性格,固已极难,可是了解之后,再描写出来使读者懂,这工作就更难。要了解一个伟人而不先了解他那一时代的一切,当然是不可能的事;而叙述一个伟人的事迹,不以他所生的时代与社会作背景来渲染烘托,更是不可能了。我们这里所谓时代与社会,不仅是朦胧的印象就可满足的。我们要的是时代的精神、思想及其社会、风俗、习惯、生活,一切的点点滴滴,我们都得了解得彻底而深刻,如同自己身践目睹一样。譬如说我们要写汉光武帝的传,我们必须一闭眼就亲亲切切的知道他戴什么帽子,穿的什么衣服,长安城是什么样子,洛阳城又是什么样子,打仗行军是何等状况,坐的车子和骑的马有些什么装饰,宫廷的掌故,社会的习俗,时人脑中的观念与信仰……总之,我们得对于那个时代与社会知道得清清楚楚,简直我们就是那个时代的人了,然后才能拿这些材料来仔仔细细烘托描绘出汉光武帝这个"人"来。这样写出来的传记才能完整而逼真。所以,我们可以说,对于某一个时代的时代精神与社会之精密的研究,是要写那个时代人物的传记之必不可少的预备工作。我知道曾有对于唐代一切全不甚明了的人写过白居易和李白的传,他所取的材料只是《唐书》上的两篇列传和本人的集子,那当然不会有令人满意的结果。按他那样写法,恐怕连白居易与李白的诗文都无法了解,何况其人?

第五,新传记当注重文笔。传记如果以纪实为目的,当然可以不注重文笔,这类的传记著作世界上很多。但是理想的新传记不只是一种史学的著作,它同时还应该是一种文学的著作;应该是一件完整的艺术品,给科学披上文学彩衣的艺术品。雪莱的传记也很有几本,但读谋汝洼的《爱俪儿》一书的人,观其文笔之生动,叙述之有趣,对于雪莱性格描写之清晰亲切,实可令人神往。我们也知道这部书中有很多地方不忠于史,作者也未曾拿它当一本历史书写,可是这本书在文学上讲,确有相当的艺术价值;从史学上讲,也不是一部完全要不得的书。写传记知道文史并重的人,我们仍当推崇古代的太史公与普鲁它克：他们早就知道这条路，并且得到了相当的成功。新传记同样也应该走这条路。其实，不仅是传记，就是普通历史也是一样。在史学未曾成为纯粹的科学以前，史学与文学总是不能分开的。史笔文笔不能兼顾的人固然无法，如果有能兼顾的，我觉得既无害于史又无害于文。司马迁、班固、欧阳修、吉朋、格林，以及现代的泰维林都是很好的例子。上古史大家罗斯托采夫就说过史书一定要着重文笔的话。谋汝洼曾讲，写传记和别的文学创作一样，也是一种精神的产物。其实历史的著作以及一切旁的科学的研究与著作，又何尝不都是如此呢？在人的创作欲上讲，写一本小说和在科学上求一种发明本是一样的。

第六，新传记既然该是一种文学的著作，我们是否可以允许幻想参与在内？我们理想的新传记既如上所述，要用美丽的文笔，以时代与社会的描写为背景，以烘托出人物的性格，再加以心理的分析，如此则在叙述时，往往因史料缺乏之故，自然会露出许多空隙来。为了我们以"忠于史实"为第一信条，那么这许多空隙当然不能依凭我们的幻想来把它补完全的。如果幻想的成分一加多，便成为小说而不是历史了。可是，为了文章起见，某种幻想有时又是可以被容纳的。譬如说我们写陆放翁的传，他曾久居于镜湖，他的诗文之中许多地方描写到镜湖，我们以他的诗文为材料，而带上些幻想来写镜湖之美，自然不算过分。他入川曾过巴山巫峡，他写的《入蜀记》虽未细写过三峡风光，但他所见的三峡和我们所见的三峡决不会有着太大的分别，那么我们在写他的传时，写几句三峡的绮丽如何进入他的眼帘，也不算过分。再如杜甫到泰州，留诗不多，不过我们今天所见的陇西山水一定与他所见的没有多大的不同，那么我们在写杜甫传时，也未尝不可描写一下今天陇坂的山势以解释他的泰州杂诗。这样掺进去的幻想是合理的，不致大错的，我们可以把这种幻想叫作"合乎逻辑的"幻想。在传记之中掺入这种合乎逻辑的幻想，总比说汉高祖腿上一定有七十二个黑点子的话来得还更合理更可靠些。但丁的事迹可知的很有限，但曾有人把但丁传写至千页，用的就是这样方法。不过，这种东西不可多用，除了万不得已，为求文章生色起见不得不用外，平时万万不可乱用。多用乱用了是容易和"忠于史"的信条相冲突的。

黄蓁编著《中国伟人的生活》由广西桂林文友书店出版。

按：是书收帝尧、孔子、勾践、屈原、苏秦、荆轲、项羽、司马迁、苏武与李陵、张骞、诸葛亮、陶渊明、李白、杜甫、白居易、韩愈、郭子仪、岳飞、文天祥、成吉思汗、郑和、戚继光、史可法、秦良玉、郑成功、洪秀全 27 位中国历代著名人物的传略。

严济宽著《中国民族女英雄传记》由商务印书馆出版。

刘觉著《中国历史上之民族英雄》(下卷)由重庆商务印书馆出版。

缪钺著《中国史上之民族词人》由重庆青年出版社出版。

蒋恭晟著《周武王》由重庆正中书局出版。

朱东润著《史记考索》由上海开明书店出版。

按：是书共 18 篇文章：一、《史记终于太初考》；二、《史记纪、表、书、世家、传说例》；三、《史赞质疑》；四、《史记序传质疑》；五、《楚人建置考》；六、《读高祖功臣侯年表书后》；七、《汉初匈奴大事年表》；八、《史记徐广本异文考证》；九、《裴骃史记集解说例》；十、《司马贞史记索隐说例》；十一、《张守节史记正义说例》；十二、《史记正义本异文考》；十三、《邹诞生史记音义辑佚》；十四、《刘伯庄史记音义辑佚》；十五、《太史公年谱订证》；十六、《太史公名称考》；十七、《史记名称考》；十八、《史记百三十篇伪窜考》。

钱穆著《刘向歆父子年谱》由重庆中国文化服务社出版。

王焕镳著《曾南丰先生年谱》由重庆商务印书馆出版。

按：是书于 1943 年获第三届教育部学术审议委员会"补助学术研究及奖励著作发明"奖社会科学类三等奖。

邓广铭著《陈龙川传》由重庆独立出版社出版。

郭银田著《陆放翁之思想及其艺术》由重庆独立出版社出版。

自动生著《岳飞》由重庆正中书局出版。

余亮编著《文天祥》由重庆国民图书出版社出版。

刘宇著《陆秀夫》由重庆正中书局出版。

张振珮著《成吉思汗评传》由重庆中华书局出版。

王禹卿编著《王阳明之生平及其学说》由重庆正中书局出版。

张默生著《义丐武训传》(《异行传》第 1 集)由重庆东方书社出版。

按：张默生幼承家学(其父为前清举人)，对旧学和新文艺、佛学和西洋文化都下过功夫，涉猎甚广，对传记文学尤有研究。他曾谈到写传记作品的缘起："由入川后种种奇迹的发现，触动我半生来得知的奇人奇事，便想用我的拙笔，传述这些奇人奇事于世间；又因我一向是酷嗜传记文学的，就更引起我的技痒，于是《异行传》便开始动笔了。"张默生传记作品中的人物，"在奇异的行为上要具有一种至性，才可以入选"。另外，这些人物虽然不见经传，但都是他熟悉的，如《苗老爷传》中的苗子久，《疯九传》中的疯九，都是他父亲的朋友，《鸟王张传》《异仆传》中的人物都是他自己的朋友，他与他们交往甚久，观察详细，材料积累丰富，写起来如谈家常，亲切动人。这是张默生传记的特点。《义丐武训传》虽系辑录,但旁搜博采,慎重取舍,他所补充的一些材料也较为珍贵,因此发表后即广为流传(参见《中国百年传记经典》第3卷《义丐武训传》解题)。

朱东润著《张居正大传》由上海开明书店出版。

按:《张居正大传》是朱东润由传记理论研究转入传记文学创作的开端,具有里程碑式的意义。朱先生凭借其深厚的古典文学研究功底,力主传记创作"有来历、有证据、不忌烦琐、不事颂扬",写就了这部波澜壮阔、气魄宏大、议论纵恣的作品。

按:朱东润尚著有《杜甫叙论》《陆游传》《梅尧臣传》《元好问传》《陈子龙及其时代》《朱东润自传》《李方舟传》,另有《王阳明大传》未出版,手稿也遗失了。杨正润说:"在胡适稍后,还有两位专门讲授传记的大学教授,一位是朱东润(1897—1989),他曾在英国留学,专门研究过西方传记,对莫洛亚和斯特拉奇都比较熟悉,对中国传记文学的弊病也有比较深入的理解。他同梁启超、胡适一样,在自己的论著中一再提出学习西方传记的主张,引起了国人的注意。朱东润还写作了多种传记和自传作品,他的第一部作品《张居正大传》(1943)使用了新的传记方法,标志着中国现代他传的诞生。"[1]杨正润又说:"中国现代传记的出现受到西方传记的影响,第一部现代传记朱东润的《张居正大传》就是长篇,中国以短篇为主的传记格局被打破了,朱东润其后的几部传记,如《陆游传》和《陈子龙及其时代》也都是长篇。"[2]

蒋星德著《中国四大政治家评传》由重庆中周出版社出版。

按:是书分别介绍三国的诸葛亮、北宋的范仲淹、明代的张居正、清代的曾国藩的生平事业和政治成就。

程宽正著《戚继光》由重庆中华书局出版。

吴原著《戚继光》由重庆正中书局出版。

殷国俊编著《戚继光》由重庆国民图书出版社出版。

黄萍孙著《刘永福》由重庆正中书局出版。

梁乙真著《熊廷弼评传》由成都东方书社出版。

殷国俊著《史可法》由重庆国民图书出版社出版。

朱文长著《史可法传》由重庆商务印书馆出版。

朱书绅编《同光朝名伶十三绝传略》由北平三六九画报社出版。

---

① 杨正润.现代传记学:导论[M].南京:南京大学出版社,2009:10.

② 杨正润.现代传记学[M].南京:南京大学出版社,2009:250.

庾年著《清代国人新疆旅行之概述》出版。

萧一山编著《清代学者著述表》由重庆国立编译馆出版。

萧一山著《清代学者著述考》由重庆商务印书馆出版。

胡哲敷著《曾国藩》由重庆中华书局出版。

王德亮编著《曾国藩之民族思想》由重庆商务印书馆出版。

戴慕真著《左宗棠评传》由陕西西安新中国印书店出版。

刘治寰著《慈禧太后西狩记》由重庆北方出版社出版。

邢端编《于钟岳别传》由贵州朱启钤出版。

罗尔纲、陈婉芬编著《洪秀全年谱》由重庆正中书局出版。

梁启超著《康南海先生传》由北平万国道德总会出版。

梁希文编《民国人物志》由陕西北方出版社出版。

梁希文《现代学人外史》由陕西北方出版社出版。

按：是书介绍梁启超、章太炎、蔡元培、吴稚晖、胡适、叶楚伧、柳亚子、章士钊、邵力子、林损、马君武 11 名学者的事迹。

李启元著《参加辛亥革命自述》由南平闽北印刷所出版。

朱德君编《近代名人传记选》由重庆文信书局出版。

按：是书收《自传》(孙文)、《总裁事略》(陈果夫)、《我在教育界的经验》(蔡元培)、《一个牧羊人的自述》(于右任)、《我的苦学经验》(丰子恺)、《我的青年时代》(胡庶华)、《许地山先生传》(容肇祖)、《我幼年求学的经过》(陈衡哲)、《自述》(谢冰心)、《双忠记》(柳总持)等 10 篇传记。

易琼刻《近代十六个女名人木刻像》(附传)由晨风出版社出版。

按：是书包括宋庆龄、宋美龄、罗斯福夫人、奈都夫人、柯伦泰、赛珍珠、邓肯、绥甫林娜、蔡特金、居里夫人等 16 人的木刻头像。

严恩纹编《总理广州蒙难》由重庆中国国民党中央执行委员会宣传部出版。

蒋星德编《国父的一生》由军事委员会政治部出版。

宋大仁编述《国父与医学及其肝病经过》由上海中西医药研究社出版。

陈毅夫著《国父的伟大与中华民族之出路》由四川成都杂说月刊社出版。

[日]藤田菱花著《汪精卫传》由吉林长春满洲图书株式会社出版。

张江裁编《汪精卫先生复国行实录》由北京中华民国史料编刊会出版。

按：张江裁另著有《明遗民张穆之先生事迹及遗稿》，由国立北平研究院总办事处出版社出版。

蒋星德著《蒋委员长传》由重庆天地出版社出版。

于右任等著、赵逢古编辑《我们的领袖》由广西桂林大我出版社出版。

周开庆著《蒋介石先生的思想体系》由重庆正中书局出版。

大地画报社编、蒋仲琪摄影《蒋大元帅影集》由新大地出版社出版。

北辰出版社编《中外人士心目中之李宗仁先生》由编者出版。

谢灵肖著《毛泽东故事》由华严出版社出版。

许之桢编译《毛泽东印象记》由华北新华书店出版。

荆有麟著《鲁迅回忆片段》由广西桂林上海杂志公司出版。

萧赛著《曹禺论》由四川成都燕风出版社出版。

林萤牖编《论巴金的〈家〉〈春〉〈秋〉及其它》由柳州文丛出版社出版。

姜丹书等著《弘一大师永怀录》由大雄书店出版。

邹鲁著《少年的回顾》由重庆独立出版社出版。

冯玉祥著《我的生活》由重庆作家书屋出版。

冯玉祥著《我的读书生活》（上卷）由重庆作家书屋出版。

冯玉祥著《我的童年》由重庆文风书局出版。

朱光潜著《我与文学及其他》由上海开明书店出版。

沈从文著《沈从文自传》由上海中央书店出版。

陆曼炎编著《时贤别纪》由重庆文信书局出版。

按：是书分两集，共收录近代学术界、思想界、科学界的贤能人士小传43篇。第一集介绍蔡元培、马相伯、蒋百里、杨云史、许地山、王光祈、张善子、马君武、胡子靖、沈骊英等19人；第二集介绍林森、吴承仕、林庚白、刘季平、李纪堂、弘一法师、胡石青、林公铎、林文英、刘湛思、赵毓政、朱文央等24人。

中国国民党中央宣传部编著《抗战英雄传记》由重庆国民图书出版社出版。

按：是书收录了张自忠传、谢晋元传、郝梦龄传、陈安宝传、冯安邦传、饶国华传、高志航传、阎海文传、陈怀民传、陈中柱传等10篇传记。

张荫椿、杨利春编著《福建省的先贤》由福建省政府教育厅编辑委员会出版。

新中国报社编《时局人物》（一、二集）由上海编者出版。

三民主义青年团中央干事会编《三民主义青年团团员忠勇事略》由编者出版。

上海杂志社编《人物种种》由编者出版。

　　按：是书汇集茅盾、沈从文、马彦祥、潘光旦、吴梅等 17 人的事迹，包括他们的经历、作品，以及私生活方面的轶事趣闻。

　　赵景深著《文坛忆旧》由上海北新书局出版。

　　卫明编《当代作家书简》由上海普及出版社出版。

　　朱章编《国际企业家》由陕西西安大漠出版社出版。

　　按：是书收录福特、摩根、康奈尔、赫斯特、路透、克虏伯、三井高利、中上川彦次郎、大仓喜八郎、张季直等 24 名企业家小传。

　　陈鸿恩等编译《五十科学伟人》由上海世界书局出版。

　　按：是书收录毕达哥拉斯、托勒密、培根、古腾堡、哥白尼、马可尼、牛顿、拉马克、达尔文等 50 位外国科学家略传。

　　岩客编译《现代欧美名将外传》由广西桂林霖社出版。

　　按：是书收录英、法、苏、德、美等五国 25 名军事将领的外传。其中包括英国的艾思赛德、蒙哥马利等 7 人，法国的戴高乐等 2 人，苏联的伏罗希洛夫等 2 人，德国的布劳希奇、隆美尔等 4 人，美国的马歇尔、艾森豪威尔等 8 人。

　　中外出版部编译部编译《英国名将剪影》由重庆中外出版社出版。

　　[日]鹤见祐辅著、娄子伦译《英雄史诗》由江西民族正气出版社出版。

　　按：是书介绍加富尔、俾斯麦、林肯、迪斯雷利、凯撒、拿破仑的生平事迹。

　　李复著《怎样成为伟大人物》由长春大陆书局出版。

　　按：是书收录古今中外 125 篇著名人物的传略和轶事。

　　林海涛编著《日本军政界人物评论》由军事委员会台湾义勇队出版。

　　薛良编译《名音乐家传》由广西桂林立体出版社出版。

　　按：是书介绍最严肃伟丽的作曲家巴哈、无匹敌的圣谭曲作者韩德尔、法国浪漫派的权威白辽士、浪漫派的音诗人韦伯、音乐的神奇莫扎特、艺术歌曲之王舒伯特、乐剧的创造者华格纳、俄国的贝多芬——柴可夫斯基、廿世纪最优秀的钢琴家巴特拉斯基、五十年代声誉最高的中音安德生、美国杰出的指挥詹生、写实主义的作家莫索格斯基、最受人民爱戴的音乐家杜那也夫斯基、新时代典型的作曲家萧斯塔珂维契等人事迹。

　　[苏]卢那察尔斯基（原题卢那却尔斯基）等著、茅盾等译《外国作家研究》由广西桂林文学出版社出版。

　　[日]鹤见祐辅著、陈秋子译《拜伦传》由广西桂林远方书店出版。

　　[法]A. 英洛亚著、许天虹译《迭更司评传》由广西桂林文化生活出版社

出版。

[法]罗曼·罗兰著、梁宗岱译《歌德与贝多芬》由广西桂林华胥社出版。

国民图书编译馆编译《墨索里尼被难记》由上海编者出版。

荆凡编著《俄国七大文豪》由广西桂林理知出版社出版。

[苏]谢尼布诺夫著,蒋路、斯庸译《回忆托尔斯泰与高尔基》由广西桂林文林书店出版。

[苏]高尔基著、罗稷南译《高尔基和列宁——和列宁相处的日子》由广西桂林文学出版社出版。

[苏]I.卢波尔等著、庄寿慈译《普式庚论》由广西桂林白虹书店出版。

[苏]卢那卡尔斯基等著、吕荧译《普式庚论》由广西桂林远方书店出版。

徐治等译著《巴夫洛夫纪念集》由重庆商务印书馆出版。

朱杰勤编《亚历山大故事》由重庆商务印书馆出版。

[美]夏尔孟编,吴耀宗、刘开荣译《为人师的耶稣》由重庆商务印书馆出版。

[德]埃米·卢德威格著、王敏译《埃及女王传》由天津开明新记书店出版。

刘奇译《齐伯林传》由重庆商务印书馆出版。

按:《译者序》说:"齐伯林是德国一位飞艇发明家,欧战的时候曾名震全球。这本传记是英国一位学者哥尔德·斯密士所作的,其用意在把齐伯林的生活及工作精神,整个描写出来,以作青年的模范。因为书内取材之扼要,及作者笔调之生动,使得这位发明家的伟大人格,活跃于纸上,自然而然地令人心向往之,赞叹不止。"

[美]台尔·卡乃基著、萧敏颂译《巨人细事》由广西桂林文化供应社出版。

按:是书介绍 30 位欧美名人轶闻琐事。

施慎之著《毕斯麦传》由上海世界书局出版。

[美]格鲁著、钱能欣译《使日回忆录》由时代生活出版社出版。

四、卒于是年的传记作者

李时灿(1866—1943)。时灿字敏修,晚号暗斋,河南卫辉人。1892 年进士。授刑部主事。曾在籍创办经正书舍,历任长垣寡过书院、武陟致用精舍、禹县颍滨经舍山长,主讲经学。1905 年任河南教育总会会长。1913 年起,历任河南教育司司长、清史馆协修、中州文献征集处总编辑等职。1918

年当选为参议院议员。1922 年当选为众议院议员。1932 年参加国难会议。1937 年成立谷音诗社和谷音书画社。著有《读易杂感》《论语之道德学》《论语之政治学》《论语之辞学》《梓里记事》《中州先哲传》《暗斋日记》《东窗遗墨》《故都漫游录》《李暗斋先生演讲集》《癸申之间游草》《毋自期斋文字纪年》《中州书征》《中州诗征》《中州学系考》《中州艺文录》等。编有《中州文献征集处现存书目》等,辑刊有《河南人物小乐府》《中州文征续编》等。

伍光建(1867—1943)。光建字昭展,笔名君朔,广东新会人。天津北洋水师学堂毕业,保送英国格林尼治海军大学,旋转入伦敦大学学习理化数学。归国后历任出使日本大臣随员、出洋考察政治大臣头等参赞、学部二等咨议官、海军处顾问等职。民国后,历任财政部顾问、盐务署参事、复旦大学教授。长期从事翻译。译著有《法国大革命史》《拿破仑传》《俾斯麦》《十九世纪欧洲思想史》等。

民国三十三年　甲申　1944 年

一、传记评论

朱东润《论传叙文学底作法——兼评张孝若〈南通张季直先生传记〉》发表于《读书通讯》第 100 期。

按：文章说：这是一本十五年以前的著作。在这十五年之中，作者已经成为古人，但是因为在这不太短的时期之间，中国传叙文学不曾有过重大的进展，而且一般人对于传叙文学的观念，也不曾发生亲切的认识，所以这本书仍不能不认为是一本重要的著作。在评论本书的时候，我们也许可以引起社会人士的注意。

通常的读者看到一篇书评的时候，难免怀疑批评者对于著者有什么过不去？这里因为著者已经去世，当然用不到猜疑了。本来人和人底中间，难免不发生一些人的感情。即是在最客观的条件之下，批评者也难免对于著者寄与相当的同情，或者流露少许的反感。有时批评者对于著者，在尽量地指出他的优点，提供社会赞赏以外，间或暗示著者的脆弱，希望他在一定的方向以内，向前发展，这是建设性的批评。批评者已经尽了最大的责任，著者亦获得应得的关切，在批评底方面，这是最有价值的了。但是在批评张孝若底这本书的时候，这个也用不到，因为著者已经去世，我们对于他不但用不到夸饰和责难，同时也用不到任何的指示。

我们所惦念的只是中国为什么在近几十年以来，小说、剧本已经有过不少的进展，但是传叙文学永远在那里停滞着，以致像著者底这本著作，不能不算是一本有意义的作品。西汉的时代，史传文早成立了，于是后人继续作史传以及与史书无关的别传；东汉的时代，碑传文学成立了，于是后人继续作碑传以及墓志砖铭这一类的文章；数十年以前，有人在有意无意之间试作评传，于是后人继续作评传，但是真正的近代的传叙文学，始终不曾引起注意。胡适在替本著作序的时候，曾经说起："传记是中国文学里最不发达的一门。这大概有三种原因，第一是没有崇拜伟大人物的风气，第二是多忌讳，第三是文字的障碍。"胡适所举的三个原因，也许还不妨修正和说明，但是他认为传叙是中国文学里最不发达的一门，这是无可否认的。

近代传叙文学的中心思想,在于认定这个世界是人的世界。人是世界的中心,因此一切人底思想行为,悲欢离合,均有它底重要的意义。人底力量支配世界而不是世界底力量支配人,所以一切关于人生底记载,都能引起人群底注意。在西洋近代文学之中,传叙文学所以跃起而分小说戏剧一席地者,其故在此。除了一些浑浑噩噩,没有独立的人生意义的人以外,任何一个人都有他自己底思想行为,悲欢离合,因此任何人底一生都可以写成一部很好的传叙。西洋传叙文学底名著,不一定都是伟大人物的传叙,其故在此。名著之所以成为名著,当然除了中心人物的传主以外,还有作者的文学素养和技巧在内,这是不容忽视的。传人的著作,如卡莱尔底《施陀林传》,自传底著作如高思底《父与子》,其中的主人翁都不是什么伟大人物。所以说中国传叙文学底所以不发达,是因为没有崇拜伟大人物的风气,其中还有一些距离。

但是伟大人物底传叙,毕竟容易引起人们的注意。科举时代有一句俗话:"不愿文章高天下,但愿文章中试官。"那个时代,文字好坏不论,只要中得试官的意,便是榜上有名,否则只有名落孙山。现在时代虽然变了,但是试官还是有的,他们是出版界所称的读者群。他们评判文章的能力,多分不如科举时代的试官,但是他们的威权,比之从前,却坚强了许多。被试官摈斥的举子,还可坐待下次的考试,但是被读者群摈斥的作者,再没有抬头的机会。所以作者下笔的时候,必然要估量读者群心目中的人物。这是他们想像的人物吗?是他们所能了解的人物吗?果然如此,这部书便有成功的希望;否则这一位作者便永远没有引起社会注意的机会,而他和他的创作,不久必为读者群所忘却。

读者群所能想像,能了解的人物,当然都属于伟大人物的一类,在文学素养较低的社会里,尤其如此。他们只看到煊赫的事业而不甚注意到性格的分析,以及传主在各个阶段中演变的情况。一切细腻的笔触,他们都不甚注意,他们所问的只是传主曾做过些什么事业?是成功或是失败?他们读《俾士麦传》底时候,不去注意怎样一个自负不凡的容克贵族,会演成霍亨索伦王族底忠仆,而只注意到德意志帝国底建立;读《狄士累里传》的时候,不去注意怎样一个驰逐声华的恶少,会演成大英帝国底首相,而只注意到柏林会议底成功。严格地说一句,他们底注意点是事而不是人,他们心理中的人物只是史传中的人物而不是近代传叙文学中的人物。这一种情况在西洋还免不了,何况在近代传叙文学尚在胚胎中的中国。所以在现代的中国,要想写一本传叙,势必先找一个众所皆知,无待宣传的传主。这便是胡适所说的伟大人物。不过优良的传叙文学家总应当在性格的成长和分析方面注意，使一般的读者，能够随着作者底引导，对于传主的性格有更进一步的了解。作者虽然不顾虑读者底批评能力，然而作者应当认清他底地位是指导读者而不是为读者所指导。在选择传主的方面，著者是成功的。……失败是失败了，但是张季直还是一个历史上的人物。倘使我们记清历史上的人物，一大半是失败的，那么张季直的失败，会使我们由他已成的计划，推想他未成的事业，因此这部著作，选择这样一位传主，当然是一件成功的事实。

胡适认为著者的作品，是一部爱底工作，著者也如此承认。在讨论爱底工作的时候，我们要认识这里有两种意义：一种是爱工作而工作，一种是爱传主而工作。前者是工作高于一切，著书的人把整个的精力，贡献于著作，在这个情形之下，因为著书者底才力的关系，未必一定能够完成一部名作，但是这里已经有了成为名作的可能，这是无可怀疑的。后者是传主高于一切，一切的努力，只是为了传主的声誉，无论有意的或无意的，著书者难免不歪曲真相，迁就现实，所以就使一个才力优裕的作者执笔从事我们也很难期望完美的名作。在讨论这一本著作的时候，我们不能不认为著者爱的工作，只是认为传主高于工作，他对于传主的父子之爱，高于他对于作品之爱。在他完成了这本著作的时候，他决不会感到艺术家在作品完成以后那番踌躇满志的喜悦，而只是觉得在普通人能办的衣衾棺椁、发讣建碑之外，多尽了一些送葬的责任。倘使著者的"爱的工作"只是这样，那末至少从文学底立场看来，这个不会给我们什么重大的期待。不过，话又得说回来，在传叙文学里面，这样的爱的工作，本来没有多大的成就。在西方，一个人死了以后，常由他底寡妻或子女替他写一本传叙；在这样的许多作品之中，很难找到几部有价值的书籍。所以，"爱底工作"虽然是一个动听的名词，但在研究传叙文学的时候，我们不能不加以应得的审慎。

其次，著者在下笔的时候，看到传主自撰的年谱，他底日记，他底朋友底将近万封的信札，以及他底全部著作。材料的丰富，真是令人美慕。在替近代中国的大人物作传的时候，求获同样的材料，确是一件不可轻得的事情。中国人保存史料的精神，似乎太缺乏了。大多数的人物，没有日记，没有留存的信稿。朋友们的来信，大都随手遗弃，即使幸而保存，这些来信，照例只记发信月日，不记发信的年份和地址，有时甚至连日月也不完备，因此这些史料的价值，不免受到不良的影响，至于自撰年谱，更是绝无仅有的事。所以著者手中的材料，值得美慕。倘使他能把传主给朋友的信札，用征求或借抄的方法搜集起来，那末他在资料方面，也许可以更丰富些。还有，和传主同时或略前的人物，都还没有已成的传叙。正如胡适序中所说的"近代中国历史上有几个重要人物，很可以做新体传记的资料。远一点的如洪秀全、胡林翼、曾国藩、郭嵩焘、李鸿章、俞樾；近一点的如孙文、张之洞、张謇、严复、盛宣怀、康有为、梁启超，——这些人关于一国的生命，都应该有写生传神的大手笔来记载他们的生平，用绣花针的细密工夫来考证他们的事实，用大刀阔斧的远大识见来评判他们在历史上的地位"。在其他的传叙没有完成以前，要替一个人写成一本很完密的传叙，终是不甚容易。为什么？因为一位时代的人物，和同时的或略前的人物都不免发生直接或间接的关系。了解其余的诸人，当然更容易了解当前的传主。在这一点，著者倘使见到的话，也许会有同样的感想。这本著作的本文，在二十万字以上。这是中国自来少有的规模。凭着传主那样的人物，和著者手中所有的材料，这样的规模，只是应有的，甚至还不妨再放大一些。近代西方传叙文学，如狄士累里、格兰斯敦、华盛顿这些人的大传，都在一百万字以上；路德威希所著的《俾士麦传》，算是简单了，也在二十五万字以上。一个重要的人物，当然要给以充实的场面。像史特拉哲所著的《维多利亚女王传》那样十万字以内的传叙，只是因为关于维多利亚已经有了不少的大部著作，所以他给她一个缩写，写得那样的生气逼人，栩栩欲活。但是这只是缩写，不是真本；假如没有那些大部的著作，史特拉哲决不会写成他的名作。中国的旧社会只是一个怕费力、怕吃苦、懒洋洋的社会，因此看到一本大规模的著作，都觉得懒得细看，何况古有司马迁、班固，今有史特拉哲、莫洛亚，都可以作为佐证，那么何必作什么大传呢？十万字便够了，其实三万字也不妨。横竖不还是一样吗？其实事情确不一样。惟有一个庞大的布局，才能应付一个重要的人物。我们对于他底心理，要加以缜密的分析，要知道他底环境和他所接触的人物。为什么他成为重要的人物呢？除了遗传以外，是不是还有其他的因素？他底心境经过几度的转变？怎样的事实促成他几度的转变？至于他所经历的事迹、他底成功和失败，当然更需要详细和审慎的记载，才能烘托出他的事业。我常时想到，近代的几个伟大领袖，有如中国的孙中山、俄国的列宁都需要一部一百万字的传叙，才配得上这样的人物；一百万字以内的创作，只能反映材料的不完备和其国人民对于传叙文学认识的不充分。张季直的人物当然比他们小得多，但是值得二十万字或规模略大的传叙，这是无可怀疑的。

对于著者所采取的记载的方式，当然还需要一番斟酌。胡适在序中提出中国传叙文学所以不能发达的第三个原因是文字的障碍。他接到著者的去信，说及："他这回决定用白话做先传，决定打破一切古文家的碑传义法，决定采用王懋竑《朱子年谱》和我的(胡适底)《章实斋年谱》的方法,充分引用季直先生的著作文牍来做传记的材料,总期于充分表现他的伟大的父亲的人格和志愿。"胡适因此对于著者的作品寄与不少的希冀。他这篇序虽然作于作品完成以后,其时还没有看到这部作品。著者虽然说了不少的请教的语句,但是始终没有请教,至于他所采用的方式,虽然他曾提出一些动听的言论,但是正如他自序所说的:"我写这传记,是拿年代做经,事类做纬,可是有一二处,因为要归纳在一个相类的事的系统之内,所以年代和事类,有时难免不稍有先后。"著者所说的"有一二处……难免不稍有先后",其实决不止有一二处,而且也决不是稍有先后。这样的作风,凡是和著者曾经相识的人们,大致都不会认为意外。

著者自称:"我自己实在没有多大把握。"这不是著者底过谦,而是他对于叙述的中心没有提到。在大段的叙述中间,他确是采取编年的方式,但是在不少的部分,他放弃了这个形式而采取类似评传的形式(第七、第八、第十、第十一、第十二诸章),因此整个的著作失去重心。本来要替一个人作传,当然止有采取编年的方式。中国常见的年谱,便是采取这个形式,也许那样严格地划分表格,记年、记事、出处、诗文,一项一项地按格填写,未免太呆板了,太机械了,但是按年叙述,这是无可非议的。我们的生活原是一年一年地过下去的,也许有一点太呆板、太机械吧,但是我们有什么办法不这样呆板而机械地过下去呢? 所以传叙而以生活为中心,除了按照编年的方式逐步记载而外,没有更合适的方式。惟一的其他方式便是评传的方式:本书第七章"讲学问及对宗教观念",第八章"识见操行",以及末后的几章,便是取的这个方式。这样便可把传主一生对于某一个问题的主张,或在某一个项目下的意见,给与一番贯彻的叙述。在某种意义下面,这个方式确有它底长处。但是这正同在解剖尸体而后的报告一样,神经系统如何? 循环系统如何? 呼吸系统如何? 消化系统如何? 无论叙述得如何详尽,然而这只是一篇解剖报告而不是生命的叙述。评传和正式传叙的分别在此。假如我们承认传叙文学应当是生命的叙述,那末我们对于解剖报告底方式,必然地要决绝放弃,不容许它底存在。

最后,我们要叙述到张季直和沈寿的关系。著者把这一点完全隐蔽了。从中国人底伦理观念讲,这是完全应当的。他说到:"我父只抱着'爱才如命'的本真,和提倡艺术的志愿,不管什么性别的不同;只办得亲信忠勤于职务的办事人,不管什么界限的嫌疑。"(页二二六)这里他便有些故意辩护,甚至导入歧途的意味了。不过在我们体会他和传主间的父子之亲,也是可以谅解的。

人生底一半，沉浸在爱当中，伯拉图主义者提倡精神的恋爱而不鼓励肉体的结合；斯多噶主义者推崇理性的发展，同时控制感情的奔放。西方的宗教家主张恋爱的转向使对人的恋爱转为对神的钦崇；中国的圣人提倡男女有别的教条，用以代替男女无别的趋向。然而恋爱占有人生的一半，这是无可否认的事实。前辈的性行为，在性道德没有确定的标准的时候，我们固然不能认为模范，但是也不必认为罪恶。这里用不到忌讳，也用不到隐蔽。恋爱未必是神圣的，但是也未必是秽亵的。著者对于传主的性行为，不加叙述，固为读者所见谅，但是后人对于张季直，重新作传或为其他的人作传的时候，倘使记清恋爱占有人生的一半，那末不妨打破前人成例，在这方面给与应有的注意，揭开传主的心灵，使读者对他获得进一步的认识。

朱东润《张居正大传序》发表于《国文月刊》第1卷第28期。

按：朱东润《序》说：二十余年以前，读到鲍斯威尔底《约翰逊博士传》，我开始对于传记文学感觉很大的兴趣，但是对于文学底这个部门作切实的研讨，只是一九三九年以来的事。在那一年，我看到一般人对于传记文学的观念还是非常模糊，更谈不到对于这类文学有什么进展，于是决定替中国文学界做一番斩伐荆棘的工作。宗旨既经决定，开始研读。除了中国作品以外，对于西方文学，在传记作品方面，我从勃路泰格底名人传读到现代作家底著作，在传记理论方面，我从提阿梵特斯底人格论读到莫洛亚底传记综论。当然，我底能力有限，所在地底书籍也有限，但是我只有尽我底力量在可能范围以内前进。

在这几年以内，陆续写成《中国传记文学之进展》《传记文学之前途》《大慈恩寺三藏法师传述论》《传记文学与人格》和其他几篇文字发表了，没有发表的也有几篇。除了散篇以外，本拟叙述中国传记文学之趋势，但是因为参考书籍缺乏，只能写定一些纲领，未能完成；完成的只有《八代传叙文学述论》一本十余万字的著作。

对于中国传记文学底进展，总算勉强有些认识，但是认识过去，当然不是开导将来。佛家所谓"阅尽他宝，终非己分"，是一句颠扑不破的名言。要想为中国文学努力，专靠称扬古人，叙述故籍，其结果只落得"阅尽他宝"，谈不上继往开来的工作。一般文学如此，传记文学也是如此。所以决定实地写一本传记。这是一个尝试，成功固然很好，失败也可以给自己和别人一些警戒，实际也是一种成功。自己对于失败，本来不感觉很大的威胁，何况现在无论如何都有相当的成就呢！

写作底目标决定，其次便是形式底问题。自己认定世界是整个的，文学是整个的，在近代的中国，传记文学的意识，也许不免落后，但是在不久的将来，必然有把我们底意识激荡向前、不容落伍的一日。《史》《汉》列传底时代过去了，汉魏别传底时代过去了，六代唐宋墓铭底时代过去了，宋代以后年谱底时代过去了，乃至比较好的作品，如朱熹《张魏公行状》，黄幹《朱子行状》底时代也过去了。横在我们面前的，是西方三百年以来传记文学底进展。我们对于古人底著作，要认识，要了解，要欣赏。但是我们决不承认由古人支配我们底前途。古人支配今人，纵使有人主张，其实是一个不能忍受、不能想象的谬论。

西方三百年来传记文学经过不断的进展，在形式和内容方面，起了不少的变化，假如我们采取这一条路线，我们究竟采取哪一个方式呢？最有名的著作当然是鲍斯威尔底作品。一部《约翰逊博士传》成为家传户诵的文章。这里我们看到一位不修边幅的博士，和他底许多朋友，我们听到他们讨论文学，讨论政治，乃至于讨论栽树鬻果一切零碎的小事。有时约翰逊来一次恶谑，捧腹大笑，剩得被嘲的鲍斯威尔抱怨自己底不幸。约翰逊笑也有，骂也有，但是他底学生葛立克趁先生不在的时候，描写先生夫妇间的爱恋，蹑手蹑脚，更引起哄堂的狂欢。这是生活，因此这部著作成为不朽的作品。但是要写成这样一部作品，至少要作者和传主在生活上有密切的关系，而后才有叙述底机会。至于作者文学上的修养和鲍斯威尔那种特有的精神，都是这类著作底必要条件。

另外一种是斯特拉哲底《维多利亚女王传》。这是一部近代的著作，打开"现代传记文学"底局面。在薄薄的二百几十页里面，作者描写女王底生平。我们看到她底父母和伯父，看到她底保姆，看到她底丈夫和子女。我们看到英国底几位首相，从梅尔朋到格兰斯顿和狄士莱里。这里有英国的政局，也有世界的大势。但是一切只在这一部薄薄的小书里面。作者没有冗长的引证，没有繁琐的考订。假如我们甘冒比拟不伦的危险，我们不妨说《女王传》很有《史记》那几篇名著底丰神。这一部书打开一个新的局面，其实不是偶然的事。但是一九四三年的中国，似乎还不是提倡这一类著作的时期。

英国人有那种所谓实事求是的精神，他们近世以来那种繁重的作品，一部《格兰斯顿传》便是数十万字，一部《狄士莱里传》便是一百几十万字，他们底基础坚固，任何的记载都要有来历，任何的推论都要有根据。在这个情形之下，斯特拉哲脱去一切繁重的论证，探赜钩玄，当然立刻使人耳目一新，夺取特有的地位。但是斯特拉哲底著作正筑在那个坚固的基础上面。尽管有许多人称道这个写法，但是我底愚见，倘使斯特拉哲在中国，决定不能写成那样的名著。中国人模仿他底写法，只会写成那种含讥带讽、似小说不是小说，似史实不是史实的作品。

二三十年以来的中国文坛，转变的次数不在少处，但是还没有养成谨严的风气。称道斯特拉哲的人虽多，谁能记得这薄薄的一册曾经参考过七十几种的史料？仲弓说过："居敬而行简以临其民，不亦可乎？居简而行简，无乃太简乎？"朱熹《集注》："言自处以敬，则中有主而自治严，如是而行简以临民，则事不烦而民不扰，所以为可；若先自处以简，则中无主而自治疏矣，而所行又简，岂不失之太简而无法度之可守乎？"这是说的政治，但是同样也适用于文学，没有经过谨严的阶段，不能谈到简易；本来已经简易了，再提倡简易，岂不失之太简而无法度之可守乎？所以斯特拉哲尽管写成一部名著，但是一九四三年的中国，不是提倡这个作法的时代和地点。

那么惟有谈到第三个作法了。十九世纪中期以来的作品，常常是那样地繁琐和冗长，但是一切都有来历，有证据。笨重确是有些笨重，然而这是磐石，我们要求磐石坚固可靠，便不能不承认磐石底笨重。十九世纪以来的作品使人厌弃的，不是它底笨重，而是取材底不知抉择和持论底不能中肯。在这两点，从斯特拉哲底著作里，我们可以得到启示，可以学会许多的方法。莫洛亚攻击这派底著作，认为他们抱定颂扬传主的宗旨，因此他们所写的作品，只是一种诔墓的文字，徒然博得遗族底欢心，而丧失文学的价值。这个议论，确然获得我们底同情，传记成为颂扬的文字，便丧失本身底价值，原是一个显而易见的道理。

中国所需要的传记文学，看来只是一种有来历、有证据、不忌繁琐、不事颂扬的作品。至于取材有抉择，持论能中肯，这是有关作者修养的事。在作者着手的时候，没有一个不抱如此的期望，但是能否达到这个目标，一切只能付之读者底评判。孟子说过："智譬则巧也，圣譬则力也，由射于百步之外也，其至尔力也，其中非尔力也。"力底方面，我们应当努力；巧的方面，不一定是单凭努力可以办到的事。

作法既经采取这一种，便得确定一个传主。我曾经说过："任何人都有自己的世界，自己的一生。这一生的记载，在优良的传记文学家底手里，都可以成为优良的著作。所以在下州小邑、穷乡僻壤中，田夫野老、痴儿怨女底生活，都是传记文学底题目。"这是一个理想的说法，事实上还有许多必要的限制。一个平常的人物，不能引起读者底注意，所以作者对于这样的传主,惟有运用细腻的文学技巧,从人格分析方面着手,使读者对于传主底性格,感到深切的同情,然后始能了解世界上任何一个人,都有独特的价值。不过我们所能细密认识的,只有最有限的几个人,假如眼前不是替他们作传的时候,在这方面,实际便无从着手。在西方文学里面,平常人物底传记,还是非常地寥落,这是一个理由。

因此,只能从伟大人物着手。一九四一年的秋天,正是我徬徨不定的时候。中国历史上的伟大人物不在少数,但是在着手的时候,许多困难来了。有的人伟大了,但是他底伟大的场所不一定为我所了解。有的人底伟大是我所了解的,但是资料方面,不是少到无从探取,便是多到无从收拾。抗战期间的图书馆,内部底损失和空虚,是尽人皆知的事实;抗战期间的书生,生活底艰苦和困乏,也是尽人皆知的事实。所以在择取传主的时候,更有许多顾虑。其次,在下笔的时候,还得考虑写作中的困难。传主底时代太远了,我们对于他底生活,永远感觉到一层隔膜;太近了,我们又常常因为生长在他底影响下面,对于他底一生,不能得到全面的认识。那一个秋天,我因为传主底选择,经过不少的痛苦。

最后才决定了张居正。中国历史上的伟大人物虽多,但是像居正那样划时代的人物,实在数不上几个。从隆庆六年到万历十年之中,这整整的十年,居正占有政局底全面,再没有第二个和他比拟的人物。这个时期以前数十年,整个的政局是混乱,以后数十年,还是混乱,只有在这十年之中,比较清明的时代,中国在安定的状态中,获得一定程度的进展,一切都是居正底大功。他所以成为划时代的人物者,其故在此。但是居正底一生,始终没有得到世人底了解。"誉之者或过其实,毁之者或失其真",是一句切实的批评。最善意的评论,比居正为伊、周,最恶意的评论,比居正为温、莽。有的推为圣人,有的甚至斥为禽兽。其实居正既非伊、周,亦非温、莽。他固然不是禽兽,但是他也并不志在圣人。他只是张居正,一个受时代陶熔而同时又想陶熔时代底人物。

但是,许多困难的问题来了。第一,居正是几乎没有私生活的人物。现代传记文学,常常注意传主底私生活。在私生活方面的描写,可以使文字生动,同时更可以使读者对于传主发生一种亲切的感想,因此更能了解传主底人格。但是关于居正底私生活,我们所知道的太少了;明代人笔记里面,也许有一些记载,我们为慎重起见,不敢轻易采用,这一个缺憾,几于无法弥补。第二,居正入阁以后的生活中心,只有政治;因为他占有政局底全面,所以对于当时的政局,不能不加以叙述。繁重、琐屑,都是必然的结果,但是不如此便不能了解居正。也许有人以为史传中的人物，寥寥数百字，可以挈举当时政局底大概，为什么要这样地浪费笔墨？不过，任何一篇史传，只是全部正史底一篇，在史家运用互见之例，尽可言在于此而意喻于彼，这是传记文学作品享受不到的便利。

最困难的是一般人对于明代大局的认识。大家知道居正综核名实，但是要他们举出名实是怎样地综核，他们便有些茫然。一个研究中国文学的大学生不知道明朝内阁底制度；一个研究政治的专家不知道明朝实际政治底运用，不是一件罕见的事。尤其不幸的是人们那番"好古"的精神。因为好古，所以不知现代，乃至不知和现代接近的时代。一般人知道秦始皇筑长城，而不知现在的长城是杨一清、余子俊、翁万达、杨博等所筑的边墙；他们知道隋炀帝开运河，而不知现在的运河是宋礼、万恭、李化龙、曹时聘等所凿的水道。知识界这种知古而不用今的习气，使得他们对于近代的事态，发生一种隔阂。说少了，他们不会明白；说多了，他们会嫌烦渎：这是一个两难的境地。

这许多困难底后面，还有一个难题，便是材料底缺乏。《明史》《明史纪事本末》《明纪》《明史稿》《明会典》这一类常见的书籍，固然可以到手；但是重要的材料如《明实录》，就正是一部不能轻易看到的书，除了间见征引以外，竟无从利用，不能不算是一件遗憾的事。主要的史料仍是《张文忠公全集》四十六卷。以本人底著作，为本人底史料，正是西方传记文学底通例。一个人底作品，除了有意作伪一望即知者以外，对于自己的记载，其可信的程度常在其他诸人底作品以上。关于这一点，当然还有一些限制：年龄高大，对于早年的回忆，印象不免模糊；事业完成，对于最初的动机，解释不免迁就。对于事的认识，不免看到局部而不见全体；对于人的评判，不免全凭主观而不能分析。人类只是平凡的，我们不能有过大的期待，但是只要我们细心推考，常常能从作者底一切舛踳矛盾之中，发现事态底真相。西方传记文学以传主底作品为主要的材料，其故在此。

其次关于文字的方面。我写《读诗四论》和其他几本书的时候，用的文言，因为这许多书中，充满文言的引证，为求本文和引证的配合起见，当然以用文言为妥适。但是在写的时候，常时感觉到一种新的意境，必需运用新的笔调，才没有辞不达意的遗憾。后来写《八代传叙文学述论》，用的语体，便是这个理由。用语体写的时候，也有两种困难。第一，本文和引证显然用两种文体，读者最易感觉文字底不谐和，这是无可避免的困难。其次，语体底语汇比较贫乏，因此在叙述的时候，常时有借用文言语汇或另行创造的必要。这个困难也是同样无可避免，不过最近数年以来，这样的写法，已经成为风气，文字语言都在不断地蜕变，大家在这个风气之中，也就觉得无可非议。"后之视今，亦犹今之视昔。"也许二十年以后，又有一种变化，一切留给将来的人批评罢。

这样便引到对话的问题。对话是传记文学底精神，有了对话，读者便会感觉书中的人物一一如在目前。一篇《项羽本纪》是一个很好的例证。秦始皇帝游会稽，渡浙江，项羽和项梁往观，项羽说："彼可取而代也。"项梁掩其口曰："无妄言，族矣！"这是两个人底对话。项羽要杀宋义，他说："将戮力而攻秦，久留不行！今岁饥民贫，士卒食芋菽，军无见粮，乃饮酒高会，不引兵渡河，因赵食，与赵并力攻秦，乃曰：'承其敝！'夫以秦之强，攻新造之赵，其势必举赵，赵举而秦强，何敝之承！且国兵新破，王坐不安席，扫境内而专属于将军，国家安危，在此一举，今不恤士卒而徇其私，非社稷之臣！"这是项羽誓众的宣言。其后鸿门之宴，项羽、范增、项庄、沛公、张良、樊哙，都有说话，文字非常生动，尤其是樊哙入见的一段，项羽按剑说："客何为者？"这是问樊哙的，偏偏樊哙不答，张良说道："沛公之骖乘樊哙者也。"项王才说"壮士，赐之卮酒"，这又是吩咐侍从了。一切都写得错综变化，使人感觉异常地活跃。

这个写法，在小说家手里，成为最好的工具。现代传记文学家也常时采用这个写法。但是传记文学是文学，同时也是史。因为传记文学是史，所以在记载方面，应当追求真相，和小说家那一番凭空结构的作风，绝不相同。这一点没有看清，便会把传记文学引入一个令人不能置信的境地；文字也许生动一些，但是出的代价太大，究竟是不甚合算的事。在写这本书的时候，只要是有根据的对话，我是充分利用的，但是我担保没有一句凭空想象的话。……这本书的大体计划，是在一九四一年决定的。次年春间，写成《八代传叙文学述论》。今年春间，重行写定"中国文学批评史大纲"，是为师友琅邪馆撰述第四种、第五种。在这几年之中，一切剩余的时间，都消耗在这本书上，实际著笔是从今年一月三日开始，八月六日终了，是为师友琅邪馆撰述第六种。

也许有人看到大传的名称，感觉一点诧异。传记文学里用这两个字，委实是一个创举。"大传"本来是经学中的一个名称；《尚书》有《尚书大传》，《礼记》也有大传；但是在史传里从来没有这样用过。不过我们应当知道中国的史学，发源于经学，一百三十篇的《史记》，只是模仿《春秋》的作品：十二本纪模仿十二公，七十列传模仿《公羊》《穀梁》。"传"底原义，有注底意思，所以释名释典艺云："传，传也，以传示后人也。"七十列传只是七十篇注解，把本纪或其他诸篇的人物,加以应有的注释。既然列传之传是一个援经入史的名称,那么在传记文学里再来一个援经入史的"大传",似乎也不算是破例。几年以来的心力,所成就的只是这本很平常的著作,自己底学力,仅仅达到这个阶段,原是无可如何的事。我底希望,本来只是供给一般人一个参考,知道西方的传记文学是怎样写法,怎样可以介绍到中国。我只打开园门,使大众认识里面是怎样的园地,以后游览的人多了,栽培花木的也有,修拾园亭的也有,只要园地逐日繁荣,即是打开园门的人被忘去了,他也应当庆幸这一番工作不是没有意义。《法显行传》记法显经过沙河底一节:"沙河中多有恶鬼热风,遇则皆死,无一全者。上无飞鸟,下无走兽。遍望极目,欲求度处,则莫知所拟,惟以死人枯骨为标识耳。"在一个茫无边际的境界,我们惟有踏着前人底足迹,作为自己前进的路线。前人对于我们所尽的责任,正是我们对于后人所有的义务。无论成功或失败,现在底努力,对于后人都是一个重要的参考。

　　我应当趁这个机会,对于远方的两个人,表示衷心的感谢。二十余年的生活,养成我不事家人生产的习惯。我独自漂流异地,难得在寒暑假中回去一次。对日作战以后,我从越南入国,绕到抗战底大后方,从此没有看到故里。家事底处分,儿女底教养,以及环境底应付,一向我不过问,现在更落在一个人底肩上。我没有听到抱怨,也没有听到居功。尤其在故乡沦陷以后,地方的情形更坏,斗大的一个县城,充满最复杂的事态,天涯游子底家属,剩得举目无亲的境地,但是我始终没有听到怨恨和愁诉。正因为有人把整个的心力对付家庭,我才能把整个的心力对付工作。我自己底成就只有这一点点,但是在我历数这几种撰述的时候,不能忘怀数千里以外的深闺。我认为在我底一切成就之中,这是和我共同工作的伴侣。还有一个更远在万里之外,现正在作一次国外的旅行。我们底认识远在三十余年以前。我们曾经共同受过小学教师底训导,共同听过泰晤士河底波声;之后,在同事十余年之中,又共同欣赏过东湖的初月,乐山的暮钟。在我们同事的中间,他底著作,我都曾经看过;我底作品,也没有一本不曾经过他底商订。这本书写成的时候,他不及看到,但是最初的计划,曾经和他讨论。从他那里,我得到不少的鼓励,不少的协助;但是以前因为时常见面的关系,没有感觉致谢底必要。现在我得告诉他,万里波涛的重洋,遮断不了平生许与的友谊。努力啊,我愿有更好的成就,报答一般友好底关切。一九四三年八月六日,朱东润自序于重庆柏溪寓斋。

　　李长之《韩非的文学论及其批评》发表于《时与潮文艺》第3卷第3期。

鲍文蔚《论法朗士》发表于《艺文杂志》第 2 卷第 7、8 期。

[苏]高尔基作、戈宝权译《我怎样学习写作》（一）发表于《青年文艺》新 1 卷第 2 期。

[苏]高尔基作、戈宝权译《我怎样学习写作》（二）发表于《青年文艺》新 1 卷第 3 期。

穆素《忆鲁彦》发表于《青年文艺》新 1 卷第 3 期。

荃麟《关于鲁彦的死及其它》发表于《青年文艺》新 1 卷第 3 期。

杨晦《曹禺论》发表于《青年文艺》新 1 卷第 4 期。

商鸿逵《纪昀与道学》发表于《艺文杂志》第 2 卷第 3 期。

许同莱《张文襄年谱编纂始末》发表于《东方杂志》第 40 卷第 7 号。

张君劢《印度哲学家罗达克立希纳学案》发表于《东方杂志》第 40 卷第 13 号。

施之勉《董仲舒对策年岁考》发表于《东方杂志》第 40 卷第 13 号。

陈遵妫《孔子诞辰日期问题》发表于《东方杂志》第 40 卷第 14 号。

贾祖璋《拉马克及其学说》发表于《东方杂志》第 40 卷第 14 号。

彭泽益《张謇的思想及其事业》发表于《东方杂志》第 40 卷第 14 号。

朱偰《先君遏先生对于史学之贡献》发表于《东方杂志》第 40 卷第 16 号。

施之勉《〈太史公行年考〉辨疑》发表于《东方杂志》第 40 卷第 16 号。

张君劢《张东荪"思想与社会"序》发表于《东方杂志》第 40 卷第 17 号。

郭沫若《宋钘尹文遗著考》发表于《东方杂志》第 40 卷第 19 号。

程懋珪译《杜威及其影响》发表于《东方杂志》第 40 卷第 22 号。

李长之《〈史记〉各篇著作先后之可能的推测》发表于《东方杂志》第 40 卷第 22 号。

冷歌《谈日记文学》发表于《新满洲》第 6 卷第 2 号。

冷歌《谈书信文学》发表于《新满洲》第 6 卷第 3 号。

谭正璧《论苏青及张爱玲》发表于《风雨谈》第 16 期。

郭仲权《张仲仁先生印象记》发表于《宇宙风》第 137 期（纪念张一麐先生特辑）。

陆丹林《感悼老子军创组人张一麐》发表于《宇宙风》第 137 期（纪念张一麐先生特辑）。

吴涵真《记张仲仁先生》发表于《宇宙风》第 137 期（纪念张一麐先生特辑）。

林焕平《罗曼·罗兰和张一麐》发表于《宇宙风》第 137 期（纪念张一麐先生特辑）。

广良《纪念张一麐先生特辑后记》发表于《宇宙风》第 137 期（纪念张一麐先生特辑）。

太虚《人物志忆》（四）发表于《宇宙风》第 137 期。

何瑞瑶《陈公洽先生——复兴关下人物小志之一》发表于《宇宙风》第 137 期。

吴铁声《我在沪南地狱中》（续完）发表于《宇宙风》第 137 期。

吴铁声《夜雨巴山忆故人》发表于《宇宙风》第 138 期（林憾庐先生逝世周年纪念）。

冼玉清《憾翁逝世一周年》发表于《宇宙风》第 138 期（林憾庐先生逝世周年纪念）。

师山《又来这么几行——憾庐先生逝世周年纪念》发表于《宇宙风》第 138 期（林憾庐先生逝世周年纪念）。

魏兆铭《悼憾庐先生》发表于《宇宙风》第 138 期（林憾庐先生逝世周年纪念）。

陈占元《纪念林憾庐先生》发表于《宇宙风》第 138 期（林憾庐先生逝世周年纪念）。

黎丁《两位老人》（纪念憾庐先生及馨山先生逝世一周年）发表于《宇宙风》第 138 期（林憾庐先生逝世周年纪念）。

恽逸群《黄炎培论》发表于《杂志》第 13 卷第 5、6 期和第 14 卷第 1 期。

郭沫若《论曹植》发表于《中原》第 1 卷第 3 期。

［英］雷蒙·莫蒂美作、冯亦代译《伍尔芙论》发表于《中原》第 1 卷第 3 期。

［美］佛兰克作、丁瓒译《佛洛伊特对于西方思想与文化的影响》发表于《中原》第 1 卷第 4 期。

郭沫若《争取今天》发表于《高原》第 2 期（郑伯奇先生文坛生活廿周年纪念特辑）。

孙艺秋《苦斗》发表于《高原》第 2 期（郑伯奇先生文坛生活廿周年纪念特辑）。

臧克家《寿伯奇先生》发表于《高原》第 2 期（郑伯奇先生文坛生活廿周年纪念特辑）。

郑伯奇《沙上足迹》（文坛生活二十五年的回顾）发表于《高原》第 2 期

（郑伯奇先生文坛生活廿周年纪念特辑）。

李翊灼《欧阳竟无先生学行序赞》发表于《中国学报》第 1 卷 3 期。

金毓黻《〈文心雕龙·史传篇〉疏证下》发表于《中国学报》第 1 卷 3 期。

唐圭璋《纳兰容若评传》发表于《中国学报》第 1 卷 3 期。

金毓黻《宋国史所载岳飞战功辨证》发表于《国立中央大学文史哲季刊》第 2 卷第 1 期。

社论《悼邹韬奋先生》发表于 10 月 7 日延安《解放日报》。

按：邹韬奋 7 月 24 日在上海病逝，临终前向组织提出加入共产党的要求。8 月 18 日，苏北军民在新四军军部所在地集会追悼邹韬奋，张云逸代军长致悼词，范长江、钱俊瑞、于毅夫等演讲志哀。9 月 2 日，周恩来向中共中央提议：在延安开追悼会先组筹委会；《解放日报》发表追悼文章；中央致挽电。毛泽东同意照周恩来意见办。9 月 12 日、14 日、15 日，由沈钧儒、黄炎培、陶行知、章乃器、沙千里、史良、张申府、王志莘、杨卫玉、徐伯昕 10 人具名，在重庆《新华日报》第一版连续刊登《邹韬奋先生逝世讣告》。9 月 28 日中共中央电唁邹韬奋家属，接受邹韬奋入党的要求，追认他为中国共产党党员。

邓初民《寿董必武先生六旬大庆》发表于 1 月 5 日《新华日报》。

张申府《韧性斗士——寿董必武先生》发表于 1 月 5 日《新华日报》。

华恩《林肯——民主与自由的象征》发表于 2 月 12 日《新华日报》。

唐蕻《孙中山、林肯和列宁——论中山先生的革命的民主主义思想》发表于 3 月 12 日《新华日报》。

冶秋《哀悼亡友韦素园兄》发表于 8 月 2 日《新华日报》。

新如《追悼江云伯同志》发表于 8 月 15 日《新华日报》。

于刚《痛悼江云伯同志》发表于 8 月 15 日《新华日报》。

以群《悼鲁彦》发表于 9 月 3 日《新华日报》。

胡绳《韬奋先生的道路》发表于 10 月 1 日《新华日报》。

晓林《我所认识的韬奋先生》发表于 10 月 1 日《新华日报》。

陈学昭《回忆鲁迅先生》发表于 10 月 19 日《新华日报》。

陈学昭《追念戈公振先生》发表于 10 月 22 日《新华日报》。

许寿裳《回忆鲁迅》发表于 10 月 25 日《新华日报》。

成达《悼罗云同志》发表于 11 月 26 日《新华日报》。

徐迟《为纪念沈振黄而写》发表于 12 月 11 日《新华日报》。

二、单篇传记

老舍《习作二十年》发表于《抗战文艺》第 9 卷第 3、4 期（老舍先生创作生活二十年纪念文选辑）。

茅盾《光辉工作二十年的老舍先生》发表于《抗战文艺》第 9 卷第 3、4 期（老舍先生创作生活二十年纪念文选辑）。

郭沫若《文章入冠》发表于《抗战文艺》第 9 卷第 3、4 期（老舍先生创作生活二十年纪念文选辑）。

胡风《祝老舍先生创作二十年》发表于《抗战文艺》第 9 卷第 3、4 期（老舍先生创作生活二十年纪念文选辑）。

台静农《我与老舍与酒》发表于《抗战文艺》第 9 卷第 3、4 期（老舍先生创作生活二十年纪念文选辑）。

何容《语言的创造者》发表于《抗战文艺》第 9 卷第 3、4 期（老舍先生创作生活二十年纪念文选辑）。

吕荧《曹禺的道路》（上）发表于《抗战文艺》第 9 卷第 3、4 期。

林辰《鲁迅在中山大学》发表于《抗战文艺》第 9 卷第 3、4 期。

吕荧《曹禺的道路》（下）发表于《抗战文艺》第 9 卷第 5、6 期。

［苏］戴雷季埃夫作、唐旭之译《战时的萧洛诃夫》发表于《抗战文艺》第 9 卷第 5、6 期。

林辰《鲁迅与章太炎及其同门诸子》发表于《抗战文艺》第 9 卷第 5、6 期。

柳亚子《自传：五十七年》发表于《文学创作》第 3 卷第 1 期。

柳亚子《自传：五十七年》发表于《文学创作》第 3 卷第 2 期。

朱荫龙《柳亚子先生及其诗》发表于《文学创作》第 3 卷第 2 期。

成惕轩《白乐天及其新乐府》发表于《文艺先锋》第 5 卷第 5 期。

郑临川《诗人陈子昂》发表于《文艺先锋》第 5 卷第 5 期。

荃麟《对于安东·柴霍夫的认识》发表于《青年文艺》第 6 期（柴霍夫逝世第四十年特辑）。

余所亚《安东·柴霍夫像》（木刻）发表于《青年文艺》第 6 期（柴霍夫逝世第四十年特辑）。

曹靖华译《我的道路》（A. 托尔斯泰自传）发表于《青年文艺》新 1 卷第 4 期。

［苏］高尔基作、戈宝权译《我怎样学习写作》发表于《青年文艺》新 1 卷

第 4 期。

［德］梅林格作、唐苏译《革命文豪——海涅》发表于《青年文艺》新 1 卷第 5 期。

［苏］别斯苛娃作、孙沣译《祖父高尔基的故事》发表于《青年文艺》新 1 卷第 5 期。

吴达元《法国古典派诗人伯洼洛》发表于《时与潮文艺》第 3 卷第 1 期。

编者《藤村作博士及其夫人在北京近影》发表于《艺文杂志》第 2 卷第 1 期。

编者《钱稻孙先生在泉寿书藏中摄影》发表于《艺文杂志》第 2 卷第 1 期。

编者《傅沅叔先生七十岁小影及其手翰》（画页）发表于《艺文杂志》第 2 卷第 2 期。

编者《柳田国男先生小影及其所著〈远野物语〉手稿》（画页）发表于《艺文杂志》第 2 卷第 2 期。

编者《小泉八云肖像及其批注书上的笔迹》（画页）发表于《艺文杂志》第 2 卷第 3 期。

编者《黄遵宪遗影遗墨及其日本杂事诗题叶》（画页）发表于《艺文杂志》第 2 卷第 3 期。

常风重译《记陀思妥也夫斯基》（一）发表于《艺文杂志》第 2 卷第 3 期。

编者《董授经先生近影及其手书词稿》（画页）发表于《艺文杂志》第 2 卷第 4 期。

编者《永井潜博士近影及其近作和歌》（画页）发表于《艺文杂志》第 2 卷第 4 期。

常风重译《记陀思妥也夫斯基》（二）发表于《艺文杂志》第 2 卷第 4 期。

编者《坪内逍遥博士肖像及其〈寒山拾得图〉》（画页）发表于《艺文杂志》第 2 卷第 5 期。

编者《王静安先生遗像及遗墨》发表于《艺文杂志》第 2 卷第 5 期。

编者《俞平伯先生手书真定隆兴寺碑文摄影》（画页）发表于《艺文杂志》第 2 卷第 6 期。

新波《中国作家画像》（田汉）发表于《新文学》第 1 卷第 3 期。

新波《中国作家画像》（欧阳予倩）发表于《新文学》第 1 卷第 4 期。

柳亚子《江左少年夏完淳传》发表于《当代文艺》第 1 卷第 1 期。

田汉《送抗战的观光者——林语堂先生》发表于《当代文艺》第 1 卷第

3 期。

老舍等《作家生活自述》发表于《当代文艺》第 1 卷第 4 期。

司徒宗《期望》发表于《文艺春秋》丛刊之一"两年"（生活回顾特辑）。

钱今昔《平凡的生活》发表于《文艺春秋》丛刊之一"两年"（生活回顾特辑）。

路珊《演剧生涯》发表于《文艺春秋》丛刊之一"两年"（生活回顾特辑）。

林枫敌《告别》发表于《文艺春秋》丛刊之一"两年"（生活回顾特辑）。

程芸《两年诗话》发表于《文艺春秋》丛刊之一"两年"（生活回顾特辑）。

左海《闲话两年》发表于《文艺春秋》丛刊之一"两年"（生活回顾特辑）。

本刊《纪念鲁迅先生逝世八周年》发表于《文艺春秋》丛刊之一"两年"。

范泉《鲁迅先生的晚年》发表于《文艺春秋》丛刊之一"两年"。

本刊《纪念契诃夫逝世四十年》发表于《文艺春秋》丛刊之二"星花"。

沈子复《安东·普洛维契·契诃夫》发表于《文艺春秋》丛刊之二"星花"。

萧廷义《契诃夫逝世四十年纪念在苏联》发表于《文艺春秋》丛刊之二"星花"。

沈子复《契诃夫作品中译本编目》发表于《文艺春秋》丛刊之二"星花"。

[苏]班甫里诺夫《契诃夫造像》发表于《文艺春秋》丛刊之二"星花"。

徐炎之《蔡孑民先生二三事》发表于《文艺春秋》丛刊之二"星花"。

[日]小田岳夫作、范泉译《鲁迅传断片》发表于《文艺春秋》丛刊之二"星花"。

本社同人《悼张树藩同志》发表于《戏剧时代》第 1 卷第 2 期。

[德]蔧迪丝·汉蜜顿作、叶大军译《歌德与浮士德》发表于《戏剧时代》第 1 卷第 6 期。

许一白《威尔基及其竞选的故事》发表于《人世间》第 2 卷第 1 期。

赵铭彝译《瓦克唐果夫与史坦尼初晤》发表于《天下文章》第 2 卷第 1 期。

朱双云《我与戏剧的关系》（自传）发表于《天下文章》第 2 卷第 1 期。

赵太侔《悼朱双云先生》发表于《天下文章》第 2 卷第 1 期。

贾午译《东南亚盟军总司令蒙巴顿》发表于《天下文章》第 2 卷第 2 期。

赵而昌《记鉴湖女侠秋瑾》发表于《风雨谈》第 9 期。

陶亢德《自传之一章》发表于《风雨谈》第 9 期。

李霁野《托尔斯泰及其作品》（一）发表于《风雨谈》第 11 期。

李霁野《托尔斯泰及其作品》(二)发表于《风雨谈》第 12 期。

李霁野《托尔斯泰及其作品》(三)发表于《风雨谈》第 13 期。

白樱《杜斯妥以夫斯基回忆录》(一)发表于《风雨谈》第 15 期。

白樱《杜斯妥以夫斯基回忆录》(二)发表于《风雨谈》第 16 期。

陈贵兼《老子其人与老子其书》发表于《中原》第 1 卷第 3 期。

[美]鲁德威夷作、杨刚译《解放者——林肯传第四章》发表于《中原》第 1 卷第 3 期。

[苏]费德林作、戈宝权选译《屈原的生平及其创作之研究》发表于《中原》第 1 卷第 4 期。

[美]鲁德威夷作、杨刚译《解放者——林肯传第四章》发表于《中原》第 1 卷第 4 期。

叶露茜《我演杜若燕这个角色》发表于《现代妇女》第 3 卷第 1 期。

小望《半年书店生活》发表于《现代妇女》第 3 卷第 2、3 期。

刘清扬《何香凝先生生平》发表于《现代妇女》第 3 卷第 2、3 期。

文《悼陈品芝女士》发表于《现代妇女》第 3 卷第 2、3 期。

叶露茜《我演杜若燕这个角色》(续完)发表于《现代妇女》第 3 卷第 2、3 期。

穆云《敬悼徐宗汉先生》发表于《现代妇女》第 3 卷第 4 期。

小杨《一个女工日记抄》发表于《现代妇女》第 3 卷第 5 期。

石潭《为劳动妇女谋福利的王家珍女士》发表于《现代妇女》第 3 卷第 5 期。

刘清扬《纪念五四忆徐宗汉先生》发表于《现代妇女》第 3 卷第 5 期。

念兹《我的学生生活》发表于《现代妇女》第 4 卷第 1 期。

文《一个乡村助产师的日记》发表于《现代妇女》第 4 卷第 2 期。

白明《我的研究生活》发表于《现代妇女》第 4 卷第 2 期。

何时清《税务机关的小职员》发表于《现代妇女》第 4 卷第 2 期。

易若芸《生活在职业家事与母爱的矛盾中》(日记片断)发表于《现代妇女》第 4 卷第 2 期。

虹《做家庭教师》发表于《现代妇女》第 4 卷第 2 期。

岚英《银行低级职员的生活》发表于《现代妇女》第 4 卷第 2 期。

江《我和学生生活在一起》发表于《现代妇女》第 4 卷第 3、4 期。

得先《我所知道的"鲁彦"》发表于《现代妇女》第 4 卷第 3、4 期。

高山《我的家庭生活》发表于《现代妇女》第 4 卷第 5、6 期。

文载道《魏晋人物续志》发表于《古今》第 41 期。

[苏]尤竞作、魏辛译《旧俄历史人物评介·普列哈诺夫》发表于《中苏文化》第 15 卷第 2 期。

李得贤《记姚名达先生》发表于《读书通讯》第 38 期。

曹慧麟《自我演戏以来》发表于《现代周报》第 1 卷第 1 期。

许大纯的《孔子之涉世与施教》发表于《说文月刊》第 5 卷第 1—2 期。

郭沫若《述吴起》发表于《东方杂志》第 40 卷第 1 号。

朱海涛《北大及北大人——钱穆先生》发表于《东方杂志》第 40 卷第 3 号。

史念海《娄敬和汉朝的建都》发表于《东方杂志》第 40 卷第 5 号。

郑师许《玄奘法师之行脚与取经》发表于《东方杂志》第 40 卷第 7 号。

朱海涛《北大与北大人——陈垣先生》发表于《东方杂志》第 40 卷第 7 号。

朱偰《杜少陵在蜀之流寓》发表于《东方杂志》第 40 卷第 8 号。

李长之《司马迁的父亲》发表于《东方杂志》第 40 卷第 11 号。

按：司马迁的父亲是司马谈，对司马迁做了精心培育。文章说："假若说司马迁伟大，这伟大，至少也要有一半应该分给他父亲，伟大的人物固然伟大，养育伟大的人物的人却更伟大！"

凌也微《西蜀女诗人薛涛》发表于《东方杂志》第 40 卷第 22 号。

郑鹤声《郑和出使之宝船》发表于《东方杂志》第 40 卷第 23 号。

郑鹤声《郑和之家世及其境遇》发表于《东方杂志》第 40 卷第 24 号。

圆瑛法师《菩提达摩小传》发表于《中国佛教季刊》第 2 卷第 1—4 期合刊。

爱尔伯《新释迦传》发表于《中国佛教季刊》第 2 卷第 1—4 期合刊。

郑因达《善女人张媪传》发表于《弘化月刊》第 33 期。

薛同悦《我之纪念印光大师》发表于《弘化月刊》第 33 期。

傅惜华《元代杂剧作家传略》发表于《中国学报》2 卷 1—3 期。

白丁《无名作家的日记》发表于《中华周报》第 1 卷第 11 期。

醒华《反"扫荡"中的李勇》发表于 2 月 18 日《新华日报》。

醒华《敌后的模范荣誉军人(王永纶)》发表于 2 月 22 日《新华日报》。

史纪言《悼念魏奉璋同志》发表于 3 月 4 日《新华日报》。

真文《青年射击手霍福喜》发表于 3 月 11 日《新华日报》。

东君《渴望一部中山传》发表于 3 月 12 日《新华日报》。

林辰《三一八和鲁迅》发表于 3 月 18 日《新华日报》。

〔苏〕马少克作、尼兰译《回忆高尔基》发表于 3 月 28 日《新华日报》。

沁声、光庭《劳动英雄铁公鸡》发表于 4 月 11 日《新华日报》。

〔苏〕巴拉雪夫作、荒燕译《记西蒙诺夫》发表于 4 月 17 日《新华日报》。

张健《陕北教育界的英雄常增祥》发表于 4 月 22 日《新华日报》。

周前《模范抗属刘忠信》发表于 5 月 9 日《新华日报》。

吕端《模范雇工赵龙孩》发表于 5 月 9 日《新华日报》。

朱德《母亲的回忆》发表于 5 月 21 日《新华日报》。

柳亚子《介绍一位现代女诗人（林北丽）》发表于 5 月 22 日《新华日报》。

周峰《悼念江村》发表于 5 月 31 日《新华日报》。

若《女村长——孙剑》发表于 6 月 4 日《新华日报》。

莫耶《女参议员刘芬兰》发表于 6 月 4 日《新华日报》。

王伯惠《边区的一个劳动妇女：胡寡妇》发表于 6 月 9 日《新华日报》。

周扬《一位不识字的劳动诗人——孙万福》发表于 6 月 25 日《新华日报》。

张帆《焦大海——河北解放区一个民兵英雄》发表于 7 月 9 日《新华日报》。

华藻《新民主政治下的新妇女——年青村长徐大嫂》发表于 7 月 16 日《新华日报》。

洪音《新民主政治下的劳动女英雄——马杏儿》发表于 8 月 8 日《新华日报》。

梦醒《我所知道关于父亲的几件事》发表于 8 月 20 日《新华日报》。

丁玲《田保霖——记靖边县新城区五乡民办合作社主任》发表于 8 月 22 日《新华日报》。

荒煤《一个农民的道路——记农村模范共产党员申长林》发表于 9 月 5 日《新华日报》。

易彤《我们的模范工作者——钱之光同志》发表于 9 月 9 日《新华日报》。

化通《太行山的民兵——陈炳昌》发表于 11 月 9 日《新华日报》。

黄虹《声名威震津浦铁路——山东好汉徐广田》发表于 12 月 19 日《新华日报》。

黑丁《民兵英雄申戍寅的故事》发表于 12 月 19 日《新华日报》。

三、传记著作

蒋星煜编《作家笔名索引》由重庆燎原出版社出版。

张丹子主编《中国名人年鉴》由上海中国名人年鉴社出版。

李元信编纂《环球中国名人传略》（上海工商各界之部）由上海环球出版社出版。

按：是书收录上海各界有成就的名人小传 279 篇。

罗廷光著《中国的大教育家》由重庆青年出版社出版。

郭垣著《中国八大理财家》由重庆史学书局出版。

按：是书介绍中国历史上八大理财家管仲、商鞅、桑弘羊、王莽、刘晏、杨炎、王安石、张居正的事迹。

钱穆、姚汉原编著《黄帝》由重庆胜利出版社出版。

按：是书是在特殊背景下基于强化民族共同体认同感需要而编撰的，作者充分认同黄帝是中华文明的奠基者和创始人，其后的尧舜禹汤、文武周公，一脉相传，形成道统，即文化传统的传授者。这实际上是对远古黄帝神话传说时代的"历史化"重构，此书《弁言》开篇有言："史者一成而不变，而治史者则每随时变而异其求，故治史之难，莫难于时变之方新。"

张默生编著《老子》由重庆胜利出版社出版。

黎东方著《孔子》由重庆胜利出版社出版。

沈荣龄编《孔子故事》由重庆中华书局出版。

杨杰著《孙武子》由重庆胜利出版社出版。

卫聚贤编著《勾践》由重庆胜利出版社出版。

郭银田著《屈原之思想及其艺术》由重庆独立出版社出版。

顾颉刚编著《秦始皇帝》由重庆胜利出版社出版。

龚骏著《张骞传》由重庆商务印书馆出版。

马雍著《苏李诗制作时代考》由重庆商务印书馆出版。

祝秀侠编著《诸葛亮》由重庆胜利出版社出版。

苏渊雷编著《玄奘》由重庆胜利出版社出版。

王亚平著《杜甫论》由重庆商务印书馆出版。

梁启超著《王荆公》由重庆中华书局出版。

孙毓修原编、郭箴一改编《岳飞》由重庆商务印书馆出版。

邓恭三著《韩世忠年谱》由重庆独立出版社出版。

卫聚贤编著《杨家将及其考证（附杨文广平蛮）》由重庆说文社出版。

卫聚贤著《薛仁贵征东考》由重庆说文社出版。

方豪编《徐光启》由重庆胜利出版社出版。

吴晗编著《明太祖》由重庆胜利出版社出版。

按：是书分5章，着重阐述其政治、经济、文化、人事等政策，并介绍朱元璋的家庭生活和个人性格。

吴晗著《由僧钵到皇权》由重庆在创出版社出版。

按：是书分流浪青年、从士兵到统帅、开国皇帝、恐怖政治、家庭生活等5章介绍明太祖朱元璋。

朱东润著《王守仁大传》成书，原稿分装3册，留泰兴，未付刊。

按：朱东润说：在《张居正大传》完成以后，我准备着手写作《王守仁大传》，我认为这是明代的一位伟大的思想家。宋代的朱熹是一位博大精深的学者，我不否认，但是我不承认他的门弟子以及其他标榜门户、垄断学术的人物。这样的人物被当时诋为伪学、伪儒，虽然不免过火，但是一部分也不能不说是咎由自取。他们的影响通过元代，直到明代的中叶，还在不断地扩展。

王守仁是一位不世出的英杰，自从他出来以后，才开始给朱熹学派以致命的打击。他主张求放心，主张良知良能。他认为每个人都有良心，只要不去欺它，就可以直造圣贤的境地。后世称他这一派为心学。其末流甚者有的置书不读，有的走入禅宗，有的甚至主张儒释道合流。当然这只是末流，正如孔门有末流，朱熹之门也有末流。任何一个宗派，到了末流的阶段，必然有这样一个沧海横流不知所届的现象。

有人根据心学的名称，因此认定守仁之学是唯心主义的，是在唯物主义昌明的时代必须打倒的，这里也有一定的道理。但是从唯物主义看问题，中国的过去有哪一派不是或多或少带着唯心主义的色彩呢？何况守仁的深入良心，这里正有内心世界的发掘，而他的高谈良知良能，和现代的谈外因是变化的条件，内因是变化的根据，外因通过内因而起变化，其中不无相通之理呢！

《王守仁大传》写成以后，有人奉命接洽，给正中书局出版，我因为正中书局的政治色彩太浓厚了，没有同意，因此一直搁在家乡。本来做科学研究是自己的责任，至于出版不出版，这个责任不一定要由自己担负起来，许多作品的没有付印，其故在此。[1]

---

[1]　朱东润.朱东润文存[M].上海：上海古籍出版社，2014：20-21.

陈启天著《张居正评传》(修订本)由重庆中华书局出版。

余守德编著《张江陵传》由重庆正中书局出版。

方豪著《徐光启》由重庆胜利出版社出版。

李庆成、周静安著《秦良玉》由重庆说文社出版。

张惟骧编《清代毗邻名人小传稿》由上海常州旅沪同乡会出版。

张惟骧编《毗陵名人疑年录》由上海常州旅沪同乡会出版。

何贻焜著《亭林学术述评》由重庆正中书局出版。

侯外庐著《船山学案》由重庆三友书店出版。

许同莘编《张文襄公年谱》由重庆商务印书馆出版。

萧一山著《曾国藩》由重庆胜利出版社出版。

范文澜著《汉奸刽子手曾国藩的一生》由华中新华书店出版。

杨振锷著《杨淇园先生年谱》由重庆商务印书馆出版。

罗尔纲编著《洪秀全》由重庆胜利出版社出版。

吴其昌著《梁启超》由重庆胜利出版社出版。

按:是书分 3 章,记叙从鸦片战争至梁启超诞生前夕中国社会背景,到康梁变法的经过,以及变法失败后的逃亡生活。

方中阳编绘《中国现代伟人像》由艺术出版社出版。

按:是书收录孙中山、蒋介石、宋美龄、宋子文、孙科、居正、孔祥熙等人的像 30 幅。

雷鸣著《汪精卫先生传》由上海政治月刊社出版。

[伪]华北政务委员会总务厅情报局编《国府汪主席行述》由编者出版。

陶百川著《蒋主席的生活和生活观》由重庆中周出版社出版。

中国国民党中央执行委员会训练委员会编《总裁言行》由重庆正中书局出版。

李烈钧著《李烈钧将军自传》由三户图书社出版。

陈乃乾编《阳湖赵惠甫先生年谱》由上海中国联合出版公司出版。

严竹书编著《转瞬五十》由成都编著者出版。

赵敏恒著《采访十五年》由重庆天地出版社出版。

丁福保著《畴隐居士七十自叙》由上海中华书局出版。

林子青编《弘一大师年谱》由中日文化协会上海分会出版。

陈邦直著《罗振玉传》由吉林长春"满日文化协会"出版。

罗尔纲著《师门辱教记》由广西桂林建设书店出版。

按:是书乃罗尔纲应广西桂林文化供应社总编辑钱实甫之约而撰写的

自传。作者在书中说："这是因为我著的《太平天国史纲》于 1937 年春出版了,适之师严厉地训饬我偏于太平天国,有背史家严正的立场。那时候,许多太平天国史料还没发现,我也和当时的人们一样以为杀人放火,抢劫掳掠,是太平天国干的。所以我沉痛地感到有负师教与他对我的希望,因把此书叫做《师门辱教记》。"

陈荡编辑《评林语堂文集》由广西桂林光华书局出版。

李嵩年编《中国电影演员小史》由上海中华文化出版公司出版。

王芃生著《一个平凡党员的回忆与自我检讨》出版。

陕甘宁边区政府办公厅编《医药卫生的模范》由编者出版。

按:是书介绍陕甘宁边区医务卫生界的模范人物,其中有《女医生阮雪华与白浪》《国际友人阿洛夫》《关中善人任和平》《牲畜防疫保险者陈凌风》《延市儒医毕光斗》《药剂师阮学珂》《护士李国文》等。

周彬编著《十个民族英雄》由浙江中国史学研究社出版。

姚海舫编著《中华四英雄传》由重庆人文书店出版。

刘克编《抗战中的阎百川将军》由太原学习社出版。

刘克著《战斗英雄铁军人侯米贵》由学习社出版。

山东新华书店编《青工劳动英雄曹国兴》由山东济南编者出版。

孟繁彬著《转移》由晋绥边区吕梁文化教育出版社出版。

按:是书内容包括 7 个部分:"第一天的出发前后""执行任务中的樊斌""韩村战斗中的师政委""小牛战斗中的耿旺""郭村战斗中的机枪班""重机枪排和炊事班""会合"。

郑余德编著《中国之命运历史人物考》由浙江群力书店出版。

按:是书对蒋介石所著《中国之命运》中涉及的中外人物 67 人的生平事迹略加以介绍,以朝代先后为序。传略前有蒋介石年谱。

龚国熊编著《中国远征英雄传》由四川成都华夏出版社出版。

八路军留守兵团政治部编《留守兵团的英雄和模范》由编者出版。

八路军留守兵团政治部编《部队劳动英雄的代表》由编者出版。

［日］鹤见祐辅著、娄子伦译《思想人物》由江西民族正气出版社出版。

按:是书"分保守思想""急进思想""理想主义"等 3 章,分别介绍了亚里斯多德、马恺维利、洛克、麦迪逊、卢梭、马克思、柏拉图、伯克、穆勒、马志尼、格林 11 位历史人物。

叔寒编《海陆空风云人物——欧亚非战场名将剪影》由重庆读书出版社出版。

　　按：是书分为"远东战场""苏德战场""欧洲战场""地中海战场"4 部分。介绍马歇尔、麦克阿瑟、蒙巴顿、尼米兹、奥金莱克、海尔赛、史迪威、陈纳德、卡森、伏罗希罗夫、朱可夫、布琼尼、罗科索夫斯基、崔可夫、艾森豪威尔、蒙哥马利、杜立特、威尔逊、亚历山大、吉罗、魏德迈、巴顿等 30 名将领简历。

　　杨绩荪编《盟国主干人物传记》由安徽华中出版社出版。

　　按：是书收录美、英、苏、法、捷、意、菲、印度、朝等国重要政治、军事人物传记 49 篇。

　　柳总持编译《世界发明家生活史》由重庆文信书局出版。

　　按：是书介绍谷滕堡、奥托·葛利克、契利斯丹·韦格司、富兰克林、瓦特、理查·阿克莱、亨利·柏塞麦、诺贝尔、乔治·威斯汀豪斯、约翰·霍兰、贝尔、爱迪生、格林奈、马可尼、齐柏林、赖特兄弟等 27 名发明家的生活史。编译者的目的,是"写下他们的生活历史,同时对他们发明的事物,也有简略的描述,使读者偶一展卷,不但可以了解各个发明家的身世,也可增加科学的认识"。

　　郑学稼著《拿破仑的生活》由重庆天地出版社出版。

　　陈国桦编著《美国金融家成功小史》由四川成都正声书局出版。

　　〔苏〕波契卡列夫著、稽古译《俄罗斯历代名将概论》由莫斯科外国文书籍出版局出版。

　　徐迟译《托尔斯泰传》第 1 部由重庆国讯书店出版。

　　按：徐迟《译者后记》说：关于这个伟大的灵魂,其书信集、传记、回忆录、谈话录与研究不知有多少万种。据戈宝权先生说："如果你能把我所藏的波留可夫的四本《托氏传》译出来,那就顶好了。"可是这四本东西,现在不晓得流落在何处,就是译者此地所译的莫德的两本《托尔斯泰传》,也是他所"珍藏"的,却自己也不知道"珍藏"在哪里了,由译者在一位友人处觅得的……

　　译者因为做了一点"托尔斯泰研究札记",其中抄译了不少的阿尔麦·莫德的《托尔斯泰传》,朋友们看见,就说我大可以译出全部来。后来,茅盾先生要我译东西,我就把《青年托尔斯泰》的书名开了上去;于是承诺了的事必须做到,动了笔,如期交了卷,心里十分安慰。波留可夫的四本虽没有译,莫德的总算弄出了一部分。原来莫德这部传记一共有七十万字,如果全译,又可能是一件出版界的大事,人力物力财力及译者读者书店大家要吃力。所以截至最近为止的计划,只译他的一半,却已经是三十万字或稍多一点。除了现在出的《青年》算第一部,其中的许多现实情况,跟中国这样相像;其次便是《托尔斯泰的结婚》,这一个时期内所包含的,从《战争与和平》与《安娜·卡列尼娜》的创作,直到《忏悔录》;马上,第三部是《托尔斯泰的晚年》。书名又开出去了,自然承诺了的事必定做到。有没有希望将来弄个全译本呢?因为探求这个深邃的灵魂,是一件有益处的工作,了解一个伟人怎样生活,他的生活态度怎样,跟阅读他的作品一样重要。譬如,托尔斯泰的宗教观,实在是近世纪的"人"的最复杂的一个现象的反映,目前的计划中虽没有包含了,总希望将来包含它,有一天真能把这个译本全部弄光,读者该也是高兴的吧。莫德是英国人,而且在托尔斯泰的最后时期,又是妻党,这部传记不免有不公允之处。不过他也尽量地公允,到了如此的地步,书是值得一读的,虽然这一点我也该提一提起。还有,我感谢戈宝权先生替我校阅俄名译音。别的话我就没有了。三十二年十月十五日。[①]

[俄]普式庚著、孟十还译《杜勃洛夫斯基》由重庆文化生活出版社出版。

[苏]高尔基著、汝龙译《阿托莫诺夫一家》由重庆文化生活出版社出版。

[英]M.道生著、章申译《欧柏林传》由四川成都基督教联合出版社出版。

李慕白著《莎士比亚评传》由重庆中国文化服务社出版。

法喜居士编《大雄传》由上海大雄书店出版。

按:大雄是梵文的意译,古印度佛教徒用为教主释迦牟尼的尊称,意为像大勇士一样无畏无惧。是书叙述了释迦牟尼一生的事略。

[法]罗曼·罗兰著、陈占元译《悲多汶传》由桂林明日社出版。

[美]包尔温著、张镜潭译注《富兰克林传》(英汉对照丛书)由上海晨光书局出版。

四、卒于是年的传记作者

朱希祖(1879—1944)。希祖字逷先,又作迪先、逖先,浙江海盐人。早年留学日本早稻田大学,专攻文史。毕业后回国任教于嘉兴中学。1913年赴教育部商议汉语读音统一问题。历任北京大学、北京师范大学、清华大学、辅仁大学、中山大学及中央大学等校教授。1932年任广州中山大学教授兼文史研究所所长,先后撰写《南明之国本与政权》《南明广州殉国诸王考》《中国最初经营台湾考》《屈大均传》《明广东东林党传》等数十篇论文,成为研究南明史的权威。著有撰《汲冢书考》5卷、《战国史年表》8卷、《国史馆论议》3卷、《明季史料题跋》6卷、《中国史学概要》《中国史学通论》等。

① 徐迟.徐迟文集:第8卷杂文[M].北京:作家出版社,2014:26-27.

邹韬奋(1895—1944)。韬奋原名恩润,乳名荫书,曾用名李晋卿,江西余江人。1922 年在黄炎培等创办的中华职业教育社任编辑部主任。1926年任生活周刊主编。1932 年 7 月,建立生活书店。次年加入中国民权保障同盟,当选为执行委员。1936 年 11 月 22 日与沈钧儒等 7 人被国民党当局逮捕,7 月 31 日被释放,史称"七君子"事件。出狱后辗转重庆、汉口、香港继续开展爱国救亡工作。1943 年因患脑癌而去世。著有《邹韬奋文集》,其中传记作品有《孙中山先生的生平》《悼戈公振先生》《我的母亲》《苦学时代的教书生涯》《痛念亡友雨轩》《悼王永德先生》《萧伯纳的夫人》《辛克莱路易斯》《诺贝尔奖金的创始者》等。

民国三十四年　乙酉　1945 年

一、传记评论

　　柳亚子在抗战胜利之后一个月,应熊佛西之约,撰写了《八年回忆》,文章先在《人民世纪》杂志上连载,不久杂志遭到查禁,没有刊完。直到 1983 年纪念柳亚子先生逝世 25 周年之际,"柳亚子文集编辑委员会"成立,把《八年回忆》编入文集的《自传·年谱·日记》卷,由上海人民出版社 1986 年出版,《八年回忆》的全文才得问世。

　　按:《八年回忆》分"楔子""抗战开始""活埋时代""哑铃式的香港""在颠沛的旅程中""最高潮的桂林""平乐和八步""重庆一年"8 章,生动地记叙了爱国进步人士和中国共产党人一道坚持抗日、反对投降、反对分裂的若干重要活动,反映了他们之间团结互助患难与共的深情厚谊;文章坦率真实的白描笔法,也为深入柳亚子的内心世界,了解他的信仰追求、人品道德、性格特征,乃至他的政治活动和文学创作何以有明显的周期性起伏,提供了研究的佐证,是柳亚子先生的一部重要的、有代表性的著作。①

　　按:柳亚子《八年回忆·楔子》说:"说也奇怪,自从和毛先生见面以后,我的心境完全转变了。连一年多的神经衰弱症,也渐渐变成神经兴奋起来,脑筋儿也渐渐有些活动了。这样,在 9 月 12 日那天我的旅渝一周年纪念日,恰恰收到老朋友熊佛西从贵阳来信,说他预备由筑飞沪,创办一个规模弘大的书店,复刊《文学创作》。要我写一篇 2 万字左右的《八年回忆》作为压卷的东西。我想也许剥极必复,我一年多没有写过的语体文,又将一试下笔千言的风味了吧。并且他出的题目又特别要得,真是对我的胃口。于是,在今天 9 月 13 日,就开笔大吉起来,也许不到十天或半个月,就可以交卷了吧。楔子已完,且看正文分解。(1945 年 9 月 13 日写)。"②

　　湘渔《新史学与传记文学》发表于《中国建设》第 1 卷第 1 期。

　　按:文章说:传记就其主要的性格讲,是历史的一个支庶,是文学的一个

---

①　柳光辽.柳亚子的八年回忆校订[J].南京理工大学学报,2000(1):83.
②　萧关鸿.中国百年传记经典:第 3 卷[M].上海:东方出版中心,2002:355.

部门。在中国,它和历史一样,是久经经营而仍草莱不除,收获不丰的园地,值得有志从事文学的人,借用新史学的观点、技巧、方法去再拓殖的一个文学领域。传记和历史,到了今日,虽有崭然的区别,然在古代,它们却是行踪不大容易区分的混合物。麦考莱曾经说过:"历史是诗和哲学的混合物。"这话到了最近,它的正确性也许已经大打了折扣,或者可以说,完全不对。然而我们追溯历史的起源,这话是相当正确的。古代的诗史、戏剧,及一切艺术,当它们一开始的时候,并不像现代一样的分类精密,而各自有它们的特定领域,它们的特定表现形式,和人们对它们有特殊的观点。由古代希腊人把一切的诗、史、艺术统属于九个文艺女神之手,而由高理奥柏和克素奥——主辩论史诗和主保护史诗及历史的两个女神——来象征史诗和历史背后的支配者和形成者,我们可以知道史与文学是在其一开始,就结了不解缘的。

把历史的范围这样来加以规限,我们就可以看出历史实在和传记有分别的东西,换句话说历史家的任务,是不同于传记家的任务。历史家所注意的,既是这一个人在历史戏剧中所演角色的动作,而大众所要求这个人的,不仅是在特定社会中的他的特殊动作的表现,而要求着其作为这个时代的演员以外的东西,那就是这个人自身的事,换句话说,写那人的人格的形成,乃是传记家的事。传记所写的人物,既与历史人物有它的不同方面,它的方法也多少与历史有些不同。当然历史上的重要人物,如秦始皇,如汉武,如凯撒,如拿破仑,他们的传记,在某些地方,是和关于他们的历史同的,这样场合,自然很少有余地留给传记家去发挥。但除开这一类人以外,有许多伟大人格的人,他们的出名,不在他们的功业而在他们人格上的成就,或者他们的一生,足以引起人的注意,而有着社会的意义,或者足以反映一个时代的真相。他们不必是一个大臣,一个将军,一个领袖,而只要是一个画家,一个诗人,或甚至在社会地位上个人教养上都不居什么重要的人,也值得传记家去注意,由人去写作一本传记,或由他自己写出一本自传。这个传记或自传,如果能够通过了时代,而把他的人格形成过程反映出来,或通过他的人格形成,而把时代的真相反映出来,都能成为有价值的传记。

新传记家,除开应注意上述的他所写的人物的时代背景以外,第二个他应注意之点,是摆脱了过去的颂功歌德狭隘偏私的因袭的道德的观点,而须以一个同情的心理,接近你所写的主角,把他当为一个寻常的人,不是一个半神半人的怪物,也不是摆在庙中供人膜拜的菩萨。你的英雄既作为一个"人"来写他的一生,他有许多人的优点,也有许多人的缺点。这些缺点,正如优点一样,应该保存,那末才能完成一个人的真正写照,而这个人也才具备了生人的气概,而在读者的眼中,活生生地跃现着,使我们知觉得的这样的一位主角,不只坐在庙中吃冷猪肉的偶像,而是在我们的市场上,我们的讲堂上,我们的办公厅上,我们的公园中,我们附近的家庭中出现来往的人物。过去传记作家的错误,就是在把他所要写的"当大权的个人",提高上去使其达于超时空的地位,而使他变为完全无缺的具备一切美德的"神"。他即使有什么无关紧要的缺点,也由于写他的传记的人,根据了为在上者讳,为亲者讳,为贤者讳的因袭观点,把它一箍脑儿去掉。于是这位主角的个性的描写,只是限于他的外表,而不能深入他的灵魂,也就在这种情形下那位他所竭力要捧场的英雄,虽则外表是衣冠楚楚,嘉言懿行,充满了篇幅,丰功伟烈,照彻天地,然而他的个性却是如一块雕刻的石头,具有人的构架,而没人的气息的。也就是为了这个缘故,这仅徒具道德品质的石块一般硬的人不独不能引起人的兴趣,并且使人怀疑究否有这样完人存在过。

过去传记最大的缺点,是在写作的时候,对于他的主角,缺乏心理的接近。他囿于过去因袭的道德观点,把人硬生生地规限于道德与罪恶的两个范畴以内,但这样的一个个性规划,实在是机械的,不合理的,没有存在价值的。所谓历史的人格者,实包含着多样的品质。这些品质集中于某一中心,而组成了所谓他的自我。这种自我虽具有稳定性,平衡性,并不是固定不改的,也像生活的外表一样,时常在改变中,有时是渐变地,有时是急骤地。没有把握住这样的动的情态,那末对于一个传记中的性格,常不能把握着它的核心,而对于那位人物的描写,往往容易陷于片面不全。

中国科学家大都是有专门的知识而缺乏文学写作的技巧,中国文学家有擅长的技巧而缺乏专门知识。这两者都是可悲悯的现象。"言之不文,则行之不远。"这话也不是毫无意义的。达尔文的《物种起源》,如果不是写得那样清丽可读,有说服人的力量,它的风行一时,他的影响普遍开展了出去,也许没有这样快。科学家的不可没有文学的修养,正如文学家的不可缺乏科学知识。传记是历史的一个领域,近代历史已变为一种综合的科学,一个历史家所需要的头脑,是一个具有百科全书的头脑,具有这样头脑的人,可以一跃而成为出色的历史家,H. G. 威尔斯就是一个好例子。愿我们有志从事历史研究的人,从事传记文学写作的人,多多注意于知识的研究,这虽是不在本文题目范围以内的话,然而却是作为一个传记作家拥有这样认识的范围以内的话。

寒《谈几本自传》发表于《进修月刊》第 2 期。

按：文章说：我不能写书评，因为我读书不仔细，要我原原本本的说出一本书的优点和缺点，是说不上来的，但我可以谈谈走马观花的印象。不久以前，我读过几本自传，就是郭沫若的《童年时代》、邹韬奋的《经历》、克鲁泡特金的《我的自传》，但除了《童年时代》，都没有读完，克鲁泡特金的自传，也仅读了童年的那一部分而已。不过我读过还有些感想。

我喜欢读传记，也常常主张青年朋友读科学家与革命家，以及伟大文艺家的传记。不过我随读随忘，过去读的那些，印象很模糊了。我记得读过卢骚《忏悔录》的一部分，他赤裸裸的写出少年时代的顽皮，连偷窃之类的行为都报告出来了。这使我明白了大人物的童年时代，并不是什么循规蹈矩肯听话惹得大人们爱的孩子，而一个小孩有了些偷窃说谎之类的坏习惯，并不见得就没有伟大的前途。沫若的《童年时代》里也说到一些顽皮的故事，特别是在树上手淫那件事，似乎是未经人道过。这实在是值得一般从事儿童教育的教师们以及家长们注意的一个问题。因闹风潮而被学校开除，又仍被学校复学的那件事，可以看出当时办教育的人很有些诚意爱护儿童的。良师益友对于一个人的成就，影响实不小。

在《经历》里面，韬奋告诉我们怎样办事和怎样学习国文，学习英文的方法，和他那种足以为我们青年模范的认真不苟的精神，特别是他那种为人民大众服务的热诚，使他很快的抛弃了一般知识分子的个人主义的观点，而走向改造社会的道路，这是最令人钦佩的。他曾经在中华职教社参加职业指导工作，就从这个工作中看出整个中国社会的毛病，而使他自己思想大大转变。他看到许多人没有依志愿学习的机会，有了真实材能而无特殊背景，也找不到工作，找了工作的又常常是用非所学，这些现象使他明白非根本改造社会，职业问题得不到完满的解决。他决定自己的职业，是唤起民众的新闻记者。果然他那枝具有强烈吸引力的笔，不知影响多少读者。

在克鲁泡特金的自传中，我看到俄国革命前的社会情形，如农奴生活的痛苦，地主贵族的腐败骄横，知识青年的愤世嫉俗、动摇彷徨与渴望光明，都活生生的被表现出来，而克氏本人以贵族子弟对平民表深挚同情，那人格的伟大也是值得敬佩的。虽然他所倡导的无政府主义，在革命理论里面是一种不切实际的空想，但那是初期革命者所不能避免的缺点。他的出身、环境、教育等等，都是足以决定他的思想的限度。他那种站在劳动平民立场的热情，却是我们永远景仰不能忘掉的。

罗根泽《叶适及其它永嘉学派文章批评》发表于《文艺先锋》第 6 卷第 4、5 期。

闻家驷《罗曼·罗兰的思想、艺术和人格》发表于《世界文艺季刊》第 1 卷第 2 期。

君培《歌德与人的教育》发表于《世界文艺季刊》第 1 卷第 2 期。

卢式《罗曼·罗兰的〈悲多汶传〉》发表于《世界文艺季刊》第 1 卷第 2 期。

卢式《爱密尔·白朗代及其〈咆哮山庄〉》发表于《世界文艺季刊》第 1 卷第 2 期。

盛澄华《试论纪德》(上)发表于《时与潮文艺》第 4 卷第 5 期。

盛澄华《试论纪德》(下)发表于《时与潮文艺》第 4 卷第 6 期。

[希腊]Demetrios Capetanakis(德米契奥斯·卡皮塔南斯基)作、袁水拍译《论当代英国诗人》发表于《诗文学》第 1 辑。

黎央《论叶赛宁及其诗》发表于《诗文学》第 2 辑。

郭沫若《荀子的批判》发表于《抗战文艺》第 10 卷第 1 期。

中华全国文艺界抗敌协会《悼念罗曼·罗兰》(悼词)发表于《抗战文艺》第 10 卷第 2、3 期(怀悼罗曼·罗兰)。

茅盾《永恒的纪念与景仰》发表于《抗战文艺》第 10 卷第 2、3 期(怀悼罗曼·罗兰)。

肖军《大勇者的精神》发表于《抗战文艺》第 10 卷第 2、3 期(怀悼罗曼·罗兰)。

[法]阿拉贡著、焦菊隐译《从人道主义到反法西斯》发表于《抗战文艺》第 10 卷第 2、3 期(怀悼罗曼·罗兰)。

孙源《敬悼罗曼·罗兰》发表于《抗战文艺》第 10 卷第 2、3 期(怀悼罗曼·罗兰)。

老舍《茅盾兄祝寿》发表于《抗战文艺》第 10 卷第 4、5 期(编好未曾出版)(茅盾先生五十岁及创作二十五年纪念特辑)。

叶圣陶《略谈雁冰兄的文学工作》发表于《抗战文艺》第 10 卷第 4、5 期(编好未曾出版)(茅盾先生五十岁及创作二十五年纪念特辑)。

朱自清《始终如一的茅盾先生》发表于《抗战文艺》第 10 卷第 4、5 期(编好未曾出版)(茅盾先生五十岁及创作二十五年纪念特辑)。

黄芝冈《茅盾先生五十寿补写》发表于《抗战文艺》第 10 卷第 4、5 期(编好未曾出版)(茅盾先生五十岁及创作二十五年纪念特辑)。

邵荃麟《感谢和期待》发表于《抗战文艺》第 10 卷第 4、5 期(编好未曾出版)(茅盾先生五十岁及创作二十五年纪念特辑)。

陈白尘《茅盾先生印象记》发表于《抗战文艺》第 10 卷第 4、5 期（编好未曾出版）（茅盾先生五十岁及创作二十五年纪念特辑）。

柳亚子《祝茅盾先生五十双寿》发表于《抗战文艺》第 10 卷第 4、5 期（编好未曾出版）（茅盾先生五十岁及创作二十五年纪念特辑）。

公讨《论周作人之流》发表于《文艺春秋》第 2 卷第 1 期。

于在春《介之推上绵山》发表于《文艺春秋》第 2 卷第 1 期。

［日］鹿地亘《鲁迅魂》（学习鲁迅·研究鲁迅）发表于《文艺春秋》第 2 卷第 1 期。

茅盾《论鲁迅的〈呐喊〉和〈彷徨〉》（学习鲁迅·研究鲁迅）发表于《文艺春秋》第 2 卷第 1 期。

黎锦明《一个印象》（学习鲁迅·研究鲁迅）发表于《文艺春秋》第 2 卷第 1 期。

郭沫若《宏大的轮船停泊到了安全的海港》发表于《文学新报》第 1 卷第 3 期（罗曼·罗兰逝世纪念特辑）。

茅盾《拿出力量来》发表于《文学新报》第 1 卷第 3 期（罗曼·罗兰逝世纪念特辑）。

葛一虹《敬悼罗曼·罗兰》发表于《文学新报》第 1 卷第 3 期（罗曼·罗兰逝世纪念特辑）。

萧蔓若《我们将更会战斗》（悼罗曼·罗兰）发表于《文学新报》第 1 卷第 3 期（罗曼·罗兰逝世纪念特辑）。

戈宝权《关于〈约翰·克里斯朵夫〉的二三事》发表于《文学新报》第 1 卷第 3 期（罗曼·罗兰逝世纪念特辑）。

［苏］鲍格斯洛夫斯基作、葛一虹译《论伟大的批评家柏林斯基》发表于《文学新报》第 1 卷第 5 期。

林辰《略论宋玉的帮闲》发表于《文学新报》第 1 卷第 5 期。

萧蔓若《遏止不住的感情——为茅盾先生五十寿辰作》发表于《文学新报》第 2 卷第 1 期。

艾青《悼罗曼·罗兰》发表于《文哨》第 1 卷第 1 期（罗曼·罗兰纪念特辑）。

本社《纪念鲁迅先生》发表于《文艺大众》第 2 期（纪念鲁迅先生逝世九周年专页）。

志《我底理解中的鲁迅先生》发表于《文艺大众》第 2 期（纪念鲁迅先生逝世九周年专页）。

〔美〕金白尔·杨作、慰慈译《佛洛伊德对于社会学的影响》发表于《中原》第 2 卷第 1 期。

闻一多《屈原问题——敬质孙次舟先生》发表于《中原》第 2 卷第 2 期。

〔俄〕托尔斯泰作、冯亦代译《论莫泊桑》发表于《中原》第 2 卷第 2 期。

〔法〕罗曼·罗兰作、白桦译《克劳得·得布希论》发表于《中原》第 2 卷第 2 期。

林辰《鲁迅曾入光复会之考证》发表于《中原》第 2 卷第 2 期。

莫林《无比的理解力和创造力》发表于《新群众》第 1 卷第 1 期（记毛泽东同志）。

徐特立《毛主席的实际精神》发表于《新群众》第 1 卷第 1 期（记毛泽东同志）。

陈伯吹译《高尔基论普式庚》发表于《东方杂志》第 41 卷第 1 号。

詹瑛《李诗辨伪》发表于《东方杂志》第 41 卷第 2 号。

李权《阅清史稿儒林文苑诸传书后》发表于《东方杂志》第 41 卷第 5 号。

张长弓《蔡琰悲愤诗辨》发表于《东方杂志》第 41 卷第 7 号。

朱偰《阮籍咏怀诗之研究》发表于《东方杂志》第 41 卷第 11 号。

王范之《王允思想评议》发表于《东方杂志》第 41 卷第 19 号。

张长弓《汉武帝柏梁联句辨》发表于《东方杂志》第 41 卷第 19 号。

邓广铭《赵匡胤的得国及其与张永德李重进的关系》发表于《东方杂志》第 41 卷第 21 号。

张长弓《枚乘诗辨》发表于《东方杂志》第 41 卷第 21 号。

刘梦秋《方望溪文论》发表于《东方杂志》第 41 卷第 21 号。

施之勉《董子年表订误》发表于《东方杂志》第 41 卷第 24 号。

程中道《朱子学在日本》发表于《东方学报》第 1 卷 2 期。

佳禾《朱舜水与日本文化》发表于《东方学报》第 1 卷 2 期。

戴家祥《书〈孙诒让年谱〉后》发表于《浙江省通志馆馆刊》第 1 卷第 2 期。

刘祝群《青田龙泉最近出土墓志四种拓本跋》发表于《浙江省通志馆馆刊》第 1 卷第 2 期。

刘耀东《致余馆长论人物编例》发表于《浙江省通志馆馆刊》第 1 卷第 2 期。

宋慈襄、余绍宋《关于编纂人物合传之商榷》发表于《浙江省通志馆馆刊》第 1 卷第 3 期。

按：宋慈袌就编纂合传事宜致信馆长余绍宋，余氏回信说："合传初不必限于二人，《汉书》已有前例。愚意以事为重，人数不必限制，即如永嘉学派中人可统合为一传，其详具见拙作《修志意见》中。吾人今日撰述，但求所定体裁合理，不必斤斤求合古人；古人能创例，吾侪似不妨亦有所创也，质之高明以为然否？"

宋云彬《悼念沈振黄》发表于 1 月 8 日《新华日报》。

胡绳《争民主的战士永生——纪念蔡元培先生》发表于 1 月 11 日《新华日报》。

戈宝权《罗曼·罗兰的生活与思想的道路》发表于 1 月 25 日《新华日报》。

陈毅《追忆彭雪枫同志》发表于 2 月 19 日《新华日报》。

龙飞虎《悼彭雪枫同志——回忆和感谢》发表于 2 月 19 日《新华日报》。

萧三《悼罗曼·罗兰——他和战斗的人民在一起》发表于 3 月 5 日《新华日报》。

夏衍《悼振黄》发表于 4 月 1 日《新华日报》。

徐迟《悼埃尔尼·派尔》发表于 4 月 23 日《新华日报》。

左文《追忆齐介璞——纪念一个有骨气的汉子》发表于 6 月 6 日《新华日报》。

王若飞《中国文化界的光荣，中国知识分子的光荣——祝茅盾先生五十寿日》发表于 6 月 24 日《新华日报》。

叶圣陶《略谈雁冰兄的文学工作》发表于 6 月 24 日《新华日报》。

恨水《一段旅途回忆——追记在茅盾先生五十寿辰之日》发表于 6 月 24 日《新华日报》。

荃麟《感谢和期待——祝茅盾先生五十寿辰和创作二十五年纪念》发表于 6 月 25 日《新华日报》。

黄炎培《韬奋逝世一周年哀词》发表于 7 月 24 日《新华日报》。

傅彬然《悼念和省察——纪念韬奋先生逝世一周年》发表于 7 月 24 日《新华日报》。

景宋《研究鲁迅文学遗产的几个问题》发表于 10 月 19 日《新华日报》。

郭沫若《我建议（设立鲁迅博物馆）》发表于 10 月 19 日《新华日报》。

许涤新《悼范旭东先生》发表于 10 月 19 日《新华日报》。

潘梓年《武训先生一〇七周诞辰纪念》发表于 12 月 6 日《新华日报》。

孙松泉《千秋岁——寿柳亚子先生》发表于 12 月 15 日《新华日报》。

二、单篇传记

吕澂述《玄奘法师之生平及其学说》发表于《文教丛刊》第 1 卷第 2 期。

王恩洋著《孔子学案》发表于《文教丛刊》第 1 卷第 3、4 期合刊。

王恩洋著《荀子学案》发表于《文教丛刊》第 1 卷第 3、4 期合刊。

田惕忱《张石忱事略》发表于《文教丛刊》第 1 卷第 3、4 期合刊。

王恩洋《富顺张氏兴城公刘孺人世蔚公邓孺人世芳公邓孺人家传》发表于《文教丛刊》第 1 卷第 3、4 期合刊。

冷火《贾克·伦敦年谱简编》发表于《抗战文艺》第 10 卷第 1 期。

余所亚《罗曼·罗兰像》（木刻）发表于《抗战文艺》第 10 卷第 2、3 期（怀悼罗曼·罗兰）。

冷火《罗曼·罗兰年谱简编》发表于《抗战文艺》第 10 卷第 2、3 期（怀悼罗曼·罗兰）。

茅盾《回顾》发表于《抗战文艺》第 10 卷第 4、5 期（编好未曾出版）（茅盾先生五十岁及创作二十五年纪念特辑）。

黄芝冈《屈原远游与曹植游仙诗》发表于《文艺先锋》第 6 卷第 1 期。

葛一虹译《莎士比亚的研究》发表于《文艺先锋》第 6 卷第 1 期。

郭银田《陶潜在文艺上的造诣》发表于《文艺先锋》第 6 卷第 4、5 期。

苏《悼贺孟斧先生》发表于《文艺先锋》第 7 卷第 1 期。

杨晦《沙汀创作的起点和方向》发表于《青年文艺》新 1 卷第 6 期。

［苏］高尔基作、戈宝权译《我怎样学习写作》（续完）发表于《青年文艺》新 1 卷第 6 期。

许世瑛《周顗与王敦》发表于《艺文杂志》第 3 卷第 3 期。

编者《鲁彦之死》发表于《文艺春秋》丛刊之四"朝雾"。

范泉《鲁迅先生的青年时代》发表于《文艺春秋》丛刊之四"朝雾"。

朱维基《摆伦与歌德》发表于《文艺春秋》丛刊之四"朝雾"。

柳枝《鲁迅杂文拾遗》（学习鲁迅·研究鲁迅）发表于《文艺春秋》第 2 卷第 1 期。

寒斋《鲁迅书简三十一篇》（学习鲁迅·研究鲁迅）发表于《文艺春秋》第 2 卷第 1 期。

松子《罗曼·罗兰的历史剧》发表于《文学新报》第 1 卷第 3 期（罗曼·罗兰逝世纪念特辑）。

新波《罗曼·罗兰画像》发表于《文学新报》第 1 卷第 3 期（罗曼·罗兰

逝世纪念特辑）。

孟引译《罗曼·罗兰给西班牙人民政府的信》发表于《文学新报》第 1 卷第 3 期（罗曼·罗兰逝世纪念特辑）。

编者《罗曼·罗兰小传》发表于《文学新报》第 1 卷第 3 期（罗曼·罗兰逝世纪念特辑）。

茅盾《写下第一篇作品以前的高尔基》发表于《文学新报》第 2 卷第 1 期。

V.O.K.S.（苏联对外文化关系协会会刊）作、庄寿慈译《托尔斯泰与高尔基》发表于《文学新报》第 2 卷第 1 期。

任钧《诗人高尔基》发表于《文学新报》第 2 卷第 1 期。

［美］L. 普莱斯作、方敬译《记罗曼·罗兰》发表于《文哨》第 1 卷第 1 期（罗曼·罗兰纪念特辑）。

［苏］N. 莱可娃作、孙纬译《论罗曼·罗兰及其〈约翰·克里斯朵夫〉》发表于《文哨》第 1 卷第 1 期（罗曼·罗兰纪念特辑）。

［法］培纳·米勒莱《罗曼·罗兰画像》发表于《文哨》第 1 卷第 1 期（罗曼·罗兰纪念特辑）。

茅盾《回顾》发表于《文哨》第 1 卷第 3 期（茅盾先生五十寿辰暨创作二十五周年纪念特辑）。

叶圣陶《略谈雁冰兄的文学工作》发表于《文哨》第 1 卷第 3 期（茅盾先生五十寿辰暨创作二十五周年纪念特辑）。

吴组缃《雁冰先生印象记》发表于《文哨》第 1 卷第 3 期（茅盾先生五十寿辰暨创作二十五周年纪念特辑）。

沙汀《感谢》发表于《文哨》第 1 卷第 3 期（茅盾先生五十寿辰暨创作二十五周年纪念特辑）。

艾芜《记我的一段文艺生活》发表于《文哨》第 1 卷第 3 期（茅盾先生五十寿辰暨创作二十五周年纪念特辑）。

以群《雁冰先生生活点滴》发表于《文哨》第 1 卷第 3 期（茅盾先生五十寿辰暨创作二十五周年纪念特辑）。

编者《未发表过的鲁迅先生书信》发表于《文艺大众》第 2 期（纪念鲁迅先生逝世九周年专页）。

翦伯赞《杨家将故事与杨业父子》发表于《中原》第 2 卷第 1 期。

胡风《契诃夫断片》发表于《中原》第 2 卷第 1 期。

阳翰笙《关于契诃夫的戏剧创作》发表于《中原》第 2 卷第 1 期。

谢觉哉《几个断片》发表于《新群众》第 1 卷第 1 期(记毛泽东同志)。

谭政《三湾改编》发表于《新群众》第 1 卷第 1 期(记毛泽东同志)。

郭修真《人民村长张润槐》发表于《新群众》第 1 卷第 1 期。

李长之《司马迁之性格与交游》发表于《东方杂志》第 41 卷第 6 号。

李长之《司马迁与李陵案》发表于《东方杂志》第 41 卷第 7 号。

邵祖平《韩偓诗旨表微》发表于《东方杂志》第 41 卷第 8 号。

方肖矩《中国伟大旅行家徐霞客》发表于《东方杂志》第 41 卷第 9 号。

李树青《纪念一位土地经济学者——魏尔万先生》发表于《东方杂志》第 41 卷第 10 号。

陈植《清初李笠翁氏之造园学说》发表于《东方杂志》第 41 卷第 10 号。

鲍正鹄《读顾恺之画云台山记》发表于《东方杂志》第 41 卷第 10 号。

郑家相《赤仄老人传》发表于《泉币杂志》第 31 期。

钱萼孙《吴梅村清凉山赞佛诗笺》发表于《真知学报》第 4 卷第 1—2 期。

茗薰《解放武训先生》发表于《民主教育》第 2 期。

方与严《武训纪念与普及教育》发表于《民主教育》第 3 期。

[英]麦定斯《卢梭——民主教育的前辈》发表于《民主教育》第 3 期。

张志渊《我的家庭生活》发表于《现代妇女》第 5 卷第 1 期。

云霄《我的家庭生活》发表于《现代妇女》第 5 卷第 2、3 期。

海尼《我和文艺》发表于《现代妇女》第 5 卷第 6 期。

梁君《夏玉芳检察官被袭击的经过》发表于《现代妇女》第 6 卷第 1、2 期。

明沙《她的夫妇生活》发表于《现代妇女》第 6 卷第 3、4 期。

本社《秦嘉征周年祭》发表于《现代妇女》第 6 卷第 6 期。

先《从群众中成长的李德全女士》发表于《现代妇女》第 7 卷第 1 期。

孙衣言《永康胡君墓志铭》发表于《浙江省通志馆馆刊》第 1 卷第 2 期。

顾学颉《律诗作者第一人——徐陵》发表于《国立西北师范学术季刊》第 2 期。

李嘉言《长江集考辨(《贾岛年谱》附录之三)》发表于《国立西北师范学术季刊》第 2 期。

星南《意大利人民领袖——陶格里亚特的生平》发表于 1 月 6 日《新华日报》。

曾克《女神枪手段凤英》发表于 1 月 13 日《新华日报》。

杨文霞《教子模范李兰英》发表于 1 月 14 日《新华日报》。

翦伯赞《我的氏姓，我的故乡》发表于 1 月 16 日《新华日报》。

吴伯箫《陕甘宁边区劳动英雄王国宝》发表于 4 月 12 日《新华日报》。

以沛《罗斯福小传》发表于 4 月 14 日《新华日报》。

罗烽《模范教师陶端予》发表于 4 月 24 日《新华日报》。

陈学昭《边区甲等模范医生，牙科李主任》发表于 5 月 5 日《新华日报》。

〔苏〕罗斯金作、茅盾译《流浪生涯——高尔基生活之一页》发表于 6 月 18 日《新华日报》。

普《农民将军贺龙》发表于 8 月 17 日《新华日报》。

李亚《一个充满了精力与生命的人——科学家马罗夫的一生》发表于 8 月 30 日《新华日报》。

许寿裳《鲁迅的几封信》发表于 10 月 19 日《新华日报》。

周建人《关于鲁迅的断片回忆》发表于 11 月 1 日《新华日报》。

孔厥《一个女人翻身的故事——记边区女参议员折聚英同志》发表于 12 月 5 日《新华日报》。

何其芳《记王震将军》发表于 12 月 19 日《新华日报》。

三、传记著作

陈陟编《中国七大哲人传》由四川成都经纬书局出版。

按：是书介绍中国七大哲学家孔子、老子、孟子、墨子、庄子、朱子、王阳明的生活、思想、著述、家世等。

陶元珍著《中国人物新论》由重庆北斗书店出版。

按：是书收文 11 篇，有《汉高祖对楚战略在抗战中的应用》《狄青之死》《岳飞死因之分析》《第三次中日战争的战费和张居正》《史可法的救亡言论》《林则徐的国际知识》《胡林翼五次荐举左宗棠的经过》等。

黄奋生编著《边疆人物志》由重庆正中书局出版。

按：是书收录班禅额尔德尼、哲卜尊丹巴呼图克图、马步芳、马步青等 22 位边疆人物传记。

祝世德编著《大禹》由汶川县政府出版。

宁生著《孟子》由重庆国民图书出版社出版。

朱焕尧编著《汉武帝》由重庆胜利出版社出版。

杜呈祥编著《卫青霍去病》由重庆青年出版社出版。

杜呈祥编著《张骞苏武》由重庆青年出版社出版。

朱谈著《班昭》由重庆胜利出版社出版。

黄文弼、罗郁著《班超》由重庆胜利出版社出版。

王芸生等著《诸葛亮新论》由重庆读者之友社出版。

陈寅恪著《陶渊明之思想与清谈之关系》由北平燕京大学哈佛燕京学社出版。

温肇桐编著《晋唐二大画家》由上海世界书局出版。

李旭著《李世民》由重庆青年出版社出版。

李长之编著《韩愈》由重庆胜利出版社出版。

龚书炽著《韩愈及其古文运动》由重庆商务印书馆出版。

邓广铭编著《岳飞》由重庆胜利出版社出版。

彭国栋著《岳飞评传》由重庆商务印书馆出版。

温肇桐著《元季四大画家》由上海世界书局出版。

钱穆著《王守仁》由重庆商务印书馆出版。

朱东润著《张居正大传》由上海开明书店出版。

郑鹤声著《郑和》由重庆胜利出版社出版。

蒋逸雪著《张溥年谱》由重庆商务印书馆出版。

闻亦博著《明代模范学生夏完淳传记》由重庆独立出版社出版。

胡嵩编《胡忠简公年谱》由贵州贵阳中央日报社出版。

魏应麒编著《林则徐》由重庆胜利出版社出版。

秦翰才著《左文襄公在西北》由重庆商务印书馆出版。

范文澜著《汉奸刽子手曾国藩的一生》由张家口新华书店晋察冀分店出版。

温肇桐著《清初六大画家》由上海世界书局出版。

按:是书介绍清初六大画家王烟客、王圆照、王石谷、王麓台、吴渔山、恽南田的生平事迹、所属画派,并评论其作品。

陈伯达著《介绍窃国大盗袁世凯》由冀鲁豫书店出版。

陈伯达著《窃国大盗袁世凯》由香港丘引社出版。

许寿裳编著《章炳麟》由重庆胜利出版社出版。

按:全书分四章:"最近三百年来中国政治和学术的鸟瞰""革命元勋的章先生""国学大师的章先生""先生晚年的志行"。

罗香林著《国父之大学时代》由重庆独立出版社出版。

高良佐著《孙中山先生传》由四川成都近芬书屋出版。

孔繁霖编著《陈英士》由重庆青年出版社出版。

郭中襄著《蒋委员长传》由上海芷江出版社出版。

雷一鸣编辑《蒋委员长革命史》由革新书店出版。

ABC 书店纂《伟大的领袖》由上海编者出版。

文史研究会编辑《蒋主席轶事》由上海长风书店出版。

宪兵司令部编辑《总裁言行》由重庆江北编者出版。

[美]斯诺著、张雪怀译《委员长生活漫记》由上海建国图书馆出版。

解放日报社编著《蒋介石的诺言与自白》由大连大众书店出版。

屠诗聘编《蒋委员长画集》由上海中国图书杂志公司出版。

储祎编著《蒋介石及著名将领》由上海东方书店出版。

按：是书收蒋介石、徐永昌、何应钦、汤恩伯、胡宗南、阎锡山、刘峙等 27位国民党将领的小传。

V 字编译社编《汉奸汪精卫》由 V 字出版公司出版。

华北新华书店编辑部编《阎锡山罪行拾录》由编者出版。

[美]爱泼斯坦等著《毛泽东在重庆》由上海合众出版社出版。

[美]爱泼斯坦等著《毛泽东印象》由旅顺民众书店出版。

黄绍竑著《五十回忆》(上下册)由杭州云风出版社出版。

中华论坛社编《邓演达先生行述》由编者出版。

李仕亮、冰如、弓金著《边区基干兵团一等英雄李仕亮》由新华书店出版。

野鲁著《边区地方营兵一等英雄——暴文生》由索堡新华书店出版。

喻传鉴编《张伯苓先生七旬寿辰纪念册》由重庆南开校友总会出版。

任鹤鲤译著《鲁迅传》由上海星洲出版社出版。

孟津选注《鲁迅自传及其作品》由上海英文学会出版。

田苗等著、柯灵编选《作家笔会》由上海春秋杂志社出版。

按：是书收录关于丁玲、郁达夫、茅盾、老舍、闻一多、寒先艾、沈从文、叶圣陶、徐懋庸、王统照、郑振铎、曹禺、李青崖、黎烈文、李霁野等 20 多位现代作家的回忆与印象的文章 17 篇。

殷尘著《郭沫若归国秘记》由上海言行出版社出版。

谢冰莹等著《女作家自传选集》由重庆耕耘出版社出版。

按：是书收录现代女作家子冈、安娥、白薇、林北丽、彭慧、叶仲寅、褚问鹃、赵清阁、谢冰莹等的自传 9 篇。

卓立、吴梵编《当代作家自传集》(第 1 集)由重庆出版界月刊社出版。

按：是书收录陈衡哲、罗根泽、金兆梓、杨荫溥、杨尔垏、郑鹤声、叶青、简贯三、龚德柏、张文伯、鲁觉吾、李长之、李曼瑰等人的自传或回忆录 13 篇。

花信风、王承天编著《抗战英雄点将录》由上海新生出版公司出版。

胡愈之等著《作家的童年》由简明出版社出版。

按:是书收录鲁迅《琐记》、茅盾《我的中学生时代及其后》、郭沫若《我小学与中学》,以及夏丏尊、胡适、穆木天、胡愈之、丁玲、赵景深、谢冰莹、沈从文、黄庐隐、叶圣陶、丰子恺、张天翼、巴金、曹聚仁等 30 人回忆儿童时代的文章各 1 篇。

许尚文编《当代医家传略》由江苏金山崇济医室出版。

曹冷泉编著《陕西近代人物小志》由陕西西安攀川出版社出版。

周越然著《六十回忆》由上海太平书局出版。

按:是书作者曾供职于上海商务印书馆,他回忆了 60 年来的所作所为和所见所闻,其中涉及商务印书馆和姚勇忱、陈其美、康有为、伍廷芳、陈独秀、辜鸿铭等人。

许晚成主编《上海百业人才小史》由上海龙文书店编辑部出版。

高敬武著《名人生活与体育》由重庆商务印书馆出版。

按:是书讲述富兰克林、华盛顿、俾斯麦、左拉、爱伦凯、穆德、贝登堡、威廉二世、史密斯、尼赫鲁 10 人的日常生活及其对于体育的兴趣。

凤子著《舞台漫步》由上海大陆图书杂志出版公司出版。

卢葆华著《飘零人自传》由重庆说文社出版部出版。

青苗著《丹娘传》由福建南平画锦坊战时文化供应社出版。

龙毓峻著《鳞爪录》由重庆正中书局出版。

蒋梦麟著《西潮》(英文)在美国出版。

按:是书乃作者前半生的回忆录,用英文写于在昆明西南联大工作期间。作者利用抗战期间躲空袭的闲暇,在没有灯光、没有桌椅的防空洞里,用随身携带的铅笔和硬面笔记本,写成这样的一部自传。1957 年才由作者译成中文在台湾出版。全书分"清末年""留学美国""民国初年""国家统一""中国生活面面观""抗战时期"和"现代世界中的中国"等 7 部分。

何志强编著《联合国四巨头》由上海光复出版社出版。

按:是书介绍蒋介石、杜鲁门、艾德里、斯大林等人传略。

何志强编著《四强外交人物志》由上海光复出版社出版。

按:是书收录中、美、英、苏 4 国 13 名外交家小传。其中有中国的宋子文、王世杰、顾维钧、王宠惠,美国的戴维斯、霍普金斯、韦南特,英国的贝文、艾登、哈里法克斯,苏联的莫洛托夫、李维诺夫和柴达诺久。

友联编委会编《世界各国战事犯》由上海友联出版社出版。

按：是书记述第二次世界大战期间各国战犯的一部分罪状。内收日本战事犯：东条英机、畑俊六、山下奉文、铃木贞一、本间雅晴、裕仁、桥本欣五郎、近卫文麿、土肥原、东乡茂德、岛田繁太郎、衫山元、松井石根、小矶国昭、重光葵；中国汉奸：汪精卫、溥仪、陈公博、王克敏、周佛海、褚民谊、陈璧君、林柏生；德国战犯：希特勒、希姆莱、戈林、郭培尔、里宾特洛甫；法国叛徒：贝当、赖伐尔；美国奸逆：伊娃；意大利祸首：墨索里尼；英国叛徒：哈哈爵士；挪威叛徒：蔡士林；越南战犯：德古；印度叛徒：鲍斯；泰国奸逆：阿巴温。

何志强编著《联合国将领传》由上海光复出版社出版。

按：是书中国部分介绍何应钦、白崇禧等 6 人小传；外国部分介绍美、英、苏三国的麦克阿瑟、尼米兹、蒙巴顿、佛塞莱塞、伏罗希洛夫、铁木辛哥 6 人小传。

欧亚出版社编《中美名将录》由上海欧亚书局出版。

毛启瑞编译《美国将星录》由重庆中外出版社出版。

按：是书介绍马歇尔、艾森豪威尔、麦克阿瑟、史迪威、布莱德雷、特孚斯等陆海空将领的事略。

李铸晋等编《林肯》由四川成都五大学比较文化研究所出版。

［德］路德维希著、杨刚译《解放者》（《林肯传》第四章）由重庆美学出版社出版。

［德］梅林著、罗稷南译《马克斯传》由骆驼书店出版。

按：弗兹觉朗·阿姆斯丹特《英译者弁言》说："这传记的作者于一八四六年诞生在波麦郎尼亚的一个富裕底中产阶级家庭里，曾经肄业于柏林大学和来比锡大学，得到了后一大学的哲学博士学位。他底倾向自始是民主底和自由底，而且当他到了必须听命于普鲁士练兵的愚弄的时候，他曾经离开普鲁士去住在当时的'外国地'来比锡。这样居心反叛使他和他底家族的关系破裂了。远在青年时代他就积极参加到公众生活和当日底政治斗争里面。二十五岁的时候，他是维斯和甲可伯所领导的一个民主派小团体的会员。这团体曾经有过足够底勇气在普法战争之后公开抗议俾斯麦兼并阿尔塞斯和洛仑。梅林底主要活动是新闻记者底和文学底，许多年间他是重要底自由派和民主派报纸的撰稿人，后来是编辑。在他底全生涯中，他有一种热切底正义感，一感觉到不合理他就常常挺身而出。他曾经为柏拉滕而反对海涅，为拉塞尔和巴枯宁而反对马克思和恩格斯，为斯乞委塞而反对伯伯尔，为白恩斯坦而反对李卜克内希，以及联合卢森堡作了攻击考茨基和里阿札诺夫的一番辉煌底论战。……现在呈献于英语读者之前的这《马克思传》，是梅林底著作的顶峰。这书的初版在一九一八年才发行于德国，在军事检察官的可恶底长久延搁之后，后者是想要阻止它全部出版或只许它在阉割底形式之下出版的。无论那时期怎样艰难，它底成功却是迅速的，连续再版了六七次，销售了好几万部。一九三三年，在马克思逝世五十周年的时候，发行了一次新版，现在摆在读者之前的这本书就是根据这新版译出来的。在初版首页梅林曾经标明'献给克拉拉·蔡特金——马克思精神的继承者'。所以，在美国初次初版的这译本仍然遵从他底志愿，虽然这时她也已经随着她底老朋友梅林和卢森堡归入那些永远'照耀在工人阶级的伟大心胸中'的人们去了。梅林死后，马克思主义研究的新时代以莫斯科马恩学院为中心而开始，并且发现了他所不知道的许多事实。所以五十周年纪念版上就增添了一篇附录，这是在梅林底老朋友和他文学受托者弗兹指导之下编纂而成的。这附录，附在本书之后，叙述着关于马克思和马克思主义的一切要点的阐明，尤其是关于拉塞尔和关于巴枯宁的种种论争，自从梅林死后。"

是书分第一章"早年"，第二章"黑格尔的学徒"，第三章"流寓巴黎"，第四章"恩格斯"，第五章"亡命布鲁舍尔"，第六章"革命与反革命"，第七章"流寓伦敦"，第八章"马克思与恩格斯"，第九章"克里米亚战争和恐慌"，第十章"王朝的兴替"，第十一章"国际的早年"。

〔德〕P. Kohler 著、越裔译《希特勒的秘密》由上海国际书局出版。

杨人楩著《圣鞠斯特》由重庆商务印书馆出版。

〔法〕讷闪著、李青崖译《戴高乐将军传》由重庆世界编译所出版。

〔英〕斯坦林·雪娜著、沈锜译《雪娜自传》由重庆中国文化事业出版。

〔苏〕A. 罗斯金著、戈宝权译《高尔基》由云南昆明北门出版社出版。

〔苏〕德累仁著、闳凡译《柴门霍甫评传》由重庆世界语函授学社出版。

〔俄〕T. 兹拉托戈洛瓦、A. 卡普勒著，林淡秋译《列宁在一九一八年》由张家口新华书店晋察冀分店出版。

〔苏〕高尔基著《列宁》由东北中苏友好协会出版。

韬奋书店编《列宁与斯大林的故事》由韬奋书店出版。

〔苏〕斯·基尔著《六年随从列宁——列宁底汽车夫之回忆》由吉林四平街东北中苏友好协会四平街支部出版。

按：是书作者乃列宁的司机。他叙述从 1917 年第一次与列宁会面到 1924 年列宁逝世为止的见闻。

四、卒于是年的传记作者

张尔田(1874—1945)。尔田一名采田,字孟劬,号遁庵、遁庵居士,又号许村樵人,浙江杭州人。先后在北京大学、北京师范大学、中国公学、光华大学、燕京大学等校任中国史和文学教授。最后在燕京大学哈佛学社研究部工作,为燕京大学国学总导师。著有《蒙古源流笺注》《蛮书校补》《元朝秘史注》《遁盦文集》《槐后唱和》《遁庵乐府》《钱大昕学案》《玉溪生年谱会笺》等。

郁达夫(1896—1945)。达夫原名郁文,幼名荫生,字达夫,幼名阿凤,浙江富阳人。1913年随长兄赴日留学,毕业于东京帝国大学经济学部。1921年6月在东京与郭沫若、成仿吾等组织成立创造社。1922年回国,先后到北京大学、武昌师范大学、广东大学任教。1928年与鲁迅合编《奔流》月刊,主编《大众文艺》。1930年3月加入"左联"。1931年12月加入上海文化界反帝抗日大联盟。1937年任福州文化界救亡协会理事长。1938年3月赴武汉参加军委会政治部第三厅的抗日宣传工作,被选为中华全国文艺界抗敌协会常务理事、研究部主任及《抗战文艺》编委。抗日战争中,在香港、南洋群岛一带从事爱国宣传活动,并编辑文学刊物。1945年9月17日被日本宪兵杀害于苏门答腊。著有《达夫自传》《日记九种》等。是现代自传的杰出代表,也是中外他传的优秀作家。他曾为中外文化史上的许多文人立传,其传记作品的传主有:施笃姆、赫尔岑、托尔斯泰、尼采、卢梭、萧伯纳、屠格涅夫、劳伦斯、郭沫若、成仿吾、徐志摩、刘开渠、鲁迅、徐悲鸿、刘海粟、杨骚、许地山、胡适等。传记理论文章有《传记文学》和《什么是传记文学》。

按:萧关鸿《中国百年传记经典》第1卷评论郁达夫《日记九种》说:"五四新文化运动带来中国知识分子思想和个性的第一次解放,自传成了人们表现自我的一种最方便的文学形式,郁达夫是最早写作自传,尤其是写作日记体自传的作家。……在现代作家中,郁达夫是最早关注传记文学,并为创造现代传记文学作出努力的。他曾提出:'我们现在要求有一种新的解放的传记文学出现,来代替这刻板的旧式的行传之类。'他写过几部自传,最早的一部是由北新书局出版于1927年的《日记九种》。郁达夫对古今中外的各种日记颇有研究,曾专门写过一篇《日记文学》予以评价,认为日记是最自由自在表现自我的文学体裁。《日记九种》是写于1926年11月3日至1927年7月31日间的九段日记,是郁达夫思想和感情危机时期的真实记录。他在日记中把这场恋爱中的感情纠葛和矛盾表现得淋漓尽致,甚至把自己的情欲和性欲也表现得淋漓尽致,这样大胆坦白的自我解剖在中国自古至今的传记文学中还是第一次。……日记中恋爱是主线,但也反映了相当广阔的社会现实和政治风云,因此具有文学和历史的价值。它的价值还在于是中国现代第一部作者生前公开出版的私人日记。"

谢六逸(1898—1945)。六逸号光燊,字六逸,笔名宏徒、鲁愚,贵州贵阳人。1917 年以官费生赴日就读于早稻田大学。1922 年毕业归国,入商务印书馆工作。后历任神州女校教务主任及暨南、复旦、大夏大学教授。1924年 4 月,应上海中华书局之聘,创办并主编《儿童文学》月刊,在上海《时报》编辑《小春秋》副刊,1935 年 9 月出任上海《立报》副刊《言林》主编。1937年 5 月,应胡愈之(代表生活书店)约请,创办并主编《国民》周刊。1930 年任复旦大学中文系主任,后来创办新闻系,任主任。1938 年当选为中华全国文艺界抗敌协会理事。1941 年任文通书局编辑所副所长,创办并主编《文讯》月刊。著有《谢六逸文集》,其中有传记作品《介绍菊池宽》《挽鲁迅先生》《平民诗人惠特曼》《郭果尔与其作品》《歌德纪念杂感》《坪内逍遥博士》《忆戈公振氏》《屠格涅甫传略》等。

民国三十五年　丙戌　1946年

一、传记评论

张芝联《传记文学》发表于《月刊》第1卷第5期。

按：文章说：埃及的科富王为自己造了一座最伟大的金字塔来保存他的灵魂，秦始皇到处刻石来颂扬自己的功德，汉朝帝王在坟墓上用浮雕来描画一生的伟绩；在这些艺术作品中，创作传记的动力已经存在了。传记的目的原是要将个人的言行和性格真实地传给后世，使后代的人在记忆中永远留下深刻的印象。翻译普鲁泰克《名人传》的法国阿弥奥说："无论什么图画或石像，凯旋门，柱石以及奢华的坟墓，总不如一部文辞优美的传记那样有永久性，只要它具有哪些传记应有的条件。"问题是：什么是阿弥奥所说的"哪些传记应有的条件"？换句话说，我们怎样才能写成一部完美的传记？这个问题可以分开两方面来讨论：一方面是传记对象的选择；另一方面是编著的技巧。

假如每个人都有资格入传记的话，我想没有几本传记是值得一读的了。传记并不是为了满足好奇心而存在的。人们常以为身居要职的官员和将军都应该有人替他们作传，殊不知他们的言行和性格并不一定能够引起后人的兴趣，或者值得纪念。有人因为骨肉的关系请人为自己家属作传，其实别人未必都对你的家属表示同情。还有人替报章上过分宣传的名人或交际花作传，这就是把传记当作满足好奇心的工具。还有人甚至替在世的伟人作传，无论后者的成就多大，然从严格的传记艺术来讲，只有"死"才能给他们的一生以"完整性"，而且只有死才可以试验他们的真正伟大；古人所谓"盖棺论定"就是此意。因此，理想的传记的对象必定是一个已故的人物，凭他的思想、作品或事业上的伟大而引起一般人的兴趣。我们不但要研究他的思想、作品或事业，而且要设法传达他的性格——前者只不过是后者的表现而已。从前人以为一个人的性格是从小不变的，而现代的传记家却特别注意性格的演变和内心的冲突。传记的最后目的既是传达性格，要达到目的，传记家必先作三种戒备，不然传记就很容易沦为其他学术探求的附属品。

第一，传记不是伦理学的助手，它的宗旨不是垂训或资鉴。有人以为假如传记的对象是一个圣贤,我们应该竭力宣扬他的德行,以为后世法;假如是一个暴君,我们应该竭力指出他的凶恶,以为后世诫。只要能做到这一层,传记家可以不惜运用任何画蛇添足或埋没真实的手段。这种看法不但误解了传记的意义,而且把人看得太简单,以为一个人不是一大堆美德,便是一大堆丑恶。须知圣贤并非无弱点,强盗往往也有人心。我们模仿一个伟人,并不是因为他具有超人的品质,而是因为他也是和我们一样要吃,要睡,有优点,有弱点的凡人——"人皆可以为尧舜",就是这个道理。一本好的传记必能传达真实的性格,不事掩饰,不加褒贬;坦白是传记最可靠的领导。假如某种环境不允许我们揭露某些事实,那么最妥当的办法莫如暂时不写那个人的传记,直至那种环境消逝了。

要明了一个人的真实性格,传记家必须借助于历史,他先得知道他的英雄生活在什么样环境之中,这个环境又怎样影响他的人格。但是传记家的目的和历史家完全不同:历史家所研究的是时代的大势,遇到创造时势的英雄则约略提起他的事业,表明他与时代之相互关系;传记家却要细细的研究那个英雄的生平,注意他的言行,分析他的性格,而当代的历史只不过充作陪衬的背景而已。英国传记家雪特奈李以为历史家带着望远镜观察人类,传记家却将个人放在放大镜底下分析;我以为这个譬喻再确切也没有了。假如传记家的对象是一个时代的英雄,他就应该万分的谨慎,不要使他的作品成为一部时代史,而埋没了那个英雄在过重的事实之下。

传记更不应该作科学的附庸。现代有好些科学家收集传记的材料为了要证明他们的理论:生物学家在一个人的性格中找到他祖先的遗迹,于是证明他的遗传原理;心理学家在伟人的事迹中寻找他的自卑情绪,来辩护他们的创见。假如传记家的工作无形中能够帮助科学的实验,这自然再好没有。但是传记如成了发现科学真理的工具,这未免离开传记的目的太远了。一个抱着成见的科学传记家无异于一个扬善抑恶的道学家,他们都误解了传记的真义。尽管传记家应该摆脱伦理、历史和科学的束缚,他仍可以采取科学家的谨慎,历史家辨别事实真伪的能力,和道德家的严肃态度。他要管束它们,而不要做它们的奴隶。

我不愿提出传记究竟是科学还是艺术这个问题来讨论。事实是:在搜索材料,考订证件这方面讲,传记家的工作的确是科学活动之一种;但是想象、创造、描画、排编、叙述这方面讲,他所做的乃是艺术家的工作。无论如何,一部好的传记必定同时是一部文学价值极高的作品。一部传记的适当篇幅,传记家也应当顾到,它不能简略得使人抓不住那个人物的性格,也不能冗长得使人感觉厌倦。读者所要求的是一部精粹的作品，没有遗漏，不拖泥带水，而给人一个完整的印象。日记、信札、行状、奏稿等都只是传记的资料，而不是传记本身。材料固然愈多愈好，但在援引它们的时候，传记家必须先分别能够显示性格与不能显示性格的材料，后者皆在不应援引之列。以上约略地讨论传记文学理论的各方面，目前国人对于传记文学的兴趣似乎相当浓厚。理论的探讨虽是空洞的，但我希望这种讨论能够增加一般人对于传记的认识，藉此为中国传记开一条新路径，这条路的前途，我深信是极有希望的。

郭丰《萧伯纳的精神》发表于《月刊》第 1 卷第 5 期。

陈烟桥《鲁迅论木刻版画》发表于《月刊》第 1 卷第 5 期。

朱晨《论传记》发表于《文化先锋》第 5 卷第 6 期。

按：文章说："传记"是近代通用的名字，在我们中国古代，则分明是指两种文体，如《四库总目》上所载的就是："叙一人之始末者为传之属，叙一事之始末者为记之属。"这样的分别可谓极其明显。而且不但人与事是分得这样清楚，就是事与言也是同样的分开来记的，而"古者左史记事，右史记言。言为《尚书》，事为《春秋》……自左氏因《春秋》之文作《内外传》，于是言与事始并著于一篇之中"（《史记菁华录》，芟田氏题辞）。以上是说明古人写传取材的单纯和范围的窄狭，在写作技巧方面也"还是平铺直叙的多，非不得已不用追叙的方法"（郑天挺《中国的传记文学》）。陈衡哲先生的见解是对的，她说："说到传记文学，我常有这个愚见，以为我国的传记……失之太简单，太抽象……"简单者，自然是指作传材料不够丰富，连带使内容也呈空虚，这样的传，无疑是失真失实的。

其次，中国古代的传记文并没有显著的专集，大多是附在文集里面，成为其中的一部分，当然我们不能说没有专集就没有好的传记，譬如像《史记》《汉书》《后汉书》《三国志》和其他的史书志乘中就有不少好的人物传记，尤其是《史记》一书，早为后世所看重，因为它能把一个一个不同的个性描写出来，一件一件不同的事情叙述出来，一句一句不同的言语记录出来，使读者仿佛见到当时的深情。可见司马迁作传的方法，已显见完备，因为他已经把人、事、言三者合于一篇了。

关于传记究竟应该是纯文学或史学的这问题，目前我们可以暂且放下不说，让我们先来看明白传记的具体价值，也许对上述问题的理解还多帮助些。事实上传记既称文学，当然是文学中的一个部门，已无可否认，而传记的本质到底是记实的，空想不能作为传记的骨干，抒写也不能纯凭感情，诚如许君远先生所提出好传记难以产生的理由一样,他说:"一个史家不一定能有灵活的文笔,一位小说家也难有政治的眼光和社会学的知识。"固然,这个悬想也许是高了一点,但我们却又不能不有这样理想上的目标。章衣萍先生为传记文学下定义说:"传记的目的在记实,不在'教训',但伟大的传记的效果,往往超过'教训'。它令人感动,令人奋兴,它的作法是艺术的,又是知识的,也是道德的。"(衣萍《作文讲话》)在这里,已经显著的表明了"记实"是作传的根本目的,同时可歌可泣的记事使人感动,艰苦奋斗的成功使人奋兴,作传是艺术的,描写不嫌细腻,词藻不嫌美备;是知识,或者叙述其人的发明经过,或者介绍其人的学说思想,而同时也是道德的,不过作炫奇的夸张,不有意挑剔其人的短处,因为如此,所以传记的价值也是多方面的。我们试综合各家的意见,以见一斑:

感化的价值 真好的传记,如鲜活的人间,动我人心胸,年青时阅读良好传记,接触先哲高贵的人格,其立身处世能受其感化无疑;把赤裸裸的人物姿态照样再现的良好传记,所及于世道人心的感化影响,几有非我人想像所能及。英雄的言行能够燃起我们的同情,英雄传能够引起我们的共鸣,使我们为他的苦难流泪,为他的勇气感奋,为他的成功快意。(赵南柔先生语)

鼓励的价值 我们选读古今一切成功人的传记,总仿佛是看了一出战史。……这一种战斗之姿,往往可给后来者以一种能力,一种勇气,虽然他的事业未必是大众所同意的。但那种战斗的精神,却永远会感动人,激励人,使人于参考了他那战斗史之后,不惮于自己的前程。(陈高陵先生语)

教育的价值 传记所赐的利益之二是知识。传记教我人以地理之学,凡与我人所爱的伟人有关之地名,必能兴味津津;如传记的对象为科学家时,又能使我人学习科学,为画家音乐家时,获得绘画与音乐的知识。(鹤见氏语)

历史的价值 我们缺乏传记文学,我们需要传记文学,一本好的总裁传记,便是一本丰富的抗战历史。(许君远先生语)

欣赏的价值 一本传记,或者说一本好传记,对于读者所能引起兴味和产生的实益,决不在那些普通文学之下。好的传记,是真挚的艺术。它是最动人的情思,策人奋进的一种读物。(钟敬文先生语)

以上所举不过略示梗概,但传记文学的功能,则至少可谓已经粗备。在诸种价值当中,鹤见氏先后举了传记中主人公的人格和言行(感化),以及传记中关于科学、绘画和音乐等的知识介绍,赵南柔先生举了传记中英雄的苦难境遇和勇气以及事业的成功等,陈高陵先生举出了成功人传记中关于主人公的战斗史、战斗姿态和精神。钟敬文先生则认为所谓传记应该是一件真挚的艺术品样的一种既带兴味而又有实益的读物。好了,我们由传记的价值方面来衡论传记究竟是应该属于纯文学或史学的问题,实已经非常容易,首先一个人人格的启示或精神的表现,也许可以用各种不同的描述使其神化(小说化),而一个言行、学问(知识)、技能、困苦的环境、奋斗的史实,以及成功的经过,则叙写的方法或技术,虽仅可避免平铺直叙而多所变化和酌量剪裁,使读者感到阅读上的兴味或美感,但那究竟完全事实的,所以是不可能神化(小说化)的。要之,传记是叙写一个人一生奋斗经过,详记其成功或失败史实,旁及其人的时代背景,首尾完整,一种属于文学的作品;所以示后人以模范,使读它的人得着教育和人格修养方面种种无形的助力,是可以作史读,也可以作为一种文学作品的读物,它的价值是永恒而不朽的,因之它必须是兼有文学形式和史学内容的一种东西。

朱东润《为什么我要提倡传叙文学》发表于《正气杂志》5月号。

按:文章说:为什么我要提倡传叙文学? 这便牵涉到文学观念的问题。从文学观念出发,我认为我们应当认识新的文学和人的文学。什么是新的文学呢? 文学是有永恒生命的,真正有价值的文学,本来谈不到新旧,但是在意境上,不能不力求其新,从新的意境里追求新的生命。

小说、戏剧和传叙,这三门文学底对象都是人,但是有些不同。……传叙的传主是一个现实的人物,同时也不容不现实。这是传叙文学和小说、戏剧的分水岭。传主底生死年月以及一生的穷通得失,一切都有事实可据,不容捏造。他有亲戚故旧,同样也有喜怒哀乐,他能求爱,同样也能失恋;他有抱负,同样他也免不了失望。在一位优秀的传叙文学者底手里,一切都得替他记下。也许在比较落后的国家里,我们仅看到大人物底传叙,这个只能怪出版事业底不发达,读者群底寥落和购买力的薄弱,以致作家不敢轻易着手一个平凡人物底传叙。但是在文化高度发展的国家里,便不一定这样,大人物有传叙,平凡人物同样也有传叙。文学底价值全看作者写作的技巧,并不计较他所写的人物的大小,不过要看整个文化水准的高低。在中国似乎还没有谈到这样。总之,传叙文学所写的是现实的人生,和文学底大趋势契合。因此,在现代的西洋文学界里,传叙文学有长足的进展,现在已经和小说、戏剧鼎足而三,谁能知道它将来不会享有比较的优势呢?

我所以提倡传叙文学,因为我认定在旧的文学路线上,我们不容易收到有效的成果。远在二百年以前,纪昀便曾说过:"古人为诗,似难实易;今人为诗,似易实难。"诗的境地,被古人说尽了,要在这里争取地位,不是一件寻常的事,所以我们不得不在新的文学方面努力。在这里,小说、戏剧都有很多人在那里努力,那么我们能在传叙文学方面稍有成就,一面可以弥补现代中国文学方面的缺憾,同时也可以给予自己一个有价值的尝试。但是只就个人方面立论意义太简单了,除此以外,还有社会的意义。我们的社会是人的社会,所以在传叙文学方面有所成就,促进我们对于传主的了解,也便促进我们对于社会的了解,这是一点。其次,一般人物的传叙——尤其大人物的传叙——更会提起人类向上的意趣。……一切有价值的传叙,都可以提清这一点,现代传叙文学对于社会的贡献在此,它底社会的意义也就在此。

在现代中国文学里面,传叙文学因为是新的文学、人的文学,所以值得提倡。我们提倡一件事情的时候,有时必得自己去尝试。我始终是一个不怕失败的人,因为我认定成功固是成功,而失败可以给后人一些警戒,告诉他们"此路不通",实际也等于成功。既然成功和失败同样是成功,那么还有什么失败可怕呢?在传叙理论方面,我曾经写过不少的散篇;在实际写作方面,我写成《张居正大传》和未及付印的《王守仁大传》。除了这两部以外,我想写一部《于谦大传》,因为在土木之变以后,整个中国眼看要随明英宗的被虏而覆亡,仗着于谦的振奋,中国民族才免去一次亡国之祸。这是一个顶天立地的人物,值得我们的认识。其次我想对于明代亡国以后,中国民族在诸王领导之下和异族苦斗三十余年的历史,给它一个有力的叙述。这便有些侵入史学的范围了,不过我要着重人底观点,所以还是传叙文学,不是史学。抗战期间,书生底生活是艰苦的,想不到抗战结束以后,书生的生活还是同样的艰苦。哪天会许我安心从事自己的工作呢?

朱晨《我生平所最爱读的书——传记》(上)发表于《中央周刊》第 3 期。

按:作者在《我爱读传记的由来》中说:"民国二十九年偶然在金华买到了胡适之先生的《藏晖室札记》和《四十自述》,当时喜欢得不得了,虽然这书还是从上海运进来的。《四十自述》只是薄薄的一小本,但由于它,才引起我第一次对于传记的注意,同时更使我明白,传不但可于由他人写,本人也可以写自传,传不但可以传过去的人,也可传活在世上的人,我的发现,在别人看来也许只是一种愚蠢,但在这以前,我确实不甚明了什么是传记。这是在我心灵上下的第一粒关于传记的种子。……到了桂林以后,我搜集了不少关于传记方面的书籍,以及若干传记的理论文字,研读之余,觉得远比一些没有感情和没有灵魂的其他作品有意义有趣味得多,可是也正在这时,战事爆发了,我的计划随之烟消云散,但我爱好传记的心情,却并不因此消减。"

在《我读传记的一些收获》中说:"因为传记叙述的人,是真实的人,所以读来比别种东西确实亲切有味些，过去我读书，早已养成圈点的习惯，要是借来的呢，我就把所读到的警辟语句，特别抄记下来，留着慢慢的欣赏，这样在写作方面于我也得益不少，等到阅读传记，这方法更加有用，原因为一个人的言论、行为、思想、习惯、奋斗成功或失败的经过，好像在在都与我们有很深切的关系，遇到有的地方，确实令人感动不已，而我也总尽可能的摘记，以补我记忆之不足；在我，自然不能不说是一种收获。"

朱晨《我生平所最爱读的书——传记》(中)发表于《中央周刊》第 4 期。

朱晨《我生平所最爱读的书——传记》(下)发表于《中央周刊》第 5 期。

按：文章说：我对于传记的两点认识：一、我认为传记是一种最适宜足有益的读物。传记是一种写实的东西，历史性的叙述太缺少感情，小说中的布局又多空中楼阁，传记兼有两者之长而无其短，人物是实有的，叙写可寓感情于文笔之中，何况传记并不是一种说教的书，它所描叙的主人公是一个活生生实有其人的人，他的一生，使你受感动的地方自然很多，他的一切好的行为和伟大的事迹，无形中使你会受到或大或小的影响，再则传记所描叙的都为一代的人物至少也是一个有所为的人物，军事、政治、科学、文艺……无论他或她是属于哪一方面的爱好，反正多少你都会获得一点关于他或她的所熟习那一部门的学问知识，如果传者除了事实以外，兼有完美的写作技巧，则在吸取它的内容以外，我们更可以获得文学方面若干的修养和欣赏乐趣。二、我认为要发展传记文学，首先应该提倡自传写作。"传记是中国文学里最不发达的一门"，胡适之先生在序《张季直传》中说过这句话，可是时过十余年，情形还是差不多。胡先生是提倡写作自传的一个人，他自己也曾完成一本《四十自述》，在提到关于写作自传的目的时，他说："我们赤裸裸的叙述我们少年时代的琐碎生活，为的是希望社会上做过一些事业的人，也会赤裸裸的记载他们的生活，给史家做材料，给文学开生路。"这正和陆丹林先生最近所发表的意见一样："一个人如果对于国家社会，有特殊关系的应该自己想法写述自传，较之死后别人代写来的正确，虽然自己执笔，不免有些是铺张，有些是隐讳，能够忠实的自白的却不多见，其实铺张与隐讳，即使他人撰著，也多中了此病，那就不足为自传的缺憾了。"这是把传记写作的利弊比较来看，立论更见深刻。朱东润先生的见解也很透彻，他说："任何一个人，都有他自己的思想行为，悲欢离合，因此任何人的一生都可以写成一部极好的传叙。"以上诸论，都为提倡自传的写作的。个人也以为一本好的自传其价值是可以超乎其他传记的，理由有三点：第一，传记须求真，而一个人所知莫如己。第二，他人叙写的传记，不是夸张过甚而失实，便是观察不细而低估价值。自传有其淳朴的作风,夸张不足以炫其博大,自述短处反使自己有一个省察的机会,励己同时励人。第三,一桩事业的成功或失败,主要关键,往往有系于若干细节处者,如果由一个人来自己来从头至尾道出其始末和经过,总比一个不熟悉内幕的人来勉强凑集些不完整的材料去写出来要好得多,完备得多些。其次,提倡伟大人物自述的自传(如《蔡孑民先生传略》就是),也是一个比较可行的办法。因为第一是记述的范围非常广阔,凡军事家、政治家、科学家、实业家、学问家,甚至战场上的无名英雄,都可以给我们的时代留下一份最光辉的记录,都可以作为我们写成口述自传的好主人公(如徐盈先生在《新中华》连续发表的《当代中国实业人物志》,与传记的性质已颇接近),更况人的生涯是短促的,与其在人作了古以后,再去发掘他生所前经历的一切,和回忆他在世时的声音笑貌,何如趁他在世的盛年或晚年,使其人作略而不道的口述之为呢?而且其真实性的程度或者可达十之八九传记……主要是有真实的材料,但材料到哪里去找呢?《义丐武训传》的作者张默生先生在写完《武训传》后于附记中曾经这样说过:"无奈他(指武训)在世为人,最是可歌可泣的时候,反不为世所重,无人为他作起居注。故流传下来的事迹总嫌太少。"我们写作自传,为的是给史家做材料,胡适之先生的话是不错的,所以即使不写作自传,也当把他自己一点成就的事实,设法保留下来,再万不得已也要亲口传述,由他人代为笔录,能够这样,一定可以引起多数人对传记的注意,那是无疑的。

张家望《国父年谱考证二三事》发表于《中央周刊》第 6 期。

朱东润《传叙文学底尝试》发表于《中央周刊》第 8 期。

按:文章说:传叙文学,是近代文学里一个重要的部门,尤其二十世纪以来,更经过不少的发展,因此在西方的每年出版物里,传叙文学常占第三位,仅仅次于小说和剧本。本来,人底故事,容易引起人底注意,从一般的传叙里,我们可以了解人生;从伟大人物底传叙里,我们更可以得到重大的启示。所以近代传叙文学底发展,正是一件可以理解的事实。

但是,在中国,即是在这个角落里,我们也不免有些落后。中国文学里,在这方面最发达的是史传。在古代,传叙文学还没有成为独立的部门,常和史实底记载混在一处。西方如此,中国也是如此。在优秀的史家手里,我们常看到活泼的人生和简洁的叙述。但是史传受到全书底牵制,每个传主底场面往往太小了,和现代西方传叙文学比起来,正像一幅速写和一幅油画底对比。一边是寥寥数笔,一边是精心结撰。速写底结果有时是非常生动,但是究竟不能入细,而且在背景方面,没有什么摹勒,不免引起不少的怅念。

除了史传以外，当然还有不少的作品，不过史传究是大宗。最近几十年来，评传底方式，经过一番提倡，于是大家开始作评传，对于一位传主的叙述，常是分成几章：他底环境怎样，教育怎样，思想怎样，政策怎样，结果怎样，最后再来一篇评论，清楚真是清楚极了，但是这不是传主底生活。这和一具经过解剖的尸骸一样，在解剖报告里，我们看到循环系统怎样，消化系统怎样，肌肉怎样，骨骼怎样，神经怎样，最后再来一篇结论。清楚也是清楚极了，但是一具尸骸究竟不是一位血肉晶莹的生人。

在撰述现代传叙文学的时候，我们应得记清像史传那样地运用"互见"之例，因而获得叙述简洁的便利没有了；我们对于一位传主底背景，非加意摹勒，便烘托不出这样一位人物。我们只有一笔一笔地描绘，谈不到速写。我们也不能像《史记》《汉书》那样，把一人底毁誉，分在几个不同的篇幅里，因为当前只有这本记载，我们必得把传主底光明面和黑暗面全般叙述以待读者底评判。同时我们也得记清一部传叙文学是生人底记载而不是死人底解剖报告，我们总得时时留心，务必唤起一个活泼泼的生人而不使读者发生和陈死人相对的感想。

近代传叙文学在中国不易发展，多少不等还有些心理的理由。中国民族是一个重现实不重幻想的民族，因此在中国文学里神怪恍惚的故事，慢慢地被淘汰了，流传下来的，大半是人生的事实。这一种心理形态，对于传叙文学底发展，当然是有利的。但是中国人常有一种"不求甚解"的气习，对于人物的评价，常受到成见底支配。现在把明末的人物作为实例：大家说史可法好，便很难有人把他那张皇失措，调度无方的事实提到了；大家说马士英不好，也很难有人把他那保护太后南奔，至死不变的事实提到了。在这个情形之下，大家便减少了追求真相的勇气，可是这样的勇气，正是现代传叙文学底生命。没有追求真相的勇气，便谈不上现代传叙文学。其次，近代的政治风气，未免过分重视宣传，有人误会了，以为高度宣传不但应用于政治，同样地也可应用于文学。最近发表的那些政治人物底传叙或类似传叙的作品，却难免这样的倾向，于是数十年前的小孩，会高谈治外法权，玩弄刀枪的将军也会表现文学天才。这便是夸大了。夸大何尝不是人类底天性，适度的夸大，在文学里原也有它底地位；但是过度的夸大，便损害了传叙文学底前途。

传叙文学，在现代的中国，正遇着一段艰难的路程。不过我曾经说过，"世界是整个的，文学是整个的，在近代的中国，传叙文学的意识，也许不免落后，但是在不久的将来，必然有把我们底意识，激荡向前，不容落伍的一日"。我自己底《张居正大传》，就是在这个意念之下写成的。这本书底大概计划，是在三十年决定。三十年三十一年之间，不少的时光化费在材料底搜辑和编排上面。实际著笔，是从三十二年一月三日开始，八月六日终了。写定以后，全稿交给开明书店，在桂林排印。三十三年秋初，全书排好，正待制成纸版，可是湘桂路的战事紧张，接着便是桂林失陷，因此后半部纸版终于毁弃，直待三十四秋初，才算全部完成。抗战胜利以后，开明书店把纸版带到上海，这年十二月，方在上海出版。谁能相信这本寻常的著作，竟和国家大事，发生这种密切的关系呢？但是在现代的社会里，我们底日常生活，都和国家发生密切的关系，出版物当然不会成为例外。

这本书底形式方面，有几点最易看出。第一是篇幅扩大了，全书三九四页，二十几万字，在现代中国传叙文学里，是一件可注意的事。我也曾说过："惟有一个伟大的布局，才能应付一个伟大的人物。我们对于他底心理，要加以缜密的分析，要知道他底环境，和他所接触的人物。为什么他成为伟大的人物呢？除了遗传以外，是不是还有其他的因素呢？他的心境经过几度的转变？怎样的事实促成他这几度的转变，至于他所经历的事实，他底成功和失败，当然还需要详细和审慎的记载，才能烘托得出他底伟大。这样一个布局，是二万字乃至十万字所能完成的吗？"我认定张居正值得二十万字的大传。假如我们替近代各国底几位伟大的领袖作传，我想即是费去一百万字或更多，也没有什么不值得。

······ ······

在居正底大传里，尽管居正占据最重要的场面，我们应当记得在这个场面里，还有不少的人们。和居正发生关系的，是一群有血有肉的生人，不是纸面上几个毫无生气的名字。对于每个有关的人，作者固然无从逐一描绘，甚至也不应当逐一描绘。可是几个人却是非赋予必要的生命不可的。第一是居正底父亲张文明，其次是他先后的同僚徐阶、高拱、吕调阳、张四维这一群人，其次是明世宗和穆宗。最重要的是他最后的三位主人：慈圣太后、冯保和神宗。我们知道居正靠着冯保的帮助，才能掌握政权；我们也知道居正底命运，始终受着慈圣太后的控制，太后给他政权，终于使神宗把一腔的愤怒深深地埋藏，直待居正死后，才尽情地暴发。至于神宗，他在即位的时候，只有十岁，因此把居正看得和严师一样，自己驯服得像一匹羔羊。但是神宗逐渐地长大了，他知道怎样看重自己，正准备着后来的决斗。慈圣太后教他凡事听"张先生"说话，自己敢不顺从吗？可是郁积的愤怒，终于有一天尽情地暴发。这三位主人和最后十年的居正的关系太密切了。在叙述居正的事业的时候,对于这三个人的性格不能没有一个细密的描写。

除了人的描写以外,我们对居正的时代,不能没有详细的认识。从明太祖开国,到居正入仕,已经一百八十年了。明朝底命运,一步步走向中落的阶段。世宗是一位英明的君主,可是英明之中带有几分白痴的气息,朝廷大权落在严嵩手里,贪污、颓废成为当日的政治风气。北方的鞑靼,在俺答底领导之下,不断地向中国进攻,北京城曾受过几次的包围。东南财赋之区,正因为倭寇的进犯,受到极大的破坏。五岭以南,盗匪暴发,有的甚至公然和政府成为对立的局势。这是居正所处的境地。我们对于这一点不能不认识。我们把居正入仕之初,和万历最初的十年居正执政的时候相比,才认识一个政治家的成就。北方的鞑靼归顺了,经过不断分化,大家都受明朝底支配。南方的群盗肃清了,不少的田地从盗窟里解放出来,担负国家正常的赋税。东南的倭寇也肃清了,在这一点,居正没有什么显著的功绩,可是政治的清明,减少了敌人入寇的机会。

…… ……

在传叙文学里,这本书只是一个尝试,待到这个部门打开以后,大家都可以在这里发掘无尽的宝藏。可是在着手的时候,有三件似乎值得考虑。第一,我们要推动一个新的体裁,便得留心不要使它和旧的形式接近。史传、评传乃至一般文人所作的碑传形式太旧了,我们着手决不能采取这个形式或类似的形式。形式是精神的表现,形式混同了,便难免引起精神底低落。第二,新的传叙文学里,决定不能容许谀墓的遗迹。前代文人留下的传统太坏了,家传、行状、神道碑、墓志铭这一类文章里,充满了阿谀捏造的气息,成为文学底病菌,近代作品里,还免不了这样的遗毒,为得保持传叙文学底生命,我们便不能容许这些病菌的存在。第三,传叙文学是站在史和文学中间的部门。我们追求史料的忠实,同时也得追求写作的技巧。倘使我们费尽精力只能写一部年谱那样的无从玩味的作品,不能不认为精力底浪费。

陈定阁《评朱东润著〈张居正大传〉》发表于《中央周刊》第8期。

按:文章说:从量的方面来说,中国的传记文学极为丰富,这句话一点也不过分;但是从质的方面说,传记文学在中国,还是贫乏得可怜。《史记》以后,我们史书里充满了是本纪、世家、列传,然而真正有文学价值的,仍是凤毛麟角,像《史记》"鸿门宴"的一段绘声绘色的描写在以后的传记文学中,难得再见。文人的集子中,也未尝没有大人物的行状,名流的墓志铭或某某的传记,然而这些行状、墓志铭、传记之流的作品,不是千篇一律,便是毫无性灵的东西。比较新的人物,受了梁任公的影响,写评传之类的作品,但是这一类的作品,始终没有什么特殊的表现。任公自己的几部评传虽然做了一番开创的功夫,究竟成功还不算顶大。再说年谱吧,在中国算是一个特殊的东西,可惜年谱把一个人的身世,分割得零零碎碎,好一点是一本账簿子,坏一点,也不过是一些材料的编年而已。贫乏啊,中国的传记的文学。我最爱读传记文学,偏偏我们这向以史传出名的国度里难得满足欲望。……在今年的开头,我却发现了传记文学中的一朵奇葩异卉,在这贫乏的传记文学园地中,是值得注意的著作——这便是现在我要介绍的朱东润教授所写的《张居正大传》。这部传记替中国的传记文学又辟一新蹊径,因为以往写成传记的人除了承受中国的传统以外,未能作新的发展,于是尽量的模仿古人,上为者也许尚近乎《史记》《汉书》,下为者便弄成"尸体解剖",可怜那些已经作的人物,又有何罪,死后被一批庸劣的传记家凌迟碎尸。更无聊的是一批低能的"注疏家"再加作一次或若干次的著述的功夫,不但没有性灵之可言,连原来被写的人物真面目也蒙上了若干层漆布,永久为人所不解。张居正也正是在这些低能的史家手中所牺牲的一个。反之,稍受西洋文学洗礼的人,尽管有写小说的手笔,但是他们没有受过中国史学的陶镕,中国传记文学的薰育,那种对史料的严谨,对事实不苟且的态度又缺乏,所以中国始终没有一部新的传记文学产生出来。有,现在有了,《张居正大传》在这方面的意义上说,是具有新姿态新价值的。它具有中国史传的特长:资料严谨,态度慎重;但它也具有近代西方传记文学的优点,描写鞭辟入里,真正能把握住一个人的人格特质。此非中西文学都有修养的是不易办到的。

朱晨《张居正大传》(书评)发表于《中央周刊》第 9 期。

按:文章说:我是一个传记的爱好者,为了探求传记的作法,我请益过昆明联大的史学教授郑天挺先生(现掌教北大)。为了询读西洋传记文学的名著,我曾和故谢六逸教授通过信;为了进一步明白我国古代传记的源流,我曾经得史学家陈训慈先生(战前及现任浙省立图书馆馆长)宝贵的指示,但在上述三位先生之外,帮助我对传记的理解最多的却要算本书的著者——朱东润先生了。几次(在桂林和在四川)我想给朱先生写过信,但都没有这勇气,因为自觉实在太幼稚了;朱先生是一个富有热情的著作者,我读过关于传叙文学的不少精辟篇章,举较重者有下列各篇:《传叙文学底前途》(《国文月刊》)、《论自传及〈法显行传〉》(《东方杂志》)、《论传叙文学底作法兼评南通张季直先生传记》(《读书通讯》)、《为什么我要提倡传叙文学》(《正气月刊》)、《传叙文学底尝试》(本刊)。……他告诉我们传叙文学的目标和内容,传叙文学和文学史学的区别所在,传叙文学的作法和功用;在叙述方面他主张求"真",求"美",布局要伟大,材料的收集要巨细靡遗,事迹要求完整——求"善",朱先生真不愧为我国新传记理论家。

正如胡适之先生因为提倡白话文而出了一卷白话诗《尝试集》一样,朱东润先生也有了他的传叙尝试集——《张居正大传》。朱先生是传叙文学的倡导者,他指出传叙文学的价值,他以为"从一般的传叙里,我们可以了解人生",这见解多么简明有力! 他更以为:"现代中国所需要的传叙文,也许只是一种有来历有证据,不显繁琐,不事颂扬的作品。"《张居正大传》无疑是著者一本传叙的尝试力作,自然他将在本书中贯彻他对于传叙文学的各种理论,同时他的另一目的是要"供给一般人一个参考,知这西方的传叙文学是怎样写法,怎样可以介绍到中国"。

杨振声《传记文学的歧途》发表于《世界文艺季刊》第 1 卷第 4 期。

按:文章说:近来谈传记文学的文章似乎不少,又似乎谈起来都很内行。但一般的说起来,总认为中国的传记不成,西洋的传记,"大概总是很好的罢"。说中国的传记不成,若把《史记》作为例外,恐怕很少的人能为中国传记辩护。但认为西洋的传记总是好的,也如有些西洋人认为中国人画的山水画总是好的,一样的"并不尽然"。即使所谓西洋传记,指的是十八世纪以后的传记,甚至指的是发展到一九○○以来的传记,同样的还是"并不尽然"。仅只一个事实就可以说明了一切,从一九○○到一九一五,这十五年间,单就英国说,每年出版的传记不下五百部。这些"妄灾梨枣"的大著,除了寥寥几部未曾给人"覆瓿"外,几近万本的鸿篇巨制,都被人类的选择力淘汰了。……我们这里所想讨论的,还不是 Strachey 所指斥的那些传记(那当然没有讨论的价值),而是 Strachey 打破旧日的传统,创立的近代传记。提到这位近代传记的泰斗,一般认为传记到他手里,已臻善美,以前传记上的问题已经解决,以后只有遵循模仿了。(这不免使人想到普鲁泰克的传记方法,自二世纪到十六世纪,一直被人遵循与模仿着,到了把传记写死为止。)可是那部《伊利沙白王后传》,——他退隐在柏克省中几乎费了三年功夫写成的一部精心杰作。他最好的朋友吴尔孚夫人,却认为是一种失败,虽然他同时承认《维多利亚王后传》是极成功的传记(她死前写过一篇传记的艺术,载美国《大西洋》月刊一九三九年四月号)。这里的问题并不是 Strachey 写过维多利亚王朝名人传与维多利亚传,那些光荣的成功之后,他的传记艺术退步了,与我们平常说"江淹才尽"一般,而是他的传记艺术更向文学走进一步,同时也可说更离历史远了一步,这不能不引起一个更根本的问题:传记到底是历史的? 还是文学的?

在我们文史方面的传统上,司马迁是第一个写传记的人,也是第一个把历史与文学配合的最好的史才,他不独处处写来富有戏剧性(后来的散文家写传记、碑志、行状、逸事及小说皆宗《史记》),而对于史料的去取也颇为谨慎。《史记》不写三皇而起自五帝,犹谓"百家言黄帝,其文不雅驯……择其言尤雅者,故著为本纪书首"。而《荆轲传》不取"天雨粟,马生角"之传说,以为"大过"。其于荆轲刺秦王一幕,独取当时躬逢其盛,以药囊提荆轲而又因此得到秦王赏赐的夏无且的亲口传说。于韩信少时葬母的故事,而自己到淮阴亲视期母冢,方认为"信然"。凡此及其他相类的事情,足证司马迁不愧为"良史之才"。且其才犹不止此,他把这些征信的史料,用文学上所谓"创造的想像",鼓舞而复活之,才写出那些栩栩欲生的传记来。自班固而后,史传越走向严格的历史性,也就越少文学的戏剧性,直至史料全据官书(《晋书》得到《世说新语》的帮助是例外,《四库提要》讥之,也正为此),传记也如其所传的人一样,早是"寿终正寝"了。

史官的传记既然写不好,而一般的学者,又以列传始于《史记》,便一口咬定必史官才可写传。顾亭林、章实斋、刘海峰诸人,皆认为非当作史之职,不能为人立传,至清乾隆四十年定为一品官乃赐谥,而史官凡非赐谥及死事者不得立传。是极权皇帝的生杀予夺之权,不独加诸生人并且及于死鬼了。以此,中国的传记就命定的死于史官之手,从不再发生传记文学的问题。

西洋的传记,传统上与中国不同,第一个写传记成功的希腊人普鲁泰克(晚生于司马迁约一百九十年)就不是史官,所以他们的传记一直在模仿着普鲁泰克,也就一直的在私人手里。虽然他们承袭着普鲁泰克的写法,一千五百年间可说是只有模仿(模仿永远是取法乎上,仅得乎中;取法乎中,不免乎下的)而无发展,但至十七八世纪回忆录的风行与小说、戏剧的发达,影响了传记并促进传记走入了近代的雏形。

这里不允许我们征引一大串人名与书名去细说传记在十八世纪的发展,我们只指出一部纪程碑式的著作或许就够了。我是想提一提大家都熟习鲍斯威尔的《约翰孙传》。那部自鲍斯威尔认识约翰孙起(一七六三五月十六日)直至约翰孙死(一七八四),他追随了这位名人二十一年,会面共二百七十有六次,所产生的一部传记杰作,成为长传里一种典型。事实也是如此,自一七九一《约翰孙传》出版后,长篇传记风行一时,而体裁总不出其规模,特别在英国是如此。直至 Strachey 才另变了一种作风。所谓典型,特别是在史料与方法方面,那部一千三百多页的《约翰孙传》,不但文字清丽,写来富有戏剧性,处处可以看出一个约翰孙活跃在纸上,而史料多取之约翰孙的谈话与书札，其早年史料，得之于约翰孙的家庭，亲戚与朋友的，也多经约翰孙自己辨别一番真伪。而记载的方法又只是按年按月的排比下来，极似吾国的年谱而又非年谱，让读者自己去看出约翰孙自少至老的发展来。这种传记的典型，是严格历史性的，也可以说是科学化的，虽然鲍斯威尔不必自己意识到这层，可是他的确创造了一种科学传记的典型。

这种传记只是散漫的记载，并无艺术上的结构与形式。也许这很适合英国人的脾胃，使平常讲结构与形式的法国人看了有点皱眉。而 Strachey 却正是受了法国的影响，把结构与形式放进那些散漫的史料中，便成了现代的文学性的传记。这传记是文学的创造，读起来简直像小说一样的逸趣横生。这种文学性的传记风靡了整个世界的文坛，素重传统的牛津大学字典都肯定传记"为文学的一支"。这新趋势把传记纳入文学的形式与结构中，容许精密的选材与大量的删削，也容许组织上的错综与想象力的补苴，一句话，传记在文学家手里起死回生了。文学把过去的人物与事迹，用想象力重新组织鼓舞起来，使其人的声音与笑貌，行动与举止，都活现在我们目前。不错，他是复活了，可不一定就是那个人；他已不是他父母的产品而是传记作家的产品了！

这里便是传记文学的歧途！

鲍斯威尔式的传记，只有观察与记载，不加自己的意见和判断，那是极科学的，因为很似近代行为心理学家观察与记载一个动物的行为一样。但到底人类比其他动物太复杂了些，仿鲍斯威尔式的传记，成千成万册的人生记载，都像春草秋虫似的自生自灭了。就是极成功的作品，如兰卡德的《司考脱传》，长至七大册；佛洛德之《喀莱尔传》，长至九大册；那种散漫而无结构的记载，到底是太散漫无边了。反过来一比较，Strachey 的《维多利亚王后传》，不过三百页薄薄的一本，她的个性发展，与当时的外交、内政、宫廷、家务，也都生动的出现在书内，到底结构与形式，可以帮助我们对于材料的选择与组织上的精密。

可是，Strachey 的《伊利沙白王后传》，终以代远年湮，文不足征，以想像补苴史料之罅漏，与史实不能尽合，也许是很好的一部文学，却不是很好的一部传记。至于其余的现代传记大家，如鲁得微希，他写传先要从那个人的画像、塑像及其信札预作一个结论，就是用直观方法得到那个人的个性。然后再搜集一切能够得到的材料去证实。据说他搜集材料的结果，总与他先得的结论相吻合。当然，我们带着成见去找材料，找到的就不会不吻合！至于总合英法两国传记之长的茂鲁瓦，老实不客气的说传记是作者的个性表现了。我们不必再说那些闻风兴起的传记文学家,随意驰骋想像,忽略史实,至于写一部科学家的传记,里面没有其人的科学;写一个政治家,里面没有政治;写一个文学家,里面没有文学。也许是文学太多了,他创造了史实。可是这里谈的不是纯文学,我们要的不是虚幻的创造,而是真实的历史。

传记到底是历史还是文学?这歧途至今不能决定。可决定的是:学鲍斯威尔若失败,刻鹄不成尚类鹜;学 Strachey 若失败,则画虎不成反类犬。当然,我们理想的传记是严格的史实,配以适当的文学的描写,结果与形式,使我们写出的人物,虎虎有生气而又恰恰正是那个人。这要求可能超过了我们人类的能力,只可偶而得之,但往往是失败。也许我们需要更多的失败,更多的反省与更多的实验。

[英]Lytton Strachey 作、王卢译《论传记艺术——维多利亚王朝名人传序》发表于《世界文艺季刊》第 1 卷第 4 期。

按:文章说:维多利亚时代的历史是永远编不成的,我们对于它知道得太多了。因为对于一个时代知道不多乃是做史家的第一条件——要知道不多,才能简化净化,才能有所取舍,带着一种连最上乘的艺术也达不到的炉火纯青之美。对于这个刚刚过去的时代,我们的父祖已献出了积下了那么大量的史实,即以乐克(十九世纪之德国史家)之劬劳,也会为之淹没,以吉本(十八世纪英国史家)之洞达,也会望而却步。并不是直截,当把事实老实叙述一通,发掘过去的人便能希望他刻画出那个特殊的时代的。如果他是聪明的,他将采取一种比较高妙的战略。他将在出人不意的地方袭击他的对象;他将进攻侧翼,或者后殿;他将以豁然烛照一切的探照灯射进那些至今还没有人知晓的隐胜幽邃。他将荡舟于史料的汪洋之上,随处沉下一只小桶,从万丈水底,把一些出色的标本,汲出到水上来,让人去细心玩味体察。基于这些考虑,我写出了下面的人物研究。我试着,借用传记的形式,把一些维多利亚时代的情景呈现到今人的眼前。这些情景,在某个意义上,可以说是偶然兴取的情景——这就是说,我之选取写作对象并不立意要建立一个系统或者要证实一种理论,而是纯凭一时方便以及艺术上的动机。我的主张是,宁可拣取具体的事例来表现,而不琐琐碎碎地一一说明。要希望把维多利亚时代的真象即使说一个概略都是不成的,因为最简括的概略也准会铺满无数卷帙。然而,一个教会人物,一个学界权威,一个有作为的女杰,一个冒险家,在他们的生活方面,我却努力考察过阐明过一些片段的事实,因为这些事实投我所好,而且又近在手边。

可是,我希望,下面的各篇各页,无论从严格的传记观点来看,或者从历史观点来看,都能显得趣味横生。人是太紧要的了,不能单把他们作历史的迹象看待。他们有一种价值,独立于任何一时代的进退变化之外——这价值是永恒的,我们必须针对它本身而体验出这价值来,在英国,传记的艺术似乎碰上了倒霉的时代。我们的确还有几部巨著,然而我们却不像法国人那样有一个伟大的传记传统;我们没有许多的丰特南纳(十八世纪法国作家)和许多的龚多塞(十八世纪法国哲人兼史家),用他们无匹的诔词,来把人们多方面的生活,凝练成两三页,而神采奕奕。在我们这里,写作艺术各部门里最微妙最富于人情味的这一种却交给了庸俗的文匠;我们也不想想,也许写出一部好传记,正跟过一个好生活一样难。那种两厚册,我们习惯上用来纪念死者的东西——谁不知道它们,装着成堆没有好好消化的材料,用着敷衍塞责的文笔,令人耳腻的恭维腔调,可怜没有剪裁,没有结果,没有一点超脱的能力? 它们就跟丧事承办人雇来的出殡队一样到处可见,而且也带着同样一付慢吞吞,送葬去时漠然无情的神气。使人容易想到它们是那个办丧事的写出来,作为他工作中最后一项的。我这本书里的人物研究,在许多方面,不只一方面,都得归功于那些作品——确实够得上称为模范传记的作品。因为他们供给我的不仅有许多必需的知识,而且还有一些甚至于更宝贵的东西——一种示范。从它们可以得益多么大啊! 然而要列举出它们的名字却不见得必要。譬如说,要存着一种恰当的简洁——删去一切多余的东西,而留住一切有特色的东西的一种简洁。这确确实实,是传记家的第一任务。第二,也一样确实,是要保持他自己精神的自由。歌功颂德不干他的事;他的职责是把他所要处理的种种有关史实,照着他所了解的,赤裸裸地呈现出来。这就是我在这本书里想达到的理想——把一些我所要处理的种种有关史实,照着我所了解的,赤裸裸地呈现出来,心平气和地,不偏不倚地,也不掺杂什么弦外之音。引用一位大师的话来说,便是"我没有加进什么,也不提示什么;我只揭露"。

冯至《我想怎样写一部传记》发表于《世界文艺季刊》第 1 卷第 4 期。

按:冯至说:四五年来,因为爱读杜甫的诗,内心里常有一个迫切的愿望,想更进一步认识杜甫这个人。当然,从作品里认识作者,是最简捷的途径,用不着走什么迂途,并且除此以外似乎也没有其他的道路。但我们望深处一问:这诗人的人格是怎样养成的,他承受了什么传统,有过怎样的学习,在他生活里有过什么经验,致使他,而不是另一个人,写出这样的作品? 这些,往往藏匿在作品的后面,形成一个秘密,有时透露出一道微光,有时使人难于寻找线索。这秘密像是自然的秘密一样,自然科学者怎样努力阐明自然,文学研究者就应该怎样努力于揭开这个帷幕。

把一个诗人的作品当作一个整个的有机体来研究,把诗人的生活作一个详细的叙述,一方面帮助人更深一层了解作品,另一方面——如果这研究者的心和笔都是同样精细而有力——使人纵使不读作品,面前也会呈现出一个诗人的图像。这工作,在欧洲18世纪时业已开端,19世纪后半叶已经发展,如今,用分析方法的也有,用综合方法的也有,只着重诗人内心变化的也有,认为客观环境是作品先决条件的也有,材料不辨真伪不加剪裁堆积得像一部长篇的也有,别具匠心写得像一部动人的文艺作品的也有,总之,这门工作的成绩已经蔚然可观,不只是第一流的诗人,就是第二流第三流的诗人也进入这些研究者的视界了。但是在中国,这部门的书架上几乎还是空空的。不知道中国人对于这类工作的需要是感到了而觉得无从着手呢,还是根本没有感到?中国人过去对于诗的研究,不外乎考据、注解、欣赏(这就是那一本又一本的诗话)三种。前二者,我们非常感谢,因为在考据与注解上边下工夫的人们都是辛苦的造桥者,尽量使读者和作品接近;至于那些一条一条的诗话,我就不敢恭维了,写诗话的人们对于任何一个诗人都不肯去了解他的全貌,只任意拿一首诗甚至一句诗来品评,来吟味,这对于一个普通的诗人或不无阐发,但对于一个有首有尾、有始有终,像长江大河似的杜甫写的那些诗篇则往往不免于以管窥天了。

我的愿望尽管很迫切,可是直到现在并没有一部杜甫传或杜甫研究来满足这个愿望。向外求之不得,只好反过来求诸自己了。我于是,大约在一年前,有了一个大胆的企图,想写一部"杜甫传"。在我起始预备这个工作时,首先遇到的困难是史料的缺乏。研究一个诗人的人格的养成与演变,在他的作品以外,如果能有些信札、日记一类的东西与同时代人关于他的记载流传下来,自然可以得到许多帮助。但关于杜甫的,除却几个同时代的友人的赠答诗外,这类的材料就几乎等于零。杜甫死后三四十年,元稹、韩愈渐渐认识杜甫的价值,可是他们的言论则只限于推崇与赞美,我们并不能由此多知道一些杜甫这个人。新旧唐书里虽列有本传,却都是粗枝大叶,处处显露出作史者的疏忽:《旧唐书》本传不及600字,《新唐书》不及800字,在这两篇短短的文字中,用杜诗可以证明是错误的地方,大小共有十几处之多,这使人觉得,作史者在写杜甫本传时,连可以得到的杜甫的诗都好像没有找来参考一下,这样的史家记载,叫人怎么能够相信呢?

我由于向外寻求的失败,最后只有对于这方面断念,完全回到杜诗本身,"以杜解杜"。但杜甫30岁以前的少作,大都湮没了,我们既不能读到他

"自七岁所缀诗笔……约千有余篇"的一大部分,自然也难于较为具体地追寻他吴越齐赵的游踪。可是如果我们甘心于他 30 岁以前的生活是一块空白,我们又何必写他的传记呢?——一部传记最初要探讨的,不外乎我在上边所说的:这诗人承袭了什么?学习了什么?经验了什么?然后才能进一步研究作品的产生与作品中表现的一切。而这三个问题中的前两个几乎都要在他青少年时代里得到回答。我只有海里摸针似地尽量从他 30 岁以后的诗与散文里寻找有关前两个问题的材料去解答:他是从怎样的家庭里生长的?他在思想方面与文艺方面接受了什么传统?所谓"读书破万卷"到底都是哪些书?他青年时的漫游对他有什么影响?……这中间我深深意识到我在冒着一个大危险,因为材料的贫乏,有时不能不运用我的想象,可是想象是最不可靠的东西,所以我骑在这匹想象的马上,又不能不随时都用"根据"的羁绊勒着它。

至于第三个问题,也可以说和第二个问题是分不开的,因为从书本上学习是间接的经验,从现实生活上经验是直接的学习。杜甫所经验的,比唐代任何一个诗人都丰富,并且都在他的诗里留下痕迹。为了解答这个问题,关于杜甫 30 岁以后的,我们从他的诗里有取之不尽的丰富的材料。如果我们放开笔,可以以唐代的山川城市为背景,画出一幅广大而错综的社会图像,在这图画里杜甫是怎样承受了、担当了、克服了他的命运。

我由于对史料缺乏信任,就是关于杜甫时的社会情形,也尽量从杜甫的作品中摄取。若是遇有与史书不合的地方,我宁愿相信杜甫所记的是真实的。这中间可能发生"诗与真"的问题,因为诗人总不免有些地方会利用想象使事实改变面目。但这问题我认为是不能在杜甫传里发生的,如果发生了,就无异于否定杜甫所表现的世界。所以我只有处处以杜甫的作品为根据,一步步推求杜甫的生活与环境,随后再反过来用我所推求的结果去阐明他的作品。

最后,万一能够有一个杜甫的图像显露在我的面前,那么不管我怎样小心,我也不敢说,这是杜甫的本来面目,因为无论用什么方法,使过去的人与事再现一次都是不可能的;但我也要极力避免使杜甫现代化,因为用现代人的思想与情感去点染将及 1200 年前的一个古人,可以说是一种难以宽恕的罪行,纵使我们眼前的社会与杜甫诗里所表现的还有许多类似的地方。我只希望这幅图像使人一望便知道是唐代的杜甫,可是被一个现代人用虔诚的心与虔诚的手给描画出来的。这道理,在艺术界里很明白显然,我们只要看一看米开朗琪罗的摩西雕像便可以了解,但是在传记文学里似乎还有饶舌一次的必要。

这本书将来会成为什么样子,我现在无从预测。但愿它能够是一部朴素而有生命的叙述,不要成为干枯的考据,虽然我在这里尽量采用了许多前人的精细而值得钦佩的考据成果;同时我也不愿意使它像法国莫路瓦所写的传记那样,几乎成为自由的创作。总之,若是没有杜甫的诗,这本书根本就不必写;可是这本书如果一旦写成了,我希望,纵使离开杜甫的诗,它也可以独立。1945 年。

按:冯至《我与中国古典文学》说:1927 年我从北大毕业后,曾先后在哈尔滨第一中学和北京孔德学校教过国文,又在北大德文系当助教,后来又去德国留学将及五年,回国后在上海同济大学任教,这期间也没有研究唐诗的打算。我的杜甫研究,多半是客观环境所促成。1937 年抗日战争爆发,同济大学内迁,我随校辗转金华、赣县、昆明,一路上备极艰辛。从南昌坐小船到赣县,走了七八天,当时手头正带了一部日本版的《杜工部选集》,一路读着,愈读愈有味儿,自己正在流亡中,对杜诗中"东胡反未已,臣甫愤所切"一类诗句,体味弥深,很觉亲切。后来到了昆明,在西南联合大学教德文,课余之暇,颇留意于中国文学。有一天在书肆偶得仇注杜诗,又从头至尾细读,从此形成了自己对杜甫的一些看法。当时我想,在欧洲即使是二三流作家也都有人给他们作传,中国却连大文豪都无较详细的传记,实在太遗憾了。萧统的《陶渊明传》、元稹的《杜子美墓志铭》、新旧《唐书》中有关李、杜等的记载,都过于简略了,为此决意给杜甫作传。由于条件的限制,不可能全副精力来做这件事,所以我的准备工作用去了四五年时间。我首先做杜诗卡片,按内容分门别类编排,如政治见解、朋友交往、鸟兽虫鱼等等。同时对唐代政治经济、典章制度、思想文化诸方面的发展沿革,也作了必要的了解,国内学者如陈寅恪等的有关著作,也都读了。另外,对杜甫同时代诗人李白、王维等的生平、思想、创作情况,也有了基本的掌握。在这样的基础上,我才开始写《杜甫传》,那已经是 1947 年的事了。还是因为杂务牵缠,解放前只陆续写出了"长安十年""杜甫在草堂"等几章。解放后有些同志催促我赶快写完,遂于 1951 年上半年全部完稿,分期发表在《新观察》杂志上。发表后,社会上反应较好,夏承焘先生等都给予热情鼓励。《杜甫传》在写法上也受西方一些传记文学的影响。我要求自己第一要忠于史实,不能有一点儿虚拟悬测,还杜甫以本来面目,他的伟大之处和历史局限性都要写够,写出分寸。第二我不作枯燥烦琐的考据。考核史料并非没有意义,主要是它同传记的文体不合,传记应当带有形象性,写出性格。当然,《杜甫传》也不能说已经尽如人意,无疑还有不少缺点。①

　　[苏]波果斯罗夫斯基作、庄寿慈译《论屠格涅夫》发表于《世界文艺季刊》第 1 卷第 4 期。

　　刘锡基《传记文学之建立》发表于《新时代月刊》第 1 卷第 6 期。

　　按:文章说:甚么是"传记文学"? 中外文学史上全没有把它列入一个单独的部门,当然很难在古书里找寻出一个清楚的界说。从训诂上说,传有传或转的意义,刘知幾《史通·六家》谓:"传者传也,所以传示来世。"补注篇:"传者转也,转授于无穷。"传记原本出于史官,所以流转传播其人的贤否,以昭示后世;后来则私家也有所纂述,用意是拿来表潜德阐幽光的。章学诚《文史通义·传记篇》:"传记之书,其流已久,盖与六艺先后杂出。古人文无定体,经史亦无分科。《春秋》三家之传,各记所闻,依经起义,虽谓之记可也。经《礼》二戴之记,各传其说,附经而行,虽谓之传可也。其后支分派别,至于近代,始以录人物者,区为之传;叙事迹者,区为之记。盖亦以集部繁兴,人自生其分别,不知其然而然,遂若天经地义之不可移易。此类甚多,学者生于后世,苟无伤于义理,从众可也。然如虞预《妒记》《襄阳耆旧记》之类,叙人何尝不称记?《龟策》《西域》诸传,述事何尝不称传?"这段话说明传记可分而也可合,可算是古代传记的明晰说法了。

　　中国"传记文学",本有经传和史传之分,《四库全书总目提要·史部传记类》:"纪事始者,称传记始黄帝,此道家野言也。究厥本源,则《晏子春秋》是即家传,《孔子三朝记》,其记之权舆乎! 裴松之注《三国志》、刘孝标注《世说新语》,所引至繁。盖魏晋以来,作者弥夥。诸家著录,体例相同。其参错混淆,亦如一轨。今略为区别,一曰圣贤,如《孔孟年谱》之类;二曰名人,如《魏郑公谏录》之类;三曰总录,如《列女传》之类;四曰杂录,如《骖鸾录》之类。其《杜大圭碑传》《琬琰集》、苏天爵《名臣事略》诸书,虽无传记之名,亦各核其实,依类编入。至安禄山、黄巢、刘豫诸书,既不能遽削其名,亦未可薰莸同器,则从叛臣诸传附载史末之例,自为一类,谓之曰别录。"这些分类法,究竟过于笼统,今于史传之下,约可分为:(一)传出于史官和私家的,据顾炎武《日知录》:"列传之名,始于太史公,盖史体也。不当作史之职,无为人立传者考。故有碑、有志、有状而无传。梁任昉《文章缘起》言传始于东方朔作《非有先生传》,是以寓言而谓之传。《韩文公集》中传三篇:大学生何蕃、圬者王承福、毛颖。《柳子厚集》中传六篇:宋清、郭橐驼、童区寄、梓人李

---

① 　冯至.我与中国古典文学[J].文史知识,1984(7):5-6.

赤、颊蜮、何蕃，仅采其一事而谓之传。王承福之辈皆微者，而谓之传；毛颖、李赤、颊蜮则戏耳，而谓之传，盖比于稗官之属耳。若段太尉，则不曰传，曰逸事状，子厚之不敢传段太尉。以不当史任也。自宋以后，乃有为人立传者，侵史官之职矣。"他以为古时非史官决不为人立传。刘大櫆也说："古之为达官名人传者，史官职之，文士作传，凡为圬者种树之流而已。其人既稍显，即不当为之立传，为之行状上史氏而已。"（《海峰文集》）章学诚却对这说大加反对，《文史通义·传记篇》："明自嘉靖而后，论文各分门户，其有好为高论者，辄言传乃史职，身非史官，岂可为人作传？世之无定识而强解事者，群焉和之，以谓于古未之前闻。夫后世文字，于古无有，而相率而为之者，集部纷纷，大率皆是。若传则本非史家所创，马、班以前，早有其文。（孟子答范围汤、武之事，皆曰：'于传有之。'彼时并未有纪传之史，岂史官之文乎！）今必以为不居史职，不宜为传，试问传记有何分别？不为经师，又岂宜更为记耶？记无所嫌，而传为厉禁，则是重史而轻经也。文章宗旨，著述体裁，称为例义。今之作家，昧焉而不察者多矣。独于此等无可疑者，辄为无理之拘牵。殆如村俚巫姬，妄说阴阳禁忌，愚民举措为难矣。""邵念鲁与家太詹，尝辨古人之撰私传，曰：'子独不闻邓禹之传，范氏固有本欤？'按此不特范氏，陈寿《三国志》，裴注引东汉、魏、晋诸家私传相证明者，凡数十家。即见于隋、唐《经籍》《艺文志》者，如《东方朔传》《陆先生传》之类，亦不一而足，事固不待辨也。彼挟兔园之册，但见昭明《文选》、唐宋八家鲜入此体，遂谓天下之书，不复可旁证尔。"姚鼐也以为作传的人不应有所限制，《古文辞类纂叙目》："古之国史立传，不甚拘品位，所纪事犹详。又实录书人臣卒，必撮序其平生贤否。国朝实录不纪臣下事。史馆凡仕非赐谥及死事者，不得为传。乾隆四十年定一品官乃赐谥，然则史之传者，亦无几矣。"

他们以为除掉达官贵人以外，或有隐德而不彰，细人而可法的，都应该藉文人学士来执笔以写其梗概的，必如顾氏所说，则一代人物，所传的似有限了。目古之文人学士，所以不为人作传，正因古之国史，不甚拘于品位，缘此可传尚多，文人自不必再为之传。后世史例越严，可传的遂少，仍欲依这例义，岂非事实上所不可能。（二）家传　凡名不见于史，而求人作传藏之私家的，如近代族谱之类。（三）小传　叙述很为简略的，创于李商隐的文集。（四）别传（外传）　单述其人轶事的。（五）补传　凡为前传所未及，或有之而轶，后人从而补之的。（六）行状　取死者生平事实哀述成篇的，或称事状、行述、行实、事略。一因陈请朝廷编入史馆，以为实录的根据，一因求名人代作铭诔传志，以为叙述之本，和传相似；但传里有褒有贬，行状出于亲朋子弟之

手,称述懿美,有遗议则讳而不书,这是和传不同的。徐师曾说:"按刘勰云:
'状者,貌也,体貌本原,取其事实。先贤表谥,并有行状,状之大者也。'汉丞
相仓曹传,胡干始作《杨元伯行状》,后世因之。盖具死者世系、名字、爵里、
行治、寿年之详,或牒考功太常使议谥,或牒史馆请编录,或上作者乞墓志碑
表之类皆用之。而其文多出于门生、故吏、亲旧之手,以谓非此辈不能知
也。"但行状有时也可等于传记,如柳宗元《段太尉逸事状》,顾炎武便说:"若
段太尉则不曰传,曰逸事状,子厚之不敢传段太尉,以不当史任也。"(《日知
录》)是因自己并非史官,所以对名人作传,便不敢称传而为之状了。又如顾
氏也有《吴同初行状》一文,名虽是状,实也等于传记。不过传状之别,自古
已然,这种也可说是变体而已。(七)合状　这种很少,度因仿合传而为之。
(八)述　陶潜有《读史述》,是述事之作;王安石有《先大夫述》,是述人之作,
叙述人物时可用的。(九)世家　创自史迁,后世文人而非史家的也偶为
之。(十)实录　述君主事实的,创于韩愈的《顺宗实录》,但李翱有《皇祖实
录》一篇,是述先世事实,为仅见之作。

　　史家和古文家所说的传记,既然发生了上面的种种例义,于是遂不得不
分种种名目,如吴讷《文章辨体》:"传者传也,太史公创《史记》列传,盖以载
一人之事,而为体也多不同。迨前后两汉书、三国、晋、唐诸史,则第相祖袭
而已。厥后世之学士大夫,或值忠孝才德之事,虑其湮没弗白,或事迹虽微
而卓然可为法戒者,因为立传,以传于世,此小传、家传、外传之例也。"曾国
藩对于传的分类,也提供了一点意见,《经史百家杂钞序》:"经如《尧典》《舜
典》,史则《本纪》《世家》《列传》,皆记载之公者也。后世记人之私者,曰墓
表,曰墓志铭,曰行状,曰家传,曰神道碑,曰事略,曰年谱,皆是。"史家所作
的传称之为本纪、世家、列传,古文家所作的传,则别称之为家传、小传、外
传、行状、事略等等,但通常所称,仍多混称为传。

　　以上是中国传记的范畴。现代所谓"传记",是源于希腊文,由于 Biog
加 raphy 而成,前者为生活的意义,后者为记录的意义,合解是生活的记录。
就是自己一生和他人一生或生活片段的叙述,从一个人的出生、家世、教育,
说到他的道德文章,如果可能,还要提到他的功业和结果。综观中外的传记
文字,我们不妨分为数类:(一)为他人作传;(二)自传;(三)年谱;(四)评传;
(五)人物介绍。传状在中国史籍里极多,自传则为数很少,近来年谱、评传、
人物介绍,在文坛上却非常流行,但长篇传记,却很少人来作过试验,还是很
觉缺憾的事。

　　我们这样的分类,是受了西方传记文学的影响的。中国以前的传记,只

是传其人的人格,而西方的传记,则不只是传人的人格,还要传这人格进化的历史。中国传记的体例,大概是(一)其人的生平事略,(二)生平的一二小节以写其人品。西方传记的体例,大概是(一)家世,(二)时势,(三)教育,(四)朋友,(五)一生的变迁,(六)著述事业,(七)琐事,(八)其人的影响。因此中国的传记大抵是短篇的,而西方的传记,却是很长篇的。(中国长篇的传记,只有慧立、彦悰的《大唐大慈恩寺三藏法师传》十卷)我们可以说,中国传记的优点是:(一)只此已足见其人人格的一斑;(二)节省读者的日力。它的缺点是:(一)太略,所择的小节数事,或不足以见其真;(二)作传太易,作者大抵率尔操觚,不能够深知他所传的人,史官一人,须作传数百,哪里会有佳传?(三)所根据的官书,不足征信。(四)传记大抵静而不动,但写其人为谁某,而不写其人怎样成为谁某。西方长传的优点是:(一)可见其人格进退的次第,和这进退的动力;(二)琐事多而详,使读者如亲见其人,亲聆其言论。它的缺点是:(一)太繁,只可供专家的研究,而不可为平常人的观览;(二)于生平琐事取材无节,或失之滥。

现代传记的性质,是介乎历史和小说之间,写传记的手法,也相近于历史和小说,不过它不必如历史那般单纯的记账,也不能如小说那般随意离开事实。传记能够代表民族性,并且说明当时的政治背景。一方面它叙述一个英雄的成败,不只激发读者的志气,并且在快意处能使读者尽量获得文艺的欣赏。它的功用兼历史和小说两者而有之,而其特质则为两者所不能及。如果没有《项羽本纪》,后人绝难明白西楚霸王在巨鹿之战、鸿门之败、垓下之围的英雄气概,没有《刺客列传》,谁能了解荆轲风萧萧易水寒的慷慨悲歌?他如拿破仑之于约瑟芬,维多利亚女王之于阿尔伯特亲王,岂能为简单的编年史所能尽?有历史性的小说,中外都不少见,《东周列国》《三国演义》,司各脱的《撒克逊劫后英雄略》,迭更司的《双城记》,算是最著名的例子,不过如果拿它来做信史而臧否人物,那就不对的了。同时,还要认清历史有记录和解喻之别,因历史显具有三个意义:一为事实的制造者,一为事实本身的体相,一为事实的记录。记录不过是事迹的符号,这种符号能否将史迹完整的表现出来,尤赖乎读者的解喻。记录的留痕,只能表现史迹的一面,是囿于一定范围的,是可以终结的,不是活的历史,不是完全的历史;而史迹的本身,则永远是生动的,进化的。要想获得这种史迹的全体真相,只有求助于读者的解喻,而解喻是随人类知识为转移,这是在欣赏"传记文学"时所应有的态度。

为建立新的"传记文学"起见,我们要采取中西传记的长处来。中国在人的专史里面，本就有专传、合传、人表之作，它是特点在就事讲事，评传年谱便是沿着这条路线，对某一个英雄或大哲作一个编年史式的介绍，只要有生卒年月事业或著作，材料即已完备，再用不着甚么谨严的布置和细微的描写。从前的学者，从事史学的研究，侧重在文字方面，对于经纬万端的图表一项，多漫不经心，虽然《史记》十表，已启示了一个很好的规范，但如万斯同《历代史表》、沈炳震《二十一史四谱》等书，不过因循成规而未有创制，学者甚至以图表的枯燥无味，视为史学中的赘疣，刘知幾论《史记》年表便说："得之不为益，失之不为损，用使读者莫不先看本纪，后至世家，表在其间，缄而不视，语其无用，可胜道哉！"这确是治史者的普通感觉，但这是读史人的错误，而不是图表本身的罪恶。桓谭说："其有用于史也，约有三端：一曰摄要，纪传主于详，表主于简，简则易于记忆。二曰汇总，纪传主于分，表主于合，合则便于检寻。三曰省繁，凡人与事之非要而又不可阙者，见之于表，即不列于纪传矣。四曰正误，表或与纪传异，因之可订记事之讹。"（《新论》）刘知幾论史表的功用，也说："观太史公之创表也，于帝王则叙其子孙，于公侯则纪其年月，列行萦纡以相属，编字戢睾而相排。虽燕、越万里，而于径寸之内，犬牙可接；虽昭穆九代，而于方尺之中，雁行有序，使读者阅文便睹，举目可详。"（《史通·杂说篇》）如上所说，虽专就正史立言，我们倘能斟酌损益，把它来应用到"传记文学"，调制的时候，往往会钩稽排比，而获得新的发现。

　　［法］莫洛亚作、常风译《小说与传记》发表于《文艺时代》第 1 卷第 6 期。

　　按：作者在后记中说："当代法国著名的传记作家与小说家莫洛亚的作品翻译为中文的已有几种，自从这次世界大战法国失败，他从英国到大美国，出版了《法兰西的悲剧》之后，更为国人熟知。他在一千九百二十八年应英国剑桥大学三一学院克拉克讲座之请作学术讲演，次年将讲演稿修改刊行，名为《传记的各方面》。本文即系从该书的第六章译出。莫洛亚的这部书，有许多精辟的见解，叙述得非常透彻明白，毫不沾染着学院派引经据典令人厌烦的气息。他是新派的传记作家，他以为传记固然是科学，同时却也是艺术。传记所以是艺术，因为传记与一切艺术同样是自我表现的工具（本书第四章专论此）。他在此章中专论传记与小说的同异，完全从写作方面观察很足予创作者许多可贵的启示。"

　　李得贤《左宝贵早年事迹考》发表于《文讯》第 6 卷第 7 期。

　　周骏章《论英国传记家斯揣齐》发表于《文讯》第 6 卷第 7 期。

　　按：文章说："李顿·斯揣齐（1880—1932），或译为斯特拉齐，或译为史绝杰，为英国近代著名传记家，其名著《维多利亚女王传》，已有中文译本，由商务印书馆出版。此文译自孔利夫所著《二十世纪之英国文学》。孔利夫为英国当代女学研究者，一八六五年生于英国之兰开郡，一八六五年赴加拿大，曾得过伦敦大学及哥伦比亚法学文学博士学位；一八九三——一八九九年，任蒙届尔报之助理编辑。一九〇〇年在马克基尔大学讲授英文。一九〇七年起，任威斯康星大学英文系主任。一九一二年任纽约哥伦比亚大学英文教授，嗣后曾任该校新闻学学院之名誉院长。孔利夫著有论文甚多，评述莎士比亚、依利降伯时代之其他戏剧家，以及近代文学，并为美国世纪书店编辑文学刻本数种。"

杨华同《论教育传记》发表于《学生杂志》第 23 卷第 5 期。

按："教育传记"是我们独撰的名词，我们欲以之作为儿童读物的一种。儿童读物是以儿童教育为对象的文学创作，它不仅要经作者智慧的陶冶，而且经过教育价值的审定，并根据心理学法则而创造的读物。换言之，儿童读物不仅是良好的作品，而是良好作品中且具教育价值者（内容的方法上的价值）。

儿童教育的领域广大，所以儿童读物的种类繁多。举凡故事、童话、寓言、游记以及自然科学的知识等等，在某一方面说来，都是有益于儿童的读物，传记不过是儿童读物的一种，但不可否认的，传记是比较综合的，生动的，且具有广泛教育价值的一种。所谓综合的，即是说传记是伟人生活的写真，而伟人的生活却是多方面的，譬如达尔文的传记，除叙述其为学处世待人接物外，更要说明其"物竞天择"的学说；牛顿的传记必说明地心引力之发现，爱迪生的传记必说明其发明电灯电话的经过，所以传记实综合各种知识而成，因之，它具有广泛的教育价值，所以传记是最有益于儿童心身发展的读物。

儿童读物既具有教育传记，所以儿童读物的创作，必以儿童个性上的特征为基础。正常的儿童最显著的特征有二：（一）儿童对于世界的认识，必自"现象世界"开始，再由"现象世界"而进入"观念世界"。哲学上有经验论与理性论的对立，经验论者以为认识只从经验入手，理性论者则以为认识仅源于"理性之自明"。康德有理性批判之说，企图统一两者的对立，但仍系偏重理性轻视经验，至近代桑戴克出，始认为认识有二途，一为"观念的认识"，即对形而上的道之认识；一为"经验的认识"，即对于形而下的器之认识，此种见解颇合事实，但仍未有分别认识之先后过程。而我们根据教育试验的结果，则认为：认识自现象世界（经验的）开始，而进入"观念世界"（即理性的），且深信教育的基础必建筑在这种过程之上始克巩固而有效。换言之，儿童对事物的了解，必从具体的形象的观点开始，教育的过程，就是由具体到抽象，由经验到理性的"见解"，小学教育即以具体的形象的事物之了解为中心。以"人之初，性本善"等抽象的观念，授予儿童，是违反教育原则的，是颠倒教育过程的，而"大狗跳，小狗叫"则易为儿童所了解。对儿童之此种特征，我们姑名之为"儿童之形象认识原则"。（二）个人的儿童时代犹如人类的原始时代，儿童心地纯洁，其柔弱的心灵易受外界事物之感动，由感动而生信仰，由信仰而崇拜。本来英雄崇拜的心理是人类的天性，不过儿童特别强烈而已，且儿童的崇拜是高尚纯洁的，毫无一点利害的观念。对于儿童之此种特征，我们姑名之为"儿童心灵之感受原则"。要启发、发展并指导此种精神，惟有"教育传记"足以当之。在教育的领域内，假如抹煞英雄崇拜，就无异于抹煞人格教育。尤其是儿童，其对英雄的崇拜，是纯洁的，恳挚的，热忱的。教育传记的目的，即在为儿童创造一些英雄的典型。英雄是伟大的人格，是永恒价值的代表者，永恒价值乃是指真善美的价值而言，真善美是人类价值最高的理想，英雄是人类理想价值的具体化的人格。儿童有了崇拜的对象，就有高尚的价值理想，英雄的生活规律会变成儿童生活的指针，英雄的事业会变成儿童追求的理想。

传记有种种不同的类型，有的怪异，有的狂狷，有的平庸，有的虚伪夸张，有的忠实记录，有的令人读之向上，有的令人读了气馁堕落，有的令人可望而不可及，有的可做人模仿的榜样。"教育传记"在本质上是具有教育价值的传记，它要激发儿童向上的意念，所以"教育传记"应该是一座攀跻可上的高峰，而不应是峥嵘缥缈的云山。孔子说："吾十有五而志于学，三十而立，四十而不惑，五十而知天命，六十而耳顺，七十而从心所欲，不逾矩。"孔子虽圣而毕竟是可学，并非蓬莱仙境，尽在虚无缥缈间，"虽不能至，心向往之"。所以教育传记之创作，在内容上与方法上必须以儿童的特征为基础。卢梭在其《爱弥儿》一书上说："我们全部懂得儿童，我们只知道成年人所期望于儿童的是什么，而不知道儿童所需要的是什么。"为儿童创造读物的人，必须要为儿童着想，必须要"不失其赤子之心"。

因之，基于儿童的第一种特征，即所谓"儿童之形象认识原则"，教育传记的写作，在技术上，应力避抽象的观念和用语，力求具体的描绘与叙述。如上所言，传记本是人类价值理想的具体化，是英雄人格的形象化的描述。传记之创作，在目的上，实与哲学和社会学一样，在表达一种思想以及某些生活规范，而这种思想与生活规范为人类社会所必须。但在技术上，则哲学与社会学重在思想之抽象观念的说明，是原则的，理论的；传记则重在此种思想及规范所表现于实际生活上的具体事物的叙述。一种抽象的观念或某些生活规范，固难为儿童所能了解，但将此种思想或生活规范，透过某一个人的生活，而以传记的形态出现时，已不是死般的教条，而是活生生的事物，被传者的生平，如电影般的出现于儿童的眼帘，则易为儿童，且乐为儿童所接受，所了解。譬如表现一个人苦学的精神，绝不可用"好学不倦""求知若渴"等，给儿童一些抽象的观念，必须用最具体的事物来表达，给予儿童一幅图画。想必诸君都读过牛顿因勤学而将手表当做鸡蛋而下锅的故事吧，这才是最成功的教育传记呢！

基于儿童的第二特征，即所谓"儿童心灵感受原则"，教育传记在内容及取材上必须注意下列三点：（一）教育传记中传主之选择，应以正人君子，道德学问事业永垂青史，且足以为后世所敬仰者为主，所谓"为天地立心，为生民立命，为往圣继绝学，为万世开太平"的中流砥柱是也。对于怪异狂狷者流，或对儿童心身修养具有思想毒素的暴君及独裁者流，似不拟作为教育传记的主人翁。（二）进一步的，在同一传主的传记中，凡为学做人，洒扫应退等等，与儿童能力经验所能达到的事物，或与儿童教育有最大启示者，应做为传记之中心，强调的叙述，俾使儿童于日常生活环境中力行其所知所学，良好的品格因之养成也。（三）第三最重要的，是传主人格的叙述。人格是人生发展的总过程，事业与道德，性格与天赋，环境与教育，都是形成人格的要素。换言之，人格是生命的光辉，是生命价值的升华。但是伟人的人格，如何的描述才有教育的价值？传记对人格的叙述，有演绎法与归纳法两种。演绎法是先决定某种形态，而后将传主一生的事迹分别填入这固定的宿题。与此相反的是归纳法，它不先假定人格的形态，只收集传主一生的事迹，从各种观点去解释，去求最后的结论。所以演绎法所传的人格是固定的，一成不变的，这种方法早为传记家所反对，早为读者所唾弃。相反的，归纳法所传的人格是变动的，活跃的，这种方法为尼古尔孙、莫洛亚、路得维希等提倡，亦为读者所欢迎。我们的教育传记，其传主人格的叙述，亦当绝对摒弃演绎法，而采用归纳法。因为人格是演进的，不是固定的。"周公恐惧流言日，王莽毕躬下士时，倘使当年身便死，一生真伪有谁知？"汪精卫的"引刀成一块，不负少年头"与后日的卖种求荣，又是"开元天宝两世面"，不重人格的变迁，将如何为他人作传呢？所以只有认识人格的变迁，始能对传主生活的各阶段有切实的了解和把握，在他下笔的时候，始能对传主描一个相当正确的轮廓。传主如有失德，更不必讳言，应以事实为原则，不宜粉饰，此作者应具的史德，教育传记亦然。传记如加粉饰，则失其教育的价值。但是为了教育儿童的目的,我们有理由向传记家要求:儿童传记的内容,应该美多于丑,善多于恶,爱多于憎,光明多于黑暗,则对传主的黑暗面,应少为暴露,"观过知仁"的方法,对于成年的读者当有同样的教育价值,但对心灵纯洁的儿童,并无同样的教育价值。这是值得考虑的问题,因为惟有这样,才使儿童不至感到"山穷水尽疑无路",而要处处觉得"花明柳暗又一村"!

大时代的洪流捲拖着文学前进,大时代的英雄事迹不应该予以湮没,此时我们不能为时贤表彰,难道必待后人妄加议论吗? 教育家们,文学家们,为了充实历史的光辉,为了教育下一代的儿童,在儿童的世界上撒播些雨露吧! 人类的花朵,正仰首凝视着甘露的降临!

郑振铎《忆周作人》发表于《周报》第 19 期。

按:文说:"'七七'以后,我们在南方的朋友们都十分地关心着他。许多人都劝他南下。他说,他怕鲁迅的'党徒'会对他不利,所以不能来。这完全是无中生有的托辞。"又据舒芜回忆:台静农曾对他说:"抗战初,北京危机的时候,有人劝周作人赶快逃出北京到上海去,周作人说:'我去上海作什么?那里是人家的地盘。'所谓'人家',大概指左翼作家,也可能兼指鲁迅,尽管那时鲁迅已经逝世了。"(《忆台静农先生》,《新文学史料》1991 年第 2 期)

[英]戈登·克雷格著、田禽译《恒利·欧文评传序》发表于《文艺先锋》第 9 卷第 3、4 期。

范泉《关于〈鲁迅传〉》发表于《文艺春秋》第 3 卷第 4 期(纪念鲁迅先生逝世十周年特辑)。

赵景深《读鲁迅〈古小说钩沉〉》发表于《文艺春秋》第 3 卷第 4 期(纪念鲁迅先生逝世十周年特辑)。

洪遒《唤出暴露文学来——继承鲁迅先生的传统》发表于《文艺丛刊》第 2 辑(纪念鲁迅先生)。

魏建功《回忆敬爱的老师钱玄同先生》发表于《国文月刊》第 41 期。

徐炳昶《我所认识的钱玄同先生》发表于《国文月刊》第 41 期。

朱自清《闻一多先生与中国文学》发表《国文月刊》第 46 期。

按:朱自清在 7 月 21 日西南联大校友会召开的闻一多先生追悼会上讲话,说闻一多先生表现了我们民族的英雄气概,激起全国人民的同情。这是民主主义运动的大损失,又是中国学术的大损失。认为闻一多是中国抗战前"唯一的爱国新诗人","也是创造诗的新格律的人"。8 月 18 日出席成都各界人士举行的李公朴、闻一多惨案追悼大会,报告闻一多的生平事迹。8 月 20 日发表《闻一多先生与中国文学》,高度评价闻一多对中国文学的贡献。他说:"闻一多先生的惨死尤其是中国文学方面一个不容易补偿的损失。闻先生的专门研究是《周易》《诗经》《庄子》《楚辞》、唐诗,许多人都知道。他的研究工作至少有了二十年,发表的文字虽然不算太多,但积存的稿子却很多。这些并非零散的稿子,大都是成篇的,而且他亲手抄写得很工整。只是他总觉得还不够完密,要再加些工夫才愿意编篇成书。这可见他对于学术忠实而谨慎的态度。"[1]

李权《〈清史稿〉管见》发表于《东方杂志》第 42 卷第 1 号。

李式金《拉卜楞在西北地位的重要性》发表于《东方杂志》第 42 卷第 8 号。

李长之《司马迁之识与学》发表于《东方杂志》第 42 卷第 9 号。

李长之《司马迁之史学及其他》发表于《东方杂志》第 42 卷第 10 号。

钱穆《濂溪百源横渠之理学》发表于《东方杂志》第 42 卷第 10 号。

夏定域《〈阎历丘先生年谱〉补正》发表于《东方杂志》第 42 卷第 12 号。

朱偰《郑和七次下西洋所历地名考》发表于《东方杂志》第 42 卷第 12 号。

何君超《科学家之文学修养——方霍夫》发表于《东方杂志》第 42 卷第 15 号。

张志岳《曹丕曹植争储考实》发表于《东方杂志》第 42 卷第 17 号。

鲁迅《论曹操》发表于《人物杂志》第 1 期。

王芸生《论曾国藩》发表于《人物杂志》第 1 期。

俞颂华《梁启超论》发表于《人物杂志》第 1 期。

张申府《罗素——现代生存的最伟大的哲学家》发表于《人物杂志》第 2 期。

范天忧《顾颉刚论秦始皇》发表于《人物杂志》第 2 期。

刘半农《武训论》发表于《人物杂志》第 2 期。

郭沫若《论郁达夫》发表于《人物杂志》第 3 期。

陈纯仁《郑成功论》发表于《人物杂志》第 3 期。

丁云山译《做江湖戏子时代的卓别灵》发表于《人物杂志》第 3 期。

云彬《纪念太炎先生》发表于《人物杂志》第 4 期。

董时进《论甘地》发表于《人物杂志》第 4 期。

天竹《我所知道的张恨水》发表于《人物杂志》第 4 期。

---

[1] 朱自清.文学的标准与尺度[M].济南:山东文艺出版社,2006:180.

周恩来《论鲁迅与郭沫若》发表于《人物杂志》第 5—6 期。

按：文章说："郭沫若创作生活二十五年，也就是新文化运动的二十五年；鲁迅自称是'革命军马前卒'，郭沫若就是革命队伍中人，鲁迅是新文化运动的导师，郭沫若便是新文化运动的主将。鲁迅如果是将没有路的路开辟出来的先锋，郭沫若便是带着大家一道前进的向导。鲁迅先生已不在世了，他的遗范尚存，我们会愈感觉到在新文化战线上，郭先生带着我们一道奋斗的亲切，而且我们也永远祝福他带着我们奋斗到底的。"

余铁英《晏阳初先生与民众教育》发表于《人物杂志》第 5—6 期。

未雨《悼念夏丏尊先生》发表于《人物杂志》第 5—6 期。

逸啸《我所知道的张学良将军》发表于《人物杂志》第 5—6 期。

胡虑《忆念张冲先生》发表于《人物杂志》第 5—6 期。

王璞《认识曹操》发表于《人物杂志》第 5—6 期。

喻世海《忆郁达夫先生》发表于《艺术家月刊》第 1 期。

云彬《回忆陶行知先生》发表于《青年知识》第 14 期。

流诏《鲁迅传》（书评）发表于《文艺复兴》第 2 卷第 3 期。

田禽《中国女剧作家论》发表于《高原》新第 1 卷第 2 期。

胡风《关于鲁迅精神的二三基点》发表于《希望》第 2 集第 4 期。

舒芜《鲁迅的中国与鲁迅的道路》发表于《希望》第 2 集第 4 期。

冯至《杜甫和我们的时代》发表于《萌芽》第 1 卷第 1 期。

张君劢《尼赫鲁传第二序》发表于《再生》第 130 期。

罗塞尔《华莱里小论》发表于《时与潮文艺》第 5 卷第 4 期。

叶圣陶《〈张居正大传〉（书评）》发表于《文艺复兴》第 1 卷第 4 期。

郑振铎《悼夏丏尊先生》发表于《文艺复兴》第 1 卷第 5 期。

巴金《纪念我的哥哥》发表于《文艺复兴》第 1 卷第 6 期（抗战八年死难作家纪念）。

吴祖光《记贺孟斧》发表于《文艺复兴》第 1 卷第 6 期（抗战八年死难作家纪念）。

怀玖《忆陆蠡》发表于《文艺复兴》第 1 卷第 6 期（抗战八年死难作家纪念）。

靳以《忆崇群》发表于《文艺复兴》第 1 卷第 6 期（抗战八年死难作家纪念）。

景宋《追忆萧红》发表于《文艺复兴》第 1 卷第 6 期（抗战八年死难作家纪念）。

凤子《划破夜空的流星》发表于《文艺复兴》第 1 卷第 6 期（抗战八年死难作家纪念）。

欧阳山尊《忆保罗》发表于《文艺复兴》第 1 卷第 6 期（抗战八年死难作家纪念）。

赵景深《记鲁彦》发表于《文艺复兴》第 1 卷第 6 期（抗战八年死难作家纪念）。

李健吾《记罗淑》发表于《文艺复兴》第 1 卷第 6 期（抗战八年死难作家纪念）。

以群《忆蒋弼》发表于《文艺复兴》第 1 卷第 6 期（抗战八年死难作家纪念）。

徐调孚《再忆谢六逸先生》发表于《文艺复兴》第 1 卷第 6 期（抗战八年死难作家纪念）。

葛一虹《悼念王礼锡先生》发表于《文艺复兴》第 1 卷第 6 期（抗战八年死难作家纪念）。

郑振铎《悼许地山先生》发表于《文艺复兴》第 1 卷第 6 期（抗战八年死难作家纪念）。

朱自清《中国学术的大损失》发表于《文艺复兴》第 2 卷第 1 期。

熊佛西《悼闻一多先生》发表于《文艺复兴》第 2 卷第 1 期。

诗歌音乐工作者协会上海分会《敬悼闻一多先生》发表于《文艺复兴》第 2 卷第 1 期。

白澄《鲁迅——坚韧的民主文化的斗士》发表于《文艺复兴》第 2 卷第 3 期。

李广田《鲁迅的杂文》发表于《文艺复兴》第 2 卷第 3 期。

李广田《鲁迅小说中的妇女问题》发表于《文艺复兴》第 2 卷第 3 期。

蒋天佐《论大众化问题纪念鲁迅》发表于《文艺复兴》第 2 卷第 3 期。

靳以《当鲁迅先生逝世的时候》发表于《文艺复兴》第 2 卷第 3 期。

唐弢《〈鲁迅全集补遗〉编后记》发表于《文艺复兴》第 2 卷第 3 期。

许广平《十周年祭》发表于《文艺复兴》第 2 卷第 3 期。

冯电辑录《鲁迅先生逝世前后》发表于《文艺复兴》第 2 卷第 3 期。

冯夷《混着血丝的记忆——悼念闻一多先生》发表于《文艺复兴》第 2 卷第 4 期。

茅盾《忆冼星海先生》发表于《新文学半月刊》第 1 卷第 2 号。

赵景深《汤显祖与莎士比亚》发表于《新文学半月刊》第 1 卷第 2 号。

黄宁婴《悼周行兄》发表于《文艺丛刊》第 1 辑。

洪遒《悼严杰人》发表于《文艺丛刊》第 1 辑。

郭沫若《鲁迅与王国维》发表于《文艺丛刊》第 2 辑(纪念鲁迅先生)。

胡仲持(宜闲)《〈鲁迅全集〉出世的回忆》发表于《文艺丛刊》第 2 辑(纪念鲁迅先生)。

金启华《李后主的悲哀》发表于《宇宙风》第 143 期。

何瑞瑶《我所认识的张之江先生》发表于《宇宙风》第 144、145 期。

秦牧《谈谈李莲英》发表于《野草》新 2 号。

思慕《杂文的一些问题——纪念鲁迅先生十年忌而作》发表于《野草》新 2 号。

[苏]勃莱特堡作、张治平译《罗曼·罗兰与高尔基》发表于《文章》第 1 卷第 2 期。

周贻白《悼鲁彦》发表于《文章》第 1 卷第 2 期。

铮《克里莫夫与小托尔斯泰》发表于《文章》第 1 卷第 2 期。

尹之《萧邦与乔治桑》发表于《文章》第 1 卷第 2 期。

李绿永《冼星海的创作道路及其功绩》发表于《文章》第 1 卷第 2 期。

郭天闻《李健吾论(作家论之二)》发表于《上海文化》第 6 期。

赵景深《叶圣陶论(作家论之三)》发表于《上海文化》第 7 期。

王子野译《马克思主义哲学诞生百年》发表于《北方文化》第 1 卷第 5 期(马克思诞生纪念)。

葆荃译《马克思是怎样学习的》发表于《北方文化》第 1 卷第 5 期(马克思诞生纪念)。

柯柏年《马克思之为人》发表于《北方文化》第 1 卷第 5 期(马克思诞生纪念)。

智建中《马克思、恩格斯论中国》发表于《北方文化》第 1 卷第 5 期(马克思诞生纪念)。

大可《马克思主义的新胜利》发表于《北方文化》第 1 卷第 5 期(马克思诞生纪念)。

编者《A.托尔斯泰论高尔基》发表于《北方文化》第 2 卷第 2 期(高尔基逝世纪念)。

萧三《纪念瞿秋白同志殉难十一周年》发表于《北方文化》第 2 卷第 2 期。

编者《韬奋先生传略》发表于《北方杂志》第 1 卷第 2 期(韬奋逝世二周

年纪念特辑)。

罗青《人民的韬奋》发表于《北方杂志》第 1 卷第 2 期(韬奋逝世二周年纪念特辑)。

培时、章容《遥祭李公朴先生》发表于《北方杂志》第 1 卷第 3 期。

荒煤《悼闻一多先生》发表于《北方杂志》第 1 卷第 3 期。

《毛泽东论鲁迅》发表于《北方杂志》第 1 卷第 5 期(鲁迅先生逝世十周年纪念特辑)。

周恩来《鲁迅与郭沫若》发表于《北方杂志》第 1 卷第 5 期(鲁迅先生逝世十周年纪念特辑)。

范文澜《学习鲁迅先生的硬骨头》发表于《北方杂志》第 1 卷第 5 期(鲁迅先生逝世十周年纪念特辑)。

[美]史沫特莱作、万歌译《记鲁迅》发表于《北方杂志》第 1 卷第 5 期(鲁迅先生逝世十周年纪念特辑)。

任白戈《追念鲁迅先生》发表于《北方杂志》第 1 卷第 5 期(鲁迅先生逝世十周年纪念特辑)。

罗青《空前的民族英雄》发表于《北方杂志》第 1 卷第 5 期(鲁迅先生逝世十周年纪念特辑)。

荒煤《要以行动来纪念鲁迅先生》发表于《北方杂志》第 1 卷第 5 期(鲁迅先生逝世十周年纪念特辑)。

黑丁《伟大的安慰者》发表于《北方杂志》第 1 卷第 5 期(鲁迅先生逝世十周年纪念特辑)。

胡征《〈狂人日记〉的时代和艺术》发表于《北方杂志》第 1 卷第 5 期(鲁迅先生逝世十周年纪念特辑)。

平凡《真挚的人和真挚的情感》发表于《北方杂志》第 1 卷第 5 期(鲁迅先生逝世十周年纪念特辑)。

邦其《迎接明天》发表于《北方杂志》第 1 卷第 5 期(鲁迅先生逝世十周年纪念特辑)。

林十柴《鲁迅和东北青年》发表于《北方杂志》第 1 卷第 5 期(鲁迅先生逝世十周年纪念特辑)。

邹雅《鲁迅斗争的一生》(封面木刻)发表于《北方杂志》第 1 卷第 5 期(鲁迅先生逝世十周年纪念特辑)。

本社《纪念鲁迅先生逝世十周年》发表于《东北文化》第 1 卷第 2 期。

张望《鲁迅先生与中国新兴木刻运动》发表于《东北文化》第 1 卷第

5 期。

　　按：文章说："鲁迅先生不特是中国最伟大的革命文豪、思想家、政论家，同时他又是中国新兴木刻的导师。"

　　茅盾《高尔基和中国文学》发表于《新华文摘》第 2 卷第 1 期。

　　按：文章说："年青的中国的新文艺，从高尔基那里得到许多宝贵的指导。五四以来，我们的新文艺工作者在实践中曾经遇到好些问题，而这些问题都可以在高尔基的作品中找到解答。五四以来，中国新文艺的道路是现实主义的道路，构成中国现实主义文艺的因素不只一个，俄国文学的优秀的传统以及欧洲古典文学的影响，都是应当算进去的；但是高尔基的影响无疑地应当视为最直接而且最大。五四以来，曾经有好多位外国的作家成为我们注意的对象，但是经过三十年之久，唯有高尔基到今天依然是新文艺工作者最高的典范，而且以后也会仍然是；单就这一点来看，也可以知道高尔基这位伟大的艺术家思想家和中国新文艺的关系是如何密切了。"

　　茅盾《高尔基和中国文坛》发表于《群众》第 11 卷第 7 期。

　　张骏祥《忆孟斧》（贺孟斧周年祭）发表于《清明》第 2 号。

　　黎澍《悼念孟斧》（贺孟斧周年祭）发表于《清明》第 2 号。

　　秦怡《幽幽的哭泣》（贺孟斧周年祭）发表于《清明》第 2 号。

　　杨云慧《一个永远活在大家心上的人》（贺孟斧周年祭）发表于《清明》第 2 号。

　　赵慧深《痛切的心情》（贺孟斧周年祭）发表于《清明》第 2 号。

　　李恩杰《记与孟斧师的关系》（贺孟斧周年祭）发表于《清明》第 2 号。

　　小丁《怀老贺》（贺孟斧周年祭）发表于《清明》第 2 号。

　　吴祖光《他是不朽的》（贺孟斧周年祭）发表于《清明》第 2 号。

　　陈白尘《寄向沙锅窑》（贺孟斧周年祭）发表于《清明》第 2 号。

　　吕恩《寄贺先生》（贺孟斧周年祭）发表于《清明》第 2 号。

　　何其芳《哭闻一多先生》发表于《萌芽》第 1 卷第 2 期（追悼闻一多李公朴小说特辑）。

　　杜运燮《时代的创伤》发表于《萌芽》第 1 卷第 2 期（追悼闻一多李公朴小说特辑）。

　　力扬《忆李公朴先生》发表于《萌芽》第 1 卷第 2 期（追悼闻一多李公朴小说特辑）。

　　袁铁羽《我永远忘不了李先生》发表于《萌芽》第 1 卷第 2 期（追悼闻一多李公朴小说特辑）。

〔苏〕高尔基作、孙沛译《忆叶赛宁》发表于《萌芽》第 1 卷第 2 期。

孙铭勋《中国人民的教育道路》发表于《萌芽》第 1 卷第 3 期（追悼行知先生）。

顾学颉《李后主传论》发表于《国立西北师范学术季刊》第 2 期。

沙汀《悼冼星海先生》发表于 1 月 5 日《新华日报》。

郭沫若《吊星海》发表于 1 月 5 日《新华日报》。

马思聪《忆冼星海》发表于 1 月 5 日《新华日报》。

平沙《张炎将军被害周年祭》发表于 4 月 14 日《新华日报》。

焕成《悼若飞同志》发表于 4 月 14 日《新华日报》。

刘光《悼一位敬爱的青年导师——王若飞同志》发表于 4 月 14 日《新华日报》。

舒翰《他是忠厚长者——若飞同志追忆一二》发表于 4 月 17 日《新华日报》。

正容《哭祭吾师黄齐生先生》发表于 4 月 17 日《新华日报》。

梅林《敬悼王若飞诸先生》发表于 4 月 19 日《新华日报》。

汝华《追悼黄齐生老先生》发表于 4 月 19 日《新华日报》。

方卓芬《悼念叶挺将军》发表于 4 月 19 日《新华日报》。

江震《悼念王若飞同志》发表于 4 月 20 日《新华日报》。

丰子恺《悼夏丏尊先生》（社论）发表于 4 月 27 日《新华日报》。

张志渊《哀忆丏尊师》发表于 4 月 29 日《新华日报》。

田汉《高尔基和中国作家》发表于 6 月 21 日《新华日报》。

李一平《悼刘光同志》发表于 7 月 19 日《新华日报》。

周知《悼青年领导者刘光同志》发表于 7 月 21 日《新华日报》。

邓初民《悼刘光先生》发表于 7 月 23 日《新华日报》。

青争《洪灵菲先生史略——纪念灵菲被害十四周年》发表于 7 月 26 日《新华日报》。

方与严《教人民起来做主人——悼念陶行知先生》发表于 7 月 27 日《新华日报》。

春泉《敬悼陶先生》发表于 7 月 27 日《新华日报》。

蒋清《陶先生死不得》发表于 7 月 29 日《新华日报》。

高嘉《诗人陶行知》发表于 7 月 29 日《新华日报》。

郭沫若《祭陶行知先生》发表于 7 月 31 日《新华日报》。

华岗《痛悼陶行知先生》发表于 8 月 1 日《新华日报》。

端木蕻良《鲁迅先生诞生六十五周年纪念献诗》发表于 8 月 3 日《新华日报》。

邓初民《哭行知》发表于 8 月 4 日《新华日报》。

史良《吊行知同志》发表于 8 月 4 日《新华日报》。

徐特立《学习朱总司令》发表于 8 月 10 日《新华日报》。

萧蔓若《怀念鲁迅先生》发表于 10 月 19 日《新华日报》。

小亚《我的纪念》发表于 10 月 19 日《新华日报》。

二、单篇传记

编者《路易斯·阿拉贡》(文艺家介绍)发表于《文艺大众》新生号。

周建人《关于鲁迅回忆的断片》发表于《文艺大众》新 2 号(纪念鲁迅逝世十年)。

周晔《我的伯父鲁迅》发表于《文艺大众》新 2 号(纪念鲁迅逝世十年)。

戈扬《鲁迅·闻一多断片》发表于《文艺大众》新 2 号(纪念鲁迅逝世十年)。

纪德《悼保罗·华莱里》发表于《时与潮文艺》第 5 卷第 4 期。

方敬《现实与梦——战时生活琐忆》发表于《文艺复兴》第 1 卷第 1 期。

林焕平《高尔基的道路》发表于《文艺复兴》第 1 卷第 5 期。

雪峰《回忆片断》发表于《文艺复兴》第 2 卷第 3 期。

戈宝权译《莱蒙托夫特辑》发表于《文艺复兴》第 2 卷第 4 期。

鲁迅《关于鲁迅先生的初期作品和笔名》(鲁迅书简)发表于《文联》第 1 卷第 2 期。

徐迟《罗曼·罗兰逝世一周年》发表于《文联》第 1 卷第 2 期。

夏衍《哭杨潮》发表于《文联》第 1 卷第 2 期。

本社《美国文豪德莱赛逝世》发表于《文联》第 1 卷第 2 期。

清涟《漫谈世界新文化的动向——陈家康访问记》发表于《文联》第 1 卷第 3 期。

力扬《"二一〇"血案受伤代表——郭沫若先生访问记》发表于《文联》第 1 卷第 4 期。

文彦《德莱赛临终前的伟大旅程》发表于《文联》第 1 卷第 5 期。

[英]海登·哲志作、姚奔译《萧伯纳漫谈记》(访问记)发表于《文联》第 1 卷第 5 期。

张大雷《话说另一个文坛——访周扬》发表于《文联》第 1 卷第 5 期。

冯乃超《欢送鹿地亘先生》发表于《文联》第 1 卷第 6 期。

胡品清译《记法国大画家毕加索》发表于《文联》第 1 卷第 6 期。

余所亚《悼凯绥·珂勒惠支》发表于《文联》第 1 卷第 7 期。

陈烟桥《鲁迅怎样搜集木刻》发表于《文章》创刊号。

鸿倪《萧友梅先生五年祭》发表于《文章》创刊号。

[苏]亚力山大·德契作、张挚译《关于安东·柴霍夫》发表于《文章》创刊号。

黎渔《郁达夫在星洲》发表于《文章》创刊号。

于在春《夏丏尊先生的晚年》发表于《文章》第 1 卷第 3 期。

夏枫《茅盾在香港》发表于《文章》第 1 卷第 3 期。

仲良《曹操的性格》发表于《文章》第 1 卷第 3 期。

挥弦《画家顾恺之》发表于《文章》第 1 卷第 4 期。

[苏]叶凯娣瑞娜·捷色作、莘薤译《一位女舞踊家的自述》发表于《文章》第 1 卷第 4 期。

戈宝权《罗曼·罗兰的生活与思想之路》发表于《文坛月报》第 1 卷第 3 期。

葆荃《罗曼·罗兰中译书目》发表于《文坛月报》第 1 卷第 3 期。

南宫侠《鲁迅先生》发表于《人民文艺》第 1 期。

林梅《鲁迅先生》发表于《人民文艺》第 1 期。

阿默《关于艾尔伯特·玛尔兹》发表于《人民文艺》第 6 期。

[日]鹿地亘《鲁迅魂》发表于《鲁迅文艺》第 1 卷第 1 期。

聂绀弩《和萧红在西安的日子》发表于《鲁迅文艺》第 1 卷第 1 期。

杨大辛《鲁迅遗容》(木刻)发表于《鲁迅文艺》第 1 卷第 1 期。

何干之《关于鲁迅的遗族与遗产》发表于《鲁迅文艺》第 1 卷第 2 期。

山仁《鲁迅逝世十周年祭》发表于《文艺杂志》第 2 卷第 2 期。

冯明《记鲁迅十年祭和东北文协的诞生》发表于《东北文艺》创刊号。

草明《鲁迅忌辰在北平》发表于《东北文艺》创刊号。

金人《万妲·华西莱芙斯卡亚》发表于《东北文艺》创刊号。

钧《哀忆伯希和先生》发表于《文艺先锋》第 8 卷第 1 期。

陆侃如《悼伯希和教授》发表于《文艺先锋》第 8 卷第 1 期。

[英]塞克女士著、李志纯译《泰戈尔传》发表于《文艺先锋》第 8 卷第 3 期。

[英]塞克女士著、李志纯译《泰戈尔传》发表于《文艺先锋》第 8 卷第

4 期。

高宇《歌德及其玮玛剧场》发表于《文艺先锋》第 8 卷第 4 期。

［英］塞克女士著、李志纯译《泰戈尔传》发表于《文艺先锋》第 8 卷第 5、6 期。

赵景深《汤显祖与莎士比亚》发表于《文艺春秋》第 2 卷第 2 期（关于莎士比亚）。

宋清如《朱生豪和莎士比亚》发表于《文艺春秋》第 2 卷第 2 期（关于莎士比亚）。

赵景深《契诃夫作品中译本编目补遗》发表于《文艺春秋》第 2 卷第 3 期。

陈烟桥《鲁迅怎样指导青年木刻家》发表于《文艺春秋》第 2 卷第 4 期。

按：文章说："在中国，能了解青年，相信青年，尊重青年，帮助青年与鼓励青年的，恐怕没有一个人像鲁迅先生那样深切与诚恳的吧！鲁迅先生的努力是完全为着青年的，他的一生事业可以说是替青年铺平一条康庄的朝向光明的大道。他认为青年是同恶势力袭击的先锋，因之他相信青年，尊重青年，帮助青年与鼓励青年。……鲁迅先生之对于青年木刻家也是抱着同样的态度的；尤有甚者，他因为喜欢木刻，同情青年木刻家缺乏师资，所以他更加接近青年木刻家，而至于无时无刻地不鼓励他们。"

陈烟桥《鲁迅与高尔基》（木刻）发表于《文艺春秋》第 2 卷第 4 期。

任钧《忆叶紫》发表于《文艺春秋》第 3 卷第 1 期。

赵景深《闻一多先生》（哀悼和纪念）发表于《文艺春秋》第 3 卷第 2 期。

安娥《遥寄陶行知先生》（哀悼和纪念）发表于《文艺春秋》第 3 卷第 2 期。

萧乾等《要是鲁迅先生还活着》发表于《文艺春秋》第 3 卷第 4 期。

按：作者尚有刘西渭、臧克家、罗洪、施蛰存、茅盾、王西彦、沈子复、林焕平、田汉、熊佛西、安娥、魏金枝、周而复、任钧。

孔另境《回忆鲁迅先生丧仪》发表于《文艺春秋》第 3 卷第 4 期（纪念鲁迅先生逝世十周年特辑）。

陈烟桥《鲁迅与中国新木刻》发表于《文艺春秋》第 3 卷第 4 期（纪念鲁迅先生逝世十周年特辑）。

［日］小田岳夫《鲁迅的上海生活》发表于《文艺春秋》第 3 卷第 4 期（纪念鲁迅先生逝世十周年特辑）。

编者《鲁迅先生著作年表》发表于《文艺春秋》第 3 卷第 4 期（纪念鲁迅

先生逝世十周年特辑）。

编者《鲁迅先生生前最后一照》（相片）发表于《文艺春秋》第 3 卷第 4 期（纪念鲁迅先生逝世十周年特辑）。

［日］奥村博史《长眠了的鲁迅先生》（画）发表于《文艺春秋》第 3 卷第 4 期（纪念鲁迅先生逝世十周年特辑）。

茅盾《记杜重远》发表于《文艺春秋》第 3 卷第 5 期。

郑振铎《记姚明达的殉难》发表于《新文学》第 2 期。

止怡《演员日记》发表于《人民戏剧》第 3 期。

［苏］叶戈林作、北泉译《尼克拉索夫的生平和事业》发表于《苏联文艺》第 25 期。

徐仲年《郭莱脱夫人小传》发表于《法国文学》第 1 卷第 3 期。

一苇《伽利略——科学真理殉难者》发表于《人物杂志》第 1 期。

孙敬《托尔斯泰其人》发表于《人物杂志》第 1 期。

文石《航业界钜子卢作孚》发表于《人物杂志》第 1 期。

简史《罗文干的几个镜头》发表于《人物杂志》第 1 期。

柏寒《廖庶谦》发表于《人物杂志》第 1 期。

明非《张简斋医师二三事》发表于《人物杂志》第 1 期。

家农《关于倪斐君》发表于《人物杂志》第 1 期。

文华《白季眉教授》发表于《人物杂志》第 2 期。

冯玉祥《李二曲先生》发表于《人物杂志》第 2 期。

韵风《莫德惠二三事》发表于《人物杂志》第 2 期。

鲁苏《郭沫若的另一面》发表于《人物杂志》第 2 期。

谟草《民主巨人哲斐孙》发表于《人物杂志》第 2 期。

向全《武则天》发表于《人物杂志》第 2 期。

秦苏林《马歇尔元帅的为人》发表于《人物杂志》第 3 期。

胡虑《我所见到的张治中将军之一面》发表于《人物杂志》第 3 期。

柳吉明《从一件事看周恩来将军》发表于《人物杂志》第 3 期。

平之《赴苏联讲学的华罗庚教授》发表于《人物杂志》第 3 期。

戴济华《忆念孙寒冰教授》发表于《人物杂志》第 3 期。

文石《张澜先生二三事》发表于《人物杂志》第 3 期。

吴费《关于林肯》发表于《人物杂志》第 3 期。

孙源《阿尔巴尼亚的铁托——恩浮霍卓》发表于《人物杂志》第 3 期。

张默生《王大牛传》（连载）发表于《人物杂志》第 3 期。

陈志良《书刻家龚翁》发表于《人物杂志》第 3 期。

厉道诚《倪瓒》发表于《人物杂志》第 3 期。

俞颂华《富有热情的王芸生》发表于《人物杂志》第 4 期。

陆甫《记孙科先生》发表于《人物杂志》第 4 期。

林之春《青年老人沈钧儒》发表于《人物杂志》第 4 期。

郑北田《洪深教授》发表于《人物杂志》第 4 期。

浦熙修《防龙云院长》发表于《人物杂志》第 4 期。

黄访夷《先烈秋瑾》发表于《人物杂志》第 4 期。

刘清扬《活跃于五四及北伐时的郭隆真》发表于《人物杂志》第 4 期。

谷溪《关于丁玲》发表于《人物杂志》第 4 期。

张默生《王大牛传》(续)发表于《人物杂志》第 4 期。

微林《波兰女作家瓦希列夫斯卡》发表于《人物杂志》第 4 期。

王愚《火药的发明人马钧》发表于《人物杂志》第 4 期。

山闪银《模范小学教师罗焕然》发表于《人物杂志》第 4 期。

振翼《孙殿英这个人》发表于《人物杂志》第 4 期。

鲁锐译《人语:认识王大牛先生》发表于《人物杂志》第 5—6 期。

云彬《古今人物杂写之一:民初名记者黄远生》发表于《人物杂志》第 5—6 期。

郭春涛《哀忆老友王若飞》发表于《人物杂志》第 5—6 期。

崇彝《林故主席轶事》发表于《人物杂志》第 5—6 期。

高宇《剧坛斗士于伶》发表于《人物杂志》第 5—6 期。

于劲节《盛世才的一段历史》发表于《人物杂志》第 5—6 期。

张默生《王大牛传》(续)发表于《人物杂志》第 5—6 期。

王愚《霍仲初——瓷器的实验成功者》发表于《人物杂志》第 5—6 期。

何荫棠《春天的风——田汉》发表于《人物杂志》第 5—6 期。

央廉《德国浪漫歌剧家瓦格拉》发表于《人物杂志》第 5—6 期。

胡品清译《斑症伤寒的发明者尼戈勒》发表于《人物杂志》第 5—6 期。

丘冈《张学良含泪迎莫老》发表于《人物杂志》第 5—6 期。

王文澂《伟大的小人物:美国"大兵"记者派尔》发表于《人物杂志》第 5—6 期。

车辐《米盖朗琪罗》发表于《人物杂志》第 5—6 期。

庄寿慈译《回忆高尔基》发表于《人物杂志》第 5—6 期。

漠草《记缅甸侨领梁金山》发表于《人物杂志》第 5—6 期。

王愚《中国古代数学家祖冲之》发表于《人物杂志》第 5—6 期。

白檀《杨晦教授访问记》发表于《人物杂志》第 5—6 期。

小鱼《史沫特莱》发表于《人物杂志》第 5—6 期。

王朴《落水诗人陈柱尊》发表于《人物杂志》第 5—6 期。

茅盾《高尔基的青年生活》发表于《时代青年》第 2 卷第 2 期。

茅盾《一个没有进过学校的作家高尔基》发表于《时代青年》第 2 卷第 2 期。

丁克辛《高尔基简传》发表于《时代青年》第 2 卷第 2 期。

刘崇庆《纪念瞿秋白同志》发表于《时代青年》第 2 卷第 2 期。

兰瑞《何金海和他的游击队》发表于《时代青年》第 2 卷第 2 期。

茅盾《我所见的陶行知先生》发表于《青年知识》第 7 期。

陈瘦竹《戏剧批评家莱森》发表于《东方杂志》第 42 卷第 1 号。

茅于美《敬悼梅光迪先生》发表于《东方杂志》第 42 卷第 2 号。

隋树森《关汉卿及其杂剧》发表于《东方杂志》第 42 卷第 3 号。

姜蕴刚《黄帝及其时代》发表于《东方杂志》第 42 卷第 3 号。

施之勉《黄老考》发表于《东方杂志》第 42 卷第 4 号。

隋树森《元曲作家马致远》发表于《东方杂志》第 42 卷第 4 号。

吴奔星《民主诗人白居易》发表于《东方杂志》第 42 卷第 5 号。

黎正甫《罗马大哲人西塞罗》发表于《东方杂志》第 42 卷第 8 号。

王崇武《王阳明临终遗语（此心光明，亦复何言）》发表于《东方杂志》第 42 卷第 19 号。

大木《马克·吐温恋爱史》发表于《论语半月刊》第 119 期。

张挚译《法国报界人物志》发表于《世界知识》第 14 卷第 4 期。

凡石《风流文采的司马相如》发表于《上海文化》第 3 期。

敬康《与老舍先生抵足一月记》发表于《上海文化》第 3 期。

冯亦代《琐谈浅予》发表于《上海文化》第 7 期。

孔另境《记"廖化时代"的王任叔》发表于《上海文化》第 8 期。

曹聚仁《鲁迅先生死后十年间》发表于《上海文化》第 9 期。

唐弢《鲁迅先生的梓印工作》发表于《上海文化》第 9 期。

孔另境《记田汉先生》发表于《上海文化》第 9 期。

何干之《刘邦与项羽》发表于《北方文化》第 1 卷第 1 期。

萧三译《马克思略传》发表于《北方文化》第 1 卷第 5 期（马克思诞生纪念）。

于力《悼一个教育工作者——李树菜君》发表于《北方文化》第 2 卷第 1 期（纪念教师节）。

［苏］高尔基《我怎样学习的》发表于《北方文化》第 2 卷第 2 期（高尔基逝世纪念）。

编者《关于高尔基》发表于《北方文化》第 2 卷第 2 期（高尔基逝世纪念）。

萧三《毛泽东同志略传》发表于《北方文化》第 2 卷第 3 期。

王林《忆人民的音乐家——张寒晖》发表于《北方文化》第 2 卷第 4 期。

丁浩川《纪念人民教育家——陶行知先生》发表于《北方文化》第 2 卷第 6 期。

刘白羽《周保中将军》发表于《东北文化》第 1 卷第 2 期。

白希清《蒋介石与袁世凯》发表于《东北文化》第 1 卷第 6 期。

许士骐《陶行知先生的事业及其生平》发表于《新文化》第 2 卷第 5 期。

苗力田《柏拉图的生平和著作》发表于《文化先锋》第 6 卷第 17 期。

朱镜宙《章太炎先生轶事》发表于《文教丛刊》第 1 卷第 5、6 期合刊。

王恩洋《昌圆老法师行状》发表于《文教丛刊》第 1 卷第 5、6 期合刊。

央廉《莎弗小传》发表于《文潮月刊》第 2 卷第 5 期。

陈瘦竹《爱斯基罗斯之生平》（下）发表于《文潮月刊》第 5 卷第 3 期。

徽林《一个慈母型大哥》发表于《现代妇女》第 7 卷第 4 期。

艾林《向陶端予学习——〈新社会的新教师〉读后》发表于《现代妇女》第 7 卷第 4 期。

为之《李德全女士赴美前谈片》发表于《现代妇女》第 7 卷第 5、6 期。

绀弩《记周颖》发表于《现代妇女》第 7 卷第 5、6 期。

茜沙《记张曼筠的演讲》发表于《现代妇女》第 7 卷第 5、6 期。

平《"他的死能换来：和平，安定与民主！"》发表于《现代妇女》第 7 卷第 5、6 期。

陈霞飞《雷洁琼扶伤见蒋夫人》发表于《现代妇女》第 7 卷第 5、6 期。

平《一个母亲的道路》发表于《现代妇女》第 7 卷第 5、6 期。

闻立鹏《我的妈妈》发表于《现代妇女》第 7 卷第 5、6 期。

明沙《主妇日记》（一）发表于《现代妇女》第 8 卷第 1 期。

安娥《两颗值得歌颂的心——读刘海尼〈记白薇〉以后》发表于《现代妇女》第 8 卷第 2 期。

明沙《主妇日记》（二）发表于《现代妇女》第 8 卷第 2 期。

黄冰《袁雪芬访问记》发表于《现代妇女》第 8 卷第 2 期。

倪斐君《我的控诉》发表于《现代妇女》第 8 卷第 2 期。

明沙《主妇日记》(三)发表于《现代妇女》第 8 卷第 3 期。

德均《一个母亲的自述》发表于《妇女》第 7 期。

李长之《刘熙载的生平及其思想》发表于《青年界》新第 1 卷第 4 期。

严大椿《大科学家巴斯德的一生》发表于《青年界》新第 1 卷第 5 期。

太虚《人物忆志》(五)发表于《宇宙风》第 141 期。

朱谦之《我与中大》(《奋斗二十年》之一章)发表于《宇宙风》第 142 期。

许钦文《颜回之死》发表于《宇宙风》第 143 期。

孟克《鲁迅先生和他底若干对手》(封面)发表于《希望》第 2 集第 4 期。

编者《鲁迅先生照相》(封里)发表于《希望》第 2 集第 4 期。

鲁迅《给胡风的六封信》发表于《希望》第 2 集第 4 期。

何家槐译《伊里亚·列宾及其作品》发表于《希望》第 2 集第 4 期。

[波兰]爱泼斯坦作、以沛译《这就是毛泽东——中国共产党的领袖》发表于《新群众》第 1 卷第 4 期。

侯德章、张丹桂《英雄王秋芬和王秋芬运动》发表于《新群众》第 1 卷第 5 期。

刻舟《韬奋同志事略》发表于《新群众》第 2 卷第 1 期。

默然《反内战反特务运动——追悼民主同盟三战士》发表于《新群众》第 2 卷第 2 期。

田间《哀悼闻先生》发表于《新群众》第 2 卷第 2 期。

[德]雷纳尔《一个伟大的德国人——记德共领袖威廉·皮克》发表于《新群众》第 2 卷第 3 期。

萧三《毛泽东的青年时代》发表于《新群众》第 3 卷第 1 期。

[美]西蒙斯作、冯亦代译《青年托尔斯泰》发表于《清明》创刊号。

[美]西蒙斯作、冯亦代译《青年托尔斯泰》发表于《清明》第 2 号。

[美]西蒙斯作、冯亦代译《青年托尔斯泰》发表于《清明》第 3 号。

[美]西蒙斯作、冯亦代译《青年托尔斯泰》发表于《清明》第 4 号。

纪涛《张大奎的死》发表于《热潮》第 1 卷第 2 期。

王锦第《最后一次在北平的鲁迅》发表于《北方杂志》第 1 卷第 5 期(鲁迅先生逝世十周年纪念特辑)。

艾芜《高尔基的小说》发表于《萌芽》第 1 卷第 1 期。

[苏]博哥斯洛夫斯基著、李兰译《屠格涅夫及其作品》发表于《萌芽》第

1 卷第 1 期。

李兰《诗人密克维支》发表于《萌芽》第 1 卷第 3 期。

林辰《鲁迅与莽原社》发表于《萌芽》第 1 卷第 4 期。

戴文赛《牛顿的生平》发表于《西风》第 83 期。

冯振亚《周悔庵阖门殉难记略》发表于《苏讯》第 67 期。

戴文赛《悲多芬的生平与作品》发表于《文讯》第 6 卷第 4—6 期。

傅正《关于维特及其回忆录》发表于《大中》第 1 卷第 5 期。

甘逸英《征程回忆录》发表于《青年周刊》第 23 期。

甘逸英《征程回忆录》发表于《青年周刊》第 25 期。

甘逸英《征程回忆录》发表于《青年周刊》第 28 期。

马泣庠《罗斯福总统小传》发表于《东方副刊》第 9 期。

清华《昆明殉难四烈士传》发表于《时代学生》第 1 卷第 7 期。

丘蔼达译《高尔基小传》发表于《现代英语》第 4 卷第 4—6 期。

伍慕英《重游苏岛回忆录》发表于《华侨先锋》第 8 卷第 1—2 期。

徐蔚南《叶楚伧先生的生平》发表于《新学生月刊》第 1 卷第 3 期。

高寄《战时生活回忆录》发表于《时代周刊》第 21 期。

鄜廷和《国父生平及其政治理想》发表于《时代周刊》第 21 期。

邓慕韩译述《国父事略》发表于《新时代月刊》第 1 卷第 10 期。

黄玉蓉《聋女自述》发表于《家》第 3 期。

徐行客《金华三日》(《苦行回忆录》之十三)发表于《春秋》第 3 卷第 2 期。

赵景深《现代作家生平籍贯秘录》发表于《茶话》第 4 期。

魏金枝《经颐渊先生事略》发表于《茶话》第 5 期。

褚葆一《马先尔之生平及其治学态度》发表于《财政评论》第 14 卷第 1 期。

甘士杰《巴士退布尔的生平及其著作》发表于《财政评论》第 14 卷第 2 期。

甘士杰《伊利的生平及其教学态度》发表于《财政评论》第 15 卷第 3 期。

卢继成《总理革命事略》发表于《新生路月刊》第 10 卷第 6 期。

卢中度《胡展堂先生事略》发表于《新生路月刊》第 10 卷第 6 期。

郑大章《彼得·居礼之生平及其贡献》发表于《科学时报》第 11 卷第 2 期。

郑光祖《抗战八年上海业余活动回忆录》发表于《无线电世界》第 1 卷第

4—5 期。

剡农《工商界人物志·重义轻利的王晓籁先生》发表于《工商新闻》第 2 期。

曹成修《日本文化战犯的自白》发表于《日本论坛》第 1 期。

岑仲勉《陈子昂及其文集之事迹》发表于《辅仁学志》第 14 卷第 1—2 期。

绂征《美国当代大法官霍尔莫斯的生平及其家世》发表于《中国法学杂志月刊》第 5 卷第 1 期。

胡适《戴震对江永的始终敬礼》发表于北平 8 月 28 日《经世日报·读书周刊》第 3 期。

按：此文发表后，胡适又作《再记东原对江慎修的敬礼》，作为前后的补充。今见耿云志编《胡适遗稿及秘藏书信》第 3 册，黄山书社 1994 年版。

编者《追悼"四八"被难烈士特刊》发表于 4 月 20 日《解放日报》。

按：王若飞、秦邦宪和新四军军长叶挺及其夫人 4 月 8 日由重庆飞往延安途中，飞机在山西省兴县失事，不幸全部牺牲。王若飞等失事后，重庆各界 4 月 19 日追悼因飞机失事牺牲的王若飞、叶挺等"四八"烈士，中共代表周恩来、董必武、吴玉章等及各界人士 5000 多人参加，由张澜主祭，周恩来、沈钧儒等陪祭。在 4 月 20 日的《解放日报》上，发表了毛泽东题词："为人民而死，虽死犹荣。"朱德题词："为全国人民和平、民主、团结而牺牲。"刘少奇题词："把给予我们伟大死者的悲痛，变为积极的力量，来巩固和平，争取民主。"任弼时题词："你们的功绩永垂不朽。"彭德怀题词："为中国和平民主团结而牺牲永远是光荣的。"

吕骥《冼星海同志》发表于 1 月 5 日《新华日报》。

何其芳《记冼星海同志》发表于 1 月 5 日《新华日报》。

何其芳《记贺龙将军》发表于 1 月 16 日《新华日报》。

骆宾基《萧红小论——纪念萧红逝世四周年》发表于 1 月 22 日《新华日报》。

李蕤《记王震将军》发表于 1 月 31 日《新华日报》。

岑穆《共产党老人——纪念美国老作家德莱塞》发表于 2 月 4 日《新华日报》。

史寒《人民的作家德莱塞》发表于 2 月 4 日《新华日报》。

何其芳《谷老——回忆延安》发表于 2 月 5 日《新华日报》。

周而复《贺龙将军印象记》发表于 3 月 5 日《新华日报》。

李谱《陈毅将军印象记》发表于 3 月 12 日《新华日报》。

刘白羽《萧克将军》发表于 4 月 7 日《新华日报》。

黔首《黄齐生先生二三事》发表于 4 月 21 日《新华日报》。

华明《关于刘顺安同志牺牲的回忆》发表于 6 月 23 日《新华日报》。

白原之《在聂耳的旗帜下前进》发表于 7 月 17 日《新华日报》。

周而复《张学诗将军——东北山水人物之四》发表于 8 月 31 日《新华日报》。

吴玉章《回忆陶行知先生》发表于 9 月 22 日《新华日报》。

石灵《记黄婉华同志》发表于 9 月 23 日《新华日报》。

张香山《记刘伯承将军》发表于 10 月 2 日《新华日报》。

石灵《记杨奇生同志》发表于 10 月 19 日《新华日报》。

蒯斯曛《粟裕将军》发表于 11 月 3 日《新华日报》。

柳一株《冼星海的一生》发表于 11 月 18 日《新华日报》。

吴玉章《庆祝人民军队的创造者，朱总司令玉阶同志六十大寿》发表于 11 月 29 日《新华日报》。

编者《朱德将军年谱（一八八六——一九四六）》发表于 11 月 30 日《新华日报》。

牛耕野《第一次会见总司令》发表于 11 月 30 日《新华日报》。

李刚《徐老二三事》发表于 12 月 20 日《新华日报》。

湄父《徐老印象记》发表于 12 月 23 日《新华日报》。

何其芳《吴玉章同志革命故事》发表于 12 月 30 日《新华日报》。

三、传记著作

曲卜玄编著《人物春秋》由陕西南郑作者书屋出版。

按：是书收上古迄明季的人物老子、孔子、管仲、商鞅、李斯、司马迁、班超、刘备、周瑜、诸葛亮、隋文帝、李世民、武则天、韩愈、王安石、文天祥、朱元璋、李自成等人的故事 728 则。

郭沫若著《历史人物》由重庆人物杂志社出版。

按：是书收文 9 篇：《论曹植》《隋代大音乐家万宝常》《王安石》《王阳明》《甲申三百年祭》（附录：《关于李岩》）、《夏完淳》《王国维与鲁迅》《论郁达夫》《论闻一多做学问的态度》，有著者序。

茅声熙编《历代名人的故事》由上海青城书店出版。

按：是书收录管仲、孔子、诸葛亮、马援、玄奘、司马光、王安石、朱元璋、王阳明等人的轶闻故事 47 篇。

茅声熙编《历代圣贤故事》由上海青城书店出版。

按:是书收录黄帝、唐尧、虞舜、夏禹、汤武王、周文王、周公、孔子、子路、子贡、老子、墨子、孟子、朱子、黄宗羲、曾国藩等人的轶闻故事 126 则。

华岗著《中国历史的翻案》由上海作家书屋出版。

冯云声著《孔子和老子的政治思想》由海风出版社出版。

陈安仁著《秦汉时代学者之人生哲学》由文化印刷服务社出版。

王禹卿著《孔子传》由重庆商务印书馆出版。

王毓瑚著《管仲》由重庆胜利出版社出版。

郑麐编译《燕丹子》(英译先秦群经诸子丛书)由上海世界书局出版。

郭沫若著《屈原研究》由重庆群益出版社出版。

邵日雄编《楚霸王故事》由上海合众书店出版。

任苍厂主编《班超》由上海大方书局出版。

周佐治著《班超》由青年出版社出版。

陈安仁编著《六朝时代学者之人生哲学》由重庆正中书局出版。

祝秀侠著《三国人物新论》由上海国际文化服务社出版。

按:是书收评论三国人物的论文 15 篇,其中论述诸葛亮、刘备、司马懿、曹操、鲁肃、关羽、曹丕、曹植等人的文章 12 篇,另有专论诸葛亮的外交、军事、政治措施的文章 3 篇。卷首有作者序。

周佐治编著《诸葛亮》由江苏南京青年出版社出版。

李旭编著《李世民》由江苏南京青年出版社出版。

易君左编著《祖逖》由江苏南京胜利出版公司出版。

徐嘉瑞著《辛稼轩评传》由重庆文通书局出版。

杜呈祥著《辛弃疾》由上海商务印书馆出版。

孔繁锦著《岳飞》由青年出版社出版。

章衣萍著《文天祥》由儿童书局出版。

陈健夫著《王阳明学说及其事功》由上海大东书局出版。

温肇桐著《明代四大画家》由上海世界书局出版。

按:是书介绍明代四大画家沈石田、文徵明、唐伯虎、仇十洲的生平事迹。

罗时旸著《戚继光》由南京青年出版社出版。

李旭著《郑成功》由南京青年出版社出版。

张默生著、丰子恺绘画《武训传》由上海东方书社出版。

凌惕安编著《清代贵州名贤像传》第1集由上海商务印书馆出版。

章衣萍著《黄梨洲》由上海儿童书局出版。

章衣萍著《林则徐》由上海儿童书局出版。

蒋逸雪编著《张溥年谱》由重庆商务印书馆出版。

李鼎芳编著《曾国藩及其幕府人物》由交通书局出版。

康国栋著《中国现代名人传》由东北力行图书社出版。

按：是书收民国时期84位名人的传略，孙中山、蒋介石列于卷首，后按革命先烈、抗日烈士、政治、军事、外交、教育、实业、文化、艺术、慈善、医学、工程分12类，按姓氏笔划排列。其中有朱执信、宋教仁、陈其美、黄兴、朱家骅、白崇禧、王正廷、冰心、徐悲鸿、朱庆润、金宝善、詹天佑等人。

陈伯达著《窃国大盗袁世凯》由东北书店出版。

浦家麟编校《国父年谱表解》由中国国民党上海特别市执行委员会出版。

沈延国著《记章太炎先生》由上海永祥印书馆出版。

李观森编《中国之命运与孙总理》由上海中国福音广播电台出版。

苏开来著《吴佩孚之死》由北平新报社出版。

陈廷杰著《吴上将军殉国记》出版。

何伯言编著《黄克强》由江苏南京青年出版社出版。

何伯言编著《朱执信廖仲恺》由江苏南京青年出版社出版。

何仲箫著《陈英士先生年谱》由上海中国文化服务社出版。

何伯言编著《陆皓东史坚如》由江苏南京青年出版社出版。

遐庵年谱汇稿编印会编《叶遐庵先生年谱》由编者出版。

金云铭著《陈第年谱》由福建协和大学中国文化研究会出版。

陈伯达著《土皇帝阎锡山》由新中国出版公司出版。

现代化编译社编《阎伯川先生与山西政治的客观记述》由江苏南京现代化编译社出版。

杜呈祥编著《邹容》由江苏南京青年出版社出版。

罗时旸编著《秋瑾》由江苏南京青年出版社出版。

中共代表团编《"四八"被难历史纪念册》由编者出版。

无名氏编《王若飞邓发叶挺秦邦宪同志等遇难》出版。

白朗等著《中国妇女领袖》由冀东新华书店出版。

赵元明编《烈士传》由辽东建国书社出版。

梁中铭编绘《抗战忠勇史画》由上海正气出版社出版。

按:是书收题名为张自忠精忠报国、郝梦龄夜战殉国、谢晋元孤军奋战等图画32幅,附文字说明。

大新出版社编《政治协商会代表群像》由上海编者出版。

晋察冀边区暨张市各界追悼"四八"遇难烈士筹委会编《追悼"四八"遇难烈士纪念册》由编者出版。

周云青、黄肇平编《革命文豪吴稚晖》由上海大同书局出版。

现代史料社编辑《蒋介石言行对照录》由现代史料社出版。

豫皖苏区建国学院编著《蒋介石言行对照录》由华东新华书店出版。

蒋介石著《蒋委员长家书》由上海大中华书局出版。

蒋介石著《报国与思亲》由北平新纪元出版社出版。

〔美〕斯诺(原题爱德迎·史诺)著、方霖译《毛泽东自传》由上海梅林书店出版。

〔美〕斯诺(原题史诺)著、丁洛译《毛泽东自传》由上海三友图书公司出版。

郑学稼编著《毛泽东先生评传》由胜利出版公司出版。

郑学稼编著《毛泽东先生评传》由光明出版社出版。

按:是书是将毛泽东作为一个历史人物进行评传的。书中从毛泽东的家庭与童年生活讲起,截取他生活与斗争的重大事件进行描述,例如五四运动、中国共产党成立、八七会议、井冈山的斗争、苏维埃政权与反"围剿"、党内斗争等事件,力图以客观的态度,去解释毛泽东四十九年来的生活与中国历史的交响。

张如心著《毛泽东的作风与科学方法》由冀南书店出版。

张如心著《毛泽东的作风》由大连日报社出版。

张如心著《毛泽东论》(增订本)由香港新民主出版社出版。

张如心著《论毛泽东》由太岳新华书店出版。

张如心著《毛泽东的思想及作风》由渤海新华书店出版。

〔美〕斯特朗著《毛泽东访问记》由中共晋绥分局宣传部出版。

按:1946年8月6日,美国记者安娜·路易斯·斯特朗赴延安采访毛泽东。采访中,毛泽东就斯特朗提出的几个问题,纵论了世界反法西斯战争胜利后的中国政局前景,世界风云走向,并对国际国内形势及反动派的本质等问题作了精辟分析,提出了"一切反动派都是纸老虎"的著名论点。这篇谈话,最早发表在《亚美》杂志1947年4月号。书末附录有:"毛主席答美记者所提问题","斯大林答英记者所提问题"。

绍源辑译《朱德自传》(附:康克清女士传)由重庆大地出版社出版。

邓演达先生殉难十五周年纪念会编《邓演达的道路》由编者出版。

佚名著《陈逆公博自白书全文》出版。

郭沫若著《论郁达夫》由人民文学出版社出版。

胡愈之著《郁达夫的流亡和失踪》由香港咫园书屋出版。

蔡廷锴著《蔡廷锴自传》(上下册)由香港自由旬刊社出版。

汪北平、郑大慈编《虞洽卿先生》由宁波文物社出版。

李宗吾著《厚黑教主自传》由四川成都晨钟书局出版。

朱谦之著《奋斗廿年》由广东广州国立中山大学史学研究会出版。

翟宗沛编著《郑所南》(思肖)由江苏南京胜利出版公司出版。

谢冰莹著《女叛徒》由上海国际书局出版。

羽山著《劳动英雄胡顺义》由晋察冀边区教育阵地社出版。

陈烟桥著《鲁迅与木刻》由福建崇安中国木刻用品合作工厂出版。

茅盾、许景宋等著,克维编《鲁迅研究》(上集)由吉林长春嘉陵江出版社出版。

卢正义选辑《鲁迅论》(第 1 辑)由大连文协出版。

卢正义选辑《鲁迅论》(第 2 辑)由大连文协出版。

邓珂云编、曹聚仁校订《鲁迅手册》由上海群众杂志公司出版。

陶行知先生纪念委员会编《陶行知先生纪念集》出版。

西南联大学生出版社编《吾爱吾师吾尤爱真理》由云南昆明编者出版。

梁漱溟、周新民著《李闻案调查报告书》由民主出版社出版。

梁漱溟、周新民著《李闻被害真相》由民主出版社出版。

民主文丛出版社编《韬奋的死及其他》由编者出版。

陶菊隐著《六君子传》由上海中华书局出版。

按:是书所谓的六君子,是指杨度、孙毓筠、胡瑛、李燮和、刘师培和严复。他们组织"筹安会",时人戏呼为"六君子"。

鲁迅等著《我的童年》由上海简明出版社出版。

按:是书收录鲁迅、茅盾、郭沫若、巴金、袁牧之等 30 位作家关于童年时代的自传。

张行帆编《中国当代名人逸事》由上海中国文化供应社出版。

上海社会出版社编《中共人物》由编者出版。

郑逸梅著《人物品藻录》由上海日新出版社出版。

按:是书搜集清末民初各报登载的人物遗闻逸事百余则,包括文化、艺术、政治、军事等各界人士,可供史乘的参考。

吴晗著《历史的镜子》由生活书店出版。

傅家圭编述《湖南先贤事略》由湖南长沙湖南日报社出版。

叶云笙、叶柏恒编《广东时人志》由广东广州开通出版社出版。

按:是书记载宋子文、马超俊、何香凝、杜定友、郑介民等 160 多人的事略。

浩气出版公司编《海派作家人物志》由上海编者出版。

赵景深著《文人印象》由上海北新书局出版。

按:是书乃《文人剪影》的续编,介绍了包括小说家、诗人、戏剧家、散文家、文学史家、语言学家和翻译家共 43 人的事略。

教育阵地社编《教育界的英雄模范》由张家口新华书店晋察冀分店出版。

胶东区新教育社编《模范教师》由编者出版。

黄征夫著《京狱秘记》由暹京群众周报社出版。

施瑛著《山水人物》由上海永祥印书馆出版。

邹鲁著《回顾录》(第 2 册)由独立出版社出版。

按:是为邹鲁的自传。记述其 1885—1945 年的生平史事,对于研究邹氏生平、思想,以及辛亥革命、中华民国史有参考价值。

成都周刊社编辑部编《国民党内的五大派系》由成都文光出版社出版。

君羊、千儿译《中国国民党内幕》由星洲新民主报社出版。

中国国民党驻港澳总支部编《港澳抗战殉国烈士纪念册》由编者出版。

中中出版社编《股奸列传》(第 1 集)由上海编者出版。

按:是书介绍上海股票界沈长庚、李祖虞、梅思平等 10 余人进行股票投机活动的情况。

徐国定著《现代女名人传》由上海大东书局出版。

按:是书共包括 35 人传略。内分妇女领袖罗斯福夫人、列宁夫人、奈都夫人等 6 人;女革命家蔡特金、罗森堡、秋瑾 3 人;女政治家柯仑泰等 2 人;女作家赛珍珠、蕾妮哈特、冰莹、爱尔考特等 6 人;女记者塔布衣夫人、史沫特莱女士 2 人;女艺术家邓肯等 2 人;女英雄赵老太太、约翰逊女士、奇俊峰等 4 人;女科学家居里夫人;女社会活动家罗兰夫人、山额夫人、爱伦凯、南丁格尔等 7 人。卷首有编译者序和本书作者事略。

陈定闳著《世界著名社会学家之生平及其学说》由重庆商务印书馆出版。

　　按：是书分别介绍法、英、俄、德、奥、美、意 15 位社会学家的生平与学说。

　　李秀峰编著《现代世界伟人传》由上海光复出版社出版。

　　按：是书收录中、美、英、苏、法、南斯拉夫、土耳其、伊朗、印度等国 47 位政治人物的传记。

　　王克家编《世界十二大科学家》由上海经纬书局出版。

　　按：是书介绍哥白尼、伽利略、休琴斯、牛顿、瓦特、拉瓦西、达尔文、巴斯德、法布尔、爱迪生、居礼夫人、爱因斯坦 12 位科学家的生平事迹。

　　艾珑著《大科学家的故事》由上海青城书店出版。

　　按：是书介绍毕达哥拉斯、阿基米得、哥白尼、泰科布刺、克普勒、伽利略、牛顿、拉瓦西、法拉第、达尔文、居礼夫妇、爱因斯坦 13 位科学家的故事。

　　艾珑著《大文豪的故事》由上海青城书店出版。

　　按：是书收录萧伯纳、辛克莱、雨果、莎士比亚、伊索、拜伦、列夫·托尔斯泰、普希金、易卜生、歌德、雪莱、莫泊桑、王尔德、鲁迅、高尔基等 15 位著名文人的传记故事。

　　漱玉编《世界发明家故事》由上海大方书局出版。

　　王焕才编著《世界模范人物传》由上海光华书局出版。

　　按：是书分政治家、科学家、文学家和军事家 4 类介绍孙中山、罗斯福、斯大林、凯末尔、甘地、胡佛、巴斯德、诺贝尔、詹天佑、爱迪生、泰戈尔、居礼夫人、高尔基、鲁迅、霞飞、蔡锷、白崇禧等 20 人生平小传。

　　文西等著《世界名画和画家的故事》由贵州贵阳文通书局出版。

　　〔美〕卡尼基著、龙洁清译《五分钟名人传》由上海文摘出版社出版。

　　〔美〕桑达雅那著、蒋学模译《人与地》（当代一位哲人的自传）由上海文摘出版社出版。

　　按：是书为美国唯心主义哲学家、批判实在论的代表桑达雅那的自传。

　　李铸晋等编辑《美国名人小传》由四川成都五大学比较文化研究所出版。

　　隐名修女编著《贤女加大利纳传》由澳门白德美纪念出版社出版。

　　白德美著、傅玉棠译《圣女玛加利大传》由澳门慈幼印书馆出版。

　　〔英〕Hon Bichol 著、高殿森译《拜伦传》由江苏南京独立出版社出版。

　　胡风编著《罗曼·罗兰》由上海新新出版社出版。

　　〔法〕狄·诺斯著、万歌译《左拉》由上海云海出版社出版。

　　〔苏〕V.吉尔波丁著、吕荧译《普式庚传》由上海国际文化服务社出版。

［苏］I.巴克梯利夫、A.拉佐莫夫斯基著,瞿秋白译《苏沃罗夫元帅》由华北新华书店出版。

［苏］N.斯维特洛夫著《斯大林》由大同出版社出版。

［法］罗曼·罗兰著、傅雷译《贝多芬传》由上海骆驼书店出版。

李受天编著《悬尸墨索里尼的一生》由上海经纬书局出版。

陈大森编著《巴士德传》由上海世界书局出版。

刘廷芳著《司徒雷登博士年谱》由北平燕京大学出版,书末有薛瀛伯的跋。

四、卒于是年的传记作者

李烈钧(1882—1946)。烈钧原名烈训,又名协和,字侠如,别号侠黄,江西武宁人。1904年赴日本学习军事,加入同盟会。1911年参加武昌起义。民国成立后,任江西都督。1913年首举倒袁大旗,不幸失败。后追随孙中山,任广州军政府参谋总长。1925年随孙中山北伐。1927年任国民政府常务委员,兼军事委员会常务委员。1936年西安事变结束后,任高等军事法庭审判长,审判张学良将军。1946年2月20日因高血压心肌梗塞病逝于重庆。著有《李烈钧集》,其中有《李烈钧自传》《哭朱培德》《云南首义之回忆》等传记作品。

冯承钧(1885—1946)。承钧字子衡,湖北汉口人。早年在比利时修读中学,后进入法国巴黎大学深造,获法学士学位。再入法兰西学院研究院攻读两年。在留法期间与当时西欧硕学鸿儒如沙畹、沙海昂、鄂卢梭、伯希和、牟里等交游。1911年返国,历任湖北都督府秘书、众议院一等秘书、教育部秘书等职。著有《景教碑考》《历代术法翻经录》《西域地名》《元代白话碑》《成吉思汗传》《瀛涯胜览校注》《中国南洋交通史》《星槎胜览校注》《海录注》《诸藩志校注》《郑和下西洋考》《西洋朝贡典录校注》等。

夏丏尊(1886—1946)。丏尊名铸,字勉旃,后改字丏尊,号闷庵,浙江上虞人。1901年考中秀才,次年到上海中西书院学习。1905年留学日本,先在东京弘文学院补习日语,毕业前考进东京高等工业学校,但因申请不到官费,于1907年辍学回国。1908年任浙江省两级师范学堂通译助教,后任国文教员。1919年与陈望道、刘大白、李次九三人积极支持五四新文化运动,推行革新语文教育,被称为第一师范的"四大金刚",受到反动当局和守旧派的攻击,相继离校。1921年受聘为上虞春晖中学教员,同年加入文学研究会。1925年到上海参与立达中学、立达学会和《立达季刊》的创办,兼开明书店编辑。1927 年任上海暨南大学中国文学系主任。1929 年任开明书店编辑所所长，次年创办《中学生》杂志。1936 年被推为中国文艺家协会主席。1939 年创办《月报》杂志，任社长。1946 年 4 月 23 日病逝于上海。作有《我之于书》《我的中学生时代》《紧张气氛的回忆》《阮玲玉的死》《鲁迅翁杂忆》《弘一法师之出家》《我的畏友弘一和尚》《怀晚晴老人》《一九一九的回顾》《悼一个自杀的中学生》等传记文章。

叶楚伧（1887—1946）。楚伧原名单叶、宗源，以字行，字卓书，别字（笔名）小凤，江苏吴县人。1904 年考入苏州高等学堂。后被学堂除名，赴广东汕头参加《中华新报》工作。1909 年加入同盟会。1910 年参加南社。1912 年中华民国成立后，先后在上海创办《太平洋报》《生活日报》，并一度入《民立报》操笔政论。1916 年与邵力子合办《民国日报》，任总编辑。1924 年 1 月被选为国民党第一届中央执行委员，并任国民党上海执行部常务委员兼青年妇女部长。1925 年参加反对孙中山联俄联共政策的西山会议，被选为西山会议派的国民党中央执行委员会常务委员。1926 年国民党二大停止其《民国日报》总编辑职务。1927 年参加清共的"四一二"事变。南京国民政府成立后，任国民政府委员、国民党二届中央特别委员会候补委员。1929 年后先后任江苏省政府主席，国民党中央党部宣传部长、秘书长，中央政治会议秘书长。1935 年任国民政府立法院副院长。著有《世徽堂诗稿》《楚伧文存》等，其中传记作品有《沈母王太夫人家传》《国民政府林故主席森墓志铭》《祭黄花岗诸烈士文》《祭林颂亭先生文》《祭黄克强先生文》《祭林主席文》《悼陈英士先生》《忆黄克强先生》《谨书黄克强先生》等。

陶行知（1891—1946）。行知别名文濬，安徽歙县人，祖籍浙江绍兴。1908 年考入杭州广济医学堂。1914 年赴美留学，1917 年秋回国，先后任南京高等师范学校、国立东南大学教授、教务主任等职。1926 年发表《中华教育改进社改造全国乡村教育宣言》。1931 年主编《儿童科学丛书》。1935 年积极投身抗日救亡运动。1945 年当选中国民主同盟中央常委，兼教育委员会主任委员。著有《中国教育改造》《古庙敲钟录》《斋夫自由谈》《行知书信》《行知诗歌集》等。作有《纪念牛顿与伽利略》《怎样学爱迪生》《佛兰克林小史》《佛罗棱萨的教授》《武训先生画传再版跋》《把武训先生解放出来——为武训先生诞辰一百零七周年纪念而写》《鲁迅先生逝世二周年纪念》《寿张伯苓先生七秩大庆》《祝董必武六十寿辰》《范旭东先生之死》《追思李公朴先生》《追思韬奋先生》《最后的一首诗——祭邹韬奋先生文》等传记文章。

闻一多（1899—1946）。一多本名闻家骅，字友三，湖北浠水人。1912

年考入清华大学留美预备学校。1922 年 7 月赴美国留学,先后在芝加哥美术学院、珂泉科罗拉多大学和纽约艺术学院进行学习。1925 年 5 月回国后,任北京艺术专科学校教务长,并从事《晨报》副刊《诗镌》的编辑工作。1930 年秋受聘于国立青岛大学,任文学院院长兼国文系主任。1932 年离开青岛,回到母校清华大学任中文系教授。1937 年 7 月随校迁往昆明,任北大、清华、南开三校合并后的西南联合大学教授。1946 年 7 月 15 日在云南大学举行的李公朴追悼大会上发表演讲,随后被国民党特务暗杀。著有《闻一多全集》,其中作有《庄子》《屈原问题》《人民的诗人——屈原》《孟浩然》《贾岛》《岑嘉州系年考证》《杜甫》《艾青和田间》《泰果尔批评》《八年的回忆与感想》等传记文章。

民国三十六年　丁亥　1947 年

一、传记评论

胡适 6 月 10 日撰写《梁任公先生年谱长编初稿序》,对丁文江等编纂的《梁启超先生年谱长编》的经过和内容作了叙述评价。

按:胡适说:梁先生死后,许多朋友都盼望丁在君担任写任公传记的事。在君自己也有决心写一部新式的《梁启超传记》。为了搜集这部大传记的资料,在君替梁氏家属计划向任公先生的朋友征求任公一生的书札。这个征求遗札的计划的大旨是请任公的朋友把他的书札真迹借给梁家抄副本,或照相片送给梁家。

当时征求到的任公先生遗札,加上他的家信,总计大概有近一万封之多。这样的大成功是由于几个原因:第一,任公先生早岁就享大名,他的信札多被朋友保存,是很自然的。第二,他的文笔可爱,他的字也很可爱,他的信札都是纸精、墨好,字迹秀逸,值得收藏的。第三,当时国中没有经过大乱,名人的墨迹容易保存。

这近万封的信札,就是这部《梁任公先生年谱长编初稿》的最重要的一批原料。此外,这部年谱还充分采用了许多同时人的记录,如《南海先生自编年谱》,如任公的兄弟仲策(启勋)的《曼殊室戊辰笔记》等等。这些记录在当时只有稿本,到现在往往还没有印本流传,都是不易得的材料。(戊辰是民国十七年,梁仲策先生这部《戊辰笔记》作于任公先生死之前一年,是一部很可靠的传记材料。可惜这部稿本后来已失落了。我举仲策此书为例,要人知道在君编的这部年谱里保存了不少现在已很难得或已不可得的资料。)

在君开始聚集任公先生的传记材料的时候,他是一个很忙的人,不能用全力来写任公先生的传记。民国十八年到十九年之间,在君领导了一个大规模的"西南地质调查队",直到十九年夏天才从西南回到北平。民国二十年他到了北京大学的地质系研究教授,从二十年秋季开学起,到二十三年六月,他在北大教了三年书。从二十三年六月起,他接任中央研究院的总干事。二十四年十二月他在湖南衡阳得病,二十五年一月五日,他死在长沙。

梁任公先生的年谱是在君先生在北京大学做教授的时期开始编纂的。

在君自己是主编人,他请了一位青年学者赵丰田先生做他的助手,帮助他整理编写他在那几年里搜集的资料。因为材料实在很多,又因为在君自己实在太忙,所以这部年谱有些地方还可以看出这是一部草稿,没有经过最后的整理写定。例如页五二引《李宣龚与丁在君书》,本文说是《李宣龚氏给编者的一封信》。这是很清楚的在君自称"编者"。但页十二引梁思成《致在君先生书》,本文说是《梁思成先生给丁在君文江先生的一封信》,页十六也说是《梁思成致丁在君先生书》。这两处都不称"编者"了。

在君死后,他的朋友翁咏霓把这部没有经过最后整理修改的初稿本油印了几十部,分送给任公先生的家属和朋友,请他们仔细审查一遍,附加评注,然后寄回——寄回给谁作综合的整理修改,我现在已记不清楚了。我当年也收到一部油印本,后来好像是寄还给梁家了。事隔多年,我仿佛记得是由梁令娴女士,思成、思永两先生,思庄女士各位汇齐收到的油印本上签注的意见,然后由他们决定请一位老辈朋友担任修改这部初稿的巨大工作。丁月波先生(文渊)在此书的"前言"里曾提及林宰平先生"正在整理这部著作"。很可能的,林宰平先生就是梁家姊妹弟兄委托修改此稿的人。

油印本好像是题作《梁任公先生年谱长编初稿》,这个题名可能是翁咏霓改题的,也可能是在君的本意。在君最初的意思是要写一部现代式的《梁启超传记》,年谱不过是传记的"长编"而已;不过是传记的原料依照年月的先后编排着,准备为写传记之用。油印本的底本就是中央研究院历史语言研究所保藏的这部初稿本。这部初稿本原藏地质调查所,后来归史语所收藏。

这部《长编初稿》的主编人是丁文江,编纂助理人是赵丰田。全部书有一致的编纂体例。除了最早几年之外,每年先有一段本年的大事纲领,然后依照各事的先后,分节叙述。凡引用文件,各注明原件的来源。因为文件是晒蓝剪粘的,故偶有模糊不能辨认的字。又因为原料实在太多,赵君句读标点也不免偶有小错误。

但这部《长编初稿》是大致完成了的一部大书。其中最后的一小部分可能是在君死后才起完成的。(这是我的追忆,我不能断定哪一部分是在君死后才完成的。最后一年记任公先生之死,以及身后情形,都很潦草,显然不像是在君看过的。)这部《长编初稿》保存了许多没有经过最后删削的原料,所以任公先生的儿女们在当时都感觉,这一大批原料应该再经一遍删削,方才可以付印流传。但我们在二十多年后,不能不承认,正因为这是一部没有经过删削的《长编初稿》,所以是最可宝贵的史科,最值得保存,最值得印行。

　　世界书局的杨家骆先生受了丁文渊先生身前的委托，费了大力量把这部清抄本重抄了一部，用抄本排印流传。这件大工作费了两年的时间，这是梁任公先生的朋友们和丁在君先生的朋友们都应该诚心感谢的！任公先生的儿女们在当时也许有种种的顾虑，不愿意把这部没有经过最后修改的原料长编印行出来。但在梁任公死后二十九年，丁在君死后二十二年，还没有一部根据这部《长编初稿》写出来的《梁任公年谱》定本，或《梁任公传记》——我们不应该再等候了。我们感谢杨家骆先生把这一大部《梁任公先生年谱长编初稿》排印出来。我们相信这部大书的出版，可以鼓励我们的史学者和传记学者去重新研究任公先生，去重新研究任公和他的朋友们所代表的那个曾经震荡中国知识分子至几十年之久的大运动。我们盼望，这部原料《长编》出版之后不久，就可以有新的、好的《梁启超传记》著作出来。我们最感觉悲哀的是为这部稿本的流传曾出了大力的丁月波先生竟不能亲自看见这部大书的出版了！四七.六.十。[①]

　　朱东润《传叙文学底真实性》发表于《学识》第 2 卷第 2—3 期。

　　按：文章说：传叙文学是文学，同时也是史，因为是史，所以在材料方面，不能不求十分的真实。传叙文学失去了它底真实性，便成为《毛颖传》《蝜蝂传》《鲁滨孙漂流记》，文字尽管是好文字，但是我们不能承认这是传叙文学。近代传叙文学底趋势，的确有许多地方和小说很接近，尤其因为着重心理分析，夹带抽象的叙述，无征不信，便有些类似勃路斯底小说。高斯底自传《父与子》，写到小时在家里把一张椅子竖起来，对它膜拜，一边等待着真神底处罚。这很类似小说了，然而不是小说，因为这是写着一个儿童底心理过程，沉浸在全书浓重的质朴气息里，更显得一字一句的真诚。尼古尔逊底《拜伦行传》，写勃莱新登夫人下车的风光旖旎，这是小说底女主角了，然而不是，因为从许多的著作，和拜伦底自己记载里都看到勃莱新登夫人是一位社交明星。所以我们知道纵使在表面上，近代传叙文学和小说一步步地接近，其实截然不同，这便是貌同心异。

　　要能取信，第一便须有征。……《史记》是中国第一部正史，也是一部史传底总集。《史记·自序》："百年之间，天下遗文古事，靡不毕集太史公。太史公仍父子相续，纂其职。"又自称："网罗天下放失旧闻。"从一部《史记》里，我们看到所读之书、所交之友、所游之地，以及所问之故老，他底半生消磨在史料底搜寻方面，我们不能不钦佩他底勤劳。再进一步，我们更看到他在立

① 耿云志，李国彤.胡适传记作品全编：第四卷[M].上海：东方出版中心，1999：277 – 281.

传的时候，务求材料底充实，甚至开国功臣，即如鲁侯之类，尽管和樊、郦、滕、灌齐名，并有功状可据，功位可考，仍旧不能立传。司马迁宁可冒记载不备的嫌疑，决不肯作不根的叙述。《樊郦滕灌传》赞："余与他广通，为言高祖功臣之兴时若此云。"他广是樊哙之孙，这是口说。再证以《高祖功臣年表》序："余读高祖侯功臣"，以及《惠景间侯者年表》序之"太史公读列封"的记载，然后继加以叙述。再次司马迁对于梁、赵诸人的事迹，所记特多的缘故，和他熟识的梁、赵之士，如冯遂、壶遂、田叔之类，当然也有相当的关系。（苏辙言太史公与燕、赵豪俊交游，其言不可信。太史公交游中无燕人，故托燕事亦特少。《燕世家》之作，则本诸燕史，大致其时燕史尚有残存，故史公本之以作《世家》，其中言"今王喜立"，"今王喜四年"，则燕史原文，太史公未及改定，今尚残存，可证。）就是周吕侯，在高祖初年都曾立大功，有《功臣表》功状可考，但是《史记》不为立传，在本纪中也不可考，大致也是征信不足，不完全因为是吕后之兄的缘故。

传叙文学既然重在真实，我们应当怎样取材呢？约翰逊博士说过："每个人底生活，最好由他自己写。"因此在取材方面，常常注意到传主底自传、回忆录、日记、书简这一类的东西。在中国还有自著的年谱，例如明末陈子龙、黄宗羲，都有自撰年谱。西洋传叙底第一章，常常引用传主底自传或回忆。有名的著作，如《约翰逊博士传》《司各脱传》《哥德传》等都是。在这一方面，材料都有相当的价值，因为出于传主底自述。但是我们应当知道自传不一定都是可靠的。白居易自称白氏出于白乙丙及白公胜，这确是一个很大的讹误。狄士莱里在他留下的自传底断片里，记着他底家族是从威尼斯迁出的，其实他这一族底故居只是一个名叫福里的小镇。人类心理总有一些爱夸耀的倾向，姓李底远祖当是唐太宗，姓赵底远祖当是宋艺（太）祖，这不一定是有意的作伪，然而当是无意的浮夸。

关于生平的回忆，也不一定可靠。哥德底自传便是一部有名的例证。后来哥德传叙底作家，常须费去很大的努力，指证哥德底错误再加以辩驳。本来作自传的人，多在髦年以后，正当记忆力消失殆尽、自信力亢进非常的时候：写作之中，他既不易博考已往的书简或其他的证件，而且也不愿，因此自传不是一部最翔实的叙述。尤其是我们底回忆，常常受到各种心理上必然的影响。（一）我们最易回忆到特殊的节目，因此却把日常生活忘去了。其实日常生活正是生活中最大的部分，一经忘却，我们记忆中的生活，便完全变质。（二）我们对于已往生活中不愉快的断片，常常给以自然的检查。我们也许记得，但是永远不会留下什么记载的。这样便会使得真相变形。

(三)我们对于童年的回忆,常常不是直接的记忆而是间接的回忆。三岁时的一个节目,给父母看到了,在童年时期告给我们,以后只是记忆父母底传说,而不是记忆自身底故实。(四)即是在成人以后,一件事项经过以后,我们传给别人,每次的复述,必会使事实逐步变形,到了最后自己著录的时候,甚至会和事实相去绝远。(五)我们对于一切的行为,都给与一种合理的解释,人类是理性动物,这原是很自然的。战争中的将帅,尽管在事前有周密的计划,但是临阵的时候,或是电话断了,或是传令兵失底了(在这次抗战中,便有一个大众皆知的好例)。于是手足无措,人翻马乱,也许在偶然中,获得一个意外的胜利,但是在自叙中,照例是"指挥若定"。政局中的政客常会从极左走到极右,从焦土抗战走到共存共荣,在旁人看来,完全是利禄熏心,不然便是小不忍以害大谋,但是局中人底记载,便有无数为国为民的理论,甚至习非成是,竟留下这样的信心。(六)还有回护交游的例子。在任何一个局面里,和我们共事的还有其他的人们。我们对于往事,也许不问好坏,不妨尽情发表,但是因为要给亲戚朋友或是其他的人们一点掩护,我们也会把事实掩蔽了。其他的例证尚多,不及备举,因此我们知道回忆录不一定可靠,尽管作者没有掩蔽事实的存心,但是在传叙家采用的时候,不能不给以审慎的考证。

日记当然是一种价值更大的材料。运用到传叙里面,很能博到读者底信任,尤其在一件大事的叙述里,更加唤起当日的精神。朱子《张魏公行状》,记着张浚在平江兴兵讨逆那一节,最容易动人,显然地曾经利用张浚日记底断片。古人留下的日记虽不多,但是近代如《曾文正日记》《翁方纲日记》《越缦堂日记》,不但是很好的传叙材料,而且也是很好的史料。不过发表的往往不是全部的日记,而且因为一般人物没有感觉传叙文学对于传主的价值,死者底遗族,自己既不能利用,同时也不容许别人利用,这实在是一件可惜的事。写作日记的时候,作者常常不预备发表,因此上面所说的弊病很少,对于传叙家确是一种便利,西方传叙文学久已盛行,名人底日记难免存心留待天下后世,因而有记载不实之病,这种征象,在中国还没有:不过不久以后,会传染过来,而且因为一般人底信义感不甚健全,辨别真伪的兴趣又不甚浓厚的缘故,一经传染,势必变本加厉,这是可以预见的。

书简更是一种很好的资料,欧西所称为书简传的著作,简直全部取材于此。从流传下来的东坡尺牍、山谷尺牍之类,我们对于东坡、山谷底为人,也许比读《宋史》本传,可以认识得更亲切。明清之间,流行许多尺牍选本,受人推重,大致也是因为更能流露作者心绪的缘故。但是书简底写作,是一种艺术,现代中国,除了几位文人以外,一般人物似乎还不能运用自如:政治生活中的人物,更多假手幕僚之流,最易写成固定的公式,只有套数,没有情感,而且也不一定有事实。其次大家对于保存书简的习惯,也不发达,收信以后,往往随手散失,即使他日有人作传,征求书简,也便无从征集,这不能不算是一种损失。

自订年谱从明季以来,便很流行,作家自作的年谱往往和西方人底自传有同样的价值。在作年谱的时候,也难免和自传有同样的困难。近代有名的如南通张謇自订的《啬翁年谱》,其后其子孝若即据以作传。但是张謇最后二十年中与沈寿底关系,在年谱中不著一字。沈寿字雪宧,张謇为作《味雪轩记》,言:"雪何味,不可说";又题雪宧照片:"杨枝丝短柳枝长,旋绾旋开亦可伤,要合一池烟水气,长长短短覆鸳鸯。"当然张謇有他底事业,在为他作传的人,用不到著力写他底私生活,但是惟有了解他底私生活,才能了解他底整个生活。

朱东润《我为什么写作〈张居正大传〉》发表于《文化先锋》第24期。

按:文章说:三十二年一月,我开始撰述《张居正大传》,八月写成;到三十四年十二月间,由开明书店出版。多承读者底好意,这本书在出版以后,曾经得到不少的好评,无疑地这会给我极大的鼓励,可是在现在出版界这样艰苦的情形之下,要想提供第二部传叙,中间还需要相当的时间。有时朋友们提出一个问题,为什么要写《张居正大传》呢?答案却很简单:第一,我认为在传叙文学方面,我们需要一番有意的努力。在以前,中国人在传叙文学这个部门里确曾有过成功的作品;把同时期的西洋作品,和中国人底成绩比较一下,我们一些不感觉惭愧。但是光荣的日期已经过去了,祖宗底显焕,究竟救济不了子孙底饥寒。当我们想到西洋人在这二三百年以来,对于传叙文学的进步,我们还不觉得寒伧吗?结构底谨严,气魄底壮阔,审定材料精密,分析人格底细切,在哪一方面,我们可以和人家比拟?我们能把墓志铭、神道碑,以及大切八块的评传、疑神疑鬼的伟人传记,去和人家争一个高下吗?这使得我下了决心写一本传叙。在形式方面,我是无疑地受到西洋传叙文学底影响,不过我在本书自序里说过:"我底希望,本来只是供给一般人一个参考,知道西方的传叙文学是怎么写法,怎样可以介绍到中国。"我只能打门,至于以后栽培花木,收拾园亭,当然还要期待许多能力更强的作家。其次,为什么要选择张居正做这本书底传主呢?一则因为居正是一个有问题的人物,二则因为居正是一个不断地演变的人物。……但是这些还不是我要写这本书的主因。

　　我们讨论一本著作的时候,总不能忘去时代背景。一本传叙底写成尤其如此。传叙文学底目的,是要从已往的人物传叙之中,指示我们当前应取的途径。这里我们应当注意的是说的写作底时代背景,而不一定是传主底时代背景。近代对于文学,认定在这方面,我们应当给当前的时代,有一点有价值的指示;假如我们对于当前的时代,不能了解,那还谈什么指示,更加说不上价值了。我写成这本书的时代,是怎样一个时代呢? 三十二年的时候,敌人的势力,深深地侵入整个的中国。国民政府局促在西南的一角,半个中国已经沦陷了,其余半个中国,时时感受到威胁。沿海的口岸被封锁了,滇缅路被割断了,除了靠着美国飞机,还能从驼峰上得到些微的接济以外,我们完全处在窒息的地位。这时太平洋大战已经爆发,但是美国底海军还在西南太平洋和日本作岛屿的战争,英国的陆军,连同美法两国底友军,正在非洲沙漠挣扎,一时还谈不到攻入欧洲;苏俄呢,对于轴心国家作战,打得只有招架之功,并无还手之力。固然,从整个的战局看来,艰苦尽管艰苦,但是同盟国对于轴心国的战争,保有绝对的优势,我们根本用不到担心;我们担心的,是中国会不会在大局好转以前,被敌人先行搤死,尝味亡国的惨痛。从国际的形势看来,三十二年确是一个艰苦的年代,这是抗战给我们带来的命运。无论怎样,国策既经决定以后,我们只有咬紧牙关,忍受一切。可是国内的行政呢? 在"抗战第一,军事第一"的口号下面,我们看到不少的悲剧。在极大多数人底痛苦和饥馑上面,极少数人正在建筑他们底幸福和财富。前线的兵士,后方的征工,连稀饭都吃不饱的时候,带兵的将士和管理工人的官员,有些正在作无限制的享受。外国在对外作战的当中,政府要人同样受到严格的管制,但是重庆方面,灯火酒绿,还是不断地进行,贪污的作风侵入了税收机关、国营事业机关,甚至侵入教育机关和司法机关。单凭这样的国家,遇到这样的国难,除了等到奇迹底来临,我们还敢存什么奢望? 这更使我想起明代的张居正。

　　研讨张居正底生平的时候,我们应当记得他正在接受这二千年来的呼声。他认定自己对于社会国家负有莫大的责任。他底身分从才士到策士,从策士到斗士,再从斗士到政治家;他底地位,从秀才直做到首辅大学士,变是变了,但是变之中还有一个不变,这便是他从儒家那里接受得来的传统的精神。十年的政权,真正把居正做成"鞠躬尽瘁,死而后已"。也许有人认为居正底热恋政权,只是为的权势;那么权势又是为的什么? 居正以前的几位首辅,夏言、严嵩,都没有得到好的结局;徐阶、高拱下台以后,也都岌岌不能自保。这还不够居正警惕吗? 要求一个人在不受物质诱惑而有身命危险的时候,担当鞠躬尽瘁的责任,在他后面,必然有一份以身殉道的精神,才能给他有力的支持。这正是居正底精神,也正是这一点,使我发心写这本大传。

现在中国的时代,是民主政治的时代。在这个时代里,政治原则当然要经过一番洗炼。民主政治需要每个人对于政治负责而不再希望只有少数人对于政治负责,这是大原则底变动。但是这里还有一个重大的问题。我们是希望每个人对于自己负责呢,还是希望他对于社会国家负责呢?假如他只是对自己负责,那么在满足了吃饭穿衣、求偶传种的要求以外,社会国家由谁负责;是不是我们就可以一切放任,重新回到原始的社会?假如每个人都要对政治负责,那么社会国家之事,正是人人分内之事,我们更应当勇敢地接受,二千余年以来的呼声,认定"仁以为己任""死而后已"。民主政治的国家,固然不能使得每个人都能直接地参与国家大政,但是每个人不能没有参与国家大政的意识。在这一点我们实在有重新了解张居正这一类人物的必要。

范朴斋《张澜为人怎样》发表于《人物杂志》第 1 期。

王愚《蔡伦——造纸的发明人》发表于《人物杂志》第 1 期。

曹怀《普式庚的小说》发表于《人物杂志》第 2 期。

公盾《金圣叹新论》发表于《人物杂志》第 7 期。

戴镏龄《谈西洋传记》发表于《人物杂志》第 7 期。

按:文章说:(一)传记的三个要素 传记这个名词英文里是 Biography,一六六〇年才在英国开始用,不过它在欧洲是起源很早的一种文学,散见于希腊罗马的著述里。即是在古代希伯来的民族的文学里,它也占有重要地位。我们如把历来能称得起传记的作品详加分析,可以发现三个要素:第一,它是一种记载。第二,它是关于个人的记载。第三,它是用艺术手腕写成的。既然是记载,自得以事实为对象,绝对忠于事实,无丝毫的折扣。作者无庸讳言被传人的不甚名誉的事,替他粉饰;也无庸夸大他所做的好事,或竟造出莫须有的丰功盛绩为他捧场。传记家实事求是廉正不阿的态度颇像秉笔而书的董狐。

说他颇像董狐,但他又并非历史家。他所记载的是个人的事实,所注意的是个人内在的性情、气质、言行的动机和心理上种种微妙的变化;告诉读者,怎样的一个人,如何变成这样一个人的。假如这人是政治家,是社会改革家,我们固然描出他的时代背景的轮廓,但我们仍要站在传记家的岗位上,保持他的书中的主人地位,使他成为全书的中心。但搜齐他的全部事实,按年月日排起,本身还不是传记,不过是供写传记者的一部资料,比那些年谱、墓志铭较为全备的一部资料。这世上有许多托名传记的书都该如此看待——原料和成品是有分别的。不经裁剪不成艺术,传记的艺术也是如此。搜集材料不容易,已搜集后加工剪裁更不容易。传记家须从浩瀚的材料里节取择采紧要的部分,然后加以严密的锤炼和完整的组织,用优美的文辞做经,丰富的想象做纬,使最后的成品是经过匠心制造的一件艺术成品。上述的三个要素缺其一便不算传记。

(二)心灵的自由和传记的发达　因为传记所传所记的是实人实事,而且须用真姓真名(否则和小说有什么分别?)。这是最易于我们感情用事的一点。我们谁愿意得罪人,说人家的坏话?假使被传者和我们有关系,又岂不乐得在传里捧他几句?曲解是非,抹杀事实,连篇累牍,不出谀墓之辞,这的确是难以医治的病菌,缠扰了二千年来的西洋传记家,好了又发,竟似乎无从断根。渊源本来深固,因为传记的起源,就是以纪念死人,为他歌功颂德,传名不朽,好让后人模仿的。但这病菌也怕一种特效药,那便是自由的心灵。在西洋传记发达史上,凡是这病菌消灭的时代,便是这特效药行销的时代;或至少一些好的传记,是不曾受这病菌的侵袭的作家写出的。不顾事实,乱捧死人,不过说明作者心灵为外在的利势所支配蒙蔽,失去了自动遵真理的大道而进行的本能。用客观的精神研求事实真相,用大量的勇气,作赤裸裸的表达,这正是具有心灵自由的人的特征。

第一个名传记家白鲁托克便是这样的人。生在已频于衰亡的罗马时代,他仍是十足的希腊人。他有高度的理智和好奇,有哲学的超然观点,而且态度公正,不偏不倚,于是把人当做他研究的题材,完成他的名著《希腊罗马名人传》。文艺复兴时代有一种热狂,是发现,天文有发现,地理也有发现,人身上心上也该有新的发现吧!人这时又成为研究的对象,关于人,大家要说点真实的话,中古的神权主义给人文主义取而代之,人是主宰宇宙的本位。发萨利、彻利尼、罗柏、克文第什都是用自由的心灵作人性探讨的传记家。心灵不自由的中世纪虽有两万五千多部基督圣徒传,没有一部够称为真的传记——是半扯诳半歌颂的混合物。

第十八世纪又是欧洲传记的大时代,这也是批评家所称的"理性时代"。代表理性运动的新古典主义作家浦柏说:"对于人作正当的研究的是人。"人对他自己又引起了新的注意,又把人当做冷静的分析的对象。这时代的人尽管过了太多的散文式平凡生活,他的心灵是自由的。鲍士威尔、吉朋分别留下近代极好的传记。卢骚他是十八世纪的人物,他固然是浪漫主义的先锋,但同时他是因袭的铲除者,所以在心灵自由上是一致的,写出极端坦白的一部自传。

十九世纪有过一两部好的传记,可惜下半期的风气非常不利于传记。英国尤其如此,虚伪的宗教虔诚弥漫全社会,人人带上一副假正经的面幕;同时见解陈腐顽固,思想化石般的古董先生们看见任何看不惯的事,听说任何听不惯的事,必要痛怒疾呼。这时代里少数心灵自由的人,树立了反抗的旗帜,说出几句真心上的话,立刻成为名教的罪人,风化的蟊贼。王公大人如要名垂不朽,职业化的诔墓匠可随便来乱凑几句以获得金钱的酬报,被传者的子孙微笑了,亲友们虽明知传里主人经过诔墓匠的镀金,但他们自己也希望将来有诔墓匠为他们镀金呢!

尽管这时科学精神和学院空气十分浓厚,传记材料的搜集比以前迈进,但作者丧失了独立的意志和见解,也就于写作时脱落了操纵材料的缰索,任这匹过度负荷的马东奔西驰。结果是几本繁重庞大的厚册子。我们读着枯燥无味,而且读得头昏眼花,对于传中主人翁的性格可以说连一个人模糊的概念都不曾得着。

(三)史特拉屈的贡献 物极必反,尤其人的心灵在倾向到某一极端值后,必然又打个秋千,转过头来求得平衡,虽然这秋千的索子需要相当的事件才发出摆动的力量。夫鲁德、巴特勒、高斯都曾反抗世纪末的腐朽作风,但都不曾收效。心灵桎梏,心灵桎梏的解除依然需要最后的一击。

直到一九一八年,史特拉屈才来执行这最后的一击。史特拉屈回到了以前欧洲的传记界的良好作风——对于人重新用自由的心灵作精微的心理分析,不过二十世纪的科学哲学思潮给予他的影响使得他的分析胜过以前的作家,物理学家生物学家告诉我们,原子核细胞可以分开,每个包含着许多新的非常小的错综复杂世界。同样,个性不是定型,一个人常由甲心理状态渡到乙心理状态,他是无数感觉、情绪、意欲观念等等不断变化的综合。人是整个的流动连续变化,不是固定的东西。正因为此,他才有好的方面,坏的方面,黑暗的一面,光明的一面。他才是一个活人,不幸这样的活人在世界末的传记里却笼罩着一层暗淡的魔影。史特拉屈用心理分析的孤光驱散了这魔影,照出他本来的面目。一九一八年正是第一次大战结束的年头,社会解体,失望消极窒息住每个人的心。天下大事还不是那些在位有权的衮衮诸公弄糟的。……经过惨痛战争的教训,他们才明白这些受崇拜的神圣诸公只是一些偶像。史特拉屈代他们打倒偶像,消除他们精神上压迫,恢复他们心灵的自由,自然再受欢迎不过了。这又说明何以史特拉屈最后一击居然大获成功。

他的第一部传记《维多利亚时代名人》，揭穿了四个全国知名人士的黑相，暴露了他们的贪污、庸俗、老朽、乖诞。他声明自己的态度绝对超然，不专说恭维话，但尽力表明事实的本相。此后他又写了《维多利亚女王》《伊利莎伯和厄色克斯》和《人物描写》等，在各书里他继续利用心理分析，有时他绘画出被传人姿态、声音、辞习等种种被通常作者忽略的末节，说明一种性格或一件事的动机。他以为即使被传人某一刹那间的神经痛和消化作用的强弱都可能成为决定他平生某些重要事情的因素。白鲁托克说过："轰烈的事业并不能显出被传人的好坏，有时一件小事，一句谈话，一点笑谑，比起最有名的攻城略地，最厉害的兴师动众，和流血最多的会战，更能暗示出被传人品格性情。"史特拉屈在描写被传人心魂的标记和痕迹上，正和白鲁托克采用的同样的观点。

（四）现代的几种趋向　多数传记家仍然依史特拉屈的路途，用自由的心灵去探索个性，力求忠于事实。不过利用心灵学的程度有深浅不同。揭发被传人的私生活，甚至难堪的弱点，也因为史特拉屈的提倡而竞相采用。日记、信牍、稗书、杂史等等小书供给作者无限珍贵的微琐史料，做被传人大事下层的注脚。读者确能得到一种真的活的印象，觉得书中的人个性毕露，不是呆板的典型。

英雄崇拜的语气，颂扬劝惩的意念，绝不能再欺骗作者和读者。被传人和通常人绝无分别，没有特殊之处。正如同通常人，除优点外，他有一些弱点。以前的传记匠一度专事铺张被传人的优点，粉饰他的弱点。今日的传记家为忠于事实，把优点弱点都写上，间或有少数作者利用暴露弱点以迎合读者，但阿谀讳饰的风气在传记界可说绝迹了——自然官报式的名人生活史以及子孙为先人作的家传等是例外。

史特拉屈为我们解决了主要问题后，还清了一些枝节。例如取材简要，详所当详，略所当略。英国传记家素有堆砌的毛病，世纪末受德国考证空气的影响，更繁征博引，内容冗长芜秽。法国作家精炼简当，长于材料的组织安排，但有时不免太略。理想的办法是折中二者，保持一种适宜的简短，用最经济的篇幅，表达最繁复的人生。这里自然又有例外，路易写出的依然是肥厚的本子。有一件铁的事实：传记是二十世纪最普遍销行的读物，几乎一度代替了小说在书场上的地位。全因为现代的传记家，从史特拉屈起，都是文章名手，叙述紧张生动，前后起伏照应一脉相通，结果巧妙而谨严，读来津津有味，就譬如小说。墨禄亚说，试读一篇维多利亚时代的传记，再度一篇史特拉屈，我们立刻觉到，在我们面前的有两种不同的作品。一本届味陆或一本陆克第,固然组织不坏,但至多只是一部文献。史特拉屈的每部书的最大特点是:这是一件艺术品。史特拉屈自然也是忠实的记事者,可是他能用完美的艺术方式处理材料,艺术方式对于他是至上的条件。虽然,艺术方式因人而异,但如热烈的同情,冷静的判断,博大的眼界等条件,凡是别的艺术家所不可缺少的,也为传记艺术家所不可缺少;而这些条件的获得,又必以心灵自由为先决条件。现代的传记家力求保持篇首举的传记的三种要素,他尤其力求自己成为心灵自由的艺术家,使他的传记够得上是艺术品。

沈流《中国的居里夫人——沈骊英女士》发表于《人物杂志》第 8 期。

域槐《傅斯年私议》发表于《人物杂志》第 8 期。

司空村《邰爽秋这位博士》发表于《人物杂志》第 8 期。

公盾《施耐庵是伟大的》发表于《人物杂志》第 9 期。

陈雄《作家老舍侧面观》发表于《人物杂志》第 9 期。

胡虑《孙科面面观》发表于《人物杂志》第 9 期。

子于《认贼作父的桑维翰》发表于《人物杂志》第 9 期。

本社《鲁迅论阮玲玉自杀》发表于《人物杂志》第 9 期。

尚土《痛忆闻师》发表于《人物杂志》第 9 期。

宁生《钱实甫教授论政府》发表于《人物杂志》第 9 期。

蔡振华《谈谈西洋传记》发表于《青年界》新第 4 卷第 4 期。

按:文章说:畏夏无事,看了点关于西洋传记作品的源流,随手迻录,颇觉津津有味。传记与小说一样,差不多人人都爱读。这不单是好奇。怎样做人是个大问题,我们想从他人的生活中,学得一些"门槛"。多读传记,使我们更能了解人类天性,经验更丰富,应付更容易。

西洋最古的传记,要到史书里面去找,如《旧约》所载,赫罗多泰所记皆是,后来才脱离了史书的范围而独立,附庸蔚为大国。柏乐泰所写的"列传",在技术上确是"无懈可击"。他的努力,给后人以不少的鼓励。在文艺复兴时代,西欧作家如范世礼、华尔敦之流,又把柏乐泰的艺术,加上一点变化,便奠定了传记的形式,流传至今。史家驹写维多利亚时代人物,用的也还是这一套,先把所写人物的性格,画出了轮廓,然后再加一段短短的总述。到十七八世纪时,写传记的方法,给小说家偷去运用了,行迹显然,同时传记体裁也加多了花样,如日记、书札、言行录等,都是传记之一格。到了鲍斯威,进步更一日千里。但"太多则溢",有钱有势的人,肯出代价的人,便胡诌一本,品质往往至今不堪问。

传记的对象,各有不同。柏乐泰所写的英雄为政客与演说家,"知人论世",脱不了苏格拉底、柏拉图、阿里士多德的见解。意大利人忠实艺术,范世礼所写的,又是一流人,全是些画家、雕刻家与建筑家。后来华尔敦因宗教热而专写信徒与教士,写得也动人。然而那时文学家的传记仍不多,莎士比亚还没有人替他写传记,卡约翰、屈礼敦的都没有,弥而登的零星得很,巴伯的写得不好,费尔纯的更不好,李起森、司徒恩、史默鲁都死了好久才有传记。这看去似乎是很可怪。当时大家虽不得看轻文学家,却也十分重视。所有些下来的,全是零星故事,半真半假,只能作为后来写传记的材料。约翰生即用以写同时和前一时代的诗人事迹。直到鲍斯威才写成整部《约翰生传》。文学家的传记,无论生前死后,容易引起人家的批评。据说萨可兰最怕有人替他写传,因为不知道要写他些什么。文学家同是一个人,"小德出入"当然难免,明白了这点,也就可以不必"怕"了。自己写传,当然最好,立身行事,只有自己才知道得最清楚。但自主确有吃亏的地方。自己写传,总不免于偏袒,讲话是一方面的,去取之间,大可随意所欲。并且自己看自己,反不明白,非有他人来估计一下不可。究竟有自知之明的人还少,下笔每欲坦白而不得,尤其写的是自家的短处。

话又说回来,自传并不一定靠得住。即使下笔谨慎,也总有地方会露出马脚来。斯宾塞的自传,完全在那里宣传哲理,充分显出他是个很自负的理论家。达尔文的自传,读后却不觉得他是个了不起的人物。与斯宾塞恰相反,他是非常谦虚,低估了他自己的成就。卢梭的《忏悔录》,并非自忏,常流露他的感情作用而不自觉。奥古士德的《忏悔录》,把幼时顽皮的情景,写得淋漓尽致,其用意无非要与后来"弃邪归正"时,作一对比。托尔斯泰的自传,也是如此。假如我们不妄想像他们两位那样成名,便不妨把少年情事,写得稍为平淡些。

自传虽可随便写去,却也有其动机。短的如达尔文、司徒恩、司各德的自传,只留给后代的子孙看。赫胥黎想更正外间的无稽之谈而作自传。穆勒之写自传,目的有二:一面抨击英国的教育制度,一面感激戴乐夫人所给他的鼓励。他说在十四岁时,他父亲所教给他的学问,已远胜于牛津、剑桥的毕业生。至于戴乐夫人,也认她为知己,其实她并不是个了不起的人物。亚当在自传中,也详述他幼时所受教育,用意与穆勒相同。富兰克林是个穷小孩子出身,自传中大都写他如何努力向上,终于一飞冲天。

写自传并不容易。吉朋易稿至六七次之多,想在干燥无味的记载中,加一点文学意味,写了二十多年才成功,自己觉得很得意。至于采取客观态度来写的乌兰将军和白克的自传皆是。歌德头脑冷静,全用科学方法来写。

徐乃尼写自己一生,竟像写别人一般。我们不要忘了曲洛伯,卖文为生,每十五分钟能写二百五十字。他批评自己这小说,好似批评迭更司与萨可兰一般,似乎全部与他相干。

为关系密切的人作传,浮夸的居多数,甚至于污蔑。薛白的《谢罪文》出版后,费尔纯曾批评他说:"此人一生,好像专为写这部《谢罪文》似的。"潘柏曾取笑牛家瑟夫人替她丈夫所写的传,说她在"发痴",为什么她丈夫竟让她这样写?夫妇间的关系太密切,作传最难下笔,至多只能发表些往来书札,把线索来贯串一下。金士利夫人曾这样做,而且做得很好。除了末后一段,称誉似乎稍为过分一点。柯路士替他夫人写传,只存书札,不及死人情感,最为谨慎。然此皆非传记正轨,只是一点传记资料而已。

大概妻子替丈夫写传,可说没有一本是好的,还是丈夫替妻子写的,有的倒不很差,卡拉耳曾替韦而思写过一部,但我们读时,注意的不是他的妻子,而是他妻子死后的他。柏默替他夫人所写的一本,完全是印象主义派头,也觉得太着重在自己方面一些。夫妇之间,说点分寸,到底是很难斟酌的。子女替父母作传,同样不能自由,批评则近于不孝,称誉则令人生疑。戴尼生替他父亲写传,很会避嫌,只写事实,至于估计他一生的话,则让他父亲的朋友来说。小达尔文替他父亲作传,其妹李绮菲替他母亲达尔文夫人作传,都很小心。除非写成小说体裁,子女说话才能自由一些。迭更司把父母幽默的特点,写在密考白夫妇一书中。然而不以他们为然的人很多,大家都说迭更司不像个君子人,白德勒的行为,近于下流。写父母一生,其难如此,但大人物的子女,不可不搜集先人文献,如有文学之才,应把材料发表出来,不过说话时有种种不方便之处而已。小费尔钝不替他父亲搜集遗札,黎琦夫人不为她父亲作传,都是可惜的。一家中人,互相估计其成就时,错误难免,关系愈密切,评判力愈难准确。出来夫妇父子而外,关系较浅的,则错误自较少,至多不过表示一点同情心,而同情心则为写好传记者所必不可少,例如屈放文元的《穆考路传》,以侄子的身份来写,并不任意褒贬,而同情之心自见,写来恰到好处。奥司登的传,也是她侄儿李海替她写的,虽短而甚有味,后来有以此为蓝本而衍为长篇的。濮司德的传,以其婿勒铎所写的一本为最好,能把握得住这位科学家的心,然而丁度还说他有偏见。路呼德写他岳父司各德传,观察所得,不偏不倚,毕竟是个矧轮老手。

人格,无论如何总带点神秘性,外间人难以知道。卡拉耳夫人有一次对她的丈夫说,达尔文曾问她,谁能替她丈夫作传。卡拉耳想了一想,他说无人能做,因为有好多地方,是没有人能深切地知道的。有人想用弗洛特学说来写传,精神分析,当然是方法之一。马克·吐温之愤世嫉俗,据说是因为发展不全,所以影响到他精神方面,也成为病态。现在姑置弗洛特学说于不谈,那末鲍斯威的《约翰生传》,在文学上说,确是最完美的了,好处在作者所用的艺术,恰与传中主人所处的环境相合,更没有较好题材,可以显其写作之才的了。约翰生自贫贱以至成名,一生事迹,本已动人听闻,何况此公又多特点,衣服与人不同,态度与人不同,言语与人不同,连走路都有点两样。他生性幽默,书又看得这样多,对于任何问题,都有他的意见,虽不免于固执,然其中自有一番颠扑不破的大道理。他好说老实话,最大心仁,而又富情感。同时鲍斯威的观察力是锐敏而准确的,记忆力又不错。假如他是个崇拜"英雄"者,那末他所选的"英雄",是再适宜也没有了。他们曾一起旅行过,同住有好几年。鲍斯威曾探问过他的幼年事迹,又与培克、加利克、葛士米之流,同在俱乐部中聚首。约翰生的谈话,他全记录下来。大概鲍斯威所用的艺术,与史得恩相似。描写人物,即用人物在各种问题上所表示的意见为依据。你如明白了他的情感和思想,你就可以知道他是根本上怎样一个人。鲍斯威与史得恩的本领,在于能写出人物在意见上冲突之点,所以更活灵活现。在传记,甚至在小说中,我们不曾见到比鲍斯威所写的更"戏剧化",后来作家想学他的,都失败了。富士泰写迭更司,武六提写卡拉耳,都不曾成功,虽然题材也很可取。

　　近来凡是大人物,在当时没有传记的,都有人想替他们补写。此中甘苦,非过来人不知。这种传记家,或当称之为"准传记家",与"真传记家"略略有点不同之处,犹之小说家描写今人与古人,亦稍有分别也。写今人但就耳目所及,便可直接找到资料。写古人则除了专靠书本以外,并无他法,颇与史家相似。作者如要了解所写人物的时代,不论其为社会的、宗教的、政治的,必须在广大读物——书札、日记,以至报纸中,去找寻背景。他须检阅种种琐屑记载,辨别传记真伪,最好能发掘一点从未见过的新文献。我们不能向史得恩或费尔钝发问,像鲍斯威向约翰生发问一般,我们只能间接推求,估量当时人对他的意见。"准传记家"常以他人的耳目为耳目,写得成功与否,还须看他的本领。因为设身处地,究竟是不很容易的。譬如说,要写费尔钝,便须在想像中和他在一起生活,在艾顿学院读书、评剧、写文、喝酒、骑马,最后出发到利司本。因为你不曾见过他,因此非得尽量利用你的想象力不可。

　　写不相识的人的传记,方法倒并不少。假使此人向无传记,总想把所见材料,一齐装进去。梅生写弥而登传记,共七厚册,写到一千四百多页的时候,弥而登才三十五岁,材料是多极了,搜寻之功,确不可没,但弥而登那个人,却埋没在这些材料中,不再出现了。材料当然不可少,否则何以存真,但必须重新编写,说明来源可也。仅仅从事节录,必然失败无疑。读《林肯传》者,大多不读聂可冷与海氏的标准本,十厚册之外,又加上附录十二册,而只读蔡浩所写的一本,材料较少,却甚有味。大约长的传记,不能增减一字者,只有鲍斯咸所写的一种耳。卡拉耳曾说笑话:"好的传像好的人一般地少。"蔡浩的《林肯传》,即使不谈文章技巧,也是第一流的作品。写一个不相识的人,无论材料怎样多,总不会"栩栩如生",除非你有透视人生的本领,再加之以丰富的想象力。蔡浩之写林肯,确能首尾如一,虽写来未必全是真情。

其次作风也极有关系。所谓作风,不仅指文字而言,同时又包括其他种种,好作风与好传记同样难以分析其成分。华而顿的作品,写来有一种又温和,又诚挚的空气。鲍斯咸以老老实实,直捷爽快见长。路呼德有点近于做作,屈文元较为自然。史家驹以作风之美见称于时。过德籍的《第二帝国》,写得也很漂亮。史家驹与蔡浩相同,并不自承有何新发现,只把旧材料整理一下,给以新解释而已。史家驹手头的材料很多,有英后手写的日记,同时有毁谤英后的记载,加以选择,求其适用,枯燥无味者去之,新解有趣者一律采入。方法竟有点像小说家。他的情调近于法作家而不近于英作家。他不像萨可兰,描写维多利亚女后的先人,纯用温和而又幽默的态度,而竟像伏尔泰,全出之以诙谐的讽刺。维多利亚对于时代的影响,本不如伊丽莎白对于莎士比亚时代那么深刻。没有她,维多利亚时代,除了些琐细节目之外,还是这个样子。她看书不多,不懂科学,小说如伊立脱所写的,还嫌太深,只看些高里丽的作品。她不会欣赏诗,除了戴尼生替她丈夫"驸马王"所做的一首之外。她没有想象力,并不幽默。即有也是很粗浅的,只爱看看笑剧。她以为世界没有进步亦无所谓。她是个女子而反对女子参政,屡次干涉内阁,有几次竟达到了目的。但在她这一朝之末,王室力量,反而大见削弱。凡此种种,史家驹写来都有风趣,引人入胜。蔡浩之写林肯亦然,处处把他写成"理想化",凡有可疑的地方,都替他讳饰过去了。史家驹之意,在写维多利亚的缺点,以打破一般的见解,至于无关宏旨的材料,全给他删除了。近代传记家都不喜欢写"死",史家驹却偏要写"死",而且写得那么"小说化",假如维多利亚地下有知,见这西洋镜已经拆穿,不免要大吃一惊。把死人写成活人,本不是件容易的事情,但这正是传记家的任务。

黄伯思《谈何其芳》发表于《文艺春秋副刊》第 1 卷第 1 期。

编者《何其芳论周作人》发表于《文艺春秋副刊》第 1 卷第 1 期。

伯奋《关于文学家传记电影》发表于《文艺春秋副刊》第 1 卷第 2 期。

按：文章说：传记影片在美国电影业中，是被视为曲高和寡的一种，几张最成功的传记片，如描写法国科学家巴斯德的《万古流芳》，以至一九四四年的《居里夫人》，虽然一方面得到非凡的赞誉，在另一方面卖座上却是失败；例外的也有，如《威尔逊总统传》，在美国总算有较好（并不是圆满）的卖座成绩。好莱坞制作任何一类的电影，其最大缺点乃是渲染过甚，战争片如《反攻缅甸》和《军人魂》几张较优秀的作品尚且招来国外物议和抨击，其他无论。这缺点不幸在传记片中也有，特别是几张描写文学家一生的作品，过于戏剧化或带有宣传作用，在若干方面虽有成就，但果竟难于成为永久性的杰作。《左拉传》是一九三七年的最佳影片，其实不能说是传记片，它只摘取左拉一生中几件大事，从此而反映当年法兰西的腐败污秽的一面，强调屈洛费斯案件，那是指真理长在，想唤起一九三七年代法兰西人民，这部片子在法国遭到禁映处分，正得明它在反映现实上得到成功。可是，《左拉传》在今天开映，虽仍不失为一部优秀电影，但其获誉已不及九年前。同样《贾克·伦敦》（《奇人传》）产生于战时，它的题材也就忽视了伦敦别方面重要事件，却专写日本的野心，另外穿插点和女人恋爱的滥调，结果虽有如《穷巷之冬》的阿尔佛莱特。圣泰尔那样好导演，由于剧本的失败，他也不能挽救这传记片的命运。《一曲难忘》里描写法国女文豪乔治·桑的种种，凡熟悉法国文学史的，当不同意影片中的描写，这部音乐传记片在技术上是优秀的，乔治·桑这角色却给观众一个极坏的印象。由此，我们不难明白，把文学家的身世搬上银幕，是决不能为肤浅、浮泛的好莱坞制片家所担负的。

《马克·吐温传》（即《幽默大师》）也是个战时作品，它的目的是说明美国人生活，发扬美国文明，影片在制作技术上是第一流的，但它不幸走了好莱坞的老路，洋溢着温情主义，以致不从更进一步。另一部尚未在上海开映过《爱伦·坡传》，更为惨败，它着重了爱伦·坡（约翰·休泼特饰）和佛吉报·克丽姆（琳达·黛尼儿饰）的恋爱。影片虽也带叙同时代的华盛顿·欧文、汤姆斯·杰斐逊及英国文豪却尔斯·狄更斯诸人，也插写爱伦·坡怎样和贫穷挣扎，但由于剧本和导演的失职，成为一张 B 级片。在别具一格的作品中，我倒认为金·亨利的《万里寻师》是值得提及的，它只叙述名记者史丹莱一生中的伟业，赴非洲历险找寻牧师李·文史东，把一个百折不挠的记者个性，描写得非常深彻。

爱伦·坡、贾克·伦敦和马克·吐温是三个美国文学家，美国人自己足够明了他们，认识他们，好莱坞尚且不能为他们制作成功的传记电影，非美国的文学家,出现在好莱坞银幕上时,当然不能弄得更好。聪明的剧作者,索性跳出传记片的范围,用戏剧性的故事来表现著名文豪作家的私生活和恋爱,这一点的,可以《闺怨》为例。它渲染英国十九世纪大诗人劳勃·白朗宁和女诗人依莉莎白·巴蕾的悲欢恋爱。近一点,可以去年华纳那张"Devotion"为例,它叙述英国十九世纪女作家依蜜兰·白朗蒂(依黛萝·碧娜饰)和卡洛泰·白朗蒂二姊妹的写作生活和恋爱悲剧,白朗蒂姊妹各有《咆哮山庄》和《简·爱自传》二小说出版。这片子并连带叙写另一名作家萨肯莱,这一类,更不能算是传记片。最近二十世纪福克斯计划拍摄英国大诗人拜伦的传记片,取名"The Romance of Lord Byron",染以彩色,由康纳·维尔德和劳勃·杜尼编剧,主角也定为康纳·维尔德,这片子即以罗曼斯为号召,又染彩色,猜想起来该是走传记片中的另一条路,以迎合口味为事,当然更缺艺术的价值了。

一个著名作家的名字常为好莱坞制片家们所利用,像作《生死恋》的劳埃·道格勒斯,就曾现身银幕,这是宣传一法。去年底二十世纪福斯完成的《剃刀边缘》,小说原著人毛罕也是片中要角(由赫勃·玛歇尔扮演),毛罕为英国现代著名小说家,他的名字给予读者的印象极深。美国的电影在技术上不断进步着,内容和意义则在腐化,黄金堆积和追求利欲的意向,使制片家们趋于赚钱的噱头影片,别说传记电影仅在畸形的发展(给观众模糊的印象,甚至不健全的指示),文艺电影也未尝不是在畅销小说上找出路。著名传记片导演威廉·迪脱里,在欧洲考察各国电影事业四个月,去年底回到美国,他第一次发表谈话就是《美国电影在危险中,它将失去国外市场》,这不啻对好莱坞的一个警告,今后如不再在健全的思想上找出路,好莱坞各种各式的作品将全完结,岂仅是传记电影而已。

何家槐《我是怎样开始认识狄更斯的》发表于《文艺春秋》第 4 卷第 4 期。

何家槐《论冈察洛夫》发表于《文艺春秋》第 5 卷第 3 期。

何家槐《论莱蒙托夫》发表于《文艺春秋》第 5 卷第 4 期。

黎烈文《梅里美评传》发表于《文艺春秋》第 5 卷第 5 期。

何家槐《论果戈里》发表于《文艺春秋》第 5 卷第 6 期。

李圆净《劝读传记》发表于《南行》第 2 期。

按:文曰:近年都市中有两种相反的现象,一面是各种善书的广送,劝人为善;一面是黄色刊物的充塞,诱人为恶。却是甘心落地狱的滔滔皆是,向天堂走的实在难得一两个。既然青年们多不愿看善书,家长又不愿他们看下流书报,我倒有一个提议,何妨鼓励他们多读传记呢? 什么是传记呢? 传记与历史不同:历史是整个社会生活的记录,传记则以个人的人格为中心的。良好的传记,是要用科学的方法搜集材料,价值的判断是一个根据,道德的观念又是一个根据。再用优美的文章,把搜集的材料贯串连缀,善为处理,将这个任务描写出来。传记与历史小说,又有不同之处:就是只能在许可范围之内,从事于材料的选择与配合,不宜涉及空想,也不宜有所夸张;务须保持其真实性,严正地叙述主人公实际的生活。不像偶像那样的崇拜他,也许写出他与人们所共有的缺点;同时则说明其所以伟大之处,揭开人们的伟大性和纯洁性,从而发扬人类应用的正义;这才是优秀传记应具的特色。汉代司马迁的列传,唐代玄奘法显诸传,都是炳耀千古的煌煌大著,将伟人的一生赤裸裸地表现出来;人们亦何能脱离人格的感化力,其有功于世道人心,有时竟会出乎我们想像之外的。

为什么要读传记呢? 先说书有几种读法:最好是能做实地的观察,其次是肯运用思考,最不可取的是读死书。倘多读传记,多多观察伟人的生活状态,一边对于人生问题得到真实的了解,一边好像用放大镜来观察自己,一向潜藏着而未为自己所觉着的思想、意志、才能等,就会因此逐渐的清晰、鲜明起来。人们的性情虽然千差万别,但在人与人之间总有个共通之点,读到感动处,便会有"舜何人兮余何人,彼既丈夫我亦尔"之气概激发起来。传记多读之下,体会到历史上的伟人有时也会为了些小事以致发生懊丧、怀疑、失望、悲观等情绪,知道它们实在也和我们一样的平凡,使我们知道自己的一切正和那些伟人们的生活并无二致,既可引起奋发之心,亦可得到不少慰藉。即使有些性格和我们全然相异的,也可供给我们的参考。青年时期大都具有一种随时会变迁的本能,如不趁此时引起光明、坦白、向上之心,一至中年以后,这种本能就会逐渐消失的。读传记时,又可知道伟人们在复杂的社会环境中,是怎样的立身处世,怎样的观察人生,从中给与我们的知识,都是关于个人和社会之间的实际问题,所得的益处一定是不少的。人生的一切,决不能让我们预先来计划,谁也不能知道一种意外的境遇究竟在什么时候会碰到,谁也料不到哪一种知识在困苦时会有助于我们。那政治、经济、法律、科学、文学等都是近代人所应有的常识,都要懂得一些大要。如果在青年期中多读各种传记,使各方面的社会知识都相当具备一点,将来应付各种困难也就容易得多。况在不知不觉之中,自己的情绪为主人公可歌可泣的事迹所支配,无形中便增进了自己的记忆力。须知常有善良父兄师友指示的那样幸运的人生,既不是人人所可企求,那末在另外一个世界里去找寻能够给与自己光明的人好了。与传记接触，正如时与一个伟人在一起，传记就在这个上头尽了他的最伟大的使命。

怎样读传记呢？读者必须要明白历史上伟大人物的成功，无不是由于他们能够忍受困苦，经过种种的努力，方才会有后来的收获。天降大任，必先劳苦拂乱，令动心忍性，顽铁不炼古不成钢，美玉不冶不精莹，松柏不历岁寒不挺秀，孤臣孽子不历熏不达。从古颠沛患难是锻炼佛祖、英灵、汉子一大炉鞴，受得起的，便如松柏岁寒之益坚；受不了的，便如夏草春花甫遇风霜，即颓靡无似。岂有粥饭习气，软暖形态，可以坐享其成的？传记的读者如果是一个笨伯，许会狂妄地把自己看做传记中的主人公，自得其乐；这种空想，足以使人生发生破绽。须知一个传记读者所要效法的，是在那做成一种结果的原因，而不是传记上的一种结果。辨明因果，才不至发生如上心理的错误。其次，读者看见传记中所说的人物几乎无一不是世间的成功者，又容易发生一种盲目崇拜的心理。要晓得传记的真实目的，是在绘画出豪杰怎样磨炼他的心志，怎样和环境奋斗；可取法的，是他们那种高贵的精神，他们的成功与失败都在其次。否则历史上也有不少伟人是赍志以殁的，难道他们就都不足取了么？总之，一个传记的读者，应用一颗谦虚而纯洁的心，怀着真实而豁朗的态度，非特没有隔岸观火的观念，而且要注意到一般人容易忽略的地方，常常反省着，如果我也处在这般田地，我将要怎样呢，就是个聪明的读者了。

陆丹林《从自传回顾录说起》发表于《胜流半月刊》第 5 卷第 2 期。

按：文章说：十余年来，坊间所出传记、年谱之类书籍很多，比较中材料丰富，而和各方面关联又多的，以我所知，要首推《南通张季直先生传记》和《三水梁燕孙先生年谱》两部了。前的，是由张季直之子张孝若所编述，是以张季直一生的诗文做分类的骨干，附有年谱，夹叙夹议，事事有来历，用本身和当时的亲友文字做旁证，可说是别开生面的传记。后的，是用凤冈弟子名义来编辑，把梁燕孙一生的事功做台柱，而附入某一年的国家大事，是分年而编的，故把这两部书合拢看来，不啻就是吾国八十年来的政治史，包括文化、实业、交通、财政、外交、军事、国际各方面，因为他们两人对于现代中国的政治有着密切的关联，试问我们谈到张謇、梁士诒两人，从"满清"末叶而至辛亥革命，民国成立，袁世凯称帝，对德宣战，直接间接，他们都有关系，不管他们赞成也好，反对也好，都是脱不了关系，这是事实。

近来看到一部邹鲁所做的自传，名叫《回顾录》。这部《回顾录》，是自述他五十多年的历史，他的体例，不是编年，而是以生平言行事迹，分做二十段来叙述。如从家世说到幼年、私塾教育、办学与入党、广州读书与初次革命失败、民意机关服务、广州三月廿九之役、光复广东与北伐、整理金融与北上、国会内的奋斗、讨袁失败出亡日本、洪宪夭折国会重开、从护法到陈炯明叛变、在国会争法统与讨陈、创办广东大学与读校三民主义、与共产党奋斗和北上侍疾、西山会议、中央特别委员会、环游世界、编辑党史等。看他所列的目次，从广州三月廿九之役以至中央特别委员会和编辑党史，不啻就是党史一部分的材料。因为著者在党内三十多年的工作，在国会时和恶势力搏击，护法之役，以至西山会议等，他都尽过许多力量，这些事实的动机和结果，内幕实情，除了一些还未到全部揭布时期，其他都详细地披露了。当中善善恶恶，是是非非，庄的谐的，严肃的，苦笑的，血泪的，愤慨的，慷慨悲歌的，呻吟叹息的，甚至光明的，黑暗的，他都明显地一宗宗，一件件把自己做骨干的申述出来，使我们知道一个革命党人奋斗的经过，革命过程中要经历了无数的艰难和险阻，挫折失败，才争得个人与民族的独立自由。由是一个革命党人的经历，可以推到其他革命同志的奋斗牺牲，伟绩奇节，同时又可以反映出每一个时代恶势力的蠢动暴力是怎样的压制党人与全民，这些，我们从这本《回顾录》中，可以得到一个回答。

从前胡适之也曾劝过张謇、蔡元培、梁士诒、叶恭绰、梁启超、张元济、陈独秀们做自传，因为他们本身就是近代史的主要材料，他们如果真的把一生的行谊，直接的间接的，写述出来，对于研究近代史的必有极大的匡助，可惜他们除了蔡氏自己写了一部分之外，其他的好似都没有动笔。一因吾国对于自传风气，尚未启发，二因顾忌太多，不想下笔，故此有真实性有价值的自传，比较少了。因此我又联想到关于从事革命实际工作的老同志，希望他们趁着颐养胜常一息尚存的时候，把生平所见所闻所亲历的革命事迹，笔述出来。或者自己一时不能够执笔，也可以口述，请人笔记，那就数十年革命史迹，不致湮没，而给将来修史的一种最确征的史料，我想这是非常有用的，而且也是时代逼切需要。

惟有一点要注意到的，就是因为年代和地方的关系，写述之后，要缜密的精详的整理校订，方能付印出版。因为事迹浩繁，年纪老了，记忆力锐减，有时容易模糊，如某氏所述朱执信殉国，说邓铿亦同时遇难，此说是不确的，因为朱氏在虎门殉难，是在民九的九月，邓氏被刺，是在民十一的三月，地点却是广州的广九车站，时期相隔一年多。因此，证明写述史事之不容易，然而明知道它的不容易，更加要把握时间不要放过机会，而多找直接史料了。否则他日老成凋谢，追述无由，那时后一辈的编述革命史籍，比较的艰难了。

戴镏龄《近代英国传记的简洁》发表于《文学杂志》第 2 卷。

按：文章说：近代传记的篇幅有简洁的，也有极冗长的。德国的路易以冗长见称。但法国的莫洛亚颇倾向于简洁的作风，他的第一部成名作品《雪莱传》尤其略存梗概，删去骈枝。回看英国，史特拉屈自然是最有功于近代传记的人物，甚至被推为近代传记的创造者。他在划时代的《维多利亚时代名人传》里描写了四位事迹繁杂的人物，而占去的篇幅不过三百页，可以说异常地笔墨经济。同时他又在原书序文里攻击"那些两大厚册子"的传记的缺点，极力主张剪裁的必要，他厌恨旧式传记里"成批的未经锤炼的材料"。由于史特拉屈的大声疾呼，以及实例的提倡，英国传记界简洁的作风成为颇有力量的一种趋向。我们很不易看到鲍士威的《约翰生传》和陆卡第的《斯各脱传》一类洋洋大观的著作了，简要传神的作品已成为多数作者写作的标的和多数读者的需要。而在讨论传记艺术的文章里，"怎样剪裁材料"也已成为讨论的中心点之一。

李长之《李清照论》发表于《文学杂志》第 2 卷第 4 期。

朱自清《闻一多先生怎样走着中国文学的道路》发表于《文学杂志》第 2 卷第 5 期。

敹士英《中国六大政治家比较观》发表于《三民主义半月刊》第 10 卷第 1 期。

按：是文从时地方面、施政方面比较了管仲、子产、李斯、诸葛亮、王安石和张居正的政治思想和施政措施，以及各自得失。

洪焕椿《评朱芳圃〈孙诒让年谱〉》发表于《读书通讯》第 129 期。

杨荣国《康有为的思想与学术（现代中国的思想家）》发表于《读书与出版》第 2 卷第 3 期。

黄芝冈《论杜荀鹤》发表于《论语半月刊》第 120 期。

黄芝冈《论杜荀鹤》发表于《论语半月刊》第 121 期。

储安平《论张君劢》发表于《观察》第 1 卷第 19 期。

笪移今《评方显廷先生的经济观点》发表于《观察》第 2 卷第 20 期。

楚图南《人民诗人闻一多》发表于《时与文》第 1 卷第 19 期。

按：在闻一多先生遇难的头一年，昆明《诗与散文》杂志出版了一期诗人节特刊，闻一多和楚图南先生各写了一篇文字，闻一多先生文章的题目就叫做《人民诗人屈原》，对于屈原是否可以称得上个"人民诗人"，楚图南先生和闻一多先生还有一些不同看法，并做了简单的讨论。在楚图南先生看来，"人民诗人必须是和人民在一起：在一起生活，在一起斗争，在人民的队伍当中——至少得服务于人民,歌唱出人民大众的生活和要求,成为一个时代的先驱者或喇叭手"。从这样的认识出发,是文认为:"闻一多,这中国新时代的人民的诗人,这比称谓三千年前的屈原还更确切,也更有实据。虽然,一多由于生活的艰勤而辛苦,由于不容喘息的工作和战斗,并没有写下了多少所谓人民性的诗篇。但以生命、以血滴写成的诗篇,不是比文字写成的诗篇更真切而伟大么? 一个前期是唯美派的诗人和作家,后来终于走到了人民的队伍,成为与人民的生活锻合成一片的人民的诗人,其道路,不是如同法国罗曼·罗兰之以和平的,个人主义的人道主义者,后来终于成为与人民站在一起的反法西斯的战士一样的艰苦,一样的为生命、为诗生活树立了永久前进,永新创造的不可磨灭的榜样了么?"

景宋《〈鲁迅传〉序》发表于《时与文》第 2 卷第 6 期。

范泉《关于〈鲁迅传〉的一点事实声明》发表于《时与文》第 2 卷第 8 期。

鲁迅《对于左翼作家联盟的意见》发表于《胶东文艺》第 1 卷第 3 期(纪念鲁迅先生)。

郭沫若《鲁迅先生永垂不朽》发表于《胶东文艺》第 1 卷第 3 期(纪念鲁迅先生)。

按:文章说:"我谈谈苏联对于作家的重视,怎样纪念他们的伟大作家,来作为我们怎样来纪念鲁迅先生的参考和榜样。苏联的大作家,大抵都有以他命名的博物馆,例如托尔斯泰博物馆、玛耶柯夫斯基博物馆等。所以,我建议:新中国成立,应该设立鲁迅博物馆,陈列他一切的著作、原稿,以及生活历史等等。地点是上海、北平、广州。馆长应由许景宋先生担任。我在苏联,看过不少的普希金像、托尔斯泰像,艺术家以能铸造这些文豪的遗像为光荣。我建议:应该多多塑造鲁迅像。上海、北平、广州、杭州、厦门,以及其他任何地方都应建立鲁迅像,自然以铜像为最好。莫斯科有高尔基路,普希金广场,玛耶柯夫斯基广场。所以,我又建议:把西湖改名为'鲁迅湖',或把北平的西山改为'鲁迅山'。为了鲁迅的精神,由知识分子推广到大众中去,我提出以上的建议,具体的,切实地来纪念鲁迅先生。我还补充一点:就是苏联对文人和文化的重视,列宁因为托尔斯泰生前最喜欢在一个白桦林中散步,就命令那看林人把枯死的几株白桦树照样的栽植起来。从这小小的故事中,就可以看出列宁、斯大林以及布尔塞维克党人对文化是怎样的重视,并不是如一般人所说不要文化的。"

戈宝权《耿济之先生与俄国文学》发表于《文艺复兴》第 3 卷第 3 期。

徐调孚《忆耿济之先生》发表于《文艺复兴》第 3 卷第 3 期。

周予同《悼济之先生》发表于《文艺复兴》第 3 卷第 3 期。

赵景深《记耿济之》发表于《文艺复兴》第 3 卷第 3 期。

朱湘遗作《闻一多与〈死水〉》发表于《文艺复兴》第 3 卷第 5 期（闻一多逝世周年特辑）。

顾一樵《怀故友闻一多先生》发表于《文艺复兴》第 3 卷第 5 期（闻一多逝世周年特辑）。

臧克家《海》（一多先生回忆录）发表于《文艺复兴》第 3 卷第 5 期（闻一多逝世周年特辑）。

俞铭传《悼闻一多师》发表于《文艺复兴》第 3 卷第 5 期（闻一多逝世周年特辑）。

马君玠《记诗人闻一多》发表于《文艺复兴》第 3 卷第 5 期（闻一多逝世周年特辑）。

文协《悼念人民艺术家王大化同志》发表于《东北文艺》第 1 卷第 3 期。

舒群《悼王大化同志》发表于《东北文艺》第 1 卷第 3 期。

金人《高尔基的作品在中国》发表于《东北文艺》第 2 卷第 1 期。

毛泽东《学习鲁迅精神》发表于《东北文艺》第 2 卷第 4 期（纪念鲁迅先生逝世十一年辑）。

田兵《悼黄银民同志》发表于《平原文艺》第 1 卷第 1 期。

李宗义《论民主时代的政治家》发表于《三民主义半月刊》第 10 卷第 7 期。

何家槐译《契诃夫论》发表于《文艺知识连丛》第一集之二"抚棺录"。

郁天《屠格涅夫和他的〈父与子〉》发表于《文艺知识连丛》第一集之二"抚棺录"。

魏金枝《我看雪峰的杂文和寓言》发表于《文艺知识连丛》第一集之二"抚棺录"。

李健吾《托尔斯泰看福楼拜》发表于《文艺知识连丛》第一集之二"抚棺录"。

吕风《骆宾基》（文坛点将录）发表于《文艺知识连丛》第一集之二"抚棺录"。

〔苏〕S. Tregub 作、洁然译《奥斯特洛夫斯基底力量的根源》发表于《文艺知识连丛》第一集之三"论普及"。

〔苏〕R. 林德作、张挚译《关于所谓契诃夫的绝望》发表于《文艺知识连丛》第一集之三"论普及"。

劳辛《艾青论》发表于《文艺知识连丛》第一集之四"艾青论"。

郁天《迭更斯和他的〈双城记〉》发表于《文艺知识连丛》第一集之四"艾青论"。

许寿裳《亡友鲁迅印象记》发表于《人世间》复刊第 4 期。

蒋天佐《匹克威克外传译后杂记》发表于《人世间》复刊第 4 期。

郭沫若《闻一多万岁》(周年祭)发表于《人世间》复刊第 5 期。

凤子《永生的,未死的》(周年祭)发表于《人世间》复刊第 5 期。

流金《追念闻一多先生》(周年祭)发表于《人世间》复刊第 5 期。

许寿裳《亡友鲁迅印象记》(续)发表于《人世间》复刊第 5 期。

洪遒《论闻一多先生的起点和终点》发表于《人世间》复刊第 8、9 期。

按:文章说:"闻先生成为万人崇敬的民主战士,是较鲁迅、郭沫若诸先生为迟的。当鲁、郭诸先生已为保卫人权而举起义旗的时候,闻先生还是不问政治,在书斋里提倡'艺术至上主义'。可是,他有一颗真正的爱国的良心,对于理想中的祖国,他有执着的追求。时代的社会条件,和他个人的历史生活环境,限制着他去了解人民的力量和人民的苦痛,限制着他去找出他的新诗的方向。由他的爱国主义出发,也就是由他对模糊观念中的心爱的那个理想出发,他有深刻的正义感,深思远虑,他不但发出不平之鸣,且亦深深感到从现实生活得来的苦恼了。他不能'为了一杯酒,一本诗'和'静夜里钟摆摇来的一片闲适',就听不见看不见'在生活的磨下'的'各种惨剧'。他并不逃避现实。"

陆迪炎《向秋瑾先生学习》发表于《现代妇女》第 9 卷第 3 期。

非文《怀亡友》发表于《现代妇女》第 9 卷第 3 期。

齐思和《商鞅变法考》发表于《燕京学报》第 33 期。

管劲丞《郑和下西洋的船》发表于《东方杂志》第 43 卷第 1 号。

梁国冠《岭南诗人黄晦闻评传》发表于《东方杂志》第 43 卷第 2 号。

徐宗泽《徐光启非东林党》发表于《东方杂志》第 43 卷第 5 号。

王崇武《论皇明祖训与明成祖继统》发表于《东方杂志》第 43 卷第 7 号。

张天麟《参加裴氏二百年诞辰纪念》发表于《活教育》第 4 卷第 1 期。

董任坚《杜威先生的思想和新教育》发表于《活教育》第 4 卷第 3、4 期合刊。

陈鹤琴《杜威为什么办实验学校》发表于《活教育》第 4 卷第 3、4 期合刊。

李震同《杜威实验学校怎样办的》发表于《活教育》第 4 卷第 3、4 期合刊。

马客谈《杜威与进步教育》发表于《活教育》第 4 卷第 3、4 期合刊。

张文郁《活教育与杜威实验教育》发表于《活教育》第 4 卷第 3、4 期合刊。

郭维新《燕丹子考略》发表于《学艺》第 17 卷第 11 期。

近文《读〈萧红小传〉》发表于《新学生》第 3 卷第 3 期。

心德《我为佛教前途哭太虚大师》发表于《觉有情》第 8 卷第 6 月号第 187—188 期。

孙伏园《鲁迅眼中的太虚大师》发表于《觉有情》第 8 卷第 6 月号第 187—188 期。

李圆净《将可以报太虚大师?》发表于《觉有情》第 8 卷第 6 月号第 187—188 期。

香草译《外国佛友敬悼太虚大师》发表于《觉有情》第 8 卷第 6 月号第 187—188 期。

王恩洋《念太虚法师》发表于《文教丛刊》第 1 卷第 8 期。

果慧《怎样才是永久的纪念大师?》发表于《人间佛教》第 7、8 期合刊。

皓然《大师为佛教而舍身》发表于《人间佛教》第 7、8 期合刊。

蜀光《夜深人寂哭大师》发表于《人间佛教》第 7、8 期合刊。

芳阳《太虚大师对佛法的分判》发表于《人间佛教》第 7、8 期合刊。

异观《太虚大师与中国佛教》发表于《人间佛教》第 7、8 期合刊。

悟闻《我对大师的感想》发表于《人间佛教》第 7、8 期合刊。

慈航《师恩大如天》发表于《人间佛教》第 7、8 期合刊。

陈习庭《我对于太虚大师的认识》发表于《人间佛教》第 7、8 期合刊。

疾翁《太虚大师悲愿无尽》发表于《觉群周报》第 2 卷第 28、29、期合刊。

妙钦《悼福善法师》发表于《觉群周报》第 2 卷第 34、35 期合刊。

楞镜《哭福善法师》发表于《觉群周报》第 2 卷第 34、35 期合刊。

松铎《忆福善法师》发表于《觉群周报》第 2 卷第 34、35 期合刊。

育妆《哀悼福善法师》发表于《觉群周报》第 2 卷第 34、35 期合刊。

福严《哭福善法师》发表于《觉群周报》第 2 卷第 36、37 期合刊。

智定《我所知道的福善法师》发表于《觉群周报》第 2 卷第 36、37 期合刊。

常悟《敬悼福善法师》发表于《觉群周报》第 2 卷第 36、37 期合刊。

大同《同声一哭》发表于《觉群周报》第 2 卷第 36、37 期合刊。

中立《悼福善法师》发表于《觉群周报》第 2 卷第 36、37 期合刊。

月耀《太虚大师示寂与世界文教》发表于《觉群周报》第 2 卷第 38、39 期合刊。

陈存仁《太虚法师论中药》发表于《觉群周报》第 2 卷第 38、39 期合刊。

黄梁《太虚法师一夕谈》发表于《觉群周报》第 2 卷第 38、39 期合刊。

象贤《悼念大师》发表于《觉群周报》第 2 卷第 40—42 期合刊。

范古农《纪念太虚大师》发表于《觉群周报》第 2 卷第 40—42 期合刊。

苇一《太虚大师示寂恸言》发表于《觉群周报》第 2 卷第 40—42 期合刊。

疾翁《从太虚大师主张"议政"谈起》发表于《觉群周报》第 2 卷第 40—42 期合刊。

陈子琦《悼念虚公大师》发表于《觉群周报》第 2 卷第 40—42 期合刊。

何必《张学良谈鲁迅》发表于 11 月 16 日《大公报》。

按：文章说：张学良蛰居台湾之后，一共有两个政府大员去望探过他，第一个是张学良口中的"柳老"莫德惠，第二个是张治中。张治中之访张学良，对张学良出山这一个谜，似乎透显了一丝希望，外界甚而至于传说张学良的出山，将取张治中的地位而代之。这就是说，张学良可能担任西北方面的军事责任。不过看张学良在台湾近日的动向，不管他是否会在西北担任职务，而他的出山，似也言之过早。因为近日来张学良的生活，依旧和莫柳老访问的时候一模一样。

张学良现在居然大读其鲁迅全集，红封面的二十巨册的书，厚厚堆满了他的书桌，他和张治中谈到鲁迅，说道："鲁迅的文笔的确辛辣之至，我也被他骂得好苦。"因为鲁迅的杂文中，确曾大骂过他。张治中听了，只好对他笑笑而已。张学良对于鲁迅的旧诗也颇佩服，他认为自己的诗只不过发点牢骚，论含蓄泼辣，则不及鲁迅万一也。

二、单篇传记

［法］儒卫勒作、林如稷译《左拉传》发表于《文艺春秋》第 4 卷第 1 期（翻译专辑）。

熊佛西《我的文艺习作生活》(传记)发表于《文艺春秋》第 4 卷第 1 期。

熊佛西《我的文艺习作生活》(传记)发表于《文艺春秋》第 4 卷第 2 期。

顾仲彝《奥尼尔和他的〈冰人〉介绍》发表于《文艺春秋》第 4 卷第 2 期。

范泉《关于普希金》发表于《文艺春秋》第 4 卷第 2 期（纪念普希金逝世一百十周年）。

陈伯吹《普希金与儿童文学》发表于《文艺春秋》第 4 卷第 2 期(纪念普希金逝世一百十周年)。

戈宝权《普希金与沙皇的斗争》发表于《文艺春秋》第 4 卷第 2 期(纪念普希金逝世一百十周年)。

牧军《普希金年谱》发表于《文艺春秋》第 4 卷第 2 期(纪念普希金逝世一百十周年)。

朱惠《高尔基回忆录》发表于《文艺春秋》第 4 卷第 6 期(纪念高尔基逝世十一周年)。

费明君《高尔基书简》发表于《文艺春秋》第 4 卷第 6 期(纪念高尔基逝世十一周年)。

徐迟《托尔斯泰办学校》(传记)发表于《文艺春秋》第 5 卷第 4 期。

刘岘《鲁迅与木刻版画》(回忆)发表于《文艺春秋》第 5 卷第 4 期。

刁锋《鲁迅像》(木刻)发表于《文艺春秋》第 5 卷第 4 期。

陈翔鹤《郁达夫回忆琐记》发表于《文艺春秋副刊》第 1 卷第 1 期。

静远《周作人二三事》发表于《文艺春秋副刊》第 1 卷第 1 期。

戈宝权《普希金的家庭悲剧和死》发表于《文艺春秋副刊》第 1 卷第 1 期。

柯灵《关于郑定文》发表于《文艺春秋副刊》第 1 卷第 1 期。

黄裳《李林先生纪念》发表于《文艺春秋副刊》第 1 卷第 2 期。

陈翔鹤《郁达夫回忆琐记》发表于《文艺春秋副刊》第 1 卷第 2 期。

林抒《悲多芬:一个巨人》发表于《文艺春秋副刊》第 1 卷第 2 期。

小诃《拉赫马尼诺夫断片》发表于《文艺春秋副刊》第 1 卷第 2 期。

静远《追忆李尧林先生》发表于《文艺春秋副刊》第 1 卷第 3 期。

辛未艾《雪峰的杂文》发表于《文艺春秋副刊》第 1 卷第 3 期。

黄伯思《关于废名》发表于《文艺春秋副刊》第 1 卷第 3 期。

蠡芳《由美归国的曹禺先生》发表于《文艺春秋副刊》第 1 卷第 3 期。

陈翔鹤《郁达夫回忆琐记》发表于《文艺春秋副刊》第 1 卷第 3 期。

戈宝权《普希金的小故事》发表于《文艺春秋副刊》第 1 卷第 3 期。

林抒《契诃夫断片》发表于《文艺春秋副刊》第 1 卷第 3 期。

参赏《高尔基二三事》发表于《文艺春秋副刊》第 1 卷第 3 期。

夏奈蒂《巴尔扎克和债主》发表于《文艺春秋副刊》第 1 卷第 3 期。

屈观《倭刀的记忆》发表于《文艺复兴》第 2 卷第 6 期(普希金逝世一百十周年祭)。

唐湜《伍子胥》(书评)发表于《文艺复兴》第 3 卷第 1 期。

郑振铎辑《耿济之先生遗稿》发表于《文艺复兴》第 3 卷第 3 期。

茅盾《西蒙诺夫访问记》发表于《文艺复兴》第 3 卷第 6 期。

郑振铎《鲁迅与中国古版画》发表于《文艺复兴》第 4 卷第 2 期。

许寿裳《鲁迅的游戏文章》发表于《文艺复兴》第 4 卷第 2 期。

唐弢拟订《重订鲁迅译著书目》发表于《文艺复兴》第 4 卷第 2 期。

柯原《鲁迅，你复活了》发表于《文艺复兴》第 4 卷第 2 期。

茅盾《忆谢六逸兄》发表于《文讯》第 7 卷第 3 期。

吴晗《陶行知先生在上海的回忆》发表于《时代批评》第 4 卷第 85 期。

刘白羽《井冈山上》(传记)发表于《东北文化》第 2 卷第 2 期。

编者《王大化同志略历》发表于《东北文艺》第 1 卷第 3 期。

程海洲《工人歌手董儒元》发表于《东北文艺》第 1 卷第 6 期。

高粱《鲁迅像》发表于《东北文艺》第 2 卷第 4 期(纪念鲁迅先生逝世十一年辑)。

张望《鲁迅先生与美术》发表于《东北文艺》第 2 卷第 4 期(纪念鲁迅先生逝世十一年辑)。

方德《英雄马同华》发表于《平原文艺》第 1 卷第 2 期。

胡奇《英雄李治五》发表于《平原文艺》第 1 卷第 2 期。

罗仑《艺人沈冠英小传》发表于《平原文艺》第 1 卷第 2 期。

王益《模范出版工作者——鲁迅》发表于《平原文艺》第 2 卷第 5 期。

史伍《巴尔干的高尔基——依斯德拉蒂》发表于《文艺知识连丛》第一集之一"喇叭"。

夏黍《洪深》(文坛点将录)发表于《文艺知识连丛》第一集之一"喇叭"。

钟敬文《我写作小品文的经历》发表于《文艺知识连丛》第一集之二"抚棺录"。

吴岩《斯惠夫特》发表于《文艺知识连丛》第一集之三"论普及"。

砀民《沈从文》(文坛点将录)发表于《文艺知识连丛》第一集之三"论普及"。

公南译《杰克·伦敦》发表于《文艺知识连丛》第一集之四"艾青论"。

怀骆李《马凡陀》(文坛点将录)发表于《文艺知识连丛》第一集之四"艾青论"。

时风《记华罗庚教授》发表于《时与文》第 1 卷第 14 期。

茅盾《记香港战争时韬奋的琐事》发表于《时与文》第 1 卷第 20 期。

王造时《从平凡处追念奋韬的伟大》发表于《时与文》第 1 卷第 20 期。

林海《〈波法利夫人传〉及其作者》发表于《时与文》第 1 卷第 21 期。

林海《〈大卫·高柏菲尔自述〉及其作者》发表于《时与文》第 1 卷第 24 期。

许寿裳《鲁迅的避难生活》发表于《时与文》第 2 卷第 6 期。

德明《吊俞颂华先生》发表于《时与文》第 2 卷第 6 期。

郁天《青冰生平事略》发表于《文艺知识》第 1 集第 1 期。

陈闲《胡适博士的迷茫》发表于《野草》新 3 号。

秦似《胡适不办刊物》发表于《野草》新 3 号。

胡明树《胡适之和"好政府"》发表于《野草》新 3 号。

胡绳《读秋白遗文》发表于《野草》新 4 号。

千家驹《怀念马叙伦先生》发表于《野草》新 4 号。

云彬《关于徐志摩》发表于《野草》新 5 号。

黄芝冈《周静庵办枫林中学》发表于《人物杂志》第 1 期。

吴晗《毛鸿上校》发表于《人物杂志》第 1 期。

容肇祖《明朝大吏海瑞》发表于《人物杂志》第 1 期。

邓初民《我在广州国立中大时》发表于《人物杂志》第 1 期。

车辐《老牌幽默大师刘师亮》发表于《人物杂志》第 1 期。

简史《日本乃木大将的风度》发表于《人物杂志》第 1 期。

米叶《画家厉道诚》发表于《人物杂志》第 1 期。

小鱼《美国共和党要角——范登堡》发表于《人物杂志》第 1 期。

子南《诗人田间》发表于《人物杂志》第 1 期。

一苇《一生不幸的刻卜勒》发表于《人物杂志》第 1 期。

东郭迪吉《姜太公在此》发表于《人物杂志》第 1 期。

张默生《厚黑教主正传》发表于《人物杂志》第 1 期。

张西曼《张一麟先生的亮节》发表于《人物杂志》第 2 期。

朱憬虹《记典狱官李鸿猷》发表于《人物杂志》第 2 期。

米叶《越剧名女伶袁雪芬》发表于《人物杂志》第 2 期。

孟辉《"可敬"的山东财神梁作友》发表于《人物杂志》第 2 期。

文联《摩根韬的九百卷日记》发表于《人物杂志》第 2 期。

公昭《彼得大帝》发表于《人物杂志》第 2 期。

漠草《法国老政治家赫里欧》发表于《人物杂志》第 2 期。

陈雄《传说"组党"的太虚法师》发表于《人物杂志》第 2 期。

黄昌毅《中山先生逝世详情》发表于《人物杂志》第 3 期。

木龙《东亚第一画家李铁夫》发表于《人物杂志》第 3 期。

周谷城《念亡友李石岑先生》发表于《人物杂志》第 3 期。

逸之《马歇尔到底是怎样一个人》发表于《人物杂志》第 3 期。

小鱼《莫洛托夫》发表于《人物杂志》第 3 期。

陈原《贝文的善忘》发表于《人物杂志》第 3 期。

陈新谦《"愿为真理受火刑"的赫胥黎》发表于《人物杂志》第 3 期。

孙源《世界名科学家郎之万》发表于《人物杂志》第 3 期。

刘沧浪《女明星秦怡》发表于《人物杂志》第 3 期。

米叶《嬉笑怒骂的筱快乐》发表于《人物杂志》第 3 期。

姚雪垠《记独轨火车发明家卢镕轩先生》发表于《人物杂志》第 3 期。

米叶《口琴圣手王庆勋》发表于《人物杂志》第 4 期。

吴世昌《记创制"麻将教学法"的何章钦》发表于《人物杂志》第 4 期。

杨钟健《地质学家白劳里》发表于《人物杂志》第 4 期。

李则纲《诗人理发匠吴漪澜》发表于《人物杂志》第 4 期。

卢珏《导演陈鲤庭》发表于《人物杂志》第 4 期。

啸逸《一位有良心的官吏伍极中》发表于《人物杂志》第 4 期。

夷明《龙云与卢汉》发表于《人物杂志》第 4 期。

胡虑《江湖好汉刘朝凤与将军方先觉》发表于《人物杂志》第 4 期。

斯静《体育界老将马约翰博士》发表于《人物杂志》第 4 期。

子成《数学教师曾远荣》发表于《人物杂志》第 4 期。

王愚《华佗——中国古代手术大夫》发表于《人物杂志》第 4 期。

姚雪垠《记独轨火车发明家卢镕轩先生》(长篇连载)发表于《人物杂志》第 4 期。

米叶《计划创造小人国的陈铁生》发表于《人物杂志》第 5 期。

央廉《鲍斯威尔怎样写〈约翰生传〉》发表于《人物杂志》第 5 期。

姚天羽《从写字想起于右任邵力子》发表于《人物杂志》第 5 期。

丁瓒《尽瘁医护事业的谢蕴华女士》发表于《人物杂志》第 5 期。

安纳《卜人袁树珊父子》发表于《人物杂志》第 5 期。

文华《陈望道教授》发表于《人物杂志》第 5 期。

小鱼《〈密勒士评论报〉主编小鲍威尔》发表于《人物杂志》第 5 期。

米叶《面粉大王荣德生》发表于《人物杂志》第 5 期。

陶伟议《爱国诗人陆游别纪》发表于《人物杂志》第 5 期。

刘沧浪《主演〈马路天使〉的赵慧深》发表于《人物杂志》第 5 期。

邬信文《田汉的帽子》发表于《人物杂志》第 5 期。

公柳《曾国藩碰钉记》发表于《人物杂志》第 5 期。

田桓《梅特涅与反动政治》发表于《人物杂志》第 5 期。

胡虑《马寅初》发表于《人物杂志》第 5 期。

孟紫明《苏联名作曲家肖斯塔可维奇》发表于《人物杂志》第 5 期。

潘洪《孙立人如何起家》发表于《人物杂志》第 5 期。

江潮《台湾御史杨亮恭》发表于《人物杂志》第 5 期。

姚雪垠《记独轨火车发明家卢镕轩先生》(长篇连载)发表于《人物杂志》第 5 期。

俞颂华《张东荪会组新党吗》发表于《人物杂志》第 6 期。

胡虑《民社党卢广声管窥》发表于《人物杂志》第 6 期。

尚爱土《道貌岸然冯友兰》发表于《人物杂志》第 6 期。

容肇祖《痛恨贪污的赵南星》发表于《人物杂志》第 6 期。

叶贞《社会部参事黄友郢》发表于《人物杂志》第 6 期。

杨实辑《巴斯德和拿破仑竞选》发表于《人物杂志》第 6 期。

叶重光《新民报女老板——邓季惺》发表于《人物杂志》第 6 期。

刘沧浪《李恩琪不是〈娜拉〉》发表于《人物杂志》第 6 期。

杨实辑《富兰克林不吃肉》发表于《人物杂志》第 6 期。

臧赞《音乐奇才莫扎特》发表于《人物杂志》第 6 期。

钟英《蒋主席的英文秘书沈昌焕》发表于《人物杂志》第 6 期。

潘朗《艰苦奋斗的越南总统胡志明》发表于《人物杂志》第 6 期。

小鱼《美国共和党开明分子史达林》发表于《人物杂志》第 6 期。

姚雪垠《记独轨火车发明家卢镕轩先生》(长篇连载)发表于《人物杂志》第 6 期。

余宁生《"成都爱迪生"张伯农》发表于《人物杂志》第 7 期。

李则刚《王尔文老夫子》发表于《人物杂志》第 7 期。

土司《观察"观察"储安平》发表于《人物杂志》第 7 期。

尚爱土《道貌岸然冯友兰——从琐闻轶事去认识他的人格》(下)发表于《人物杂志》第 7 期。

王璞《汉奸祖师冯道》发表于《人物杂志》第 7 期。

蓝许《白杨是这样一个人》发表于《人物杂志》第 7 期。

胡虑《盛世才如何杀害杜重远》发表于《人物杂志》第 7 期。

许蓝《白杨是这样一个人》发表于《人物杂志》第 7 期。

姚雪垠《记独轨火车发明家卢镕轩》（长篇连载）发表于《人物杂志》第 7 期。

潘朗《缅甸的领袖昂山》发表于《人物杂志》第 7 期。

平寇《南京玩鸟家艾寿康》发表于《人物杂志》第 7 期。

胡虑《吴国桢第十五》发表于《人物杂志》第 8 期。

李天济《舞台名导演贺孟斧》发表于《人物杂志》第 8 期。

石松《寂寞的女滑翔家夏克华》发表于《人物杂志》第 8 期。

黄楠《河南名女伶常香玉》发表于《人物杂志》第 8 期。

沈子和《晓邦的个性与作品》发表于《人物杂志》第 8 期。

姚雪垠《记独轨火车发明家卢镕轩》（长篇连载）发表于《人物杂志》第 8 期。

文华《难童的母亲徐篆》发表于《人物杂志》第 9 期。

宁生《亚几默德之死》发表于《人物杂志》第 9 期。

苏仲湘《"三十三天"杨博士》发表于《人物杂志》第 9 期。

问天《忆名记者羊枣》发表于《人物杂志》第 9 期。

俞颂华《记项致庄》（汉奸批判）发表于《人物杂志》第 9 期。

宁生《华盛顿不做暴君》发表于《人物杂志》第 9 期。

王璞《福王朱常洵》发表于《人物杂志》第 9 期。

王黎《朴实的教育家唐义精》发表于《人物杂志》第 9 期。

潘朗《印尼领袖人物苏加诺他们》发表于《人物杂志》第 9 期。

王宗炎《乡村教育家莫熙穆》发表于《人物杂志》第 10 期。

逸啸《从一些小事看王故上将》发表于《人物杂志》第 10 期。

潘朗《巴基斯坦总督——真纳》发表于《人物杂志》第 10 期。

徐稷香《新诗尝试者郭绍虞》发表于《人物杂志》第 10 期。

舒翼《史学家蒯伯赞》发表于《人物杂志》第 10 期。

容肇祖《魏忠贤》发表于《人物杂志》第 10 期。

宁广佐《创办文汇报的严宝礼》发表于《人物杂志》第 10 期。

秦墨《翻译〈资本论〉的王亚南与郭大力》发表于《人物杂志》第 10 期。

杨敏纳《胡适毛子水被围记》发表于《人物杂志》第 10 期。

刘盛亚《川剧名伶曹黑娃》发表于《人物杂志》第 10 期。

胡虑《孔祥熙的妙论》发表于《人物杂志》第 10 期。

何冷《阮毅成在浙江》发表于《人物杂志》第 10 期。

行健《安南逊王阮永瑞》发表于《人物杂志》第 10 期。

石青农《气象学家陈一得》发表于《人物杂志》第 11 期。

徐盈《胡政之谈民元报业》发表于《人物杂志》第 11 期。

朱良灏《厦门大学创办人陈嘉庚》发表于《人物杂志》第 11 期。

王宗炎《狱吏梁建章》发表于《人物杂志》第 11 期。

王扬《道士彭椿仙》发表于《人物杂志》第 11 期。

杨槐《再记消防队长沈兆》发表于《人物杂志》第 11 期。

郑子瑜《茶馆老板符志光》发表于《人物杂志》第 11 期。

潘朗《印度联邦总理尼赫鲁》发表于《人物杂志》第 11 期。

林子昪《略论岳飞》发表于《人物杂志》第 11 期。

皮尔逊《论萧伯纳的戏剧》发表于《人物杂志》第 11 期。

虚舟《盲目老人凌铁庵》发表于《人物杂志》第 11 期。

云影《心理学家潘菽》发表于《人物杂志》第 11 期。

鲁于《老兵王忠华》发表于《人物杂志》第 12 期。

晋才《五月的胡适》发表于《人物杂志》第 12 期。

潘朗《暹罗元老銮巴立》发表于《人物杂志》第 12 期。

葛思恩《悼先岳俞颂华先生》发表于《人物杂志》第 12 期。

淮冰《俞颂华先生的生平》发表于《人物杂志》第 12 期。

按：一代报人俞颂华本年 10 月 11 日逝世于苏州。文章说："俞先生虽然也教过书，如中国公学、暨南大学、中大商学院、复旦大学、中央政校等，但正如俞先生自己所说，教书毕竟是他的第二志愿，他的第一志愿还是办报。俞先生最早服务的报馆，是《时事新报》，他主编的《学灯》副刊，为新文学的园地，他对新文学运动的贡献，是一如主编北京《晨报》副刊的孙伏园先生。"

明心《颂华先生逝世前的情形》发表于《人物杂志》第 12 期。

谢在田《哭俞颂华先生》发表于《人物杂志》第 12 期。

尚土《青年部长陈雪屏"往事"记》发表于《人物杂志》第 12 期。

公盾《李白研究》发表于《人物杂志》第 12 期。

王璞《钱谦益的脸谱》发表于《人物杂志》第 12 期。

张西曼《狗肉将军张宗昌》发表于《人物杂志》第 12 期。

庞曾濂《联合国会址建筑师郝厉生》发表于《人物杂志》第 12 期。

郑振铎《耿济之先生传》发表于《开明》新 1 号。

编者《耿济之先生遗稿》发表于《开明》新 1 号。

宁父《跟陶侃学做官》发表于《论语半月刊》第 123 期。

邵洵美《自己的癖好》发表于《论语半月刊》第 125 期(癖好专号)。

丰子恺《我的烧香癖》发表于《论语半月刊》第 125 期(癖好专号)。

余上沅《法宝》发表于《论语半月刊》第 125 期(癖好专号)。

高植《骂人—鬼混—好吃—外务》发表于《论语半月刊》第 125 期(癖好专号)。

李之谟《矛盾的癖好》发表于《论语半月刊》第 125 期(癖好专号)。

赵景深《我的癖好》发表于《论语半月刊》第 125 期(癖好专号)。

按:文章说:"本刊编者拟出'癖好专号',向我征稿。我实在忙碌,无暇构思。好在编者所需,只是'信手拈来,直言而谈相;切忌皱眉苦思,闭户以造车'。这条款'正合孤意'。(不,太封建,该说'正中下怀'。)我便不事修饰,随便涂鸦几句。"

倚云《一弹之力》发表于《论语半月刊》第 125 期(癖好专号)。

胡让之《我之癖好》发表于《论语半月刊》第 125 期(癖好专号)。

顾仲彝《旅行与藏书》发表于《论语半月刊》第 125 期(癖好专号)。

按:文章说:"我的癖好有三:一曰游山玩水,二曰收藏书籍,三曰抽吸香烟。"

汪倜然《嗜糖之乐》发表于《论语半月刊》第 125 期(癖好专号)。

老向《烟酒不分家》发表于《论语半月刊》第 125 期(癖好专号)。

味橄《并无怪癖的癖好》发表于《论语半月刊》第 125 期(癖好专号)。

徐蔚南《买书的癖好》发表于《论语半月刊》第 125 期(癖好专号)。

俞平伯《忆清华园谷音社旧事》发表于《论语半月刊》第 125 期(癖好专号)。

吴直九《按图索骥话癖好》发表于《论语半月刊》第 125 期(癖好专号)。

应悱村《损者三友——剪贴、胡琴、辩论》发表于《论语半月刊》第 125 期(癖好专号)。

何若愚《漫谈癖好》发表于《论语半月刊》第 125 期(癖好专号)。

按:文章说:"什么叫做癖好? 有许多人把它误解了。癖好不是简单的普通的嗜好,乃是怪癖的特殊的个性。又不是一时的偶然的现象,乃是根深蒂固的永久的行为。尽管人类有同嗜,可是嗜的情态各有不同。尽管所癖所好有变迁,可是老脾气终不会更改。这样的癖好,才值得人们的传说、褒贬,或形容尽致,活画出一个与众不同的人物来。在当时的社会上,在后世的历史上,添了宝贵的资料。那些人,既不可诞生过多,也不可发现太少;多了便不稀奇,少了便觉得人生无趣,历史的精彩部分一定要大为减色了。"

顾万方译《论嚼铅笔癖》发表于《论语半月刊》第 125 期(癖好专号)。

王一榴译《签名狂》发表于《论语半月刊》第 125 期(癖好专号)。

王小令《收藏病患者》(漫画)发表于《论语半月刊》第 125 期(癖好专号)。

吕宾《不戒癖好记》发表于《论语半月刊》第 125 期(癖好专号)。

彭学海《国产官僚之玩"法"癖》发表于《论语半月刊》第 125 期(癖好专号)。

王达富《为"真理而殉身"》发表于《论语半月刊》第 125 期(癖好专号)。

莫名奇《如是我观癖好》发表于《论语半月刊》第 125 期(癖好专号)。

徐有鬼《癖好乃文明之母论》发表于《论语半月刊》第 125 期(癖好专号)。

白水《记一个癖好美术的人》发表于《论语半月刊》第 125 期(癖好专号)。

周一行《不可告人的癖好》发表于《论语半月刊》第 125 期(癖好专号)。

罗浮《梦话》发表于《论语半月刊》第 125 期(癖好专号)。

编者《曾今可的癖好》发表于《论语半月刊》第 126 期。

陈子展《由周作人谈到辽金时代的汉奸文人》发表于《论语半月刊》第 129 期。

陈子展《狂人自白》发表于《论语半月刊》第 141 期。

[美]亨利·华莱斯作、袁水拍译《回忆罗斯福》发表于《人世间》复刊第 4 期。

丁聪《闻一多先生画像》发表于《人世间》复刊第 5 期。

编者《闻一多先生遗像及其手迹》(周年祭)发表于《人世间》复刊第 5 期。

王敬《闻一多先生和他的家属》(周年祭)发表于《人世间》复刊第 5 期。

许寿裳《亡友鲁迅印象记》(续)发表于《人世间》复刊第 6 期。

许寿裳《亡友鲁迅印象记》(续)发表于《人世间》复刊第 7 期。

王任叔《记郁达夫》(上)发表于《人世间》复刊第 7 期。

赵景深《纪德五十年来的日记》发表于《人世间》复刊第 7 期。

王任叔《记郁达夫》(下)发表于《人世间》复刊第 8、9 期。

林珊《记二姊》发表于《现代妇女》第 8 卷第 4 期。

叶子《我对慈禧的了解》发表于《现代妇女》第 8 卷第 4 期。

明沙《主妇日记》发表于《现代妇女》第 8 卷第 5 期。

黄为之《她是怎样成名的——访周穆英医师》发表于《现代妇女》第 8 卷第 5 期。

青果《我被解聘了》发表于《现代妇女》第 8 卷第 6 期。

以蓝《女工林宝珍》发表于《现代妇女》第 8 卷第 6 期。

明沙《主妇日记》发表于《现代妇女》第 8 卷第 6 期。

明沙《主妇日记》发表于《现代妇女》第 9 卷第 1 期。

明沙《主妇日记》发表于《现代妇女》第 9 卷第 2 期。

施海伦《我的母亲——一个有志气的平凡人》发表于《现代妇女》第 9 卷第 2 期。

明沙《主妇日记》发表于《现代妇女》第 9 卷第 3 期。

慧年《访五二〇血案中两个重伤的女同学》发表于《现代妇女》第 9 卷第 3 期。

刘一方《忆映林》发表于《现代妇女》第 9 卷第 4 期。

慧年《介绍立委谭惕吾女士——她是一个湖南女性的典型》发表于《现代妇女》第 9 卷第 5 期。

萧尼《一个图书管理员的自述》发表于《现代妇女》第 9 卷第 6 期。

小鱼《潘狄特夫人的生平》发表于《现代妇女》第 9 卷第 6 期。

村农《避暑公文堆》发表于《现代妇女》第 10 卷第 1 期。

吴卓如《我的暑假生活》发表于《现代妇女》第 10 卷第 1 期。

纪以《被逐出校门以后》发表于《现代妇女》第 10 卷第 1 期。

辛夷《赶考》发表于《现代妇女》第 10 卷第 2 期。

曾毅《一个别人所不承认的暑假》发表于《现代妇女》第 10 卷第 2 期。

琦《前"嫣声工艺社"的创办人——丁慧涵女士访问记》发表于《现代妇女》第 10 卷第 3 期。

温肇桐《钱叔美的生平及其艺术》发表于《新学生》第 4 卷第 1 期。

李书田《历代治河名人事迹述略》发表于《东方杂志》第 43 卷第 3 号。

胡文楷《柳如是年谱》发表于《东方杂志》第 43 卷第 3 号。

徐仲年《一别音容两茫茫——旅法追忆》发表于《东方杂志》第 43 卷第 3 号。

俞颂华《悲忆钱经宇（智修）先生》发表于《东方杂志》第 43 卷第 8 号。

徐宗泽遗著《张献忠入川与耶稣会士》发表于《东方杂志》第 43 卷第 13 号。

王崇武《明惠帝史事之传说》发表于《东方杂志》第 43 卷第 15 号。

［美］Donald Morrow 原著、梁实秋译《斗争中的莎士比亚（五·完）》发表于《观察》第 1 卷第 19 期。

潘光旦《荀子与斯宾塞尔论解放》发表于《观察》第 1 卷第 21 期。

全慰天《记陈达教授》发表于《观察》第 2 卷第 8 期。

不平《康有为与戊戌改变》发表于《宇宙风》第 146 期。

[美]郭尔德著、楚英译《赛珍珠谈自己的作品》（世界名作家访问记之一）发表于《宇宙风》第 147、148 期。

张春风《闻一多先生二三事》发表于《宇宙风》第 147、148 期。

冼玉清《写在钟荣光校长归葬后》发表于《宇宙风》第 147、148 期。

吴紫金《悼念林憾庐先生》发表于《宇宙风》第 149 期。

[美]郭尔德著、楚英译《剧作家威廉萨罗扬》（世界名作家访问记之二）发表于《宇宙风》第 149 期。

秦佩珩《哭闻一多先生》发表于《宇宙风》第 150 期。

李福林口述、莫纪彭笔撰《我伙劫协领衙门经过》（自传之一章）发表于《宇宙风》第 152 期。

郭树杈《张仲仁与袁项城》发表于《宇宙风》第 152 期。

梁漱溟《我的自学小史（一）》发表于《新教育杂志》第 1 卷第 2 期。

梁漱溟《我的自学小史（二）》发表于《新教育杂志》第 1 卷第 3—4 期合刊。

梁溟漱《我的自学小史（三）》发表于《新教育杂志》第 1 卷第 5—6 期合刊。

白薇《从鲁迅先生墓地归来》发表于《青年界》新第 2 卷第 5 期。

许钦文《跟鲁迅先生学小说的第一点》发表于《青年界》新第 2 卷第 5 期。

阿竖《我是一个私生子》（自白）发表于《家》第 23 期。

曹林晔《八一三前后的金货管理回忆录》发表于《新语》第 12 卷第 4 期。

李养性《服务本行回忆录》发表于《新语》第 12 卷第 5 期。

陈秀瑛译《亨代尔（音乐家小传）》发表于《活教育》第 4 卷第 2 期。

尖兵《一个税吏的自白》发表于《再生》第 186 期。

刘景焕《一点忠实的自白》发表于《文化通讯》第 1 期。

龙大钧《四十五自述》发表于《学生杂志》第 24 卷第 3—4 期。

糜榴丽《奈都夫人小传》发表于《时与潮副刊》第 8 卷第 6 期。

卫挺生《一个经济学者的自述》发表于《新世界》第 7—8 期。

谢幼伟《巴克莱之生平及其思想》发表于《读书通讯》第 126 期。

邢也《一个通讯员的自述》发表于《时代青年》第 4 卷第 1 期。

郑重《谈谈我的日记》发表于《时代青年》第 4 卷第 1 期。

王栻《慈禧太后的生平》(上)发表于《中国青年》第 3 期。

王栻《慈禧太后的生平》(下)发表于《中国青年》第 4 期。

伯力《湘桂逃难回忆录》发表于《青年生活》第 18 期。

周谦冲《常燕生的生平及其思想》发表于《大中国》第 4—5 期。

唐密《我的生平和我的爱》发表于《智慧》第 26 期。

美新译《福勒斯特尔生平》发表于《智慧》第 34 期。

甦牲《普希金小传》发表于《台湾文化》第 2 卷第 3 期。

王昌祉《徐宗泽神父事略》发表于《益世周刊》第 29 卷第 4 期。

唐文治《无锡王剑秋夫妇母女殉难记》发表于《国防月刊》第 2 卷第 2 期。

陆曼炎《张自忠事略》发表于《国防月刊》第 4 卷第 1—2 期。

丘陶常《孙夏峰生平及其思想》发表于《文教》第 1 卷第 1 期。

徐悲鸿《悲鸿自述》发表于《伉俪月刊》第 1 卷第 11 期。

小神童《我的自白》发表于《大声》创刊号。

吴耀宗《一个基督徒的自白》发表于《天风》第 102 期。

也鲁《一个瞎眼人的自述》发表于《启示》第 6 期。

资料室《郁达夫殉难记详》发表于《艺虹杂志》第 1 卷第 2—3 期。

周悫《管子之道家思想考略》发表于《图书展望》第 3 期复刊。

朱偰《越南受降日记》发表于《图书季刊》第 8 卷第 1—2 期。

泳泳《偷窃生涯自述》发表于《茶话》第 19 期。

郭声宏《陶雪格的生平及其著作》发表于《财政评论》第 16 卷第 1 期。

汤文及《史伯梨的生平和事迹》发表于《科学月刊》第 24 期。

林永生《居里夫人小传》发表于《科学时报》第 14 卷第 5 期。

丁绪宝《傅克士教授小传》发表于《科学画报》第 13 卷第 3 期。

潘承梁《任铿之生平及贡献》发表于《工程界》第 2 卷第 7 期。

毛启爽《电话发明家佩耳小传》发表于《电世界》第 1 卷第 11 期。

裴维裕《司坦因麦兹小传》发表于《电世界》第 1 卷第 12 期。

梅致远《江故师长惟仁蒙城殉难记》发表于《安徽文献》第 2 卷第 1 期。

杨叔青《巢县丁筱樵先生们殉难事略》发表于《安徽文献》第 2 卷第 3 期。

徐仲舒《先母事略》发表于《安徽文献》第 2 卷第 4 期。

黄实甫《抗日烈士柏心泮事略》发表于《安徽文献》第 3 卷第 2—3 期。

都履和《故陆军步兵上校都君蕴初殉难事状》发表于《安徽文献》第 3 卷

第 2—3 期。

陈礼颂《山田长政事迹考》发表于《南洋学报》第 4 卷第 2 辑。

王崇武《吴三桂与山海关之战》发表于《燕京学报》第 33 期。

冼玉清《苏轼居儋之友生》发表于《岭南学报》第 7 卷第 2 期。

欧阳侯《杨怀德牧师小传》发表于《乡村教会》第 1 卷第 1 期。

陈鹭洲《马君图先生事略》发表于《中国回教协会会报》第 7 卷第 3—4 期。

周子亚《近代印度文化之创造人泰戈尔及其事迹》发表于《亚洲世纪月刊》第 1 卷第 1 期。

岑学吕《虚云老和尚事迹序》发表于《圆音月刊》第 1 期。

郑子健《观本法师事略》发表于《圆音月刊》第 5—6 期。

常凯《妙月老和尚略传》发表于《佛教公论》第 21 期。

觉群《太虚大师行略》发表于《觉有情》第 8 卷第 6 月号第 187—188 期。

范古农《纪念太虚大师略说三事》发表于《觉有情》第 8 卷第 6 月号第 187—188 期。

路萍《访太虚大师》发表于《中流》第 1 期。

崔景泰《记太虚大师》发表于《觉群周报》第 2 卷第 38、39 期合刊。

蔡极《瞻仰太虚大师遗容记》发表于《觉群周报》第 2 卷第 38、39 期合刊。

楞镜《太虚大师的生活点滴》发表于《觉群周报》第 2 卷第 40—42 期合刊。

月耀《恭送大师灵骨还山记》发表于《觉群周报》第 2 卷第 40—42 期合刊。

志圆《敬挽戒兄太虚大师》发表于《觉群周报》第 2 卷第 43、44 期合刊。

圆明《人天眼灭哭大师》发表于《觉群周报》第 2 卷第 43、44 期合刊。

蔡路萍《佛门奇才的陨落》发表于《觉群周报》第 2 卷第 43、44 期合刊。

能参《苦海同悲失导师》发表于《觉群周报》第 2 卷第 43、44 期合刊。

德田《悼念大师》发表于《觉群周报》第 2 卷第 43、44 期合刊。

又信《侍座回忆》发表于《觉群周报》第 2 卷第 43、44 期合刊。

月耀《虚公治丧处日记(续完)》发表于《觉群周报》第 2 卷第 43、44 期合刊。

丰子恺《怀太虚法师》发表于《觉群周报》第 2 卷第 47、48 期合刊。

大醒《追悼大师应该要追踪大师》发表于《觉群周报》第 2 卷第 49、50 期合刊。

曹文麟《曼陀法师传》发表于《觉群周报》第 2 卷第 51、52 期合刊。

北云《记太虚法师谈唯识》发表于《世间解》第 4 期。

刘质平《弘一上人史略》发表于《佛教公论》复刊第 11 期。

刘天浪《弘一法师》发表于《佛教公论》复刊第 11 期。

李劳远《弘一大师在中国》发表于《佛教公论》复刊第 11 期。

林觉贤《弘一法师在永春二十个月的经过》发表于《佛教公论》复刊第 11 期。

胡适《考范缜发表〈神灭论〉在梁天监六年》发表于 7 月 25 日天津《大公报·文史副刊》。

胡适《范缜萧琛范云的年岁》发表于 8 月 8 日天津《大公报·文史副刊》。

三、传记著作

沈嵩年著《传记学概论》由教育图书出版社刊行,有自序。

按:全书第一章"传记之概念",包括第一节"传记的意义",第二节"传记与历史",第三节"传记的功能",第四节"传记的对象";第二章"传记之种类",包括第一节"传记的分类",第二节"自传",第三节"列传",第四节"专传",第五节"合传",第六节"年谱",第七节"人表",第八节"本纪世家";第三章"传记之作法",包括第一节"传记的一般作法",第二节"专传列传的作法",第三节"合传的作法",第四节"年谱的作法";第四章"中国之传记学",包括第一节"中国传记学的源流",第二节"中国的传记文学",第三节"中国传记文学的贫困",第四节"新传记的创作"。自序曰:"'历史是人类全体的传记',所以要明了某个时代历史的情形,对于那个时代的人的活动情形,尤其是活动力最强的伟大人物的活动情形,要首先能够得到了解;而达到这个目的的工具,那就是传记了。我国的史书,自太史公作《史记》,创了传记体以后,历代史家因之,皆相沿而不替。所谓纪传体的历史,是完全以人为纲的,换句话说,我国过去的正史,就是以传记为宗的历史。所以研究我国历史,尤非从传记着手不可。我们知道,事实是以理论为基础的,理论是因,事实是果。所以研究传记,对于传记的理论,必须要有相当的了解,因为不如此,那就犹如'隔靴抓痒',抓不到痒处,不能以竟全功,甚至于徒劳无益。我国的传记,因为发生得很早,在量的方面,真是'汗牛充栋',占了乙部的广大篇幅。可是,这许多传记,如果用新的眼光观之,在文字上,形式上,俱有问题,就有重新估价,重新改作的必要,原因是对理论方面太不注意,太不讲求了。在过去,关于传记的理论,虽有散篇的论述,但是有系统的著作,一直到现在,还未曾见,这不能不说是史学界和文学界的一大缺陷。十年以前,有感于此,便有从事关于传记理论方面写作之志。嗣以抗战军兴,烽火遍地,播迁流离于苏浙闽三省之间,终日扰扰,无暇执笔,初志不得遂,时耿耿于心。去年暑后,生活稍安,乃着手篇著,藉偿夙愿,并思于短时间内完成,至于冬初,草草脱稿。全篇共分四章,首就传记的概念,加以说明;次对专辑的种类,分别叙述;再于传记的作法,略为述说;末予中国之传记,稍加论评。对于传记学的理论,当然不能说已阐发无遗,但其崖略,则藉此已可窥见了。"

作者认为传记的功能,"第一陶冶性情","第二培植民族自信力","第三灌输真知","第四鼓舞热情","第五激励继起的努力"。"所谓传记的对象,就是讲哪类的人我们应该为他作传记。当然,人物要伟大,作起来才有精彩。所以伟大人物是作传记的主要对象。不过,所谓伟大者,不单指人格的伟大,连关系的伟大,也包括在内。例如袁世凯、西太后人格虽无可取,但不能不算是有做传记的价值的一个人物。有许多伟大人物可以做某个时代的政治中心,有许多伟大人物可以作某种学问的思想中心,这类人最宜作成大规模的专传或年谱,把那个时代或那种学术都归纳到他身上来讲。依照梁任公的意见,应该作专传或补作列传的人物,约有下列七种。(详见梁启超《中国历史研究法补编》,此略,笔者注)。"

梁启超著《中国历史研究法》由上海商务印书馆出版。

按:梁启超曰:"私家之行状、家传、墓文等类,旧史家认为极重要之史料,吾侪亦未尝认之。虽然,其价值不宜夸张太过。盖一个人之所谓丰功伟烈,嘉言懿行,在吾理想的新史中,本已不足轻重,况此等虚荣溢美之文,又半非史实耶。故据吾所立标准以衡量史料,则任昉集中裔皇庄重之《齐竟陵文宣王行状》,其价值不如彼叙述米盐琐屑之《奏弹刘整》;而在汉人文中,蔡邕极有名之十余篇碑诔,其价值乃不敌王褒之一篇游戏滑稽的《僮约》。此非好为惊人之论,盖前者专以表彰一个人为目的,且其要点多已采入旧史中,后者乃描述当时社会一部分之实况,而求诸并时之著作,竟无一篇足与为偶也。持此以衡,其孰轻孰重,不已较然可见耶?"

梁启超著《中国历史研究法补编》由上海商务印书馆出版。

按:是书分总论和分论。总论分史的目的,史家的四长——史德、史学、史识、史才,五种专史概论——人、事、文物、地方、断代;分论共5部分,讲五种专史，其中地方和断代专史，只是在目录中列出，书内从略。

梁启超说曰："合传这种体裁，创自太史公。太史公的合传，共有三种：(1)两人以上，平等叙列，如《管晏列传》《屈贾列传》，无所谓轻重，亦无所谓主从；(2)一人为主，旁人附录，如《孟荀列传》，标题为孟子、荀卿，而内容所讲的有三驺子、田骈、慎到、环渊、接子、墨子、淳于髡、公孙龙、剧子、长庐、吁子等一二十人，各人详略不同，此种专以一二个较伟大的人物为主，此外都是附录；(3)许多人平列，无主无从。如《仲尼弟子列传》七十余人，差不多都有叙述。如《儒林列传》，西汉传经的人，亦差不多都是叙述。"合传的主要好处是，"为著历史的开了许多方便。许多人附见在一个人传中，因一个重要的而其余次要的都可记载下去。如《孟荀列传》若不载许多人，那我们顶多只知道孟、荀，至于邹衍的终始五德之说，我们就不晓得了。合传体裁的长处，就是能够包括许多够不上作专传而有相当的贡献，可以附见于合传中的人。其作用不单为人，而且可以看当时状况，如《孟荀列传》就可以看出战国时学术思想的复杂情形，此种体裁，章实斋最恭维。可合的人，就把他们合在一起"。

梁启超曰："两个人同作一件事，一个是主角，一个是配角，应当合传，不必强分。前面讲《贾生列传》，《汉书》比《史记》好；但是《韩信列传》，《汉书》实在不高明。班孟坚另外立一个《蒯通传》，把他游说韩信的话放在里边。蒯通本来只是配角，韩信才是主角。韩信的传，除了蒯通的话，旁的不见精彩；蒯通的传，除了韩信的话，旁的更无可说。《汉书》勉强把他二人分开，配角固然无所附丽，主角亦显得单调孤独了。这种眼光，孟坚未始不曾见到，或者因为他先作《韩信传》，后来才作《蒯通传》，不得不割裂《韩信传》。这样一来，便弄得两面不讨好了。两个人同作一件事，两人又都有独立作传的价值，这种地方，就要看分在何人名下最为适当。"

梁启超曰："大概说来，应该作专传或补作列传的人物约有七种：(一)思想及行为的关系方面很多，可以作时代或学问中心的，我们应该为他们作专传。有些人尽管伟大，不过关系方面太少，不能作时代或学问的中心，若替他作专传就很难作好。譬如文学家的李白、杜甫都很伟大，把杜甫作中心，将唐玄宗、肃宗时代的事实归纳到他身上，这样的传可以作得精彩。若把李白作为中心，要作几万字的长传，要包涵许多事实，就很困难。……所以作专传，一面要找伟大人物，一面在伟大人物中还要看他的性质关系如何，来决定我们做传的方法。(二)一件事情或一生性格有奇特处，可以影响当时与后来，或影响不大而值得表彰的，我们应该为他们作专传。譬如《史记》有

《鲁仲连传》……太史公所以为他作传,放在将相文士之间,完全因他的性格俊拔,独往独来,谈笑却秦军,功成不受赏。像这样特别的性格、特别的行为,很可以令人佩服感动。(三)在旧史中没有记载,或有记载而太过简略的,我们应当为他作专传。这种人,伟大的亦有,不伟大的亦有。伟大的旁人知道他,正史亦曾提到过,但不详细,我们应当为他作传。譬如墨翟是伟大人物,《史记》中没有他的列传,仅附见于《孟荀列传》,不过二十几个字。近人孙仲容根据墨子本书及其他先秦古籍,作《墨子列传》及《年表》。这就是一个很好的例。……又如作《儒林外史》的吴敬梓,前人根本不承认这本书有价值,书的作者更不用说了。近人胡适之才替他作一篇传出来,我们才认识这个人的文学地位。这些都是很好的例。总之,许多有相当身份的人,不管他著名不著名,不管正史上没有传或有传而太过简略,我们都应该整篇的补充或一部分的改作。(四)从前史家有时因为偏见,或者因为挟嫌,对于一个人的记载完全不是事实。我们对于此种被诬的人,应该用辩护的性质,替他重新作传。(五)皇帝的本纪及政治家的列传有许多过于简略,应当重新作过。(六)有许多外国人,不管他到过中国与否,只要与中国文化上政治上有密切关系,都应当替他们作专传。(七)近代的学术、事功比较伟大的,应当为他们作专传。"

陆世鸿著《墨子》由上海中华书局出版。

萧潇主编《四君皇》由上海大方书局出版。

萧潇主编《四奸臣》由上海大方书局出版。

萧潇主编《四谋士》由上海大方书局出版。

萧潇主编《四名将》由上海大方书局出版。

萧潇主编《四忠良》由上海大方书局出版。

萧潇主编《四烈士》由上海大方书局出版。

萧潇主编《四贞烈》由上海大方书局出版。

萧潇主编《四才子》由上海大方书局出版。

按:是书介绍司马相如、曹植、唐伯虎、苏曼殊4人的传记故事。

黄珍吾编《景贤录》由编者出版。

按:是书收录路博德、马援、李德裕、李卫国、李纲、赵鼎、胡铨、海瑞等历代史书记载的人物列传22篇,并有题咏31首、楹联16幅。

马祀光编著《王充传》由台北台湾书店出版。

萧望卿著《陶渊明批评》由开明书店出版。

黄次书编著《文成公主与金城公主》由上海中华书局出版。

李嘉言著《贾岛年谱》由上海商务印书馆出版。

按：是书于 1944 年分别获第四届教育部学术审议委员会"补助学术研究及奖励著作发明"奖文学类二等奖。

章泰笙编著《贾岛研究》由上海正中书局出版。

缪钺编著《杜牧之年谱》由《浙江大学文学院集刊》第 1—2 集出版。

按：是书于 1944 年分别获第四届教育部学术审议委员会"补助学术研究及奖励著作发明"奖文学类三等奖。

季灏编著《两宋词人小传》由上海民治出版社出版。

按：是书收录欧阳修、范仲淹、张先、晏几道、梅尧臣、韩琦、王安石、柳永、苏轼、黄庭坚、秦观、张耒、晁补之、陈师道、贺铸、毛滂、李清照、叶梦得、张元干、张孝祥、岳飞等近 200 名两宋词人的小传。

马祀光编著《王安石传》由台北台湾书店出版。

程凤山编、沈元生补编《宋侍郎胡石佑公事迹录》由绍兴补编者出版。

邓广铭编著《辛稼轩先生年谱》由上海商务印书馆出版。

按：《图书季刊》1947 年新第 8 卷第 3 期介绍此书说："稼轩年谱旧已成书者，有辛启泰、梁启超、陈思、郑骞诸家，前三家所撰年谱已刊。是谱撰者邓君病诸家旧谱之讹误，爰搜集南宋一代重要文献，史籍文集方志笔乘之属，其有涉及稼轩之单词只字，悉加甄采，为《稼轩年谱》，与所著《稼轩词编年笺证》一书并行。两书详略，互为表里。是谱所征引文字，俱标明出处卷数，低格小字排比于各条目之下。所引皆录原文，间施删节。其征引文字须加引申贯串或须加考证论断者，别为案语，较征引文字更低一格，另行排比于后。谱主交游诸人，其相交之迹与诸人行谊大略，亦予著录。卷末附录十数则。为例颇善。邓君犹惜文献不足，谱中遇某数问题，仅能藉迂回之考求而获近实之推论，确证则尚有待。辛启泰所见之济南及铅山辛氏二族谱，邓君未见，尤致念念之意。"

陈铁凡著《辛弃疾评传》由江苏南京正风出版社无限公司出版。

许寿裳著《鲁迅的思想与生活》由台北台湾文化协进会出版。

李汉魂著《岳武穆年谱附遗迹考》由实物印书馆出版。

任苍厂主编《文天祥》由上海大方书局出版。

王德亮编著《文天祥》由上海中华书局出版。

按：是书首述文天祥的时代背景和家世概况，次叙文天祥的少壮时期、从政时期、勤王时期、被执时期和殉难时期，最后论述文天祥的气节与民族精神的关系。

任苍厂主编《郑成功》由上海大方书店出版。

庄钟骥著《槜李庄氏历代传略》由编者出版。

按：是书作者记叙其父亲、祖父及上数十六世祖的传略。

杨静庵著《唐寅年谱》由上海商务印书馆出版。

吴宗慈著《张道陵天师世家》由江西省文献委员会出版。

陈葆仁编《明清两代滇籍谏官录》由昆明新云南丛书社出版。

潘光旦著《明清两代嘉兴的望族》由上海商务印书馆出版。

高吉人编著《陈榕门（弘谋）之生平》由广西桂林文化供应社出版。

朱杰勤著《龚定盦研究》由上海商务印书馆出版。

何贻焜编著《曾国藩评传》由正中书局出版。

按：是书共分22部分。1至4部分讲述研究曾国藩的方法与目的、时代背景、家世、早年生活；5至7部分介绍曾氏的中、晚年生活；18至12部分研究曾国藩的性格、思想，以及思想的起源、转变、体系，余下部分讲述曾氏的哲学、伦理、教育、政治、军事思想及其业绩。

李顶芳著《曾国藩及其幕府人物》由贵阳文通书局出版。

秦翰才著《左文襄公在西北》由上海商务印书馆出版。

卢风阁编《左文襄公征西史略》由陆军大学出版。

孙中山原著，许师慎编注《国父革命缘起详注》由正中书局出版。

黄造雄编《孙中山》由上海中华书局出版。

陆军军官学校政治部编《总裁言行教程》（第1集）由编者出版。

萧剑青编著《白手成家伟人传》由上海世界书局出版。

按：是书收录爱迪生、林肯、富兰克林、福特、卡内基、斯蒂芬森、兴登堡、诺贝尔、高尔基、马萨里克、胡佛、秀华布12位外国名人传记。

苏季常编《当代人物》由民国故事杂志社出版。

按：是书介绍罗斯福、斯大林、蒋介石、毛泽东、张澜、黄炎培、周恩来、陈诚、邵力子、宋庆龄、张学良、谢雨琴、邹韬奋、李公朴、胡愈之、刘伯承、张学思、胡适、陈嘉庚、闻一多、戴爱莲、华罗庚、高士其、奥斯特洛夫斯基、卓别麟、罗伯逊、萧伯纳、米邱林等47人。

陈原著《平民世纪的开拓者》由上海开明书店出版。

铮铮编著《时局人物》由上海国风书店出版。

任嘉尧编《当代中国名人辞典》由上海东方书店出版。

按：是书内容包括政治、军事、经济、社会、交通、工业、商业、教育、文化、新闻、艺术等各界著名人物。按姓名笔划为序。

郭沫若著《历史人物》由上海海燕书店出版。

李雪荔著《中国妇女史话》由江苏南京中国妇女建国学会出版。

　　按：是书乃中国妇女总传。全书分母道、妻范、节孝、伦理家、政治家、教育家、文学家、革命家、科学家等 14 类。收录中国自古至今各类有影响的妇女孟母、岳母、班昭、武则天、慈禧、花木兰、秋瑾等 50 人的小传。

陆丹林著《当代人物志》由上海世界书局出版。

　　按：是书收录康有为、吴佩孚、林语堂、马君武、许地山、叶恭绰、张大千等各界名人传记 15 篇。

戚再玉主编《上海时人志》由上海展望出版社出版。

乐德卿主编《上海市工界人物志》由上海群协出版社出版。

吴宗慈、刘扶青合编《江西全省历代人物谥号汇表》由江西省文献委员会出版。

贾永琢编《河南现代名人录》由开封工商日报社出版。

何瑞瑶著《风云人物小志》由广东广州宇宙风社出版。

李伟中著《社政人物志》由云南昆明社会周刊社出版。

言守元主编《中国名将录》(第 1 辑)由江苏南京新世界出版社出版。

联合勤务总司令部抚恤处纂订《中华民国忠烈将士姓名录》(吉林省双阳县)由纂者出版。

联合勤务总司令部抚恤处纂订《中华民国忠烈将士姓名录》(吉林省伊通县)由纂者出版。

联合勤务总司令部抚恤处纂订《中华民国忠烈将士姓名录》(吉林省永吉县)由纂者出版。

联合勤务总司令部抚恤处纂订《中华民国忠烈将士姓名录》(吉林省榆树县)由纂者出版。

联合勤务总司令部抚恤处纂订《中华民国忠烈将士姓名录》(松江省阿城县)由纂者出版。

联合勤务总司令部抚恤处纂订《中华民国忠烈将士姓名录》(松江省东宁县)由纂者出版。

联合勤务总司令部抚恤处纂订《中华民国忠烈将士姓名录》(松江省宁安县)由纂者出版。

联合勤务总司令部抚恤处纂订《中华民国忠烈将士姓名录》(山东省朝城县)由纂者出版。

联合勤务总司令部抚恤处纂订《中华民国忠烈将士姓名录》(山东省肥

城县)由纂者出版。

联合勤务总司令部抚恤处纂订《中华民国忠烈将士姓名录》(山东省高密县)由纂者出版。

联合勤务总司令部抚恤处纂订《中华民国忠烈将士姓名录》(山东省馆陶县)由纂者出版。

联合勤务总司令部抚恤处纂订《中华民国忠烈将士姓名录》(山东省济宁县)由纂者出版。

联合勤务总司令部抚恤处纂订《中华民国忠烈将士姓名录》(山东省嘉祥县)由纂者出版。

联合勤务总司令部抚恤处纂订《中华民国忠烈将士姓名录》(浙江省温岭县)由纂者出版。

联合勤务总司令部抚恤处纂订《中华民国忠烈将士姓名录》(浙江省永康县)由纂者出版。

联合勤务总司令部抚恤处纂订《中华民国忠烈将士姓名录》(江西省宜丰县)由纂者出版。

联合勤务总司令部抚恤处纂订《中华民国忠烈将士姓名录》(湖南省衡阳县)由纂者出版。

联合勤务总司令部抚恤处纂订《中华民国忠烈将士姓名录》(湖南省石门县)由纂者出版。

联合勤务总司令部抚恤处纂订《中华民国忠烈将士姓名录》(广西省宾阳县)由纂者出版。

联合勤务总司令部抚恤处纂订《中华民国忠烈将士姓名录》(广西省博白县)由纂者出版。

联合勤务总司令部抚恤处纂订《中华民国忠烈将士姓名录》(广西省百寿县)由纂者出版。

联合勤务总司令部抚恤处纂订《中华民国忠烈将士姓名录》(广西省都安县)由纂者出版。

联合勤务总司令部抚恤处纂订《中华民国忠烈将士姓名录》(广西省扶南县)由纂者出版。

联合勤务总司令部抚恤处纂订《中华民国忠烈将士姓名录》(广西省恭城县)由纂者出版。

联合勤务总司令部抚恤处纂订《中华民国忠烈将士姓名录》(广西省贵县)由纂者出版。

联合勤务总司令部抚恤处纂订《中华民国忠烈将士姓名录》（广西省贺县）由纂者出版。

联合勤务总司令部抚恤处纂订《中华民国忠烈将士姓名录》（广西省怀集县）由纂者出版。

联合勤务总司令部抚恤处纂订《中华民国忠烈将士姓名录》（广西省敬德县）由纂者出版。

联合勤务总司令部抚恤处纂订《中华民国忠烈将士姓名录》（广西省来宾县）由纂者出版。

联合勤务总司令部抚恤处纂订《中华民国忠烈将士姓名录》（广西省雷平县）由纂者出版。

联合勤务总司令部抚恤处纂订《中华民国忠烈将士姓名录》（广西省荔浦县）由纂者出版。

联合勤务总司令部抚恤处纂订《中华民国忠烈将士姓名录》（广西省临桂县）由纂者出版。

联合勤务总司令部抚恤处纂订《中华民国忠烈将士姓名录》（广西省灵川县）由纂者出版。

联合勤务总司令部抚恤处纂订《中华民国忠烈将士姓名录》（广西省柳城县）由纂者出版。

联合勤务总司令部抚恤处纂订《中华民国忠烈将士姓名录》（广西省柳江县）由纂者出版。

联合勤务总司令部抚恤处纂订《中华民国忠烈将士姓名录》（广西省龙津县）由纂者出版。

联合勤务总司令部抚恤处纂订《中华民国忠烈将士姓名录》（广西省罗城县）由纂者出版。

联合勤务总司令部抚恤处纂订《中华民国忠烈将士姓名录》（广西省容县）由纂者出版。

联合勤务总司令部抚恤处纂订《中华民国忠烈将士姓名录》（广西省蒙山县）由纂者出版。

联合勤务总司令部抚恤处纂订《中华民国忠烈将士姓名录》（广西省明江县）由纂者出版。

联合勤务总司令部抚恤处纂订《中华民国忠烈将士姓名录》（广西省那马县）由纂者出版。

联合勤务总司令部抚恤处纂订《中华民国忠烈将士姓名录》（广西省南

宁市)由纂者出版。

联合勤务总司令部抚恤处纂订《中华民国忠烈将士姓名录》(广西省宁明县)由纂者出版。

联合勤务总司令部抚恤处纂订《中华民国忠烈将士姓名录》(广西省平南县)由纂者出版。

联合勤务总司令部抚恤处纂订《中华民国忠烈将士姓名录》(广西省平治县)由纂者出版。

联合勤务总司令部抚恤处纂订《中华民国忠烈将士姓名录》(广西省凭祥县)由纂者出版。

联合勤务总司令部抚恤处纂订《中华民国忠烈将士姓名录》(广西省迁江县)由纂者出版。

联合勤务总司令部抚恤处纂订《中华民国忠烈将士姓名录》(广西省融县)由纂者出版。

联合勤务总司令部抚恤处纂订《中华民国忠烈将士姓名录》(广西省三江县)由纂者出版。

联合勤务总司令部抚恤处纂订《中华民国忠烈将士姓名录》(广西省思乐县)由纂者出版。

联合勤务总司令部抚恤处纂订《中华民国忠烈将士姓名录》(广西省绥禄县)由纂者出版。

联合勤务总司令部抚恤处纂订《中华民国忠烈将士姓名录》(广西省藤县)由纂者出版。

联合勤务总司令部抚恤处纂订《中华民国忠烈将士姓名录》(广西省天保县)由纂者出版。

联合勤务总司令部抚恤处纂订《中华民国忠烈将士姓名录》(广西省天峨县)由纂者出版。

联合勤务总司令部抚恤处纂订《中华民国忠烈将士姓名录》(广西省信都县)由纂者出版。

联合勤务总司令部抚恤处纂订《中华民国忠烈将士姓名录》(广西省兴安县)由纂者出版。

联合勤务总司令部抚恤处纂订《中华民国忠烈将士姓名录》(广西省兴业县)由纂者出版。

联合勤务总司令部抚恤处纂订《中华民国忠烈将士姓名录》(广西省修仁县)由纂者出版。

联合勤务总司令部抚恤处纂订《中华民国忠烈将士姓名录》(广西省宜北县)由纂者出版。

联合勤务总司令部抚恤处纂订《中华民国忠烈将士姓名录》(广西省郁林县)由纂者出版。

联合勤务总司令部抚恤处纂订《中华民国忠烈将士姓名录》(广西省昭平县)由纂者出版。

联合勤务总司令部抚恤处纂订《中华民国忠烈将士姓名录》(广西省镇边县)由纂者出版。

联合勤务总司令部抚恤处纂订《中华民国忠烈将士姓名录》(广西省都结县)由纂者出版。

联合勤务总司令部抚恤处纂订《中华民国忠烈将士姓名录》(广西省中渡县)由纂者出版。

联合勤务总司令部抚恤处纂订《中华民国忠烈将士姓名录》(广西省钟山县)由纂者出版。

联合勤务总司令部抚恤处纂订《中华民国忠烈将士姓名录》(广西省资源县)由纂者出版。

联合勤务总司李部抚恤处纂订《中华民国忠烈将士姓名录》(云南省弥勒县)由纂者出版。

联合勤务总司令部抚恤处纂订《中华民国忠烈将士姓名录》(云南省屏边县)由纂者出版。

联合勤务总司令部抚恤处纂订《中华民国忠烈将士姓名录》(松江省宾县)由纂者出版。

联合勤务总司令部抚恤处纂订《中华民国忠烈将士姓名录》(松江省穆棱县)由纂者出版。

联合勤务总司令部抚恤处纂订《中华民国忠烈将士姓名录》(山东省金乡县)由纂者出版。

联合勤务总司令部抚恤处纂订《中华民国忠烈将士姓名录》(山东省宫县)由纂者出版。

联合勤务总司令部抚恤处纂订《中华民国忠烈将士姓名录》(山东省巨野县)由纂者出版。

联合勤务总司令部抚恤处纂订《中华民国忠烈将士姓名录》(山东省平度县)由纂者出版。

联合勤务总司令部抚恤处纂订《中华民国忠烈将士姓名录》(山东省梭

县）由纂者出版。

联合勤务总司令部抚恤处纂订《中华民国忠烈将士姓名录》（青岛市）由纂者出版。

联合勤务总司令部抚恤处纂订《中华民国忠烈将士姓名录》（山东省荣成县）由纂者出版。

联合勤务总司令部抚恤处纂订《中华民国忠烈将士姓名录》（山东省潍县）由纂者出版。

联合勤务总司令部抚恤处纂订《中华民国忠烈将士姓名录》（山东省掖县）由纂者出版。

联合勤务总司令部抚恤处纂订《中华民国忠烈将士姓名录》（山东省滋阳县）由纂者出版。

联合勤务总司令部抚恤处纂订《中华民国忠烈将士姓名录》（江苏省丹阳县）由纂者出版。

联合勤务总司令部抚恤处纂订《中华民国忠烈将士姓名录》（江苏省东海县）由纂者出版。

联合勤务总司令部抚恤处纂订《中华民国忠烈将士姓名录》（江苏省阜宁县）由纂者出版。

联合勤务总司令部抚恤处纂订《中华民国忠烈将士姓名录》（江苏省金坛县）由纂者出版。

联合勤务总司令部抚恤处纂订《中华民国忠烈将士姓名录》（江苏省溧阳县）由纂者出版。

联合勤务总司令部抚恤处纂订《中华民国忠烈将士姓名录》（江苏省徐州市）由纂者出版。

联合勤务总司令部抚恤处纂订《中华民国忠烈将士姓名录》（江苏省仪征县）由纂者出版。

联合勤务总司令部抚恤处纂订《中华民国忠烈将士姓名录》（江苏省镇江县）由纂者出版。

联合勤务总司令部抚恤处纂订《中华民国忠烈将士姓名录》（安徽省宿松县）由纂者出版。

联合勤务总司令部抚恤处纂订《中华民国忠烈将士姓名录》（安徽省宿县）由纂者出版。

联合勤务总司令部抚恤处纂订《中华民国忠烈将士姓名录》（湖南省宜章县）由纂者出版。

联合勤务总司令部抚恤处纂订《中华民国忠烈将士姓名录》(云南省盐津县)由纂者出版。

中学生社编《伟大人物的少年时代》由上海开明书店出版。

按:是书收《歌德的少年时代》(夏丏尊)、《诗人拜伦的少年时代》(夏莱蒂)、《未受学校教育的大学问家约翰·穆勒的少年时代》(刘淑琴)、《达尔文的少年时代》(贾祖璋)、《近代四大画家的少年时代》(丰子恺)、《列宁的少年时代》(胡愈之)、《高尔基的少年时代》(茅盾)、《甘地的少年时代》(夏丏尊)等13篇文章。

张奚若、丕强著《辛亥革命回忆录》由上海生活书店出版。

按:是书由张奚若口述,丕强记录。记述张氏亲身经历的辛亥革命史实。

邓文仪著《蒋主席传略、开展革命工作》(合订本)由江苏南京新中国出版社出版。

梁中铭编绘《蒋主席画传》由上海正气出版社出版。

许畏之著《从邓演达到闻一多——二十年来蒋介石所杀人物》由香港风雨书屋出版。

孟津选注《鲁迅自传及其作品》由上海光明书局出版。

许寿裳著《鲁迅的思想与生活》由台湾文化协进会出版。

许寿裳著《亡友鲁迅印象记》由上海峨嵋出版社出版。

李平心著《人民文豪鲁迅》由上海心声阁出版。

按:是书原名《论鲁迅的思想》,是鲁迅逝世后出版的第一部最有系统、最精辟的研究鲁迅思想的专著。作者认为:"在现代中国文人中,没有谁像鲁迅先生那样在群众中间享受真诚的崇爱,也没有谁像鲁迅那样从敌人方面遭到切齿的憎恨,世人对于他的爱憎分明,正是他自己对于世人的爱憎分明的真实反映。"此书后来得到鲁迅夫人许广平的推荐。

何干之著《鲁迅思想研究》由哈尔滨东北书店出版。

郭沫若等著《论赵树理的创作》由晋察冀新华书店出版。

茅盾等著、华北新华书店编辑部编《论赵树理的创作》由华北新华书店出版。

萧三著《毛泽东的青年时代》由东北书店出版。

萧三著《毛泽东同志的儿童时代》由冀鲁豫书店出版。

晋冀鲁豫军区政治部编《毛泽东故事》由编者出版。

[美]斯特朗著、孟展译《毛泽东的思想》由中国出版社出版。

朱德、刘少奇等著《论毛泽东思想》(集录)由华北新华书店出版。

丁钟山编著《蒋经国先生思想与生活》由江西赣县正气出版社出版。

胡适著《胡适留学日记》由商务印书馆刊行,有自序。

按:胡适序曰:这十七卷札记是我在美国留学时期(一九一○—一九一七)的日记和杂记。我在美国住了七年,其间大约有两年没有日记,或日记遗失了。这里印出的札记只是五年的记录。……我开始写札记的时候,曾说"自传则吾岂敢"(卷三首页)。但我现在回看这些札记,才明白这几十万字是绝好的自传。这十七卷写的是一个中国青年学生七年的私人生活,内心生活,思想演变的赤裸裸的历史。他自己记他打牌,记他吸纸烟,记他时时痛责自己吸纸烟,时时戒烟而终不能戒;记他有一次忽然感情受冲动,几乎变成了一个基督教信徒;记他在一个时期里常常发愤要替中国的家庭社会制度作有力的辩护;记他在一个男女同学的大学住了四年而不曾去女生宿舍访过女友;记他爱管闲事,爱参加课外活动,爱观察美国的社会政治制度,到处演说,到处同人辩论;记他的友朋之乐,记他主张文学革命的详细经过,记他的信仰思想的途径和演变的痕迹。(在这里我要指出,札记里从不提到我受杜威先生的实验主义的哲学的绝大影响。这个大遗漏是有理由的。我在一九一五年的暑假中,发愤尽读杜威先生的著作,做有详细的英文提要,都不曾收在札记里。从此以后,实验主义成了我的生活和思想的一个向导,成了我自己的哲学基础。但一九一五年夏季以后,文学革命的讨论成了我们几个朋友之间一个最热闹的题目,札记都被这个具体问题占去了,所以就没有余力记载那个我自己受用而不发生争论的实验主义了。其实我写《先秦名学史》《中国哲学史》都是受那一派思想的指导。我的文学革命主张也是实验主义的一种表现;《尝试集》的题名就是一个证据。札记的体例最适宜于记载具体事件,但不是记载整个哲学体系的地方,所以札记里不记载我那时用全力做的《先秦名学史》论文,也不记载杜威先生的思想。)这就是我的留学时代的自传了。

这十七卷的材料,除了极少数(约有十条)的删削之外,完全保存了原来的真面目。我后来完全不信任何神教了,但我不讳我曾有一次"自愿为耶稣信徒"。我后来很攻击中国旧家庭社会的制度了,但我不删削我当年曾发愤要著一部《中国社会风俗真诠》,"取外人所著论中国风俗制度之书一一评论其得失"(页一○三)。我近年已抛弃我的不抵抗主义的和平论了,但我完全保存了札记里我的极端不抵抗主义的许多理论。这里面有许多少年人的自喜,夸大,野心,梦想,我也完全不曾删去。这样赤裸裸的记载,至少可以写出一个不受成见拘缚而肯随时长进的青年人的内心生活的历史。因为这一点真实性，我觉得这十几卷札记也许还值得别人的一读。所以此书印行的请求，我拒绝了二十年，现在终于应允了。

汉藏教理院同学会太虚大师追悼委员会编辑委员会编《太虚大师纪念集》由汉藏教理院同学会出版。

萧乾著《人生采访》由上海文化生活出版社出版。

梁漱溟著《我的自学小史》由上海华华书店出版。

按：梁漱溟 1942 年写出《我的自学小史》前 11 节，发表于桂林出版的《自学》月刊。直到 1974 年 3 月才补写了原列节目所缺的第 12 至 15 节，第 16 至 18 节则是 1974 年以后再补写的。

清华周刊社编《闻一多先生死难周年纪念特刊》由北京编者出版。

史靖著《闻一多的道路》由上海生活书店出版。

韬奋出版社编《永在追念中的韬奋先生》由上海编者出版。

南联社编《李济深将军在香港》由编者出版。

蒋湘青等著《许承基纪念册》由上海体育出版社出版。

庆祝杜月笙先生六秩寿辰筹备委员会编《杜月笙先生大事记》由编者出版。

郭沫若著《我底幼年》由上海全球书店出版。

郭沫若著《少年时代》（沫若自传第 1 卷）由上海海燕书店出版。

郭沫若著《革命春秋》（沫若自传第 2 卷）由上海海燕书店出版。

骆宾基著《萧红小传》由上海建文书店出版。

卫挺生著《自述小传》由著者出版。

马叙伦著《我在六十岁以前》由生活书店出版。

胡山源著《我的写作生活》由上海日新出版社出版。

苏曼殊著《曼殊书信》由上海光明书局出版。

按：是书前有柳亚子的《苏曼殊略传》，介绍苏曼殊的生平事迹。

张默生著《王大牛传》由上海东方书社出版。

李宣龚编《前驻婆罗洲山打根领事卓还来博士殉节纪念集》由编者出版。

伍燕昌主编，郑冠松、何汉章编《吴铁城先生周甲荣寿特刊》由上海艺文书局出版。

袁大勋著《战斗模范袁大勋自传》由山东新华书店出版。

广东抗战人物志出版社编《广东抗战人物志》由编者出版。

复兴出版社编《中国抗战名人图史》(上下集)由上海复兴出版社出版。

李冰等著《女英雄的故事》由冀鲁豫书店出版。

海天、林云等编《中国内幕》由天津新星报社出版。

孔老乙主编《当代名伶传》由上海天下图书杂志出版公司出版。

按:是书收录梅兰芳、马连良、谭富英、唐韵笙、奚啸伯、顾正秋、黄桂秋、俞振飞、姜妙香、袁世海、童芷苓、林树森、李宝櫆等113名京剧演员的小传。

张默生著《厚黑教主传》(异行传第2集)由上海东方书社出版。

按:张默生(1895—1979),名敦讷,山东淄博人。毕业于北京师范大学国学系。曾任上海复旦大学教授、四川北碚相辉学院教授兼文史系主任、重庆大学中文系教授、四川大学中文系教授兼主任。长期致力于传记文学创作,所著尚有《王大牛传》《李宗吾传》《异行传》(一、二集)、《默僧自述》《耶稣与墨翟》等。

蒋经国著《我在苏联的生活》由前锋出版社出版。

桂华山著《菲律宾狱中回忆录》由上海华侨投资建业公司出版。

严文蔚编著《十二个音乐家》由上海正中书局出版。

按:是书介绍巴赫、韩德尔、海顿、莫差特、贝多芬、舒柏特、肖邦、舒曼、瓦格纳、勃拉姆斯、柴可夫斯基和德彪西12位音乐家的小传。

[美]科比著、王云阶译《大音乐家的爱》由上海铁风出版社出版。

按:是书介绍莫差特、贝多芬、门德尔松、肖邦、舒曼、李斯特、瓦格纳7位欧洲乐坛名人的事略。

林语堂等著《文人画像》由上海金星出版社出版。

按:是书收录名家写的中国新文学运动发生前后文坛、艺坛上的著名人物的小传、素描、印象记、回忆录等30篇。

艾秋编著《三大诗人的恋爱故事》(拜伦、雪莱、歌德)由广东广州美乐图书出版公司出版。

张国华编著《伟人与修养》由上海群学书店出版。

按:是书分99章,叙述了外国名人苏格拉底、爱因斯坦、汤姆生等99人的事迹,从而说明名人成功与个人的修养品质有重要的关系。

艾华编著《世界人物志》由上海曙光书店出版。

按:是书收蒋介石、何应钦、宋子文、于右任、戴季陶、孙科、王世杰、罗斯福、杜鲁门、华莱士、麦克阿瑟、艾森豪威尔、尼米兹、摩根索、艾德礼、邱吉尔、贝文、艾登、蒙哥马利、哈利法克斯、戴高乐、赫里欧、铁托、伊诺努、斯大林、加里宁、莫洛托夫、李维诺夫、李查汗、甘地、尼赫鲁等49名中外人物。

林嵘等编著《世界合作名人像传》由江苏南京中国合作图书用品生产合作社出版。

按：是书选编63人小传，附肖像及有关照片60幅，分国排列。英国部分包括欧文、汤姆森、金斯利、普伦基特等20人。法国部分包括傅立叶、普鲁东、法布尔等13人。德国部分包括胡贝尔、拉萨尔、马克思、考茨基等13人。意大利部分包括马志尼等3人。俄国部分包括克鲁泡特金等4人。丹麦、比利时、瑞典各1人。美国部分包括考尔巴克等2人。日本部分包括二宫尊德、品川弥二郎等4人。中国部分包括孙中山、薛仙舟、覃寿公、汤苍园等4人。

吕伯攸编《世界名人的幼年》由上海中华书局出版。

按：是书介绍哥仑布、巴哈、富兰克林、纳尔逊、富尔敦、拿破仑、安东尼奥、华盛顿、杰克逊、埃德温·兰西尔、安徒生、林肯、泰戈尔、托尔斯泰、爱迪生、罗斯福、尼赫鲁、甘地、高尔基等人的幼年生活。

曾宝葹编译《科学家奋斗史话》由上海生活书店出版。

［德］梅尔原著、郭大力编译《恩格斯传》由读书出版社出版。

按：译者序说："这是一个思想家的传记。在写这本传记时，我所根据的，是柏林大学社会民主党史教授古斯达夫·梅尔所著的 *Friedrich Engels: A Biography*。原著是一九三六年在伦敦出版的。我在一九三八年第一次见到这个原本，因为友人郑易里在上海书店里买到了这唯一的一册，并愿意赠送给我。他赠我时，问我有没有意思和时间把它译成中文。次年我在故乡第一次把它译成了中文，但不幸，译稿寄上海，意外遭了损失。再过一年，我到了广东。我决心把它再译一遍。但后来我决定回故乡时，友人张果原看见这一包译稿，劝我不要携在身边。这第二次的译稿，才留在果原家中。不料我同他别后一个月，他就作了古人了。那包译稿就和他的遗族一同遇了艰苦的命运。这一个草稿，算来已经是第三次了。我不惜再三重新动笔，是因为这位思想家的生活，太使人敬爱了。他的勇敢，他的热情，他的谦虚，实在使人神往。同一工作的反复所以不致令人厌倦，主要就是为了这点。可是，我这一回不能再是直译了。原著者在原本的序言上，有这样的话：'二年前，我曾由海牙的马丁尼诺夫书店，用德文出版了一个《恩格斯传》，书分二册。在这个传记里，朋友俩的未曾发的遗稿，第一次有了刊行的可能。这个新传记，是我特别为英语的世界写的，所以我特别注意，恩格斯大半生住在英国的事实。'从这几句话看去，这所谓'新传记'，原不过是一个更大的传记的缩编本改编本。现在,我与其第三次翻译这个缩编本改编本,自不如等待将来,有机会再翻译那个更完全的传记了。还有,直译的书是比较不易读的书。在一个不懂外国语的人看来,直译的书还往往成为难解的。经典的著作,固不许译者自由,但像这里的著作,我是觉得,如果文字能够平易一点,那一定可以便利读者。就这一方面说,我原假定,我的读者有一部分是不识外国文字的。最后,我必须声明,我除了决意要删去那些足以使文字显得累赘晦涩的文字,还发觉了,原著后半,尤其是关于第一次大战前夜的情形的叙述,完全是采取当时德国社会民主党的立场。我觉得,不酌量删改,是容易引起错误的。这样,这个草稿就已经不是单纯的译稿了。"

[南斯拉夫]米洛凡·杰拉斯等著《铁托元帅》由上海时代社出版。

[英]Thomas Martin 著、何肇菁译《法勒第传》由南京独立出版社出版。

储儿学编《达尔文》由上海大众书局出版。

钱子衿编《拿破仑》由上海中华书局出版。

萧赛著《柴霍甫传》由上海文通书局出版。

曹靖华译《列宁斯大林的故事》由华北新华书店出版。

葛一虹编辑《普式金画传》(纪念普希金逝世 110 周年)由天下图书公司出版。

[法]刺外格著、杨人楩译《罗曼·罗兰》由上海商务印书馆出版。

[美]威尔逊著、沈炼之译《罗曼·罗兰传》由上海文化生活出版社出版。

按:作者《译后记》说:"记得我第一次认识罗曼·罗兰是在北高师做学生的时候,那时候同班的同学杨人楩兄每天在旁边着手翻译褚威格的《罗曼·罗兰:人和著作》。后来有一天在北京饭店买到一本美国出版的《世纪》杂志,上面登着罗兰的《甘地》,当时读了之后,觉得很受感动,不管自己的英文程度够不够,就把它译出来。不过始终没有勇气拿去出版。到了会读法文的时候,又读了罗曼·罗兰的基本著作,于是不知不觉地对于这位伟大的法国作家起了崇敬之念。我敬爱他,不仅因为他是现代法国第一流的文学家,并且因为他是世界上一位最伟大的思想家和最勇敢的和平主义者。可惜前年他在祖国沦亡的期间郁郁去世了。这几篇文章翻译,就作为我献给这位伟大的导师的一件小小的纪念品吧!"

[苏]裴柯夫斯基著、俞鸿模译《尼古拉梭夫传》由上海海燕书店出版。

毛启爽编著《乔治西屋氏传略》由上海电世界社出版。

饶寿浩编译《发明家爱迪生》由台北台湾书店出版。

魏以新译《西门子自传》由上海商务印书馆出版。

赵紫宸著《圣保罗传》由上海青年协会书局出版。

侠平编译《罗斯福的生活与思想》由上海活力出版社出版。

按：作者序说："写传记的资料来源最好不要采自那种私人的文件，因为这是将来历史家用以描写他的主人翁的性格的。同样的，写传记的最大的困难就是往往容易受到传记的价值的限制，比如他的主人翁的后来经历，尤其是他死的日子和状态——他一生意义的关键——都是同时代的传记家所不能知道的，于是说，传记的取材应该从侧面着手，由主人翁活着时候的谈话和发问，由他的朋友和敌人的思想与情感对他的反应去研究他的性格。尤其要注意的是应该把那许片断的生活风景中拣选几个画面作为解释之用，使死的文字变成生动的东西。……本书可说是罗斯福的一部艰苦的奋斗史，我们可以从这里看出一个当代伟人的人格记录，生活的缩影。罗氏的果毅、勇敢，始终前进的精神，是值得我们学习的。在今日世界政潮尚在汹涌的逆流中，作为中流的砥柱，撑民主的巨擘，为人类的自由搏斗，无论在哪一方面，都有将他的生平介绍给国人的必要，爰将本书辑成。本书的参考来自各国著名传记作家的名著宏文，但是挂一漏万，在所难免，尚希贤者不吝赐教。"

经小川编著《罗斯福之生平》由上海正中书局出版。

按：是书的《编辑凡例》说："一、本书编纂的要旨，在将这位世界伟人——罗斯福的生平，作扼要而有系统的叙述，藉供我全国青年学生及公务员的参考。二、坊间出版有关罗斯福的传记书刊虽已有多种，但编著的基本观念各有不同，有的是纯粹传记文学的作品，有的是空泛的理论文章，有的认为罗斯福最初是由财运而逐渐转变成一位极有权势的美国总统，有的几乎把这位伟人的生平事迹，巨细无遗的都写出来，并加以详尽的论述，而本书的编者所做的却不是上面种种的重复。三、编者写这本书的动机：一方面是向我全国青年学生和公务人员，介绍这位世界伟大的政治家，他方面还希望读者诸君，能把我们的国父和总裁的生平事迹来和罗斯福处处对比。这样能发现很多巧合和类似，因而坚定我们'服从领袖施行主义'的信心。四、读了这本书以后，不但可以了解这位伟大的世界领袖——罗斯福究竟是怎样成功的，而且由于他的言行一切，确有很多地方值得我们敬仰和效法，而不自觉地得到潜移默化的效果。'舜何人也？予何人也？有为者亦若是！'读者们对本书的内容，必有能深切领悟，因而忠义奋发的。编者相信，在不久的将来，中国也会产生出很多的贤明领袖，对中华民国忠实，对三民主义信仰，憎恨帝国主义，防阻侵略国家，并能为全世界人类的自由奋斗,为全世界人类的幸福努力,因而获得全世界人类的爱戴,有如罗斯福。"

[意]鲍斯高著、邓青慈译《马高鼐·弥额尔传》由澳门慈幼印书馆出版。

[美]罗德著、刘美丽编译《基督教著名妇女小传》由上海广学会出版。

[美]华尔希著、魏成译《西班牙女王伊萨白尔传》由上海商务印书馆出版。

[美]达尔·卡尼基著、羽沙译《名人逸事》由成都激流书店出版。

按:是书介绍罗斯福、爱因斯坦、爱迪生等世界名人及美国影星的逸事。

[美]怀爱伦著、蔡书绅译《人类的救星》由上海时兆报馆出版。

按:是书详述耶稣基督降生为人、传道服务、受难舍身、复活升天,以及将来复临、振兴万物、重建世界秩序等内容。

四、卒于是年的传记作者

钱智修(1883—1947)。智修字经宇,浙江嵊县人。1903 年进新式学堂读书,1904 年入爱国学社。不久进上海震旦学院,学习法文。后因学生风潮而转入复旦公学求学。1911 年毕业后,任商务印书馆编译所编辑。1920 年 7 月接任杜亚泉任《东方杂志》主编,长达 12 年,参与编辑《辞源》《中国人名大辞典》《中国古今地名大辞典》。1931 年任监察院秘书长。抗日战争胜利后,任监察委员兼秘书长。1945 年随监察院迁回南京,1947 年元月在上海病逝。著有《现今两大哲学家学说概略》《倭伊铿与欧根》《林肯传》《苏格拉底传》《拿破仑传》《达尔文传》等。

太虚(1889—1947)。俗姓吕,名淦森,法名唯心,浙江崇德人。早年出家,依宁波天童寺寄禅和尚受具足戒。后在南京从杨文会学《楞严经》,从苏曼殊学英语。1911 年任广州白云山双溪寺住持。1918 年在上海与章炳麟等创觉社。1943 年与冯玉祥等组织中国宗教徒联谊会。抗战胜利后任中国佛教整理委员会主任。著有《太虚大师全书》,其中有传记作品《志行自述》《我之宗教观》《我的宗教经验》《我的佛教改进运动史》《我的佛教革命失败史》《我怎样判摄一切佛法》《太虚自传》《中兴佛教寄禅安和尚传》等。

章衣萍(1900—1947)。衣萍别名洪熙,安徽绩溪人。在安徽省立第二师范学校读书时,爱读《新青年》杂志,崇尚白话文、白话诗,因思想活跃而被学校除名。后辗转到上海,投奔亚东图书馆老板汪孟邹。汪孟邹因同乡情缘,就把他介绍给胡适,在北大预科学习,做胡适的助手。毕业于北京大学。

1925 年发表成名作《桃色的衣裳》。抗战时期到成都，投奔当地的军界人士。1937 年出版一本旧体诗词集《磨刀集》。著有《衣萍文存》《秋风集》《孔子》《孟子》《管仲》《马援》《关云长》《陶渊明》《杜甫》《朱子》《包拯》《文天祥》《王阳明》《郑成功》《史可法》《黄梨洲》《纪晓岚》《黄仲则评传》《杨椒山》《洪秀全》《石达开》《孙中山先生》等。

民国三十七年　戊子　1948 年

一、传记评论

胡适 3 月作《赫尔回忆录序》，直到 1960 年发表于台北《自由中国》第 22 卷第 6 期。

按：胡适说："这里收集的《赫尔回忆录》是赫尔先生的自传一部分，专记他十二年的国务卿生活（从一九三三——一九四四年）。我在北方报纸上得读中央日报社的译本，今天很高兴的写这篇短序。……我读这些回忆录，常常使我怀念华盛顿的许多朋友，特别使我怀念赫尔先生。"

胡适 8 月 3 日在北平作《师门五年记序》。

按：胡适说：我的朋友罗尔纲先生曾在我家里住过几年，帮助我做了许多事，其中最繁重的一件工作是抄写整理我父亲铁花先生的遗著。他绝对不肯收受报酬，每年还从他家中寄钱来供给他零用。他是我的助手，又是孩子们的家庭教师。但他总觉得他是在我家里做"徒弟"，除吃饭住房之外，不应该再受报酬了。……尔纲对于我批评他的话，不但不怪我，还特别感谢我。我的批评，无论是口头，是书面，尔纲都记录下来。有些话是颇严厉的，他也很虚心的接受。有他那样一点一划不敢苟且的精神，加上虚心，加上他那无比的勤劳，无论在什么地方，他都会有良好的学术成绩。他现在写了这本自传，专记载他跟着我做"徒弟"的几年的生活。我一口气读完了这本小书，很使我怀念那几年的朋友乐趣。我是提倡传记文学的，常常劝朋友写自传。尔纲这本自传，据我所知，好像是自传里没有见过的创体。从来没有人这样坦白详细的描写他做学问经验，从来也没有人留下这样亲切的一幅师友切磋乐趣的图画。胡适三十七，八，三，在北平。①

汤钟琰《论传记文学》发表于《东方杂志》第 44 卷第 8 期。

按：文章说：传记原属历史的范畴，并不能算是文学上的创作。我国自司马迁的《史记》一书以本纪、世家、列传为式以后，历代正史大都以列传出之，尤足说传记本非文学。西洋传记始祖布鲁达克之名著《罗马英雄传》亦

---

① 耿云志，李国彤.胡适传记作品全编：第四卷[M].上海：东方出版中心，1999：239 - 241.

仅系史书,只以文字瑰丽,始为后代文士所推崇。不过我们之所以把传记归之于文学者,有几层原因:第一是古代历史与文学原无明显的分野;写得好的文章一概名之曰文学,不独历史不独传记而已。这种情形在中国尤然。大抵清代以前的文人多少懂得一点历史(至于说是不是想把历史的典故用来装饰八股炫耀博学,是另一问题)。最近三数百年以来考据之风大盛,文学与史学才算约略分了家。在中国谈传记自当以《史记》为滥觞。司马迁的时代正是文风大盛的时代,《史记》之出在形式上虽属官家的史料,实际上却是文学上的一种新的体制。因此,我们把《史记》当作文学创作看待,并不过分。

第二是大部分的传记,多系出自文士的手笔。中国历代史官,均以文人充任,历史的研究并非他们的拿手(自然更谈不上史观);其所以连正史亦多以传记出之者,因为传记中易于插入主观的想象与描写,换言之,也就较为接近文学的创作。我们如果把司马迁、班固等当作史学家看待,还不如把他们当作文学家看待。他们如果不是史官,不曾写下《史记》与《汉书》,也定能以他种体例的文笔创作见称的。在西洋,布鲁达克以后烜赫一时的传记家鲍斯维尔也是一个纯粹的文人;他的传主约翰生博士更属是一个被人所认为"疯疯癫癫"的文学家。鲍斯维尔的《约翰生传》是世界传记杰作之一。文学家所写的文学传记,我们把它划入文学的范围,自然比划入历史的范围要来得妥当一些。

第三是自从新传记家如斯屈瑞基、卢特维奇等出现以后,传记已经有了新的使命,更应该划入文学创作的范围。在他们看起来,在传记中史实的叙述并不算十分重要;占首要地位的乃是个性的分析与描写。传记主角在某一个时候做了一桩什么事,这是历史家的笔法。但是他为什么要做,在做这桩事的过程之中他所起的心理变化如何,这却需要文学家艺术的手腕。为了要在心理上予以细腻的描写,传记家有时甚至不得不借重主观的想象。这就接近文学的创作了。

因此,我们如果不便把以前的传记当作文学作品,至少我们也应该在一九一八年斯屈瑞基发表《维多利亚王朝名人传》提倡以表现个性为传记主旨以后,用鉴赏艺术作品的眼光来测量传记的价值。一般人大抵称斯屈瑞基以后的传记为新传记。而且,从此也就有了所谓传记文学的名称。

公盾《李白研究》发表于《人物杂志》第 1 期。

王愚《明代倡导科学的宰相徐光启》发表于《人物杂志》第 1 期。

愚蒙《中山先生论吴佩孚》发表于《人物杂志》第 1 期。

青心《病磨十六年的科学家高士其》发表于《人物杂志》第1期。

寒曦《现代传记的特征》发表于《人物杂志》第2期。

按：文章说：十九世纪的西洋传记，和中国的传记性文字类似，作者大都带有浓厚的道德意识，极尽隐恶扬善的能事。这类作品之中较有价值，如屈拉维扬与洛克赫诸人的作品，尚不失为一本详瞻的历史书籍，而由这些二流以下的作者写来，就是《圣经》上徒列传式的"诔墓中人语"。不管好的或坏的，他们都恰如吴尔芙夫人所说的"维多利亚时代的传记家受道德观念的支配，崇高、正直、纯洁、严肃，维多利亚时代的名人就是这样地被表现于我们之前。人物大抵都比常人高大，穿戴大礼服与高帽子，表现的方式显得格外笨拙和苦心"。维多利亚时代的西欧社会，资本主义正欣欣向荣发展着，一般读者都是虔敬与尊重传记的人物；对于此种富有伦理教训价值的传记，自然爱好与赞美之不暇了。然而曾几何时，资本主义的社会毛病百出，原有的信念与道德教训都动摇了。二十世纪的新人物，深受科学洗礼，不再相信那些书中德性完美的人物是真实的写照。在他们看来维多利亚时代的传记，已经是"其未经消化的大堆材料，冗长的文体，可厌的诔语、剪裁、布局，与超越态度之可怜的缺乏，谁人不知呢？"（引自史屈拉琪作品）传记家必须采用新的观点和技巧了。

一九〇七年，高斯爵士的《父与子》出现了。这是一本描写新（信仰理性的儿子）与旧（清教徒的父亲）冲突的自传。虽被少数批评家斥为"态度不当"，但是作者既写一位中年的牛津教授，其态度复异常客观，技巧又十分圆熟，立刻引起了广泛的注意。翌年，史屈拉琪的《维多利亚名人传》出版，这本略带讽刺的生动的诗意作品，分外衬托得旧式传记的虚伪与笨拙；读者感到这正是大家理想的作品，现代传记遂以成熟的姿态出现了。很快地，风起云涌了许多模仿者——在英国有吴尔芙、倪考生，法国有莫洛亚、庐德威、褚威格，美国有狄伯尔——这些现在知名的传记家，而且时至今日，传记已是仅次于小说的普遍读物。每年都有大量各种人物的，各种形式与技巧的，好的与坏的，长的与短的传记问世。可是，在基本的精神与态度上，这些作品都是承袭高斯和史屈拉琪的，倘经仔细考察，我们可以发现现代传记共具下面几个特征：

（一）绝对尊重事实　十九世纪的传记作者囿于道德成见，和为尊重世俗起见，他们不愿说出全部事实，甚或不惜改窜事实。对于传记人物的缺点和过失，他们略而不提，即或大家皆知的巨大错误，也只含糊暗示。这种省略与改窜的结果，就使传记人物失去真面目，被表现成一个德性完美不可攀仰的人物了。然而,他们认为这种方法是对的,他们说道:"那些吸引我们的人物——传记中的华盛顿与威灵吞——也许不像真的人物。这是很可能的,但是这与我们有何关系呢?讲出全部的实情未必就好,我们常常知道一个活着朋友的惨酷的故事,而极小心地不去提到,我们凭何对死去的友人和伟人就不如此呢?他们自然不是十全十美的,在过分美好的描写中含有神话的成分,然而这些神话岂非鼓舞的源泉吗?这样才可为人物的模范,把他们提高在自己之上。"在现代的作者与读者看来,这番意见是难以同意的。传记应为"个人的真实历史",其基本的条件就是所写必须是真的事实。他们都力求客观,尽量搜集事实,依据事实描写,并且随时依照发现的新事实加以修正,以期把传记人物的面目和性格栩栩如生地表现。同时,即就传记对读者品格的影响言:崇高的行为之为人模仿,必然也因其是真实的;如果读者知其虚伪,绝对不会想去模仿。况且我们如能知道,传记人物也和你我一样同具许多缺点和过失,而能藉自身努力的缘故,终于完成伟大的事业,这对我们的安慰与鼓励是更大了。所以,现代传记作者很少为了道德的成见,或尊重世俗的传统,而去隐瞒或歪曲事实。相反的,在现代传记之中,有些态度不够严肃和迎合读者口味的作者,故意夸大传记人物的缺点,或滥用心理分析方法,有意地讥刺传记人物,这种"玩弄死狮髭鬚"的诽谤作品,却是比旧式传记更恶劣的书籍。

(二)认识人性的复杂　十九世纪的传记作者,受了古典心理学派的影响,认为人性是不变的与单纯的。他们刻板地抓住某些性格的特征,然后选择与其符合的事实加以表现,这种演绎的方法,就把传记人物变成"雕像",而不是一个活的人物了。他们不能理解迪士累利由一个虚荣骄傲的纨绔青年,而能成为高年德劭的帝国首相,于是他们就把他的少年时代的面目改变,否则他们感到良心有愧。可是,近代心理知识告诉我们,人性是不断变化的,是许多矛盾性质的综合表现;同时个人性格是由他人眼中看出来的东西,它依观察者而不同,因为每一个友人都只表现我们性格的一面。心理分析学派更告诉我们,意识之外还有潜意识,其对行为的影响与意识是同样重大的。甚或许多伟大成就都是早年被压抑情态的升华。现代传记作者了解这点,所以他们都努力从各方面,各种矛盾的琐碎事实,试去表现一个复杂的活的真人物。

(三)具有艺术的技巧　这和上面的特征也有关联,传记家既须处理许多矛盾的琐碎的事实,加以选择组织表现一个活的人物,就必须运用艺术的技巧,所以现代传记形式上最大的特点,就是它是一本艺术的作品。现代传记家把诗歌、小说、图画、戏剧,甚至电影的技巧都用之于传记的写作,史屈拉琪不用提了。莫洛亚的作品和诗歌一样,常有一定的基调,《雪莱传》以水为基调,迪士累利的生活以花和雨为基调。庞德威自承:他向兰不伦德的图画学习明暗强弱的表现,他并且常用电影上特写的表现方法,他还把自己的《俾士麦传》改写成三幕的戏剧。吴尔芙人的小传,尽是一些零碎的突出的片断,一如她的小说。不管他们的技巧是如何多种多样,基本的方法就是在着重细目的描写。这一点,约翰生博士是早就知道的,他说道:"传记家的任务在省略那些含糊的场面和事物,而集中于家常的和琐碎的行为的描述。"又说道:"许多细微和容易忽略的事情——比大家都知道的更为重要。"现代传记家就都特别留意,从书信日记与谈话中搜集这些个性的特殊的事实,这是一件颇为艰辛的工作,有时翻读许多文献还不能发现一件,然后,突然之间,在不大经意的一句中,生命的符号发现了。传记家立刻把它记住。依藉这样辛勤搜集而得的事实,才能使得传记人物栩栩如生地活现纸上。关于这种技巧,我们可举史屈拉琪的作品为例,在《维多利亚女王传》中,他提到:童年的维多利亚由史巴慈夫人教她做全边镶花的纸盒;她喜欢在书上警句之下划线;她把墨尔虾爵士(Lord Melbourne)简写成墨爵士。他更历历如画地描写温莎宫的晚会——圆桌四围的客人,桌上女学小照的贴相簿。西伯拉殿下和他的三个侍卫正在下他常玩的棋。而在书的最后一段,他用这种技巧把女学大事都暗示出来了,这是一段脍炙人口的名句……以上所述,只是个人读书所得,申论与引论不够详议,不过,在讣文一类文字非常流行,传记文学不过维多利亚时代水准的中国,我想这几点是可为我们借镜的吧!至于现代传记的前途,此时判断似嫌太早,莫洛亚有几句话是颇饶意味的,我愿意抄献读者之前:"文学的道路是一条富有节奏的曲线,我们将再回到一次社会和信仰稳定的生活,那时将很少有亲切的传记,颂词代替它的位置。然后,我们又再回到怀疑和失望的时代,传记又将作为信心和保证的力量。"

亥子《伟大的吴凤先生》发表于《人物杂志》第2期。

王璞《漫论贪污之王和珅》发表于《人物杂志》第2期。

洪遒《大公报两记者陈凡、杨刚》发表于《人物杂志》第2期。

高宇《洪深——剧坛上的黑旋风》发表于《人物杂志》第2期。

子敏《幕后英雄胡阿土》发表于《人物杂志》第2期。

寸土《我看孟子》发表于《人物杂志》第2期。

公盾《李白研究》(续完)发表于《人物杂志》第2期。

怀施《论陈诚》发表于《人物杂志》第 8—9 期。

鲁迅《纪念刘和珍君》发表于《人物杂志》第 8—9 期。

青苗《石评梅女士的悲剧》发表于《人物杂志》第 8—9 期。

徐君慧《历史人物:论关羽》发表于《人物杂志》第 8—9 期。

白罗《外国人眼中的洪秀全》发表于《人物杂志》第 8—9 期。

李广田《哀念朱佩弦先生》发表于《人物杂志》第 10 期。

徐晓琴《论标准暴君亚历山大》发表于《人物杂志》第 10 期。

公盾《白居易研究》发表于《人物杂志》第 10 期。

周骏章译《论传记与自传》发表于《读书通讯》第 152 期。

按:此文译自胡贝尔教授所著《文学之玩赏》第三章,原题为“真的和幻想的男人与女人”。胡贝尔为美国宝克大学(系美国烟草大王宝克所创办)英文教授,曾与比提合著《诗歌序论》一书。

[英]Virginia Woolf 作、许克之译《传记的艺术》发表于《新学生》第 4 卷第 3 期。

按:文章说:一、传记的特性　我们说,传记的艺术——但马上就要接着问,传记真是一种艺术吗? 也许这问题是愚蠢的,而且苛刻,因为我们想到,传记家们曾经给我们如何深刻的快乐。然而这问题常常不期然的提出,它的背后乃一定是有原因的,每逢展开一本新传记作品的时候,这问题就来了,将它的阴影落在书页上,而这阴影里面似乎带着一点致命的毒素,因为真正说起来,前人写过的无数传记中,能够留存下来的是多么少啊!

但传记家们可以辩护的说,这种高度死亡的原因是在于,比起诗或小说的艺术来,传记底艺术还太年青。对于自己和对于利人的兴趣,是人类心理的一种后期发展。在英国一直到十八世纪,这种好奇心才出现为替普通的人写传。而传记充分成长与繁茂,还只是十九世纪的事。假如的确的说,过去伟大的传记家只有三位——约翰生、鲍斯威尔、罗克哈特——那末他辩护道:缘故是时间太短,这种申述,说传记尚未有充分的时间去建立和发展,也确乎是被一般的教科书所证实着的。——就是,为什么写散文的自我要比写诗的自我晚生那么多世纪,为什么乔叟早亨利·詹姆士而出现——这其中的理由,虽则引诱人去探究,倒还不如把它搁过一边的好,因为这是不可解的。现在让我们来看他所举的第二个理由,为什么传记佳作那样少。这第二个理由是因为传记底艺术乃是各种艺术中最受限制的一种。他手边有着证据,这里张三在他所写的李四传序里,要乘机感谢那些借给他许多信札的老朋友,以及“最后然而并非最不重要的”李太太,李先生的未亡人,为了她的帮助。"要没有它",他写道,"这本传记是写不成功的"。可是小说家怎样呢？简单得很,他只要在前言里面这样说,"这本书里面所有的人物全是虚构的"就成了。小说家是自由的,传记家却被缚住了手足。

在这里,也许我们同时又迫近了另一个难题,恐怕也是不能解的难题。我们说一本书为一件艺术品究竟是什么意思？但无论如何,这总是传记与小说间的一点区别——证明着它们在素质上就有着不同。传记是由朋友的帮助,用事实来编成的;小说却在创作时不受任何限制,除了作家所自愿顺从的之外,这是一种区别;我们并且颇有理由相信,在过去的传记家们看来,这而且还是一种很残酷的区别。

孀妇与朋友们是难以讨好的监工。假使,譬如说,那一位大人物是放荡的,乖戾的,常常把鞋子向侍女头上摔去。于是孀妇就会这样说,"然而我依旧爱他的——他是我孩子们底父亲;而社会上的一般读者,他们爱读他的书的,我们必须不要使他们失望。漏一下吧,删去吧!"传记家照着做了。像这样子,因此维都利亚时代多数的传记都像现在保存在西敏寺里的那些以前出殡时抬过街上的蜡像一样,跟棺材里的尸体只有一点儿光滑与浮浅的相似。后来,到十九世纪来的时候,才起了一个转变。又是由于什么不容易发现的理由,寡妇们忽然心胸放大了。读者们忽然眼光锐利了,蜡像已经不再令人置信或者满足人的好奇心了。这时候传记家无疑赢得了一宗自由。至少他们可以暗示,死人底脸上,也曾经是有过瑕痕与皱纹的。佛路德氏的莱尔决不是一张涂得红红的蜡制的假面具。追随着佛路德的,有爱德·孟高斯爵士,他甚至于敢说,他自己的父亲是一个有时也犯过失的凡人。而追随着爱德·孟高斯,在本世纪的初年,又来了李顿·史屈拉契。

二、论李顿·史屈拉契的传记作品　李顿·史屈拉契在传记学史上是这样重要的一个人物,以致我们不得不暂时停留一下,来问一问什么是传记所能的,什么是传记所不能的。他所写的三本名著:《维多利亚时代杰出人物》《维多利亚女皇》《伊莉沙白与艾塞克司》,告诉我们传记的可能性。传记究竟是不是一种艺术,假如不是,它的缺点在哪里这一些问题,它们指点出许多可能的回答。李顿·史屈拉契之成为一个著作家,在时机上说的确是非常幸运的。一九一八年,当他第一次试笔的时候,新自由的传记正是一种富于吸引力的形式。像他那样的一个作家,想写诗或剧本,却又怀疑着自己的创造力。传记似乎提出了一个满怀希望的替代品。因为关于死者的历史,人们是可以据实而写。而维多利亚时代,又多杰出的人物,其中很多已经被涂在他们身上的蜡面变形得不成样子了。将他们重新塑造,将他们的面目现出给人看,是需要有和诗人或小说家相类的才能的一项工作,然而却不要求他所欠缺的那种发明的能力。

这是值得一试的。而结果他那些维多利亚时代的杰出人物的略传所引起社会上人士的愤怒和兴趣,完全说明了他确乎能够使佛劳伦斯、南丁格尔、戈登等人物像他们生时一样地活了起来。他们一度成了热切讨论的中心。戈登真喝过酒吗,还是人们假造的呢? 佛劳伦斯、南丁格尔接受勋章是在她的卧室里呢,还是在客室里? 虽然那时候欧洲大战正在进行,他确激撼了读者大众,使他们对于这样的琐事发生一种惊人的兴趣,愤怒与欢笑相杂。而书本一版一版的印销了。但是这还是些略传,带着某种的偏重倾向,和漫画性的减略。在伊莉沙白与维多利亚两个伟大女皇的传中,他才尝试了远为宏大的工作;传记从不曾有过像这样公平的施展本领的机会。它现在是被一个有能力利用传记所赢得的全部自由的作者在作实验,他是无惧的,他已经证实了他的才华;他已经学会了他的技艺。所得结果对于传记的特性给予了很大的启示。因为在读了这两本书之后,谁能够怀疑"维多利亚"是一个极大的成功,而相形之下"伊莉沙白"是一个失败呢? 但当我们拿这两本书相比的时候,我们又发现似乎失败的倒并非李顿·史屈拉契;而是传记艺术本身。在《维多利亚》里,他把传记当作一种技术,他屈从了它的限制。在《伊莉沙白》里,他把传记当作一种艺术,他轻侮了它的限制。

但我们必须继续追问,我们怎样会得到这样一个结论? 有什么理由在支持这个结论? 首先,这两位女皇所给予传记家的问题,显然是迥乎不同的。关于维多利亚女皇,所有的事是人人尽知的。她所做的,所想的,大家都能够知道。没有一个人的生活曾如维多利亚女皇那样确凿有据的了。传记作者不能凭空杜撰,因为随时都有一些文件可以考核他的虚构。在写她的传的时候,李顿·史屈拉契便顺从了这些条件。他充分应用了传记家选择和叙述的能力,然而他严格的自守在事实的范围里面。每一句话都是确实的,每一件事都有可靠的根据。而如果是这样的一本传记,它对于女皇的贡献很可能将与鲍斯威尔对约翰生的贡献一样大。到一个相当的时候,李顿·史屈拉契的维多利亚女皇将成为唯一的维多利亚女皇,正如鲍斯威尔的约翰生已成为唯一的约翰生一样。其余的样本将要消退而灭迹这是一桩硕大的功绩,无疑地,完成了这样一桩功绩的作者,是需要继续努力的,《维多利亚女皇》已经写定了,具体的,真实的,可捉摸的,但显然她是有限的。传记不能多产生一些东西,有诗那样的深度,有戏剧那样的激动,而同时却又保留着事实所独有的属性——它那富于暗示的现实性。但它那独特的创造性呢？伊莉沙白女皇似乎正提供了这样一个理想的实验题材。关于她，我们知道的事极少极少，她所生活的社会已经这样遥远，以致那时候人们的习惯、动机，甚至行为都已经是充满了奇特与幽暗。"由于什么艺术我们才能钻入那些奇异的心灵，那些更加奇异的肉体中去呢？我们愈考察得清晰，那古怪的世界愈显得遥远了。"李顿·史屈拉契在开首的第一页上这样说。然而在伊莉沙白和艾塞克司的故事里显然蛰伏着一件半隐半露的"悲剧的历史"。一切都似乎适合于编写成一本连合起两个世界的优点的书，它给与作者以创造的自由，同时又从事实的支持来帮助他的创造——一本不单是一篇传记而是一件艺术品的书。

然而运用合并却证明是行不通的，事实与虚构死不肯混和在一起。伊莉沙白终于不曾像维多利亚女皇那样的真实，同时也不曾像克利奥佩屈拉或发尔·司达夫那样的虚构。其中的理由似乎是，知道的事实太少了——他不得不杜撰；然而有些事还是知道的——他的杜撰于是受了限制。这样子，女皇便往来在一个模棱两可的世界里，介乎事实与虚构之间。既没有被体现，也没有不被体现。一种虚构与勉强的感觉萦绕着我们，一个悲剧，然而没有发展的最高点，一些人物，性格不同然而不相冲突。假如这一诊断是正确的话，我们就不得不说，症结是出在传记本身了。它控制某些条件，这些条件就是它必须从事实为根基。所谓传记中的事实者，就是指那些可以为作者以外的人们所证实的事实。假如他像艺术家一般的创造它们——创造别人所不能证实的事实——而企图将它们跟另一种事实合并起来的话，它们结果便两败俱伤。

在《维多利亚女皇》中，李顿·史屈拉契自己的报导似乎也曾认识这一条件底必然性，而且本能的顺从了。"女皇前四十二年底生活"，他写道，"是被大量而复杂的确凿记载所烛照着"，随着亚尔培特之死，却落下了一道遮幕。而当随着亚尔培特之死落下了一道遮幕，确凿的记载告终的时候，他知道传记家也必须搁笔了。"我们必须满足于一些简略而总括的叙述"，他写道，于是最后几年的事用简赅的几句话就说完了。可是伊莉沙白比较起维多利亚底晚年来，整个的一生都是活在一道远而厚密的遮幕背后的。但他忽略了自己的认识，竟然接续着写，不是一段简略而总括的叙述，却是一整本的书。关于那些缺乏确凿报导的奇异的心灵和更加奇怪的身体，根据自己的说法，这实验原也注定了是要失败的。

三、传记家的使命　这样说来，当传记家埋怨他为许多朋友、信札和文件所束缚的时候，他似乎恰好指出了传记的一个必要的成分，而且这也是一个必要的限制。因为虚构的人物生活在一个自由的世界里，那里的事件，只有一个人——作者自身，能证实。它们的可靠性在于自己的幻觉的真实性。幻觉所创造的世界是与确凿报导所组成的世界是不同的，它比较稀贵，比较浓烈，也比较紧凑。因为有了这一点区别，两件事件是不能混和的。假如它们相触，它们就两败俱伤。所以结论似乎是，没有一个人能够同时占有这两个世界；你必须选择，你也必须选定了信守你的选择。虽然"伊莉沙白"与"艾塞克司"的失败引导到这个结论，那失败本身，却因为它是一个用卓越的技巧付诸实施的大胆的实验的结果，所以引向一些更远的发现。假如他活着，李顿·史屈拉契无疑地会自己探测他所揭露的矿床的。现在的事实却是，他指点给我们道路，让别的人可以前进。传记家是被事实所束缚的——不错；但假如这样，他有权利应用一切可以获得的事实，假如李四把鞋子向侍女头上摔去，在爱林顿有一个妍妇，或者曾经在一夜暴饮之后被发现醉卧在沟里的话，他必须有自由这样实说——至少在不陷是毁谤和损害人情的范围之内。

　　但这些事实终究不是科学上的事实——一经发现之后永久不变的。它们为观点的改变所转移，而观点是随着时代在变的。以前以为是罪恶的，现在由于心理学家为我们所获得事实底鉴照，也许已经被看作不幸了，也许看作奇怪的现象，也许两者都不是，而是无关重要的。既不好也不坏的，漫不经心的癖性。对于"性"的看法，在几十年里已经完全改观。这捣毁了许多依旧在掩饰着人类真面目的僵死的废料，很多旧式的章节标题——大学生活、结婚、事业——已经被指出为专断而矫揉的区分法，真的人的生活很可能流动在完全另外的一个水道里。这样，传记家必须走在其余人的前头，像那矿工的小岛一样，探测空气，鉴别讹误、虚假，与陈旧的惯例底存在，他的真实感必须活泼而敏锐。其次，因为我们是生活在被报纸、信札、日记像千百个镜头从每一只角度所对准着的时代里，他必须时时准备承认同一张面孔底许多相矛盾的印本，传记将扩大它的范围，然后从所有这些殊异之中产生出，不是一团紊乱，而是一门更为丰饶的整体。最后，既然以往所不知道的事写作知道的已经这样多了，就无可避免的发生了一个问题：是否只有大人物的身世才应该被记载，每一个生活过的，遗留下那生活的记载的人，不也有写入传记的价值吗？失败的，卑微的不也像成功的、显赫的一样吗？伟大是什么？渺小又是什么呢？他必须改订我们的评价标准，树立起新的英雄来供我们景仰。

　　四、传记的前途　传记的发展还只是在开端阶段，我们可以确信，它有一个悠长而活跃的将来——一个充满了困难、危险和辛劳的将来。然而,我们也可以确信,它的生命将与诗和小说底生命相异——一个生活在较低程度的紧张里的生命。为了这个缘故,它的创造物将不会有艺术家们所时常为他们的创造物所争取的不朽命运。对于这一点,事实似乎已经指出了确定的明示。甚至像鲍斯威尔所创造的约翰生博士也不会像莎士比亚所创造的发尔·司达夫一样长命。密考勃和佩兹小姐的寿命我们可以相信,会超过罗克哈特的华尔忒·斯各脱爵士和李顿·史屈拉契的维多利亚女皇。因为他们是比较耐久的资料做成的。艺术家底想像力在它最猛烈的时候已烧光了事实中能败毁的成分,全用耐久的成分来建造,然而传记家却必须接受会朽坏的物质,用它来建造,来掺杂到他作品的经纬里去,可以毁灭的占有大部,留存的乃将极稀少,因此我们达到这样一个结论:他是工匠,却不是艺术家;他底作品不是一件艺术品,而是一种介乎两者之间的东西。

可是在那较低的平面上,传记家的工作还是可珍贵的。我们对于他的功劳应该感谢不置,因为我们是不能完全生活在那属于想像的紧张的世界里的,想像的机能很快就令人疲乏,令人需要憩息与修养。给一个疲惫了的想像力以正当的食物并非劣等的诗或差级的小说——它们其实只会使它迟钝与病厌——而是清新的事实,那里像李顿·史屈拉契所显示给我们的,造成优良传记的材料,"确凿的报导"。一个真的人,他活在什么时候什么地方,他的外表怎样,他穿着缚带子的鞋子呢,还是松紧带的鞋子,谁是他的姑母,他的朋友,他怎样握鼻子,他爱谁,怎样爱法,当他死的时候他是像一个基督教徒呢,还是……藉着告诉我们真正的事实,藉着从大事中筛在细节,塑造起整体来让我们看出全般的轮廓,传记家是在比任何诗人或小说家(除却那最伟大的)做了更多的事来激发我们的想象力,因为极少诗人或小说家能有那种给我们真实性的高度的紧张,而在另一方面,几乎任何传记家,只要他尊重事实,便能在给我们另一事实以加添我们收藏之外,还附带着许多更多的东西。他能够给我们那创造性的事实,那丰富的事实,它暗示而且滋生,对于这而且有明确证据,因而这是常见的事,当读完一本传记丢在一旁的时候,总有一些情景,一些人物清晰的存留在我们心的深处,使我们在读一首诗或一本小说的时候,会惊奇于猛然的相识,好像追忆起一些以前已经知道的事物一样。

程雨民《传记的一个尝试》发表于《新路》第 1 卷第 24 期。

按:文章说:西蒙氏在一九三四写了一册新颖的传记,为文学的这一部门打开了一条新路。书名《科伏的猎觅》——很能暗示这一新创的格调,因为书是顺着作者逐步发掘传记主角科伏一生的次序而写成的。书名下面更注着一行小字——传记文学的一个尝试。尝试原是三十年代英国文学的一个共同方向。有的在文字上耍花样，把文学当音乐制作；有的很有几分羡慕绘画，拼命讲求光线角度，更多的则受了佛洛哀的影响而向潜意识发展，即使题材保守的作家也少不得在形式的革新上用些功夫。这现象自然不能单单以爱新奇来解释，其中有一个共同的企图，而这企图我看来是自有文学以来始终盘踞在著作家心头的，那便是要逼真地表达人生。悲观者也许以为这热闹的现象有些像蒙了眼睛在黑房间中捉黑猫，成问题的只是那黑猫到底在不在房间里，同情者看来，猫是在房间里的，因此这些盲目的作者即或捉不到黑猫，也很可能会摸到一只猫耳朵，碰一碰猫尾巴，捉一条猫腿。

西蒙氏的尝试表面看来似乎仅限于写作技巧和形式方面，然而我们不相信没有弗洛哀也会有这样的一本传记产生。作者自觉的尝试固然是纯技巧，然而像科伏这样一个不平凡人物，写来要完全摆脱弗洛哀是不容易的。我们可以说没有近年来变态心理学的成就，就没有这本书。因为我们依旧会把科伏目为不可解的怪人，对他作一个表示好奇、嘲笑、不了解，而且不想了解的手势，或者不负责地说一声"天才都是这样的"，而心中却暗暗庆贺着自己幸亏不是天才。

科伏是十九、二十世纪间一个隐晦的英国作家，很少有人知道他，甚至作者西蒙氏自己也不包括在这少数人间，直至有一天他和朋友闲谈起古怪的文学作品时才第一次听到科伏的名字。而作为尝试的传记也就从这一席谈话写起。他的朋友说："你看过科伏男爵《海特良第七》吗？"没有，科伏男爵是谁呢？他朋友出乎意料把那书借给他——出乎意料，因为这朋友素来是吝于出借书籍的。他本能地觉得这一定不是本普通书。他带着对他朋友反常的行动的好奇心开始读它，但读不到二十页，好奇心已经变成"对他推荐的激感"了。读完，他接着又读了一遍，他觉得它是"英国文学中最奇突的成就之一：无疑地它是次要性的作品，然而却是难与媲美的写作；独创、智巧，显然是一个天才的作品，充满着杰出的辞句和场面，它是一个生动，不平凡的性格露骨的暴露"。

由于《海特良第七》所引起的热议，西蒙氏立意要发掘科伏的一生，而书也就顺着猎觅的过程写下去。第一步自然是再去找那朋友，还有什么资料吗？还有什么书吗？他能帮助他发掘这已死的无名怪作家吗？朋友说恐怕帮不了什么忙，因为除了科伏死前不久在威尼斯写的几封信之外，他什么资料都不能供给。那末，这几封信中所表现的，临死前的科伏是什么样子呢？

这些信全是寄给一个人的,内容只有二点:要他的青年朋友来共享告诉不得人的堕落生活,和他(科伏)需要钱,钱,钱……如传记作者所说的,阻碍他过一种极端荒淫生活的,仅是金钱而已。科伏是堕落了,然而是什么叫他堕落到这地方的呢?他继续找寻线索,他在旧报纸中发现了一二篇介绍科伏的短文章,他知道除了《海特良第七》,科伏还写过《都都告诉我的故事》《波淇亚家史》《现代威尼斯传奇》等书,但此外并没有什么收获。他的眼光转向这些短文的作者,他写信给他们询问,但他们实在也不能再告诉他什么,除了介绍他几个或者知道科伏生平的人。于是西蒙氏又写信给这些人。这样,凡有萤火虫般一点光亮的地方,他就倾全力扑去,他的活动对象渐渐扩大了。但科伏死了虽还只一二十年,似乎已经没有知道他整个生涯的人了。西蒙氏所找到的都仅是一鳞一爪,但多少鳞爪凑成的科伏,却是分外凸出而深入,同时在"凑"的过程,传记之外又添上了侦探小说的吸引。……新颖的技巧,特出的人物之外,不,正是给这一切以生命的,是作者对一个被人所轻视,所怀疑所鄙弃的怪物的同情和了解。西蒙氏认为传记是仅次于诗歌的一种重要文学形式,而且注定要取小说的人格教育地位而代之的。那么他是不是在标榜科伏这样的一个人呢?这是不可能的。他仅在字里行间透露一种对个人的尊重,暗示人与人间了解的重要,他以一种理智而且温暖的态度去研究一个失了平衡的人;他不止教我们怎样在沙粒中找寻珍珠,他教我们给每一颗沙粒以它应得的评价。

这"传记尝试"显然是很大的成功。西蒙氏为他的主角找到了也许是最合适的传记方式——从书的着眼点看,是科伏帮助了它的成功。他的崎岖的一生使作者顺着各种线索一幕一幕地开展下去时,读者屏着气书无法放得下来;他的并无名声使这次行猎成为真正的探险。然而你把这些美点倒过头来,它们立刻成了西蒙氏这方法的限制。要是你的主角并不神秘,而且事迹是大家所熟悉的,你怎样才能有效地应用这方法呢?西蒙氏这尝试是有它显著的成就的,但并没有排除其他传记方式的可能——我们知道西蒙氏自己也没有这企图。

《民国碑传集序例》发表于《国史馆刊》第 1 卷第 2 期。

按:序例曰:裒录碑传以为一编,莫先于宋杜大珪之《名臣碑传琬琰集》。元人苏天爵继之以作《名臣事略》。明人焦竑之《献征录》亦其伦类。清代则裒录益多,嘉定钱氏经始于前,江阴缪氏嗣响于后,以成《正续碑传集》,李氏《耆献类征》亦用此体。近人闵尔昌又辑《碑传补》,皆以清代为断。闻番禺汪兆镛亦续《碑传集》,未及付梓,存稿待刊。又仪征阮氏曾纂《清碑版录》,

未闻行世。殆因见缪集而辍。若斯之类,盖更仆而难数也。民国之兴,垂四十年,史馆规模确立,国史体例尚待商榷。然应为勋贤耆献立传,则为不易之经。是则裒录民元以来诸家碑传,都为一集,以供史官载笔,讵非当急之务哉?

裒集初成,编校非易。总其利病,可得而言。在昔易代修史,每为遗逸立传,倘为前史所遗,后作亦为辑载。民国修史,何独不然!胜国遗臣逸民,迄今往往而在。且有筮仕新邦,行实前后异趣,势难录后遗前,故兹编立例以卒于民国为断。否则缪、闵两集既未甄录,近作何由著录?惟昭代新史,忽累载胜国轶闻。近贤碑版,乃大书清代官号,滋人疑虑,恐骇物听。此断限之难明者一也。撰史之例,应内昭代而外胜国,今则勋贤碑传,半出遗逸手笔,自尊故主,夷视新邦,目烈士为叛徒,谓革命为作乱,虽云政由民主,捐除一切忌讳,然往者《清史稿》,已以撰自遗逸而遭禁行。兹编而录及此,势必群相哗怪,讥为不伦,特以史实可宝,亦难概从剪裁,此违碍之难删者二也。钱、缪二集,去取特严。李氏《类征》,则少侈矣。闵集晚出,所收乃滥。若乃为贤子令孙显扬其父祖,门生故吏称美其官师,有乞米受金之嫌,乃谀墓媚人之作。兹编宜所勿取,惟死者本为达人,作者却非名笔,欲多收则有滥载之讥。欲弗存则以不备为病,此去取之难定者三也。总此三难,讵易编校,窃以兹编之作,本为书事记言之彦,左右逢原之资,故应勾聚史实,广为甄采,且史由人人相续,又贵明其因依。甄所著录碑传,应分昭代勋贤胜国遗逸为两类,以勋贤碑传状为正编,遗逸碑铭为附录。其有造诣不经,徒尚诬谩者,方从割弃。余则概以入录,责由作者自负。盖违碍既蠲,则所谓断限去取二者,皆不待烦言而解。语曰:与其过而废之,宁过而存之。兹编之辑,由此志也。前代名公巨卿以宣付史馆立传为饰终之荣典,民国亦循斯例。惟国史传草,未可遽布于外。刊此数百篇之碑传,足以昭勋绩于天壤,垂姓子于方来。程效其功,与立传等。此固仁人孝子之所颙望,亦职记言书事之责者所应黾勉求者矣。嗟乎,好学深思,心知其意,乃可言著书。究天人之故,通古今之变,乃得为良史。猥以末学肤受,何敢率而操觚,惟此书生抄纂之业,类于襞积,补苴者,乃得贸然为之,世之览者,或以谅诸。

许杰《从传记文学看王士菁的〈鲁迅传〉》发表于《同代人文艺丛刊》第1卷第2期。

按:文章说:王士菁的《鲁迅传》,是中国人自己写的第一本鲁迅传。全书共分十章,计三十万言,从鲁迅的出生,一直写到他的病逝,从头至尾,把近代中国五六十年来的历史上所发生的重要事件,和鲁迅的思想发展,一步步的配合起来,使读者了解鲁迅思想的来源及其发展路向,这的确是一部重大的著作。据《时代日报》该书广告,"著者搜集一切有关先生记述,从事写作,历时五载,态度谨严,务求语口有据",可知著者用力之勤。在没有更好的鲁迅传出版以前,这一本《鲁迅传》还是我们研究鲁迅思想的发展以及理解鲁迅生平为人为文处事处世的最后的著作。

鲁迅是一个划时代的巨人,他是中国近代最伟大的文学家,最伟大的思想家,而同时,又是一个民族解放的战士。他的生平事迹,他的思想发展的程序,以及他对于近代中国文学运动,文化运动,和民族解放运动的贡献,特别是作为下一代的青年的典范,为新中国的诞生培植起思想文化各部门的战士和支柱,一个有远见而辛勤的著作家,选取了他的一生的事实,作为立传的传主,的确是不错的。中国的文学领域以内,向来就很缺少传记文学的收获,近年以来,因为受到了西洋的传记文学的观摩与激荡,因而在我们的文学园地当中,才有许多人士在辛勤的垦植,同时也就有了许多不可磨灭的成绩。这一本《鲁迅传》,也就是当中最可引人注意的一本。

梁烈亚《石涛上人年谱质疑》发表于《永安月刊》第113期。

李广田《最完整的人格——哀念朱自清先生》发表于《观察》第5卷第2期。

按:《最完整的人格》说自朱自清逝世后,"在别人的谈话中,以及在别人的文字中,大都提到佩弦先生是一个最完整的人"。作者以此"试论佩弦先生的为人",得出,"第一,佩弦先生是一个有至情的人。佩弦先生对人处事,无时无地不见出他那坦白而诚挚的天性,对一般人如是,对朋友如是,对晚辈,对青年人,尤其如此"。"第二,佩弦先生是一个最爱真理的人","凡是认识朱先生的,同朱先生同过事的,都承认朱先生是最'认真'的人","这一切表现在日常生活中的认真精神,也正是他的热爱真理的一方面"。文章又由分析朱自清近年所作文章得出他"在思想上变化是非常显著的",这是他"自然地接近真理,拥抱真理"。"第三,佩弦先生是一个很有风趣的人"。作者列举朱自清生活中和作品中的事实来说明其幽默。最后总结:"有至情,爱真理,有风趣,这就是朱先生之所以为朱先生,这就是朱先生的人格之所以被称为最完整的人格之所在,这也就是为什么,当朱先生活着的时候,无处不赢得人的敬爱,而当他的死耗传出之后,无人不感到伤痛与惋惜。"(《清华人文学科年谱》)

王瑶《悼朱佩弦师》发表于《中建》第3卷第4期。

按:朱自清8月12日因胃病不治,病逝于北京大学医院。8月20日,

《中建》第 3 卷第 6 期出版，载有该刊撰《朱自清先生传略》、清华文艺社《痛悼我们的导师》、闻家驷《一个死不得的人》、吴晗《悼朱佩弦先生》、林庚《悼佩弦先生》、冯至《朱自清先生》等文。

王瑶《朱自清先生的学术研究工作》发表于《国文月刊》第 71 期。

按：朱自清先生逝世后，介绍其平生的新文艺创作和教学方面的成绩的文章较多，是文更多是从"一位有精湛研究和贡献的学者"的角度介绍其学术研究上的贡献及特点。

吴晓铃《佩弦先生纪念》发表于《国文月刊》第 71 期。

按：文章说："朱先生的伟大并不简单地限制在做人方面，我们都知道他俭朴、真纯而严肃，是一个让人亲爱而又惧怕的人。他极勤奋，写的东西多，但和多产作家有着显然的区别，因为他认真，他不以悠闲于抽烟斗的假名士生涯为然，也不屑于给卸任官僚脱靴去乞求避暑的檐下，他勒紧了腰带把别人善意施舍的'嗟来之食'抛在道旁。我们欣赏他的文字精练，说是可以悬诸国门，不能增减一个字，可是这文字的创造者的做人却更加值得我们取法而实际不容易取法。有人说他在晚年舍弃创作，走向研究的途径，这是不错的；然而他的研究工作并不曾和现实脱节，不钻牛犄角，不以艰深文浅陋，脚踏实地，实事求是，用语言做研究文学的出发点，致力在启蒙和普及上。这是一条新鲜而正确的道路。冯芝生先生在朱先生的火葬场上说：'清华大学的中国语文学系在闻先生和朱先生的领导之下，刚刚摸索出来一条应该走的途径，他们就都先后地去了。这是多大的一个损失！'我相信冯先生指出的就是这条道路。这条道路将能融合创作与研究成为一体，学院和民间不再保存对立式的分野。从前我们走过的道路是打垮旧的，建设新的，提倡研究，整理遗产，推行国语，努力创作和介绍外来的东西做借镜，现在却是要合在一起向前迈进，实在迫切需要领路的拓荒人。朱先生从来不曾以'盟主'自居，却勇敢地首先踏步，那么，这个损失岂单是清华大学的中国语文学系所独遭受！"

盛澄华《纪德的艺术与思想的演进》发表于《文学杂志》第 2 卷第 8 期。

李长之《陶渊明的孤独之感及其否定精神》发表于《文学杂志》第 2 卷第 11 期。

缪钺《曹植与五言诗体》发表于《文学杂志》第 2 卷第 12 期。

林庚《屈原的人格美与〈离骚〉"民"字解》发表于《文学杂志》第 2 卷第 12 期。

朱光潜《敬悼朱佩弦先生》发表于《文学杂志》第 3 卷第 5 期"朱自清先

生纪念特辑"。

川岛《不应该死的又死了一个——悼佩弦》发表于《文学杂志》第3卷第5期"朱自清先生纪念特辑"。

余冠英《佩弦先生的性情嗜好和他的病》发表于《文学杂志》第3卷第5期"朱自清先生纪念特辑"。

李广田《哀朱佩弦先生》发表于《文学杂志》第3卷第5期"朱自清先生纪念特辑"。

杨振声《为追悼朱自清先生讲到中国的文学系》发表于《文学杂志》第3卷第5期"朱自清先生纪念特辑"。

林庚《朱自清先生的诗》发表于《文学杂志》第3卷第5期"朱自清先生纪念特辑"。

王瑶《邂逅斋说诗缀忆》发表于《文学杂志》第3卷第5期"朱自清先生纪念特辑"。

吴晗《悼朱佩弦先生》发表于《文讯》第9卷第3期"朱自清先生追悼特辑"。

按：同时发表的尚有王瑶的《十日间》，以及郑振铎、叶圣陶、冯至、郭绍虞、朱乔森、吴组缃等人纪念朱自清的文章。

灵珠《谈纪德》发表于《大众文艺丛刊》第3辑。

胡绳《鲁迅思想发展的道路》发表于《大众文艺丛刊》第4辑（鲁迅的道路）。

同人《敬悼朱自清先生——并略论朱先生的为人与其文艺思想》发表于《大众文艺丛刊》第4辑。

钟敬文《一个榜样·一篇宣言——追悼朱佩弦（自清）先生》发表于《小说》第1卷第4期。

李广田《朱自清先生的道路》发表于《小说》第1卷第5期。

［苏］布亚里克作、聂宏远译《从高尔基看创作的自由与党性》发表于《群众文艺》第4期。

姚雪垠《杜甫与李白的友谊》发表于《文艺工作》第1号。

白火《我所见的巴金的影响》发表于《文艺月报》创刊号。

常风《陀思妥也夫斯基的〈白痴〉》发表于《开明》新4号。

董每戡《怀海燕——纪念高尔基逝世十二周年》表于《黄河》复刊第4期。

冼玉清《苏轼与海南动物》发表于《岭南学报》第9卷第1期。

容肇祖《方以智和他的思想》发表于《岭南学报》第 9 卷第 1 期。

汪懋祖节译《罗素评杜威哲学》发表于《东方杂志》第 44 卷第 1 号。

吴泽炎《悼甘地》发表于《东方杂志》第 44 卷第 3 号。

吴景贤《章太炎之民族主义史学》发表于《东方杂志》第 44 卷第 4 号。

沈筒玉《沈文肃公轶事考正》发表于《东方杂志》第 44 卷第 10 号。

刘阶平《蒲留仙遗著考略》发表于《东方杂志》第 44 卷第 10 号。

黄盛璋《李清照〈金石录后序〉作年考辨》发表于《东方杂志》第 44 卷第 12 号。

嘉木《评茅盾底〈腐蚀〉兼论其创作道路》发表于《蚂蚁小集》第 5 辑。

寄遥《怎样永久纪念虚公》发表于《大雄半月刊》创刊号。

赵更生《纪念虚公忆及印公》发表于《大雄半月刊》创刊号。

释演本《如何纪念师恩》发表于《佛教人间》第 6 期。

护法童子《我对于太虚大师的认识》发表于《佛教人间》第 6 期。

觉寰《梦太虚大师再世之兆》发表于《佛教人间》第 6 期。

翁立夫《纪念大师的意义》发表于《佛教人间》第 6 期。

二、单篇传记

余冠英《说公输与鲁班》发表于《文学杂志》第 2 卷第 9 期。

冯至《安史之乱中的杜甫》发表于《文学杂志》第 2 卷第 12 期。

冯至《杜甫的童年》发表于《文学杂志》第 3 卷第 3 期。

因其《朱自清先生遗像》(木刻)发表于《文学杂志》第 3 卷第 5 期(朱自清先生纪念特辑)。

编者《朱自清先生遗墨》发表于《文学杂志》第 3 卷第 5 期(朱自清先生纪念特辑)。

浦江清《朱自清先生传略》发表于《文学杂志》第 3 卷第 5 期(朱自清先生纪念特辑)。

冯至《杜甫在梓州阆州》发表于《文学杂志》第 3 卷第 6 期。

方回《悼乔大壮先生》发表于《文学杂志》第 3 卷第 6 期。

艾芜《我的幼年时代》发表于《文艺春秋》第 6 卷第 1 期。

艾芜《我的幼年时代》发表于《文艺春秋》第 6 卷第 2 期。

洪深《变相自传的一页》发表于《文艺春秋》第 6 卷第 2 期。

艾芜《我的幼年时代》发表于《文艺春秋》第 6 卷第 3 期。

林辰《鲁迅与狂飙社》发表于《文艺春秋》第 6 卷第 4 期。

艾芜《我的幼年时代》发表于《文艺春秋》第 6 卷第 4 期。

艾芜《我的幼年时代》发表于《文艺春秋》第 6 卷第 5 期。

［苏］薇娜·妃格念尔作、巴金译《惩戒室》（传记）发表于《文艺春秋》第 6 卷第 6 期。

艾芜《我的幼年时代》（续完）发表于《文艺春秋》第 6 卷第 6 期。

巴金《母亲的祝福》（传记）发表于《文艺春秋》第 7 卷第 1 期。

何家槐《论萨尔蒂珂夫》发表于《文艺春秋》第 7 卷第 2 期。

巴金《格拉切夫斯基》（传记）发表于《文艺春秋》第 7 卷第 2 期。

端木蕻良《音诗的作家马思聪》发表于《文艺春秋》第 7 卷第 3 期。

巴金《通信》（传记）发表于《文艺春秋》第 7 卷第 3 期。

林曙光《台湾的作家们》发表于《文艺春秋》第 7 卷第 4 期。

冯沅君《记侯正卿》发表于《文艺复兴》（中国文学研究号上）。

吴晗《朱元璋的少年时代》发表于《文艺复兴》（中国文学研究号中）。

盛澄华《安德烈·纪德》发表于《中国作家》第 1 卷第 2 期。

李广田《说纪德的〈浪子回家〉》发表于《中国作家》第 1 卷第 2 期。

台静农《追思》发表于《中国作家》第 1 卷第 3 期（纪念许季茀先生）。

李霁野《许季茀先生纪念》发表于《中国作家》第 1 卷第 3 期（纪念许季茀先生）。

林辰《对于许寿裳先生的感谢与悼念》发表于《中国作家》第 1 卷第 3 期（纪念许季茀先生）。

董均伦《人民英雄刘志丹》发表于《大众文艺丛刊》第 1 辑（文艺的新方向）。

孙明《红枪女将李兰英》发表于《大众文艺丛刊》第 1 辑。

谢觉哉《毛泽东的故事》发表于《大众文艺丛刊》第 2 辑。

刘五《王喜天的冤恨》发表于《大众文艺丛刊》第 2 辑。

编者《歌德的晚年》发表于《文艺工作》第 1 号。

编者《托尔斯泰与二十八》发表于《文艺工作》第 1 号。

编者《独身的屠格涅夫》发表于《文艺工作》第 1 号。

编者《拜伦的眼泪》发表于《文艺工作》第 1 号。

赵洵译《西蒙诺夫小传》发表于《文学战线》创刊号。

本社《纪念鲁迅先生》发表于《文学战线》第 1 卷第 4 期。

茅盾《西蒙诺夫访问记》发表于《文学战线》第 1 卷第 5、6 期。

［苏］A.可洛思夫作、叶蘩译《玛耶可夫斯基与革命》发表于《文学战线》

第 1 卷第 5、6 期。

浦江清《朱自清先生传略》发表于《文学杂志》第 3 卷第 5 期"朱自清先生纪念特辑"。

冯友兰《回念朱佩弦先生与闻一多先生》发表于《文学杂志》第 3 卷第 5 期"朱自清先生纪念特辑"。

俞平伯《忆白马湖宁波旧游》发表于《文学杂志》第 3 卷第 5 期"朱自清先生纪念特辑"。

朱自清遗作《犹贤博弈斋诗钞选录》发表于《文学杂志》第 3 卷第 5 期"朱自清先生纪念特辑"。

李敷仁《鲁迅的路》发表于《群众文艺》第 3 期。

编者《鲁迅著译六十种》(资料)发表于《群众文艺》第 3 期。

编者《高尔基生平概略》发表于《群众文艺》第 4 期。

孙常非《鲁迅先生像》(木刻)发表于《文艺月报》创刊号。

郭沫若《我怎样开始了文艺生活》(作家自白)发表于《文艺生活》第 6 期。

葛琴《我怎样写起小说来的》(作家自白)发表于《文艺生活》第 7 期。

陈度竹《爱斯基·罗斯之生平及作品》(上)发表于《文潮月刊》第 5 卷第 2 期。

陈度竹《爱斯基·罗斯之生平及作品》(下)发表于《文潮月刊》第 5 卷第 3 期。

潘朗《将军、财阀、天皇、麦克阿瑟》发表于《人物杂志》第 1 期。

西人《陈济棠落难记》发表于《人物杂志》第 1 期。

尚土《味如橄榄的朱自清教授》发表于《人物杂志》第 1 期。

夷明《倔强的老人高铁峰》发表于《人物杂志》第 1 期。

万曼《鲍文卿和向鼎》发表于《人物杂志》第 1 期。

车辐《迷途的羔羊谭华贵》发表于《人物杂志》第 2 期。

叶林《小提琴的天才海斐滋》发表于《人物杂志》第 2 期。

刘钧杰《擦鞋少将江民声》发表于《人物杂志》第 2 期。

非之《甘乃光竞选侧面观》发表于《人物杂志》第 2 期。

小林《陌生了的女作家绿漪》发表于《人物杂志》第 2 期。

潘朗《安南阮海臣其人》发表于《人物杂志》第 2 期。

辰西《北京大学的第一任校长何燮侯先生》发表于《人物杂志》第 7 期。

英明《大导演蔡楚生的奋斗史》发表于《人物杂志》第 7 期。

杨实《达尔文不急不忙》发表于《人物杂志》第 7 期。

王璞《论"裙带"宰相韩侂胄》发表于《人物杂志》第 7 期。

潘朗《犹太民族的甘地——以色列国总统魏士曼》发表于《人物杂志》第 7 期。

臧赞《十九世纪的世界大画家米勒》发表于《人物杂志》第 7 期。

奚永伟《母教怪人张神仙》发表于《人物杂志》第 7 期。

公盾《张籍及其乐府诗》发表于《人物杂志》第 7 期。

公盾《女诗人朱淑真》发表于《人物杂志》第 8—9 期。

芜鸣《中医高习之》发表于《人物杂志》第 8—9 期。

林辰《鲁迅在仙台》发表于《人物杂志》第 10 期。

潘朗《南北朝鲜的领袖李承晚、李范奭、金日成》发表于《人物杂志》第 10 期。

高宇《郑君里的艺术生活》发表于《人物杂志》第 10 期。

于明《记公盾》发表于《人物杂志》第 10 期。

徐大风《哲学家李石岑的恋爱悲剧》发表于《人物杂志》第 10 期。

鲍锦穗《龙云与陈玉科》发表于《人物杂志》第 10 期。

杨实《死后成名的孟德尔》发表于《人物杂志》第 10 期。

公盾《人民的殉道者——耶稣》发表于《人物杂志》第 12 期。

潘作《作家绀弩与将军康泽》发表于《人物杂志》第 12 期。

林异子《胡适扯淡面面观》发表于《人物杂志》第 12 期。

马蹄《南京的白宫主人沈怡》发表于《人物杂志》第 12 期。

王璞《牺牲于清代文字狱里的青年史家吴炎与潘柽章》发表于《人物杂志》第 12 期。

夷明《饿死桂林街头的青年作家孟田》发表于《人物杂志》第 12 期。

高涵《孕妇之友——朱宝粹》发表于《人物杂志》第 12 期。

公盾《哥伦布》发表于《人物杂志》第 12 期。

道诚《我的父亲厉老先生》发表于《人物杂志》第 12 期。

余长《小学教育家胡颜立》发表于《人物杂志》第 12 期。

风铃《女教师何芳浓》发表于《人物杂志》第 12 期。

李伟伦《创办明诚中学的法国人林光宣》发表于《人物杂志》第 12 期。

西蒂《神经怪物系教授》发表于《人物杂志》第 12 期。

毅民《小学教师冉西臣老先生》发表于《人物杂志》第 12 期。

章锡琛《夏丏尊先生》发表于《开明》新 4 号。

朱自清《我所见的叶圣陶》发表于《开明》新 5 号。

《朱自清先生传略》发表于《开明》新 7 号。

朱光潜《记朱佩弦先生》发表于《开明》新 7 号。

一忱《朱自清先生的著作》发表于《开明》新 7 号。

徐仲年《圣·戴须贝里和他的著作——当代法国飞将军兼小说家》发表于《黄河》复刊第 2 期。

孙伏园《记许寿裳先生》表于《黄河》复刊第 3 期。

朱经农《在我记忆中的熊秉三先生》发表于《东方杂志》第 44 卷第 1 号。

胡文楷《宋代闺秀艺文考略》发表于《东方杂志》第 44 卷第 3 号。

薛留生《甘地的一生》发表于《东方杂志》第 44 卷第 5 号"追悼甘地专号"。

徐亚声《甘地的苦行与非暴力》发表于《东方杂志》第 44 卷第 5 号"追悼甘地专号"。

罗家伦《圣雄证果记》发表于《东方杂志》第 44 卷第 5 号"追悼甘地专号"。

糜文开《圣雄甘地葬礼记》发表于《东方杂志》第 44 卷第 5 号"追悼甘地专号"。

糜文开《甘地简要年谱》发表于《东方杂志》第 44 卷第 5 号"追悼甘地专号"。

吴泽炎节译《甘地嘉言钞》发表于《东方杂志》第 44 卷第 5 号"追悼甘地专号"。

糜榴丽《托尔斯泰给甘地的信》发表于《东方杂志》第 44 卷第 5 号"追悼甘地专号"。

《我国各地追悼甘地逝世杂记》发表于《东方杂志》第 44 卷第 5 号"追悼甘地专号"。

按：甘地被称为印度民族运动的"国父"，他的非暴力爱真理的精神，受世界人民所敬仰，甘地遇难的消息传抵中国后，国民政府主席蒋介石、行政院长张群、外交部长王世杰均立即致电印度总理尼赫鲁吊唁。蒋介石夫妇的电文称："闻甘地先生遇刺逝世，无任震悼，此以待主张非暴力主义，实现人道之神圣斗士，竟遭暴力之摧残，诚世界之悲剧，令人痛心。中国人民及我等谨向甘地先生之家属，及国大党与印度人民虔致诚挚之吊唁。"北平印侨及北京大学印籍学生，于 1 月 31 日举行追悼甘地大会，北京大学校长胡适应邀出席，并发表演说，演说中以立德、立言、立功称颂甘地。

洪焕椿《孙仲容先生生平与学术贡献》发表于《东方杂志》第 44 卷第 9 号。

汪家祯译《捷克贝纳斯总统回忆录》(下)发表于《东方杂志》第 44 卷第 12 号。

梁实秋《我的国文先生》发表于《论语半月刊》第 153 期。

一行《忆梁作友》发表于《论语半月刊》第 153 期。

燕南《关于冯玉祥先生》发表于《论语半月刊》第 161 期。

梁实秋《我的暑假是怎样过的》发表于《论语半月刊》第 162 期。

何芳洲《读陈布雷先生遗书》发表于《论语半月刊》第 166 期。

严仁赓《再和施复亮先生谈"新资本主义"》发表于《观察》第 4 卷第 23、24 合期。

胡庆钧《费孝通及其研究工作》发表于《观察》第 4 卷第 23、24 合期。

罗玉君《斯坦达尔传》发表于《青年界》新第 5 卷第 5 期。

吕白华《记魏金枝》发表于《青年界》新第 6 卷第 1 期(人物素描特辑一)。

苏雪林《舒蔚青及其戏剧书刊》发表于《青年界》新第 6 卷第 1 期(人物素描特辑一)。

朱雯《两位老妇人》发表于《青年界》新第 6 卷第 1 期(人物素描特辑一)。

罗洪《永明》发表于《青年界》新第 6 卷第 1 期(人物素描特辑一)。

范泉《一个新疆人》发表于《青年界》新第 6 卷第 1 期(人物素描特辑一)。

徐蔚南《田筱山与田中光》发表于《青年界》新第 6 卷第 1 期(人物素描特辑一)。

林枞吾《方光焘先生》发表于《青年界》新第 6 卷第 1 期(人物素描特辑一)。

王治心《凌宪扬校长》发表于《青年界》新第 6 卷第 1 期(人物素描特辑一)。

于在春《遇仙谣》发表于《青年界》新第 6 卷第 1 期(人物素描特辑一)。

徐訏《人象》发表于《青年界》新第 6 卷第 1 期(人物素描特辑一)。

叶鼎洛《徐悲鸿》发表于《青年界》新第 6 卷第 1 期(人物素描特辑一)。

陆丹林《交通耆宿叶恭绰》发表于《青年界》新第 6 卷第 1 期(人物素描特辑一)。

臧克家《一个三岁的小老人》发表于《青年界》新第 6 卷第 1 期（人物素描特辑一）。

许钦文《鲁迅先生》发表于《青年界》新第 6 卷第 2 期（人物素描特辑二）。

蒋维乔《吴稚晖的幽默》发表于《青年界》新第 6 卷第 2 期（人物素描特辑二）。

台静农《许寿裳先生》发表于《青年界》新第 6 卷第 2 期（人物素描特辑二）。

朱维之《吴老》发表于《青年界》新第 6 卷第 2 期（人物素描特辑二）。

胡山源《一个传道人》发表于《青年界》新第 6 卷第 2 期（人物素描特辑二）。

丰子恺《女人专家》发表于《青年界》新第 6 卷第 2 期（人物素描特辑二）。

向培良《道孤行殊吾与天为徒》发表于《青年界》新第 6 卷第 2 期（人物素描特辑二）。

向同维《记罗先生》发表于《青年界》新第 6 卷第 2 期（人物素描特辑二）。

谢冰莹《顽固的林老头》发表于《青年界》新第 6 卷第 2 期（人物素描特辑二）。

任白涛《活像菜馆伙计的臧克家》发表于《青年界》新第 6 卷第 2 期（人物素描特辑二）。

胡嘉《我所见到的华罗庚先生》发表于《青年界》新第 6 卷第 2 期（人物素描特辑二）。

包沈潜《郁达夫访问记》发表于《青年界》新第 6 卷第 2 期（人物素描特辑二）。

史行《记徐訏》发表于《青年界》新第 6 卷第 2 期（人物素描特辑二）。

鲁莽《鲁迅的童年》发表于《青年界》新第 6 卷第 2 期（人物素描特辑二）。

刘盛亚《祖孙》发表于《青年界》新第 6 卷第 3 期（人物素描特辑三）。

黎锦明《钟敬文先生》发表于《青年界》新第 6 卷第 3 期（人物素描特辑三）。

孔另境《某君子》发表于《青年界》新第 6 卷第 3 期（人物素描特辑三）。

肖传文《逖山兄印象记》发表于《青年界》新第 6 卷第 3 期（人物素描特辑三）。

魏金枝《弘一大师》发表于《青年界》新第 6 卷第 3 期(人物素描特辑三)。

范敏《读〈萧红小传〉》发表于《青年界》新第 6 卷第 3 期。

鲁迅《鲁迅书简补遗——给李小峰的三十六封信》发表于《青年界》新第 6 卷第 4 期。

麓斋《李国桢事迹》发表于《人世间》复刊第 10 期。

编者《许季茀先生事略》发表于《人世间》复刊第 10 期。

景宋《我所敬的许寿裳先生》发表于《人世间》复刊第 10 期。

贺霖《许寿裳先生在台湾》发表于《人世间》复刊第 10 期。

李可《鲁迅先生画像》(木刻)发表于《人世间》复刊第 13 期。

司马梵霖《关于骆宾基的几则琐忆》发表于《人世间》复刊第 13 期。

张志渊《丁懋英大夫访问记——她是一个舍己为人舍家为国的典型人物》发表于《现代妇女》第 11 卷第 1 期。

非非《太婆》发表于《现代妇女》第 11 卷第 1 期。

仙霏《戴爱莲女士访问记》发表于《现代妇女》第 11 卷第 2 期。

林筱玉《女工日记》发表于《现代妇女》第 11 卷第 2 期。

徐亚兰《一个女工的控诉》发表于《现代妇女》第 11 卷第 3 期。

陈蕙瑛《访问刘德伟女士》发表于《现代妇女》第 11 卷第 4 期。

徐晦明《介绍倪斐君女士》发表于《现代妇女》第 11 卷第 5 期。

胡绣枫《悼周穆英医师》发表于《现代妇女》第 11 卷第 6 期。

蕙瑛《纪念一个妇产科医生的死》发表于《现代妇女》第 11 卷第 6 期。

安娥《一个甘愿做奴隶的女人——黄氏凤姿》发表于《现代妇女》第 11 卷第 6 期。

杨明《廖夫人的居港生活》发表于《现代妇女》第 12 卷第 1 期。

蕙瑛《吴茵女士访问记》发表于《现代妇女》第 12 卷第 2 期。

金沙《我所知道的姚淑文女士》发表于《现代妇女》第 12 卷第 2 期。

石池《读〈萧红小传〉》发表于《现代妇女》第 12 卷第 2 期。

沉浮《白杨女士访问记》发表于《现代妇女》第 12 卷第 3 期。

辛父《她们在真诚地为平民服务——记助产士苏元悟、蒋鉴琴两女士》发表于《现代妇女》第 12 卷第 4 期。

尤任《一个杭州公共汽车女售票员的自述》发表于《现代妇女》第 12 卷第 5 期。

亚平《周董燕梁女士访问记》发表于《现代妇女》第 12 卷第 5 期。

冬草《惠英的遭遇》发表于《现代妇女》第 12 卷第 6 期。

冯妇《医界人物志·威廉哈维》发表于《助产学报》第 1 卷第 2 期。

马寅初《想起几位历史人物》发表于《现实文摘》第 2 卷第 12 期。

储玉坤《贝奈斯大战回忆录》发表于《智慧》第 54—59 期。

黄纬芳《三十年回忆录》(续)发表于《交大周刊》第 8 期。

计晋美《西藏第九辈班禅事略》发表于《中国边疆建设集刊》第 1 期。

刘名儒《一件奇冤案的自白》发表于《社会评论》第 58 期。

陆萼庭《女曲家吴藻传考略》发表于《文史杂志》第 6 卷第 2 期。

洪焕椿《清代学者龚定盦之生平与著作》发表于《读书通讯》第 155 期。

顾伟议《钟嵘诗歌批评论述》发表于《读书通讯》第 164 期。

陆维德《陶行知先生的事迹拾零》发表于《学习生活》第 1 卷第 4 期。

清肇《故乡人物志》发表于《中学生》第 195 期。

漫游《李传子小传》发表于《醴师学生》第 1 期。

罗香林《蒲寿庚兄弟行实考》发表于《文会丛刊》第 2 期。

求思《评丘吉尔〈大战回忆录〉》发表于《时代》第 33 期。

守愚译《一个后母的自述》发表于《时与潮副刊》第 10 卷第 6 期。

余鲲《海上生活回忆录》发表于《新渔》第 4 期。

鼎《抗战期间旅缅回忆录》发表于《洪声》第 2 卷第 4—6 期。

杜殿英《黄伯樵先生之生平》发表于《市政评论》第 10 卷第 3 期。

袁国弼《一个农业工作者的自白和意见》发表于《观察》第 3 卷第 24 期。

宋教仁原作、冯自由补述《程家柽革命大事略》发表于《国史馆馆刊》第 1 卷第 3 期。

胡象明《石先生寅生事略》发表于《安徽文献》第 4 卷第 6 期。

李锡贡《先烈李德山小传》发表于《广西文献通讯》第 5 期。

王洪钧《勤劳与谨慎——记黄少谷先生的生平》发表于《中央日报周刊》第 5 卷第 9 期。

克理译《高尔基与朵斯退也夫斯基》发表于《同代人文艺丛刊》第 2 期。

毕真《崔故校友子信事略》发表于《国立政治大学校刊》第 266 期。

雷飚《蔡松坡先生事略》发表于《国防月刊》第 5 卷第 1 期。

李文翰《一个抗战荣军的自述》发表于《残不废月刊》第 2 卷第 17 期。

李长之《西晋诗人潘岳的生平及其创作》发表于《国文月刊》第 68 期。

吴道平《第二次大战回忆录》发表于《新书月刊》第 2 期。

吴克斌《自述学诗以来》发表于《大夏周报》第 24 卷第 11 期。

于右任《牧羊儿自述》发表于《西北通讯》第 2 卷第 5 期。

杨宝煌译《沙法立诺回忆录》发表于《红十字月刊》第 31—34 期。

杨名时《孔子生平及其政治思想》发表于《华文国际》第 2 卷第 7 期。

张馥筱《圣雄甘地之生平》发表于《中美周报》第 275 期。

福樵译《杜威之生平》发表于《中美周报》第 291 期。

程越《罪恶是我的职业——一个警长的自述》发表于《西点》第 29 期。

曾风《美国副总统巴克莱小传》发表于《西点》第 33 期。

笑炉《集邮十年回忆录》发表于《近代邮刊》第 3 卷第 8 期。

孙君毅《傅尼爱小传》发表于《近代邮刊》第 3 卷第 9 期。

磊公《沧桑回忆录》发表于《中华实业》第 2 期。

郭声宏《斐雪的生平及其对于经济学的贡献》发表于《经济评论》第 2 卷第 16 期。

郭德镛《欧文·费雪之生平及其著作》发表于《财政评论》第 18 卷第 2 期。

郭家麟《甘末尔生平及其币制主张》发表于《银行通讯》第 25—26 期。

明森《乔治·卫斯汀豪斯小传》发表于《工商新闻》第 89—90 期。

之江《随甘训班参观调查日记》发表于《台糖通讯》第 2 卷第 15 期。

朱聘《青霉素发现者佛赍明氏小传》发表于《医药学》第 1 卷第 12 期。

杨慕文《一个学徒的自述》发表于《中药职工月刊》第 1 卷第 10 期。

姜锡炎《我的苦学记》发表于《中药职工月刊》第 1 卷第 10 期。

包文英《一个女工的自传》发表于《中药职工月刊》第 1 卷第 10 期。

落伍《黄植庭牧师小传》发表于《乡村教会》第 1 卷第 3 期。

欧阳侯《高连武长老小传》发表于《乡村教会》第 1 卷第 4 期。

王治心《释迦与耶稣的生平》(上)发表于《金陵神学志》第 23 卷第 4 期。

勤生《读〈弘一大师年谱〉》发表于《学僧天地》第 1 卷第 6 期。

弘一《弘一大师遗札及遗嘱》发表于《学僧天地》第 1 卷第 6 期。

贤悟《宏宽法师略历》发表于《佛教公论》第 23、24 期合刊。

瑞今《追念宏宽法师》发表于《佛教公论》第 23、24 期合刊。

向尚《何处哀音导我思》发表于《佛教公论》第 23、24 期合刊。

远明《云天海外悼宽师》发表于《佛教公论》第 23、24 期合刊。

心源《敬悼我的亲教师——"那不是"先生》发表于《佛教公论》第 23、24 期合刊。

林子青《大觉怀琏禅师传》发表于《佛教公论》复刊第 25 期。

杨福祥《梁武帝以叛佛而致败亡论》发表于《觉有情》第 9 卷第 1 期。

吴涵秋《四明延庆寺退隐静安和尚传略》发表于《觉有情》第 9 卷第 2 期。

海宏《鸠摩罗什年谱》发表于《世间解》第 9 期。

海宏《鸠摩罗什年谱》（续完）发表于《世间解》第 10 期。

范古农《纪念太虚大师》发表于《台湾佛教》6 月号。

易如《祖续大师事略》发表于《台湾佛教》12 月号。

如岑《印公传略》发表于《大雄半月刊》第 12、13 期合刊。

范古农《印光大师塔铭》发表于《大雄半月刊》第 12、13 期合刊。

释太虎《莲宗十三祖印光大师塔铭》发表于《大雄半月刊》第 12、13 期合刊。

文星耀《忆印光大师》发表于《大雄半月刊》第 12、13 期合刊。

游有维《胡松年居士生西事略》发表于《弘化月刊》第 90 期。

沈心师《任心白居士逝世志感》发表于《弘化月刊》第 90 期。

了然《真达老和尚舍利塔铭》发表于《弘化月刊》第 90 期。

《教育部通令采用〈中国民族女英雄传记〉》发表于《教育通讯月刊》第 6 卷第 1 期。

按：教育部训育委员会委员严济宽曾编《中国民族女英雄传记》一书，经教育部审核合于中等以上学校课外读物之用。现由教育部通令各省市教育厅局及国立中等以上学校转饬采用。

胡适《追念熊秉三先生》发表于 1 月 7 日上海《大公报》。

何其芳《吴玉章同志革命故事》发表于 12 月 30 日《人民日报》。

三、传记著作

复兴出版社编辑部编《中国历代名人录》（1—6 部）由上海编者出版。

按：是书分圣哲、英雄、将帅、文臣、忠烈、正直、节义、纯孝、名儒、经学、文苑、高人、策士、游侠、艺林 15 类，收录历代 780 位名人小传。

［美］代尔·卡耐基著、李木译《世界名人逸事新集》由上海正新出版社出版。

按：是书介绍萧伯纳、居礼夫人、斯大林、邱吉尔、艾森豪威尔、蒙哥马利、尼米兹、马歇尔、蒙巴顿、陈纳德、平克罗斯贝、赖特兄弟、马克·吐温、麦克阿瑟、萨凡奇等 26 位名人逸事。

钟能华编《中外名人逸事》由上海春明书店出版。

按:是书分国内之部和国外之部两编,每编各辑录 32 人的逸事。卷首有编者小序。

王治心、李次九编著《中国历代名人传略》(第 6 集)由上海青年协会书局出版。

按:是书收录明代至民国时期 47 位名人的传略,包括朱元璋、郑和、顾炎武、洪秀全、孙中山等。

俞凌编《历代中国名人故事》由上海国光书店出版。

按:是书收录周公、孔子、子路、子贡、管仲、李耳、墨子、孟子、萧何、马援、班超、诸葛亮、关云长、陶渊明、玄奘、郭子仪、张巡、王安石、司马光、王阳明 20 位中国古代名人小传。

夏云著《名人少年传记》由上海春明书店出版。

俞凌编《历代民族英雄故事》由上海国光书店出版。

乐观编著《佛教民族英雄传》由杭州著者出版。

杨荫深编著《中国学术家列传》由上海光明书局出版。

程俊英编《中国大教育家》由上海中华书局出版。

按:是书介绍孔子、孟子、荀子、董仲舒、马融、郑玄、韩愈、胡瑗、周敦颐、程颢、程颐、朱熹、陆九渊、王阳明、颜元、王筠、劳乃宣、张之洞、孙家鼐、张百熙、蔡元培 21 位教育家的事迹。

云南鑫文书局编《二十四孝全传》由编者出版。

按:是书收《西江月题》《大舜耕田》《文帝尝药》《曾子采樵》《子路负米》《黄永典身》等 24 则故事。

施瑛编著《文学的故事》由上海世界书局出版。

按:是书介绍屈原、司马相如、曹植、杜甫、李煜、曹雪芹等 40 位中国文学家的故事。

俞凌编《文学家故事》由上海国光书店出版。

按:是书收录《古希腊的寓言作家伊索》《饮恨作离骚自沉汨罗江的屈原》《当垆有艳妻辞赋冠六朝的司马相如》《不为五斗米折腰的陶渊明》《天才诗人酒中谪仙李太白》《充满热情的作家歌德》《跛足的革命诗人拜伦》《薄命的抒情诗人雪莱》等 23 篇介绍古今中外著名作家生平及创作的文章。

吴晗著《史事与人物》由上海生活书店出版。

按:是书分 4 部分:1.论历史上的人物,始论奴才——石敬塘父子、社会贤达考、关于魏忠贤等 6 篇。2.记述作者的好友闻一多、陶知行等 5 篇。3.读书笔记,有如《二千年间》《明太祖》《苏渥洛夫传》等 4 篇。4.回乡散记 3

篇。书中有闻一多所刻印章 6 方的印谱。

李长之著《司马迁之人格及风格》由上海开明书店出版。

按：是书分为司马迁及其时代精神、司马迁的父亲、司马迁和孔子、司马迁之体验与创作（上）——无限之象征、司马迁之体验与创作（下）——《史记》各篇著作先后之可能的推测、司马迁的精神宝藏之内容——浪漫的自然主义、司马迁的风格之美学上的分析和文学史上之司马迁等 9 章。杨正润说："在《史记》学者中，特别值得一提的是现代学者李长之(1910—1978)，他的《司马迁之人格与风格》(1947)是中国《史记》研究中最重要的成果之一。这部著作的核心内容，正如书名所显示的，是司马迁的人格和《史记》的风格，作者论析了司马迁人格形成的时代的、家庭的条件和精神的资源，考察了他人格的内涵及其在《史记》中的艺术表现。传记家的主体精神及其在传主身上的表现，是现代传记理论的核心问题，莫洛亚在 1928 年最早提出了这个问题，此后引起了西方传记理论家的注意，在一些论著中有所涉及，但是用一部专著全面论析一位伟大的传记家同其笔下许许多多传主的关系，李长之的这部著作是第一次。李长之不但熟悉中国古代文化，而且具有相当深厚的西方美学特别是德国美学的修养，他别开生面、从一个新的角度对中国最重要的一部传记作品进行了深入的剖析，把一个复杂的传记理论问题用清新、流畅的语言阐发出来，他走在传记研究的前列。"①

杜呈祥编著《卫青霍去病新传》由上海商务印书馆出版。

郭银田编著《田园诗人陶潜》由上海独立出版社出版。

沈子善编著《王羲之研究》由上海正中书局出版。

何天行编《唐太宗》由上海中华书局出版。

徐千编著《李白评传》由正中书局出版。

戚惟翰编著《李白研究》由上海中华书局出版。

按：是书分"李白的事迹""李白的人生""李白的诗歌"3 章。

梁启超等著《武训先生的传记》由上海教育书店出版。

朱天恨编《义丐武训》由北平时代儿童月刊社出版。

竺可桢等著《地理学家徐霞客》由商务印书馆出版。

郑鹤声著《郑和遗事汇编》由上海中华书局出版。

朱彦颓编《徐光启故事》由上海中华书局出版。

刘阶平著《蒲留仙遗著考略》由上海商务印书馆东方杂志社出版。

---

① 杨正润.现代传记学·导论[M].南京:南京大学出版社,2009:9.

张振珮编《左宗棠》由上海中华书局出版。

按：是书 6 章，叙述左宗棠少年时期、幕僚生活、统兵平捻军、平定新疆等事迹，并对其一生的功业加以评述。

王友乾著《大儒曾国藩》由上海前锋社出版。

按：是书 12 章，从曾国藩的家世、少年生活、所受教育、仕途经历、戎马生涯等方面论证曾国藩的儒家思想。

王栻著《慈禧太后传》由上海正风出版社出版。

俞凌编《近代中国名人故事》由上海国光书店出版。

吴泽著《康有为与梁启超》(历史人物再批判之一)由上海华夏书店出版。

丁福保著《畴隐居士自传》由上海著者出版。

蒋星德编著《国父孙中山先生传》由正中书局出版。

胡绳著《孙中山革命奋斗小史》由香港海洋书屋出版。

叶夏声著《国父民初革命纪略》由广东广州孙总理侍卫同志社出版。

首都警察学校编《领袖言行》由编者出版。

孙文书、郭镇华编《国父墨宝》由北平北方杂志社国父遗墨筹印委员会出版。

陈以益著《国父遗声纪念刊》由上海国父遗声宣扬会出版。

李家骏编著《李宗仁先生传》由上海吼声书局出版。

李伯球编《论中国革命诸问题》(邓演达殉难十七周年纪念特辑)由香港中华论坛社出版。

铁沙寒叟著《我生七十年的自白》由编者出版。

夏康农著《论胡适与张君劢》由上海新知书店出版。

王士菁著《鲁迅传》由上海新知书店出版。

朱浩怀编述《姚雨平先生革命史》由广东顺德县耀昌印务局出版。

大业出版社编《蒋经国打虎记》由上海编者出版。

曹聚仁著《蒋经国论》由上海联合画报社出版。

蔡真云编著《蒋经国在上海》由上海中华印刷出版公司出版。

文西编著《蒋经国专集》由上海励志出版社出版。

陶菊隐著《蒋百里先生传》由上海中华书局出版。

彭鄂如编《大彭名士录》由广东梅县编者出版。

按：是书共 11 章。分军事、政治、书画、工商、农医、僧道相伶、慈孝友爱、妇女、杂俎、琐闻、附录等类，辑彭氏名人略传 159 篇。

曾国杰编《抗战军人忠烈录》(第 1 集)由国防部史政局出版。

李方力编《人民解放军将领印象记》由开封豫皖苏新华书店出版。

按：是书介绍朱德、彭德怀、刘伯承、林彪、贺龙、陈毅、粟裕、王震等将领的事迹。

中国人民解放军华东军区荣军总校政治部编《荣军模范事迹选》由编者出版。

林天行编《中国政治内幕》(第 4 辑)由上海南华出版社出版。

李先良著《抗战回忆录》由山东青岛乾坤出版社出版。

东北书店编《毛泽东的故事》由编者出版。

张力等著《毛泽东的故事》由东北书店出版。

克俭等著《毛泽东的故事》由东北书店出版。

中原军区政治部辑《毛泽东故事》由编者出版。

翁文灏等著、张其昀编辑《丁文江先生》由上海华夏图书出版公司出版。

裴正庸著《自述初续》由上海振业集谊社出版。

蒋乃铺著《我的往事》(一部热烈的忠实记录)由上海华美出版社出版。

光华书店编《向韬奋学习》由黑龙江哈尔滨编者出版。

王益编《韬奋和生活书店》由山东新华书店出版。

李老校长纪念工作委员会编《李登辉先生哀思录》由上海编者出版。

白韬著《回忆陶行知先生——其生平及其学说》由黑龙江哈尔滨光华书店出版。

谢冰莹著《女兵自传》由上海晨光出版公司出版。

《人民音乐家冼星海——纪念冼星海同志逝世三周年》由武汉华中新华书店出版。

沈子善编著《王筱之研究》由上海正中书局出版。

徐盈著《当代中国实业人物志》由上海中华书局出版。

按：是书收林继庸、凌鸿勋、吴蕴初、卢作孚、赵祖康、翁文灏、范旭东、吴任之、孙越崎、钱昌照、刘鸿生、胡厥文、李烛尘、茅以升等 23 名工商实业人物的传略及轶事。

中国经济资料社编《上海工商人物志》由上海中国经济资料社出版。

中华国产厂商联合会编《实业界名人录》由上海编者出版。

卓希陶主编《知名人物的故事》由重庆宇宙出版社出版。

傅润华主编《中国当代名人传》由上海世界文化服务社出版。

江宁县文献委员会编《江宁碑传初辑》由编者出版。

谌小岑编《谌氏谱略》由编者出版。

陈威编译《苏联古今名人小传》由关东中苏友好协会出版。

王唯真译《斯大林传略》由时代出版社出版。

［苏］A·史坦因著、蒋路译《奥斯特洛夫斯基评传》由上海时代书报出版社出版。

戈宝权、林陵编《俄罗斯大戏剧家奥斯特洛夫斯基研究》由上海时代书报出版社出版。

萧赛著《柴霍甫的戏剧》由贵阳文通书局出版。

［苏］雅可福烈夫著、逸尘译《一个苏联飞机构造家的自述》由河北朝城冀鲁豫新华书店出版。

白凤著《福特奋斗史》由上海正气书局出版。

［俄］柴可夫斯基·梅克夫人著、陈原译《我的音乐生活》由上海群益出版社出版。

［挪威］塔利著、邵挺译《南北极探险家亚勉纯传》由上海商务印书馆出版。

按：是书《例言》说："本书译文，不用文言体，亦非纯粹语体，系试仿近时报纸笔法。"

孙本文著《纪念美国社会学家汤麦史博士》由国立中央大学社会学研究所出版。

［印度］甘地著、张天松译《甘地自叙传》由上海世界书局出版。

按：牛若望《序》曰："张君天松，近译《甘地自叙传》，关于甘地毕生为印度的自由解放而奋斗的生活，在他的自传中有极详尽的叙述。张君致力文化工作有年，去年他主持南京《益世报》编务时，与我朝夕相见，我们曾计划审照我国现社会的需求，拟从事著译若干有系统及有价值的专著，惜限于时间，未能实现。张君今在上海纺织界服务，仍以余暇致力写作，最近来信要我为他译的《甘地自叙传》写一篇序。我想：此书问世后，裨益读者，当不在浅，因为甘地的生活，可以作我们的师表，他的行动，可以作我们的标准；若要认识甘地毕生整个的生活、思想及行为，莫如读他的自传。张君翻译这部书的劳绩，是值得赞许揄扬的。"

佘坤珊著《莎士比亚的性格》由上海华夏图书出版公司出版。

［丹麦］乔治·勃兰兑斯著、侍桁译《拜伦评传》由上海国际文化服务社出版。

盛澄华著《纪德研究》由上海森林出版社出版。

冯至著《歌德论述》由上海正中书局出版。

［丹麦］乔治·勃兰兑斯著、侍桁译《海涅评传》由上海国际文化服务社出版。

［法］罗曼·罗兰著、傅雷译《贝多芬传》由上海骆驼书店出版。

［美］斯通著、董秋斯译《杰克·伦敦传》由上海海燕书店出版。

［英］丘吉尔著、黎瑞臣译《丘吉尔自传》由上海正言出版社出版。

［美］赫尔著、中央日报编辑部译《赫尔回忆录》由南京中央日报社出版。

马鸣编译《世界名人志》由上海大方书局出版。

按：是书以人物出生年为序，介绍达尔文、南丁格尔、巴斯德、诺贝尔、卡内基、兴登堡、爱迪生、马萨里克、柴门霍甫、泰戈尔、詹天佑、白里安、孙中山、蔡松坡、居里夫人、高尔基、甘地、列宁、罗素、巴比塞、胡佛、邱吉尔、司徒雷登、爱因斯坦、鲁迅、苏加诺、庇隆夫人等79人的生平事迹。书名前有"近世名人史略"字样。书末有编译者后记。

薛德焴编著《生物学者小史》由北平正中书局出版。

按：是书为生物学家小辞典，收录美国、英国、法国、德国、意大利、匈牙利、西班牙等国155名生物学家小传。

叶梦周编《发明家故事》由上海国光书店出版。

按：是书介绍哥白尼、牛顿、克普勒、爱迪生、法拉第、柏尔德、爱因斯坦等21位外国科学家的故事。

章铎声编著《探险家的故事》由上海春明书店出版。

按：是书记述马可·波罗、哥伦布、麦哲伦、德雷克、达伽马、柏克、斯皮克、利文斯顿等人的探险活动。

四、卒于是年的传记作者

叶为铭（1866—1948）。为铭又名叶铭，字盘新，又字品三，号叶舟，安徽新安人，居浙江钱塘。1904年与丁仁、王褆、吴隐创建西泠印社，以"保存金石，研究印学"为宗旨。著有《七十回忆录》《徽州访碑录》《叶舟笔记》《二金蝶堂印谱》《补遗广印人传》《金石家传略》《歙县金石志》《说文目》《逸园印辑》《遁庵遗迹》《松石庐印汇》等。辑有《广印人传》《再续印人小传》《叶氏印谱成目》《列仙印玩》《铁花庵印集》《叶氏丛书》，西泠印社10周年《社志》等，并编辑《西泠印社三十周年纪念刊》。

汤增璧（1881—1948）。增璧字公介，号朗卿，笔名曼华，别署撠郑、伯夔、余波等，曾化名邓诚意，江西萍乡人。早年入日本早稻田大学学习。先后参加同盟会、共进会。曾任黄兴秘书,《北平民主报》和《劳动日报》编撰,国民政府侨务委员会秘书长,后任国民党中央党史编纂委员会纂修兼秘书。著有《同盟会时代民报始末》《同盟感录》《先烈轶事》《革命汇闻》《先烈传记》《革命实录》《总理年谱》《总理年谱别录》等。

许寿裳(1883—1948)。寿裳字季茀(季黻、季市、季芾,都同音),号上遂,浙江绍兴人。早年就读绍郡中西学堂和杭州求是书院。1902 年以浙江官费派往日本留学,入东京弘文学院补习日语,与鲁迅认识,成为终身挚友。曾编辑《浙江潮》,后转入东京高等师范读书。1908 年与鲁迅一起加入革命团体光复会。次年四月回国,任浙江两级师范学堂教务长。辛亥革命后,任浙江军政司秘书。南京临时政府成立后,应教育总长蔡元培邀,任教育部金事、科长、参事和普通教育司司长,兼任北京大学、北京高等师范学校教授。1917 年冬起历任江西省教育厅厅长、教育部编审、北京女子高等师范学校校长。1925 年离校,到中山大学中文系任教授。应蔡元培之邀,赴南京任大学院参事、秘书长,后又任中央研究院文书处主任等职。1934 年北上,任北平大学文理学院院长。1937 年与周作人共同编撰《鲁迅年谱》。抗日战争爆发后,任西北联大史学系主任、商学院院长、国文系教授以及华西大学教授等职。1946 年夏应留日同学、台湾省行政长官陈仪邀请,任台湾省编译馆馆长。陈仪被撤职后,到台湾大学任教授兼国文系主任。1948 年 2 月 18 日在台大宿舍被害身亡。著有《章炳麟传》《俞樾传》《鲁迅年谱》《鲁迅的思想与生活》《亡友鲁迅印象记》《我所认识的鲁迅》《传记研究》等。传记理论文章有《谈传记文学》等。

陈布雷(1890—1948)。布雷名训恩,字彦及,笔名布雷、畏垒,浙江慈溪人。1911 年毕业于浙江高等学堂。1912 年 3 月加入同盟会,1920 年赴上海,先在商务印书馆编译《韦氏大学字典》,后任《商报》主编。后为《国闻周刊》主要撰稿人。1927 年加入国民党。历任浙江省政府秘书长、国民党中央党部秘书长、《时事新报》主编、国民党中央宣传部副部长等职。1935 年后历任蒋介石侍从室第二处主任、最高国防委员会副秘书长等职。抗日战争胜利后,任总统府国策顾问、《申报》顾问兼常务董事。1948 年 11 月 13 日在南京自杀。著有《陈布雷回忆录》《陈布雷文集》,其中有《总理逝世纪念》《回忆录》《一个回忆》《我所认识的邵翼如先生》《外舅杨先生行述》《何君育杰墓表》《临终致张道藩函》《临终致潘公展、程沧波函》《临终致陈方、李惟果、陶希圣并嘱代向中央诸友致敬函》《临终遗夫人书》《临终遗训慈、训念、叔同诸弟书》《临终遗诸儿书》《临终遗副官陶永标书》等作品。今有《陈布雷回忆录》和博瀚整理的《陈布雷自述》。

周佛海(1897—1948)。佛海原名周福篑,湖南沅陵人。早年留学日本,是旅日代表。曾是中共一大代表、党的创始人之一和中共一大的代理书记。后脱党投靠蒋介石,1926 年任中央军事政治学校秘书长兼政治部主任。1927 年任中央陆军军官学校政治总教官、军事委员会训练总监部政治训练处处长、总司令部政治部主任等职。1929 年后,历任国民党政府训练总监部政治训练处处长、江苏省政府委员兼教育厅长。1931 年当选国民党第四届中央执行委员。1935 年任国民党中央党部民众训练部长,1937 年后出任蒋介石侍从室副主任兼第五组组长,国民党中央宣传副部长、代理部长等职。抗战期间又改投汪精卫,先后任伪财政部长、伪军事委员会副委员长、中央政治委员秘书长等要职,后又任伪行政院副院长,伪中央储备银行总裁、伪警政部长、伪清乡委员会副委员长、伪物资统制审议委员会委员长、伪上海特别市市长等职务。1946 年 11 月被国民党南京高等法院以"通谋敌国、图谋反抗本国"罪判处死刑。1947 年经蒋介石签署特赦,改判无期徒刑,1948 年 2 月因心脏病死于狱中。著有《回忆与前瞻》《我的奋斗》《周佛海回忆录》《周佛海日记》等传记作品。

己丑　1949 年

一、传记评论

胡适 10 月 9 日夜作《致沈亦云的信》,祝贺沈亦云《亦云回忆》完稿,谈了读后的感想。

按:胡适说:亦云夫人:承您许我先读《回忆》的《自序》,又得读《塘沽协定》诸章的原文,十分荣幸,十分感谢! 这半个月以来,我天天想写信给您,总没有安定的心情;直到今天,勉强写这信,一定不能表达我想说的话。

我要首先向您道贺:贺《回忆》的写成,贺您这一件心事的完成。我在这三四十年里,到处劝朋友写自传,人人都愿意,但很少人有这闲暇,有这文学修养,更少人能保存这许多难得的"第一手"史料,所以很少人能够写出像您这样有历史价值的回忆录。所以您的稿本的写成是真值得庆贺的。自序写得很好,我读了很感动。第一段叙述乱离时保存材料的困难,使我想起李清照的《金石录后序》。您说:"我岂可以此不急之物分人逃生之地?"这是很感人的一句话。

《自序》写"属稿时"的心理与方法,也说的很动人。您批评中国新史家好像有心"回避"现代史的题目,并且指出:"教科书中所见,……对国难尤多责人之言。……我们自己岂无一点责任?"正因为有许多人至今还不肯负"一点"国难的责任,所以现代史的材料至今还没有出现,所以现代史至今还是被"回避"的题目。我盼望您的《回忆》的出世可以引起别人的仿效,把他们长久收藏的史料发表出来,把他们的追忆或回忆也写出来。

史料的保存与发表都是第一重要事。我看了您几卷稿本之后,我的感想是:亦云夫人这部《回忆》的第一贡献在于显示保存史料的重要,第二贡献在于建立一种有勇气来发表真实的现代史料的精神。保存了真实史料而没有机会发表,或没有勇气发表,那岂不是辜负了史料? 岂不是埋没了原来保存史料的一番苦心? ……您说:"我所记者,偏于我一家的事,……区区之心,向现代史家交卷,拥护研究现代史的风气。"我很热诚的欢迎您的"交卷",很热诚的佩服您发表这许多现代史料的勇气。这样的"交卷",才是"拥护研究现代史的风气"。这就是替中国现代史树立一个很好的榜样了。①

寒曦《如何选择传记人物》发表于《人物杂志》第 1 期。

按：文曰：近年以来，传记作品已是普遍流行的读物了，然而有关传记理论的书籍却寥寥可数，中国关于这方面的著作，则更属罕睹。笔者数年以来，舌耕之余，较多暇晷，对于许多传记理论问题，深感兴趣，颇拟提出与同好人士共加研讨。

在许多理论问题中，传记主题的选择，即传记人物的选择，也是一个重要的问题。风景画家决不随意写生，他必先从各个不同的角度，多方观察，然后决定取景；小说家也不随意选择小说人物。传记以人物为对象，人之不同，有如恒河砂数大小方圆迥异，自然也应有所选择，而且这种选择工夫在传记家也许是更其重要的。传记家在选择时究应遵循哪些法则？他应以伟大人物为对象，抑否人物本身的伟大与平凡是无关紧要的？他是否对于某些人物应该避免采用？以往的传记作品怎样选择主题，能给我们多少启示？这些问题就是本文拟加讨论的。

我们先来谈谈传记人物应否是伟大人物的问题，这是一个颇滋争论的问题。英国传记名家李席利认为传记人物是"应具伟大性的"，但是他对于"伟大性"之涵义，未详阐释。近代传记名家莫鲁华也具同感，他说得非常清楚："一个具有某些崇高行动的人物——不管他是帝王、将军或诗人的特殊荣誉，他的人格失去普通人具有的模糊的复杂性，而获得不纯是人为的统一性。伟大人物——帝王常常并不伟大——受自身使命的鞭策，不自觉地把生活形成艺术品，变成大家所希望于他的人物。因此他获得一种近乎雕像的性质，而成为艺术家的良好的模特儿。这种性质虽是他所愿望的，而实在是不由自主且与其本性毫不相干的。我相信史屈拉琪不是随便选择维多利亚女皇为主题的；她如不是女皇，而是一个有趣的老妇人，她不能具有她的非凡的和生动的诗意，只有由女性的性格与女皇的地位才能综合表现的。"这一段话是动人的，但不大正确。女皇的地位足以增加人物的伟大性，这种意见是难于理解的，帝王固然大抵未必伟大，将军、诗人或其他名流也未必人人伟大，法国的圣君路易十四现在尽人皆知是荒淫无能的人，维多利亚也早有人批评过："设无维多利亚存在，维多利亚王朝大体上恐依然一样的，她学识浅薄。"（引自克鲁斯教语）只能欣赏二流作品，而且"在她王朝之末代，她的权力是英国历史上最弱的"。我们读史屈拉琪的《维多利亚女王传》的

---

① 耿云志，李国彤.胡适传记作品全编：第四卷［M］.上海：东方出版中心，1999：287－290.

印象,倒不是其人的伟大,而是感到一个平凡人物,倘若时机凑巧,也有巨大的成功。大家赞扬史屈拉琪的作品,也就在于他暴露所谓"伟大人物"的未必伟大。而且人物是矛盾的统一体,因此传记也应是同时表现"复杂性"与"统一性"的艺术作品。那种夸大强调"统一性"——表现"雕像的性质"的作品,就把传记人物写成"雕像",使读者几乎不敢想像他是一个一如你我的真人了。这种传记就违反了传记的基本条件——传记应为真实的写照。这是现代传记作家,连莫鲁华在内,最所反对的。

况且,一个新的时代正在开始,现代人民与其祖先具有不同的价值观念,对于个人与群众以及个人与对历史的作用也有新的了解。因此,在今日看来,倘若传记家能分析一个平凡人物的生活,这种分析的结果可能比凯撒的生活还更美丽和丰富;卡莱尔早就给我们证据,史特林并非名人,而《史特林传》谁也不能否认是一本好的传记,其中也不合"伟大成分的存在"。现代人民毋宁同意徐华甫的意见,他说道:"传记家应该设法使一个平凡的演员的生活和莎士比亚的生活具同等价值,我们乐于知道亚历山大的鸡胸或拿破仑前额的短发,这实在是一种卑劣的本能。摩那里沙的微笑(按指文艺复兴时代达文西的名画)我们不知是谁(也许是一个男性面孔),却是更神秘的。东方北斋派(按指日本浮世绘的一种)画中的歪面孔引起我们更大的美感。假定我们具备博士威尔与奥伯拉的技巧,我们一定不去描写当代的名流,或过去的伟人,而宁小心地描述普通人物,不管他是伟大,平凡或甚至一个罪犯。"当然,我们还得承认,写一个无名人物的传记远比大家熟悉的人物困难得多,古代的无名人物自不必谈,他的事迹少为人知,他也许没有遗留任何日记、书信与作品,或他人写下有关他的文字,在这种情形之下,传记家从何获得材料? 就是当代的人物,除非作者与此人异常熟悉,并能获得与其有关的全部材料,他也就无法着笔。困难还不止此,作者爱读传记的一个理由,是他可以向传记人物学习,一本传记能够告诉林肯怎样从一个乡村教师而走向白宫,罗斯福怎能藉意志忍受十年的小儿麻痹症,就使读者获得了许多的教训。然而一本无名人物如史特林的传记,就像大家自己的平凡生活一样,读者除了得到感情上的安慰,还有什么可以鼓励和学习的呢? 而且古今多少的传记作品,那为大家普遍爱诵的岂不是伟大人物的传记吗? 可是,这一层困难还是可以克服的,前面已经说过,现代读者的趣味渐渐改变了,最近数年流行的好几本传记都不是名人的传记,而且我们现在有许多较为平凡人物的传记,而很少几本可以诵读的,这原因还是由于传记家的缘故。传记家也一如常人喜走"抵抗力小"的路,还少有伟大的传记家,像卡莱尔那样悉心，来写一本平凡人物的传记。所以，传记人物应否是伟大人物，不应再是一个严重的问题了。

在选择传记人物时还有一个问题，就是多数传记家认为血缘太近的人不宜作为对象，中国人的"行述"一类的作品是大家所熟悉和厌恶的，欧美的习俗也相似。自十九世纪以来，较有地位或声望的人死去，他的亲属或牧师就有替他写下传记的义务，这种传记照例是不堪卒读的。有人说过"英语文学中还没有一本妻子替丈夫写的好传记"。丈夫对妻子的情形亦复类似——父子之间也是难于书写的，这原因也很简单，传记应该是个人的真实的"历史"，因此写来必须非常客观，而对于自己骨肉亲属就很难做到。传记又是艺术作品，作者必须具有美感的距离，而自始至终保持这点距离也是难的。何况作者即便能够做到，读者又岂肯相信？在说到优点的时候，他们认为有偏袒的嫌疑；而坦白指出缺点或过失，却更与社会的伦理观念冲突了。所以，这种工作最好还是让给别人做吧！假定一定要写的话，小达尔文的榜样是可以学习的，他搜集达尔文的书信与日记，另外依照回忆简单写下一些事实！或者像克罗斯那样，他在出版自己妻子——埃里阿特的书信与日记时，除了必要的注解，毫不加情感的叙述。不过这种材料严格说来，并非传记而已。另一方面，血缘关系较远，譬如叔侄或其他亲属关系，作者既可减少这种判断的错误，而又能具有传记写作必须的同情的态度。这种作品当是成功的，洛克赫的《司各脱传》与罗达的《巴斯特传》，都是大家熟知的。

此外，有些传记家选择传记人物，是想发抒自己的情感。莫鲁华认为传记一如小说，可以作为作者发泄情感的手段。他分析自己的作品，因为要谴责自己的青年时代的浪漫情绪，而写雪莱的传记！他又写迪司里利的传记，藉以说明自己向往的政治理想——"民主的保守主义"。"这种充分尊敬传统精神和人类以往成就，同时留意大众幸福和爱好渐进改革的综合的思想。"这种方法也是应该慎审采用的。莫鲁华的传记为人批评太小说化了，即属此故。因为这种选择最大的危险就是有时把传记人物"作者化了"。可是，传记家倘能尊重事实，且不忘保持那点必须的美感距离，也仍然可以写成一本美好的传记。

最后，我们可以看看古今传记名家如何选择主题。传记之祖——布鲁特克（希腊传记家）的人物都是古代的征服者和统治者。瓦查利（意大利雕刻家与传记家）的时代，古代的帝国已经灭亡，艺术是当时的好尚，故他的人物都是画家、雕刻家与建筑家。十七世纪是中古宗教思想笼罩的时代，华尔顿（英国传记家）的人物都是些虔诚著名的教士。十八世纪，约翰生博士才第一次写了有关文人的传记,这就是他的《英国诗人生活》。在这以前,任何知名的文人如莎士比亚、卜尔,与菲尔丁都无传记的。继以出现的博士威尔的《约翰生行述》是第一次详细描写一个文人的传记。嗣后,我们才有了各种人物的传记。以致廿世纪,几乎只要有钱,就可以请人写一本附录从幼到老死的照片的传记。从此,我们也可以看出,传记主题是逐渐的扩大其范围了。至于以自己为对象,这是自传的问题,篇幅所限,容再为文讨论。

黄茅《略论崇祯皇帝》发表于《人物杂志》第1期。

林异子《萧乾再观察》发表于《人物杂志》第1期。

鸣芜《关于鲁迅传记剧问题》发表于《人物杂志》第1期。

按:文章说:自五四运动到现在,新文艺的各部门都有了飞速地进展,唯传记文学一门,却被文艺工作者冷落了。不仅无质可言,连量也少得几乎等于没有。从汉代起,传记是历史学的一部门,如司马迁的《史记》、班固的《汉书》,可说是这种历史章法的鼻祖,也是写得较有生色和较有文艺色彩的重要著作。除此以外,传记文学就似乎显得很贫乏,甚至谈不上了。近年来我们在《人物杂志》上,不断读到张默生先生不少的传记作品(张氏并有《异行传》第一、二集出版),令人无限兴奋。又听说张先生正从事传记文学更高深的研究,那么,我们希望不久的将来,有一部伟大如鲍斯威尔的《约翰生博士传》的巨作出版,同时也企求唯一刊载"人物"的《人物杂志》能不断地、永久地多多发表一些富有文学与史学价值的传记作品。

在我国值得传记的人物,当然不少,这里我特别想起一个众所周知的人物,这就是一代文豪鲁迅先生。固然,关于鲁迅先生的传记及其资料,从专书到零篇散章,不能说是太少,可是谁也不能否认均离理想完善的《鲁迅传》尚远。譬如小田岳夫和王士菁的《鲁迅传》,文艺价值都很有限,因此,我想在历史和艺术的双重要求下提出鲁迅传记剧问题。

胡风曾经说:"鲁迅先生逝世以后,中国人民以及俄、英、美、日的文化人中时有涌起的哀悼的狂潮,使得许多人瞠目结舌。因为那明显地表现出了他不仅是一个领导的作家,一个勤恳的学者,而且是一个思想战士,一个人民领袖,一个哲人,一个圣者。"我们从先生二十巨册译著看起来,哪一篇,哪一句,甚至哪一个字不是为着人类的幸福与自由而写下来的呢?现在他死去了十多年了,虽说他所散播的种子,已经在中国的土地上生长发芽,而且一个人倒下去了,千千万万的人又继了起来!然而,正因为这样,也有少数披着人皮的"狐狸"们,企图将他的遗骸拖起来鞭打,禁止读他的书,留难关于研究他的文章,连他再版的遗作也被大段小节凌迟碎剐……正因为这样,我们更应该努力将鲁迅一生光辉的事迹,搬上银幕,搬上舞台,搬至大庭广众中。(这在目前的环境中,也许是不可能的事,但鲁迅传记剧的写作,则不能不希望现在就开始。)

关于伟人传记剧的例子,在国外颇为不少,譬如政治人物,在美国有《威尔斯总统传》,苏联有《伊凡列传》;关于文艺作家,美国有天才的社会作家《怪杰伦敦传》,又有美国华纳公司出品的法国文豪《左拉传》,此外如叙述波兰革命音乐家肖邦一生的有《一曲难忘》。关于科学家的,则有著名的《居里夫人传》等,无一不是辉煌的例子。诚然,近来我们也有不少历史人物被剧作家写成了专集,譬如岳飞、文天祥,甚至孔夫子等,其中尤以郭沫若先生将屈原、夏完淳(《南冠草》)的搬上舞台,获得了广大的反响,而且鲁迅先生的作品《阿 Q 正传》等也曾经搬上过舞台,然而作为近代中国的伟大文豪鲁迅先生,却还没有人来为他写过剧本,这不能不令人引为最大的遗憾。

关于闻一多先生一生的事迹,据说也有人在从事剧作了。那么,我们希望剧作家们千万不要忘记了鲁迅先生,应该赶快开始这同样伟大的工作。我们知道一位真正伟大人物的事迹,实在有着表彰于后世的必要,只靠历史的记载与形式的纪念是还不足够的。以鲁迅先生为例,我们应该使他的事迹、言语、精神、人格"活现"于广大的群众之前,让大家更深切地认识他,学习他,并踏着鲁迅先生的足迹,继续为中国的民主与文化事业而努力,而奋斗。只有这样,才能永远击退一切狐狸苍蝇,使它们明白:公理永在,正义永存,人民及一切人民英雄永垂不朽!

林异子《时人述评:论梁漱溟》发表于《人物杂志》第 3—4 期。

公盾《致力于甲骨文研究的学人们》发表于《人物杂志》第 3—4 期。

陈学昭《关于巴尔札克和他的〈伏德昂〉》发表于《文学战线》第 2 卷第 1 期。

[苏]列兹内夫作、周立波译《梭罗诃夫论》发表于《文学战线》第 2 卷第 2 期。

胥树人《论普式庚的创作》发表于《文学战线》第 2 卷第 4 期。

茅盾《学习鲁迅与自我改造》发表于《新华月报》第 1 卷第 2 期。

冯雪峰《鲁迅创作的独立特色和他受俄罗斯文学的影响》发表于《人民文学》第 1 期。

顾伟议《陆放翁的家学渊源》发表于《文艺复兴》(中国文学研究号下)。

汪浚《吴承恩与〈西游记〉》发表于《文艺复兴》(中国文学研究号下)。

何融《齐竟陵王西邸及其学士考略》发表于《国文月刊》第 77 期。

陈寅恪《白乐天之思想行为与佛道之关系》发表于《岭南学报》第 10 卷第 1 期。

孙楷第《元曲家考略》发表于《燕京学报》第 36 期。

王钟翰《清世宗夺嫡考实》发表于《燕京学报》第 36 期。

李水清《〈西厢记〉的题材渊源与王实甫的世界观》发表于《文学研究与批判集刊》第 1 册。

郭沫若《人民的普希金》发表于 6 月 6 日《人民日报》。

戈宝权《伟大的俄罗斯诗人，普希金的生平和事业——纪念普希金诞辰一百五十周年》发表于 6 月 6 日《人民日报》。

严苹《安息吧，爸爸》发表于 6 月 12 日《人民日报》。

赵英《追悼严朴同志——我的爱人》发表于 6 月 13 日《人民日报》。

谢济邦《伟大的苏维埃人民作家——高尔基逝世十三周年纪念》发表于 6 月 18 日《人民日报》。

艾青《俄罗斯人民的普希金》发表于 6 月 21 日《人民日报》。

瞿维《纪念新音乐的开路先锋——聂耳同志》7 月 17 日发表于《人民日报》。

王子雄《从悼念季米特洛夫想起》发表于 7 月 28 日《人民日报》。

严希纯《苏联伟大科学家巴夫洛夫的诞生百周年纪念》发表于 9 月 26 日《人民日报》。

陆志韦《巴夫洛夫先生百年生日》发表于 9 月 26 日《人民日报》。

孙国华《巴夫洛夫与心理学》发表于 9 月 26 日《人民日报》。

陈友松《巴夫洛夫对于教育学的影响》发表于 9 月 26 日《人民日报》。

赫葆源《巴夫洛夫心理实验的简单介绍》发表于 9 月 26 日《人民日报》。

张锡钧《念巴夫洛夫先生》发表于 9 月 29 日《人民日报》。

罗常培《从厦门解放引起的感想——为鲁迅逝世十三周年纪念作》发表于 10 月 26 日《人民日报》。

徐放《纪念冼星海同志》发表于 10 月 31 日《人民日报》。

二、单篇传记

木风《美国人民的歌唱皇后伊黛斯》发表于《人物杂志》第 1 期。

应人《女教师莱奥诺娃》发表于《人物杂志》第 1 期。

袁苍生《牺牲自己的袁淑蕙》发表于《人物杂志》第 1 期。

尚土《哲学家沈有鼎像赞》发表于《人物杂志》第 1 期。

潘作《王云五"四百万"起家的秘密》发表于《人物杂志》第 1 期。

宪鹤《自由主义者的朱哲夫教授》发表于《人物杂志》第 1 期。

央廉《托尔斯泰和他的夫人》发表于《人物杂志》第 1 期。

施贻《为民主与科学奋斗一生的赵符湘》发表于《人物杂志》第 1 期。

易琼《故事先生——李有行》发表于《人物杂志》第 1 期。

李黎《摩登和尚——巨赞法师》发表于《人物杂志》第 1 期。

朱微《陈永寿这个青年》发表于《人物杂志》第 1 期。

廖峻孚《电信班长姜先齐》发表于《人物杂志》第 1 期。

夷民《我的父亲李有才》发表于《人物杂志》第 1 期。

杨亚宁《不朽的平民段赤城》发表于《人物杂志》第 2 期。

关子诚译《思想家·政论家查阿达耶夫》发表于《人物杂志》第 2 期。

林异子《朱光潜的"策士"面目》发表于《人物杂志》第 2 期。

潘作《"哈罗"英雄陈纳德》发表于《人物杂志》第 2 期。

张友松《自我介绍与自我批判:我的回顾与前瞻》发表于《人物杂志》第 2 期。

公盾《历史人物:苏格拉底临刑前的演讲》发表于《人物杂志》第 3—4 期。

杨亚宁《叛逆的领袖杜文秀》发表于《人物杂志》第 3—4 期。

黄茅《汉奸洪承畴的"轶事"》发表于《人物杂志》第 3—4 期。

公盾译《拿破仑的死》发表于《人物杂志》第 3—4 期。

韧公《少帅·诗人·史家张学良》发表于《人物杂志》第 3—4 期。

蔚青《"倒孔""尊孔"与胡适》发表于《人物杂志》第 3—4 期。

央廉《士兵诗人西蒙诺夫》发表于《人物杂志》第 3—4 期。

施贻《作家刘盛亚》发表于《人物杂志》第 3—4 期。

栖霞《教育·学术,人民教育家黄齐生先生》发表于《人物杂志》第 3—4 期。

叶容《创导心理卫生运动的比尔士》发表于《人物杂志》第 3—4 期。

绍宁《政治家的父亲》发表于《人物杂志》第 3—4 期。

［苏］威雅里克作、文戎译《高尔基与杜思退夫斯基》发表于《文学战线》第 2 卷第 1 期。

陈寅恪《白乐天之先祖及后嗣》发表于《岭南学报》第 9 卷第 2 期。

鲁迅《鲁迅书简补遗——给李小峰的三十六封信》(续)发表于《青年界》新第 6 卷第 5 期。

许钦文《逃难过年记》发表于《论语半月刊》第 170 期。

曾今可《四十年来逃难记》发表于《论语半月刊》第 170 期。

弘贤《记冯玉祥二三事》发表于《论语半月刊》第 171 期。

铭心《阿毛校长列传》发表于《论语半月刊》第 171 期。

曾今可《四十年来逃难记》(续)发表于《论语半月刊》第 172 期。

邵洵美《逃亦有道》发表于《论语半月刊》第 173 期(逃难专号)。

许钦文《有难逃不得》发表于《论语半月刊》第 173 期(逃难专号)。

何芳洲《再论逃难》发表于《论语半月刊》第 173 期(逃难专号)。

仓圣《走或不走》发表于《论语半月刊》第 173 期(逃难专号)。

双红《走为上着》发表于《论语半月刊》第 173 期(逃难专号)。

姜晓峰《逃难稽古篇》发表于《论语半月刊》第 173 期(逃难专号)。

彭学海《逃难然后见要人》发表于《论语半月刊》第 173 期(逃难专号)。

方之夫《在危楼》发表于《论语半月刊》第 173 期(逃难专号)。

无鬼《逃到现在》发表于《论语半月刊》第 173 期(逃难专号)。

铭心《希魔逃难记》发表于《论语半月刊》第 173 期(逃难专号)。

紫邨《除夕逃难记》发表于《论语半月刊》第 173 期(逃难专号)。

庄一鸣《逃难吟》发表于《论语半月刊》第 173 期(逃难专号)。

言燕堂《应变书札之一》发表于《论语半月刊》第 173 期(逃难专号)。

金马《话说逃难到香港》发表于《论语半月刊》第 173 期(逃难专号)。

黄转陶《从上海逃到台湾》发表于《论语半月刊》第 173 期(逃难专号)。

频迦《独筑疏散追忆》发表于《论语半月刊》第 173 期(逃难专号)。

徐蔚南《论"逃难专号"及其他》发表于《论语半月刊》第 174 期。

孔吼《某公的日记》发表于《论语半月刊》第 174 期。

应寸照《我之逃难》发表于《论语半月刊》第 174 期。

鹃鹃《逃难闲话》发表于《论语半月刊》第 174 期。

薛燕南《逃难随笔》发表于《论语半月刊》第 174 期。

江流《一个被虐待的女性》发表于《现代妇女》第 13 卷第 1 期。

胡绣枫《悼许啸天先生》发表于《现代妇女》第 13 卷第 1 期。

鲁沙白《张瑞芳女士访问记》发表于《现代妇女》第 13 卷第 2 期。

艾芜《海——回忆录之一》发表于《文潮月刊》第 8 卷第 1 期。

臧克家《关于〈泥土的歌〉的自白》(作家自白)发表于《文艺生活》第 10—11 期。

金丁《郁达夫的最后》发表于《文艺生活》海外版第 13 期。

魏金枝《对于〈活路〉的自白》发表于《小说月刊》第 3 卷第 3 期。

魏连珍《一个工人剧作者的自述》发表于《文艺报》第 1 卷第 12 期。

邓慕韩《广东首义二烈士事略》发表于《新生路月刊》第 16 卷第 4 期。

吕燮文《一个中学教师的自白》发表于《中华教育界》第 3 卷第 10 期。

张健《略谈陶行知先生的生平和事业》发表于《东北教育》第 4 期。

谢冰莹《中国作家回忆录之五：胡适与新诗》发表于《中国新闻》第 5 卷第 8 期。

徐慧棠《艾森豪威尔欧战回忆录》发表于《袖珍杂志》第 2 期。

张仲实《列宁的生平》发表于《中苏友好》第 1 卷第 3 期。

朱少滨《七十自述》发表于《狂飙月刊》第 3 卷第 1 期。

费丁娜《一个女共产党员的自白》发表于《家》第 46 期。

冯自由《彭家珍事略》发表于《国史馆馆刊》第 2 卷第 1 期。

靳铎《生平第一次》发表于《展望》第 4 卷第 24 期。

［苏］里萨宛柯作、鲁丁译《伟大的果树栽培改革家米秋林的生平与他的功绩》发表于《友谊》第 5 卷第 1—2 期。

蕴《留美受训回忆录》发表于《中国海军》第 2 卷第 1—2 期。

刘东生《魏敦瑞小传》发表于《地质评论》第 14 卷第 1—6 期。

再进《海登小传》发表于《科学时代》第 4 卷第 6 期。

朱庭祜《叶良辅先生事略》发表于《科学》第 31 卷第 11 期。

张孝伯《钱名山之生平》发表于《永安月刊》第 117 期。

李月浦《智慧上人传》发表于《觉有情》第 10 卷第 2 期。

朱汝珍《万善人传》发表于《觉有情》第 10 卷第 4 期。

漫文《自传》发表于《佛教人间》第 2 卷第 2、3、4 期合刊。

显玉《邵福宸居士略传》发表于《佛教人间》第 2 卷第 2、3、4 期合刊。

演本《译经法师昙无谶传》（一）发表于《佛教人间》第 2 卷第 5 期。

演本《译经法师昙无谶传》（二）发表于《佛教人间》第 2 卷第 6 期。

丁玲《西蒙诺夫给我的印象》发表于《新华月报》第 1 卷第 2 期。

曹建培《回忆陶行知先生教育事业》发表于《新华月报》第 2 卷第 10 期。

《冯裕芳先生略历》发表于 2 月 9 日《人民日报》。

《严朴同志传略》发表于 6 月 10 日《人民日报》。

［苏］赛列勃洛夫作、劳荣译《人——回忆高尔基之一》发表于 8 月 16 日《人民日报》。

李德全《冯玉祥先生遇难经过》发表于 9 月 1 日《人民日报》。

光未然《冼星海同志回忆录》发表于 10 月 30 日《人民日报》。

江山《回忆柯席乌洛夫先生》发表于 12 月 9 日《人民日报》。

三、传记著作

戴濬编著《管子学案》由上海正中书局出版。

按：书前有胡朴安、程善之序辑作者自序，书末附有《管子书目考》。

宛敏灏著《张于湖(孝祥)评传》由贵州贵阳交通书局出版。

吴晗著《朱元璋传》由上海新中国书局出版。

按：作者撰写是书前后经过了 20 年，出版过 4 种本子。1943 年，他在昆明西南联大任教，应友人的邀约，用两个月的时间，编写出一本《由僧钵到皇权》(又名《明太祖》)的历史通俗小册子，只有 8 万字，两家出版社 1944 年同时出版，重庆在创出版社以《由僧钵到皇权》书名出版，重庆胜利出版社以《明太祖》书名出版。4 年后，他修改完成 16 万字的第二个本子，书名改为《朱元璋传》。1954 年修改为第三版，是油印本，1964 年又重新改写，出版第四版。

吴泽著《儒教叛徒李卓吾》由上海华夏书店出版。

朱贞木著《闯王外传》由上海元昌印书馆出版。

范文澜著《汉奸刽子手曾国藩的一生》由西北新华书店出版。

秦牧著《洪秀全》由上海新中国书局出版。

朱羲冑述编《春觉斋著述记》由上海世界书局出版。

朱羲冑述编《贞文先生学行记》由上海世界书局出版。

朱羲冑述编《林氏弟子表》由上海世界书局出版。

周哲著《孙中山》由上海生活·读书·新知联合发行所出版。

罗光著《陆徵祥传》由香港真理学会出版。

冯玉祥著《我所认识的蒋介石》由上海文化供应社出版。

陈布雷著《陈布雷回忆录》由上海廿世纪出版社出版。

燕青编《中共人物小史》由上海新潮出版社出版。

[美]斯诺(原题史诺)笔录、毛泽东口述、天明译《毛泽东自传》由上海文孚出版社出版。

[美]斯诺(原题施诺)笔录、范萍译《毛泽东主席自述小传》由上海新时代书社出版。

毛泽东著、张尚志编辑《毛泽东自传》由上海三风书局出版。

文献出版社编委会编《访问毛泽东记》由上海文献出版社出版。

第二野战军政治部编《毛主席到了北平》由人民战士出版社出版。

米谷著《少年毛泽东(1893—1905)》由香港新民主出版社出版。

大舵出版社编《人民领袖毛泽东》由编者出版。

萧三编述《毛泽东同志的青少年时代》由北平新华书店出版。

萧三著《毛泽东同志的儿童时代、青年时代与初期革命活动》由无锡苏南新华书店出版。

朱德著《朱德总司令自传》由新生出版社出版。

萧三著《朱总司令的故事》由江苏无锡苏南新华书店出版。

张尚志编辑《朱德与红军》由上海三风书局出版。

何其芳著《吴玉章同志革命故事》由苏南新华书店出版。

刘芝明、张如心等著《萧军思想批判》由大连东北书店出版。

按:是书收《中共中央东北局关于萧军问题的决定》和《东北文艺协会关于萧军及其〈文化报〉所犯错误的结论》,以及刘芝明、张如心、丁玲、徐懋庸等的批判文章。

刘芝明、张如心著《反对萧军思想　保卫马列主义》由太岳新华书店出版。

刘芝明著《关于萧军及其文化报所犯错误的批评》由北平华北大学出版。

姜建邦著《张亦镜生平》由上海中华浸会书局出版。

理真编《虚云禅师事略》由上海大雄书局出版。

白韬著《陶行知的生平及其学说》由上海生活·读书·新知上海联合发行所出版。

柳无忌编《曼殊大师纪念集》由上海正风出版社出版。

黄鸣岐编著《苏曼殊评传》由上海百新书店出版。

陈从周编《徐志摩年谱》出版。

胡适、黎锦熙、邓广铭编《齐白石年谱》由上海商务印书馆出版。

按:胡适《齐白石年谱序》说:"民国三十五年(一九四六)秋天,齐白石先生对我表示,要我试写他的传记。有一次他亲自到我家来,把一包传记材料交给我看。我很感谢他老人家这一番付托的意思,当时就答应了写传记的事。那时我新从外国回来,一时腾不出时间来做这件工作。到民国三十六年(一九四七)暑假中,我才有机会研究白石先生交来的这些材料。……我读了这些材料,很喜欢白石老人自己的文章。我觉得他记叙他的祖母,他的母亲,他的妻子的文字(那时我还没有看见他的《祭次男子仁文》)都是很朴素真实的传记文字,朴实的真美最有力量,最能感动人。他叙述他童年生活的文字也有同样的感人力量。他没有受过中国文人学做文章的训练,他没有做过八股文,也没有做过古文骈文,所以他的散文记事,用的字,造的句,往往是旧式古文骈文的作者不敢做或不能做的!""《齐白石自述编年》是我在民国三十六年八月写成的。我把一本清抄本送给白石老人自己审查批评。我的原稿留在我家里,预备黎劭西回到北平时我要送给他看,请他添补改削。劭西回湖南去了,直到民国三十七年(一九四八)四月才回北平。他和白石老人都是湘潭县人,两家又有六七十年的亲切交谊。所以我早就打定了主意,这部《白石年谱》必须得着劭西的批评订补。他回到北平不到两个月,我就把我的原稿送给他,很诚恳的请求他同我合作,完成这件工作。黎劭西先生费了半年的工夫,添补了很多的宝贵材料,差不多给我的原稿增加了一倍的篇幅。他的最大贡献,至少有四个方面。第一,他时常去访问白石老人和他的儿子子如先生,他的女儿阿梅女士,从他们的口头手头得着不少资料,可以订正我的错误,解答我的疑问,补充我的不足。最重要的是查得白石老人因为相信长沙舒贻上替他算的命,怕七十五岁有大灾难,自己用'瞒天过海法'把七十五岁改为七十七岁!这一点弄明白了,年谱的纪年才可以全部改正。白石老人变的戏法能够'瞒天',终究瞒不过历史考证方法!第二,劭西最熟悉湘潭一带的文物掌故,又熟悉白石老人做木匠时代的生活,故他不但替我注释了胡沁园、陈少蕃、萧芗陔、文少可诸人的名号事迹,并且用了许多有趣味的资料,把那个'芝木匠'时代的生活写的很充实,很生动,使我们明了当年湘潭一带的艺术文化背景,使我们知道天才的齐白石也受到了那个历史背景的许多帮助。第三,劭西对于绘画与刻印,都比我懂得多多,所以他能引用一些我不知道的文件来记叙白石在这两方面的经验与成就。特别是在学习刻印的经过,劭西的增补最可以补充我原稿的贫乏。第四,劭西有终身不间断的日记,他用了他的日记来帮助考定许多白石事迹的年月。他在自序里曾说他将来也许还可以从民国十三年以后的日记里寻出一点新材料来给《白石年谱》做'补遗'。我盼望他不要忘了这件补遗的工作。劭西把他订补的《白石年谱》送给我看,那时已是民国三十七年(一九四八)十一月了。我又请我的朋友邓恭三(广铭)先生把全稿拿去细看一遍。邓先生是史学家,曾作过陈龙川、辛稼轩的传记。他和他的夫人,他的大女儿,都曾校读过我的《白石自述编年》初稿。恭三看了劭西订补本之后,来问我为什么不曾引用八卷本《白石诗草》的材料。我竟不知道白石自写影印的《借山吟馆诗草》一卷之外,还有一部八卷本《白石诗草》!劭西见我引用了

《白石诗草自叙》，他猜想我必定已见了《诗草》全部，所以他也没有覆检这八卷《诗草》。我请恭三放手做订补的工作。他不但充分引用了《白石诗草》里的传记资料，他还查检了王闿运的《湘绮楼日记》《湘绮楼全集》，和瞿鸿禨、易顺鼎、陈师曾、樊增祥诸人的遗集。他还没有做完这部分工作，我已离开北平了。在民国三十八年(一九四九)开始的几天，恭三夫妇和他们的大女儿可因分工合作，抄成这一部《白石年谱》的定本，迢远的寄给我。这本《白石年谱》大概不过三万字，是黎劭西、邓恭三和我三个人合作的成果。我们三个人都是爱敬白石老人的，我们很热诚的把这本小书献给他老人家。"

按：黎锦熙《齐白石年谱序》说："我从四岁时就跟着齐白石先生一块儿在家乡玩儿，一直到现在，有五十五年之久的关系，所以胡适之先生让我参加撰定他的年谱，真所谓义不容辞，责无旁贷。胡先生于民国三十六年八月已写定初稿四册，那时我正因事离开北平，到三十七年四月才从湘返平，六月胡先生把全稿交给我，我读过之后，心想：第一，所据白石《自述》材料的本身偶有错误，胡先生多用考证的方法发现出来，最好就请白石先生本人在原有材料上自行改正。第二，原有材料实在还有不够的，更需要他自己'用喉舌代纸笔'，即如他学画和刻印的过程，他的生活和他的艺术进展的关系，我虽然也略知道一些，可是并非本行，还得向他做个较长时间的访问。因此，从七月起，过门辄入，促膝话旧，经过半年，就胡先生的原稿随手订补。但是，年纪快到九十岁的白石老人，回忆往事，每不能记为何年。有时先后差上十几年他也不在乎。……于是我把我的日记来做旁证的材料，凡关于白石先生的记载，打算都摘下来，酌采注入他的年谱中。可惜我这个工作没有彻底做好，因为从癸卯至今四十五年间大小数十册的日记，并且从民国十一年起改用注音符号写的，从民国十六年起，又改用译音符号的国语新字，要查某人的姓氏名号，不如汉字之容易映入眼帘，非有工夫一行一行的细看不可，所以《白石年谱》中自民国十三以后，就没有逐年逐月检寻我的日记，只把有关的事情抽查几处，补入注中。将来我若是根据自己的日记来自订年谱时，或者还可以给白石年谱写出一点儿'补遗'来，也还可以替往来较密而最久的师友们找出一些编订年谱的材料。"

按：邓广铭《齐白石年谱跋》说："对于艺术部门当中的绘画和印章之学，我全然不懂。然而对于一个由木工出身、一跃而为近代艺术界的巨擘，在绘画和治印方面又都别开生面，有其特殊造诣的白石老人，他的艰苦的出身，和他由学习历练以至巍然自成一家的种种经过，我却一向就感着极大的兴趣，而且怀着极高的敬意的。又因为我在近十年内，连续写成了几本古代人的传记,对于传记文学我也有极浓厚的兴致,很想进而就近代或现代的重要人物当中,选定几人作为我写作传记的对象,例如胡适之先生和白石老人便全是我的目标人物之一。三十五年夏,适之先生由美返国,我也从四川复员来平,不久我便听说适之先生有试作齐白石先生年谱的计划,又听说白石老人亲自把手边积存的传记材料送交适之先生参考。三十六年的夏天,适之先生利用了那些材料,编成一本简单的年谱,题作《齐白石自述编年》。三十七年六月,适之先生将稿本送交黎劭西先生,请他再作一番订补充实的工作。黎先生补充完了之后,适之先生又把稿本交与我看,希望我对这本传记能提供一点意见或材料。我翻读适之先生的序文,在其所列白石老人交来的资料当中,只见有《白石诗草自叙》,不见有《白石诗草》之名,后经询问,才知道因为白石老人手边已无此书,而且也没有记起曾经印过这本书,所以在送资科给适之先生时把这书漏掉了。在《白石诗草》当中,凡可以作传记材料的,我都已摘出补入这本年谱中了。此外应作的工作,便是向白石朋辈的著作中去搜辑一些有关白石生平的资料了。……白石老人的朋友和门生,现时住在北平的也还不少,如陈半丁、徐悲鸿、王雪涛诸人,也应当去向他们采访一些白石的事迹,无奈现时的北平,出门访人也大非易事,这事只有期待于将来了。有关于白石老人的个性和好尚等等的材料,在《白石诗草》中也还可以钩稽一些出来,惟因无法划定其年代和时限,所以不能编入年谱正文之中,今一并抄录于后,就作为本文和本书的一个结尾吧。"

丘远编《人民歌手冼星海》由上海三联书店出版。

方与严著《大众教育家与大众诗人(陶行知)》由上海教育书店出版。

叶显祺著《人民教育家陈鹤琴》由上海生活导报社出版。

新宝鸡报社编《工人的旗帜——赵占魁》由编者出版。

钱塘著《革命的女性》由上海广文社出版。

陕甘宁民主妇女联合会编《三个妇女领袖》由西北新华书店出版。

李卉编《中国革命作家小传》由上海大地出版社出版。

按:是书收录郭沫若、茅盾、夏衍、何其芳、赵树理、丁玲、胡风、田间、艾青、骆宾基、马烽、萧军、周扬、萧三等作家小传16篇。

华南新闻总社编《广东近代名人辞典》由编者出版。

周末报编委会编《新政协人物志》由香港编者出版。

读书出版社编《新政协重要人物志》由上海五洲书报社出版。

新生代出版社编《新政协人物特写》由编者出版。

司徒健编《民主人士群像》由上海联合编译社出版。

按：是书为宋庆龄、李济深、沈钧儒、郭沫若、陈嘉庚、许广平等 16 位人士的小传。

全国民主妇女联合会筹备委员会编《中国解放区的南丁格尔们》由新华书店出版。

钱塘编著《中共六将星》由上海广文社出版。

华北独立第四旅政治部编《太原战役烈士事迹》由编者出版。

华北独立第四旅政治部编《西山守备战功臣事迹录》由编者出版。

黄天铎等编、梁中铭绘画《民族英雄》由广州中国文化出版社出版。

［德］恩格斯等著、何封等译《卡尔·马克思》由苏南新华书店出版。

［德］恩格斯等著、何封等译《卡尔·马克思——人、思想家、革命者》由北京三联书店出版。

［德］恩格斯等著、何封等译《卡尔·马克思》由吉林长春新中国书局出版。

按：是书乃译文集。内收《卡尔·马克思》（恩格斯著、何封译）、《关于马克思之死致索尔格的信》（恩格斯著、何封译）、《马克思安葬演说词》（恩格斯著、何封译）、《卡尔·马克思》（伊里诺·马克思著、何封译）、《六月事变》（马克思著、何封译）、《一八四八年的革命与无产阶级》（马克思著、何封译）、《卡尔·马克思》（普列哈诺夫著、何封译）、《卡尔·马克思》（列宁著、董秋斯译）、《忆马克思》（拉伐格著、董秋斯译）、《星期日在荒原上的遨游》（李卜克内西著、董秋斯译）、《马克思与小孩子》（李卜克内西著、董秋斯译）、《马克思主义之停滞与进展》（卢森堡著、蒋天佐译）、《一个工人对于卡尔·马克思的回忆》（莱斯奈尔著、林淡秋译）、《马克思与达尔文主义》（K.替米里亚崔夫著、克士译）、《马克思与隐喻法》（梅林著、罗稷南译）等 15 篇文章。

［法］拉发格等著、董秋斯等译《回忆马克思》由山东新华书店出版。

［法］拉发格等著、董秋斯等译《回忆马克思》由长春东北书店出版。

艾明之著《马克思》（新中国百科小丛书）由北京三联书店出版。

按：是书分"学生时代""新黑格尔学派""莱茵新闻""开始了流亡生活""共产主义者同盟""德国革命""在伦敦的生活""孩子们""马克思父亲又回到我们当中来了""第一国际""《资本论》的著作""马克思夫人之死""马克思睡在这里"等章介绍马克思的生平事迹。

艾明之著《马克思》由上海士林书店出版。

李季著《马克思传》（上）由上海神州国光社出版。

李季著《马克思传》（中）由上海神州国光社出版。

李季著《马克思传》(下)由上海神州国光社出版。

柏桦著《恩格斯的故事》由国强出版社出版。

柏桦著《恩格斯的故事》由中原新华书店出版。

乳毕坚金著、王沂暖译《米拉日巴的一生》由上海商务印书馆出版。

戈绍龙编著《巴夫洛夫百年诞辰》由上海时代出版社出版。

按：巴夫洛夫为俄国生理学家，今译为巴甫洛夫。

［苏］杜雷林著、汤弗之译《叶尔莫洛娃》由上海时代书报出版社出版。

曹靖华译《列宁与斯大林的故事》由辽宁沈阳东北书店出版。

曹靖华《关于列宁的传说》由中原新华书店出版。

曹靖华《关于斯大林的传说》由中原新华书店出版。

唯真译述《斯大林的奋斗》由上海新潮书店出版。

［苏］莫洛托夫等著、胡明译《向斯大林学习》由上海光华出版社出版。

［苏］高尔基著、汝龙译《回忆安德列叶夫》由上海平明出版社出版。

中苏文化协会编，李葳、邹绿芷译述《普式庚论集》由重庆商务印书馆出版。

麦青著《普式庚》由上海生活·读书·新知上海联合发行所出版。

［俄］斯特拉热夫著、刘执之译《屠格涅夫的生活和著作》由上海文化生活出版社出版。

［日］升曙梦著、西因译《高尔基的一生和艺术》由上海杂志公司出版。

蒋牧良著《高尔基》由上海生活·读书·新知上海联合发行所出版。

［苏］葛鲁兹杰夫著、朱笄译《高尔基传》由上海时代出版社出版。

一文编著《无产阶级作家高尔基》由上海杂志公司出版。

［俄］玛雅可夫斯基著、庄寿慈译《我自己》由上海时代出版社出版。

［苏］安德朗尼科夫著、朱笄译《莱蒙托夫传》由时代出版社出版。

中华浸会少年团联会编辑部译《马丁·路德的事迹》由上海中华浸会书局出版。

［德］魏特著、杨丙辰译《汤若望传》由上海商务印书馆出版。

周曙山译《有岛武郎与蒂尔黛的情书》由贵州贵阳文通书局出版。

秦似著《巴士特》由上海三联书店出版。

按：巴士特是法国微生物学家、化学家，近代微生物学奠基人。

［法］都尔莱著、金近译《巴士特传》由大连永年书店出版。

［美］勃尔曼著、石华父译《传记》由上海晨光出版公司出版。

黎正甫著《庇护十二世的生活》由香港真理学会出版。

吴澄渊编译《法国当代名人录》由国际书屋出版。

钟岳年、曹思彬著《世界文学家像传》(像传丛书)出版。

按：是书收录各国作家,如鲁迅、胡适、田汉、萧伯纳、卢梭、大仲马、荷马等 120 余人的画像和小传。

[美]代尔·卡耐基著,李木、宋昆泽《世界名人逸事选集》由上海正新出版社出版。

[美]代尔·卡耐基著,胡尹民、谢颂羔译《欧美名人秘史》由上海英文知识社出版。

胡尹民译《世界名人逸事》由上海国光书店出版。

钱仁康编译《当代大演奏家逸话》由上海音乐教育协进会出版。

按：是书讲述世界各国的指挥家、钢琴家、提琴家、声乐家等 30 人的生活、思想、经历、逸事和言论。大多取材于考夫曼和罕斯尔所著《当代音乐家》一书。

四、卒于是年的传记作者

吴闿生(1877—1949)。闿生原名启孙,字辟疆,号北江,学者尊称北江先生,安徽桐城人。吴汝纶子。曾留学日本。清末任度支部财政处总办。北洋政府时期任教育部次长、国务院参议。濡染家学,又师事贺涛、范当世、姚永概,受古文法,为文雄古简奥,序次有节奏神采。著有《左传微》12 卷、《左传文法读本》《容庵弟子记》4 卷(与沈祖宪同撰)、《东瀛战士策》《克莱武赫斯丁列传》《吴门弟子集》14 卷、《先大夫弟子籍》等。

马宗融(1890—1949)。宗融,四川成都市人。回族。早年留学日本,1919 年留学法国里昂大学,毕业后留校任教。1931 年回国,先后在上海复旦大学、广西大学任教。抗战时任四川大学、北碚复旦大学教授,并任中华全国文艺界抗敌协会理事、文化工作委员会委员等。1947 年到台北,受聘于台湾大学文学院任教。1949 年初返回上海,于 4 月 10 日逝世。曾发表《法国的文艺杂志》《法国小说家雨果》《现代法国人心中的雨果》《巴比塞对雨果的评语》等论文;翻译雨果的《巴尔扎克之死》,布拉伊的《乔治·桑、巴尔扎克与左拉》,波母的《左拉的新评》,屠格涅夫的《春潮》等。

现代出版时间不详的传记作品

傅岳棻著《味道腴斋文稿》出版。

按：是书收录《褒奖节孝录序》《郑孝胥先生行状》《日本乃木大将传》《长兄钱颂如先生家传》《于节妇传》《邱节妇传》《烈妇刘游氏传》《郭孝子传》《吴孝女传》《荣禄公手书世系册跋》等传记。

卜相贤编译《仁慈之父——方济》由天津出版。

曾金编《耶稣传记》由上海经纬书局出版。

德修士译《圣鲍斯高传略》由上海斯高学校印书馆出版。

丁实存著《历代哲布尊丹巴呼图克图传略》出版。

丁志麟著《杨淇园先生事迹》由上海土山湾印书馆出版。

刘乃义著《郎世宁修士年谱》由天津出版。

释力空著《念死法师年谱》出版。

朱友渔编《吴虹钰先生传》刊行。

陈宗山编《南洋名人集传》由石斋印刷出版。

于安澜编辑《历代文学家传选》出版。

刘建庵刻《十二个文豪木刻像》由广西远方书店出版。

奔流主编《历代名人故事》有上海春城书店出版。

按：是书收管仲、孔夫子、马援、玄奘、诸葛亮、司马光、王安石、王阳明、朱元璋 9 位中国名人小传。

袁树珊编《中国历代卜人传》出版。

葛荫春编《古今名医言行录全集》由编者出版。

谢九如编《孔子》由重庆民众读物编审委员会出版。

中华平民教育促进会编《七十执政的百里奚》由编者出版。

中华平民教育促进会编《晏婴死国不死君》由编者出版。

希征庸著《冯骥》由民众读物编审委员会出版。

中华平民教育促进会编《变法强国的赵武灵王》由编者出版。

中华平民教育促进会编《有勇知耻的项羽》由编者出版。

中华平民教育促进会编《周处除三害》由编者出版。

何格恩著《张九龄年谱 张九龄之政治生活》由广东广州蔚兴印刷厂

出版。

管效先著《南唐二主年谱》出版。

方今儒著《祖逖》由民众读物编审委员会出版。

卓民编《王安石新法》由上海大众书局出版。

陆基编述《陆象山之精神》由江苏吴县编者出版。

编译馆编辑《武训》由民众读物编审委员会出版。

黄警顽编《武训故事》由上海经纬书局出版。

陈代卿等著《乞人武训兴学始末记》出版。

马叙伦著《王阳明先生年谱校录》出版。

李季和著《余姚黄氏家学渊源考》出版。

王永祥著《焦理堂年谱初稿》由编者出版。

赵晋源编《曹锟罪恶史》由淞沪通信社出版。

楚伧编《孙中山先生年谱》出版。

中国国民党河北省党部编《总理年谱》由编者出版。

章氏国学讲习会校勘《太炎先生自定年谱》由校勘者出版。

按：章炳麟1928年在国民党当局的通缉中，完成了《自定年谱》初稿，生前不愿发表，担心遭人任意篡改。直到去世以后，才由其门人孙鹰若誊清，章氏国学讲习会排印出版。

赵丰田编著《康长素先生年谱稿》出版。

浙江省立图书馆编《追悼章太炎先生特刊》由编者出版。

毕志社编《中国革命党大首领徐锡麟》由日本横滨新小说社出版。

按：是书分"绪言""徐锡麟之历史""徐锡麟之起事""徐锡麟之正法""徐锡麟之影响""论说各报对于皖浙党狱之评论""秋瑾女士遗著""杂录""词林""感言"等章节，全面介绍徐锡麟的生活及政治活动。

中央军事政治学校入伍生政治部编《廖党代表仲恺先生殉难一周年纪念册》由编者出版。

上海市第一区全体党员追悼大会编《廖公不死》由编者出版。

胡汉民书《胡主席遗墨》出版。

胡汉民著《胡汉民先生手书履历》由汉民学院筹备处出版。

无名氏编《追悼胡主席展堂先生纪念册》出版。

中华图书公司编《蒋介石先生传》由上海编者出版。

阙名辑《蒋委员长传略》由江海出版社出版。

王书丹编《伟人蒋主席史略》由江苏南京改造出版社出版。

〔日〕泽田谦著、安中译《蒋总司令传》出版。

无名氏编《罪恶滔天的杀人犯——廿年来的蒋介石》出版。

启华等著《蒋介石卖国罪行录》由华北新华书店出版。

倪之琨编《蒋经国画传》由上海第一编辑公司出版。

于右任著《我的青年时期》(《牧羊儿的自述》)出版。

云南国是报社辑《蔡黄追悼录》由编者出版。

桂林行营政治部编《范筑先父子殉国难》由编者出版。

龙云等著《云南省政府总裁唐公行状》出版。

庚枫渔著《云南首义主义英杰会泽唐公史略》由云南开智公司出版。

天恨生辑《新编温生才行刺始末记》出版。

胡适著《许贻荪传》由北京新闻印刷局出版。

无名氏编《鸿阒拔萃》(《张康历史》)出版。

〔日〕白浪庵滔天著、黄中黄译《大革命家孙逸仙》出版。

史志廉著《革命之大首领孙文》由国民日盛社出版。

无名氏编《孙文小史》出版。

严翔编著《中山先生小传》由上海民立书店出版。

无名氏编《总理传记》出版。

中国国民党中央军校特别党部编《总理诞辰纪念特刊》由编者出版。

广东地方武装团体训练员养成所编《总理诞生纪念特刊》由编者出版。

汕头各界纪念总理逝世三周年筹备会宣传部编《总理逝世三周年纪念》由编者出版。

无名氏编《孙中山先生哀思录》出版。

无名氏编《总理奉安纪念特刊》出版。

南京追悼孙中山先生大会编《追悼中山先生特刊》由编者出版。

宋庆龄等著《妇女领袖宋氏三姊妹》由战时出版社出版。

疾固子著《汉奸张勋小传初编》出版。

禅那著《唐绍仪传略》出版。

萧三著《毛泽东同志在大革命时代》出版。

萧三著《毛泽东同志略传》由大众书店出版。

〔美〕斯诺著《毛泽东自传》由杭州国民出版社出版。

〔美〕斯诺著《毛泽东革命史》由上海国强出版社出版。

祝荪如等编著《名人与名城》出版。

上海建国书局编《新中国革命伟人志》由编者出版。

［美］柏脱等编、勃德译《中华今代名人传》由上海传记出版公司影印出版。

柴绍武《当代中国名人恋爱史》由上海吼声书局出版。

王绍之编《革命先烈传记》由上海经纬书局出版。

王树滋编著《建国三先烈》由正中书局出版。

凤笙阁主编《梅兰芳》出版。

庄铸九等编《梅兰芳》出版。

卢荻著《拿破仑传记》由上海经纬书局出版。

陈陟编《世界十二大科学家传》由上海经纬书局出版。

黄风编《五分钟世界名人传》由博文印书馆出版。

按：是书分8章，包括亚理斯多德、牛顿、哥伦布、甘地、林肯等世界各界名人小传63篇。

程鸥编著《当代国际人物志》由中流书店出版。

无名氏编《全世界共产党领袖奋斗史》由万象出版社出版。

参考文献

一、著作

(一)原始资料

阿英.阿英全集:第四卷[M].合肥:安徽教育出版社,2003.

巴金.巴金译文全集[M].北京:人民文学出版社,1997.

北京图书馆.民国时期总书目(1911—1949)历史·传记·考古·地理[M].北京:北京图书馆出版社,1998.

蔡尚思.蔡尚思全集:第8册[M].上海:上海古籍出版社,2005.

冯至著,韩耀成,等.冯至全集·第五卷[M].石家庄:河北教育出版社,1999.

复旦大学历史系.二十世纪中国人物传记资料索引[M].上海:上海辞书出版社,2010.

耿云志,李国彤.胡适传记作品全编[M].上海:上海东方出版中心,1999.

郭登峰.历代自叙传文抄[M].上海:商务印书馆,1937.

胡明.胡适精品集:第11册[M].北京:光明日报出版社,1998.

纪昀,等.四库全书总目提要[M].石家庄:河北人民出版社,2000.

姜义华,梁元生.20世纪中国人物传记与数据库建设研究·第2辑[M].上海:上海书店出版社,2015.

梁启超.梁启超全集[M].北京:北京出版社,1999.

刘知幾.史通[M].沈阳:辽宁教育出版社,1997.

茅盾.茅盾文集:第19集[M].北京:人民文学出版社,1990.

清华大学国学研究院.姚名达文存》[M].南京:江苏人民出版社,2012.

邵延森.古今中外人物传记指南录:前编[M].南京:江苏教育出版社,1990.

邵延森.古今中外人物传记指南录:正编[M].南京:江苏教育出版社,1989.

唐沅,韩之友,封世辉.中国现代文学期刊目录汇编[M].北京:知识产权出版社,2010.

王继祥.中国近现代人物传记资料索引[M].长春:东北师范大学出版社,1988.

萧关鸿.中国百年传记经典[M].上海:东方出版中心,2002.

徐迟.徐迟文集:第8卷[M].北京:作家出版社,2014.

杨燕起,等.历代名家评史记[M].北京:北京师范大学出版社,1986.

姚乃麟.中国文学家传记[M].上海:上海万象书屋,1937.

郁达夫.郁达夫文集[M].广州:花城出版社,1982.

张声智,赵家缙.名人传记[M].桂林:广西桂林文化供应社,1942.

张越瑞.近人传记文选[M].上海:商务印书馆,1938.

章学诚.文史通义[M].上海:上海中华书局,1924.

朱东润.张居正大传[M].天津:百花文艺出版社,2000.

朱东润.朱东润传记作品全集[M].上海:东方出版中心,1999.

朱东润.朱东润文存[M].上海:上海古籍出版社,2014.

(二)研究专著

[日]川合康三著,蔡毅译.中国的自传文学[M].北京:中央编译出版社,1999.

商鸿逵教授逝世十周年纪念文集[M].北京:北京大学出版社,1995.

陈兰村.二十世纪中国传记文学论[M].天津:天津人民出版社,1998.

陈平原.朱自清·文学的标准与尺度[M].济南:山东文艺出版社,2006.

陈尚君.转益多师[M].上海:上海辞书出版社,2015.

耿云志.胡适年谱[M].福州:福建教育出版社,2012.

顾颉刚.古史辨:第1册[M].北京:北平朴社,1926.

郭久麟.中国二十世纪传记文学史[M].太原:山西人民出版社,2009.

韩兆琦.中国传记文学史[M].石家庄:河北教育出版社,1992.

寒山碧.香港传记文学发展史[M].香港:香港东西文化事业公司,2003.

何元智,朱兴榜.中西传记文学研究[M].北京:中国文学出版社,2003.

李超杰,边立新.20世纪中国哲学著作大辞典[M].北京:警官教育出版社,1994.

李健.中国现代传记文学研究[M].北京:新华出版社,2010.

李景星.四史评议[M].长沙:岳麓书社,1986.

李祥年.传记文学概论[M].合肥:安徽文艺出版社,1993.

梁启超.梁启超讲读书[M].天津:天津古籍出版社,2005.

梁启超.中国历史研究法[M].上海:上海古籍出版社,1987.

梁启超.中国历史研究法补编[M].上海:上海文艺出版社,1998.

林语堂.林语堂自传[M].南京:江苏文艺出版社,1995.

刘东,胡适.近代名人文库精萃·胡适下[M].西安:太白文艺出版社,2012.

全展.中国当代传记文学概观[M].南京:江苏教育出版社,2004.

沈嵩年.传记学概论[M].重庆:教育图书出版社,1947.

孙毓棠.传记与文学[M].重庆:重庆正中书局,1943.

王元.传记学[M].台北:台湾牧童出版社,1977.

肖伊绯.胡适的鳞爪[M].南京:凤凰出版社,2014.

熊飞宇.重庆时期冰心的创作与活动研究[M].南宁:广西师范大学出版社,2015.

薛绥之,张俊才.林纾研究资料[M].福州:福建人民出版社,1982.

杨正润.众生自画像——中国现代自传与国民性研究[M].上海:上海人民出版社,2009.

杨正润.传记文学史纲[M].南京:江苏教育出版社,1994.

杨正润.现代传记学[M].南京:南京大学出版社,2009.

叶圣陶.文章例话[M].上海:开明书店,1937.

俞樟华.中国传记文学理论研究[M].长沙:湖南文艺出版社,2000.

袁英光,等.王国维年谱长编[M].天津:天津人民出版社,1996.

赵白生.传记文学理论[M].北京:北京大学出版社,2003.

郑天挺.探微集[M].北京:中华书局,2009.

郑振铎.中国文学研究[M].北京:作家出版社,1957.

支伟成.清代朴学大师列传[M].长沙:岳麓书社,1998.

钟敬文,梦岩.艺术的梦与现实[M].长沙:湖南人民出版社,1998.

朱东润.八代传叙文学述论[M].上海:复旦大学出版社,2006.

朱文华.传记通论[M].上海:复旦大学出版社,1993.

二、论文

卞兆明.论胡适的传记文学理论及创作[J].江苏社会科学,2006(6).

蔡青.李长之传记体批评的结构特征[J].湖北社会科学,2009(1).

蔡青.李长之传记体批评中的事实原则[J].湖北社会科学,2009(1).

陈晓初.林语堂和传记文学[J].重庆科技学院学报,2008(3).

傅宏星.碑传、志传和史传:浅论钱基博的传记写作与理论建构[J].中国图书评论,2013(12).

辜也平.论巴金的传记文学创作[J].福建论坛,2010(2).

辜也平.论传记文学视野中的朝花夕拾[J].鲁迅研究月刊,2009(11).

辜也平.论郁达夫传记文学的"文学"取向[J].浙江师范大学学报,2007(6).

辜也平.论中国现代传记文学的本质属性及其他[J].集美大学学报,2005(2).

辜也平.论朱东润传记文学理论的独特性与复杂性[J].文艺理论研究,2012(2).

顾春花.浅论胡适的传记文学理论[J].西北农林科技大学学报,2004(6).

郭洪雷.简论林语堂的跨语际传记写作[J].浙江师范大学学报,2009(2).

郭洪雷.林语堂与中国现代传记文学[J].华文文学,2008(4).

郭久麟.还张默生在传记文学史上应有的地位[J].民办高等教育研究,2006(1).

郭久麟,等.张默生的传记文学作品及其特点[J].四川大学学报,2006(3).

韩波.胡适的学人传记三论[J].中共宁波市委党校学报,2007(4).

何信恩.许寿裳与中国的文学传记[J].绍兴鲁迅研究,2004(25).

胡全章.梁启超与20世纪初年新体传记的兴盛[J].广东社会科学,2014(4).

江倩.论巴金传记的写作以及重写[J].西北大学学报,2006(5).

来华强.论曹聚仁《我与我的世界》的传记文学特质[J].河南大学学报,2005(3).

赖勤芳.胡适与中国传记文学的现代转型[J].浙江师范大学学报,2009(4).

赖勤芳.林语堂传记创作的现代性诉求[J].浙江师范大学学报,2007(6).

赖勤芳.论蔡元培的传记写作[J].浙江师范大学学报,2012(4).

柳光辽.柳亚子的《八年回忆》校订[J].南京理工大学学报,2000(1).

卢军.从书信管窥沈从文撰写张鼎和传记始末[J].文学评论,2011(6).

马红强.中国传记文学的"宁馨儿":评梁启超《李鸿章传》[J].郑州航空工业管理学院学报,2010(4 期).

孟晖.试论邹韬奋经历等自传对传记写作的启示[J].兰州学刊,2009(8).

秦赵.胡适传记作品的史料价值[J].重庆科技学院学报,2010(12).

田澍,刘宝石.吴晗先生和他的朱元璋传记[J].西北师大学报,2007(1).

完颜绍元.民国上海出版人物的传记书写与相关研究[J].编辑学刊,2013(5).

王嵩.纪实传真,重史轻文:论胡适的"传记文学"观[J].佳木斯大学社会科学学报,2009(1).

王学斌.试析梁启超历史人物传记写作的困境:以管子传为例[J].聊城大学学报,2009(2).

王卓亮,等.林语堂人格的心理传记学分析[J].教育评论,2014(6).

文学武.中共左翼文人传记写作研究:以丁玲传记为中心[J].南方文坛,2010(4).

文育玲.张居正大传:中国经史传统与英国传记艺术的结合[J].武陵学刊,2013(6).

谢昭新.论三十年代传记文学理念与自传写作热[J].中国现代文学研究丛刊,2006(5).

许菁频.百年传记文学理论研究综述[J].学术界,2006(5).

许菁频.承前与启后:文学史视野下的中国现代传记文学[J].浙江师范大学学报,2012(6).

于翠艳.现代妇女杂志有关中国近代人物传记的研究[C]//姜义华,梁元生.20 世纪中国人物传记与数据库建设研究(第 2 辑),上海:上海书店出版社,2015.

袁红涛.中西传记史学视野中的胡适自传:以四十自述为中心[J].安徽广播电视大学学报,2004(4).

袁媛.二十世纪三十年代中国现代传记刍言[J].南京师范大学文学院学报,2006(2).

张爱芳.近代年谱撰著的新格局——胡适、姚名达在年谱编撰上的成就[J].文史知识,2000(1).

朱德发."给史家做材料,给文学开生路":重探胡适的"传记文学"观[J].东岳论丛,2013(9).

朱旭晨.中国现代女作家传记写作综述[J].学术界,2006(5).

卓希惠.林纾传记文史传艺术探析[J].集美大学学报,2010(3).

人名索引

后　记

　　在中国传记文学发展史上，现代传记文学既继承了古代传记的优良传统，也吸收了西方传记的许多长处，开始了在继承中创新、在吸取中发展的历程。一般研究现代传记文学的论著，侧重点都在一些传记大家和传记名著上，涉及的传记作者和传记作品都比较有限，尚不能全面反映出现代传记文学创作和研究的实际。所以我们萌发了编撰一部能够比较完整、全面地反映现代传记文学创作和研究盛况的编年体著作，并成功申报了国家社科基金后期资助项目。

　　本书的编撰，目的在于还原历史，充分展现现代传记文学创作和研究的巨大成就，同时为有志于传记文学研究的学者提供一份翔实的资料，研究者可以依据这些资料和线索，按图索骥，去进一步查找自己所需要的材料，也可以通过分析这些资料，从不同角度、不同方面展开对现代传记文学的新的进一步的研究。比如通过本书，可以研究现代传记文学创作和研究的学术队伍，了解哪些是长期作者，哪些是短期作者，哪些只是客串作者；也可以研究这些作者的创作或研究的重点，他们的主要成就和学术影响；通过本书，可以了解现代传记文学创作和研究与当时社会政治的关系，也可以了解当时学术期刊发表传记文学的特点或侧重点，还可以发现现代传记文学创作或研究方面存在的空白点或不足点，而且现代传记文学研究的各种选题，也可以为当今的传记文学研究提供一定借鉴。如此等等，不一而足。所以说，《中国现代传记文学编年史》的编撰，不仅仅是一种传记资料的汇集，也是一种学术研究信息的汇集，好学深思者自然可以从中发现对自己有用的信息，找到进一步研究的课题。

　　本书内容的编排，大致分为传记评论、单篇传记、传记著作、卒于是年的传记作者四大版块，每块都有一些按语。其中传记评论类的文章，有的有叙述的成分，单篇传记类的文章，有的也有议论的成分，如果在这两个类别里重复出现，就显得累赘，所以视其文章的侧重点，酌情归在相应的类别。而传记著作类的有些著作，如《文章例话》《文学百题》等，也不是专门的传记著作，但这些书中却有关于传记方面的文章或评论，所以也收集起来归在传记著作类中。另外，由于时代的关系，当时有些语言的表述与现在有些不同，在今天看来,有些表述和词语的使用是不规范的,但在当时却是通行的,为了保持原貌,都没有加以改动。此外,对于外国作者的翻译,当时也不统一,一人有多种译名的情况很多,如恩格斯译作恩格思,列宁译作李宁,斯大林译作史大林或史太林,契诃夫译作柴霍甫,普希金译作普式庚,屠格涅夫译作都介涅夫,如此等等,也都保留原貌,未作改动。这里特别加以说明,请读者理解。

　　本课题是由我和浙江音乐学院公共基础部陈含英讲师共同申报,并一起编撰完成的。书中的不足之处,欢迎读者批评指正。对本书的责任编辑胡畔女士表示衷心感谢!

俞樟华

2019 年 4 月 30 日于浙江师范大学人文学院江南文化研究中心

图书在版编目（CIP）数据

中国现代传记文学编年史 / 俞樟华等编撰. —杭州：
浙江大学出版社，2019.12
ISBN 978-7-308-19408-2

Ⅰ.①中… Ⅱ.①俞… Ⅲ.①传记文学－编年史－中
国－现代 Ⅳ.①I207.509

中国版本图书馆 CIP 数据核字(2019)第 161277 号

中国现代传记文学编年史

俞樟华　等编撰

责任编辑	胡　畔(llpp_lp@163.com)	
责任校对	杨利军　黄梦瑶	
封面设计	浙江时代出版服务有限公司	
出版发行	浙江大学出版社	
	（杭州市天目山路 148 号　邮政编码 310007）	
	（网址:http://www.zjupress.com）	
排　　版	浙江时代出版服务有限公司	
印　　刷	绍兴市越生彩印有限公司	
开　　本	710mm×1000mm　1/16	
印　　张	54.75	
字　　数	1000 千	
版 印 次	2019 年 12 月第 1 版　2019 年 12 月第 1 次印刷	
书　　号	ISBN 978-7-308-19408-2	
定　　价	138.00 元(上、下册)	